U0100917

MINZUXIAODAOXINSHIJISALAZUYANJIU

民族小岛

新世纪撒拉族研究(2001—2009)

马成俊　马　伟　主编

民族出版社

图书在版编目（CIP）数据

民族小岛：新世纪撒拉族研究：2001～2009／马成俊，马伟主编．—北京：民族出版社，2010．7

ISBN 978－7－105－11017－9

Ⅰ．①民…　Ⅱ．①马…　②马…　Ⅲ．①撒拉族—中国—文集　Ⅳ．①K283．2－53

中国版本图书馆CIP数据核字（2010）第130804号

民族小岛——新世纪撒拉族研究（2001—2009）

策划编辑：李志荣
责任编辑：李志荣
封面设计：晓玉工作室
出版发行：民族出版社
社　　址：北京市和平里北街14号　邮编：100013
电　　话：010－64271907（编辑室）
　　　　　010－64211734（发行部）
网　　址：http：//www.mzcbs.com
印　　刷：北京市迪鑫印刷厂印刷
经　　销：各地新华书店
版　　次：2010年7月第1版　2010年7月北京第1次印刷
开　　本：787毫米×1092毫米　1/16
字　　数：1237千字
印　　张：56.5
定　　价：150.00元
ISBN 978－7－105－11017－9／K·1931（汉1054）

主编的话

2004年，为了庆祝循化撒拉族自治县成立50周年，我们收集、主编并出版了《百年撒拉族研究文集》。本文集名为百年，其实只有七十多年的有关撒拉族研究的文章。这些文章上自20世纪30年代，下迄2000年，共有200多篇论文，200余万字。这本书的出版，为社会各界了解撒拉族、认识撒拉族，特别是为研究撒拉族的学者提供了一部比较完整的学术资料。从社会各界得到的信息来看，达到了预期的目的。

2000年，揭开了世界历史新的一页。转眼之间，新世纪已经走过了十年光景。这期间，国家实施了西部大开发战略，实施了新农村建设及人口较少民族扶持计划，这一系列志在富民的政策，使得撒拉族社会发生了翻天覆地的变化，撒拉族人民切切实实得到了实惠。同时，撒拉族研究也取得了很大的成绩。据我们收集到的资料来看，仅仅在这十年中，有关撒拉族研究的学术论文已超过100余万字，是整个20世纪发表论文总数的一半。综观这些论文，呈现出以下特点：

首先，国内学术界更加关注撒拉族社会，特别是高等院校、科研院所从事人文社会科学研究的专家学者，从不同的学科、不同的视角审视全球化背景下作为人口较少民族的撒拉族的发展情况，从而催生出了一批研究成果，显示了学术界关注民生、关注弱势群体的研究取向，这与国家实施的一系列政策密切相关。

其次，一批高校的硕士、博士研究生或为了完成某项课题、或为了完成学位论文，而选择撒拉族作为研究对象。他们不辞辛苦，利用所学专业的理论和方法，深入撒拉族家庭、社区，进行深入细致的田野作业，并在老师的精心指导下，发表了一批成果。这些训练有素的硕士、博士的研究，进一步拓展了研究领域，壮大了撒拉族研究的学术队伍。

最后，由于国家对哲学社会科学研究的进一步重视，一些学者有关撒拉族研究的国家级、省级项目得以确定，在完成这些项目的同时，一批阶段性成果得以发表，充实了撒拉族研究。

综观这十年的撒拉族研究，历史学研究有新的突破，语言学研究有新的拓展，社会学研究有新的发展，人类学研究有了良好开端，民族学研究更加深入，其他学科的研究也或多或少取得了令人欣喜的成果。

但是，在这十年里，撒拉族研究也有一些遗憾，一批长期从事撒拉族研究的专家学者年事已高，逐渐在学术界“退休”，而本民族学术研究的中坚力量则因过重的教学、科研、行政及其他任务，无法专心致志地进行本民族的学术研究，更年轻的本民族学术研究人才极度匮乏，后继无人。所以在本文集中，撒拉族学者的论文仍然是少数。我们曾经在青海民族大学的本科生中召开会议，鼓励他们参加研究生考试，试图培养一些有志于撒拉族学术研究的本民族年轻学者，但是结果非常令人失望。

在2007年青海省撒拉族研究会召开的一次学术会议上，民族史学家芈一之教授曾经提出建立“撒拉学”的问题，实在令人敬佩！可是，在当下的社会氛围下，一方面是撒拉族社会经济的飞速发展，另一方面则是研究撒拉族的本民族学者团队逐渐式微，这不能不令人痛心疾首。对比周围回族、藏族和土族的研究现状，就在这十年时间里，一批学有成就的本民族博士、教授、研究员活跃在国内外的学术界，研究成果让人羡慕。而撒拉族，到目前为止，从事本民族学术研究的学者充其量只有寥寥几人而已，遑论建立一个专门的“撒拉学”？实在是有愧于前辈学者的期望。曾几何时，撒拉族是一个“没有历史的人民”（美国人类学家埃里克·沃尔夫语，出自其著作《欧洲与没有历史的人民》），零零星星出现在官方记载中的撒拉族又长期被污名化。是长期以来自己不能表达而“被别人表达”（卡尔·马克思语，出自《路易·波拿巴的雾月十八日》）的民族。20世纪中叶以后，撒拉族才结束了没有历史的命运，终结了被别人表达的历史，一代本民族学者逐渐成长起来，并开始致力于本民族研究，应该说取得了一定的成果，得到了国内外学术界的认可。但是，近十年来，本民族研究队伍不但没有壮大，反而有减少的趋势，这种状况实在是令人担心。

数十年前，我国著名社会学家费孝通教授在考察甘青民族走廊之后，针对土族、撒拉族、裕固族、东乡族、保安族的生存现状，提出了“民族小岛”的概念。他语重心长地说：“我在这多次西北考察中，历访了土族、裕固族、撒拉族、保安族和东乡族……我不只想由中国人自己来写几本关于这些民族的书了，我还被怎样发展这片民族地区的问题占住了我的怀抱。我认识到这地区的民族研究不但大有可为，可以写出许多民族研究的著作来，可更重要的是我看到了居住在这片广阔的土地上的许多少数民族怎样在下个世纪能发展成现代民族，和其他民族一样平等地站在这个地球上的问题。”① 的确，这些生存于汉族、藏族和回族等人口多数民族汪洋大海中的“小民族”，无论从人口、经济、社会、文化等方面来说，都似乎是个孤立的小岛。这些无疑为民族学、人类学研究提供了很好的样本，但是更为重要的是需要更多的学者去关注他们的生活，而研究者的主力军不是别人，应该是熟悉本民族历史、语言及生活习惯的本民族学者。这也是我们在近10年间想方设法编辑两本撒拉族研究文集的目的之一。

① 费孝通：《青春作伴好还乡——为〈甘肃土人的婚姻〉中译本而写》，载《读书》，1997（7）。

需要说明的是，尽管我们搜索了大量的文献，但是也可能挂一漏万，如有遗漏，我们将会在今后的编辑过程中逐步完善。在本文集中，补录了费孝通先生的一篇文章，同时也收录了写循化汉族生活的几篇文章，旨在使读者了解与撒拉族社会密切相关的其他民族的社会生活。在本文集出版之际，感谢长期以来支持我们工作的韩德荣、马德良、韩德福、马丰胜、马成文、韩永东等本民族领导和朋友。感谢文集中的每一个作者，感谢民族出版社的编辑同志们，同时也感谢研究生韩德福、马龙、左庆瑞、白绍业等同学。没有各位的支持，这本文集就很难问世。

马成俊　马伟　谨识于青海民族大学

2010－6－2

目　录

民族学、人类学

历史学

宗教学

经　济　学

社　会　学

语　言　学

民　俗　学

文　艺　学

评　论

民族学、人类学

撒拉餐单

费孝通

今年八月十五日，我从青海的西宁动身去甘肃的临夏，路过两省边界上的循化撒拉族自治县。住两宿。该县负责同志热情地用撒拉族通行饭菜招待我们。品尝之后，我想到《中国烹饪》的读者未必有此机会。当时记下了餐单，回来写此简报。

先介绍一下这个不大为人熟悉的撒拉族。撒拉族是我国的一个人数较少的民族，一共只有六万人，主要就居住在青海东部黄河出省口的循化这个地方。1954年成立了循化撒拉族自治县。还有少数住在毗邻的甘肃省境内，据说新疆也有一些撒拉人。在电视纪录片《唐蕃古道》里有一集介绍他们的生活。

我在循化参观了当地古迹骆驼泉。导游把我带到泉边的一个只有我半身高的石刻骆驼前面，讲了一段故事。他说，在古时候有七个中亚细亚人从撒马尔罕，赶了一队骆驼，一直向东方来寻找乐土。他们不知走过了多少沙漠和草地，有一天一早醒来，找不到了骆驼。他们分头寻找，终于在一个水泉里找到了他们，但却已变成了岩石。他们恍然大悟，这是真主要他们落脚的地方。这石化了的骆驼据说至今还在泉水里。我按着导游的指点，确实看到水下有一块高低不平的岩石，但辨不出这是骆驼的那一部分。为了使这个故事形象化，早年的撒拉人用石头雕刻了一头骆驼跪在泉边。不幸它没有免遭“文革”红卫兵的毒手，硬是被砸得粉碎。这次我们见到的石骆驼是“文革”后重雕的。

这段故事信不信由你。但是撒拉族的先人来自中亚西亚是可以考证的历史事实。他们信仰伊斯兰教，而且身材高大，还留着和维吾尔族类似的面形。他们称藏族作“阿舅”，说是因为早年来此的祖先取了藏族妇女，子孙才得到繁衍。这在他们体质上也能见到证据。由于得到了藏族的遗传因素，他们很容易适应青藏高原的自然条件。混血是提高民族体质的生物规律。撒拉族人在青藏高原上是有名的强壮劳动者。在过去西北还没有公路和铁路的时代里，高原上的木材都是从黄河上运出去的。而从青海到甘肃这一段黄河落差极大，峡谷一个接着一个。在这急流险滩上放木排，能行动自如，履险如夷的好汉，多是撒拉人。前几年建筑青藏公路，最困难的是越过唐古拉山的那一段，海拔在三四千米之间，空气稀薄，含氧量少。现在一般过客能支撑着伏在车座里过山，已经算是好样的了。不难想象建筑时所要付出艰苦的重劳动。谁能顶得住？这里又是撒拉人的用武之地了。至今我还听到有人说，如果没有这样能吃能干的撒拉人，青藏公路也就难通了。但是撒拉人听了这话，却笑着说，这又算得什么呢？看来今后青藏高原的开发，还是少不了他们的。

我这几年多次去甘肃、青海，目的是想了解一下处于青藏牧区和中原农区之间的那一条历来是农牧桥梁的陇西走廊。循化的撒拉族还处在这条走廊里，农牧结合是他们经济的特点。他们不仅从中亚带来了牧业的传统，又从藏族阿舅学到了高原作业的本领，而且由于地处低凹的谷地，气候较四周温暖，宜种庄稼和瓜果，不失为高原边缘上的绿洲，农业也比较发达。无怪早年久涉沙漠和山岭的骆驼队到此不愿再向前行而化为岩石了。

撒拉餐单也充分反映这个民族亦农亦牧的特点。我从这张餐单上看到了这个民族的优势和前途。

入席前，桌上已摆满了六盘干果糖食，其中有来自远地的红枣、核桃、葡萄干、杏脯、糖花生。刚坐下，穿着民族服装的服务员为各人端上了一个盖碗，并向碗里冲上滚烫的开水。这叫“碗茶”。碗上有盖，碗底有托的细瓷碗，我幼年时在苏南家乡早就见过。这是过节过年时，或有贵客上门时才用的茶具。在京戏舞台上也有时可以见到，知县老爷一抬盖碗，就表示送客，来人不得久留了。我家乡招待贵客的盖碗里只有茶叶，而撒拉族却加上了三四颗连壳的桂圆，还有一块冰糖。茶叶、桂圆、冰糖都不是西北土产。这种碗茶有过外号叫“三炮台”，我问了一些人，仍不得其解。“三炮台”不但通行于撒拉族，在甘肃、青海农村里很普及。我每到一家农户，刚坐定，总能享受到这又香又甜的清茶。看来是从汉区引进的待客礼俗。只看这种瓷器就绝不会是牧区土货，何况其中的桂圆每年都得大量从福建运来。古人说“礼失求之野”，也许是文化传播的规律。用现代语言说，这也是地域间的“时间差”。

撒拉族信仰伊斯兰教，禁烟酒，所以席间以茶代酒，对我不善喝酒、又怕闹酒的人特别惬意。尤其是手边的碗茶，终席不离，而且不断加水加温，对油咸并重的荤腥颇有调剂、润喉的作用。接着端上了一大盘“馓子”。馓子是油炸面条的一种。油条可说是全国通行的群众性食品。我的家乡称“油炸桧”，相传是老百姓痛恨秦桧这个奸臣，把面粉捏成他的模样，放在油锅里煎，用以泄愤。“馓子”没有我家乡的油条那样粗，而是只有筷子那样细的条条，绕成一束煎成。面粉里加上鸡蛋和花椒水，煎成的细条条。既松又脆。

接着馓子上桌的是“碗菜”。这道菜的碗是普通的大口碗。碗里是一种糊，由羊肉、大白菜、土豆、粉丝煮成。这是典型的农牧结合品。牧区一般不种蔬菜，也不长土豆。主要的原因是在游牧时代，牧民逐水草而居，不能有较长时间守住一片土地。现在部分牧民已经定居或半定居，他们在定居的地方都已圈上一片土地种起蔬菜来了，逐步走上牧农结合的道路。我看这是牧业发展的方向，不但牧区可以种蔬菜给人吃，而且可以种精饲料来喂牲畜，发展为牧业服务的农业。这道“碗菜”给我的启发不少。其实，碗菜里多加些水，由糊变成汤，就成了苏式大菜里的“罗宋汤”，也是赫鲁晓夫的“土豆烧牛肉”了。这是中亚的特产，说不定这“碗菜”还是赶骆驼东来的那伙撒拉先人们遗下来的传统菜谱。

碗菜之后是糖包、肉包、花卷、菜主食，其中有一大盘是羊油炒饭，在汉区是不易尝到的。它不同于新疆维吾尔族的“抓饭”，不同之处是饭里没有加葡萄干、胡萝卜等成分，也不用手抓来吃。

我上面把面食和米饭称作“主食”，表明我还是存着汉人的观念。如果从牧区民族的观点来说，主食还在下一道的“手抓羊肉”。到过牧区的人不用我对手抓羊肉多加描写。不论是蒙古族或藏族，都喜欢吃，而且大量的吃，不厌的吃，不愧是食中之主。按撒拉族的通行习惯，上菜时羊尾巴必须对准主客。主客就得用刀把羊尾巴割下，抓在手里送入口中。这是礼貌。这次客人中以我的年龄为最高，羊尾也就冲着我。羊尾比较嫩，所以我的满口假牙还能应付。其他部分则很难享受。这是因为甘青的牧区一般海拔高，不用高压锅煮羊肉，水的沸点是煮不烂羊肉的。我多次望肉兴叹，年老无用了。这次得此羊尾，颇足解馋。

撒拉餐单是多民族的综合体，想尽收其美，势必重峦叠峰地使人食不暇接。刚吃过牧区的手抓羊肉，接着摆上塞外的火锅子，我没有考察过火锅子的来源，只知道它分布很广，在日本至今盛行。我们在撒拉族吃到的其实就是涮羊肉。我提到这是东来顺的名菜，主人似乎很熟悉，顺口说：“你们的羊肉还不是这里去的?”我领会这句话的意义是：“天下鲜美的羊肉无不出于此地。”主人的豪情盛意，使我连连点头。涮羊肉我是嚼得动的，话也用不着多说了。

最后还有一手，是“雀舌面”。面之种类多矣。我过去总以为面食花色到了山西也就达顶峰。想不到撒拉族还能在面食上独出心裁，破了记录。雀舌面指面粒的形而言的。它不是条形，不是块状，而是模仿麻雀舌尖的大小厚薄和形状制成的面粒。我不知道怎样制成的，只觉得进口后，不拖舌、不梗喉，对老年人特别适宜。

结尾是一杯冷冻的酸奶。大量肉食之后以此收场，妙在一个酸字上。撒拉餐单别具一格。我希望有一天在各大城市里有专设撒拉馆子，可以供应群众一尝农牧结合的独家风味。

1987年9月1日　补记

（本文原载《费孝通文化随笔》，群言出版社，2000）

“吾吉”（羊背子）与撒拉族饮食文化

马兴仁

一

青海省循化撒拉族自治县，古有积石川、撒拉川、撒拉田地和撒拉地方等之称。这里除撒拉族外，还居住有藏族、回族和汉族等，撒拉族是这里的主体民族。撒拉川是一神奇、包容和祥和之地，地脉宜五谷、瓜果，百味香，人勤奋，同甘苦，共创业。“百味香”中最受人青睐的是这里的肉食和面食。特色传统肉食品有“吾吉”（羊背子）、“吾里希”（肉份子）、手抓羊肉、肥肠、面肠、碗菜等，“吾吉”（羊背子）是其传统肉食文化的代表，身价高，有来历，有掌故和讲究。走进撒拉族博物馆，食品类展品中最吸引人的就是“羊背子”。中古时代波斯人拉史特（1247—1317）编著的世界史籍名著《史集》中也记载有关撒拉族历史渊源及其羊背子的史料。古代，突厥人将“吾吉”（羊背子）视为珍肴，用来宴请汗、大臣等贵人。撒拉族“吾吉”（羊背子）的来龙去脉，在专家、学者们的论文中说得很清楚。[1]撒拉族先民对伊斯兰教有深刻的理解。据有关史料，8世纪始，布哈拉和撒马尔罕等中亚地区，进入了伊斯兰化的进程。10世纪，已形成了覆盖整个中亚地区的突厥—伊斯兰文化，撒拉族先民也是在这个时期，或者在早些时期，信仰了伊斯兰教。一切都纳入了伊斯兰文化的轨道，伦理道德、风尚习俗等无不发生了质的变化，或者在不违教规的条件下有选择地保留融合了原有的一些食俗。图腾崇拜消失了，作为羊身上最肥美的部分——羊背子变异成纯粹敬长、敬贤、敬客的一种美食，这是一种不同文化的融合。

民以食为天。“吾吉”（羊背子）是一种作为文化物的烹饪食品，它具有满足生理需要、营养供给、口福享受和沟通交流等功能。肉食在人类的生存中占有重要位置，是体力和智慧的能源，“既吃植物也吃肉的习惯，大大地促进了组织形成中的人的体力和独立性。但是最重要的还是肉类食物对于脑髓的影响；脑髓因此得到了比过去多得多的为本身的营养和发展所必需的材料，因此它就能一代一代更迅速更完善地发展起来”[2]。“羊者陆产之最，鱼者乃水族之长，所好不同，并各称珍”[3]。“补虚劳，益气力，壮阳道，开胃健力”[4]。随着科技的发展，羊肉的营养价值更加得到重视，人们发现羊肉含有一种叫左旋肉碱的营养物质，动物肉中羊肉，尤其是山羊肉中含量更多。“山羊肉也有其特点，其肉富含对人类心脏有特殊营养作用的左旋肉碱（l - carnitine），是羔羊肉的 2.69 倍，是牛肉的 3.2 倍，是鸡肉的 8 倍”[5]。在撒拉族饮食生活中牛、羊、鸡肉占相当比例，其次是鸭、鱼等，特别是羊肉最普及且崇尚。因为自古撒拉族没离开过畜牧业，牛羊在人们心目中是性善而佳美。“畜食谷，兽食刍，畜有纯德者良”。“唯驼、牛、羊独具纯德，补益诚多，可以供食”[6]。羊肉“补中益气”。在高原寒、干、凉等的气候、地理自然环境中更需以肉食补热量。青海处处水美草肥，盛产藏系羊和牦牛。撒拉川紧依草原牧区，青青原上草，一岁一枯荣，夏抓肉骠秋抓油，一年四季不愁肉，如今又兴“西繁东育”，肉食资源得天独厚。撒拉族与牛羊肉食磨合得滚瓜烂熟，多出能工巧匠，人们不但喜吃、善吃和巧吃羊肉，而且在敬客、宴宾、共食、节日和礼仪等活动中也以羊肉为首选。

二

“吾吉”（羊背子）是游牧民族的传统食品，突厥语民族、蒙古族和藏族等都有在肉食宴中看重羊背肉的习惯，有的就称“乌查（羊背子）宴”，有的称“全羊宴”，其共同点是羊身各部位的肉，甚至包括羊头、羊蹄等同时上席，摆法、吃法各不同，各有特色。

蒙古族的“羊五叉”、“乌查”就是“羊背子”，这是“蒙古族传统菜肴。流行于内蒙古牧区。古称乌查之宴。为蒙古族特殊风味中高级肉席之一，是蒙古族款待尊贵客人的佳肴。据《蒙古秘史》记载：‘成吉思汗定天下，大享功臣，设全羊名为乌查之宴。’乌查同五叉，蒙古语音译，俗称羊背子。做法是：将绵羊一只杀死，去头、皮、腿和内脏，从腰窝往前第四肋骨处切断椎骨，把羊背分成两截，再把后部肋骨分开展平留羊尾，这部分称五查。同时将前部各骨关节连肉分开，压在后部五叉下面，入锅用白水煮至七八成熟，用大铜盘盛之，摆成整羊形状。上席时，先摆奶茶及奶食品，再上四冷菜和酒，然后才上羊五叉。羊五叉席为节日、婚礼、款待贵客的大宴，常伴有歌舞娱乐，饮宴通宵达旦。至今流行很广，深受牧民喜爱”[7]。

“藏族除为吃席来的宾客每人打一条肉份子外，还要给父母、阿舅、媒人等分别‘抬羊背子’，以表谢忱”[8]。

“哈萨克族招待客人时，对牛羊肉的摆盘非常讲究，招待不同身份的人盘中摆肉的部位不同。如果家里来了老人或贵客，主人就要在大盘里盛上羊的各个部位的肉，有羊头（巴斯）、后腿肉（阿斯克特吉勒克）、两三根肋条（哈布勒哈）、两三节脊椎（阿勒哈）、腰骨肉（别勒跌灭）一节、臀部肉（江巴斯）、一块肚子、一截肠子，还可放一些碎肉……臀部肉是用来招待最尊贵的客人的肉”[9]。

柯尔克孜族也有此俗，“习惯上，要把羊尾放在长者或主客面前，然后是羊胸、股骨肉、肱骨肉、肩胛肉和羊体其他部位肉”[10]。

裕固族肉食习俗，“献羊背：将一只羊的肉分成十二或十三份，然后献给每位客人。每一份都有固定的部位和名称及相应的社会地位含义，如最好的为‘臀尖’，其次为‘胸叉’，以次类推，按照每位客人的年龄、身份、地位等献上标志不同意义的‘羊背子’”[11]。

三

撒拉族先民定居循化后，生活在一个与中亚草原生态环境完全不同的自然环境中，虽然它兼营少量牧业经济，但基本上成为一个农耕民族，文化上处在汉藏文化大环境的包围圈内，食物结构也发生了大的变化，“每个民族的饮食形式和食品种类与它的经济文化类型有着密不可分的联系，甚至可以说一个民族的整个经济文化类型在很大程度上取决于所生产的食品原料和用以生产这些食品原料的方法”[12]。食品以谷物为主，在坚持伊斯兰教食礼食俗的前提下，吸纳融入了汉藏文化的成分，最后，形成了突厥传统、伊斯兰特色和中华风味的撒拉族饮食文化。它也是撒拉川清真饮食文化的集成。撒拉族“吾吉”（羊背子）有自己的个性和特色。

“大凡婚礼等重大的节庆饮食活动中，撒拉人从屠宰的羊身上熟练而完整地取下羊背子（包括两根肋骨在内并沿羊后腿自然纹取下的部分），并用木签卡住肉边，以免煮时收缩。婚礼宴席毕，双手恭敬地献给客人中最尊贵的舅舅，撒拉语称‘吾吉苦的’。或在古尔邦节宰羊后将羊背子煮好并切成手掌大的肉份子，分给阿訇和村里德高望重的老人，而其他的肉份子则是其他部位的肉块。”（马成俊《撒拉族文化对突厥及萨满文化的传承》）[13]

“撒拉族‘羊背子’平日并不随意登场，只在庄重严肃的婚礼中，‘羊背子’才被主事人双手敬与高高在上的新娘父亲和新娘家地位尊贵的舅舅；在神圣肃穆的古尔邦节中，‘羊背子’才被各家主人奉给阿訇和村里德高望重的老人。”（韩建业《撒拉族的婚俗》）[14]婚礼“宴会地点一般仍然多在门外野地或广场上，在宴会上分别送给‘羊肉份子’，羊背子的半个送给岳父，另一半送给新娘的阿舅”[15]。“这种食背部肉的习俗不仅在 salar - bagil 村庄存在，而且扩大到其他各氏族中，成为一种定制。比如在重要场合，特别是在婚宴上必须给舅舅抬‘羊背子’，以示对舅舅的尊重。”（韩中义《撒拉族“阿格乃”初探》）[16]

另外，“羊背子”还在迎宾、“和事”、纪念日等活动中出现。撒拉族“吾吉”（羊背子）虽属游牧经济的产物，但在千百年历史进程中发生了不少变异，成为近代撒拉川历史上农牧经济结合的产物。其独特之处在于：

（1）制作有一定的技术、规格和要求。选好羊后，按伊斯兰教规矩屠宰，净血，去皮和内脏后，用刀沿后腿肉自然纹理，将包括两根后肋骨在内的臀部完整地卸取下来，用木签卡住，以免收缩，下锅煮至七八成熟即成。

（2）与“吾吉”（羊背子）为伍的还有“肉份子”，是把煮熟的羊背子和羊身其他部位肉打成的“吾里希”（肉份子），分送或施舍给客人、亲戚、左邻右舍或穷人。这是伊斯兰教食礼食俗在世俗社会生活中的一种表现。“娶日，婿及男亲皆往迎，至女家门外，环坐野地，其尊长为诵合婚经，婿在野中跪，新妇在家中跪，诵毕，女家送油面疙瘩又名油香，每人各一器，牛肉各一块，即可先回”[17]。

（3）“吾吉”（羊背子）在宴席最后或到高潮时上席，是主打菜肴佳品。

（4）可即席品尝，一般是带回家，与家人共享，其乐融融。

（5）以“吾吉”（羊背子）为主线形成了撒拉族特色和撒拉川风味的宴席。“吾吉”（羊背子）与形态、美味、营养和神韵各异的茶点、干果、油食、小吃、包子、碗菜、菜肴、火锅、面条竞相争味斗香，浑然一体，成为撒拉族美食的集成展示，显示出农牧结合、清真而又简捷、明快、实惠、亲情的撒拉族饮食文化概貌。

撒拉族饮食文化是突厥传统、伊斯兰文化和中华文化相融合的结晶，它主要以撒拉族人民为载体，包括烹调、食品和消费，内涵丰富，涉及食物原料、备料、生产（烹调）、产品（食品）、消费、经济、伦理、道德、营养、食疗、卫生、审美和礼俗等诸多方面。以佳美、洁净、适度、养生、养性的伊斯兰文化饮食理念为准绳，以“五谷为养，五果为助，五畜为益，五菜为充”的中华饮食结构为物质基础，以丰富多彩的中华烹饪技艺为手段，丰富和发展自己，不断提高，不断进步，至今日形成了面食千姿百态、肉食风味独特、菜肴花样翻新、茶点别致和食俗简洁、明快的饮食文化。

面食和肉食是撒拉族饮食文化的上下两篇文章。其中有传统的，又有借鉴兄弟民族，学到手成为自己的。面食中的饼食、油食、馅食、面条、甜食和小吃等，花样繁多，形态各异，风味独到，自成系列。饼食有库亨、库买奇、烫面饼、死面饼、花卷、酥盘等；油食有馓子、木馓、牙合肴瓦、油香、佰则来、玉木台艾麦合（鸡蛋果果）、油糕、泡泡酥饼等；馅食有包子、饺子等，多为蒸煮食，营养学家、医学家推崇包子、饺子等食品是“完美的金字塔食品”，认为用各种加热手段烹制的食品中，蒸、煮、烩、氽、炖制食品的营养保存最完好。撒拉族平常爱吃包子，待客更少不了包子，传统包子有洋芋（土豆）包子、木赛日包子、甜菜包子、菜瓜包子、萝卜包子、胡萝卜包子、羊肉包子、韭菜包子、水晶包子、阿让包子、水煎包子、糖包子、炸糖包子、什锦糖包子、芽面包子、蜂窝糖包子等，特点是：内馅丰富，不管蔬菜、谷物还是牛羊肉，择取唯良；选料严谨，肉要肥瘦相间，不用筋头巴脑，用其鲜嫩处，菜不用皮，而用其心，反复择选，严格洗涤；注重营养，肉、菜、油、调料等，合理调和搭配，火候适中，熟而不烂，甘而不浓，淡而不薄，肥而不腻；馅大皮薄，经济又实惠；形态奇正多变，分圆、扁、椭圆、菱形、三角、蜂窝等，提摺工整、小巧玲珑、摆盛艺术。一般而言，见其形态，可知内容，远看似艺术品；围碟相随，任人自调，营养丰富，味美宜人。

面条，撒拉语叫阿什，是传统的民族食品，品类丰富，形态多变，有条、片、棋、叶、菱、段、丝、糊、雀舌、疙瘩等形，宽、窄、粗、细、长、短、薄、厚可多变，制法以揪、切、拉（抻）、搓、搅等，烹制法以煮、炒、蒸、炝、焖、烩等，如，指甲面片、长面、雀舌面、亚日玛面、秃秃麻食、捋面、拉面、搅团、杂面疙瘩、棍棍面、乌麻什、寸面、搓搓面、凉面、干拌面、臊子面、浆水面、烩面、炒面等。

甜食有哈里瓦、甜麦子、醪糟等；小吃有搅团、酿皮、比里麦合、麦仁、炒面、油枣、库日麻什、古古玛玛等。

肉食中“吾吉”（羊背子）外，还有手抓羊肉，简称“手抓”。血水手抓是古老而传统的吃法，又有白条手抓、红烧手抓、焦麻手抓、碗菜、肥肠、面肠、手抓牦牛肉、什锦火锅以及不断丰富增加的各种菜肴等。

以这些美食为基础，约定俗成地形成了撒拉族各种不同的宴席。比较流行的宴席有家常宴、手抓宴（俗叫“老三篇”，即盖碗茶、手抓羊肉和面片）、农家宴、婚宴、民族宴、教席、贵宾宴等。在选料、烹制口味、茶饮、组合搭配、上席程序以及食礼食俗等方面有自己的个性和特点，既豪放、大气，又细腻、温馨和美观。在中华宴席百花园中，撒拉族宴席别具一格。靠山吃山，靠水吃水，一方水土养活一方人。撒拉川人自古讲究饮食，而且好以食品为馈赠，即使困难时代，杂粮也做得好吃。讲究精、细、香、美，成为撒拉家乡一种时尚。如今生活条件好了，走进撒拉人家、农家院或大大小小的饭馆，吃一顿饭，是一种享受，总留下“永存的口味”。改革开放，开创了千百年来的大好环境，人们改变观念，走出家门，走进市场，提供各种美食与大家共享，同时，也借鉴、引进了不少异地食品，丰富了饮食品种，但最吸引人、最具活力的还是具有鲜明民族特色和循化乡土气息的饮食。

四

撒拉族“吾吉”（羊背子）是一种古老的食品，撒拉族肉食之尊，先有“吾吉”（羊背子），后有“吾里希”（肉份子）、手抓羊肉、肥肠、面肠、羊头肉、碗菜等。敬羊背子是敬人、敬客、敬长、敬贤之俗，是一种积极、向上，提倡健康伦理道德的食俗文化。它源于古代，后与伊斯兰文化融合，世世代代与本土地域、环境、民族、周边多元文化交相互映，融入了许多新的内涵。撒拉族饮食品种始终是沿着传承、借鉴、吸纳和创新的轨迹，从单一到多样，从技艺简单到复杂，发展到今天品类丰富多样的地步，形成了独特的食礼食俗和美食组合——各种宴席，其民族特色鲜明，乡土气息浓郁。敬羊背子是撒拉族的一种传统，一种饮食民俗。“传统是一种世代传承的文化，既是体现和反映一个民族作为一个人类群体的重要标志之一，也是组成这个民族的传统性文化某些特征的根本所在”。“饮食民俗是饮食文化的一种表现，是人类对自身饮食本能的一种高度理论性发展和文化的体现，是展现人类文明进步的一个重要方面”。[18]“吾吉”（羊背子）伴随撒拉人走过了一千几百年的历史路程，是撒拉族饮食文化的源头活水和活化石，它传递撒拉族文化的脉络，是一种文化资源和财富。民俗是在适应与变迁中传承的，撒拉族“羊背子”在一些领域已淡化，但仍鲜活存留在民间。“吾吉”（羊背子），古老而佳美，“含金量”高，不论从发展经济、旅游业还是振奋民族精神、发展民族文化或创造食品品牌角度而言，都是值得开发的。中国人从出生到去世，都始终处于亲情的环绕之中，而这种亲情的表现方式之一就是饮食文化。撒拉族的“吾吉”（羊背子）、“吾里希”（肉份子）、手抓羊（牛）肉、丰富多彩的面食以及宴席都是智慧和技艺的结晶。其中的礼俗充满着情谊，传递人与人、民族与民族之间的感情，是人与人之间相互关心、尊重、敬慕之情，是一种凝聚力，对发展民族文化、发展民族经济均有良好的作用。“大力发展先进文化，支持健康有益文化，努力改造落后文化，坚决抵制腐朽文化”。[19]“吾吉”（羊背子）是一种文化标志，我们应当理直气壮地打起撒拉族“吾吉”（羊背子）为龙头的美食品牌，让“吾吉”（羊背子）成为撒拉族肉食的形象代表，让撒拉族的血水手抓羊肉、千姿百味的包子、“罗宋汤”式的碗菜、“永存口味”的指甲面片、雀舌面等香遍大地，迎接八方客人。撒拉人自古好客，以为来客人是吉祥的征兆，“客来福至”。“华冠礼服留自身，美味佳肴享他人，劝君殷勤多好客，自有众人传美名”[20]。

如今，我国广大农村紧跟时代的步伐，处于城镇化的进程之中，“在城市环境中，既在民族烹饪得以繁荣兴盛的最肥沃的土地上，食物不仅是加强民族联系的动力，而且也是跨越民族界限的、最有益的和最容易通过的桥梁”[21]。科技的进步，交通的发达，城镇化的加速，世界在缩小，人们的距离越来越近，在纷繁的来往交际中，吃在先，各地、各民族的美食争奇斗艳，这是一种看得见、摸得着、吃着香的实实在在的文化，越来越显示出文化交流的作用。旅游业是阳光产业，有的地方成为地域经济中的支柱产业，国家提出把旅游业培育成国民经济战略性支柱产业和人民群众更加满意的现代服务业的号召。各地餐饮发展迅速，饭馆林立，收入猛增，竞争如火，大菜名肴频出，仅羊背子为名的特色高档美味佳肴争奇斗艳，都在竞相挖掘各民族文化资源。营养、卫生、科学、合理是现代社会人们的食物消费理念。循化县内应多方形成合力，搭一平台，沟通交流，学习借鉴，整理、挖掘和发扬独具特色的撒拉族羊背子等美食文化资源，用丰富的中华烹饪技艺手段，使“吾吉”（羊背子）与时俱进，走进市场，走进餐饮旅游业，提高和升华，展示其魅力，为更多的人服务，为发展民族经济尽其力。市场不负有准备的人。已故著名社会学家、原全国人大常委会副委员长费孝通先生在其《撒拉餐单》一文说：“撒拉餐单也充分反映这个民族亦农亦牧的特点。我从这张餐单上看到了这个民族的优势和前途。”“我希望有一天在各大城市里有专设撒拉馆子，可以供应群众一尝农牧结合的独家风味。”[22]

立足民族和乡土特色，实抓餐饮，优化环境和文化氛围，打出自己的品牌，也许能走出一条创业的路子。

参考文献：

[1]、[13]、[14]、[15]、[16] 马成俊，马伟主编．百年撒拉族研究文集．西宁：青海人民出版社，2004

[2] 恩格斯．自然辩证法

[3] 洛阳伽蓝记校注．卷二．上海：上海古籍出版社，1958

[4]（明）李时珍．本草纲目

[5] 1997年3月10—12日举行的第二届全国食品添加剂化学学术会议有关论文资料

[6]（清）刘智．天方典礼．天津：天津古籍出版社，1988

[7][10] 中国少数民族民俗大辞典编写组编著．中国少数民族民俗大辞典．呼和浩特：内蒙古人民出版社，1995

[8] 中国地方志民俗资料汇编（西北卷）．北京：书目文献出版社，1989

[9] 帕提曼编著．哈萨克族民俗文化．北京：民族出版社，2008

[11] 郝苏民主编．甘青特有民族文化形态研究．北京：民族出版社，1999

[12] C. A. 阿鲁丘诺夫．关于饮食民族学．民族译丛，1983（2）

[17] 龚景瀚．循化志．西宁：青海人民出版社，1981

[18] 叶涛．中国民俗．北京：中国社会出版社，2006

[19] 十六大文件汇编

[20] 麻赫默德·喀什噶里．突厥语大词典．北京：民族出版社，2002

[21][美] 范·登·伯格．民族烹饪——实际上的文化．p. l.

[22] 中国烹饪，1987（11）

（2009年12月28日）

“撒拉族精神”研讨会议纪要

萨彦班

一、循化研讨综述

2009年2月18日，青海省撒拉族研究会在循化县召开了“撒拉族民族精神研讨会”，参加会议的人员有青海省社科联常务副主席胡维忠，研究会会长马成俊，副会长马明善、马维胜、韩秋夫，理事陈明范、韩兴斌、马光辉、韩占祥、张进锋、马伟，及循化县马明显、韩庆功、韩青龙、韩福林、马彦龙等有关领导和同志。

会议由循化县委常委、宣传部部长韩兴斌主持。他首先介绍了会议的目的及意义。

胡维忠副主席提出大家就如何概括撒拉族精神，撒拉族精神的内涵、形成、时代特征，及如何走向现代化等问题进行探讨，并指出撒拉族民族精神的概括对今年夏天在青海举行的全国人口较少民族现场会议能否成功意义重大。

韩秋夫提出，撒拉族走过了近800年的历史，风风雨雨，历尽坎坷，能发展到今天本身是个奇迹。在22个人口较少民族中，撒拉族作家文学也已经走在前列。他说撒拉族是个特别勤劳、特别勇敢、特别智慧的光荣的民族，历史上经历了血与火的磨炼，现时中又走在时代的前列。

张进锋认为目前的民族政策是自元明清以来最好的。在22个人口较少民族中，撒拉族和其他民族相比既有共同点，也有自己的不同点。撒拉族的核心特征是语言，就民族精神而言，他总结为：发扬白驼精神，树立两莽形象。

韩福林说民族精神是民族的价值观、伦理道德等的体现。撒拉族民族精神的概括要对内动员力量，对外展示形象，要体现出骆驼精神，骆驼有五种品格，对此，刘智总结为：一为仁德（扬善惩恶），二为义德（团结友爱、维护正气、顾全大局、同甘共苦），三为礼德（爱国爱教、遵纪守法），四为智德（乐善好施、宠辱不惊、心态适度、恩不求报、德不张扬、坚忍智慧），五为诚信（一诺千金、讲求诚信）。根据以上内容，他总结撒拉族的精神为：扬善嫉恶、团结友爱、坚忍智慧、诚信自强、与时俱进。

韩庆功认为勤劳勇敢等词有简单化的倾向。撒拉族：一是好动，以前从中亚迁到循化，但循化并非最终归宿；二是开放，敢想敢干，敢闯天下，能适应现代化的大都市，适应市场；三是不安于现状，能抓住机遇；四是有极强的荣誉感，放大理想；五是崇尚英雄，不同时代皆有领军人物；六是刚烈铁骨侠义，宁折不弯；七是非常聪明，具有遗传学方面的证据。他进一步认为，应把撒拉族的民族精神与中华民族精神结合起来思考，撒拉族民族精神是中华民族精神的有机组成部分；撒拉族精神离不开撒拉族的价值观；撒拉族精神应置于更大时空中去研究，不应太狭隘。

韩占祥说，撒拉族具有高度的民族气节，是个优秀的民族，有坚定信仰，具有骆驼的精神。撒拉族关心国内外大事，关注世界的发展变化，勤劳勇敢，不甘落后。

马光辉指出，撒拉族自古以来就有一种使命，一种宗教的使命，能吃苦耐劳，勇于拼搏，在青藏线上活跃着一代又一代的撒拉人。

马彦龙认为撒拉族特别能吃苦，不畏艰险；敢于冒险，敢闯敢干；团结包容；与时俱进；扬善嫉恶。

陈明范认为撒拉族：勇于开拓创新，过去走西口，现在又能走南闯北；接受新生事物快，融入观念强，外出不仅是为了物质利益，更是为了学习先进思想文化；自尊，不受凌辱；信仰坚定，语言文化等保存了下来；撒拉族精神是中华民族精神的重要组成部分。

马明显提出，撒拉族从历史到现在，信念坚定，吃苦耐劳，不安于现状，维护正义，推崇公平。撒拉族敢为人先，是坚定信念支撑下的实践的理想主义者。其精神是中华民族精神的一部分，是以爱国主义为核心。

马明善说撒拉族崇尚文武之道，海纳百川，勇于拼搏，善于经商，敢为天下先。

马维胜认为撒拉族民族精神的概括对外有宣传功能，对内可以凝聚力量，可以提升民族的品牌，展示民族的生存发展情况，应从精神、形式、物质、心理等方面去概括。

马伟通报了“中国撒拉族”网及通过书信征集的关于民族精神的概括材料。

韩兴斌之后作了总结，他说撒拉族民族精神的概括应从政治、经济、文化、民族等方面进行总结，要与中华民族精神、撒拉族生活习惯等结合起来，既要本民族认可，又要其他民族认可，既要政府认可，也要民间认可。

最后，胡维忠副主席说，听了大家的意见，很受启发，提炼民族精神首先要从历史角度来看，其次不能脱离现实。文字要凝练，内涵的解释更重要，同时要跳出撒拉族看撒拉族。

二、西宁研讨综述

2009年3月29日上午9时，青海省撒拉族研究会部分理事在西宁市就“撒拉族精神”召开专题研讨会议，青海省社科联常务副主席胡维忠，撒拉族研究会会长马成俊，副会长马明善、韩兴旺，理事马丰胜、马成文、马文才、马海福、韩福德、那成英、马少云、马伟等同志前来参加会议，会议由研究会会长马成俊主持。马成俊向大家介绍了会议主要内容和总结“撒拉族精神”的缘起，随后大家各抒己见，每个人从不同的角度表达了对“撒拉族精神”内涵的理解。最后马成俊对大家的意见一一进行了分析并总结。现简要整理会议主要内容如下：

（一）总结撒拉族精神的缘起

马成俊说，全国22个人口较少民族会议即将在我省召开。在我国55个少数民族中，人口在10万以下的民族有22个，总人口63万人，统称人口较少民族，主要分布在我国的云南、新疆、黑龙江、内蒙古、甘肃、青海、广西、贵州、西藏等西部和边疆地区。其中撒拉族的人口在这22个民族中位居第二，仅次于毛南族。撒拉族在各方面表现突出，按人口比例来算，撒拉族民族企业和民族经济方面的成就，以及整体民族的精神面貌等方面非常突出，因此，青海省委、省政府有关领导要求我们对“撒拉族精神”进行高度提炼。

（二）研讨内容

开始讨论前，省社科联副主席胡维忠提醒大家在研讨“撒拉族精神”时主要从两个层面着手，也就是中华民族共有的民族精神和撒拉族具体的、独有的民族精神。不仅要能够体现撒拉族的特质，而且还要朗朗上口，同时应避免过于平淡的词眼，希望大家打破这种思维，或者说是换一种思维去思考和讨论。

马明善认为，应该从两个角度去总结，一是从撒拉族历史的角度。撒拉族先民从遥远的中亚来到了这个完全陌生的地方，经历了千辛万苦，但依然非常乐观，而且顽强地形成了一个优秀的民族。是什么样的精神力量在支撑他们呢？我们需要回顾和总结。二是从现时的角度。从这两方面进行总结，还要有特质。撒拉族的特质有：①特别爱国爱教，二者兼顾，从古至今都是如此。②特别崇尚文武。“撒拉尔”的意思就是“到处挥动捶矛者”，许多研究也表明，我们祖先也是非常崇尚勇武的。③特别善于经商。④彪悍、刚烈、包容、阳刚。撒拉族男子有特别的阳刚之美，女子有温柔之美，撒拉族能海纳百川。⑤传统又现代。不落后，但不盲目追求时尚，能保持撒拉族固有的传统。

马文才认为，总结出来的“撒拉族精神”要既能包括共性，又能体现个性。

马丰胜从科学发展观的高度，结合撒拉族的历史、文化，使大会讨论“撒拉族精神”有了一个正确导向。他认为，撒拉族特有的文化，体现独特的民族精神，要总结撒拉族的精神，应该先理解撒拉族文化的特质。为此，他引用了四种关于民族文化的说法：①文化是人类创造的精神财富；②文化能看得见，摸得着，又看不见，摸不着；③有人群的地方就有文化；④围绕人的衣食住行而有了文化。建议大家从这四方面去理解撒拉族的文化特质，从而总结出能体现这些特质的精神。同时还提出，提炼“撒拉族精神”必须要以科学发展观为导向，这样总结出来的精神才会有前瞻性和可持续性。我们要看到我们民族文化的优越性，同时也要看到美中不足，要看到民族工业的基础之薄弱和整个撒拉族经济社会发展基础之薄弱，我们绝不能沾沾自喜，要始终有一种危机感。总结出来的精神应该能够鼓励人们努力去弥补这些不足，以促进民族社会的全面发展。马丰胜认为，总结撒拉族文化应该考虑到：①基本的衣食住行。②要纵观本民族历史，总结一下为什么在那么小的地方，处于弱势的情况下发展成一个优秀民族。现在从现代化大城市到贫困的农村，从高海拔到平原地区，从严寒到炎热地区，都有我们撒拉族的影子，并且生意都做得很突出。③面向未来，实现可持续性。撒拉族精神应该包括以下内容：①勤劳吃苦；②朴实厚德；③敢为人先；④诚实守信。另外，马丰胜建议大家用比较的方法，想一下犹太人那么优秀是为什么，看看我们从中能得到什么启发。

胡维忠等同志同意马丰胜提出的既要总结历史和现在，又要考虑到未来的可持续发展性、前瞻性，还要用比较学的方法，认为应该从发展的视角考察本民族的形成过程，还要注意本民族精神与中华民族精神之间有什么关系。

马少云认为，提炼出来的精神，必须要能够与中华民族精神接轨，能诠释之。而黄河岸边长大的撒拉尔，天生都是弄潮儿，来到循化之后，历尽艰险，可是从来没有停止过奋斗。他提出了关于撒拉族精神内容的建议：黄河民族不畏艰险，开拓创业，共建家园，热爱祖国（或科教并重），宏图再展。

马海福认为，提炼之后的“撒拉族精神”必须要有利于民族的发展，这是基本的出发点，同时对传承优秀传统、摒弃糟粕方面应起到一个促进作用。作为信仰伊斯兰的民族，提炼出来的精神不能跟宗教相冲突，同时也要符合国家要求。把爱教的内容也应该写进去是因为撒拉族从古至今都是如此，从来都离不开宗教。而“循化”的意思是“遵循王化”，用现在的语言来说，这里面就有与时俱进的意思。撒拉族也有不足之处，总结出来的精神对这些不足应该能有个抑制的作用。他认为“撒拉族精神”的内容应该是：爱国爱教，吃苦耐劳，与时俱进，求新求异，举重若轻。

韩兴旺认为，“撒拉族精神”中要有白骆驼精神，有耐心，敢为人先。撒拉族是黄河民族，是浪尖上的民族，更是驼背上的民族，黄河的这一点应该能体现出来。至于“百……”、“千……”的提法，韩兴旺认为这些词已经用到温州人精神上了，我们就不要再用了，要有新意。

马成文提出，总结“撒拉族精神”要注意以下几点：①不能脱离撒拉族固有的传统文化，其中伊斯兰是民族文化的核心。②应包括多年来已经形成的对生活、生产的追求方式。③要有高度，体现现代性。④要朗朗上口，注意语法结构的一致性，如果能押韵则更好。他思考的“撒拉族精神”的内容是：敢于创业，敢于奉献，敢于追求。

胡维忠也认为，“撒拉族精神”的定位问题非常关键，不仅是本民族的精神，而且也是其他民族的精神，让其他民族可以学习，起到榜样作用。

韩福德列举了多个撒拉语词汇后认为，撒拉族特别崇尚力量，但这个力量不仅仅包括了身体的力量，而且还包括了各种实力，比如文化实力、经济实力等。另外，特别崇尚富裕，不甘人后，使撒拉族子子孙孙奋斗不息。另外，接受新生事物特别快，总结“撒拉族精神”时应考虑这些内容。

年轻的达吾结合自备的图像，充满激情地讲述起撒拉族东迁之前至今的关键历史事件，结合这些历史提出了自己关于“撒拉族精神”内涵的看法。他认为，提炼精神，首先要尊重撒拉族的历史，从中找出我们的灵魂的东西。我们的祖先曾经崇拜苍狼，到了撒鲁尔时期又崇尚猎鹰。猎鹰喜欢往高处飞，不怕任何凶猛的动物。苍狼的精神是值得总结的。达吾认为，白骆驼精神不可取——白骆驼确实很有耐心，很忠实，很听话，但没有主见，逆来顺受。达吾认为“撒拉族精神”的内容是应该是：物竞天择，驾驭变化，布尔库特（撒拉语，意即猎鹰），无处不在。

那成英认为撒拉族精神离不开伊斯兰教的影响，所以不能脱离伊斯兰教的内核去提炼。他思考的“撒拉族精神”的内容是：忠诚、坚毅、包容、开放。

马伟认为，历史、信仰都应该包括，不过要推敲一下表达的方式。应先确定字数，然后在字数的限制下去总结。

马明善满怀激情地朗读了个人散文作品，将整个会议推向了高潮。他认为撒拉尔之魂来自《古兰经》。

最后，会长马成俊对以上内容作了简单的总结，并表示会后要在书面征集材料、循化研讨内容及此次会议的基础上进行认真提炼，提出几种方案，供省上领导参考。

三、附“中国撒拉族网”上及书信征集主要建议

卢明道：强悍豪爽，慷慨侠义。勤劳善谋，不畏艰险。争强好胜，不甘人后。

马继福：甘冒风险，坚忍不拔，勇于承担，崇尚尊严，精诚团结。

撒拉族的奋斗目标：争创一流，抬头做人。

撒拉族的价值观：重视信仰，为人正派，团结互助，热情好客。

韩忠祥：撒拉族突出的时代精神是：敢于拼搏、敢于创业、敢于吃苦、敢为人先。

马明良：信仰坚定、自尊自强、吃苦耐劳、艰苦奋斗、热情豪放、善于经商。

Tm：豪放、热情、传统、阳光。

民警：自尊自强、阳光坚忍、勤奋节俭、热情纯朴。

（本文原载《中国撒拉族》2009 年第 1 期）

撒拉族精神研究

课题组[1]

一、研究缘起

撒拉族是中华五十六个民族之一，由于历史上从未受到过平等待遇，往往把撒拉族当做西番或回族的一部分，历史文献中曾经写作“番回”、“回番”、“撒喇番回”等带有偏见或歧视性的名称。1949 年新中国成立以后，中央派专家到青海进行少数民族识别，参考历史上的他称和自称，在广泛征求本民族意见的基础上，于 1954 年确认为撒拉族，并成立了循化撒拉族自治县，撒拉族在政治上得到了平等。从此，撒拉族人民与全国各族人民一道迈上了社会主义康庄大道。1978 年党的十一届三中全会以后，国家实行改革开放的政策，撒拉族人民获得了第二次解放。在国家和有关方面的大力支持下，撒拉族人民抓住机遇，自强不息，凭借善于经商的传统，大力兴办乡镇企业，经济社会发展取得了历史性成就，受到了国家有关部门和省委、省政府的高度评价。

2000 年 7 月，国家民委组织开展了“中国人口较少民族经济和社会发展调查研究”，把人口较少民族定义为 1990 年人口普查中总人口不足 10 万人的少数民族。全国共有 22 个，总人口约 63 万人。撒拉族是青海省的人口较少民族。2001 年 8 月，国务院明确了在执行国家支持少数民族地区经济和社会发展的统一政策下，扶持人口较少民族发展，在改善生产生活、基础设施、文化教育卫生条件等方面给予更多的支持和照顾的基本原则。2004 年全球扶贫大会在上海召开，温家宝总理在《中国政府缓解和消除贫困的政策使命》中庄严承诺：“加快 22 个人口较少民族贫困地区脱贫步伐，力争先于其他同类地区实现减贫目标。”同年 11 月，胡锦涛主席、温家宝总理对扶持人口较少民族发展做了重要批示，要求国务院有关部门和地方政府加

[1] 课题组顾问：曲青山、马顺清；课题组负责人：胡维忠；课题组成员：马成俊、马维胜、扎西本、马伟。

大扶持力度，帮助人口较少民族加快发展。2005 年 5 月 18 日，温家宝总理主持国务院常务会议，讨论并原则通过了《扶持人口较少民族规划（2005—2010 年）》。《规划》明确提出，通过 5 年左右的努力，使人口较少民族聚居的行政村基础设施得到明显改善，群众生产生活存在的突出问题得到有效解决，基本解决现有贫困人口的温饱问题，经济社会发展基本达到当地中等或以上水平。同年 8 月 29—30 日，国务院专门召开“全国扶持人口较少民族发展工作会议”，回良玉副总理在会上发表了重要讲话，对贯彻实施《规划》做了具体的部署和安排。这标志着中国扶持人口较少民族发展进入了全面实施的阶段。

青海省委、省政府高度重视国务院关于扶持人口较少民族的重要决策，多次召开专题会议，安排部署青海省撒拉族的社会经济发展有关问题。今年是青海省扶持人口较少民族（撒拉族）加快脱贫的关键一年，省政府已将未实施整村推进的 23 个撒拉族贫困村，全部纳入 2009 年扶贫整村推进计划。根据国务院扶贫办《关于开展金融合作试点工作的通知》精神，省扶贫办积极向国务院扶贫办争取，已将青海伊佳民族用品有限公司“穆斯林民族用品服饰加工扩建项目”列为国家首批金融合作试点项目。通过各种有效措施力争提前一年完成国务院扶贫办的工作要求。

今年适当时候，国家将在青海省召开“全国扶持人口较少民族发展工作现场会”，展示撒拉族开拓进取的精神品质，表明了国家对新形势新阶段下各民族共同团结奋斗、共同繁荣发展的深敏洞见和高瞻远瞩。为配合这次会议，根据省委、省政府有关领导的指示，由省社科联牵头，省内社科界专家学者组成“撒拉族精神”研究课题组，先后赴北京、上海、杭州、拉萨、循化等地进行实地调查，走访了民营企业家、个体工商户、农民工，并在循化县和西宁市分别召开了由撒拉族社会各界人士参加的“撒拉族精神研讨会”，同时还在网上征集有关意见和建议。本着既要反映撒拉族民族历史，更要反映新时期以来撒拉族改革开放的实践；既要反映与中华民族的内在联系，又要体现撒拉族的特质；既要科学理性规范的阐释，又要让其他较小民族可信可学可用的原则，在集思广益的基础上，课题组对撒拉族精神的内涵与中华民族精神的关系、形成、地位和作用等进行了初步概括和探索研究。

二、撒拉族精神的含义

撒拉族精神是撒拉民族在长期的共同生活和共同的社会实践基础上形成和发展的，为本民族大多数成员所认同和接受的思想品格、价值取向和道德规范，综合反映了该民族的心理特征、文化传统、思想情感等。概括起来讲，撒拉族精神就是“爱国如家、崇尚生活、厚德诚信、敢闯敢拼、自强不息”。撒拉族精神是个有机的统一整体，相辅相成，不可分割，既同民族传统美德相承接，又同社会主义思想道德相统一。其基本内涵是：

爱国如家 撒拉族先民自 13 世纪初进入中华民族的大家庭，便始终奉行爱国主义的信念。信念是一个人的精神支柱，也是一个民族赖以生存的精神支柱。只有高尚、远大而坚定的信念，才能产生强大的精神力量。撒拉族人民爱国如家，首先体现在撒拉族具有强烈的爱国主义传统。在历史上，无论是元朝统一的多民族国家形成，还是明朝保疆安边；无论是清末反抗封建压迫，还是抗日战争时期抵御外侮，撒拉族始终把热爱祖国作为坚定意志，把维护祖国荣誉作为神圣使命，把爱国深情升华为崇高的道德责任，为国家统一和社会稳定尽力尽责。在新时期，撒拉族的爱国主义精神体现在对中国共产党、对社会主义、对伟大祖国的热爱，对社会主义制度、对党的民族宗教政策、改革开放政策、西部大开发政策以及各项经济政策表示由衷欢迎，他们经常教育自己的子女“爱国是信仰的一部分”。其次，表现在撒拉族人民十分热爱自己的家乡。在自然条件极其艰苦的环境中，他们建设自己美好家园的行动始终如一，在他们的辛勤劳动下，把过去的“干循化”建设成了绿色家园。撒拉族的村落整洁，家庭美观，到处秩序井然，呈现出一派欣欣向荣的景象。在长期的物质生产和精神生产中，他们积极开发青藏高原自然资源，为物质文明建设作出了自己的贡献，同时他们也不断地创造精神文化，为丰富中华民族的文化宝库付出了心血。

崇尚生活 撒拉族人民崇尚生活，体现在向往美好生活、追求美好生活、创造美好生活。考察撒拉民族迁徙历程，撒拉族先民历经千山万水，战胜艰难险阻，千里迢迢寻找到了理想生活之地——今循化地区，今天街子镇骆驼泉便是撒拉民族的心中圣地。撒拉族历史以来，尊重生命，崇尚生活，在村落社会形成了和谐有序的人际关系，即便是在极端艰苦的环境中，撒拉族人民也能保持积极乐观的生活态度，提升社会的亲和力，提高民族的凝聚力。在撒拉族社会，一直存在着兼爱互利、扶贫济困、团结互助的优良传统。撒拉族人民认为，亲戚之间、邻里之间、家族之间应该互相提携，互相帮助，共同富裕，共同发展。如果一家有了困难，亲戚、邻里、家族成员就会主动前来帮忙，提供信息和资金，帮助他们渡过难关，事后从不张扬。反之则会受到谴责，难以立足。在撒拉族社会，有兄弟组成的社会组织称为“阿格乃”，是血缘组织，把扩大了的远方兄弟组成的团体叫“孔木散”，这两个血缘组织之间具有互助的传统。历史上，凡婚丧嫁娶、生产生活等重大事情，均由这个血缘团体成员共同承担。过渡时期的互助组、高级社乃至后来的人民公社时期，所有生产组织基本成员都是依照“阿格乃”或“孔木散”的血缘组织基础上建立起来的。20世纪80年代实现土地联产承包责任制以后，各“阿格乃”、“孔木散”又组成小型的互助团体。随着乡镇企业、民营企业的发展，各个企业一开始就以“阿格乃”或“孔木散”集资的形式创办企业，是股份制企业的最初尝试。撒拉人认为，帮助其他人应从自己的骨肉亲戚开始向外扩展，兼及别人。撒拉族积极向上的生活态度，还表现在对他人和社会的奉献精神。在青海省的公路建设、水库建设等强体力劳动的建设工地，到处都有撒拉族青壮年人的身影，他们不怕艰苦，不畏艰难，敢打硬仗，在全省各地各民族人民中留下了良好的声誉，得到了高度的评价。一些先富裕起来的民族企业家，积极投身于对家乡公益事业的支持，建学校、修道路、盖房子、资助贫困学生、贫困家庭、老弱病残，用爱心回报社会。这些传统成为全体撒拉人共同的生活准则。

厚德诚信 撒拉族人民在社会交往、族际交往和人际交往中遵守伦理道德，互相尊重，恪守诚信，讲求信誉。撒拉族人民认为，礼貌是为人之本，诚信是做人之根，在任何社会活动中，只要尊重别人，包容多样，始终以诚信为原则，社会就能够和谐发展。长期以来，撒拉族人民不仅在民族内部讲求和谐有序、互助合作，而且在与汉族、藏族和回族等其他民族的交往过程中，也建立了良好的信誉，有着良好的口碑。诚信作为撒拉族文化中的核心概念，在撒拉族的经济文化交流中，诚实不欺，恪守商业信用，讲求生财有道，唾弃缺斤少两、囤积居奇、买卖不公、说谎骗人的行为。在待人处世方面，他们以尊重别人、讲求礼貌为原则，对陌生人以礼相待，哪怕是乞丐到了家门口，也从不让他空手而回，对老弱病残更是体恤有加。在撒拉族社会，老有所养，幼有所教，病人有所照顾，已形成了一种社会准则。

敢闯敢拼 撒拉族是一个具有强烈集体荣誉感的民族。撒拉族社会中流行一句话叫“竖耳朵”，指的是始终要为了荣誉而奋斗。不论在生产劳动、社会生活还是读书学习、创办企业等方面，都敢于争先，不甘落后。改革开放不久，家庭联产承包责任制焕发了撒拉族人民的创造热情，重新分配到了土地的撒拉族人民精耕细作，创造出单位亩产历史最高的纪录。在市场经济的大潮中，撒拉族人民凭借善于经商的优势，转变观念，更新理念，乡镇企业、个体工商户如雨后春笋，经济发展实现了新的飞跃。在加快城镇化发展的进程中，撒拉族人民走出“天下八工”（指循化县的撒拉族地区，历史上循化有八工，每个工相当于现在的一个乡），纷纷闯入大中城市，实现了富余劳动力转移，开辟了新的发展空间。在撒拉族社会，进步和发展受到社会的鼓励和赞赏，而落后和懒惰受到社会的歧视和批评。正是因为在这种人人争先、不甘落后的文化氛围下，撒拉族人民克服自然条件艰苦、土地资源奇缺的现状，不怨天尤人，想办法、找出路，互相扶持、彼此鼓励，在国家大力支持下，闯出了一条欠发达地区较少民族经济社会发展的新路子，整个社会朝气蓬勃，充满活力。

敢闯敢拼精神还体现在不断创新上。任何一个民族，在其发展历程中，如果故步自封、固守传统、抱残守缺是没有出路的。只有不断创新思路、推陈出新，才是谋求民族生存和发展的必由之道。撒拉族先民从元初自中亚地区迁徙到今天青海循化定居，在近800年的历史进程中，他们不断调整自己的生产生活方式，调适与周围民族的各种关系，以适应全新的自然环境和文化环境，凭借着不断创新发展思路，从无到有、从弱到强，走到了今天。在生产方式上，他们从游牧生产方式转变到农业生产方式，从农业生产方式转变到工业生产方式，不断调整产业结构；在文化上，从传统的突厥文化和伊斯兰教文化，到不断接受汉藏文化和现代文明，创造出了适应自然环境和社会环境的独特的文化模式，这些都体现了撒拉族的敢闯敢拼精神。改革开放后，撒拉族的敢闯敢拼精神更加凸显，他们积极适应各项改革，投身改革开放的大潮，在市场经济中创造出了惊人的业绩。

自强不息 撒拉族是我国的人口较少民族之一，居处偏僻，人口不多，经济基础非常薄弱，在历史上遇到了不少的挫折，但是，撒拉族人民凭借自强不息的精神，走过了近800年的历史，这是民族迁徙史上的一个奇迹，也是民族发展史上的一个奇迹。在这过程中，撒拉族凭借善于经营、互相尊重、兼容并包而又不失去自己特色的情况下，从历史走到了今天。早在明清时期，撒拉族便是甘青地区“中马十九族”之一，跻身并活跃于“茶马互市”的行列，并且得到了朝廷两面金牌信符。20世纪30年代，循化县白庄、孟达和街子分别形成了三个颇具规模的农畜产品、日用品集贸交易市场，循化县以及邻近的甘肃临夏、青海民和等地的各民族客商便在那里行商坐贾。即便是在环境不利的时期，撒拉族社会从来也没有中断与周边回族、藏族等民族的经济贸易。改革开放后，撒拉族凭借善于经商的传统和经验，率先适应了市场经济，千山万水闯市场，千辛万苦创品牌，乡镇企业蓬勃兴起，最终成就了兴旺集团、伊佳集团、雪舟集团等著名民营企业。同时，撒拉族人民举家走向大城市，在全国各地纷纷创业，挣了票子、壮了胆子、换了脑子、育了孩子、买了车子，提高了生活质量，提升了民族素质。撒拉族又是一个特别善于经营世俗生活的民族，庭院整洁，环境优美，秩序井然，表现出一种积极向上的生活态度。在这样的社会里，人们的生活安逸而舒适，老有所养，幼有所教，互相尊重，互相帮助，看不到懒惰，听不到闲话。这些优良传统的形成，是撒拉族人民长期努力的结果，也是撒拉族社会文化所培育出来的结果，理应在今后的社会经济发展中得到进一步的弘扬。

三、撒拉族精神与中华民族精神的内在联系

在我国五千多年的历史长河中，五十六个民族在改造客观世界的实践活动中，特别是近代以来在反对外来侵略、争取民族独立和解放的斗争中，相互交流和交融，形成了中华民族大多数人所认同、接受和追求的思想品格、价值取向和道德规范，形成了中华民族以爱国主义为核心的勤劳勇敢、团结统一、爱好和平、自强不息的民族精神。撒拉族作为中华民族大家庭中的一员，是在中华民族的怀抱中孕育和成长起来的一个优秀民族。中华民族精神包含了撒拉族精神，撒拉族精神是中华民族精神的重要组成部分；中华民族精神是在薪火相传、继往开来的态势中丰富和发展的，撒拉族精神是对中华民族精神在特定时期的丰富和充实，是中华民族精神的具体体现。二者是母与子、源与流的关系。

一方面，中华民族精神与撒拉族精神都是传统精神与时代精神、传统形态与时代形态的统一。都体现了整体思维、实事求是的科学精神，克己奉公、舍生取义的牺牲精神，敬老尊贤、重友睦邻的伦理精神，闳放豁达、敬业尚群的处事精神，虚怀若谷、博采众长的学习精神，与时俱进、革故鼎新的创新精神，艰苦奋斗、孜孜不倦的创业精神，以及和而不同、刚柔相济的宽厚包容、有节有度精神等，这些都

是中华民族精神的宝贵思想资源。千百年来，无论面对多少困难挫折，面临多少艰难险阻，作为中华民族一员的撒拉族始终同中华民族一道高擎民族精神的火炬。中华民族生生不息、薪火相传、奋发进取，靠的就是这样的精神；中华民族抵御外来侵略、赢得民族独立和解放，靠的就是这样的精神；在新的历史时期，抓住机遇，加快发展，由贫穷走向富强，靠的也是这样的精神；建设社会主义和谐社会，促进经济又好又快发展，实现全面建设小康社会的宏伟目标，还是要靠这样的精神。这样的精神是中华民族克服艰难险阻、战胜内忧外患、创造幸福生活的强大精神支撑，是当代中国人民不断创造崭新业绩的力量源泉。

另一方面，撒拉族精神又有自己独特的内在规定性，具有相对独立性。一是具有民族性特征。撒拉族精神是撒拉族的自我意识，是民族成员对于本民族和本体文化的自我认同、自我归属感，是该民族在历史发展过程中所形成的带有本民族特点、体现民族精神气质的意志和品质，是该民族价值观念、共同理想和思维方式的集中反映。没有民族的存在，就没有民族精神的存在。二是具有时代性特征。任何民族精神都存在于特定的时间条件下，与一定时代的政治、文化紧密相连。撒拉族精神作为该民族发展进步的精神支柱和精神动力，总是与该民族在一定历史时期的历史任务相联系。为了保证历史任务的胜利完成，该民族就会主动地、积极地、适时地对自身的民族精神进行扬弃、更新和转化，使其反映新的历史特点，把握新的时代规律，实现其与新的时代精神的结合，成为一种新的民族精神。事实上，民族精神是每一个历史时期的“时代精神”的积淀和积累。三是具有历史传承性特征。撒拉族精神是该民族发展历程中一脉相承的精神特征或思想意识，是在本民族的延续发展过程中逐渐形成、不断丰富、日趋成熟的精神，是与本民族的历史文化血脉相连，是该民族文化传统不断积淀和升华的产物。不同时代的民族精神都是对上一时代的民族精神的某种继承。不同的历史阶段、不同社会形态下民族精神所具有的共同性的一面，则是继承性的依据。四是具有自觉能动性特征。表现在撒拉族精神能被撒拉族主体自我意识、自我反思和自我觉悟，从而进行自我否定和自我扬弃。民族精神不是一成不变的，要随着社会历史的发展不断进行自我否定和自我更新。五是具有开放性特征。体现在撒拉族同其他民族之间相互交流、相互引进、相互吸收、相互促进。撒拉族精神主要是以本民族成员的实践为主要源泉，但也吸收其他民族精神中适合本民族所处时代、所处社会物质环境，有利于民族生存和发展的观念、原则、思想、理论。优秀民族精神既是民族的，又是世界的。

四、撒拉族精神的形成

撒拉族精神体现着撒拉族鲜明的民族性格、积极的民族意识，蕴涵着撒拉族文化的精华和活力。在撒拉族精神形成和发展的历程中，该民族追求民族进步发展的实践是孕育撒拉族精神的不竭源泉；中华民族特别是撒拉族积淀、传承和不断发展的优秀传统文化是孕育撒拉族精神的思想母体；其他民族的优秀民族精神是形成撒拉族精神可资借鉴的宝贵资源。撒拉族精神的形成，既有自然因素的作用，又有社会因素的作用。它随着撒拉族社会的发展始终处于发展变化的动态过程当中，同时也需要撒拉族社会进一步的培育和提高。

（一）地理因素与撒拉族精神的形成

民族精神与地理环境有很大的关系。著名哲学家黑格尔曾指出地理环境是民族精神的基础，是民族精神进行表演的场地。撒拉族精神的形成与该民族所处的特殊地理环境密切相关。撒拉族人民所生活的循化空间狭小，四面环山，历史上交通闭塞，干旱频繁，虽然有黄河之水从县北滚滚而过，但由于水利设施落后，大部分农田无法灌溉，且年降水量也只有270毫米左右，使以农耕生活为主的撒拉族地区受到严重的威胁，循化也就有了“干循化”之称。民谣云“天旱好比是杀人刀，穷人们活下的艰难；黄河流水岸上旱，祖祖辈辈遭灾难”。在生产力并不发达的时代，黄河不但未能被人们所利用，反而成为一种障碍，黄河两岸的人烧水供暖所需柴火要到黄河对面山上去砍取，由于没有较大的船，所以只能依靠木瓦、皮筏等，更有甚者，独身泅渡。如果没有一身胆气与超人的本领，是难以泅渡黄河的。孟达地区的人历来从事打猎和伐木。打猎需翻山越岭，东奔西跑；伐木需腰系绳索，悬壁砍树。从山上拉下来，编成木筏，顺黄河放排至兰州等地出卖，而沿途浊浪滔天，暗礁重重，其惊险场面堪为一种奇观。淘金生活更是艰辛，终日浸泡水中，有时一无所获。凡此种种严酷的自然条件，铸就了撒拉人一身强健的体魄，并逐步形成了强烈的尚武精神。这种精神使得撒拉族在面对艰难困苦时无所畏惧，并以战胜困难作为对自己意志考验的试金石。因此，无论撒拉族筑路世界屋脊，还是闯荡都市生活，都有着极强的心理承受能力，能够适应克服新的环境与困难，及时调整自己。一方水土养一方人。撒拉族人民敢于拼搏、坚韧不拔等这样的民族品格正是在循化这块独特的土地上孕育出来的。

（二）特殊的民族经历对撒拉族精神的影响

地理环境在某种程度上对一个特定的民族来说往往具有不可选择的规定性，但人类具有主观能动的选择性，能够在面对同一环境时作出自己不同的选择，从而养成自己不同的生产方式、语言习惯、宗教信仰及其他文化传统，并在此基础上培育成自己的民族精神品格。撒拉族自称“撒拉尔”，源自我国隋唐时期突厥乌古斯撒鲁尔部。6世纪前，乌古斯人生活在天山东部。西突厥政权解体之后，乌古斯人大量西迁。9—10世纪，乌古斯人在锡尔河流域创作了流传千年的英雄史诗《先祖科尔库特书》。此史诗被联合国教科文组织列为全人类重要文化遗产。撒鲁尔人在该史诗中扮演着最重要的英雄角色。10世纪左右，乌古斯人已信奉了伊斯兰教。11世纪，包括撒鲁尔人在内的乌古斯人南下，征服阿拔斯王朝，建立了著名的塞尔柱帝国，并定都巴格达。12世纪中叶，撒鲁尔人在今伊朗地区建立了持续近150年的撒鲁尔王朝。在此时期，一部分撒鲁尔人继续西迁，到达今天的土耳其，建立了尕勒莽王朝，并最终于15世纪和其他突厥人共同建立了闻名世界的奥斯曼帝国。留在中亚的部分撒鲁尔人成了今天土库曼人最重要的来源。以尕勒莽为首的部分撒鲁尔人则随同当时的蒙古军队辗转来到中国征战，于13世纪前半叶攻占西夏王朝的积石州。

由于在元朝统一的多民族国家的形成中发挥了重要作用，撒拉族先民被任命为积石州“达鲁花赤”，管辖包括今循化在内的大片土地。在明代，作为现代意义上的撒拉族正式形成，撒拉族人民在明朝保疆安边的军事行动中，多次立有战功，并前去当时的南京接受检阅。但到了清代，撒拉族的社会环境发生了很大的变化。由于清廷不能客观地对待伊斯兰教，因此，当“自为一教，异言异服”的撒拉人因教派纠纷发生争端时，清廷采用“以夷制夷”、“抚一剿一”的策略，致使勇敢无畏的撒拉人民掀起了一次又一次的悲壮的反清斗争，在历史长卷中留下了光辉的灿烂篇章。清乾隆四十六年（1781年），信奉哲赫忍耶的新教和信奉花寺门宦的老教之间发生教争。清廷采用“抚一剿一”的手段，引起新教群众的不满。教争转变为反清起义，以苏四十三为首的2000名撒拉族群众随即攻陷河州，接着围攻兰州，占领兰州西关，引起清廷极大的震动，先后调用10倍于义军的官兵，历时130余天，才镇压了这次起义。义军战士最后全部战死，“无一降者”。这次起义充分反映了撒拉族人民正气凛然、英勇无畏的豪迈气概。清廷的高压政策并未能慑服富于反抗精神的撒拉族人民，他们不断地掀起了反清浪潮，沉重地打击了清朝统治者。因而，在清廷官方文献中记载“甘肃数百年乱事，皆始于循化”，这充分表现了撒拉族人民不甘心忍受封建压迫的反抗精神和宁折不屈的斗争精神。辉煌的历史经历使得撒拉族人民显得格外自豪与自信，赋予了他们极强的心理承受能力，铸就了他们与众不同的精神气质。

（三）民族文化对民族精神的塑造

民族精神是民族的灵魂，它深深植根于一个民族的文化之中。民族文化是在社会发展中逐步形成的，是由民族成员共同创造的，但它反过来又对民族精神的形成与发展有着重要的塑造作用，也可以说，民族精神是民族文化的进一步升华，是民族文化的内核。关于民族特征的要素，学者们有不同的解释，但对撒拉族来说，语言和宗教是其作为独立民族的最重要的特征。撒拉语属阿尔泰语系突厥语族西匈语支乌古斯语组。虽然大部分民族成员并不了解自己语言的系属问题，但语言对撒拉民族有着极强的凝聚力。

语言在民族身份认同中起至关重要的作用，它因而也对民族精神的塑造有着重大影响。语言是一种交际工具，同时也是一种文化的载体。撒拉语中也承载了深厚的突厥文化，它也将突厥民族的勇敢进取精神代代相传了上千年。用撒拉语传述的民间文学中有大量的对猛兽猛禽的歌颂。撒拉族崇尚勇武的性格在神话传说中被拟物化了，物象与人性融为一体。无论是在突厥时代，还是在撒拉族历史上，狼、虎、鹰等猛兽猛禽都是他们所咏赞的对象。在先民乌古斯时代，鹰更是备受宠爱。乌古斯六子二十四部落几乎都以鹰隼为汪浑（相当于图腾）。所有这些猛禽猛兽都赋予了人的力量和勇气，并在口头传说中都被拟人化了，寄予着撒拉人（或其先民）的一种精神追求，培养他们坚强勇敢的民族特性。

撒拉族是个崇拜英雄的民族，也是个英雄辈出的民族。在1000多年前的乌古斯英雄史诗《先祖科尔库特书》中，出自撒鲁尔部的英雄撒鲁尔喀赞是该史诗中最著名的历史人物。该史诗得到俄国著名诗人普希金的高度评价，称其在高加索地区仰着“不屈的头颅”。撒拉族民间传说《苏四十三的传说》、《波列保考的传说》、《高赛尔射莽的传说》、《女英雄赛丽梅的传说》等，表现的都是撒拉族自己的英雄，撒拉族群众几百年来都一直津津乐道地传诵着这些英雄故事。同时，英雄的崇拜使得撒拉族对汉民族的英雄主义题材小说《三国演义》、《杨家将》、《水浒传》、《东周列国志》等青睐有加。对藏族英雄史诗《格萨尔》，许多撒拉人也是非常熟悉，有的甚至能说出其中的许多故事情节。因此，讴歌英雄主义是撒拉族精神文化中的一个长盛不衰的主题。为荣誉而奋斗是撒拉族社会普遍颂扬的一种行为。他们形象地称其为“竖耳朵”。正是在这种英雄精神的激励下，撒拉族人在经济领域克服了一个个常人难以想象的困难，创造了一个个创业奇迹。伊佳、雪舟、兴旺等著名企业也正是在这种精神的推动下，傲立市场经济大潮之中。也正是这种英雄崇拜意识激发了他们敢于争先、凡事不甘落后的自强不息精神。

撒拉族信仰伊斯兰教，其先民从中亚迁居中国时带来了一部《古兰经》，并一直保存到今天，成为中国最古老的《古兰经》手抄本。撒拉族对伊斯兰教的虔诚程度由此可见一斑。从10世纪撒拉族先民接受伊斯兰教以来，伊斯兰文化逐渐成为撒拉族文化的核心。伊斯兰教在撒拉族的形成与发展中发挥了极其重要的作用，正是对自己宗教信仰的执着与坚守，才使撒拉族人始终紧密地团结在一起，并最终形成了一个现代意义上的民族。可以这样说，没有伊斯兰教就没有撒拉族。为了这种内心的信念他们甚至可以放弃千百年来所传承的突厥文化。因此，也可以这么说，为了民族的独立性，他们始终坚守自己内心的信仰。

对撒拉族来说，伊斯兰教不仅是一种信仰，更是一种生活方式。伊斯兰教不仅强调宗教信仰，而且充分肯定追求幸福生活的正当的生产经营活动。因此撒拉族群众在进行宗教活动的同时，努力进行各种生产，通过辛勤、诚实的劳动，获取合法的收入。撒拉族群众尤其喜欢经商，现今颇具规模的工业也是在商业基础上发展起来的，这与伊斯兰教的重商业的精神有直接的关系。他们认为来世生活固然很重要，但今世生活也是真主所赐予的，人们完全可以追求并享受幸福的现实生活。因此，伊斯兰教这种对现世生活的肯定，激励撒拉族人在今世生活中努力奋斗。同时，伊斯兰教提倡人们的生产经营活动利人利己、平等交易、诚实守信、依法经营等，反对损人利己、投机取巧、欺诈瞒骗、牟取暴利等，禁止与色情、占卜、赌博、酒精等有关的任何活动。

在积累财富的同时，撒拉族群众对社会公益事业总是给予力所能及的帮助，并把乐于奉献当做自己道德情操提升的重要标志之一。在撒拉族社会，无论是富有人家，还是清贫之户都会把自己年收入的一部分主动捐献出来，帮助有困难的人群。撒拉族普遍对人热情大方，慷慨侠义。即使自己身陷经济困境，也会怀有帮助他人之想法。在英雄主义精神的熏陶下，撒拉族人崇尚通过自己的努力获得财富，反对不劳而获的行为。撒拉族同情弱者，但撒拉族乞丐却是极其罕见的。撒拉族民族精神中的厚德诚信同以上认识与行为是密不可分的。

（四）国家意识对撒拉族精神的导向作用

撒拉族先民其实早在唐代时期就是我国北方的一个游牧民族。后来，他们西迁至中亚一带。10—13 世纪的喀喇汗王朝是与宋朝并存的突厥民族政权，在这个国家里生活着许多乌古斯人，虽然撒拉族的先民是否生活在这个国家，并没有确切的史料证据，但毫无疑问的是，这个国家对周边突厥地区也会有一定的政治影响。喀喇汗王朝的统治者自认是中国的国王，他们的王朝是中国的王朝，他们王朝统治的地域也是中国的地域。这种观念实际上反映了自古以来我国兄弟民族之间结成的血肉联系。

撒拉族先民在元代东迁时，作为蒙古军队的一个组成部分曾转战西北，为中国统一的多民族国家的形成做出了自己的贡献。明代，撒拉族土司被朝廷征调参加大规模军事征战多达 17 次，为明王朝巩固和保障边塞安定的斗争中起过积极的作用。抗日战争期间，撒拉族参加了青海骑兵师的抗日行动，撒拉族士兵英勇杀敌，沉重打击了日寇，他们用自己的生命和鲜血，和其他回族、汉族、东乡族、保安族、藏族等各族人民共同谱写了可歌可泣的爱国主义英雄篇章。解放战争时期，当王震司令员率领的人民解放军冒着枪林弹雨从循化强渡黄河时，一只 100 多子弟兵乘坐的渡船被湍急水流冲走。在情势紧急时刻，包括妇女在内的十几名撒拉族群众临危不惧，跳入水中，经过数小时的奋战，终于使渡船靠岸，化险为夷。王震司令员后来派人送来亲笔题有“英雄救英雄”的锦旗，对撒拉族人民群众的革命英雄主义精神给予了高度评价。

撒拉族对自己国家的认同感，并为之抛头颅、洒热血的实际行动，是其爱国主义精神最直接的体现，而这种爱国主义精神对撒拉族的历史发展始终具有一种导向性的作用，并成为其民族精神最重要的组成部分。

（五）多民族共居生活与撒拉族精神的形成

撒拉族聚居地循化位于青藏高原，是汉藏文化的交汇之地。撒拉族定居循化后与其他民族形成了密切的关系。历史上，撒拉族向文都藏族求婚，并接受了许多藏族文化。如撒拉族有些人家庄廓的四角至今还立有石头；结婚时给送亲人吃“油搅团”；炒面拌酥油吃等。在经济生活方面，撒拉族的畜牧业受藏族影响较大。有些村子中撒拉族老人都会说藏语，而且撒拉语中夹杂有许多藏语词汇。一些人甚至能讲几段《格萨尔》史诗。他们在讲撒拉语的时候，还不时引用藏族谚语，然后再用撒拉语解释。撒拉族和藏族之间亲密关系被他们亲切地称为“许乎”。

汉族是我国民族大家庭中人口最多的民族，在经济文化等诸方面均处于主导地位。长期以来，撒拉族向当地汉族虚心学习生产技术和科学文化。在族际交往中，撒拉族和汉族之间早已形成了“谁也离不开谁”的密切关系。历史上汉族人士对撒拉族的公益事业也给予了很大帮助。撒拉族人民对汉族群众在日常生活方面也给予了力所能及的帮助。撒拉族地区使用的先进生产管理技术也主要来自于内地汉族地区。长期以来，撒拉族都以汉字为重要的辅助交际工具，汉语是撒拉族与其他民族交流的重要工具。

回族与撒拉族自古以来就有密切的交往。历史上他们患难与共，共同斗争，反抗清王朝的残酷统治，谱写了一曲又一曲悲壮之歌。由于这两个民族都信仰伊斯兰教，在长期的宗教文化生活中，他们形成了相近的文化心理素质，在生产、生活习俗等方面都有许多共同点。在现代生活中，回族和撒拉族之间的通婚也越来越频繁，因而二者之间的关系也越来越近。

这种多民族和谐共居的生活，使得循化撒拉族地区涌现了加入村等这样的全国民族团结村，也使得撒拉族形成了开放、包容的特点。他们坚持自己的文化生活，但也尊重别的民族文化习惯。只要不触及他们最根本的宗教信仰，在对待其他民族文化时，他们都能积极学习，兼容并蓄，扬长避短，为我所用。这也是为什么撒拉族能在近800年的历史中独立生存下来的根本原因之一。

（六）改革开放对撒拉族民族精神的锤炼

30年前的改革开放，是撒拉族人民继1949年政治大解放后的又一次经济上的大解放。30年的改革开放，既给撒拉族人民提供了千载难逢的发展机遇，也给他们提供了实践民族精神的绝佳历史舞台。海阔凭鱼跃，天高任鸟飞。国家的正确政策充分调动了撒拉族人民的创业积极性，他们将自己的聪明才智与满腔热情发挥到建设家园、追求美好生活的时代洪流中。在他们的努力下，以花椒、辣椒、核桃等为代表的特色农产品已驰名省内外，其中有的已形成了具有国家地理标志证明的农产品。乡镇企业在撒拉族之乡异军突起，并初步形成了工业、农业、建筑业、运输业、商业、饮食业、养殖业等多业并举的发展格局。

改革开放后，撒拉族群众走出循化，又来到他们曾经浴血奋战过的青藏公路上。此时，他们的身份已不是建筑工人，而是驾驶着私家豪华客车与大型货车的私营经营者。据统计，循化县在青藏线上以雪域、高原、万里三客运公司为龙头，活跃着108辆豪华卧铺客运车辆，327辆大型货车，1368家相关服务业和16840人的劳务大军。循化客货运输占青藏线公路运输的80%，为拉动循化第三产业发展、带动循化劳务输出、促进循化农村经济发展和农民增收发挥了重要作用。勤劳勇敢的撒拉族人民不仅使西藏与内地的联系更加紧密了，而且也使自己的生活更加富裕了。

青藏铁路通车后，由于种种原因使撒拉族经营的运输业陷于困境。然而他们并不气馁，而是审时度势，转变观念，又将目光投向了更为广阔的发展舞台——祖国内地。通过当地政府有组织的培训和引导，越来越多的撒拉族群众闯向全国50多个大中城市，经营标以“撒拉人家”品牌的特色清真餐饮。目前各地经营店已近5000家，从业人员1万多人，年创收近7000万元。对于这种创业行为的收获，撒拉族人形象地说他们：“挣了票子，壮了胆子，换了脑子，育了孩子，买了车子。”

在经过市场经济的大浪淘沙后，伊佳、雪舟、兴旺等在国家相关政策的扶持下，已形成了撒拉族的品牌企业，引领着撒拉族经济的方向，为循化县乃至青海省的社会经济发展做出了自己的贡献。其中青海伊佳布哈拉集团有限公司是一家亚洲最大的穆斯林民族服饰用品生产企业，拥有资产2.68亿元，现有员工5300多名，主要生产穆斯林盂加拉帽、沙特帽、女士纱巾、阿文刺绣、阿拉伯挂毯、礼拜毯及床上用品等民族系列产品。其产品垄断了青海、新疆、宁夏、甘肃、云南、北京、广州、浙江、东北等国内大部分穆斯林市场，同时出口沙特、巴基斯坦、马来西亚、阿联酋、印度等国际市场。

时势可以造就一个人，也可以造就一个民族。改革开放使撒拉族人民向往生活、追求生活、创造生活的民族品性获得了宝贵的实践机会，也使得撒拉族人民敢闯敢拼、自强不息的民族精神在市场经济的洗礼中，显得愈发突出。

五、撒拉族精神的作用

从发展的角度来分析，一个民族的发展包括物质的和精神的两个方面。物质方面的发展在民族发展中起决定作用。因此，要实现民族的发展必须首先大力发展物质生产力。但是，光有物质生产力的发展，这样的发展不但是畸形的而且是不可持续的，因此还必须有相应的精神生产力的发展，从而为民族发展创造必要的精神条件。既注重物质生产力的决定作用，又注重精神生产力的反作用，努力实现物质生产力和精神生产力的协调发展，才能使民族发展走上全面、健康、可持续的道路。从生活需要的角度来分析，任何有作为的民族都需要和追求不断充裕的物质生活和不断丰富的精神生活，并在这一过程中实现着民族的繁衍和壮大。人类社会的发展是不同民族之间既合作又竞争的过程。在合作与竞争中，不掌握先进物质生产力的民族不会占据主动和优势地位，没有振奋的精神和高尚品格的民族也不可能自立于世界民族之林。因此，在充分肯定物质因素对于民族发展重要地位和决定作用的同时，必须充分肯定精神因素对于民族发展的重要地位和能动作用。民族精神属于文化范畴，在民族文化中处于核心地位，是民族文化先进与否、强劲与否的重要标志，也是民族文化前进发展的灵魂。撒拉族精神在撒拉族民族发展中具有重要的能动作用。

首先，具有凝聚作用。国家的统一、民族的团结，要由民族精神来维系；民族的积极性和创造性要由这个民族精神来凝聚。爱国主义始终是撒拉族精神的一条主线，是最耀眼、最持续、最强大的精神主脉。撒拉族人民的国家公民意识和国家认同感始终是撒拉族生存和发展的主轴。作为一个穆斯林民族，撒拉族群众把“爱国是信仰的一部分”作为行为准则，自觉把对宗教的信仰和对国家的信仰有机地统一起来了。一位撒拉族老人自豪地说道：“现在我们撒拉族每年都有几百人去国外，但从没听说过有一个滞留国外不归的，这充分说明了撒拉族人民对自己国家的认同与热爱。”无论是在历史上，还是在今天，撒拉族人民都自觉将对自己民族的热爱和对国家的热爱紧密结合在一起，始终以爱国主义精神作为自己民族精神的核心导向，将民族命运置于国家命运的大前提下。我国是一个统一的多民族的国家，各民族之间的团结一致与对中华民族的强烈认同对国家的发展与强大有着至关重要的意义。撒拉族精神中的中华民族意识，正是我国所有兄弟民族共有的国家意识的一种典型表现。在这种统一的民族意识和民族精神的指导下，中华民族的发展将会有更加强劲的力量源泉。

其次，具有支撑作用。民族精神是民族生存和前进发展的精神支柱，特别是当民族生存的物质条件遇到困难、前进发展遭受挫折的时候，这种支撑作用更为重要和明显。前已述及，无论是天灾之患，还是人祸之虞，它们所赋予撒拉民族的，难免都有艰难与挑战，然而撒拉民族回敬给艰难与挑战的却不是沉沦，不是艰难与挑战压迫下的消亡，而是在与艰难与挑战斗争时的奋起，是在艰难与挑战中获得的进步和补偿。撒拉族精神，正是在这样的境遇中得到彰显、升华和创新的。撒拉族的过去是一条充满艰辛的道路，但他们凭着对自己民族尊严的追求和对民族未来的希望，勇敢地面对和克服了许多难以想象的困难。改革开放以后，撒拉族审时度势、转变观念、更新知识，迎难而上、敢闯敢拼、自强不息，与时代同进步，与国家同发展。

最后，具有激励作用。民族精神是鼓舞民族前进的号角，是激发民族活力的动力，是校正民族志向的标尺，是滋养民族品格的食粮。民族精神是历史性与时代性、稳定性与流动性的统一，其发展既有历史的连贯性，也有时代的创造性。撒拉族历来是个开放的民族，善于学习其他民族的优秀文化，并加以改造，不断丰富自己的文化内涵。文化学习与交流是了解其他民族的最佳途径，也是尊重其他民族的基本前提。费孝通先生曾说：美人之美，各美其美；美美与共，天下大同。了解尊重别的民族也是自己被了解与尊重的前提。一个民族如果总是固守自己的传统，对外面的世界充耳不闻，那么，不仅自己得不到发展，同时也会使兄弟民族之间产生距离，产生隔阂，不易构建我们所倡导的和谐社会。

正是由于这种精神，撒拉民族经济社会发展在改革开放中取得了显著成就。具体表现在：一是国民经济持续快速发展。截止到2008年底，循化县各项主要经济指标继续保持了两位数增长的良好态势，国内生产总值达到8.32亿元。二是农业结构得到进一步优化。辣椒、花椒、核桃等特色农产品形成品牌，享誉省内外。劳务经济异军突起，实现年劳务收入1.7亿元。三是各项基础设施建设突飞猛进。“十五”以来，全县相继完成了县城“三纵五横”道路网、给排水、旧城改造、城网改造以及绿化美化工程。全县城镇化水平提高到24%。四是旅游业发展势头强劲。立足丰富的自然景观和独特的民族风情，大力发展旅游产业，全县旅游收入从1999年的40多万元猛增到2008年的1.2亿元，实现了跨越式发展。五是民营经济稳步发展。先后培育出雪舟三绒集团、伊佳公司等轻纺企业，仙红、天香、雪驰、阿丽玛等农畜产品加工企业，青海兴旺集团等建筑企业。其中雪舟商标被评为中国驰名商标，填补了青海无驰名商标的空白。伊佳民族用品公司是目前亚洲最大的穆斯林用品生产企业，其产品占国内穆斯林用品市场95%的份额，国际市场上供不应求，前景广阔。

六、以撒拉族精神为动力，推动经济又好又快发展

民族精神是一个民族的脊梁，是一个民族的精气神，一个民族一个国家的强大与发展，往往与一个民族、一个国家的民族精神是分不开的。民族精神不仅是一个民族告别落后、走向文明的强大动力，而且是维护一个民族稳定与发展的强大支柱。面对日益激烈的竞争环境，面对各地竞相发展、不进则退的压力，面对前进道路上可以预见和难以预见的各种风险和挑战，只有把民族精神作为维系人民共同生活的精神纽带，支撑民族生存发展的精神支柱，才能推动民族走向繁荣振兴，实现跨越式发展。弘扬和培育撒拉族精神，对于撒拉民族全面建设小康，走上富裕文明十分重要，意义重大。

（一）立足新的实践，丰富和发展撒拉族精神

孔子曰："人能弘道，非道弘人。"曾子则曰："士不可不弘毅，任重而道远。"民族精神的"弘扬"，主要是指在实践中"发扬光大"已有的民族精神，而民族精神的"培育"，则包括两个方面：一是用已有的民族精神来教育、熏染、浸润青少年乃至是整个人民，二是孕育、培养、培植现所未有但又是现在或未来所需的新的民族精神。如果说"弘扬"是侧重于现有民族精神的"实践"，强调的是在实践中弘扬民族精神或弘扬民族精神以实践；那么，"培育"则侧重于民族精神的文化—心理之"建构"，包括现有民族精神的传播、推广、扩展和崭新民族精神的催生、萌育、发展。故而民族精神的"培育"不仅指已有的民族精神，也指新生的民族精神。

民族精神不是一成不变的，而是与时俱进的。一个民族的民族精神是历史性的，它带有过去的因质；一个民族的民族精神更是时代性的，它带有开放的向度。同一切人类文明一样，民族精神是社会实践的产物。与全国各族人民一道建设中国特色社会主义，实现全面建设小康社会的宏伟目标，是撒拉民族最主要的社会实践。撒拉族精神的弘扬与培育，必须立足这个实践，用这个实践来审视、校对、丰富和发展。弘扬和培育撒拉民族精神，要求撒拉民族既要深入开展中华民族和撒拉民族悠久历史及优秀传统文化的教育，树立和增强民族自尊心和自豪感，又要结合时代和

社会发展要求，吸收其他民族的优长，不断丰富发展民族精神；既要把弘扬和培育民族精神纳入国民教育和精神文明建设的全过程，又要从社会舆论、法制建设等方面为弘扬和培育民族精神提供有力的保障。在改革开放的实践中自觉对自身所产生的精神加以提升和总结，对开放中所碰撞的其他民族的优秀精神加以吸收，在注意传统精神和其他民族精神的交融与创新中，以开放的视角和胸襟，迎接新的民族精神的生成。

（二）弘扬撒拉族精神，为完成新的任务提供强大动力

纵观当今世界，在日趋激烈的竞争中把握先机、立于不败之地，靠经济、靠科技、靠人才，归根到底靠综合实力。民族精神是综合实力的重要组成部分，也是衡量综合实力的重要标志。经过长期的艰苦奋斗，特别是改革开放以来的拼搏进取，撒拉族经济社会发展取得了显著成绩，人民生活发生翻天覆地的变化。同时要清醒地看到，经济社会发展中还存着许多问题和矛盾，比如，经济发展水平低，规模小，人均水平不高；低收入群体和贫困人口比重较大，县穷民不富仍是最大的县情，全面建设小康社会任务艰巨；农牧业基础设施落后，生态环境比较脆弱；发展工业经济方面没有大项目、大企业的支撑，发展后劲不足；地方财政收支矛盾仍然较为突出，公共事业投入乏力；社会各项事业发展滞后；就业渠道狭窄、压力较大。

解决上述问题，实现全面建设小康社会目标，是一个长期而艰巨的任务，需要持久的艰苦奋斗。循化县委、县政府在“十一五”规划纲要中明确提出了“认真实施‘生态立县、农业稳县、工业强县、旅游活县、科教兴县’的发展战略，以提高县域经济总体实力，提高农牧民收入和地方财政收入为目标，以发展民族旅游业为突破口，以加快工业化、城镇化为重点，以产业结构调整为主线，科技进步为动力，高度重视‘三农’工作，突出特色经济、基础设施建设、生态环境建设、劳务经济、城镇化建设。大力发展循环经济，努力创造节约型社会。进一步健全社会保障体系，推进物质文明、精神文明和政治文明协调发展。大力发展各项社会事业，促进经济社会协调可持续发展”的总要求。“十一五”是承上启下的重要阶段，能否完成“十一五”各项奋斗目标，对于全面建设小康社会至关重要。无论是实现全面建设小康社会的长远目标，还是实现循化县委、县政府制定的“十一五”经济社会发展奋斗目标，其过程面临着外部压力和自身困难都不少，甚至还会伴随着各种风险和挑战。只有弘扬撒拉族精神，始终保持昂扬向上的精神状态，以其强烈的感召力和推动力，凝聚全体人民的智慧和力量，才能战胜各种艰难险阻，完成新任务，实现新发展。

（三）加强文化建设，保持民族文化的生机与活力

全面建设“小康社会”，不仅需要大力发展生产力，使经济实力和生活水平提升到“小康”，而且更需大力发展文化事业，提高文化软实力。当今世界，文化与

经济和政治相互交融，在综合国力竞争中的地位和作用越来越突出。文化的力量，深深熔铸在民族的生命力、创造力和凝聚力之中。民族精神是一个民族生命力、创造力和凝聚力的集中体现，是民族文化的精华。面对世界范围各种思想文化的相互激荡，文化作为维系一个国家和民族的精神纽带，一旦丧失了民族特性和民族精神，必然导致本民族文化的衰落，甚至导致整个民族的衰亡。民族精神是民族文化的本质和灵魂。保持民族文化生机和活力，最重要的是发扬民族文化的优良传统，为民族文化注入充满生机的民族精神。

毋庸置疑，经过长期的努力与积累，撒拉族文化建设取得了长足进步。但整体水平还不高，同经济社会发展不相适应，同人民群众日益增长的精神文化需求不相适应。这就迫切要求把发展生产力同提高全民族文明素质结合起来，以更深刻的认识、更开阔的思路、更得力的措施，以社会主义核心价值体系为根本，积极建设和谐文化、推动形成良好的人文环境和文化生态，大力弘扬民族优秀文化、增强民族文化的影响力，推进文化创新、增强文化发展活力，大力发展文化产业、加快建立公共文化服务体系，更好地满足精神需求，丰富精神世界，增强精神力量，促进人的全面发展。通过发扬民族文化的优秀传统，吸取现代文明的新内容，促进民族文化的创新，使民族文化随着现代化的发展而充实，随着时代的进步而进步。

（四）高举爱国主义旗帜，努力构建和谐社会

在我国历史上，爱国主义从来就是动员和鼓舞人民团结奋斗的一面旗帜，是各族人民风雨同舟、自强不息的强大精神支柱，在维护祖国统一和民族团结、抵御外来侵略和推动社会进步中，发挥了重大作用。爱国主义是一个历史范畴，在社会发展的不同阶段、不同时期既有共同的要求，又有不同的具体内涵。今天，我们倡导爱国主义，就是在增强民族凝聚力，树立民族自尊心和自豪感，巩固和发展最广泛的爱国统一战线，把人民群众的爱国热情引导和凝聚到建设中国特色社会主义伟大事业上来，引导和凝聚为祖国的统一、繁荣和富强作出贡献上来，为实现中华民族的伟大复兴这一共同理想而团结奋斗。

在撒拉族精神中，爱国始终是一条主线，讲究协谐和合是重要内容。从发展的阶段性特征来看，一方面是社会活力显著增强，另一方面，社会结构、社会组织形式、社会利益格局发生深刻变化，社会建设和管理面临着许多问题。民族精神具有强大社会凝聚力和社会整合功能。协调关系、化解矛盾，维护社会稳定和谐，不仅需要把教育作为民生之基，就业作为民生之本，社保作为民安所在，脱贫作为民生之急，着力改善民生，而且也需要始终坚持“三个离不开”的思想，正确认识和处理信教群众和不信教群众、信仰不同宗教群众之间的关系，引导宗教与社会主义相适应。最大限度地增加和谐因素，最大限度地减少不和谐因素，构建和谐社会，为实现新时期目标提供坚强保证。

撒拉族是一个勇于创新、善于开拓的民族，数百年来，形成了顽强拼搏、艰苦

奋斗的民族品格。适应全面建设小康社会的新要求，适应人民群众过上幸福生活有新期盼，在党的正确领导下，尤其是国家旨在改善民生、扶持人口较少民族发展政策的有力推动下，撒拉族人民必将进一步充分发挥其聪明才智，焕发创造热情，实现经济社会的跨越式发展，谱写人民美好生活新篇章。

（本文原载《中国撒拉族》2009 年第 2 期）

浅探撒拉族精神

韩庆功

研究和探讨撒拉族精神，除语言、习俗、心理素质、宗教信仰、伦理道德等共同特征之外，要找到一种撒拉族有别于其他民族的能够支撑其生生不息的民族精神，的确是一件非常困难的事情，用高度概括的语言很难给撒拉族精神下一个能够经得起历史检验的准确定义。

提起撒拉族精神，人们通过常用“勤劳勇敢”四个字来给它定义，笔者认为这种理解有一定的局限性，不免有简单化倾向。第一，我们现在看到的撒拉族的勤劳勇敢是在特定历史背景和生存条件下凝结起来的精神现象（初到今循化的撒拉族祖先是在既没有经济基础、又缺乏自然资源禀赋的条件下，靠着顽强的毅力生存和发展起来的），勤劳勇敢现象突出体现在撒拉人的特别能吃苦上。这种吃苦耐劳精神与其说是撒拉族改造自然的自觉行动，还不如说是在相对封闭的环境下，由恶劣的自然条件逼出来的生存本能（“撒拉族是黄河浪尖上的民族”、“左边是黄河右边是崖”就是这种生存条件的反映）。一旦生存条件得到改善，撒拉人还能把吃苦耐劳精神长久地保持下去吗？如果从更宽的视野（全球化）和更深的层面（市场经济条件下）去考察，勤劳勇敢也许并不是撒拉族精神中最本质和核心的特质。当客观条件发生变化、物质条件比较宽裕、生活状况相对安逸时，能不能继续保持传承了几百年的渗透在撒拉人性格中的这种精、气、神？（有些现象值得我们注意：在物质条件不断好起来的今天，不少年轻人正在丢失着这种精神）。第二，从目前情况看，吃苦耐劳精神更多地表现在人们文化素质不高背景下缺少技能的一种谋生方式，不吃苦就挣不了钱，不吃苦就适应不了日趋激烈的竞争环境。第三，勤劳勇敢具有普遍性特征，中华民族也是勤劳勇敢的民族。任何一个民族都会说自己是勤劳勇敢的，而不可能说是懒惰和懦弱。

撒拉族作为一个繁衍生息700多年的民族，而且至今还能引起别人的特别关注，给人以不一样的感觉，肯定有与众不同的东西流淌在它的血脉中，贯穿在它的精气中。那么，这种东西到底是什么呢？笔者认为，要回答什么是撒拉族精神，首先应该把撒拉族独有的性格特征解剖一下，然后从中梳理出比较清晰的概念。

一、撒拉族精神资源拾遗

（1）撒拉族是一个迁徙民族，这是由它的好动性决定的。从撒拉族发展的历史轨迹来看，从撒马尔罕到循化，只是撒拉族走向远方的一个过程，也许循化并不是撒拉族最终的归宿。一旦条件成熟，更多的撒拉人又以循化作为新的起点，走向全国，走向世界，建立起新的家园。从游牧部落到农耕民族，从单一的农业生产到在市场化、城镇化、工业化条件下向各个领域的分散顺应了“马太效应”的基本趋势。能够舍弃家园，寻找新的乐土也是撒拉族得以发展的一个原因。

（2）撒拉族是一个容易接受新事物的民族，这是由它的开放性决定的。撒拉人能够抓住改革开放的第一次机遇，在发展民营经济领域捷足先登，这是敢想敢干的结果；天南海北闯世界，不断积累财富，这是敢闯敢冒的结果；既能在青藏高原极端严酷的环境下创造奇迹，也能在繁华的大都市打出一片天地。能够迅速适应新环境，接受现代文明创造的新事物，是体现撒拉族开放性的一个鲜明特征。撒拉族的开放性与中华民族以改革创新为特征的时代精神相吻合，这是撒拉族不断发展进步的最为活跃的因子。撒拉族不拒绝任何有利于自身发展的现代文明成果，现代文明日益渗透到撒拉族的物质生活和精神生活当中（年轻人时尚的穿着、饮食风格的多样化、思想观念的急剧变化等），深刻影响着撒拉族的婚育观念、教育观念和消费观念的事实就能说明这一点。

（3）撒拉族具有进取精神。撒拉人不满足已经取得的成绩，始终把自己的希望和理想放大，不断迎接新挑战。在这种好动与不安中，总能找到新的发展机遇，实现新的跨越。

（4）撒拉族具有强烈的荣誉感。敢为人先，不甘落后的原动力就来自于撒拉族与生俱来的荣誉感。这种荣誉感在竞技场上尤为明显。

（5）撒拉族是一个崇尚英雄的民族。人们愿意集结在英雄的旗帜下，世代传颂着英雄的故事。这种情结注定了撒拉族在不同历史时期都能造就出自己的领军人物和精英分子。

（6）撒拉族具有刚烈的铁骨侠气。“撒拉人割下头还能到黄河喝水”的传说就是对这种宁折不弯铁骨气节的写照。从尕勒莽、阿合莽的反抗精神、苏四十三的反清起义中都可以寻觅到这种铮铮铁骨的遗风。

（7）撒拉族注定是一个非常聪明的民族。从遗传学的角度讲，撒拉族无论是跟藏族的通婚，还是将来跟别的民族的结合，它的血液将始终处在更新状态，这对个体性能的改良至关重要。从撒拉族中学生参加的各种竞赛中已经看到了这种聪慧禀赋的端倪，只要让撒拉族青少年接受良好的文化教育，就可以把潜在的智力资源开发出来。

（8）撒拉族是充满自信的民族。撒拉人挺起胸膛走路，盘起双腿吃饭，甩开膀子干活，在眉宇间、眼神里、高亢的歌声里处处洋溢着特立独行的自信，人们的浑身散发着一股活力四射的生命气息。这种超然的自信源于对生活的热爱和未来的信心，以及作为撒拉族的无比自豪。

（9）撒拉族具有自强不息的精神。撒拉族先民凭着坚定的信念，跋山涉水，历经千辛万苦到异域寻找乐土；在山大沟深、十年九旱的贫瘠土地上，在与周围强势民族的竞争中不仅没有迷失自己，反而从最初的几十人发展成为拥有10万之众、在祖国民族大家庭中备受关注的一员；以出奇的意识觉醒和理念转换，触摸到了改革开放的历史先机，成功地搭上了通往彼岸的航船，成为市场经济大潮中勇立潮头的弄潮儿。这就是撒拉族始终紧贴时代发展脉搏、与时代潮流一起向前的自强不息精神。打开记忆的窗口，我们会想起走西口路上的脚户、深山老林中的筏子客、只身游渡黄河的汉子、壮烈激怀的反清勇士、青藏线上筑路搭桥的民工、双手间面条飞舞的拉面匠、车间里穿针引线的女工……一代代、一辈辈撒拉人在艰辛的生存与发展道路上谱写着一曲曲与命运抗争的自强不息之歌。

综上所述，撒拉族精神实际上诠释了“自信、开放、创新”的青海意识，是践行青海意识的成功范例，为青海意识注入了新的时代内涵，成为提振青海意识的强力引擎。由此可以感知，青海意识基本上概括了撒拉族精神中最核心的方面，撒拉族精神又以生动的社会实践展示了青海意识。为此，笔者认为撒拉族精神可以用“自信、自强、开放、勇敢”八个字来概括。

二、与撒拉族精神有关问题的思考

（1）撒拉族精神的提炼和中华民族精神结合起来考虑。我国作为统一的多民族国家，经过几次民族融合的过程，已经成为一个具有统一精神追求和价值认同的民族。以爱国主义和集体主义为核心的中华民族精神渗透到各民族的思想和精神当中。所以，研究撒拉族精神必然离不开中华民族精神这个大前提，中华民族精神包含了撒拉族精神，撒拉族精神是中华民族精神的一个独特的组成部分，丰富和充实了中华民族精神，二者是母精神与子精神的关系。

（2）研究撒拉族精神必然离不开撒拉族价值观和撒拉族文化。撒拉族精神应当包含在撒拉族价值观里面，通过撒拉族精神反映和体现撒拉族价值观。文化是经济社会发展的最高表现形式，是民族精神传承不断的链条，民族文化又是民族精神的载体，因而撒拉族精神自然是撒拉族文化的重要组成部分。如果把民族精神从民族文化和民族价值观上切割下来研究，必然会导致狭隘主义。

（3）应该把撒拉族精神放到更广的时空和更大的背景下去研究，在历史和现实的结合点上去探讨，把历史的厚重与时代要求结合起来思考，进而把撒拉族最深厚的精神内核抽象出来。西方人一向标榜的民主和自由价值观，在这次经济危机的冲击下支离破碎，极端个人主义的自私性暴露无遗，使他们极力向全世界输出的所谓真理式价值观黯然失色；汶川大地震让我们看到了中华民族团结互助、舍己救人的优良品德，使中华民族互帮互助、团结友爱的精神发挥得淋漓尽致，中华民族精神在自然灾害的严峻考验中放射出了耀眼的光芒，使我们看到了中华民族精神资源的富饶，感受到了这种精神关怀之下的温暖。由此可见，民族精神是否有时空穿透力和久远的感召力，还要在特定的环境下接受考验。

（4）一个民族的竞争力取决于它的精神力量。研究撒拉族精神不能过于理想化，不能一味地沉浸在历史的回忆当中。撒拉族精神是撒拉族儿女在近800年大浪淘沙般的艰辛奋斗中沉淀下来的弥足珍贵的精神财富。我们在掂量这笔巨大财富的时候，应该在理想主义和现实主义的坐标上给它找到一个恰当的位置。撒拉族东迁的动人传说无疑是我们古老的精神记忆，但我们必须承认历史上的撒拉族精神并不代表永远的撒拉族精神。任何一个民族在全球化的潮涌中，在不同文明的激荡中都会面临重大的生存考验，在文化上缺乏纵深依托的撒拉族尤其会被首当其冲。同时，研究撒拉族精神还需要一点批判精神，不能回避当下社会转型时期撒拉族出现的种种问题和面临的困惑与不安。目前不少人的价值观表现出实用主义倾向是一件让人忧虑的事情。在过去封闭的环境下，宗教文化主导着大多数撒拉人的价值观，几百年来一直比较稳定。改革开放后，特别是在市场经济条件下，人们的价值取向由清一色趋向多元化。传统价值观的裂变和分散，使维系几百年的伦理观念和生活规则经受着严峻挑战。比如，原来秉持的勤俭节约的美德变成了时下无节制的非理性消费（盖房、买车、婚庆、饮食等），还有年轻人当中赌博的蔓延、对权力的迷恋和暴力现象等。面对这种情况，有责任感的人们不禁在问：这是对传统价值观的颠覆，还是反映了固有文化不堪一击的脆弱性？

（5）概括撒拉族精神要言简意赅，惜字如金，表述的文字不宜过多。使用过多的文字容易分散最想要表达的精神内核，给人以平淡和一般化的感觉，也经不起历史的检验。撒拉族精神不能成为照谁像谁的多面镜，而是把撒拉族精神之下的民族精神和时代精神熔于一炉，用看似形散、却神在其中的语言加以高度凝炼。

（本文原载《中国撒拉族》2009年第1期）

关于赴土库曼斯坦、伊朗伊斯兰共和国考察情况的报告

韩兴斌

为贯彻落实省第十一次党代会精神，考察了解民族文化、城市建筑风格和民族特色旅游业发展情况，寻求开展文化交流、经贸合作、劳务输出的可能性和切入点，加快县域经济特别是循化撒拉族自治县特色旅游、民族文化、城镇建设的发展步伐，经省委批准，2007 年 6 月 23 日至 7 月 7 日，由中共海东地委书记王小青为团长的海东地区考察团一行 6 人赴土库曼斯坦国进行了为期 15 天的考察访问，途经伊朗首都德黑兰，并对其进行了短暂考察。现将考察情况报告如下：

一、考察访问情况

考察期间，得到了外方政府特别是土库曼斯坦国政府的高度重视，其外交部与我国驻土使馆就代表团的考察、会谈进行了周密衔接和安排。得到了土库曼斯坦外交部第一副部长维帕，纺织工业部副部长阿巴耶夫，世界土库曼人人文协会副主席阿什维夫（主席由总统兼任）及土库曼斯坦商务与消费合作部对外联络部、文化广播电视部对外联络部等五个部委负责人的接见，分别拜会了我国驻土库曼斯坦大使鲁桂成先生和驻伊朗大使馆文化参赞任维夫先生。参观考察了阿什哈巴德独具特色的城市建筑风格、园林建设和阿什哈巴德纺织工业综合体、国家博物馆以及独具民族风情的沙滩市场。考察会谈期间，王小青同志代表考察团一行向对方详细介绍了此次考察访问的主要目的、青海省情、海东区情和循化县情以及撒拉族的概况、发展现状、人口、资源和文化习俗，特别是向土方详细介绍了国家自实施西部大开发以来，西部地区尤其是青海省所发生的巨大变化和国家对人口较少民族地区的扶持政策，提出了在文化、经贸、劳务、旅游等方面的合作意向。并对土方的周密安排和认真接待表示了感谢，指出此次到土库曼斯坦考察访问，处处感受到了土中两国的友好情谊，看到了土库曼斯坦正在快速发展的良好势头，希望进一步加强两国，

特别是寻求两国地区与地区之间的合作交流途径，加快两地经济文化的共同进步。外方代表也详细介绍了本国经济社会发展情况和本部门、本领域的相关情况。土国政府官员非常注重听取代表团对其国内经济建设和社会发展情况的评价，注意听取我代表的情况介绍，非常关注两国、两地文化和经贸交流的可能性。我国驻土大使馆对代表团的访问考察也十分重视，作出了专门研究和部署，鲁桂成大使会见并宴请了代表团全体成员，介绍了土国政治、经济社会情况和中土两国关系，并就开展经济贸易合作和文化交流提出了很好的建议。在会谈考察期间，王小青同志代表考察团向对方赠送了撒拉族刺绣手工艺品奥运福娃，电视风光艺术片《撒拉尔的家园》、画册等精美小礼品，土库曼斯坦外交部、纺织工业部的负责人也向代表团成员赠送了土库曼斯坦精神文明的规范文件——《鲁赫纳玛》。在考察即将结束时，王小青同志还接受了土库曼斯坦国家电视台、国家新闻报的专访，详细介绍了国内、省内和地区的相关情况，考察的基本情况、收获和今后的一些打算，并对土国人民表达了良好的祝愿。

考察团对土国的这次考察时间虽短暂，行程安排紧张，但内容较多，涉及民族文化的交流、旅游业的发展、城市建筑特色和园林建设、经贸洽谈等。全体成员本着认真负责的态度对待每项考察活动，注重与土国有关政府官员和企业负责人进行深入交流，积极了解和收集有关情况，严格遵守外事纪律。通过这次考察，加深了双方的了解，并就近期双方开展交流的一些事项达成了初步意向，代表团成员对今后海东地区以及循化县与土库曼斯坦进行交流合作的领域及方式也形成了初步思路，整个考察达到了预期的效果。

二、土库曼斯坦的基本情况

土库曼斯坦位于中亚西南部，为内陆国家。面积49.12万平方公里，约80%国土被卡拉库姆大沙漠覆盖，人口680万，属强烈大陆性气候，是世界上最干旱的地区之一。据土官方统计，在其80%的领土上蕴藏着丰富的石油、天然气等资源，天然气远景储量为22.8万亿立方米，位列中东和俄罗斯之后，居世界第三位，约占全球天然气剩余储量的15.8%，剩余可采储量为2.86万亿立方米。现有耕地面积132.9万公顷。主要工业为石油和天然气开采、石油加工、纺织、化工、建材、地毯、机械制造、金属加工、电力等。农业主要种植棉花和小麦。能源工业在土库曼斯坦整个工业中占有突出位置。

土库曼斯坦沿袭并发展了原苏联的社会福利和保障体系，实行高福利、高补贴政策。政府免费向居民提供水、电、天然气和盐，同时向低收入居民低价定量供应面粉、肉类、黄油、食糖等食品，并在住房、交通、通信等方面为居民提供各种优惠条件。政府控制公共交通工具票价，实行医疗保险制度。家庭汽车普及率较高，市场汽油价格很低，1美元可购买约50升。据土国家统计和信息研究所关于土社会经济情况年度报告，2005年国内生产总值237亿美元（按官方汇率1美元兑换5200马纳特计算）。目前土库曼斯坦居民月平均工资为100~150美元。

土库曼斯坦独立后始终将巩固国家政治经济独立和主权、保持社会稳定作为基本国策，主张走适合本国国情的发展道路。1992年制定“十年稳定”建国纲领，将稳定政局放在首位，强调在注重社会保障的前提下，稳步进行改革，避免社会动荡。国家非常重视民族工作，强调各民族一律平等，并把做好民族工作作为保证国家稳定的重要措施之一，重视民族团结与和睦，主张宗教信仰自由，禁止宗教干预国家政治。煽动民族不和被认为是严重的犯罪行为，对玩弄民族感情和鼓吹民族主义的人严惩不贷。1995年12月12日获得永久中立国地位，对外奉行积极中立和对外开放政策，主张同所有国家发展友好关系。

1992年1月6日土与中国建交。2002年，两国贸易额首次突破1亿美元，达到1.13亿美元，其中中方出口为1.09亿美元，土方出口371万美元。2006年对中国的进口贸易额2.1亿美元，主要为油气机械设备，纺织品进口约2000万美元。

（一）纺织丝绸业的基本情况

自1991年独立以来，土国高度重视本国纺织工业发展。目前，土纺织行业从业人员共计3万余人，成为继油气工业后土国民经济又一重点行业，也是土赚取外汇的重要来源之一。2005年，土纺织品出口额占土国外贸出口总额的8%，位居天然气、石油产品和原油之后，排名第四。产品远销美国、加拿大、法国、德国、意大利、土耳其、俄罗斯和乌克兰等国。从2006年起，每年6月的第一个星期日为土纺织工业劳动者节。目前土国棉花产量为80多万吨，一半在国内加工自用，一半直接出口。

土库曼人民非常崇尚丝织品，女士头上戴一块丝巾，身上穿一件丝织品是身份的象征。就以我国生产的丝绒、烂花绒为例，是土妇女非常青睐的商品。据了解，现土库曼年销售丝绒、烂花绒约200万米均来自我国。随着人民生活水平的不断提高，预计5年后年销售可达到500万~800万米。

2001—2002年间，山西中旭国际贸易实业有限责任公司利用我国向土方提供的2500万元无偿援助，顺利完成了阿什哈巴德缫丝厂和土库曼纳巴特丝绸生产联合体设备改造项目，山西中旭国际贸易公司成为目前参与土丝绸生产技术装备改造的唯一一家中国公司。经过多年的完善、发展，土方逐渐形成了丝绸加工业一条龙生产。目前，由中旭公司总承包的，用我国政府提供给土的5000万元无偿援助和4000万元无息贷款，建设年产100万米丝绒厂项目已正式启动。

阿什哈巴德纺织综合体，是一家土库曼斯坦和土耳其合资的纺织企业，参观给人留下了深刻印象。该综合体占地面积2.3万平方米，员工3300人，拥有世界一流的纺纱、梭织、针织、印染后整理、缝纫等生产设备，产品有纱线、内衣、T恤、睡衣、床上用品、医用纱布等，是JC PENNEY、SARALEE、IKEA、SEARS等国际著名公司的长期供应商，年产针织品3200吨，印染布1000万米/年。该公司还十分重视质量控制管理，通过了ISO9001、ISO14001、6sigma和WRAP等国际标准和国际组织的认证。

（二）土库曼斯坦旅游业发展情况

土库曼斯坦地处中亚地区西南隅，偏僻而遥远，境内80%的面积为大沙漠，与外界联系较少。虽然它拥有独特的自然景观，也不乏观赏价值的文物古迹，但一直不为人知。苏联时期，共和国也设有旅游局，基层也成立了旅游俱乐部等组织，然而开展活动不多，一般只限于在国内旅行参观，出境游很少，到土库曼斯坦来观光的外国游客更是寥寥无几。

独立后，土库曼斯坦度过了连续几年的经济衰退时期，国民经济很快复苏并有了较大发展。与此同时，国家开始大力发展旅游经济，政府制定了旅游业发展规划。1992年成立文化和旅游部。1993年加入世界旅游组织。1994年成立了土库曼斯坦国家旅游公司。1995年颁布《旅游法》。土库曼斯坦奉行独立自主、中立和开放的对外政策，“打开国门，面向世界”，1995年取得了永久中立国的地位，在国际社会大大提高了知名度，促进了旅游业的发展。现在主管旅游事业的部门是2000年1月组建的国家旅游与运动委员会。目前全国共有57家旅游企业。它们在一些国家设有代表处。出入境旅游者人数和旅游业收入都有大幅度增长。本国居民出境旅游者也在逐年增加。土库曼斯坦重点旅游城市首推阿什哈巴德，这座始建于1881年，重建于1948年10月强烈地震后的中亚名城，独立后又展现出崭新风貌。19世纪末建成的国家历史和民俗博物馆、圣亚历山大涅夫斯基教堂等古建筑表明城市的悠久历史。苏联时代建起的工厂、剧院、艺术画廊、文化宫、科学院、高等学府等建筑和建筑群见证了城市的沧桑巨变。近十多年来兴建的总统府、独立柱、中立门、议会大厦、国家图书馆、国家博物馆、鲁赫耶特宫艺术大楼、国家机关办公大楼等大批新型建筑物向世人昭示这个国家正在崛起和走向振兴之路。遍布城区的林荫道、街心花园和喷泉，加上新建的环城绿色林带和国家独立公园，使城市环境更加幽美，空气湿润清新。阿什哈巴德郊区有全国最大的萨帕尔穆拉特清真寺，在西郊格普恰克村有一座大教堂。在城西18公里处有古代尼萨城堡的遗迹。虽然土库曼斯坦得到了较快发展，但许多旅游资源尚未很好开发，目前旅游景点较少，而且比较分散，加之交通不便，影响旅游业的发展。

（三）土库曼斯坦的城市建筑和园林风格

在土库曼斯坦首都阿什哈巴德考察期间，给我们影响最为深刻的是独具特色的城市建筑风格，干净整洁的城市环境，充满人性的绿化、园林、喷泉。阿什哈巴德，土库曼语意为“可爱的城市”，沙漠虽然近在咫尺，市区却万木葱茏，树荫如盖，四周又围绕着葡萄园、果木园和精细种植棉田，市区分布长而散，房舍几乎完全淹没在青翠的林海中，城在林中、林在城中的城市建设理念在阿什哈巴德得到了充分的体现，阿什哈巴德街头绿树成荫，鲜花盛开，使人难以想象，城市郊区的尽头，便是世界上最为干旱的沙漠之一，数公里长的管道和数不清的喷灌设备不间断地为植物提供必不可少的水分，因此，阿什哈巴德也称之为“沙漠水城”，夏季热量充足，冬季几乎没有严寒，优越的气候条件将城市变成了巨大的植物园。在城市建筑风格上，突出体现了伊斯兰的建筑特点，大部分建筑都有圆顶设计，一律用白色的大理石进行外装饰，给人一种非常庄严、神圣和大气的感觉。据地方官员介绍，城市建设在规划的执行和操作上也非常的严格，要求所有建筑单层层高不低于4.2米。从白天到夜晚城市的美化工作一直在不停地运行，即便到了夜晚到处还有人在清扫、装点、修饰，使阿什哈巴德的街道干净得像消过毒一样。不过首都的整洁不但取决于忙碌、有效的公共服务，而且取决于对破坏公共卫生行为所施行的高额罚款，也取决于广大市民对政府的认同和自身文明程度的提高。从阿什哈巴德一座座漂亮的建筑群中，我们也不难看到，政府对城市的建设和管理花费了巨资，同时也反映了土库曼斯坦通过对首都的建设以提升国家的凝聚力和国际上的形象。土库曼斯坦大兴土木，钱从哪来？据了解，钱主要来自以下三个方面：第一，靠出售资源，主要是天然气和石油；第二，靠自身经济发展；第三，靠吸引外资。经济发展快，加上该国基本上实行中央高度集权的经济管理体制，国家可将大量资金用于建设，这是国家面貌变化大的又一个原因。

（四）土库曼斯坦的民族文化情况

土库曼斯坦文化历史悠久，有5000多年的历史，国内对民族文化的保护和发展非常重视，在首都阿什哈巴德建有11个国际级的大型剧院，有闻名国内外的儿童艺术团，每年在首都举行一次世界土库曼人人文大会、土库曼斯坦国际文化遗产会议、国际博物馆管理工作会议和儿童艺术节，并邀请全世界相关人员和机构参加会议，并在机票、食宿等方面给予免费和优惠。据介绍，其儿童艺术团将于今年10月到中国访问演出，他们希望有机会到青海进行访问演出，希望和撒拉族开展文化方面的交流。更值得一提的是阿什哈巴德还是电影、电视制作中心，人称“中亚影视城”。在土库曼斯坦除土库曼族外还有许多少数民族，但在土库曼斯坦统称为土库曼民族。关于撒拉族的族源问题，土库曼斯坦人文协会副主席称：撒拉族是700多年前从土库曼斯坦西部一个叫撒尔赫兹（SARAHS）的地区迁徙到中国西部的，途经撒马尔罕，这在土库曼斯坦的文献中有记载。撒尔赫兹城距土库曼斯坦首都阿什哈巴德460公里，处马雷州（MARY）和阿亥州（AHAL）交接处，也是土库曼斯坦和伊朗、阿富汗的边界处，遗憾的是由于时间紧，我们未能前往实地考察。在风俗习惯方面，土库曼人与撒拉族饮食、居住、服饰的区别已很大，但也不难看出共同点，就饮食而言，土库曼人保留了游牧民族席地而坐的习惯，饮食内容上由于土库曼斯坦的食物结构与中国撒拉族的食物结构不同，其制作方法也因地而异，餐具大多为西餐具，而中国撒拉族则以竹筷食之，招待客人时用葡萄干、杏干、核桃仁等干果与撒拉人有共同之处。服饰方面，土库曼男子的民族服装，头戴山羊皮制作的圆形棉帽，身穿长条纹大襟“恰木夹”，肩头和腋下用5个盘扣，比较宽松肥大，腰系各色腰带，腰带两头绣花，与撒拉族早期服装相似。女子则不论老少均穿套裙，长及脚面，大多为红、绿、蓝色，胸前绣花，绣花部分为黄色，头戴丝织头巾。普遍佩戴耳环、手镯、戒指、项链等饰物。我们在国立博物馆中看到古代银制饰品，包括头饰、耳环、手链、胸饰，繁杂多样，琳琅满目，相比之下，现代女性的装饰品相对较少。这种银饰品在循化撒拉族居住地区也能看到，一般佩戴于新娘身上，平常不戴。值得一提的是，在阿什哈巴德市中心与中立塔连成一体的地震纪念碑，运用了突厥民族共同的神话“地震牛”的造型，在撒拉族中也有这个神话，大地（东亚）被黄牛的两犄角顶着，黄牛将犄角一动，大地会发生地震，这则神话在撒拉族中妇孺皆知。同时，我们也注意到土库曼人的民间乐器中有一种名叫“扩布尔”（kobur）的小乐器，这种乐器放在嘴里用食指弹拨发音，这种乐器无疑是流传在撒拉族中的“口弦”。在居住方面，撒拉族与土库曼族也有相同之处，由此可以看出中国撒拉族与土库曼斯坦在文化交流上也有广阔的空间。在语言方面，尽管撒拉族东迁至今有700多年的历史，而且在漫长的过程中受藏语和汉语的较大影响，而土库曼语受俄语影响较大，土库曼语中一大部分外来词借自于俄语，但就词汇而言，大多数词汇，如“手、脸、眼、耳、鼻”等词根的发音都是一样的，其差异只在于发音上的轻重，词义也是相同的。

三、对土库曼斯坦考察的基本评价和合作的可能性

中土两国关系发展很快，中土两国非常重视发展友好关系，特别是在能源上的合作。土库曼斯坦在当前的独联体中是最稳定的，虽然还较封闭，但是一块净土，社会比较安定。土库曼斯坦人民虽有较好的基本生活条件，但还不富裕，购买力不强。土库曼斯坦是一个新兴的国家，在工业领域是刚开始发展的处女地，百废待兴，资源丰富，投资成本低。土库曼斯坦政府对纺织工业发展非常重视，专门成立了纺织工业部，是一个非常重要的政府管理部门。前总统尼亚佐夫十分重视蚕桑和丝绸生产，提出要以丝绒服装打造土库曼民族服饰，强调向中国学习茧丝绸生产技术。

土国具有发展丝绸、棉纺方面很好的自然条件，气候、土壤、广阔的土地是发展棉花、蚕桑非常好的条件。土库曼斯坦具有一定的棉花、蚕桑种植基础。目前棉花年产量80多万吨，今后规划达到200万吨/年，棉花资源非常丰富。土库曼斯坦纺织工业发展具有较好的条件，缫丝、棉纺设备及技术工人等有一定的基础，有国际先进水平的纺织印染设备，这为下一步发展纺织丝绸工业打下了很好的基础。

土国生产成本相对较低，主要体现在水、电、汽、原料等价格低。劳动力资源丰富，生活成本低。交通运输方面，铁路、航空、港口等都齐全。土国有一定的贸易基础，不少企业做加工贸易，了解国际市场，对进一步增强贸易打下了基础。通过考察我们也感受到青海省与土库曼斯坦合作的可能性：

（1）开发资源和治理荒漠方面合作的可能性。青海省与土库曼斯坦人口相当，

石油，天然气资源开发方面，都面临着开发资源、治穷致富的问题，同时，也都存在治理荒漠化问题，土国在荒漠化治理方面取得了丰富的经验，我们在这一方面正在寻求治理方法，因此，我们认为在上述领域与土国合作的潜力很大。

（2）出口轻工产品的可能性。土库曼斯坦市场商品短缺，尤其是轻工产品和日用品。根据西部地区向西开放的思路，我国的轻工产品和日用品可以向土库曼斯坦和中亚其他国家寻求出口的途径，我们认为是一个比较好的选择。

（3）劳务输出的可能性。独立以来，土库曼斯坦基础设施建设步伐加快，建筑业、交通通信业等基础设施建设方兴未艾，农业开发、水利水电开发等方面也都有很大的潜力，我们可以寻求在上述领域与土国的合作途径。

（4）文化艺术交流的可能性。土库曼斯坦非常重视历史文化的保护和挖掘，而且与撒拉族有着共同的历史文化渊源。土库曼斯坦文化广播电视部对与撒拉族开展文化交流表现出了很高的兴趣，双方可以在更广泛的领域开展文化交流和互访活动，并以此为平台，促进经贸交流与合作。

四、下一步打算和建议

土库曼斯坦是一个典型的资源富集性国家，自 1991 年独立以来，经过短暂几年的困难期后，在目前呈现出了快速发展而且潜力巨大的良好势头，加上中国在土库曼斯坦政府和人民心目中的地位和良好形象，在文化交流、经贸合作等方面也有广阔的合作空间，我们与土库曼斯坦的合作交流可以分三个步骤逐步开展：第一步，进行官方接触，广泛了解收集相关信息，为两地文化经贸合作牵线搭桥；第二步，开展文化交流，以此为平台，进一步加强和加快两地相互交流，增进了解；第三步，开展经贸合作，针对土库曼斯坦丰富的资源优势，充分发挥青海省，特别是撒拉族群众吃苦耐劳、敢闯敢干的精神，加之生活习俗上的相同或相近的特点，今后在与土库曼斯坦的合作交流上主要有以下设想。

（1）根据土库曼斯坦文化广播电视部和人文协会的介绍，土库曼斯坦在组织举办国际性的土库曼斯坦国际文化遗产会议和博物馆管理会议时，根据土方邀请，可派相关人员和文艺团体参加，进一步感受土方民族文化，展示青海少数民族，特别是撒拉族的民族民间文化。与此同时，在土库曼斯坦儿童艺术团访问北京时，邀请该团到青海省及海东地区、循化县进行文艺演出。

（2）土库曼斯坦农畜产品资源相对丰富，在纺织产品的出口和加工以及在畜产品的贸易方面有广阔的合作空间，根据其纺织工业部的介绍，下一步可以通过土库曼斯坦工商业联合会，组织地区和循化县的部分企业家赴土库曼斯坦进行商务考察，与土库曼斯坦企业界广泛接触，寻求在纺织、畜产品贸易等方面的合作空间。

（3）土库曼斯坦正处于经济高速发展时期，加之与中国的友好关系，今后中土双方的经贸合作领域将更加广泛，但我们在考察过程中了解到土库曼斯坦中文翻译人员相对较少，而且懂得中文的人员在经贸方面有很大的优势和竞争力。由于撒拉族的语言与土库曼语同为突厥语系，有很多相似或相近之处，学习土库曼语相对其他民族比较容易，为此可以采取专门培训等方式，对撒拉族群众，特别是近几年走入社会的大中专毕业生进行语言、技能等方面的专业培训，寻求打入土库曼斯坦及周边中东国家开展劳务的可能性，也许可以成为实现就业的良好途径。

（4）土库曼斯坦首都阿什哈巴德独特的建筑理念和城市建筑风格值得我们学习，也是这次考察访问的重点和最大收获。海东地区循化县作为全国唯一的撒拉族自治县和省政府确定的风景园林化城镇，近几年，在城市建筑、管理、绿化等方面有了长足进步，但作为一个民族地区，城市民族特色不明显是最大的薄弱环节。为此，着手在城市的改造、体现民族特色、提升旅游品位上进行一些实质性的工作，制定出严格的规划方案，从规划、设计、建设、实施等方面严格把关，按先易后难的原则逐步推进，必要时可邀请土库曼斯坦有关设计专家给予规划和指导。

（5）伊朗作为典型的政教合一的国家，国内对妇女的服饰要求非常的严格，经过考察了解和大使馆文化参赞的介绍，循化伊佳公司生产的妇女长袍可能有较大的市场空间，下一步计划引导企业参加伊朗国内举办的服装展示等会议，以此来寻找出口的空间。

二○○七年七月二十日

（本文原载《中国撒拉族》2008 年第 2 期）

赴土库曼斯坦考察报告

马　伟　张进成

为了加强中国撒拉族和土库曼民族之间的相互了解，推动中国和土库曼斯坦两国之间的民间文化交流，2009 年 10 月 18—31 日，由青海省循化县就业局局长张进成、新疆萨鲁尔国际贸易有限责任公司总经理韩锦华及副总经理韩小军、青海民族大学马伟教授四人组成的中国撒拉族民间代表团访问考察了土库曼斯坦，现将访问结果汇报如下：

一、访问背景

土库曼斯坦位于中亚的西南部，其南接伊朗，东南与阿富汗相邻，东北与乌兹别克斯坦相连，北面与乌兹别克斯坦和哈萨克斯坦为界，西面濒临里海。该国面积 49.12 万平方公里，人口 683.6 万（2006 年），境内主要民族为土库曼族，约占全国总人口的 95%，其他民族有乌兹别克、俄罗斯、哈萨克、亚美尼亚、阿塞拜疆等。官方语言为土库曼语，俄语为通用语。绝大多数居民信仰伊斯兰教，部分人信仰东正教。首都为阿什哈巴德，人口 90 万（2005 年）。土库曼斯坦地势平坦，80% 的国土都处于图兰低地，该低地平均海拔为 100 ~ 200 米。中亚最大的沙漠——卡拉库姆沙漠就位于该国，覆盖着该国大部分的土地。土库曼斯坦的气候特点是炎热少雨，一月平均气温 4.4℃，七月平均气温 37.6℃。土库曼斯坦具有悠久的历史，曾是苏联的加盟共和国。1991 年，苏联解体后，土库曼斯坦宣布独立。1995 年 12 月 12 日，第 50 届联大通过决议，承认土库曼斯坦为永久中立国。

1991 年 12 月 27 日，中国承认土库曼斯坦独立。1992 年 1 月 6 日，土库曼斯坦同中国建立大使级外交关系。建交以来，两国高层领导人互访不断，两国关系发展迅速，双方在各领域中的合作不断加强。2006 年 4 月，尼亚佐夫总统对中国进行国事访问，双方签署了联合声明。2007 年 7 月，别尔德穆哈梅多夫总统对中国进行国事访问，两国签署联合声明。2007 年 11 月，温家宝总理对土库曼斯坦进行正式访问。2008 年 8

土库曼斯坦里海边的阿瓦扎旅游胜地

月，胡锦涛主席对土库曼斯坦进行国事访问，两国发表联合声明。2007年，两国贸易额为3.5亿美元，比上年增长97.5%。土库曼斯坦自然资源丰富，其中石油储量为120亿吨，天然气储量预计可达24.6万亿立方米。近年来，中土经贸合作取得了积极成果。随着两国在市场、技术、资金、资源等方面的互补优势日益显现，双方在能源、交通、电信、化工、建材、纺织和食品加工等重点领域的经济合作项目正在不断推进。能源合作是中土互利合作的一个优先方向。目前，中国和土库曼斯坦天然气合作项目在土库曼斯坦阿姆河右岸地区正在进行当中。根据协议，该天然气管道建成后，土库曼斯坦将在30年内每年向中国提供300亿立方米天然气。[①]

土库曼人把乌古斯汗当作自己的始祖。乌古斯汗有六个儿子：共（太阳）汗、爱（月亮）汗、余勒都思（星星）汗、阔阔（天）汗、塔黑（山）汗、鼎吉思（海）汗。每个儿子又有四个儿子，由乌古斯汗的24个孙子形成了24个土库曼部落，每个部落都有自己的名称。目前生活在世界上的土库曼人都是乌古斯汗这24个支系的后裔。[②] 在土库曼斯坦，大部分土库曼人都是乌古斯汗第五子山汗的长子撒鲁尔（Salur）的后代。而且，还有一部分土库曼人至今还保持着Salur的称呼。[③] 由

---

① http：//news. xinhuanet. com/ziliao/2002 -06/18/content_ 445963. htm.

② ［土库曼斯坦］萨帕尔穆拉特·土库曼巴什：《鲁赫纳玛（汉文版）》，李京洲等译，69页，阿什哈巴德，土库曼斯坦国家出版局，2006。

③ William Irons. *The Yomut Turkmen*：*A Study of Social organization among a Central Asian Turkic – speaking population*. Ann Arbor：The University of Michigan. 1975：40 –41.

于中国撒拉族的祖先撒鲁尔（Salur）人为乌古斯汗第五子山汗的长子，[①] 中国撒拉族在土库曼斯坦也被称为“中国撒鲁尔土库曼人”。因此，土库曼人对中国撒拉族有一种特殊的感情，认同中国撒拉族是中国的撒鲁尔土库曼人。为了加强土库曼人与中国撒拉族的联系，进而促进土库曼斯坦和中国之间的友谊，土库曼斯坦政府或民间组织多次邀请中国撒拉族代表去土库曼斯坦访问，原土库曼斯坦驻华大使拉赫曼诺夫也曾经访问过循化撒拉族自治县。

乌古斯汗

2000年10月，受土库曼斯坦驻华大使拉赫曼诺夫的邀请，以青海省政协主席、青海省撒拉族研究会会长韩应选为团长的中国撒拉族代表团一行七人访问考察了土库曼斯坦。[②] 2007年6月23日至7月7日，由中共青海海东地委书记王小青为团长的海东地区（循化撒拉族自治县隶属于海东地区）考察团一行六人赴土库曼斯坦国进行了为期15天的考察访问。[③] 此外，中国艺术研究院的马盛德、循化撒拉族自治县的马明仙、韩永福和新疆的马耐斯、韩锦华、韩小军等撒拉族领导和同志也曾先后访问过土库曼斯坦。

为了进一步促进中土两国人民之间的友谊，了解土库曼人的历史文化，宣传中国撒拉族的历史文化及自改革开放以来所取得的巨大成就，介绍我国人口较少民族扶持政策，寻求撒拉族学生在土库曼斯坦的留学机会，并进而为撒拉族大中专毕业生打开土库曼斯坦乃至整个中亚的就业市场，扩大青海省在中亚地区的影响力，在接到土库曼斯坦世界土库曼人人文协会的邀请后，我们一行四人访问考察了土库曼斯坦。

二、访问前的准备工作

在收到土库曼斯坦驻华大使馆发出的正式邀请函后，我们积极做了访问前的准备工作。由于宣传中国撒拉族的历史文化、风土人情、经济成就及我国的民族政策等是我们工作的重心之一，因此，我们在访问前精心制作了十三幅关于撒拉族图文

① 芈一之：《撒拉族史》，15页，成都，四川民族出版社，2004；马伟：《撒鲁尔王朝与撒拉族》，载《青海民族研究》，2008（1）。

② 马成俊：《土库曼斯坦访问纪实——兼谈撒拉族语言、族源及其他》，载《青海民族研究》，2001（2）。

③ 韩兴斌：《土库曼斯坦考察报告》，载《中国撒拉族》，2008（2）。

并茂的大展板，主题为“中国撒拉族”。内容包括：撒拉族历史源流，撒拉族文化，经济成就，我国人口较少民族扶持政策，撒拉族国家级非物质文化遗产，中国青海国际抢渡黄河极限挑战赛，中国撒拉族的故乡——循化县，历史上的撒拉族图片以及循化各族群众文化生活等。由于时间紧，条件有限，我们未能将展板的汉文翻译成俄语或土库曼语，只是使用了部分撒拉语标题。此外，我们还准备了《撒拉族政治社会史》、《韩建业民族语言文化研究文集》、《百年撒拉族研究文集》、《撒拉族语言文化论》、《青海撒拉族史料辑》、《多彩的循化》、《中国撒拉族》（期刊）、*The Folklore of China's Islamic Salar Nationality*，*Xunhua* 然 *Salar Wedding* 等书以及“中国撒拉族饮食文化”宣传册子和“撒拉尔的歌”等 DVD 光碟。我们还准备了一些茶叶、茶具、筷子、丝绸织品等能代表中国文化的小礼品。

与胡振华教授合影

去土库曼斯坦的前一天（10 月 17 日）下午，我们四人专门去中央民族大学拜访了中国中亚友好协会顾问、国务院发展研究中心欧亚社会发展研究所研究员、中国突厥语研究会副会长、中央民族大学博士生导师胡振华教授。我们四人都是第一次见胡先生。胡先生待人非常和蔼可亲，为了见我们，他整整一天没有安排任何其他的事情。在胡先生的书房里，他首先介绍了他于 20 世纪 50 年代接触、整理撒拉语的情况。当时，他从俄文资料获知土库曼斯坦也有 Salur 人，因此，他确信中国撒拉族与土库曼的 Salur 人有历史渊源关系。后来，由于国家让他专攻柯尔克孜语，他就没有写关于撒拉族方面的文章，但对撒拉族族源等问题他始终特别感兴趣。他认为撒拉族先民并不是从撒马尔罕来的，而只是经过那儿。撒拉族先民真正的出发点应是更西的土库曼斯坦或其他地方。为了实现未了的心愿，胡振华教授招收了我国第一位专攻撒拉语的博士研究生米娜瓦尔，还培养了研究伊斯兰文化的撒拉族硕士研究生韩中义。

胡教授说，韩应选主席一行、马盛德等人访问土库曼斯坦是他牵线搭桥的。见到我们，他表示非常高兴，并预祝我们访土成功。他还提出了一些我们需要注意的事项及对我们的希望：

（1）撒拉族历史上的确是来自土库曼的一个部落，但是经过几百年的发展，在中国他们已经形成了一个中国特有的撒拉民族了。土库曼斯坦的学者对中国的撒拉族有着特殊的感情，常常把中国的撒拉族称作“中国的土库曼人”，这种感情我们非常理解，但从理论上和从政治上讲，我国学者要谨慎地对待。

（2）中亚每个国家都有世界某某族协会，每隔几年都开世界某某族大会，他们很愿意我国的某些同名的少数民族去参加他们的大会，发邀请，热烈欢迎我们去。哈萨克斯坦、吉尔吉斯斯坦都开过这样的大会，他也参加过，但我方是以中国代表团的名义去祝贺的，不是作为侨民或“境外某某族”回“祖国”开会。撒拉族的祖国是中国。

（3）在土库曼斯坦要尊重当地风俗，发言要准备，注意礼节问题，对总统的邀请表示感谢。注意维护我们国家形象。

（4）积极推进留学生项目工作。

（5）关于撒拉族的“文字”问题，考虑到现实情况，目前不宜用“文字”名称，但应该由循化撒拉族自治县人大以法律形式确定撒拉语拼写符号的正式地位。

（6）希望我们继续办好“中国撒拉族”网站和《中国撒拉族》刊物，加强与土库曼斯坦国的联系，充当中国和土库曼斯坦两国之间友好往来的桥梁。

最后，我们向胡教授赠送了《百年撒拉族研究文集》、《撒拉族语言文化论》、《韩建业民族语言文化研究文集》等书。胡先生也向我们赠送了他的最新研究成果《东干学研究》等，并表示希望在适当的时候能来循化看望撒拉族人民。

晚上，我们受邀到中央民族大学的土库曼籍教师 Serdar 家去做客。在享用丰盛的富有民族特色的土库曼饭菜的同时，我们双方就中国撒拉族和土库曼民族的历史文化等问题，进行了热烈而坦诚的交流。简单的问题，我们可以用撒拉语和土库曼语直接进行交流，但复杂深入的问题，我们需要借助俄语翻译进行交流。

三、访问过程

10 月 18 日

中午十二点左右，我们四人赶到北京首都国际机场。由于带的宣传品较多，行李超重 35 公斤，我们只好交了每公斤 50 元人民币的超重费。由于机场方面的原因，原定于一点五十起飞的飞机两点二十左右才起飞。我们乘坐的飞机是土库曼航空公司的。机上既有土库曼人，也有不少中国人，后经聊天得知，这些中国人大多都是在土库曼斯坦搞建筑、油气田等方面的工作人员。机上乘务人员使用土库曼语和俄语，但在简单的对话中，我们使用撒拉语，他们也能听得懂。根据飞机上的小电视屏幕显示，飞机一路上飞越包头、甘肃河西走廊、乌鲁木齐、哈萨克斯坦、乌兹别克斯坦撒马尔罕附近的上空，然后进入土库曼斯坦北部，之后是约一个小时在卡拉库姆沙漠的上空飞行。当飞机降落在阿什哈巴德国际机场时，已是北京时间晚上九点三十分，当地时间六点三十分。

走下飞机时发现，机场不大，停机坪上只有几架飞机。我们被土方人员当做贵宾从绿色通道出关，也免交了每人 15 美元的入境费。在出关口土库曼斯坦国家电视台的人员已在等候我们，并举行了欢迎仪式。几位穿着民族盛装的土库曼姑娘手端装着点心、水果类的盘子，让我们品尝。在记者采访时，我们简单介绍了此行的目的，并对土方的盛情表示感谢。然后，前来迎接我们的友人 Oraz 和 Tongriguli 开车将我们送到了 Ak Altyn Hotel，即白金饭店。晚饭由 Oraz 在当地一个餐馆做东。主人点的菜非常丰盛，有沙拉生菜、牛排、鱼、抓饭等。这个餐馆环境幽雅，也是个高档的酒吧。6 人吃完约花了 100 美元，但至少一半的饭菜是点多了，我们根本吃不完。

10 月 19 日

早晨起床后，去楼下的餐厅吃饭。由于白金饭店是五星级宾馆，餐厅较大，也较豪华。饭菜有沙拉、鸡蛋、点心、香肠、咖啡等。根据肤色，看得出用餐者是来自世界各地的。之后，我们租了一辆出租车，租金 10 马纳特/小时（1 马纳特约 2.5 元人民币）。我们四人到阿什哈巴德最大的超市 Yimpaş买东西，为后面的会议做准备。这个超市共三层，一楼为玩具、瓷器及其他日用百货，二楼为鞋帽、服饰、家具等，三楼为餐厅。超市里顾客不算很多，货物有许多是由中国制造的，甚至有些货还写有中英文名称及使用说明等。此外，在大街上还能看到联想电脑、海尔电器、春兰空调等户外广告及产品。总体来说，当地物价要比北京贵点。日本、德国、韩国等国品牌电子产品价格和中国差不多。为了会议所用，我们每人都照了一张两寸数码照，每版 9 张，每人约花 20 元人民币，照片约半小时后取。当我们赶到会议组织者世界土库曼人人文协会大楼报到时，也先后有其他国家代表来报到。有的国家代表有 1 人，有的 2 人，有的 3 人不等。据说，参加此次会议的代表来自俄罗斯、伊朗、伊拉克、沙特阿拉伯、阿富汗、乌兹别克斯坦、哈萨克斯坦、巴基斯坦、土耳其、塔吉克斯坦、阿联酋、美国、加拿大、英国、德国、荷兰、挪威、瑞士、中国等 19 个国家。签到后，土库曼斯坦现任总统妹妹、世界土库曼人人文协会常务副会长（会长为总统）Mehergul 接见了我们。她首先对我们的到来表示欢迎，并说包括总统及她个人之前非常关心我们中国代表能否参会。之后，她简单向我们介绍了会议日程安排，我们向她赠送了代表中国传统文化的茶具、筷子以及《中国撒拉族》等相关杂志书籍和撒拉族音乐光盘。Mehergul 副会长对我们表示谢意，并提出我们带去的有关撒拉族的书籍材料是她们特别需要的。据说 Mehergul 副会长只接见了中国的代表，我们当时也不见她接见其他国家的代表。她还说会议期间，总统可能要接见我们，说这是我们的光荣，对于总统连她们也是很难见上一面的。在离开协会大楼时，我们在大厅墙壁上看见胡锦涛主席之前访问土国时与土库曼斯坦总统的合影。墙面上虽也有土国总统与其他重要国家领导人的合影，但看得出来，与胡主席的合影照是摆在很显眼的位置上的。

走到大街上，我们发现市中心还竖有列宁的雕塑，旁边还有士兵看守，不让行人在那儿照相。倒是路上行走的土库曼青年很热情，经我们提出合影要求后，马上整理了一下仪容与我们合影留念。

和土库曼青年（左二、左三、右三）合影留念

中午时分，友人 Oraz 开车来接我们到 Tongriguli 家去吃饭。Tongriguli 是一家国营建材厂的厂长，他的家在一栋漂亮的白色大理石大楼的七楼上，家里很宽敞，有七八间房子，至少在 300 平方米以上。家里地板上都铺满了土库曼的手工地毯，据讲有的地毯一块就值两三万元人民币。吃饭时，主人还邀请他的另外两个朋友和我们一起进餐。客厅里除了一台索尼大液晶电视和一组沙发外，没有其他家具与设备。饭菜是摆在客厅地毯上的一块长条布上，主要有点心、牛羊肉、肠子、沙拉、抓饭、水果、干果，还有各式饮料和酒等。大家席地而坐，每人旁边还有一两个枕头。吃累了，就枕着枕头斜躺，然后边聊边吃。他们对中国撒拉族特别感兴趣，问了很多关于撒拉族及中国的问题。饭后，我们参观了其他房间。屋内设备不多，但都铺有地毯，厨房里也有一台液晶电视，有一间房子还有健身器材。有三四间卧室，里面家具摆设看起来很豪华。

在回来的路上，我们问 Oraz，像 Tongriguli 家这种条件的居民在阿什哈巴德市大概有多少，他说可能有 50% 左右。这个回答让我们非常吃惊，没想到当地人的生活水平如此之高。我们无法验证 Oraz 的话正确与否，但更让我们吃惊的是当地市民素质很高。路上横穿马路的行人很少，汽车司机也很注意礼让。打领带、穿西装的人很多，学生们都穿着色彩鲜艳的民族服饰，既整齐统一又美观悦目。人们之间说话也非常客气，在近两个星期的时间里，我们从没看见有人提高嗓门在说话。在阿市，专门的出租车很少。行人要想打的，可随意招手任何一辆车子，若车主没什么急事，他就会停车拉人。费用由双方商量决定。但由于当地汽油较为便宜，出租车费用要比国内低。后来，有的司机得知我们是中国的撒拉族时，连打车费都不收了。

之后，我们去土库曼斯坦英雄群雕前参观，其中处于最重要位置的是乌古斯汗雕像。参观时，恰好有一对新人及亲朋好友在那儿唱歌跳舞，庆祝这人生的美好时刻。在征得同意后，我们拍了许多他们庆祝场面的照片。

回到宾馆，土库曼斯坦考古和民族研究院的 Kurbanov Han - Durdy 博士来看我们。他会说土库曼语、俄语和英语，因此，我们几人和他谈得很投机。他表示以后愿意努力让他们的研究院和青海民族大学建立文化交流与合作关系。我们给他赠送了有关撒拉族的书籍、光盘等东西，他非常高兴。

傍晚时分，Oraz 又开车来接我们到他公司参观。到了那儿，我们才知道他是一家私营公司的老板，员工有十几人，其中有些是俄罗斯族。一个叫 Kakar 的员工对历史很是熟悉，他和我们谈乌古斯汗的历史，并把土库曼斯坦各部落的谱系图拿出来让我们看，其中就有 Salur 一支。他说，1300 年帖木儿帝国打乱了土库曼人，使得土库曼人流落到许多地方。约 300 年后，有一位英雄将分散的各部落重新收编统一起来，才形成了目前土库曼人的基础。Oraz 老板也说，土库曼斯坦的 Salur 人是 150 年前从阿富汗迁来的。我们不知他的说法是否正确，但后来一位来自阿富汗的 Salur 代表告诉我们，在阿富汗目前有 50 万 Salur 人。

首都阿什哈巴德

10 月 20 日

早晨去拜访中国驻土库曼斯坦大使馆的蒋参赞。但蒋参赞那几天恰好回国了。我们就向使馆工作人员告诉了我们此行的目的，然后去参观乌古斯汗及其六个儿子的雕像，其中就有乌古斯汗五子山汗（撒拉族的祖先）的雕像。中午时分，Oraz 又开车接我们到一家土耳其人开的餐厅吃饭。从外面看，这家餐厅并不起眼，但进去才发现，里面设施高档，布置优雅。餐厅里面非常宽敞，还有专门烤羊肉和做馕的一大片地方。花了约350元人民币，五人吃得很不错。

下午，我们去土库曼斯坦考古和民族研究院，和 Kurbanov Han – Durdv 博士的领导见面。大家在他的办公室里，边喝茶边聊关于乌古斯、土库曼、撒拉族及中国的情况。他们还介绍了这个研究院的考古学、民族学、人种学及经济学等方面的机构设置与研究方向，并表示希望以后能与中国方面加强联系，进行学术交流。

回到宾馆，土库曼斯坦外交部的 Merdan 以外交部工作人员的名义来看望我们，问我们有困难没有。Merdan 曾经在中国武汉大学学习过汉语，说一口流利的汉语。因此，他是我们此次访问期间唯一能直接用汉语和我们进行交流的土方人员。我们主要表达了派撒拉族学生去土库曼斯坦留学的愿望，他表示尽可能帮我们联系相关人员讨论此事。

与土库曼斯坦外交部麦尔丹（中）在交谈

晚上，Oraz 又派人来接我们去他公司。那儿，我们和他讨论加强双方之间贸易的事宜。之后，Oraz 邀请我们在楼上他儿子家吃晚饭。一起进餐的除了我们四人外，Oraz 他们还有五人。大家边吃边谈双方感兴趣的历史、文化等话题。给人的感觉是，他们的人文素质较高，即使是普通人对历史文化也有一定程度的了解。

10月21日

今天是人文协会会议安排活动的第一天。一大早就有两辆大巴来宾馆门口接参会代表，估计代表有六七十人。我们首先被拉到总统博物馆，里面都是各国政府、企业、个人赠送给土库曼现任总统的礼物展览。其中有中石油蒋洁敏总经理赠送的礼物，也有胡总书记访问土库曼斯坦时的图片资料。色彩斑斓的民族服饰及各式实物展示让我们很感兴趣，因此，我们在参观的同时都忙于拍照保存资料。最让我们感兴趣的是，有一件未注明时间的文物——花瓶上彩绘有六角形符号的一多半，其余部分被别的图案所掩盖。这也显示了中国撒拉族六角形符号源于其传统历史文化的又一实物证据。

之后，我们去登科佩特山。爬到半山腰，整个阿什哈巴德市就尽收眼底。阿市所有新建筑的外表都是白色大理石，加上城市四周沙漠滩上正在种植大片树木，给人一种非常清新舒畅的感觉。科佩特山一带也是我国史书记载的“汗血宝马”的产地。据讲，目前世界上此类马有3000匹，其中2000匹是在土库曼斯坦。在2008年奥运前夕，我国民间人士也从土库曼斯坦引进过三匹汗血宝马。

汗血宝马

下山后，我们又参观了两三家纺织厂。棉花是土库曼斯坦农业的支柱农作物，被称为Ak Altvn，即白金。因此，该国非常重视棉纺织业的发展。厂部商店里也在销售他们的产品。我们买了几块毛巾，感觉质量很好，但比国内稍贵点。当天最后的活动是去一家剧院看独角戏。由于我们四人中虽然有两人母语是撒拉语，但戏剧里的土库曼语是根本听不懂的。戏剧内容是有关爱情的，后来在翻译的解释下，我们才有点理解了。在19个国家的代表中，除我们中国代表外，其他代表都能用土库曼语进行交流，唯独撒拉语和土库曼语由于分离时间长，差距已经较大，无法正常交流。因此，在整个会议期间土方专门只给我们配了英语翻译。翻译都是土库曼斯坦外语学院英语专业的学生。每两天轮换一人给我们做翻译。

10月22日

从早上开始，我们连续参观了一所小学、一所农业大学和一所交通学院。学校里设施非常先进，教室里都使用触摸式电脑教学软件。这种设备在中国的青海地区我们还没看见过。在农业大学里，我们还参观了他们的博物馆，展品大多是有关农业的。但有一本用阿拉伯文字母书写的手抄本书稿中，记载着有关Salvr Baba的情况，可能是历史上Salur部落中一位重要人物的事迹。我们将这些页面用相机拍了下来，供以后学术研究。另外，一些农具和青海地区的也很相似。馆里还陈列着小麦实物样本，并用土库曼语标以名称，和撒拉语的boǧda一名几乎完全一样。这也说明撒拉族先民13世纪迁徙到中国时，已经是农业民族了。在参观期间，我们和一位来自哈萨克斯坦的土库曼人代表Khojamurat聊了起来。他非常关注中国撒拉族的情况，说很想有一天来中国看一看撒拉族的生活情况。他的家住在里海沿岸的曼格什拉克半岛。他说当地一代又一代的人都在流传，土库曼斯坦的Salur、Teke和Yomut等部落都是从曼格什拉克迁去的。这一点和其他学者的研究意见也是一致的，即在历史上的曼格什拉克半岛和巴尔干山脉一带存在着一个称为Salur的部落大联盟。Salur是为数极少的从乌古斯时代延续发展到今天的一个族群。在17世纪，这个部落联盟解体，其中三支有名的分支迁到东方，然后到了南方。Yomut部分化为东西两部，Teke部迁到了科佩特山（Kopetdag）的阿喀尔（Akhal）地区，之后逐渐到了穆尔加布（Murgap）河盆地。Salur人迁到咸海以南呼罗珊绿洲的阿姆河三角洲地区，咸海东南方向的阿姆河中游地区，今天阿什哈巴德北部的阿喀尔绿洲和伊朗边界科佩特山一带以及今天土库曼斯坦的穆尔加布河地区。[①] 他说曼格什拉克在土库曼语中为ming qïšlax（一千座冬天的帐篷），即1000户人家。他还说所有土库曼人都从他们所居住的地方东迁了，只有他们23户人家目前还留在那儿。在他们家乡，还有座尕勒莽（Karaman）的坟墓，以前他们若有争议诉讼，就常去那儿了断。

10月23日

早晨四五点起床吃饭后，代表们都到乌古斯汗雕像前献花。之后去人文协会大楼开会。由于土库曼斯坦总统也参加这个会议，并接见我们，因此，大家提前进场，接受安检。进场后发现，整个会议礼堂座无虚席，我们被安排在最前排。后面及周围是土国政府及军队各方面的重要人物。大概等了半个多小时，大家突然站起来，可能是总统到场了。然而，不知是什么原因，全场的人又足足站立等了10多分钟。

土库曼斯坦总统接见撒拉族代表

① Library of Congress - Federal Research Division. USA. Country Studies: Turkmenistan. http://www.mongabay.com/reference/country_studies/turkmenistan/HISToRY.html. [2007-8-27].

九点钟，总统准时到达。他显得很年轻，也很有活力和亲和力。等他首先讲完话后，我们一一上台向他献花握手。当告诉他我们是来自中国的撒拉族时，他显得很高兴。

之后，我们拜访了前总统尼亚佐夫及家人的陵墓。旁边是土库曼总统精神清真寺。清真寺气势雄伟，金碧辉煌。据阿訇讲，该清真寺圆形穹顶是世界最大的。然后，我们又参观了刚竣工不久的一所医院和水利部家属楼。两处都有学生及群众夹道欢迎。每到一个地方都备有丰盛的饮食。吃饭前，大家由阿訇领着祈祷。先用阿拉伯经文祈祷，然后再用土库曼语祈祷。第二次祈祷时，提到现任总统的名字。所有稍微大型的用餐场合，都有专门的歌手弹琴唱歌助兴。吃完后还要祈祷对主人表示感谢。后来，向翻译询问，才知在祈祷时提到总统名字是土库曼人的传统。其实12—13世纪的撒鲁尔王朝时期也存在这种习俗。[①]

总统精神清真寺

吃饭时，端来的饭菜，客人即使不想吃也不能拒绝，必须要尝一点，以显示对主人的尊重与感谢。在医院吃完不到一小时，又到水利部吃饭。为了我们这些客人，水利部专门在户外搭建了一个大型平顶帐篷。帐篷内有大约30张桌子，每桌坐10人。因此，近300人一起用餐。除了我们这些会议代表外，还有水利部等部门的政府官员。这种音乐助兴的浩大待客场面，使我们想到了乌古斯英雄史诗《先祖科尔库特书》中撒鲁尔喀赞盛情款待各部头人的场面描写。[②]

① 马伟：《撒鲁尔王朝与撒拉族》，载《青海民族研究》，2008（1）。

② The Book of Dede Korkut（Kitab－i Dede Qorqud）. Translated from Turkish into English and edited by Faruk Sümer. Ahmet E. Uysal and Warren S. Walker. Austin：University ofTexas Press. 1972. XV—XVI.

土库曼老人

晚上，土方为与会代表安排了一场国宴，由总统妹妹 Mehergul 陪同。大家边吃边跳舞。期间，还有土库曼斯坦著名歌星献唱助兴。平时有点严肃的 Mehergul 也随大家翩翩起舞。

10 月 24 日

我们去参观以现任总统父亲名字命名的一所学校及一所国家博物馆。这所学校的图书管理人员向我们赠送了几本土库曼语的教材。博物馆里陈列的主要是 1881 年土库曼人抵御沙俄侵略的历史文物及资料，此外还有许多早期当地土库曼人的生活实物资料。

“中国撒拉族”展

10 月 25 日

早晨在人文协会大楼开会，是有关后几天活动时间变更等事情。我们经与 Mehergul 协商后，也决定于早晨在协会大楼内进行以“中国撒拉族”为主题的展览。

由于时间紧张，我们临时将 13 张图片粘贴在用几张桌子连接而成的胶带上，将书、光盘等摆放在一张桌子上。约中年 12 点，土方安排与会人员参观我们的展览。展览内容主要是撒拉族的历史、文化、当代生活情况以及我国人口较少民族政策实施情况等内容。结果展览相当成功，与会人员都几乎竞相争抢我们的资料，并仔细询问中国撒拉族的情况。我们主要用俄语、英语向大家说明图片内容。有些用撒拉语写出的标题，大家也都明白大致的意思。有些人表示以后很愿意加强与中国撒拉族的联系，进行教育文化等方面的交流。我们也是除会议主办方土库曼斯坦外，唯一在会议期间安排自己事情的外国代表。我们的工作也获得了土方的认可与称赞。

午饭由一位居住在土库曼斯坦的哈萨克斯坦土库曼人在他家请客。之后，我们参观了一家儿童夏令营。

10 月 26 日

早晨六点多去国家剧院看国庆演出。今年 10 月 28 日是土库曼斯坦独立 18 周年纪念日，因此，这几天有关庆祝国庆的活动也较多。不知是巧合还是有意安排，演出节目也共有 18 个。总统也观看了这场节目，离我们只有十几米远的距离。

下午去奥林匹克体育场观看国庆焰火及节目表演。散会后，我们还遇到了联想集团驻土库曼斯坦的几个代表及联合国教科文组织负责伊朗、土库曼斯坦等国事务的韩群力先生。我们还跟韩先生合影留念。

回到房间，打开电视。发现各国大使在画面上祝福土库曼斯坦的国庆。第一个讲话的是中国驻土大使馆吴虹滨大使，然后还有几个国家的大使在讲话。之后，还有中石油负责人介绍中国在土库曼斯坦的工程项目情况。看起来，中国在土库曼斯坦的外交事务中占有很重要的位置。

10 月 27 日

这一天，土库曼斯坦举行国庆阅兵式，总统在主席台上观看整个阅兵过程。我们中国代表团的四人都被邀请在主席台上观看阅兵式，而有些国家连一个代表都没被安排观看阅兵式。因此，我们四人都明显感受到土方对中国代表的重视。阅兵仪式约持续了两个小时。虽然当天天气有点冷，但受检阅的将士都精神抖擞，迈着矫健的步伐从主席台前走过。受检

与土库曼斯坦驻华大使在交谈

阅的兵种有陆海空三军，之后还有各行各业的代表游行。还有汗血宝马也在表演走正步，威风凛凛，令观众一片喝彩。

晚上，土库曼斯坦总统设宴款待各国驻土库曼斯坦的大使等外交人员。参加这次土库曼人文协会会议的十位代表由总统助理带领也参加了这个宴会，我们两名中国代表参加了这个重要的活动。期间我们还和中国驻土库曼斯坦吴虹滨大使等人相遇。大家高兴地边吃边聊一些相互关心的话题。

10 月 28 日

早晨是全国马术比赛。平生第一次见这么多的宝马进行形式多样的比赛，真是让我们大饱眼福。观众中有很多人在下注，因此，他们对比赛结果也非常重视，看台上的加油声一浪高过一浪。给冠军的奖品是以总统名义颁发的一辆小车。

下午，参加“美国和土库曼斯坦经贸论坛会”。会议期间，土库曼斯坦驻华大使 Murad s. Nazarov 和土库曼斯坦经贸部长与我们同桌。这名经贸部长向我们介绍了土库曼斯坦的经济贸易发展趋势，尤其是和中国的关系情况。目前，由正在铺设的经哈萨克斯坦通往中国的天然气管道工程是该国经济领域的一个重大项目。在土库曼斯坦总统前不久访问美国时发表的讲话中，也首先提到中国与土方的这一工程项目。当天下午的会议上，美方人员主要介绍波音公司、约翰·吉尔、凯依斯、通用公司等在土库曼斯坦的投资发展情况。美方对土库曼斯坦在各领域的合作表示感谢，并提出某些方面存在的问题，希望土库曼斯坦总统在这些领域进行一些改变，以便进一步加强土美贸易。

10 月 29 日

所有代表乘飞机去里海边考察当地的 Avaza 旅游区项目。飞机从阿什哈巴德起飞约一小时到达 Balkan 地区，然后我们乘两辆大巴到了里海边。只见那儿已建起了六七栋相当漂亮的高楼大厦，大都是宾馆餐厅等。楼内设施非常富丽堂皇，比起我们在阿什哈巴德住的五星级宾馆要豪华许多。在街道附近，工人们正努力施工，挖凿一条几公里长的人工河，计划引入里海水，美化市区，改善当地生态环境。据当地负责人介绍，他们准备把这个地区搞得像阿联酋的迪拜一样现代漂亮。在参观一些宾馆、工程建设等项目后，我们又坐飞机当天傍晚返回阿什哈巴德。

10 月 30 日

早晨去人文协会向他们道别。到那儿发现，也有其他国家的代表前来辞别，有的提出想见总统妹妹、协会常务副主席 Mehergul，但办公室主任告诉我们她很忙，无法见任何人。但后来，当 Mehergul 得知我们的到来时，便前来和我们见面。我们又讨论了关于留学生项目、明年她访问青海循化以及撒拉族派代表去土库曼斯坦参加 Norozi（春节）等相关事宜。

12 点左右从人文协会大楼出来后，我们给中国驻土库曼斯坦大使馆打电话，提出想拜访吴虹滨大使。过了一会儿，工作人员就给我们回话，说下午三点大使可以见我们。于是我们就先去附近的马赫图姆古丽大学书店买了一些有关土库曼斯坦历史与文化方面的书籍。三点钟，我们准时摁响使馆侧门的门铃。工作人员把我们引进使馆大厅不到几分钟，吴大使便进来见我们。吴大使是位十分和蔼、儒雅的外交官。大厅正面墙壁上，写有诸葛亮《出师表》的书法作品，其含义是不言而喻的。由于我们已经在土库曼斯坦国庆一些重大活动中见到了大使，所以他对我们也较熟悉。我们首先向大使介绍了四人身份，我们去土库曼斯坦参加会议的目的，并介绍了撒拉族的基本情况，国务院扶持撒拉族等人口较少民族的政策，国务院全国人口较少民族现场会在青海成功召开的消息等。我们还汇报了在土库曼斯坦的活动情况，介绍了“中国撒拉族”展览的过程与结果。我们告诉吴大使，我们最主要的任务是要推进撒拉族学生在土库曼斯坦的留学工作，并尽可能促成总统妹妹 Mehergul 一行明年访问青海循化的事情。此外，积极为撒拉族企业在土库曼斯坦寻求商机。

吴虹滨大使说，从电视上也了解到我们参加会议的一些基本情况。他积极肯定了我们的工作，表示全力支持我们的工作。他说并不是国内所有其他少数民族都有像撒拉族这样极为有利的条件，是土库曼人亲戚，对我们的工作有利。远隔万里沙漠之外，土库曼人认可与遥远的东方中国的民族有同源历史，本身是件神奇的事情，也说明他们很重视这件事情。这对土库曼斯坦和中国两国都是件有意义的事情，对双方都有利。吴大使还提出，撒拉族外出发展是积极的，也是需要的，但要注意处理好发展与稳定的关系，处理好在交往过程中可能出现的问题。

关于邀请总统妹妹一事，他说可以先发一封模糊的邀请函，让 Mehergul 等人用此信件获得政府批准后，用他们提供的人员名单再发详细邀请函。他还指出重点邀请对象是 Mehergul，随行人员数量不限，国内访问地区也不限。等撒拉族方面发出

与中国驻土库曼斯坦大使吴虹滨先生合影留念

邀请后，他也会通过外交渠道积极努力。

吴大使指出，撒拉族留学生项目要详细规划，形式多样：可读本科、修语言、攻专业等，也可以向中国教育部请求留学名额。他说国家也正好完不成对该国的留学任务，他不赞成在该国读俄语，撒拉族学生读土库曼语及相关专业很理想。他也指出在土库曼斯坦就业可能不太理想，但可联系中石化、中石油等中国大公司。他告诉我们也不要把目光仅仅停留在土库曼斯坦，还可以在学好土库曼语的前提下，进军土耳其、阿塞拜疆等中亚市场。也可在土耳其学习。

在经贸方面，吴大使指出土库曼斯坦的市场开放程度还不高。以建材为例，该国建材主要由土耳其、法国人垄断，但四分之三的建材产品却是中国的。中国人无法直接向土国出口，因土国在文化上更认同土耳其等人。在这一方面撒拉族大有发展前景，但要对市场风险有前期心理准备，也有一些企业发展成熟时，遇到一些不应该有的阻力。若撒拉族企业去土库曼斯坦发展，大使馆也会尽可能给予帮助。

吴大使还提出，如果青海民族大学加强对土库曼斯坦等中亚国家的研究将对我国具有非常积极的意义。如条件成熟，也可搞中国文艺节目表演（也可以是撒拉族的），但他们使馆目前没有这样的财力。如果把国内的演出团队请到土库曼斯坦进行宣传，就可以积极促进中土两国之间的友好交流。

等我们四人离开时，吴大使坚持把我们送到楼门口。他还叫人提前打开了原来锁着的正门。走了四五十米，快到大门口时回头一看，见吴大使还在向我们挥手作别。我们都感觉到了一种在异国他乡里家的温暖。

土库曼舞蹈

晚上，我们约见了土库曼斯坦外交部的 Merdan 一起吃饭，对他在会议期间给予的帮助我们表示了感谢，并希望他能利用自己流利的汉语为中国和土库曼斯坦尤其是和撒拉族之间的友好交流发挥更大的力量。我们也写了封书面汉文感谢信，希望他翻译成土库曼语后交给人文协会领导，表示我们对土库曼斯坦有关方面的感谢，并表示希望以后能继续加强与土方的友好往来。

10 月 31 日

吃饭早饭后，我们退了房间，将行李寄存在前台，然后去郊区附近的 Bazar 即集贸市场看看传统的土库曼社会生活。下午，Oraz 又打来电话，让我们在临走前去参加他一个朋友儿子的婚礼。他朋友是做牛仔布生意的，到他家发现，他的家真是气势恢宏，富丽堂皇。据他讲，他还拥有许多土地、骆驼、甚至汗血宝马。在我们的一生中，还没见过个人拥有如此豪华的家院。鉴于土库曼斯坦市场开放程度还不太高，不知他是如何积聚了如此巨大财富的，但因是客人，我们也不便问这样冒失的问题了。飞机起飞时间是 11 月 1 日凌晨一点五十分，所以，深夜十一点多，Oraz 派人将我们送到了机场。赶到北京时，已是北京时间 11 月 1 日十二点左右了。

四、访问感受

通过这短短两个星期的访问，我们四人都感触颇深，都感觉此次访问很有意义，其中印象最深的是：

1. 土库曼斯坦是个福利性国家，人口少，压力小

土库曼斯坦是个十分重视社会保障的国家，实行高福利、高补贴政策。该国免费向本国居民提供水、电、天然气和食盐，实行免费教育和医疗保险，对低收入阶层还提供低价生活日用品。在首都大街上，我们见不到一个乞丐。据讲，在土库曼斯坦没有一个无家可归者。国内机票、火车票、汽车票等都很低，如我们乘坐的波音飞机从首都阿什哈巴德到里海边的土库曼巴希，航行约 1 小时，机票仅为 18 美元。由于全国只有不到 700 万的人口（2006 年），而资源又十分丰富，因此该国在社会发展方面面临的压力较小。

迎接客人

2. 土库曼斯坦人民素质高，社会稳定，治安良好

在访问期间，土库曼斯坦人民的素质之高，出乎我们所有中国代表的意料。无论是在办公室、餐厅，还是在大街上、公共车里我们很难见到有人在大声吵嚷，更见不到打架斗殴的现象。人们说话做事彬彬有礼，落落大方，穿衣戴帽时尚中体现出民族特色，让人赏心悦目。根据交谈，我们发现普通百姓的人文素质也很高，对社会历史了解较深。土库曼斯坦社会治安好，犯罪率很低。据讲该国是中亚各国中治安最好的国家。

3. 土库曼斯坦人民的民族自豪感很强，社会生活中民族特色十分明显

在和土库曼斯坦一般民众的交谈中，我们观察到他们对自己的总统和国家有着一种感恩戴德之情，如我们接触到的国家工作人员和学生都说，在工作之初他们首先会服从国家的一切安排，然后过了几年时间才考虑根据自己的兴趣爱好选择职业。在大街上能够看到很多人都佩带着土库曼斯坦国旗样的胸章，在城市园林景观中有许多关于本民族历史人物的雕像，在重大活动期间人们经常去献花纪念这些伟人。土库曼民族的一些文化象征符号如八角形、汗血宝马塑像、地毯图案等随处可见，使整个土库曼社会显示出浓郁的民族特色。

4. 基础建设蓬勃发展，市场潜力很大，但外来人员入境难度大

土库曼斯坦目前正处于基础建设的高峰时期，到处都是施工的繁忙景象，对建材等产品的需求很大，一般日用品也没有国内这么丰富，因此，中国的建材、家电、农机等产品在土库曼斯坦有较大的市场。但进入土库曼斯坦的签证非常难以获得，即使得到，期限也很短，这对想去土库曼斯坦发展的企业或个人都是个很大的问题。目前很多中国造的建材等产品大多由土耳其等国的商人在该国垄断经营。

建设中的、与阿联酋迪拜相媲美的阿瓦扎旅游胜地模型图

5. 中国撒拉族在土库曼斯坦的发展潜力很大

由于历史文化的同源，土库曼人民对中国撒拉族有着很强的认同感，显示出对撒拉族的很大兴趣和热情。因此，如果冲破困难，寻找机会，争取中国撒拉族相关人员进入土库曼斯坦学习和工作，不仅对撒拉族的未来发展十分有利，同时也会对促进中土两国经贸往来产生非常积极的作用。

6. 加强对土库曼斯坦历史文化的研究对了解、发展中国撒拉族的民族文化也有着非常积极的意义

在此次访问期间，我们获得许多有关土库曼民族的历史文化信息，这对我们继续深入了解中国撒拉族的历史，发展民族文化有着很重要的意义。如历史、语言、民俗等方面的一些共同性，使我们更加坚信中国撒拉族和土库曼民族有着十分重要的历史联系。但由于我们在土库曼斯坦的停留时间较短，而且主要是在参观交流，不是严格意义上的学术考察，因此，我们还未获得和中国撒拉族东迁直接相关的资料。在这一方面，我们还需要以后进一步的努力。

和土库曼斯坦撒鲁尔人（左）合影

五、对下一步工作的思考

此次访问在经贸、教育、文化、学术甚至政治方面都取得了一定的成果，为将来的工作也打下了较为坚实的基础。通过自己的所见所闻，我们认为以后的工作重

心可以从以下几方面考虑：

1. 继续积极推进留学生项目工作

撒拉族聚居生活的循化等地区属于西部地区，经济欠发达，资源有限。因此餐饮、运输等始终是撒拉族劳务经济的支柱行业。通过自己的先天优势和勤奋努力，撒拉族人取得了非常辉煌的成绩，生活发生了巨大的变化。但在取得长足进步的同时，撒拉族人也意识到由于缺乏文化教育，缺乏广阔的视野和长远的思考，经济形式难以形成规模，后劲不足。因此，提高撒拉族就业人口的文化素质，培养他们的现代意识，甚至国际意识都将对撒拉族地区的经济发展会产生积极而深远的影响。考虑到撒拉族人口自身的文化背景和闯荡精神，向中亚进军，打开中亚市场完全具有可能性，而进入中亚市场的先决条件是能够熟练地掌握当地语言。撒拉语和土库曼语同属阿尔泰语系突厥语族西匈语支乌古斯语组，这就意味着在世界上和撒拉语最接近的语言就是土库曼语、土耳其语等。用现代撒拉语虽然无法和土库曼人、土耳其人进行较为深入的交流，但由于语音、词汇和语法方面的许多共同性，一个从没接触过土库曼语、土耳其语的撒拉族人完全可以和土库曼人、土耳其人进行初步的、简单的交流。如果在纯粹的土库曼语和土耳其语环境中学习半年左右，撒拉族人应该可以掌握基本的日常交流所需的语言。在国内56个民族中，撒拉族人有着学习土库曼语的最有利的条件。同时，由于土库曼人对中国撒拉族的文化认同，撒拉族在这方面会有更为便利的学习条件。学会了土库曼语，再打进土耳其、阿塞拜疆等国市场，在语言上基本上不存在问题。因为据土库曼人和土耳其人讲，他们之间的交流百分之八九十不存在障碍。因此，考虑到土库曼斯坦这样一个中立的国家、和中国具有良好发展前景的国家去留学将是撒拉族青年未来发展的非常不错的一个选择。循化县将来的劳务输出工作也将会朝着更高层次的方向发展。

一所学校的工作人员向我们赠送土库曼语书籍

去土库曼斯坦不仅可以很快学到土库曼语，同时，由于俄语是该国的通用语，撒拉族学生也会有一个较好的学习俄语的环境。多掌握一种国际性的语言，就自然多了一条生存发展之路。正如前面所述，中国驻土库曼斯坦大使吴虹滨先生也非常赞同我们这一想法，支持撒拉族学生到土库曼斯坦留学，并提醒我们应积极争取我国教育部的赴土库曼斯坦的留学机会。

此外，如果能打开土库曼斯坦这个国家的市场，那么，撒拉语也不再是“没有什么实用价值的语言”了，撒拉语将会成为“准国际性”的语言了。这将促使撒拉族人更加重视自己的语言与文化，而这对保护目前处于濒危状态的撒拉语无疑有着十分重要的意义，在我国保护各民族非物质文化遗产工作方面也会是一个积极的尝试。

2. 积极学习土库曼优秀文化提升撒拉族地区的文化品位

在土库曼斯坦，我们很大的一个感受是该国巧妙地将自己优秀传统文化与现代文明有机结合起来了。土库曼人的服饰、音乐、歌舞、建筑、饮食等都蕴涵着深厚的历史文化底蕴，体现出自己鲜明的民族文化特点。同时，在经济、教育、交通、服务等方面，我们也能看到当今世界最现代的东西。因此，现代化不是对传统的抛弃，现代化完全可以和传统文化有机融合。这一点对我们撒拉族地区，乃至中国其他民族地区都有着积极的借鉴意义。我们不是意识不到这些问题，但在实际工作中往往重视不够。非常欣慰的是，循化撒拉族自治县及海东地区的领导也早就在这一方面作出了开拓性的工作。近几年循化县城市建筑特色的变化，无疑使循化焕发出新的魅力，也吸引着更多的人前来观光旅游。

土库曼姑娘

土库曼小伙

我们觉得，循化县还可以继续在民族服饰、音乐、歌舞及城市建筑等方面通过借鉴、挖掘、创新等，突出民族特色，为世人展现出循化更加美丽的独特风情。这一点也无疑对将来循化县作为支柱产业的旅游业发展意义重大。

3. 积极促成土库曼斯坦总统妹妹 Mehergul 访华一事

我们曾经通过青海省外事办联系土库曼斯坦总统妹妹 Mehergul 等人访问青海循化等地的事情，但由于中国和土库曼斯坦两国之间外事程序不同等原因，此事最终搁浅。我们此次访问土库曼斯坦期间，经过和 Mehergul 的交谈，得知她很想访问中国。当我们将这一信息告诉中国驻土库曼斯坦大使吴虹滨先生时，他表示应全力促成 Mehergul 访问循化等地，说不要对她们限人数，也不要对她们限访问地点。只要她能来，对中国和土库曼斯坦两国之间的关系将会产生积极的影响，也有可能对循化县带来新的发展契机。吴虹滨大使表示，在这一工作上他也会从外交方面给予帮助。

4. 走出国门主动加强与外界的交流

在会议过程中，不同国家的人时常向我们问一些匪夷所思的问题：你们撒拉族被政府允许去北京、上海等地自由工作学习吗？你们少数民族也只能生一个孩子吗？撒拉族地区有清真寺吗？信教撒拉族群众被允许从事宗教活动吗？人口较少民族能得到政府的重视吗？……等我们举办完“中国撒拉族”展览以后，所有这些问题都有了非常清楚的回答。新中国成立以来，尤其是改革开放以来，我国各民族群众的

音乐相伴的午餐

生活都有了翻天覆地的变化。西部大开发、人口较少民族政策，使得像撒拉族这样的人口较少民族有了很大发展。但看起来，国外对此了解不多，倒是对一些负面新闻知道的较多。因此，像撒拉族这样的民族应该争取可能的机会，主动出去，现身说法，加强交流，消除误解，建立互信，提升中国形象。吴虹滨大使也明确指出，有些来自民间的消极声音，他们大使馆也无能为力。而中国一些优秀的民间组织恰好在这方面可以起到积极的作用。如果循化县或青海省寻找机会，派一些文艺团体去土库曼斯坦进行文艺演出，或者邀请对方来中国，也将是一种非常有效的方法。

5. 有效发挥组织作用

在土库曼斯坦办任何事情都需要正式的书面文件。因此，与土库曼斯坦的任何正式合作与交流，最终都需要由组织出面。这个组织既可以是民间组织，也可以是政府部门。所以在以后的交往中，我们必须注意这个问题，否则任何个人的行动都有可能只是浪费时间，无法取得积极有效成果。同时，应由组织确定我们的交往原则，统一行动，避免产生任何外事问题。

参考文献：

[1] 施玉宇编著．土库曼斯坦．北京：社会科学文献出版社，2005

[2] 王沛主编．中亚五国概况．乌鲁木齐：新疆人民出版社，1997

[3] http：//news. xinhuanet. com/ziliao/2002 - 06/18/content _ 445963. htm [2009 - 11 - 29]

（本文原载《中国撒拉族》2009 年第 2 期）

基于历史记忆的文化生产与族群建构

马成俊

一、历史记忆与族群建构

法国社会学家哈布瓦赫在1925年提出集体记忆（collective memory）的概念，并将记忆类型分为个人记忆、集体记忆和历史记忆。同时，他以个体梦境、家庭记忆和基督教信徒记忆的大量例子来证明集体记忆理论。① 但是，哈布瓦赫有关集体记忆的论述在发表后并没有引起学术界多大的反响。直到20世纪80年代以后，社会学、人类学界才开始广泛地注意运用集体记忆的理论②来讨论各社会的历史和文化。1989年，美国学者保罗·康纳顿的《社会如何记忆》，由剑桥大学出版社出版，③ 许多人类学的田野工作也随之开始重视对集体记忆的（或社会记忆、村落历史记忆以及家庭记忆）关注。由于集体记忆所关注的内容是关于过去的内容，自然也引起了历史学界的很大重视。历史人类学意识到历史和记忆（包括官方记载和民间记忆）的关系，并认为历史记忆是集体记忆的一种。④ 人们通过记忆唤醒过去，同时也在记忆中选择性地忘却过去。集体记忆作为民间认知体系，总是存在于人们处理过去与现在关系的过程中，它曲折而且隐晦地反映着现实政治权力、经济利益和社会定位的需要，而且被不断地想象、虚构、叙事和重构。法国学者刘易斯·科瑟在《论集体记忆》的长篇序言中说："集体记忆在本质上是立足现在而对过去的一种建构。"⑤ 同时作者还引用施瓦茨的话说："集体记忆既可以看做是对过去的一

---

① ［法］莫里斯·哈布瓦赫：《论集体记忆》，毕然，郭金华译，上海，上海世纪出版集团，上海人民出版社，2002。

② 参见景军：《社会记忆理论与中国问题研究》，见中国社会科学院社会学研究所编：《中国社会学》（第一卷），328页，上海，上海人民出版社，2002。

③ Connerton，p：*how societies remember*，Cambridge University Press 1989.

④ 赵世瑜：《小历史与大历史》，73页，北京，生活·读书·新知三联书店，2006。

⑤ 同①，59页。

种累积性的建构，也可以看做是对过去的穿插式（episodic）的建构。”①

新世纪以来，集体记忆理论受到中国学者的关注，景军在哈佛大学读书期间所完成的博士论文《神堂记忆》（1994年完成，1996年由斯坦福大学出版社出版英文版），以甘肃永靖县刘家峡下川村由于水电站的修建而使得孔庙被毁和重建的过程为线索，“试图理解村庄的过去是如何作用于村民的生活”②。保罗·康纳顿的《社会如何记忆》以及莫里斯·哈布瓦赫的《论集体记忆》先后于2000年和2002年由上海人民出版社出版了中文本；台湾学者王明珂从历史记忆的角度探讨羌族社会的神话和历史以及华夏边缘；③ 黄树民教授则以小说叙事的方式写出了民族志《林村的故事》。④ 当代学者或者以集体记忆，或者以社会记忆（socialmemory）概念来研究使人们的群体认同得以维系的“历史”和“过去”。对这类“历史”的研究，事实上所讨论的都是人类记忆与社会认同之间的关系（王明珂，1999：283）。近代以来，在世界各地民族主义运动兴起的过程中，人们开始大量书写“本民族”的“历史”，而这些“历史”可能在相当程度上是根据当时的社会需要而进行的“想象”和“构建”，本质上是一种再创造。本尼迪克特·安德森对于印度尼西亚的研究使人们真切地认识到并相信“民族（nation）”事实上是“想象的共同体”。⑤ 也恰恰是在这种想象中，“民族”得到了一种原生性的解释，使人们获得了这样一种观念，即认为自己所认同的这个共同体是从来就存在的，甚至有着神圣的、不可质询的起源。在一定程度上，各个民族的历史都是根据不同历史时期对于共同体认同观念构建的需要而由人们“编造”出来的。在这个意义上说，这种关于群体起源和演进过程的“民族”的“历史”，具有神话的特点。而社会学意义上的民族神话，是一定历史条件下文化认同的需要。如果近代西欧民族主义运动中先后建立“民族国家”的那些“民族”是如此，继而出现的受到西方国家观念和政治体系影响的殖民地独立建国时所构建的“民族”也是如此，那么，苏联和我国在识别和确认各“民族”的过程中和之后对各“民族”历史的撰写中，是否也会出现类似的“历史”构建现象呢？根据学术界的研究，大家基本认同安德森的观点。随着新史学理论以及社会史、传统社会区域史研究的深入展开，人们在区域史研究中开始进行了“眼光向下的革命”，“地方性知识”越来越受到学者们的关注，这是对中国传统史学研究和史学理论具有颠覆性意义的探索。北京三联书店推出了《历史·田野丛书》，试图在田野中探寻“历史现场”。在这套丛书的总序中，陈春声教授说：“百姓的历史记忆

---

① ［法］英里斯·哈布瓦赫：《论集体记忆》，毕然、郭金华译，53页，上海，上海世纪出版集团、上海人民出版社，2002。

② Junjing. *The temple of Memories*：*History*，*power*，*and morality in a chinese Village*. Stanford：StanIbrd UniVersity press. 1996.

③ 王明珂：《华夏边缘》，台湾允晨文化公司，1997；《羌在汉藏之间》，台湾联经，2003。除此之外，还有数篇有关文章发表。

④ 黄树民：《林村的故事》，纳日碧力格译，北京，生活·读书·新知三联书店，2002。

⑤ ［美］本尼迪克特·安德森：《想象的共同体——民族主义的起源与散布》，吴叡人译，上海，上海世纪出版集团，2005。

表达的常常是他们对现实生活的历史背景的解释，而不是历史事实本身，但在那样的场景中，常常可以更深刻地理解过去如何被现在创造出来……许多所谓‘地方性知识’都是在用对过去的建构来解释现在的地域政治与社会文化关系。”[①] 当历史进入记忆，就可能面目全非，与事实相去甚远。对人类来说，有太多的因素在影响着他们的记忆。相对于过去的历史事实来说，人们记忆中的历史往往是想象的、虚构的、面目全非的历史。过去的历史在记忆和回忆中变成叙事，添加了想象，附加了意义，最终成为当代事件的一部分。由于记忆意味着对过去的延续、想象和重构，所以，当人们把历史当做一种被附加意义的历史，当做一种想象和虚构的文学产物时，就意味着，人们并不总是想关注过去的历史发生了什么事。也正因为如此，按照人类学的理解，对人们来说，过去的历史发生了什么并不重要，重要的是历史记忆成为社会事实后的影响以及历史记忆成为社会事实的原因、过程和影响。历史的真相绝不仅仅意味着过去发生了什么，更在于过去对于现在意味着什么，发生了什么影响，以及为什么会有这样的影响。

定宜庄和邵丹在探讨了孟姓满族对孟子的族群认同后认为：“历史学家研究的是文献，是以文字固定下来的不会改变的资料，考据辨伪则是史家之所长。而民族学家在田野工作中着眼的则是族群认同的建构，他们从受访者身上寻找的并不是历史的‘事实’，而是现代人对过去的理解，是今天的他们对自己过去的记忆，和对自己是谁的解释。”[②] 对此，赵世瑜先生认为：无论是历史还是传说，它们的本质都是历史记忆，哪些历史记忆被固化为历史，又有哪些成为百姓口耳相传的故事，还有哪些被一度遗忘，都使我们把关注点从客体转移到主体，转移到认识论的问题上，这也就不可避免地牵扯到后现代的问题。因为在现代性的语境或科学主义的话语中，传说与历史之间的区别就是虚构与事实之间的差别；而在后现代的语境中，虚构与事实之间是否有边界本身可能就是一种“虚构”。由此，历史记忆具有以下几个特点：第一，历史是一种集体记忆。任何个人对历史事件的记忆都具有社会性，某个群体当中对某一事件的记忆大体上是相同的。第二，记忆具有传承性和延续性。历史记忆这个词不仅包括它记忆的对象是历史事件，同时记忆本身也是一个历史，是一个不断传承、延续和再创造的过程，这个过程本身也构成历史。不同的人、不同的时代对事件的记忆或者遗忘，或者是重构都要经历一个过程。第三，那些具有所谓的负面影响的历史事件，或者是由于政府的禁止，或者是由于让人难堪而不便被公开的记忆，或者是人们强迫自己去遗忘或不去思考的记忆。[③] 康纳顿认为：历史重构（historical reconstruction）可以与社会记忆产生互动，比如在国家机器强制性地消除或过滤历史写作时，社会记忆有可能有助于不同的历史重构。“历史重构活

---

① 陈春声：《走向历史现场》，参见张应强：《木材之流动·序》，北京，生活·知识·新知三联书店，2006。

② 定宜庄，邵丹：《历史“事实”与多重性叙事——齐齐哈尔市富裕县三家子村调查报告》，载《广西民族学院学报》，2002（2），33页。

③ 赵世瑜：《小历史与大历史》，北京，生活·知识·新知三联书店，2006。

动无论遭到系统压制，还是到处开花，它都会导致产生正式的成文历史……事实证明，或多或少属于非正式的口述史，是描述人类行为的基本活动。这是所有社群记忆的特征”①。

在当代社会科学中，“历史”被看做是“事件通过能动作用和结构之间连续不断的相互作用，在时间和空间中实现的结构化，是日常生活的世俗性与跨越广袤时空的制度形式之间的相互关联”（吉登斯，1998：512）。社会学和人类学的“历史”研究发现，“文明”社会流传下来的公认的或曰主流的“历史”知识，一般都曾在一定程度上被处于不同位置关系上的人们根据特定的社会条件和需要一再进行诠释和重构（福柯，1998），当代民族主义语境下的“传统”和“历史”往往是被发明的（霍布斯鲍姆，1983），“在任何文化秩序中均被呈现的众多逻辑上的可能性——包括自相矛盾的可能性——里，在体现这些可能性的社会能动者带有私心的众多选择中，历史举步维艰地穿过”（萨林斯，2003：15）。这些发现启发人们去认识“历史”的多样性以及“历史”之所以成为“历史”的各种机制。按照这样的研究思路，我们可以提问：人们的记忆中曾经有过什么样的“历史”？这些“历史”记忆的哪些部分被吸收进“民族”的“历史构建”？这些素材是如何被组织起来的？又是什么人在构建“民族”的“历史”？人们为什么要这样而不是那样来构建自己的“历史”？② 这些问题需要通过大量历史人类学的田野研究和实践进行解释。

二、文化再生产与传统的创造

“文化再生产”是法国社会学家、人类学家布迪厄在20世纪70年代初提出的一个概念，在他后来的一系列论著中得到进一步细化。在《教育、社会和文化的再生产》一书中，他用此理论分析资本主义的文化制度如何在人们的观念里制造出维护现存社会制度的意识，从而使得现存的社会结构和权力关系被保持下来，即被再生产出来。布迪厄试图用“再生产”这一概念表明社会文化的动态过程。一方面，文化通过不断的“再生产”维持自身平衡，使社会得以延续。文化再生产的结果体现了占支配地位的权力集团或利益集团的意愿（包括国际文化市场取向、国家文化艺术需要、市场对文化艺术的需求），是他们使社会权威得以中性化、合法化的手段。文化再生产与社会再生产一样，都是为了维持一种体制（包括政治体制、文化体制和经济体制）的持久存在。但是，文化再生产同时也包含着对此的背离和反抗。文化再生产不是一成不变的体系，而是在既定时空之内各种文化力量相互作用的结果。也就是说，文化再生产的过程也为系统的进化提供了可能。文化以再生产的方式不断演进，推动了社会、文化的进步。为了进一步理解布迪厄的文化再生产

① ［美］保罗·康纳顿：《社会如何记忆》，纳日碧力戈译，9～13页，上海，上海人民出版社，2000。
② 菅志翔：《民族的历史构建与现实社会因素》，载《青海民族研究》，2007（2）。

理论，必须要结合他的实践理论。“实践”是来自马克思的概念。马克思指出，人的存在是实践的而非观念的。“实践”这一概念在布迪厄那里得到充实、创新，并形成一种具有很强解释力的理论。在《实践理论大纲》、《实践的逻辑》和《区隔》等文章中，布迪厄详细阐述了自己的“实践观”。长期以来，人类学在处理社会体系与个体的关系时，往往以简单的社会或文化决定论为指导。布迪厄则指出结构和行为之间具有一种辩证关系，社会体系和个人之间有着互通的中介，这就是实践。实践既是在一定观念指导下的个人行动，也是再造文化和社会秩序的途径。布迪厄承认文化对行动以及行动者的强大影响，但同时也指出文化的制约力有范围限度，人们在实践中必然根据主观需要、客观条件对文化有所继承、发展。从一定意义上来说，文化也是人们不断再生产的“产品”。

文化再生产的理论问题不在本文讨论范围，本文只是想通过一个个案对文化再生产所赖以实现的基础，即历史记忆或社会记忆如何影响文化再生产问题进行讨论。撒拉族的文化（包括历史）在20世纪80年代之前，一直是“被别人表述”①，其原因是撒拉族在历史上曾经由少部分人使用过的文字（土尔克文）基本失传，同时在很长时间内拒绝接受汉语文教育，因此也没能掌握“表述自己”的汉语文，大凡需要用汉文表述的诉讼、公文以及私人信件，统统请当地汉人帮助代劳（根据所写内容适当酬谢）。在这种情况下，遑论书写自己的历史和文化。所以历史一直是以口耳相传的方式通过人们的集体记忆，以极不系统的碎片化的方式流传下来，这种局面直到20世纪30—40年代以后才逐渐得以改变②，并在50年代民族大调查时记录的资料基础上才有了撒拉族的“历史”③。历史在文献海洋中的一鳞半爪和口述史的基础上得以重构，文化的碎片也在一些个体记忆的基础上得以“复原”（实际上是根据社会记忆进行的想象和再造），撒拉族的传统得以“创造”，在这基础上一个民族的知识体系也得以构建。在这项工作中，作为学者、作家和民间艺人等本民族或致力于撒拉族研究的社会精英起到了很重要的作用。尽管如此，在当前制造具有标志性民族文化方面，政府官员、学者和相关人员依然感到很困难，原因很简单，有关碎片化的历史记忆中很难用蒙太奇式的手段进行创造。

三、个案讨论：族群意识的唤醒与族群的建构

撒拉族是生活在我国甘肃、青海边界的一个民族，这个地方在历史上一直被称做“边外地”，根据2000年第五次人口普查结果，被划入“人口较少民族”，受到

---

① 马克思：《路易·波拿巴的雾月十八日》，北京，人民出版社，2001；转引自爱德华·萨义德：《东方学》扉页，北京，生活·读书·新知三联书店，1999。原文为：“他们无法表述自己，他们必须被别人表述。”

② 吴绍安：《前清至民国时期的循化县民族教育》，载《青海民族研究》，1999（1）（2），据吴绍安考证：“1929年夏，在街子、查加、白庄工办起了3所初级小学，这是撒拉族地区最早兴办的新式学校。”

③ 《撒拉族简史》于1982年由青海人民出版社出版。

国家重点扶持。20世纪50年代民族识别后于1954年确认为“撒拉族”。历史上对撒拉族有以下称呼：撒拉族自称撒拉尔（salar或saler），与其近邻的汉族、回族和藏族等民族称其为“撒拉”，汉文译名在文献典籍中出现的有十几种之多，都是“撒拉尔”、“撒拉”名称的不同译写。例如《元史·百官制》称为“撒剌”，《新元史·氏族表下》称为“撒剌尔”。迄至明代，史籍中依然如此记载，《明永乐实录》卷121称为“撒剌”，《明宣德实录》卷18称为“沙剌簇”；明代中叶以后，自张雨《边政考》至顾炎武《天下郡国利病书》卷95皆称“撒剌”。至清初，黄册档康熙《陕西土官番人姓名马匹茶篦书目文册》及《河州志》等文献依然延续前朝，称为“撒剌”，乾隆时《清高宗实录》中则书为“萨拉”、“萨拉尔”、“撒拉尔”，而同一时代印行的《循化志》卷4中，却又称之为“撒剌族”、“撒拉回子”等。自此往后，清朝200多年官私文书中关于撒拉族的称谓都与“番”、“回”相连，这种称谓一直持续到中华民国时期，撒拉族在“撒拉回”的称呼中始终处于被遮蔽和依附的状态。这些民族称呼，与乾隆四十六年（1781年）撒拉族领袖苏四十三领导的反清起义有关。中华人民共和国成立后，政府根据撒拉族人民的自称和他族称谓习惯于都使用“撒拉”的实际情况，依据名从主人的原则，经过和本民族协商同意，正式定名为“撒拉族”，并且在1954年2月召开的循化县第一届人民代表大会上讨论通过，同时成立了循化撒拉族自治县。据研究，“撒拉尔”源自于“撒鲁尔”，后者是突厥乌古斯可汗的第五子达合（意为山）汗的长子的名字，意为“到处挥动剑和锤矛者”[①]。也有人认为“撒拉尔”是波斯语，意为“领兵官”、“领兵统帅”之义，如果引申开来，两者之间似有联系，但“撒拉尔”是波斯语的说法则无根无据。值得注意的是，历史上官方文书记载和当地民间他称中所出现的“撒拉回子”、“撒拉番回”、“撒拉半番子”等等称呼，20世纪前半叶著名历史学家顾颉刚、李文实等人的学术论文中都称作“撒拉回”，都无一例外地将撒拉族作为回族或藏族的一个部分或分支对待，说明当时对撒拉族的族属并没有一个确定的概念。1954年被确认为“撒拉族”以后，一个长期被依附于“回”、“番”的族群终于得到明确的分离和界定，民族称谓的确认，实际上也划清了族群的边界。尤其是随着1954年循化撒拉族自治县的成立，标志着政治权利、经济利益得到了法律和制度的保障，根本改变了撒拉族在历史上一直处于政治、经济和文化权力边缘的地位。官方文件、书籍文献、文学作品中才有了统一的民族称谓，撒拉族内部也逐渐强化了民族意识。从20世纪80年代迄今为止的20多年里，出版了有关撒拉族历史、语言、文化研究以及志书、文艺作品等方面的数十本书籍，撒拉族的历史脉络逐渐清晰，一个具有独特历史、独特语言、独特经济生活方式的民族遂在国家权力的支持和制度的保障下通过政府、学者和人民的共同努力被建构起来。民族身份通过社会定义和国家制度的手段得以确认后，历史被重新揭示，族群边界愈加明确，自我认同和社会定义不断具体化并

① ［波斯］拉施特：《史集》第一卷第一分册，参见马成俊：《撒拉族文化对突厥及萨满文化的传承》，载《青海社会科学》，1995（2）。

得以加强。长期以来，在撒拉族内部，宗教认同强于民族认同，从而“我们与回民一样”或者“我们是回民”的说法处处可闻，其实这种说法更倾向于撒拉族与回族之间的宗教认同，因为撒拉族中流行的伊斯兰教教派如哲赫忍耶、嘎德忍耶和伊赫瓦尼等，基本都是从甘肃回族宗教人员在清代至民国的300年间先后传播而来（马来迟、马明心、马果园等人皆为甘肃人），所以在宗教信仰和行为方面与回族有着千丝万缕的联系，所以对回族或同一教派的认同是可以理解的。随着历史脉络的逐步清晰和明朗化，加之文学作品[①]、学术论著[②]的出版发行，其中尤其是由本民族作家和学者对本民族历史文化的叙事，逐步形成了以青海省文联为中心的作家群和以青海民族学院为中心的学者群，通过他们对撒拉族文化的梳理和再生产，“我们是尕拉莽子孙”的祖先认同意识，在撒拉族中越来越得到普遍的承认。对祖先认同的强化，不仅在族群建构和固化方面起到了积极的作用，而且在另一方面也强化了撒拉族的族群边界（所谓撒拉八工外五工[③]）和民族意识。在这里，文学作品也罢，学术著作也好，从不同角度、不同程度上充分利用了民族的历史记忆，完成了撒拉族的历史重构。从这个意义而言，族群的历史记忆与文化再生产以及族群建构是共生的、互动的。

（本文原载《青海民族研究》2008年第1期）

① 20世纪80年代以后，陆续出版了马学义的《骆驼泉》、韩秋夫的《秋夫诗选》、马学功的《家园的颂词与挽歌》、马毅的《尕拉莽的子孙》、韩文德的《撒玛尔汗的鹰》以及撒拉族民间文学三套集成等文学作品。

② 20世纪80年代以后出版的学术著作有《撒拉族简史》、林莲云的《撒拉语简志》、芈一之的《撒拉族政治社会史》、《撒拉族史》、马成俊的《循化县社会经济可持续发展研究》、《百年撒拉族研究文集》、高永久的《尕拉莽的子孙们》、冯敏的《循化县文化资源开发研究》、韩建业的《撒拉族语言文化论》等学术著作。

③ “工”一词在文献上最早出现于清代雍正年间，当时将撒拉族生活空间分为12工，乾隆四十六年（1781年）由撒拉族领袖苏四十三领导的起义失败后，由于清廷“善后处理”中将起义人员家属流徙和发配致新疆、云南等地，加之起义军有3000多人英勇就义，致使撒拉族人口锐减，于是将12工合并为八工，所谓“工”是由几个村落组成的相当于乡一级的行政组织。外五工指的是现化隆县境内的五个地区，这里的人一部分说藏语，一部分说撒拉语。在撒拉族地区还有“天下八工”的说法，现在指全世界，但过去由于交通、通信等条件的限制，撒拉族心中的“天下八工”实际上仅指循化地区而已。

关于撒拉族研究中的几个问题

马成俊

最近，我与马伟同志共同主编《百年撒拉族研究文集》，选编了近百年来国内外有关撒拉族研究的学术论文200余篇，计210万字，并已于2004年9月循化撒拉族自治县成立50周年之际由青海人民出版社出版发行。在选编的过程中，认真阅读了所有论文，颇有启发，其中尤其是关于撒拉族研究中存在的几个问题，常常萦绕于脑际，现提出来与大家共同探讨。

一、关于撒拉族的族源问题

根据前人的研究，关于撒拉族的族源，在撒拉族本民族的传说中，有好几种说法：一说是从土耳其来的，一说是从哈密来的，还有大多数说是从撒马尔罕来的，过去学术界前辈们根据本民族的传说比较一致的意见是来自于中亚撒马尔罕一带，《撒拉族简史》① 即持此说，自此以后的各种文章均沿用这种说法。本来对一个民族族源的定位模糊一点也未尝不可，只是联系到笔者于2000年10月访问土库曼斯坦时与当地学者的交流情况，联系到木拉·素来曼于1917年用土耳其文写的《回族源流考》中的记载："原住在撒拉克附近的尕勒莽和阿合莽兄弟二人，带领本族共170户人家，离此东行，到了今天的西宁附近定居下来"② 这一段话，以及米娜瓦尔（中国）、③ 杜安霓（美国）④ 等人近年来发表的有关撒拉语语言学方面的论文，比较撒拉语与乌兹别克语、土库曼语以及维吾尔语等亲属语言的关系，与撒拉语最能吻合的语言是土库曼语。而素来曼所指"撒拉克附近的尕勒莽和阿合莽"一段话中，"撒拉克"即现土库曼斯坦国境内"马雷（mary）"州的"sarahes"城，撒拉族祖先尕勒莽和阿合莽正是生活

① 撒拉族简史编写组：《撒拉族简史》，西宁，青海人民出版社，1982。

② 木拉·素来曼：《回族源流考》，1917，塔什干版。

③ 马成俊，马伟：《百年撒拉族研究文集》，598页，西宁，青海人民出版社，2004。

④ 同③。

在这里的居民。他们举族东迁的原因，青海民族学院资深地方史专家芈一之教授已经做了多方面的论证，[①] 这里不再赘述。从近百年来撒拉族历史的研究情况看，不论是国外（包括苏联）专家也好，还是国内的专家也罢，都基本上认定撒拉族先民来自于中亚，至于是乌兹别克斯坦的撒马尔罕，还是土库曼斯坦的马雷，现在还有点模糊，但根据近年来语言学的研究成果来看，撒拉语更接近于土库曼语，在现在的撒拉语中保留了大量古突厥语的词汇和语言习惯，而与乌兹别克语却有较大的差距。由此看来，撒拉族先民更有可能来自于土库曼斯坦的马雷州，而撒马尔罕则仅仅是其东迁时的必经之地，加之13世纪的撒马尔罕是整个中亚政治、经济、文化的中心城市，撒拉人在中土历年既久，对马雷（mary）这个小小的城镇失去了记忆，而撒马尔罕却在传说中保留了下来。这正如循化人到了北京，只能说来自于青海，说你来自循化又有谁知道呢？所以，为了明确历史源流，笔者以为在写撒拉族历史时，其族源基本上可以确定为土库曼斯坦的马雷州，而不再用撒马尔罕一带之类的模糊语。也许在还没有各方面确凿证据的情况下，下此结论为时过早，但笔者觉得语言学的证据足以作为对这一结论的强有力的支持。

二、关于民族形成的早期社会环境

关于撒拉族形成早期的社会环境问题，以前探讨的文章比较少见。笔者以为这个问题非常重要，原因是一个民族的先民远离故土，背井离乡，走到一个非常陌生的新的文化和社会环境，并要在那里求得进一步的发展，没有一个宽松的社会环境和政治环境是不行的。研究表明，撒拉族先民的东迁与蒙古贵族的西征有关，撒拉族先民自元初以“西域亲军”的身份，从遥远的中亚土库曼斯坦境内迁徙至青藏高原与黄土高原的结合部，并非像传说中所说的那样，是因为迫于无奈或像某些人杜撰的是为了传教而来，而是跟随蒙古军队来的。撒拉人作为中亚的色目人，在元朝具有较高的社会和政治地位，其社会地位仅次于蒙古人，撒拉族的先民韩宝曾经担任过积石州的“世袭达鲁花赤”，管辖积石州的军事防务，这给撒拉族的发展提供了一个极为重要的政治环境，同时也为撒拉族的形成起到了非常重要的作用。试想，如果没有一个比较宽松和友好的社会环境，一个远离故土几千公里、被置于汉藏文化腹地的几百个人，可能早已经被同化到了别的民族之中，而能够形成一个民族并发展到现在是绝对不可想象的事情。按照“潜民族”理论的观点来看，在一个民族尚未完全形成的时期被称之为“潜民族”，这个时期对一个民族来说相当于儿童时期，是很容易被同化的，撒拉族“潜民族”时期较为有利的政治和社会环境大约延续了100年，在这100年的时间里，撒拉族先民凭借着比较好的政治优势，通过与周边民族建立族际通婚关系，发展

① 芈一之：《撒拉族政治社会史》，34页，济南，黄河出版社，1990；《撒拉族史》，33页，成都，四川民族出版社，2004。

了人口，进一步拓展了生存空间。随着历史的推进，到了明洪武三年（1370年），撒拉族先民归附明朝大将邓愈，当时的循化依然处于边地，明朝对这些地区实行一些特殊政策，撒拉族在循化地区的政治地位依然如故。韩宝于明洪武六年（1373年）被任命为积石州千户所的一个百户，据《循化志》记载其正式职衔为“昭信校尉管军百户”，按照明代的制度，百户为武职，正六品。到了1436年，明朝将韩宝的子孙韩贵升职为副千户。在明王朝270多年的历史中，撒拉族在守卫明朝的边关乃至江山方面立下了汗马功劳，同时也受到明朝廷的嘉奖。这在撒拉族的历史文献《杂学本本》中关于尕勒莽的子孙世系中是这样写的：“尕勒莽得都尼，他的儿子奥玛尔得都尼，奥玛尔之子神宝得都尼，神宝之子萨都剌得都尼。”据芈一之先生研究：“‘得都尼’系撒拉语对有身份的人的尊称，意为‘太爷’。”查现代撒拉语并无“得都尼”一词，由于《杂学本本》是用阿拉伯文拼写的撒拉语，笔者以为“得都尼”很可能是汉语“都督”或“都统”的译写，翻译时便成了“得都尼”。如果是“都督”的误读，那么与尕勒莽的子孙几代人“世袭达鲁花赤”的职衔是相吻合的，不管怎么样，是“达鲁花赤”也好，“都督”也罢，至少可以证明他和他的子孙在积石州的显赫地位。①从总体上来看，明朝廷也给撒拉族的发展提供了较为宽松的政治环境。正是由于元代和明朝前期为撒拉族先民提供的政治地位和社会环境，使得撒拉族具有发展人口、发展经济和发展社会的可能性，所以在《明宣德实录》中开始指称撒拉人为“沙剌簇”，撒拉人开始被明朝当做一个族群对待，形成一个具备了民族特征的新的民族共同体。

值得一提的是，“潜民族”时期的撒拉族先民，内部比较团结，没有后来的宗教教派之间的龃龉。民族内部的分裂，起始于清朝前期的教派矛盾。历史的发展表明，一个民族的发展和繁荣，离不开民族内部的团结，同时也离不开本民族与外民族之间的团结和睦，这正应了我们党提出的各民族之间“三个离不开”的思想。撒拉族正是在其“潜民族”时期借助良好的政治环境（外部）和团结一体的民族意识（内部），才保持了他们民族的独立性和文化的独特性。否则，这个与其母文化从时间上相隔700多年、从空间上远离数千公里的几百人能够在汉藏文化的汪洋大海中不被吞没是很难想象的。

三、关于撒拉族的民族意识

早在1922年，梁启超先生即在《中国历史上民族之研究》一文中指出：“何谓民族意识？谓对他而自觉为我。”② 时隔58年后的1980年，费孝通先生在题为《关于民族识别》的文章中说道：“同一民族的人感觉到大家是属于一个人们共同体的

① 芈一之：《撒拉族政治社会史》，39页，济南，黄河出版社，1990；《撒拉族史》，33、34页，成都，四川民族出版社，2004。

② 梁启超：《梁任公近著》第一辑·下卷，43页，北京，商务印书馆，1923。

自己人的这种心理。"[1] 熊锡元先生将民族意识的概念解释得比较通俗，他说："民族意识的内涵，首先表现为人们对自己所属于某个民族共同体的意识，亦即认同；其次是在国家生活中在与不同民族交往的关系，人们对本民族生存发展、兴衰荣辱、权利与得失、利害与安危等等的认识、关切和维护。"[2] 金炳镐先生在他的《论民族意识》一文中总结了民族意识所包含的正负两方面的特点："民族意识具有自识性、内聚性、向心性、互容性、趋优性等特点，同时又具有一定的狭隘性、保守性、排他性和利己性。"[3] 上述观点，既对民族意识的概念进行了简明扼要的解释，又对民族意识所包含的特点做了概括。

撒拉族自称"撒拉尔"，根据名从主人的原则，周边的其他民族如汉族、藏族和回族的口语中也称其为"撒拉尔"，明代以来的历史文献中尽管出现了"萨拉"、"撒剌"或"沙剌"等名称，但都是"撒拉尔"的不同写法。前已述及，撒拉族是从遥远的中亚土库曼斯坦境内迁徙到青藏高原的东部地区，并在这里生息繁衍直到现在的。早在元朝时期，撒拉人作为色目人的一种，尽管在政治和社会生活中受到比汉人和南人更高一级的待遇，仅次于蒙古人，但是蒙古贵族施行的等级制本身又促使各民族形成了各自的民族意识，撒拉人也不例外。由于远离故土，新居地又都是不同于自己文化、语言、生活习惯、宗教信仰的其他民族（非我族类），加之人口极少（初到循化时一说只有 18 人，一说只有 170 户），所以，撒拉人一开始便产生了极强的民族意识，并以循化的街子作为中心内聚在一起，形成向心力。笔者以为，正是这种极为强烈的内聚性和抱成一团的向心力，使这支队伍得以保存其民族的独立性而没有被其他民族文化所同化或涵化，反而使他们逐渐在与周围民族的接触和交流中发展了人口，并在近百年的时间中，逐渐具备了作为一个民族所必须具备的共同地域、共同经济生活、共同语言和表现在共同文化上的共同心理素质的稳定的共同体等特征。但是，撒拉族的发展也不是一帆风顺的，清乾隆四十六年(1781 年)，由于不平等的民族政策和处理民族问题时所采取的"抚一剿一"的措施，激化了民族矛盾，引起了以苏四十三为首的撒拉族大规模的反清斗争，这场斗争震动了清廷。最终，由于寡不敌众，起义军在围攻兰州三个月后惨遭失败，随之而来的是清廷所谓的"善后"，大量的妇女和儿童被强行发配到新疆和云南，撒拉族人口锐减，十二工并为八工，这是撒拉族自元初定居循化以后所受到的第一次重创。但是，从另一方面讲，尽管受到了一次前所未有的重创，却更加激发了撒拉族的民族意识，撒拉人并没有因为这次失败而气馁，他们由于不堪忍受清廷的民族压迫和民族歧视政策，先后于清同治年间和光绪年间，发起了对清廷的两次起义。这三次起义，几乎贯穿于整个清廷的统治时期，作为一个人口很少的弱势群体，能够对强大的清廷发起挑战，如果没有强烈的民族意识、凝聚力和向心力是不可想象的。

在这里，我们也要看到，在撒拉族的整体民族意识里，由于民族形成前就已信

---

① 费孝通：《关于民族识别》，载《中国社会科学》，1980（1）。

② 熊锡元：《民族意识与祖国意识》，载《民族研究》，1992（1）。

③ 金炳镐：《论民族意识》，载《黑龙江民族丛刊》，1991（2）。

仰伊斯兰教，宗教在先，而民族在后，所以，宗教意识又是最具核心地位的意识。据研究，早在8世纪，伊斯兰教即已进入中亚地区并得到了广泛的传播，到喀拉汗王朝时期（10世纪），将伊斯兰教定为国教，在中亚突厥人的政治经济生活中占有十分重要的地位。撒拉族先民们作为突厥人的一部分，自然也就接受了伊斯兰教，至尕勒莽率众迁徙时，伊斯兰教已经在中亚流传了近300年的时间，可谓根深蒂固。这一点，尕勒莽等人不远万里在迁徙时带来的手抄本《古兰经》就是最好的佐证。而撒拉族作为一个民族，如前所述，其形成期大约在明朝前期（或中期），这个事实，对撒拉族来说，也就决定了宗教具有先天性特征。因此，迄今为止，在撒拉族的意识中，宗教意识是其他所有意识中具有核心地位的意识，这个观点从两方面可以得到佐证：首先，当撒拉族先民向当地藏族“洪布”求婚时，藏族提出四个要求：①供拜喇嘛教的菩萨；②在屋顶安设嘛呢筒；③在庭院中立木杆，上悬藏文经旗；④在房屋四个角落放置白色石头。由于前三个条件都涉及宗教信仰问题，撒拉族先民未予同意，看到他们对伊斯兰教如此虔诚，藏族“洪布”也没有太勉强，做了让步，至于第四个条件，与宗教无涉，撒拉族先民也就同意了，于是实现了与藏族的通婚。[①] 迄今为止，在撒拉族与非穆斯林民族之间的族际通婚中，对方皈依伊斯兰教是最基本的前提，族别倒是用不着修改。其次，由于回族信仰伊斯兰教，其生活方式与撒拉族也无太大差别，撒拉族在与异民族的交往中，常常会自觉不自觉地称自己是回族，比如“我们回民如何如何”，这种说法可能与历史上有些人称呼“撒拉回”或“撒拉番回”有关，撒拉人拿他称当成了自称。对此，笔者以为，宗教信仰的一致性是撒拉人混淆族别的重要原因。实际上，回族和撒拉族虽然都信仰伊斯兰教，但毕竟是两个不同的民族，这表现在几个方面：①民族来源不同，回族的来源主要是阿拉伯、波斯商人和传教士（也有部分中亚的突厥人），而撒拉族的来源却比较单一，是中亚突厥人的后裔；②回族通用汉语作为交际工具，而撒拉人至今有本民族的语言，汉语仅仅是其第二语言；③由于上述两个方面的原因，回族和撒拉族的民族性格、民族气质和民族心理素质也有一定的差异。从另一个角度来说，回族从来不说自己是撒拉族。因此，个别撒拉族自称回民，表现出了撒拉族的民族自觉性和民族意识的淡薄。

新中国成立以后，在进行大量实地调查的基础上，我国开始了民族识别工作，根据历史上的自称和他称的习惯，征得撒拉族代表人物的同意，确定“撒拉族”为族称，并在1954年循化县第一届人民代表大会上讨论通过，正式体现在“循化撒拉族自治县”的称谓中。55年来，撒拉族人民凭借着健壮的体魄、诚实的性格和优异的劳动成果，赢得了全省各族各界人民的赞扬，“撒拉”这个民族称谓几乎成为全体撒拉族人民的品牌，许多新兴企业以“撒拉”或“撒拉尔”作为商标，西宁市、格尔木市甚至拉萨市等地方冠以“撒拉”的商店、饭馆比比皆是；以诚相待、诚实

① 宋蜀华，王良志：《关于撒拉族历史来源的问题》，见马成俊，马伟主编：《百年撒拉族研究文集》，26页，西宁，青海人民出版社，2004。

守信、诚信服务是撒拉人立身处世的根本，也是当今社会所极力推崇的目标，正是在这样的良好社会环境中，撒拉民族的自豪感、自信心得到了前所未有的张扬，进而使其民族意识也得到了空前的提高。但是，我们也要清醒地看到，民族意识中一些消极的成分在撒拉族中依然存在，并在发挥着它的负功能，那些狭隘的、保守的、排他的、利己的民族意识，也在或隐或显地阻滞或破坏着民族的正常发展和正常交往。这些问题需要进行正确的引导和调控，我们要做的是努力发挥民族意识的正功能，有效防止民族意识负功能的滋长和蔓延。只有这样，撒拉族才能够在21世纪得到健康发展。

（本文原载《青海民族学院学报·社会科学版》2005年第2期）

百年诉讼：村落水利资源的竞争与权力

——对家藏村落文书的历史人类学研究之一

马成俊

一、文献的“发现”

2008年8月，我在循化县进行田野调查的时候，突然想起几年前我的堂叔马进才曾经讲过家里保存有一堆旧时资料，他也不曾详细研读到底是什么内容。我立即与他联系，问他那些资料还在不在家，他说好像还在。我喜出望外，便驱车到大寺古老家，老家现在由堂姑守着。进入马进才家，我发现原来的旧房子已经不复存在了，旧房原是很豪华的松木结构的“撒日”。整座院子一进两院，前院为四合院，正北方便是那间“撒日”，后院为果树园子，原来种有杏树、梨树和核桃树，还有一畦菜地。这种院子的布置是20世纪80年代以前典型的撒拉族富豪家的特征，现在却把前后院子之间的隔墙打通了（据马进才讲，那些资料就存放在隔墙夹缝里），并在过去后院的位置重新盖起了新式的四合院。大门原来在东面，由于考虑到交通问题，现移至西面。

我们说明来意后，姑姑和姑父将那些资料摆出来，都是在过去的宣纸上写的。我们小心地一一地展开并解读，原来是些与村落相关的文书或草稿，大体时间从乾隆到民国。200多年的历史展现在我的眼前，初步研读这些资料，我顿时感觉到进入了“历史的现场”①。我相信从这些“小社区”的资料中，可以透视“大历史”②。经过简单的分类，这些文献资料大体由以下几个部分组成：大寺古村与白庄乡山根村关于西山草山纠纷的判决书1份；藏文书写的信件1份（后来经我的同事桑杰教授翻译知道，是撒拉族头人写给尖扎县囊拉千户的一封信）；大寺古村地契（分别

① 陈春声：《历史·田野丛书序言》，张应强：《木材之流动：清代清水江下游地区的市场、权力与社会》，北京，生活·读书·新知三联书店，2006。

② 赵世瑜：《小历史与大历史：区域社会史的理念、方法与实践》，北京，生活·读书·新知三联书店，2006。

写在3张纸上）7份；婚约书1份；有关婚姻拐骗案的诉状2份；乾隆十八年、四十六年，嘉庆六年官府给大寺古村掌教和乡约的谕旨委牌3份；其余，全是有关清水工大寺古村与瓦匠庄村关于水利诉讼的诉状、判决书、批复、执照、申诉词（共8个试问）、水渠号数、人名，还有一件是装中华民国十一年执照的信封。大体看了这些材料后，家父马忠孝和堂叔马进才说，过去还有一些材料，几十年前被当时村党支部书记马应得拿走，是有关西山草山纠纷的执照，后来就不知下落了。关于这事，我后来还去找过马应得书记的儿子、时任白庄镇党委书记的马德育，他说家里没有任何这样的资料，想来已经遗失。即便如此，现有的这些资料，对于研究撒拉族历史上的水利纠纷以及在这些故事背后的村落社会结构，组织运行，权力运作，村落与村落、村落与地方政府及国家权力之间的关系等问题，还是有重要的历史学、人类学和法律学等方面的学术价值。本文拟对资料中有关大寺古村与瓦匠庄村关于水利纠纷案进行初步的探讨，其他资料将另文研究。

二、村落背景

循化县清水乡，位于循化的东部，距离县城5公里，在20世纪50年代之前叫清水工（撒拉语叫Seng'er Gong）。乾隆四十六年（1781年）苏四十三起义之前，清水工和达素古（现名大寺古，过去还用打苏古等名）工属于“东乡下六工”①。当时撒拉族地区共有十二工，分为“东乡下六工”和“西乡上六工”。上下的区位是按照黄河的流向而言的，黄河由西向东流淌，故西为上游，东在下游。苏四十三起义失败后，由于“房屋半毁”、“人口锐减”，撒拉族社会结构发生了很大的变化，“工”的社会组织被迫重组，遂将十二工并为八工，达素古工并入清水工。在民间，便将原属清水工的几个村落称为下半工，而将原属达素古工的大寺古、瓦匠庄和红庄三个村称为上半工，三村人自己则简称为“半工”，而清水下半工的人则称之为Ghol Kix（意为沟里人）。三个村落都在清水河的中游地带，清水河由南向北流动，在清水大庄村下汇入黄河。“半工”由北向南依次是红庄、大寺古和瓦匠庄，在十二工时期，达素古村清真寺是三村的“海依寺”。瓦匠庄村的南部与张尕工（现属白庄镇）的山根村形成边界。本文所涉及的两个村落是大寺古和瓦匠庄。

撒拉族的村落由数个人数不等的孔木散组成，孔木散是扩大家族的撒拉语称谓，接近于汉族的宗族组织，但在其组织形式和结构上都有区别。大寺古村现由三个孔木散组成，分别称为Ahghar Kumsan、Bazax Kumsan和Ki Kumsan，其中Ahghar Kumsan人口最多、实力最强。从所见到的家藏文书和村落历史记忆以及家族记忆的传述来看，历史上本村的乡约、头人、阿訇、掌教（乡练、总练）等村落社会精英

① 龚景瀚：《循化志》卷四，族寨工屯，西宁，青海人民出版社，1981。

多出自这个孔木散，也就是说村落社会中的权力基本掌握在这个孔木散的手中。瓦匠庄村在大寺古村的上游，两村土地相连，亲戚颇多，属于主要的婚姻圈。两村边界为 Tehde Ghol（诉讼文书中写作“他他沟”），沟南属于瓦匠庄，沟北属于大寺古。但是，村落的边界常常是不稳定的，民国时期，瓦匠庄村有白巴家者，做鸦片生意，赚钱无数，大量购置土地，蚕食大寺古村土地直到村根，20 世纪 50 年代土改时，国家才归还给大寺古人，现在两村的边界仍然是“他他沟”。诉讼文书的多数都与这个“他他沟”有关。

三、诉讼缘起

与水利有关的文书共 31 份，其中诉状 7 份、判决书 3 份、批复 15 份、执照 2 份（分别为嘉庆十年八月和民国十一年二月）、申诉词 1 份（共 8 个试问）、水渠号数 2 份、人名 1 份（想来是联名诉讼者姓名，共有 72 个名单）。人名大多以数字相称，而且全部为马姓人氏，可以肯定应是达素古村人，因为该村人全部姓马，无其他杂姓，而瓦匠庄既有马姓，也有韩姓。对这 31 份文书分类可知，一部分是嘉庆十年的执照、水渠分段号数（其中 1 份为汉文，1 份为阿拉伯语拼写的撒拉文），另一部分是从民国八年到民国十一年的诉状、批复和判决书。事情缘由得从嘉庆十年八月十四日发给大寺古村马二个、马三十六和马哈个的执照说起。为了方便起见，兹录全文如下：

验

执　　照

讫

署循化分府加二级纪录四次×为给发执照以息争端事案，查打速古庄与瓦匠庄因争渠水，瓦匠庄众人伤毙打速古庄二命，经打速古控告督宪，批行到厅查办，本府亲诣两庄，踏勘所争渠道，丈量尺寸，造册存案，断令每逢漫田之时，取来渠水，内打速古庄分水四坝，浇灌田地。瓦匠庄分水一坝，浇灌田地。至瓦匠庄渠内石头一块，验系活石，两庄藉口滋事，断令挖取以通渠水，而息争端。其渠口至韩老大地止，分作二十号。每逢挖渠及补修水槽等事，两庄头人先前五日报官，派拨妥役到彼督催弹压，每庄各派夫十名，从二十号起挖修至渠口止，照依丈定尺寸分数，公平挑挖，此外不准多拨一人，亦不准混行掏挖，有伤渠梗田地。如有两庄之内抗违不遵者，许官后随时禀官，究治其瓦匠庄伤毙打速古二命，照依撒拉回俗以审理罚服，纳交人命，罚服当堂给尸亲具领，其为首械斗及凶犯人等，分别枷责，取具两造，遵依结领，附卷外诚恐番性无常，两庄日久复生争端，合行各发执照一张遵守。为此，仰打速古庄头人马三十六等，嗣后照依执照内断明情节，一体遵奉执守。如有违断呈刁执者，鸣官以凭究治，须至执照者，计发丈量过渠口至韩老大地止二十号渠道深浅宽窄尺寸分数册各一本。

马二个
右照给打速古庄头人　马三十六　等准此
马哈个

嘉庆十年八月十四日行
府
遵照

从上面的执照内容来看，达素古人与瓦匠庄人因争夺水渠资源发生争执，争执地点在文书中没有详细交代。根据笔者的田野调查，应该是在瓦匠庄村境内，因为这条水渠名为 Daxsughur ，渠水要经过瓦匠庄村全境，大部分瓦匠庄村民的田地、菜园、树木都要用这条水渠的水浇灌，所以村境内有几十个渠口。由于该村处于上游，浇水总是有优先权，迄今为止，依然如故。水权的纠纷从来没有断绝过，尤其是在干旱少雨的年份，清水河水流量小，给下游村落带来极大的困难，所以每年5—8月间是争夺水资源最激烈的时候。因为水利问题，两村之间发生矛盾，继而引起械斗，致使达素古人两人死亡，从而告到官府，官府委派循化厅官员前去查看，作出处理并颁发了上述执照。对事件的处理大体有三个方面：一是“照依撒拉回俗以审理罚服，纳交人命，罚服当堂给尸亲具领，其为首械斗及凶犯人等，分别枷责，取具两造，遵依结领。”二是“踏勘所争渠道，丈量尺寸，造册存案，断令每逢漫田之时，取来渠水，内打速古庄分水四坝，浇灌田地。瓦匠庄分水一坝，浇灌田地。”“断令挖取以通渠水，而息争端。其渠口至韩老大地止，分作二十号。”三是“每逢挖渠及补修水槽等事，两庄头人先前五日报官，派拨妥役到彼督催弹压，每庄各派夫十名，从二十号起挖修至渠口止，照依丈定尺寸分数，公平挑挖，此外不准多拨一人，亦不准混行掏挖，有伤渠梗田地。”从这个处理结果来看，地方政府代表“国家”作出了令双方都比较满意的裁定。大寺古人以两条人命换来了渠水总量的四坝口水，而允许瓦匠庄村使用一坝口水。这个事件发生在1805年，迄今已有200多年的历史，但是在大寺古村民里，大凡年龄较大的人依然在传述着关于“血水”的故事。由于时间久长，他们在讲述这个故事时只说“血水三坝”，不知另一坝口“血水”在历史的哪个阶段因何原因而被“丢失”了。为了慎重起见，这个文书用两种文字书写水渠号数，兹录于下：

计开瓦匠庄打速古庄水渠自渠中斜石头起
一号宽六尺深一尺三寸长二十丈至大路小桥止
二号宽五尺深一尺三寸长二十丈至韩一的八拉地头止
三号宽五尺深一尺二寸长二十丈至韩一的八拉地头止
四号宽四尺深一尺五寸长二十丈至木水槽止

五号宽五尺五寸深一尺二寸长二十丈至入庄小桥止

六号宽四尺五寸深一尺三寸长二十丈至马五十五坝口止

七号宽五尺五寸深一尺二寸长二十丈至马作南地止

八号宽五尺深一尺一寸长二十丈至马三十七地止

九号宽五尺深一尺一寸长二十丈至马麻净庄窠东角止

十号宽五尺深一尺二寸长二十丈至众人庄中磨扇石桥下，边宽三尺六寸深一尺三寸哈木洒地止

十一号宽五尺深一尺三寸长十五丈至磨扇石桥止

十二号宽二尺九寸深一尺五寸五分长二十五丈至马五十五地止

十三号宽四尺深一尺八寸长二十丈至韩哈法力地止

十四号宽六尺深一尺三寸长七丈五尺至瓦匠庄取水渠口止

十五号宽五尺深一尺一寸长二十丈至韩木洒地止

十六号红沟南面宽四尺深一尺四寸长一百丈，至木水槽止水槽宽一尺七寸深一尺二寸系两庄的十七号红沟北面宽三尺六寸深一尺八寸长二十丈至韩五十八地止

十八号宽四尺深一尺八寸长二十丈至韩木洒地止

十九号宽三尺四寸深一尺四寸长二十丈至马四十五地止

二十号宽三尺二寸深一尺四寸五分长二十丈至韩老大地大柳树止以下系打速古马五十地

"达素古渠"要经过瓦匠庄村，在每年开挖水渠淤泥时，一不小心，可能会伤及瓦匠庄人的房屋、树木或田埂，所以在处理刑事案件的同时，"本府……踏勘所争渠道，丈量尺寸，造册存案"，对水渠的长度、宽度、深度和起止点做了明确的划分，这个划分迄今依然未变。这份文件不仅有汉文的，同时也有一份撒拉文字的作为备份。当家父拼读用阿拉伯文字母书写的撒拉文本时，我感到浑身一热，这不又是一件珍贵的，可以证明撒拉族历史上曾经有文字的证据吗？这个文件不仅有力证明了撒拉族文字的存在，而且也说明了撒拉族文字不仅仅是在宗教场合使用，还广泛使用在民间日常交往中，只不过由于种种原因，这种文字在后来的历史中逐渐式微。

四、纷争又起

"达素古渠"穿过瓦匠庄村中心，注定了在水权问题上会出现经常性的矛盾。尽管官府在嘉庆十年作了详细的裁定，但是，在乡土社会的日常生活中，还是不能彻底解决水利资源的权属问题，只不过在没有发生大的冲突的情况下，老百姓往往通过民间渠道进行调处。但是，经常性的小矛盾，在国家权力缺失、国家不在场的

情况下，就往往得不到公正的解决或处理。小矛盾积累久了，则必生事端。在相安无事地过了100多年后，时至中华民国初期，两村又因为“他他沟”水渠木槽问题发生纠纷。“他他沟”水渠木槽由于年久失修，到民国初期时已经朽烂，不能再用。水流至此，便流到了沟里，无法到达大寺古村，影响了大寺古人的生产和生活。大寺古人便派人与瓦匠庄村人商量修复木槽事宜。瓦匠庄人以为木槽以北属于大寺古的田地，不关瓦匠庄事，所以拒绝出钱修槽。而大寺古人认为水渠是两家的，木槽也是两家共有，凭什么不修？况且嘉庆十年官府给两家所发的执照中明确规定：“每逢挖渠及补修水槽等事，两庄头人先前五日报官，派拨妥役到彼督催弹压，每庄各派夫十名，从二十号起挖修至渠口止，照依丈定尺寸分数，公平挑挖，此外不准多拨一人，亦不准混行掏挖，有伤渠梗田地。”凭借嘉庆执照，大寺古人认为，瓦匠庄人拒不出钱，那是抗违法令，于是诉状就递到了循化县府。县府看到诉状和嘉庆执照，便下发批复，要求瓦匠庄人出钱与大寺古人共修木槽，资费瓦匠庄出三份，大寺古出七份。可是被告韩五斤（瓦匠庄头人）以出门在外为由，依然拒不付钱修槽。后来大寺古人又递诉状，却招来知事生气，知事批复道：“禀悉，尔撒民愚蠢至极，不听我话，定要先收槽费，可恶之至。查头人韩五斤现不在家，瓦匠庄便无人作主，俟韩五斤回县，定行拘案，押收槽费，何苦尔庄不暂时垫付？仰仍遵照前批，做槽安放无违，此批。初五日”在这种情况下，大寺古人只得买树挖槽，自行安装。等韩五斤在家时，向他讨要相应槽费，无果。韩五斤言称嘉庆执照中没有写明槽费由两家分担，故不交槽费，大寺古人不得已，便又向宁海军统领大人马麒告状，状词如下：

具恳禀人马作安、马一必拉亥等，年各不一，系清水工大素古庄民，于我斤统领军门老大人阁前敬禀者，窃等与瓦匠庄韩五斤等，因争水槽起讼，前蒙西宁县永判结案后，※※等以大小三十千买树二株，业已搭置木槽，引水灌地。至于槽价，经蒙县长朱吩咐着，※※等与瓦匠庄韩五斤等，照旧各纳一半等示查。今来树主逼讨甚急，该韩五斤等抗拒不给槽价，又查判决内载明每年若有沙填渠沟着，※※两庄均挖渠沟等语，该韩五斤等仍然抗不挖渠。今来秋田※※等庄人并未耕种，何能耽承？为此，情逼无奈，伏乞统领军门老大人电怜下情，施恩作主，调停韩五斤、马老二个等，严讯追交槽价，或转移县长，速即饬差传提韩五斤等到案，勒追槽价，免致垫赔而扶良弱，则※※等阁庄老幼感恩不浅矣。谨禀

被禀韩五斤　马老二个　马六十　马尕六个等

还有几份内容雷同的诉状，都是有关木槽价格的事宜，因为瓦匠庄头人韩五斤不交槽费，大寺古人要求官府强制执行，“饬差韩五斤等到案，勒追槽价。”想来此案案情复杂，大寺古人只得反复控诉。为便于比较，兹录状词如下：

具禀马作安、马七十、马乙必拉亥，年各不一，大素古庄。为恳追槽价事缘等，与瓦匠庄韩五斤等因争水槽起讼※蒙恩主永判结案※等以大小三十千买树二株，业已搭置木槽，引水灌地。至于槽价，蒙恩吩示着。※等与韩五斤等，各纳一半等示。今来树主逼价甚急，该韩五斤等停抗不给，※等何以能赔垫，为此禀恳。伏乞青天大老爷准传韩五斤到案，勒追槽价，免致赔垫，施行被诉韩五斤、马六十、马尕六个、马老二个

韩五斤拒不执行官府裁定，案件没能合理解决，两村之间互相争辩，恐怕酿成大祸。为了息事宁人，时任宁海军统帅马麒的弟弟马麟便自己掏腰包，捐出钱财，修好了木槽，有批文道：

查大素古庄与瓦匠庄互争槽费之案，该两庄修槽引水灌田，成规古例由来久矣。忽于民国八年二月间，两相兴讼，业经数任，案悬未结，拨度情形，有意缠讼来状，叙及前禀宁海军马二统领案下评议，捐助基本金五十两，行息修槽一节，统系永绝讼端，起见所办，尽善尽美，何得两造抗不忍可？先行责惩管押，本知事函词马二统领，候复之日如果确有前项情事，定即从严惩办，以儆刁风。此判

两村之间的第一次风波，由于马麟“捐助基本金五十两”，就这样解决了。但是，瓦匠庄村韩五斤逍遥法外，未能绳之以法，在大寺古人眼里始终是骨鲠在喉，不吐不快的事。不仅如此，韩五斤等也不断反告大寺古人，这更加引起了大寺古人的愤怒。时任县府大人周知事则认为，大寺古村马作安、马六十九等连篇累牍地告状，实在是“愚蠢之极”、“可恶之至”。在一份状书中，大寺古人言称周知事受贿偏断，偏袒一方，挖补执照：

为知事受贿枉法，滥刑偏断，挖补执照，妨害水利，恳恩迅速委员，澈（彻）底查究，全活多数生命。事缘前清嘉庆十年，小庄与瓦匠庄因渠水交涉，该庄众人伤毙小庄二命，控告督宪批行循化分府查办。蒙前国分府堂断，照给血水，回俗以番礼罚服，纳交人命罚服，并将小庄并该庄水渠丈量长宽并深，划清地界，编列号数，发给执照，自一号起，至二十号止，照内开列分明，彼此各执一张，永远为据，迄今百余年之久。凡挖渠修槽，皆由小庄与该庄分担责任，所费之款两庄均摊，并无异言。盖由执照内开之渠，系两庄公有。且照内又有每逢挖渠及补修水槽等事，每庄各派夫十名等语故也。去岁红水暴涨，冲破照内第十六号木水槽，虽该槽水小庄田亩获益较多，然实则该庄伤毙小庄二命，始有※给血水执照。两庄均公出费钱修理，以符前案，亦不为过。※如该庄刁民韩五斤等及劣绅赵应瑞，累挑兴讼，依官欺民。因红沟木水槽灌溉利益，小庄地亩受其多数，陡起奸心，谋害公益，违背执照，抵抗槽费。民等无

奈起诉县署，而韩五斤及赵应瑞等始而藉口红沟别名之他他沟抵赖，继而行贿县知事周昆，枉法偏断，有循化县城积福当帐（账）可证。查他他沟系红沟别名，循化县汉番杂处，汉人因此沟红水所经，故名红沟。番人因沟路崎岖，故名他他沟。其名虽异，其实则同，并无区别之可言。乃周知事利欲熏心，一味偏断，兼以县署收发周维翰及恶役韩进忠，杀速个从中作祟，遂以红沟别名他他沟，强分为二，判令小庄按亩出钱，多担槽费，竟置执照而不顾，甚至以呈验执照内开“给血水”三字，挖补改为“依撒拉”三字。查公文定例，凡添注骑缝处必盖印信，盖所以防弊也。岂有公署发给人民之执照而犹挖补者乎？且此事省行政公署有案调阅案卷，则周知事挖补执照之事，其真伪自见矣！伏查周知事莅任以来，贪赃劣迹，指不胜屈，去岁汉回公民马文蔚等，以四十八疑请省议会转资查办，又以讳报人命受贿私和各情具禀高检两厅。此次挖补执照，循私偏断，又从署内收发伊亲族维翰，招贿与被告韩五斤等，包写诉状，有维翰亲笔，底稿可凭。种种不法行为，其心犹以为未足，又复大肆淫威，将小庄马四十八、马六十九、马色木素等各杖责一千板，血肉横飞，言之痛心！又将小庄头人马四十八、马七十等看管押，逐日严刑拷打，勒令诬服，以致八十石粮之地，任其荒芜。上虚国课，下害民生。小庄全数生命，难以存在。于今日民等不得以，只得星夜赴省控告，伏祈厅长（大帅）电怜作主，迅速委员，澈（彻）底查灾，免除水利之妨害，全活多数之生命，并令饬县开释，以免因公受累。则民等子子孙孙，永感鸿恩于不朽矣！至周知事受贿枉法，滥刑偏断，挖补执照，妨害水利，应得之罪，想大帅（人）定能按法惩办也

民等※※※谨呈

这份状子主要是针对知事周昆的，同时还有与他密谋的赵应瑞、周维翰、韩进忠等。大寺古人发现在嘉庆十年的执照中，本来有“给血水”三个字，现在却变成了“依撒拉”，修改之处并未加盖关防，纯粹是周知事等营私舞弊“挖补执照”所为。不仅如此，周昆还将大寺古村马四十八等具禀人抓去严刑拷打，“各杖责一千板，血肉横飞”。在向高等审判庭递交状子的同时，大寺古人也做了充分的准备，他们准备了在法庭上用的质问词。有意思的是，这份法庭质问词，写得很文雅，想来是请县里有文化的汉人代写的，八个“试问”也是经过反复推敲和准备的：

一试问周知事所挖执照竟成消灭之案否？

一试问周知事与韩五斤等何以不调省讯理（恳请调省）？

一试问原告久押不放，被告逍遥在外？

一试问夏麦已失，秋田何以不令宣示，各安农业？

一试问委员久不来查，何也？

一试问各方面应得之罪，何不令处分？

一试问原告民不聊生，呼吁无门？

一试问梁委员来循直捷居县署，何以有如此之理？

在撒拉族的历史上，撒拉族内部因教派矛盾互控的诉讼案件屡有发生，早在清朝雍正九年（1731 年），嘎最韩哈济与马火者因争教而相互控诉，乾隆二十五年（1760 年），马明心到循化营传教，花寺派与哲赫忍耶新派互控，引起撒拉族内部矛盾乃至族群分裂，但是尚未见到“民告官”的事例。这份状书，直接是针对县知事周昆的，看到状子，周知事自然是非常难堪生气，便下发了一份言辞非常激烈的批文：

批状悉，据称嘉庆年间尔庄与瓦匠庄因争渠水，被瓦匠庄伤毙二命，经前循化分府发给执照，至今一百余年，应依执照为凭等语，昨已当堂吩示明白，断令各依照规定遵守，尔等岂未闻耶？但尔等此次肇衅之由，原为他他沟上架之木槽朽坏，瓦匠庄不允摊派费用，以致兴讼到县，查验执照，内载仅有每庄派夫十名挖修渠道，至木槽费用如何分派，并无规定明文。尔词称槽系两家，应两家出钱等语，昨已断令按照地亩摊费，并非只派尔等一家。且查执照内载每逢挖渠及补修水槽等事，两庄头人先前五日报官，派拨妥役到彼督催弹压，历年以来何不遵依执照办理，致使彼此争执？案凭定证，一面空言难成信谳，至尔等词称缴验执照，发还后照内原写“给血水”三字补挖，改为“依撒拉”三字等语，更属狂噬，可恶已极！当尔等缴验执照时，即见有贴补形迹，曾向阳光照看，众目共睹。因添写之“依撒拉”三字无关紧要，故未究问，后当交房书赵瑞照底抄写，核对无异，人所共知，尔词称照内从无补字，忽出此端笔体不同，可见其中有故等语，其中究有何故，尔等何不指出？似此信口污蔑，侮辱官员，殊属藐法已极！仰候另案法办，特斥以警。此批

同时，周知事利用手中权力，将大寺古村具禀人马六十九等打入牢中，严刑拷打，这更激起了大寺古人的不满。这场官司从民国七年（1918 年）开始，未能妥善解决，大寺古人干脆将所有土地弃耕一年，以示抗议。矛盾越来越大，循化县已经难以控制局面，大寺古人同时向上级部门继续复诉：

复诉人马七十八、马作安、马自什八等，年甲在卷，为扰乱旧章，断难遵守事缘，小的等具诉瓦匠庄抗占水渠一案，昨蒙循化县长判令各节，自应遵断，何敢烦渎（渎）？但嘉庆年间，小的等因渠失命，定为血水，各发执照，今被瓦匠庄因照有碍，藏匿不出，聚众闹事，抑且受人主唆，伊禀所云一无斜石，二无大树，三无韩老大，四无红沟地名等语。缘渠头本系有一崖，先年崖已倒塌，路已新开，渠移东边，斜石何能还在？所有大树，嘉庆至今何能不剁？至韩老大者，撒拉八工各庄皆有，老大名子，嘉庆亡人，伊何知乎？可见无影照

像（相），再有沟名一面，本系红沟，撒语赖为他他沟，今伊不遵照语，任口狡赖，莫非伪照争槽？且查嘉庆至今一百多年，执照不足为凭，当作（做）伊语为词，断难遵守，昨蒙县长验阅旧照，内原写“给血水”三字，补挖改为“依撒拉”三字。小的等照内从无补字，忽出此端笔体不同，可见其中有故。又有伊言槽系两家语，伏查自系两家之槽，自应两家出钱，今伊不遵照语，任口变情，希图少纳，明明有意欺凌。昨我县长判令两家照户纳价等语，小的等照内不知如此写乎，若不，恳求访查，照旧断案，不但众皆不遵，又且伤风乱章。为此，再三恳求统领大人作主，确查复判，以儆强霸而昭恩波，则小的等老幼感恩不涯矣！再循化总头沙成王韩忠林、韩五十五受贿丧良，串同门政绅士，反正播调，改坏执照，断反官案，合并声明。

被禀瓦匠庄韩五斤　马六十　马尕六个　马老二个　马尕六十　马阿卜都

沙成王韩忠林　韩五十五

民国八年四月

这份复诉状，矛头直指周昆知事，还说他滥用职权，扰乱旧章。同时将循化总头人沙成王韩忠林、韩五十五也告上了法庭，指出周知事等“受贿丧良，串同门政绅士，反正播调，改坏执照，断反官案”，认为官司打到现在，不能得到公平合理的解决，完全是这些人利用手中权力共谋的结果。面对这些情状，西宁县知事作出了最终判决：

西宁县知事公署判决循化县民人马作安等为争槽费涉讼一案

判决

原告人马作安、马七十八、马自十八、马六十九年甲不一，循化县人，住清水工大素古庄，业农。被告人韩五斤、马六十、马尕六十、马尕六箇（个）年甲不一，循化县人，住清水工瓦匠庄，业农。右列当事人，为争槽费涉讼案，不服循化县三月十一日所为第一审之判决，声请到县，经本县审理，判决如左

主文

原判变更之

着两庄头人速将红沟木槽照旧安放，遵照前清嘉庆十年所发执照之规定，于五日前，请县拨派妥役，前往该处督催弹压，每庄各派夫十名，即日补修，免再有违农时，其修槽费用，依照沟南槽费办法，两庄平均各半摊派，以息争端，讼费照章交纳。

事实

缘清水工大素古庄与瓦匠庄比邻居住，两庄交界之间，旧有东西直线大水沟一条，俗名“红沟”。瓦匠庄在沟之南，居于上游，大素古庄在沟之北，居于下游，西南接连黄河。两庄共开水渠一道，引河水直达红沟边南首，旧有木槽一（箇）个，后添置木槽一个，东首旧有木槽一个，用以过水，浇灌两庄田

地。前清嘉庆十年，两庄因争渠道，大素古庄被瓦匠庄人伤毙二命，经前循化县分府踏勘所争渠道，将该渠丈量尺寸，分作二十号，造册存案，并各发执照一纸，内载每逢挖渠及补修水槽等事，两庄头人先前五日报官，拨派妥役到彼督催弹压，每庄各派夫十名，从二十号挖修至渠口止，照依丈定尺寸分数，公平挑挖。此外不准多派一人，亦不准横行掏挖云云。现因红沟东首旧有木槽一个，年久朽坏。大素古庄向瓦匠庄派钱修整，瓦匠庄不依，互控到县，经循化县于三月十一日判决，以修槽费用，大素古庄地多，出七分，瓦匠庄地少，出三分，其红沟南旧有木槽及后添置木槽槽费，两庄照旧各半摊派等语。马作安等不服，声明控诉。经循化县呈请高等审判厅，令行到县，兹已讯明两造，并查核证据，得悉事实如上。

理由

本案既经循化县委员查勘，明确该红沟之木槽与执照所载第十六号之木槽符合，则其为旧有之木槽，并非光绪二十一年兵焚后安放之木槽，已无疑义。惟执照内未将槽费明白规定，致起争执。然既载有每逢挖渠及补修水槽等事，两庄各派夫十名挖修等语，是修槽之事既由两庄各半派夫，自应由两庄各半摊费，其理不辨自明，且查该槽宽深尺寸照内均已详明，并载有系两庄的一语。细释此一语，该槽既为两庄所有，则修槽费用，当然由两庄平均摊派，更觉毫无疑义。故断令两庄头人，速将该槽照旧安放，遵照该执照之规定，于五日前请县拨派妥役前往该处督催弹压，每庄各派夫十名，即日补修，免再有违农时。其修槽费用，依照沟南槽费办法，两庄平均各半摊派，以息争端。特为判决如主文。

民国八年十二月日判决

西宁县知事张凤瀛（盖有方形名章）

民国八年十二月日

中华民国十一年（1922年），循化县知事再次颁发了两份执照，交由大寺古和瓦匠庄村头人同时保存。大寺古村执照内容如下：

执　照

六等嘉禾章

宁海巡防马步各营营务处代理循化县知事袁为

特准荐任职

发给执照，以资遵守，事照得本县长案查清水工瓦匠庄与大苏古庄因争槽费一案，互相争持，累年不休。昨据清水工乡约韩木洒老人、韩七十八、韩三十五、韩五十八等呈称，小的等邀集原被在下查情，因浇灌田地，取水木槽，而大苏古庄明誓，是以自嘉庆以来执照为凭，照依旧例旧规，嗣后两造再无反悔情事，情愿悦依下释，随取具原被甘结二纸呈案，恳祈销案免究等情，除批示照准外，将来该两造每逢挖渠及补修水槽等事，照依嘉庆十年所发执照为凭，所需槽费若干，瓦匠庄与大苏古庄平均承纳，嗣后各安本分，不准再行反悔。致于重究合行发给执照，两造各执一张，永远遵守，以息争讼，仰即遵照勿违切切，须至执照者。

马三十

右照给清水工大苏庄头人　　马作安　等准此

马七十

中华民国十一年二月廿八日

大寺古与瓦匠庄村，历来相邻而居，田地相连，亲戚关系盘根错节，相互之间知根知底，两村之间的婚姻交往甚于其他村落，但是由于这场旷日持久的水利官司，影响了村落之间甚至亲戚间的关系。从嘉庆十年（矛盾起因也许更早）以来，官府先后下达了数个判决书，颁发了两份执照，但是在执行的过程中，村落社会不能保证完全按“照”办事，总会引起这样那样的纠纷，加上村落社会中“头人”通过社会动员，以提高自己的社会威望，比如韩五斤依仗与周昆知事的私交，拒不缴纳槽费，并将大寺古人打入牢中，成为瓦匠庄村落精英，马作安等因为屡次上告成功，也成为该村的精英。在我调查过程中，大寺古村的老人们告诉我，周知事被告下来后，在回家途中经过大寺古时，还专门向大寺古人说，他确实没有参与修改执照，他是冤枉的。文献也告诉我们，中华民国时期，民事或刑事案件已经由高等审判庭判决，执照由西宁县知事颁发，比起清朝所有事件由官府解决有了很大的进步。

随着青海高等审判庭的判决和新执照的颁发，两个村庄长达100多年的水利官司总算是画了一个句号。

五、田野中的家族记忆

2008年8月，当我看到这些家藏已久的文书资料后，随即对两个村落的老人和村干部做了初步采访。瓦匠庄村现任党支部书记马国栋听了我的介绍，沉思良久说：“听说有这么一回事，但是没听说瓦匠庄村的执照还有没有保留，从来没有听人说起过，可能都忘了，也可能村里的老人们能讲一些。”话锋一转，他说：“瓦匠庄占据清水河的上游，上游的人从来都有上坝口的优先权。要做到公平用水，上坝口的人需要理解下坝口人的用水需要，而下坝口的人也要尊重上坝口人的区位优势，这样就没有什么解决不了的问题。现在我和马福（大寺古村书记）协调处理得就很好，没有因为水利的事出现过矛盾，漫水前我们都作出很好的安排。村里人也能理解下坝口的难处。”当我说起文书中的一些故事时，他感到很惊讶。马福接过话头，他说：“我和马书记担任书记十几年来，在两村关系方面没有出现过矛盾，一旦有事，我们俩就现场解决，不留隐患。哪怕是在水流几近枯竭时，我们都能做到互相支援，互谅互让，从来没有发生过水利方面的群体斗殴事件。”从其他渠道得到的信息证明，两位马书记的话的确是对的。大家都认为这些年两个村落之间关系都很好。看来100多年中两个村落之间的冲突已经在现代人的记忆中逐渐淡出。从另一方面说，村落之间的用水向来都牵扯到集体的利益或权益问题，作为基层社会组织的村落领导人，不论是过去的乡约头人、阿訇掌教，还是现在的村长书记、阿訇学董，都有义务去处理村落之间牵扯到集体利益的事情。20世纪50年代以后，国家权力加强了对基层社会组织的控制，尤其是1958年实行人民公社以后，“集体所有，队为基础”，所有事情都是在大队领导下由最基层的生产队去完成的，那时用水很规范，大家都遵守用水规定，所以在用水过程中没有出现纠纷。在我的个人记忆中，记得在20世纪70年代，还在生产队时期，我们在暑假期间参加生产队劳动，帮助家里挣工分，那时的生产队在农忙季节经常派我们去瓦匠庄村的地界里守护水渠，以防他人“偷水”或水渠“漏水”。轮到晚上值班的时候，黑灯瞎火的特别害怕，总盼着马上天亮交班。20世纪80年代以后，实行家庭承包责任制，没人组织诸如挖渠、护渠等集体事宜，浇水时节，只好联络本孔木散的人联合护渠浇水，每个家庭出两个人，一人到上游护渠，一人在自家地里负责浇水。

马福是文本中经常出现的大寺古村马六十九的后代，笔者是马作安的后代，而笔者的奶奶又是马七十的女儿。所以，在我们的家族中，对两村之间的关系，尚有一些传述，值得结合上述文本进行分析。笔者从小与舅爷相依为命，他经常提起“作南保”这个人。小的时候还不知道“作南保”何许人也，在撒拉人的汉语表达中，往往把“安”读作“南”。根据舅爷（我称他为爷爷）艾萨保的说法，作南保、六十九保、七十保（撒拉人称呼老人时，名后都加“保”表示尊重）等都是过去大寺古村的头人，头人基本上出自 Ahghar Kumsan，村里的大小事情，由他们商议决定。作南保身材魁梧，性格刚烈，由于经常打官司，所以经常被官府抓去坐牢，路上遇见村里人问他去哪儿时，他就告诉别人“回老家去”。他把县城监狱当成了“老家”，足见他具有不屈不挠的性格和“誓把牢底坐穿”的心理准备。传说在当时的监狱里，都是把原被告两人反背绑在一起，作南保想方便时，便把那人拖到马桶边，而对方要方便时，由于身体单薄，拖不动他，直至拉到裤子里，弄得满身污秽。在家族记忆中，还有一段颇有意思的传说：有一年，七十保等村落头人带着我年轻的爷爷舍木素，远赴兰州打官司，他们找不到能够听他们诉说的人。正当他们走投无路时，碰见了一个名叫孟哈佬的循化汉人，他在兰州做事。他们喜出望外，便央请梦哈佬为他们写了诉状，并带他们见了兰州的大官，这才把诉状交给了官府，并且打赢了官司。从此以后，孟哈佬便成了大寺古村人的好朋友，这种关系一直延续到解放后。也正是在这次远赴兰州的过程中，七十保发现舍木素这个年轻人既能干，又稳重，于是回来以后便把女儿嫁给了舍木素，村落头人七十保和作南保成了亲家。舍木素弟兄三人，老二为当时青海有名的伊赫瓦尼派阿訇拜克尔，他曾于民国时期就学于西宁东关清真大寺马禄（人称尕阿訇）门下，接受了伊赫瓦尼教派的学理。他学识渊博，回来以后，使得大寺古村绝大多数原来信奉嘎德忍耶门宦的人转而接受了伊赫瓦尼教义。正是由于他在村里的崇高威望，大寺古村的所有文书便由他来保存，我们现在看到的珍贵材料全部保存在他的老家。这些资料对今后做村落民族志研究，清代及民国的法律制度研究以及土地纠纷、水利纠纷和婚姻制度研究都弥足珍贵，也是研究地方社会和国家权力关系不可多得的文献。

（本文原载《西北民族研究》2009 年第 2 期）

论撒拉族的六角形符号

马　伟

撒拉族是我国五十六个民族之一，主要居住在青海省，在甘肃省、新疆维吾尔自治区等地也有部分撒拉族居住。由于信奉伊斯兰教，当今的撒拉族社会并没有任何图腾崇拜的现象，即使是撒拉族怀有特殊感情的骆驼也从没被当作一个图腾来对待。但在撒拉族地区发现的六角形符号，还是引起了我们很大的注意。本文将通过探讨撒拉族先民图腾文化的演变，来分析撒拉族六角形符号的来源，并将其与尕勒莽王朝、以色列和匈奴的六角形符号之间的关系，作个简单的阐述。

一、撒拉族先民的图腾

原始社会的人把某种动植物或其他物体同自己的氏族联系起来，认为这二者之间有某种血缘关系，所以用这种动植物或物体来做自己氏族的标志或象征。图腾一词源于美洲的一种印第安语，意为“他的亲族”。在学者们关于图腾的众多解释中，有两点是非常重要的。首先，原始人认为图腾与自己的祖先有着联系，有的认为自己的祖先源于某种动植物，或与该物有过亲缘关系，故而把该物当做自己的伴侣、亲人、保护者、监视者或祖先。[①] 许多民族都有这种神话传说。《魏书·高车传》记载了匈奴狼的传说：

> 俗云匈奴单于生二女，姿容甚美，国人皆以为神，单于曰：“吾有此女安可配人，将以与天。”乃于国北无人之地，筑高台，置二女其上，曰“请天自迎之”。经三年，其母欲迎之，单于曰：“不可，未彻之间耳。”复一年，乃有一老狼昼夜守台嗥呼，因穿台下为空穴，经时不去。其小女曰：“吾父处我于此，欲以与天，而今狼来，或是神物，天使之然。”将下就之。其姊大惊曰：

① 于乃昌，夏敏：《初民的宗教与审美迷狂》，120～121页，西宁，青海人民出版社，1994。

“此是畜生，无乃辱父母也!”妹不从，下为狼妻而产子，后遂繁衍成国，故其人好引声长歌，又似狼嗥。

《周书·突厥传》云：

突厥者，盖匈奴之别种。姓阿史那氏，别为部落，后为邻国所破，尽灭其族。有一儿，年且十岁，兵人见其小，不忍杀之，乃刖其足，弃草泽中，有牝狼以肉饲之。及长，与狼合，遂有孕焉。彼王闻此儿尚在，重遣杀之。使者见狼在侧，并欲杀狼，狼遂逃于高吕国之北山。山有洞穴，穴内有平壤茂草，周回数百里，四面俱山。狼匿其中，遂生十男。十男长大，外托妻孕，其后，各有一姓，阿史那即一也。

又载：“或云，突厥之先，出于索国，在匈奴之北。其部落大人曰阿谤步，兄弟十七人，其一曰伊质泥师都，狼所生也。”撒拉族先民乌古斯部落属于西突厥，故而撒拉族先民历史上应该有此传说。在《乌古斯可汗的传说》中，乌古斯所率军队的所有胜利几乎都与苍狼有关。凡是苍狼领路的出征，乌古斯军队都能全胜而归。①

其次，图腾还具有标志作用，用来区分不同的群体。历史上的突厥人以狼为图腾，并以狼为旗帜图案。《通典》云：“(突厥) 旗纛之上，施金狼头。侍一卫之士，谓之附离，夏言亦狼也。盖本狼生，志不忘其旧。”② 突厥人的这种图腾观念后来被哈萨克人继承了下来。“哈萨克有些部落还把苍狼当做部落的标志，如沙甫拉西部落的旗帜上镶着狼图像，并把狼作为点头口号，当高擎旗帜、呼喊口号时，部落成员便斗志昂扬”③。

在乌古斯时期，他的六个儿子二十四部落都有各自的汪浑（aūngūn)④。除了乌古斯的第五子塔黑汗［其中撒鲁尔（Salur）为塔黑汗的长子］外，其他五子二十部的汪浑都是鹰隼类的飞鸟，拉施特对撒鲁尔和其他部落的汪浑不是很清楚，但他列出了山羊并在其后打了个问号。对此，笔者觉得山羊不大可能是撒鲁尔等部的汪浑。因为正如拉施特在注释④中所说，一旦某动物做了汪浑，这个动物就变得非常神圣，人们“不侵犯它，不抗拒它，也不吃它的肉，因为占有它是为了吉兆”。羊是游牧

① 耿世民译：《乌古斯可汗的传说》，4页，乌鲁木齐，新疆人民出版社，1980。

② 《通典》卷一九七。

③ 何星亮：《新疆民族传统社会与文化》，316页，北京，商务印书馆，2003。

④ 汪浑（aūngūn)，为中古突厥语，意谓（专用于牲畜身上的）标记，即牲畜所有权的标记；也指突厥部落中受尊崇的鸟。但根据拉施特的下文，汪浑显然是指部落的图腾。拉施特认为这个词出自亦纳黑［aīn (a) q］，而亦纳黑为突厥语，意为“吉祥”。“有这样一种习俗，凡是做了某部落的汪浑［的动物］，他们就不侵犯它，不抗拒它，也不吃它的肉，因为他们占有它是为了吉兆。直到今天，这种意义还有效地保留着，那些部落每个都知道自己的汪浑。”［波斯］拉施特主编：《史集》，第一卷第一分册，141页，余大钧，周建奇译，北京，商务印书馆，1983。

民族最主要的食物及其他生活资料来源，如果山羊是撒鲁尔等部的汪浑，那么他们的食物选择范围将会大大缩小，这完全不利于他们的生存发展。而且这也很难解释撒拉族文化中的羊背子之俗。在撒拉族婚礼中，对舅舅等重要的客人要送羊背子。这个习俗无疑是源自乌古斯时代撒鲁尔部被分配的肉食部位——（动物）背脊骨。①如果山羊是撒鲁尔部的汪浑，那么羊背子不可能成为他们最珍贵的食物。

考虑到其他二十部的汪浑都是鹰隼类的飞鸟，撒鲁尔部的汪浑也应该是同类动物，因为注释④也明确地说，汪浑有“受尊崇的鸟”之意，既然是鸟，撒鲁尔部的汪浑也不应该是山羊了。由于史料的缺乏，我们很难断定鹰隼是否是撒鲁尔部的图腾了，但撒拉族民间故事《阿腾其根马生宝》给我们提供了有利的民族学方面的资料。该故事的基本情节如下：

马生宝为马的后代，从小武艺超群。由于不同于人类同伴，他外出寻找同类弟兄。路上，他结交了“达西达古”（石头所生的人）和“莫尼占”（木头所生的人）两兄弟。三人在山中打猎期间偷取为他们做饭的由鸽子变成的太阳姑娘、月亮姑娘、星星姑娘的羽衣，之后三对年轻人各自结成夫妻。九头妖魔变成一位老太太在三兄弟外出时来他们家吸食三姑娘的血。被马生宝战败后，九头妖魔挟持马生宝的妻子太阳姑娘逃到洞下去了。马生宝在洞中最后杀死了妖魔，把妻子送出洞口后，却被两个哥哥抛弃，无法爬出深洞。最后马生宝得一神鹰帮助飞出深洞，战败了哥嫂，和妻子团圆。②

关于这则故事的其他文化含义，我们不想过多讨论，我们感兴趣的是神鹰帮助马生宝飞出深洞的情节。美国学者伊莎贝拉·霍尔瓦特在经过对匈牙利和突厥语诸民族民间故事情节结构比较研究后发现，匈牙利、土耳其、维吾尔、裕固、哈萨克和柯尔克孜等民族中都有匈牙利《白马之子》故事类型，并指出这些民族的民间故事中都有鹰隼从阴间（深洞）救英雄的情节。在这儿，英雄实际上是萨满的化身，他到深洞与魔怪精灵打斗是为妇女、公主追回灵魂，因而治好病人。萨满往往把病人的病痛转移到自己身上，以此减轻病人痛苦，所以萨满自己留在地下。这时，他需要神灵的帮助——他的祖先的在天之灵。在许多民族中隼或鹰就是萨满祖先的灵魂。鹰隼把英雄从地下背到地面，实际上是萨满被祖先营救到地面并获得了神力。因此，鹰隼是有此类民间故事类型的匈牙利及突厥语民族的祖先图腾。③撒拉族的《阿腾其根马生宝》有着同样的情节？所以，“鹰隼是撒鲁尔部的汪浑”应该说可以

① 马伟：《撒拉族婚礼的文化特征、功能及价值》，载《青海民族学院学报》，2008（1）。

② 循化撒拉族自治县文化馆编：《撒拉族民间故事》第一辑，103～107页，油印本，1988；MAWEI, MAJIANZHONG, AND KEvIN STUART. THE FOLKLORE OF CHINAS ISLIAMIC SALAR NATIONALITY［M］NEW YORK：THE EDWIN MELLEN PRESS，2001：39—60。

③［美］伊莎贝拉·霍尔瓦特：《匈牙利和突厥语诸民族民间故事（白马之子）的情节结构比较》，杜亚雄译，载《民族文学研究》，1993（3）。

成立。根据拉施特的记载，撒鲁尔部还有自己的氏族印记“ᛁᛧ”。[①] 这个符号不同于乌古斯其他二十三部的氏族印记。在由土库曼斯坦前总统萨帕尔穆拉特·土库曼巴什所著的《鲁赫纳玛》中，更是明确地说撒鲁尔部的动物标志是猎鸟（一种鹰隼）。[②] 在现在的土库曼斯坦总统旗上还有一只鹰的图案，这只鹰有五个头，其两个爪子上还紧捏有一条蛇，这条蛇的两端都是头。

在目前的撒拉族社会中，我们看不到任何与祖先有关的图腾传说，这可能与撒拉族的宗教信仰有关。因为根据《古兰经》的描述，真主创造了大地、苍穹、自然、人、天使、精灵等宇宙中的一切。人由某动物演变而来的传说不符合伊斯兰教的教义，撒拉族先民在信仰伊斯兰教后其有关图腾传说可能逐渐消失了。那么撒拉族还是否有类似的符号来展现其群体文化呢？答案是肯定的。

大约在四五年前，笔者曾旁听了历史学家芈一之教授的研究生课程“撒拉族史”。当时，芈先生说他在20世纪60年代在循化调查时，在循化撒拉族自治县街子清真寺墙壁上和尕勒莽的坟墓石壁上发现了一个特殊的六角形符号，并说此符号与以色列国旗上六角形符号几乎完全相同。关于此符号的意义，他询问了当时的撒拉族老人和阿訇，但未得其解。后来，芈先生将此内容包含在其著作《撒拉族史》中出版（见图）。

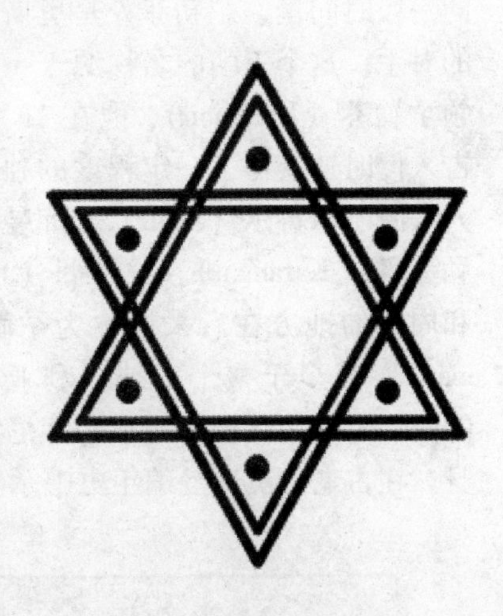

街子地区发现的撒拉族六角形符号

2008年初，青海民族学院民族学与人类学学院的研究生韩得福在循化县做调查时，在孟达乡木厂清真寺大殿内的墙壁上也发现了类似的六角形符号（见图）。2008年6月，笔者专门前去孟达木厂村核实，发现在该村清真寺大殿的右面墙壁上确有这个图案。木厂清真寺历史悠久，根据《循化撒拉族自治县志》的记载，该寺始建于1490年。[③] 因此，出现在该清真寺大殿墙壁上的六角形符号也应该有着较长的历史。由此可见，在撒拉族不同地区出现的这两个符号绝不是偶然的巧合，而是说明了这种文化符号在撒拉族人民的精神生活中的重要性和使用的广泛性。

根据芈先生的观点，这个图形与撒鲁尔的印记“ᛁᛧ”并不相同，由此可以推断氏族印记与部落酋长或汗王的图徽是有区别的。以上六角形图案是尕勒莽及其子孙

---

① ［波斯］拉施特主编：《史集》，第一卷第一分册，余大钧，周建奇译，144页，北京，商务印书馆，1983。

② ［土库曼斯坦］萨帕尔穆拉特·土库曼巴什著：《鲁赫纳玛》（汉文版），71页，李京洲等译，阿什哈巴德，土库曼斯坦国家出版局，2006。

③ 《循化撒拉族自治县志》，750页，北京，中华书局，2001。

担任积石州达鲁花赤的显贵家庭的图徽。①

以上解释很有道理，但通过下面的内容，我们看到这个图案还有着更深的历史背景。

孟达木厂清真寺发现的撒拉族六角形符号

二、尕勒莽王朝②

尕勒莽王朝（Karamanid Dynasty）是13世纪末塞尔柱帝国解体以后在小亚细亚建立起来的最重要的一个土库曼王朝。在相当长的一段时间里，尕勒莽人是奥斯曼人最强劲的对手。这个王朝的名称源于一个土库曼首领尕勒莽（Karaman），他在13世纪中期蒙古入侵时期获得了一定程度的独立。尕勒莽人来源于撒鲁尔（Salur）土库曼部落中的尕勒莽部（Karaman）。拉罗丹（Laranda）城和周围的地方在后来被称为尕勒莽（Karaman），甚至于整个安纳托利亚（Anatolia）的南部沿海地区被称为尕勒莽尼阿（Caramania），这些都归因于这个王朝的名称本身。在古老的奥斯曼编年史中尕勒莽人作为王朝统治者反复出现，15世纪的欧洲学

① 芈一之：《撒拉族史》，43页，成都，四川民族出版社，2004。

② 此段关于尕勒莽王朝的历史部分内容参见：M. TH. HOUTSMA ETC. eds. THE ENCYCLOPAEDIA OFISLAM，VOLME II. LOndOn：Late E. J BRILL LTD，1927：748 ~752. 文中所用地图和尕勒莽国旗参见：. http：// en. wikipedia. Org/wiki/KaramanO% C4%9Flu［2007 -7 -291］。

者也提到“高贵的尕勒莽”。这个王朝的领地位于现在的尕勒莽（Karaman）省一带。从13世纪到1467年的融入奥斯曼帝国期间，尕勒莽王朝是安纳托利亚最强大的王朝之一。尕勒莽人是在此地建立的最早的突厥语国家，也是奥斯曼帝国建立之前最强大的政权。后来，奥斯曼人兴起后，才超越了他们。

这个王朝也因其第三任统治者 KaramanOğlu Mehmet Bey 而闻名。他是土耳其历史上第一个宣布土耳其语为官方语言的人。在他之前，安纳托利亚的塞尔柱上流社会在文学方面使用波斯语，在政府管理和科学工作方面使用阿拉伯语，但普通突厥百姓不懂这些语言，所以他颁布法令在该国内禁止使用波斯语和阿拉伯语。尽管未能取得令人满意的结果，但这却成为安纳托利亚历史上的重大事件，土耳其语从此成为官方语言。

尕勒莽王朝国旗

直到现在，在土耳其仍可见到尕勒莽王朝时期的许多建筑遗迹。这些建筑的艺术风格是塞尔柱帝国建筑风格的延续，与学习拜占庭建筑技术的奥斯曼帝国的建筑形成了鲜明对比。让我们感到惊奇的是该王朝国旗上所使用的图案(见图)。

这面旗帜的右半部分六角形图案与中国撒拉族地区发现的六角形图案几乎完全相同。那么，这种相像是否和使用这种符号的人有着共同的祖先有关呢?

关于中国撒拉族的祖先，在流传至今的撒拉族民间传说中都说率领撒拉人到中国的是尕勒莽和阿合莽两兄弟。[①]《撒拉族史》中也说尕勒莽和阿合莽二人率领族人通过撒马尔罕，居住在西宁附近，发展成为撒拉族。[②] 虽然这种看法并未形成定论，[③] 但可以肯定的是尕勒莽为撒拉族的主要祖先。而关于尕勒莽王朝的族属问题，如前所述，该王朝尕勒莽人的祖先也为撒鲁尔土库曼人。因此，可以推断，中国撒拉族的祖先尕勒莽和尕勒莽王朝的尕勒莽人都源于撒鲁尔人，而撒鲁尔人为西突厥的乌古斯部。[④] 考虑到中国撒拉族和尕勒

---

① 循化撒拉族自治县文化馆编:《撒拉族民间故事》第一辑，1页，油印本，1988。

② 芈一之:《撒拉族史》，24页，成都，四川民族出版社，2004。

③ 虽然尕勒莽、阿合莽两兄弟为撒拉族祖先的说法非常流行，但也有一些问题还不是很清楚。第一，在撒拉族自己的早期书面文献中，阿合莽一人根本不存在（《土尔克杂学》，手抄本，见韩建业:《青海撒拉族史料集》，4页，青海人民出版社，2005）；第二，在撒拉族的民间传说中只说尕勒莽的六个儿子形成了“六门八户”（现代撒拉族社会形成的基础），撒拉族的发祥地街子，在撒拉语中被认为是埋葬尕勒莽六个儿子的地方(阿勒特欧里)，在此也只提到尕勒莽，没有阿合莽一名；第三，据撒拉族学者韩建业先生的回忆，在修建目前的街子尕勒莽、阿合莽两拱北之前，他只看到相传是尕勒莽的坟墓，并未有阿合莽的坟墓（个人访谈，2007年6月)。因此根据这些材料，我们对历史上是否真正地存在阿合莽一人还不敢肯定。

④ 马伟:《撒鲁尔王朝与撒拉族》，载《青海民族研究》，2008（1)。

莽王朝的尕勒莽人有着共同的历史来源，我们也可以推断，在循化地区发现的六角形图案和尕勒莽王朝国旗上的六角形图案也应该有着共同的来源。

如前文所说，在以色列的国旗上也有个类似的六角形图案，那么这与撒拉族和尕勒莽王朝的六角形图案有无关联呢？下面我们将试图探讨这个问题。

三、以色列国旗及穆斯林文化中的六角形

1948 年宣布独立的以色列的国旗上有着一幅引人注目的六角形图案，那就是大卫星。大卫星如今已成为以色列国的象征，犹太人的象征。

据传，大卫星寓意数字“七”：六个角加上中心。在犹太教中数字“七”具有宗教含义，如六个创造日加上第七个休息日，六个工作日加上安息日等。在犹太教堂中使用大卫星可能还象征着七枝大烛台（象征着上帝创世纪的七天）等。这个符号与犹太人身份关系的具体起源是不清楚的。有的观点认为大卫星包含了古代以色列大卫王三个字母名字中的两个字母，这两个字母都是“D”，在古代希伯莱文中这个字母的书写形式就如一个三角形。有的观点认为这个六角形代表着大卫王出生时代的占星图，它还是琐罗亚斯德教中一个重要的占星术符号。还有的观点认为，这个符号源自大卫王的盾牌。为了节省金属，这个盾牌只用了皮革，再用简单的金属边框把两个重叠的三角形固定起来。

以色列国旗

但在古代的拉比文献（rabbinic literature）中并没有提到大卫星，在古犹太人居住地进行的考古工作也没有发现大卫星的痕迹。最早的考古学意义的大卫星是最近在意大利南部的一个犹太墓碑上发现的，它可能源于 3 世纪左右。对大卫星的最早犹太文记载始于 12 世纪，当时大卫星是护身符上的一个图案。在古代有关的魔术记载中，五角形和其他的星号经常出现于写有犹太神名字的护身符上，被用来防治发烧等疾病。但有意思的是在这些记载中只有五角星，并没有六角形。因此，很难断定大卫星就源于犹太文化。①

六角形符号在穆斯林世界中也被广泛运用。在《一千零一夜》中，一个魔鬼被关在一个铜瓶中长达 1800 年，铜瓶由一个印有苏莱曼王戒指的图章铅封。苏莱曼王是达吾德王的儿子，他们都是伊斯兰教中的圣人。这个故事的一些版本中，戒指由黄铜和铁制作而成，上刻有真主的名字，并镶嵌有四颗宝石。在后来的版本中，戒指上只有一个圆形，内有一个六角形，是由两个三角形交错而成的。空白部分往往

① WikiFedia. Hexagram http：//en，wipedia. Org/wiki/Hexagram［2007－7－30］。

用圆点或其他符号点缀。有的版本中，也有五角形或其他更复杂的图案。

苏莱曼王因拥有此戒指，可以掌管精灵、动物、风和水。有一个魔鬼从苏莱曼王妻子那儿骗取了这枚戒指，然后替他统治了四十天（也有的说是四十年）。这段期间，苏莱曼王在乡下流浪，贫困潦倒。后来，魔鬼把戒指丢进了海里。一条鱼吞了这枚戒指，而这条鱼又被一渔夫捕到了。渔夫最后把戒指送给了苏莱曼王。作为惩罚，苏莱曼王让魔鬼替他修建一座宏伟的清真寺。在炼金术中，水和土符号的结合（上下两个三角形）被认为是苏莱曼之印，它代表着对立和变化的结合。①

苏莱曼圣人之印

因此，苏莱曼圣人之印被世界各地的穆斯林用来装饰点缀器皿底部，各代王朝发行的硬币以及清真寺建筑等其他地方。② 最典型的是前面我们据说的尕勒莽王朝将六角形图案用到了他们的国旗上。

四、余　论

撒拉族作为西突厥乌古斯部的后代，保留了许多突厥时期的文化。与此同时，当乌古斯部接受伊斯兰教后，她又受到了伊斯兰文化的影响。在突厥时期，狼是突厥人的图腾。到了乌古斯时代，鹰隼又成了乌古斯各部的汪浑（相当于图腾）。在信仰伊斯兰教后，图腾崇拜可能逐渐消失了。代之而起的则是阿拉伯文化中的几何图形在信仰伊斯兰教的突厥语民族中的运用。撒拉族先民和尕勒莽王朝的突厥人都属于撒鲁尔部，因此六角形图案可能是他们在13世纪前信仰伊斯兰教后所接受的。

但还有一种可能是撒拉族的这种六角形符号本来就属于突厥文化。在汉文史料中，一般都认为古代匈奴人没有文字。《史记·匈奴列传》说“毋文书，以言语为约束”。《后汉书·南匈奴传》也记载：“呼衍氏为左，兰氏、须卜氏为右，主断狱听讼。当决轻重，口白单于，无文书簿领焉。”但也有一些学者认为，匈奴统治者曾使用过文字，但这种文字是汉字。持这种观点的有马长寿、冯家昇、吕思勉、杨建新等学者。他们认为，在匈奴的文官武将中有许多汉人，而且匈奴单于和汉代皇帝之间也经常有书信交往，因此，匈奴使用的文字很可能是汉字。③ 但这些书信是否都是用汉文写成，并没有直接的证据。相反，国外史学家如蒙古国科学院东方

① wikipedia. Seal of Solomon. http://en.wikipedia.org/wiki/Seal of Solomon［2007－7－30］.

② Khalid. Svmbolism: Star of David or Solomon´s Seal. http://baheyeldim.com/culture/star－of－david－solomons－seal.html［2007－2－30］.

③ 杨建新：《中国西北少数民族史》，33～34页，北京，民族出版社，2003。

学研究所的 N. Ishjamts（N. 伊什詹茨）等人认为匈奴有自己的文字。他们的依据来自于在挖掘匈奴墓葬时发现的 20 多个雕刻的字（见图），而且这些字体与中世纪早期突厥人鄂尔浑—叶尼塞字体很相近。据此，专家们认为，匈奴有一种类似古代欧亚“如尼”文的字体，这些字母后来即成了古突厥文的基础。[①] 让我们惊奇的是，这个表中的第 18 个字也是个六角形符号。虽然，在突厥如尼文中我们找不到类似的符号，但考虑到匈奴文化和突厥文化的共同性，在中世纪，也许突厥人有可能把这个六角形符号用在文字外的其他方面，并且突厥人的后代尕勒莽王朝撒鲁尔人和现在的中国撒拉族都保留了这个符号。由土库曼斯坦前总统萨帕尔穆拉特·土库曼巴什所著的《鲁赫纳玛》中，更是将中国历史上匈奴著名的冒顿当成是出自乌古斯部落的英雄，[②] 若事实果真如此，那么当今作为乌古斯部后代的中国撒拉族继承并使用早在匈奴时就出现的六角形符号就并不奇怪了。

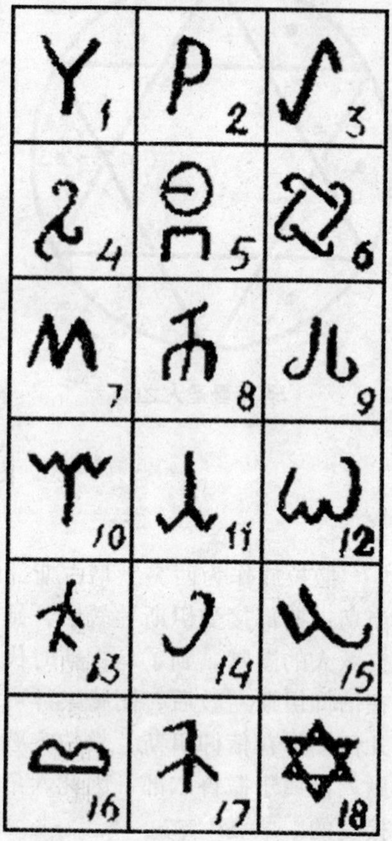

古代匈奴文字

尕勒莽王朝可能是第一个将六角形图案运用到国旗上的国家，比以色列国旗使用六角形图案早了六七百年。而撒拉族则将这一六角形图案于 13 世纪从中亚地区带到了中国腹地。他们使用这个符号可能是取它所蕴涵的权力、魔力等含义。从这一点上看，芈一之先生推断该符号为撒拉族先民“部落酋长或汗王的图徽”是有道理的，它确实不同于乌古斯时代的汪浑，也不同于一般氏族印记。

可见，六角形图案不仅仅运用于犹太文化中，它还被广泛运用于穆斯林文化中。伊斯兰教中的达吾德王和苏莱曼王在犹太教中就是大卫王和所罗门王，由于犹太教和伊斯兰教有一些共同的部分，所以，关于在哪种文化中首先使用了这个符号，由于史料的缺乏，这将是一个特别难以回答的问题。而公元前 2 世纪至公元 2 世纪时期的匈奴文字中也出现的六角形符号，更使

---

① N. Ishjatms，“Nomads In Eastern Central Asia”. in the “Htistory of civilizations of Central Asia”，Volume 2，Fig 5. p. 166，LJNESCo Publishing，1996，ISBN 92 - 3 - 102846 - 4；参见 N. Ishjatms（N. 伊什詹茨）：《中亚东部的游牧人》，收于雅诺什·哈尔马塔主编：《中亚文明史》第二卷，18 ~ 19 页，联合国教科文组织，中国对外翻译出版公司，2002。

② ［土库曼斯坦］萨帕尔穆拉特·土库曼巴什：《鲁赫纳玛》（汉文版），173 页，李京洲等译，阿什哈巴德，土库曼斯坦国家出版局，2006。

这一问题显得扑朔迷离。因此，彻底弄清中国撒拉族六角形符号的最早来源还需做进一步的研究。但可以肯定的一点是，六角形符号是撒拉族曾使用的重要文化符号，有着其自己悠久的历史来源。

（本文原载《中国撒拉族》2008 年第 2 期）

撒拉族及其文化特征*

——以青海省循化撒拉族自治县积石镇石头坡村为例

马　伟

一、石头坡村撒拉族的基本情况

石头坡村位于青海省循化撒拉族自治县中部，共有1个村民小组，144户，746人。大部分为撒拉族，一小部分也自称为撒拉族，但其身份证上填报的是回族。全村耕地456.9亩，均为水浇地，人均耕地0.46亩；总牲畜头数为231头（只），其中大牲畜22头，绵羊209只。2000年时的人均收入为660元。村里有一所完小，在校学生116名，适龄儿童入学率为87.9%。村里每家每户都接通了自来水，40多户人家装上电话，村里还有一名村医。石头坡村气候温和，夏无酷暑，冬无严寒。无霜期约220天。全村绿化面积在70%以上，树种主要有苹果树、核桃树、柳树、杨树、榆树、杏树、梨树等。冰雹、霜冻、洪涝、干旱等灾害是全村农业发展的主要限制因素。

石头坡村，因村子南面的沙子坡而得名。撒拉语称“Dašinïh”，是“Daš boynïh”的缩写，其意也为“石头坡”。石头坡村北面黄河以北为河北村，为撒拉族村子，他们是1949年前后从石头坡村、丁匠村和别列村等迁移过去的。河北村中有许多石头坡人的亲戚住在那里。而且，在河北村的东部还有石头坡人的大片耕地。石头坡村西面为丁匠村，也为撒拉族村子。该村的几户人家混杂居住在石头坡村中。石头坡村、丁匠村、大小别列村和伊麻目村等，在习惯上被称为“Su khïrghï”，意为黄河沿岸地区。这些村子中发生丧事，他们都要互相往来参加葬礼。探望朝觐归来的汉志时，这些村子之间也互相来往。也就是说，在宗教事务上，这些村子之间有着一定的联系。石头坡村东面的沙坝塘村为回族村子，讲汉

* 此文是国家发展改革委员会、教育部批准的211工程重点科研项目《中国少数民族村寨调查》子课题《撒拉族村寨调查》的部分内容，调查工作于2003年7—8月间完成。

语；东面的托坝村也为回族村子，讲汉语。石头坡村的陈家因有回族成分，和这两个村子的人通婚的情况较多。历史上，石头坡村和托坝村还共用过一个清真寺，属于同一个宗教活动单位。因此，过去石头坡村撒拉族和托坝村回族也互相通婚。石头坡村南面是街子。街子，撒拉语称“Altiuli”。一般认为 Altiuli 意为埋葬六个儿子的地方。街子是撒拉族的发祥地，那儿有撒拉族的祖寺——街子清真大寺，有撒拉族从中亚带来的《古兰经》，有其祖先的坟墓。撒拉族历史上的尕最（宗教法官）和土司都驻街子。从传统的撒拉族社会组织“工”（相当于乡一级的行政区划）来说，石头坡村目前仍属于街子工。两三年前，石头坡人仍到街子清真大寺做聚礼。

在村南的沙子坡上，有作为省级重点，文物保护单位的墓地，据考证是青铜时代的墓葬群，文化类型为卡约文化，东西长 200 米，南北宽 200 米，有五个相连接的墓葬群，显露有墓葬人骨架、木棺、兽骨、陶片等。1986 年 5 月被列为省级重点文物保护单位。

关于石头坡村的最早记录，是成书于乾隆五十七年（1792 年）的《循化志》当中的记载，该书多次提到“石头坡庄”。目前石头坡村主要由马家、韩家、陈家等组成。最早定居石头坡村的应是马家和韩家，因为村里原来的清真寺就是以马韩两家的界限为中心而修建的。寺东为韩家，寺西为马家。据有的老人讲，马家是从陕西迁来的。除此之外，村里还有一个“孔木散[①]”称 yiuyinji kumsan，据该孔木散的老人讲，他们是从同仁一个叫 yanju 的地方迁来，因为是木匠，称为 yiuyinji kumsan。据老人讲，该孔木散定居石头坡村比陈家还要早，但后来一部分人归入石头坡村，另一部分归入丁匠村。为此问题，两个村子还发生过一些冲突。村里的孔木散主要有：Oyan khokumsan、otü handu kumsan、oran kumsan、Arjan kumsan、Yuanzi kumsan、Yiuyinji kumsan。

最初石头坡村马家和韩家各有自己的墓园，木匠孔木散的公墓有好几个，陈家至今还有自己的公墓。目前，马家、韩家、木匠孔木散和部分陈家人都共用一个墓园，只有部分陈姓人家使用单独的墓园。根据《陈氏家谱》[②] 的记载，陈家迁到石头坡村约有 150 年的历史，《陈氏家谱》记载：石头坡村陈姓始祖陈鸿政和其弟陈鸿发原居今江苏省南京市大柳树巷，清咸丰年间，陈氏应拔募兵，迁眷先到今陕西省西安城小学习巷，不久陈鸿政、陈鸿发兄弟拔应“团勇”，驰援甘肃省地道县（今临洮县）兵变，后自由择居步行到达甘肃省循化县街子工，兄弟二人留居当地，陈鸿政定居草滩坝、沙坝塘一带，陈鸿发定居石头坡村，与本村撒拉族韩氏女结婚，其子孙后代繁衍 100 多年，已到第十辈，共有 200 余人。

有清一代，石头坡村隶属街子工，最早以韩、马二姓人家共建石头坡村清真寺，形成“者麻提”社区，过着世俗和宗教相结合的双重生活。光绪年间，西邻丁匠村

① 撒拉语，意为由具有同一血缘关系的家庭组成的宗族。

② 陈琮主编，1995 年油印本。

发生灌溉纠纷，因争水而械斗导致人命案，遂实行“人头水”灌溉制度：即竖碑开洞，水由洞出，水洞大如人头，永不关闭，按水份子浇灌。按光绪年间所立碑文记载，石头坡村隶属于“街子六门各庄”之列，应有一昼夜的水份子，但据石头坡村老人们回忆，当时因该村头目未交纳水份子款而失去了水份子，加上马步芳家族统治青海四十年中（直至1949年中华人民共和国成立前夕），苛捐杂税繁多，石头坡村撒拉族民众不堪忍受重负，纷纷背井离乡，流落他乡。到1949年中华人民共和国建立时，石头坡村只剩下18户人家。

二、石头坡村撒拉族的政治斗争

光绪二十年（1894年），街子地区老教（花寺格底木）尕最韩五十三和新教（嘎德林耶）韩七十阿訇，因缠“达斯达尔”（头巾）的方式不同，发生争执。因官府处理不当，次年引发整个撒拉族地区的反清斗争。

在石头坡人比西麦干和乃曼人马古禄班的率领下，撒拉族起义军围攻循化县城，又东攻积石关，揭开了河湟起义的序幕。清廷派出的东路官军在白庄遭到撒拉族义军的顽强阻击，西路官军在甘都塘河北扎营。撒拉义军深夜用羊皮袋游过黄河，突袭官军，使河北官军几乎全军覆没。清军两个月不能前进。还加紧攻城，并又派人袭击积石关，以防清军从积石关进军。后来义军攻克了积石关，全歼了守军。最后在清军强大攻势下，义军浴血奋战，终于不支。清军也付出了很大伤亡。清军得手后，焚毁民房、清真寺，把没有突围的老弱妇幼全部杀死。起义被镇压下去后，比西麦干、马古禄班等被解送兰州杀害。而对撒拉八工，清廷派马安良部下马海晏及其子马麒（马安良、马海晏为董福祥镇压此次起义的先头人马）处理循化“善后”，他们采用“抽杀”的办法，让参与起义人员到衙门投案，群众称之为“交公事”。撒拉族在黄河周边被屠杀者有数百人。基本上家家哭丧，户户送葬。有的人为免于屠杀，被迫远逃新疆。

清廷废除了存在近600多年的土司制，世袭尕最制和世袭哈尔制也同时被废除了。从此，土司制被乡约制所代替，每工推选设乡约一人，由循化厅加委，三年一换。官府发给乡约木戳作为权力凭证。由于石头坡人参与并领导了此次起义，清廷烧毁了石头坡村的清真寺，许多石头坡人也在黄河岸边被杀害。据韩哈尼讲，他的父亲自什保（六七年前去世，享年90多岁）在世时说，光绪二十一年（1895年）村里有80户人家，之后至新中国成立前夕最多时也就只达到30多户。清廷还把起义者的土地、房屋“没收”，作为“逆产”，贱价拍卖。在撒拉族的历史上，这种以“买卖手段”大规模地转移土地房产尚属首次，这使得土地集中在少数人手里。当时县城汉族以每亩0.8～1元的钱买下了石头坡人的土地。石头坡村的汉族由此开始进入村子定居。一些汉族在石头坡村都有家业，赵纪念一家长期住在石头坡村，其余地主让人住在家里，种他们的地。等夏收后，他们骑着毛驴，带着粮袋来收地租。

从此，石头坡村撒拉人开始直接与汉族交往了，这一事件在许多方面对石头坡人产生了重大影响。民国年间，汉族地主赵纪念的儿子赵遂为马步芳的高级官员，通过他一些石头坡人也进入马家军队开始军旅生涯并得到其关照。

马步芳为了控制循化撒拉族，一方面派伊赫瓦尼阿訇到街子大寺任教长，石头坡人也是在这时候改信了伊赫瓦尼，同时为加强对撒拉族人民的统治，1938 年在循化成立了“厉行保甲委员分会”，全县共划分一镇，十一个乡，一百零五保。石头坡村属街子乡，街子乡有八个保，丁匠和石头坡为一个保。这种保甲制度与原来的“工”与“孔木散”结合起来，一“工”编为一乡，一“孔木散”编为一甲，数“孔木散”为一保，原来的“乡约”也改称乡长，“哈尔”改称甲长。凡抓壮丁、抓民伕、征粮、抽税、派款等都是由这些人经办。据村里老人讲，除了缴纳各种各样的苛捐杂税外，石头坡人还要应付各种繁重的差役，如种树、修路等。因此，石头坡人只好背井离乡，四处流浪。当时，村里的户数曾减至 18 户。1949 年 8 月 28 日，人民解放军在王震将军率领下进驻循化，包括石头坡村在内的循化地区得到解放。

三、石头坡村撒拉族的文化特征

撒拉族是信仰伊斯兰教的、生活在青藏高原上的一个勇敢顽强的突厥语民族。

石头坡村撒拉族信仰伊斯兰教。其祖先 700 年前从中亚迁徙至循化时，带来了一部《古兰经》，据考证是奥斯曼时代的手抄本，也是目前世界上仅存的几部同类型的手抄本之一。在循化后来的发展中，伊斯兰教对石头坡人社会生活的方方面面产生了深远的影响，并继续起着重要的作用，可以说伊斯兰文化是石头坡村撒拉族文化的核心。从文字的使用上，我们也可以看出伊斯兰文化对石头坡人的重要性。一般认为，撒拉族没有文字，这种看法是不正确的。石头坡村撒拉族目前除使用汉文外（当然宗教上还使用阿拉伯文），历史上曾使用过“土尔克文”，该文字以阿拉伯文字为基础创制而成。早在 13 世纪的时候，中亚的突厥人曾广泛运用此种文字，史称“察哈台文”。在撒拉族地区尚留存有个别用“土尔克文”写作的作品，其内容既包括宗教教义、教规的诠释，也包括民族来源、朝觐途记等记述，是撒拉族极为珍贵的文献。几年前笔者在石头坡村曾发现了一部这样的著作，讲述的内容多是些与宗教相关的知识。

此外，石头坡村撒拉人还曾经使用过波斯文，其使用范围也在宗教方面。据毛草汉志讲，他小的时候，人们做礼拜时还使用波斯文举意，他还向我们出示了他的一本宗教常识读物，书名是《择要注解杂学》，为波斯文和汉文对照版本。在石头坡村的调查中，我们还发现了一把用于驱邪用的木制剑，撒拉语称“šikil”。剑身长 54 厘米，宽 6 厘米，在剑的两面都有用波斯文写的都哇（祈祷语）。白克日阿訇（街子清真大寺现任教长之一）经过鉴别认为：此段文字为波斯语都哇，由于时间久，剑身文字已无法辨认清楚，其中有一句意为：zhemali abuduli zhelili de qinfìn，你慈悯我们。在今天的撒拉语中还保存了一定数量的波斯语词汇，如一日五番礼拜的名称、一星期每天的称呼等都是波斯语。

撒拉族是突厥语民族，其语言属于阿尔泰语系突厥语族西匈语支乌古斯语组，是世界上最古老的突厥语种之一，这是撒拉族文化最大的独特性，也是撒拉族区别于回族的主要特点。除语言以外，撒拉族还继承了大量的突厥文化，其中有一些有关原始宗教萨满教的内容，如“抬羊背子”之俗。20年前，石头坡村撒拉人在婚礼宴席结束后，要给舅舅、新娘父母等重要角色送羊背子。羊背子被石头坡人认为是羊身上最好的肉，要送给重要客人。而这点在遥远的突厥时代就已存在。在乌古斯时代，撒拉族先民撒罗儿分食的肉部位是羊背部，而且在宴会中各人的一份都是确定的。著名突厥学者拉德洛夫说：“古突厥人将这一部分（指羊背子）视为珍肴，用以宴请汗、大臣等贵人；在西伯利亚所有古墓内都发现有放在墓里作为死者食物的背脊骨。动物的这一部分，在所有突厥部落中都被视为珍贵食物。”① 我们可以发现，石头坡村撒拉族文化有其悠久的历史渊源，也可以这样说，突厥文化是石头坡村撒拉族文化的来源。

撒拉族聚居地循化位于青藏高原，是汉藏文化的交会之地。撒拉族定居循化后不可避免地受到其他民族文化的影响。历史上，撒拉族向文都藏族求婚，藏族文化也影响到了撒拉族，至今在石头坡村撒拉人文化中还有相当一部分藏族文化的痕迹。如有些人家庄廓的四角至今还立有石头；结婚时给送亲人吃“油搅团”；炒面拌酥油吃等。在经济生活方面，石头坡村撒拉族的畜牧业受藏族影响较大。石头坡村大部分撒拉族老人都会说藏语，而且撒拉语中夹杂有许多藏语词汇。一些人甚至能讲几段《格萨尔》史诗。有些老人在说撒拉语的时候，还不时引用藏族谚语，然后再用撒拉语解释。过去石头坡人以自产的辣子、水果和大蒜到黄河对岸化隆（今金源乡）十几个藏族村庄换粮食。他们在当地各村寨都有自己固定的藏族朋友，帮他们换粮食。而且住在藏民家，免费吃住，藏民到黄河南岸办事也在他家吃住。当时撒拉族村民将这种朋友关系称作“许乎”。

汉族是我国民族大家庭人口最多的民族，在经济文化等诸方面均处于主导地位。长期以来，石头坡村撒拉族向当地汉族虚心学习生产技术和科学文化。以赵纪念为首的汉族士绅入住石头坡村，加速了撒拉、汉两个民族间的文化交流。据村中老人讲，当时村里汉族和撒拉族之间关系密切，双方若有红白喜事，都要去参加。汉族人士对撒拉族的公益事业也给予了很大帮助。撒拉族地区使用的先进生产管理技术主要来自于内地汉族地区。长期以来，石头坡村撒拉族都以汉字为重要的辅助交际工具，汉语是石头坡村撒拉人与其他民族交流的重要工具。但石头坡村撒拉人掌握汉文的时间并不长，据老人讲在80年前，村里没有人会汉文，现年77岁的韩五十

① 转引［波斯］拉施特：《史集》，余大钧，周建奇译，第一卷第一分册，144页，北京，商务印书馆，1992。

九是村里第一个识汉字的人。石头坡村撒拉族在衣食住行和婚丧嫁娶等方面，均受到了周围汉族的影响，最为明显的是在语言方面，现在石头坡村撒拉人讲的撒拉语中就有很多汉语词汇，在语音和语法方面也受到汉族文化的影响，现在出现的新生事物都借用汉语词汇来表达。

（本文原载《青海民族研究》2004 年第 4 期）

撒拉族婚礼的文化特征、功能及价值

马　伟

婚礼是撒拉族的一个重要人生礼仪，由于其蕴含着独特而丰富的历史文化信息，2006年被确定为第一批国家级非物质文化遗产。传统的撒拉族婚礼仪式一般在隆冬时节举行，整个婚礼仪式包括提亲、送订茶、送彩礼、念证婚词、宴请宾客、送亲、回门等程序。在撒拉族婚礼中包含着许多独具民族特色的习俗，如送羊背子、唱哭嫁歌、说祝婚辞、表演骆驼舞等。[①] 根据多年的田野调查和文献阅读，笔者对撒拉族婚礼的文化特征、功能及价值作一分析，以期抛砖引玉，引起更多人们的广泛关注。

一、撒拉族婚礼的文化特征

从形式上看，撒拉族婚礼的安排从时间与程序上都与其社会经济活动有紧密的关系。撒拉族传统婚礼都是在隆冬时节进行。因为农业生产一直是撒拉族经济的最主要的成分，而冬季正是农闲时节，这使得撒拉族人有充裕的时间来举行这一重要人生仪礼。婚礼不仅仅是男女双方的事情，它需要双方“阿格乃”、“孔木散”[②] 所有成员的参与。如果没有充裕的休闲时间，如果没有人们的帮忙，很难想象怎

① 关于婚礼过程的具体描述已有许多研究，如马成俊：《撒拉族婚俗》，见朱世奎主编：《青海风俗简志》，452～460页，西宁，青海人民出版社，1994；建业：《撒拉族风情》，见青海民族学院民族研究所：《西海风情》，183～188页，西宁，青海人民出版社，1995；郝苏民主编：《甘青特有民族文化形态研究》，129～133页，北京，民族出版社，1999；Ma Wei，Ma J ianzhong and Kevin Stuart. The Xunhua SalarWedding［J］. Asian Folklore Studies. Vol. 58，No. 1（1999）：31 －76；马伟：《撒拉族风情》，42～51页，西宁，青海人民出版社，2004；朱和双等：《撒拉族——青海循化县石头坡村调查》，189～237页，昆明，云南大学出版社，2004。

② 阿格乃意为“兄弟”，是以父亲血统为纽带的近亲组织。它由兄弟分居后的小家庭组成，姐妹除招女婿不外嫁的以外，都排除于阿格乃的范围之外；孔木散是指“宗教”，由阿格乃血缘关系中分化出来的，以父系血缘为纽带的远亲组织。一个孔木散包括了三至五个阿格乃，其中也有不属阿格乃的单门独户（支系中绝户及外来户）。

样保证婚礼顺利进行。主人家的其他亲朋好友也都要前来送礼讨喜，任何无意中的缺席都有可能造成严重的后果，甚至于中断亲戚关系。送亲的人有时还全体住宿在新郎及其阿格乃、孔木散家中。如果随意安排婚礼，没有时间上的保证，撒拉族的婚礼也不会如此隆重而热闹了。当然，把婚礼安排到冬季也是从贮存食物的角度考虑的。另外，撒拉族传统婚礼的主要仪式送彩礼、念证婚词等一般是在星期五进行的。星期五是穆斯林的聚礼日，被认为是个吉祥的日子。送亲是在下午日斜时分开始的。当送亲人到达新郎家、结束宴会后已是天黑时分，这为随后举行的骆驼舞表演增添了许多热闹的气氛。撒拉族的整个婚礼都是在撒拉语的环境中展开的，这说明了虽然撒拉族与其他民族有通婚现象，但族内婚是其主要形式，如果大量与其他民族通婚，撒拉语就无法成为婚礼过程中的主要交际语言。“撒赫斯”（哭嫁歌）、“乌如乎苏孜”（祝婚辞）等更是撒拉族口头文学的经典形式。如果离开了撒拉语这一要素，撒拉族婚礼的民族特色将会大大减少。

从内容上看，撒拉族婚礼具有如下两个鲜明的特征。

第一，撒拉族的婚礼显示出浓郁的伊斯兰文化特点。撒拉族人的婚姻观念、早婚现象、结婚范围、婚期的择定、媒人的数目、彩礼、证婚词、离婚、再婚等无一不体现出伊斯兰文化的影响。撒拉族认为，男 12 岁、女 9 岁就是宗教意义上成人的标志。达到了这个年龄，男孩女孩就可以结婚了。给子女完婚是父母的宗教义务，若不履行或未能履行此义务，在后世父母将会遭到真主的惩罚。撒拉族地区较高的早婚率与这种观念有着很大的关系。据 1998 年全国生育节育调查结果，15 ~ 19 岁结婚的撒拉族青年占同龄人口的 30.64%，其中妇女初婚年龄只有 16.5 岁。[①] 撒拉族一般实行族内婚，与外族可以通婚，但其前提条件是对方必须信仰伊斯兰教。在确定媒人时，也是按照伊斯兰教的规定进行的。在实际生活中，有时有一个媒人也能完成穿针引线的任务，而且有时也只是一个媒人完成这个任务，但根据宗教规定，撒拉族人最后还是要再选择一个媒人并出席证婚仪式。如果媒人中有女性，那么其数目应该是一男两女。关于彩礼的数目，伊斯兰教并没有明确规定，但男子送给女子一定数目的彩礼则是有效婚的必须条件。在撒拉族的婚礼中，彩礼数目因人而异，但送彩礼是婚礼过程中不可或缺的环节。始婚礼中的证婚词是由阿訇诵读的。证婚词不能是撒拉语，而是《古兰经》经文。诵读证婚词之后，新郎与新娘就算是正式意义上的夫妻了。离婚与再婚等也是按照伊斯兰规定进行的。可以说，撒拉族婚礼的核心仪式都与伊斯兰教密切相关。

第二，撒拉族婚礼反映了民族文化相互交融的特点。撒拉族自迁居循化后，就与当地民族如藏族、汉族、回族等发生了紧密联系，在文化上形成了相互交流的局面。作为人生重大仪礼，撒拉族的婚礼也反映了这一历史进程。撒拉族先民初到循化时人口很少，在以后的发展中，她不可避免地遇到一个问题，即要么融合于其他

① 王圻，周凤仙：《青海撒拉族地区人口调查》，载马成俊，马伟主编《百年撒拉族研究文集》，1024 页，西宁，青海人民出版社。

民族之中，要么吸收其他民族新鲜血液而保持独立性。撒拉族先民选择了后者。据当地撒拉族和藏族传说，撒拉族先民在循化定居下来后，便向邻近的边都沟（文都）的藏族求婚。在迎娶藏族姑娘的过程中，撒拉人可能遵从了当时藏族的一些习俗，因为撒拉人的婚俗也有好多是藏族的。譬如结婚时给送亲人吃“油搅团”（象征藏族的糌粑）；结婚时把牛奶泼在新娘骑的马蹄上；给新娘家的人打肉份子等。这些都是因婚姻的缔结而留下的习俗。[①] 另外，由于通婚，藏族的称谓“阿让”（舅）、“扫”（外甥）在撒拉语中也普遍使用，而且撒拉人对舅舅给予一种特别的重视，不管是婚丧嫁娶，还是一般性的活动，没有舅舅的参与几乎是不可能的。撒拉族的“宴请舅舅”、“给舅舅送羊背子”等习俗在其他突厥民族中是少见的，这可能与历史上撒拉族与藏族之间发生的姻亲关系有关。回族、汉族文化也对撒拉族婚礼文化有较大的影响。撒拉族婚礼中的“订茶恩得尔”（送订茶）、“红吾日”（挂红）等重要仪式的名称都是撒拉语和汉语的合成词。这很有可能是撒拉族和回族或汉族发生联姻关系后引起的婚礼仪式名称的变化。

二、撒拉族婚礼的功能

“男大当婚，女大当嫁”，不仅仅是对作为生物个体人的生理需要的调适，也是特定社会对社会个体成员的规范行为过程。和其他民族的婚姻仪礼一样，撒拉族婚礼也具有这样的功能。在青年男女生理成熟之际，撒拉族父母开始为他们张罗婚事。为了杜绝他们所认为的伤风败俗之事的发生，他们往往宁可提前给子女完婚，也不拖延。这与撒拉族的早婚率较高有很大的关系。通过婚礼，撒拉族将人的基本生理需求控制在合理、节制而合法的范围之内，从而维护了他们的社会伦理秩序。

婚礼仪式的举行也是撒拉族社会对其成员社会化的重要方法。就择偶过程来说，除了男女双方都要考虑对方相貌的好坏外，人品和才能往往是最重要的考虑因素。对男方来说，主要看女方家族的品行，女方父母的人际关系，女孩个人的性格特点（如是否诚实善良、脾气柔和）等。做饭、刺绣是过去评判一个女孩是否有才的主要标准。在出嫁前，女孩需要练习如何做饭，如何绣花等。对女方来说，则考虑男方家族的品行、人际关系、男孩的性格、健康、谋生本领等。撒拉族父母亲在他们的子女们长大成人时，在日常的生活中经常灌输一个成年人所应具备的品质与才能，使青年男女为即将到来的男婚女嫁做好心理与技能上的准备。这无疑在客观上促进了对青年男女社会化的行为过程。一个典型的例子就是新娘的刺绣才能。在传统婚礼中，新娘需要绣制许多袜子、布鞋、枕头等，婚礼上要在大庭广众展示其精湛的技艺，众人则要对其品头论足。如果没有平时的刻苦练习，是无法拿出色彩鲜艳、样式多样的刺绣品的。这个特定的仪式自然促使新娘在婚前就认真学习，提高自己

---

① 芈一之：《撒拉族》，48页，成都，四川民族出版社，2004。

的技艺。撒拉族社会中没有专门的成年礼仪式，但婚礼却从另一方面发挥着这样的作用。在结婚之前，一个青年男子还算不上真正的成年人，只有结婚才使他具备了这样的身份。在撒拉语中，未结婚的男孩与女孩分别被称为“奥巴拉”（男孩子）、“阿娜巴拉”（女孩子），而当他们成婚后，其名称转变为“尔热开西”（男人）、“尕丹开西”（女人）。由此看来，对撒拉族来说，结婚就是成人的标志，婚礼仪式在某种程度上也起着成年礼仪式的作用。

撒拉族婚礼过程是一个进行伦理教育的过程。撒拉族是一个十分崇尚伦理道德的民族，长期以来撒拉族社会就是靠伦理道德来维系和发展的。考察撒拉族社会文化，我们很难找到像在撒拉族婚礼中的“乌如乎苏孜”一样直接进行这种伦理教育的其他礼仪形式。在男方家举行的宴席上，娘家人请出一位口齿伶俐、善于辞令、表达能力非凡的长者，或者请一位知识渊博的民间艺人，运用富有表现力的诗体语言，向新郎父母及参与婚礼的人吟诵“乌如乎苏孜”，即婚礼祝词，其中心内容是通过生动的比喻、贴切的说理，重温人伦准则，体会生活哲理，寄托对美好生活的祝愿和对新婚夫妇的祝福。祝婚人首先赞美撒拉族社会中的一些要人，诸如学识渊博的阿訇学者、德高望重的老人、“骨头的主人”阿舅和劳苦功高的媒人以及辛辛苦苦为民办事的人，赞美他们在日常生活中为大众公益事业的服务精神，赞美他们的高尚情操，并向人们晓谕道理，然后说到养儿育女的艰难，赞美两家婚姻美满，感谢亲家的盛情款待，祝愿两家和睦相处常往来，小两口互敬互爱情谊长。最后，祝愿新人儿孙满堂，生活幸福美满，并嘱托亲家关心这远离父母来到男家的新娘，爱护她，言传身教。其语言之恳切，措词之优美，涉及面之广，是撒拉族其他文学形式所不能媲美的。①

撒拉族婚礼还具有进行民族历史教育的重要作用。由于缺乏本民族史料对其历史根源的明确记载，长期以来撒拉族被外界误解为回族的一部分，因而历史上撒拉族有“循回”、“撒拉回”之称。在清代，由于撒拉族掀起的几波反清起义，有关撒拉族的记载才开始多起来，且主要是清廷官方文献。自19世纪末期，中外学者开始用近代研究方法对撒拉族历史和文化进行尝试性研究。② 新中国成立以后，对撒拉族历史的研究取得了重大突破，最终得出的结论是：撒拉族是在元代从中亚撒马尔罕一带迁到中国的。虽然对这一问题的细节还有待进一步研究，但撒拉族历史来源的基本情况算是较为清晰地被展现在世人面前了。实际上，对撒拉族历史来源的研究过程中，撒拉族婚礼中表演的骆驼舞起到了非常重要的作用，以至于许多人认为撒拉族婚礼名称（“对益”）就是源于骆驼舞的表演（“对益艾特”）。这种看法可能是不正确的。因为，婚礼名称（“对益”）在其他突厥语中也存在，而骆驼舞的表演在其他突厥民族中并不存在，因此，说撒拉族的婚礼名称“对益”源于骆驼舞表演并不可信，这两个名称可能有不同的词源。但不管怎样，这说明了骆驼舞表演在撒

① 韩建业：《开发利用撒拉族说唱艺术》，载《青海民族研究》，2005（1）。

② 芈一之：《撒拉族》，1页，成都，四川民族出版社，2004。

拉族婚礼中的重要地位。在传统婚礼中，这个民间舞蹈的演出，使得一代又一代的撒拉族人受到生动的民族历史教育。这出舞蹈共由四人表演，其中两个人翻穿皮袄扮骆驼，另外两个人，一人牵着骆驼，穿着长袍，头戴“达斯达尔”（穆斯林男子头巾），扮演撒拉族祖先，一人扮演当地的蒙古人。整个表演以撒拉族祖先和蒙古人之间一问一答的形式进行。剧中对白有很大一部分是有关撒拉族祖先如何迁徙并定居循化的历史。在缺少书面历史文献资料的时期，这种群众性很强的艺术形式具有不可估量的民族历史教育作用。如果没有撒拉族婚礼中的骆驼舞表演，很难想象我们是否还能像今天一样全面了解撒拉族的历史。

三、撒拉族婚礼的文化价值

作为民族文化的组成部分，撒拉族婚礼不仅发挥着以上所述的重要功能，同时也有着其独特的文化价值，这对我们了解撒拉族的历史、文化等有很大的帮助作用。

撒拉族婚礼中的“送羊背子”习俗具有很深的历史渊源，这使我们认识到撒拉族文化的悠久性。在婚礼中，撒拉族把羊背子送给最重要的客人，撒拉族称之为“吾吉库特”。将羊宰杀后去皮，然后从腿骨节处剖开，再从胸部最低肋骨处切开，便是羊背子。之后用细绳、竹签之类的东西固定肉块下锅煮。撒拉族认为羊背子是羊身上最好的肉，应该送给最尊贵的客人——舅舅等，对其他重要的宾客送羊大腿等，最后，还要对所有来客每人送一块肉份子。肉份子有大有小，依来客的身份、年龄等依次分送。客人则将这些象征地位、身份的羊背子、羊大腿、肉份子带回家，与家人分享。

那么，为什么给最重要的客人送羊背子呢？是不是因为羊背子是最好吃的肉呢？在当今撒拉族饮食中，除了在婚礼这个特殊的场合外，撒拉族人并不在其他宴席上推出专门的羊背子肉。和青海其他民族一样，撒拉族最喜欢吃的羊肉部位还是羊排（俗称肋巴）。那么，撒拉族为什么把羊背子送给最重要的客人呢？

这种习俗实际上就是撒拉族对其先民文化的直接继承。根据史书记载，撒拉族的祖先是突厥乌古斯，乌古斯有六个儿子，他们的名字分别是坤（太阳）、爱（月亮）、余勒都思（星星）、阔阔（蓝天）、塔黑（山）、鼎吉思（海）。这六个儿子曾跟随乌古斯征服伊朗、土兰、叙利亚、埃及、小亚细亚、富浪等国，立下了赫赫战功。在后来的庆功会上，乌古斯把六个儿子分成“孛祖黑”（意为折成数段）和“兀赤兀黑”（意为三支箭），并分别管辖其右翼军和左翼军。这六个儿子又分别生有四子，其中乌古斯五子塔黑的长子名为撒鲁尔（Salur）。乌古斯汗去世后，坤汗继位，执掌大权70年。他有个宰相，也是他父亲乌古斯的都督。这个宰相有一天对坤汗说：“乌古斯是一个伟大的君主；他征服了世界各国；有无数多的库藏、财产和牲畜；他把这一切都遗留给了你们，他的儿子们。靠神保佑，你们之中，各有了四个贵子。千万别让这些儿子们以后为了国位而仇视、争吵！最好是及时给每人分别规定头衔、方位和名号，使每人有固定的标志和印记，好让他们将这些标志和印记，各自加在［他们的］命令、府库、马群、牲畜上；使任何人都不得互相争吵，并使他们的后裔子孙每个人都知道自己的名号和方位，这样就能使国家巩固，他们的美名长存。”[①] 坤汗采纳了这个意见，确定了自己六个兄弟孩子们的称号、印记和标志，对二十四支中的每一支都授以某种动物，作为他们的汪浑（中古突厥语，意为牲畜所有权的标志，也指突厥部落中受尊崇的鸟）。坤汗还规定了在节庆分食时每个分支所分享的肉的部位。14 世纪的拉施特不敢肯定撒鲁尔部的汪浑到底是什么，但他倾向于是“山羊”，至于肉食部位则是“后部、荐骨”，也就是现在撒拉族所崇尚的“（羊）背子”。拉德洛夫说：“古突厥人将这一部分视为珍肴，用以宴请汗、大臣等贵人；在西伯利亚所有古墓内都发现有放在墓里作为死者食物的动物背脊骨；由此可见，动物的这一部分，在所有的突厥部落中都被视为珍贵食物。”[②]

以上记载不仅说明了撒拉族“羊背子”之俗的历史悠久，也给我们提供了极其重要的信息，即撒拉族的先民撒鲁尔在乌古斯部落中的显赫位置。这对我们研究撒拉族乃至突厥的历史及其文化仍具有十分重要的意义。

转房婚是撒拉族社会比较罕见但也确实存在的一种特殊婚姻形式。[③] 它的存在使我们感受到撒拉族文化的继承与演变的关系。转房婚可能与我国古代在各民族中普遍存在的收继婚有着密切的关系。在人类实行一夫一妻制后，女方家庭感到女儿出嫁是一个很大的损失，而男方家庭却获得了一个劳动力。为了平衡双方利益，女家从男家获得了一定的经济补偿，但同时在某种程度上使女儿失去人身自由。从男方家庭来看，女方到男家是一种经济补偿，因此，男方不愿女方轻易地离开其家，一旦离开就要赔偿其经济损失。如果女方的丈夫死亡，她就得嫁给夫家或家族中的其他男子。这样做主要是出于经济考虑的。当夫家男子结婚时不用再支付对女方的补偿金，同时，夫家也不愿其家产随女方外嫁而流失。这就是收继婚制形成的社会基础。[④]

收继婚制在我国中原汉族及周边许多民族的历史上都存在过。匈奴、乌孙、乌桓、鲜卑、西羌、柔然、突厥、蒙古等民族中都曾流行子娶继母、弟娶嫂的习俗。与撒拉族有着直接关系的突厥历史上，收继婚也是被普遍接受的。《北史》卷九十九《突厥传》载：“男女咸盛服饰，会于葬所。男有悦爱于女者，归即遣人娉问，其父母多不违也。父兄伯叔死者，子弟及侄等妻其后母、世叔母及嫂，唯尊者不得下淫。”这段引文记载的就是突厥的收继婚制问题，即父兄伯叔死后，子弟及侄等有娶其后母、世叔母及嫂为妻的权利与义务，而这个妇女也必须转嫁给亡夫的兄弟，或子（非亲生子）、侄、甥等。但以下情况不能收继，即被收继妇女之夫未死，被

---

① ［波斯］拉施特：《史集》第 1 章第 1 分册，141 页，余大均，周建奇译，北京，商务印书馆，1992。

② 同①，144 页。

③ 在十几年多次的撒拉族地区田野作业中，笔者只遇到过一例弟娶嫂的转房婚。

④ 王增永，李仲祥：《婚丧礼俗》，104 页，济南，齐鲁书社，2001。

收继妇女为收继人之生母，收继人为长辈。见于史载的义成公主是一位有名的被收继人。她先为启民可汗之妻，启民可汗死后，嫁给启民可汗之子始毕可汗，始毕卒后，她又嫁给始毕弟处罗可汗，处罗可汗死后，再嫁给处罗之弟颉利可汗。又如高昌王麴坚死后，他的儿子伯雅继位，他的后母原是突厥可汗女，突厥便要伯雅按习俗“妻其后母”，伯雅不肯，突厥就给他施加压力，使伯雅只得屈服。西突厥泥利可汗的妻子是汉人，其夫泥利死后，她的儿子继位，但她却又嫁给泥利弟弟婆实特勤。作为汉人也只得遵从突厥之俗，可见收继婚制的力量是很大的。[①]

收继婚是原始群婚制的残余形式，也是氏族外婚制的反映，即父兄死后，为把寡母或寡嫂约束在本氏族之内，以保持本氏族的人口和力量。后来，随着私有制的发展，这种婚俗又具有了新的意义，即妻子被当做夫家财产，寡妇必须留在夫家转嫁，由族内人继承，以保留劳动人手，防止族内财产向外流失。

转房婚是收继婚的一部分，即弟娶嫂习俗。为什么撒拉族社会中没有子娶继母之俗呢？这是撒拉族社会、准确地说是撒拉族先民社会发展变化的结果，但最主要的原因可能来自撒拉族先民对伊斯兰教的皈依。伊斯兰教禁止儿子娶父亲的妻子，即使父亲只订婚而未同房的女人也不能娶。《古兰经》中说：“你们不要娶你们的父亲娶过的妇女，但已往的不受惩罚。这确是一件丑事，确是一种可恨的行为，这种习俗真恶劣！（4：22）”撒拉族信仰伊斯兰教已至少有1000多年的历史，在这漫长的历史中，对收继婚中的某些不符合伊斯兰教内容的摒弃完全是可能的。13世纪末期中亚伊利汗国蒙古王室对收继婚的争论反映了伊斯兰教对当地人的影响。根据土库曼斯坦前总统尼亚佐夫的《鲁赫纳玛》，在蒙古人入侵呼罗珊（今日的波斯东北，土库曼东南和阿富汗北部地区）之前，当地是由乌古斯后代撒鲁尔人（与现代撒拉族有着密切关系）建立的撒鲁尔汗国统治，该汗国统治者最后归顺了蒙古人。蒙古人在此建立了伊利汗国，该汗国是中世纪蒙古汗国中最早实现伊斯兰化的汗国，其标志是1295年合赞汗（1295—1304年在位）改宗伊斯兰教，从而使得汗国大多数蒙古人皈依伊斯兰教。在即位当年，合赞汗在大不里士按照伊斯兰教法与不鲁罕哈敦结婚，而不鲁罕哈敦是他父亲阿鲁浑汗的后妃，按照蒙古习俗他们可以结婚，而按照伊斯兰教法则不可以。合赞汗手下的蒙古人和伊斯兰教法官对此争论不已。最后的解释是，他们未信教之前就已经同居，而同居是适宜结婚的。[②] 可以设想，撒拉族先民在迁徙中国之前就已经禁止了娶后母的收继婚制。弟娶嫂的转房婚虽然在目前的撒拉族社会中已比较罕见，但它的存在使我们认识到了某些撒拉族文化的稳定性。

撒拉族婚礼中保存有极为珍贵的口头文学材料，这是研究撒拉族语言的重要素材。在婚礼中出现的一些用撒拉语说唱的歌词，只是在撒拉族的婚礼中存在。离开了婚礼，这些艺术形式就失去了存在的语境。“撒赫斯亚赫拉”，意为“唱哭嫁歌”。

① 林幹：《突厥的习俗和宗教》，载林幹编：《突厥与回纥历史论文选集》，北京，中华书局，1987。

② 张文德：《中亚苏非主义史》，101页，北京，中国社会科学出版社，2002。

其中“撒赫斯”一词，很难知其准确意义，人们只是猜想其可能是“哭嫁歌”。十几年前，笔者在录制哭嫁歌时，一位80多岁的老太太根据其记忆，唱了其年轻时所唱的“撒赫斯”。当问及“撒赫斯”一词意义时，她也不知所云。后来，笔者又咨询了其他撒拉族老人，都不得要领。由于这个词在其他语境当中并不存在，我们很难通过对比的方法获知其意义。但可以肯定的是，这是一个古老的撒拉语词汇，在撒拉族日常的生活中，这个词早就失去了存在的环境，但由于婚礼这一特定习俗的存在，使得其中的哭嫁歌一代一代地流传下来。在长时间的社会发展过程中，这个词顽强地在婚礼当中存在下来，但其语音形式可能发生了一些变化，使得当代撒拉族人不好理解其义。不管这个词的意义是什么，也不论其是古代撒拉语词汇，或来自于其他民族语言，它的后面肯定隐藏着我们还不太了解的历史文化信息。

“汗”一词在哭嫁歌中的存在，使我们对撒拉族先民的社会政治文化又加深了一点认识。撒拉族先民从中亚迁到中国青海后，就失去了与其他突厥语民族的联系，并逐渐融入我国的社会政治体系当中。因此，在撒拉语当中，有关社会政治制度方面的词汇以汉语为主，以古突厥语为名称的撒拉语词汇极少。我们都知道“可汗”（简称汗）是我国古代北方民族最高统治者的称号，像柔然、高昌、突厥、吐谷浑、铁勒、回纥、契丹、蒙古等建立的汗国都有其“可汗”一称。“汗”（qan）在突厥语中有“血”和“血统”的意思，从这里引申出“氏族长”的意思来。后来国家形成了，国王仍沿用代表“氏族长”的汗或可汗的尊号。[①] 撒拉族的先民在历史上肯定使用过这个词，因为撒拉族先民撒鲁尔的爷爷就是著名的乌古斯汗。但这个词在撒拉族的日常生活中已不复存在，撒拉族语言学家韩建业先生在谈到这个问题时也说，他以为“汗”在撒拉语中已消失了（个人访谈，2004年）。根据笔者搜集的哭嫁歌，“汗”一词还存在于撒拉语中，但也只是存在于这种婚礼形式中。除了这些很重要的词汇外，撒拉族婚礼保存的这些说唱歌词还是极具文学价值的艺术形式。这对我们了解撒拉语，尤其是撒拉语的结构有很大的帮助。

当然，和传统婚礼相比，目前的撒拉族婚礼在保持着过去婚礼基本程序的同时，其进行时间不断缩短，一些曾发挥积极功能、具有重要文化价值的传统习俗正在消失或已经消失。这可能是我国各民族非物质传统文化，尤其是人口较少民族的非物质传统文化所共同面临的窘境。如何保护并发扬这些珍贵的非物质文化遗产，是当今社会留给我们的严峻考验。

（本文原载《青海民族学院学报·社会科学版》2008年第1期）

① 林幹：《中国古代北方民族通史》，364页，厦门，鹭江出版社，2003。

撒拉族—回族族际通婚的人类学调查

——以循化撒拉族自治县草滩坝村为个案

陕锦风

根据我国2000年首次公布的族际通婚的具体数据，从全国范围而言，撒拉族与32个其他民族通婚。在所有与撒拉族通婚的民族中，回族是和撒拉族通婚率最高的民族，达到10.48%，撒拉族和回族相同的宗教信仰是其中的决定性因素。因为循化地区回族等穆斯林人口较多，所以为撒拉族的教内婚打下了基础。早期，回撒之间因一些偏见，通婚并不普遍，但随着时代的发展，民族偏见逐渐消失，现在两族之间的通婚非常普遍了，通婚率较高。

一般影响婚姻的因素有家庭所属群体的基本特征和个人基本特征两个方面，前者主要受家庭在社会中的政治、经济地位、文化背景和地缘网络等因素影响，后者则与宗教信仰、政治态度、教育程度、职位、收入和财产等关联紧密，所以大多数人对婚姻的选择以“门当户对”为前提，也就是美国学者W. 古德所说的“同类联姻”。美国社会学家G. 辛普森和J. 英格尔在研究中把民族通婚率视为衡量美国各种族（民族）之间社会距离，群体间的认同强度、人口异质性以及社会整合过程中的一个十分敏感的指标。在戈登提出的研究和度量民族融合的7个变量中，族际通婚被视为最重要的变量之一。

一、影响族际通婚的群体性因素

族际通婚率的高低一般受居住地域、历史传统、语言和宗教差异等诸多因素决定。马戎教授从群体层次提出3个变量：民族基本特征、历史关系特征和两族共处特征。

马戎教授在《民族社会学》中提出：影响族际通婚的群体层次因素包括民族基本特征、历史关系特征、两族共处特征、人口相对规模、交往程度、家庭的影响等。这些宏观因素对循化回族与撒拉族的族际通婚产生了积极影响。

(一)“民族基本特征”因素

“民族基本特征”分为政治、经济、文化三大类。不同民族之间，各自具有基本特征的差异大小直接影响民族之间交往的平等程度和整体关系，影响到民族成员之间相互交往的深度和广度。

循化回族与撒拉族在历史上，患难与共，同舟共济。在早期，这两个民族都处于被歧视和打压的地位，具有共同的历史遭遇和隐忧。新中国成立后，自治政权建立，循化回族和撒拉族以及其他各民族翻身做主人，走上了建设有中国特色的社会主义的道路，过着安定、幸福，团结、奋斗的新生活。

回族和撒拉族的经济方式很相似，主要从事农业，都善于经商。以前，都进行过畜牧业活动，茶马互市就能说明这一点。此外，还普遍从事副业生产活动，主要是林业、伐木、淘金和饲养家畜家禽等。另外都从事一些手工业，比如，擀毡、酿醋、制褐、捻毛线等。改革开放以来，更是多种经济形式并存。

一般而言，两个民族的文化的差别很大，也就是说，如果两种文化有较大的差异，那么两个民族之间必然会有很大的社会距离，相互通婚的可能性也相对比较小。反之，如果两个民族的文化差别不大，甚至很接近时，它们之间的社会距离就比较小，族际通婚的可能性就较大。

在文化和习俗上，循化撒拉族和回族有很大的相似性。主要是因为相同的宗教信仰，所以在生活习俗上都充满浓郁的伊斯兰特色。比如，无论是饮食、服饰、居住、行旅习俗，还是婚丧嫁娶的仪式，这两个民族非常相似，几乎没有大的差别。那么，按照以上标准，回族、撒拉族的族际通婚率是较高的。本文选择的调查点中突出体现了这一点。

草滩坝村是一个回族、撒拉族杂居的行政村落，是一个纯穆斯林村落。人口2000余人，419户，其中农业人口1363人（2000年统计数据）。该村又根据位置分为上草村和下草村。该村紧邻循化县城，交通便利，经济发达，生活方便，是循化地区回撒通婚率最高的村落。

笔者通过访谈和问卷调查，了解到在草滩坝村村民心目中，回族与撒拉族之间没有大的区别，很多人甚至认为这两个民族相同。

个案1：

韩国才，男，88岁，撒拉族，下草村

回族、撒拉族，从前关系就很好，互相开斋，语言不通时，女方不会说撒拉话，就慢慢地学会，互相也没隔阂了。现在社会发展了，结婚的更多，回民、撒拉一个话（一样）。

我们（撒拉）念圣纪时，邀请周围的回民参加，还送油香，来往很多，关系很好。可惜现在，大家都忙着发展经济，来往少了。撒拉内部也是来往比以前少了。

草滩坝人和周围的回族村庄结婚的很多，汉话说得很好。

韩国才老人接受访谈时，常说“我们回民”，来和汉族区别，老人心目中，回族、撒拉可以统称为“回民”，这两个民族是没有区别的。

个案2：

王占元，男，47岁，回族，下草村，干部

回族，撒拉族基本上没什么分歧，就是语言不一样，宗教信仰、风俗习惯都一样。

个案3：

男，撒拉族，35岁

县城周围（草滩坝村即属此列），回撒不分，回撒结婚的很多，语言上没有障碍，受过教育的人，无所谓回族、撒拉族，主要是宗教信仰一致（就可以）。纯撒拉地区（因通用撒拉语），语言上有障碍；农村包办的较多，有职业的，受过教育的都不计较你是撒拉、我是回族。

撒拉族在宗教上较细，在穿戴上也有一些差异。出门较多的人较开放，不太讲究；闭门不出的人较为讲究。总体上，两个民族没什么差别。

个案4：

女，回族，24岁

我丈夫是撒拉族，我们在一起的时候，都说汉话，没有任何不方便。只是到他祖父母那里，他才用撒拉语，他平常说撒拉话不多，说得不太流利。撒拉族和回族基本上没什么区别，只是有一些小的差异。撒拉族比较封闭，教门上较为严格。现在，撒拉族受回族同化，回族也接受撒拉族的一些习俗，两个民族越来越接近了。我希望，也提倡下一代能说撒拉话，多和撒拉族打交道。

通过表1可以说明这一点。

表1　对两族差异的评价　（%）

	大	较大	不大	几乎没有差别
撒拉族	5.26	7.89	78.95	7.89
回族	0	0	66.67	33.33

语言是民族间最明显的区别之一，如果语言上不通，就无法进行思想交流，那么民族成员之间的社会交往也容易因语言隔阂造成误解。循化回族与撒拉族语言不相同，回族说汉语，撒拉族有自己的民族语言。从表面上看，似乎造成交流上的困难，但事实上，这两个民族在长期的交往中，互相影响，很多回族会讲撒

拉语，而撒拉族在和其他民族，尤其是与回族和汉族的交往过程中，越来越多的撒拉人会说汉语，另外，学校用汉语讲课，撒拉族文字失传等等，在文化素质提高的同时，语言方面有所同化。在这个方面，草滩坝村表现得尤为突出。笔者在本村了解到，本村几乎所有的撒拉族都能流利地讲汉语（除了少数从外村嫁入的撒拉族妇女），下一代中，大部分都不会说撒拉语。总之，草滩坝村回族和撒拉族在语言交流方面，基本不存在障碍。笔者在该村发放100份问卷调查表，通过调查得到如下数据（见表2）：

表2　两族语言掌握情况　（%）

	掌握语种	会	会一些	不会
撒拉族	汉语	92.11	2.63	5.26
回族	撒拉语	66.67	16.67	16.66

通过表2，我们了解到，回撒两族在语言上达到相当高的一致程度。若以汉语作为他们的共同语，回族的语言就是汉语，而撒拉族通晓或掌握汉语的比例达94.7%之高。因此，回撒两族在语言交流上基本不存在障碍。

由以上对两个民族的基本特征的分析和比较，从宗教信仰、语言、文化、生活方式、风俗习惯等各个方面，他们都有很大的相似性。在这种情况下，族际通婚似乎是自然而然的事情。

（二）历史关系特征因素

“历史关系特征”（也就是族群关系中的历史因素）：主要是表示两个族群历史上关系的融洽程度，一些历史上的事件和对族群造成的影响会对现时和未来的族群关系继续发挥作用。例如，以色列的犹太人和阿拉伯人之间的关系紧张，也是有其历史渊源的。历史关系因素主要指历史上的重大事件对民族关系造成的影响以及未来趋势影响的程度和时效性。撒拉族与回族的历史关系一直很好，正如芈一之先生在他的著作《撒拉族史》中所描述的：“撒拉族与回族的关系更为密切，他们在历史发展中信奉同样的宗教，有着同样的经历，休戚相关，生死与共。”

（三）居住格局

族际通婚深刻反映了民族关系深层次的状况，居住格局也是影响族际通婚的一个重要变量。民族居住格局是诸民族在长期的历史进程和社会发展过程中自觉和不自觉形成的。同一地域内，不同民族是混杂居住还是彼此隔离，会直接影响民族之间交往的深度和广度，影响族际通婚缔结的频率和程度。

循化县草滩坝村为纯粹的穆斯林村落，只有撒拉族和回族两个民族，撒拉族占大多数，有1590人，回族占少数，有430人。村落内部回撒混居，总体上形成大杂居的格局，没有任何隔离，村内经常通婚。草滩坝村与附近的临县城的四个回族村庄形成明显的彼此隔离的居住格局，但距离很近，所以通婚率极高，草滩坝村的男子娶进临城的回族四庄（托坝村、瓦匠庄、线尕拉村、沙巴塘村）的姑娘，草滩坝村的姑娘也嫁到临城四庄。

（四）交往程度

族际婚姻是族群现代化、都市化过程中族群间交往、相互影响的必然结果。在相关的调查中，族际婚姻不仅在中国大多数民族中呈上升趋势，且带有全球的普遍性，在中国的有些族群中，族际婚姻已压倒族内婚而成为婚姻的主要形式。

许多研究族际通婚的学者认为，社会流动性较大的社会，各种族和族群之间的接触增加，种族、族群隔阂和歧视会逐步缩小，因此，族际通婚的情况也会比较多。今天的撒拉族、回族群众可以说是历史上最为广泛地参与到国家和社会生活方方面面的时期。由于较为普遍地使用汉语，为撒拉族与回族的交往提供了方便，而便利的交通和其他商业来往也为他们提供了与汉族更深交往的基础。人们摆脱了过去产业单一、生活方式划一的局面，尤其是现在，工作、学习、生活各个方面都与其他族群拉近了距离。族群之间的交往深度与广度达到很高的水平，撒拉族与回族在各方面达到很强的协调性和一致性。这种一致性和协调性是通过两方面表现出来的：一是社会结构的交融；二是文化的交融。结构交融往往是发生在居住区、学校、单位、政治机构、宗教组织等各个领域内的族群交往。文化的交融在相互接近、族群差距越来越小的情况下，创造了和睦相处、相对宽松、相互尊重的气氛。族群关系和谐为个人在婚姻选择上不以族群为界线打下了良好的社会基础。只有当两个族群群体的大多数成员在政治、经济、文化、语言、宗教和风俗习惯等各个方面达到一致或者高度和谐，两族之间存在着广泛的社会交往，他们之间才有可能出现较大数量的通婚现象（见表3）。

表3　对对方民族习俗的了解及了解途径

（%）

	了解程度			了解途径		
	非常熟悉	了解	不了解	通过与对方的交往	经别人介绍	其他
回族	58.33	41.67	0	33.33	41.67	25
撒拉族	86.84	13.16	0	60.53	13.15	26.32

可以看出，循化地区草滩坝村的回、撒两族彼此之间非常了解，在问卷调查中，无人填写对对方民族“不了解”，了解率达100%。了解途径有多种，其中又以通过交往为主要途径。

（五）家庭因素

选择族际通婚，标志着要把一个“异族人”吸收进“本族”族群，而异族人的进入对本族的血统、文化等方面都将产生影响。正因为如此，族际通婚并不完全是通婚者个人的私事，往往要受到来自家族、亲属、父母或赞成或反对意见的影响。

在历史上，循化回、撒两族因历史上的久远的亲密关系，再加上相同的宗教信仰，这两族通婚基本无障碍。但随着后来各自的发展，有些习俗、文化并不一致，彼此之间有一些不太深的偏见。另外，循化回族和撒拉族对子女的婚姻择偶有较大的决定权，回、撒通婚并不普遍。

个案5：

韩国才，男，88岁，撒拉族，草滩坝村

以前，回族、撒拉族之间有一些偏见，比如回民叫撒拉族“狗撒拉”（因撒拉族在当时人数少、文化低，受到歧视），撒拉族称回民是“囊尕”（意思是像汉族一样，主要是指在宗教信仰的虔诚程度上），互相笑骂，但没有影响民族关系。

个案6：

马本斋，男，75岁，回族，托坝村

托坝（回族村）、石头坡村（撒拉族村）曾打过架，有些风俗习惯不同。有些人认为撒拉人野，不讲理，（回族）不与撒拉族作亲，但现在（作亲的）很多，这种观念也变了。

个案7：

周索菲娅，女，50岁，回族，下草村，由托坝村嫁入

我的男人是撒拉族，性格很粗野，我和他在一起不幸福，他经常打骂我，以前我都想过喝农药（自杀），后来想到五个孩子，就这么忍下来了，现在慢慢习惯了。

可见，撒拉与回族之间存在一些偏见，因为这些偏见，通婚并不普遍。基于以上所述原因，父母比较反对回撒通婚。但随着时代的发展及民族自身的发展，这种隔阂逐渐缩小，民族关系也很融洽。近些年来，回、撒之间的通婚已无任何障碍，随意通婚，在选择婚姻对象时很多人根本不问及对方族属。

个案8：

女，40岁，撒拉族，下草村，本村妇联主任

以前，撒拉族找对象时，先找自己的民族，再考虑回民。现在，人们都不太注意民族了，（只有）老人比较注重民族，年轻人很淡。

个案9：

马艳丽，女，回族，45岁，干部

以前，回族和撒拉族结婚的很少，因为一般都认为，撒拉族文化素质低，大男子主义强，家庭暴力严重，以前流传一句谚语：“买来的媳妇买来的马，

由我骑来由我打。”家里都是男人说了算，女人没有地位，离婚率高。还有，生活习惯也不同，差异比较大。现在，随着社会的发展，这种观念慢慢变了，撒拉族的文化素质提高了，修养也提高了，撒拉族男性身上有很多优点，比如说，有闯劲，敢作敢为，能吃苦耐劳，拉家务的能力很强，有办企业的，有开饭馆的，也有做房地产生意的，等等。现在，全国各地都有撒拉族的身影。生活习惯上，两个民族也慢慢接近。所以回族和撒拉族结婚的就很多了，很多人甚至不再分你是撒拉，我是回族了。

可见，循化地区的回族和撒拉族民族偏见日趋消除，民族隔阂日渐缩小，两个民族之间比以前更为融洽。

二、个体层次的特性因素

民族融合的最可靠途径是血缘融合，所以以血缘融合为中介的族际通婚是衡量一个国家、一个地区民族关系的重要尺度，在不同民族成员之间缔结婚姻以及婚姻的延续变化过程中，实际上反映出了许许多多与民族关系密切相关的各类社会、经济、文化、政治、人口因素的相互影响。在实际生活中，不论族际通婚，或是族内联姻，还是教内联姻，决定婚姻的主要因素是教育水平、职业状况、家庭收入等，也就是所谓的“门当户对”的选择。从个人层面而言，影响个体婚姻选择的主要因素有年龄、教育水平、职业、收入、户口登记类型等。族际通婚当中，这些因素同样发挥着重要的作用。

（一）教育水平

教育水平与族际通婚之间的关系可以从两个方面来考虑。一方面，在一般情况下，具有相近教育程度的人往往有较多的共同语言和更多的接触机会，这种认同感和结识的客观条件增加了通婚的可能性。另一方面，具有较高教育水平的人一般接受民族政策的教育多一些，民族偏见会少一点，他们与其他族群通婚的可能性也因此会增加。对于撒拉族而言，为了接受更高的教育，则必须离开本地求学，教育程度越高，则脱离本民族生活环境时间越长，接受民族意识灌输的时间越短。因此，受过高等教育的撒拉族人口在择偶时会面临同等文化水平层次的本民族异性人口较少的状况，这就形成本民族内部沟通上的一种错位。因此，他们择偶的目光就转向文化条件相当的回族。教育水平高的人有更多认识自己结婚对象的途径，比如同学、同事或朋友，也可以通过同学、同事、朋友作为中介，给他介绍结婚对象。因此，受教育程度较高的人会比较看重两人的感情、学历及交流程度，而族属不再是最重要的问题。而撒拉族接受较高教育的人越来越多，而其中以男性为主（撒拉族女性的受教育程度普遍较低），他们在选择婚姻对象时，在宗教信仰相同的前提下，尽可能去寻找与自己差距较小的配偶，这就造成与回族的大量通婚。

（二）择偶标准

回族和撒拉族的择偶标准有较大的差异，笔者在作问卷调查后做了如下统计（见表4）：

表4　选择婚姻对象的因素及族别差异　（%）

	感情	品德	性格	长相	民族	能力	文化程度	家境	年龄
回族	58.33	41.67	41.67	16.67	16.67	16.67	8.33	8.33	0
撒拉族	26.32	50	23.68	10.53	52.63	23.68	10.53	7.89	5.26

我们可以看出，在择偶标准问题中，列出家庭背景、思想品德、相貌身材、民族属性、两人感情、经济收入、身体健康、性格脾气、能力才干、年龄大小、文化程度、生活习惯等选项，被调查者从中任意选择两项。回族将两人感情视为婚姻择偶条件中最重要的因素，品德好和性格脾气投缘列第二位，第三位是长相，处于同等位置的是民族、能力才干，接下来是家境和文化程度。经济收入、生活习惯及年龄大小无人选择。撒拉族在择偶时则将民族视为头等重要的因素，其次是品德，再次是两人感情，接下来依次是性格脾气、能力才干、文化程度、相貌身材、家庭背景、年龄大小。可见，回族选择结婚对象的时候看重的是双方的感情，和性格是否投缘，接下来才是民族。而撒拉族首先考虑民族，其次是品德，而通常人们认为最重要的两人感情居于第三位，这和撒拉族长期的严重的男尊女卑的思想有关，尽管在新时期有所改观，但仍有较明显的遗留。

（三）地理位置

草滩坝村毗邻循化县城，交通便利、经济发达，生活方便，观念较其他村落开放，这也是其他村庄的姑娘嫁到本村的主要原因，并以能嫁到草滩坝村为荣。其中，与临城四庄的回族通婚最多，临城四庄的回族观念也较为开放，再加上离县城较近，这就促成了与草滩坝村较高的通婚率。

个案10：

草滩坝村村民，男，撒拉族，62岁

我们草滩坝人和临城四庄（的回族）结婚的很多。一个是宗教信仰一样，再一个就是（距离）近，结成亲家，以后走动也方便。

个案11：

托坝村村民，女，回族，56岁

我们都喜欢把姑娘嫁到草滩坝村，因为，草滩坝离我们近，离县城也近，生活方便，草滩坝的经济条件也比较好，姑娘嫁过去不吃苦。再一个，姑娘嫁过去后，以后生了娃娃，我们当父母的去照顾、看望也方便，亲家（之间）走动也方便。

（四）亲属网络

亲属网络也是造成草滩坝村与周围回族通婚的另一原因。因为草滩坝村特殊的地理位置，其他村庄的撒拉族、回族都争相与其通婚。经常会有亲属中嫁入的长辈介绍下辈中的女性嫁入本村。据笔者调查，本村的许多中老年妇女，她们都是年轻时从外村嫁入本村的，等她们的亲属，如侄女、外甥女，长大成人后，她们都会尽力去帮他们物色本村人家，促成她们的下一代亲属也能嫁入草滩坝村。尤其是临城四庄，这种情况更为普遍，因此，往往会看见在草滩坝村里的妇女相互之间是亲戚。还有一种情况就是，草滩坝村的妇女嫁到临城四庄，而他们的下一代女性又嫁回草滩坝村，这之间也是通过孩子的舅舅或其他亲属的介绍与牵线搭桥。

如笔者在调查中，有一家的年龄约35岁左右的家庭主妇告诉笔者，她的母亲是草滩坝人，嫁到托坝村（临城四庄之一），而她自己长大后，又通过舅家的牵线搭桥嫁回草滩坝村。这种情况在草滩坝村并不鲜见。

三、结　语

婚姻缔结是人生的重大选择，当一个人决定选择另一个人为配偶的时候，其行为不仅是个体化的，而且体现了一种社会关系，这与促进这项决定的价值观念、社会力量密不可分。尤其是族际通婚，不仅是个体与个体之间的关系，也是对不同族群的界定、评价和选择，体现了族群关系的融合状态。作为反映族群关系深层次状况的一个重要领域，族际通婚也就成为许多学者调查与研究的专题。

中国作为多民族国家，一部中国的历史，就是一部丰富多彩的各民族对话和互动的历史。民族之间的碰撞、互动必将生成结构性的族际关系，族际关系处理的好坏不仅直接关系着国家的长治久安和地区的稳定，而且深刻地影响着各民族的发展与进步。在现代化和全球化的进程中，不同民族之间的接触和交流不断扩大，但同时，民族之间的矛盾和冲突有所加剧。所以，如何增进各民族之间的对话和理解，减少矛盾与冲突，营造和维护和谐的民族关系，促进各民族的快速发展与进步等是我们必须面对的重要现实问题。因此，研究民族间的族际通婚，具有其现实意义。

参考文献：

[1] 马戎．民族社会学——社会学的族群关系研究．北京：北京大学出版社，2004

[2] 罗康隆．族际关系论．贵阳：贵州民族出版社，1998

[3] 庄孔韶．人类学通论．太原：山西教育出版社，2002

[4] 循化撒拉族自治县志编纂委员会．循化县志．北京：中华书局，2001

[5] 循化撒拉族自治县概况编写组．循化撒拉族自治县概况．西宁：青海人民出版社，1986

[6] 马成俊，马伟．百年撒拉族研究文集．西宁：青海人民出版社，2004

[7] 罗康隆．文化适应与文化制衡．北京：民族出版社，2007

[8] 芈一之．撒拉族史．成都：四川出版社，2004

[9] 马丁．N．麦格．族群社会学．祖力亚提·司马义译．北京：华夏出版社，2007

（本文原载《中国撒拉族》2008 年第 2 期）

民族认同与族群想象

——以撒拉族为个案

马建福

引　言

经典人类学研究倡导在异地田野中定点、长期地参与观察方法，以确保研究内容的真实性和研究成果的高质量，同时以他者作为研究对象。但是进入后现代，或者说后后现代，传统都开始与现实分离（传统并非固定不变，传统也不代表保守、落后），人类学家在难以找到他者时，都有了一种研究的转型和转向，他者即自我的研究。过去研究显然也与时下全球性的动态互动不相契合，对于人类学研究的反思，特别在研究方法方面的调适不失为一种“与时俱进”。正如耶鲁大学著名人类学家萧凤霞（Helen Siu）在一个演讲中所说，人类学田野调查现在是一种过程性的研究，是一种在虚实之间的动静研究，是一种结构化过程的研究，是在动态与实在中的结构化过程，是一个宏观视野的研究，一个能够通过一点看全部、一地观全球的研究。萧凤霞教授解构了静态切割的断层式人类学田野调查方法，也就是马林诺夫斯基曾一度倡导的对一个田野点的长期研究。在她看来，人类社会的所有物象自始（没有至终）都没有停止过动态性的结构化过程，对一个地点的研究在任何一个时段在他人看来都是一个历史，不然怎么会出现弗里曼（Derek Freeman）与米德（Margaret Mead）对于萨摩瓦人的研究之争，也不会出现学者后来对马林诺夫斯基人品、作品的质疑。最为精辟的是她说，历史是一个外国（History is a foreign country），由此可见，完全依照历史文献镜像、静态地看现在，或者继续用“历史是重复的上演”观念为当下的研究做注脚，其科学性和可行性都需要遭到质疑。在现实社会中，动态地寻找历史遗留作为依据开展研究工作，同时动静结合地开展调查研究工作，也是研究方法上的改良和研究策略方面的与时俱进。本文希望通过对这一历史社会人类学研究策略的引用，以前人在史书的记载作为素材，分析撒拉人从“人”到“族群”的转换轨迹，从而探讨族群性的建构过程。需要说明一点，按照萧凤霞的观点，应该是在田野中，根据先辈行走的路径及遗迹反观族群性特征，但是现在受各种因素所限，只能参阅文献。

这一部分从方法论角度提出，以一个固定地点为局限的人类学研究方法在今天流动的田野中多少需要改变一下，继续以定点、长期、参与式的观察作为研究方法已经随着研究对象的移动而不相适合。调整的实践同时牵引着调查地点由固定变为移动，从静止变得动态，从一个点的研究变为无数个点的连续与连接。

撒拉族作为一个族群，族群意识增强的动力从何而来？研究族群的学者在涉及这个话题时，都会从根基论、构建论到神话—符号丛说等中寻找理论基础，然后循规蹈矩地寻找各种素材来填充先前预设的框架。看似高明，实则有掩人耳目之嫌，也就应了福柯在“话语政治”中常批判的“要说什么和为了谁而说话”的话语陷阱。陈志明教授运用马来西亚的事例强调了族群性与国家权力之间的关系并强调了涉及不同族群的政治程序的重要意义。[①] 在一个国家，不同族群对于国家有着不同的想象与憧憬，所以在研究一个族群的认同时，不能把国家认同与族群认同分离思考，二者在本身的有机组合中包含着一个认同系统中的不同层次。撒拉族在中国作为一个族群的“识别”的政治性认同过程中，经历了怎么样的自我表述与被别人表述。[②]

一、寻找撒拉族：历史轨迹中的想象

姚大力在《“回回祖国”与回族认同的历史变迁》[③]（姚大力，2004：1）一文中从历史学的角度探讨了回族认同的变迁，从中为本研究对于撒拉族的历史认同有着方法论与史料性借鉴的作用。要说撒拉族，首先要明确撒拉族的形成。这里所谓的形成问题，要考虑两个方面的问题，文化性的撒拉族和政治性的撒拉族。或者说，作为一个族群的撒拉族与作为一个民族的撒拉族。按照杜磊（Dru Gladney）、李普曼（Jonathan Lipman）对回族研究的说法，现代意义上的民族是在20世纪50—60年代官方书写的历史与获得政府认可后才有的，之前的回族只是“回回、回民”，或者说其中之一，也只是对穆斯林的本土化称呼。[④] 作为“回回”一员的撒拉族，在具有浓厚歧视话语语境的华夏文化，[⑤] 自然也摆脱不了以蛮夷命名的歧视与贬低，

① 陈志明：《族群认同与国家认同：以马来西亚为例》，载《广西民族学院学报》，2002（5）（6）。

② 马成俊：《基于历史记忆的文化生产与族群建构》，载《青海民族研究》，2008（1）。

③ 姚大力：《回回祖国与回族的历史变迁》，载《东南学术》，2004（1）。

④ Dru c. Gladney，Muslim chinese：*Ethnic Nationalism in the People's Republc*，Cambridge，Massachusetts：Harvard University Press，1991. Jonathan N. Lipman，*FAMILLAR STRANGERS*：*A History of Muslims in Northwest China*，Seattle：University of Washington Press，1997.

⑤ Dikŏn tter，Frank. *The Discourse of Race in Modem China*. Hong Kong University Press，1992.

也有笼而统之地称所有信仰伊斯兰教的族群为回回，甚至与回族边界模糊的称呼。① 对于撒拉族历史的书写，在我们叹服学者对于文献探微之精细、梳理之清晰时，忽略了历史书写者对于文本的主体性建构。② 贾晞儒教授评价芈先生对于撒拉族历史研究时用了“翔实记述、字字真情、缜密分析”③，以此来说明芈先生的对学问的认真负责、一丝不苟和对语言表述的严谨之追求。尽管如此，历史学家还是很容易地陷入历史的窠臼，在他者建构的素材中寻找事件的蛛丝马迹，无疑隐藏着以讹传讹的可能，因为历史素材本身的想象与当时社会背景下的内容表述都可能使材料“升温或者降温”（还需要思考和质问的是，在当时的背景下，谁掌握着话语权，而又在书写谁的情况——作为现在的历史资料，如斯图尔德在《表征》中分析的，说话者的对象，意图都应该展示出来）。同时，现在的表述历史的历史学家们会不会因为自己的知识结构、身份背景、现场情绪、写作意图、有意的选择等而书写“自以为是”的“历史真实”呢？或许这些纯粹个人性的主观因素会被排解，那么作为具有能动性的人，在文化再生产过程中，如何又能做到对文化动态的限制？例如，对于民族概念的使用，当下书写历史的人对“撒拉族”的称呼所意味的“族”的理解是不是与当年龚景翰在《循化志》中描述雍正年间的那个“族”的意义相同呢？片冈一忠在《试探清代的撒拉族》（1991：04）中的“族”指涉的是族群还是民族的概念？所以，诚如萧凤霞教授所言，唯有在动静中探索虚实的历史文化，才有可能在文化再生产过程中，把三维（客体观察、主体能动、场域整合）话语综合起来言说。

这种历史的探讨与民族—国家建立时要构建的共同的社会记忆有着异曲同工之妙。一个民族，追本溯源，都有着可供想象的“社区”和社区中的结构性组成，例如故土在哪里，先辈是何人。这种想象往往离不开本土话语。本土话语通过口口相传一辈辈传承下来，同时这种想象的建构也要看背景。撒拉族作为一个“客居”西北青藏高原的族群，在被“识别”为一个民族之前的社会记忆多数依赖地方性知识的薪火相传，如对“骆驼泉”的历史记忆（见马成俊：《骆驼泉与撒拉族》，载《文史知识》；芈一之，《撒拉族史》，2004；有关撒拉族历史来源的民间社会记忆版本见米娜瓦尔：《再论撒拉族的族源与形成问题》，载《中央民族大学学报》，2001：06）。无论是集体记忆，还是历史记忆，记忆本身就是一个断层的分析，是以一点窥全貌，是一种选择性的结果。这方面的讨论，现在的确有些老生常谈。

撒拉族，作为一个社会中文化的群体，在元明清，甚至国民政府时期，都没有过多的关于何时形成的探讨，因为作为一个文化群体的存在意义远远大于功能性表征。在循化撒拉族集体社区中，面对共同相处的汉族、藏族、回族，他们会在族群

① 马成俊：《基于历史记忆的文化生产与族群建构》，载《青海民族研究》，2008（1）；姚大力：《回回祖国与回族的历史变迁》，载《中国学术》，2004（1）。

② 芈一之：《撒拉族史》，成都，四川民族出版社，2004。

③ 贾晞儒：《壮伟历程的记述，精悍民族的颂歌，读芈一之教授新著〈撒拉族史〉的心得笔记》，载《青海民族研究》，2005（1）。

边界[①]的动态交互过程中，用自己的集体记忆如骆驼舞来表达他们的与众不同之处，不可忽略的还有族群语言的使用。虽然撒拉族在跨越地域的移动过程中，没有把撒马尔罕地区的书面语言一同传递（说撒拉族是一个没有文字的民族是不对的，因为作为历史上的撒拉人，一定有他们文化传递的符号，只是在大历史的变迁过程中，文字其载体撒拉人没有像语言那样便捷地实现传递）。这些所谓的“记忆”，也夹杂着文化再生产的内容。用族群理论分析，撒拉族文化中，从居住格局、家庭结构、婚丧嫁娶、饮食习惯，语言词汇等方面考究，其中都或多或少地涵盖着藏族、回族、汉族等邻近民族的文化特征。[②] 从中可以看出，作为主体的撒拉人，在与他群的交往互动中，也在有意无意地生产着带有与他群交集性质的文化内容。

所以说，历史书写的撒拉族并非是作为一个族群的历史记忆，其中大量包含着书写者替古人再造当时情景的可能，而且这里面并没有带有太多族群性质的记忆。

对于撒拉族历史的书写，有些是完全按照历史学的方法，在浩如烟海的文献中“大海捞针”，从中寻找与该民族可能的符号，然后再从中推敲，如《多桑蒙古史》第七章中的“括领民，成吉思汗取工匠三万人，分赏其诸子诸妻诸将。搜简供军役者，数与之同”。也有历史上有心者留下的历史记录，如龚景翰的《循化志》，当然还有《明实录》、《元史》等。古人的书写，多少与古典人类学家在他者世界里的猎奇行为有着相似之处，主观臆想的内容较多，带有“东方主义”的边缘性歧视也存在。撒拉族在作为一个“民族”的被识别，则是双重营造的结果。诚如马成俊教授所言，撒拉族的历史在20世纪80年代以前都是“他者”的记忆，自我言说的机会很少。撒拉族的记忆（历史记忆、社会记忆）基本上都是政策性的书写，而且备受意识形态的影响而撰，如历史唯物主义的视角、马克思主义思想的引领等常常是书写者嵌套的一种模板。《撒拉族简史》、《循化县志·撒拉族》、杨建新先生的《中国西北少数民族史》“撒拉族”部分、芈一之先生的《撒拉族史》、《撒拉族政治社会史》、《青海地方史略》都是新中国成立后，对作为民族的撒拉族的文献记载。

如果暂且不论历史书写的真实性，从历史人类学的思维模式可以断想，撒拉族作为一个族群，她的存在并不是我们思维惯习（Habitas）里面所想象的一定要经历起源、发展以及消亡的过程，作为文化的族群，在没有出现社区的想象之前，撒拉族的族群性特征是存在的，而且始终处于变动不居的样态，不同历史时期的记忆的多寡并不能决定和影响这个族群的存在和族群性特征的分量。王明珂教授在《华夏边缘：历史记忆与族群认同》一书中也在表明这样一个道理，谁是羌族？不同时期的羌族在哪儿？羌族的记忆、边界等等都源自两种情况，一种是外界的“推”和内部的“拉”。说的粗糙一些，推，就是排斥。拉，就是内部的紧缩与认同。历史记忆能够流传下来，往往来自于外部的压力而形成内部认同的力量。撒拉族何曾不是这样呢？

---

① Fredrik Bath：*Ethnic groups and Boundaries*，1969.

② 马建福：《族际互动中的循化民族关系研究》，见丁宏主编：《回族、东乡族、撒拉族、保安族民族关系研究》，北京，中央民族大学出版社，2007。

撒拉族，为了取得一席之地，在落户循化时，举目无亲，四面排斥，因为作为外来户，能够被接受是何等的艰难啊！撒拉族先辈万般无奈，冒着信仰“受损”的危险，与当时势力强大的藏族联姻，谋得一席之地，既有了姻亲，又有了生命保障，不失为一识时务之举。这一史实，在不同时期都经历过不同的利用，对于当地撒拉族与藏族之间，在资源竞争过程中化解矛盾，起着举足轻重的作用。但是这些曾经发挥过中流砥柱作用的记忆，在今天只是用“藏民是撒拉的阿舅”而一笔带过。为什么该浓墨重彩的方面却一笔带过呢？因为“历史是一面镜子”，在今天的认同结构里，这一历史过程对于撒拉族的认同，不管是自我还是他者的建构，似乎并没有多少作用。还有日常生活中的各种习惯（喝奶茶，吃糌粑），也包括与汉族、回族交往中，从游牧生活方式到定居（庄廓、四合院、果园），宗教方面的教派、门宦之分，社会生活中的双语、甚至三语交错与转换等方面都在撒拉族作为族群的互动中，融染了不同族群文化的因子，同时也在表征民间非政治化期间，各个族群并非独立门户，老死不相往来。

在动态的时间—空间（Time&Space）中，撒拉族的文化经历了生产与再生产的过程，其中可供历史强烈记忆的部分，也即流传为自我认同强调的部分，与边界的张力紧密相关，也是为了表达“我们是撒拉”的部分。同时，在边界的敞口处，也有“我们不仅仅是撒拉”的部分，如与藏族的姻亲，与汉人学习种植、定居，和回族达成宗教的认同等，我们也是你们中的一员，如费孝通先生总结的中华民族多元一体中的“你中有我，我中有你”（费孝通：2002）的特点。

二、建构撒拉族：一个族群的想象

自撒马尔罕出行至华夏大地（具体时间不详，据文献推算是元、明时期，估算大约700年），作为族群的“撒拉族”始终是存在的。作为族群的撒拉族自迁入华夏大地，就开始了她的文化编织与文化生产。作为主体的话语表述能够被历史与社会所记忆，与社会中的互动客体有着一定的联系，是在循化这块场域（field）中，在不断结构化（Structuring the structured structure）的过程中，主体能动性（Agency）在此环境中经过表达之后而出现的族群文化。这种文化与下文中作为民族的撒拉族的文化特征的形塑有着两种完全不同的特点，也近乎政治化内容相关的问题，与安德森所谓的集体想象（Anderson：Imagined Community）有着一定的关系，但是就撒拉族而言，笔者更多强调这种集体的想象首先来自外部的既定（Given）身份的认可，即被官方识别后的撒拉族，不过国家民族主义的议题在这里显然是不相符的，即便循化县被确立为撒拉族自治县也与此内容相去甚远。

布迪厄阐明，惯习（高宣扬教授翻译为“样态”）是既定环境中的结构性过程中形成的无意识，是主体人与客体社会的有机整合，作为实践者是无意识的，同时作为主体的实践者自然而然地把现存的文化和制度看做社会整合的当然而接受，并融入现实生活。[①] 撒拉族作为族群的整体的文化样态也经历了这样一个历史过程，不过这种样态并不是静止不变的，特别是在历史长河中，部分必然被有选择地保留，而部分有可能会被有意无意地抛弃。例如，居住格局中的“孔木散、阿格乃”，婚礼上的“骆驼戏”、交流中的撒拉语、村庄的名字[②]等都被保存流传下来，而过去的姓氏、游牧的生活方式、服饰还是发生了一定的变化或者被不同的元素代替。这些都是族群在集体无意识中的形塑。

1954年以后的撒拉族发生了一定的变化，撒拉族的族群意识添加了一些政治的色彩，族群认同本身就是一种认同的政治，不过国家框架下的民族认同在撒拉族被识别以后，更加明显地彰显了撒拉族作为一个民族所要寻求的国家、民族认同。[③] 主观能动性在正常实践过程中，有了一种他者眼中的撒拉族的想象，而且这种想象也引起了主体的自我意识，特别撒拉族精英对这一外力的能动与调适。马成俊教授对族群意识的唤醒和族群的建构做了细致入微的分析，特别是作为民族的建构和作为信众（伊斯兰教信徒）的认同（详见该文，在此不再赘述）。[④]

1. 作为一个“民族”的想象：国家识别

撒拉族该是怎样的一个民族？马成俊教授在《关于撒拉族研究的几个问题》[⑤]一文中，针对《百年撒拉族研究文集》中不同阶段不同层面研究情况做了梳理。纵观多年研究历史、族源问题的探讨，多从历史学的角度结合“地方性知识”来实证撒拉族的族源。[⑥] 借用斯大林对于民族分类所提出的“四大共同”，一个具体实在的族群重新被框定在“民族”的定义中，并赋予她以政治的含义，成为中国五十六朵花儿的艳丽一朵（具体识别过程见编写组《撒拉族简史》，1980）。

2. 作为主体的想象：被识别的自我反应

撒拉族应该是怎么样一个民族？主体话语中常说“少数民族能歌善舞”。撒拉族在对待这一话语时，本土编排出了撒拉族的骆驼舞[⑦][⑧]、汤瓶舞（据笔者调查时访谈，舞者都是本地非撒拉姑娘，撒拉族并不提倡女性登台表演），培养出撒拉族的歌手韩有德、韩晓春等，同时也“出版”了用撒拉语诵唱的撒拉族歌曲，以迎合大传统对一个民族的想象，同时也为了更加贴切地表现撒拉族的确是一个不容置疑的民族。

撒拉族是一个民族。“一个民族就应该有她的文字，有她的书写规范”，撒拉族文字工作者张进峰如是说。撒拉族的精英分子在强烈的民族意识下，利用现代网络

---

① 萨义德：《东方学》，王宇根译，北京，三联出版社，1999；姚大力：《回回祖国与回族的历史变迁》，载《中国学术》，2004（1）。

② 马成俊：《基于历史记忆的文化生产与族群建构》，载《青海民族研究》，2008（1）。

③ 布迪厄：《实践理论大纲》，P. Bourdieu：*Outline of the theory Ofpractice*，Cambridge University Press，1977.

④ 马成俊：《循化撒拉族村落名称考释》，载《青海民族研究》，2001（3）。

⑤ 中国人的认同，见张海洋：《中国的多元文化与中国人的认同》，北京，民族出版社，2006。

⑥ 同②。

⑦ 李朝：《文化的多重色彩：撒拉族的历史与传说的叙事研究》，载《青海师范大学报》，2007（2）。

⑧ 熊坤新：《喜欢跳骆驼舞的民族——撒拉族》，载《神州学人》，2002（12）。

技术和虚拟空间为平台，发行自己的刊物，同时开办网站（http：//www. cnsalar. com；http：//www. salars. cn/），宣传和发扬撒拉族的传统。

此外，撒拉族的服饰被重新设计，撒拉族日常生活习俗被编成舞蹈搬上舞台（笔者2005、2006年两次赴循化撒拉族自治县调查，在“挑战黄河极限赛”期间都有精彩纷呈的撒拉族的花儿漫唱，骆驼舞的族源细说，婚礼的怀古传递等），撒拉族学者、社会精英的中亚寻亲（2000年10月，撒拉族领导、学者一行前往中亚土库曼斯坦、撒马尔罕等地，寻找历史遗留，探微撒拉族先祖来华历程），撒拉族学者的民族意识与自我文化的传承大量主体话语的呈现，如韩建业在语言方面的成就，马成俊、马伟、马建忠、马建新等在教育、族群文化、撒拉族社会状况、族群关系等方面对撒拉族社会整体的研究，马明良在撒拉族宗教信仰方面的研究，马光辉、张进峰、韩占祥等对撒拉族民俗文化的记忆、传承与保护，骆驼泉的修葺、先祖陵墓的修缮、街子清真寺的扩建等，这些实际的行动，综合起来，都在传递一个实在的信息，即撒拉族是民族，一个不容忽视，中国五十六个民族的一员。

三、余　论

陈志明教授在研究马来西亚的族群问题时提出，族群认同不是单纯的自我意识，她始终与国家主体紧密相连。撒拉族作为一个民族，在经历了被识别之后的一系列主体想象与文化的再生产。作为他者的言说，是外来学者的表述需求使然。作为自我的呈现，是族群边界、族际互动的结果。那么，作为“民族”的撒拉族是在循化撒拉族自治县的成立之后，作为撒拉族，特别是撒拉族精英的认同，另外添加了与国家一个层面的表述。“我们是撒拉人”，“我们是撒拉族”，“我们是中国人”等等层面的认同，其核心还是国家的认同，我们是中国人。正是因为有了国家认同这一层面的政治化影响，尤其是“自治”权力的下方，无形中加强了撒拉族与邻近民族的趋同与别离。以“中国人”的主体想象使被边缘化的外夷背景逐渐消失，“少数民族”的中央—地方（Central - Local）结构性特征取代过去“中心—边缘”（Periphery）的污名。“少数民族”的民族概念在一定程度上还表现出某些可供利用的方面，如民族文化的资本化、象征性表现，民族政策的利用以实现经济发展的便利等，都与国家框架下的民族认同所发挥的作用是难以分开理解的。在现实情况下，撒拉族的认同在附带了“国家认同”这一政治需要之后，无疑为撒拉族文化、社会、经济、宗教等因素所组成的动态的社会，有着一定的重塑作用。来自政府的行政性作用，对于撒拉族的方方面面都有着新的期待与引导，而且这种能动作用对于撒拉族本身又形成一种新的调整。撒拉族，作为文化的主体，在国家认同模式与地方认同、宗教认同以及其他认同模式的动态演绎过程中，必然使撒拉族继续沿着变迁的路，在不同时期不同社会背景下表述撒拉族。

所以，在全球化背景下的中国社会，一个族群的想象与重构，对于族群本身的多样性表现是有利的，如果我们首肯“和而不同，多样繁荣”。在当前形势下，在中华大地上，不同族群有着生产与展示自我的机会，不同民族有利用政策实现族群性的建构与表述的可能，也正嵌套了费孝通先生对于人类相处的理想之精辟总结：各美其美，美人之美，美美与共，天下大同。

参考文献：

[1] Bourdieu. P：*Outline of the theory of practice*，Cambridge University Press，1977

[2] Dm C. Gladney，*Muslim Chinese*：*Ethnic Nationalismin the People'S Republic*，*Cambridge*，Massachusetts：Havard University Press，1991

[3] Dik ŏtter，Frank. *The Discourse of Race in Modem China*. Hong Kong University Press，1992

[4] Fredrik Bath：*Ethnic groups and Boundaries*，1969

[5] Jonathan N. Lipman，*FAMILIAR. STKANGERS*：*A History of Muslims in Northwest China*，Seattle：University ofWashington Press，1997

[6] 芈一之．撒拉族史．成都：四川民族出版社，2004

[7] 马成俊，马伟主编．百年撒拉族研究文集．西宁：青海人民出版社，2004

[8] 张海洋．中国的多元文化与中国人的认同．北京：民族出版社，2006

[9] 丁宏主编．回族、东乡族、撒拉族、保安族民族关系研究．北京：中央民族大学出版社，2007

[10] 萧凤霞．二十年华南研究之旅．清华社会学评论，2001（1）

（本文原载《中国撒拉族》2008年第2期）

现代化进程中民族地区族际关系研究

——以循化撒拉族自治县为个案

马金龙　马建福

历史上循化地区民族关系虽然有过冲突、博弈和隔阂等不和谐因素，但其总体发展趋势是各民族相互适应、相互融合。借用费孝通先生的“中华民族多元一体格局”理论来分析循化地区的民族关系，可以准确地反映出具有地方特色但又不失国家大框架下的特殊民族关系。从人口比例来看，循化县主要有四大主体民族，不同的民族来源使他们之间在文化、习俗、语言、宗教、生活习惯等方面表现为多元性特点，经过几百年的相互容忍、包含和采借，各个民族已经形成了一个你中有我、我中有你、你来我往、我来你往、相互依存、统一而不可分割的社会整体。

一、循化县民族关系的特点

（一）多民族交往频繁

自改革开放以来，尤其进入21世纪，循化地区传统的社会结构随着城市化进程的加快和频繁的民族人口流动而发生了巨大变迁。社会结构的变迁使族际交往与互动变得更加动态化，覆盖面也纵横交错，主要表现在经济互补、政治合作与文化融合等方面。这种现象在一定程度上对各民族间的多元交流、认识和合作起到促进作用，增进了族际互通和互信，有利于民族团结和社会稳定。可以预测，各民族交往的密切程度会因这种变迁而得以提高。

（二）多元文化相互交融

从我国的整体来看，现阶段的民族文化交融是有史以来的最高峰，对文化多样性的发展起到了促进作用。但是，在多元文化的交融过程中，会出现一些碰撞，这对人们的思想观念、行为方式以及民族关系带来一定的负面影响。循化地区是伊斯兰文化、藏文化和汉文化交会之地。在频繁的交往中，伊斯兰文化、藏文化及汉文化的趋同点将会增加，但是文化差异性不仅不会因此而消失，反而会增强。

(三) 民族关系愈加复杂

在当前形势下，随着循化地区经济社会的发展，城镇化速度的加快、人口流动规模的扩大，各民族原先相对集中的居住格局被打破，散居化趋势明显，族际互动关系将日益广泛、深入和密切。民族关系的社会化、民间化，将越来越多地与各种社会问题相互交织和相互作用，民族关系在整个社会关系体系中所具有的普遍意义和影响力也将日益显著，愈加复杂。

(四) 民族意识逐渐增强

民族意识是一种综合反映和认识民族生存、交往、发展及自我认同的社会意识和群体意识。民族的社会成员是民族意识的载体，民族意识通过民族社会成员的各种活动得以表现和反映。由于民族意识的存在，在民族与民族之间的交往关系中，人们在本民族生存发展、权利、荣辱、得失、安危利害等民族切身利益的认识、关切和维护上，往往赋予强烈的民族感情。近年来，随着循化地区各民族在社会交往中相互联系的密切和了解的深入，以本民族自尊心和自豪感为主要内涵的民族意识得到增强，表现为更加注重本民族与其他民族的团结，更加关注族际间在各方面的差距，更加关心本民族形象的维护和各项权益的保障。

二、影响循化县民族关系的因素

通过分析和研究，笔者认为影响循化民族关系的因素有以下几个方面：

(一) 经济结构因素

在不同时期，经济结构的差异决定着收入的差异。不同民族经济结构的差异所反映的生产力水平可能会引起民族整体发展的不平衡，民族关系也会在不同的经济格局中表现出不同的特点。马戎教授指出："当我们来到民族（族群）混居地区时，首先需要考察一下当地不同民族在历史上是否有着不同的经济活动传统，这些传统在今天是否得以延续，在今天的竞争中处于优势还是劣势。"[①] 芈一之教授通过对撒拉族先民及其迁徙历史的研究，认为撒拉族先民迁徙循化前，"游牧于十姓可汗旧地，臣服十姓突厥"[②]，即撒拉族先民在历史上主要从事畜牧业。撒拉族关于祖地的口述史中亦述及，他们的先民生活在中亚地区的撒马尔罕一带。这个地区是农业比

① 马戎：《民族社会学——社会学的族群关系研究》，478页，北京，北京大学出版社，2004。

② 芈一之：《撒拉族史》，13~16页，成都，四川民族出版社，2004

较发达的地方；从撒拉族先民的移居传说中所提及的“房子、果园、花木”[①] 以及他们来到循化地区时带来的水、土等物品也可以判断出，撒拉族的先民曾从事的是农牧兼营的劳作生活方式。芈一之教授从“农业工具、作物品种、耕作方法、垦田数目、园艺业状况”[②] 等方面详细论述了撒拉人早期的农耕生活，同时也对撒拉族先民的畜牧业、手工业以及副业做了分析。当地藏族的经济生活则是以畜牧业为主、青稞种植为辅。汉族迁居循化地区后，主要以农业为主，兼及手工业、副业。从不同地区迁入并定居循化地区的回族，其经济结构在保持原有以农业为主、副业为辅特点的同时，走出家门从事商业活动。现在，回族与撒拉族有着基本相同的经济结构。

从民族分布区域和民族居住环境的选择以及民族分工来看，循化县四大主体民族形成了一种以第一产业（农业）为基础，其他产业为补充的经济结构，即他们都以农业为基本经济生活来源，但是由于地域的差异而表现为二次分工后的不同经济形式。过去，各个民族的不同经济活动在循化县内部形成了一种互补的经济模式，这种经济互补性加强了族际交流，有利于民族关系的良性发展。但是，近年来，不同产业的生产力水平发生了变化，从事商业、服务业等第三产业的收入远远高于农业和畜牧业，这样会使民族整体生活水平呈现出发展的不平衡，进而影响民族关系。同时，某些行业也因各民族的共同参与而形成资源竞争，对于族内、族际和谐也有一定的影响。

1. 不同民族经济结构的特点

撒拉族的经济结构在社会变迁过程中的确发生了一定的变化。主导产业农业在地缘条件即黄河水利资源、黄河沿岸肥沃土地资源的支持下得到延续。撒拉族家庭生活收入仍依赖于农业（小麦、洋芋、扁豆、大豆）以及经济作物（辣椒、蔬菜等）的种植。但是，随着人口的增加，宅基地需求不断增加，许多家庭在有限土地上围土院墙、盖房，耕地面积逐渐减少，这与人口的逐年增加、对粮食需求量的增大形成矛盾，出现供需不足现象。许多家庭由此谋求多种经营（如汽车运输、包工、做生意以及开饭馆等）以增加家庭收入。传统的以粮食种植业为主的农业虽然继续存在，但商业（如汽车运输业、虫草生意、牛羊肉生意）和外出劳务（如餐饮业、工厂务工等）逐步代替农业，成为家庭生活收入的主要来源。

道帏乡、文都乡、尕楞乡和岗察乡是循化县的四个藏族乡。岗察乡藏族牧民完全依靠畜牧业，其他三个乡以农业为主、畜牧业为辅。随着人口的增长，物价的上涨，以及家庭生活需求量的增加，仅仅依赖农业、畜牧业只能满足基本生活，而不能实现富裕。在这种情况下，藏族群众在依赖农业、牧业满足基本生活需求的同时，走出家门搞副业（如在建筑工地打工、挖虫草、卖藏药、从事运输业等）。受传统经营模式和居住地域的影响，与回族、撒拉族相比，循化县藏族在商业方面不占优

① 马维胜：《撒拉族先民经济文化类型分析》，载《江河源文化研究》，1995（2）。
② 芈一之：《撒拉族史》，69～78页，成都，四川民族出版社，2004。

势。从群众整体分析，撒拉族的家庭收入来源较广，收入普遍高于藏族。受惠于民族教育照顾政策，许多藏族青年完成了专科或本科，甚至研究生教育，毕业后纷纷在循化县、海东地区、西宁市以及全国其他地方就业，在一定程度上缓解了家庭生活的压力，不仅有利于改善家庭生活，对于整个民族的后期发展也奠定了基础。

在循化地区，汉族分为县城汉族、郊区汉族以及乡村汉族三类，这种分法与他们的经济结构是紧密联系的。总体而言，循化县汉族主要从事农业，兼顾手工业和商业，但是不同居住地对家庭收入影响较大。早期定居县城的汉族，房屋占地面积、郊区耕地面积较多。近年来，随着房地产开发、城市移民的增加，汉族通过房屋出租、建筑包工等方式增加家庭收入。与其他民族杂居、离县城较远的汉族主要依赖农业为生，有些也外出务工，从事运输业、手工业等。汉族比较重视教育，许多家庭因孩子在外地（主要在西宁、兰州）就业，向外迁移人口较多。

2. 经济互补与资源竞争对民族关系的影响。

长期以来，循化县四大主体民族形成了以农业为主、畜牧业、手工业、服务业、商业等为补充的经济结构特点，但是各民族因历史传统、居住地理环境等的不同又各有侧重。随着经济结构市场化、商业化的转变，改善家庭经济状况的主导产业不再是以农业为主的第一产业，而是以商业、服务业为主的第三产业，例如撒拉族不再仅仅依靠农业提高收入，而更多转向商业，如运输业、牛羊肉生意、木材买卖等，藏族则注重对草场资源的利用，发展畜牧业。

以农业为主的循化传统社会，不管是民族内部，还是民族之间，尽管有贫富不均现象，但是差距并不悬殊。但是，近年来在利用有限资源和共同市场环境实现经济有效增长的过程中，出现了既互惠又竞争的矛盾关系，对各民族的共同发展与和谐相处有一定影响。互惠的经济结构主要体现在加工业和牛羊肉贩运等方面。藏族利用草场资源，放牧牦牛、山羊、绵羊等牲畜，撒拉族、回族擅长生意往来和市场运作，这样他们就利用畜牧业资源发展牛绒加工，生产牛绒衫，收购和外销羊绒，以及牛羊肉加工等商业活动。这种商业行为不仅为撒拉族、回族商人带来了利润，同时带动了藏族畜牧业的纵深发展，改善了藏族牧民的生活条件。这种互惠、互补的经济互动加强了各民族之间的交往，有利于民族关系的和谐发展。

在农业经济形成的环境中，农民必然要以土地、水资源为生存资本，充分占有土地资源是农业利润最大化的有效途径之一。在循化县有限的土地资源环境中，各民族尽管与内地农村一样，经历土地改革，但是，在民族混杂居住的一些地区，各民族在利用水资源灌溉方面出现矛盾，这种矛盾往往会上升为民族意识作用下的集体行为，严重损伤民族感情，阻碍民族关系朝着有利于民族共同进步、和谐与共的方向发展。

除了农业方面的竞争外，在市场经济条件下，各民族在商业方面也形成新的竞争。在市场经济作用下，虽然各民族互补的经济模式依然存在，但是边界变得模糊，所发挥的作用也不如以前。市场化、信息化的推动使各民族群众不再局限于传统单一的经济模式，而更多投身于获取更多利润的其他领域，从而出现了争夺资源现象。

这种竞争关系对于族内、族际和谐影响并重。

认识事物需要辩证分析。一方面，循化县各民族随着经济结构的转变，在经济方面表现出对资源的“争夺”、“竞争”、“冲突”等特点，另一方面，各民族经济结构的变迁虽然打破了传统经济模式，但是由于各民族在经济上的多项参与，生活水平得到了提高，在与外界的交流过程中见识得到了增加，并开始重视教育等，这些对于各民族彼此的认识与了解，对民族关系的完善是有利的。经济结构的变化虽然利弊兼具，但是整体而言，还是利大于弊。民族关系在经济交往中所表现出的从矛盾冲突到协调一致、从协调一致到和谐共处的过程，对于民族关系的和谐发展起到了促进作用。

（二）文化因素

各个民族都有自己悠久的文明发展史以及在历史进程中形成的传统文化。影响民族关系的文化因素主要指表现于各民族在文化、语言、风俗习惯等方面的差异，包括在民族之间是否存在语言不通、生活习俗不同、价值观念不同、行为规范不同等现象。不同民族如果在这些方面存在着重大而且十分显著的差别，对于民族成员之间的交往与融合也会造成程度不同的障碍。[①] 循化地区是一个多民族、多宗教并存的地区，文化表现为多元性的特点。每个民族都有自己特定的文化模式、生活方式、传统文化和价值观念系统。而不同的民族文化模式孕育出不同的民族心理和精神气质，赋予一个民族独特的情感和行为方式、思维模式等，在民族属性、民族文化上表现为很大的差异性，这种差异有时会在族际交往过程中不可避免地发生民族间的误解、摩擦和矛盾。在民族交往过程中，可能会因为对彼此文化的“陌生感”而产生对其他文化的偏见，从而引起民族矛盾，尤其表现在风俗习惯、语言文字和宗教信仰这些表层和敏感的属性上。

1. 从宗教因素分析

撒拉族、回族之间因为相同的伊斯兰教信仰，两个民族无论在族际婚姻、日常交往方面都不会形成交际边界。但是受宗教内部分支分派等因素的影响，有时也会在民族内部产生摩擦。藏传佛教与伊斯兰教之间，长期缺少对话，虽然未曾出现宗教冲突，但是一直各行其是、互不往来。宗教信仰附着于各族群众，由此形成各民族在文化层面的陌生感，这可以说是一种潜存的隐患。在民族交往过程中，一旦出现民族个体的误会，往往也会以对自我宗教信仰的不尊重或侮辱而扩大事态，引起不同民族之间的隔阂、分歧，甚至冲突。

2. 从语言角度来看

群众层面在互动过程中，为实现信息的传递，多会主动以汉语为交流媒介，但是行政部门中的部分干部，受狭隘民族意识影响，有时会与民族内部成员在正式会议或公共场合中，使用本民族语言而引起其他民族干部的不满，从而出现干部内部

① 马戎：《民族社会学——社会学的族群关系研究》，480页，北京，北京大学出版社，2004。

的不团结，阻碍民族关系朝着良性方向发展。

（三）政治权力分配因素

政治层面的民族关系主要指民族权益分配关系，其核心是对各相关民族权益的正确处理和分配。权益问题不仅包括政策的实施，还有政策、方针向法律、法制的转换。现阶段，因为各民族发展的起点不同，民族真正的平等需要政策来保证。《民族区域自治法》是民族区域有利于民族权利的行使和民族之间的互助与合作，调整民族之间及民族内部关系的基本准则。长期以来，循化县在政治权力的分配上虽然倡导公平竞争，能者上任，但是在具体操作过程中，则采取权力平衡分配的方式，有时会引起民族干部的不满，从而影响各民族之间的正常关系。

三、循化县民族关系的完善

进入21世纪以来，党中央提出了“构建社会主义和谐社会”的重要目标。所谓社会主义和谐社会，指民主法治、公平正义、诚信友爱、充满活力、安定有序以及人与自然和谐相处的社会。和谐社会不仅是巩固我国平等、团结、互助的社会主义民族关系必须遵循的准则，而且也是发展我国平等、团结、互助的社会主义民族关系必须实践的内容。但是，在我国社会物质、文化生活日益多样化，社会利益关系日趋复杂化的发展进程中，少数民族作为我国社会结构中的特殊利益群体，在实现其利益要求方面受到自身条件和区域经济文化发展水平等多方面的制约，由此产生和加剧的矛盾成为影响民族团结最广泛、最普遍的原因，也是我国民族问题最广泛、最普遍的表现。循化地区地处经济欠发达地区，维护和加强循化地区民族关系，可以从以下几个方面入手：

（一）大力发展经济，改善各族人民生活水平

殷实的人民生活是和谐社会的具体表现。加快少数民族和民族地区经济社会发展，不仅是全面建设小康社会的基本要求，也是构建社会主义和谐社会的基本条件。当前，在国家实施西部大开发政策的过程中，循化地区应该在完善市场经济制度的同时，充分利用民族地区的物质资源和文化资源，引导各民族群众积极利用改革开放的大好时机，加大民族经济发展的力度，根据本地特点，实现发展模式的创新，逐步缩小各民族在发展和生活上的差距，实现共同富裕。实际上，循化县政府在这方面的工作已经有了一些进展。循化县现有农村人口10.6万人，农村劳动力5.24万人，占农村人口的49.43%，长期从事农业生产的人员2.23万人（女1.29万人），全县有农村剩余劳动力3.12万人。在改善农牧民生活条件方面，政府采取“阳光技能培训和劳务发展经济”政策，通过劳动技能培训和劳务输出，转移农牧

区剩余劳动力的方式缓解人口压力与物质资源不足之间的矛盾，同时为各民族平衡发展作出了努力。2004年循化县根据各民族不同文化特征所形成的劳动技术技能，有针对性地开展了如汽车驾驶、导游、纺织技术、建筑技术、中式拉面、计算机应用技术、保安、家政服务、保洁保绿等技能培训。从民族分类情况来看，对撒拉族主要开展中式拉面培训，累计2000多人；对藏族主要开展了建筑技术、藏式工艺品加工等培训，累计350人。根据县劳动就业局提供的资料显示，2000—2004年五年间，全县累计转移输出农村劳动力146135人（次），劳务输出方向主要包括县内转移以及省内、外输出，其中省外输出主要集中在北京、西藏、甘肃、新疆等地，累计劳务输出收入达29556万元，人均劳务收入达2022元，劳务收入占农牧民人均纯收入的44%。实践表明，该政策的实施，使各民族经济生活水平得以均衡提高，为社会稳定和民族团结提供了有力保障。此外，循化县还大力发展旅游业，以自然风景旅游和民族文化旅游带动当地经济发展。

（二）结合本地实情，贯彻党和国家以及地方的有关政策，保障各民族的合法权益

党和国家政策的贯彻是实现与时俱进和保持中央地方一致性的前提和基础。近年来我国取得的丰硕成果和社会生活的大改观离不开党的政策。民族区域自治制度不仅符合中国统一的多民族国家形成和发展的基本国情，而且在半个多世纪以来的实践中发挥了保障少数民族平等权利、维护国家统一、巩固民族团结、增强民族互助、实现各民族共同繁荣发展的作用。民族区域自治政策的落实实现了少数民族当家做主的权利。国家从法律上确立了各民族在国家政治与社会生活中的平等地位，承认各民族都是祖国文化的创造者，鼓励和引导各民族积极平等地参与国家事务的管理。坚持和完善民族区域自治制度不仅是我国政治文明建设的内在要求，而且也是各民族人民共享改革开放成就、实现全面平等权利的切实保障。因此，循化县行政部门应严格按照民族区域自治法维护各族人民的合法权益。《循化撒拉族自治县自治条例》第五章“民族关系”第四十八条规定：“自治县的自治机关保障县内各民族都享有平等权利，团结各民族的干部和群众，充分调动他们的积极性，共同建设自治县。”以行政单位的用人现象为例，执行者在选拔人才时，应把人员的工作能力放在首位，否则将有失于公平竞争、任人唯贤的原则，引起人民群众的不满，不利于民族团结。第四十九条规定：“自治县自治机关对各民族公民进行民族团结和民族政策的教育，教育各民族的干部和群众互相信任、互相学习、互相帮助，互相尊重语言文字、风俗习惯和宗教信仰，共同维护国家统一和各民族的团结。”所以，在循化县各项政策的贯彻和执行过程中，既要按照政策要求执行，又要顾全大局，使各个民族实现互相尊重和关心。

（三）以人为本，保护传统文化和生态平衡，促进各民族共同繁荣

加快循化地区和各民族的发展，不能简单用经济等指标衡量。循化地区的人文

特点和生态条件的特殊性，对实践以人为本、全面协调可持续的科学发展观也有特殊的要求。在循化地区发展过程中，“发展问题直接遇到了文化、文明问题和生态问题”，因为作为我国文化多样性资源宝库之一的循化地区，多语言、多文化、多宗教、多种生产方式蕴涵了很多传统知识和智慧。民族地区现代化是政治、经济、文化和社会生活的全面现代化，以经济一体化实现文化同质化是一条走不通的路，苏联推行的“大俄罗斯主义”所导致的国家解体、美国学界所倡导的“熔炉理论”的失败都是典型的例子。循化地区必须以可持续发展为基准，以人为本，在发展经济的同时，从长远考虑，尊重并保护各族文化，使多样性文化在循化地区长期共存，实现文化生态多元。同时，维护自然环境的生态平衡，杜绝目光短浅的以破坏自然系统实现暴力攫取的不当行为，使各民族文化共同繁荣，使民族关系朝着更趋于合理、和谐的方向发展。

（四）培养宗教干部，提高干部素质，完善宗教政策

循化地区各民族几乎全民信教。宗教对各族群众的政治、经济、文化乃至价值观念、思维方式有着深刻的影响。宗教问题处理得当，各民族团结一致；处理不当，激化民族矛盾，恶化民族关系。因此，民族地区宗教政策的制定，不仅要依照党的宗教信仰自由政策，还要符合当地实际，切忌以人口数量和政权组织制定偏向某一民族和宗教的政策。宗教干部既要了解宗教，又要了解宗教政策。历史上，循化地区曾因宗教问题发生过民族冲突、宗教冲突，也曾因外地、境外干涉，影响了民族团结和民族地区社会的稳定。以史为鉴，结合新时期社会实际，培养宗教干部，完善宗教政策，促进宗教和谐、民族团结，维护民族关系。近年来，循化县在处理宗教问题、完善宗教事务方面制定了许多行之有效的政策，而且取得了一定的进展，但是随着社会的变革，宗教领域也出现了一些新情况、新问题，因此在今后的工作中，要加大民族宗教政策的宣传力度，妥善解决宗教领域重点、难点问题，积极引导宗教与社会主义相适应，建立有效的民族宗教工作机制，努力实现并保证宗教团结和民族和谐。

总之，在国家民族平等政策的指引下，在新经济形势的推动下，循化地区各民族和谐相处、友好交往已成为民族关系的主流。但是受经济因素、文化因素、社会政治因素的影响，尤其受经济发展的不平衡、语言及宗教的差异等影响，在一定程度上使各民族的文化尚处于半交融、半隔离状态。我们相信，在党和国家制定的新型发展战略即经济更加发展，民主更加健全，科教更加进步，文化更加繁荣，社会更加和谐，人民生活更加殷实的引导下，这种状况将随着对民族问题的深入研究，新型民族政策的提出以及民族问题的妥善解决而不断得到改善，最终形成和睦相处、团结友爱、互助合作的新型民族关系。

（本文原载《青海民族学院学报·社会科学版》2008 年第 2 期）

河湟撒拉族族群文化及特征探析

李　荣

撒拉族是我国青海河湟地区独有的、居住相对集中的一个少数民族，主要聚居在青海省循化撒拉族自治县及其毗邻的化隆回族自治县甘都镇和甘肃省积石山保安族东乡族撒拉族自治县的一些乡村。相传13世纪，在中亚撒马尔罕地区有一支古老的不屈强暴的部族，在首领阿合莽和尕勒莽的带领下，牵着一峰白骆驼，驮着《古兰经》和故乡的水土，踏上文明古道，朝着太阳升起的地方举族东迁，最终来到了今青海循化地区。到14世纪下半叶，为避中亚战乱，又有一批撒拉尔人东迁到循化，而后，这里又陆续融入了一些经商者、被流放者。他们与周围藏、回、汉、蒙古等族长期杂居融合，通过婚姻、迁徙等途径不断地繁衍、吸收，在短短的历史时期中发展起来。到明代中叶，人口已达一万多口，合两千多户，他们保留了原有的社会习俗与宗教伦理精神，逐渐形成了一个新的稳定的族群共同体——撒拉族。

撒拉尔人初迁东来时，古老的族群文化起着至关重要的凝聚作用。其最显著的族群特征就体现在他们的宗教信仰和道德伦理精神之中。对于撒拉族来讲，伊斯兰教在撒拉族的族际交往中起着重要的纽带作用，使之不只是一种宗教信仰、一种意识形态，而且成为一种社会制度、一种生活方式。撒拉族这样一个勤劳、勇敢、智慧、自尊心极强的民族，在历史文化的传承中，凭着对伦理道德的重视，凭着他们最核心的价值意识，凭着一种极强的民族向心力，逐步发展成为中华民族大家庭中的一员。

一、河湟撒拉族的宗教信仰

当年撒拉族先民从中亚带出来《古兰经》，同时他们也将他们的信仰——伊斯兰教带到了循化。撒拉族人民信仰伊斯兰教，在宗教的教义上，与其他信仰伊斯兰教的民族相同。较特殊的一点是撒拉族的宗教意识很强，过去曾有“舍命不舍教”的口号。

撒拉族原来没有教派之分，都属于逊尼派中的“格底木”教坊制度。自清代乾隆年间，河州回族聚居区产生了“门宦制度”和一些不同教派后，先后传入了撒拉族地区，并开始了教派之分和教派之争。《循化志》（卷八）说：“回教一而已矣，所法天经三十本出自唐时其祖师马哈麻（即穆罕默德）所为，因民世守之。到乾隆初年，而河州回民始有前开、后开之异……其始不知何时，然教自是分为二。”[①]“前开”是先开斋后礼拜，“后开”是礼拜后再开斋。乾隆年间河州回民马来迟从阿拉伯朝觐归来，倡诵“冥沙经”，并到撒拉族地区传虎夫耶派的花寺门宦。此后，撒拉族中的伊斯兰教开始分派别，源别支流日益增多，例如老教、老新教、新教，是根据教派所传时间而定的。除以上教派之外，另有哲赫忍耶一派。

在宗教制度和宗教仪式方面，撒拉族还有许多与其他民族和地区不同的特点。每个撒拉族聚居的自然村都建有清真寺，寺院的组织情况是：每个“海依寺”聘大学阿訇一人，二学阿訇一至二人，“满拉”若干人。此外，清真寺里还推选一个专门侍奉开学阿訇的人叫“穆扎威”，此人选须是精明能干、勤快麻利的。另外，撒拉族曾有过一种名为“尕最”总掌教的教长制度。[②]

对于他们来说，在清真寺做礼拜是在生活上的一种信仰，更是一种追求。撒拉族人做礼拜虔诚而恭顺，在活动正式开始之前他们首先要在清真寺的沐浴房里进行认真的准备，洗大小浴。而对于作为伊斯兰教的“五根柱石”之一的朝圣，要求凡有足够经济条件的穆斯林，在路途安全的情况下，一生至少去一次麦加、麦地那等地朝觐圣地，撒拉族在历史上由于受经济条件和交通不便等的限制，朝圣者寥寥无几，而近些年来，由于收入增多，加之对外开放政策，朝圣的人也逐年增多。有的人用了毕生的精力不断积攒积蓄，目的就是为了能够去一次麦加朝圣，可见他们对于伊斯兰教的虔诚和对朝圣的向往。

二、河湟撒拉族的生活习俗及其伦理特征

对于任何一个民族来讲，宗教对其历史发展和政治、经济、文化等方面都会有较深的影响，尤其是当宗教信仰成为维系民族生存的感情纽带或区分民族差别的重要标志的时候，这种影响和作用就显得更加突出。河湟撒拉族也不例外。当年，为数不多的撒拉族先民背井离乡，从中亚迁到循化时，面对极其恶劣的自然环境和十分复杂的社会环境（周边民族区别于自己的语言、文化、习俗、信仰），凭着坚定的信念和顽强的斗志，以一种坚忍不拔的毅力，在这个陌生的、荆棘丛生的环境中生存下来，世世代代延续着自己的宗教传统和生活习俗，并通过物质和精神财富的创造显现了族群文化所具有的内在价值特征。

---

① 龚景瀚：《循化志》，西宁，青海人民出版社，1981。

② 马平，赖存理：《中国穆斯林民居文化》，银川，宁夏人民出版社，1995。

（一）“善经商”、“重信用”的商业文化特征

撒拉族群众在经济领域几乎完全承袭了伊斯兰经济价值观念。伊斯兰教注重经营现实，提倡诚实劳动的精神，认为人类的需要是多种多样的，人类有对真善美的向往和追求，希望使人自身的人格得到升华，心灵得到净化，但“利”是人类最基本的需要，因为人是血肉之躯，有七情六欲，而并非“天使”，无欲无念。《古兰经》说道：“他从云中降下雨水，用雨水使一切植物发芽，长出翠绿的枝叶，结出累累的果实”（6：99）；“他创造了牲畜，你们可以其毛和皮御寒，可以其乳和肉充饥，还有许多益处”（16：5）。穆圣则以高度赞扬的口气说“安拉喜爱精炼的工人”、“安拉喜爱有技术的信士”。这就使得整个撒拉族人都具有积极经营、开拓进取的生产观和诸业并举、全面发展的产业观。

伊斯兰教非常重视商业，认为真主所派遣的所有先知都曾从事过这一活动，商人“犹如世界上的信使是真主在大地上可信赖的奴仆”，“诚实的商人在报应日将坐在主的影子之下”而免遭诸多苦难。而穆圣本人也是一个非常精明的商人。因此，撒拉族认为商业是真主所喜爱的产业，经商是个神圣的职业。这种源于宗教信仰的产业观念具有全民性的特点，由于和宗教信仰紧密联系，所以他便具有顽强的生命力。而这也正是为数不多的撒拉族人民在“重农抑商”的汉文化氛围中能够保持“善经商”特点的根本原因。

撒拉族在长期的商业实践中形成了一整套商业道德规范。他们倡导公平交易，禁止投机取巧，多按质论价，禁止重利；平等竞争，反对垄断，互通信息，憎恶欺诈行为；信守诺言，鄙视违约行为等。他们把这些道德规范作为信仰的一部分。他们在激烈的商业竞争中，抱定一种尽人事、听天命的态度，很少犹豫、畏缩、怕担风险。在现实的磨炼中，他们形成了一种比较稳定成熟的心理素质：成功了，不沾沾自喜，得意忘形；失败了，不耿耿于怀，灰心丧气，形成了“不以一时一事的盈利而得意，也不以一时一事的亏损而灰心”的正确的损益观。而这样一种态度和心理较容易的适应风云变幻的商场，也较容易的能够经受风险的考验。这样就使得撒拉族人能够对商场的各种变化应付自如。著名社会学家费孝通先生曾有这样的评价：“每个民族在中国民族大家庭中，都有他自己的优势，循化的撒拉族就很突出，虽然它的人口不多，但是它具有别的民族不具备的条件。他们有强健的身体，善于在高原上做强劳动，又善于经商贩运，上青藏高原做生意、搞劳务。”撒拉人凭借自己顽强的经商作风和较高的经商才能，不断发展着本民族的经济，在西宁、临夏、格尔木、拉萨、成都、伊犁等地都建立了自己的“根据地”。

（二）“遵教规”、“重色彩”的服饰文化特征

服饰文化的宗教因素与民俗审美特点是一脉相承的。其服饰的宗教因素造成了服饰审美特点的形成，而服饰的审美特点又具体表现了其宗教方面的思想内涵，二者的有机结合构成了撒拉族服饰文化独特的审美性。服饰文化，不仅是民族文化体

系中最直观的文化事象，同时也是一个民族历史、政治、经济、社会文明的晴雨表，它直接反映了一个民族的历史演进、政治观念、生产和消费水平以及文明程度，成为各民族最耀眼的人文景观。它不仅表现在其外表的质地、面料、款式、色彩、画纹等显形的文化现象方面，同时还表现在民族意识形态领域的比如色彩的取舍、款式的审美风格以及禁忌等观念性的隐性文化现象方面。

撒拉族根据所处时代和环境的差异，不同的经济生活方式乃至不同的气候特点，创造出具有特色的民族服饰。从中亚的撒马尔罕迁徙而来的他们，不仅从那里带来了他们所信奉的伊斯兰教，而且还带来和其他穆斯林相似的穿着打扮。

撒拉族最早的衣着穿戴，具有中亚游牧民族的风格。男子一般头戴卷沿羔皮帽，身着"给木夹"，腰系红梭布，脚蹬半腰皮靴；尔后，一般头戴黑色或白色六牙帽等，穿宽大的短上衣或长衫、长裤，腰系布带，富有者则系绸带，脚穿平底布鞋。青年男子爱穿白色的对襟汗褂，腰系红布带或绣花腰带，外套适体的黑色短坎肩，黑白对比鲜明，显得清新、干净而文雅。老年人则多穿"冬"，做礼拜时，头缠"达斯达尔"，款式十分简单，面料也不考究。

妇女的最初衣着和男子大致相同，只是头戴赤青缲丝头巾。明末清初，妇女外出劳动时，用青布缠头，喜庆节日身披宽敞的绣有花边的披风。劳动者多穿无布面的羊皮袄或羊毛织的"褐子"，脚穿布鞋或牛皮做成的"洛提"。清时期的《循化志》对于撒拉族服饰习俗也有所记载。据《循化志》卷五记载：正统元年"调凉州扒沙等处，剿贼有功"，因而"赏狐帽，胖袄"①。

青年妇女喜欢穿红戴绿，追求色彩的鲜艳。往往是颜色艳丽的大襟花衣服，外套黑、绿色的对襟长或短坎肩，显得苗条俊俏，并喜欢佩戴金银耳环、戒指和手镯、串珠等作为装饰，有的还在额间及手背上用蓝颜色刺上梅花斑纹，用捣碎的"海纳"即凤仙花汁将指甲染红。而中年妇女的衣服较长，颜色较为素净，裤脚一般触地，脚穿绣花翘尖的"古古儿鞋"②。

20世纪以来，有了很大变化。据20世纪20—30年代调查表明："循化汉民服饰，多用市布料子。惟撒民多麻布、褐布。"在撒拉族服饰中，原来的"缠头"演变成了现时的"盖头"披在后面，有如风兜。穆圣强调说："真主不接受不戴'盖头'的成年女人的礼拜。"因此，"盖头"在撒拉族妇女服饰中具有特殊地位。除女学生和小娃娃外，几乎都戴盖头，用绸布将头、颈脖盖住，仅脸部外露。对于男子，则不允许其穿戴黄色、红色衣帽，以区别于藏传佛教的黄教徒和红教徒，致使黑、白、灰、蓝开始成为主要的颜色。至于女子服饰，当时流行的一首民歌《阿里玛》中，分别叙述了撒拉、藏、蒙古、土、汉等5个民族的服装，其中关于撒拉族是这样写的："阿里玛/撒里呀撒开是撒拉女/头上呀戴的是绿盖头/身上呀穿的是青夹夹/脚上呀穿的是阿拉鞋/才是个撒拉女呀，哎西。"

① 龚景瀚：《循化志》，西宁，青海人民出版社，1981。

② 杨建新：《中国西北少数民族史》，517页，银川，宁夏人民出版社，1988。

撒拉族服饰有两方面的特点：服饰的伊斯兰色彩以及与回、藏、汉等民族服饰相互融合。伊斯兰教对于服饰的第一道德就是遮盖人的羞体，反对裸体，以遮盖全身为美，以裸体为丑，尤其对妇女要求更为严格。《古兰经》谕示："你对信女们说，叫她们降低视线，遮蔽下身，莫露出首饰，除非自然露出的，叫她们用面纱遮住胸膛，莫露出首饰。"（24：31）依照教规，女子是不可以露体的，包括胳膊，尤其是头发，都不可以暴露在阳光下或是陌生人面前，除非洗头或是沐浴时。因此，从古至今，撒拉女子一直都是把头发裹得严严实实的。积久成习，教义的规定逐渐演变成为撒拉族服饰的民俗内容，戴盖头就成了撒拉族妇女服饰的一个显著标志，体现着他们特有的一种宗教审美观。

撒拉族的服饰现在已基本异化。改革开放以来，随着人民生活的改善和市场繁荣，男女衣着都发生了更大的变化。祖先遗传的代表服装：男子的"白丝布汗褡青夹夹"，妇女的"长衫子坎肩绣花鞋"，已成为只在特定情况下对外的象征性服饰。而男子多穿各种面料的中山装和西装，脚穿各色新颖皮鞋；妇女也穿起了各色花布和五彩缤纷的化纤、绸缎及毛料等时装。但是大街上百分之九十的妇女还是围着头巾——这种独具魅力的"盖头"仍保留至今，成为撒拉族妇女服饰的典型特征。

（三）"重信仰"、"重社群"的婚俗文化特征

就婚俗来看，婚姻既是一个历史概念，又是一个文化概念，它是一种为人类所独有的社会现象，并逐渐地习俗化、理性化、社会化。

受伊斯兰教的影响，撒拉族通行一夫一妻制。从撒拉族男女通婚圈半径及通婚的人际圈和社会圈来说，撒拉族和外族、外教人均可结婚，但外族、外教人必须首先信仰伊斯兰教。《古兰经》中说："你们不要娶以物配主的妇女，直到她们信道。已信道的奴婢，的确胜过以物配主的妇女，即使她使你们爱慕她。你们不要把自己的女儿嫁给以物配主的男人，直到他们信道。已信道的奴仆，胜过以物配主的男人，即使他使你们爱慕他。这等人叫你们入火狱，真主却随意地叫你们入乐园，和得到赦宥。"（2：221）因此只要其他非撒拉族居民信仰了伊斯兰教，撒拉族人就可以迎娶或招赘其他民族的女子或男子结为夫妻。

另外，婚礼是婚俗文化中的重要组成部分，历来都受到个人、家庭和社会的高度重视。马林诺夫斯基功能主义人类学的思想认为，婚礼表明两个家庭建立了姻亲关系，也就是一种崭新的社会关系的建立。我国各民族的婚姻习俗丰富多样，不同地区、不同民族表现出不同的文化形态和心理样式。撒拉族的婚礼也如此，特定的仪式及程序，既有对民族历史的高度浓缩，也处处表现出伊斯兰文化的特质及相邻民族文化间的相互影响。

撒拉族婚礼过程当中有很重要的宗教仪式，这是中国信仰伊斯兰教各民族共同的文化特征。但是，撒拉族的婚礼持续时间相当长，大概要一个星期左右，甚至有的家庭举行婚礼时间可达到10~15天。撒拉族对婚礼相当重视，认为婚礼体现了整个群体对婚姻文化的认同心理和关切程度。撒拉族婚礼是撒拉族群体经过几代人相

互作用的社会行为的产物，具有深厚的群体基础。遵守这一行为规则，往往等于遵守了这个社会的规范，违反了这一行为规则，往往破坏了整个群体的文化。撒拉族社区在数代的岁月里，由于受到周围自然环境和社会环境的制约，他们的文化与社会组织形态、他们的社会结构和生活方式都已经显示出坚强不屈的特性。婚姻就是这种精神文化的一个重要组成部分。因此，撒拉族对婚礼就十分关注，他们投入的时间、精力、人力、物力都是较大的。

（四）“重禁忌”、“重健康”的饮食文化特征

撒拉族的饮食习俗带有纯伊斯兰饮食文化的特点，没有掺杂任何外来因素的影响。他们以小麦、青稞、荞麦、小米、马铃薯为主，辅之以牛、羊肉和各种蔬菜瓜果，也吃鸡、鸭、鱼等肉。禁食猪肉和自死的动物肉，禁食驴、马、骡、猫等动物肉，禁饮动物的血。不食有病之物和不带“大净”之人宰杀之物。穆圣说：“吃一口非法食物，真主不接受40天善功。”因此，在异族饮食文化影响的氛围中，撒拉族先民严格遵循教义、教规，保住了伊斯兰本色饮食习俗。

除此之外，撒拉族人还有其他很多关于饮食的禁忌。譬如他们厌恶吃得过饱，而主张八成饱，认为这样既有利于肠胃消化，也能提高劳动、工作效率；在撒拉族中，不能说杀羊，只能说宰羊；撒拉人禁止喝酒、吸烟（《古兰经》认为，这些东西能麻痹人们的良知，损害人们的健康）；不能反手舀饭倒水；吃馍馍要掰开吃，不准口咬；饭前要洗手，进食前要念“清真言”；一日三餐，长幼有序，第一碗要由女人先端给年老的男人，待客时要由小伙子们一手端送给坐在炕中间的阿訇和长老，而女人则不得露面等的禁忌，都是和他们的信仰文化有密切的关系。

三、河湟撒拉族所独有的族群特征及文化模式

美国人类学家克罗伯，把文化中的那些稳定的关系和结构看成是一种模式。他认为，在本尼迪克特那里，文化模式是相对于个体行为来说的。而人类行为的方式有多种多样的可能，这种可能是无穷的。但是一个部落，一种文化在这样的无穷的可能性里只能选择其中的一些，而这种选择有自身的社会价值取向。选择的行为方式包括对待人之生、死、青春期、婚姻的方式，以致在经济、政治、社会交往等领域的各种规矩、习俗，并通过形式化的方式，演变成风俗，礼仪，从而结合成一个部落或部族的文化模式。每个民族都有一些独特的社会风俗和生活习惯，成为与其他民族相区别的标识，而形成自己的一种文化模式。同样，撒拉族也有它自己的文化模式。

从撒拉族先民东迁而来之时，传说中的先民阿合莽与尕勒莽一行就带来了两种文化，一种是根深蒂固于他们血液中的中亚突厥文化；一种是已经影响了他们300多年的阿拉伯—伊斯兰文化。后来，撒拉族先民在不影响宗教信仰的前提下，又适

当接受了回、汉、藏族的民俗文化，形成了包括中亚突厥文化、阿拉伯—伊斯兰文化以及与回汉藏相融合的多元素文化三个方面的文化体系，其中以阿拉伯—伊斯兰文化为其核心，这些具体表现在他们的语言、生产、衣食、住行、婚丧嫁娶等各个方面，并以宗教特有的影响力渗透到他们从口头到行为再到心理的各个生活层面，形成了撒拉族独有的文化模式。

撒拉族聚居地循化位于青藏高原，是汉藏文化的交会之地。撒拉族定居今循化后不可避免地受到其他民族文化的影响。历史上，撒拉族向文都藏族求婚，藏族文化也影响到了撒拉族，至今在石头坡村撒拉人文化中还有相当一部分藏族文化的痕迹。如有些人家庄廓的四角至今还立有石头；结婚时给送亲人吃“油搅团”；炒面拌酥油吃等。在经济生活方面，石头坡村撒拉族的畜牧业受藏族影响较大。他们在当地各村寨都有自己固定的藏族朋友，帮他们换粮食。而且住在藏民家，免费吃住，藏民到黄河南岸办事也在他们家吃住。撒拉族村民将这种朋友关系称作“许乎”。

可以说，撒拉族的文化既保留了本民族的文化，又吸收了不少回、汉、藏、蒙古等兄弟民族的文化。[①] 撒拉族虽然属突厥语民族，但文化与同一语族的维吾尔、哈萨克和柯尔克孜等民族有较大的差别。其中具有明显不同的是撒拉族的姓氏——以汉姓为姓。据传说，撒拉族先民刚到循化的时候，尕勒莽、阿合莽兄弟的名字都是突厥语民族常用之名。而当元亡明兴时，原世袭达鲁花赤的撒拉族首领“神宝”归附，被封为土司，并将“神宝”改为“韩宝”，自此，撒拉族使用汉姓，而韩姓也成为撒拉族的根子姓，民间有“十个撒拉九个韩”的说法。至于为什么要以韩为姓，可能是因音而改，古代突厥各民族的首领多称“汗”，“汗”与“韩”音近，所以以韩为姓。除韩姓之外，撒拉族中还有马、何、沈、苏、白、陈等 20 多个汉姓。根据一些材料的研究，这些汉姓的撒拉人部分是回族融入的（例如马姓、沈姓），部分是由汉族融入的，而有的则是小时候上学时，由老师所赐而得的。

他们有本民族的语言，该语言属于阿尔泰语系突厥语族西匈语支的乌古斯语组，与同语源的其他语言如乌兹别克、土库曼、维吾尔、哈萨克等语言一样，属于黏着语类型的语言。撒拉语内部没有方言，只是根据语音和词汇上的某些差别，划分为“街子”和“孟达”两种土语（“孟达”土语比“街子”土语古朴）。由于和邻近的回、汉、藏等民族交往，撒拉语中还吸收了汉语和藏语的词汇。现在大多数青年人都兼通汉语，少数人通藏语，居住在新疆的撒拉人还兼通维吾尔语，而书面均通用汉文为交际工具。就拿循化的石头坡村来说，大部分撒拉族老人都会说藏语，一些人甚至能讲几段《格萨尔》史诗。有些老人在说撒拉语的时候，还不时引用藏族谚语，然后再用撒拉语解释。而现在出现的新生事物一般都借用汉语词汇来表达。

另外，由于撒拉族和回族都信仰伊斯兰教，生活和风俗习惯很相近。周围的回族便成为补充撒拉族人口的主要来源之一。相当一部分回族通过婚姻、迁居等途径逐渐融合于撒拉族中。《循化志》（卷五）记载了从河州迁来的回民，经几代繁衍变

① 芈一之：《撒拉族史》，4 页，成都，四川出版集团，2004。

成撒拉族的事例。还说："又有从内地回地迁居工内省，亦为所属。"即从内地迁来撒拉族聚居区的回民，也变成了撒拉族。撒拉族中也吸收了不少汉族的成分。《循化志》（卷四）说，当地汉人"历代既久，一切同土人"。"孝服白布，长大如道袍，腰系白布，鞋亦以白布幔之"。[①] 由此可见，汉俗对撒拉族的影响也是非常深刻的。

一个民族的少数先民远离故土，背井离乡，走到一个非常陌生的新的文化和社会环境，且"据黄河上游，为番、汉门户"，位于内地农业文化和藏区牧业文化的交会点上，不仅未被相邻的大民族融合，反而把周围的回族、汉族、藏族等吸收过来，成为一个具有共同文化特点的民族共同体，并在那里得到了进一步的发展，体现了她极强的生命力，这在民族史上是罕见的。这背后包括了这个族群整体和个人的思想意识、阶级观念、宗教伦理、生活方式等多方面的内容。

撒拉族人民有一种达观的人生态度，无论是撒拉族先民的举族迁徙，还是后来连绵不断的反清起义，所有流传下来的故事丝毫没有流露出他们悲观抑或低沉的思想。相反，倒以行云流水般的语气讲述着迁徙定居的历史以及热火朝天的创建家园的生活过程。它强调人在社会中既要受到尊重、爱护，又要尽家庭、社会的责任和义务。除宗教感情外，还以家庭为本位主张少孝、中爱、老慈，并把这种家庭本位推及到社会本位，使得他们的生活也因此相对安稳和谐，这显然又是受到汉族儒家伦理精神的影响。

（本文原载《青海师范大学学报·哲学社会科学版》2008年第5期）

① 龚景瀚：《循化志》，西宁，青海人民出版社，1981。

对一个撒拉族移民乡村的民族学调查

关丙胜

撒拉族是我国信仰伊斯兰教的十个少数民族之一，也是青海省世居的五个少数民族之一。目前，撒拉族主要分布在青海省循化县，位于青海省乌兰县的河东村是一个典型的撒拉族移民村落，是柴达木盆地中形成的第一个撒拉族村落。为反映撒拉族的人口迁移状况及其引发的社会文化变迁，我们选择该村进行了田野调查，并对其进行了初步的民族学分析。

一、河东村——一个典型的撒拉族移民村

（一）河东村基本概况

河东村，位于柴达木盆地东部，属青海省海西蒙古族藏族自治州乌兰县希里沟镇管辖，西距乌兰县城希里沟镇3公里，因地处都兰河下游东岸而得村名。在撒拉族迁居河东村之前，该地是蒙古族的冬季牧场。这里地处都兰河下游，草原广阔，水草丰美，故称“希里沟”（蒙古语，意为草甸子）。现全村共有人口117户、615人，其中撒拉族94户、497人，占全村总人口的81%，全部从青海省循化县迁来；回族23户、118人，占全村总人口的19%，主要从青海省化隆县迁来。

（二）调查情况

本次调查以问卷为主，辅之以走访。问卷以户为单位，一户一表，涉及人口、教育、土地、住房、收入、婚姻、民族关系等诸多问题；走访主要针对村中老人、村干部、村小学、村清真寺等。最终调查85户，涉及人口425人，占全村总人口的69%，其中撒拉族65户、325人，占调查总人数的77%，回族20户、100人，占调查总人口的34%。下文各项数字均以本次所调查户数及人口为准。

（三）人口迁移状况

对于移民的含义，尽管学术界有不同的解释，但总体上是趋于一致的。葛剑雄认为移民是指“具有一定数量、一定距离、在迁入地居住了一定时间的迁移人口”①。按照这一定义，河东村是一个十分典型的移民村庄。

撒拉族迁入河东村是从1936年开始的，“民国二十五年八月，国民政府驻军马海部将循化地区的9户撒拉族西迁，在今河东村定居。民国二十六年（1937年），又从循化、湟中、大通等地动员21户回族、撒拉族群众迁居希里沟地区”②。之后，撒拉族人又陆续从青海循化县迁入河东村定居，逐渐形成柴达木盆地第一个撒拉族村落。该村人口的具体迁移时间及户数见图1：

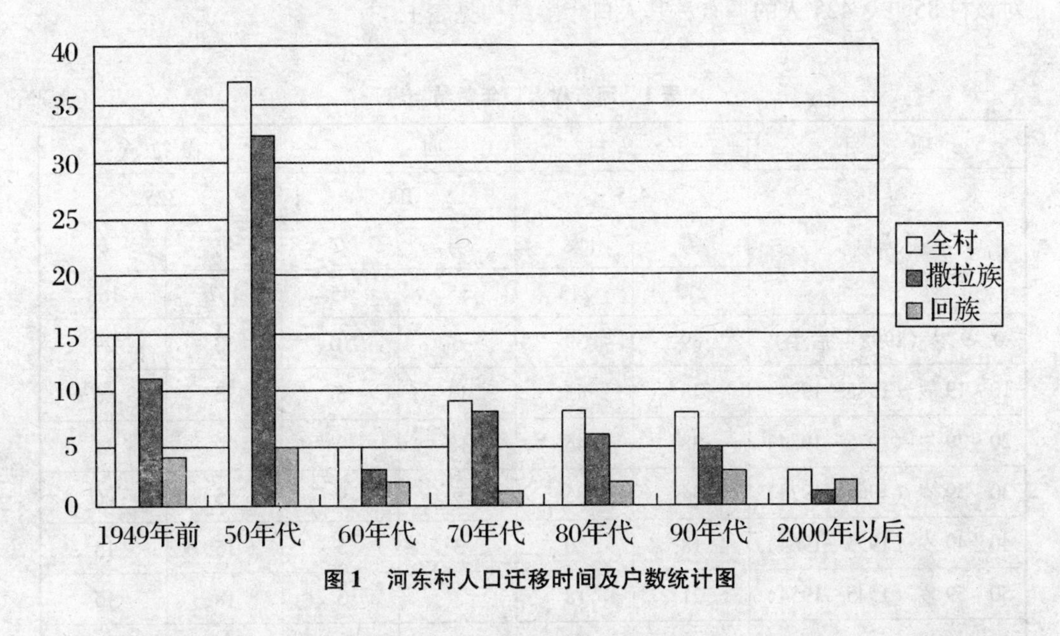

图1　河东村人口迁移时间及户数统计图

从图1可以看出，河东村的人口迁入主要集中在新中国成立前和20世纪50年代，但人口的迁入至今没有停止。尽管在整个迁移过程中始终有回族群众参与，但迁入人口的主体一直是撒拉族。也就是说，河东村是一个十分典型的撒拉族移民村。那么，河东村的撒拉族为什么远离家乡而迁移至此呢？其原因可以用美国社会学家莱文斯坦的“推拉理论”解释，即“‘推力’指原居住地不利于生存、发展的种种排斥力，它可以是战争、动乱、天灾、生态环境恶化等对某一地区具有普遍性影响的因素，也可以是某一小群体遭遇的意外和不幸。‘拉力’则是移入地所具有的吸引力，它可以是大量呈现的新机会，也可以是仅仅对某一小群体的特殊机遇”③。其

① 乌兰县志编纂委员会：《乌兰县志》，560页，西安，三秦出版社，2003。

② 葛剑雄：《中国移民史》第1卷，10页，福州，福建人民出版社，1997。

③ 李明欢：《20世纪西方国际移民理论》，载《厦门大学学报（哲社版）》，2000（4）。

“推力”主要在于循化地区日益突出的人地矛盾，“拉力”则主要是柴达木地区广阔的生存空间。正是在这种“推”和“拉”的双重作用下，一个新的撒拉族村落在柴达木盆地深处才得以形成。

二、河东村的社会现状

（一）人口现状

如上文所述，河东村现有人口615人，其中撒拉族497人，回族118人。根据对该村85户、425人的调查，其人口年龄结构见表1。

表1 河东村人口年龄结构表

（人）

项　目	全　村		回　族		撒拉族	
总人口	425		100		325	
	男	女	男	女	男	女
	212	213	55	45	157	168
0～9岁（1995年后生）	39	39	6	10	33	29
10～19岁（1985—1994）	48	45	13	5	35	40
20～29岁（1975—1984）	38	46	18	9	20	37
30～39岁（1965—1974）	34	35	9	9	25	26
40～49岁（1955—1964）	18	20	3	5	15	15
50～59岁（1945—1954）	21	18	3	3	18	15
60～69岁（1935—1944）	8	4	2	2	6	2
70～79岁（1925—1934）	5	3	1	2	4	1
80～89岁（1915—1924）	0	3	0	0	0	3
90岁以上（1905年前生）	1	0	0	0	1	0

从表1中可以看出，该村人口年龄结构合理，两个民族的人口年龄结构也没有明显的差别。

（二）婚姻与家庭现状

婚姻与家庭是民族学的主要研究对象之一，对移民群体来说，尤其显得重要。为明确说明问题，调查时我们将该村通婚状况分成两个部分，即各家庭自迁居此村后的姑娘嫁出和娶进两种情况。据统计，各家庭自迁居该村后共嫁出姑娘56人，其中撒拉族41人，回族15人，平均婚龄20岁。撒拉族嫁出姑娘中属于村内通婚的人数为14人，占本族嫁出姑娘总数的36.6%，回族2人，只占13.3%。撒拉族的族内通婚率为51.2%，没有明显的族内与族外通婚差别，回族则以族内通婚为主，族内通婚率为66.7%（族外通婚只发生在回族与撒拉族之间）。主要原因是本地有不少回族村落，回族在族内通婚并不困难，而撒拉族则恰恰相反，没有充足的族内通婚选择余地，两族的平均婚际距离也充分说明了这一点（见表2）。

表2　河东村各家庭定居该村后嫁出姑娘统计　（人）

项　目	全　村	撒拉族	回　族
出嫁姑娘总数	56	41	15
嫁到本村数	17	15	12
嫁到老家数	2	2	0
平均婚龄	20	20	20
平均婚际距离	123.5	190	57
族内通婚数	31	21	10
族外通婚数	25	20	5

河东村各家庭定居该村后共娶进姑娘89人，其中撒拉族70人，回族19人，平均婚龄18.75岁。撒拉族家庭娶进姑娘中属于村内通婚的共有20人，占本族娶进姑娘总数的28.6%，从老家娶进的23人，占总数的32.9%，回族分别为5人、26.3%，8人、42.1%。撒拉族族内通婚率为85.7%，回族为50，两个民族之间差别巨大（见表3）。

表3　河东村各家庭定居该村后娶进姑娘数统计　（人）

项　目	全　村	撒拉族	回　族
娶进姑娘总数	89	70	19
自本村娶进数	20	15	5
自老家娶进数	31	23	8
自邻村娶进数	19	16	3
平均婚龄	18.75	19.5	18
族内通婚数	69	60	9
族外通婚数	18	10	8

注：回族族外通婚数中有2人为汉族。

综合河东村各家庭自迁居该村后的通婚情况可以看出，移民群体通婚中姑娘的“嫁出”与“娶进”的选择有所不同。一般来说，“嫁出”是就近选择，而“娶进”则是广开门路。这也恰好反映出移民群体的一个通婚特征：在迁移初期，人口总是通过各种渠道向迁移地聚集，婚姻在这个迁移过程中扮演着重要的角色。另外，受宗教和文化传统影响，河东村人口的平均婚龄偏低，平均不到20岁，在一定程度上影响了人口的数量、素质的提高及整体社会的发展，应该引起重视。同时，调查表明，各家庭自定居河东村后从老家娶进的姑娘数并没有因时间的推进而有所变化，即从20世纪三四十年代至今，撒拉族群众从青海循化老家娶本民族姑娘到该村的过程依然在进行。结合近几年还有少量撒拉族通过各种渠道从循化迁居该村的事实可知，河东村的“移民”过程还未结束。

河东村的家庭类型以核心家庭为主，85个被调查家庭中就有53个是核心家庭，占整个家庭总数的62.35%。其中撒拉族核心家庭40个，占该族家庭总数的59.7%（见表4）。整体上看，核心家庭比例较高，与我国当前家庭核心化的趋势一致。

表4　河东村家庭类型现状（个）

项　目	全　村	撒拉族	回　族
核心家庭	53	40	13
主干家庭	28	24	4
联合家庭	1	1	0
其他家庭	3	2	1
合　计	85	67	18

全村家庭平均人口为5人，其中撒拉族和回族均为5人，说明该村以5口人家庭居多。从核心家庭的概念和我国目前施行的计划生育政策来看，河东村的家庭规模偏大（见表5）。

表5　河东村家庭规模统计表（个）

项　目	全　村	撒拉族	回　族
单身家庭	0	0	0
2人家庭	5	3	2
3人家庭	6	2	4
4人家庭	16	14	2
5人家庭	30	23	7
6人家庭	11	9	2

续表

项　目	全　村	撒拉族	回　族
7 人家庭	10	10	0
8 人家庭	3	2	1
8 人以上家庭	4	2	1
合　计	85	65	20

（三）教育现状

河东村人口的受教育状况令人担忧。文盲占全村总人口的63.8%，全村具有初中以上文化程度的只有23人，只占总人口的5.4%（见表6）。按此计算，每万人口中具有初中以上文化程度的人数只有522.7人，远远低于青海省平均水平。[①] 受文化素质的限制，该村村小学教师均来自他地，全部是汉族。村卫生室也是由镇上所派人员开设，村中没有此类人才。

表6　河东村人口受教育现状　（人）

项　目	全　村	撒拉族	回　族
小学以下	271	214	57
小　学	146	112	34
初　中	20	11	9
高　中	2	2	0
中　专	0	0	0
大　学	1	1	0
合　计	425	325	100

村小学始建于1964年，占地面积3150m^2，建筑面积297m^2。教学设备奇缺，教学和办公条件简陋，严重影响了教学。现有9名教师，全部为汉族，都具有中专以上学历。学校现有学生94人，其中85人为撒拉族，9人为回族。女生比例较低，这种情况越到高年级表现得就越突出。教师们普遍认为学生反应较慢，且由于语言障碍，难以达到很好的教学效果，而家长们对教师又颇有微词。从调查来看，村里教育方面存在的问题较多，其中有受民族经商传统和观念影响的原因，也有来自教育本身的原因。

---

① 截至2003年底，青海省每万人口中具有初中以上文化程度的人口数为2276.4人。景晖：《2004年青海社会蓝皮书》，西宁，青海人民出版社，2003。

（四）宗教现状

河东村全体群众均信仰伊斯兰教，宗教信仰与迁移前相比，没有发生变化。村清真寺位于村中心偏西，与村小学只是一巷之隔。“河东清真寺，坐落在希里沟镇河东村，民国十九年（1930年），穆斯林群众筹建河东清真寺，建筑面积54平方米，均为土木结构，阿布都任教长。1957年，对寺院进行大规模维修，并新建部分房屋。1958年，寺院建筑被生产大队征用，宗教活动停止。1979年重新开放。1985年成立寺民管会。1985年，河东村穆斯林群众筹资重建寺院”①。现有清真寺建筑规模较大，完全承袭了循化地区清真寺的建筑风格。现有阿訇1人，从循化邀请而来，满拉5人。调查人员从清真寺院内的公布栏看到，2004年该村所有家庭都给清真寺上交了“天课”。清真寺收到的“天课”总计为：粮食32209斤（户均275.3斤），油菜子2439斤（户均20.9斤）。最多一户上交小麦965斤，油菜子77斤；最少一户上交小麦80斤。可见，河东村撒拉族群众的宗教信仰很虔诚。

三、经济文化类型的变化

经济文化类型是苏联著名民族学家托尔斯托夫、列文和切博克萨罗夫在20世纪50年代提出的民族学科学概念，是指“居住在相似的自然地理条件之下，并有近似的社会发展水平的各民族在历史上形成的经济和文化特点的综合体”。② 由于它强调了人类社会经济文化特点与生态环境之间的关系问题，一经提出就受到民族学界的普遍认同。这一理论经过几十年的修正和发展已被普遍应用在社会人类学、族群社会学等学科领域的研究之中，并解决了不少实际问题。根据研究，撒拉族先民，即东迁前夕的撒拉族人属于农业经济文化类型。③ 受自然环境的制约，从撒拉族迁居循化到民族共同体的形成乃至今天，撒拉族的这一经济文化类型一直没有发生大的变化。

河东村撒拉族的经济文化类型目前还是以农业经济文化类型为主，但出现了某些变化。据统计，2004年全村平均人均收入为1018.69元，其中农业收入495.2元，占总收入的48.61%；其他收入（主要是畜牧业）为523.53元，占总收入的51.39%（见表7）。可见，畜牧业收入在总收入中占到一半以上。

① 乌兰县志编纂委员会：《乌兰县志》572页，西安，三秦出版社，2003。

② 林耀华：《民族学通论》，北京，中央民族大学出版社，1997。

③ 马维胜：《撒拉族先民经济文化类型分析》，载《青海民族学院学报》，1996（3）。

表 7　河东村 2004 年收入统计表　　（元）

项　目	全　村	撒拉族	回　族
2004 年农业收入	210445	183340	27105
人　均	495. 2	564. 12	271. 1
2004 年其他收入	222500	192000	30500
人　均	523. 53	590. 77	305
2004 年总收入	432945	375340	57605
人　均	1018. 69	1154. 89	576. 1

至 2004 年底，全村羊存栏为 2243 头，户均 26. 4 只，人均 5. 28 只（见表 8），畜牧业收入已经成为河东村撒拉族群众的重要收入来源。究其原因，主要是因为河东村地处柴达木盆地东部，周围草场广阔，有发展畜牧业的良好条件，加之近几年畜产品价格较高，提高了群众养羊的积极性，使得河东村羊存栏数逐年升高，形成家家有羊群的局面。随着养羊业的兴起，各家庭在畜牧方面的资金和劳力投入增加，使得该村传统的农业经济文化类型发生了一定的转变，出现了畜牧经济文化类型的某些特征。

表 8　河东村截至 2004 年底羊存栏统计　　（只）

项　目	全　村	撒拉族	回　族
羊	2243	2129	114
户均	26. 4	32. 8	5. 4
人均	5. 28	6. 55	1. 14

调查表明，撒拉族的传统基层社会组织“阿格乃”、“孔木散”从 20 世纪 90 年代初期开始在河东村撒拉族中失去了往日的影响力，现已基本消失。人口的迁移是一个复杂的过程，受历史、宗教、民族关系、人口数量、文化传统等的影响，撒拉族的人口迁移更呈现繁而杂的特点。作为一个典型的撒拉族移民村落，随着自然环境的变化，河东村撒拉族的文化传统和经济文化类型不可能不发生相应的变化。本文只是在粗略的田野调查基础上，对其进行了几个方面的简单评述，相信这种尝试具有一定的实际意义。

参考文献：

［1］芈一之．撒拉族史．成都：四川出版集团，四川民族出版社，2004
［2］马成俊，马伟．百年撒拉族研究文集．西宁：青海人民出版社，2004
［3］佟新．人口社会学．北京：北京大学出版社，2003

［4］费孝通．江村经济——中国农民的生活．北京：商务印书馆，2001

［5］曹锦清．当代浙北乡村的社会文化变迁．上海：上海远东出版社，2001

［6］汪宁生．文化人类学调查——正确认识社会的方法．北京：文物出版社，2002

（本文原载《青海民族研究》2005 年第 2 期）

对撒拉族女童教育状况的人类学调查与研究

陶 瑞

一、文献回顾

1994年，青海人民出版社出版了《青海民族女童教育研究》一书。该书是国家哲学社会科学“八五”重点课题“农村女童教育现状问题及对策研究”青海分课题组通过对青海省各地区不同民族女童教育状况的实地考察后，经过整理汇集而最终成书。该课题组的分组循化课题组对循化县女童的教育状况做了详细的调查，在获得第一手资料的基础上，分析问题，并提出了解决存在问题的方案。这篇报告是当时撒拉族女童教育状况的一个真实反映，也是笔者此次调查一个良好的借鉴材料。此外，青海民族学院民族研究所教授马成俊在同年带领学生对撒拉族女童教育状况也做了调查，不过他所倾注的视角多从民族学的角度展开的。调查完成后，1996年他以《沉重的翅膀：关于循化撒拉族自治县女童教育的调查报告》为题，分两期在《青海民族研究》上刊出了调查结果，引起了各界对撒拉族女童教育的关注。青海社会科学院历史所的刘景华1999年在《青海社会科学》上发表了《发展青海回族、撒拉族女童教育的认识》为题的论文，从民族自身特点的角度对发展上述民族女童教育提出了自己的看法。另外，关于上述民族女童教育研究的文章还很多，研究人员从不同的视角对各民族女童教育的现状、存在的问题以及拟解决的方案提出了各自不同的见解，对于此次调查的完成，本文的撰写都有良好的指导和参照作用。

二、有关循化县和撒拉族的公共标记

说起循化县，留在人们大脑中的印记是：少数民族聚居区、偏远、闭塞、落后，国家级贫困县，靠政府补贴运作，是西部贫困的典型，甚至有人会说，是国家的包袱之一，是一个少数民族自治县。谈到撒拉族，很少有人会拿这个民族与南方能歌善舞的民族相比，可能较深的印象是西北或青海花儿，这个民族的确只歌不舞。人们给予这个民族更多的标记是贫穷、愚昧、教育落后、人文素质差、保守等。可能会因为历史上西北穆斯林几次起义之火都从循化燃起，会给这个民族另加几条：好斗、是非、勇猛等。在不同媒介的影响下，人们对这个民族的思维定式，长期以来都没有变化。其实，随着社会的变迁、经济的发展、人文素质的改善，循化、撒拉族虽然还没有彻底或从根本上发生变化，但是如果深入实地，在循化生活一段时间，与撒拉人有过一些交往，打一些交道，你会感到，对一个民族的了解绝对不能空穴来风，更不能人云亦云，正所谓，没有调查就没有发言权，不深入实际，难明其根本。

此外，从事民族文化、民族宗教、民族人口以及民族教育的研究者还有一些不断更新的数据，通过数据的定量，来给这个民族定性。撒拉族是我国十个信仰伊斯兰教的民族之一，是来自中亚撒马尔罕地区的突厥人，是一个有语言无文字的民族，是我国人口在10万以下的22个民族中人口最多的民族，是22个10万以下人口文盲比例较高的民族之一，文盲比例为68.69%，仅次于门巴族（77.75%）、珞巴族（72.71%）和保安族（68.81%）（中国民族人口资料，1990年数据）。根据2004年人口普查统计，循化撒拉族自治县共有撒拉族人口72714人，占全国撒拉族人口总数的70%以上，占该县各民族人口总数的62.12%（人口状况见表1）。循化县辖九乡一镇，撒拉族主要分布在积石镇、孟达乡、清水乡、街子乡、白庄乡、查汗都斯乡等五乡一镇。

表1　部分年份循化县人口增长情况及各民族所占比例[①]　（人）

族别	2004年普查人口数	2000年普查人口数	1990年普查人口数	1982年普查人口数	1964年普查人口数	占总人口%				人口平均每年增长%
						1904年	1990年	1982年	1964年	
总人口	117055	113100	99471	83614	43943	100	100	100	100	2.37
撒拉族	72714	70235	60405	48400	23762	62.12	60.72	57.88	54.07	3.1
藏　族	27350	26499	23758	21072	12155	23.37	23.88	25.20	27.66	1.59
回　族	9821	9466	8279	7587	4000	8.39	8.32	9.07	9.1	1.14
汉　族	6953	6684	6851	6461	4013	5.94	6.89	7.73	9.13	0.76
其　他	217	216	178	94	13	0.18	0.19	0.12	0.04	11.17

在撒拉族人口中，据统计，2000年城镇人口有1.70万人，占总人口的16.25%；乡村人口8.75万人，占总人口的83.75%。15岁及以上人口有7.03万

① 资料来源：循化县统计局：《循化县志》。

人，在15岁以上的人口中，文盲人口3.45万人，文盲人口比率为49.11%，其中男性成人文盲率为29.40%，女性成人文盲率为69.80%。6岁及以上人口9.36万人，其中，受过小学以上（含小学）教育的占54.02%，受过初中以上（含初中）教育的占17.49%，受过高中及中专以上教育的占6.42%，受过大专、大学教育的占1.60%。平均受教育年数4.02年。在15岁及以上人口中，劳动力为5.51万人，其中从业为5.45万人，失业为0.06万人（按“五普”长表推算），劳动参与率为79.84%，在业率为78.91%，失业率为1.16%。从业人口中，从事第一产业的占82.03%，从事第二产业的占4.06%，从事第三产业的占13.91%。从职业看，2000年从事脑力劳动工作的占全部从业人口的比率为5.90%，从事城市体力劳动的比率为12.30%，从事农村体力劳动的比率为81.80%。具体地说，担任国家机关、党群组织、企事业单位负责人占从业人口的比率为1.43%，担任技术工作的占2.90%，办事员占1.56%，商业、服务员的比率为8.20%，从事生产、运输设备操作工作的比率占4.08%，从事农林牧渔工作的占81.80%，而从事其他工作的比率占0.02%。（见表2、表3）

表2　1990年各民族人口教育水平　（%，人）

	15岁以上人口文盲	6岁及以上人口							
		未说明	小学	初中	高中	大专	大学	总计	总数
撒拉族	68.69	33.64	22.26	7.55	1.92	1.12	0.79	100.00	74，098
藏　族	69.39	69.03	22.70	5.34	1.04	1.37	0.52	100.00	3，926，453
汉　族	21.53	19.81	42.17	27.15	7.49	1.75	1.63	100.00	915，838，236
回　族	33.11	32.14	33.78	23.16	7.25	1.90	1.77	100.00	7，422，731
全　国	22.21	20.68	42.23	26.47	7.30	1.74	1.58	100.00	995，089，929

表3　2000年各民族人口教育水平　（%）

	6岁及以上人口								
	未上过学	扫盲班	小学	初中	高中	大专	大学	研究生	总计
撒拉族	42.9	3.0	36.5	11.1	2.7	2.1	1.6	0.0	100.00
藏　族	45.5	6.1	35.2	7.7	1.7	2.5	1.3	0.0	100.00
汉　族	7.3	1.7	37.6	37.3	8.8	3.4	3.8	0.1	100.00
回　族	15.6	2.7	36.8	29.0	8.3	3.5	4.0	0.1	100.00
全　国	7.7	1.8	38.2	36.5	8.6	3.4	3.7	0.1	100.00

三、翅膀是否依然沉重：撒拉族女童教育现状

（一）来自教育部门的数据①

随着教育的改革，循化县通过学校的合并以及高级中学的设立，在教育布局上发生了一定的变化。为了提高教学质量，改善学习环境，20世纪80年代专门开设的女子中学已经与积石中学合并，并通过在该校开设女童班的方式，从教学质量、教育普及等方面整合教育资源，使各类教育紧跟时代的发展，为社会培养和输送有用人才打下坚实基础（一教育部门领导语）。

2006年7月，循化县完成“普九”，并顺利通过验收（具体验收统计数据见附表）。2005—2006年度，全县适龄儿童入学总数为14911人，女童7132人，儿童入学率是99.58%，其中女童入学率是99.41%。与1990年、1991年、1994年统计适龄儿童的入学率75.34%、76.5%、78.5%相比，已经有了很大的变化。少数民族14416人，入学率是99.56%，少数民族女童6894人，少数民族女童入学率是99.39%。撒拉族儿童入学总数是11616人，占儿童入学总数的78%，占少数民族儿童入学总数的81%。撒拉族女童入学总数是6087人，占少数民族女童入学总数的88.30%，占撒拉族入学儿童总数的52.40%。从这些数据可以看出，该县各民族入学率很高。那么，我们再看看未入学情况。全县各乡镇未入学儿童总数为60人，未入学女童总数40人，这40人都是少数民族女童，主要是撒拉族和藏族。这60个未入学儿童中，因生活困难未入学的有7人，厌学的有14人，其他原因39人。那么循化县在基础教育方面为什么会有此成就？他们是怎么做到的？据教育部门相关人员讲，“近两年来，国家实行‘两免一补’政策，许多家庭困难的孩子都有了入学的机会，才有了现在教育欣欣向荣的局面”。

如果该县教育部门没有在数据上弄虚作假，那么该县儿童的基础教育普及率（普六）已经很高了，可以说，已经赶上了有些大中城市。那为什么我们仍然认为该地区文盲率高、教育落后呢？

我们再看看该县小学辍学情况。本年度，全县各小学辍学人数总计37人，其中女童24人，辍学率分别是0.25%、0.34%。撒拉族聚居的五乡一镇共有24人辍学，撒拉族女童16人。从较低的辍学人数和辍学比例来看，循化县在各族儿童的基础教育的巩固方面，也很有成就。

小学毕业情况又如何呢？该年度全县小学毕业生总数1966人，其中女童902人，少数民族1889人，少数民族女童861人。各族男女学生毕业率均为100%，升学人数1962人，其中女童900人，少数民族1885人，少数民族女童859人。全县各民族升学

① 感谢循化县教育局“普九、普六”办公室的工作人员慷慨提供数据和对调查工作的大力协助。

率为99.8%，女童升学率、少数民族及少数民族女童的升学率分别是99.8%。

2005—2006年度，全县初中阶段共有适龄人数6009人，其中女生2773人，少数民族5882人，少数民族女生2712人。初中入学人数5801人，女生2635人，少数民族人数5668人，少数民族女生2574人。初中阶段的入学率是96.5%，女生入学率是95%，少数民族入学率96.4%，少数民族女生入学率94.9%。

该年度初中辍学学生总计有90人，其中女生40人，少数民族87人，少数民族女生40人。上一学年学生在校人数总数为5033人，女生2159人，少数民族4806人，少数民族女生2076人。学生、女生、少数民族学生、少数民族女生的辍学率比例分别是1.79%、1.85%、1.81%和1.93%。

当年初中毕业人数1417人，其中女生572人，少数民族学生1322人，少数民族女生545人，毕业率各项统计都是100%。升入高中人数1183人，其中女生506人，少数民族1091人，少数民族女生480人。升学率分别是82.5%、88.4%、81.7%和87.7%。

再看看全县16周岁、18岁完成初等教育情况，16周岁人口初等教育完成率是99.1%，女生的比例是89.5%，少数民族为99.07%，少数民族女生为98.8%。18周岁初中等教育相对应的完成率分别是89.4%、88.1%、89.3%和87.9%。

从小学入学，到升入初中，再到高中，不管是小学普六的入学率、巩固率，还是普九的升学率，16周岁、18周岁初中等教育的完成情况，仅仅凭借教育部门提供的数据，我们可能得出的结论是：循化县教育的确不再令人担忧，不几年全县各族人民的教育普及率就会上一个台阶，文化素质自然就会得到提高。

上级部门的检查可能只是在办公室里或者餐厅雅座内完成的，检查人员也可能对当地教育工作人员是百分百的信任，反正检查是通过了，普九、普六完成了，饭也吃了，礼品也拿了，自然皆大欢喜。

我们身为以道德为基础、以说实话为职责或责任和以深入实际的田野调查了解实际情况为根本的调研人员，对以上数据没有完全相信，更不敢恭维当地领导对我们的“引导”。

马成俊教授当年感受的“沉重翅膀”今天是否不再沉重还是翅膀因不堪重负已经压断？王振岭等当年（1994年）调查的状况真的发生了所谓翻天覆地的变化了吗？如果我们只拿着上述资料和数据来完成调查，当地领导会感谢我们给他们的宣传，但是我们在亵渎调研和调研的真正目的、价值，更难以谅解的是，如果我们真这么做了，我们在愚弄自己，愚弄当地的百姓。

表4

年份	项目 数据 校名	学龄儿童总数		已入学儿童总数		入学率%		未入学学龄女童	女童占未入学学龄儿童%
		男	女	男	女	男	女		
九三年	清水学区	628	532	573	325	91.2	62.1	207	79
	街子学区	1330	975	1153	530	86.7	54.4	445	71.5

续表

年份	校名	学龄儿童总数 男	学龄儿童总数 女	已入学儿童总数 男	已入学儿童总数 女	入学率% 男	入学率% 女	未入学学龄女童	女童占未入学学龄儿童%
九四年	清水学区	599	547	510	326	85.1	59.6	221	71.3
	街子学区	1029	915	956	523	92.9	57.2	392	84.3

表5

年份	校名	学龄儿童总数	学龄女童总数	已入学学龄女童总数	入学率%
九三年	孟达学区	313	141	58	41.1
	积石小学	877	355	349	98.3
九四年	孟达学区	338	172	59	32.4
	积石小学	870	409	393	90.2

表6

学校	学龄儿童总数 男	学龄儿童总数 女	已入学学龄儿童总数 男	已入学学龄儿童总数 女	未入学学龄儿童总数	未入学学龄女童总数	入学率% 男	入学率% 女
孟达学区	166	172	133	69	146	113	80.1	32.4
街子学区	1029	915	956	523	392	392	92.9	57.2

（二）来自田野的调查结果

1994年青海民院马成俊老师调查的结果是女童入学率低于男童入学率（男78.5%，女60%），农村地区女童入学率低于城市，经济落后区低于发达区。在教育升学巩固方面，他得出的结论是辍学率高、流失严重。①

时隔6年，2000年，中央民族大学良警宇老师曾对撒拉族农村地区的受教育状况做过调查。经过深入实地，走进百姓家庭的调查，她提出，撒拉族农村地区人口受教育的突出特点和问题是：人口（特别是女性）文盲率高；适龄儿童入学率低，辍学现象严重。根据她对孟达乡和街子乡四个村育龄妇女登记资料的统计，育龄妇女中，不识字或识字很少的妇女所占比率为94.04%（见表7）。人口文盲率高，特别是女性文盲率高成为撒拉族农村地区的突出问题。

在适龄儿童入学方面，良警宇老师对7个村105户农户进行入户调查统计，她

① 马成俊等：《沉重的翅膀——循化撒拉族女童教育的调查报告》，载《青海民族研究》，1996（1）。

得出的结果与教育部门统计的资料悬殊。“在入学率上实际远远低于统计数字，辍学率则大大高于统计数字”①。所以，2000 年时，循化县在完成了“普六”验收后，上报数字中水分很大，尽管如此，还是照样通过验收，入学率仍然很低、辍学率仍然很高。

又是时隔 6 年，2006 年，笔者走进循化县，该县刚刚完成“普六、普九”。从教育局收集了完成“普九”验收后有关入学、巩固、辍学、升学等有关方面的资料(具体数据见前文)，首先对官方统计的，或者说对官方眼中的循化教育、循化女童教育有了一个基本的掌握。在此基础上，笔者通过入户调查、访谈等方式对政府的数据做了验证，并对不同时期影响循化女童教育的原因做了对比，在此基础上，对新时期循化女童教育状况的改善提出了自己的一些看法。

表 7　撒拉族四村育龄妇女文化程度状况　(人，%)

村	高中	初中	小学	不识字或识字很少	合计	不识字或识字很少占育龄妇女总人数的比例
塔沙坡村	—	-4	98	102	96.0	
洋苦浪村	—	3	2	148	153	96.73
波立吉村	—	—	6	130	136	95.59
吾土白那亥村	—	—	12	50	62	80.65
合　计	—	3	24	426	453	94.04

笔者根据塔沙坡、洋苦浪、波立吉、吾土白那亥四村的育龄妇女登记卡整理。

说明：洋苦浪村育龄妇女有 156 名，其中 3 名文化程度不详，在此按照 153 名统计。

表 8　撒拉族农村地区儿童入学情况　(人，%)

年龄	总人数	其中女童总人数	入学总人数	其中女童入学人数	总入学率	其中女童入学率
7~11 岁	78	41	46	19	58.97	46.34
12~15 岁	52	26	37	16	71.15	61.54
合计	130	67	83	35	63.85	52.24

① 良警宇：《撒拉族农村地区的教育现状与困境》，载《民族教育研究》，2001 (3)。

表9　撒拉族农村地区7～15岁儿童辍学情况　（人，%）

年龄	总人数	其中女童总人数	辍学总人数	其中女童辍学人数	总入学率	其中女童入学率
小学生	76	36	3	2	3.95	5.56
初中及中专生	11	2	2	1	18.18	50
合　计	87	38	5	3	5.75	7.89

在循化县，总体来看，街子乡及相邻的查汗都斯乡经济发展较快，积石镇适中，孟达、白庄乡经济发展较慢。根据这种状况，我们选择了四个乡中的六个村子，孟达乡的木厂村、查汗都斯乡的哈大海村、街子乡骆驼泉附近的团结村和三叉村、积石镇的丁匠村、石头坡村等近200个农户（这些农户都是我们随机选取的，到了一个村，敲门家里有人，并同意接受采访我们就继续，如果不同意，我们则另寻可能。如此这般折腾了一番，才顺利完成调查），进行入户发问卷、访谈结合客位观察等，包括7～15岁适龄儿童243人，其中女童123人，占适龄儿童总数的50.61%。小学1～3年级（7～9岁）98人（女童59人），4～6年级（10～12岁）应入学104人，实际入学91人，（女童应入学41人，实际入学36人），初中生（13～15岁）应入学41人，实际入学27人（女童应入学23人，实际入学12人）。结果是：因为近两年实行“两免一补”，孩子们可以拿到免费的教材、免费的作业本、免费的学习用具，有时候还会发衣服、发钱，每个村孩子到了六七岁，家长都会让孩子上学，所以小学1～3年级入学率为100%。小学四年级则会出现男孩继续读书，部分女孩辍学的现象，五、六年级这种现象继续，女童辍学数量更多，但是也开始有部分男孩辍学（其中入学率为87.50%，女孩入学率为87.80%，）（见表10）。初中阶段学生的辍学率是34.14%，其中女童的辍学率是47.83%（见表11）。

从前面的抽样结果可以看出，撒拉族儿童的入学率，并没有教育部门所提供的那么高。相反，辍学率也没有那么低。为此，笔者专门采访了某中学校长。他说，撒拉族女童教育的实际情况怎么样，每个教师都清楚，处在第一线的教师对造成三难（入学难、巩固难、升学难）问题的原因也是一清二楚。但是，一下子解决这些问题，无论教师，还是家长都是不可能，这里面是多种问题交织在一起的，有教育部门的，也有来自家长本身的，还有来自社会的、宗教的等。为了迎接“普九、普六”检查，我们必须做一些应付工作，如果检查不通过，领导、教师的日子都会不好过。

表 10　六个农村农户随机抽样调查儿童入学情况表　（人，%）

年龄	总人数	其中总女童人数	入学总人数	其中女童入学人数	总入学率	其中女童入学率
7～9岁	98	59	98	59	100	100
10～12岁	104	41	91	36	87.50	87.80
初　中	41	23	33	12	80.49	52.17
合　计	243	123	222	107	91.36	86.99

表 11　六个农村农户随机抽样调查儿童辍学情况表　（人，%）

年龄	总人数	其中总女童人数	辍学总人数	其中女童辍学人数	总辍学率	其中女童辍学率
小学生	202	100	13	5	6.44	5
初　中	41	23	14	11	34.14	47.83
合　计	243	123	27	16	11.11	13.01

四、撒拉族女童教育状况不容乐观的原因

（一）客观原因

1. 封闭的贫困自治县

马成俊老师在 1994 年调查撒拉族女童教育状况时，提出艰苦的自然地理环境影响着撒拉族群众的教育。“循化地区多山多沟，山岭占全县面积的 73.2%，丘陵、河谷只占 26.8%。这种几近封闭式的地理环境，限制了撒拉族人民同外界的交往，造成他们思想的相对落后和保守。”① 时隔十年，现在看来，虽然自然地理环境没有变化，但是以追求财富、摆脱贫穷而产生的外推（驱动）力使撒拉族群众已经结束了过去那种守着家门过日子的时代。今天撒拉族聚居的村落，村村都有人要么在格尔木开宾馆，要么在拉萨跑运输，要么在北京、上海、郑州等地开餐厅。外出产生两种结果：在外营生的撒拉人严重感觉要上学，要接受教育，没有知识，难以在外施展天地，所以他们会带着自己的孩子，宁愿自己吃苦受累，也要想方设法出高昂的学费让孩子接受良好的教育；另外一种结果是对本地撒拉人青少年的影响，他们看到邻里亲戚虽然没有读书，仍然能够大把赚钱，所以他们就会中途辍学，模仿这

① 马成俊等：《沉重的翅膀——循化撒拉族女童教育的调查报告》，载《青海民族研究》，1996（2）。

些人，他们会重复着同样曲折的路。当前这种现象犹如一把双刃剑一边刺痛着撒拉人，一边又带给他们生活的希望。

2. 严峻的就业现实

撒拉人观念中对“官”是很向往的，如果家里有孩子大学毕业进了行政单位，那他（她）就是“当官”了。“当官”意味着“朝里有人”，全家，甚至所有亲戚都可以沾光，都可以过上好日子。至于当教师，在他们眼中，只不过是教书的罢了，所以撒拉族学者如马明良、马成俊、马盛德等人在他们眼中不如在一个乡政府的秘书，因为他们是教师，不是“官”。这种官本位思想和“当官”的希望，随着2000年以后大学生毕业后国家不再包分配而破灭。许多家长花了几万元培养孩子读书，希望他（她）将来毕业回来能够当官，后来看到连工作都没有，赖在家里。他们对教育失去了信心，认为让孩子读书白花钱还不如出去打工挣钱。2006年8月，循化县政府在全县各行业提供200个就业岗位，全县近5000名待业大学生参加考试，包括已经在外地如西宁、广州、深圳、北京各大中型企业、公司就业上班的撒拉族大学生。他们听说老家要分配工作，他们宁愿放弃在外每月近3000元的收入，而选择回来竞争每月不到300元的工作。他们为什么会这么做？笔者采访了一位学习电子工程技术在深圳上班的撒拉族孩子。他说，在外面不管怎么干，始终是个打工的，没有保障，回来虽然工资低一些，但是有保障，毕竟是个政府包分配的铁饭碗，将来会好的。回来考个政府的工作（包括到某个乡兽医站给驴打针）给父母争口气，是父母的骄傲。在外面挣多少钱不如回来考个岗位。

公布成绩那天，人们顶着烈日，仔细查找，有的人考上了，全家人宰羊庆贺，没有考上的，继续等待再分配曙光的到来。毕竟只有少数人就业，撒拉人因为孩子读书后无法就业已经对教育失去了信心，他们认为上大学后没有工作是不能接受的，是不可思议的。如果毕业了没工作，还不如早点回家娶媳妇或者出嫁，早点成家，早点立业。

3. 教育思想和办学条件，未能铲除的病根

王振岭等人在1994年调查了撒拉族女童教育后，提出：“多年来基础教育欠账太多，致使县以下学校办学条件差，设备非常简陋。部分撒拉族小学，有因无课桌凳而让学生站着上课，校舍不够把许多儿童拒之门外。因为许多撒拉族女童不会讲汉语，入学立刻接触汉语课本就会因语言障碍而影响孩子继续读书。升学教育的办学模式难以适应农村经济建设和群众脱贫致富的需要。许多孩子小学毕业无法升学，在家长看来，他们就成了‘榜上没名，脚下无路’的人。”① 刘景华在1999年《发展青海回族、撒拉族女童教育的认识》② 一文中对教学中存在的问题做了分析，他提出，“办学条件差，财力匮乏，教育投资严重不足，致使办学条件差。循化县10年内学生人数增加了近一万人，而桌椅增加了不到200套，许多学校学生只能站着

---

① 王振岭等：《撒拉族女童教育调查报告》，载《青海民族女童教育研究》，34页，西宁，青海人民出版社，1994。

② 刘景华：《发展青海回族、撒拉族女童教育的认识》，载《青海社会科学》，1999（6）。

上课，趴在地上写作业。查汗都斯乡西滩村小学，有一半学生用的是石头和泥巴砌成的桌椅。有些女孩上学离家远，家长不放心，只好中途辍学”。良警宇在2000年实地调查后撰写的《撒拉族农村地区的教育现状与困境》[①]一文中也提到相关问题如学费、教育投入、学校的办学条件难以吸引学生等。时代在发展，社会在进步，良警宇在文中分析的学生繁重的学费问题在六年后，已经随着“两免一补”政策的落实而得到解决。“普九”阶段的免除学费问题可以从客观方面保证学生完成初中教育。但是高中教育面临的高学费问题仍然是农村学生面临的一个尴尬。笔者在循化高级中学调查时，有位马老师说，“……现在孩子们完成基础教育已经问题不大，但是上高中是一个高门槛，因为学校教师有限，各年级开设的班级也不多，许多孩子必须在高成绩和良好的家庭条件双重保障下才能入学继续学业，家庭条件差的农村孩子即使成绩上去了，如果没有经济基础，那还是得辍学……现在每学年，一个学生的平均开支要在1000元以上，包括食宿费、学费、教材费等，有些孩子还以高价生入学……”

教师的条件虽然有所改善，但只能维持简单的生活开支。过去，教师被接受是可以提供住房的。从青海师范大学毕业，担任循化高级中学物理课教学的一位老师在访谈中说：“从工资待遇上，现在不拖欠工资了，而且也涨高了一些，像我工作三年，能拿到1000元还算可以，几个同事属于代课教师，没有正式编制，一个月才300多元，但是他们承担的任务甚至比有些正式教师还重。最困难的还是房子问题。我工作三年，家里穷，没有存下一分钱，现在还租住着一间小房子，找对象娶媳妇就不要再想了，这个经济状况谁跟……”

在办学条件方面，学校在教学硬件方面与12年前、6年前相比的确有所改善。以距县城4公里的丁匠村小学为例，该小学已经盖起了三层教学楼，教室里面摆放着崭新的桌椅，学校办公室、会议室设在二楼，里面的设备也较齐全，如电脑、电话、报刊架、办公桌椅等，教师可以通过网络下载资料。三楼还有一间学生图书阅览室，每天下午开放，教师、学生都可以借阅各种书籍。但是因为资金有限，许多资料都太陈旧，不能满足学生的阅读需要。

可能这只是一个典型，不能代表全部。因为我们在调查过程中看到，许多学校并没有具备像丁匠小学这样的条件。教育局资料上显示，全县各学校总计图书118532册，学生人均8.3册，报刊242类，6086册，桌凳配齐率100%。但实际上，有些学校不要说藏书，甚至连图书室都没有。有些图书，都是很陈旧的，有些是某些单位淘汰的上级部门下发的党的宣传资料，有关教学的寥寥无几。如果学生在学校读不到书，可能会在县图书馆借阅，于是我们就去了县图书馆。我们连续三天去，图书馆的门始终是紧闭的，没有人上班。后来好不容易等到，工作人员来了，打开门，里面除了厚厚的尘土和年代已久的“绝版书”外，没有任何有助于学生开阔视野，拓宽知识面的书。

---

① 良警宇：《撒拉族农村地区的教育现状与困境》，载《民族教育研究》，2001（3）。

4. 艰苦的住宿条件、简单的饮食和外界的吸引

完成小学教育后，学生一般都要进入县城读中学。有些学生因路途遥远，必须通过寄宿读书。但是学校的宿舍一般都是过去陈旧的教室改装的。一间教室里面横七竖八摆放着上下两层床十几个，一间教室宿舍住二十多个学生。寄宿的学生还要上灶，但是学校学生餐厅的饭价格高、量少难吃，许多学生平常会在学校门口买一个馍馍就着家里带来的酸菜或油泼辣子充饥。

因为路途的遥远，许多学生一般一个学期回两三趟家，假期到了，为了挣下学期的学费和日常开支，他们会去辣椒厂、帽子厂、餐厅、宾馆等地方打工。一个月下来能够挣个500～600元。许多女孩会因此而放弃学业。她们算了一下，以后毕业考上了岗位，一个月才能挣300元左右，现在只要好好干，一个月能挣这么多，那还不如现在就打工，一方面给家里减轻负担，另一方面也远离了学校艰苦、单调的生活。

5. 民族语言，难以摆脱的尴尬

语言障碍也造成了部分适龄儿童的辍学。循化县农村的撒拉族家庭中普遍使用撒拉语，撒拉族没有文字，农村的孩子到7～8 岁上学的时候，汉语的理解力较差，但是当地学校均用汉语授课，撒拉族儿童入学后常因为听不懂汉语，跟不上课程，自尊心受到伤害而产生了厌学情绪，因此很多儿童往往更愿意跟着家长到社会和文化环境更加熟悉的清真寺中听经文，而不愿意到学校里接受普通教育。

（二）主观原因

1. 历史的确是一面镜子

很具讽刺意味的是，“五四运动”爆发期间向北大校长蔡元培先生致书要求取消“女禁”的是从循化县道帏乡走出去的女子，也是我国第一批女大学生中的一员邓春兰。然而，她的故乡在历经了近一个世纪后的今天，女童教育仍然是一个举步维艰的难题。邓春兰的故事能给循化人给予什么样的启迪呢？仅仅作为宣传循化沾沾自喜的话料和谈资吗？还是应该作为敦促孩子进入学校接受教育的榜样呢？

在有些文献中，对撒拉人是这样评价的：撒拉人善于经营，有经济头脑，有外出经商搞副业的习惯和能力；这个民族在长期与自然的搏斗中，养就了勤劳勇敢、自尊心强、富有冒险和进取精神的品质；撒拉族善良朴实、热情好客。撒拉族女性勤劳聪慧、心灵手巧，擅长手工艺制作，从小就练就了操持家务的能力，不仅把家收拾的干净整洁，还有高超的厨艺和敬老爱幼的母性品质。

可能是因为上述民族性的影响，撒拉族在民族传统上形成了一种轻视文化教育的习惯，他们很容易满足于现有生活方式和生活水平，难以突破小生产者经营理念的束缚，保守而缺乏远见，缺乏民族整体观念和意识。

至今，这些特点仍然严重束缚着这个民族的发展，表现较突出在教育方面，尤其女性的教育方面。以史为鉴，把过去的榜样和民族优秀的特性用于民族整体素质的提高、用于文化教育方面，对于撒拉族是有利的。

2. 宗教与社会，难以取舍的矛盾

撒拉族是全民信仰伊斯兰教的虔诚信徒。伊斯兰教提倡男女平等，给男女以平等的教育机会。在《古兰经》和“圣训”中有许多关于尊重知识、倡导教育的名言警句。如“求学是每个男女穆斯林的天职”、“学问，即使远在中国，亦当求之”等。的确，撒拉族也在按照教条在实践着，遵循着，主要表现在他们对经堂教育的重视。在撒拉族聚居区，不论家庭的贫富、地位的高低、子女多寡，或男或女，群众都比较重视对后代的宗教礼仪、为人处世、今世戒律和来世之道的教育和训导。至今，每年寒暑假都有清真寺举办各种宗教扫盲班，教育撒拉族青年男女掌握宗教知识，学会做礼拜。

在日常生活中，家庭和社会赋予男性更多的是生产知识的掌握，经营商业的熏陶和与外交际本领的传授与训练。对女性则更多注重恭顺守节、善于理家、针线茶饭等方面的教育。

撒拉族传统观念可以总结为：重官重权不重学，重教重礼不重人，轻视文化，鄙视教育，不大注重读书。

3. 短浅的教育目光：没有出路的教育

近些年，许多大学生，不管是男生还是女生，虽然受了高等教育，但是毕业后待业在家没有工作，使家长难以接受。他们认为，上了大学就成了“公家人”，政府应该保证他们就业。待业一旦成为事实，他们就认为自己被欺骗了。花了很多钱还把一个人给浪费了，现在让他（她）干农活不会，年龄又大了，连找对象都成了问题。受这种现象的影响，许多孩子以这些“无用的人”为鉴，为避免自己将来有一天面临同样的遭遇，他（她）们干脆早点放弃，安心在家，女孩学做家务，等待出嫁，男孩外出打工，多挣钱娶个好老婆。许多家长也受这种现象的影响，对子女的教育也是非常的不支持。他们根本不明白孩子接受了教育，虽然不能就业，但是无论做生意、务农，还是对后代的培养方面，这些知识都还用得着。因为这种思想的作祟，“读书无用论”开始抬头，许多家长就中途让孩子辍学，男孩早婚承担家庭的重任，女孩早嫁避免别人说三道四。

4. 社会责任：曾经付出的努力

面临严峻的现实，为发展撒拉族女童教育，各级政府部门曾采取过许多措施。例如创办撒拉族女子中学、单设女童班、对农村儿童给予经济补贴、放宽招生政策等。种种政策的确为撒拉族女童教育的发展起过极大的促进作用，但是许多政策并没有得到持久的贯彻和执行。原因是尽管政府部门付出了努力，但是并没有从根本上解决女童失学、辍学，甚至根本不入学的问题。撒拉族早婚习俗使许多正值豆蔻年华的女孩正在接受学校教育时，而且成绩也不错，可是嫂吉（媒人）的撮合、父母的同意便把孩子从学校拉了回来，早早嫁了人。这种现象使教育部门、教师无能为力。另外，教育政策的变化，曾经施行的优惠政策半途中止使女童失去了以往的支持，女子中学与积石中学的合并使家长对女童入学的不放心也使许多孩子被父母强行留在家里，要么帮父母操持家务，要么无所事事，等待到了年龄出嫁。

五、结　论

撒拉族对女童的教育分家庭教育和学校教育两种类型。家庭教育是多年文化传承所形成的带有传承本土文明的特征，是以适应撒拉族乡土社会为目标，效果是以女童在成人后的家庭表现为衡量标准。撒拉族女童的学校教育状况的确不容乐观，导致这个结果的原因，有来自家庭的，也有来自学校的。家庭以伊斯兰教为信仰，热衷于对子女传统人格的教育，即孩子首先要做个有信仰、有道德、有素质的教民，同时也要继承撒拉族的文化传统。学校以汉语文化为基础，传授现代知识，即通过对孩子的汉语为基础的教育，更深层次、更多类型地掌握主流社会中的各类学科，以更好地适应社会。这两种教育本身没有任何冲突，可是在女童的成长过程中，来自家庭的约束和来自学校的要求，使两种教育有了相互抵触现象。

家庭教育带有远离主流、继承传统的本质，而学校教育涵盖融入主流、遗失传统的特点。宏观来看，撒拉族在族群互动和参与社会过程中，有了比已往更强烈的民族传统自我保护意识。主流社会通过调查发现撒拉族的学校教育亟待提高，文化素质很低，参与社会的能力较弱。这种状况对与当前西部大开放、和谐社会的建设诸政策的实施，存在不和谐的韵律。所以，在推行学校教育时，这种隐形的问题必然会起阻碍作用。

过去，人们认为少数民族教育落后，多提倡要大力发展少数民族的教育，认为只有通过教育才能使这些人“摆脱贫困、摆脱落后、远离愚昧”，实现人与人的同一性。其实他们只是站在主流社会的一面在喊叫，并没有真正从根本上去了解少数民族社会的运行机制。他们同样有教育，而且是符合他们社会的教育，在他们看来是最实际、最有效的教育模式。少数民族社会是不是没有经历主流社会的教育就一定保持强加于他们身上的“未开化”吗？

当然，学校教育是必须的，的确也是适应和发展的重要条件，这一点不容置疑。但是，我们不能完全肯定少数民族必须在丢弃传统教育的前提下，才能发展学校教育，也不能断定这就是唯一途径。

当前，我国倡导和谐社会的构建、文化多样性的并存、和而不同以及多样繁荣，尤其注重文化遗产的保护。那么，少数民族的文化算不算文化遗产？少数民族的社会、文化是不是在多样繁荣中起点缀作用？没有少数民族文化，何以实现多样繁荣？同样，和而不同，提倡多样文明的共同、和谐存在。所以，前面所谓的丢弃，或者兼并不符合国家政策中的建设和谐社会。因此，笔者通过调查，把话题从少数民族的女童教育延伸到对少数民族文化的保护和学校教育之间的关系这个层面进行反思。

学校教育必须推行，这是社会发展的趋势，也是少数民族摆脱经济贫困、走向富裕的途径之一。少数民族文化必须保护，这是民族文化遗产，既是少数民族的，又是整个中华民族的。保护少数民族文化，既符合我国社会主义和谐社会的构建，又体现文化多元共存、多样繁荣。那么在面临保护与推行这样一个矛盾时，我们该如何选择？笔者分别就少数民族教育与民族文化的保护提出以下两点建议：

一是，在少数民族地区，推行国家教育政策时，不能盲目推行，必须了解和掌握少数民族内部的教育模式和社会的运行机制，使两种教育能够并存，同时发挥效力，起到既提高文化素质，又不丢弃传统的作用。

二是，在少数民族地区，发展教育不是为了同化，所以有必要双管齐下，把少数民族的传统文化的继承和发扬与文化素质教育的发展同时推进，这样可以使少数民族减少对失去自我的痛惜和对文化素质教育的抵触。

如果这两点能够落到实处，而且长期不变，那么就符合了国家的各项相关政策，即保护文化遗产，发展民族教育，提高文化素质，展现多元文化，体现文化繁荣多样，和而不同，建设和谐社会。

参考文献：

[1] 庄孔韶．教育人类学．哈尔滨：黑龙江教育出版社，1989

[2] 滕星．族群、文化与教育．北京：民族出版社，2002

[3] 滕星，王军．20世纪中国少数民族与教育．北京：民族出版社，2002

[4] 哈经雄，滕星．民族教育学通论．北京：教育科学出版社，2001

[5] 张海洋．中国的多元文化与中国人的认同．北京：民族出版社，2006

[6] [美] 博厄斯．人类学与现代生活．北京：华夏出版社，1999

[7] 马成俊，马伟．百年撒拉族研究文集．西宁：青海人民出版社，2004

[8] [美] 米德．三个原始部落的性别与气质．杭州：浙江人民出版社，1988

[9] 朱和双，谢佐．撒拉族．昆明：云南大学出版社，2005

[10] 高永久．论撒拉族个体的成长，青海民族研究，2001（2）

[11] 马成俊．循化县社会经济可持续发展研究．西宁：青海人民出版社，1999

[12] [美] C. 恩伯，M. 恩伯．文化的变异——现代文化人类学通论．沈阳：辽宁人民出版社，1988

（本文原载《青海民族研究》2007年第3期）

论多民族地区多维民族关系

——以循化撒拉族自治县为例

马明忠

民族关系问题是多民族国家中民族问题的核心内容之一。中国各民族之间的政治、经济、文化交往和联系有着漫长的历史，形成了千丝万缕而又十分复杂的关系。以汉族为主体的“大杂居，小聚居”民族分布格局，使各民族之间形成你中有我，我中有你的民族关系，汉族与少数民族、少数民族与少数民族关系是中国各民族之间关系的基本形态。对于多民族地区民族关系来说，是一个多层次、多维的互动关系。循化县是全国唯一的以撒拉族为主体的自治县，是一个多民族、多宗教地区，在长期的历史发展过程中形成以撒拉族为主体的多维民族关系，即撒拉族与藏、回、汉族关系；藏族与汉、回族关系及回族与汉族关系。由于各民族及宗教信仰历史不同，文化传统各异以及经济发展的差异，各民族间的民族关系和宗教关系在长期的历史和社会发展中民族相互融合，文化相互补充，风俗相互渗透，呈现出“包容多元、多元通和、和而不同”的特点。本文以循化撒拉族自治县民族关系为个案，阐述以撒拉族为主体的多维民族关系，是民族地区各族人民和睦相处、和衷共济、和谐发展的基础。

一、多维民族关系中人口规模对民族分布格局的影响

影响民族关系的因素中最主要的是人口规模和居住格局，一个地区总人口中每个民族所占的比例，是影响民族关系最为重要的因素。循化撒拉族自治县地处青海省东部黄河谷地，全县面积2100平方公里，全县辖3个镇6个乡154个行政村，其中，撒拉族建制村90个，占全县行政村总数的58.4%。2007年全县总人口为12.52万人，少数民族人口占94.06%，其中撒拉族7.78万人，占总人口的62.14%；藏族2.92万人，占23.32%；回族1.05万人，占8.39%；汉族7434人，占5.98%；其他民族人口201人，占0.16%。

从20世纪50年代至今，循化县各民族居住格局变化不大，而人口规模发生了变化，如下表1950—2000年全县各民族人口变化中可以看出。

主要年份循化县人口变化表①

年份	1950	1964	1982	1990	2000	占全县总人口%				
						1950	1964	1982	1990	2000
全县总人口	40286	43943	83614	99471	113100	100	100	100	100	100
撒拉族	21974	23762	48400	60405	70235	55	54.07	57.88	60.72	62.09
藏族	12126	12155	21072	23758	26499	30	27.66	25.20	23.88	23.43
回族	3679	4000	7587	8279	9466	9	9.1	9.07	8.32	8.37
汉族	2496	4013	6461	6851	6684	6	9.13	7.73	6.89	5.91
其他民族	—	13	94	178	216	—	0.04	0.12	0.19	0.19

以上数据反映出，撒拉族人口增长较快，成为循化地区主要民族，在多民族关系中起主导作用，形成以撒拉族为主体的多维民族关系，即撒拉族与藏、回、汉族关系；藏族与汉、回族关系及回族与汉族关系，各民族居住呈现“大聚居、小杂居”特点。

撒拉族主要集中聚居在积石镇、街子镇、白庄镇、查汗都斯乡、清水乡等乡镇，主要村落形成围清真寺而聚居的特点；藏族主要聚居在道帏乡、文都乡、尕楞乡、岗察乡，积石镇加入村是藏族聚居村；回族主要居住在积石镇、查汗都斯乡各自然村，居住格局与撒拉族同，聚寺而居；汉族居住在积石镇、查汗都斯乡、清水乡和道帏乡，其中80%聚居在积石镇各村，有少量汉族与回族杂居。

撒拉族在积石镇、街子镇、查汗都斯乡、清水乡的人口比例占全县撒拉族人口的97%；藏族在道帏乡、文都乡、尕楞乡、岗察乡的人口比例占全县藏族人口的98.7%；汉族在积石镇（75%以上汉族在积石镇）、道帏乡、白庄镇、清水乡的人口比例占全县汉族人口的99%以上；回族基本上聚居在积石镇和查汗都斯乡两地各村，从回族和汉族整体居住规模上仍呈现混杂居住，回族大都在县城西街以城关清真寺为中心，围寺聚居；汉族在东街城隍庙聚居，同时在西街与回族杂居。虽然各民族呈现显著聚居的特点，但在其他未占绝对数量的乡镇与其他民族混杂居住，如随着经济的发展，县城人口的流动开始增多，餐饮业、运输业、零售商店等服务行业的兴起，乡村人口也开始向城镇迁移，大都是来自临近乡村的撒拉族、回族等；各民族对教育的重视，考虑子女考试就业等问题，迁居县城的少数民族比重增大。

循化地区人口居住格局和规模，反映出撒拉族人口在循化地区保持相对多数，加上保持本民族语言、文化、风俗习惯和宗教信仰的传统比较浓厚，在政治权利、

① 本书编纂委员会：《循化撒拉族自治县县志》，北京，中华书局，2001。

经济发展、文化教育等各个方面，具有较大的优势，但经济的发展打破了相对封闭的居住格局，民族杂居现象逐渐增多，民族间交往频繁，各民族人口规模上的大小悬殊、居住格局并不影响民族之间的交往关系。因此，在一个特定区域内各民族之间的人口数量构成及居住空间的分布状况反映了民族凝聚程度、民族交流合作的空间条件及相应的发展动力。

二、多维民族关系形成的历史因素

青海循化地区居住有撒拉、藏、汉、回等民族，是我国撒拉族主要聚居地，元朝时称积石州。从蒙古史和元史史料来看，青海、甘肃的藏族聚居区被称作脱思麻或朵思麻，成吉思汗灭西夏时（1227 年），就攻取了朵思麻地区的西宁、积石等州。《元史》记载："（太祖）二十二年（1227 年）丁亥春，帝留兵攻西夏王城，自率师渡河，攻积石州。"[①] 撒拉族先民来到循化之前，这里本是"马祖乎"（蒙古人）居住的地方，撒拉人迁来之后，"马祖乎"游牧到青海湖边的丰美草原上去了。[②]《循化志》卷五记载撒拉族土司"始祖韩宝，旧名神宝，系前元达鲁花赤"[③]。元朝建立以后，路、府、州、县和隶事司等各级地方政府都设置达鲁花赤，虽然职位与路总管、府州县令尹相同，但实权大于这些官员。在各级地方行政机构和许多管军机构中达鲁花赤一职一般由蒙古人和色目人担任，以此保障蒙古贵族对全国行政、军事系统实行严密监控和最后裁决的权力。撒拉族始祖在元朝吐蕃等处宣慰使司都元帅府积石州元帅府任达鲁花赤从三品之职，是军队长官兼地方行政首领，集军政大权一体，政治上、军事上有一定的地位和实力。[④] 这是撒拉族能够在循化地区繁衍生息的政治基础和保障。

撒拉族自称"撒拉尔"，其语言属于阿尔泰语系突厥语族，与周围的汉、藏等族的语言，无论在基本词汇和语法结构上都不相同，与中亚地区突厥民族在语言、种族等方面有着密切的关系。

从历史文献和民间传说可以看出，撒拉族先民在元代就活动于青海循化地区，初来时，人口不多，大约数百人至千人。据本民族传说，撒拉先民在循化定居下来之后，便向邻近的边都沟（文都）的藏民通媒求婚。藏民同意和他们通婚，但提出四个条件：第一，供拜喇嘛教的菩萨；第二，在屋顶安设嘛呢筒；第三，在庭院中立木杆，上悬藏文经旗；第四，接受藏民的某些风俗。前三个条件他们认为与伊斯兰教规定不合而未同意，第四个条件他们同意了，与藏民的通婚终告成功。因此，至今撒拉族仍保留着当地藏族的某些风俗习惯，例如衣服不放在衣柜里而挂在横杆

① 上海古籍出版社、上海书店编：《二十五史》（全十二册）《元史》，上海，上海古籍出版社，1995。

② 本书编写组：《撒拉族简史》，17 页，西宁，青海人民出版社，1982。

③ （清）龚景瀚编，李本源校：《循化志》，222 页，西宁，青海人民出版社，1981。

④ 马明忠：《撒拉族"达鲁花赤"官职考》，载《青海民族研究》，2004（4）。

上，结婚时把牛奶泼在新娘所骑的马蹄上以及在院墙的四个角顶上放置白石头等。这个传说反映了撒拉族和藏族之间长期保持着友好的姻亲关系。① 实际上也反映出两个民族关系在整体上比较融洽与和谐时，他们的成员中才有可能出现一定数量和比例的族际通婚。撒拉族与藏族一直存在“夏尼”（意即本家）关系，这是百年来通婚关系的印证。4 世纪以来，循化一带居住吐谷浑人，7 世纪中叶以后为吐蕃人所取代，直到 13 世纪蒙古人到来，民族居住发生了变化。元明清时期，藏族在循化一带居住的有“口内熟番十二族，口外西番四十九寨，口外南番二十一寨”② 在居住格局上没有严格的界限。撒拉人居住的“工”内，有撒拉人村庄，也有藏族村庄，甚至有杂居现象。《循化志》卷四记载：“撒喇各工，番回各半”“考撒喇各工，皆有番庄。查汗大寺有二庄，乃曼工有六庄，孟达工有一庄，余工亦有之。且有一庄之中，与回子杂居者。缘此地本番地，明初韩宝二人始收集撒喇尔，得世职，据有此土，役属诸番，遂为所辖，固理势之常”。③ 清水阿什匠村一直是藏、撒拉杂居，至今遗留有藏族的嘛呢房、火葬台等，后藏族迁移到道帏等地，曾将嘛呢房的木料送给清水拱北，嘛呢房的田地，撒拉人至今仍称为“嘛呢房地”④。

撒拉族与维吾尔、哈萨克、柯尔克孜等突厥语民族具有明显不同的是以汉姓为姓。撒拉族先民初来循化时，如其创始人尕勒莽、阿合莽兄弟的名字均为突厥语民族常用之名。元亡明兴，原世袭达鲁花赤的撒拉族首领神宝归附，被封为土司，并将“神宝”改为“韩宝”，自此，撒拉族使用汉姓，而韩姓则成为撒拉族的根子姓，有“十个撒拉九个韩”之说。“其得姓之由询之，成璋云：番俗称其主为汉，转为平音则为韩。考唐回讫，吐蕃皆称可汉，合而言之，则有韩音，故，撒喇族土司亦韩姓，理或然也。”⑤ 从现在撒拉族的姓氏来看，有韩、马、冶、何、沈等 20 多个姓，撒拉人称韩姓为根子姓，这说明其他姓都是外族之姓，后来与撒拉人融合为一族的。由于宗教信仰和风俗习惯很相近，回族与撒拉族的关系更为密切，撒拉族中有相当数量的回族成分，周围的回族成为补充撒拉族人口的主要来源之一。街子沈家村庄的撒拉人就承认自己本是河州（甘肃临夏）迁来的回民，后来成为撒拉族。《循化志》卷五记载了从河州迁来的回民，经几代繁衍变成撒拉族的事例。还说：“又有从内地回地迁居工内省，亦为所属。”⑥ 即从内地迁来撒拉族聚居区的回民，也变成了撒拉族。清代乾隆时期苏四十三，其祖父“本河州回民也”，始迁居撒拉街子工，“父苏那黑置田庄于查加工之节烈庄，遂为节烈庄人”。⑦ “土都司韩玉麟，

① 本书编写组：《撒拉族简史》，9 页，西宁，青海人民出版社，1982。

② 上海古籍出版社，上海书店编：《二十五史》（全十二册）《清史稿·甘肃番部》，上海，上海古籍出版社，1995。

③ （清）龚景瀚编，李本源校：《循化志》，219 页，西宁，青海人民出版社，1981。

④ 马伟：《撒拉族与藏族关系述略》，载《青海民族学院学报》，1996（1）。

⑤ 同③，212 页。

⑥ 同③，218 页。

⑦ 同③，312 页。

崖幔工回民……土守备一员，韩六十三，今改名福，街子工回民”[①]。反映了回族逐渐进入撒拉族社会从事撒拉族事务管理。

撒拉族中也吸收了不少汉族的成分。据《循化志》卷四记载：当地汉人“历年既久，一切同土人”[②]。据明朝张雨《边政考》记载，到嘉靖年间，撒拉族人口已达“男妇一万名口”，约二千户，说明撒拉族在发展过程中，不断吸收融合其他民族成分。如循化县城的汉族，是在清雍正八年（1730年）修城设营以后陆续迁入的。他们中有的系驻防军人的后裔，有的系官员或商人由流寓而定居的后代，当地人把他们统称为“中原人”，长期以来，他们和撒拉族友好相处，相互学习，交往密切。

循化道帏藏族乡宁巴村是藏汉两族混居的自然村，其中藏族人口占全村人口的90%，村民全部信仰藏传佛教。宁巴村的汉族是20世纪40年代从甘肃临夏地区来此谋生的一名木匠和一名货郎的后代，在藏族文化的长期熏染下，村中汉族人信仰、生活方式等方面已基本藏化。信仰上皈依藏传佛教，讲藏语、学藏文，生活上与藏族人通婚，按照藏族的习俗举行婚礼，但在重要的人生礼仪上，仍然保留了汉文化的因素，如保持汉族传统土葬的习俗，认为尸体火化或天葬是对死者的不敬，春节时贴春联、门神，清明节祭祀祖先等。[③]

积石镇瓦匠庄村是一个撒拉、回、汉、藏族杂居村，大都是回族，有近40户汉族，在平时的交往中，回、汉民族交往密切，在婚丧嫁娶和节庆中，相互走访，汉族平日的饮食呈现清真化，但过节时汉族的特色比较明显，如贴春联、门神等。

从多维民族关系形成的历史因素，可以看出费孝通先生提出的“中华民族多元一体”理论因子。各民族有其产生、发展的历史文化和社会环境，在发展的过程中相互关联，相互依存，相互补充，具有不可分割的内在联系和共同的利益，由局部区域的民族间交往、相互吸纳和融合形成多维民族关系，逐渐演变为我国各民族地区一种稳定的社会关系，即汉族与少数民族、少数民族与少数民族的多维互动关系。

三、多维民族关系中的撒拉族文化

循化地区多维民族关系文化中，她所包含的民族不是单一的，而是多种多样多层次的，各民族都有自己的特性，有着本民族独特的文化，从而使循化地区民族文化呈现多样性。一个民族的文化核心就是本民族认同的文化价值观，它是构成一个民族“文化精神”的基因。世居循化的民族，由于居住环境、经济生产、民族活动以及语言、习俗、信仰、伦理道德、价值观念的不同，保持着自己独特的文化风貌。在各种不同的社会形态和政治结构基础上生长起来的各民族文化，表现出极大差异性。循化是个多民族、多宗教并存的地区，这种多维民族关系中涉及青藏高原地区

① （清）龚景瀚编，李本源校：《循化志》，226页，西宁，青海人民出版社。

② 同①，163页。

③ 班班多杰：《和而不同：青海多民族文化和睦相处经验考察》，载《中国社会科学》，2007（6）。

伊斯兰教和藏传佛教两大宗教信仰群体关系。在这两大信仰群体关系中涵盖着循化地区撒拉族与藏、回、汉族关系，藏族与汉、回族关系及回族与汉族关系，撒拉族和回族信仰伊斯兰教，藏族信仰藏传佛教，汉族信仰汉传佛教、道教和民间信仰。不同宗教信仰的不同民族长期互动、和睦相处、和谐发展，各民族相互融合，文化相互补充，风俗相互渗透，呈现出“包容多元、多元通和、和而不同”的特点。

撒拉族虽然在循化地区人口居于多数，形成民族关系中主体一方，但从循化县周边地理环境来看，又处于其他民族的环绕之中，如以隆务寺为中心的黄南藏族文化，以拉卜楞寺为中心的甘南藏族文化和以临夏为中心的回族文化影响，但循化撒拉族由于伊斯兰教信仰因素，更多地受到来自临夏回族文化的影响，与其他民族交往使用汉语方言以及生活习俗更接近于临夏回族。因而撒拉族的文化既保留了本民族的文化，又吸收了不少汉、藏、回等兄弟民族的文化，在其文化中一直容纳、吸收居住同一地区民族文化，这种文化中所体现的多元、包容、融合，是多维民族关系存在的基础，这也反映出撒拉族文化所具有的多元性、包容性、开放性的文化特征。正如费孝通先生对中国民族关系所言：“许许多多分散存在的民族单位，经过接触、混杂、连接和融合，同时也有分裂和消亡，形成一个你来我往、我来你去、我中有你、你中有我，而又各具个性的多元统一体。”① 从撒拉族文化的源和流来看，离不开多元文化的社会环境，离不开中华民族文化多样性的历史文化传统。撒拉族的民族文化是整个中华民族文化的一部分，撒拉族的文化形态，不可能离开它赖以存在的社会基础，无论是从政治、经济、文化发展的需要，还是从历史、现实、未来的角度去观察、思考，中华各民族谁也离不开谁，共创中华文化，这是社会发展的必然趋势。

总之，汉族与少数民族、少数民族与少数民族关系是中国各民族之间关系的基本形态，对于多民族地区民族关系来说，是一个多层次、多维的互动关系。通过循化地区以撒拉族为主体的多维民族关系个案研究，进一步表明我国“你中有我，我中有你，谁也离不开谁”民族关系实质，是各族人民和睦相处、和衷共济、和谐发展的基础。

① 费孝通：《中华民族的多元一体格局》，载《北京大学学报》，1989（4）。

民族关系影响因素的实证分析

——以循化撒拉族自治县起台堡村为个案

白绍业

民族关系的实地调查是我们了解与把握新时期民族关系的现实状态、变化轨迹和发展趋势的重要途径。这对建立“竞争与互惠”新型民族关系研究的理论范式，调整和制定适应时代要求的民族政策，促进民族间的交流与互动，推动社会的整体稳定、进步与繁荣，都具有不可忽视的作用。

本文所选取的田野调研点是循化撒拉族自治县道帏藏族乡的唯一一个汉族村落——起台堡村，笔者曾于2009年3月份和8月份先后两次到该村进行了为期两周的田野调查，获取了有关地域社会历史背景、乡村内部关系和村际关系，以及乡民日常生活等多方面的信息。尤其注意到，起台堡作为一个处在撒拉族、藏族以及回族之间的边缘汉族村落，其汉文化是如何进行维系的？它与周围少数民族村落是怎样进行族际间的相互调适的？在族际调适过程中，其民族关系又受到了哪些因素的影响？此调研点的个案分析，或许能够为民族关系的相关研究提供一个新的观察视角。

一、调研点社区背景

（一）循化撒拉族自治县

循化撒拉族自治县地处青海省东部黄河上游河谷地带，地理坐标东经102°04′—102°49′，北纬35°25′—35°56′。东接甘肃省积石山保安族东乡族撒拉族自治县和临夏市，南临甘肃省夏河县和青海省黄南藏族自治州同仁县，西靠尖扎县，北连化隆回族自治县和民和回族土族自治县。东西长68公里，南北宽57公里，总面积2100

平方公里。[①]

县境地貌系中海拔山地，北部为黄河川道，中部与东北部为低山丘陵，南部为中高山区。黄河宽谷地带向南海拔逐渐升高，垂直差异明显，根据地表形特征，由低到高可分为河谷、中东部中低山、中西部中高山、南部高山四种地貌类型。[②]

全县125155人居住在10个乡镇，154个行政村和1个居民委员会，2007年底全县共有15个民族。其中撒拉族77809人，占总人口的62.17%；藏族29236人，占总人口的23.36%；回族10475人，占总人口的8.37%；汉族7434人，占总人口的5.94%；其他少数民族191人，占总人口的0.16%，少数民族人口117721人，占全县总人口的94.06%。[③]

（二）藏族乡唯一的汉族村落——起台堡

道帏藏族乡位于循化撒拉族自治县县境东南35公里处，东部与甘肃省临夏县接壤，西靠循化县白庄乡，南部与甘肃省夏河县接壤，北与甘肃省积石山保安族东乡族撒拉族自治县相连。地势东高西低，平均海拔2620米，是循化县海拔最高的乡镇，年平均气温在3℃～6℃之间，年降水量300～400毫米。全乡共27个行政村，其中23个藏族村、3个撒拉族村、1个汉族村。全乡总人口约1.55万人，其中藏族9427人，约占总人口的75.99%，撒拉族2686人，约占21.6%，汉族320人，约占2.5%。[④] 面积606.7平方公里。1949年前为第二区辖地，1950年设道帏乡，1953年成立道帏藏族自治区（乡级），1958年并入东风公社，1961年分设道帏公社，1984年改设道帏藏族乡。

起台堡是道帏藏族乡唯一的汉族村落，该村始于明朝，是明朝“屯军戍边”时遗留下的村落。明清时期，曾经一度是边陲戍边的要地，是中国第一代女大学生邓春兰[⑤]的故乡。据村民们介绍，起台堡曾经走出了一百多位大小政府官员，但随着历史的发展，其所占的空间地理位置越来越处于政治、经济和文化的劣势，逐渐走向衰落。全村现共有人口84户，总计320人。

二、社区文化圈结构分析

中华民族是以汉文化为主流文化的，以汉文化为主流形成中华民族的核心文化

① 循化撒拉族自治县志编纂委员会编：《循化撒拉族自治县志》，128页，北京，中华书局，2001。

② 同①，116页。

③ 同①，147页。

④ 此处人口数据是笔者在调研中从道纬乡政府所得，是2008年最新统计数据，其中汉族人口数据主要是以起台堡为主。

⑤ 邓春兰（1898—1982），女，青海省循化县起台堡人，曾上书北京大学校长蔡元培倡导解除女禁，是中国第一个呼吁大学解除女禁的人，也成为中国第一代女大学生之一。

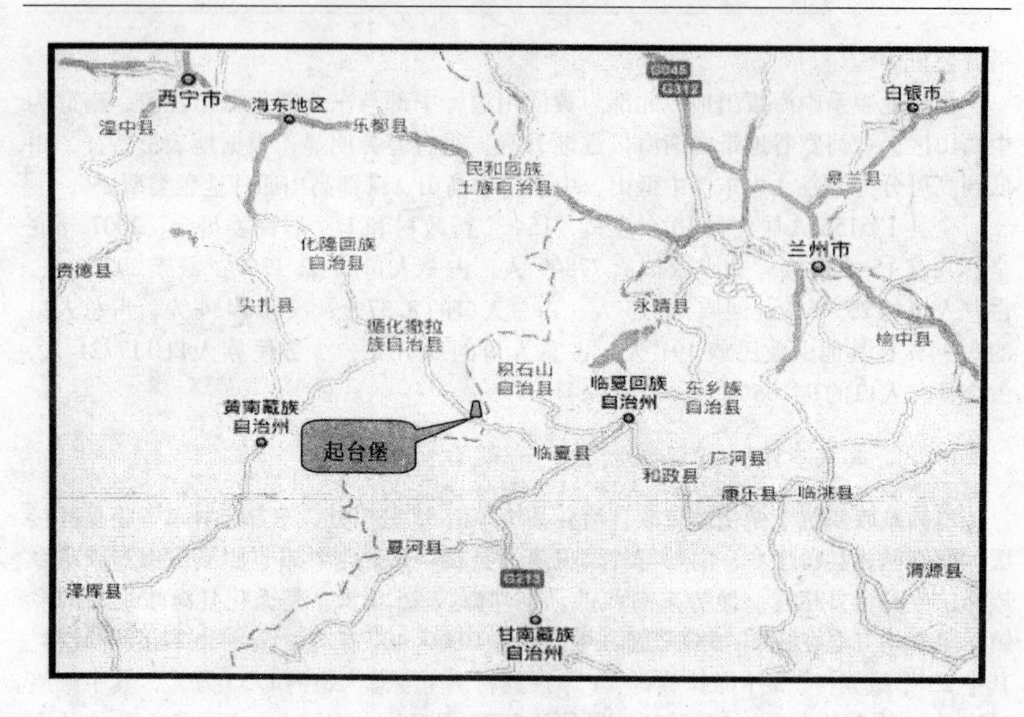

图 1　起台堡区位图

圈，其他少数民族文化是相对于主流文化的次级文化，其所形成的文化圈，笔者称之为亚文化圈。而就起台堡来说，是处在少数民族自治地区的边缘汉族社区，其在亚文化圈中所形成并竭力维系的边缘汉文化，相对于核心文化圈来说，是处于次级地位的，笔者在此称其为次核心文化圈。而亚文化圈相对于次核心文化圈来说，是处在一定优势地位的，某种程度上可以视为相对于次核心文化圈的核心文化。

如图 2 所示，A、B、C 三个文化圈是相互影响和相互补充的，三个文化圈的主体族群也是在不断进行着互动与交流的，在这种互动与交流的过程中，A、B、C 三圈的关系（民族关系）也是在不断变动的，影响其变动的因素也会逐渐呈现出新的特点。

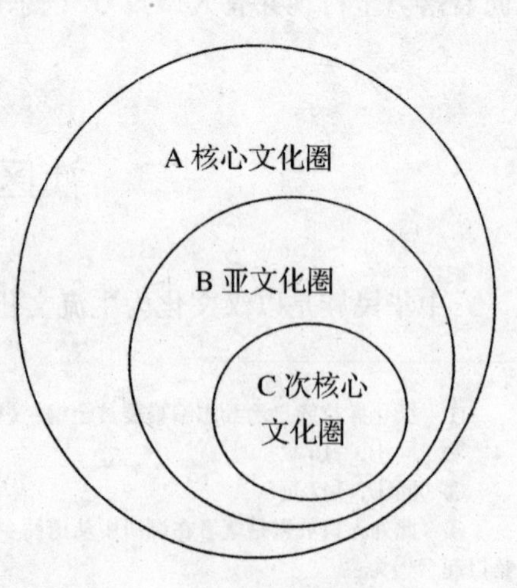

图 2　文化圈结构分析图

以往有关民族关系的研究，更多地是以 B 为基点，关注由 B 到 A 的关系，即B · A；或者以 B 为基点，关注由 B 到 C 的关系，即 B · C。而本文所选择的调研点起台堡村是处在 C 文化圈中的，所以本文将提供一个新的研究视角，以 C 为研究基点，去关注 C 在 B 文化圈中所处的地位和所受到的影响，关注由 C 到 B 的关系，即 C · B。进一步对影响其关系的因素进行实证性的分析，以期求得一些粗浅的探索。

三、民族关系影响因素的社区调查分析

美国学者辛普森（G. E. Simpson）在1968年指出，影响民族同化过程的因素包括了人口、生态、种族、结构、心理和文化这六种，他还认为，由于人类社会的复杂性，在不同类型的社会场合中，影响民族关系主要因素很可能是不一样的，因此很难归纳出一个带有普遍性，包括所有影响因素的分析模型；后来，另一个美国学者英格尔（J. Milton Yinger）在1986年提出了分析民族关系的一个变量体系，其中包括了影响种族或族群成员认同程度的14个自变量。英格尔提出的这个分析体系，是对于影响民族关系的各种因素加以系统化的尝试。马戎结合中国民族关系的实际，并借鉴两方民族社会学的相关理论，归纳出了影响民族关系的15个一般性因素：体质因素、人口因素、社会制度差异、经济结构因素、社会结构因素、文化因素、宗教因素、心理因素、人文生态因素、历史因素、偶发事件、政策因素、传媒因素、外部势力的影响、主流族群对待其他族群的宽容度。他还指出，提出这些因素的目的是为了供民族关系的研究者在研究与调查时进行参考，在实地调查中，根据各个地区的实际情况，这些因素从数量到内容都可以进行调整。① 本文从调研点的实际情况和实地调查的资料掌握情况出发，归纳和总结出了以下八个影响该社区民族关系的主要因素：

（一）人口因素

在与人口相关的因素中，最重要的一个指标是各族群人口规模的比例，也就是人口的“相对规模”。在一个社会、一个国家、一个地区总人口中每个族群所占的比例，可以说是决定族群关系最为重要的因素。人多则势众，这一因素无论是在历史上凭靠武力夺取自然资源的时代，还是在今天凭靠选票的多少来决定权力分配的时代，人口相对规模始终是影响族群关系总体势态的一个不可忽视的重要因素。② 2007年底循化县共有15个民族，其中撒拉族77809人，占总人口的62.17%；藏族29236人，占总人口的23.36%；回族10475人，占总人口的8.37%；汉族7434人，占总人口的5.94%；其他少数民族191人，占总人口的0.16%；少数民族总人口117721人，占全县总人口的94.06%。据2008年统计资料所得，道帏乡总人口约1.55万人，其中藏族9427人，约占总人口的75.996；撒拉族2686人，约占总人口的21.6%；汉族320人，约占总人口的2.5%。

---

① 马戎：《民族社会学——社会学的族群关系研究》，464～491页，北京，北京大学出版社，2004。

② 同①，476页。

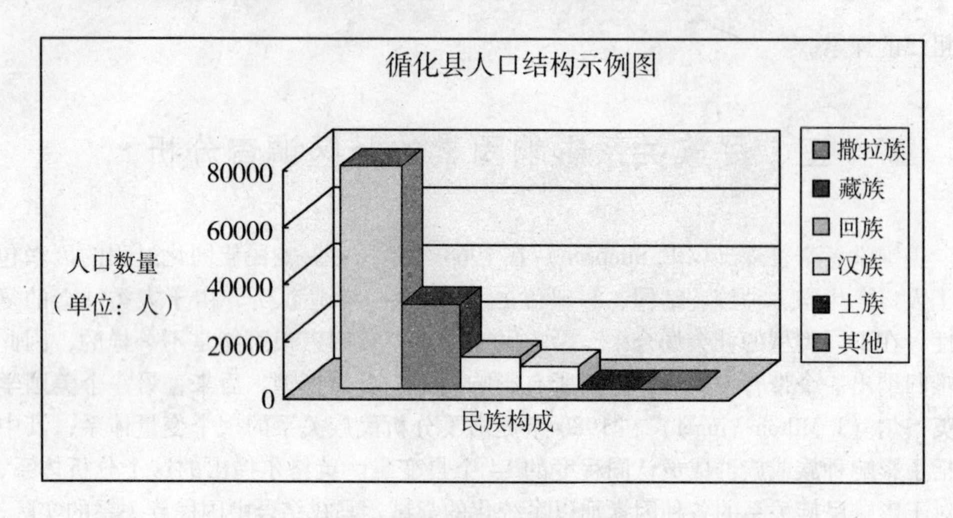

图3　循化县人口结构示例图

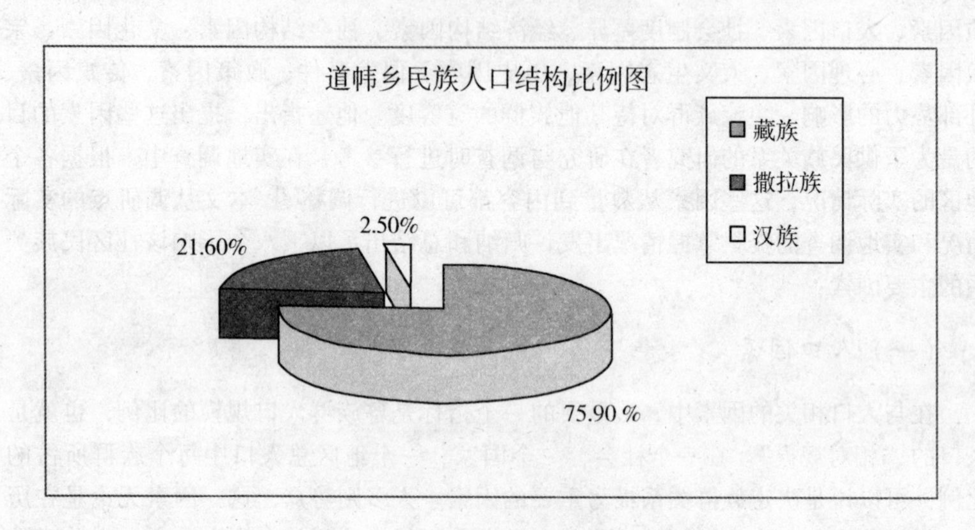

图4　道帏乡民族人口结构比例图

由图3和图4可以直观地看出，循化县全县汉族与各少数民族的人口“相对规模”是比较大的，尤其是就道帏乡民族人口构成比例来看，汉族已经俨然成为此社区的“少数民族”。而起台堡作为全乡唯一的汉族村落，人口因素使得起台堡在自然资源、经济利益、政治权力等方面的族际竞争中处于相对的“劣势”，这种“劣势”也促使起台堡的人口大量的迁出。起台堡现共有84户，总计320人，而实际长期住在村中的不到50户，其余都迁到了距离循化县城有1公里的尕庄（汉族聚居区）。人口的迁移不仅影响了当地社区民族人口的数量变化，更重要的是使得过去保持地理距离的民族之间得以开始相互接触。由此，原来的民族关系结构被打破了，同时也面临一个新型民族关系结构需要自己去调适。

（二）文化因素

影响族群关系的“文化因素”主要是指各族群在文化、语言、习俗习惯等方面的差异，包括在族群之间是否存在语言不通、生活习俗不同、价值观念不同、行为规范不同等现象。两个族群如果在这些方面存在重大而且十分显著的差别，对于族群成员之间的交往与融合也就会造成程度不同的障碍。[①] 循化是一个多民族、多宗教并存的地区，文化表现为多元性的特点。每个民族都有自己特定的文化模式、生活方式、传统文化和价值观念系统。而不同的民族文化模式孕育出不同的民族心理和精神气质，赋予一个民族独特的情感和行为方式、思维模式等，在民族属性、民族文化上表现为很大的差异性，这种差异有时会在族际交往过程中不可避免地发生民族间的误解、摩擦和矛盾。在民族交往过程中，可能会因为对彼此文化的“陌生感”而产生对其他文化的偏见，从而引起民族矛盾，尤其表现在风俗习惯、语言文字和宗教信仰这些表层和敏感的属性上。随着社会主义市场经济的发展，受到大环境汉文化的影响，在循化撒拉族自治县，城市公共空间实际交流的语言是汉语。对于少数民族而言，掌握汉语不仅可以同汉族交流，还可以汉语为媒介与其他民族交流。但是在乡村社会，人们相互交流使用更多的还是本民族语言，这在一定程度上就影响了起台堡作为一个汉族社区与其他民族的交往和融合。此外，各民族有自己不同的生活习俗，就饮食来说，如撒拉族、回族不食猪肉。笔者在调研过程中发现，起台堡村没有一例与周围撒拉族或回族通婚的，而与藏族通婚的现象是存在的，村民自己口述说主要是因为风俗习惯差距太大（穆斯林不食猪肉），将来生活会很不方便。由此可见，文化因素是影响民族关系的一个很重要的因素。

（三）宗教信仰

宗教也是文化的重要内容，但是由于其具有特殊的重要性，所以这里把宗教单列为一个因素。宗教信仰是一种影响人类社会生活各方面的文化现象，作为一种社会意识形态，它渗透于人类的思想领域，并对社会生活产生着广泛而深刻的影响。宗教在许多社会里已经成为建立或阻碍群体认同的重要因素，成为影响族群和睦或造成族群冲突的重要因素。因此，多民族杂居地区的不同民族如果在宗教信仰、礼仪和与宗教相关的生活习俗等方面有很大差异，那么民族间的日常交往和民族关系就会直接受到影响。访谈中发现，起台堡与南面邻村张沙村（藏族村）的关系要好于其他的临近村落，据村民们自己解释说，是因为他们村与张沙村有一个共同的信仰，那就是两村都有一座“五山庙”[②]，每年定期两个村子还一起举行“庙会”活动，这在一定程度上加深了两个村庄的“友谊”，民族关系要相对融洽很多。

---

① 马戎：《民族社会学——社会学的族群关系研究》，480页，北京，北京大学出版社，2004。

② 据传说，“五山庙”供奉的是明朝大将常遇春。

（四）民族交往

民族交往是民族集团之间的交往和往来，包括民族之间接触、交际、来往、联络、协作等，是一种社会关系的整合过程。民族交往的内容包括政治上的联系、合作，经济上的分工交流、协作，文化上的交流、影响、吸纳，社会生活上的族际婚姻等。[①] 在民族交往中，族际通婚是很重要的一个方面。不同民族成员之间的亲密接触和相互联姻可以反映民族交往中一个较深层面的发展状况。只有两个民族之间的关系在整体上比较融洽与和谐时，他们的成员中才有可能出现一定数量和比例的民族通婚。[②] 起台堡处在一个特殊的文化空间内，受到生活习俗、宗教意识等因素的影响，与周围少数民族村落通婚的现象很少。此外，民族交往还反映在公共事件的相互接触与交流上，在调查中，笔者发现，在起台堡小学中既有本村的孩子，还有邻村张沙村（藏族村）的学生。如此，学校作为一个公共空间，成为村际交往的一个纽带，也加深了两个民族之间的交往。

（五）地缘关系（居住格局）

居住格局是社会交往客观条件的一部分。属于不同族群的人们之间的主要社会交往场所，其中最重要的就是居住场所里各族群的居住格局，即各个族群在一个城市、一个地区的空间分布模式（各族群在空间上是否相互隔离，各族群成员是否彼此聚居）。[③] 杂居于同一地域的不同民族，紧密的地缘关系，长期共同的物质生产、交换和社区交往，使得不同民族之间的差异日益缩小。再经过社会发展过程中历史的自然选择，原来落后的、非主体一方的民族必然会向先进的、主体的一方民族靠拢，他们的经济生活必然地趋于相似或相同。这是长期历史复合作用的结果，亦是该地域、该社区民族融洽共存、和谐相处的先决条件。循化汉族主要分布在县城积石镇、清水乡下滩村、道帏乡起台堡村、白庄乡洛尕村等地区。道帏乡起台堡村所处的地理空间区域，使其成为一个汉文化的“孤岛”，长期与少数民族杂居，在生活习惯、语言服饰等方面，既保留了各自祖源地特点，又吸收了少数民族的许多长处，所形成的文化逐渐具有地缘性的特点。

（六）偶发事件

此处偶发事件更多的是指不同族群间发生的冲突与矛盾，这些特殊事件在一个特殊时期内乃至以后一个时期内都会改变或加剧人们对其他族群的看法。社会上有些人正是在这些因素影响下产生了族群偏见和排外心理，使得两个族群之间的心理距离急剧扩大，甚至转变为相互仇视的心理。据起台堡村民反映，他们与甘肃省夏河县的藏族牧民的关系相对很僵化，因为曾不断发生过他们的牛羊被夏河藏族牧民

---

① 金炳镐：《论民族关系理论体系》，载《中南民族学院学报》，2001（6）。

② 马戎：《民族社会学——社会学的族群关系研究》，449页，北京，北京大学出版社，2004。

③ 马戎：《社会学的族群关系研究》，载《中南民族大学学报》（人文社会科学版），2004（3）。

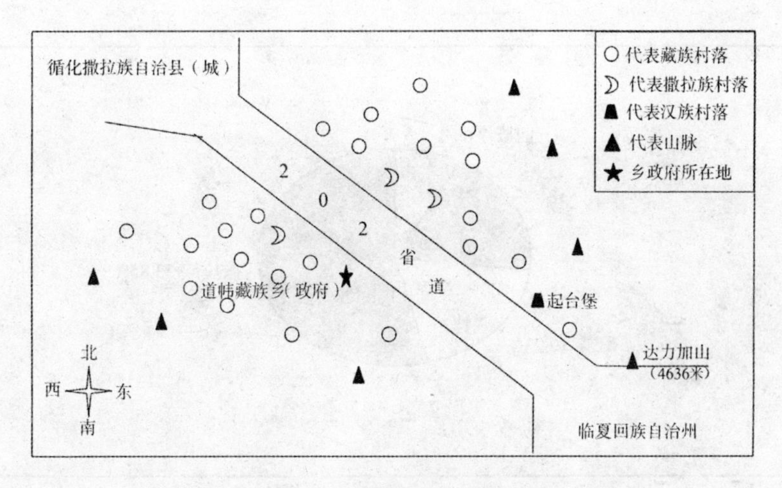

图5　起台堡区位简图

抢去的事件，进而发生正面的冲突。就是这些带有偶然性的个别事件有时会强烈刺激民族心理感情，扩大民族间的“社会距离”，激化民族矛盾，破坏了良好的民族关系，从而又会引起更多民族冲突（偶发事件）的发生。反之，如图6所示，良性发展的偶发事件，其作用分析的循环也是同样成立的。

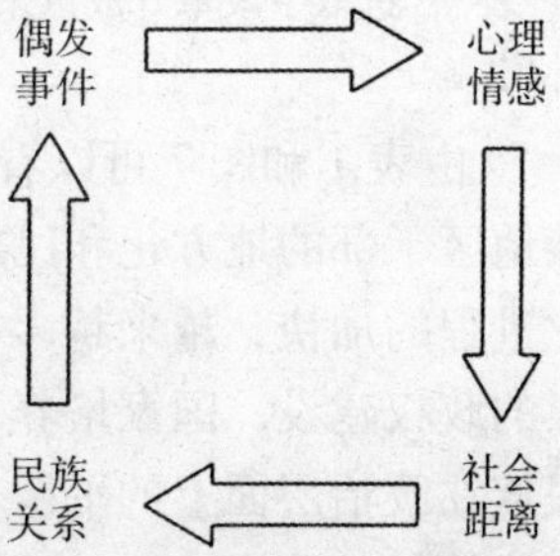

偶发事件 → 心理情感 → 社会距离 → 民族关系 → 偶发事件

图6　偶发事件作用分析简图

（七）权力资源的制衡与分配

政治层面的民族关系主要指民族权益分配关系，其核心是对各相关民族权益的正确处理和分配。权益问题不仅包括政策的实施，还有政策、方针向法律、法制的转换。民族地区权力资源的制衡与分配，在一定程度上保证了政策的实施和可执行性，进一步保障了各民族权益分配的相对均衡性。

表1　循化县干部民族构成数量对比

	全县干部		全县各级领导干部		县级领导干部		县人大代表	
	绝对数量（人）	百分比（%）	绝对数量（人）	百分比（%）	绝对数量（人）	百分比（%）	绝对数量（人）	百分比（%）
汉族	817	23.20	61	41.80	8	30.80	16	11.40
撒拉族	2289	65.00	50	34.20	11	42.30	72	51.00
其他	416	12.80	35	24.00	7	26.90	53	37.60
总数	3522	100	146	100	26	100	141	100

注：表1是笔者依据循化县统计局2005年底统计资料所绘制。

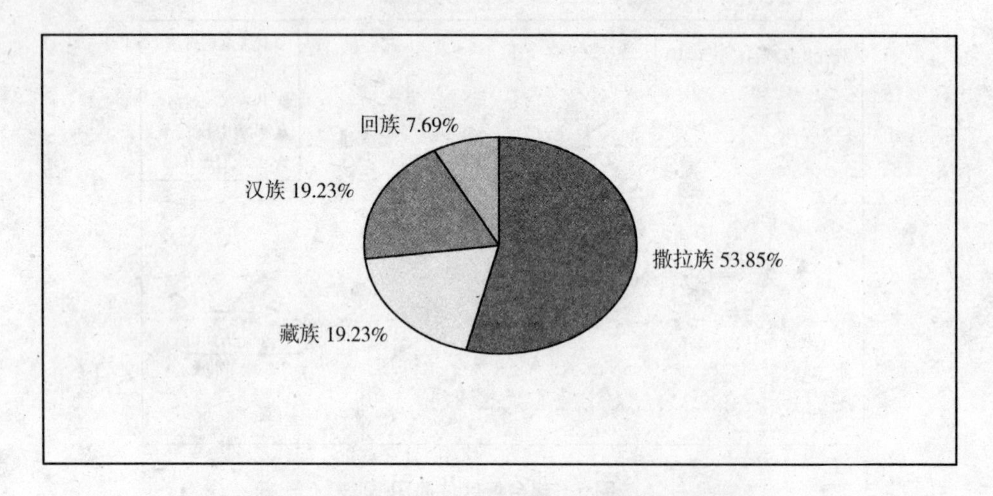

图7　循化县人民政府领导干部民族结构比例图

注：图7是笔者依据“循化县人民政府历届正、副县长（革委会正、副主任）任期表”，选取了改革开放以来的民族干部结构构成所绘制。

由表1和图7可以看出，循化撒拉族自治县的领导干部结构，基本上体现了民族地区干部的地方化和民族化，特别是改革开放以后，随着市场经济的发展，现代化进程的加快，越来越多的少数民族干部走上了政治舞台。1949年以后，经过60年的政权建设，国家培养了一批又一批民族干部和地方干部，逐步实现了循化县各民族在政治层面上的平衡，也基本得到了循化县各族人民的认可，同时也可以做到对民族权益分配的互相监督。正是这种制度层面上权力制衡与合理分配，在一定程度上保证了各民族的和谐相处与公平发展。

（八）政策引导与政府行为导向

政策是国家、政党为实现一定历史时期总任务而制定的行动准则。在多民族国家，民族政策作为国家公共政策的一个重要组成部分，是调适民族与民族之间关系，指导各民族社会经济文化发展的行动准则。

党的民族区域自治政策，是在祖国大家庭内，在党和政府的统一领导下，以少数民族聚居地区为基础，建立相应的自治地方，由少数民族当家做主，管理本民族内部地方性事务。这一政策，充分体现了民族平等、民族团结的原则，反映了各少数民族的心愿。但某些方面的政策实施还是值得商榷的，有些政策更多地考虑到了处于核心文化圈边缘的亚文化圈中少数民族的利益，这是值得肯定的。但我们也不能忽视像上文图2所示的，在亚文化圈中处于相对“弱势”的次核心文化圈群体的利益保障。笔者在采访中了解到的，起台堡小学现开设一至六年级的课程，现有学生81人，其中有44人是本村学生，其余37人是邻村张沙村的藏族学生，两村学生小学阶段所受的基础教育，甚至到中学阶段所经历的教育条件和机会都是均等的，但到高考或参加某种公务员考试时，由于来自起台堡的学生属于汉族族属，却受不到教育上以及其他方面的优惠政策。对于这一问题，起台堡村民意见很大。所以，有关政策在制定以及实施过程中既要考虑到民族性，也不能过于忽视区域性。

此外，除了上面所提到的政策的引导机制对民族地区民族关系有一定影响以外，政府的行为导向也会间接地影响到民族关系的变动。比如对于起台堡的牛羊被抢被盗事件，村民们曾多次反映到相关政府部门，据村民们说，都没有能够得到妥善的解决。现在全村几乎全部放弃了养羊放牧，大面积的草山也被其他民族的牧民们所占有。正是由于这种因偶发事件所引起的民族冲突没有得到及时妥善的解决，民族矛盾会进一步加深，民族关系也会趋近僵化。此外，笔者在调研过程中，从起台堡的“精英人物”口中获悉了这样一个事例：近几年来，村里的几位知识精英们一直在促成一件事，那就是在起台堡建立一个邓春兰纪念馆，连年积极奔走，向有关部门建议，但一直没有音讯。几位“精英”对此事抱怨不断，他们说，循化县的清真寺修得很好，一是因为全县穆斯林群体人口众多，要保证和尊重他们的宗教信仰，二是因为县长是撒拉族。另外他们认为，在道帏乡古雷村修有一个著名藏族学者喜饶嘉措的纪念馆，其主要原因是因为道帏乡乡长是藏族。所以他们奔走乡、县两级政府部门，都没有得到很好的答复和重视。几位“精英”的“抱怨”或许过于武断，但从这个事例中我们可以看到政府行为导向在影响民族心理情感和民族关系中所起到的作用。

四、结　语

进入21世纪以来，党中央提出了“构建社会主义和谐社会”的重要目标。所谓社会主义和谐社会，指民主法治、公平正义、诚信友爱、充满活力、安定有序以及人与自然和谐相处的社会。和谐社会不仅是巩固我国平等、团结、互助的社会主义民族关系必须遵循的准则，而且也是发展我国平等、团结、互助的社会主义民族关系必须实践的内容。对于民族地区和谐社会的构建，很重要的一个方面就是和谐民族关系的构建，民族关系的基本特征与和谐社会的基本特征是统一的。民族关系所体现的平等、团结、互助、和谐就是和谐社会所要实现的公平正义、诚信友爱。平等的民族关系体现了各民族间地位和权利的同等性，各族人民都是国家的主人，平等地享有宪法法律赋予的各种公民权，这是社会公平正义的重要内容；团结、互助的民族关系是和谐社会所要求的诚信友爱的体现。团结、互助的民族关系有利于各族人民增进了解，互相帮助，营造和睦的社会氛围。[①]

从事民族关系研究，有必要进一步拓宽理论与现实的视野，走出封闭的小圈子和相对固式的概念框架，走向田野，深入实地。民族关系的实证研究，既包括已为学术界广泛运用的分析方法和对历史资料的收集，同时也包括实地调查、抽样调查、

① 金炳镐：《和谐民族关系与和谐社会构建》，载《西南民族大学学报》（人文社科版），2007（9）。

访谈等“田野方法”。本文选取了起台堡为调研点，围绕对影响民族关系的因素进行了实证性的分析，试图寻求一些粗浅的探索。起台堡所处的特殊文化网，其所反映的民族关系模式和民族关系的影响因素在一定程度上呈现出了一些新的特点，同时，该调研点的个案分析，也为民族关系的相关研究提供了一个新的观察视角。

此外，在当今人口流动加快，经济、文化力量的格局正在发生不断变化的时代，民族间的交往与互动更加频繁，民族关系也被赋予了新的内涵，影响民族关系变动的新因素越来越突显特点。所以我们要更加注重相关研究的实证调查与分析，如此能更加全面和合理地发现社会主义市场经济条件下民族关系的新变化和新特点，而不至于仍然套用陈旧的理论概念看待、解释和说明新的情况。在这个过程中，既可以探讨现行民族政策的得失、民族关系中存在的问题，从而制定适应新情况的民族政策，同时也可以为丰富民族关系的理论研究提供依据，并进而推动对我国民族理论和有关制度政策的反思。

参考文献：

[1] 金炳镐．民族理论与民族政策概论．北京：中央民族大学出版社，2006

[2] 马戎．民族社会学——社会学的族群关系研究．北京：北京大学出版社，2004

[3] 图道多吉．中国民族理论与实践．太原：山西教育出版社，2001

[4] 马戎．族群关系变迁影响因素的分析．西北民族研究，2003（4）

[5] 马戎．社会学的族群关系研究．中南民族大学学报（人文社科版），2004（3）

[6] 金炳镐，青觉．论民族关系理论体系．中南民族学院学报，2001（6）

[7] 金炳镐．和谐民族关系与和谐社会构建．西南民族大学学报（人文社科版），2007（9）

[8] 马建福．青海省循化县民族人口分布．青海民族研究，2006（2）

[9] 马建福，陶瑞．西北杂居村落民族关系的个案分析——以加入村为例．西北第二民族学院学报，2006（4）

[10] 马金龙，马建福．现代化进程中民族地区族际关系研究——以循化撒拉族自治县为个案．青海民族学院学报（哲学社会科学版），2008（2）

[11] 杨昌儒．民族关系模式初探——一个民族乡镇的考察．贵州社会科学，2004（2）

[12] 江波，霜泉．论民族关系实际调查的理论意义．科学·经济·社会，1997（3）

[13] 吴月刚，中和．民族关系影响因素——民族关系理论研究之五．黑龙江民族丛刊，2008（3）

[14] 马成俊．多重边界中的撒拉人．中山人学，2009

循化孟达天池古建筑遗墟及地理文化考辨

吴引水　吴　均

孟达天池位于青海省循化撒拉族自治县东积石山沿黄河南岸行约20公里的孟达乡木场村南的群峰苍林之中，俗亦称为木场池，东邻甘肃省积石山保安族东乡族撒拉族自治县，孟达林区面积95.44平方公里。境内地势从北面黄河岸海拔1780米向南遂次升高。这里地处我国黄土高原向青藏高原的过渡地带，受到夏季风末梢的影响，其横断山脉区系植物种的延伸和秦岭的一些植物成分以及特殊地质变化，使这里生长着一些热带、亚热带植物90科，260属，517种（含变种），其中巴山冷杉、侧柏、啤酒花、文冠果、白首乌等41种珍奇稀有的植物。

天池东西长700米，南北宽250米，池水面积约1.8平方公里，水深10～20米，蓄水量200万立方米。是青海省著名旅游胜地之一，国家级自然植物保护区，被誉为“青藏高原的西双版纳”。藏族称为“东日玉措湖”（dung ri gyu mfsho），意为螺山碧湖。

明朝初年，沿河州卫属农牧区之山势及民族分布情况，自今康乐县起设槐树关等24座关口，设兵戍守，以分关南北及东西之农牧区域，并采取藏族习俗，分别敕封其平定西部及国内各地之功臣李文忠等为沿边高山之山神、地方神，以巫文化的方式，控制藏汉人民群众之信仰，为大明王朝边防服务。孟达天池南临五台关，北依积石关，明以胡大海作为湖神，与常遇春所主之大力加山乌山池南北遥遥相望。

藏史援引佛教《太子须大拏经》神话，将此地及黄河北岸化隆县境内之丹斗寺等结为一体，演绎成为《智美更登》神话故事[①]区域，视为圣地。842年（唐武宗

① 《智美更登》出自大藏经《方等部·太子须大拏经》，说的是释迦牟尼向弟子们说的一个王子的故事。智美更登王子善好施，把国库中的财物布施给穷人。敌国的一个人假装成乞丐求镇国之宝，王子布施给了他，国王发觉后，盛怒之下将王子发配到边塞。王子一路上善心更笃，将妻子、儿女布施出去。最后连自己的眼睛也布施给盲人。他的行为感化了神，重新将妻子、儿女、眼睛归还他，并当了国王。

会昌二年），西藏卫地佛教僧人拉隆贝吉多杰[1]刺杀毁灭佛教的暴君朗达玛，逃来多麦（安多），避祸于今尖扎县阿琼南宗洞窟，值吐蕃东部军阀论恐热[2]于今甘肃武山洛门川发动内战，占据吐蕃东部都元帅府治（今夏河县甘家川）与吐蕃鄯州节度使尚婢婢在黄河两岸相互残杀，争战多年。848年，张仪潮于瓜州起义，推翻吐蕃在河西的统治，论恐热北进湟中，850年（唐宣宗大中四年），尚婢婢弃鄯州（今乐都）走甘州西，论恐热大掠河西东部及鄯、廓等州，各地惨遭屠戮焚掠，赤地千里。吐蕃王国在内讧及奴隶大起义下崩溃，各地部落据地称雄，论恐热则据廓州（今化隆一带）逞凶，866年（唐懿宗咸通七年），唐归义军节度使鄯州守将拓跋怀光率众于化隆擒论恐热，斩于鄯州，河湟地区由归义军节度使遥领，战祸始稍息。此时拉隆贝吉多杰移居于孟达天池西侧之禅洞（今称神仙洞）静修，841年，吐蕃王兄达玛在信奉苯教的贵族策划下，弑弟当国王并于次年（唐武宗会昌二年）全面发起灭佛活动。此时，卫地曲卧日地方的三贤哲藏绕赛、约格迥、玛尔释迦牟尼等3名僧人获悉噩耗后立即携带律藏和论藏等经籍，循此路逃往西部羊同（阿里）转赴黎城（新疆南部），接着又辗转东行，到达安多宗喀地区，隐居于今青海贵德、尖扎一带修行。刺杀达玛国王的拉隆贝吉多杰也从孟达天池等辗转前来隐居于此。他们相互联系，秘密进行恢复佛教的活动，并与黄河南北之汉族僧人相互往来。此后，彼等共同扶持、教育藏史称为点燃藏传佛教后弘期下路薪传火种的喇勒·贡巴饶赛（今循化加入村人），[3] 并请今化隆东部提巴寺汉族高僧果旺和基班二和尚参与，由三贤哲及汉族和尚组成授戒堪布师团，为喇勒授具足戒，开创藏传佛教后弘期下路宏传系统，复兴了中断的藏传佛教。基于此，孟达天池被视为与藏传佛教后弘期有重要渊源之地。自古孟达传奇多。恰似西天瑶池一样的孟达天池坐落于昆仑山支脉西倾山的北坡。它的独特就是在于海拔2000多米的高地、连绵的山峰如无际的屏障阻止，减弱了来自高原腹地的冷空气，加上上溯黄河的暖气流不断地源源西上，竟犹如西藏灵芝地域般得天时地利之优，气温高、雨量足，草木繁茂，周围森林覆盖面积达14万余亩，成为名副其实的高原“热带”动植物园。所以自古以来，就成为人们潜修隐居之妙地。如明时，河州卫道教希阳子曾一度来此地修真（见《河州志》），孟达天池复与道教结下因缘。

---

① 拉隆贝吉多杰：藏史《娘氏宗教源流》中载，拉隆贝吉多杰为西藏如日扎堆贡茂齐地人，俗名达尼桑，青年时为守卫印藏边界当兵，学得一身好武艺。后因厌恶世俗，同两个兄弟一起出家为僧，长期在叶尔巴岩洞生拉隆地方修习密宗法而被人们尊称为“拉隆·贝吉多杰”（吉祥金刚）。当他修法时突然听到赞普朗达玛禁佛灭法的消息后，传说一日夜晚因大昭寺护法神吉祥天女工点化，于是就化装后在大昭寺前将达玛用弓箭射杀。后骑马逃往安多（青海等）阿王系南宗之夏玛、隆洞及拉日玉措湖（今孟达天池）之靠山东日山下的岩洞（今称神仙洞）中静修，并培养了一些佛教弟子。如今仍有佛教徒前往朝拜。

② 唐会昌二年（842年）灭佛国王达玛被杀后，造成吐蕃王室变乱，进而吐蕃地方首领混战，吐蕃在今甘肃武山落门川的讨去使论恐热和在今青海乐都的鄯州节度使尚婢婢，为了各自的利益相互拼杀，最后论恐热击溃了尚婢婢的军事力量，进而大掠鄯、廓、瓜、肃、伊、西等州，所到之处，残杀壮丁老弱，焚毁庐舍，五千里变为赤地，致使河陇民众生命财产及其建筑等遭受极大损毁。

③ 加入村唐时属廓州。位于青海循化县城积石镇黄河北岸唐述山下。吐蕃王国时代，由吐蕃本土卫地调来戍守的一部分驻军即在该地屯牧，他们的后代繁衍形成了这座村落。

天池四周群峰参天、巨石嵯峨、树木丰茂。附近有多处飞泉瀑布，如彩虹飞舞，当地百姓称为“彩虹瀑布”有卧虎石、五子拜佛石、神仙洞、虎啸泉、回音壁等，笔者均曾先后两次游览考察了这些古迹。

据考证，早在清朝咸丰年间，朝廷就曾专颁文告，委撒拉族人保护孟达天池林木等；现孟达乡木场村清真寺内存放着的清光绪八年（1882年）八月颁布的红砂石护林告示石碑文曰：若“有无知之人偷赴山林砍伐，准孟达工民人指名禀控”，并“责成该天汛弁随时责察”云云，① 新中国成立后，被国务院颁布为国家级自然保护区。据笔者吴均先生考证，1939年夏，曾游览天池、神仙洞，发现天池北岸多残砖断瓦，从制作工艺观察，显系汉式古建筑之残留物。经向木场村撒拉族韩尔里老先生等了解，被告知伊等祖先于元初定居此地时，天池等处即有此等被毁之遗墟及残留物，何时何人，因何事而酿成此劫，并无口传遗留。唯一可知者，当他们祖先来此时，木场村后之寺台上，当时尚有藏族寺院，后寺院迁移于黄河北，但它的遗址尚有痕迹，黄河北民和等地藏族人不时有人前来朝礼，至于天池北岸之古建筑遗墟，则未听说有人凭吊云。时光荏苒，历半个世纪之后，1990年夏重游斯地，残砖断瓦仍比比皆是，并获县旅游单位工作人员赠新掘出的完整的大瓦两片，带回西宁后分别赠与青海师范大学图书馆和青海省档案馆保存，后又重新多方访问，所告者仍是“撒拉族定居之前已经形成者”，古建筑之谜，无从得解。

按孟达天池虽僻处群山之中，但它东距甘肃永靖县之炳灵寺不远。[清] 垄景瀚《循化志》卷六载：炳灵寺“每则孟夏季冬八日远近番族男妇来游之古迹也，明御史立碑云天下第一奇观。”炳灵寺窟藏文作 vbnm gling，意为“十万佛聚地”，炳灵为其译音，此窟在藏族史上，佛教与苯教各有所述，苯教史称该窟为该教与西周之季历王双方文化交流时开创者云云。据该窟内汉文壁画题字，似魏晋之前，此窟即有名气，而其著于史乘，则由于西秦之大肆修建。按西秦乞伏氏于4世纪之末据袍罕（今临夏）建地方政权，曾灭亡南凉，一度统治河湟地区，在其立国期间，大兴佛教，扩建炳灵寺，延僧讲法。其所建佛寺风格，皆依汉式，藏史所称之白塔寺（mehod rten dkarpo，今没于刘家峡水库），即在其附近。此二寺藏史誉为藏汉文化交流与唐蕃“大和”之象征。据笔者吴均先生回忆说，他于20世纪30年代初在同仁隆务寺夏日拉章文学院进修时，同学僧侣中即有白塔寺半藏化的僧徒，在贵德尼那寺中亦有他们求学踪迹。

孟达天池距此二寺不远，同处积石山中，当西秦时，同在其统治之下，因此天池上之古建筑，可能与炳灵寺、白塔寺有关联，唯文献失亡，无从考证耳。藏史虽极重寺志，但对此二寺则记载不详，一笔带过。我们有理由想象，天池古建筑之被毁，可能有如下三劫；其一，毁于吐蕃军阀论恐热之战祸。此人逞凶河湟20余年（824—866年），在黄河两岸残民以逞，河、廓、鄯等地受其荼毒极剧，在其残暴摧

① 钱中立：《青海风情》，119页，西宁，青海人民出版社，1988。

毁下，“赤地殆尽”，“河渭三州……二千里间，寂无人烟”。[①] 在此种情况下，天池上古建筑成为废墟，不无可能。其二，有可能毁于北宋与青唐地方政权争战中。1103年（宋徽宗崇宁二年），宋管勾熙河兰会路经略司事的王厚奉诏措置河南生羌时，自河州收复一公城，降今同仁朗家族部，在今循化古什郡峡东黄河南岸与青唐军隔河激战。而自安乡西进之宋军则自积石峡西向夹击，战事惨烈，王厚身上战袍且曾中箭。在此情况下，天池古建筑之被毁，极有可能。其三，1227年，蒙古成吉思汗大军攻占金积石州时之战破坏。

据专家考证，河南汲县战国墓出土的《竹书纪年》、《史记》、《春秋·左传》中记载的西王母是历史上存在过的人，这位西王母曾是青海境内羌人邦国的首领，《汉书·地理志》记载的西王母石室已在海西天峻县关角乡关角日吉沟发现。但西王母不应特指一个人，且未必是女性。《穆天子传》所描述的西王母历史人物形象可半信半疑。大约在汉代以后西王母由历史人物演变为神仙，成为妇孺皆知的王母娘娘。[②]

据神话传说，早先王母娘娘看到这里风光旖旎，便与太上老君争抢这块宝地，王母娘娘施展法术，将天地的瑶池扔到翠峰之中，故有了碧波粼粼、酷似桂林山水的一泓湖水。从地质学上说，天池是冰川作用形成的冰蚀湖，现有天然堤是冰川前碛堤，以后山体崩塌，从两侧山体崩落的碎石块将原来的冰碛堤进一步加高逐渐将通道堵塞四周雨水、冰雪融水汇集成湖泊（天池）。

在古河曲黄河沿岸，唐宋时之古建筑，所在有之，如同德县河北乡亦有散乱的琉璃瓦碎片古遗墟，人们习以为常，不问其始于何时，皆如孟达古遗墟类也。但作为历史往迹，在此亦有可以提起者，河州地区藏史称为噶居（ka cu），视为藏（羌）汉文化最早交流通道，如佛苯两教对炳灵寺摩崖大佛像传统的争论，苯教巫文化之东进，皆经此道。秦时，华夏文化沿渭河西上，进入河、洮、岷，见于汉文文献，而汉族巫文化之“二郎”、“文昌”等西传人羌人生活中，亦经此道。唐中叶以后，唐蕃混战于陇上，吐蕃以大夏川为东部都元帅之中心据点，沿渭河流域，双方争衡于陇山左右，河、洮、岷不仅是政治要冲、军事中心，如拉萨唐蕃会盟碑所述，更是文化融合的平台。我们看到《吕和叔文集》二中所载“临洮送袁七书记归朝诗”及喇勒·贡巴饶赛受戒时汉僧之参与，可以证明文化交流之畅通，因而亦可以说明这一地区在汉藏历史上之重要性。

现今藏族文献对孟达天池的记载，皆系元以后的著述，时移事异，藏族历史历来即形成以卫藏为中心，对于安多视为“化外”，而此后定居杂处者——蒙古、土、汉、撒拉等族对异民族的往迹，不甚重视，历史形成的疏漏，从而失去古建筑等渊源，亦在意料之中。我们不必斤斤抠求于一时一事，而可以大体肯定此处之古建筑不能排除起于西秦之前，而其毁灭可能在于唃厮啰青唐政权之前后。必须看到，藏

---

① 《两唐书·吐蕃传》，《资治通鉴》卷249。

② 崔永红：《青海历史文化的产生及演变》，载《攀登》，2006（5）。

史津津乐道的汉藏黄金桥（rgya hod gser zan）即起始于这个地区，沿渭河流域经河州而西上河湟，入青藏高原，孟达天池位于黄金桥旁，欣赏并发扬着历史光辉。

今天，孟达天池在盛世继往开来，将以其秀丽雄伟风光，激励人们继续发扬黄金桥之精神！孟达天池不仅是一处古今修道游览的绝妙圣地，也是一处独具高原亚热带地域奇景，除了古迹、传说惟妙惟肖外，罕见的热带动、植物可与江南媲美。

据有关资料及考证，孟达天池有华山松、青海云杉、青桐、巴山冷杉、油松、辽东栎、红桦、山杨等树种数十种，池边林区有药用植物300多种，其中载入国家药典的有44科、81种，稀有名贵药材有大叶三七、羽叶三七、贝母、何首乌、大黄、羌活、玉竹、黄精、地梢瓜、党参、柴胡、桃儿七、川赤勺、山荷叶、乌头等，名贵花卉有羽叶丁香、柴丁香、珍珠梅、东陵八仙花、山梅花、蔷薇、海棠、花秋等，珍禽异兽有苏门羚、岩羊、原麝、黄鼬、野兔、石鸡、环颈雉、山鹁燕、绿啄木鸟、白眉朱雀、柳莺等40余种，是名副其实的天然高原野生动植物大观园。其历史传说、古建筑遗墟伴随着高原西双版纳奇特风光，吸引着无数中外游客光临。

（本文原载《中国撒拉族》2009年第2期）

撒拉族家庭的结构变迁和功能探析

——以化隆县初麻村为例

马　龙

撒拉族是我国人口较少民族之一，主要聚居在青海省循化撒拉族自治县、化隆回族自治县以及甘肃省积石山保安族东乡族撒拉族自治县。初麻村是青海省化隆回族自治县初麻乡的唯一一个撒拉族村子，位于县境东部，距县城 30 公里。初麻村现共有撒拉族 320 户，1800 人，占全乡人口的 27.7%，该村撒拉族都是从邻近的循化县迁来的。初麻村地理坐标为北纬 36°06′，东经 102°27′，东与金源乡、南与甘都镇、西与石大仓乡、北与民和县峡门乡接壤。该村海拔 2050～4207 米，南北长 27 公里，东西宽 11 公里，总面积 105.93 平方公里，折合 22.6 万亩，人均 1.3 亩，主要种植小麦、油菜、洋芋，其中水田和旱田各占 50% 左右。地形北高南低，由北向南倾斜，山峦起伏，沟壑纵横。①

随着改革开放和西部大开发的进一步深入，我国西部社会发生了巨大的变化，各民族的传统文化、思想观念、行为方式也都经历着深刻的变化。作为青海特有少数民族之一，聚居于偏僻一隅的撒拉族也经历着社会转型，其家庭也正发生着不同程度的变化。家庭的结构和功能与一定社会的生产方式及社会经济发展水平相适应，并随着社会的发展变化而变动，同时家庭结构与家庭功能之间存在着有机联系。结构功能主义认为，一定的家庭结构总是为了执行一定的家庭功能，而一定的家庭功能也必然要求有与之相适应的家庭结构。② 因此，家庭功能的变迁会导致家庭结构的变迁，反之，家庭结构的变迁也会导致家庭功能的变迁。改革开放和社会变迁首先影响着撒拉族家庭的生产功能，然后由撒拉族家庭生产功能的变化进而影响其他家庭功能及家庭结构、家庭规模、家庭关系等也随之发生变化。

---

① 化隆回族自治县地方志编纂委员会：《化隆县志》，133 页，西安，陕西人民出版社，1994。
② 雷洁琼主编：《改革开放以来中国农村婚姻家庭的新变化》，6 页，北京，北京大学出版社，1994。

一、撒拉族家庭结构的变化及特点

家庭结构主要是指家庭成员的组合方式和内部构造，它包括家庭的人口数、夫妻对数和具体的家庭类型。参照家庭成员的血缘关系可以将家庭划分为核心家庭，即由父母与未婚子女组成的家庭；主干家庭，即由父母与一对已婚子女组成的家庭；联合家庭，即由父母和两对及以上已婚子女组成的家庭或兄弟姐妹结婚后不分家的家庭；其他家庭，即以上类型以外的家庭，如隔代家庭，即祖孙两代组成的家庭；单亲家庭，即由于丧偶或离异等原因，核心家庭中失去父亲或母亲一方的家庭。①这几种家庭类型在撒拉族的家庭中正慢慢呈现不同程度的变化。

撒拉族家庭规模呈现缩小趋势，但小型化速度缓慢。根据四次全国人口普查中初麻村的人口统计资料显示，撒拉族的家庭规模一直呈缩小趋势，家庭户均人口从1953年的8.3人下降到1982年的6.3人，到1990年又下降到5.8人，只是缩小的幅度较小（见表1）。

表1　初麻村村支部书记访谈记录的人口情况②

项目	一普（1953年）	二普（1964年）	三普（1982年）	四普（1990年）	五普（2000年）
总人口	289	496	865	1033	1368
总户数	36	67	130	178	254
户均人口	8.3	7.4	6.3	5.8	5.3

根据2009年笔者对初麻村撒拉族的一次实地调查所搜集的数据，在家庭户规模的分布上，撒拉族的家庭户人口集中于6~7人，1985年的家庭户人口在6人及以下所占比例为65%，6人以上的比例为32%；而2005年的家庭户人口在6人及以下所占比例为68%，6人以上的比例为25%，与1985年相比，撒拉族家庭户人口在6人及以下所占比例上升了3个百分点。这说明初麻村撒拉族家庭规模与过去相比正在呈现逐渐缩小的趋势。同时，从家庭户均人口数减少比例来看，笔者发现初麻村撒拉族家庭小型化速度十分缓慢。撒拉族的家庭规模逐渐缩小缓慢的原因，一方面是因为我国人口控制和对少数民族实行生育优惠政策的结果，另一方面与当地社会生产发展水平和家庭功能发挥的影响有直接关联。

① 邓伟志，徐榕：《家庭社会学》，39页，北京，中国社会科学出版社，2001。

② 初麻村村支部书记访谈记录为主要数据。

二、撒拉族家庭功能的延续及其变化

家庭功能是家庭得以存在的基本前提条件，主要指家庭在人类生活和社会发展方面所起的作用。工业化以前的家庭，其核心的家庭功能是生育和生产，除此以外家庭还具有教育、养老、消费等功能。同时，家庭的功能不是固定不变的，不能脱离社会和家庭形态而独立存在，随着社会的发展变化，家庭功能也会发生不同的变化。

撒拉族以前是一个以从事农业为主的民族，其社会组织也是农业社会。在社会变迁和转型的背景之下，撒拉族家庭的传统功能与其他民族一样在延续传统的同时也发生着变化：一是家庭生产功能和消费功能增强；二是家庭生育功能有所削弱；三是家庭教育功能部分转移，宗教功能凸显；四是家庭养老功能在传承中微变。

（一）家庭生产功能和消费功能增强

在以农业为主导的撒拉族社会中，家庭既是基本的经济生产单位，又是基本的经济消费单位，因此家庭的经济功能仍是初麻村撒拉族家庭的主要功能。在农村经济体制改革后，撒拉族的经济是农户家庭经济。而现在，撒拉族家庭的生产结构发生了很大变化，家庭的生计功能模式多样化了，家庭的经济能力得到了极大提高。就初麻村而言，笔者共采访了56户家庭，其中以农业为主要生计的大约占33%，个体工商经营占42%（主要从事餐饮业），挖虫草占7%（主要是由妇女在村庄附近的山上采挖），修桥修公路等占18%，除此之外，部分撒拉人在农闲时还会外出打工。因此，在社会发展，撒拉族家庭生产功能增强的前提下，撒拉族家庭的收入与过去相比有了较大的增长，家庭收入的增长又带动了家庭消费功能的加强，尽管这种增强趋势很缓慢，但相对过去而言已是一种较明显和不容忽视的转变。据初麻村村民介绍，以前打电话必须到县城，现在有了无线电话，家庭中洗衣机的使用相比以前节省了好多时间，煤气灶的出现改变了家庭生活节奏，手扶拖拉机代替了以前的骡子，以前喝的泉水，现在家家户户通了自来水，以前喝的熬茶现在也变为了奶茶。由此可知，撒拉族家庭消费功能的增强主要表现在消费水平的提高和消费行为方式的变化上。与以前自给自足的自然经济不同，自产自销的家庭消费模式已不能满足家庭消费需求，所以撒拉族家庭的消费功能在满足消费需求的同时也在发生变化，商品消费已成为每个家庭不可缺少的一部分。

（二）家庭生育功能有所削弱

家庭是人类生育和繁衍的基本场所，生育仍是家庭的基本功能。但是，由于政府实行严格的计划生育政策，我国家庭的生育子女数量普遍减少，生育率降低；同时人们的生育观也在发生变化，多子多福，男多偏好的传统意识不再具有普遍性。

在这种全国家庭生育功能逐渐萎缩的趋势下，初麻村撒拉族家庭的生育功能也有所削弱，但由于撒拉人传统的生育观仍然占主导地位，生育功能的削弱还是有限的。以前初麻村撒拉族的每个家庭中子女数6~7个，现在初麻村撒拉族家庭中子女数一般在3人左右。这与撒拉族的社会生产方式、生存环境以及我国少数民族生育政策的实施是分不开的。

（三）家庭教育功能部分转移，宗教功能凸显

家庭是个人社会化的摇篮。在传统撒拉族的社会，家庭教育是传递文化知识、训练生活职业技能的主要方式；同时，家庭也是伦理道德教育的实践场所。随着社会的发展，科技的进步，现代教育和知识的传播是通过系统的学校学习来完成的，这也使得撒拉族家庭的教育和职业训练的部分功能外移到社会中，加剧传统撒拉族社会结构的分化，进一步动摇“子承父业”的传统。在家庭教育功能部分转移的同时，笔者还发现撒拉族儿童的宗教知识启蒙，还有女子的教育仍然主要是由家庭来完成的。

撒拉族生活中处处渗透着伊斯兰教的文化因子，撒拉族每个家庭都是典型的宗教家庭，所以，撒拉族家庭作为家庭个体成员社会化的重要场所更多的是履行家庭成员宗教化功能，承担着成员学习宗教礼仪、宗教习俗、宗教话语等教导功能。即使在社会经济发展迅速的今天，撒拉族家庭的这一功能丝毫没有减弱。笔者在访谈中就观察到，传统初麻村撒拉族家庭有明显的宗教特征，家教严格、尊老爱幼、和睦相处、对待客人热情、传统规矩保留完整，日常生活，例如吃饭前要洗手，饭前念“特慈米”（即奉至仁至慈的真主之名），吃饭时不大声说话；吃油香、包子，要分开食用，不许整个咬着吃，室内陈设和卫生要保持好；长辈面前说话必须有礼貌，在和长辈谈话时，和气和蔼，出远门前一般请阿訇到墓地上坟。

撒拉族是一个信仰十分虔诚的民族，从某种程度上来讲，家庭作为个人出生、成长的文化承载单位，在传播宗教文化、树立虔诚的宗教观念方面起到了不可或缺的作用。在调查中，笔者就发现，在初麻村，一些赋闲的阿訇、满拉在自己家中将那些不上学和放了学的孩子召集起来，宣扬教规，讲授宗教知识，使得这些孩子尤其是从未上过学的孩子从小就了解到了民族宗教文化。由此可见，撒拉族家庭宗教功能相对凸显。

（四）家庭养老功能在传承中微变

看护老弱是传统中国重要的伦理道德，而联合家庭、主干家庭最适合家庭养老功能的发挥。随着经济的发展，由于家庭结构和家庭规模的变化，也使家庭的养老功能发生了变化。在传统的撒拉族社会，养老功能仍是家庭的主要功能之一，只是家庭养老功能发生的形式近些年来有所变化。撒拉族家庭实行“幼子继承制”，父母年老与幼子共居，由幼子赡养。正因为家庭养老功能在撒拉族家庭继续传承，所以主干家庭、联合家庭在撒拉家庭类型中占有一定比例。而近些年来，家庭养老也出现了“同居养老”和“分居养老”的新格局。有少数撒拉族老人与子女分开住，

但与子女保持较近的距离，由子女照顾，形成分而不离的养老方式。现在来看，家庭养老仍是撒拉族家庭的主要功能之一，而且养老功能正处于良性运行状况，绝大多数的老人还是依靠家庭养老。

个案：马阿里，男，现年76岁，初麻村撒拉族人。一家7口人，三男二女，三个儿子都结婚了，两个女儿也嫁出去了，小儿子今年35岁，另外两个儿子已经另立门户，从老家分家出去，老人跟随小儿子居住。另外两个儿子每年给老人口粮和适当的钱。

三、撒拉族家庭关系的转变和面临的挑战

家庭关系是指家庭成员间的互动或联系。而夫妻关系是家庭构成的最基本关系，只有夫妻关系和睦，家庭才可能稳定。撒拉人特别注重夫妻间的团结和睦，家庭中的夫妻双方都有各自的职责。“男主外，女主内”是撒拉族传统的家庭分工模式，成年男性从事主要的农业生产与外出做工，女性则更多的在家从事琐碎家务劳动。受中国传统文化影响，撒拉族家庭中男权思想较严重。传统的撒拉族家庭中由辈分最高的男性掌握家庭的权力，家中几乎所有事务都由男性做主，女性是没有发言权的，“男尊女卑”被视为是理所当然的。而现在这种情况也有了改变。笔者在调研中发现，随着市场经济的发展，初麻村撒拉族男性外出务工的机会越来越多，大量的男性成员离家在外，许多家庭大多由老人、妇女、儿童留守。家中的事务就由女性掌管，女性在家中的地位渐渐有所提高。尽管传统的“男主外，女主内”的家庭分工模式并没有改变，但女性在家中也有了一些发言权，夫妻共同商量逐渐成为了一种较为普遍的现象，尤其是家里的男性外出务工期间家中事务多由妻子来决定。由此可见，撒拉族家庭中的夫妻关系、男女地位正在发生微妙的转变。

伊斯兰教的亲子关系，包含了两层关系，即父母对未成年子女的责任义务和成年子女对年老父母的责任。这些被视为穆斯林的高尚品行，撒拉人也是如此，中国传统的“父慈子孝”思想在撒拉人的生活中亦得到了完美体现。传统撒拉族家庭中事无巨细均由父辈们做主决定，家庭权威具有不可让渡性，这种权威格局一直都比较稳固。但是，随着外出打工人员的增加，家庭结构的新变化，这一权威格局也有所松动。尽管父母对子女的生活发挥着相当重要的作用，但已不再充当绝对权威的角色，父母也会考虑子女的意见；而子女对长辈不是一味地顺从，他们也会提出自己的看法。有时甚至会出现父母与子女在决定权上冲突的情况，传统家庭权威力量与现代家庭权威力量的对抗使原来的家庭格局受到了挑战，社会的发展和人们的经济意识不断增强，导致一些父辈在家庭中的地位不断下降，但是按照伊斯兰教的教义，孝敬长辈是天经地义的事，不管做什么事还是听从父辈们的意见。深刻分析这种权威格局转变的实质性原因在于“支持家庭运转所需的资源供应者的转变，即子

女正逐渐取代其父辈成为家庭资源的主要供应者"[①]。

个案1 马乙四夫，男，现年55岁，其儿子撒力海现年32岁，2005年村里修硬化路，父子俩就一起参加了建筑工队，每人每天给40元钱工资，父子俩将近两个多月赚了2000多元钱，最后发工资后这些辛苦钱都由父亲来掌管，这些钱大部分都用在了家庭生活开销，对此，撒力海也没有什么怨言，家庭中所有事务由父亲来管，撒力海也乐意听从父亲的安排，马乙四夫的家庭过的很和睦，在其家里人看来，马乙四夫是一个能吃苦而且很善良的人。

个案2 马舍乙卜，男，现年61岁，其儿子哈三现年35岁，哈三于2000—2005年在深圳开饭店。饭店经营的不错，赚了不少钱，哈三在2005年10月份回家后，盖起了新房，购置了新家具，家里的所有事情基本上都由哈三说了算。而作为一家之长的马舍乙卜只是听从和采纳意见，似乎失去了以往的权威性，在家中的地位也不断下降。

四、结论

撒拉族作为西部欠发达地区的少数民族之一，在进入21世纪后，面临西部大开发、社会变迁和转型所带来的冲击和影响，其家庭结构、功能、关系发生相应的变化。尽管由于民族自身条件的限制，传统文化的惯性，撒拉族家庭的变迁才刚刚开始，但撒拉族家庭的变迁已表现出既与我国家庭变迁主流相符合的一面，又有自己独特的一面；家庭规模逐渐缩小但小型化速度缓慢；核心家庭成为主导，主干家庭占一定比例，家庭类型开始多样化；家庭生产功能和消费功能增强；而生育功能有所削弱；教育功能部分转移和养老功能得到传承中发生变迁；传统家庭关系在发生转变的同时还面临着传统文化的束缚。通过对少数民族家庭的研究和了解，可以认识到不同地域，不同民族文化背景下各个民族家庭发展变化的特殊性，可以更好地了解和把握少数民族家庭的变化和发展动态与趋势，并且对从总体上把握中国家庭变迁研究无疑有着重要的意义。

① 马大龙：《贫困地区农村回族家庭结构的特点及变化》，载马宗保：《中国回族研究论集（第一卷）》，332页，北京，民族出版社，2005。

从孔木散的繁衍发展看查加工的形成

——兼谈查加工各主要地名的由来

韩得福

一、查加工及一些地名

1. 查加工简介

工是撒拉族社会特有的一种基层组织，相当于乡一级的地方行政区划单位，下属若干自然村①，实际上是一种联村组织。清乾隆四十六年（1781 年）以前，循化撒拉族有十二工，清乾隆四十六年撒拉族人苏四十三领导的反清起义失败以后，由于清廷的惨绝人寰的屠杀和流配，人口锐减，于是不得不并十二工为八工②，从此民间有了“撒拉八工”之说。八工又分为上四工和下四工，其中下四工包括张尕工、乃曼工、清水工和孟达工，上四工包括街子工、苏只工、查汗都斯工以及本文要谈的查加工。相对来说，上四工在县城以西，处于黄河上游，下四工在县城以东，处于黄河下游。

查加工（撒拉语称čeğe－gong）位于县城西 8 公里，东临艾黑尼贺山（撒拉语 eğinex－dağ的音译），西靠奥土斯山，南接文都藏族乡，北连街子工（现属街子乡管），由南而北有查加河横贯全工，除了佛爷山（撒拉语称 nuonex－dağ，位于孟达山东南边）和奥土斯山为丘陵区外，其余为河谷地区，故又称查加沟（撒拉语称čeğe－Gol）。海拔 1923 米，年平均气温 6℃～9℃，年降水量 259 毫米，无霜期 180～220 天，作物生长期 234 天，光、热自然条件好，夏收后可以复种生长期短的农作物和蔬菜。

查加工包括果什滩、果河拉、唐方、波拉海、波立吉、洋库浪、羊巴扎、五土白那亥、苏瓦什、乙麻目和 tamur 等十一个村庄，除了 tamur 在今化隆县、乙麻目村

① 《撒拉族简史》编写组编：《撒拉族简史》，18 页，西宁，青海人民出版社，1982。

② （清）龚景瀚：《循化志》卷 8。

位于街子工西北边之外，其余各村基本沿查加河两岸相望而居。有史以来，撒拉人根据查加河上、下游的区别，将查加工分为上查加和下查加（分别为撒拉语 ori -čeğe、aishi -čeğe 的意译），其中果什滩、果河拉、唐方、波立吉四个村属于上查加，其余七个村属于下查加。

2. 关于查加工和奥土斯山名称的由来

由于缺少文字记录，使撒拉族的许多文化现象扑朔迷离，这引起了撒拉族本身和众学者的广泛关注，其中地名的由来就是一个，查加工的名称的由来自不例外。有人猜测“查加”一名的来历与《循化志》中出现的人物查某某有关，这看似合理，但有点牵强附会。根据马成俊教授的研究，“查加”一词应该是从汉语“柴沟”一词音变而来的。[①] 在街子工和查加工有一个广为流传的故事，其大意是：在很久以前，这里郁郁葱葱，一片原始森林，盛产木材，又是一个河谷地，所以被叫做柴沟。后来，这里的森林和位于街子工的一座天池在一夜之间搬到孟达而形成了那里的孟达天池和周围的森林。[②] 故事内容经过了神化，但许多迹象表明，这里确实曾经是一片茂密的森林，比如，在许多撒拉族民间故事中反反复复提到这里的森林，其中就包括撒拉族先民初至循化的故事中也提到这里的“一片森林”、“好地方”等语，另外，在果什滩、唐方、洋库浪等村附近的山坡上至今能见到不少枯树根。不知什么原因，这里的原始森林慢慢退化了，但人们还是沿用了原来的名称叫柴沟，只是在发音上慢慢地发生了如下变化：柴→če，沟→ge→ğe，从而在总体上出现由“柴沟”向če ğe 的转变。[③]

这里的奥土斯山虽不是座大山，但因为它与撒拉族先民定居街子的原因之间的某种巧妙关系而像骆驼泉那样广为人知。据撒拉族民间传说，700 多年前，撒拉族先民从中亚的撒马尔罕地方长途跋涉来到循化时，他们的骆驼走失了，后来在一泉边找到，但它却卧在该泉水中化石了，因此这个泉被命名为骆驼泉[④]，而骆驼刚开始走失的地点就是奥土斯山，由于这是他们离开家乡翻过的第三十座山，因此被叫做 ohtus - da ğ，意思是“（第）三十座山”。实际上，这里面暗含着撒拉族很独特的一种表示方法：奥土斯山并非他们经过的第三十座山，而是“三十座山”在撒拉族语言中表示“很多很多山”、“非常遥远”的意思，“奥土斯”在这里是个概数，而不是确指“三十”这一数，实际表示的数目比字面上所显示的要多得多。[⑤] 撒拉语中类似用来表示概数的数字还有很多，比如，“两天”、“两个人”分别表示“几

① 马成俊：《青海撒拉族地名考》，载马成俊，马伟主编：《百年撒拉族研究文集》，796 页，西宁，青海人民出版社，2004。

② 循化撒拉族自治县文化馆编：《撒拉族民间故事（第一辑）》，46 页，1988。

③ 马成俊：《青海撒拉族地名考》，载马成俊，马伟主编：《百年撒拉族研究文集》，796 页，西宁，青海人民出版社，2004。

④ 循化撒拉族自治县文化馆编：《撒拉族民间故事（第一辑）》，1 页，1988。

⑤ 马成俊：《青海撒拉族地名考》，载马成俊，马伟主编：《百年撒拉族研究文集》，795 页，西宁，青海人民出版社，2004。

天”、“几个人”的意思。因此，当他们同某个人约好等“两天”再兑现某个承诺时，可能要等好几天，这不是失约，而是撒拉语中另一种特殊的表达方式。再如，人们去淘金或做买卖时，经常用“七座山外”形容路途之遥远，同时也包含非常艰辛的意思，等等。

二、查加工孔木散的繁衍发展及各村名的由来

家庭是撒拉族社会的基本单位，主要依父系血统延续。以家庭为基础形成了“阿格乃”、“孔木散”、“工”等撒拉族特有的基层社会组织。兄弟结婚后分居的小家庭共同形成一个阿格乃（一般有二至十多户不等）。孔木散是由阿格乃血缘关系发展而来的，以父系血缘为纽带的远亲组织[①]，也就是一种宗族组织。聚在一起的一个孔木散或数个孔木散就构成一个阿格勒，即村庄。若干个聚在一起的村庄则构成了一个工。

查加工有十一个村庄，每个村庄由一定数目的孔木散形成，而孔木散数目不是一成不变的，而是由少而多不断繁衍和发展的。因此，通过对孔木散的调查和研究，可以发现查加工繁衍、形成和发展的总体过程。现整理调查资料如下（除特殊说明之外，全部为韩姓撒拉族）：

1. 果什滩村和果河拉村

对于果什滩村的来历，人们已经取得了统一的看法，即那里为防止藏族的侵扰而筑有双层墙，所以称之为“Goshdam”（撒拉语“双层墙”之意），这些传说中的双层墙至今尚存。

果什滩村分为 oran 和 aishiyan 两部分（意思相当于上庄和下庄）。最初有四个孔木散，都在 oran，分别是 Goljix - vashi、oran、ishde 和 arjiyan 孔木散。后有一些姓马的回族落户本村，他们住在 aishiyan，形成一个孔木散叫 purexshi 孔木散（因所在地叫 jioseng，故又称 jioseng 孔木散）。同时，由 ishde 和 arjiyan 这两个孔木散分别发展出一个孔木散叫 yang’et 孔木散、lasgu 孔木散，其中 yang’et 孔木散搬到了 aishiyan，从而使 aishiyan 达到目前的两个孔木散，而全村则达到了七个孔木散。

果河拉村在查加河东，果什滩村的正对面。果河拉村有两个孔木散，即喇家孔木散和马家孔木散。据村里老人们介绍，这里最先只有一个孔木散即喇家，他们本为回民，来自河州，后来有了马家孔木散——分自果什滩村的 purexshi 孔木散。再后来有一家回民定居本村，因姓马，就被吸收到马家孔木散中。

据村民们解释，果河拉村名原为“过河喇”，意思很明显，因为他们在查加河

---

① 芈一之：《撒拉族社会组织“阿格乃”和孔木散的研究》，载马成俊，马伟主编：《百年撒拉族研究文集》，287 页，西宁，青海人民出版社，2004。

东边，而公路在查加河西面，人们需要过河才能到达他们那里，因此得名。

2. 唐方村和波立吉村

唐方村有两个撒拉语名称，一个是查加即čeğe（来由见前文），另一个是ohdi ğen，意思是“高处”、“台地”。

唐方村最初有两个孔木散，分别是tembix孔木散和oran孔木散。从这两个孔木散中先后分出了以下几个孔木散：jiuyi、ishi－xandu、arasi、oran－ishde和oran－jiuyi孔木散。其中最后两者系由oran孔木散分出，其余不知分自哪个孔木散。从oran－ishde孔木散又分出一个孔木散叫younji（“木匠”之意）孔木散。这样，唐方村现在共有八个孔木散。

果什滩和唐方两村除了在村内的发展，还有向村外共同发展了一个村庄，那就是波立吉村。波立吉村有oran和aishiyan两个孔木散，分别来自果什滩村的iʃ de孔木散和唐方村。据说“波立吉”（撒拉语，“剥开了”之意）这一村名由此而来。所以，尽管按位置和地势看起来波立吉村似乎应该是属于下查加的（河对岸的波拉海村就属于下查加），但由于他们来自属于上查加的果什滩村和唐方村，而属于上查加，解放前，纳粮、服役等各项义务一直是在果什滩和唐方两村的名义下完成的，村内遇有大事时亦由这两个村直接做主操办。

3. 洋库浪村、羊巴扎村和波拉海村

据传，撒拉族先民最初定居在街子，随着人口的增长，不得不向四周发展，洋库浪则是街子之外发展的第一个村，所以就用撒拉语把它叫做“yang’e－kuoreng”，其中“yang’e”是“新”的意思，“kuoreng”是“围起来的墙”、“园子”、“庄廓”的意思，合起来就是“新的庄廓”的意思。现在的村名“yangkurong”则是由“yang’e－kuoreng”发生音变而来的。

周围的藏族，把洋库浪村称为“xongker”。据说，这是因为当时在洋库浪村出了一位在整个循化地区都很有名的英雄人物，他的名字叫皇斯若（xongsiruo），他力大无比，武功盖世，并且对整个撒拉地区的政治、经济、文化、宗教都产生了深远的影响，他是这里的头人，人们把他尊称为“皇上”，而将他居住的村庄叫做“皇堡”，周围的藏族则用藏语叫做“xongbuker”，其中，“xongbu”就是“皇堡”，“ker”在藏语当中是“城堡”、“村庄”的意思，合起来其意思就相当于“皇堡城”。这种称呼一直延续至今，但现在大部分藏族人简称之为“xongker”。

洋库浪村最初有两个孔木散，即ahjing和ori－bazir孔木散。后从这两个孔木散发展出多个孔木散，但是，由于本村人多地少，新发展出来的孔木散先后几次向外搬迁，最先两次分别搬到现在艾西波拉海和羊巴扎两村的位置，形成这两个村落。后来，有一些人搬迁至艾西波拉海村南部，形成了现在的波拉海村（现在波拉海和艾西波拉海两个村合起来是一个行政村，名波拉海村，下文即指此），另一些人由一位叫哈让保靠（hareng－bohgu）的英雄人物带领，搬迁至羊巴扎村北部，经过独立发展，当时也形成了一个自然村——哈让，有自己的清真寺和坟园，但是在清乾隆年间（传说其规模当时与羊巴扎村一样，各有二十户），他们中有近一半的人参加了由马明心宣传的哲赫忍耶门宦并参加苏四十三起义，起义失败后，惨遭杀戮，剩下的人们继续艰难地发展着，但是后来又遭遇一次毁灭性的灾难：有一次，年轻人们到古吉来村北面的一个小山坡脚下挖渠道时，突然坡面塌滑，四十多人（一说八十多人）全部遇难，因为一次性失去了这么多人，就另外开辟一处坟园，又因为村里只剩下老弱病残，因此，埋葬时一个坟坑里面挖了两个偏洞，东西各一，双双埋葬，于是此坟墓群至今被人们称为“Gosh - terbet”（撒拉语，意思相当于“双人坟墓”），这些坟墓的土堆明显大于一般的坟墓。此后村里剩下的老弱病残无人照顾，于是，他们就全部加入到了羊巴扎村。他们的村庄——哈让逐渐变成了羊巴扎村的农田区，而这个区至今被称为“hareng - čel”（撒拉语，“哈让田”之意），有些农田叫“清真寺”、“清真寺后面”，据说这是因为那里就是原来哈让村的清真寺所在地。现唯有坟园完整地保留着。

“羊巴扎”在撒拉语里是“新的家园”、“新的庄廓”的意思，据民间解释，因为那是洋库浪村向外发展的第一个村庄，所以叫羊巴扎。

据调查，羊巴扎村最先有 ahjing、ishde 和 ohdu 两个孔木散都来自洋库浪村，其中 ahjing 孔木散系由洋库浪村的 ahjing 孔木散中分出，故同名。后来由 ahjing 孔木散分出 ozen 孔木散，从此羊巴扎村有了四个孔木散。

波拉海村最先有两个孔木散，分别是艾西波拉海孔木散、ishde - xandu 孔木散和 yang’et 孔木散，然后由 ishde - xandu 孔木散中分出了一个孔木散叫 ishde - ba ğ 孔木散。除此之外，分别有冶姓回民和王姓回民入住本村，前者改姓为韩，经过发展，形成 kumur - vashi 孔木散，在 1990 年因教派问题修建了自己独立的清真寺。后者形成王家孔木散，此孔木散曾发展到二十多户，并且势力非常强，在周边各村中留下了“四十个好汉，光着膀子睡在门口过冬天”等等一些神奇的故事。但后来不知什么原因，人口持续地负增长，现在此孔木散只剩下一户人家。

综上，经过发展，波拉海村现在共有艾西波拉海、ishde - xandu、yang’et、王家、kumur - vashi、ishde - ba ğ等六个孔木散。

关于波拉海村村名的来历，民间的普遍解释是：“波拉海”这一名称是蒙古语与撒拉语的合成词：在撒拉族先民来到循化之前，这个村里居住着蒙古人，村里有一清泉，泉边长有一棵榆树，人们就是围绕这个水泉和榆树而居住。由于蒙古语中称水泉为 ble ğ，于是撒拉人称此村为 ble ğ - a ğel，其中 a ğel 是撒拉语，意为“村落”，合起来就是“水泉村”的意思，这是一个蒙古语和撒拉语的合成词。后来撒拉人成为这里的主人，也同样围绕此泉、此树而居，仍沿用了原来的村名，只是在发音上慢慢简化为 bola ğel。如今此泉已不复存在，但此榆树还在生长（位于艾西波拉海所在地），并且村民们都认为它已有六百年的历史。

4. 苏瓦什村和五土白那亥村

苏瓦什，在撒拉语中是“水的上游”的意思。据说那是因为很久以前这里有一眼在干旱的年代也不干涸的水泉，于是下游的人们称此村为苏瓦什。

五土白那亥村（otboinex）村名的来历，与撒拉族来源的传说有关：据说撒拉族先民初至循化街子时把骆驼给丢失了，他们就在一座小山上点起了火把彻夜寻找骆驼，因此把这个山坡叫做 otboinex（“火坡”之意），位于此山脚下的五土白那亥村也因此得名。

苏瓦什村是由五土白那亥村分出来的，解放后他们才逐渐分成两个独立的村庄，所以他们之间至今有较为密切的来往。

五土白那亥村有两个孔木散，即 oran 和 aishiyan 孔木散。

苏瓦什村有两个孔木散，并且老人们对村里每个人所属孔木散的情况很清楚（笔者有笔录），但对这两个孔木散的名称却没有记忆。从他们是来自五土白那亥村的情况来看，两村的孔木散名称可能相同。

在洋库浪、果什滩等村调查时，接受采访的老人们说他们从他们的父辈们那里听说过五土白那亥和苏瓦什两村是由洋库浪村分出去的，因此他们在历史上每天五次礼拜都要到洋库浪清真寺完成，直到光绪二十一年（1895 年）的河湟事变中洋库浪清真寺被焚毁之后，这两个村才先后建起了自己的清真寺。但是在五土白那亥和苏瓦什两村接受采访的老人们都没听说过他们是来自洋库浪村的说法，只知道自古至今他们之间的关系很密切，也知道他们在历史上为一个者麻提[①]的事实，但认为五土白那亥村在洋库浪清真寺被焚毁之后才不得不修建了自己的清真寺，而苏瓦什村则在光绪二十一年之前就已经成立了他们独立的者麻提。

5. 乙麻目村

乙麻目村位于黄河南岸，与查加沟之间有街子工相隔，属于下查加。“乙麻目”为阿拉伯语借词，是领拜者的意思。对该村村名的来历，民间主要有两种解释：一种是从前实行尕最制的时候，街子大寺管着其他所有的撒拉族清真寺，而本村阿訇较多，多出乙麻目（在街子清真大寺当乙麻目），因此而得名；另一种是当时乙麻目马来迟来循化宣教时住在本村，所以叫乙麻目村。更多的人坚持前一种说法，他们认为后一种说法纯粹是近几十年有些人随意编造的，而只有前一种说法才是一代一代传下来的不变的主题。

乙麻目村有七个孔木散：托隆都（撒拉语称 tuoremdu）、nuo ǧili、tongji、resem、samexli、oranban 和 Qus - jiuyi 孔木散。其中，托隆都孔木散由白家、何家和马家（此三家原为回民）组成，这样由不同姓的人形成一个孔木散的现象在撒拉族社会是非常罕见的，因为孔木散不能吸收外来人员。那么托隆都孔木散为什么会出现呢？据村里老人们讲，很久以前，托隆都（地名）是乙麻目村的农田的一部分，后来经过乙麻目村同意之后，马、何、白姓回民先后在托隆都安了家，从此他们就成为伊乙麻目村的一部分，服从于乙麻目村，受乙麻目村的保护。当时循化最大的黄河的渡口就在乙麻目村，这给乙麻目村带来了一笔不小的收入——他们按孔木散

① 者麻提，是阿拉伯语音译，原意是“一群”、“一伙”、“集体”、“社团”、“团体”等，在这里特别指的是长期在同一个清真寺一起做礼拜的人们所组成的一种群体组织。

轮流负责用船、皮筏子给人们渡河并分配所得收入，每个孔木散一天。马、白、何住在托隆都之后，他们也是乙麻目人了，他们就得到了同样的待遇，但由于人数较少，加之他们是后来者，所以他们被人为地编为一个孔木散，以所在地名称——托隆都作为孔木散名称，并加入到轮流职守渡口的行列，从此，乙麻目村有了七个孔木散，就是说，他们每个星期轮到一次靠摆渡赚钱的机会。也就是从那时候开始，托隆都必须要承担一个孔木散所必须完成的各项义务，比如向朝廷纳粮上草等。但因为撒拉族孔木散固有的特点（即不能吸收异姓、非血缘关系的人员），在托隆都孔木散内部，他们很自然地分为马家、何家和白家三个部分，并互称孔木散。其中马家又被叫做总家，这是因为这里先有马家，当何家和白家先后到来时，马家以东家的身份迎接了他们。这样乙麻目村真正意义上有九个孔木散，但由于他们内部的问题而人为地编为七个孔木散。除了托隆都孔木散外，其余六个是从一个孔木散发展而来的。托隆都现为一个独立行政村。

在乙麻目村的坟园内有一棵很古老的榆树，据说这是因为在很久以前，全村只有三个兄弟，他们组成一个阿格乃，也是一个孔木散，慢慢地，他们发展为三个孔木散，后来不知什么原因，他们就分开了，其中一个哥哥带着他的孔木散成员到草滩坝安了家，另一个哥哥带着他的孔木散成员去了另外一个地方，而小弟弟的孔木散留在了村里。他们保持着联系，但他们担心时间长了会忘了彼此，于是他们三兄弟共同在分开后的三个孔木散的坟园内分别栽了一棵榆树，并议定无论以后怎么样，都必须要保持联系，而将来一定要团圆，以坟园内的榆树为信。可惜的是，如今在乙麻目村再也没有人知道其中一个哥哥的孔木散到底去了哪里。在草滩坝村调查时发现那里有四个孔木散，据说是雍正八年（1730年）来自循化各地，他们也不知道其中哪一个是来自乙麻目村。后来在孟达乡索同村（撒拉语名为dongdong）调查时得到一个消息：他们的祖先来自乙麻目村的dongdong（地名），所以他们的祖先把村名定为dongdong，以表思念。索同村有两个孔木散，其中一个叫乙麻目孔木散，另一个分自乙麻目孔木散，但名称不详，他们平时以“这边孔木散”和“那边孔木散”来区分。每个孔木散有一座独立的坟园，坟园内各有一棵大榆树，目前还不能确定他们是不是在乙麻目村流传的故事中不知去向的那位哥哥及其孔木散的后代。另外，化隆县甘都镇tamur村的主体也是由乙麻目村分出去的。tamur村有三个孔木散，分别是nuo ğili、resem和xade孔木散，前两者来自乙麻目村的同名孔木散，后来一些回民定居该村形成xade孔木散。据两村老人们介绍，新中国成立前，tamur村一直在乙麻目村的名下，行政上属于查加工，那里的清真寺是在乙麻目村的帮助之下修建的。

三、小结

以上描述查加工孔木散的繁衍、发展的过程，就是描述查加工的形成、发展的过程。为了进一步从总体上把握该工的形成，我们用表1统计一下工里的孔木散数目（为了简便，表中将五土白那亥、tamur两村分别写作五土、塔目尔）。

表1

孔木散数＼村名	唐方	果什滩	波拉海	羊巴扎	果河拉	波立吉	洋库浪	五土	苏瓦什	乙麻目	塔目尔	总计
现有的/个	8	7	6	4	2	2	2	2	2	7	3	45
最初的/个	2	5	5	3	2	2	2	2	2	2	3	30
更早时期/个	2	4	0	0	0	0	2	2	0	1	0	11

由表1可以看出，就现有的情况看，查加工的十一个村庄分别由二到八个孔木散组成，整个工共有四十五个孔木散。但是，就作为每个村繁衍基础的孔木散的情况（也就是仅仅除掉在本村内部繁衍出来的那些孔木散，但从外面来的孔木散都计算在内，哪怕形成较晚，表1中表示为“最初的”）来看，数目就相对较少，只有三十个孔木散。

如果再往前追溯，当有些村落还没有出现时，查加工的孔木散数就更少，我们现在至少可以追溯到全工总共只有十一个孔木散的时期（上表中表示为“更早时期”），那时候查加工只有果什滩、唐方、洋库浪、五土白那亥和乙麻目等五个村庄（如果像民间的说法一样五土白那亥和苏瓦什两村来自洋库浪村的话，可以再减去两个孔木散，即剩下四个村庄，九个孔木散），都在查加河西，也就是说，在查加工先有河西各村，随着人口的增多，这些村庄的孔木散也多了起来，于是先后以孔木散为单位向河东发展，逐渐形成了河东的哈让（后被并入羊巴扎村）、羊巴扎、波拉海、果河拉、苏瓦什等村，另由乙麻目村向黄河以北迁去两个孔木散形成tamur村，查加工也便形成了。这应该是因为河西相对处于阳光地带而优先选择住在那里，后来才向河东发展了。河西五个村庄十一个孔木散以及由此繁衍出来的所有孔木散构成了查加工的主体，但不是全部，因为后来还有不少回民也在此居住形成了他们自己的孔木散，他们是：果什滩村的purexshi孔木散、波拉海村的王家孔木散、kumur－vashi孔木散、果河拉村的喇家孔木散和tamur村的xade孔木散等。可以说，这种族源的多元性，是查加工孔木散的一个特点，也是所有撒拉族孔木散共有的特点。

在查加工，形成了独立孔木散的姓氏主要有以下四个：韩：四十个孔木散，分布在除果河拉之外的全部村庄；马：两个孔木散，分别在果什滩村和果河拉村；喇：一个孔木散，在果河拉村；王：一个孔木散，在波拉海村。以上各孔木散内姓氏单一，没有任何杂姓人员加入。另外，乙麻目村的托隆都孔木散由白、马、何三姓构成。总之，查加工共有韩、马、喇、王、白、何六个姓氏，其中韩姓最多，占全工孔木散数目的89%，其余各姓氏的孔木散都自认为是由回族而来，而韩姓孔木散中只有波拉海村的 kumur－vashi 孔木散和 tamur 村的 xade 孔木散是由回族而来，他们的先人改姓为韩而得以在撒拉族地区长期居住。

按照民间的说法，最初居住洋库浪村的是尕勒莽的舅舅，他们是查加工最早的主人，他们打下了查加工的基础，所以把洋库浪叫做查加工的“站根”，甚至民间有人认为它与街子一起成为整个撒拉族的两大“站根”。

如今已不是“撒拉八工”时期了，查加工被编入街子乡，原属于查加工的乙麻目村现属于积石镇，原属查加工的各村中孔木散组织也已越来越淡化，总之发生了许多变化，但它们在撒拉民族的形成、发展的历史过程中发挥过非常重要的作用，也是塑造撒拉民族性格的诸元素中的重要组成部分，对我们研究撒拉族的历史、社会文化具有重要意义。

守望精神的家园

——土族、撒拉族非物质文化遗产保护与开发现状调查

鄂崇荣

非物质文化遗产与物质文化遗产一样，是人类文明的结晶，是人类社会得以延续的文化命脉。土族、撒拉族作为青海特有的世居少数民族，在与周边民族长期交往过程中，创造了内容丰富、独具特色的民族文化。其口头与非物质文化遗产作为青海高原特色文化的重要组成部分，具有很高的文化品位和研究开发价值。

一、土族、撒拉族非物质文化遗产保护、开发的重要意义

2003 年 10 月 17 日，联合国教科文组织在巴黎通过的《保护非物质文化遗产公约》对“非物质文化遗产”作了如下界定：“指被各群体、团体、有时为个人视为其文化遗产的各种实践、表演、表现形式、知识和技能及其有关的工具、实物、工艺品和文化场所。”按照以上定义，“非物质文化遗产”包括以下五个方面：①口头传说和表述，包括作为非物质文化遗产媒介的语言；②表演艺术；③社会风俗、礼仪、节庆；④有关自然界和宇宙的知识和实践；⑤传统的手工艺技能。[①] 土族、撒拉族丰富多彩而又独具特色的非物质文化遗产，可以溯源于其历代先民的文化创造和文化传承，浸注着其民族文化价值观，不同角度体现着本民族的“历史文化记忆”。从前文相关定义和内容，我们也将这两个民族非物质文化遗产粗分为民间文学、民间音乐、民间舞蹈与戏剧、民间工艺等几类。大部分内容具有鲜明的地域性和强烈的民族性，内容涉及天地万物形成、民族渊源、社会生活、生产活动等各个方面。

① 参见向云驹:《人类口头和非物质文化遗产》（附录：联合国教科文组织《保护非物质文化遗产公约》)，银川，宁夏人民教育出版社，2004。

非物质文化遗产的价值丰富多样，有历史价值、文化价值、精神价值、审美价值、经济价值、创造价值、纪念价值等。非物质文化遗产的保护开发及其相关特色文化产业的发展，能够有效帮助农牧民增收、带动农牧区消费，能够丰富旅游文化内涵、提高旅游品位和核心竞争力。非物质文化遗产利用开发范围的扩大和手段的创新，能够加快创意、创造和创新的速度，使资源优势转变为产业优势、市场优势和竞争优势，促进经济增长方式的转变，实现文化富民。如近年来，循化主打“撒拉族绿色家园”旅游业品牌，2002—2006 年共接待国内外游客 163.5 万人次，实现旅游收入 2.3 亿元，直接吸纳就业人数达 4500 人。① 2006 年，互助土族自治县土族民俗旅游直接从业人员 1980 余人，间接从业人员达 5000 余人，实现旅游收入 2800 万元。②

二、土族、撒拉族非物质文化遗产保护与开发的现状

多年来，各级政府和相关部门及部分群众努力对土族和撒拉族戏剧、舞蹈、曲艺、文学、美术等民族民间文化艺术进行了深入的挖掘、搜集和整理，完成了部分非物质文化遗产的静态保护。但我们也清楚地认识到：随着外来文化的传播与渗透，传统生产、生活方式的变迁，土族、撒拉族部分非物质文化遗产活态传承面临着十分严峻的形势。

（一）保护与开发取得的成就

1. 非物质文化遗产静态抢救与保护成绩斐然

中华人民共和国成立后，青海省在非物质文化遗产保护方面组织开展了一系列卓有成效、值得称道的工作。前期标志性的成果有两项：一是从 20 世纪 50 年代开始的对全省各少数民族的民间文化进行的大规模调查及其后的《国家民委民族问题五种丛书》、《中国少数民族社会历史调查资料丛刊》的出版；二是 1979 年以来，文化部、国家民委、中国文联共同发起了“十部中国民族民间文艺集成志”的编纂工作。与此同时，省内一些科研院所、民间社团和个人在当地相关部门的支持下对其进行了搜集、整理和研究。当地政府还积极邀请一些国内外媒体，制作完成一批宣传当地民族风情、自然风光、人文景观、旅游资源等内容的图像资料。

2. 文化空间保护日益得到加强

建立文化生态保护区，举办各种文化艺术节是各地保护活态民族文化的普遍做

① http://www.qh.xinhuanet.com/misc/2007-05/11/content_10002636.htm:《主打撒拉族绿色家园品牌循化 5 年创收 2.3 亿》。

② 参见中共互助县委、互助县人民政府：《实现民俗旅游带动战略加快互助新农村建设》（2007 年 6 月 12 日）。

法。近年来，土族、撒拉族聚居地区通过举办各种“文化艺术节”、“旅游节”等丰富多彩的特色文化活动，将一批优秀的民族民间文化艺术推向了全国；开展了创建特色文化艺术之县（乡）活动，涌现了刺绣、剪纸、唐卡、花儿、雕刻等一批特色文化艺术之乡。截至2006年底，青海省同仁县、大通回族土族自治县、互助土族自治县东沟乡等8个县乡先后被文化部命名为“中国民间艺术之乡”。通过命名表彰，使很多流传久远、分布在偏僻地区、不为人们所熟悉、表演难度较大的民间艺术得以弘扬；僻壤上的民族服饰、刺绣、木雕、唐卡、土族花儿、安召、轮子秋、堆绣、酥油花、藏族拉伊等艺术形式，焕发出传统艺术的魅力。又如同仁吾屯热贡文化艺术村，从事热贡艺术品业的有437户，占全村总户数的98%。2005年末，该村热贡艺术品业收入达1000余万元，占全县农牧民总收入的8%。

3. 民间文化传人开始受到重视

民间文化艺术的传承多是由民间艺人来实现，民间艺人是非物质文化遗产传承与保护的载体。部分地区已逐渐意识到培养民族民间文化传承人的重要性，将民族民间传统技艺的持有者和民间艺人纳入政府保护和扶持的视野，鼓励和扶持民间艺人致力于民族民间文化的传承和发展；对民间艺人的创业活动通过舆论宣传等形式给予充分肯定和鼓励；开展民间工艺美术大师的认定和民间艺人的职称评定工作，切实保障了民间艺人的合法权益。如2006年互助、同仁等县经过个人申报、组织推荐、公示、专家评审等程序，开展了优秀民间艺人的推荐、选拔、表彰命名工作。这些措施，提高了民间文化传人的社会地位，对引导当地干部群众重视民族民间文化，认识民间文化价值产生了一些积极影响。

4. 遗产价值意识增强，申报工作开始引起重视

遗产申报工作本身既是挖掘、抢救和保护的过程，同时也具有宣传作用，能使保护的理念深入人心。同仁、互助、民和、循化等许多地方开始认识到申报各级文化遗产的好处，积极开展申报工作，并成立民族文化保护研究机构，划拨专项资金组织县社会发展局和各乡镇对当地非物质文化遗产进行搜集、挖掘和整理，同时还开展对民间艺人普查工作。2006年，国务院公布的第一批518个国家非物质文化遗产名录中，涉及土族、撒拉族非物质文化遗产内容的有14个项目。

5. 部分非物质文化遗产正在被全面或尝试性研发

法国著名社会学家皮埃尔·布迪厄认为：文化是动态的、不断发展变化的，是处于一个不断生产和再生产的过程，通过不断的“再生产”维持自身平衡，使社会得以延续。[①] 他指出：只有把文化产品置于特定的社会空间特别是文化生产场中，其独创性才能得到更为充分的解释。[②] 在土族、撒拉族地区，传统文化作为能够产生经济效益和社会效益的文化资本正在被全面或尝试性地开发和利用。许多地方把抢救、保护、传承和发展非物质文化遗产与优秀的民族、民间艺术和旅游业结合起来，

① 参见［法］皮埃尔·布迪厄：《实践感》，蒋梓骅译，南京，译林出版社，2003。

② 参见朱国华：《布迪厄：文化与权力》，载于中国文化研究网。

以文化带动旅游，以旅游促进文化，取得了一定的成效。如互助组织有关人员对土族服饰、舞蹈、音乐、民间工艺等进行专题研发，设计、制作出“土族福娃”、“土族妇女”等系列工艺品。[①] 2006 年，循化撒拉族自治县主打“黄河上游流动的风情走廊——撒拉族绿色家园”旅游品牌，年内旅游业直接和间接收入达 8298 万元，比上年增长 27.4% 。年内还投资 664 万元，完成撒拉族民族展览馆（博物馆）工程和骆驼泉撒拉民俗园开发详规。[②] 近年来，同仁县将热贡艺术的保护、开发和利用作为发展热贡文化产业的突破口，精心培育，基本实现了文化资源转为产业资源优势的目的，热贡艺术产业已初步形成产业规模。2006 年末，同仁县从事“ 热贡艺术”创作的人员达 2000 余人，年总收入近 1492 万元，整个热贡产业收入达 2287.37 万元。同年，该县启动了“非物质文化遗产探秘之旅”活动，宣传推介同仁县国家级非物质文化遗产。同时，这些县还结合 2004 年开始实施的“阳光工程”等惠农工程，举办民族刺绣、剪纸、特色餐饮等民俗文化培训班，大力培养刺绣、剪纸等民间艺术人才。

（二）保护与开发中存在的主要问题

1. 部分非物质文化遗产活态传承生存环境恶化

通过查阅各种文献和田野调查资料，发现目前土族、撒拉族部分非物质文化遗产生存环境日益恶化，普遍处于消失、濒危、变异的境地；一些神话、历史传说、工艺技术等珍贵的非物质文化遗产随着一些艺人的去世而消亡；保护工作远远适应不了形势发展的要求。如土族、撒拉族等几天完成的婚礼仪式压缩在一天内结束，流传几百年的民间文学中的精华部分、经典的婚礼祝词已支离破碎；土族民间一些传统工艺和体育游艺活动在现代主流文化的冲击下，处于消失的边缘；几乎每户土族家庭都用上了电视，晚上全家人听老一辈人讲寓言故事、唱酒曲的景象已不复存在。撒拉族婚礼中的许多仪式，如代表撒拉族历史记忆的骆驼戏、最具撒拉族特色的饮食文化“抬羊背子”基本处于消亡的边缘。物质文化的不复存在，将使其所负载的非物质文化也跟着消失。如建房礼仪，因大部分土族地区不再建传统意义上的庄廓、天舍，所以合龙口、上梁、安中宫等仪式也随之消失。

2. 非物质文化遗产传承和保护人才缺乏

土族、撒拉族的每一位老人几乎都是无形文化的载体，是无形文化遗产的活化石。这两个民族对文化的记载大部分只具有语言交流形式，没有固定的文字书写。传播历史和技术主要依靠人对人的口述记录方式一代复一代地传递下去。而承担传播功能的人就是乡土社会中的老者、巫师、说唱艺人、故事家等。根据互助土族自治县民委古籍办公室在实地搜集中发现：近些年来，广播电视、新闻媒体等现代文明对土族传统文化的冲击较大，口碑古籍的传承存在断层现象，在民间很难找到讲

① 互助土族自治县人民政府：《依托资源优势突出民族特色发展壮大土乡文化产业》（2007 年 5 月 15 日）。

② 《循化撒拉族自治县旅游局 2006 年度工作总结》。

述民间文学作品的老人。近几年农村劳动力外出务工成为一股潮流，每个村庄外出务工人员绝大多数为青壮年劳力，他们中的许多人对传统文化缺乏兴趣，不愿担负起传承民族民间文化的重任。主流文化进入加剧、民族民间文化缺乏传承人是土族、撒拉族非物质文化遗产活态传承面临的最大危机。又据2005年6—7月青海省民委少语办对大通、互助、民和三县的土族语言使用状况的调查也显示，大多数土族人不愿意下一代学习土语。

3. 对非物质文化遗产抢救与保护方面的财力投入亟待进一步加强

许多地方经济社会尚处在低水平的发展阶段，重利用、轻保护的现象比较突出，对文化的发展建设无暇顾及，因此保护工作存在雷声大、雨点小的情况。财政投入不足，是制约非物质文化遗产保护的最大障碍。土族、撒拉族非物质文化遗产浩繁庞杂，丰富多彩，前人所抢救和整理的材料与各民族民间文化蕴藏量相比，仍显不足，许多民间文化至今仍是“养在深闺人未识”。非物质文化遗产的记录、整理、保存、保护、展示需要大量经费和现代化科技载体及手段。调查中发现，民和、循化等县非物质文化遗产专项保护经费只有1万~2万元，没有能力购买数码相机、摄像机、刻录机等最基本的设备，急用时只能临时借用地方电视台的个别设备，无法及时、全面、有效地记录、抢救濒临灭绝的文化遗产。

三、对全省非物质文化遗产保护与开发的思考

土族、撒拉族地区虽然在保护与开发非物质文化遗产方面做了大量的工作，取得了可喜的成绩，但面临的形势仍然十分严峻。其中许多问题也是全省非物质文化遗产保护工作中存在和面临的普遍性问题。为此，提出以下几点建议：

（一）加大宣传力度，使全社会形成自觉保护非物质文化遗产的意识

笔者在互助、民和、循化调查时发现，虽然当地政府抢救和保护非物质文化遗产的积极性高涨，但当地群众保护非物质文化遗产的观念意识较淡薄。绝大多数当地居民认为吸引游客的最重要的因素是独具特色的民族文化，但都表示没有参与过非物质文化的保护活动。因此，需要进一步加大宣传力度，加深公众对本地具有传统地域特色的民间文化的了解和认识，唤起本民族和社会各界的保护意识。一是利用互联网和各种新闻媒体，开辟“民间工艺、民俗风情”栏目，定期播放、刊出有关内容，潜移默化地灌输地方非物质文化遗产相关知识，提高群众对本地、本民族民间传统文化、风土人情的认知度，培养年轻人对非物质文化遗产的兴趣。二是适时表彰一批非物质文化遗产传承和保护工作的先进集体和个人，增强从事此项工作的责任感和荣誉感。三是动员社会力量和广大人民群众积极参与非物质文化遗产保护和相关“搜遗”活动，为下一步深入开展普查、推进非物质文化遗产保护工作打下良好基础。四是在有条件的中小学和省内大专院校开设非物质文化遗产方面的讲

座或课程，既可丰富学校的第二课堂，拓宽学生的视野，又能做好非物质文化遗产的普及教育、培训与理论研究。

（二）多层次、多方面、多渠道筹措资金进行保护

在先期进行的民族民间艺术资源普查基础上，应总结经验，深入、扎实开展非物质文化遗产普查，全面了解和掌握本地非物质文化遗产的种类、数量、流布地域、生存环境、保护现状及存在的问题，真正摸清本县、本乡非物质文化遗产家底。在此基础上对本县、本乡非物质文化遗产进行分类、分层次，对于个别独特的、有重要影响的、有传承意义的，以及濒临灭亡的或很快就要失传的项目，进行重点抢救和优先保护。像土族、撒拉族的戏剧、刺绣、手艺以及民间传说等应当作为重要的保护和抢救对象。针对不同的抢救对象和生存状态采用数据库保护、博物馆保护、传承人保护等多种保护方式。各级政府财政应设立非物质文化遗产保护专项经费，纳入年度财政预算，并随着经济的发展逐年有所增加，对其使用情况进行检查监督。在条件成熟时，由政府牵头在当地设立土族、撒拉族等少数民族非物质文化遗产保护基金，争取社会各界广泛的支持，接受企业、个人和各界人士的捐赠，所募的捐款全部用于抢救和保护本地区、本民族的非物质文化遗产。在政府宏观指导下，可采取市场化运作的手段，依靠民力，启动民资，鼓励和支持社会资金参与当地非物质文化遗产的研究、保护和开发；对从事演出的专业剧团、专业文化团队，当地政府或有关部门给予特殊优惠政策，鼓励他们通过出售冠名权、有偿宣传、有价票证等形式，筹措研究和发展经费。

（三）处理好开发利用与保护之间的关系

非物质文化遗产是先民留给今人和后人的一份宝贵财富，其中蕴藏着丰富的文化价值和经济价值。虽然部分地区一些旅游或文化企业对民族音乐舞蹈等文化资源进行了开发，但目前来看，仍处于“粗放型开发与加工”状态，游艺、集会等特有的文化遗产还未深入挖掘。因此，当地政府应鼓励各方对非物质文化遗产的活用，从民俗表演到旅游开发，从工艺品销售到文化创意发展，多手段全方位地开发非物质文化遗产中的文化价值和经济价值，使非物质文化遗产在弘扬传统文化、振兴民族艺术的同时也为开发人文旅游景观、刺激地方经济发展发挥应有的作用。国务院办公厅《关于加强我国非物质文化遗产保护工作的意见》（国办发［2005］18号）提出了“保护为主、抢救第一、合理利用、传承发展”的非物质文化遗产保护工作方针，并明确指出：“正确处理保护和利用的关系，坚持非物质文化遗产保护的真实性和整体性，在有效保护的前提下合理利用，防止对非物质文化遗产的误解、歪曲和滥用。”适度的保护与合理的开发会相辅相成地促进文化遗产的传承发展。保护可以是为了开发而保护，开发也可以是为了保护而开发。不能盲目地将开发置于保护的对立面上，单纯为了保护而禁止开发或为了开发而拒绝保护。开发者要有效利用保护者的工作成果，依照文化传统进行传承性的开发，而保护者则应当针对开

发者的工作给出有效建议，以便开发工作在合理的范围内进行。许多非物质文化遗产都来源于民间、来源于生活，并非为表演和旅游而设计，在需要进行商业演出和旅游开发时就难免会对遗产的部分内容进行变更，比如为了增强视觉效果在民间戏剧中加入声光电元素，为了增强音响效果在民间音乐中加入新式乐器的伴奏，为了提高制作效率在民间手工艺制作过程中加入现代工艺等，经过这样的变更，文化遗产就成为一种既具有全新形式，又带有遗产元素，适合商业演出和旅游开发的当代文化创意产品。为了经济开发需要而利用传统文化遗产开发当代文化创意产品是应当给予支持的，因为它一方面带动了经济增长，另一方面也扩大了遗产的社会影响。但是值得注意的是这种当代文化创意产品应当在推广时与传统的非物质文化遗产加以区分，让当代创意产品的受众对于其改动内容有明确的认识，防止对于遗产的误解。

（四）应当尊重和包容非物质文化遗产部分内容的自然发展

在普查和确认非物质文化遗产的时候，对非物质文化遗产应该抱有宽容的态度，坚决防止和克服人为地对非物质文化遗产作出主观的价值判断，不能随便给非物质文化遗产贴上优秀或是落后、精华或糟粕的标签。普查和确认的目的是为了保护，不是为了筛选，不是为了褒扬和贬弃，它只是实施保护非物质文化遗产的一项措施，联合国教科文组织《保护非物质文化遗产公约》明确说明："'保护'指确保非物质文化遗产生命力的各种措施，包括这种遗产各个方面的确认、立档、研究、保存、保护、宣传、弘扬、传承（特别是通过正规和非正规教育）和振兴。"就是说，保护非物质文化遗产的最终目标是为了保护其生命力，是为了传统文化的持续发展。非物质文化遗产作为一种活态的遗产，需要由传承人代代相传，随着时代的变迁，随着传承人所生活的社会不断发展，遗产也会随着时代发生变化。比如许多土族、撒拉族传统土木民居建筑已被钢筋水泥洋楼所取代；婚礼中迎娶新娘的马、驴被汽车、拖拉机所代替，这些都是遗产的自然发展，是社会变革的必然结果。对此，遗产工作者要持一种相对宽容的态度，不能过度干预，而应该通过多媒体的科学记录方式保护遗产，通过收集与遗产有关的作品、工具等保护遗产的现状，通过改善传承人生活状态努力保护遗产的活态传承。

（五）加强对传承人的扶持与监管

非物质文化遗产保护工作的重点之一是对项目传承人的保护。建议今后相关部门给予传承人一定经济补助，对刺绣、唐卡、剪纸等民间工艺传承人，政府可以采购传承人的作品，或通过博物馆购买、收藏、展示当代民间大师的工艺精品等方式，给予传承人一些经济补助；对民间文学、礼仪等的传承人在民间口头文学资料整理中给予一定的报酬；对民间舞蹈、音乐等传承人的补贴，可以在本地或在省内进行非物质文化遗产的展示活动，邀请传承人前来参与这种活态的展示，同时给予传承人一定数额的报酬。政府如有条件，对一些群体性文化遗产项目传承人，可以用群体资助的方式支持非物质文化遗产的传承工作，以避免给予个别传承人而影响到传承群体原有的和谐，带来负面效应。此外，建议相关部门对遗产传承人要扶持与监管并重，不仅制定严格的传承人标准，还要对经费的使用承担指导、管理之责，并监督该项遗产传承的状态。我们可否学习日本和韩国在这方面较为成熟的做法：例如，两国均有认定和解除传承人称号的制度。日本的遗产传承人在拥有经费使用权的同时，还需要在获得“重要无形文化财”称号的三个月内公开该项遗产的技艺记录。当传承人出现住所变更、死亡或其他变化时，其子孙或弟子要在20天内向文化厅长官提交正式文书。传承人去世后，其称号也不能由其徒弟承袭。韩国则在为遗产履修者（学习者）发放“生活补助金”的同时，要求他们必须跟从传承人学习6个月以上，并在相关领域工作1年以上。[①]政府还定期对各类非物质文化遗产的传承状态进行审查。比如，他们要求国家级的表演类遗产每年必须有两场以上的演出，此举一来是对国民进行遗产知识普及，二来则是为了对遗产传承现状进行质量检验，如果认定该项遗产已不符合国家级的要求，政府就会解除它的称号。

（六）充分发挥民间组织的作用

非物质文化遗产生于民间活在民间，如果非物质文化遗产是鱼，那么民众就是养鱼的水。从根本意义上说，民众既是非物质文化遗产的创造者，又是非物质文化遗产的消费者和确证者。非物质文化遗产要得到长远的保护和合理利用，最终还要依靠广大民众的力量。向群众普及非物质文化遗产保护知识，增强他们认同的自觉性和保护意识，这是关系到非物质文化遗产保护工程能不能久远维持的根本大计。保护非物质文化遗产，政府的支持是强有力的，专家的指导是科学行事的保证，而真正的基础则是来自民间的自觉。保护、传承非物质文化遗产的重心在基层、在民间、在传承地，民间组织在其中发挥着重要的作用。如列入第一批国家非物质文化遗产名录的民和三川地区的纳顿会，主要是依靠各个村落长期形成的民间规则和村民民主选举的大派头、小派头等组成的民间组织而长期保留传承下来的。坚持行政干预最小化，民间事民间办的原则，不但可以节省政府的行政开支，同时也可在民间文化遗产的保护过程中最大限度地保护非物质文化遗产的本色。

（七）建立优势互补、有机整合的资源共享机制

目前，非物质文化遗产保护的人力、财力、物力和智力资源有限，建议从实际出发，通过统筹协调，建立优势互补、有机整合的资源共享机制，让有限资源得到充分利用。一是充分发挥全省各地群艺馆、文化馆（站）、图书馆、博物馆、科研

① 参见顾军，苑利：《文化遗产报告——世界文化遗产保护运动的理论与实践》，91～128页，北京，社会文献出版社，2005。

单位、学校等单位的人才和资源优势，发挥各自特长，加强联络合作，实现人才、智力资源共享、共用，共同为保护出力。二是加强文化行政部门与各有关部门的信息沟通，重视非物质文化遗产保护部门与有关研究机构的信息交流，注重各级非物质文化遗产保护工作的信息传递，建立有机的信息沟通渠道，形成综合的保护信息共享机制，为全面把握非物质文化遗产保护整体形势和正确决策提供真实完整的信息依据。

（本文原载《中国土族》2007 年冬季号）

生产和传承文化的平台

——青海循化撒拉族婚礼口头传承的田野考察

范长风

一

我们一行五人，作为西北民族大学民俗学硕士，踏上了西去青海循化撒拉族自治县的田野之路。这次田野考察，目的是完整地记录撒拉阿娜出嫁时唱“撒赫稀”（哭嫁歌）和婚礼上上演奇特的“多伊奥依纳”（骆驼戏）的情景。虽然进行了较为细致的准备工作，我却开始担心这些婚礼习俗在现代文明无处不在的今天是否还侥幸存活。我在临行前的碰头会上提议，如果出现这种情况，大家做好准备以访谈民间艺人和当事人作为替换策略。

2002年12月11日8时，我们自兰州出发，经临夏回族自治州，在积石山县大河家休息一夜。次日早，汽车经过保安三庄，穿行在沿黄河与高山峻岭间的山地公路上，上午10点到达循化县孟达乡木场村的山脚下。我们选择木场作为考察点，是因为这里相对闭塞且较好地保存了撒拉人的生活方式和习俗，该村还有一位曾于1964年代表撒拉人进京演出的民间艺人——阿卜杜。

木场位于黄河积石峡东部，东邻甘肃积石山保安族东乡族撒拉族自治县的大河家，西距循化县30公里。孟达是乡所在地，在撒拉语中称“齐子”，意柴集，过去人们以伐木砍柴为主。此处有孟达天池闻名于世，有“青藏高原的西双版纳”之誉。

面对近在咫尺又新异陌生的撒拉人庄子，大家稍停片刻便迟疑地走进它。有一位身体修长脸上生得两朵“高原红”的撒拉艳姑（姑娘），热情地答应带我们去村书记家。庄子里三五成群的尕娃（男孩子）衣着简朴，手里推着铁环满巷道跑。到了马书记家，我们说明来意，他热情地招呼我们上炕，先介绍了一下木场村的大致情况。他对我们访谈阿卜杜老人的事做了安排，并说你们来得凑巧，上午就有一家打发丫头的。我们顿时兴奋起来，决定先去考察出嫁事宜。在马书记的陪同下，我们取得了这家人的同意，于是动用了摄录器材，把出嫁的程序和场景进行了实录，有关资料将在后面描述。我们先关注一下阿卜杜老人谈骆驼戏的访谈。

二

我们走进阿卜杜家，坐在炕上的阿卜杜阿爷对我们的来访表示了谨慎的友好。寒暄过后，我们得知76岁的阿卜杜老人患气管炎在家休养。他招呼孙女端来盖碗茶并做饭，访谈就此开始：（笔者简称F，阿卜杜简称A。）

F：您以前唱宴席曲很出名，还去过北京给国家领导人演出，是吗？

A：去过。1964年9月从西宁坐火车去北京，演过的地方多着呢：民族文化宫呀，人民大会堂呀，国棉二厂等。那时刘少奇还在哩，周恩来、邓小平也在。

F：谁组织的这个演出？

A：那时候孟达在修公路着呢，我正做着木匠活呢。县上来通知，说木厂的阿卜杜到县上来，我就见了西宁歌舞团的两个人，报了到住在县招待所。

F：那时候会唱的人多吗？为什么选上您了？

A：我那时候年轻爱耍着呢，我们编上个歌子呀、舞子呀在宴席上（婚礼）玩一下。我从十五六岁开始唱，声气（嗓子）好着呢，唱得也好。县上叫了20多人，我是孟达乡最后一个去的。他也唱，你也唱，我唱了两个宴席曲，我就验收上了。

F：您收着徒弟哩吗？骆驼戏大家喜欢吗？

A：那时候在庄子里玩，给年轻人教过，现在会唱的会玩（骆驼戏）的都没了。国家发达了，电视也有了，唱的人就少了。那时候大家们都爱看，没有电视，没有玩的，别的撒拉人不行啊。我们玩个骆驼呀，唱个宴席曲呀，晚上玩到十一二点。

F：您都去过什么地方演出？（李海强问）骆驼戏是在婚礼上还是在别的场合演？

A：婚礼上。其他场合里没有人，不耍。我们撒拉族没有这种习惯，别的场合玩不行啊。

木场演过，孟达乡上、周围的庄子演着呢。有的来请，有的是我们个家（自已）去。

F：阿爷，请您谈一下骆驼戏的具体内容。（以下情节经过整理。）

A：好吧。演我们撒拉人的祖先，就是阿訇尕勒莽、阿合莽，他们身穿白色长袍，头缠达斯达尔①上场。他们牵着白骆驼——它是由两个反穿羊皮袄的

① 即伊斯兰教的缠头。

小伙子扮演，随手携带一杆秤、一碗水和一部《古兰经》。途中遇到一个蒙古人，两者互致敬意握手问候。（婚礼夜的庭院中。）

蒙古人：你们从哪里来？

尕勒莽：我们从遥远的撒马尔罕来。

——你们拉的是什么？——我拉的是骆驼。

——驮的是什么？——驮的是秤、水和土。

——你们到哪里去？——我们要到“随尼”（中国）地方传教。

蒙古人：你们历经千辛万苦来到这里，能不能把你的经历给我们讲一讲，让我们也知道一下？

众：依得尔（是的）！

尕勒莽：有一天先知启示我们，带着《古兰经》及叶给毛（传教）所用物品，在黎明时分随神驼前往一个水土跟我们一样的地方。我们到了金扎、明扎（均为地名），称称水土都不一样，继续前行。到了吐番，风大沙大，荒漠无边，这不是生活的地方，再往前走。我们到了甘家滩，这里是无边无际的大草原，是畜牧推光阴的地方呀！称称水土也差不多，就是拿上金银也无处购买粮种，这里不是落脚传教的地方。最后我们来到“奥土斯山”（循化街子西部），骆驼点头摆身，尔后不知去向。

（尕勒莽一行点燃火把，山上点起火堆以寻找骆驼却无踪影。第二天，旭日东升，霞光万道，骆驼卧在吉祥而清澈的泉边，化为一座白色的石骆驼。）于是拿出秤，称水水合适，称土土正好。这是真主的旨意啊。孟达山高林棵大，大儿子可打围砍柴过日子；清水（地名）水缓黄河宽，二儿子可伐木打筏子推光阴；街子骆驼卧清泉是我们立根子的地方，三儿子济贫抑富固根子；苏只田广草山阔，四儿子可畜牧种庄稼过时光。

蒙古人：你们为什么要演“多伊奥依纳”？

尕勒莽：先祖告诉我们，婚礼上演“多伊奥依纳”，通过叙述先祖艰苦历程、万里东迁的历史，让后人永远铭记。再就是给婚娶的家人邻里一点助兴。（尕勒莽拉骆驼而不起）我的骆驼变成石头了！只有吃了撒马尔罕的食品才能起来舞蹈。

蒙古人：它吃什么食品？

尕勒莽：它吃的是卡斯卡斯馍馍，恰合恰合包子；吃的是枣，拉的是核桃。（主人端上馓子、包子，新郎双手捧盘端上红枣装入骆驼褡裢内，骆驼始起。扮演骆驼者朝人群撒核桃，情绪达到高潮。）

考虑到阿卜杜老人身体情况，中间休息两次。访谈进行得非常顺利。值得一提的是，撒拉人的盖碗茶和面食的确不同凡响，大家每每提起还回味无穷。而且，这次访谈更引起我对撒拉族民间文化的深思：

第一，关于“骆驼戏”的名称。民间称之为“玩骆驼”，其定义确切，但太口语化，宜作为民间的叫法存在。这与“骆驼戏”一样标明了“娱乐、游戏”的性质。民间和研究者都有称之为“骆驼舞”的。但我们从该文艺样式的内容、形式上看，它实际上是一种对话体，既非唱也非舞，虽然临近结束时有一句话“只有吃了撒马尔罕的食品才能起来舞蹈”，但“舞蹈”只是吊一下胃口，仅仅是个噱头而已。所以，“舞”的指涉不清，不足以作为严格意义上的名称。第四种说法是“骆驼剧”，它指出了该样式的本质特征，不足之处是过于文人化，不符合民间文艺的规则。考虑到民间文艺样式的特征和撒拉人的文化习惯，如俗话讲的“跑惯的腿说惯的嘴”，因此称“骆驼戏”似乎更好。

第二，关于族源问题。比较一致的说法是，撒拉族于明洪武年间（1370 年）迁徙于此，根据是《循化志》卷五的记载：“（韩宝，洪武三年）五月归附邓愈。”但是，如果骆驼戏口头传承的基本情节属实的话，那个蒙古人又如何解释？这些材料意味着，撒拉人迁徙的时间应该是在元朝蒙古族统治的某个时期，只是目前还缺少进一步的论证。

第三，关于撒拉族的社会制度。撒拉人的基本社会结构是阿格乃、孔木散、阿格勒和工。[①] 对“工”的看法有如下几种：①族或氏族（clan）；②等于“村”（village）；③准军事组织；④“工”同“沟”，与山水灌溉修筑渠道有关，即按渠道分段而治。[②] 根据骆驼戏资料，先祖尕勒莽把四地安排给四个儿子分立门户各自治理，说明“工”与家族支系有关。因此，依据实际的撒拉族社会结构的组成，即八工和外五工的事实，我认为，工是由家族支系衍生而来的政教合一的行政区域单位，相当于社区（community）。

第四，关于骆驼及其象征。这里的骆驼为什么要强调它的“白”？骆驼中的白色极其罕见，据说只有万分之一。我想这里也许有两个原因：①增加情节的虚幻与神奇，但这并不排除它是白色的可能。在民间故事基础上成书于明代的《西游记》里，去西天取经的唐僧，骑的是白龙马，回到东土大唐还要为白马立寺——白马寺。可见，白色天然具有圣洁神秘的气质，与宗教有着不解之缘。②白色也许反映着撒拉族与藏族两个民族的特殊关系，以及两者之间的文化交流。撒拉人称与藏族有甥舅之谊。藏族是一个崇尚白色的民族，在撒拉人民居的四脚仍有放置白石的习俗，这至少说明尚白的共同旨趣显示了两者的文化融合。

表演中的骆驼是否为白色，已没有追究的必要，它已经起到了唤起民族精神的作用。撒拉人所以喜欢骆驼，尤其是白骆驼，不光因骆驼对人有种种助益，而且它凝结着传统的信仰情结。骆驼为大牲，与牛羊并称三牲，用于天方祭祀、负载驮

---

① 阿格乃意为“兄弟”，是父系亲属组织，由若干分支家庭组成；孔木散指“一姓人”或“一个根子”，是父系宗族组织，一个“孔木散”包括 3～5 个“阿格乃”不等；阿格勒意为“村庄”，一般有 2～4 个“孔木散”；“工”是由几个村庄组成。参见马伟，马芙蓉：《撒拉族习惯法及其特征》，载《青海民族学院学报》，1997（2），43 页。

② 杨涤新：《青海撒拉人之生活与语言》，载《中国撒拉族》，1996（1），69 页。

运。[1] 其温顺清洁有五德："舒行而径，踏虫不伤，仁也；一驼未致，群驼不饮，一饮未毕，群驼不去，义也；一驼为之领，群驼从之，不敢先不敢犯，礼也；风未至而先觉，水未见而先知，智也；约食之期不至不鸣，信也。"此外，剧中的骆驼还起着一个重要的媒介作用——神圣与日常生活的交融与互动。坚定的民族信仰与喜庆的娱乐是通过神性的骆驼来完成的。

三

自木场抵达循化县城，我们当晚住宿在交通旅社，连夜整理资料并制订第二天的行动计划。13日一早我们便开始接触文化部门，查找有关文字资料，召集民间艺人和当地文化人，其中文化工作者及民间艺人韩占祥谈了撒拉族的文化传统和撒拉歌谣，农技专家马光辉和其朋友表演了"口细"（口弦）、哭丧调。这些资料较为详实丰富，因与本文无关，故略之。

14日上午，我们分别展开工作，其中三人留下继续深入访谈马光辉先生，我和常海燕两人前往县城西边的草滩坝采点。积石镇草滩坝与县城连为一体，其民居样式多为"撅屁股"的半坡式砖房或土房，屋脊高耸，黑色或原木色的双扇大门石凳两立。我们走在街道上，不时引来一些人的目光。我看见一位阿奶踮起腿尖上锁，却够不着门头上的锁别儿。我走上前去帮她锁了，老阿奶用汉语表示谢意。我顺便问了"撒赫稀"（哭嫁歌）的事，她笑着介绍一番，并指示我们前面歪脖子槐树附近，有一个当年唱"撒赫稀"出了名的老阿奶。我们走到那里过门而不入，记住确切地点便返回住地。回去后大家准备好问题和采录工具，由马光辉先生做翻译和向导，直奔草滩坝。

老阿奶名叫韩索非亚，撒拉人，82岁。我们的到来令阿奶一家有些意外，她得知来意后只是简约地说说大概。我们也不急于进入正题，言语之间老太太脸上活泛起来，开始对这个话题产生兴趣："（对男士）你们来了干蛋，[2] 姑娘是我们的心肝宝贝。把我吓坏了，我以为你们是哪里的人呢！"接下来这位82岁的老人谈笑说唱无不神情自若，其思维敏捷令人吃惊。（以下韩索非亚简称H）

F：阿奶，请您讲一下您当时哭嫁的情况！

这时马先生用撒拉语唱起"撒格撒赫稀"，听起来委婉凄楚动人，不由得阿奶触景生情。

---

① 刘智：《天方典礼》，435页，天津，天津古籍出版社，1995。

② 干蛋，没用，不起作用。此处讲哭嫁是丫头的事情，于你们男子无关。也是委婉的拒绝。

H：当时包办的时候我还小，媒人把我带到人家那里，人家正在炸馍馍，做饭。人家说“yingda yingda”（干去干去），我什么也做不来。回到家阿爸说，你这样做像缺腿的炕桌一样不稳当。我把你嫁到人家去是受难去了。我一听就哭着呢。阿娜（姑娘）出嫁时三天要哭呢。我十二岁嫁过来时把庄子里的人都动了。用撒拉语唱（马光辉翻译整理）：

撒伊撒引干①
阿妈呀阿妈，
飞禽在天空中旋呀旋，②
这事落到了我的头上。
阿爸听呀阿妈听，
骨头脆嫩的羊羔，
怎能在石山上奔跑？
羽翼不丰的小鸟，
怎能在天空中飞翔？
青稞熟了收回家，
黑燕麦却撒在野地里，
儿子娃是黑金者留在家，
阿娜们是牲口者牵出去。
撒伊撒引干，
嫂吉保呀，讨厌的嫂吉保（媒人），
你像生羊皮一样皱巴巴。
阿爸为这事手足无措，
做事总是颠三倒四；
阿妈夜夜晚夕睡不着，
眼泪不干可怜多。
嫂吉保呀，你实话像枯树上的乌鸦吗？
为啥搅得我心神不安？
你实话是人间的“迫日”（魔鬼）吗？
为啥逼我跳火坑？

F：您那时怎么个哭法，真心哩嘛应付哩？

H：结婚出嫁时年纪小，难舍难分；嫁到婆家后承受不了那里的生活，就想哭，我哭了三天三晚夕。现在出嫁时阿娜笑着呢？

F：除了您还有谁哭吗？

H：阿妈要哭呢，丫头是我们的心肝宝贝，要到婆家呢；我把孩子一个一

① 一般所唱和所见材料都是以“撒格撒赫稀”开头，据马光辉说，这是他所知道的奇特的一种，可能是一种变体或古老形式。

② 比喻亲事正在商谈中。

个拉扯大，难辛呀！我男的是阿訇，35岁上丈夫无常了，我守寡了；怎么样哭，怎么样穿戴，（作为阿妈）我要是不哭的话，阿娜就不知道这是为啥哭着呢。

现在的妇联我干过，大队里也干过。婚姻是个人的事情，包办的不成。你们来了，我胡说着呢，这些话我对谁也没讲过。我把你们哄下了。

现在我们把时空切换到现实的情景中——12日木场马姓阿娜的哭嫁场景，看看眼下的民间社会发生着怎样的变迁：

木场这位16岁阿娜，从小跟着外婆一家生活，她嫁给一个在县上开出租车的小伙子。阿娜一直由女眷陪着在小房（闺房）里不露面，所以关于她的情况只能从旁人之口了解一点。婚事是由两个阿舅操持。大约十一点，身材修长面目清秀的新娘身着红色长衣，由两个陪嫁者拥进堂屋，我们中的两个女性获准进去录摄。这时堂屋里传出悲戚揪心的哭声，新娘与她的长辈女亲属相与而哭，是一种发自内心十分感染人的哭声，而无任何带曲调语言的表达。

午后一点男家车队来接新娘，这是最令人感动的情景：新娘哭声更激烈，由两个泪流满面的阿舅扶着，她面朝庭院背朝前，依依不舍地退出了大门。然后，新娘被推入小轿车，汽车带着阿娜愈来愈小的哭声驶向前方。

从以上两个哭嫁情景来看，民俗形态业已发生很大变异，即社会生活内容的变化直接导致和影响其表现形式的相应损益。在索非亚阿奶的访谈中，她以风趣的语调给我们提供了一幅传统意义的民俗画面，并且以机智曲折的方式为自己做了必要的保护。在晚近和现在的哭嫁材料中，有两点颇引人深思：

第一，哭嫁的实际意义。有人认为哭嫁只具有象征意义，或是仪式的表达，或是习俗使然。这些观点在一定层面上有一些解释力，但没有接触到事物的本质。哭嫁的哭，多是具有真情实感的：一是因为女孩子年龄小，十一二岁，无论生理还是感情上都没有渡过对父母的依赖期，也可以看做一种恋母情结、恋土情结；二是对未来生活的不可控制力，极度的不适应感和过早脱离的痛苦。实际生活和出嫁女子的示范效应对她有强大的压力，对要扮演的角色她根本没有充分的思想准备和实际能力。

第二，从哭唱到哭而不唱。习俗变异的本质是失去了所哭的内容。内容决定着形式的走向，社会生活改变着婚姻形态、民俗表层。现在姑娘出嫁年龄增大，有独立生活能力和要对自由的个人机遇，婚姻形态受国家在场的影响，性别歧视退缩，媒人作用的衰微，交通通信的发展，无不对“哭”的情节形成某种抑制。失去了所哭的社会内容，因而哭嫁的功能不得不在形式上作出调整，原来的民俗形态逐渐萎缩甚至消失，习俗上的“断货”致使哭唱的传承出现中断，哭唱的场景（context）发生断层。这样，婚礼的仪式逐渐趋于简约，唱就被简约掉，哭仍被保留着。可以想象，以后的生活形态肯定会发生更大的变迁。对此我们应该祝福而不是抱怨，除此之外，文化工作者有责任记录文化和社会的发展过程，使好的文化传统的传承成为可能。

结 语

我还单独访谈了一位撒拉族民间艺人、原文化干部韩占祥，所谈话题是婚礼上的赞词，撒拉语叫“乌如乎苏”。在新娘被迎入婆家，客人们吃完宴席后，娘家人在庭院摆上大红桌子，放上陪嫁物。然后选一位长者作为娘家的代言人致赞词。其内容主要是称赞阿訇、老人、阿舅、为民办事的人、媒人等，祝愿并希望阿娜在这个家生根发达，预祝婆媳间和谐融洽。赞词的形式相对固定，但可根据来宾情况调整赞词，它留有现场发挥的余地。

为期一周的撒拉族婚礼口承民俗的实地考察，给我们带来不小的收获和认识。婚礼是撒拉人眼泪和欢笑交织在一起，集合倾泻与抒发感情的地方，也是口头语言文化生产和传承的平台。平台的底层是撒拉人的社会生活，它实际包含了撒拉人具有人性化的日常生活、理想中的宗教生活，以及两者交织共生于一体的民族生活。这三种基本的生活形态是撒拉族民族文化得以生产和传承的源泉。

婚礼之所以能成为民俗文化生产和传承的平台，是因为婚礼作为生活形态的典型化、集中化的场景，在时空的记忆里有着深厚的文化积淀，在某时刻形成人员的暂时集中和仪式场面；又因为婚礼是人生大典和生命象征，成婚男女脱离了先前的未成年状态，过渡到有社会和家庭责任的成员；一个新家庭的诞生，预示着人口的延续和文化传承的接力；对于未成年的接受者，他们需要习得必要的民间知识，对于成年人和表演者，他们自觉不自觉地承担起了文化传递的角色。

中国撒拉族线粒体 DNA 序列遗传多态性研究

刘新社　李生斌

线粒体存在于细胞质内，参与人体许多代谢过程，是细胞内重要的细胞器。人类线粒体是细胞核外唯一存在遗传物质的细胞器，线粒体 DNA（mitochondrial DNA, mtDNA）是一个闭合环状，有 16569bp 碱基的双链分子。其非编码区（也称控制区，D－loop 区）位于 $tRNA^{Pro}$ 和 $tRNA^{Phe}$ 基因之间，大约 1100 bp 碱基，包括两个高变区（HVSⅠ和 HVSⅡ）。由于线粒体 DNA 母系遗传，缺乏重组，较之核 DNA 有更高的突变率，是研究人类群体遗传和进化的理想遗传标记。其在非编码区存在的高度序列多态性及同时每个细胞有 $10^3 \sim 10^4$ 个 mtDNA 拷贝[1]，已被广泛地应用于法医个体识别，特别是腐败和降解以及毛发、骨骼等生物检材的检验中。[2] 本研究以我国独特的撒拉族群体为研究对象，观察 mtDNA 的群体遗传规律，研究其序列多态性。

一、材料与方法

（一）样本

100 名撒拉族样本均采自青海省循化撒拉族自治县，每个无关个体均身体健康，并追溯 3 代以上家族史、居住史。

（二）方法

1. DNA 提取

按 chelex100 方法制备 DNA。

2. mtDNA 扩增与纯化

根据 mtDNA 国际分型标准，参照国际基因库公告序列，设计引物如下：

H5′CAT GGG GAA GCA GAT TTG－3′L5′TTAGCT ACC CCC AAG TGT－3′。PCR

扩增体系50μL，包括3′端及5′端引物各12.5pmol，10×PCR缓冲液5μL，75 mmol $MgCl_2$，40 nmol dNTPs，2U TaqDNA聚合酶及1 ng DNA模板。用去离子水补足50μL。循环参数为：95℃预变性3 min 20 s，94 ℃变性30 s，55℃退火30 s，72℃延伸1.5 min。35个循环后，最后于72℃延伸7min（PE9600）结束。扩增产物用$10g \cdot L^{-1}$琼脂糖凝胶电泳10min检测后，用Wizard纯化试剂盒（美国PROMEGA公司）纯化。

3. 测序及序列分析

用ABI PRISM 377自动测序仪进行测序电泳，得到各检材的mtDNA序列；信息用SeqEdv1.0.3比对软件与Anderson标准序列比较，判读分型结果。

二、结　果

所有样本的测序结果显示，在mtDNA HVS Ⅰ16091～16418之间与Anderson相应序列比较共发现有83处碱基突变（图1）。碱基转换396个，占碱基突变的83.54 %，其中G→A突变9.28 %，A→G突变5.49 %，C→T突变31.65 %，T→C突变37.13 %；碱基颠换60个，占碱基突变的12.66 %，其中C→A突变2.74 %，A→C突变9.07 %，C→G突变0.63 %，A→T突变0.21 %。碱基插入1.90 %，碱基缺失1.69 %。突变的热点部位出现在16183、16189和16223，其突变频率分别为33.7 %、34.7 %和48.0 %（表1）。98例样本中共发现75个单倍型（图1）。按照基因差异度 $h = (1 - \sum x^2)\ n/(n-1)$（$x$为单倍型频率，$n$为样本数）计算撒拉族HVS Ⅰ区基因差异度为0.9912，按照偶合概率[3] $P = \sum x^2$计算撒拉族HVS Ⅰ区偶合概率为0.0189。

表1　撒拉族与其他群体mtDNA HVS Ⅰ区碱基转换率比较

Table 1　Characteristic nucleotide replacements and their frequencies observed in various populations

Nucliotide	Japanese[9]	Japanese[10]	Japanese[11]	Chinese[9] Han	Korean[12]	Caucasian[7] French	Caucasian[8] British	Sala
positionx	(n=150)	(n=61)	(n=100)	(n=120)	(n=306)	(n=50)	(n=100)	(n=98)
16 093 T→C								2.0
16 111 C→T	0.7			3.4	1.3	2.0		1.0
C→G								2.0
16 126 T→C			1.0	3.4	3.3	14	19	10.2
16 129 G→A	31.3	16.4	23.0	10.8	22.2	2.0	14.0	15.3
16 183 A→G	14.7	29.5	21.0	21.7	22.2	12.0		5.1

续表

Nucli0tide	Japanese[9]	Japanese[10]	Japanese[11]	Chinese[9] Han	Korean[12]	Caucasian[7] French	Caucasian[8] British	Sala
A→C								28.6
16 189 T→C	24.0	37.7	31.0	30.0	15.4	18.0	11.0	34.7
16 223 C→T	82.6	73.8	78.0	62.5	78.4	10.0	8.0	48.0
16 290 C→T	8.6	8.2	4.0	11.7	8.8			9.2
16 293 A→C		1.6	1.0	0.8			2.0	1.0
16 298 T→C	8.6	9.8	10.0	13.3	8.5	8.0	3.0	8.2
16 304 T→C	2.6	6.6	10.0	14.2	4.9	12.0	6.0	15.3
16 311 T→C	4.7	11.7	8.0	11.7	13.1	18.0	16.0	13.3
16 319 G→A	10.0	16.4	10.0	15.0	14.1	2.0		12.2
16 362 T→C	45.3	42.6	45.0	44.2	38.6	6.0	5.0	27.6

三、讨　论

（一）撒拉族历史文化渊源

撒拉族是我国信仰伊斯兰教的少数民族之一，主要聚居在青海省循化撒拉族自治县和比邻的化隆县甘都乡，以及甘肃省积石山保安族东乡族撒拉族自治县大河家一带，[4]现有人口8万多人。撒拉族有自己的语言，属于阿尔泰语系突厥语族西匈语支乌古斯语组。由于撒拉族没有自己的文字，而历代的文字记录中也缺乏对撒拉族历史的记录，因此关于撒拉族的起源和形成仍无可靠的佐证。[5]撒拉族由于其居住的地理环境因素限制，遗传物质保持了相对独立的特点。线粒体DNA因其母系遗传的特点，[6]能较好地反映群体的遗传规律，并忠实地反映群体之间的遗传关系，是研究民族起源的有效方法。

（二）撒拉族与其他群体mtDNA差异

本研究发现，np16223及16362位置两处碱基突变率与亚洲群体比较无明显差异，而与法国高加索人[7]及英国高加索人[8]比较有明显差异。np16093位置T→C碱基转换率为2%，np16111位置C→G突变率为2%，np16 183位置A→C突变率为28.6 %，而日本人、[9-11]中国上海人、[9]朝鲜人、[12]法国高加索人、[7]英国高加索人却未发现上述部位的碱基突变。表明撒拉族在进化过程中保留了其独特的遗传特征，不仅有别于西方人种，而且与亚洲人种有所不同。从16184~16193位置有一富含胞

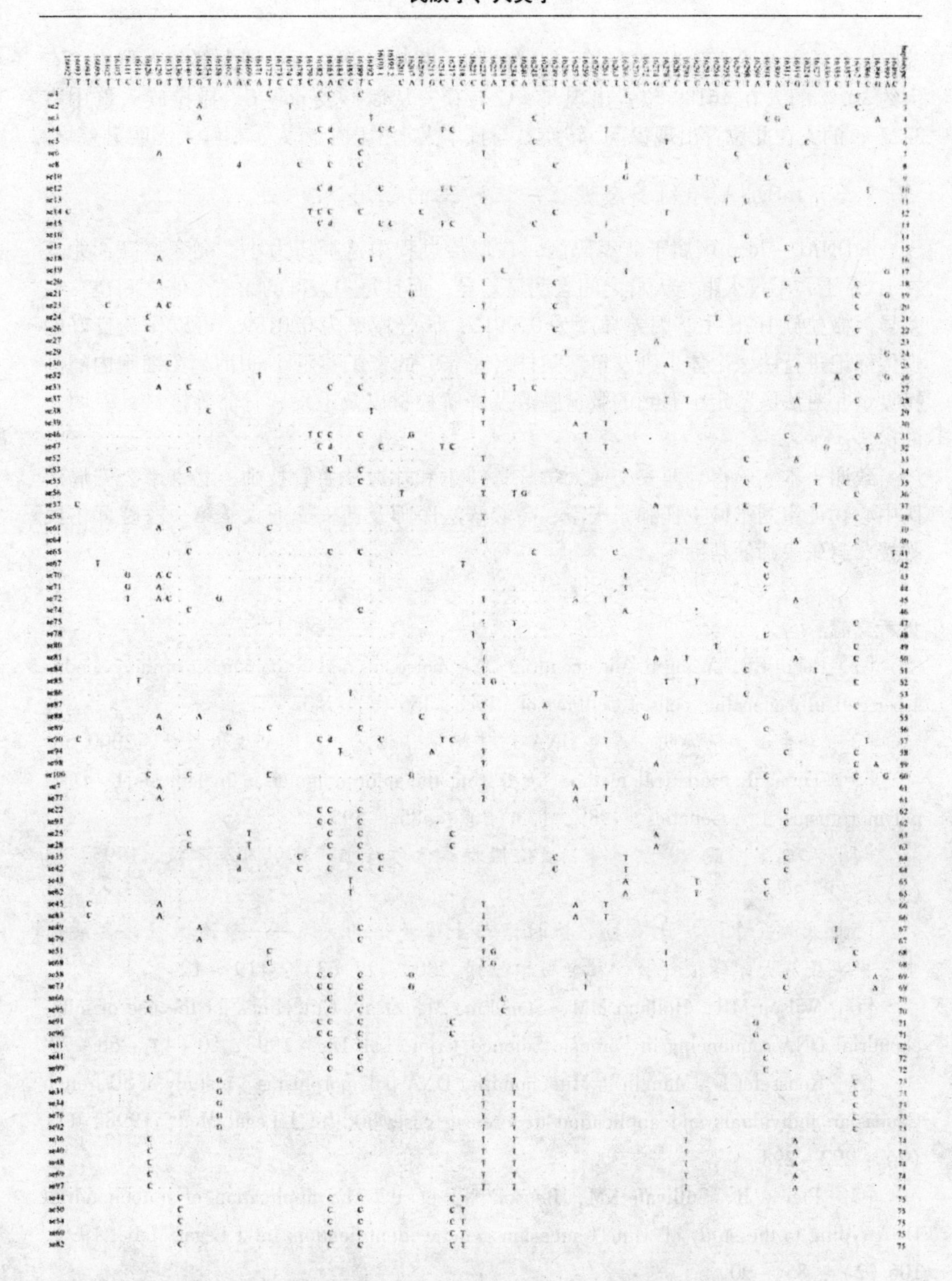

图1 100例撒拉族无关个体mtDNA HVS Ⅰ区碱基突变及单倍型

Fig. 1 List of variable sites and haplotypes observed in the hypervariable region Ⅰ (HVS－Ⅰ) of mtDNA control region obtained from 100 Sala donors

嘧啶区，连续 9 个胞嘧啶被 16189 位置的胸腺嘧啶隔开，而亚洲大部分人群中，有大约 30 % 的人在 16189 位置出现 T→C 转换，从而形成 poly-C。撒拉族人群中有 34.7 % 的人在此位置出现 T→C 转换，与日本人、中国上海人、朝鲜人无明显差异。

（三）mtDNA 序列多态性在法医学上的应用

mtDNAD - loop 区属于非编码区，在遗传过程中选择压力小，突变率高，尤其在 HVS Ⅰ，不仅人群与人群之间有明显差异，而且每一人群的无关个体之间也存在差异。撒拉族 HVS Ⅰ基因差异度为 0.9912，偶合概率为 0.0189，可以作为良好的遗传标记进行法医个体识别及单亲案件（母亲）的亲子鉴定。mtDNA 在细胞内的高拷贝量，对法医鉴定中遇到的微量腐败及降解检材以及毛发、骨骼等检材具有明显的优势。

致谢：本实验得到西安交通大学陈腾博士和郑海波主管技师、北京市公安局法医中心物证室刘雅诚主任和张庆霞、高峻薇法医师及西安交通大学第一医院郭佑民教授、赵乐医师的帮助。

参考文献：

[1] Robin ED, Wong R. Mitochondrial DNA molecules and virtualnumber of mitochondria per cell in mammalian cells. J CellPhysiol, 1988, 136 (3) : 507 -513

[2] 李生斌，杨焕明．人类 DNA 遗传标记．北京：人民卫生出版社，2000. 58

[3] Tijima F. Statistical method for testing the neutral mutation hypothesis by DNA polymorphism [J] . Genetics, 1989, 123 (3) : 585 -595

[4] 郝瑞生，戴玉景，薄岭．青海撒拉族体质特征研究．人类学报，1995，14 (1) : 32 -39

[5] 米娜瓦尔·艾比布拉．撒拉语与土库曼语的关系——兼论撒拉语发展简史·中央民族大学学报（哲学社会科学版），2000，27 (3) : 119 -124

[6] Wilson MR, Holland MM, Stoneking M, et al . Guidelines for the use of mitochondrial DNA sequencing in Forensic Science. Crime Lab Dig, 1993, 20 (4) : 68 -77

[7] Rousselet F, Mangin P. Mitochondrial DNA polymorphisms : a study of 50 french Caucasian individuals and application to forensic casework. Int J Legal Med, 1998, 111 (2) : 292 -298

[8] Piercy R, Sullivan KM, Benson N, et al . The application of mitochondrial DNA typing to the study of white Caucasian genetic identification. Int J Legal Med, 1993, 106 (2) : 85 -90

[9] Yuko Nishimaki, Keita Sato, Liang Fang, et al . Sequence polymorphism in the mtDNA HVS Ⅰ region in Japanese and Chinese . Legal Med, 1999, 1 (4) : 238 -249

[10] Horai S, Hayasaka K. Int raspecific nucleotide sequence differences in the major noncoding region of huma n mitochondrialDNA . Am J Hum Genet, 1990, 46 (4) :

828 -842

[11] Seo Y, Stradmann - Bellinghausen B, Rittner C, et al . Sequencepolymorphism of mitochondrial DNA control region in Japanese . Forensic Sci Int, 1998, 97 (2 -3): 155 - 164

[12] Lee SD, Shin CH, Kim KB, et al . Sequence variation of miochondrial DNA control region in Koreans. Forensic Sci Int, 1997, 87 (2): 99 - 116

(本文原载《西安交通大学学报·医学版》2004 年第 6 期)

撒拉族近亲婚配及后代遗传效应的调查研究

冶福云　马齐元

近亲婚配及后代遗传效应是人类遗传学和优生学研究的重要内容之一。了解我国不同地区不同民族近亲婚配及后代的健康状况是提高人口质量和制定优生法规的重要依据。我们于2002年暑假首次对青海省循化撒拉族自治县白庄乡、清水乡、查汗都斯乡和河北新村的撒拉族近亲婚配夫妇及其子女的健康状况进行了调查，现报告如下。

一、对象与方法

选择1~3代内定居在青海省循化撒拉族自治县白庄乡、清水乡、查汗都斯乡和河北新村的21个自然村社的撒拉族已婚夫妇为研究对象。调查前按《全国近亲通婚调查协作草案》制定统一的调查表。调查时，由本族人带队作解释（因撒拉族有自己的语言无文字），以社为单位登记总的婚配对数，然后对近亲婚配夫妇逐户询问，填表登记婚配类型，并对其生育毁损（包括流产、死产、死胎等）情况、子女20岁前死亡数、智力缺陷、先天畸形及遗传性疾病情况同表详细记录；同时，配对调查本村社部分纯撒拉族非近亲婚配子女的健康状况作对照。2组男女婚育年龄（男18~65岁，女17~78岁）基本一致（$P>0.05$）。调查中，若患者有2项以上异常时均分别记录，但患者数以个体为计算单位，共调查了2685对已婚夫妇。

二、结论与讨论

（一）撒拉族的近亲婚配率

在2685对已婚夫妇中，有323对为近亲婚配夫妇，其近亲婚配率为12.03%。

同与其长期交往的民族如回族（9.74%）[1]，藏族（0.33%）[2]，保安族（8.20%）[3]，土族（4.18%）[4]和汉族（1.40）[5]比较，居于第一位，但远低于日本偏僻农村的21.34%和印度Andhra Pradesh农村的30.59%，[6]说明近亲婚配率与地理位置、宗教信仰、风俗习惯、群体结构和人口流动等因素密切相关。我国不同地区不同民族或同一民族的近亲婚配率各不相同，这与世界各地的近亲婚配率不同相一致。[7]

（二）撒拉族近亲婚配类型

按血缘关系的远近，近亲婚配可分7级15种类型。我国的近亲婚配主要是指三级亲属即堂表兄妹间的通婚，个别民族也有一、二级亲属间的婚配。[1]本次调查的323对近亲婚配夫妇中，285对为三级亲属，38对为再从表亲间的通婚，其比例分配见表1。

表1　撒拉族近亲婚配类型比例分配情况

[n（%）]

近亲婚配对数	一、二级亲属	三级亲属					再从表亲
		舅表	姑表	姨表	堂兄妹	合计	
323	0（0.00）	104（32.20）	102（31.58）	79（24.46）	0（0.00）	285（88.24）	38（11.76）

由表1可见，按其顺序依次为：舅表>姑表>姨表>再从表亲，这个顺序与贵州的回族、苗族、汉族和新疆的回族、哈萨克族等民族的近亲婚配比例分布相似，[1]与其毗邻的藏族则不同。[2]

（三）撒拉族平均近亲婚配系数

根据Wright方法求得撒拉族的平均近亲婚配系数为68.55×10^{-4}，同与其毗邻的藏族（2.07×10^{-4}）[2]、回族（49.37×10^{-4}）[1]、汉族（9.89×10^{-4}）、保安族（50.47×10^{-4}）[3]和土族（25.01×10^{-4}）[5]比较，处于第一位，但远低于同信仰的新疆南疆的回族（100.98×10^{-4}）和南疆的维吾尔族（99.69×10^{-4}）。[7]

（四）撒拉族异族通婚率

在撒拉族2 685对已婚夫妇中，有24.66%（662对）为异族通婚，其异族通婚率仅次于黑龙江的赫哲族（37.50%）[1]和甘肃积石山县的保安族（25.19%），[3]处于第三位。撒拉族主要是与宗教信仰和生活风俗习惯相同的回族通婚，也有与长期毗邻交往的藏族、保安族、土族和汉族通婚的，但为数不多。异族间的通婚能促使遗传基因交流而减少纯合，这有利于优生和提高民族的人口素质，也有利于加强民族间的团结。

（五）近亲婚配的遗传效应

在调查时，从21个自然村社中配对登记了350对纯撒拉族非近亲婚配夫妇所生子女的健康状况，与近亲婚配夫妇所生子女作比较（见表2）

表2　撒拉族近亲婚配夫妇和非近亲婚配夫妇子女健康状况比较

［n（%）］

项目	近亲婚配	非近亲婚配	P
婚配总对数	323	350	—
子女存活总数：孕次数	381：485（78.56）	413：464（89.01）	<0.05
20岁前死亡数	42（13.00）	23（6.57）	<0.001
生育毁损数	67（20.74）	40（11.43）	<0.001
智力缺陷、先天畸形及遗传病	33（10.22）	15（4.29）	<0.001
其他	3（0.93）	5（1.43）	—

三、结　果

近亲婚配和非近亲婚配子女的存活率分别为78.56%和89.01%（$p<0.05$）。近亲婚配者子女的早期（20岁前）死亡数为42（13.00%）；生育毁损数为67（20.74%）；有智力缺陷、先天畸形及遗传病者33人（10.22%），即智力缺陷7人、斜视3人、多指（趾）症5人、缺指（趾）症3人、唇裂/腭裂2人、原发性视网膜色素变性3人、先天性心脏病1人、脊椎裂2人、先天性聋哑2人、先天性腹股沟斜疝5人等。上述内容与非近亲婚配夫妇所生子女比较，均高于其2倍以上（$p<0.001$），这与国内外报道相一致，说明近亲婚配对后代的有害遗传效应是显著的。因此，为了提高中华民族的人口素质，应大力宣传新婚姻法和母婴保健法，加强优生优育工作，宣传近亲结婚的危害性，禁止近亲婚配。

参考文献：

［1］吴立甫．中国30个民族的近亲婚配调查．遗传与疾病，1987，4(3)：163

［2］王海修，方淑梅，周凤仙等．青海省贵德县不同民族近亲婚配调查．遗传

与疾病，1987，4（3）：181

［3］冶福云，马忠堂．保安族近亲婚配及健康状况的调查研究．遗传与疾病，1991，8（3）：164

［4］冶福云，贾进来，陈尚德．等．土族近亲婚配及遗传效应的调查．中华医学遗传学杂志，1995，12（3）：167

［5］杜若甫．中国不同民族的近亲结婚率与类型．中华医学杂志，1984. 12：723

［6］杜传书，刘祖洞．医学遗传学．第2版．北京：人民卫生出版社，1992. 399～403

［7］Freir，Maia N. Inbreeding level 5 in different countries. SocBil，1982，29：69

（本文原载《卫生职业教育》2008年12期）

历 史 学

撒拉族历史仍须继续深入研究

芈一之

撒拉族是勇敢、勤劳、智慧的民族，也是具有魅力的民族。这种魅力来源于她有悠久而光辉的先世（值得研究的过去），奋斗而曲折的历史（异于别族的历史），红旗招展下的发展（繁荣而跨越的现代）以及无限光明的明天（大开发中的未来）。

从民族历史研究说，没有历史的民族（主要指缺乏完整的史书）不会是现代化的民族。有幸，撒拉族已经有了《撒拉族简史》（1982 年 1 月青海人民出版社）、《撒拉族政治社会史》（1990 年 12 月香港黄河文化出版社）和《撒拉族史》（2004 年 4 月四川民族出版社）几本正式出版的史书，后者一本比较更为完整，于 2006 年获得省社科著作评奖一等奖。对撒拉人民和我们等人也是一种安慰和鼓励。在众多兄弟少数民族中对其历史进行梳理、研究、编写得比较清楚而且立得稳站得住，撒拉族是其中位列前茅者之一。有鉴于此，下面谈两个问题。

一、成果史著，来之不易

世人说：中华民族有五千年文明，不是凭空说的，有许多历史典籍可查（廿五史等等），有众多考古文明可证。具体到一个人数不多的民族也是同理。

1949 年以前，撒拉族历史写不出来，主要是不具备历史条件（客观的、主观的），在新中国才有可能取得这样成果。从 1958 年算起，至今 49 年了；从 1962 年 5 月青海民院政史系“民族史编写组”成立算起，至今 45 年了。近半个世纪（可谓历史机遇）本人有幸参与其中并担任主攻任务。在此需说明两点：一开创领军人物回族教授杨兆钧（涤新），已于 2003 年元月 15 日在昆明逝世，享年 95 岁；二是应分两个阶段：1958—1979 年为艰苦奋斗曲折前进的 20 年，收集整理出三本“撒拉族史料”（1963 年出版 1 本，1982 年印行 2 本）；编写出《撒拉族历史概要》稿第一部分（有1964年元月油印本）；还有省上内部印行之《撒拉族简史简志合编》。至于公开出版，那时是没有条件的。1980年至今为成果收获阶段。除上述几本史书外，还有：①许多文章（其中本人8篇）；②其他课题的文章和专册。马成俊、马伟主编的《百年撒拉族研究文集》(2004年青海人民出版社)，总汇210万字，成绩斐然。

回顾过去，甘苦自知，学术上没有平坦的大道。尤其是20世纪60、70年代，不能干的干不了，能干的不让你干——谁干了谁准挨棒子。好在这种年代终于过去了，提到它是想说不忘记过去的疮疤，人，才会有出息。

其次，20世纪80年代90年代已过去了，但有没有值得记住的伤痛呢？有。比如出版体制（包含审稿制度、出版费用等）给有志历史研究者带来的困惑，不赘。在从事研究工作中，好像你受了市场经济初级阶段的诱惑，不去采集原材料而搞盗版；或者不思投入就想赚钱；或者不愿艰苦而走捷径。结果如何？人们自知，总之属于浮躁，不正常。但并非全都如是。马成俊教授和马伟副教授等在学术研究的大道上，就已经走出了自己的路子，他们是撒拉族的文化精英。

二、继续研究，主攻两头

对撒拉族历史研究，我认为尚没到一劳永逸的地步，还须继续前进，朝创立“撒拉学”前进。从何处下手呢？

先说文化，撒拉族具有独特而悠久的历史文化，其核心内容是宗教问题。这是别的少数民族所缺乏的。如果有人对比写出一本“撒拉族文化史”（简史也可），那将是令人读后口齿生香的。此议可暂放一边。

主攻两头，撒拉族主体历史研究，已昭然于世，没有缺憾，但应锦上添花。如何办？上攻下攻，主攻两头，即研究撒拉的先世史以及当代史。

一个民族（泛指）所以凝聚力大而久盛不衰，其奥妙何在？在于这个民族具有较强积累能力，较强吸收能力，较强包容能力和较强应变能力，总之有较强生命力、凝聚力。撒拉族具有这方面的潜在因素，而缺乏相应的文化力量（包括文字历史、教育、精英文化……）。简言之，应该有一部“从撒鲁尔王国—尕勒莽王国到撒拉族”这样的史书，把撒拉人先世历史光辉展示于世。《撒拉族史》一书中对撒拉族族源明确展示出来源于乌古斯部撒鲁尔部，尕勒莽是撒鲁儿之裔孙，这些人物都有汗号（相当于“王”号）。这一点意义重大。①先世是可汗；②政权统系明晰；③13世纪为蒙古大军所并而东迁云云。对此不值得下力气钻研吗？当然是肯定的。马伟已做了努力取得相当进展，下一步应在历史编纂学方面下工夫。

说到下头，主要指近现代史。民族近现代史的热点在两个方面：一是社会史（社会生活方面涵盖面较大)，一是文化史（精神方面，社会经济繁荣以后的必然走向）。

近若干年全国历史学研究的形势，大家都清楚。从地区史热起到地域性文化，从民族史志到民族特色研究，再进而到城市研究、开发研究等。撒拉族有志者，不应踯躅不前。如果设想果真实现了，再加上“撒拉语言学”、“撒拉族宗教文化”、“旅游开发”、“特色经济”、“民间文艺”等，憧憬中的“撒拉学”就会呈现出来了。生活在中国西部大美土地上的撒拉族，该是什么样的地位呢？怎么样的豪迈呢？

我相信我的想法，不会成为空想。

（本文原载《中国撒拉族》2008 年第 1 期）

拨开时间的迷雾　重现历史的原貌

——撒拉族东迁起因之我见

韩秋夫

一、历史研究在探索中发展

历史的领域有四条板块：一是正史，即现场原样记述（如职业史官的记载）；二是追述，即后人对以前历史事件和人物的追述（如司马迁的《项羽本纪》等）；三是历史研究，即历史学家对某一段历史遗留的疑点进行去伪存真的逻辑推理，以使逐渐回复历史的原貌；四是评论或假设。历史是过去的事情，由于种种原因，留下了许多疑点，这就启开了历史研究的学科。历史的长河迷雾重重，比如人类起源的问题，按照一般的说法，亚洲人是属于周口店北京猿人种族，而中国人是炎黄的子孙，而非洲人是属于山顶洞人，按希伯来教的说法是亚当的后裔，这起源按口头传述。最完整的记载是按清乾隆年代编纂的《御批资治通鉴辑览》第一章开头：《伏羲氏篇》说："伏羲氏，秦阳人（即现在甘肃省秦州府秦阳县人），其母履巨人迹，因有感，且虹之绕身而生焉。"中华民族是炎黄的子孙是贯穿古今的说法，但根据现代生物学DNA的检验证实，非洲人和亚洲人的基因相同，而且证实与夏娃的第七个女儿的基因完全相符，这就是说，人类同宗同种，同属于亚当的后裔。无独有偶，根据撒拉族众多阿訇的说法，洪水没世以后，诺海和方舟登昆仑山顶，大地凝固以后，诺海圣人派遣第三个儿子去东方赤泥王国，繁衍人类，他的名叫"伏羲儿"，和"伏羲"多了个尾音，这不是现代人的附会，而是1400多年前降示的经典记述。造物者在这儿开了个天大的玩笑，推翻了几千年的说法，而且是现代科学所证实了的。一个人类始祖的命题，绕了数千年偌大的弯，最后成了一个无法终结的悬念。接踵而至的印第安人、因纽特人和亚洲人同一类型的肤色及地球板块的分裂的合缝等等，又提出了怎样的不解的谜团？史学界对纷繁复杂的历史的不同解读和观点差异比比皆是。我们的观点是大胆设想，小心求证。凡是有依据以科学方法推断的应当视为正常的、健康的科学的研究方法，应当予以肯定。按照这一主流思维，本文就撒拉族族源及东迁起因，提出自己的看法。

二、撒拉族历史研究异同论及其价值的评定

撒拉族原本没有历史文献资料，关于撒拉族东迁的历史只是口头传说和众所周知的骆驼舞剧。撒拉族历史的搜索、整理和研究是新中国成立以后开始的。对撒拉族起源的描述可分为三种：一是“牛案”说，而且杜撰了一个“背着牛头不认赃”，由“外力”施咒使尕勒莽、阿合莽变成狗互相撕咬的故事，结合马步芳家族几度劫持《古兰经》、挖掘骆驼泉、凿毁骆驼石等一系列行为，可以视为有计划、有预谋的大规模破坏性的政治事件，其目的是抹黑撒拉族人文形象、损坏撒拉族风水、减损撒拉族灵光。由于其过分的荒谬和明显的兴师动众劣迹昭著的大规模政治掠夺而不讨自灭，没有成为主导意识。第二是艺术作秀，绕过“牛案”，只是把尕勒莽、阿合莽说成是德高望重、类似神仙般的两个高人而受国王的忌恨，以致以卑鄙的制造牛案栽赃陷害，而一怒之下，率族离开撒马尔罕东迁到中国寻找乐土云云。这纯粹是艺术加工，带有几分浪漫主义色彩，所以不能算作历史。第三种则是依据一定的历史资料进行科学的考证的方法，就东迁的年代、撒拉族地域位置和政治地位进行了大量的翔实的研究，其中具有代表性的国内外专家学者提出的对一致公认的东迁年代为明朝洪武三年（1370 年）的说法的置疑。青海民族学院芈一之教授关于撒拉族历史研究的论著，从不同的角度证实了撒拉族在东迁以前为乌古斯王国的组成部分之后，必然地推断到了撒拉族的东迁是以一次重大历史事件为背景的团体组织行为，芈一之教授把东迁的原因归结为成吉思汗占领了中亚以后派向新疆青海一带的撒鲁尔师团，而后遗留并定居在青海循化的这样一次偶然行为。韩建业先生提供了撒拉文记载的《杂学本》中的撒拉族先民占据今循化地区的事实依据。此后，青海民族学院马成俊教授、马伟副教授的研究，以新的资料展示了撒拉族先民的历史沿革和风俗习惯，确定了撒拉族东迁前拥有政权管辖权的政治地位，提出了撒拉族不是自然组合原始公社性质的部落族群，而是按严格的等级制度组成的政权组织的统治者。这是对前述撒拉族东迁原因的最有力的否定，接近了历史的真实事实。从这里我们可以看出，随着研究的逐步深入，芈一之、韩建业、马成俊、马伟等人的研究成果给我们提供了揭示撒拉族东迁原因的坚实的背景资料。

那么，撒拉族东迁的真正原因是什么呢？

根据以上的研究我们可以明确结论：①撒拉族原本是撒马尔罕乌古斯统治集团的主体成员。②撒拉族东迁的原因是一次重大的事件。根据芈教授的研究，是由于成吉思汗派遣到中国的远征军，这里离撒拉族东迁的真正原因只一步之差了，我们只消深究一下，成吉思汗怎么能指使并派遣一支“撒鲁尔师团”，成吉思汗是怎么占领了中亚的撒马尔罕的？是蒙古鄂尔多斯草原的风暴吹进去的吗？是进行了一场血战攻破的，还是撒马尔罕把城池拱手让给蒙古人的？

我们不妨看一下《一代天骄》这部电影，在这部电影里以浓重的笔墨和系列道具展示了成吉思汗攻打撒马尔罕的全过程，电影以史诗般的场面，从攻打撒马尔罕的起因、攻打前的政治思想和物质的军事战略方向的一系列准备过程，攻打撒马尔罕是进攻欧亚并攻占和入主中原的最关键性的战略构想。

笔者有幸在20世纪50年代阅读了一篇刊登在《民族团结》杂志的成吉思汗攻打撒马尔罕的详细资料，该文系统地叙述了事件的全过程。成吉思汗在入侵中原前，权衡近边形势，他最大的忧虑是强大的花剌子模帝国。以乌古斯族为统治中心的花剌子模帝国有40万英勇善战的铁骑，雄踞欧亚中枢，且据有哈里发六世的地位和借以为据的伊本·伯克日的《古兰经》，是当时中亚经济文化的中心。成吉思汗明智地感到必须稳定花剌子模才能入侵中原，于是便派百人使团携珠宝美女和花剌子模谈判，结成军事同盟，狂傲的花剌子模王拒绝谈判并将使团人员进行杀灭，只剩下一人逃回。这使成吉思汗下决心先行远征攻打撒马尔罕，而成吉思汗号称20万骑兵，实际只有10万人马。成吉思汗考虑到这可能将是他所经历的战斗中最险恶的战役，劳心日拙的成吉思汗未雨绸缪以800里急驰去中原邀来深谙兵法的各民族中的文人学士，组成智囊团，制定了战略方案，考虑到自己在这次战役中可能死去，立后嗣，立窝阔台为太子，并筑坛拜天，举行了大规模的誓师仪式，然后选吉日开战。智囊团根据众寡悬殊的形势，占据有利地形，诱敌深入，各个击破，经过日日夜夜惨烈的血战，攻陷了撒马尔罕，王室退踞三角洲，城内只剩清真寺几个人血战殉身。此时成吉思汗病死军中，由窝阔台统领毁亲灭教，大肆杀掠。此时阿合莽从土库曼率兵增援，但为时已晚，花剌子模全境覆没，便退居土库曼，为了保存实力，便和窝阔台议和。以乌古斯为主体的花剌子模帝国的统治宣告结束，这便是撒拉族前身的命运。至于以后的事情，不在这里赘述，撒拉族为什么东迁也就包含在命题中了。

顺便说明，在传说中的携《古兰经》东迁寻找东方乐土是双重命题，我只是说明我这里所提供的资料是有据可查的，是真实的，撒拉族的举族东迁，难道还有比这更充分的理由吗？

（本文原载《中国撒拉族》2008年第1期）

1781 年教争：地方社会与国家权力

马成俊

一、问题的缘起与历史背景

18 世纪以前的撒拉族社会，处于元明时期，是民族迁徙、定居、社会发展比较平稳的时期，也是地方社会与国家权力关系协调得较为顺利的时期。元时，撒拉族首领神宝担任积石州世袭达鲁花赤。明朝洪武三年（1370 年），明朝大将邓愈攻克河州，神宝率领撒拉尔众族人归顺明朝。为防止西北游牧民族尤其是西蒙古、西番对明朝的攻掠，明朝在甘肃的西北和西南边疆要塞构筑了防御体系，建立军事卫所，撒拉族所在的循化（时称积石州千户所）即属于河州卫管辖。明朝利用河州依山傍水的地理优势，沿着积石山川，特别是最著名的也是最难攻克的积石关隘处强化防卫。明军在河州地区的驻扎，使明朝对积石关隘以外的少数番族得以管控。根据汉族史料记载，在这个地域总共有 36 个部族处于明朝的军事控制之下。

这些小群体参与到总部设在河州的茶马贸易中（茶马司）。这种制度化的商业交换是明朝在 14 世纪末建立起来的，并被作为是朝贡体系的局部表现。在这种体制的控制下，撒拉人被要求上供马匹。明洪武二十六年（1393 年），明朝赐撒拉尔金牌一面、纳马 120 匹。撒拉尔成为河州卫纳马 19 族之一，也是纳马 19 族中最强大的一族。由于在茶马贸易中作出了贡献，嘉靖三十一年（1552 年），朝廷将金牌增至 2 面。直到清代初期，在这个地域的供马群体（纳马民族）中，撒拉族被认为是中等马匹（中马）的进贡者。明朝实行的军事哨所和官方贸易制度，使得明朝的镇边将军能够干涉当地番人的领导阶层。根据明代河州史料记载，河州的将领可以为撒拉人任命“副千户”首领（副千户）和“百户”首领（百户）。明朝洪武六年（1373 年），韩宝（即神宝）被明朝封为世袭百户、昭信校尉，管理军队百户，隶属河州卫积石州千户所，韩宝因此成为撒拉尔土司的始祖。因为这些首领是由边防将领的地方性委任，因此他们并不属于明朝的官僚制度体系，他们只是由河州的军事将领来管理。这就表明当明朝对一些地域的番族实施军事统治时，撒拉人可以保持行政和法律上的自治。从明到清前期，河州将领对撒拉人的军事监管情况鲜有变动。[1]除此之外，自明朝洪武二十年（1387年）始，撒拉尔被征调多次，攻打周边的番族，足迹踏遍陕、甘、青、川等地，为明朝治理西北边疆作出了贡献。

在宗教信仰方面，元明对伊斯兰教都实施了较为宽容甚至支持的政策。元朝在其政治、经济、军事领域使用了大量的色目人，这些色目人绝大多数都是信仰伊斯兰教的回族和其他民族穆斯林。[2](P4~8)不但如此，蒙古贵族后裔中也有成批皈依伊斯兰教者，据《多桑蒙古史》记载："今在此东方地域中已有伊斯兰教人士不少之移植……其成吉思汗之诸系诸王曾改奉吾人之宗教（指伊斯兰教），而为其臣民士族所效法者，皆其类也。"由此看来，蒙古人不但不歧视伊斯兰教，而且有大量臣民皈依伊斯兰教，壮大了伊斯兰教的信仰群体。

到了明朝，尽管对异族也采取了某种程度的歧视和抑制政策，但是由于明代的开国功臣中有一批信仰伊斯兰教的大将，如常遇春、汤和、邓愈、蓝玉、胡大海、沐英等，他们为打下明朝江山立了汗马功劳。加上大航海家郑和也是穆斯林，他奉命七次下西洋，扬威海外。而人口很少的撒拉族，在保卫边疆的数次征调中，也英勇战斗，许多土司头人以身殉职，多次得到了明朝的嘉奖。甚至循化同知龚景瀚怀疑撒拉族的社会组织"工"可能是"功"之讹。① 所以明朝对伊斯兰教还是采取了礼敬的态度，明洪武元年（1368年），敕建礼拜寺于金陵，并于洪武六年（1373年）御制百字赞，褒扬圣德。至永乐三年（1405年）三月敕诰清修寺护持："所在官员军民人等，一应毋得侮慢，敢有故违朕命，侮慢欺凌者，以罪罪之，故谕。"[2](P9) 青海最大的两座清真寺西宁东关清真大寺、循化街子清真寺均建于明朝。如果没有国家权力和朝廷官员的支持，清真寺的修建是不可能的事。

二、教派传入与族群内部分裂

到了清朝，形势发生了变化，朝廷和地方官员对伊斯兰教的政策和态度也出现了根本逆转。从元初的1225年（为了确定撒拉族迁徙的确切年代，2007年11月，青海省撒拉族研究会召开相关学术讨论会，与会学者根据历史年代推算，一致认为应该为1225年），经过明朝一直到清乾隆四十六年（1781年），史籍中没有记载撒拉族内部产生分化的事情。也就是说，撒拉族的祖先从中亚迁徙到甘青边界有556年的时间，主要是跟随朝廷打天下，并在如今的青海循化地区站稳了脚跟，期间还没有出现内部分裂的局面。撒拉族内部分裂，与伊斯兰教各教派的陆续传入有关。最早见于史籍记载是在清朝雍正九年（1731年），嘎最（宗教教法官）韩哈吉与马火者因争教而相互控告。②

---

① 龚景瀚：《循化厅志》卷四《族寨工屯》，156页，西宁，青海人民出版社，1981。

② 龚景瀚：《循化志》，西宁，青海人民出版社，1981。

清乾隆二十五年（1760年），甘肃关川回族阿訇马明心到循化营传播哲赫忍耶教派。“哲赫忍耶”是阿拉伯语，意为“公开”、“响亮”、“高扬之意”，表示这一派在念诵“则可若”时声音高昂，故称。在中国，哲赫忍耶首先在青海、甘肃得到传播，以后逐渐传播到西北乃至全国，成为中国伊斯兰教派中较有影响的一派。

哲赫忍耶的传播者马明心（1718—1781年），经名伊布拉欣，道号维尕耶东拉（维护主道者），尊称为官川阿齐兹（尊贵的官川老人家），殁后追尊为束海达伊（为主道牺牲者），他祖籍甘肃阶州（今武都），后迁至临夏大西关。马明心出生前，其父已去世，其叔父在西关寺做杂役，后被推为海推布，马明心幼时跟叔父在寺里念经，因其聪明，学业优良。

1728年，马明心奉母命，与其叔父在众人资助下取道陆路去麦加朝觐，当行至中亚卡拉库姆（突厥语：意为黑沙漠）沙漠时，叔侄俩被狂风吹散，马明心幸遇一老人相救，得以幸免。他在布哈拉城居住了4年左右，在此期间，接受了乃格什板顶耶黑山派的教义，据说他在哈布拉一个清真寺内当“木扎外”，后随该寺掌教去麦加朝觐途中经也门时，掌教因开销太大，便把他交给也门的同道学者伊本·载尼的道堂学习沙孜林耶教旨。据考证，马明心的老师是也门扎笔德地区的阿布杜、阿哈里格·阿则子·阿米斯介吉，扎笔德是紧靠红海的一个小镇，是伊斯兰教苏菲派的一个中心。

1744年，马明心回到祖国，先后在甘青边界的循化、临夏、定西、榆中一带传播其主张。1761年，他在循化地区，接受了撒拉族的一些阿訇、满拉如贺麻路乎、苏四十三等为门徒，讲经论道，传授哲赫忍耶的宗旨。在此期间，马明心还提出一系列改良伊斯兰教的主张：将聚礼日的十六拜简化为十拜，并要求在所在的清真寺十拜即算完成了聚礼日的拜功，不必都要到城镇大寺去礼拜；认为阿訇、教主利用教民的施舍来聚敛财富是违背伊斯兰教精神的；反对大兴土木修饰清真寺；主张教权传贤不传子，反对父传子受的世袭制；简化道乘修持功课，重视真乘修持，认为真乘隐藏在道乘和教乘之中，并为道乘和教乘所包含。这些主张遭到其他一些派别尤其是华寺门宦的反对，并引起摩擦，继而矛盾激化。作为官方，则偏袒一方，将马明心逐出循化。这是撒拉族内部因为教派矛盾而产生分裂的又一次事件。马明心来到河州，后又避居于定西官川马家堡，此后官川成为哲赫林耶教派的传教基地。

马明心离开河湟后，循化地区的哲赫林耶派在苏四十三和贺麻路乎的大力倡导下继续得到发展，并修建了三座清真寺，同时与华寺门宦的矛盾更加激化甚至出现人命。1781年，清廷派兰州知府杨士玑和河州协副将新柱查办，新柱到循化后不分青红皂白，声称要“尽杀新派”（哲赫忍耶），引起哲赫忍耶派不满。苏四十三等率众1000余名，杀了新柱和杨士玑，并与华寺门宦教徒道忍和，共同抗击清军。同年3月破河州，得知马明心已经被解往兰州，即经东乡趋兰州，营救马明心。清廷在城头杀害了马明心，并调集2万清军解兰州之围，义军被迫退至华林山，顽强战斗，全部战死，起义失败。据《兰州纪略》奏折证实起义中被害群众8000多，马明心家属亲友约200人受到株连。起义被镇压后，清廷对哲赫忍耶派教众及参加起义的群众进行了惨绝人寰的屠杀，循化成为血洗的重点。“凡撒喇十二工，惟查汗大寺、孟达、夕厂三工无新教，其九工新教凡九百七十六户，皆剿尽无余，房屋多毁，所遗田地给老教士兵阵亡之家属。”① 从此，哲赫忍耶教派在青海循化销声匿迹。

这场教争后来演化为民族起义，尽管以失败告终，但是对清朝廷予以了沉重的打击，迫使清廷在进行“善后处理”后的整肃时，挖出了当时震惊朝野的腐败案件，将前任甘肃布政使王亶望和时任布政使王廷赞抓获归案，同时也暴露了清朝最大的贪官和珅的劣迹。由此看来，这场斗争的导火索是教派斗争，而实质上是因为在“二王”的残酷剥削下，人民群众奋起反抗的举动。但是这件事情在撒拉族族群内部也因此出现了分歧和矛盾，在教派之间播下了仇恨的种子。

后来在嘉庆、道光、同治、光绪年间陆续出现了几次席卷西北的撒拉族回族起义。一直到民国，伊赫瓦尼新教传来，也产生了矛盾，不过马果园依仗地方马家军阀势力，传播比较顺利，没有引起更大规模的冲突。综观清代撒拉族地区的冲突，其起因都与教派矛盾有关，每有一个新的教派从甘肃传播到循化，必会引起新老教争，继而又演变为大规模的反清起义，结果使得撒拉族在清廷国家权力的强大势力下，受到惩创。高文远先生总结道：“平心而论，甘肃循化厅撒拉回新旧教之争，在宗教理论上没有大不了之事，完全是属于无知与感情冲动，而其最终目的，没有别的，是新旧教双方为了争布施得到好处，而牺牲吃亏的是无知的群众。”[2](P55)

李普曼在对撒拉族穆斯林内部教争进行分析时说道：“韩奴日来到了衙门证明老教尊重和爱戴古兰（Koran）并把新教视做异端。”他引用了许多事例自信、沉着地进行证明。他说，前任总督左宗棠认为甘肃的穆斯林起义原因在于穆斯林之间的宗教纷争。如果宗教争斗不停止的话，武力冲突就会产生。冲突的根源的确在于新教。韩奴日是循化的撒拉族穆斯林，街子工的老教领袖。他和新教的追随者韩四就彼此积怨而互相仇视，最终形成世仇（汉语为械斗）。他们之间的争斗异常凶猛而无法用理性去解决。总督杨长军起草奏书上报了西宁府来过问此事。斡世铿负责此事，双方当事人都最终作出了让步。[3](P138)

到1887年，械斗在循化的对立花寺派别中发生了，恐惧与暴力又一次加剧。尽管这场事件的导火索并不在于撒拉族而是河州地区说汉语的穆斯林，但是由于撒拉族恶名在外，循化撒拉族之间的宗教世仇又一次给清廷造成了麻烦。由于骚乱和诉讼不断升级，全省的官方异常关注这场涉及范围很广的暴乱。1894年的秋季，循化的诉讼人在衙门争辩时，他们的门徒在街上动用了武力，把穆斯林全部杀了。[3](P141)

三、村落、家族背景与历史记忆

撒拉族的社会有别于汉人社会，没有家谱、族谱、墓志铭、祠堂等用文字或建

① （清）龚景瀚：《循化志》卷八《回变》，316～317页，西宁，青海人民出版社，1981。

筑物记载的表征性的东西。传统上撒拉族是“没有历史的人民”，[4]所以对家族的历史研究带来了相当大的困难。本文涉及的历史文书，是在本人做田野调查时，在青海省循化县清水乡大寺古村马进才家（笔者的堂叔）发现的。清水在20世纪50年代之前叫清水工（撒拉语叫 Segergang)，乾隆四十六年（1781年）苏四十三起义之前，清水工和达素古（现名大寺古，过去还用打苏古等名）工是东乡下六工之一，当时撒拉族地区共有十二工，分为东乡下六工和西乡上六工。起义失败后，由于“房屋半毁”、“人口锐减”，将十二工并为八工，达素古工并入清水工。在民间，便将原属清水工的几个村落称为下半工，而将原属达素古工的达素古、瓦匠庄和红庄3个村称为上半工，三村人自己则简称为“半工”。3个村落都在清水河的中游地带，清水河由南向北流动，在清水大庄村下汇入黄河，“半工”由北向南依次是红庄、大寺古和瓦匠庄，瓦匠庄村的南部与张尕工（现属白庄镇）的山根村形成边界。

撒拉族的村落由数个人数不等的孔木散组成，孔木散是扩大家族的撒拉语称谓，接近于汉族的宗族组织，但其组织形式和结构上都有区别。达素古村现由三个孔木散组成，分别称为“Ahghar Kum - san”、“Bazax Kumsan”和“Ki Kumsan”，其中“Ahghar Kumsan”人口最多、实力最强，历史上的乡约、头人、掌教等村落社会的精英多出自这个孔木散。达素古村在历史文献中多有记载，如家藏文书中最早的是在乾隆十八年十一月十二日的一份委牌：

委　牌

河州撒剌五族世袭土司韩为饬委事，照得打苏古庄原有乙麻木一人，在寺朝夕领拜，教化愚玩，若非耑责，难免踈虞，今本司查得该庄乙麻木例规，马乙西夫充应合行耑委。为此，仰乙麻木马乙西夫遵照，务在该庄寺院朝夕引拜，教化愚玩，凡有该庄婚姻、嫁娶、丧礼等事，均有旧立成规，该乙麻木照例收受。若有不遵旧规，藐视为首，许指名禀究须牌

右牌仰马乙西夫准此
乾隆十八年十一月十二日给
司
行
限　功　日缴

委牌中所说的乙麻木（掌教）马乙西夫是所见最早记载达素古村的文书，在笔者家族中保存这么重要的文书，此人应是本家族的祖先。

在乾隆五十七年（1792年）由循化同知龚景瀚写成的《循化志》中，描写了苏四十三起义的前夜，在达素古村发生了新老教争（即哲赫忍耶新教与格底目老教之间的争执)，并发生了人命案，继而慢慢波及清水工大庄村，由于官府处理不当，终究酿成了震惊朝野的苏四十三起义。起义失败以后，作为新教的哲赫林耶教派民

众被斩尽杀绝。这说明循化县的第一次大规模新老教争，就涉及达素古村。在家藏的诸多文书中，有一条便是给达素古村掌教的。日期是1781年12月，也就是平定起义7个月后，兰州府便下了一道委牌书，兹录全文如下：

委 牌

特授兰州府循化监督府加五级纪录七次洪为饬委事案，查前奉谕旨，令将回民阿洪掌教明目革去，改为乡练等因，遵奉在案，今据该管土司开单，禀请验委前来合行饬委。为此，仰达逮古工总练马三十四遵照，尔等恪遵改定名目，将掌教称为总练，仍约束回民清查教道，如有谋为不轨，为匪作窃之徒，该总练立即指名具禀，以凭按律治罪，该总练务须公正洁己，安分守法，共享升平之福，毋得藉端滋事挟嫌捏禀，有负本府委用之至意，凛遵毋违，须至委牌者

右牌委达逮古工总练马三十四准此
乾隆四十六年十二月十一日给
遵照
遵行（大红字）
委 牌 府

这份资料，对研究苏四十三起义以及后起义时代的撒拉族社会具有极其重要的价值，是目前看到的最接近起义时间的文书。

对于这个问题，《循化志》记载：“回民不得复称总掌教、掌教、阿洪、阿衡、师父名目，择老成人充乡约，稽查约束。循化掌教改为总练，阿洪改为乡约。新教礼拜寺全毁，旧教嗣后亦不得增建。不许留外来回民学经、教经及居住，每年乡约头人具无新教及前项情节甘结一次，地方官加结，年中汇齐送部。”①

“回民无分新教旧教，止以从逆者治罪。按察议新教旧教均系良民，不便歧视。从前议禁，当略为变通。嗣后严禁回民邪教及阿浑名目，亦不许添建礼拜寺，及留外来回民居住。其念经原非例禁，但不得聚集礼拜寺。仍令乡约稽查，如有匪徒在寺谋为诡秘，即禀究。年底，仍取具甘结，地方官加结汇赉。”②

同年，陕甘总督也贴出告示：“回民改存旧教，各归本村寺内诵经。毋得藏匿《明沙》、《卯路》等经，摇头拖鞋念经，致干严谴。傥仍有新教，治罪不宥。下开五条：一禁搀夺。一禁勾引窝留。一禁抱养及改归回教。一禁添造礼拜寺。一禁诬告。”③

《循化志》：“撒喇回民不许私行，出入内地贸易者，土司呈厅给路照，移明所至州县，变货毕，速令回巢，各关隘派兵巡查，无路票及所载不符者拿究，每季按

① 龚景瀚：《循化厅志》卷八《回变》，319页，西宁，青海人民出版社，1981。
② 同①。
③ 同①，323～324页。

起数造册结报。”①

《东华录》卷二十六，十六页：“谕军机大臣等前以甘省番回有掌教及总掌教之名，恐疑惑众滋事，因传谕各省督抚留心查革……惟其中有借传经为煽播邪教者，则不可不实力严查，亲提申办，至直隶回民念经之人称为师父，虽亦如师徒俗称，但究不若并其名而去之。向来地方官平日于此等事，并不留心查察，及奉有谕旨，又未免办理过当，不能深喻朕意，徒滋胥役，得钱放免，著再传谕各督抚，务须不动声色，留心妥协查办，毋致吏胥人等藉端滋扰，及蹈虚文塞责之习。”

两份委派书中，对撒拉族的称呼却不一样，前者称为“河州撒剌”，后者称作“回民”，说明乾隆时期对撒拉族的族群身份还没有一个明确的判断。到了嘉庆年间，又写作“撒拉”。

同时，说明这份文书以及其他资料的保存者，应该是笔者家族的祖先，马三十四本是达素古村的掌教，想来也是属于格底目老教的阿訇。因为此时，哲赫林耶已经被尽除。起义失败之后，掌教的身份被强令改变为乡练或总练，而且还规定了总练的职责，即“将掌教称为总练，仍约束回民清查教道，如有谋为不轨，为匪作窃之徒，该总练立即指名具禀，以凭按律治罪”。并要求总练“公正洁己，安分守法，共享升平之福，毋得藉端滋事挟嫌捏禀”。

嘉庆六年（1801 年）四月二十日，家族头人乡约马作南收到一份谕旨，是关于1781 年后加强社会治安方面的，全文如下：

谕

署循化分府佘谕清水上工头人乡约马作南，大速古掌教知悉，照得撒拉各工自四十六年惩创之后，亦颇知王法，从无轻易打伏之事，即或偶有械斗，无非争田争水之事。一经差役并谕令土司弹压讲辩，无不听从完结。近年一来，该撒拉两次出兵，以后稍有资财，即不安本分，些微口角打架。即婚姻细事不与众人相干，亦聚众动辄打伏，即或告状查唤，又不到案投审。虽系撒拉愚蠢好斗，亦由该土司头人等，平日不知教化，纵令为恶习以为常，所有撒拉动辄聚众吃牛持强好斗，各情节禀知上宪，嗣后如有纠众打伏之事，在何家吃牛，即以何家为罪首。如打死一人，即着一人偿命，不准依罚服完结，不得以一二无知之人牵累众人，摊派命价，必将真正凶手及为首纠众宰牛吃咒之人，照王法从重治罪。庶杀一惩一百，以儆凶顽，除谕令土司传知外，合行饬谕。谕到，该头人等即传谕众回一体周知，凛遵特谕

嘉庆六年四月廿日谕

这道谕旨说明，在受到苏四十三起义的重创之后，清廷加强了对撒拉族社会的严格控制。从此以后，达素古村名便不见于文献。据家族记忆，笔者的祖父辈有三

① 龚景瀚：《循化厅志》卷八《回变》，318 页，西宁，青海人民出版社，1981。

兄弟，笔者祖父名叫舍木素为老大，马进才父名叫拜克尔为老二，海辽父为老三，笔者祖父于1949年去世，是时其为坚定的嘎德林耶崖头门宦，至死也没有接受伊赫瓦尼教派（时称新教）。而拜克尔是当时有名的阿訇，曾经就读于西宁东关清真大寺，接受了由马果园传来的伊赫瓦尼教派学说。其人学识渊博，与东关大寺教长尕阿訇（马禄）私交甚笃，学成后马禄派遣拜克尔在省内几个有名的清真寺开学。在他的教育和强制下，达素古村除了一个家族之外，其余全部接受伊赫瓦尼教义。据说当时嘎德林耶门宦的人要是举行活动，不能够在村里进行，而要秘密跑到村落东边的山沟里活动。这说明曾几何时，达素古村民从格底目教派转入了嘎德林耶门宦，而嘎德林耶教派在强制转型的过程中也经历了艰难的选择。这点由于无文献记载，具体转入时间无法考证了。而从嘎德林耶门宦转入伊赫瓦尼教派的时间大约在20世纪40年代。民国时期，由于拜克尔阿訇的威望，自然是村落的掌教和头人，所以，有关村落的资料就全部保存在他的手里。其实，从上述文献的保管和村落历史记忆的传述中可以看得出来，笔者家族自乾隆年间一直到20世纪40年代，都是达素古村的头人之一。20世纪50年代，还因为这个差点被划为地主。

从上述委牌中可知，马乙西夫（1753年）、马三十四（1781年）、马作南（嘉庆，1801年）、马作南（清末民初）一直到拜克尔阿訇均系达素古村掌教，也是该村的乡约和头人，尽管没有更多的资料和故事将这些人以及他们的事迹连缀起来，但也可以看出家族以及一个“没有历史的人民”的村落，从乾隆十八年（1753年）到20世纪50年代整整200年间的历史脉络（迄今已有260年的历史），同时也可以从中透视撒拉族社会中宗教的演变，村落与官府、国家之间的关系。对撒拉族研究不啻是弥足珍贵的历史文献。

四、结果与讨论

1781年以后，根据清廷“善后处理”的情况来看，撒拉族失去了元明时期在朝廷当中的辉煌历史，朝廷进一步加强了对地方社会的监管，代之而起的是受到了清廷更加严厉的控制，监毙的监毙，流放的流放，而在家的人民失去了人身自由，“不许私行”。正常的宗教活动也受到了严密的监控，连宗教职业者的身份也被迫改变，成为为清廷服务的地方耳目，更不许添建清真寺。更为严重的是，在国家权力的强势压迫下，撒拉族的传统社会结构被迫重组，十二工合并为八工，本来就不多的撒拉族“人口锐减”，“村庄半毁”。那些被杀害和被流放的人的房屋和土地被再分配。在元明时期经数百年所建立的比较好的地方社会与国家之间的关系变得异常对立，撒拉族社会较快发展的外部环境不复存在，长期处于半自治状态的局面被清廷全面控制。在进行强硬措施武力镇压的同时，清廷为了“教化愚顽”、使撒拉族“遵循王化”，于乾隆五十一年（1786年），循化同知达桑阿奉命在循化城西南角修建了文庙，“以彰文教”。厅学制度的建立和文庙等其他庙宇的修建，标志着代表汉儒封建文化体系的符号开始在“河州边外地”的番回之地进行传播，为以后在循化形成撒拉、汉、回和藏族四种文化结构奠定了基础。雍正皇帝之所以赐予嘉名称为“循化”，是因为撒拉族“桀骜不驯，鲜知礼法”，地方土司又“委难约束”，需要“弹压化诲，教养训练”。同时，这里“番回杂处，性情少别，约束教导，全在训导”。[①] 最终目的是“迁改向化”。

兴办厅学不久，即显示出了一定的效果，至（乾隆）“五十六年五月，周学使科岁文武取进马文秀等十二人。其与考文童二十余人，武童十余人，大率口内十一族，及他州县寄居年久者，否则兵丁之子弟也。然撒喇回族亦有韩应凤者游庠矣，虽系武生，数年之后，渐摩观化，安知不移为文雅之邦乎？是在为上者有以教之而已。”[②] 循化同知达桑阿几经努力，兴办了学校，可是真正入学的人，却都是外地人或县内兵丁子弟，而其教化对象——撒拉族子弟，只有韩应凤一人而已。除厅学之外，当时在撒拉八工地区村落中又开办了三所义学：其一在下四工之一的崖幔工礼拜寺（今白庄乡科哇村），其二在县城，其三虽名在上四工，却未建校。崖幔工礼拜寺内的义学，曾经延请河州籍人氏宋显明为老师，但因“撒喇幼童不通汉语，而束脯又无所出，临时科受业者给之，弟子既不愿，师亦不安，勉强一二年旋废。其上四工则并未设立也。本城义学，旧有营中所立，以教兵丁子弟，无回民也。”[③] 由此看来，由于各种原因，虽然办起了所谓学校，“以化导回民”，而“循化处口外寒苦之地，官既无力，又乏好义之民，久而寂然。”[④] 刚新建的义学，由于没有国家足够的经费支持，地方上也无“好义之民”，学校再也办不下去了，“久而寂然”。

清朝廷由于受到乾隆四十六年（1781 年）苏四十三起义的重创，想尽办法通过增加军事力量、兴办义学、建立文庙，以“化导”撒拉族和其他民族，却因撒拉族地处甘青边界，长期以来认为汉文化是异教徒的文化而拒不接受汉文教育（撒拉人认为汉文化是异教徒的文化，用撒拉语即“kafeir aohix”，有意思的是，撒拉人普遍将阿拉伯文字称为是“saler aohix”，即撒拉文字，表现出对阿拉伯伊斯兰教的高度认同），所办义学“勉强一二年旋废”，未能如清廷所愿，然“循化”地名却延至今日。

总之，这些打击与旨在同化的政策，并没有真正缓解撒拉族与朝廷之间的仇恨，反而激起了撒拉族的斗争勇气，在此后的多次起义都证明了“哪里有压迫，哪里就有斗争”的道理。

社会发展到 20 世纪 80 年代，随着改革开放的政策，撒拉族地区的宗教政策更加开放，长期被压抑的宗教热情一下子反弹，循化地区又出现了各教派之间的多起矛盾，好在共产党领导下的地方权力机构健全，这些矛盾没有发生更大的冲突。但是，没有冲突并不意味着从此可以高枕无忧了。在笔者进行田野调查的时候，听说

---

① （清）龚景瀚：《循化志》卷三《学校》，127 页，西宁，青海人民出版社，1981。

② 同①，128～129 页。

③ 同①，129 页。

④ 同①，129 页。

最近几年在撒拉族地区传教宣教的现象很严重，这些传教者有没有什么国际背景，会不会引起固有教派之间的冲突，很难预料，需要引起有关部门的高度重视。

参考文献：

［1］马海云．番回还是回番？汉回还是回民？18 世纪甘肃的撒拉儿族群界定与清朝行政变革．李丽琴，马成俊译．青海民族研究，2009（2）

［2］高文远．清末西北回民之反清运动．银川：宁夏人民出版社，1998

［3］Jonat han N. Lipman. Familiar St rangers：*A Hitory of Muslims in Northwest China*［M］. University of Washington press，1997

［4］沃尔夫．欧洲和没有历史的人民．赵丙祥等译．上海：上海人民出版社，2006

（本文原载《广西民族大学学报·哲学社会科学版》2009 年第 5 期）

文化遗产与历史记忆

——论撒拉族文化遗产的抢救与保护

马成俊

一、撒拉族物质文化遗产

在撒拉族的物质文化遗产中，宗教建筑和民居建筑是具有代表性的文化。大凡撒拉族的所有村落，都有一座非常醒目的建筑群落，那就是清真寺。循化县撒拉族村落的清真寺有100余座，拱北建筑群20余座，先民尕拉莽等人的陵墓建筑群7座。清真寺不仅是撒拉族群众的宗教活动场所，同时也是其政治、经济、文化活动场所。位于循化县街子乡三兰巴海村骆驼泉边的街子清真大寺是撒拉族的祖寺，也是青海省第二大清真寺，仅次于西宁东关清真大寺。该寺始建于13世纪初撒拉族先民定居循化以后，原名“尕拉米西提”（撒拉语，意即黑色的寺）。明洪武年间，在骆驼泉边、先民尕拉莽墓前修建了一座规模比较大的清真寺，后来随着人口的不断增加，无法容纳更多的人的宗教活动需要，于是多次扩建、修缮。第一次是在清乾隆二十六年（1761年），由上房村一位富孀捐资扩建的；第二次在清光绪九年（1883年），由街子村民主持修建唤礼楼；第三次是在民国二十二年（1933年），由汗巴村一位韩姓富户捐资主持扩建大殿后半部分和南北厢房以及大寺寺门。从1958年宗教改革到1968年“文化大革命”10年间，街子寺一度失去了其宗教礼拜场所的功能，1968年12月，该寺被彻底拆毁。第四次是在1982年重修的。这次重修放弃了原来汉式建筑风格，而完全采用阿拉伯圆顶穹隆式建筑风格。设计为砖混结构，占地4050平方米，大殿呈正方形，共49间，殿前南北两侧建有两栋两层楼房，分别为讲经堂、会客室以及阿訇、满拉的住房。最近寺管会又决定在大殿及尕勒莽和阿合莽墓东侧修建两座唤礼楼，可以视作第五次较大规模的扩建。

除街子清真寺外，在循化县还有几座具有500年以上历史的清真寺建筑。它们是清水乡大庄村清真寺、孟达乡大庄村清真寺、木厂村清真寺、白庄乡下张尕村清真寺、上科哇村清真寺。这些清真寺都是青海省省级重点文物保护单位，其建造历史悠久，建筑风格独特，但都无一例外地面临着坍塌的危险，亟须得到有效保护。

撒拉族的民居建筑，与青海海东地区其他民族的民居建筑风格有所不同。撒拉族将民居称作"巴孜尔"（bazir）。"巴孜尔"呈正方形，占地面积为0.3～0.5亩，其中住房建筑的主体部分坐北朝南，称为厢房，是家中老人居住或待客的地方，这座建筑要高于其他建筑；厅堂正中墙面上一般挂有用阿拉伯文书写的对联，底下是琴桌，两边摆放太师椅，房间的左右两侧为火炕。传统的厢房一般为三间房四扇门四扇窗户，现在一般都为五间房四扇门四扇窗户。东西两侧为低于厢房的平房，平常为家中年轻人的卧室。厨房和仓库一般设在厢房与东西房的拐角处，各占一角。最具特色的撒拉族民居建筑是孟达乡的"饶合"（rah 或称 raoh），这种建筑在孟达乡较为普遍也最具代表性。孟达撒拉人的"饶合"也有几种不同的类型，有的只是建成北房，有的则建在东、西、南、北四面，有点像南方的围屋建筑。"饶合"是两层楼房建筑，三面贯通，通天柱，门窗以及周边墙体均为木板。为了减轻墙体与房柱的承重，二层四面墙壁均为篱笆墙，即用篱笆编成墙壁，然后在里外墙面上涂上草泥。"饶合"里面的布局结构与其他地区的布局结构类似。

在传统的撒拉族建筑结构中，值得一提的是庭院内的花园和林果树的栽植。撒拉族是一个十分讲究卫生的民族，同时也特别重视植树造林，在宅地前后以及庭院中多种植树木和花卉，这些花园是撒拉族建筑群体当中不可或缺的一个重要组成部分。

二、撒拉族口头与非物质文化遗产

撒拉族历史上使用过的文字——土耳克文已基本失传，广大撒拉族人民群众只是以口传心授的方式保留着他们的传说和故事。在众多的口头文学作品中，最具有历史研究价值的是反映他们民族迁徙历史的《骆驼泉的传说》。传说的内容梗概是：在撒马尔罕地方，撒拉族的先民尕勒莽和阿合莽兄弟二人在当地伊斯兰教信徒中很有威望，由于他们为民请命，遭受当地国王的迫害，国王将莫须有的罪名强加到尕勒莽兄弟二人头上，后来真相大白，人们才知道这是国王的一场阴谋，是欲加之罪。而尕勒莽认为这里终究不是长久之地，便和阿合莽带领同族18人，牵了一峰白骆驼，驮上《古兰经》和当地的水土，向东进发。尕拉莽一行人离开了撒马尔罕，翻山越岭，翻过了33座大山，蹚过了44条河水，在路上走了17个月，他们经过天山北路、吐鲁番、嘉峪关，又经过肃州、甘州、凉州，一直走到了宁夏，然后再向东南行走到了今天的天水，折而西返，到甘谷，又到临潭、合作，经过甘南的拉卜楞。在这里，他们与随后跟来的33人（另外12人由于疲惫不堪留居于贵德县的圆珠沟）巧遇。于是，队伍壮大，他们继续牵着骆驼走到了循化的夕厂沟，越过孟达山上了奥土斯山，这时天色已晚，暮色苍茫中走失了白骆驼，他们便点燃火把，四处寻找（后人便将这个山坡称为“奥特白纳赫”，意即火坡）。他们找啊找，一直找到街子东边的沙子坡，天已破晓，所以他们将这里称为“唐古提”（撒拉语即天亮）。天亮以后，他们发现街子一带有山有水，土地平旷，顿时感觉心旷神怡。在沙子坡，发现一泓清水，清澈见底，而走失了一夜的白骆驼静静地躺在泉水里。尕拉莽试图用木棍捣醒骆驼，不料，奇迹发生了，白骆驼化成了石头，木棍则化成了一棵常青树。众人非常惊喜，便取下驼背上的水土，发现他们带来的水土与本地水土完全相符。于是，人们认为这是真主的定然，这里就是他们日夜寻找的乐土，便决定在这里定居。现在，街子骆驼泉是撒拉族的发祥地、族源地。他们所带来的《古兰经》是撒拉族的族宝，也是中国目前保存最古老的《古兰经》。

后来，撒拉人根据本民族的民间传说，编了一出类似于话剧的《骆驼戏》，撒拉语叫做“多伊奥依纳”。“多伊”有两个含义：一为骆驼；一为婚礼。在撒拉族的传统中，这个戏一般是在婚礼之夜表演，表演者由4人组成，有固定的人物、服饰、道具，并有完整的故事情节。其人物组成是：撒拉族阿訇二人，瞎汉一人（瞎汉：汉语循化方言，意即没有知识的人，这里特指缺乏伊斯兰教知识的人），并由两人翻穿皮袄装扮骆驼。道具是：一本《古兰经》、一个火把、一杆秤、一个水瓶、一条褡裢、一根拐棍。服饰有：皮毛制作的骆驼道具服、中亚风格的长袍、披风等。时间：举办婚礼的傍晚。地点：举行婚礼的场所。演出开始，由一阿訇右手持杖、左手怀抱《古兰经》，另一名阿訇手牵白骆驼随后，他们绕行场地一周，表现东迁时的艰难困苦，然后瞎汉上场，双方见面问候，瞎汉便开始问阿訇：

瞎汉：阿訇，你们从哪里来？

阿訇：我们从遥远的撒马尔罕来。

瞎汉：阿訇，你牵的是什么？

阿訇：我们牵的是骆驼。

瞎汉：骆驼上驮的是什么？

阿訇：骆驼上驮的是水、土、秤、经。

瞎汉：你们驮着这些东西到哪里去？

阿訇：我们要到随尼（中国）地方叶给尼（定居）去。

瞎汉：把你们风尘仆仆、历经艰难险阻、迢迢万里到“随尼”地方的经历能不能给我们讲一讲？

观众：依的日（是的、好的）。

阿訇：呀！既然这样，我就将我们艰辛的历程整个详尽地叙说一遍，请你们细听。

于是，阿訇将尕勒莽等人如何遭受陷害，又是如何从撒马尔罕出走到了循化的经历详细叙述，最后，骆驼的装扮者将事先准备好的核桃撒向人群，人们争相食之，场内的气氛达到高潮。

随着时间的推移，由于众所周知的原因，这种表演方式基本绝迹，尽管循化县文艺工作队在重大的节日期间仍在表演，但是这种艺术形式原来作为民族历史记忆的复述功能已经不复存在，它的原生态环境遭到彻底破坏。几十年来从未听说哪一家婚礼中继续表演《骆驼戏》的。

在撒拉族口头文学作品中，还有一部分说唱文学，其中《吾热合苏孜》即婚礼祝词是比较有名的。按撒拉族的婚礼习俗，在新娘嫁到男家的当天傍晚，女方家要请出一位口齿伶俐、善于辞令的长者，运用诗化的并富于表现力和感染力的语言，向所有参与婚礼的主人和客人进行演说。婚礼祝词首先赞美撒拉族社会中“学识渊博的阿訇”、“德高望重的老人”、“村里的干部”、“骨头的主人阿舅”、“劳苦功高的媒人”以及“婚事的帮办人”等，赞美他们在日常生活中甘愿为社会的稳定、发展作出的贡献，赞美他们的奉献精神和与人为善、乐于为公共事业辛勤劳作的高尚道德情操，然后讲到生儿育女的艰难，希望男方家里今后还要谅解女孩的任性和不懂事，多进行教育，希望男女两家从此便像一家人一样。同时赞美这段美满婚姻，并感谢亲家的盛情款待。最后，祝愿女儿多生贵子，在新家生根开花。祝婚词的语言非常优美，每讲到一件事都要运用相应的汉语谚语和藏语谚语进行解释性重复，其辞令之典雅、语言之丰富、语气之恳切、措辞之优美，是撒拉族其他的文学形式中难以见到的。遗憾的是，近几十年来，撒拉族的这种文学样式不但没有得到进一步的丰富和发展，反而萎缩了，现在的婚礼中，已经没有人再用这种演说形式了。

撒拉族婚礼中两种最有意义的艺术形式的消失，说明了民间文化在我们不断接受新生事物而走向现代化的过程中不知不觉地从我们的身边流失了。这种文化的断裂现象在撒拉族其他民间文学形式中也普遍存在。过去的撒拉族生活在一个比较封闭的社会环境中，每到晚上，小孩子们便围着老人听讲故事，或者进行猜谜活动，而现在，随着市场经济的飞速发展，人们再也没有闲暇时间待在家里听老人讲述那些似乎很遥远的故事，于是，传统的民间文艺形式在市场经济活动的冲击下，几乎荡然无存。

在20世纪80年代之前，撒拉族社会中还有一些老年妇女的刺绣艺术水平非常精湛，她们绣在枕头上、袜子上或者衣服上的刺绣作品诸如梅花、芍药、葡萄、菊花、兰花、牡丹花、月季花等，其精巧秀丽，多姿多彩，无论是布局结构，还是色彩搭配，抑或是针线的细密程度，都可以说是极品。撒拉族刺绣艺术品的大展示也是在婚礼中。当女方把新娘送到男方家，吃完宴席以后，便由新娘的母亲将新娘一年多时间精心刺绣的鞋子、袜子、枕头和肚兜等日用品摆放在庭院里的大桌子上，让众人欣赏，然后将作品分别送给新郎家里的每一个人，让其分享。这种习俗，现在也被琳琅满目的成品服饰所代替，再也没有人花上一年多的时间去做刺绣品了。撒拉族妇女传统的刺绣艺术对现今的女孩子来说也成了很遥远的记忆，面临消亡的危险。

作为口头传承最重要载体的撒拉族语言，在700多年与周围藏族、汉族的交往中，吸收了大量汉藏语言的借词，特别是近一个世纪以来，撒拉族由于政治经济和文化生活的需要，与周围回族（也说汉语言）、汉族和藏族的交往日益密切，交流日益频繁，所以接受这些民族的语言的机会越来越多，在广泛接受这些民族语言的同时，也不知不觉地接受了他们的文化，进而撒拉族语言中也就不可避免地夹杂了这些民族的许多语言习惯和词汇。现在可以说，没有一句撒拉语是纯粹的本民族语言，而这种现象在100年前保留下来的撒拉族文献中是没有的。据有人研究，在现存全世界6000多种语言中，将有一部分在今后的50年或100年中消失，撒拉语的命运恐怕也不能幸免。撒拉族由于在13世纪时就离开了突厥语的语言环境，所以保留了相当多的古代突厥语言习惯及其词汇，这对研究古代突厥语言来说是非常重要的。随着全球经济的一体化，语言趋同的趋势无法阻挡，但是，我们现在有责任和义务用现代化的手段将这些语言及其词汇保留下来，以便作为今后研究语言的资料，这是我们能够做到的，不然的话，文化的多样性就无从谈起。

三、撒拉族历史记忆遗产

撒拉族的记忆遗产主要有用阿拉伯文抄写的手抄本《古兰经》和用土耳克文撰写的撒拉语译本《古兰经》以及《土耳克杂学》。此外，还有用汉文撰修的《循化志》等。其中，手抄本《古兰经》是撒拉族的族宝，同时也是我国现存收藏最早的《古兰经》，这本《古兰经》是撒拉族先民在700多年前从现在中亚土库曼斯坦境内迁徙青海循化时带来的。多年来一直保存在循化街子世袭尕最（也称总理掌教，其职责是执掌宗教法规和监督宗教仪式的执行，是宗教法庭的总法官）及其后裔的家中，现收藏于循化街子清真大寺内，由县政府、文化局和清真寺寺管会共同保管。经有关专家鉴定，这本《古兰经》至少已有700~800年的历史，已经确认是我国迄今为止发现的最古老的《古兰经》手抄本之一。全书共30卷，867页，分上下两函，函封为犀牛皮。其封面压有精美的图案，每册封面为天蓝色丝绸精制。清光绪二十年（1894年），尕最制度被取消，而这本《古兰经》仍然由尕最后裔家族保存。但是，这本《古兰经》在历史上几经易主。据说在光绪二十年，甘肃临夏人马七少（马安良）仗势夺走了《古兰经》，此事震惊了撒拉八工（相当于乡一级的地方行政单位）。在马七少带着《古兰经》赶往临夏的途中，突然狂风大作，雷雨交加，天昏地暗，使他根本无法翻越大力架山（循化与临夏的交界处），只好返回循化将《古兰经》送还给了撒拉人。后来，地方军阀马步芳又将它夺走，将其交于“青海回教促进会”管理。新中国成立以后，党和政府将其归还给了撒拉人，仍由尕最的后代保存。1954年，这本《古兰经》曾被送往叙利亚参加国际展览，在伊斯兰教世界产生很大反响，与会专家称其为“今世少有的珍本”。1958年宗教改革时，为了使这本珍贵的《古兰经》免遭被焚烧的厄运，当时在循化进行社会历史调查的工作队，建议青海省委统战部以参加国庆十周年展览的名义，将其送往北京民族文化宫保存。由于众所周知的原因，此后20年无人再提及此事。1980年2月28日，《光明日报》第1054期“情况反映”栏目以“撒拉族人民要求归还《古兰经》”为题，呼吁有关部门帮助查找。同年5月，《光明日报》记者陈宗立同志在民族文化宫有关工作人员的积极配合下，终于在地下藏书室找到了这本久违了的《古兰经》。1982年，循化县人民政府派专人到北京民族文化宫接受阔别了整整20年的族宝，并存放在街子清真大寺。这部《古兰经》对研究撒拉族的族源以及历史具有相当重要的价值，它是撒拉族先民东迁的见证，同时在研究世界伊斯兰教、研究《古兰经》版本等方面具有相当重要的意义。最近，国家文物局要求青海省文物局拿出保护方案，并做专题立项予以保护。省文物局接到通知后，正在加紧协调有关各方，拟在循化县街子清真大寺对面修建一座博物馆，对这部手抄本《古兰经》进行就地保护。届时，这部历尽沧桑的手抄本《古兰经》将会得到有效保护。

在我国，《古兰经》的手抄本被认为完美无缺保存至今的，是北京东四清真寺收藏的抄本，抄写年代为伊斯兰教历718年，即公元1318年（元仁宗延祐五年）。《古兰经》在中国的第一个刻印本问世于1862年，是由云南回民起义军领袖杜文秀主持刻印的。照此看来，根据撒拉族初到青海循化的年代来看，大概是在13世纪20年代。这个时候，撒拉族的先民已经到达循化定居，而这部《古兰经》作为先民最珍贵的文献，应当在13世纪以前，我们暂且不说以前，即便从撒拉族先民到达循化的时间来看，也比北京东四清真寺的手抄本要早整整100年。由此看来，撒拉族的手抄本《古兰经》应该是现存我国最早的《古兰经》版本，这是毋庸置疑的。

相比之下，撒拉语译本《古兰经》尚未得到足够的重视。其实，在笔者看来，这部翻译本《古兰经》的学术价值与历史意义绝不亚于手抄本《古兰经》。原因在于，这部翻译本《古兰经》的翻译年代大约在清乾隆年间，距今200余年。在我国，用汉语翻译《古兰经》的历史较晚，但对《古兰经》经文大意的译述、引用相对较早。明清之际，回族伊斯兰教学者王岱舆、马注和刘智等，在他们的著述中就摘译或转述过《古兰经》中的语句。从1927年至1990年的60多年间，共有11本《古兰经》的汉译本问世。除了汉译本以外，在新疆还有维吾尔和哈萨克文的译本，但最完整的译本是1955年才完成的。由此看来，撒拉族的《古兰经》译本在我国应当是最早的译本。这本译本现收藏于循化县孟达乡大庄村的一位老人家里，笔者曾经于1990年借来，并请循化县政协副主席马千文阿訇研究过，他认为书中是地地道道的撒拉语，而且在这个译本中居然找不到其他民族语言的一个借词，是纯粹的撒拉语，是研究200年前撒拉语的最好材料。遗憾的是，这本《古兰经》由于长期得不到很好的保护，仅有三分之一的章节，其他章节已不复存在。即便如此，也应该得到妥善的保护。

综上所述，不论是手抄本《古兰经》，还是翻译本《古兰经》，在我国都是最早的本子，其不仅是撒拉族的族宝，而且也是整个中华民族文化宝库中的瑰宝，应当引起足够的重视，应当得到最好的保护。

《土耳克杂学》又称《杂学本本》或《土耳克菲杂依力》，是用土耳克文写成的。所谓土耳克文，是撒拉族以阿拉伯、波斯文字母为基础拼写撒拉语的一种拼音文字。土耳克文在撒拉族群众中不仅用于宗教方面注释经文、翻译经典，进行经堂教育，而且用于社会通信、书写契约、记事立传、著书立说等。至今在撒拉族群众中还保留着一些用这种文字书写的有关历史、文学、宗教等方面的文献。比如《土耳克杂学》、《朝觐途记》、《历代帝王年表》等就是用这种文字写成的。其中《土耳克菲杂依力》是一部有关宗教伦理道德方面的书，在名为老三大爷的主持下，由卡提布鲁格曼毛拉写于光绪八年（1882 年）。这部手抄本不仅对研究撒拉族的宗教有一定的参考价值，而且为研究 19 世纪的撒拉族语言和文化提供了重要的参考资料，同时又保留和传承了 100 多年前的土耳克文字。

除了这些用阿拉伯文、波斯文或两种文字混合的土耳克文保留下来的文献资料外，对撒拉族来说比较重要的汉文文献是清乾隆五十七年（1792 年）由龚景瀚纂修的《循化志》，此志共八卷。其中《本志》列《城池》、《文庙》、《厅署》三图；卷一为：《建置沿革》、《分野》、《形势》、《疆域》；卷二为：《山川》、《古迹》、《关津》、《城池》；卷三为：《营汛》、《兵粮》、《官署》、《仓廒》、《学校》、《义学》、《驿站》；卷四为：《管内族寨工屯》；卷五为：《官师》、《土司》；卷六为：《祠庙》、《寺院》、《人物》；卷七为：《水利》、《农桑》、《盐法茶法》、《经费》、《风俗》、《物产》；卷八为：《夷情》、《回变》。作为一部比较完整的描述循化厅各地社会的志书，它对研究 200 多年前撒拉族历史、制度、宗教、教育、风俗等方面无疑是一部非常重要的文献。凡是撒拉族历史研究者无不都以《循化志》作为其最重要的参考资料。

撒拉族是我国 22 个人口不足 10 万人的少数民族之一，在长期的历史发展中形成了自己独特的物质文化、口头传承和非物质文化。她的文化既不同于同样信仰伊斯兰教的回族文化，也不同于属于亲属语言的维吾尔族、哈萨克族文化，更不同于汉藏民族文化。她在近 800 年的历史发展中，在与周边汉族、藏族和回族的不断接触与交融中，始终能够保持其独立的文化传统的关键因素在于其对兄弟民族文化采取了既吸收又排斥、既融合又拒绝的态度。在对待外来文化的态度上，凡属于形式上的，比如生产方式、物质文化等方面的，他们则进行有选择的吸收，相反，凡属于精神方面的文化，比如宗教、价值观等则坚决进行排斥。这样，撒拉族从元初的几十人发展到现在的近 10 万人，尤其是在乾隆四十六年（1781 年）苏四十三起义失败以后，当清廷进行血腥屠杀的所谓“善后”处理后，民族在面临几乎被斩尽杀绝的情况下，依然能够保持起独特的传统文化而没有被同化，实在是难能可贵的。今天，国家实施西部大开发的政策，同时为了保持民族文化的多样化，对各民族的物质文化、口头与非物质文化进行摸底调查进而进行抢救与保护，这是深受各民族人民欢迎的英明决策。

参考文献：

［1］马成俊，马伟．百年撒拉族研究文集．西宁：青海人民出版社，2004
［2］芈一之．撒拉族史．成都：四川民族出版社，2004

（本文原载《青海民族学院学报·社会科学版》2006 年第 3 期）

撒鲁尔王朝与撒拉族

马　伟

关于撒拉族的来源问题，学界已做了很多研究，主流的看法是撒拉族的先民是大约在元代从中亚一带迁到中国的。但由于掌握史料的不同，学者们对撒拉族先民的迁徙时间、原因、出发点、身份等仍存在不同的看法。本文拟通过对学界长期以来所忽视的撒鲁尔王朝及相关问题的论述，来探讨撒拉族的来源问题，希望以此抛砖引玉，引起对这一问题的进一步关注。

一、对撒拉族族源问题研究的回顾

撒拉族自称“撒拉尔”（Salïr），周围汉、藏、回等民族称其为“撒拉”。根据时间的前后顺序，我们将关于撒拉族来源的主要记载与观点列举如下：

（1）任美锷在20世纪30年代发表了一篇简短的文章，认为撒拉人于1370年从新疆哈密来到青海的。[1]

（2）1948年前，著名学者杨涤新通过在循化撒拉族地区的实地考察后认为撒拉人是五百七十年前（此文发表于1945年）从撒马尔罕移居青海的突厥人。[2]

（3）顾颉刚先生于1937年游历西宁时想去循化考察撒拉人情况，但因天气差等原因未能如愿。第二年在甘肃临夏地方他采访了许多撒拉人及熟悉撒拉族地方的其他学者，并参阅了当时的一些文献材料。十年后，他发表的文章中提到撒拉人自称是1279年从撒马尔罕东行至循化的。[3]

（4）宋蜀华和王良誌经过深入的探讨后得出结论，认为撒拉族是元代从中亚一带迁到中国循化的。[4]

（5）朱刚先生通过分析撒拉族民间传说后，提出撒拉族是元代从撒马尔罕来的。[5]

（6）长期从事撒拉族历史研究的芈一之先生主张撒拉族先民170户人于13世纪前半叶作为蒙古签军来到今循化的。[6]

（7）苏联著名突厥语学家埃·捷尼舍夫于1957年到循化作实地考察，后发表了一系列的关于撒拉语方面的文章。在由陈鹏翻译的其讲义《突厥语研究导论》中，捷尼舍夫指出14世纪末大批的撒洛尔人从撒马尔罕来到西宁南边（指现在的循化）。[7]

（8）在青海省民族问题五种丛书之一的《撒拉族简史》中，编写者认为撒拉族的先民是元代从中亚撒马尔罕一带迁来的。[8]

（9）日本学者佐口透于1986年提出撒拉族先民是在蒙古帝国时期由撒马尔罕移居到循化的。[9]

（10）日本学者片冈一忠说撒拉族迁徙中国的年代应在明代之前的元代寻找，但由于未发现史料来佐证其观点，他最后还是得出撒拉族是14世纪从撒马尔罕迁到中国西北循化的结论。[10]

（11）撒拉族学者韩中义认为撒拉族先民是分批东迁的。第一次较大规模的迁徙是在成吉思汗西征中亚呼罗珊地区后发生的；第二次较大规模的迁徙是源自黑羊王朝和白羊王朝的突厥蛮人14、15世纪左右从目前的阿富汗北部东迁至中国的。[11]

（12）2000年10月7—9日期间，中国撒拉族代表一行七人访问了土库曼斯坦，参加在阿什哈巴德举行的“土库曼斯坦国际文化遗产会议”。期间代表团成员和土库曼各界人士进行了广泛接触，并就撒拉族族源、语言、风俗等方面的问题与土国学者进行了探讨。之后，撒拉族学者马成俊发表文章提到，与会学者都说中国撒拉族是约在1340—1350年间（也有人说是大约在15—16世纪）从马雷州的“sarahas”迁走的。目前在土库曼斯坦属于原撒鲁尔部落的人口有8万多人。但他本人认为撒拉族迁徙时间在元初即公元13世纪。[12]

（13）曾到土库曼斯坦实地考察过的维吾尔族学者米娜瓦尔认为13世纪前半叶尕勒莽部的撒鲁尔人作成吉思汗的“西域签军”来到循化，在14世纪后半叶第二批尕勒莽部的撒鲁尔人因躲避战乱而东来投奔自己的族人。[13]

（14）在1991—2006年期间多次在中国撒拉族地区做调查的美国学者杜安霓（Arienne Dwyer）认为撒拉族的先民可能作为蒙古军队的分队，于13或者14世纪从撒马尔罕附近的中亚故乡迁到今天的青海地区。[14]

在以上观点中，关于撒拉族先民的迁徙时间主要有两种看法，一是在元代，二是在明代。在元代说中，有的学者以撒拉族自己的传说为根据（如顾颉刚）。有的以乾隆《循化志》卷五中的记载：“（撒拉族土司）始祖韩宝，旧名神宝，系前元达鲁花赤，洪武三年邓大夫下归附”等作为主要依据（如宋蜀华、王良誌、芈一之、朱刚、《撒拉族简史》、佐口透、韩中义、马成俊、米娜瓦尔和杜安霓等）。其中芈一之先生的论述最为详尽。取明代说的学者基本上以撒拉族民间传说当中的东迁时间（明洪武三年五月十三日）为依据。很显然，二说中元代说具有很强的史料证据，因而是可信的。

关于撒拉族先民从中亚的出发点，到目前为止，并没有一个用可靠资料支撑的观点。取撒马尔罕说的人以撒拉族民间传说为依据，有的学者则认为撒拉族先民只是经过撒马尔罕或从撒马尔罕附近而来，有的则说是从马雷州而来，还有新疆哈密说和阿富汗北部说等观点。撒拉族先民从撒马尔罕一带的中亚而来是个令人接受的观点，但就具体地点而言仍没有一个令人信服的观点。

至于撒拉族先民东迁原因和身份，有的以传说为依据，认为是族内不和引发撒拉族先民的出走；有的则认为撒拉族先民是蒙古西征后组成的“西域签军”。

在以上撒拉族东迁史问题的研究中，除了迁徙时间有可靠的史料佐证外，其他问题的论述都依赖于间接的资料，并没有直接的史料依据，而且重要的一点是我们多年来忽视了中亚外文方面的史料，尽管有些史料早已有中文版。对撒鲁尔王朝及其相关问题的研究，可能有助于我们加深对撒拉族族源问题的认识。

二、乌古斯与撒鲁尔

撒鲁尔（Salur，也称为Salgur，Salïr，Salar，Salirli，Salurlu，Salgurlu）是历史上著名的乌古斯二十四部之一，属于兀出黑（üčox，意为三箭）。根据14世纪波斯学者拉施特的《史集》记载，乌古斯有六子，分别为坤（太阳）、爱（月亮）、余勒都思（星星）、阔阔（天）、塔黑（山）和鼎吉思（海）。这六个儿子又分别有四子，共二十四子，这就是乌古斯部族的二十四部落[15]。苏联学者巴托尔德将11世纪的麻赫默德·喀什噶里所记载的乌古斯部与拉施特的乌古斯作了对比，并说前者的名称更古老：[16]

麻赫默德·喀什噶里	拉施特
Qïnïq	Qïnïq
Qayïgh	Qayï
Bayundur	Bayundur
Ive 或 Iyve	Yive
Salghur	Salur
Afshar	Avshar
Bektili	Bekdili
Bükdüz	Bükdüz
Bayat	Bayat
Yazghïr	Yazïr
Eymür	Eymür
Qara – bülük	Qara – evli
Alqa – bülük	Alqïr – evli
Igder	Yigder
Ürekir 或 Yürekir	Ürekir

Tutïrqa	Dudurgha
Ula－yondlug	Ula－yontlï
Tüker	Düker
Becheneg	Bijne
Juvaldar	Javuldur
Jibni	Chebni

巴托尔德说拉施特的另三部没有被麻赫默德列出来，但很显然他遗漏了麻赫默德的查鲁克卢格一部。[17]可见，Salghur 和 Salur 为指相同的人，只不过前者出现在 11 世纪，而后者出现在 14 世纪。

乌古斯（oghuz）是突厥人的一支，该词早在 8 世纪就出现在蒙古高原的用突厥如尼文写的碑铭上，写作九姓乌古斯（Toquz oghuz）或乌古斯（oghuz）。在中亚伊斯兰学者们的著作中被称作古斯人（Tagazgaz，Gaz），在拜占庭作者们的笔下被称之为兀思（Uz），而在汉文史料中分别有“姑师”、“车师”（《汉书·西域传》）、“护骨”（《魏书·高车传》）、“纥骨”（《魏书·官氏志》）、“乌讙”（《隋书·铁勒传》）、“斛薛”（《隋书·铁勒传》）、“乌护”（《北史·铁勒传》）、“骨纥”（《通典》卷一九九，《铁勒》）、“乌骨”（《西州图经残卷》）、“乌鹘”（《新唐书·王方翼传》）等多种汉语音译名称。[18]

巴托尔德认为鄂尔浑突厥汗国就是由突厥乌古斯人或是九姓乌古斯人统治的，同时又和许多乌古斯（即他们本部落）以及和其他的突厥部落长期作战，对此鄂尔浑碑文已给了详细的说明。[19] 6 世纪以前，乌古斯人居住于天山东部，《隋书·铁勒传》载：“伊吾以西，焉耆之北，傍白山，则有乌护。”在西突厥政权解体后，乌古斯人便大量西迁，试图夺取西突厥留下的部分领土。在这一时期，乌古斯人与葛逻禄人在锡尔河流域展开了长期的斗争。9 世纪中叶，乌古斯人战胜了原来从乌古斯部分离出去的裴奇内格人，迫使后者逃到巴尔干半岛。10 世纪末无名作者用波斯文写的地理著作《世界境域志》记载：10 世纪初期乌古斯人的游牧领地东至古斯沙漠和河中诸城镇，南邻古斯沙漠的一部分和可萨海，西面与北面为也的里海。由此可见，乌古斯人的游牧区域在咸海周围和里海北岸，包括曼格什拉克半岛。乌古斯的东邻是葛逻禄部落，北连基马克地界，西面是可萨人和保加尔人，南面和东南面为阿巴斯王朝的边远地区，许多穆斯林在此居住。但乌古斯人最主要的根据地是锡尔河中下游地区。[20]这时的乌古斯人没有自己的可汗，他们的首领被称之为叶护，叶护政权的主要位置在锡尔河下游，养吉干是叶护冬天的驻地。此时的乌古斯政权是个部落联盟，阶级分化不很明显。“乌古斯的首领和人民同甘苦、共创业，服装同战士很少有区别”[21]。

当乌古斯人居住在锡尔河流域时期，他们创作了流传千年的英雄史诗《先祖科尔库特》，并把这一史诗从锡尔河两岸带到了西方。现在乌古斯突厥人的后代土耳其人、阿塞拜疆人、土库曼人等都声称这部史诗是他们的文化遗产。学者们认为这部史诗是乌古斯信奉伊斯兰以前就产生的。史诗有两个抄本，第一个抄本属于11世纪，第二个抄本属于15—16世纪。先祖科尔库特大概比先知穆罕默德生活的年代（6—7）世纪还早一些。因此，阿塞拜疆共和国政府和联合国教科文组织于2000年举行了纪念《先祖科尔库特书》（Kitab－i Dede Qorqud）1300周年的活动，突厥学界、联合国教科文组织及突厥语族语言国家的组织也一致接受了这一时间确算。联合国教科文组织总干事Koï chiro Matsuura在庆祝会上这样评价这部史诗：

> 现在许多人认识到《先祖科尔库特书》的文学和历史价值。口头传统文化是世界的财富，也是不同世代、国家、人民和地区的珍贵的遗产。这不仅是个文学传统的问题，伟大的史诗像《伊利亚特》、《摩呵婆罗多》和《先祖科尔库特》还呈现了历史、社会、政治、民族和地理方面的一系列的特定内容，通过这些内容它强化了个人和群体的身份。通过书面形式，然后通过翻译和广泛的传播，它们成为全人类的遗产。[22]

这部史诗在当时的西方产生了极大的影响。“突厥史诗总是像一座要塞塔楼，既保护神话与历史、记忆与时代的和谐，也保护它们之间的不和谐，它还是异族武士道路上的路障。山墙上刻有《乌古孜父辈之书》题词的考尔库德的这座‘非人工’塔楼在高加索高仰着‘不屈的头颅’（普希金语）……”在20世纪，史诗全文已先后在土耳其、阿塞拜疆、英国、德国等国出版。[23]

科尔库特是一个预言家老者、魔法师、医师、萨满、巫师，通过他的说唱，史诗表现了乌古斯部英雄题材的十二种场面。让我们感兴趣的是全书十二章中，有四章是专门来歌唱来自撒鲁尔部的撒鲁尔喀赞（Salur Kazan）及其家庭成员，在其他章节中他的影响也无处不在，因此，撒鲁尔喀赞成了这部史诗中最重要的英雄主人公。撒鲁尔喀赞出自内乌古斯，但他的权力达到了整个内外乌古斯部，在危急时刻，是他招集各部领导人应对困难。每隔一年，他都要在战利品盛会上款待乌古斯各部头人，这个盛会是为了适应英雄社会的需要而形成的。在这一年一度的宴会的最后时刻，撒鲁尔喀赞把自己的家庭成员安排到安全的地方，然后邀请各部头领来“抢劫”他的帐房，这些头人们随意地“抢走”他们所需要的任何物品。但让人费解的是，他有时只邀请内乌古斯部的人来分享这大量的年度礼品，从而得罪了外乌古斯部的人，为此常常导致他们的叛乱。在整个史诗中，撒鲁尔喀赞成了一个最著名的历史人物，他的名字后来反复出现在早期有关乌古斯历史的文献中。他是个典型的乌古斯男子和勇士，他是“突厥斯坦的支柱……穷人的希望，武士在困境中的力量源泉”。与他的这种历史性有点相矛盾的是，史诗赋予了他一些超人的力量：他能准确地预言自己噩梦中的灾难；他能和自然界的动物交流思想；他杀死了从天而降的七头妖魔等。[24]

既然这部史诗反映的是乌古斯人在前伊斯兰时代在锡尔河流域的生活，既然现代土耳其人、阿塞拜疆人、土库曼人等声称这部史诗是他们的文化遗产，那么，同样作为乌古斯后代的撒拉族，而且是该史诗中最重要的英雄主人公撒鲁尔部后代的撒拉族自然也就应该是这部英雄史诗的继承者了。①

根据巴托尔德的意见，在锡尔河时期，撒鲁尔部占有显著的地位，许多其他部落被认为是从撒鲁尔部分化发展而来的。当时从锡尔河到阿姆河再到木尔合卜河的地方都属于居住在养吉干的乌古斯阿里汗。他的儿子沙马里克的暴躁脾气引发了由托格里尔（Toghrul）领导的反叛。结果沙马里克被杀，阿里汗不久也去世。这导致了乌古斯各部的纷争，绝大部分乌古斯人遂迁向其他地方。那些留在锡尔河和阿姆河河口的乌古斯人承认托格里尔是他们的汗，从他之后到塞尔柱帝国的崛起，还产生了好几个汗。相当一部分乌古斯人包括撒鲁尔人迁到曼格什拉克半岛。然而，一些为数达一万帐的撒鲁尔人去了呼罗珊，之后到了伊拉克和法儿思。[25]

格鲁塞也提到在11世纪第二个二十五年代，这个乌古斯集团分头去到俄罗斯南部或伊朗那里去寻找生活。根据俄国历史，乌古斯人是在1054年在俄国南部出现的。他们由于和另外一个突厥部落钦察人战争而被迫向西推进。这些乌古斯人或如拜占庭人所称的Quzoi深入至多瑙河下游，然后渡河进入巴尔干，但在那里他们于1065年被击败了。而以塞尔柱人为核心的另一部分乌古斯人在波斯和小亚细亚取得了非常辉煌的成就。[26]

关于乌古斯人皈依伊斯兰教的时间，并无可靠的史料记载。伊本·阿勒·阿西尔记载，某些呼罗珊的历史学家提到，在哈里发麦海迪（775—785年）时期，古斯（乌古斯）人从遥远的突厥地区来到河中，接受伊斯兰教并参与了木坎纳起义。[27]几年前，一位在中国留学的土库曼斯坦学生和笔者交谈时也说，土库曼人是在8世纪信奉伊斯兰教的。从阿拉伯人在中亚的发展来看，早在7世纪时期就有阿拉伯军队在该地区的活动。在伍麦叶王朝时期，阿拉伯人在中亚取得了重大胜利。在8世纪的前一二十年，中亚的巴里黑、布哈拉、撒马尔罕甚至于锡尔河流域的费尔干纳等相继被他们征服。但乌古斯等突厥人是否在这一时期接受了伊斯兰教还没有可靠而确切的史料证据。

但最晚于10世纪左右，乌古斯人（包括撒鲁尔人）应该是穆斯林了。如前文所说的10世纪左右的乌古斯叶护阿里汗和其儿子沙里克已经是穆斯林名字了。在一般情况下，当一个人改信另一种宗教后，在日常生活中用宗教名字代替其原有名还需要较长的时间，因此，乌古斯人也许早在阿里汗时期就已经接受了伊斯兰教了。当乌古斯人变成穆斯林后，乌古斯一名便逐渐被土库曼所代替了。

三、塞尔柱帝国与撒鲁尔

10世纪末，以塞尔柱为核心的乌古斯人（包括撒鲁尔人）开始南下后，先成为

① 笔者曾经在和土耳其学者的交谈中提到中国撒拉族（Salar）时，他们马上就提到撒鲁尔喀赞。

萨曼尼王朝的边防军，驻于布哈拉附近，后趁伽色尼王朝的混乱，他们夺取了马鲁、内沙布尔等地。1040年，塞尔柱人大败伽色尼军，从而占领了呼罗珊全境。托格里尔宣布内沙布尔为都城，建立相应的行政机构，奠定了塞尔柱帝国的基础。1051年，在夺取了伊斯法罕后，将其都城又移到这儿。在征服阿塞拜疆后，1055年托格里尔率兵进入巴格达。阿拔斯王朝哈里发被迫赐予托格里尔“素丹”称号，封他为“东方与西方之王”。从此，托格里尔获得了对阿拔斯王朝实际上的控制，哈里发只成为一个象征性的宗教领袖。在11世纪末期，帝国达到了鼎盛时期，塞尔柱人先后攻占了拜占庭亚美尼亚省首府阿尼、耶路撒冷、大马士革，从什叶派法蒂玛王朝手中收回了麦加和麦地那，并俘获了拜占庭皇帝，小亚细亚东部地区也尽在其控制之中。1091年，该帝国又将其首都迁至巴格达，在星期五的聚礼祈祷中，塞尔柱素丹的名字与哈里发并列。至此，塞尔柱帝国的版图东至中亚并与中国接壤，西达叙利亚和小亚细亚，南临阿拉伯海，北接俄罗斯。[28]

乌古斯撒鲁尔部在塞尔柱帝国的形成过程中起了非常重要的作用。随着对伊朗的征服，大量撒鲁尔人来到了这儿。此时，撒鲁尔人的首领是埃米尔（领导人）马乌杜德（Mavdud）。马乌杜德被在法尔思的塞尔柱阿塔伯克（Atabeg）博祖巴（Bozoba）任命为纳艾布（Naib）。纳艾布意为助手、副手等。阿塔在突厥语中意为父亲或祖先，伯克意为首领、领导人，二者合在一起意为国务行政长官。这是仅次于塞尔柱素丹的地方长官。当塞尔柱素丹王子去世后，留下未成年继承人，一个身兼教学和监护二职的人被任命为该小王子的保护人，这些保护人是从战士中挑选出来的。他们给王子们教授自然科学知识和军事知识，以便为王子们的将来作准备。掌握几种语言、懂得如何以少胜多的军事秘诀是王子们所必须拥有的能力。这些学识渊博、经验丰富的人后来往往娶小王子的寡母为妻，因此扮演着小王子父亲的角色，所以也就被称为阿塔伯克。由于位高权重，这些阿塔伯克们在后期往往拥兵自重，另立旗号。博祖巴是塞尔柱帝国第四代素丹马斯乌德侄子穆罕默德·本·马赫默德的阿塔伯克。博祖巴于1146年起兵反抗塞尔柱素丹，后在伊斯法罕被素丹马斯乌德所杀。在博祖巴之后，马立克沙（塞尔柱帝国鼎盛时期的皇帝）统治着法尔思。

四、撒鲁尔王朝与撒鲁尔

马乌杜德是在博祖巴之后死的，其子宋廓尔（Sungur）继续领导着撒鲁尔人，宋廓尔是博祖巴的侄子。在博祖巴被杀时，马乌杜德和其子宋廓尔躲藏了起来。后来，宋廓尔率兵展开了和马立克沙的战斗，并打败了对方。宋廓尔夺取了设拉子城（位于现在的伊朗），于1148年宣布独立，取号穆扎法拉丁（Muzaffar - ad - Din），并自封为法尔思的阿塔伯克，此政权也被称为撒鲁尔阿塔伯克，按汉语来说就是撒鲁尔王朝!。[①] 后来，宋廓尔征服了所有法尔思地区。在位期间他大兴土木，势力日增。宋廓尔不仅是个出色的军事领袖，同时也是个公正的宗教领袖。他于1161年死后被葬在现在的宋廓尔大学旁边。

宋廓尔之后，其兄弟曾格（Zengi）领导着撒鲁尔王朝。曾格登位初期受到觊觎法尔思王位的、他的堂兄弟们——叙利亚阿塔伯克的骚扰。在消除了这个威胁之后，曾格向在伊拉克的塞尔柱素丹表示了敬意，并于1165年获得了进行阿塔伯克王权统治的正式旨令。在曾格统治法尔思期间，该国东部的一个小王朝胡泽斯坦之王萨木拉（Sumla）举兵入侵法尔思。后来，曾格打败了萨木拉，获得了对法尔思的全面统治权力。曾格于1175年去世。

曾格死后其长子塔克拉（Takla）继承了王位。塔克拉登位后的第一年他的国家便经历了许多困难，但他成功平息了国内的叛乱，抵御了来自阿塞拜疆人的侵略。在塔克拉执政时期，撒鲁尔王朝逐渐强大。1197年，塔克拉去世。

塔克拉之后，他的堂兄弟托格里尔（撒鲁尔王朝开国君王之子）和亲弟弟萨迪（Saad）都声称要继承王位。托格里尔首先占据了该国首都设拉子城，并获得了王室称号，但萨迪展开了长达八年的斗争。期间，该国民生凋敝，人口锐减。1202年，萨迪俘虏了托格里尔，并自称为法尔思的阿塔伯克，萨迪之后成为在法尔思地区进行执政的最有名望的阿塔伯克之一。在萨迪在位的早期时刻，他忙于恢复朝政纲纪，振兴国内经济。之后，萨迪把克尔曼了纳入自己的国土之内，大大削弱了萨木拉君王的势力。与此同时，1194年伊拉克塞尔柱被花拉子模沙吞并。花拉子模国是在塞尔柱帝国内部崛起而发展起来的一个王朝。1203年，萨迪启程前去征服由阿塞拜疆的阿塔伯克们统治的伊斯法罕和伊拉克。阿塞拜疆的阿塔伯克为了引开萨迪向设拉子城发起攻击，在夺取该城后大肆烧杀掳掠。花拉子模沙也派出其儿子攻打萨迪，后者不敌而逃。后来，花拉子模沙之子去往胡泽斯坦，萨迪又返回法尔思，重掌那儿的大权。此时，萨迪将撒鲁尔王朝的版图扩展到伊斯法罕、哈马丹等。

1210年，由萨迪派往克尔曼的官员起兵叛乱，使得该地混乱不堪。花拉子模沙利用这一机会趁机占领了克尔曼。撒鲁尔王朝从此失去了这一领地。1217年，萨迪前去攻打伊拉克，一直打到雷伊附近，并与花拉子模沙展开决战，但由于队形布置

---

① 除特别说明外，有关撒鲁尔王朝的所有史料均来自以下两个方面：一是在2006年对来自土耳其的Dogan Karaman博士的采访。他是土耳其撒鲁尔人。现在的土耳其国家已没有什么部落划分了，古代的撒鲁尔、卡伊等突厥部落早已融合为土耳其人了。只有部分人才知道自己过去的部落所属情况。本文引用材料是Dogan Karam根据土耳其文材料翻译成英语给笔者的。他的这些土耳其语材料可参见：http：//www. dallog. com/atabeylik/salgur. htm［2006－3－24］。二是一些文献材料，包括：［伊朗］阿宝斯·艾克巴尔·奥希梯扬尼著，叶奕良译．伊朗通史（下），602～608页，北京，经济日报出版社，1997；M. Th. HOUSTMA，A. J. WENSINCK，H. A. R. GIBB，W. HEFFENING AND E. LEVI －PROVENCAL ed. 1934. The EncyclOpaedia of Islam. London：E. J. Brill，Leyden：Vol. Ⅱ，106－107；S. A. NiyazOw 尼亚佐夫．Ruhnama［M］．88－89. http：//www. turkmenistan. gov. tm/ruhnama/ruhnama －eng. html.［2007－8－22］；J. A. Boyle. The Cambridge History of Iran［M］．London：The Syndics of Cambridge University press. 1968：172－173；［波斯］拉施特主编，余大钧，周建奇译．史集，第二卷，361～363页，北京，商务印书馆，1983。

不当被对方俘虏。花拉子模沙想杀掉萨迪，但萨迪让人替他求情。最后双方达成协议，商定萨迪割让亦思塔黑儿和阿失黑嫩两座城堡，上缴法尔思三分之二的税收，将一女儿与花拉子模之子订亲，还将长子曾格作为人质留给对方。萨迪被释放后回到法尔思，其子艾布·白克尔（EbuBekr）在听到这个耻辱协议感到非常不满，就起兵反抗萨迪，想阻止协议的执行。因此，父子二人在亦思塔儿附近作战，结果两人均受伤，艾布·白克尔被俘并被囚禁在当地的一个牢狱里。萨迪也就忠实地履行了自己与花拉子模沙之间达成的协议。从此以后直到去世，萨迪再也没有出征作战。在此期间，他把主要精力花在修建公共设施和社会福利等方面上，如修建巴札市集、清真寺、旅馆澡堂、浇灌工程、城墙以及培养文人学者等。作为一个统治者，萨迪还以世界闻名的波斯诗人萨迪将其笔名取自于他而蜚声在外。

1226 年，萨迪过世，撒鲁尔朝的王位由艾布·白克尔继承。关于艾布·白克尔的继位问题，史书有不同的记载。拉施特说：萨迪死后，他的宰相兼国家的木答必儿的火者·吉牙撒丁·也思迪将萨迪的死隐瞒了起来。他将萨迪的宝石戒指派送到囚禁艾布·白克尔的牢狱，让狱官把他带到宫廷，然后向武官们宣布萨迪已将艾布·白克尔指定为王位继承人。众人遂向这位撒鲁尔王宣誓，拥立他为阿塔伯克。[29]而志费尼等记载艾布·白克尔是由于花拉子模沙扎兰丁向萨迪要求而被释放的。“算端（指扎兰丁）现在要求释放他，这个阿塔毕回答说：‘尽管我的儿子不孝，打下大逆不道的烙印（同时他送去那件染有血痕的长衫），算端的命令仍需像肉体服从灵魂那样被遵从。算端离开后，我就把他送给算端，给予充分的装备’。他遵守他的诺言，确实释放了阿不别克儿（艾布·自克尔）”[30]。

艾布·白克尔以智慧过人且有远见而成为历代撒鲁尔王朝中最著名的阿塔伯克，在他的任职期内，该朝达到顶峰时期，整个法尔思地区得到了很大的发展。他首先对内致力于因战时萎缩的社会经济的发展，对外加强外交关系，尤其是搞好同当时强势政权蒙古帝国的关系。蒙古军队的到来，给中亚等地带来了空前的灾难。布哈拉、撒马尔罕、玉龙赤杰、马鲁、伊斯法罕等许多著名城市都遭受了屠城之灾。其中有的仅一个城市中屠杀人口数就达上百万人。在这种形势下，艾布·白克尔归顺了蒙古窝阔台汗王，使得当时的法尔思地区免去了一场生灵涂炭。窝阔台对艾布·白克尔很为赏识，赐予他“幸福之汗”（kutlugh khan）称号。为了不给蒙古人掳掠法尔思的任何口实，艾布·白克尔每年都派其儿子或一侄子晋见蒙古汗王，并缴纳赋税。在设拉子城，他还设立专门的地区供蒙古行政长官使用，并提供各种便利的条件。后旭兀烈到达河中时，艾布·白克尔也遣其侄塞尔柱克沙前去迎接，至于阿姆河畔。[31]由于艾布·白克尔的出色施政，当时的法尔思政治稳定，社会繁荣，文化活跃。许多从蒙古人虎口当中脱险的文人学者纷纷来到这儿，寻求安身立命之地。这位阿塔伯克积极为他们提供条件，使他们团结在自己周围。艾布·白克尔经常是这些文人们称颂的对象。如前面提到的举世闻名的伊斯兰天才诗人萨迪就是在他的宫廷中养育的，萨迪于 1257 年写了一部名为《果园》（BUSTAN）的诗集专门献给艾布·白克尔。《果园》和另一部诗集《蔷薇园》（GULISTAN）是萨迪的最重要的两部传世作品。这两部作品已由我国学者译成汉文并出版，在读者中尤其是在穆斯林中产生了很大影响。萨迪的作品已被译成数十种文字出版，在国际上享有很高的声誉，成为伊斯兰文学宝库中优秀遗产之一。世界和平理事会于1958年召开大会隆重纪念世界四大文化名人，萨迪就名列其中。1984年，伊朗在萨迪故乡设拉子举办纪念诗人诞生800周年学术研讨会。萨迪的作品在宗教学、社会学、历史学、文学领域都产生了巨大而深远的影响，成为各国人民喜爱的不朽之作。[32]

艾布·白克尔在执政的第五年（1231年）率兵出征波斯湾地区，先后占领了阿曼、巴林、基什和波斯湾的沿岸地带。他的威望与名声甚至传到了印度，一些印度人以他的名义来进行祈祷，后人还给他以“素丹”称号。

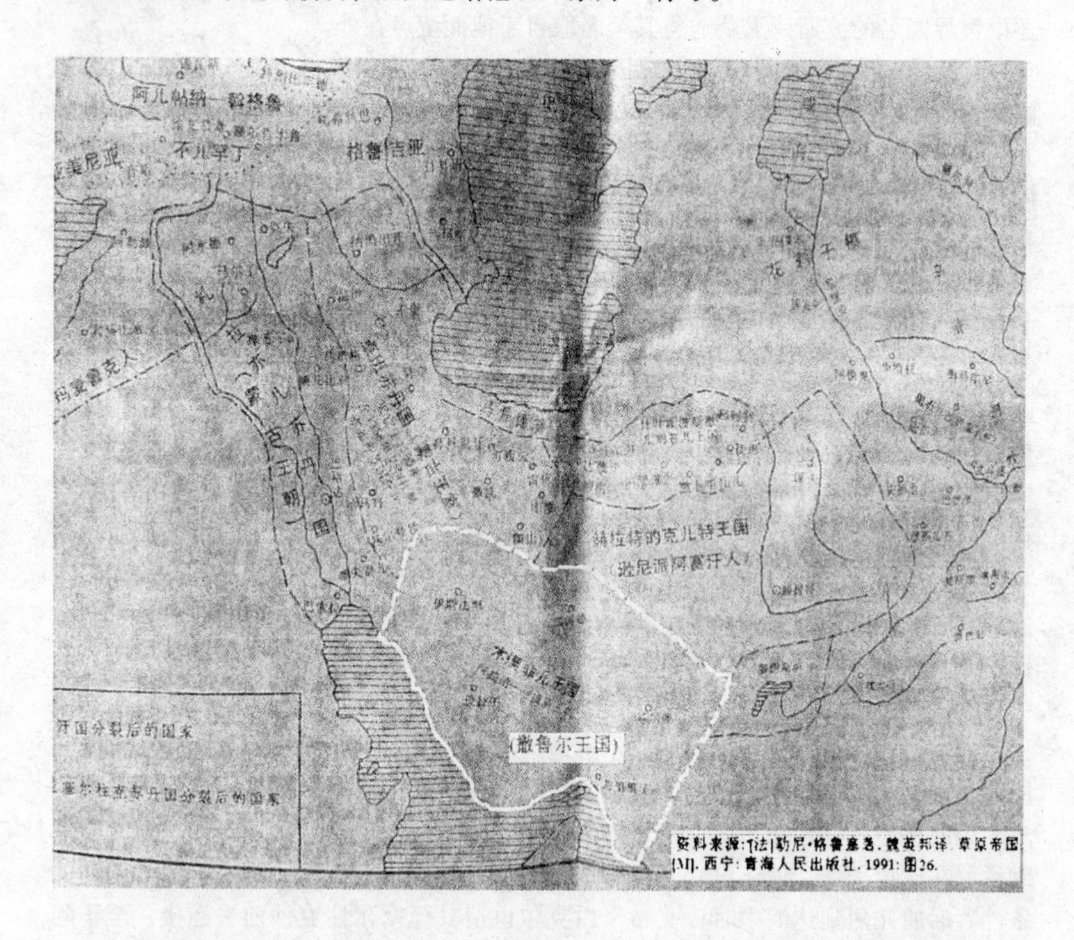

1260年，艾布·白克尔去世时，他的儿子萨迪正在朝贡蒙古王朝的回程中。由于自己也疾病缠身，所以惊闻父亲死亡的噩耗时，他也在十二天后离世了。消息传到设拉子城时，他十二岁的儿子穆罕默德被提名担当阿塔伯克。由于年幼，他的母亲特尔肯·哈敦（Terken Hatun）管理国事。但这个君王于1262年10月从房顶摔下而死，他的母亲成了实际上的统治者。当时宫廷文武官员推选穆罕默德沙（艾布·白克尔的侄儿）为新的领导人。穆罕默德沙是撒鲁尔沙之子、萨迪一世之孙，旭兀烈攻打巴格达时，曾领兵参战。他为人勇敢，但也残暴独断且放任自流。即位后，当旭兀烈召之至营时，他也多有不从。最后特尔肯·哈敦及王公大臣都不满其所作所为，于1263年将其擒拿后押往旭兀烈处。

穆罕默德沙之后由其弟塞尔柱沙继位。由于其母亲出于塞尔柱王族，故塞尔柱沙取此名。他原被其哥哥穆罕默德沙囚禁，后被旭兀烈救出狱，并让他主持撒鲁尔朝的国事。塞尔柱沙即位后，便娶特尔肯·哈敦为妻。此王性情猛烈，因酒醉信谗言将特尔肯·哈敦斩首取乐。他还将特尔肯·哈敦的两个女儿囚禁了起来。旭兀烈便派蒙古军队、克尔曼军队、耶司德军队（此朝阿塔伯克是特尔肯·哈敦的兄弟）等惩治塞尔柱沙。1264年，塞尔柱沙被杀。

特尔肯·哈敦的幼女、艾布·白克尔的孙女阿必失·哈敦（Abish Hatun）早在其母亲在世前和旭兀烈之子蒙古贴木儿订婚，塞尔柱沙被杀后，她被旭兀烈任命为撒鲁尔王朝的统治者，并于一年后将其与蒙古贴木儿正式结婚。自此之后，阿必失·哈敦仅拥虚位，法尔思地区实际上由蒙古伊利汗王朝统治。大约1286年，阿必失·哈敦亡故，撒鲁尔王朝正式灭亡。

撒鲁尔王朝的国家结构是塞尔柱帝国的一个翻版。国家的首领称为阿塔伯克或穆扎法拉丁（意为宗教胜利）。国家由底万（Divan）（相当于委员会）管理，而一个叫做外则尔（Vezir）（相当于总理）的人为底万的首长。撒鲁尔王朝的军队和塞尔柱帝国的军队也很相似。撒鲁尔王朝的阿塔伯克们重视文化等公共设施的建设，尤其是在设拉子城他们修建了许多清真寺、医院、公园等，它们中的相当一部分现在还在使用当中。在撒鲁尔王朝阿塔伯克们的保护下，因战乱而颠沛流离的许多科学家、诗人、艺术家等都长期在设拉子城生活。

五、安纳托利亚的撒鲁尔人

一部分撒鲁尔人在撒鲁尔王朝时期或解体之后西迁到了安纳托利亚。这些西迁的撒鲁尔人是在蒙哥楚克（Mengucuks）、爱尔特纳（Eretnas）和安纳托利亚（Anatolian）塞尔柱汗国中服务的。当爱尔特纳汗国解体后，一个名为哈迪·布尔哈尼丁（Kadi Burhaneddin）的撒鲁尔人的首领于1386年以自己的名字为名建立了一个汗国，此汗国位于现在土耳其的西瓦斯（Sivas）城和卡伊色里（Kayseri）城一带。[①] 但更为著名的则是尕勒莽王朝。[②]

尕勒莽王朝（Karamanid Dynasty）是13世纪末塞尔柱帝国解体以后在小亚细亚

① 根据对土耳其撒鲁尔人Dogan Karaman博士和土耳其人Unal Eryilmaz博士于2006年和2007年的采访内容而写，可参见Salur Boyu. www. dallog. com/boylar/salur. htm［2007－8－27］。

② 此段关于尕勒王朝的历史部分内容参见：M. TH. HOUTSMA ETC. eds. THE ENCYCLOPAEDIA OF ISLAM, VOLME Ⅱ. London：Late E. J BRILL LTD，1927：748－752. 文中所用地图和尕勒莽国旗参见：http：//en. wikipedia. Org/wiki/KaramanO% C4% 9Flu［2007－7－29］。

建立起来的最重要的一个土库曼王朝。在相当长的一段时间里，尕勒莽人是奥斯曼人最强劲的对手。这个王朝的名称源于一个土库曼首领尕勒莽（Karaman），他在13世纪中期蒙古入侵时期获得了一定程度的独立。尕勒莽人来源于撒鲁尔（Salur）土库曼部落中的尕勒莽部（Karaman）。拉罗丹（Laranda）城和周围的地方在后来被称为尕勒莽（Karaman），甚至于整个安纳托利亚（Anatolia）的南部沿海地区被称为尕勒莽尼阿（Caramania），这些都归因于这个王朝的名称本身。在古老的奥斯曼编年史中尕勒莽人作为王朝统治者反复出现，15世纪的欧洲学者也提到“高贵的尕勒莽”。这个王朝的领地位于现在的尕勒莽（Karaman）省一带。从13世纪到1467年的融入奥斯曼帝国期间，尕勒莽王朝是安纳托利亚最强大的王朝之一（见右图）。尕勒莽王朝是在此地建立的最早的突厥语国家，也是奥斯曼帝国建立之前最强大的政权。后来，奥斯曼人兴起后，才超越了他们。

这个王朝也因其第三任统治者 Karamano ğlu MehmetBey 而闻名。他是土耳其历史上第一个宣布土耳其语为官方语言的人。在他之前，安纳托利亚的塞尔柱上流社会在文学方面使用波斯语，在政府管理和科学工作方面使用阿拉伯语，但普通突厥百姓不懂这些语言，所以他颁布法令在该国内禁止使用波斯语和阿拉伯语。尽管未能取得令人满意的结果，但这却成为安纳托利亚历史上的重大事件，土耳其语从此成为官方语言。

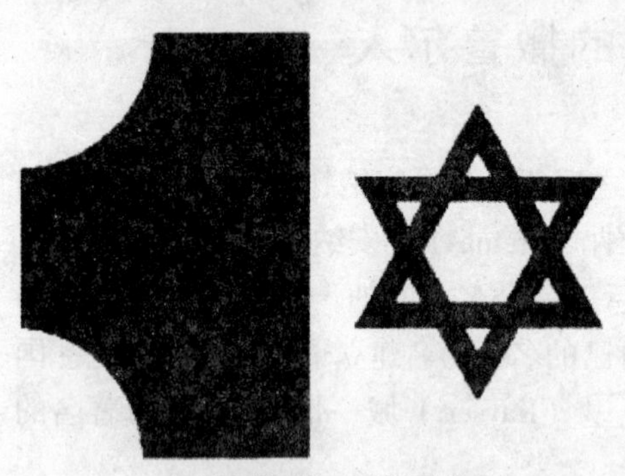
尕勒莽王朝国旗

直到现在，在土耳其仍可见到尕勒莽王朝时期的许多建筑遗迹。这些建筑的艺术风格是塞尔柱帝国建筑风格的延续，与学习拜占庭建筑技术的奥斯曼帝国的建筑形成了鲜明的对比。让我们感到惊奇的是该王朝的国旗上所使用的图案（见左图）。

这面旗帜的右半部分六角形图案与中国撒拉族地区发现的六角形图案（关于此问题笔者另有专文论述）几乎完全相同。两个图形都是由两个一正一反的等边三角形重叠而成。不同点是撒拉族的六角形中还有六个小圆点，而且三角形的各边是内外两条细线组成，而尕勒莽王朝国旗上的六角形中没有小圆点，三角形各边是条较粗的线条。从总体而言，这两个六角形图案非常相像。考虑到中国撒拉族和尕勒莽王朝的尕勒莽人有着共同的历史来源，我们也可以推断，在循化街子地区发现的六角形图案和尕勒莽王朝国旗上的六角形图案也应该有着共同的来源。

如今土耳其的撒鲁尔人已和其他土库曼突厥人融合为一体了，但在安纳托利亚的不同地区仍有许多以撒鲁尔命名的村落。这些名称有不同的拼写形式，如 Salur、Salar、Salir、Salurlu、Salarli 等。有些人还以 Karaman 或 Salur 作为他们的姓。①

六、土库曼等地的撒鲁尔人

在撒鲁尔王朝时期或王朝解体之后，另一部分撒鲁尔人在乌古尔吉克（Oghurjïk）的率领下，去向了曼格什拉克（靠近里海，位于现在的哈萨克斯坦的西南部）。在伊拉克，乌古尔吉克和巴云杜尔（Bayundur）部发生了冲突，然后他继续带领 1000 帐撒鲁尔人由沙马和（Shamakhi）奔向克里米亚（Crimea），再从那儿渡过伏尔加河（Volga）来到亚依柯（Yayik）。他们在那里和康里（Qanglï）人的阔克·同里（Gök Tonlï）汗发生争吵，后者强夺了乌古尔吉克的 700 帐人民。乌古尔吉克和他的 300 帐人民去了曼格什拉克。在曼格什拉克驻留了三年后，他们又被迫向南进发直到巴尔干（Balkhan）山脉。乌古尔吉克有六个儿子，其中较长的两个是约穆特（Yomut）部和爱尔撒里（Ersari）部的祖先，其他的是内撒鲁尔（Ichki Salor）人的祖先。在 16 世纪，内撒鲁尔居住在海边，而外撒鲁尔居住在远离海边的去往花拉子模方向的地方。[33]关于内外撒鲁尔的区分，还存在于 16 世纪土库曼南部的撒鲁尔人当中。外撒鲁尔中有特克（Teke）人、撒拉克（Sarïq）人和约穆特（Yomut）人。阿布尔·哈齐记载了希瓦汗国索菲昂汗向土库曼人征税的情况：

> 突厥蛮人百分之百地同意（这些条件），决定一万只羊由伊尔萨黑人支付，一万只羊由呼罗珊人支付，八千只羊由忒该人、萨耳黑人及尤穆人支付。以上说的所有伊勒组成同一个兀鲁黑被统称之为塔失吉—萨鲁尔……［塔失吉—萨鲁尔（Taschki - Salour）是指“外部的萨鲁尔”，与伊失吉—萨鲁尔（Itschki - Salour，“内部的萨鲁尔”）相对而言］……伊彻吉—萨鲁尔应缴纳一万六千只羊，此外再加一千六百只供给汗的膳羊。人们称这种膳羊为哈赞—忽依（qazan - qouï，小锅汤羊）；称那一万六千只羊为贝剌特—忽依（berat - qouï，进贡羊）。[34]

根据阿布尔·哈齐的记载，外撒鲁尔居住在离玉龙赤杰较近的地方，而内撒鲁尔居住在较远的西面地区。

---

① 根据对土耳其撒鲁尔人 Dogan Karaman 博士和土耳其人 Unal Eryilmaz 博士于 2006 年和 2007 年的采访内容而写。

在锡尔河时期，乌古斯人有内外乌古斯之分，其中撒鲁尔是内乌古斯部的核心。到了伊朗建立了自己独立的王国后，我们看不见撒鲁尔人有内外之分。过了几个世纪后，我们看到撒鲁尔也有内外之别。外撒鲁尔中有特克、撒拉克、约穆特等，而内撒鲁尔部没有特殊的部落名称，可能仍称之为撒鲁尔。美国人类学家威廉·爱伦斯（William Irons）于20世纪60年代在土库曼约穆特人中作了为期16个月的田野调查，根据文献材料和口头传述，威廉说所有土库曼人都源于历史传说人物乌古斯汗。郭克连（Göklen）人和丘道尔（Choudor）人这两大系是乌古斯汗的两个孙子卡伊（Qayi）和丘武尔都尔（Javuldur）的后代。其他现代土库曼人都是乌古尔吉克（Oghurjiq）的后代，而乌古尔吉克又是乌古斯汗的另一个孙子撒鲁尔（Salor）的后代。在现代土库曼人当中，除郭克连人和丘道尔人以外，还有很著名的约穆特人、特克人、爱尔撒里人、撒拉克人、撒鲁尔人等。他们的谱系如下：[35]

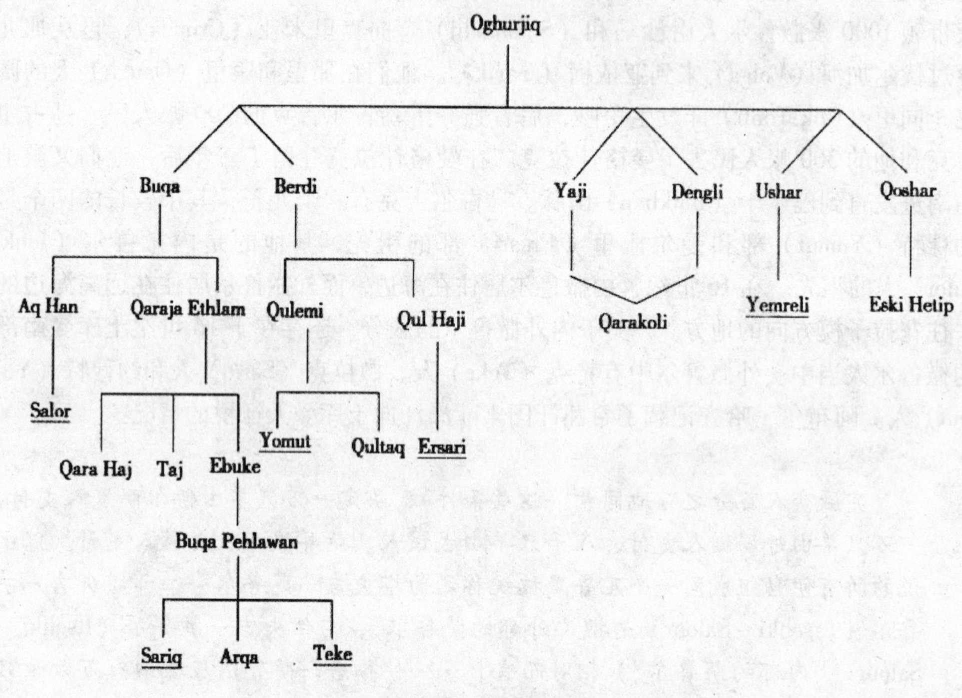

注：下画线部分是现存族群。

由此可见，在最晚在16世纪，撒鲁尔部已经分化演变成许多小部。换句话说，16世纪前的某个时期，撒鲁尔部包括了特克、约穆特、撒拉克、撒鲁尔等现在的土库曼部落。因此，在探讨中国撒拉族的来源问题时，仅仅考虑土库曼的撒鲁尔部而忽视其他族群是很不科学的。大部分现在的土库曼人都是撒鲁尔的后代。撒鲁尔和特克等其他族群的分化可能是14或15世纪已经发生的。我们也可以推测，中国撒拉族先民13世纪离开中亚时，撒鲁尔部可能还没有分化为特克、约穆特、撒拉克、撒鲁尔等。

在美国国会的土库曼斯坦研究课题报告中说，历史文献显示在曼格什拉克半岛和巴尔干山脉一带存在着一个称为撒鲁尔的部落大联盟。撒鲁尔是为数极少的从乌古斯时代延续发展到今天的一个族群。在17世纪末，这个部落联盟解体，其中三支有名的分支迁到东方，然后到了南方。约穆特部分化为东西两部，特克部迁到了阔匹特山（Kopetdag）的阿喀尔（Akhal）地区，之后逐渐到了穆尔加布（Murgap）河盆地。撒鲁尔人迁到咸海以南呼罗珊绿洲的阿姆河三角洲地区，咸海东南方向的阿姆河中游地区，今天阿什哈巴德北部的阿喀尔绿洲和伊朗边界阔匹特山一带，以及今天土库曼斯坦的穆尔加布河地区。[36] 除撒鲁尔部落联盟解体时间和前面我们所说的时间晚了一个世纪而可能不准确外，此段文字也明白地透露了一个信息，即撒鲁尔曾是一个部落联盟，后分化为撒鲁尔、特克、约穆特等。

20世纪20年代，集中居住在土库曼斯坦撒热赫斯（Sarahas）和散居在土库曼和伊朗边境靠近哈里鲁德（Harirud）的撒鲁尔人认为自己是最古老、最高贵的土库曼人。他们分为三支：阿拉瓦奇（Alavac č）、尕勒莽（Karaman）和安纳别勒格（Anabeleghi）。这些分支又有小分支：

Alavač：Ordouhodja，Daz，Bek - Sakar；
Karaman：Ougroudjihli，Bek - Ghezen，Alain；
Kirahe Agha：Kirahe Aga，Bech Ourouk. ①

七、对中国撒拉族来源的假设

关于中国撒拉族（Salar）的情况，国内外学者都屡屡提到1934年出版的《伊斯兰大百科全书》（英文版）的记载作为探讨撒拉族来源的主要依据：

撒鲁尔（Salur）源于乌古斯汗的六子之一达军汗……乌古斯部落从赛浑河旁的伊犁、热海一带迁到河中、花拉子模和呼罗珊地区。随着对小亚细亚的征服，一部分乌古斯部落定居在安纳托利亚的东部地区，撒鲁尔是其中一支军队。而且在小亚细亚塞尔柱的历史中，撒鲁尔发挥着重要的作用。由于塞尔柱人在各方面实行分散乌古斯部落的政策，相当大的一部分撒鲁尔人向西迁徙；那些留在马鲁和撒拉克的撒鲁尔人在后来以土库曼人的名义发挥着作用。根据几位学者的意见，一部分撒鲁尔人在1380年至1424年之间，经过撒马尔罕、吐鲁

① M. Th. HOUSTMA，A. J. WENSINCK，H. A. R. GIBB，W. HEFFENING AND E. LEVI - PROVENCAL ed. 1934. The Encyclopaedia of Islam. London：E. J. Brill，Leyden：Vol. IV，120. 需要注意的一点是撒鲁尔的分支之一 Anabeleghi 和后面所说的 Kirahe Agha 并不一致。

番、肃州，来到现在甘肃的西宁①并定居在那儿。目前在土库曼境内撒拉克一带和俄国、② 波斯边境地区的撒鲁尔人把自己当作最古老、最高贵的土库曼人。[37]

关于这个迁徙时间，中国学者早已给出了自己的答案，即中国撒拉族是元代从中亚来的。就中国撒拉族的具体来源情况，《伊斯兰百科全书》的编纂者也说很不清楚。他们的资料主要来自于 Grenard 的发表于 1898 年的文章。因此，关于中国撒拉族的迁徙情况，西方学者并没有早期的历史文献依据，他们的依据是 19 世纪末的学术文章。而 19 世纪末，已有西方学者在中国撒拉族地方作调查并撰写相关文章。俄国探险家波塔宁（G. N. Potanin）曾于 1883—1886 年间到过撒拉族地区作调查，美国人洛克西里（Rockhill）也于 1891—1892 年间在撒拉族地区搜集过相关材料。[38] 这些西方学者在作调查时，肯定会搜集撒拉族人自己关于族源问题的传说。因此，《伊斯兰百科全书》中对撒拉族的描写很有可能源自中国撒拉族民间的传说。一个简单的常识是撒拉族先民出发地的其他人不可能清楚地知道中国撒拉族先民整个迁徙的路线，除非撒拉族先民到了中国后和他们有过信息交流。所以，关于中国撒拉族先民来源地及迁徙原因的资料仍非常缺乏，但根据我们以上所述内容，我们觉得中国撒拉族可能与撒鲁尔王朝有着较为密切的关系。

（1）从时间上看中国撒拉族先民可能来自撒鲁尔王朝的撒鲁尔人。撒拉族先民到达现在中国青海的时间已被学者们认为是在元代。这种论断不仅有撒拉族自己的口传依据（当然撒拉族最主要的传说还是明洪武三年），而且最重要的是有中国史料的证据。乾隆时期编修的《循化志》卷五记载：“（撒拉族）始姐韩宝，系前元达鲁花赤。明洪武三年五月邓大夫下归附，六年收集撒剌尔，世袭百户。”[39] 撒拉族先民在元代就已是达鲁花赤，证明他们到达中国的时间绝不可能在明代。其次，元世祖忽必烈（1215—1294 年）在至元年间将原来在河州（当时包括现在的撒拉族聚居地循化）的“吐蕃宣慰使司都元帅府”改为“吐蕃等处宣慰使司都元帅府”，其属下有“积石州”和“撒剌田地里管民官”。[40] 由此可见，撒拉族先民移居今循化的时间至晚在 13 世纪末。而撒鲁尔王朝从立国到解体的时间（1148—1286 年）也刚好经历了 12—13 世纪。撒拉族先民在撒鲁尔王朝时期或王朝解体以后迁到中国，从时间上来说是可能的。

（2）从当时蒙古帝国与撒鲁尔王朝的关系来看，中国撒拉族的先民可能来自撒鲁尔王朝的撒鲁尔人。正如前面所述，为了免遭屠城之灾，撒鲁尔王朝艾布·白克尔归顺了蒙古窝阔台汗王，后者也册封艾布·白克尔为“幸福之汗”。艾布·白克尔还每年派其儿子或一侄子晋见蒙古汗王，并缴纳赋税，并对蒙古人提供各种便利的条件。后旭兀烈到达河中时，艾布·白克尔派要员远道相迎。当旭兀烈出征巴格

① 历史上西宁地区曾是甘肃的一部分。

② 此文献写于苏联解体之前。

达时，撒鲁尔王朝穆罕默德沙也领兵参战。撒鲁尔王朝在后期时代，实际上完全依附于伊利汗国，王朝的最后一任统治者也和蒙古王室联姻。这一切说明了撒鲁尔王朝和蒙古帝国的特殊关系。因此，如果撒鲁尔王朝的部分撒鲁尔人作为蒙古军队的一部分来到中国而担任积石州达鲁花赤一职是完全可以理解的。

（3）从可查史料来看，中国撒拉族的先民可能来自撒鲁尔王朝的撒鲁尔人。除了撒鲁尔王朝外，在目前可见的史料中，我们看不到任何撒鲁尔人与蒙古军队有过什么联系，更不用说有什么密切的关系。而中国撒拉族的先民初到今循化时与蒙古人的关系是非同一般的，因为，担任达鲁花赤一职的并非普通人员。而且，撒马尔罕、马鲁、玉龙赤杰等可能与撒鲁尔人有关系的城市，都遭到了蒙古军队灭绝人寰的屠杀。除小部军队突围之外，所有反抗士兵都被杀死，从这些城市带回中国的色目人也都是工匠艺人。从撒拉族先民在元代就任达鲁花赤之职来看，撒拉族先民为工匠艺人的可能性较小。根据撒拉族自己的文献，撒拉族的聚居地今循化地区是由他们占领的。[41]最大的可能是撒鲁尔人与蒙古军队共同攻克了今循化这个地方。在兵荒马乱时期，若非是一定规模的军队，工匠艺人或从商人员等一般人员从遥远的中亚来到中国腹地占领一块地方是难以想象的。再根据撒拉族在明清以及民国时期崇尚勇武且多次立军功的表现来看，撒拉族的先民初来之时也应该是军人。如果撒拉族的先民是军人，那么，他们出征中国之前就应该与蒙古人有着很好的关系，而在有史可查的资料中，只有撒鲁尔王朝的撒鲁尔人与蒙古军队保持着这样的关系。所以，就目前可见的证据而言，撒拉族先民源自撒鲁尔王朝的可能性最大。

（4）从撒拉族所珍藏的《古兰经》珍本来看，他们可能与撒鲁尔王朝有关。根据撒拉族目前所拥有的传世手抄珍本《古兰经》来判断，他们在东迁之前也应该是有着特殊的地位，因为，普通百姓获得此种《古兰经》珍本的可能性很小，但如果撒鲁尔王朝的撒鲁尔人拥有这样的古兰经则并不奇怪。2004 年 9 月 8 日，由国家文物局和国家宗教局联合组织的专家考察团一行六人到青海省循化撒拉族自治县街子清真寺，考察鉴定了该寺所珍藏手抄本《古兰经》的历史渊源，之后专家组成员之一陈进惠先生撰文认为该《古兰经》是在阿拔斯王朝时期，即 11 世纪左右形成的。根据笔体推断，此经很有可能由名家书写。“阿拔斯王朝（749—1258 年）是阿拉伯书法形成发展的鼎盛时期，书法家蜂拥辈出，其中被称为书法三杰之一的伊本·班瓦卜（？—1022 年）就是这一时期著名的《古兰经》缮写家，他一生写了 64 部《古兰经》，流传各地，已知保存至今的尚有两部：一部在爱尔兰的都柏林，一部在土耳其的伊斯坦布尔，其余 62 部下落不明。”[42]撒拉族所藏《古兰经》是否与此有关，还有待于进一步的研究，但根据陈先生这部抄本出自阿拔斯王朝时期是肯定的，且很有可能出自名家之手。那么，谁能收藏这样的珍本呢？是平民百姓的可能性很小。在撒拉族先民到了中国以后，这部《古兰经》也一直由作为上层统治人物的尕最保管，直到近来才被存放于撒拉族的祖寺——街子清真寺当中。而在 11 世纪，阿拔斯王朝实际上由塞尔柱帝国控制，阿拔斯王朝的新都巴格达也变成了塞尔柱帝国的首都。如前所述，撒鲁尔人在塞尔柱帝国的历史中占有相当重要的地位。在之后的一段时期内，撒鲁尔王朝也与巴格达的塞尔柱人有着较为密切的关系。因此，在那个时期，来自撒鲁尔王朝的撒鲁尔人获得一部出自名家之手的手抄本《古兰经》并把它带到中国也是完全可能的。

根据以上所述，我们可以假设，中国撒拉族先民为13世纪撒鲁尔王朝（主要版图在今伊朗国）的撒鲁尔人，他们可能作为蒙古军队的一部分而来到了中国，但这个假设正确与否尚待进一步的研究。

参考文献：

[1] 任美锷．循化的撒拉回回．地理教育，1936（5）

[2] 杨涤新．青海撒拉人之生活与语言．新西北．1945（8）

[3] 顾颉刚．撒拉回．西北通讯，1947（10）

[4] 宋蜀华，王良誌．关于撒拉族历史来源的问题．//中国民族问题研究集刊，（第六辑）．中央民族学院研究部编，1959

[5] 朱刚．从民间传说谈撒拉族族源．青海社会科学，1980（3）

[6] 芈一之．撒拉族的来源和迁徙探实．青海民族学院学报，1981（3）；撒拉族史．成都：四川民族出版社，2004：25－35

[7] [苏] 埃·捷尼舍夫．突厥语言研究导论．陈鹏译．北京：中国社会科学出版社，1981：549

[8]《撒拉族简史》编写组．撒拉族简史．西宁：青海人民出版社，1981：13

[9] [日] 佑口透．关于撒拉族历史的口碑传承．秦永章译．中国撒拉族，1994（1），原载于（日本早稻田大学）内陆亚细亚史研究，1986（3）

[10] [日] 片冈一忠．撒拉族史研究序说．华热多杰，马成俊译．中国撒拉族，1996（1）

[11] 韩中义．试论撒拉族族源．甘肃民族研究，1995（2）

[12] 马成俊．土库曼斯坦访问纪实——兼谈撒拉族语言、族源及其他．青海民族研究，2001（2）

[13] 米娜瓦尔．再论撒拉族的族源与形成．中央民族大学学报，2001（6）

[14] Arienne Dwyer. Salar：A Study in Inner Asian ArealContact Processes，Part I：Phonology. Wiesbaden：otto Harras－owitz. 2007：8

[15] [波斯] 拉施特主编，史集，第一卷第一分册．余大钧，周建奇译．北京：商务印书馆，1983：142－145

[16] [苏] 威廉·巴托尔德（V. V. Barthold），translated by V. and T. Minorsky. A History of Turkman People，收于 FourStudies on the History of Central Asia. Leiden：E. J. Briill. 1962：110

[17] 麻赫默德·喀什噶里．突厥语大词典．第一卷．北京：民族出版社，2002：62～64；[波斯] 拉施特主编．史集．第一卷（第一分册）．余大钧，周建奇译．北京：商务印书馆，1983：142～145.

[18] 李树辉．论乌古斯和回鹘．喀什师范学院学报，1999，(4)

[19] [21] [苏] 威廉·巴托尔德．中亚突厥史十二讲．罗致平译．北京：中国社会科学出版社，1984：7. 112

[20] 敬东．试论乌古斯突厥蛮塞尔柱克人的联系与区别．西北民族研究，1996，(2)

[22] UNESCo, Address by Mr Koïchiro Matsuura, Director – General of UNESCo, on the Occasion of the celebration of the1300th Anniversary of Kitab – i Dede Qorqud. UNESCO, 9April 2000. 登录于联合国教科文组织网站：http://unesdoc.unesco.org/images/0011/001194/119498e.pdf [2007 – 8 – 10]

[23] [阿塞拜疆] 雅沙尔·卡拉耶夫．操突厥语族语言民族的"父辈经典"——《先祖考尔库德书》．中央民族大学学报，2000，(2)

[24] The Book of Dede Korkut (Kitab – i Dede Qorqud). Translated from Turkish into English and edited by FarukSümer, Ahmet E. Uysal and Warren S. Walker. Austin: Universityof Texas Press. 1972: XV – XVI

[25] [苏] 威廉·巴托尔德 (V. V. Barthold), translated by V. and T. Minorsky. A History of Turkman People, 收于 Four Studieson the History of Central Asia [M]. Leiden: E. J. Briill. 1962: 131 – 132

[26] [法] 勒尼·格鲁塞．草原帝国．魏英邦，译．西宁：青海人民出版社，1991：170

[27] M. Th. HOUSTMA, A. J. WENSINCK, H. A. R. GIBB, W. HEFFENING AND E. LEVI – PROVEN $ AL ed. 1934. TheEncyclOpaedia of Islam. London: E. J. Brill, Leyden: Vol. II, 168；王治来．中亚通史，古代卷（下）71. 乌鲁木齐：新疆人民出版社，2004

[28] 中国伊斯兰百科全书．成都：四川辞书出版社，1996：471

[29] [波斯] 拉施特主编．史集，第二卷．余大钧，周建奇译．北京：商务印书馆，1983：53

[30] [伊朗] 志费尼．世界征服者史（下）．何高济译．翁独健校．呼和浩特：内蒙古人民出版社，1980：495

[31] 冯承钧译．多桑蒙古史（下）．上海：上海书店出版社，2001：139

[32] 刘闽．伊斯兰天才诗人萨迪与〈果园〉．回族研究，1998，(3)

[33] V. V. Barthold, translated by V. and T. Minorsky. AHistory of Turkman People, in Four Studies on the History ofCentral Asia. Leiden: E. J. Briill. 1962: 132

[34] [乌兹别克] 阿布尔·哈齐·把秃尔汗．突厥世系．罗贤佑译．北京：中华书局，2005：201 – 202.

[35] William Irons. The Yomut Turkmen: A Study of Social Organization among a Central Asian Turkic – speaking population. Ann Arbor: The University of Michigan. 1975: 40 – 41

[36] Library of Congress - Federal Research Division，USA. Country Studies：Turkmenistan. http：//www. mongabay. com/reference/country _ studies/turkmenistan/HISTORY. html [2007 - 8 - 27]

[37] M. Th. HOUSTMA， A. J. WENSINCK， H. A. R. GIBB， W. HEFFENING AND E. LEVI - PROVEN $ AL ed. 1934. TheEncyclopaedia of Islam. London：E. J. Brill，Leyden：Vol. IV，119 - 120

[38] Nicholas Poppe. Remarks on The Salar Language. HarvardJournal ofAsiatic Studies. 1953 Harvard - Yenching Institute

[39] 龚景瀚. 循化志. 西宁：青海人民出版社，1981：219

[40] 元史，卷八二七，百官志三.//芈一之. 撒拉族史// 成都：四川民族出版社，2004：27

[41] 土尔克杂学（手抄本）//韩建业. 青海撒拉族史料集. 西宁：青海人民出版社，2006：4

[42] 陈进惠. 对撒拉族珍藏手抄本《古兰经》鉴定的初步见解. 中国穆斯林，2004（6）

（本文原载《青海民族研究》2008 年第 1 期）

番回还是回番？汉回还是回民？

——18世纪甘肃的撒拉尔族群界定与清朝行政变革

马海云　著　李丽琴　马成俊　译校

引　言

1781年，暮春对于清王朝来说似乎预示着即将到来的硕果累累的农业丰收。大臣在给承德乾隆皇帝频频的奏折中奏道，这一年前三个月各地雨雪充足。这是近十年来罕见的现象，在耕种的季节里，人们祈求风调雨顺。乾隆皇帝在其四月初所作的一首诗里认为，今年的风调雨顺是他去年南下巡游时烧香拜佛的结果。如果自己的南游能给他的臣民带来如此好运的话，那么乾隆很高兴地认为自己的祈求不仅仅带来农业丰收，而且可以彰显他对臣民的大爱。[①] 由于去年公务繁忙，乾隆无暇在承德山庄避暑。今年下雨的好消息以及未来大丰收的预示让乾隆非常高兴，现在他在承德避暑山庄的身心愉悦。正是在承德，乾隆皇帝通过文学创作暂时放松下来。那里的政治象征和自然景观如"安远"庙等都赋予乾隆灵感去创作诗歌来纪念先帝和他们在新疆所创下的伟业。然而，乾隆愉悦的心情被扰乱了。甘肃总督上报在甘肃边疆由于"新教"而爆发了"番回"起义。乾隆和他的官员们虽然熟知西北边疆包括汉、蒙和番在内的复杂的臣民族属。然而，他们从来没有遇到过"番回"这样陌生的非常混合族类。乾隆很快发起了一场针对撒拉尔的军事行动和族群界定运动。

今天的学者一般会把甘肃属于突厥穆斯林群体的撒拉尔看做是所谓的"番回"，把他们与清王朝的冲突看做是伊斯兰或苏非的"新教"起义，学者们把伊斯兰宗教因素当做是这一边疆群体与政府产生不和的最基本原因。[②] 当把宗教放在首位时，

① 乾隆，"蒙夏昌御例成熟时"阿桂、冯培等《钦定兰州纪略》（身边没有《兰州纪略》，无法查阅，但可以肯定的是，这句中文不对，需要矫正）。

② 对于中国西北地区清政府和穆斯林的冲突的研究请参见 Fletcher，"Central Asian Sufism and Ma Ming-hsin's New Teching，" Lipman，"Familiar Strangers："。张中复《清代西北回民事变，社会文化适应与民族认同的省思》，所有这些基本研究在不同程度上在清朝甘肃发生的暴力都与伊斯兰宗教的传入和社会适应有关。

学者们甚至假设了“孔教”清廷与其穆斯林臣民之间的“文明碰撞”。[①] 因此，在一定程度上，以往有关清朝时期的（番回）穆斯林的学术研究都强调他们的宗教身份，而忽略了他们的政治、行政以及法律这些对于清廷来说更为重要的因素。本文旨在研究1781年在甘肃新教番回和清廷之间的冲突。[②] 在本文里，我把行政因素放在了首位，目的是为了调查18世纪暴乱发生前后（非穆斯林）清廷是如何审视“穆斯林”和“伊斯兰”的。鉴于此因，我将关注撒拉尔所居住的甘肃西北部藏族区域的政治史，同时我也将重点放在了清廷在对苏非新教的追随者——撒拉尔的行政归类和法律治理上所做的努力。我认为撒拉尔和清廷之间的冲突有它的渊源，但不在于伊斯兰教，[③] 而是在于清朝法律的多样性和明清对臣民归属的误解。18世纪清王朝向西部的扩张导致了这些区域作为“内地”在行政划分上的再定义，因此这些区域直接被纳入清王朝的内部领域而不再是边疆。在本文的开头，我并不先入为主地将撒拉尔想当然地设定为“穆斯林，”因为在当时的历史环境中，撒拉人并不被清政府视为“穆斯林”。从清政府的角度来看，至少是在18世纪末暴乱之前甚至在暴乱期间撒拉人就是番（或可以称之为“藏人”）[④]。我将会展示与撒拉尔武装冲突的发生导致清廷再一次调查撒拉尔的族属归类，后来他们又被确认为回人。实际上，作为即使回人的归类在清廷的眼里仍然不能被看做是一个宗教类别，也很难将其称为“伊斯兰”或“穆斯林”。在称呼撒拉尔为回人的过程中，清廷并没有给他们贴上“穆斯林”的标签。因此，18世纪末清廷与撒拉尔的冲突不能看成是“穆斯林和汉人”或“伊斯兰与中国人”产生对抗的例子，更别说是一个不可避免的文化冲突事件了。更为重要的是，清廷对撒拉尔正式的再归类是与法律的变革同时发生的，法律上的变革把撒拉尔地区从番的法令（番例）管理下转移到了内地所使用的常规法律管理之下。统治撒拉尔的法律变革揭示了清廷在界定撒拉尔族群运动中的政治性、行政性和法规性。所谓的18世纪“新教穆斯林”起义实际上折射的是清

---

① 例如，Raphael Israel曾经写了几本有关伊斯兰教在中国和被以色列占领的巴勒斯坦在各个方面出现的问题的著作。在他的论文《中国的穆斯林》中阐述了关于穆斯林与中国发生冲突的文化基础。而跟“文化主义者”的观点截然相反的是朱文长（Chu Wen-jdang）的观点，即清朝对穆斯林实行的“少数族群政策”的失败，特别是在19世纪。对于清朝穆斯林与政府的对抗的非文化因素研究，请参见《1862-1878中国西北穆斯林起义》。

② 在18世纪的甘肃新教是一个不稳定的范畴，随着具体的时间和地点而发生变化。本文所用的“老教”和“新教”分别指循化的苏非虎夫耶和哲赫忍耶。在循化之外，当“新教”清楚地指代哲赫忍耶时，“老教”的分类边界却依旧不清晰——它可能包括虎夫耶和哲赫忍耶前的教义。我很感谢北京第一历史档案馆的吴元丰和张丽对本文的档案研究给予的大力支持。

③ 这并不意味着伊斯兰教就不是清朝其他地区如云南等地宗教从业者发生争论、纠纷甚至暴力的因素。然而在清朝政府和行政机构完善的地方穆斯林宗教纠纷并没有发展成和政府公开的对抗。理解穆斯林和政府之间对抗的性质的关键是清廷在何地并且如何看待和处理“宗教”与“种族”暴力的。

④ “番”是经常用在明朝和清朝时期的一个术语，指的是与中国内地相连的非汉族人口。他们在文化上和种族上都各不相同，范围包括从西北的藏族到中国西南的各个土著民族。因此“番”基本上不是一个文化和种族的范畴，而是应该理解成政治、行政和法律的范畴。就甘肃大部分番人是藏人来说，把“番”在具体的环境下依旧翻译成藏人是不正确的。但是始终要注意的是“番”基本上表示政治、领土、行政和法律的意义。

廷对番区在行政管理和法律措施上的矛盾。不久，番区被纳入到了“内地”而不是“边疆”，番区也因此法律上得以控制。

一、番区的撒拉尔

中国西北河湟区域（今天的甘肃和青海）长久以来一直是古汉人，或华夏人，古藏人以及羌人之间的生态、经济、政治和族群的边界。① 特别是随着中原领土变革和邻近政权的起伏跌宕，河湟史变得极其复杂。学者们倾向于把汉人吞并河湟（藏人）区域的年代追溯到宋朝。② 不久这些区域又被整合到强大的蒙古帝国里。虽然明朝将蒙古人从中国驱逐出去，但明朝也不得不从河湟地区后撤，把精力集中在了巩固内地的领地与权势。河湟地区也因此再一次成为中国的西北边疆。由于河湟地区接近明朝边防，因此从明朝开始河湟地区的历史都是用汉语被翔实地记录下来。

为了防止西北游牧民族对明朝的掠夺和攻击，明廷在甘肃的西北和西南边疆建立了要塞防御体系（卫所）。③ 明朝在甘肃西南所关注的主要竞争对手是在16世纪与蒙古人联盟的西番（Western Fan）。为了防守甘肃西南边疆一带的番部并且阻止他们可能与西海（the Western Lake）即现在被称作青海的蒙古人的勾结，明朝廷在处于内地与甘肃西南番区域之间的边界——河州建立了军事卫所，也简称卫。河州依山傍水，其中黄河与积石山对其而言是最重要的。明朝廷利用这些地理特征，沿着积石山川，特别是最著名的也是最难以攻克的积石关隘加强了防卫。[1]

根据明朝的史料记载，在河州明卫所城外有许多所谓的番部落，他们和撒拉尔④、回回⑤、向化族（“向往开化”）以及仰化族（“仰望开化”）是主要的长住居民。[2] 在本文中，我的焦点集中在撒拉人上，一个被认为是在蒙古时期来自撒马尔罕的突厥穆斯林群体。⑥ 从明朝开始，当地《河州志》记载，这支突厥穆斯林群体居住的地域被称作撒拉低地（撒拉川），[3] 该时期的撒拉部族有可能源自于这里。⑦ 根据撒拉族民间故事，撒拉祖先之所以在藏人区域安家是因为他们的骆驼停在了这里，并且这里的土

---

① 对于早期汉藏交流和汉藏边界的动力的研究，请参见王明珂：《华夏边缘：历史记忆与族群认同》，北京，社会科学文献出版社，2006。

② 对于宋朝河湟地区的合并，请参见 Smith，“*Irredentismas Political Capital*”。

③ 对于明朝卫所制度的起源的研究，请参见 Taylor，“*Yuan origins of the Wei－So System*”。

④ 明朝和初清的撒拉族指的是一个撒拉群体而不是现代的具有种族意义的“族”。

⑤ 令人感兴趣的是在明朝和清朝初期“回回”和它的衍生物，如回回族、回回堡、回回墓地等经常出现在甘肃地方志里。尚不清楚这些回回是不是宗教上的穆斯林。有一点可以确信的是“回回”群体不是明朝的民人。循化志的编纂者龚景翰似乎被这个名字所困惑。他特别就回回族表述到在循化没有回民，这个名字的起源无法考证。参见龚景瀚：《循化志》，卷4，《族寨工屯》，149页，西宁，青海人民出版社，1981。

⑥ 对于撒拉族历史、文化和种族性的一般研究请参见马成俊等主编：《百年撒拉族研究文集》，西宁，青海人民出版社，2004。

⑦ 对于这个地区是从撒拉人这里得到的名字还是这里的人按照他们居住的撒拉地区来命名的，撒拉研究的学者们尚未达成一致。

地也非常适合居住。更有可能的是由于撒拉川位于藏人和明朝的边界上，两者在行政上都不能制约撒拉人，因此，他们定居在了此地。①

在河州明朝军队的存在使得明朝廷有可能控制积石关隘以外的少数番族。根据汉族史料记载，在这个地域总共有36个部族处于明朝的军事控制之下（辖）。[4]这些小群体参与到总部设在河州的茶马贸易中（茶马司）。这种制度化的商业交换是明朝在14世纪末建立起来的并视作是朝贡体系的局部表现。② 在这种体制的控制下，撒拉人被要求上供马匹。直到明代和清代初期，在这个地域的供马群体（纳马民族）中，撒拉族被认为是中等马匹（中马）的进贡者。[5]

明朝的军事哨所和官方贸易制度使得明朝的镇边将军能够干涉当地番人的领导阶层。根据明代河州史料记载，河州的将领可以为撒拉人任命“副千户”首领（副千户）和“百户”首领（百户）。因为这些首领是由边防将领的地方性委任，因此他们并不属于明朝的官员体系，他们只是由河州的军事将领来管理。[6]这就表明当明朝廷对一些地域的番族实施军事统治时，撒拉人可以保持行政和法律上的自治。从明到清前期，河州将领对撒拉人的军事监管情况鲜有变动，③ 撒拉人被军事统治的传统一直延续到雍正时期。

在明朝和清初利用茶马贸易司和边疆防御哨所而不是直接合并和管理撒拉番地可能是因为该地域小部族的人口分散（许多贡马族都是牧人），地势险峻，同时朝廷在意与番部（藏人区）和番族（藏人）的和谐关系，特别是在清初达赖和班禅喇嘛与满人建立起友谊之后。然而，对偏远地区的军事控制以及间接的统治都不能阻止明朝（和初清）以移民的方式渗透到该地域。在茶马贸易的支持下以及河州哨所的保护下，明朝和附近其他附近城镇的平民闯过积石区域进入了番域。这些移民（大部分是回民和汉民）逐渐定居在番域形成了许多“百户村庄”。[7]在积石区域之外明朝的定居者不断增多促使明朝廷不得不在贵德建立千户站（千户所）。在永乐统治时期积石区域之外驻扎了少量的卫所部队。[8]1781年撒拉族与清廷之间的冲突之后，清廷的官方调查发现许多在河洲内说汉语的穆斯林平民也在撒拉族地域购买了土地与财产，也因此变成了撒拉人。④

明朝和初清时期在积石山范围之外的移民包围地与河州的军队驻地之间的联络

---

① 早在元朝时，当蒙古人利用许多穆斯林军官和士兵，甚至委任穆斯林达鲁花赤为这一地区的总督时，学者们就已经常追溯这一地区的撒拉人的起源。在撒拉人和清朝廷的冲突对抗之后，清朝经过调查编辑了军事文件档案《剿灭逆反番档》。该文件记录到在雍正年间撒拉首领就已经声明在1731年宗教争论的情况下，他们的祖先在明朝洪武年间从新疆的哈密来。《剿灭逆反番档》，乾隆四十六年（1781年）七月二十一日。

② 对于中国纳贡制度和外交关系的一般研究，请参见 Fairbank, ed,“*The Chinese World Order*”；对于中国西北边疆地区的茶马纳贡制度的研究，请参见 Serruys,“*Sino – MongolRelations During the Ming, III: Trade Relations: The Horse Fairs.*”

③ 清朝初年，驻扎河洲的军事将领成为副将。见王全臣等：《河州志》卷1，(1707）重印，中国西北文献丛书，兰州，兰州古籍书店，1990。

④ 如，清朝年间撒拉志，也就是循化志记录到起义领袖苏四十三（即苏阿訇）的祖先来自河州。《循化志》卷8《汇编》，312页，西宁，青海人民出版社，1981。

依靠邮驿得到了制度化的保障。沿着贵德—河州一线共设立了七个邮驿（站）。[9]在撒拉低地建立了撒拉站，[10]从而进一步推动了番族包括撒拉人在内与河州与内地的交流。黄河南岸与河州西部明朝贵德包围地的嵌入把包括撒拉人在内的番族包围在了中间，使得明朝廷加强了对边远地区的统治。明朝廷的间接统治形式进一步把撒拉人和其他群体定义为番，这个术语的使用一直持续到雍正改革，特别是持续到了1781年撒拉族与清廷之间的对抗后清廷对该地域的行政改革。在明朝和初清时期包括藏人、穆斯林和其他族群在内的番族基本上已被国家行政机构所定义，正如撒拉族与国家的对抗所揭示的那样，应用在边远群体上的这种命名不具有宗教性和族群性。

二、清朝改革与对撒拉番人的表述

中国王朝的变革都会影响到河湟地区藏汉边界的行政体制。特别是在明清过渡时期清廷与河湟地区藏人和蒙古人之间的关系再一次被定义的时候，这种情况尤为明显。在清廷形成初期，河州官员已经开始关注撒拉区域行政上的持续独立性，并且担心该区域可能会由于缺乏直接的行政机构而发生社会骚乱。康熙年间河州的地方官员王全臣就撒拉人首领的不端行为以及他们和藏人喇嘛的亲密关系进行训斥。他认为撒拉人头领韩大用和韩炳住在积石关外非常具有势力。他们经常骚扰邻近的居民，霸占他们的土地。撒拉人之所以敢于“作乱”是因为他们得到了地方官员和国师（官方任命的教导皇帝的喇嘛）的保护，同时也是由于从来就没有惩罚他们的传统，并且河州的行政机构并不能把法律延伸到他们身上。[11]王全臣甚至对当地番群体和他们的首领汇编卷宗想把番域归到河州的直接管辖之下。为了达到这个目的，他推荐登记当地家庭和人口，分割当地首领的土地和部落，降低他们世系官位的级别。[12]这个建议被康熙朝廷所忽视，也许是因为朝廷希望在面临准噶尔蒙古人的挑战能保持满人与藏人之间的和谐关系。结果番区，尤其是撒拉番区，在行政与法律上的自治现状得以维持。

然而，由罗卜藏丹津率领、藏族喇嘛参与的青海蒙古起义的爆发导致在雍正初年（1723年）河湟地区的清廷与藏人的关系恶化。雍正朝廷迅速做出反应，派遣由年羹尧率领的远征军镇压了蒙藏起义。处于本文的研究目的，我注意到在年羹尧镇压蒙藏起义的军事运动期间，他就河湟地区各类回人群体的存在曾上奏朝廷。但是只有西宁北部草原（北川）的蒙古回因为与起义的蒙古人合作和勾结而成为军事镇压的目标。① 河湟地区其他的回人包括撒拉人在内迅速和平地在政治上归顺了正在崛起的大清帝国。后来河湟地区的蒙藏起义促使雍正皇帝开始考虑把包括撒拉尔在

① 年羹尧奏折，“川陕总督年羹尧奏报西宁附近交战情形折”，载自关孝廉，屈六生等：《雍正朝满文朱批奏折全译》，497页。对于中国西北地区当时的蒙古穆斯林的研究，请参见丁明俊：《中国边远穆斯林族群的人类学考察》，银川，宁夏人民出版社，2006。

内的番族区域和人口兼并到清朝内地上。在一封给当时甘肃的年羹尧的诏书中，雍正表示了他对藏人黄教（格鲁派）的关注同时担忧在清朝、藏人以及新疆之间的北部边界番、回人口的未来管理：

很难评价黄教。这个教派到处都是一样的，但是蒙古人让他们（藏僧）和自己的妻子、女儿有性关系并且和他们分享财产。如果和黄教有关系的话他们不论什么理由都可以献出自己的生命。很难理解黄教对他们的吸引力。在将来，平定西海的最好办法就是使边疆的番子和回子归属内地。[13]

在年羹尧镇压起义期间，他甚至预想了整合包括西北和西南边疆更大的地理范围。他认为要通过把藏区与甘州、凉州、庄浪、西宁、河州、松潘、打箭炉，理塘、巴塘和中甸隔离开来从而在整体上削弱和孤立藏人。[14]年羹尧打算把曾经和以上所提到的各区域有联系的番域整合到相邻陕西、四川和云南等省。[15]雍正的计划和年羹尧对番区域未来改革的建议在许多方面都实现了顺治皇帝对西北边疆政治的构想，即将明朝以前无法直接统治的族群都应该成为“中国”注册的臣民（民）。[16]年羹尧详细阐述了他的改革计划并且建议皇帝给卫所下达命令来监管游牧人，建立官僚机制以及在番区域设立治所。[17]再度顺服的撒拉头领韩炳和韩大用似乎理解了他们在清廷地理政治中的地位，表示期望对撒拉臣民实施行政和法律上的直接管辖：

撒拉地域辽阔人口稀少。（新）回族平民桀骜难驯，像我们这样卑微的当地头领是不能控制他们的。（我们）要求（皇帝）派遣和驻扎部队来保护这片地域。[18]

清廷最初的措施是在撒拉区域驻扎军队。年羹尧起初建议在保安堡驻扎四百士兵。另一位有影响力的汉人总督岳钟琪，当时也参与了甘肃的军事行动，非常了解管理这一地域的困难。他建议在撒拉地区驻扎双倍的兵力，同时把总部设在保安堡。[19]雍正同意了这个扩张计划甚至赐予清朝军事卫所驻地循化（遵循王化）这个名字，希望这一地域逐渐改制以此鼓励其他番域里有身份的人（君子）顺服。正如雍正皇帝所说那样，把撒拉番区域与民人归为清廷的直接统治的目的在于能让长期处于文明之外（化外之区）的撒拉人和内地人民一起享受和平追求幸福。[20]伴随被重新命名的循化卫所驻地（循化营）的成立，是在撒拉区域内建立卫所镇所（town seat）。岳钟琪在奏书中提醒朝廷一旦建立军事卫所，官兵官邸和办事机构应当同时设立。[21]这条建议使得在1730—1732年在中央撒拉族地建起了有围墙的卫所镇。除了创建军事驻地，岳钟琪建议实施文化上的同化政策，把边疆区域的番族人口转化成岳钟琪（汉族将军）一视同仁的内地汉人：

这些番人与接近河洲、洮洲、岷洲的平民共存，他们或说汉语。顺服后，要求他们改穿内地服饰。毋庸设立土千、百户，但就其原管番目委充乡约、里长，令催收赋科，久则化番为汉，番作边地良民，故其应纳粮税。[22]

汉化或民化（内地化）在撒拉族向清廷顺服后被提到了议事日程上来。1726年，青海军官周开杰和达鼐上书请求重新安顿西宁边界一带的番族人口。[23]撒拉人首领韩大用和韩炳被传唤注册撒拉人口并且向邻近的河州府交纳粮税。自岳钟琪最终在1729年接受了他们的注册后，撒拉族人口的注册进行了三年。[24] 然而，正如清廷行政改革后少数撒拉的叛乱所表明的那样，作为改革的一部分，岳钟琪削弱撒拉世袭领导权的计划被证明很难实施。岳钟琪意识到保持撒拉人传统的领导权维护当地社会稳定的重要性，于是又稍加修改他以前的建议：

关于（新）撒拉回平民，地方首领韩炳和韩大用可以控制他们，但是由于他们只是地方首领因此他们的地位是卑微的。狡猾的回民是不会顺从他们的。现在我请求授予他们千户官方证书以便他们能控制剩余的（撒拉）回。这样非法的回民既害怕卫所军队又畏惧由诏书赐予的韩炳的地方势力。这会使将来人口的注册和粮税及货币税的征集变的较为容易。[25]

清朝廷采纳了这条建议，1729年任命韩大用和韩炳为千户首领，从而使撒拉族世袭领导权得以维持下来，实际上又成了土司或土著官员，拥有这个地域藏人所拥有的那样的地位。尽管重新直接授予千户首领的职衔从社会和政治的角度来看都要比以前明朝河州军事总督所任命的职衔更有威望，但是撒拉首领的实际行政权和法律的权利由于清朝开始推行军事卫所并从河州征集粮税而被削弱了。清朝军事卫所、河州府、循化逐渐接管了曾经由撒拉首领处理的有关撒拉人的法律事务。

雍正在番区域的改革促使撒拉社会结构的改组。在撒拉人向岳钟琪归附的一年后，撒拉首领受命招募三千男丁援助清军平定卓子山番子在甘肃庄浪的起义。撒拉族参与这次国家军事行动的一个重要的结果就是撒拉社会组织（physical Organization）工这一新形式的出现。佐口透和其他人认为工这一撒拉术语有可能是阿拉伯语 qaum（部落之意）的汉语音译（因为他们是穆斯林），以此表明这个18世纪撒拉族的组织形式是起源于阿拉伯。① 撒拉县志的一位清朝作者怀疑撒拉工和汉语的“功”可能有发音上的联系，他们都是因为撒拉在参与攻打卓子山之后得到的。[26] 从雍正年间起在撒拉地区，清朝廷和行政改革的参考资料都没有记载18世纪撒拉社会组织和命名的说法。然而正如李文实所指出的那样，撒拉工作为一个社会—物质单元——起源于清朝军事征服和后来在非汉族区域里的土地耕作。② 吴元丰认为工起源于满语，意为郡屯或军事场地。③ 换句话说，在撒拉族区域工作为像村庄一样

---

① 对于撒拉工的解释，请参见 Sanguchi Toru，“Chugokuisuramu no kyoha.”

② 李文实《西陲古地与羌藏文化》，西宁，青海人民出版社，2001。在他的其他著作中，李文实认为“工”是藏语当中的一个后缀，指代河岸高处的村庄。请参见李文实：《撒拉八工外五工》，载于《百年撒拉族研究文集》，308～311页，西宁，青海人民出版社，2004。

③ 在私人的交谈中，第一历史档案馆的吴元丰认为工可能是军屯中的“屯”字的讹误，意思为军事开垦，相似的词语在清朝卫所部队过去常常开垦荒地的河西和新疆也可以找到。就清朝在撒拉地区建立循化卫所来看，撒拉工有可能起源于撒拉社会的满族改革进而形成了开垦单位或小镇。然而，撒拉学者把工与突厥语中的 kand（gan，突厥语中城市或城镇的意思，如，撒玛尔罕）联系在一起。对于撒拉工的解释，请参见韩忠义：《撒拉族社会组织——“工”之初探》，载《百年撒拉族研究文集》，304～307页，西宁，青海人民出版社，2004。

的新类型表明雍正的改革已深入到了这个积石关隘外唯一适合农业的撒拉番区。①

在这片重新整合的领土上在当地人口中实施来自内地的标准法律有一定的困难，于是清廷在平定了蒙藏起义之后，为了控制番人引入了一套特殊的法律体系作为缓冲。1733 年，西宁办事大臣达鼐通过参考蒙古法令（蒙古律例）公布了为用于管理征服后番人的法律和法规，他称其为番地法令（番例）。属于同一时期的四川和陕西总督刘于义特地上书，他认为在番民中有报复动机的暴力应当通过赔偿牲畜（罚服）[27]这种番人传统来处理。虽然番例最初是为了对付新开辟的内地里的番人而制定的临时的五年法制体系，但是四川和陕西的总督刘于义不断呼吁乾隆朝廷拓宽番例，于是刑部在 1748 年作出决定，在番人中的凶杀案从此应该根据番例也就是通过赔偿而被清偿。[28]针对撒拉人的番例（特别是命案），起初的目的是帮助归顺后的撒拉人在行政和法律上能成为内地的一部分，但是结果却成了撒拉人与朝廷关系的一颗定时炸弹。当清廷试图使用番例来解决当地撒拉人的命案（尤其是因为宗教正统性争执而导致的命案）时就意味着这颗炸弹被引爆了。

因为撒拉人内部的法律事务高度地方化，在番例的制约下货币和牲畜的赔偿就可以解决，因此清廷在这块新地上的参与就显得多余了。很久以来，河州府仅仅为了征税的目的而借助撒拉首领管理着循化区域。然而对直接征税的迫切需要以及对其他行政事务的管理最终使得行政机构从河州迁往循化成为必要。陕西和甘肃总督杨应琚在 1761 年呼吁朝廷在循化区域设立当地行政机构：

调查表明河州府的地方官员已经住在了河州城。在他的管辖区域下，番民组成了 71 个村庄，15 个部落，大约有 14000 户。他们离河洲有 300～700 里路程。河州府地方官员负责处理有关番民从婚姻到犯罪的一系列诉讼。对于他来说很难管理，对于番民来说去河州也不方便。朝廷应当把河州府搬迁到积石关外的循化卫所，以便诉讼能得到及时处理，番民也没有必要来河洲交纳粮税。[29]

第二年，礼部批准了这个奏书，在撒拉区域成立了县级行政机构“循化抚番厅”，② 隶属河州府。当年清廷把郡官府所在地迁到了循化。[30]重新被安置的循化官员经常不在循化，他们在附近的河州或兰州休憩，只有发生了严重事件而番例又不能解决的诉讼时，他们才返回循化去处理。明朝和清初的军事存在以及对诸如撒拉区域等番域的间接统治在一定程度上决定了撒拉人在国家的文化表述。在官方汉语史料的典型描述中，把撒拉人归到了庞大的番族类别里并经常把撒拉人和羌人的后裔，在周朝就活跃的土著藏人联系在一起。这种对撒拉人的身份认同主要是由于明朝对这个地域历史的描述。记录河州、兰州、西宁以及其他甘肃州府的史料经常把

---

① 不同于其他番区，撒拉低地肥沃富饶有利于农业的发展。即使在今天，这个地区也以盛产水果、辣椒和其他产品而闻名。

② 我把“厅”英译成了 Hucker's Dictionary of offficial Titles in Imperial China. 中的“sub - prefecture”。但是这种翻译并没有反映出清朝对该地区的军事统治以及汉式的管辖权和番例的并置。对于清朝行政机构的结构，请参见 Hucker, *Introduction to Dictionary of offficial* Titles，83－96。

（穆斯林）撒拉人与古西羌联系在一起。[①] 清朝沿袭了明朝的文化并把这些假想运用到了撒拉区域和撒拉人身上。把撒拉人与历史上的羌族和同时代的番族联系在一起的最具有代表性的文本，是清朝国家资助的关于纳贡部族的制图学和人种学——《皇清职贡图》，它把撒拉人刻画成河州之外与番人相似的形象。[②]

在明朝西羌有许多分支，他们分散在河州区域，对中国构成了严重的威胁。自雍正年间，因为百户首领韩玉麟和韩旭参加了卓子山镇压番子的叛乱，他们被授予千户的职衔，管理各类撒拉部族。[③]

在清朝初期，朝廷把撒拉人看做羌人不仅仅反映了明朝和清朝廷已认同的观念，即撒拉族和藏人在历史、种族和文化上有联系，而且反映了当地撒拉领导阶层和藏人宗教领导阶层的亲密关系。如上所述，王全臣斥责在康熙年间与藏僧勾结的撒拉首领。循化志的编纂人甚至推测，在撒拉人中受欢迎的韩姓与历史上可汗这种番人的职衔有某种关系，因为“Khan”的汉语音译就是韩（han）。[④] 把撒拉人当做番人的这种清朝延续下来的观念甚至反映在刚刚编纂的在名为《剿灭逆番档》的清朝军事档案里。[⑤] 撒拉人作为番人的这种在清朝的描述是如此的具有渗透性以至于撒拉人在某种程度上也把自己当成番人，甚至在20世纪的民歌中也会体现出来。[⑥]

如上所述，年羹尧、岳钟琪、雍正皇帝以及其他一些人注意到了河湟地域回或回子的存在。令人感兴趣的是，为什么清廷仍然把撒拉回看成是番？番与回的本质是什么？很显然，从国家在土司制度和番例的实施上来看，撒拉人当时被当做番是因为在他们被完全纳入内地以前一直被当做番人来管理。同样的情况也可以在云南、四川、贵州和甘肃发现。在这些地方没有纳入明朝直接管辖的非汉族的群体也被归到番类里，尽管他们有不同的文化和宗教信仰，但是仍然用和番类似的法制结构。然而，在甘肃的番地，番人中重要的文化、宗教和族群实际上是藏人。因此，明朝和清朝的史料里把历史上的西羌等同于同一时代的河湟地区的西番就不足为怪了。

---

① 对于甘肃作为番和羌的区域的认可可以在各种明清史料中发现，如，《肇域志》，“边政考”。以及许多其他甘肃地方志。

② 在这个地方一个令人感兴趣的现象是撒拉人的肖像，特别是撒拉妇女跟番人一样并没有表现出他们典型的穆斯林服饰。然而，明清时期的史料作《经学系传谱》等经常将河湟地区的撒拉人描述成伊斯兰宗教思潮启示的源泉，这就表明撒拉人在当时是虔诚的穆斯林。对于《经学系传谱》经学习撰扑的研究，请参见ZviBen - Dor Benite，The Dao of Muhammad，*A Cultural History of Muslims in LateImperial China.*

③ 傅恒等：《皇清职贡图》卷5（1757年），454～457页，重印，沈阳，辽沈书社，1991。然而，《皇清职贡图》中误把韩玉麟和韩煜当成了参加平定卓子山叛乱的撒拉首领，实际上却是他们的祖父辈韩大用和韩彬，他们在参加卓子山战斗后被任命为千户首领。

④ 龚景瀚《循化志》卷5《土司》，212页，西宁，青海人民出版社，1981。“可汗”源自于突厥后裔蒙古人（Turko - Mongolian）。在突厥特别是蒙古帝国扩张后，“可汗”一词在欧亚大陆流传非常广泛。撒拉人说突厥语以及他们居住在藏区都意味着用这个职衔作为姓氏对于撒拉人来说（至少是在清朝廷眼里）是有意义的。

⑤ 这个文件后来被重新编辑并命名为“钦定兰州记略”。令人感兴趣的是，在1781年和1784年两次重大的新教穆斯林和清廷冲突的记录中，清廷的军事档案《剿灭逆番档》把循化的新教撒拉人记作“番”而把甘肃内地的新教穆斯林民人记作“回”。

⑥ 王树民：《乾隆四十六年河州事变歌》（乾隆年间关于苏四十三事件的一首民歌），809～819页，银川，宁夏人民出版社，1985。在这首关于叛乱的民歌中，撒拉人仍然把“番子”或“番”用到自己身上。

撒拉人的地理位置处在历史上河州之外的藏区，这就导致了朝廷从历史和政治层面上将撒拉人归类到番里。既然清廷把撒拉人等同于番族是出于领土、政治和行政上的考虑，那么撒拉人与官府之间的关系以及官府在公开对抗后在撒拉族区域里的行政和法律改组都致使撒拉人的身份得到了纠正。

三、番例在撒拉人当中的实施和撒拉人与朝廷的冲突

由于受到来自内地河州的穆斯林对番地撒拉人的影响，作为一个穆斯林群体，在清朝廷的行政改革期间撒拉人不断地更新他们的伊斯兰教派。1747—1748 年，河州以及中央政府维护了一个伊斯兰教新教派的合法性，并由一位名为马来迟①的河州回民通过与马应焕这位传统的回族伊玛目②的诉讼传入到这里。在清廷对番地实行内地式管理的改组的大背景下，内地河州马来迟的新教得到了朝廷的认可，这大大地鼓舞了邻近的撒拉族皈依马来迟的新教。根据《循化志》记载，在马来迟与马应焕之间的诉讼之后不久，撒拉族的总掌教（最高伊玛目）韩哈济（有可能他朝觐麦加之后而得名）接受马来迟为教领并且全部的撒拉人皈依到马来迟的新教中。[31] 这个事件高度突出了国家权力和国家对于内地河州伊斯兰新教的认可对比邻的撒拉番区域皈依的直接影响。对于当时的撒拉人来说，皈依由内地河州的穆斯林平民所传来的伊斯兰新教，不仅仅意味着宗教的权威性，更重要的是，意味着政治上的正确性。

马来迟之后的十年，另一位河州的回民马明心（清朝的官方文件里称为马明清）传来了更新的教义。③ 仿效马来迟的宣教模式，马明心的新教在 1761—1762 年首次传到了河州并且迅速传播到了被合并的撒拉番区域。与韩哈济（Han Haji）对撒拉人信仰马来迟的教义所作的贡献一样，当地撒拉人如贺麻路乎（Hemaluhu）④等人积极地协助马明心在循化的宣教活动。在马明心的几位著名的撒拉信徒中，苏四十三或称苏阿訇（因为他的职衔就是阿訇）由于在 1781 年撒拉族与朝廷对抗中的

---

① 对于马来迟、马明心和他们新教的简要讨论，请参见 Fletdher，" *Central Asian Sufism and Ma Ming - hsin's NewTeaching*"；Lipman，Familiar Strangers：A *History of Muslimsin Northwest China. Seattle*：University of Washington Press，1997.

② 除了甘肃官方奏折和皇帝诏书外，大部分关于马应唤和马来迟的诉讼的重要文件都是马应焕的诉状，这些诉状在台北故宫博物院被发现。我要感谢台湾政治大学的张中复教授从台北故宫博物院复印该文件以及其他的文件。

③ 哲赫忍耶（Jahri）史料，《热什哈尔》是在新教回民叛乱之后用阿拉伯语和波斯语写的。最近由杨万宝、马学凯和张承志翻译成汉语。另一部内部史料，《哲赫忍耶道统史》在 20 世纪初由马学志撰写。最近，甘肃哲赫忍耶穆斯林出版了一个哲赫忍耶宗教中心的一段历史，即，马国斌等，《宣化岗志》。马明心和哲赫忍耶派正是通过这些文本而被人们所了解。至于马明心内心的哲赫忍耶传记，请参见马国强与袁思伟合写的《谒关川道统及其马明心一家的遭遇》。对于马明心的简要传记，请参见白寿彝等：《回族人物志》（清代），银川，宁夏人民出版社，1981。

④ "贺马六乎"是清朝史料里的贺麻路乎。

领导地位而在清朝朝廷中出名。

正如在河州与马来迟和马应焕的诉讼有关的事件所表明的那样，在伊斯兰新教的传播与已经建立起来的穆斯林传统之间经常发生小规模的冲突在所难免。马明心的新教信徒与马来迟的老教的追随者之间的关系由于他们在撒拉番地的竞争而日益恶化。① 在撒拉尔地区新教与老教之间的冲突导致了诉讼。1761 年，当本地撒拉新教领袖贺麻路乎建立了三所独立于撒拉清真寺体系的清真寺时，老教领袖韩哈济控告他违背祖传老教规矩。也许是因为以前撒拉区域行政和法律的自治，撒拉族人宗教传统认为每一个当地工的掌教（伊玛目）和世袭的总掌教，也就是韩哈济必须同时被邀请到张哈清真总寺为葬礼和婚礼宣读经文。② 循化地方官员判贺麻路乎戴枷并且要求暂时关闭三座新教清真寺直到两派达成一致。[32] 贺麻路乎迅速反驳韩哈济，控告他勾结回民马国宝（马来迟之子）剥削撒拉人民并在撒拉人区域蓄积财产。贺麻路乎之所以这样做是想指出，韩哈济所谓的当地的、祖传的撒拉人教义实际上都是由内地河州的马拉迟传播过来的。因此贺麻路乎重新制定纠纷的框架把焦点从宗教转换到了地区。接下来，韩哈济的哥哥韩五最终起诉贺麻路乎和其他撒拉人与内地回民马明心勾结在一起，共同来传播马明心偷偷传入撒拉地区的异端教义。诉讼的重点转移到了地区上，这表明当时双方已经充分理解地域在撒拉人教义争端中的行政和法律敏感性。

以循化为基地的清朝官员向他们在河州的前辈那样，并没有审判诉讼当事人的伊斯兰教义的正统性。为了处理涉及这一诉讼的撒拉人，循化地方官员裁决贺麻路乎与韩五的案件是相互诬告。也许因为撒拉地区在雍正年间开始逐渐使用内地式的管理方式，因此循化官员使用内地法律来处理撒拉人宗教领袖的相互诬告，判贺麻路乎与韩五流放。至于剩下的撒拉人，循化管理机构裁定既然两种撒拉教义不可能融合，那么每一派应该有它自己的掌教来管理门徒。

然而，涉及这一案件的穆斯林不仅仅包括番撒拉人，而且还包括河州的回民马明心和马国宝。循化官员命令回民离开撒拉地区，[33] 这就表明他们的教义是合法的，但是他们在撒拉人地盘上的存在是违法的，尤其是当诉讼发生的时候。令人更感兴趣的是，从马明心的角度来写的哲赫忍耶秘史也描述了由于派系而不是地区不同的穆斯林民人与循化撒拉藏区的分离。哲赫忍耶史料以迁徙（hijra）的方式赞扬了穆斯林新教从河州到金县的出走。据说马明心通知他的门徒说安拉叫他的追随者离开河州就像玫瑰从野草中分开。③ 回民穆斯林教领从撒拉番中分离出来，一方面，正

① 因为当地官员和穆斯林在循化诉讼发生之后开始把马来迟和马明心的教义分别称作“老教”和“新教”，在下文里我将用“老教”和“新教”来指代实际上在甘肃都是很新的两个教义。

② 撒拉清真寺体系不同于内地的清真寺。在苏非伊斯兰教传入循化地区之前，村庄里的清真寺不得不依附于中心的撒拉清真寺，并且村庄的掌教必须从属于总掌教。对于撒拉清真寺体系的讨论，请参见韩得彦：《撒拉族噶最体系》，载《中亚杂志》，1999（2），43 页。

③ 然而，应该强调的是哲赫忍耶史料所提到的“河州”实际上指的是循化，因为现在的循化当时是在河州行政机构的统辖之下。关里爷：《热什哈尔》（19 世纪初期，重印），28 页，北京，三联书店，2007。

如当地官员所希望的那样，通过限制他们去撒拉地区简化了宗教法律案件，另一方面，由于对互相的谋杀案所判的死刑可以改换成番例中的财产处罚（这要比内地的法律更加宽容），因此当时的这两派纯撒拉群体并不害怕集体用暴力对待宗教纠纷的法律制裁。

两派撒拉族群体之间持续的敌对使得后来皈依马明心的新教变得高度敏感和具有煽动性。撒拉工——清水工，如此命名也许是因为它靠近清水河。清水工由两个自然村组成，河西和河东，分别位于清水河的东西两岸。河西的撒拉人由控制了这里的水的富有的韩二哥领导，他们较早地信奉了马明心的新教。他们利用对水的控制来强迫河东的马来迟信徒接受他们的教义。为了获取水源，河东的一些撒拉人开始加入马明心的新教。1773 年 8 月由韩哥牙率领的河东的二十户家庭皈依到新教。[34]其他的老教撒拉人被这种大规模的胁迫式的皈依所激怒，于是他们到循化县控告新教撒拉人非法诱惑他们的成员。新教和老教的撒拉人在去县府的路上遭遇，最终的暴力导致一名新教撒拉人的死亡。[35]

从有限的当地行政和法律史料来看，尚不清楚是否这是在地区归为直接统辖后在撒拉人中所造成的第一例死亡。然而，似乎可以肯定的是，这是由于宗教纠纷导致的集体暴力所造成的第一例死亡。借助于番例，县官张春芳判老教撒拉人以“命价”来补偿新教撒拉人。由于在这个重新合并的番区域里可以用现金赔偿来代替死刑，新教撒拉族领袖韩二哥，得益于他的财产，在同年的 11 月刺杀了河东村的四位老教撒拉人，为这位死难的弟兄报了仇。韩二哥正确地估计到了地方官员会采取罚金的形式处理此案。的确如此，根据有关命案的番例，张春芳采取了相似的刑法一劳永逸地解决了这两起命案。[36]假如这两派撒拉群体之间的流血冲突继续机械式地根据番例来处理的话，能够买得起命价的富有的新教撒拉人①将会继续屠杀老教撒拉人。然而，在撒拉地区番例在谋杀案中的实际应用要比番例所表述的那样更为困难和复杂。1780 年，两派的信徒在打速古（今清水乡大寺古村）的葬礼上发生了对抗，导致一名新教徒重伤。几天后不治身亡。既然在番例中没有先例和法规来处理受伤后的死亡，当时负责的县官洪彬判老教的罪犯给死难者的家庭赔偿“半个命价”（半命罚服）。[37]这种判决可能类似于内地针对平民的清朝法律，这条法律对立即死亡和受伤后死亡做了区分。② 新教撒拉族拒绝接受这种创新式的但不公平的“半个命价的补偿”，并且发誓他们会像韩二哥那样用同样的方

① 循化志陈述新教（哲赫忍耶）是富有的而老教（虎夫耶）是贫穷的。被撒拉人认为新教比老教富有的原因尚不清楚。然而，这种描述与贯穿关于这一主题的大部分中国的学术成就的阶级斗争理论是相反的。中国学者认为哲赫忍耶派提倡节俭，因此也更能吸引许多贫穷的穆斯林。至少在循化地区，这种对不同教派经济地位的常规推测似乎是错误的。龚景瀚：《循化志》卷 8《回变》，311 页，西宁，青海人民出版社，1981。

② 清朝法律根据是不是死者在受伤后的一段时间内（通常为 10 天）死亡的规定了两条基本的因受伤致死的惩罚条例。如果死者是在一段时间内死亡的或者是保辜限期，那么犯罪人将被判处死刑；如果死者是在一段时间外死亡的，那么犯罪人将被判流放到 3000 里远的地方外加用 100 竹板体罚。关于因伤死亡而受罚的规定，参见马建史，杨渔唐等：《大清律例通考脚注》，823 页，北京，中国政法大学出版社，1992。

式来报仇。次月，苏四十三和韩二哥在韩二哥的家里召集新教教徒商议报复老教撒拉人的计划。三个星期后，新教撒拉人袭击并刺杀了当地首领韩三十八以及一名老教信徒。[38]新教撒拉人因此控制了一些老教撒拉村子并靠武力让他们的居民皈依了新教。

当时县官洪彬正在兰州府，当他得知刚刚升级的撒拉人暴力活动时，他只是把这次暴力当成了又一起番族的世仇而没有及时返回循化处理此事。1781 年 3 月，因为韩三十八的儿子上诉到兰州才迫使洪彬回循化处理此事。[39]根据后来新教俘虏的供认，苏四十三派马福才和其他新教成员住到兰州暗中监视官员们对最近的撒拉人暴乱是如何调停的。具体地说，他们关注的是官员们对新教撒拉人是罪犯的案件是如何作出反应的。①

当洪彬得知这起暴力的范围和严重性后，他意识到这不是一起普通的番人世仇，命价的赔偿法律不起作用。他迅速报告陕甘总督勒尔谨，撒拉族因为教义上的争执而互相残杀，因此需要镇压。按照关于调停番民集体暴力的清朝传统，也就是军事镇压，勒尔谨立即派兰州府官员杨士玑和河州府副指挥官新柱去循化处理撒拉事务。同时，从马福才那里得知此次甘肃官员已经派遣军队来循化处理过去常常通过经济来解决的命案，由苏四十三率领的新教撒拉族人为了探听即将到来的官兵准备如何处理新教罪犯而假扮老教撒拉人前去迎候新柱。

新柱显然对撒拉人和撒拉族教一无所知。在与苏四十三的门徒会见时，新柱斗胆断言，他将站在老教这一方并且消灭新教撒拉人。[40]预先被警告并且察觉新柱的官兵脆弱不堪，第二天的午夜，苏四十三率领的新教撒拉人袭击并除掉了新柱和杨士玑。② 撒拉族在循化屠杀清朝官员的消息很快传到了河州，官员周植立即通报勒尔谨，新教番人杀害新柱和杨士玑的消息。勒尔谨本人立即率领军队奔赴循化。当他到达通往循化的狄道时，消息传来，两千名撒拉族男女正在攻打河州。③ 勒尔谨非常震惊，立即通报朝廷和邻省巡抚“番回”全面起义了。[41]

---

① 除了后来被捕后供认的马福才之外，另外五位新教的撒拉人是马成古、马进忠、马应良、马进朝和杨福才。阿桂等:《剿灭逆反档》，乾隆谕旨，乾隆四十六年（1781 年）五月二十六日。

② 新教撒拉人突袭清朝官员一事提出了这样一个问题：为什么他们单凭新柱的口头威胁就公然鲁莽地反抗清廷？有以下几个原因可能可以解释这一看似怪异的行为：第一，新柱具有参与屠杀准噶尔蒙古人的个人背景；第二，在雍正初年，清廷对西宁附近蒙古回的屠杀；第三，年羹尧在同样的军事运动期间在甘肃对番的屠杀。就撒拉人在番地而且是穆斯林以及他们已经意识到在清朝军队来临后藏番和蒙古穆斯林番将会面临什么来看，后面两个因素也许可以说明撒拉人是为了避免审查才突袭清朝军队的。

③ 值得注意的是 1781 年的撒拉人军事斗争，不是如中国学者常常宣称的那样，是对抗朝廷的民族起义或政治叛乱。正如后来新教俘虏马福才所供认的那样，撒拉人攻击河州仅仅是根除掉在那里的马来迟的老教信徒。这种供认可能是真实的，如乾隆后来所评价的那样，如果他们有叛乱的野心，那么撒拉人就会占领狄道（而不是河州）攻打兰州。因此，有可能是新教撒拉人错误地估计了袭击内地河州和屠杀老教民人信徒的政治和法律后果。

四、撒拉人与朝廷的对抗以及清朝对撒拉人从番到回的正名

“番回”起义震惊了乾隆皇帝，不仅仅因为撒拉人背叛作乱的行为，而且还因为在他的官员的奏折中所叙述的撒拉人神秘的族属界定。在回复勒尔谨有关“番回”起义的奏书时，他抱怨勒尔谨没有澄清这些叛逆者的身份：勒尔谨早期关于番回和新教以及老教的分类（名目）的奏书并不清楚。番与回属于两种不同的族类，他们所信奉的教义也应该彼此不同……根据番和回的分类，勒尔谨应该立即调查和报告澄清他们是同一个群体还是不同的两个群体，并且解释哪一个群体和教义犯罪袭击了官兵。[42]

从乾隆皇帝生气的圣谕，可以清楚地看到当时的清朝廷并没有考虑到有可能同时存在番与回两种相关联的族类。乾隆似乎相信因为宗教分歧和暴力发生在多民族的甘肃，他们一定涉及了番人与回人之间的冲突。“叛逆者由于番与回之间的不和睦导致他们参与到了涉及新教建立的集体暴力中”[43]。

对于乾隆帝来说，叛逆者要么是番要么是回——他们不可能两者同时存在。同样，番与回同时在一起起义也是不可能的。因此，乾隆皇帝很自然地问到了由勒尔谨呈报的一个汉语词“番回”，它的意思要么是“属于番的回”要么是“番回在一起”。后者的理解实际上符合了清朝对西北地区诸如番、回和蒙古等主要非汉人人口的理解与归类。

然而勒尔谨后来的调查与奏书都把叛逆者归到了一个单一的族类——番人。他向乾隆皇帝报告撒拉番回实际上就是番族。之所以他们的名字“番回”中有个“回”字是因为他们的风俗习惯接近于回教。[44]将穆斯林撒拉人视为是番人的观念不止是这位满人总督。即使是来自甘肃的说汉语的穆斯林官员也持有相似的观念。当被军纪大臣咨询时，一位甘肃西北的肃州军事指挥官马云——来自西宁的老教回民——碰巧当时在北京觐见乾隆皇，他做了以下陈述：

大约有两千户回番居住在循化……这种类型的回番叫狗西番。在他们中间，有称作千户和百户的土著官员。他们是番人因为他们不吃猪肉，因此也称作番回。①

勒尔谨的报告、马云的陈述以及其他官员对番人本性好战的评价促使乾隆皇帝相信叛逆者就是番人。借助于勒尔谨和马云关于撒拉人的消息，乾隆把当时叛乱的撒拉人与在雍正年间年羹尧所镇压的历史上的番人联系到了一起：

卷人这次事件的番人习惯上称作狗西番。他们和动物生活在一起，因此，他们

① 阿桂等《剿灭逆番档》，福隆安奏折，乾隆四十六年（1781年）四月一日。马云所提供的关于撒拉人口的材料是错误的、夸张的。在同一个月里阿桂的奏折说循化居住有六千户撒拉人，参见阿桂，冯培等：《钦定兰州纪略》卷6，101页，银川，宁夏人民出版社，1988。

和动物没有什么区别。① 我听说年羹尧许多年前屠杀了许多这样的番人结果他们安静了五十年。现在他们又开始蹿动。据说他们情绪好的话他们是人，但是如果他们生气的话他们就像野兽。以后在处理造反的撒拉番时，为了震慑其他的撒拉番，他们应该毫不怜悯地被根除掉。[45]

乾隆甚至做了十句的诗来澄清撒拉族的身份，目的是把他们和新疆的回人加以区分：

狗西番或黑帐（黑帐番）最初都是未发展起来的番（番雏）。他们戴的白帽子并不意味着他们是蹿籍的西域回人。②

在这首诗中，他详细阐述和确认狗西番就是黑帐番（黑帐藏人），他们与戴白帽子的西域回人是不一样的。③ 至于撒拉族相互之间的暴力和他们非法的行为，乾隆的诗声称关于教义的冲突是由于新教的建立而引起。确认了撒拉族与番人的联系后，乾隆注意到了他们的彪悍的性格，④ 通过激励他的总督们像以前年羹尧那样配合军事行动快速根除这些“小丑”。

然而乾隆从勒尔谨那里得到的关于起义领袖苏阿訇（苏四十三）的消息越多，他就变得越迷惑。从看到“苏阿訇”这个术语起，乾隆开始又一次思考他和他的官员早已看做番人的撒拉族的族属界定。乾隆告知勒尔谨，叛逆领袖“苏阿訇”这一名字的发音接近于回人的“阿訇”，那么他一定是回人教领，他的职业就是讲经布道。乾隆甚至指出这个名字不是他真正的官名。因此他怀疑苏阿訇就是番人或回人或者汉回（内地说汉语的穆斯林）。[46] 随后甘肃巡抚王廷赞的奏报进一步加深了乾隆的怀疑。王的奏折说新教教领马明清（马明心）已被抓获投放在兰州监狱。一个教义有两个首领更加让乾隆疑惑，他质问他的官员们是否苏阿訇就是新教的领袖，为什么王廷赞上书说马明清是主要罪犯？由于“苏”和“马”是汉姓，乾隆问他的官员们带汉姓的人怎么可能是番人，他推测他们可能是汉回。⑤

甘肃官员在击败撒拉叛逆者，明确界定撒拉人族属方面的无能促使乾隆派遣他的能干的值得信任的大臣，当时正在河南监督水利建设的阿桂赴甘肃处理军事事务，同时调查撒拉族身份和宗教。[47] 为了解决这些谜团，乾隆甚至派他的心腹和珅和阿

---

① 狗西番指的是甘肃的番人。雍正年间陪同年羹尧平定蒙藏叛乱的王景祺在《读书堂西征随笔》中写道：因为他们居住在洞穴里所以被称为狗西番。王显然把唐代的藏人与狗西番联系在一起并把他们等同起来。后来因为在此项工作中受到年羹尧的赞扬而被处决，因此有可能乾隆和他的官员们对王关于甘肃番人的作品非常熟悉。在关于对狗西番的描述中，乾隆提到年羹尧在甘肃的征战。关于王对狗西番的描述，请参见王景祺：《读书堂西征随笔》（约 1723—1724 年，重印，香港，朗文书店，1967）中的“卓子山番人”。

② 阿桂，冯培等：《钦定兰州记略》，乾隆诗，“陕甘总督勒尔谨等奏报剿捕撒拉尔番回志事十韵。”

③ 藏人的帐篷被称为“黑帐”，他们在样式和质地上都有别于白色的蒙古毡包。因此撒拉人基本上被看做是“黑帐”番而不是西域的“白帽”穆斯林。

④ 在中国穆斯林的研究中，学者们通常认为清廷把穆斯林理解成好斗、残忍的群体。然而在撒拉人的身份被澄清之前，这种描述并不是针对回（或穆斯林人）而是指番人（或藏人）。

⑤ 阿桂等，《剿灭逆番档》，乾隆谕旨，乾隆四十六年四月十四日。乾隆是正确的，在《循化志》中记载，苏四十三的爷爷从河州迁入撒拉区域，因此，他是汉回。《循化志》卷 8《回变》，312 页，西宁，青海人民出版社，1981。

桂以及勒尔谨一起澄清撒拉人究竟是番还是回。他特别提醒和珅，把撒拉人的服饰、面部特征和语言与四川番子和内地汉回做对比。[48]在报告撒拉人身份之前，和珅上书乾隆皇帝有关于平定叛乱的进展。对于此次平定，他建议奖赏韩煜这位老教撒拉土司，因为在此次军事行动中他参与并有所贡献。和珅的奏书让乾隆很震惊：他已经开始把撒拉人当做回人，撒拉人又怎么可能被甘肃番的一种当地官员土司管辖?①他问和珅是否韩煜就是老教回人？他怎么可能有像番人一样的土司职衔？因此，乾隆下令调查撒拉人所使用的土司制度。[49]

正是阿桂与和珅在甘肃的共同田野调查后，撒拉人身份和宗教的细微差别对乾隆来说才变的清晰起来。他们共同的报告证实了乾隆的怀疑：撒拉人就是回人："撒拉番回实际上就是回人。他们之所以被称做番回是因为他们居住在撒拉番地。"[50]

与以前勒尔谨和马云所做的调查截然不同，阿桂与和珅对撒拉人身份的识别与澄清消除了乾隆的疑惑，他们作出结论撒拉人就是从西域来的回人。撒拉人最基本的身份特征就是他们的宗教：正如阿桂与和珅所报告的那样，撒拉番的惯例与佛教完全不一样，他们根本不信佛。当苏阿訇袭击河州和兰州时，他焚烧了所有的佛教寺院。阿桂与和珅补充道他们的教义与西域回人的教义相似。[51]关于撒拉人文化与身份的奏书与诏书就这样把他们界定为回人。关于撒拉人身份的朝廷言论迅速被记载到甘肃不同的地方志中。在这之后汇编的循化地方志说道撒拉人实际上与新疆的缠头回是一样的。[52]这一识别开始同撒拉尔相联系，撒拉人被认为是撒拉回，一直到中华人民共和国认可他们是独立的民族——撒拉族。尽管撒拉人作为民族在当代中国的民族范式和政治下无可争议，但是即使在今天，对于撒拉地区附近的"藏回"（番回的升级版本）的概念性争议仍然广泛存在。②

清朝关于撒拉人身份和宗教的调查以及新教撒拉人和政府之间的对抗，揭示了在这个撒拉番区存在严重的行政和法律问题。阿桂与和珅把撒拉人叛乱的直接原因归咎为勒尔谨派新柱带兵去调查老教与新教之间的世仇。[53]然而，由军机处负责的撒拉宗教诉讼的调查，追踪了关于韩哈济和贺麻路乎在司法处的诉讼的法律文件后发现，自从雍正年间在处理撒拉人诉讼的问题上长期存在着法律上的谬见。军机处向乾隆皇帝奏报勒尔谨没有就韩哈济和贺麻路乎之间的撒拉人诉讼详细地向朝廷呈报。这起诉讼仅仅通知刑部而已。刑部在这起案件上的处理也仅仅是回信要地方官

① 显然明朝已经把河州之外的小群体列入了番类，清朝仅仅是继承了这份遗赠。有趣的是，在年羹尧平定了甘肃—青海的蒙藏叛乱后的雍正改革初期，岳钟琪（作为一名汉族总督）上奏中却建议保留撒拉当地领导层，这样才避免了撒拉人中土司制度的取消。

② 当代中国特别是藏族和穆斯林的历史学家和民族学家始终在继续着清朝关于藏族穆斯林身份和种族的讨论，同时他们也对居住在化隆地区卡日岗的藏族穆斯林做了研究。学术争论的焦点在于尽管藏族穆斯林（藏回）被官方标识为回族，但是他们是否归属于更大范畴的少数民族藏族或回族。应该强调的是以前作为番的人口聚集在一起，因此被当时的中国政府识别为独立的少数民族。对于近代的藏族穆斯林的民族学研究，请参见马海云和高桥健太郎合著《伊斯兰教在藏区，卡日岗穆斯林研究》，第十二次全国回族学研讨会论文汇编，北京，中央民族学院出版社，1992。

员按照以前的传统接案，而没有按照以往处置同民人有关的刑事诉讼那样需要详细向乾隆皇帝（刑部）详细奏报。[54]

乾隆立即下令惩罚勒尔谨，并且纠正已经合并到内地区域的甘肃番地法律问题。他颁布诏书要求将来凡是涉及诸如诵读异端经文的案件要直接通过朝廷上奏并由国家行政机构来处理。[55]因此皇帝宣布涉及宗教（特别是番地）的案子都是非常重要的，不能简单地由地方以传统的渠道解决。这就暗示着一个对遥远边区土司管理制度的重大变革。同年撒拉人的叛乱失败，新总督李侍尧上奏一些番人抢劫杀害汉民，并且他还说到所有以前根据番例解决的法律诉讼，现在都必须直接根据清朝的标准法规由清朝行政机构来解决。[56]这道奏书表明了官方对番例的唾弃，同时也暗示了从行政和法律上把甘肃番地合并到内地后行政结构与法律政治制度的完成，而这一过程自雍正改革时期就已启动。

五、结　论

在撒拉人与政府的对抗之后，清廷对撒拉人做了再一次的识别，于是引发了关于撒拉群体界定和正名以及撒拉人和朝廷对冲突性质的诸多问题的讨论。首先，像番回、回番、番或回的分类对于清廷来说意味着什么？为什么这类术语的定义惹恼了乾隆和他的官员们？从文化的层面来看，学者们经常这样分别定义这些术语的“藏族穆斯林”、“穆斯林藏族”、“藏族”、“穆斯林”。如果这类的识别是基于文化特征，那么为什么许多清朝官员不论是汉人还是满人（如勒尔谨）甚至穆斯林（如马云）在熟知他们伊斯兰宗教传统后仍然把撒拉人等同于番人？而且，为什么撒拉人的身份认同在撒拉人与朝廷对抗后的几个月内由朝廷把他们从番改为回？更重要的是，为什么清廷关于撒拉人的身份认同的话语经常同番有关的衍生物相连（番地、番例、番土司）？

本文认为，为了理解清朝对撒拉人的“族群”认同，描述以及更名的性质，人们必须要认识到伴随清代将以往属于番地的地区变为内地的地域和政治扩张而来的动态的行政与法律。这些地域到清代盛世的时候，已经被转变为“中国本部”的一部分。从雍正年间的改革开始——在撒拉地区设立卫所站，向撒拉人征纳粮税以及军事厅的建立——所有的这些改革目的是把包括撒拉人在内的番人改造成平民或民人。值得注意的是，从雍正初年起，清朝官员和新近任命的地方头人偶尔用“民”指代以前的河湟地区的番人比如撒拉人，土人和缠头①群体，以此表明了一个从番到民的总体转变。

然而，在甘肃番地当地官员对“民”的零星应用并不意味着以前的番人完成了

① 缠头或缠头回在这指的是，清初在甘肃做生意并居住下来的喀什喀尔的说突厥语的穆斯林。关于清朝对撒拉人的描述以及甘肃其他的当地回人，请参见傅恒等：《皇清职贡图》，卷5，重印，沈阳，辽沈书社，1991。

他们身份的转变。番例的持续使用表明身份的转变是漫长而又困难的。为了解决涉及老教和新教信徒的谋杀案，使用了番例；为了解决互相诬告的案件（韩五与贺麻路乎案）使用了内地的法规，这些对法律的使用揭示了清朝法律在新地实施的矛盾。如果深度解读番例，那么就会发现在涉及重新合并的人口的法律案件中，常使用的是“平人”（平定的人口）这一术语而不用“民人”，这折射出他们的法律身份的局限性和模糊性。同时也反映出平人与内地民人的不完全对等性。[①] 在相互竞争的苏非教派逐渐传入撒拉地区后，在涉及撒拉人（如韩哈济、韩五、贺麻路乎）和回民（如马国宝、马明心）的撒拉人诉讼中这些法律问题看得比较清楚。

初期的法律问题、过程中的识别困难、后期撒拉人的政治更名都表明了在那一时期撒拉人区域不稳定的模糊性（liminality）以及处理法律事务方面的危险性。因为在番地，或多或少的番地行政方式和内地行政方式同时并存，番地法律体系和内地法律体系同时并存。番的政治、行政和法律的含义曾经和现在都是不言自明的。相反，回这一术语一般被过分地强调它的宗教范畴，而它的政治、行政和法律含义往往被忽视。我认为许多学者经常把撒拉人和清朝内地的回民仅仅解读为宗教上的“穆斯林”，特别是在清朝体制改革完成后，原因在于他们没有考虑“回民”中的法律术语“民”的意义。[②] 换句话说，当清朝廷通过身份的改变把撒拉人从番改为回的时候，他们实际上改变了撒拉人从番子到回民（重点在民上），用缩写的话是从番到回的法律地位。在这种情况下，撒拉人最终被认可为（回）民并且成为清朝内地广大民众（或民人）的一部分，其中包括诸如汉、回以及其他诸多文化族体。

在中国伊斯兰教的研究领域里，学者们一般把撒拉人与朝廷的冲突看做是伊斯兰教与中国文化对抗的开始，正如佛莱彻（Joseph Fletchers）所说的那样，将其归咎于复兴和改革的伊斯兰苏非教派的传入。[③] 然而，明清廷把撒拉人看做番人说明清廷当时，至少在1781年苏四十三叛乱爆发之前，对撒拉人的文化、宗教与族群知之甚微，更别说对具体的宗派之间的教义了。清廷与撒拉人之间的冲突揭示出，当清朝“内地”在18世纪已经远大于明朝内地时，清朝边疆地域和臣民的复杂性以及不同行政和法律体系之间的矛盾性与异元性。

---

① 应该强调的是在清朝这个环境下，在人之前加上修饰语，如“平人”中的“平”和“旗人”中的“旗”，这是规定了特别的行政和法律体系。对于满族军事及行政旗制度和满族的族群认同，请参见 Elliott，*The Manchu Way: The EightBanners and Ethnic Identity in Late Imperial China*。

② 对于“民”这一术语的广泛讨论已远远超过了本研究的范围。然而，值得注意的是，在内地区域里，包括回民、汉民和其他民在内，只要他们在标准的行政机构统辖之下，“民”就是清朝臣民的法律定义。学者们经常把回民解释为族类而不是法律上的民，原因在于回民（像汉民一样）是一个合成词。因此，学者们经常强调的是文化和宗教修饰语（如回、汉或其他）而忽视了清朝廷真正关心的被修饰语“民”。在中国本土和内地区域里法律上的人口识别在诸如满族和蒙古旗人上是比较好理解的。在蒙古许多人口识别的讨论中，Christopher P. Atwood 指出在19世纪前，蒙古语 irgen 意思是“臣民”，它是蒙古语法律文献中区分中国本土上各省的汉族国民与蒙古领域旗里具有基本权利的旗人的标准语。对于民族的蒙古语表达法以及其他人口识别，请参见 Atwood，“*National Questions and National Answers or, How Do You Say Minzu in Mongolian?*”

③ Fletcher，“*Central Asian Sufism and Ma Ming－hsin'sNew Teaching.*” In Studies on Chinese and Islamic Inner Asia，ed. Beatrice Forbes Manz. Brookield，vt.：Variorum，1995.

参考文献：

[1]［2］［7］张雨．边政考，卷3，洮泯河图

［3］［8］［9］顾炎武．肇域志，卷3，临洮府．上海：上海书籍出版社，2004：1548. 1553. 1553

［4］［18］［19］［20］［21］［22］［25］［29］［30］龚景瀚．循化志，卷一，建置沿革．西宁：青海人民出版社，1981：23. 27. 27～28. 19～28. 24. 29. 30. 31

［5］［6］［明］吴桢等．河州志，土司．兰州：兰州古籍书店，1990：547. 547

［10］张雨．边政辨证考，卷3，河州卫

［11］［清］王全臣等．河州志，卷3. 兰州：兰州古籍书店，1990

［12］［清］王全臣等．河州志，卷2. 兰州：兰州古籍书店，1990

［13］年羹尧．年羹尧奏折专集．雍正下诏书，“与年羹尧剿办西海番回事”

［14］年羹尧．年羹尧奏折专集//年羹尧．年羹尧十三条之四．台北：故宫博物院，1971

［15］年羹尧．年羹尧奏折专集//年羹尧．年羹尧十三条之七．台北：故宫博物院，1971

［16］清始祖史录，卷103.（雍正诏书）

［17］年羹尧．年羹尧奏折专集（雍正诏书）．台北：故宫博物院，1971. 1138

［23］关孝廉，屈六生等．雍正朝满文朱批奏折全译．达鼐奏折，“副督通达鼐奏报安置西宁沿边番子等事宜折．”合肥：黄山书社，1998：1372

［24］［26］［52］龚景瀚．循化志，卷四，族寨工屯．西宁：青海人民出版社，1981：155. 156. 155

［27］军机处录副奏折//刘于义．梳理川陕总督刘于义奏为番民仇杀照例罚服事（微缩胶卷）．北京：中国第一历史档案馆．第003－2040号

［28］叶尔衡．番例展限原案//叶尔衡．西宁青海番夷惩成例

［31］［32］［33］［34］［35］［36］［37］［39］［40］龚景瀚．循化志，卷八，回变．西宁：青海人民出版社，1981：311. 311～312. 311～312. 311. 311. 311～311. 314. 314

［38］阿桂，冯培等．钦定兰州纪略，银川：宁夏人民出版社，1988：100

［41］阿桂等．剿灭逆番档（勒尔谨奏折，乾隆四十六年三月二十二日）．北京：中国第一历史档案馆

［42］阿桂等．剿灭逆番档（乾隆诏书，乾隆四十六年四月二日）．北京：中国第一历史档案馆

［43］阿桂等．剿灭逆番档（乾隆诏书，乾隆四十六年四月二日）．北京：中国第一历史档案馆

［44］阿桂等剿灭逆番档（乾隆诏书，乾隆四十六年四月十四日；李师尧奏折，乾隆四十六年四月十四日）．北京：中国第一历史档案馆

［45］阿桂等剿灭逆番档（乾隆诏书，乾隆四十六年四月五日）．北京：中国

第一历史档案馆

［46］阿桂等剿灭逆番档（乾隆谕旨，乾隆四十六年四月九日）．北京：中国第一历史档案馆

［47］阿桂等剿灭逆番档（乾隆谕旨，乾隆四十六年四月二日）．北京：中国第一历史档案馆

［48］阿桂等剿灭逆番档（乾隆谕旨，乾隆四十六年五月七日）．北京：中国第一历史档案馆

［49］阿桂等剿灭逆番档（乾隆谕旨，乾隆四十六年四月二十六日）．北京：中国第一历史档案馆

［50］阿桂，冯培等．钦定兰州纪略（和珅奏折，乾隆四十六年四月二十七日），卷6. 银川：宁夏人民出版社，1988：101. 101

［51］［53］阿桂，冯培等．钦定兰州纪略（阿桂、和珅奏折，乾隆四十六年四月二十七日）卷6. 银川：宁夏人民出版社，1988：101. 101

［54］［55］阿桂等．剿灭逆番档（乾隆谕旨，乾隆四十六年五月七日）．北京：中国第一历史档案馆

［56］宫中档乾隆朝奏折（李侍尧奏折，乾隆四十六年十二月三日），卷50. 85

（本文原载《青海民族研究》2009年第2期）

新疆撒拉族的历史与现状

许伊娜

一、中国撒拉族

撒拉人自称“撒拉尔”（salar）。我国的古代汉文史籍对撒拉族有十几种称谓，基本上是对“撒拉尔”（salar）或简称“撒拉”的不同音译，如“沙剌”、“撒蓝”、“撒喇”或“萨拉”、“撒拉尔”。[1] 据考证，“撒拉”（salar）这一名称最早可追溯至7世纪西突厥时期乌古斯部的撒鲁尔部落。撒鲁尔（又译作“撒罗尔”，“撒卢尔”）为乌古斯汗6个儿子中五子塔黑（tag）之长子。撒鲁尔（salur）意为“到处挥动剑和锤矛者”。乌古斯部的22个部落均由该部落始祖的名字命名，撒鲁尔是其中之一，在乌古斯汗国中占有重要地位。[2]

据史料记载和专家分析所形成的定论，出自撒鲁尔部落的撒拉族先民，是经由中亚撒马尔罕一带，于14世纪一批批来到中国，以循化为中心定居下来的。撒鲁尔人部落11—12世纪在向西迁徙的过程中，分化为三部分：一部分留在撒马尔罕（现属乌兹别克斯坦）与克普恰克部落为邻；另一部分定居于土库曼斯坦境内的马鲁和撒拉克，融合于土库曼人；还有一部分驻留于安那托里亚，与土耳其人融合。[3]

14世纪，据考证留在土库曼马鲁和撒拉克的一部分撒拉族先民，由尕勒莽和阿合莽两位头人兄弟取道撒马尔罕举族东迁，定居于今青海西宁附近。青海撒拉族的民间传说《骆驼泉》讲述的就是这个故事。据传说，尕勒莽和阿合莽兄弟二人因受国王迫害，率领18个族人，从中亚的金扎、明扎经天山北路进嘉峪关，经凉州到宁夏，又辗转到达甘肃夏河县的甘家滩。后面又跟随了45个人，经天山南路进入青海，转折到圆珠沟，最终在甘家滩与尕勒莽会合，来到循化。传说中，撒拉族先民到达循化的时间是洪武三年（1370年）。但经查实史料，此时应为撒拉族土司归附于明朝之时。据《循化志》记载：撒拉族土司“始祖韩宝，旧名神宝，系前元达鲁花赤，洪武三年邓大夫归附”。达鲁花赤为元代掌印官官员。[4](P.13) 又据《元史·百官志》，元朝设于河州的“土番等处宣慰使司”管辖安多藏区，下有“积石州”和

“撒剌田地里管民官”。[5] (P.305) 这说明，从元代起循化县已有撒拉人定居。因此，可以推测，撒拉族先民迁至循化的时间至少在14世纪之前。

撒拉族自1370年归附于明朝，文献史料自此开始对撒拉族有了明确的记载。自元代到明初，撒拉族首领先后被封为“世袭达鲁花赤”、“世袭千户”、“副千户”。明朝和清朝对其实行土司制。清朝设循化营，派兵驻守，后改置循化厅。撒拉族土司始祖韩宝被封为“世袭达鲁花赤”后，于洪武六年（1373年）被任命为积石安州千户所的世袭百户。正统元年（1436年）韩贵（韩宝之孙）袭职时，升为副千户。撒拉族土司共传十世。清朝初年仍沿用土司制，后为加强统治，清廷于雍正八年（1730年）设置循化营，乾隆二十七年（1762年）把河州同知移驻循化，设立循化厅。[4] (PP.24230)

撒拉族先民到达循化时，人口不过数百人至千人。定居后，同其聚居地附近的藏族人、回族人通婚，也有的同当地汉族人通婚。至今青海撒拉族仍保留一些藏族的风俗习惯。因与回族同样信仰伊斯兰教，许多风俗也同回族相近。撒拉族自韩宝起，世袭土司都为韩姓。撒拉族现有的姓氏有韩、马、何、沈等20多个，其中马、沈姓源于回族。

据1990年人口普查所提供的资料，全国撒拉族总计人口为87697人，主要聚居在青海省循化撒拉族自治县和与它相毗邻的化隆回族自治县甘都乡，甘肃临夏回族自治州积石山保安族东乡族撒拉族自治县的大河家，有少数散居在青海的西宁市、黄南、海北、海西、海南等州和甘肃夏河，还有一部分聚居在新疆伊犁哈萨克自治州的伊宁县和乌鲁木齐等地。其中青海撒拉族为77007人，甘肃为6739人，新疆居第三位，为3660人。[6] 新疆维吾尔自治区内，伊犁地区共3025人，其余分布在乌鲁木齐市、昌吉回族自治州、巴音郭楞蒙古自治州等地。

根据历次人口普查数据可以看出，新中国成立后，特别是改革开放以后，撒拉族人口增长速度很快。如：1953年为30658人，1964年为34664人，1982年为69135人，1990年为87546人。[7] 从《中国第四次人口普查的主要数据》所提供的民族人口增长情况看，1982—1990年，撒拉族人口增长率为26.91‰，平均年增长率为3.02‰。据《新疆第四次人口普查汇总资料》所提供的数据，1990年新疆共有撒拉族3660人，主要分布在伊犁地区，共有3025人。其中伊宁县萨木于孜乡951人。据笔者1999年在萨木于孜乡调查时得到的数据，至1996年底，该乡撒拉族由951人增长到1091人。该乡有8个村，其中撒拉族聚居最为集中的撒拉村1998年已有撒拉族1035人。

新疆撒拉族人口的实际数量要比统计的数字多，这主要是由以下具体因素所决定的：①因人口少，许多撒拉人与其居住地的其他少数民族，主要是回族，其次是维吾尔、哈萨克等族的人通婚，其子女填报民族全凭自愿。②因撒拉人常被认做是回族人，过去许多撒拉人填报民族也多报为回族，至今未改报。③青海等地撒拉人不断来新疆定居。60—70年代来的较多，现在还有不少撒拉人因亲友关系陆续来疆定居。随着社会的发展，各民族经济、文化交流日益广泛，各民族人口流动性也加大，各地人口民族成分日益复杂。如新疆维吾尔自治区原有13个世居民族，现已有47个民族，仅伊犁哈萨克自治州就有42个民族。

二、新疆撒拉族探源

新疆撒拉族在新疆这片辽阔的土地上已有120多年的历史，是一个独立的民族，有自己的语言和历史文化渊源。追溯其历史，可从近代史开始。

近代史中，因不堪忍受清廷和封建统治者的残酷压迫和剥削，青海撒拉族人民曾多次举行起义，最有名的是苏四十三起义。乾隆四十六年（1781年），因新教（穆斯林哲赫忍耶）创始人回族阿訇马明心在循化传教，引起新旧教派的斗争，在循化地区掀起了以苏四十三为首的撒拉、回、东乡、汉等民族的反清起义，引起了清朝统治者的恐慌和不安。清史料中详细记载了1781年起义至1783年清朝统治者派重兵镇压起义的始末。其中提到对起义者家属的处置。如"其妇女小口，亦即就近发往伊犁之索伦、察哈尔、厄鲁特等兵丁为奴……"[8] (PP. 54-60)《霍城县志》也记载，苏四十三起义被镇压后，"乾隆四十七年（1782年），马明心的妻女被发配来伊犁为奴，张妇人被刑杀后葬在惠远城西，二女儿亡故后，葬拱宸城（霍尔果斯城）南郊，三女儿亡故后葬在绥定城（永定镇）东北郊"。[9] 早在乾隆三十四年（1769年），新教首领贺麻路乎就被老教总掌教韩哈济等以"不遵教规"为名上告到按察司，由兰州府会同河州循化厅共同审讯后，被"从重发乌鲁木齐给兵丁为奴"[4] (P. 35)。这些都说明，早在18世纪下半叶新疆已是撒拉族、回族等起义者及其家属的流放之地。另外，在历次回民起义被镇压后，一些撒拉人为避免遭受屠杀，长途跋涉，逃到新疆。据笔者调查时撒拉村的撒拉人阿不都卡得尔讲述，其父8岁从循化来到新疆，85岁时（1952年）去世。按时间推算，他父亲那一批撒拉人到新疆的时间应为1875年左右，即"西北回民起义"之后。而当时伊犁地区已有撒拉人居住。又据79岁的撒拉族曼苏尔老人回忆，其父3岁被带到新疆，84岁去世。到新疆的时间大约为1896年。

这样，迁入新疆的撒拉人主要有三种：第一种为早期反清斗争失败后，被清廷流放于新疆的与起义有牵连者及家眷。他们人数较少，主要流散于伊犁、乌鲁木齐等地。第二种为避免杀戮，举家逃离者。因路途遥远，一般结伴而行，迁入新疆，居住较为集中。新疆撒拉族主要起源于这些人。第三种为谋求生计者。因新疆地广人稀，尤其是伊犁地区水草丰美，是发展农牧业之良地，因而不断有青海等地的撒拉人迁来此地定居。新中国成立后，特别是20世纪60—70代来新疆的撒拉人大多因此种原因。

新疆撒拉族的主要聚居地在伊犁地区。伊犁地区自然环境优越，气候暖和，群山环绕，河水奔流。喀什河、特克斯河和巩乃斯河在雅马图汇合成伊犁河，流入哈萨克斯坦的巴尔喀什湖，降水量也是新疆最多，适宜各种农作物生长。伊犁的草场质量为新疆之冠，是新疆主要的畜牧业基地。伊犁自古以来就是欧亚大陆的通道，也是历代许多民族争逐、移民、开发的重要区域。历史上，伊犁和塔城曾是古丝绸之路北道的必经之地，是西域经商、贸易的重要地区，近、现代，伊犁又是重要的政治斗争中心，富有特色的多民族聚居区。

19 世纪，新疆是俄国和英国两个殖民帝国争夺殖民统治权的地区，伊犁是沙俄企图侵吞的宝地。通过强加于中国的一系列不平等条约和武力威胁，沙皇俄国侵占了新疆 50 万平方公里的土地并攫取了免税贸易和领事裁判等特权。不平等条约《勘分西北界约记》和《中俄伊犁条约》，使博罗胡吉尔以西包括大半条伊犁河在内的 44 多万平方公里的土地和霍尔果斯以西地区被沙俄分割出去，还使沙俄劫掠我国居民的行径得以合法化。自 1881 年至 1884 年 3 年的时间，沙俄前后从伊犁掳至俄境共 7 万人。[10] (PP. 225 - 233)

这场浩劫使伊犁的许多屯田农庄劳动力锐减，农田失耕，损失严重。原系“回屯之地”的撒拉村，是 1760 年间由来自南疆的维吾尔族农民屯田建村，称作“苏丹夏于孜”（sul tɛnʃah jyz 百户王苏丹），因首任屯田百户长名叫苏丹而得名。该村大部分居民于 1882 年就被沙俄裹胁去了俄国，迁往七河，仅剩下 6 户人家。据我们调查，早先邻村喀什乡塞皮勒（seP il）村（又叫老庄子）有 25 户撒拉人家同回族人混居，因老庄子缺水，苏丹夏于孜村泉水充足，当时 2、3 户撒拉人家买了该村的地，为争地闹过纠纷，打过官司。后又从青海化隆县甘都镇迁来几户人家，与当地撒拉人一起，分得土地，每户分得 10“hu”，约为 81 ~ 82 亩地。1900 年左右，撒拉人开始在苏丹夏于孜村落户，耕田种地。后又有从青海来的撒拉人投奔此地亲友，在 100 多年的时间里，撒拉人由几户增加为现在的 91 户，该村也因撒拉人聚居较多而得名撒拉村。撒拉人定居后，主要从事农业，他们开垦新地，扩大种植面积，也兼营畜牧业和种植果木。

三、新疆撒拉族变迁

自 1933 年起，盛世才统治新疆，直至 1944 年。盛世才为巩固其政权，挽救危局，曾极力谋求苏联的援助，打起反帝亲苏的旗号。据说，盛从塔城关口运来的一批苏联援助的武器被伊犁屯垦使新编第八师师长张培元截获。当时，甘肃军阀马步芳的同族兄弟马仲英在南疆，张培元占北疆，他命令驻守精河的杨正中部进入乌苏，劫取了盛的大批军火，配合马仲英部进攻省城。[11] (P. 193) 杨正中（撒拉村撒拉族曼苏尔老人称作“杨子辉”，经笔者查对史料，此人应为杨正中）曾到当时的迪化夺取武器，伊犁被苏联派兵组建的“归化军”占领，杨无法进入伊犁，取道到了当时属巩留县的撒拉村。杨正中后来被盛世才任命的刘斌打败，率部翻越天山到了南疆，他的部队在库车编入了西走的马仲英部，杨正中本人逃往敦煌。

据追述，当时（1933—1934 年）有名叫马代的回族人曾在撒拉村纠集撒拉人和回族人，征兵建营，去攻打伊犁首府惠远，失败后，被追赶撤回原地。因怕“归化军”追杀，再加上哄骗，当地许多撒拉族和回族老百姓随同杨正中部逃往南疆，几乎全庄人都逃离。一路千难万险，最后到了库车。据说，马仲英部向焉耆、库车等地撤退时，不让杨正中的部队进城，撒拉人就随部队在库车附近叫“kang”的村子落脚。后来经过交涉，马仲英部兼并了杨正中的兵力，老百姓才逐渐进入库车城内居住。马、杨合并后，曾占据喀什，一部分撒拉人也随同去了喀什。后因盛世才的省军占领喀什，那部分撒拉人在一年后，先于其他逃往南疆的撒拉人返回了伊宁。

经过长期与苏方的秘密联络和谈判，马仲英于1934年7月10日由苏使馆秘书陪同，携带大量黄金珠宝，在伊尔克什塘边交出武器后进入苏联。其姐夫马虎山接任三十六师师长的职务，进驻和田，一批撒拉人和回族人也随驻和田。1937年，第六师师长麻木提和马虎山先后在喀什叛乱，联合反盛，被盛世才借助苏军击败。三十六师全部被消灭，马虎山率少数亲信逃奔印度，随后投奔蒋介石，麻木提也由印度逃往日本。[12] (PP. 16-24) 自此，南疆的战乱终告结束，撒拉人也陆陆续续回到伊宁，在盛世才统治下，继续从事农业生产。

新疆维吾尔人聚居区过去实行伯克制。民国初年，新疆的各级政府机构大多仍沿用清代官吏制。新疆建省后，1887年，清廷正式取消伯克制，伯克改为乡约，乡约由地方官任命。据撒拉村阿不都卡得尔老师提供的资料，从1910年到1944年，当地历届乡约任职情况按年限排列，大致如下：1910年，三三（san san 的音译）任乡约。1915年，循化白庄人谢尔普，1920年循化丁江人，绰号为“鸡蛋”的人任乡约。1924年，循化街子乡人色比尔，1926年，循化清水乡大寺古人尕老大，1931年，绰号为嘎尔帕的人先后作了乡约。1933年因撒拉、回族人逃往南疆，由维吾尔族努尔阿洪任乡约。1935年，较早从南疆返回的韩顺任邻村塞皮勒（sePil）村乡约。1944年玉曼为乡约。1945年后，由曼斯木任五十户长。1944年，三区革命开始，先由维吾尔族伊明·哈吉，后由撒拉人吾斯曼任区长。

1950年，中国人民解放军第六军十七师五十团进驻伊犁惠远城，与民族军会师。新疆和平解放，各地展开了减租反霸运动，吾斯曼被镇压，从此，历史掀开了崭新的一页。

四、新疆撒拉族现状

1954年，伊犁哈萨克自治州成立，定居于伊犁的撒拉族人民和全疆各族人民一道，积极从事农牧业生产，为建设新疆、维护民族团结作出自己的贡献，撒拉族的文化、教育和卫生事业也获得了较大的发展。新中国成立后，仍不断有青海等地撒拉人来伊犁定居。至笔者1999年调查时为止，撒拉村有撒拉、回、维吾尔、汉、东乡、哈萨克、乌孜别克、保安等八个民族共406户人家，其中撒拉族为216户，共1035人；回族91户，489人；东乡族54户，258人；维吾尔族20户，132人；汉族

11户，48人；哈萨克族10户，58人；乌孜别克族和保安族都为2户，9人。全村分为4个农业组，1个牧业组。乌鲁木齐市的撒拉人有300~400家，过去主要居住在乌鲁木齐市跃进街的宁夏湾（因宁夏回族人聚居而得名），现因城市规划建设进行拆迁，大部分已搬迁乌鲁木齐市各处。

新疆撒拉人地域观念仍然较强，他们从青海迁徙到新疆，把“工”的地域观念、“孔木散”的家族观念也带到了新疆。“工（goŋ）”这一名称开始是出现在雍正八年（1730年）的粮册上，它指相当于乡级的行政划分单位，工的下属是自然村。青海循化初有12工，1781年合并为8工。来自同一工的新疆撒拉人关系自然较为密切。“孔木散”也是撒拉族特有的家族组织。孔木散（kum sen）是撒拉语“一个根子”、“远亲”的意思。一个村庄由若干孔木散组成。孔木散曾在撒拉人的政治、经济和宗教生活中占据重要的地位。至今新疆撒拉人的孔木散观念还较强。撒拉村的撒拉人属11个孔木散。

在世界上操突厥语族语言的民族中，撒拉（还有裕固族）是中国独有的民族。撒拉语属于阿尔泰语系突厥语族西匈奴语支乌古斯语组，有着黏着语的语言类型特征。但与同语族诸突厥语相比较，语法形态标志趋于简化，许多语法范畴形式已经消失。历史上由于长年同汉、回、藏等民族接触、交往，撒拉语词汇中吸收了大量汉语借词，主要是有关政治、经济、文化和科技方面的新词语，其次也有一些藏语借词和少量的蒙古语、土族语和保安语借词。

新疆撒拉族在多年的发展中，除保留本民族语言文化传统外，与其他少数民族，特别是操突厥语族语言的民族如维吾尔族、哈萨克族在经济、文化和生活方面的接触和交往，已形成有异于青海撒拉族的语言文化特征。如语音上增加了一些维吾尔语所具有的音位，语法范畴趋于丰富，出现了一些青海撒拉语中已经消失的语法形态标志。伊犁撒拉人在社会生活中较多吸收维吾尔语借词，还有一些汉语借词、俄语借词和少量哈语借词。新疆撒拉话只在家庭生活范围内使用，大多数人兼通汉语和维吾尔语，还有人兼通哈语等。新疆撒拉村的共同交际语是维吾尔语和汉语，年青人较少说撒拉语，一般都用维吾尔语和汉语交际。由于没有文字，只靠口耳相传，再加上撒拉语的使用范围日益缩小，如第四、第五代撒拉人都用维吾尔语或汉语受教育，同别族通婚者也不说撒拉语，在社会政治、经济、文化生活中撒拉人也不使用撒拉语，这诸多因素导致新疆撒拉语有将要消亡的趋势。如乌鲁木齐撒拉人就已不说撒拉语，基本上都说汉语，也有的兼通维语和哈语。上年纪的人能听懂外地撒拉人的话语，但不会说。因此，尽早完整地把新疆撒拉语记录下来，保存珍贵的语言材料，比较新疆撒拉语与青海撒拉语的异同，探究同一语言在不同地域的发展变化规律，是我们民族语言工作者刻不容缓的责任，也是新疆撒拉族人民的迫切要求。

伊宁县撒拉村村委会很重视教育，村建小学从建筑设施到教师素质都很好。该校是一所民汉合校，有12个班级，22名教员，其中有4名撒拉族教员。教员的文化程度都在高中以上。学校主要用汉语和维吾尔语授课。村里有卫生所，一名医生，两名护士，一般的常见病村民不出村，得了重病或送乡里，或送县上。村里文化活动比较丰富。村委有图书室和电视室，可放影碟。村里还组织了篮球队、排球队，经常训练，参加乡里、县里组织的比赛总获得较好的名次。

新疆撒拉人的文化特征是具有开放性，兼收并蓄。他们除保持本民族的文化传统外，能积极汲取别族文化。如其饮食文化，就很有代表性。除了富有撒拉族特色的食品，在其食谱中，可见回族、维吾尔族、汉族、乌孜别克族、哈萨克族等民族的菜肴。撒拉人能用多种语言唱不同民族的歌。因没有专门的撒拉族歌曲，他们把一些民歌的歌词，如《敖包相会》，翻译成撒拉语来唱。新疆撒拉人总结本民族的性格特征为：自尊，好强，不甘落后；不封闭，包容性强；热情豪爽。正如撒拉村村长说："我们撒拉人就像柳树，栽哪儿活哪儿，适应性强"。

参考文献：

[1] 撒拉族史料摘抄（明实录）（清实录）．西宁：青海人民出版社，1963

[2] 马成俊．撒拉族文化对突厥及萨满文化的传承．西宁：青海社会科学，1995（2）

[3] 埃·杰尼舍夫．突厥语言研究导论（撒拉语）．北京：中国社会科学出版社，1981

[4] 撒拉族简史．西宁：青海人民出版社，1982

[5] 米娜瓦尔．撒拉族来源及其民族形成初探．突厥语言与文化研究（第2集）．北京：中央民族大学出版社，1997

[6] 国务院人口普查办公室．中国第四次人口普查数据．北京：中国统计出版社，1990

[7] 中国民族统计1992. 北京：中国统计出版社，1993

[8]《清实录》乾隆四十六年辛丑五月丙戌（178：06：05）撒拉族史料摘抄．西宁：青海人民出版社，1963

[9] 赖洪波．伊犁历代移民开发与世居民族的形成．新疆大学学报（社会科学版），2000（1）

[10] 新疆简史（第2册）．乌鲁木齐：新疆人民出版社，1980

[11] 新疆简史（第3册）．乌鲁木齐：新疆人民出版社，1988

[12] 朱培民．新疆革命史（1933—1957年）．乌鲁木齐：新疆人民出版社，1993

（本文原载《新疆大学学报·社会科学版》2001年第2期）

撒拉族“达鲁花赤”官职考

马明忠

撒拉族是世居青海少数民族之一，距今有七百多年的历史，聚居于青海循化地区。在元朝其首领曾为世袭达鲁花赤，说明撒拉族在元朝社会具有一定的政治势力和影响。本文试从蒙古史、元史为撒拉族历史的比较研究，探讨撒拉族历史上“达鲁花赤”官职，以此作为研究撒拉族的新思路。

青海循化地区是我国撒拉族主要聚居地，元朝时称积石州。《循化志》卷五记载撒拉族土司“始祖韩宝，旧名神宝，系前元达鲁花赤”①。这里“前元”是指元朝，而“达鲁花赤”是何官职、职位多高？《元史·百官志》卷八十七记载：“积石州元帅府，达鲁花赤一员，元帅一员，同知一员，知事一员，脱脱禾孙一员。”② 积石州即今青海循化地区，这里的“积石州元帅府达鲁花赤”又是何官职，职位多高？我们首先从积石州在元朝的隶属探讨问题。

从蒙古史和元史史料来看，青海、甘肃的藏族聚居区被称作脱思麻或朵思麻。成吉思汗灭西夏时（1227年），就攻取了朵思麻地区的西宁、积石等州。《元史·太祖本纪》记载：“（太祖）二十二年（1227年）丁亥春，帝留兵攻西夏王城，自率师渡河，攻积石州。”③ 元世祖初年（1260年），设立吐蕃等处宣慰使司都元帅府，又称朵思麻宣慰使司都元帅府，治河州（今甘肃临夏），归宣政院统辖。吐蕃等处宣慰使司都元帅府下有朵思麻路军民万户府、西夏中兴河州等处军民总管府、礼店文州蒙古汉军西番军民元帅府、松潘、宕、叠、威、茂州等处军民安抚司（后改宣抚司）等官衙。其辖境包括今青海黄河以南、黄河源以东的藏族地区及甘南藏族自治州西部、四川阿坝州的北部地区。④ 积石州隶属系统按元制定格如下：

---

① （清）龚景瀚编，李本源校：《循化志》卷五，土司，西宁，青海人民出版社，1981。

② （明）宋濂：《元史百官志三》，卷八十七，北京，中华书局。

③ 宋濂：《元史·太祖本纪》卷一。

④ 陈庆英：《元朝在藏族地区设置的军政机构》，载《西藏研究》，1992（3）。

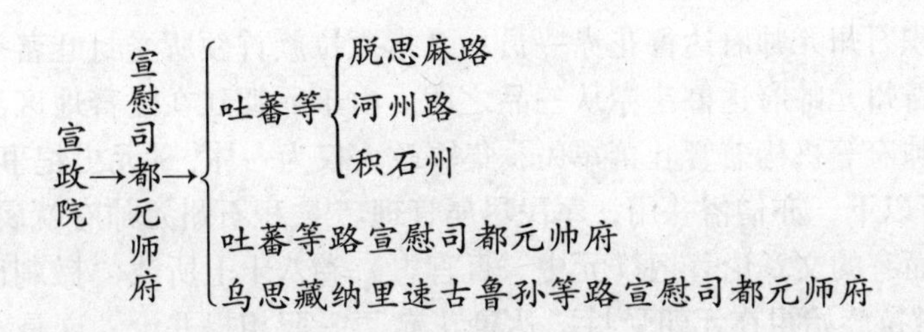

宣政院是元朝政府掌管全国佛教事务并统辖吐蕃地区的中央机构，于至元元年(1264年）设立，统领吐蕃各宣慰使司军民财粮，责任重大，官职从一品。宣政院官员为元朝四个独立的任官系统之一，宣慰使司都元帅至万户等各级官员多以当地僧俗首领担任，由帝师或宣政院荐举，朝廷授职，达鲁花赤由宣政院选僧俗首领担任。

“达鲁花赤”是蒙古和元朝官名，蒙古语darugaci镇守者的音译，为所在地方、军队和官衙的最大监治长官。蒙古贵族征服许多其他民族和国家后无力单独进行统治，便委托当地统治阶级人物治理，派出达鲁花赤监治，职位高于当地官员，掌握最后裁定的权力，用来保障蒙古大汗和贵族的统治。早在成吉思汗时期，就有这一官职，《元史·太祖本纪》云：“遂定西域诸城，置达鲁花赤于各城监治之。”① 诸王分地最初由大汗管辖，通过特任的地方长官达鲁花赤实行统治，诸王只从这些土地享用岁收，而自己却无权征收赋税，他们也只能获得大汗设置的达鲁花赤直接处理收入的一部分。达鲁花赤管理户籍，收支赋税，签发兵丁，权力极大。元朝建立以后，路、府、州、县和隶事司等各级地方政府都设置达鲁花赤，虽然职位与路总管、府州县令尹相同，但实权大于这些官员。在蒙古军和蒙古探马赤军一般不设达鲁花赤，其他各族军队除特殊情况外，都在元帅府、万户府、千户所设达鲁花赤，以监军务，职位与元帅、万户、千户相同。元代达鲁花赤职位最高达正二品（大都、上都达鲁花赤，后降为正三品），职位最低的是路府治所的隶事司达鲁花赤，正八品。在各级地方行政机构和许多管军机构中达鲁花赤一职一般由蒙古人和色目人担任，以此保障蒙古贵族对全国行政、军事系统实行严密监控和最后裁决的权力。宣政院由于职能的特殊性，用人自成系统，朝廷授职。吐蕃等处宣慰司都元帅府根据《元史·百官志》卷八十七记载：

吐蕃等处宣慰司都元帅府，秩从二品，脱思麻路军民万户府，秩正三品，达鲁花赤一员。在朵思麻路、河州路及其边缘地区，元朝廷设立的军政机构有：洮州元帅府，秩从三品，达鲁花赤一员，元帅二员，知事一员；十八族元帅府，秩从三品，达鲁花赤一员，元帅一员，同知一员，知事一员；积石州元帅府，达鲁花赤一员，元帅一员，同知一员，知事一员，脱脱禾孙一员。②

因洮州、十八族、积石州元帅府都是同一品秩军政机构，由此史料可知积石州

① 宋濂：《元史·太祖本纪》，卷一。

② （明）宋濂：《元史．百官志三》，卷八十七，北京，中华书局。

元帅府秩从三品。积石州元帅府达鲁花赤一员，系指撒拉族首领所受封吐蕃等处宣慰使司都元帅府积石州元帅府达鲁花赤从三品之职。由于元朝廷在吐蕃地区派驻镇戍军，有的驻军元帅府等机构兼管吐蕃军民，集军政大权为一体，《元史纪事本末》卷十八记载："帅臣以下，亦僧俗并用，军民尽属管理。"① 积石州元帅府就属此例，兼管积石州军民。而有的文章论著把《元史·百官志》卷八十七所载"撒剌田地里管民官一员"② 与撒拉族始祖在元朝受封"达鲁花赤"一职相提并论，这是不正确的。《元史》所言"撒剌田地里管民官一员"是指乌思藏纳里速古鲁孙等三路宣慰使司都元帅府所辖官员，撒拉族始祖首领受封吐蕃等处宣慰使司都元帅府积石州元帅府达鲁花赤一职相去甚远，史料引用牵强附会。

综上可知，撒拉族始祖在元朝吐蕃等处宣慰使司都元帅府积石州元帅府任达鲁花赤从三品之职，是军队长官兼地方行政首领，集军政大权一体，政治上、军事上有一定的地位和实力。如《循化志》记载："俱系随元、明征剿立功，赐以世职。"又卷五："始祖韩宝，旧名神宝，系前元世袭达鲁花赤，明洪武三年（1370年）邓大夫下归附，六年，收集撒拉尔，世袭百户。"③ 撒拉族首领在明朝洪武三年归附明朝皇帝管辖，被授世袭百户，后升为副千户，撒拉族士兵受明朝廷征调从征十七次，立有战功。如果撒拉族在元朝政治上没有影响，也就不可能在明朝廷授予世袭百户之职，可见撒拉族在元朝社会具有一定的实力和影响。

（本文原载《青海民族研究》2004年第2期）

① （明）陈邦瞻：《元史纪事本末·佛教之崇》卷十八，北京，中华书局。

② （明）宋濂：《元史．百官志三》卷八十七，北京，中华书局。

③ （清）龚景瀚编，李本源校：《循化志》，卷五，土司，西宁，青海人民出版社，1981。

文化的多重色彩：撒拉族历史与传说的叙事研究

李　朝

口头传承（亦称口碑传承）研究认为，人类记忆很多时候都是原始的，在没有经过回忆和整理之前往往处于模糊、无条理状态。当需要时封存的记忆开始重新启动，新的诠释便开始了，语言的主体性也因此显现。即使对同一件事情，语言叙事的记忆也不尽相同，这除了不同的社会经历造成每个人视角上的差异性，以及语言在表达方式上的多样性，还取决于不同的社会情境，“叙事不仅仅是一种可以用来也可以不用来在其发展过程方面的真实事件的中性推论形式，而且更重要的是，它包含了具有鲜明意识形态甚至特殊政治意蕴的本体论和认识论选择”。① 不幸的是，在众多的叙事方式中，历史学家对口头叙事一向都很鄙薄。口头传承虽不能简单地被视为历史事实载体，但确实是包含着某个族群个人或社会记忆的一种文化实体，口头传承研究的任务就是透过口头传承的个体情境探索记忆中所蕴涵的特殊社会情境，挖掘一般历史背后的另一种“史实”，认识“史实”背景下的心路历程——人类心灵的历史。本文试图以撒拉族的历史与传说作为个案对象，就此进行些许的思考。

一、文本历史：文献叙事中的撒拉族

关于撒拉族的历史来源问题，在传统文献典籍和学者论述——文本历史大约有以下一些典型记载：

(1)《清史稿·兵志（五）》：(循化厅）土千户辖西乡四工韩姓撒拉族，保安

① ［美］海登·怀特：《形式的内容》，董立河译，1页，北京，北京出版集团文津出版社，2005。怀特认为，提出对叙事性质的研究，就是要引起对文化本体性的思考，进而展开对人性自身的反思。叙事语言非某种文化用来为经验赋予意义的诸多代码之一，而是一种源代码，是一种人类的普遍性。他认为，对叙事的任何一种缺失或者拒绝，不仅仅是历史研究本身的缺失，更重要的是会使我们失去对人性的整体把握。

堡土千户辖东乡下四工马姓撒拉，撒拉不同番回，似羌而奉回教。旧十三工，今属循化八工，余隶巴燕戎格。

（2）《循化志》：撒剌川在河州积石关外二百里。今厅循化城在撒剌八工适中之地，距河州正二百里，时此地本名撒拉川。其先盖已为番人所居，或前明赐以此地，或彼据而有之。据之既久，遂以其地为名，故曰撒剌回子。

（3）《国民政府地理教育》[1]：撒拉究竟从哪里来呢？关于这个问题，普通有两种说法。第一种谓撒拉族由新疆哈密迁来，定居于河州西二百里的撒拉族川（即循化县），所以叫做撒拉回回。第二种说法颇有些神话气味：以为撒拉的本家原在中亚西亚的撒马尔罕（Samargand），因为赋性强悍，和邻人不合，被撒马尔罕王驱逐出境。

（4）《伊斯兰大百科全书（卷四）》（英文版）：撒拉族原名叫撒鲁尔（Salour），是乌古斯部落中的一个部落。从语音上判断撒拉尔为突厥人中的“黄头突厥”。

（5）《甘青特有民族文化形态研究》[2]：元朝中期撒拉族先民途经撒马尔罕前来循化定居。明朝废州改所，循化为河州边外地，立保安、起台二堡。清初沿袭明制循化仍为河州边外地。雍正八年（1730年），始设循化营（驻今循化县城），属河州镇辖。次年，雍正皇帝赐名“循化”，取“遵循王化”之意。乾隆二十年（1755年），移河州同知于循化营，改称循化厅，隶属兰州府。道光三年（1823年），循化厅改属西宁府管辖。民国二年（1913年），改西宁府为道，循化厅改为循化县，属甘肃西宁道辖。民国十八年（1929年），循化县归青海省直辖。据考证，撒拉族的远祖名为“撒鲁尔”，是西突厥乌古斯汗第五子塔克汗长子。撒鲁尔部后繁衍成6大支75小支。6大支中有太克一支，分成12小支，其中有阿干汗一支。阿干汗之子尕拉莽（Garamang）。因蒙古军西征时的征讨，尕勒莽率领本族170户集体东迁，被安置在积石州驻扎，后受封为“达鲁花赤”，距今已700多年的历史。

二、口头传承：传说叙事中的撒拉族

在研读前文这些文本历史的过程中，许多文章中都指出该区传说丰富，笔者便于2004年冬天、2006年夏天两度深入该地区，就撒拉族来源和历史的传说作了专题辑录，现将部分内容列举以飨方家：①

① 寻访到的讲述者按照顺序分别是：1. 文都乡的韩依买尔（男，撒拉族，1944年出生，农民，现为小饭店经营者）和韩福德（男，撒拉族，1954年出生，农民，现为长途客车经营者）；2. 街子镇的沈德望（男，撒拉族，1950年出生，农民）；3. 积石镇的何有邦（男，汉族，1939年出生，无业，年轻时曾做过钟表维修匠）和张长华（男，汉族，1960年出生，原为国家干部，现从事个体旅馆经营）；4. 同仁县隆务镇的扎西旺堆（男，藏族，1936年出生，早年做过喇嘛，“文化大革命”时还俗，现在同仁县隆务寺附近居住，无业）和多麻加布（男，藏族，1948年出生，曾做过唐卡画匠，现在同仁县家中念经，无业）、周尚杰（男，保安族，1944年出生，甘肃夏河人，年轻时流落同仁县，以开小杂货铺为业，盲人）。

（1）主要流传在文都乡沟口和夕厂沟，由撒拉族讲述的传说：撒拉族先民到达青海循化地区后，当地原住民“马祖乎”（mayzux，撒拉语，即蒙古族，笔者注），把这块地方出于友好转让给了（一说是卖给了）撒鲁尔人。为了延续后代，撒鲁尔人便向居住在文都南部的藏民通媒求婚，经过双方协商撒鲁尔人可以与当地藏民通婚，两个民族一直保持着“夏尼”（藏语，本家之意，笔者注）的亲缘关系，故藏族的许多风俗至今保留在撒拉族当中。

（2）主要流传在街子清真寺附近，由沈姓撒拉族讲述的传说：撒拉旧社会有十二工，其中的下六工以马姓为多，今天的冶、何、沈、韩等姓原是甘肃河州回族，后迁入循化地区。

（3）主要流传在积石镇，由汉族讲述的传说：循化一带气候好，明朝时又出产牲畜、皮货、药材、辣椒、黄金等贵重东西，南京等内地来的汉族很喜欢，就把自己家乡的茶叶、绸缎、陶瓷，还有手艺、中医等带入循化地区，做着互市生意，并定居下来，干起了手工艺加工、经商、看病、仕宦等营生，时间长了，就变成了土民。撒拉向我们学了很多风俗习惯，但是信的教不同，很少有婚姻上的关系。

（4）主要流传在循化县文都乡、黄南自治州同仁县隆务镇等地，由附近藏族、保安族讲述的传说：①

先人们说，六七百年前尕勒莽、阿合莽兄弟与当地县官不和被迫从撒马尔罕迁出，尕勒莽带着六个孩子、阿合莽带着五个孩子（十一个孩子中有五人先后死于途中）、一头白色的骆驼和取自家乡的一匣土、一瓶水、三十本古兰经（路上被洪水冲得只剩下一本，现藏在循化县街子清真寺），从远方走了好几年经过大沙漠、洪水，从甘肃来的时候又迷路了，最后在那头白骆驼的引导下发现了水土与家乡相宜的地方，就是今天循化的街子，从此就住了下来。剩下的六个兄弟分别住在三立方、三兰巴海、罕巴、黑大门、托隆都、上方，大多数都姓韩。当时砖瓦厂一带（即循化县街子和苏只之间）还住着蒙古人，他们懂藏话和撒拉话，撒拉族就请蒙古人保媒，到藏族首领那里求亲，并答应头领会在房子的四角安放白色的石头，迎娶了六位藏族姑娘做了新娘，现在撒拉族还叫藏族“阿舅”，撒拉族从此在循化就扎根了。

另外，从青海学者朱刚整理撒拉族民间文学作品可知以下一些信息：过去每逢佳节，撒拉人就演《骆驼戏》；每至饭后工余，撒拉人便说《骆驼泉的故事》，天长日久，这些故事家喻户晓、妇孺皆知，自然成为撒拉民族进行民族史教育的教科书。《骆驼戏》和《骆驼泉的故事》源远流长，众说纷纭。同样的一个故事，往往一人一样说法；同样一出小戏，往往一个庄子一样演法……[3]

① 该传说另见《中国民间文学集成·黄南民间故事》（铅印本，编号：270400），1990年5月印刷。

三、记忆疆界：两种历史叙事的比较

在两种“历史”信息的比较当中可知双方分别建构了一个出发点迥异、愿望诉求抵牾、价值观念相左的“历史记忆”。我们关注的重点在于从两种叙事中，探究不同社会群体的话语叙事、研究叙事者的个人情境，以及撒拉先民和周边族群的生存状态。

（1）来青时间：文本历史（史籍叙事和学者研究的结果）指出撒拉族迁徙青海循化的时间为元朝，约为至元二十五年（1288 年以后）；口头传承（撒拉族传说）指出撒拉族徙居青海循化时间为明朝，即洪武初年（1370 年以后），相差近百年。

（2）族名：官方史书和学者考证之间存在差异，官修历史著作《循化志》认为因河川名而命族名，“其先盖已为番人所居，或前明赐以此地，或彼据而有之”，学者著述也支持了这种观念：“撒拉、撒喇或撒拉尔，应是番人水道之名，而为移植的撒马尔干人所沿用，无意中就成了他们的种族名了”[4]，强调其地缘特征；部分学者用训诂学的原理认为“撒拉”即“撒鲁尔”的转音，强调了该族群悠久的渊源，并将来青时间提前至元代。在民间藏族、土族、汉族等周边民族和撒拉族早期均以“撒拉回回”、“撒拉回子”等名之，强调该族群的宗教信仰属性，并不利用族名来命名其渊源，也不像学者那样追溯得那么久远。

（3）迁徙原因：文本历史认为撒拉族来青与蒙古西征，中亚、西亚色目人被遣发东来关系十分密切，是元可汗实施“抚番”政策的历史产物，撒拉先祖“耐劳负重与回番同，而强悍过之”，曾为蒙古政权立下卓著功勋，遂以“色目人”身份被派驻黄河上游的循化，其迁徙似乎是自愿的；口头传承认为是撒拉族先民因“偷牛事件”牵连（传说之一：撒拉原为今新疆一带哈萨克马帮，以盗窃牲畜为业，遭到族人怨怒而被驱逐；传说之二：中亚有阿、尕兄弟为人耿直，不附权贵，招致县官、豪绅的怨怒栽赃），为避难求生不得已被迫东迁，以寻求新的生存空间。

（4）最初人口：文本历史认为是一个相对庞大的突厥家族集团，起初至少有几百人至千人，到清代时已经发展为循化内八工和巴燕戎格外五工，约 4.15 万人；口头传承认为随具有血缘关系的尕勒莽和阿合莽兄弟来青，人数只有十几个，至多几十人，是一个很小的血缘家族。

（5）族际关系：文本历史暗示撒拉族先民与突厥乌古斯部落的撒鲁尔人有着深刻的渊源，史学研究亦强调撒拉“番多回少”的民族成分；口头传承故意将曾占有藏族的平原和河川，迫使藏族退居山林的史实隐去，指称撒拉族与藏族为“夏尼”式的甥舅、本家关系，隐去蒙古政权对撒拉人的征召，称与蒙古族为促成撒拉和藏族婚姻关系的朋友关系，与汉族具有共同经济生活的关系。

（6）族内关系：文本历史学者著述明确指出，撒拉族于明嘉靖年间即 16 世纪前半叶，以撒鲁尔人为主体，吸收藏族、回族、汉族等民族成分，逐渐在共同语言、共同地域、共同经济生活和共同心理素质的基础上形成的民族共同体；[5]撒拉族口头传承强调了尕勒莽和阿合莽为主体的撒鲁尔人血统，撒拉族本身多少回避了与藏族的姻亲关系，而藏族、保安族及当地历代典籍中则强调撒拉族与藏族的甥舅渊源，著名史学家顾颉刚先生甚至认为“撒拉族的血统成分，番多而回少是不容置疑的”[6]，而撒拉族和汉族都不认同与汉族之间存在任何亲缘关系。文本历史和口头传承在同一个民族历史的叙事中存在着差异。通常情况下，略有学术品格者均选择或确认前者表述是真实、客观的历史事实，后者则不堪考究，不足为据。但是，“历史主义坚信这样一种信念，即对现象本性的充分理解和对其价值的充分估计，可以通过依据现象在发展过程中占有的地位和它发挥的作用来考虑它而获得”，[7]历史事实背后有关人的心路历程①的地位和作用也同样重要，在强调客观史实的同时也强调承载史实的主体情境故有必要研究撒拉族的各种传说。虽然“口述在追述记忆时，往往有选择地回忆以及有选择地叙事他们认为有意义且无损他们形象的那部分记忆，由此削弱了口述史料的真实性”[8]，但是，“口述史的重要意义不在于它是不是真实的历史或作为社会群体政治意图的表达手段，而在于它证明了人们的历史意识是如何形成的”[9]。就口承叙事而言，撒拉族充满历史意识的心路历程中，周边民族、撒拉族对其生存状态通过特定的叙事方式——传说，将撒拉族数百年的生存、繁衍、发展进行了真实而智慧的描述。通过对这段特殊历史叙事进行新的解构，也许可为我们审视这个特定社会群体的族群生态、生存策略及其社会文化提供一个全新的视阈。

四、族群生态：撒拉族的历史记忆

个体记忆是集体记忆的表象，个体情境是集体情境的反映，记忆的疆界就是族群的文化疆界。口头传承对文本的——历史事实有着另类的解释，其真实意图是口述者在各自的社会文化体系中为自己生存事实和方式寻找一个合理性和合法性的解释，进行文化适应，进而表达特定的文化认同或文化区分。

（1）记忆的创伤。时间是一个毁灭者也是一个创造者。蒙古大军西征之际，其政权为了在“汉人”、“南人”和蒙古人之间建立一个以“色目人”为主要成分的军事、政治和文化缓冲区，西突厥乌古斯汗撒鲁尔部首领尕勒莽在归降蒙古军队后，

---

① 西方历史学家常以 historical mentality 或 historicity 探讨某社会文化的人群对于历史的概念，或者人在历史时间中的定位观念，如英国心理学家 Frederick Bartlett 在著述 *Remembering: A Study in Experimental and Social Psychology*（London: Cambridge University Press，1932，pp. 199 –202，296）中强调社会文化对个人记忆的影响，称人们是在自身文化的基础上通过“历史构图”重新建构一个故事或一段历史；台湾学者王明珂先生在《历史事实·历史记忆·历史心性》（详见《历史研究》2001 年第 5 期）中将这种“历史构图”称之为“历史心性”。我们在文章中称“心路历程”是指，一方面文化模式建构本身具有历时性，即文化观念是在各种社会、文化生态关系下逐渐确定下来的，另一方面这个模式的建构还要在具体物质、环境下，为了达成与周边社会群体在族际关系和社会群体内部在族内关系的适应，在经历漫长的时间洗礼后才逐渐形成。

率领本族170户集体随蒙古王朝的贵族东迁，最后被安置在积石州——这都是历史上曾经真实发生的事件，撒拉族却不认同或者说遗忘了这个历史事实，反而更愿意将自己来到青海循化县积石镇一带的理由归罪于与当地的权贵不和而被迫迁徙。记忆（memory）指我们回忆过去的能力，从记忆的内容上说，也指被回忆的某种事物——一个人、一段经历、一种情感——一个更加抽象的概念。与此相对，记忆的另一面是遗忘。如果说上述的遗忘是个人经历造成的，用弗洛伊德以来的心理学成果可解释为“创伤性失忆”。问题是这种“创伤性失忆”根本不是具体某人的，而是撒拉族全体的。为什么这么重要的一段历史居然被撒拉族全体所遗忘？而传说中叙事分明又是另一种撒拉族全体的“心灵创伤”或“痛苦回忆”——被当地的权贵势力逼迫后辗转迁徙，却根本没有提及与蒙古政权有任何关系。我们从两组历史信息当中只能找到一个共同点：他们对自己被迫迁徙的历史进行了策略性叙述。在埃温斯·普里查德和埃米尔·迪厄凯姆等人类学家的著述中，称这种集体失忆为“谱系性失忆”或“结构性失忆”。我们认为，其目的就是为了族群的发展和分化。撒拉族先民从撒马尔罕离开，是为了寻找新的生存空间以求得“撒鲁尔”人在新聚居地的族性保全和族群发展，而相对于中亚原住地的撒马尔罕先民来说，不啻又是一次族群的扩大和分化。分化后的族群当然也需要重建其作为新兴族群的历史，传说由此就在撒拉族与周边民族的冲突与融合过程当中逐渐产生了。但是，为了族群的发展而依傍当时强大蒙古族政权和贵族势力不是更容易使其族群受到保护吗？还巧妙地将自己“鸠占鹊巢”的历史加以遗忘。显然，撒拉族传说中的叙事是一种“故意”的历史重构。新的问题又来了：难道他们在撒谎？

（2）记忆是谎言。马克思在觉察到1848年不少人沉浸在难以自拔的怀旧情绪时，曾尖锐地指出：记忆是谎言。如果我们也能沿着他的深邃，理性地探究“撒谎”的缘由，我们有一个这样的认识思路：撒拉族的叙事是由一段包含着难言的痛苦——某种创伤性的记忆构成的。换言之，他们的记忆是经过某种特定的需求进行了策略性过滤的结果。记忆只能揭开遗忘所不能医治的创伤，并使它暴露在阳光强烈的灼烧中，灾难、冲突、失败的血痕便永远不能从时间中抹去。记忆根本没有抚慰作用，而遗忘邂逅般地适时到来，用时间的温柔之手将痛苦、折磨——甚至血腥都慢慢冲淡，渐渐忘却。曾经拥有的过去就需要有新的、相应的“事件”、“事实”等理由来充实或填补，于是“谎言”不期而遇。在意义上说，记忆不单单是个体的记忆而是集体记忆的折射和反映，对于社会群体和个体而言记忆和遗忘是同等重要的。无论从哪种方式的历史叙事中，我们都可知撒拉族先民在迁徙青海的问题上似乎是出于被迫而不是自愿，其叙事还暗含着某种故意的成分，即撒拉族有意识地将这段记忆在采取策略性失忆后，按照预先想要的结果在叙事中将撒拉族的来源问题进行重构。

（3）记忆的重构。撒拉族对其来源按照自己的愿望重新建构，并不能说就是为了蓄意制造一个弥天的谎言，而是出于对蒙古政权调遣这段经历的故意忘却。当然，我们也可以说那是因为蒙·元政权统治时间过于久远，以至于难以记忆。事实上，毋宁说是曾受蒙古政权庇佑而盛极一时的撒拉族群先民，在经历迁徙之后，还没来得及享受蒙古政权给予的各种政治特权，就不得不面对世居在这个地区民族在政治、经济、地缘、文化的强大包围和裹胁，或者说面对处于强势的安多藏族势力，使得撒拉先民不得不从解决最基本的生存问题入手。首先，面对青藏高原、黄河上源特殊的地理和生态环境，改变曾在中亚或西域时形成的价值观念、思维模式、生产方式、生活方式等。那些曾经拥有的特别是话语优势根本一无是处，在这个新的环境——即使是黄河上游十分富庶的地方，他们也不得不改变强于武功而不务稼穑，或者长于商贾却弱于游牧的生活形态，在相对短的时间里完成习惯青藏高原的自然环境——与周边自然环境达成和解。其次，随之而来的便是身处安多藏族的汪洋大海中，要进一步解决本民族在生存、发展方面特别是人口扩张、族群繁衍的基本需求，就必须主动与周边的藏等族群达成谅解，处理好族际关系。于是，他们用来自“故乡”的“一峰白骆驼”和“一瓶水”暗示是神灵引导而不是强行占有，又用“夏尼”强化与藏族和谐而不是对峙或对抗的紧张关系。最后，现实告诉我们，在极端困难的自然和生活环境中，只有坚定族群的内部信仰和强调血缘、亲族关系，才能支撑生活信心，凝聚族群内部关系。撒拉族先民也不例外，无论其先民是几十人还是成百上千，坚定伊斯兰教信仰是维系他们内部社会结构和文化形态的仅存硕果。传说叙事中一再强化了先民们守护《古兰经》的艰难程度，且借助“两兄弟”（或“六兄弟”、“八兄弟”）民间故事原型，将不同的撒拉人群凝聚在同一血缘纽带和亲族关系之中。强调对伊斯兰教的信仰和族群血缘关系的重要，是撒拉族群在面临强劲同化势力而不至消融的唯一文化标志。这个难以想象的艰苦过程最快至少也要百年才能初步完成，以汉文化的历史时间表对照，此时正值明朝初年。尽管前朝曾竭力推行“甘肃等处行中书省”的行省制度，但问题并未因政权更迭而有所改善。明太祖以来的帝王始终十分注意对青海的经略，先后推行了宣慰使司、土司、千户、百户等制度，而藏族仍然是安多地区处于强势的实际控制者或事实上的统治者。设法修好与藏族的关系则是促进撒拉族群发展的最好方式，也是保证撒拉族性特征和文化特质的唯一出路。于是，撒拉族选择了中国各民族之间建立良好关系最古老的方式——通过婚姻关系与藏民族结成盟友，撒拉族在传说的叙事中称藏族为“夏尼”当然也是最好的交往策略。

直到20世纪90年代初，循化地区几乎没有多少蒙古族，而且即使是河南县的蒙古族也早就着藏服、说藏话，皈依藏传佛教，生活习惯和风俗完全已等同于藏族。历史上的蒙古族政权，是在1227年在攻陷古临津关（青海民和县官亭）渡黄河，击溃当时金国政权残部第一次踏上青海土地，于1247年与藏族政权班智达贡噶坚赞会晤，1253年在河州设立宣慰使司都元帅府。历史上蒙古族在青海“人口是不会太多的”，[10]而且据守在循化县的蒙古族军人亦因驻防调动，迁到青海柴达木盆地东南部都兰县境内。[11]可见即使曾经在河湟地区建立过政权、拥有过绝对管辖权的蒙古族都不免被强大的藏族文化所淹没。那么，并没有从蒙古政权那里得到多少实际利益、人口数量又如此之少的撒拉族，要保持自己的族性特征和文化特质，就不得不与藏族修好关系，他们宁愿将自己记忆的疆界锁定在明朝，通过明王朝相对持久的民族政策，积极与藏族实际控制者修好关系并享受这种关系赐予的深厚恩惠。但是，无论如何蒙古族都成为客观上促进撒拉族与藏族建立族群关系的中介，撒拉俗民在自己的叙事中巧妙地将蒙古族称为“媒人”是再恰当不过的了，并巧妙地回避了曾经与蒙古族在情感上的对峙或疏离，而“夏尼”、“媒人”等称呼当然也是撒拉族对当时各族群之间关系最恰当的解读。

五、生存策略：口头传承的启发性结论

口头传承是一个逐渐完善的文化解释系统，是俗民在文化碰撞、熔融过程中经过无数次适应性“修改”而传承的社会文化，是我国少数民族彼此进行文化适应以获得发展的生存策略。在族群内部，人们在自己记忆建构的族群历史和文化疆界中得以诗意地栖居和发展，有关族群的历史来源的传说应当是人类心灵的历史，反映了族群在特定社会情境下的生存状态和生存策略。撒拉族传说的各种叙事，是该民族和周边民族共同谋求在青藏高原繁衍、发展的独特生存方式，巧妙地规避了可能产生民族矛盾的各种阻碍和现实问题，为各自族群的发展赢得了合情、合理、合法的生存空间。

传说是特定生存环境下不同文化背景的人们都愿意接受的具有广普效力的文化对话方式。在族群之间，通过这种对话方式使传说主体开展文化反思，在各种文化冲突中不断地对自己的话语进行策略性修正，完成文化自觉，达成文化谅解，赢得周边族群的理解、认同和尊重，从而使彼此获得共存共荣的生存和发展空间，最终形成了中国各民族间“美美与共”[12]的良性族际关系。几个甚至多个民族混居和杂居的现象在青藏高原十分普遍，民族之间的接触与熔融，文化间的碰撞与和解随处可见，俗民彼此习惯于用区域概念代替民族概念来称呼特定文化情境下的人群，叙述各自的生活状况，以保持深刻的民族意识。这就要求我们反思单纯从文学的政治功能和意识形态研究传说的褊狭取向，重估民俗文化、民间文学传承性和变异性的特殊规律性，从研究民间传说等口传文化或非物质文化的狭隘性和局限性中突围。历史研究特别是我国少数民族的研究要在缺乏历史资料的情况下，更加珍视对口头传承的利用和发掘，注重研究口头传承所蕴涵的深刻的社会情境、个体情境及这些情景所蕴涵的文化指征。

参考文献：

[1] 任美锷．循化的撒拉回回．马成俊，马伟辑录．百年撒拉族研究文集．西宁：青海人民出版社，2004

[2][5] 郝苏民．甘青特有民族文化形态研究．北京：民族出版社，1999

[3] 朱刚．从民间传说谈撒拉族族源．青海社会科学，1981（3）

[4][6] 顾颉刚．撒拉回．马成俊，马伟编著．百年撒拉族研究文集．西宁：青海人民出版社，2004

[7][荷] M. 曼德尔鲍姆．历史、人和理性．[荷] F. R. 安特施密特．历史与转义：隐喻的兴衰．韩震译，北京：北京出版集团文津出版社，2005

[8] 邬倩．口头传承与历史重建．学术月刊，2003（6）

[9][英] 约翰·托什．口述历史．史学理论，1987（4）

[10][11] 芈一之．青海蒙古族历史简编．西宁：青海人民出版社，1993

[12] 费孝通．美美与共（上、下）．群言，2005（1）-（2）

（本文原载《青海师范大学学报·哲学社会科学版》2007 年第 2 期）

骆驼泉传说：撒拉族的历史记忆与族群认同

雷　波

生活在青海省东部黄河上游循化县的撒拉族是我国22个人口较少的少数民族之一，循化县是全国唯一的撒拉族自治县，也是撒拉族最初的聚居地。在当地，广泛流传着关于撒拉族来历的骆驼泉传说。传说作为口述历史，可以让我们观察和体会这个民族的文化，认识这种历史记忆如何凝聚和改变着这个民族。

一、对骆驼泉传说的解读

因撒拉族没有自己的文字，历代封建王朝的典籍中也缺乏对撒拉族早期历史的记载，所以，关于撒拉族来源的资料主要以口头传说的形式传承着。在撒拉族群众中世代相传的骆驼泉传说最具代表性，其主要情节是：在很久以前的中亚撒马尔罕地方，撒拉族的先民尕勒莽和阿合莽兄弟二人在当地伊斯兰教信徒中很有威望，因而遭到当地统治者的忌恨和迫害，于是他们便带领同族18人，牵了一峰白骆驼，驮上《古兰经》和当地的水土，向东进发。尕勒莽一行翻山越岭，经天山北路进嘉峪关，然后经肃州（酒泉）、甘州、宁夏、秦州（天水）、伏羌（甘谷）、临羌（湟源东南）等地辗转来到今夏河县甘家滩。在这里，他们与随后跟来的33人巧遇。于是，队伍壮大，他们继续牵着骆驼走到了循化的奥土斯山，这时天色已晚，暮色苍茫中走失了白骆驼。他们便点燃火把，四处寻找，一直找到街子东边的沙子坡。天亮以后，他们发现街子一带有山有水，土地平旷，在沙子坡有一泓清水，而走失了一夜的白骆驼静静地躺在泉水里。尕勒莽试图用木棍捣醒骆驼，不料，奇迹发生了——白骆驼化成了石头，木棍则化成了一棵常青树。众人非常惊喜，便取下驼背上的水土，发现他们带来的水土与本地水土完全相符。于是，人们认为这是真主的定然，这里就是他们日夜寻找的乐土，决定安心留居此地。骆驼泉由此得名，而街子也成为撒拉族的发祥地。[1](P6~8)

这一传说虽然有部分内容为后人添加，但撒拉族先民牵着白骆驼，带着《古兰经》从中亚迁来的说法，对撒拉族来源的证实具有历史参考价值，骆驼泉传说也成为撒拉族历史记忆的重要情感基础。

通过对传说的梳理，可以得到以下几点认识：

（1）撒拉族的民族认同很大程度上基于骆驼泉传说，而且传说与近年来许多学者的考证结果相吻合。《多桑蒙古史》、《突厥语大辞典》、《突厥民族的发源及其移动》等著作，都记述了乌古斯撒鲁尔的历史及其迁徙。土耳其文著作《回族源流考》则十分具体地说："原住在撒拉克（今土库曼斯坦境内）的尕勒莽和阿合莽兄弟二人，带领本族共170户，离开此地东行，到了今天的西宁附近定居下来。"[2](P23~24)

（2）街子骆驼泉被认为是撒拉族的族源地，撒拉族人则视其为圣地，在骆驼泉边修建的街子清真大寺是撒拉族的祖寺。该寺始建于明洪武年间，占地面积4000多平方米，能容纳1000多名穆斯林礼拜，是青海省第二大清真寺，仅次于西宁东关清真大寺。清真大寺正对的是"两莽"拱北——撒拉族祖先圣尕勒莽和阿合莽的陵墓。

（3）撒拉族是我国10个信仰伊斯兰教的民族之一，传说中撒拉族先民带来的《古兰经》是撒拉族的祖宝。这本《古兰经》是用阿拉伯文抄写的手抄本，是我国现存收藏最早的一部《古兰经》，曾于1953年远借叙利亚展览，引起阿拉伯世界的轰动。经历800多年的风雨沧桑，这部《古兰经》现仍完整地保存在循化街子清真大寺。

（4）骆驼在阿拉伯及中亚一带自古以来被誉为"沙漠之舟"。在伊斯兰文化中，骆驼具备五德十二生相，长途跋涉中吃苦耐劳的精神和对洁净水土灵敏的感知能力都成为撒拉族先民迁徙和择居的神圣指引。所以，传说中白骆驼化白石的情节因此被赋予了神性色彩。

（5）骆驼泉传说中提到的撒马尔罕，后来由众多国内外专家学者多方论证其为中亚土库曼斯坦的一个地方。马成俊在他的《土库曼斯坦访问纪实》一文中曾提到："关于族源问题与会专家（指2000年10月10—13日在土库曼斯坦首都阿什哈巴德召开的土库曼斯坦国际文化遗产会议，青海省撒拉族研究会应邀组团参加了此次会议——笔者注）都说是从土库曼斯坦西部一个名叫sarahas的地区迁徙的，途径撒马尔罕。在土库曼斯坦的文献中有记载，口碑传说也有关于尕勒莽部落的内容。"[3]

（6）在传说中影响撒拉族先民选择循化为最终迁居地，很重要的一点是人们发现当地（骆驼泉边）的水土和带来的水土完全相符，认为这是真主的安排。显然，这是后人经过文学加工的，但把对生活的"水土"的认同看做是群体的吉祥福地，可以凝聚一个族群的"亲亲性"，或者可以说是"文化亲亲性"，使族群的历史存在于根基性的情感记忆之中。据文献记载，撒拉先民原有的经济形态中农业成分占有极大比重，那么选择与原居地自然环境相同的地方更有利于运用熟悉的生产技能和生产经验，有利于族群自身的生存与发展。因此可以说，骆驼泉传说维系着撒拉族迁徙的历史，激起了本民族的集体记忆，并得以强化和维持族群边界。

二、骆驼戏的兴盛与集体记忆的强化

一个族群，常以共同的仪式来定期或不定期地加强集体记忆，来强化人群间的族群感情。在循化县，早期撒拉族人们根据骆驼泉传说，编排了一出类似于话剧的骆驼戏，撒拉语叫做“多伊奥依纳”。在撒拉族的民族传统习俗中，它是传统婚礼中唯一一种助兴娱乐活动，特别是在清朝末期非常盛行。在婚礼当晚，在主人家的空闲地燃起一堆篝火，由民间艺人扮演的撒拉族先祖通过表演，要向参加婚礼的所有来宾讲述和表演他们的祖先历经艰难险阻东迁的经历。骆驼戏就是在这样一次又一次重现撒拉族东迁历史的过程中兴盛起来的，撒拉族人民也是在这一次又一次重现东迁历史的过程中强化自己的民族记忆的。

撒拉族能够在循化这个藏汉腹地繁衍生息，最需要一代代紧紧地凝聚起来。首先，表现于对异族文化的防范和千方百计保全本民族母文化的民族心理。这种民族心理来源于一个民族强烈的民族自尊感和自信心，这也是《骆驼戏》兴盛的原因之一。其次，骆驼舞和热烈的婚礼结合起来，在伊斯兰教体系中，无论对于整个族群或个人都完成了“真主明命”，履行了一项积极的宗教义务，使婚礼变成本族群人们的情感聚集点，形成了强大的凝聚力。再次，撒拉族没有自己的文字，在汉文史书中又缺乏记载的情况下，这样的活动便成了生动的民族史课堂，向撒拉族后代再现了先民不畏艰险的迁徙过程。由此可见，从骆驼泉传说发展而来的骆驼戏，同样作为撒拉族集体记忆的载体，促成族群巩固集体记忆，以适应现实变迁，凝聚民族认同感。

三、骆驼戏的中断和复兴与集体记忆的重组

随着时间的推移，撒拉族骆驼戏的表演渐渐消失，表演中断了四五十年，现在许多三四十岁的撒拉族中年人对此都一无所知。撒拉族婚礼中富有民族特色的艺术形式的消失反映出的这种文化的断裂现象，在撒拉族其他民间文学形式中也存在。在长期的历史发展中，宗教变革对传统文化艺术的发展既有积极促进的一面，也有对立矛盾的一面。由于撒拉族所处的社会环境和地理位置，使这个迁徙而来的民族形成了自我保护的生活态度和民族心理，又因为全民信教，伊斯兰教作为撒拉族的信仰，贯穿于整个族群的精神世界里，那么宗教上层在整个社会中的领导作用毋庸置疑。特别是在民国时期，主张“凭经立教”、“遵经革俗”的统治阶层，在发展民

族文化方面存有保守观念和封闭心理，使得撒拉族传统文化形态从那时以至于后来很长一段时期内，在总体上趋于封闭状态。另外，传统文化艺术的形式或内容有一些娱乐性和功利性，违背了伊斯兰教的道德规范，也致使某些传统文化渐渐被人淡忘，其中骆驼戏就是最典型的例子。

除了宗教因素的影响之外，在特殊的历史时期，如“文化大革命”时期，对文化艺术不尊重的大环境禁锢了撒拉族人的思想，也阻碍了民族传统文化的发展。换个角度来看，导致骆驼戏中断所不可忽略的因素，也在于它本身的娱乐因素较少，其单调表演在众多其他现代民间文艺活动的冲击下也容易被忘却。

通过对骆驼戏的中断原因的探析，我们不难发现，在特定的历史条件和社会背景下，撒拉族的族群认同并不是淡化，而是以另一种形式加强了，其集体记忆的调整是随着现实利益的变化而变化的。

随着西部大开发战略的实施，令人感到欣喜的是，近些年来循化旅游产业迅速发展，带动了服务业等第三产业的繁荣发展，特别是“国际抢渡黄河极限挑战赛”的成功举办，使中国循化这个地名蜚声国内外，游客总数逐年增加。民族特色旅游项目更具吸引力，其中首屈一指的就是街子乡的骆驼泉圣地，当地采用“农家乐”的形式，生动展现了撒拉族传统的历史源流、饮食文化和家居文化。在2002年“中国撒拉族首届旅游文化节”民族文艺节目会演中，传统的骆驼戏又被撒拉族文艺工作者们挖掘出来并改编成具有现代意义的集体舞。循化地区的许多店铺门面上也相继贴上了白骆驼图像。当地文化人也在其诗歌、散文及原创民歌中频频触及撒拉族特有的民族传统文化，特别是骆驼泉传说，如青年诗人韩文德的作品《想起祖先》这样写道：“想起祖先/ 就想起茫茫旷漠/ 想起一队骆驼辉煌的风景/想起寻泉者焦灼的呼唤……”最重要的是，在撒拉族人民的精神世界里，骆驼泉传说是连接撒拉族与其先民的脐带，是撒拉族的“根”的故事，而骆驼戏中“骆驼”这一符号早已被阐释为撒拉族勤劳、朴实和自强不息的民族精神的象征，鼓励和鞭策着撒拉人奋发图强。

四、小　　结

从循化撒拉族骆驼戏的回归，我们可以看出，骆驼泉传说作为撒拉族的集体记忆，在不同的现实环境下，根据利益导向进行重组和调整，创造新的集体利益来凝聚和加深族群认同。正如王明珂所说：“有时我们不得不承认，真正的过去已经永远失落了，我们所记得的过去，是为了现实所重建的过去。”

参考文献：

[1] 芈一之. 撒拉族史. 成都：四川民族出版社，2004

[2] 循化撒拉族自治县概况. 西宁：青海人民出版社，1984

［3］马成俊．文化遗产与历史记忆．青海民族学院学报，2006（3）：28～32
［4］王明珂．华夏边缘——历史记忆与族群认同．台北：允晨实业股份有限公司，2001：21～31

（本文原载《山东大同大学学报》2008 年第 8 期）

洒落在撒拉族之乡的红五星

张君奇

一个偶然的机会，前往循化县查汗都斯乡赞卜乎村考察省级重点文物保护单位——西路红军纪念馆及赞卜乎清真寺。

透过历史硝烟弥漫的时空隧道，追溯到六十多年前寒冷的初冬。1936 年 11 月，中国工农红军第四方面军的九军、三十军、五军和总部直属部队在甘肃靖远西渡黄河，进入河西走廊，遭遇青海军阀马步芳数倍步、骑兵的疯狂袭击和围追堵截，红军弹尽粮绝，地理不熟，伤病员多，河西走廊战役失利。红军战士多被敌人冲散、俘虏，冲散人员与组织失去联系，散落于川、甘、青、宁、新等地，被俘红军被押解至西宁后，大部分惨遭马匪屠杀。红军女战士被赏赐给马部属下做妻妾奴仆，25 岁以下的红军战士 400 余人被编成所谓工兵营，也称作“森林警察局”，实质上是战俘集中营。战俘们被押解到循化县赞卜乎地区，在循化赞卜乎、尖什堂、战群、河北、宗吾等地从事垦荒、伐木、修路、建房等苦役。

赞卜乎村内规划整齐的十几座庄廓是当年红军在荒地上打筑的，村外的几百亩地是当年红军开垦的，赞卜乎清真寺也正是红军当年修的。

怀着对先烈崇敬的心情，我们来到赞卜乎村村口公路旁的西路红军纪念馆。这是一个只有四十多米见方的小院子，中轴线上依次为大门、西路红军纪念碑、西路红军失散人员在循化县赞卜乎村经历简介碑和三间小小的陈列室，余无建筑，全是清一色灰色的

赞卜乎村的西路红军纪念碑

水泥抹面。在今天各种高档建筑材料铺天盖地的环境中，的确显得寒碜。进门数步便是西路红军纪念碑，四面出踏跺的圆形基座、方形碑身，碑身正面刻有“红军精神光照千秋”一行遒劲的行书碑文，碑身上部尖顶上是一颗红五星，虽经风吹雨打依然鲜红，红五星这个当年红军战士心中的圣物，安放在纪念碑顶端是多么的贴切和庄严。不由得心中腾起硝烟中挥舞飘动的军旗，枪炮声中嘹亮的冲锋号……

再往前走便是简介碑，高不过两米，其实就是一块水泥板，正面刻上了西路红军失散人员在河西走廊战役中失利、被俘，押解循化后在赞卜乎地区垦荒、伐木、修路、建房等苦役经历及赞扬他们不屈不挠斗争精神的碑文。碑旁的树荫下静静地躺着一扇石磨盘，经介绍才知道是当年红军战士为赞卜乎村建过一座水磨，水磨已消失，石磨盘却被有心人征集为文物。我想象着，六十多年前，数十个衣衫褴褛，骨瘦如柴的年轻鲜活生命唱着四川口音的号子，青筋暴突，汗流浃背地搬运巨大石磨盘，每挪动一步都要付出极大的气力。看守的斥骂声和沉重的喘息声交织在一起。也许只有石磨盘记得他们经受的苦难，也许他们的汗水已深深渗入石磨盘深处。我禁不住伸手连连抚摸苔痕斑斑的石磨。在当年集中营非人待遇、疾病、饥饿和长期苦役折磨下，许多红军战士倒毙于劳作现场，或在简陋的地窝子里卧病无医凄惨地死去。赞卜乎村北黄河滩上至今仍留着红军战士骸骨的埋葬地，几座荒冢无人问津。

红军战士刻于脊筒上的镰刀、斧头图案

简介碑后面数步便是三间简单的陈列室，陈列室正面墙上有二十四名西路红军战士流落循化晚年时的照片及生平介绍，他们从外表到气质完全成为撒拉族老人，只有面形骨骼上依稀留着四川人特有的状貌。近几年来，他们已进入了八九十岁的高龄，陆续故去。现仅存二人。在当年血腥恐怖时期，他们被善良的撒拉族群众接纳，招婿认亲，得以生存。

陈列室左侧墙上悬挂着鲜红的党旗和党的誓词，还有前国家领导人李先念、徐向前的题词，陈列室右侧摆放着当年红军战士为群众做的一对摇椅和一张单桌，摇椅靠背的横档上赫然刻着一颗五角星。红五星是红军战士心中的圣物，她有着怎样的鼓舞和感召力，寄托着多少向往和信念？红军战士陈登明为了纪念壮烈牺牲的红九军军长孙玉清，在捻线的线坨上刻上了五角星，其他战士纷纷效仿，被看守发现后惨遭毒打，囚禁监狱。当地的撒拉族群众还记得，当年红军战士在赞卜乎集中营，逢年过节自编自演节目，有的拿斧子，有的拿镰刀，扭起秧歌，有时突然神情庄重地将斧子和镰刀交叉成党徽状，看守莫名其妙，只是傻笑。群众也不解其意，只被他们在困苦环境中集体乐观的情绪所感染。直到解放后，鲜红的党旗在各种大会的主席台上高高挂起时才恍然大悟。

在腥风血雨，黑云滚滚的特定时代，在集中营残酷的现实面前，作出这样的举动，无疑经受着生与死的考验。

我曾读过一位长征老红军的回忆录，他叙述部队被马步芳骑兵冲散后，班长领着他们十七人向西突围，高原初冬的寒风刀子般刮向这些衣衫单薄，步履蹒跚的异乡人，被饥渴、寒冷、长途奔走和极度疲劳折磨得精疲力竭，个个形容枯槁，走走歇歇，一路上，看见被杀害的红军战士的遗骸散落荒野，女战士是生前被凌辱后杀死的，经过几个寒夜，这些尸首又被狼掏空了。面对惨绝人寰的景象，大家欲哭无泪。敌军随时会袭来，没有时间，没有气力，没有工具掩埋战友的遗骸，班长咬咬牙，果断命令每人捧一掬土撒上去迅速撤离……

我很早就知道，红军长征初有20万人，到达陕北时只剩2万。夹金雪山将多少红军战士永久地塑成山之精魂，川北草地水泡子里陷没了多少红军战士的英姿，西宁南山的沟壑里多少红军战士被屠杀、被活埋……

我在上中学时就知道，红九军军长孙玉清是在西宁某街马厩中英勇就义的，生前他断然拒绝了马步芳许以高官的诱降，红军将领董振堂是在乐家湾兵营被绑在大炮口上化成万道霞光的……

被现实生活的琐事、繁忙和牢骚长期浸泡的麻木的心一次次收紧、发痛，眼泪不由自主夺眶而出，我们的新中国来之不易……

站在纪念馆狭小的院子里，心潮久久难以平静。纪念馆西侧几百米外便是黄河上游有名的公伯峡大型水电站，豪华的办公楼和金碧辉煌的宾馆拔地而起，与纪念馆的简陋、冷落、肃穆形成显明反差，唯有纪念馆内的数十株柏树苍翠蓊郁，仿佛赋予了西路红军不屈的精神和凛然英气。

进入赞卜乎村内，两排整齐的庄廓闯入眼帘，中间是宽阔的街道，这十几院庄廓大小一致，每个占地八分，临街开门。夯土墙结实而牢靠，据介绍这都是集中营的红军战士当年在黄河荒滩上建成的。每个庄廓内还建有五间平房，有土炕，并配有面柜、桌椅。当年这些庄廓建成后交给迁移来的贫苦农民居住，每户一院，成为马步芳家族的佃户，长期遭受盘剥。六十多年后的今天，这些庄廓仍然是撒拉族人的家园，只是原有的房子已被翻新改建。

村北侧是省级重点，文物保护单位赞卜乎清真寺，也是当年集中营的红军战士修建的，从伐木、大木起架、垒墙、上瓦，装修，都浸透了当年红军战士们的辛勤汗水。赞卜乎清真寺与西北多数清真寺在格局上十分接近，一个静穆的四合院，坐西向东，由大门、唤醒楼、南北配房和礼拜殿组成。大门门楣上有多层精美的花草木雕，进门数步便是四层高的唤醒楼，底三层为砖砌封闭的方形楼基，中安楼梯。第四层形如四角亭，平板枋上安有八攒五踩斗拱，翼角梁架均为西北地方做法。南北配房为各五间前出廊硬山顶建筑、五架七檩大木结构，作为学房和朝房，南北配房之间是开阔的院子，正前为礼拜大殿，礼拜大殿形制特别，是两座前后相连大殿组成，前殿为三开间前后出廊硬山顶，后殿为五开间单檐歇山顶。后殿前檐柱与前殿后檐柱并排成列，两殿屋顶相连处做天沟排水。礼拜殿室内空间博大，装修朴实无华。前殿梁架为前后出廊三架九檩大木，榫卯结构上留有四川穿斗式榫卯的痕迹（当年赞卜乎集中营多为四川籍红军战士）。

更为宝贵，更让人惊奇、赞叹不已的是，在前殿正脊缠花脊筒上，当年的红军战士冒着腥风血雨，隐蔽地刻上了五角星、斧头、镰刀、工农之“工”字等图案。这些神圣符号是在制脊筒坯子时偷偷地刻上的，经过装窑、烧制、搬运，最后安装到前殿正脊上的，这长达半年甚至更长的过程中，他们要精心“保护”这些脊筒上的秘密，既不被敌发现，又要永久地装上正脊，这肯定是一种默契、严密的集体行动。党是红军战士心中的太阳，红五星是红军战士心中的启明星，当年的红军战士大都已长眠于地下，但他们的一颗心却永久地留在了赞卜乎。

赞卜乎清真寺的一砖一瓦浸透了当年红军战士的汗水和磨难，赞卜乎清真寺是红军战士与当地撒拉族群众水乳交融的见证。寺管会的老主任深情地说：“我们村活着的人、死去的人都享受着红军的恩惠，我们的清真寺是红军修的，住的庄廓是红军打的，种的地是红军开的，寺前面的埋棚（回族墓地）是红军圈起来的（指打围墙）。”

行色匆匆，在赞卜乎村只待了一天，但这一天是难忘的。

赞卜乎清真寺

坐在返回的车上，我陷入了沉思：在物欲横流，金钱至上的今天，是否有必要再回顾一下红军精神，用红军精神清洗一下蒙尘的灵魂，用当年红军战士的牺牲精神衡量一下根深蒂固的名利心？我希望各式各样的豪华小轿车上的人们在西路红军纪念馆门前停一停，到赞卜乎村走一走。

（本文原载《中国土族》2005 年夏季号）

宗　　教　　学

循化伊斯兰教研究

李兴华

撒拉族先民属西突厥乌古思部的撒鲁尔人……居于中亚撒马尔罕一带。蒙古西征攻占撒马尔罕后，即将撒鲁尔人中的青壮年编入“回回军”中，随成吉思汗东返……攻打积石州后，即令以撒鲁尔人为主的“回回军”和一部分蒙古军驻防这一战略要地，并任命其首领为积石州达鲁花赤，统管军事民政。随后又有数批撒鲁尔人迁徙于此，他们同当地藏、蒙古、回、汉等民族缔结婚姻，繁衍生息，既传播了伊斯兰教，又为形成撒拉族奠定了基础。

——《青海省志·宗教志》语

一、循化历史概述[①]

循化，现为撒拉族自治县，位于青海省东部，其县府积石镇距青海省会西宁市约160公里。

秦之前，这里为雍州地。秦时属秦塞外地，一直是羌戎或氐羌的活动范围。西汉时正式纳入全国统一郡县制度体系，为金城郡河关县（今积石关东不远）地。其南部则金城郡白石县塞外地。后汉时，金城郡废，河关县改属白石县，白石县归陇西郡。晋时复为河关县，又为晋兴郡临津县地。后凉吕光时属浇河郡。继之先后为南凉、吐谷浑、西秦所据。北周武帝逐吐谷浑，浇河郡改置廓州总管府（治浇河城，即今贵德查达）。随时廓州又改为浇河郡（治河津县，今贵德东南）。

唐贞观五年（631年），废河津县，置米州及米川县，今循化地归米川县。贞观十年（636年），裁米州，米川县归属河州。永徽六年（655年），米川县由河南移于河北（治今化隆县甘都），改属廓州（治今化隆群科古城）。此后，因吐蕃逐渐

① 历史概述主要参考“二十五史”、《中国历史地图集》、《中国历史地名大辞典》、《循化撒拉族自治县志》。而世宗皇帝赐佳名“循化”，意为“遵循王化”一说则根据《回族、东乡族、撒拉族、保安族民族关系研究》一书。

强盛，时常侵扰，黄河以南之地遂不设郡县，多立军所，今循化地初为唐积石军地。后又相继为镇西军地、振威军地、曜武军地。镇西军地初置于索恭川（在今甘肃临夏县），后迁至盐泉城（在今循化拱拜峡东口黄河左岸边）。天宝十四载（755年）后，包括今循化地在内的青海东部地区陆续处于吐蕃王朝控制之下，大中二年（848年），沙州刺史张仪潮率众起义，包括今循化地在内的河湟地区又陆续名义上归唐所有。但实际上自吐蕃王朝崩溃（869年）至唐末五代十国宋初近200年中，今循化地仍处在吐蕃地方割据势力的控制之下。

北宋景祐元年（1034年），吐蕃赞普后裔唃厮啰（997—1065年）在青唐城建立青唐吐蕃（藏族）政权，今循化地受此政权统治六七十年。崇宁二年（1103年），改一公城置循化城，属河州，在今甘肃夏河县北。次年，唃厮啰政权解体，包括今循化地在内的河湟地区又归中央王朝所统治。大观二年（1108年），宋军进驻溪哥城（今青海贵德），在溪哥城建积石军，今循化地初则为积石军地。后又为循化城（一公城）、怀羌城、通津堡、安疆寨（当标城）地。南宋绍兴元年（1131年），积石军地归金。金大定二十二年（1182年），金升积石军为积石州（治所在通津堡北），辖怀羌城、循化城、大通城、通津堡、来同堡、临滩堡，归临洮路。金元光二年（1223年），西夏一度攻占积石州，但不久又被金重新占领。金正大四年（1227年），蒙古军南渡黄河攻占积石州。

蒙古灭金（1234年）后，积石州则由陕西行省河州路和吐蕃等处宣慰使司交叉管理，民事由行省管理，游牧事和军事由宣慰使司管理。后积石州改为积石州元帅府。元至元二十五年（1288年），积石州元帅府始设达鲁花赤、元帅、同知、知事、脱脱禾孙各一员。

明洪武三年（1370年）五月，征西副将军邓愈自临洮进军，攻占河州、积石州、贵德州等地。次年一月，设河州卫，改积石州为积石州千户所，属河州卫，而今循化地则为河州边外地。后在今循化地设撒剌站、保安站（后改保安堡）、起台堡、积石关等。

清初沿袭明制，今循化仍为河州边外地。康熙六年（1667年），清廷分陕西行中书省为陕、甘两省，今循化属甘肃省兰州府河州管辖。雍正八年（1730年），始立循化营，属河州镇辖。同时以循化营所在地为中心分撒拉为十二工，始有清水工、孟达工、查汗大寺工、夕厂工等地名。雍正九年（1731年），循化城垣竣工，世宗皇帝赐佳名“循化”，意为“遵循王化”。秋，随河州牧顾尔昌团练乡勇9000余人分布24关，称积石关内为河州，积石关外为循化。乾隆二十七年（1762年），移河州同知于循化营，称循化厅，隶兰州府。乾隆五十七年（1792年），循化厅改属西宁府。嘉庆《循化志》卷一“以生番归化之故”而得名，“循化”之名始于嘉庆年间。

1913年，清代建制废，循化厅改称循化县，属甘肃西宁道辖。1926年，循化县属地划出南区拉卜楞、黑错等地，归拉卜楞设治局。1929年1月，青海省政府正式成立，循化县归青海省管辖。1930年，循化属地划出北区马营六大社10000余人归民和县管辖，划隆务、保安等地归同仁县管辖。1932 年，划出循化九族及牙党、川撒两族归甘肃和政县管辖。

鉴于今循化有正式固定行政建置较晚，且在元明至清乾隆五十七年（1792 年）前长时间内归河州管辖，只是从乾隆五十七年后改属西宁府，故对其伊斯兰教历史文化研究，既可以说是河州或西宁伊斯兰教研究的一部分，又可以说是相对独立的一部分。为反映这种相对独立的特点，本文当以今循化疆域为范围，故不包括历史上曾是循化厅或循化县一部分的一些地区，如今同仁县的保安镇、隆务镇等地区。

二、循化伊斯兰教的地位

（1）伊斯兰教的传入与撒拉族的源头直接相关的一个地区。如果说伊斯兰教传入中国内地，许多地方都是与回族的源头直接相关，那么伊斯兰教传入今循化地区，则是与撒拉族的源头直接相关，这可以说是伊斯兰教传入今循化地区的一个重要特点。这样，研究伊斯兰教的传入循化，也就是研究撒拉族的先民何时和如何来到今循化地区，反之亦然。

（2）有中国穆斯林先民从中亚带来一直保存至今，可能手抄于 8—13 世纪的、少有的珍本《古兰经》。

（3）伊斯兰教的传播主要表现为撒拉族的形成，撒拉族先民与蒙古、藏、回、汉等民族成员融合的一个地区。伊斯兰教在中国大部分地区，特别在中原内地的传播，表现为回族的形成或回族先民与汉族成员的融合。而伊斯兰教在循化地区的传播，却主要表现为另一种样式，即撒拉族的形成，表现为撒拉族先民陆续或先后同蒙古、藏、回、汉等民族成员的融合。这主要是由于在撒拉族先民来到今循化地区时，这里或这里附近主要是蒙古族、藏族人居住区，或文雅一些说属蒙藏文化圈范围，而不像中原内地属汉文化圈范围。

（4）较古老清真寺分布较多且不少大体完好保存的一片地带。按《青海省志·宗教志》和笔者的初步调查，今循化地区约有 31 座清真寺自称初建于清乾隆年间以前。其中至少有 7 座，仍大体保持古貌，实是幸事。

（5）清代回族等族系统伊斯兰教教派斗争和清代穆斯林反清起义频繁发生的地区之一。合起来说，狄道、河州、循化、西宁这一大片地区在清代是伊斯兰教教派斗争和穆斯林反清起义频繁发生的地区，但分开来说，这四个地方又都各有其特点，特别是河州、循化和西宁。

（6）光绪二十二年（1896 年）前伊斯兰教长期实行哈的总掌教制度的一个地区。自元代先设后又罢“回回掌教哈的所”及其司属之后，我国除新疆之外大部分地区，伊斯兰教一般不再实行哈的掌教制度。可也有例外，最典型的表现在今循化的撒拉族或撒拉族先民所遵行的伊斯兰教中。在这部分伊斯兰教中，从撒拉族先民到这里不久直到清光绪二十二年的几百年中，一直实行的是哈的总掌教（或掌教）

制度。

（7）研究信仰伊斯兰教的10个中国少数民族实现形式之一的撒拉族伊斯兰教必须重点涉及的一个城市。研究中国伊斯兰教历史文化，两大系统、10个民族形式、聚居区和散居区两部分等等无疑都是重要角度。而10个民族的角度，则是分别研究回、维吾尔、哈萨克、东乡、保安、撒拉、塔吉克、塔塔尔、乌孜别克、柯尔克孜等10个民族中存在的伊斯兰教。可研究这10个民族形式的伊斯兰教的每一个，都要分别以一些名城名镇为重点。其中研究撒拉族伊斯兰教，离不开循化与化隆，尤其是循化。可以说不研究循化就无法研究撒拉族伊斯兰教。这从我们下面的研究中可以看得很明白。

三、伊斯兰教的传入循化

从现有的材料看，循化最早有穆斯林，不是始于回族的先民，也不是始于东乡族和保安族的先民，而是始于撒拉族的先民，所以研究伊斯兰教的传入循化，看来也应从研究撒拉族先民的来到和驻足循化开始。这样就首先需要介绍一下在撒拉族中世代口头流传下来的一个传说。这个传说谓：

“从前中亚撒马尔罕地方，有尕勒莽、阿合莽兄弟二人，在教门中很有名望，故遭到国王的嫉恨。于是暗中派人偷了一条牛宰了，吃了肉，将牛头牛蹄等包在牛皮里，偷偷地放在尕勒莽的屋顶上，使尕勒莽被诬陷以偷牛罪而判了死刑。临刑前在公堂上当着众多百姓，尕勒莽请求允许他念经向胡达（安拉）祈祷。当他念完经后，在真主默佑下，暗中指使人诬陷尕勒莽的国王当即变成了一个怪物。于是真相大白。但是尕勒莽认为此地不能再继续住下去了，宁肯放弃家产，不愿舍弃教门，便和阿合莽连同族属共18人，牵了一峰白色骆驼，驮着《古兰经》便要东行。这时一位当地‘外理’叫他们带上故乡的一瓶水和一袋土，并告诉说，哪里的水土质量与这里的相同，哪里就是你们新的居住地。”

“尕勒莽一行离撒马尔罕东行，在路上走了整整17个月。经天山北路、吐鲁番，进嘉峪关，经肃州、甘州、凉州，又到宁夏。再东南行到了秦州，折而西行，过伏羌（甘谷），又过洮州（临潭）、黑错（合作），经拉卜楞，进入今夏河县甘家滩，在这里与跟踪而来的另一批撒马尔罕人的一部分33人巧遇会合。这跟踪而来的另一批撒马尔罕人共45人，他们经天山南路入今青海省境，沿青海湖南岸东行，先到贵德，走尖扎滩，到今同仁的隆务，又从隆务折回至贵德元珠沟。这时这45人已疲惫不堪，其中12人只得在元珠沟留住下来，从而以后繁衍为风俗习惯完全藏化的元珠沟十二族。其余的33人继续东行，从而在甘家滩与尕勒莽一行18人相遇，这样就一共51人。”

“尕勒莽一行51人牵着骆驼从甘家滩向北行，进入循化的夕厂沟，又跨过孟达山，上了奥土斯山。这时天色已晚，白骆驼不幸走失。于是大家点起火把，四处找寻。因此后人称这个山坡为‘奥特贝那赫’，意即‘火坡’，而山下的村子叫‘奥特贝那赫村’。当寻到街子东边的沙子坡时，天将破晓，于是撒拉语称此地为‘唐古提’，意即‘天亮了’。”

“尕勒莽一行下得坡来，发现一眼泉水，清澈见底，而走失的骆驼正卧在泉水中不起。尕勒莽便用木棍捣骆驼起来，不料一捣之后骆驼却变成了白石，木棍则变成了一株常青树。众人十分惊喜，于是想起了离撒马尔罕时‘外理’的话，取出水和土，与泉水及附近的土相比较，其质量完全相同，这样他们就决定驻足于此，建立自己新的家园。现街子大寺旁的骆驼泉、骆驼石的来历传说即源于此。骆驼所驮的30本‘天经’，则成为撒拉族世代珍藏的传世之宝。这一天是明洪武三年农历五月十三日。”

鉴于上述传说主要通过撒拉族人结婚时所表演的一种撒拉语称之为“对委奥依纳”的骆驼戏中，故该叙述撒拉族族源的历史剧的一些主要细节，如演员和有关对白等等，也应该算是上列传说的一个辅助组成部分。由于笔者未亲自看过这种民俗形式的历史剧，故只能按有关的介绍举出两点。一点是该剧的演员。该剧由4人扮演。两个演员翻披皮袄扮骆驼，一个扮撒拉族先民即一位阿訇，另一个扮循化当地人即一位蒙古人打扮的人。阿訇牵着骆驼上场，与当地人相遇，表演开始。

另一点是该剧开始的对白。蒙古人问：你从哪里来？远行者尕勒莽答：我从撒马尔罕来。①

上举传说及传说的辅助部分，过去多从撒拉族族源或民俗角度进行研究，从伊斯兰教角度或伊斯兰教传入循化角度研究的很少。其实从伊斯兰教角度观察，它是伊斯兰教传入我国某一具体地方或具体城市的传说中含金量最高、表现形式最独特的一个。因为它为我们研究伊斯兰教何时、从何地、如何传到循化这个地方提供了很多有价值的信息，也使伊斯兰教在我国具体地方的传播变得有人有物、有情有景、有血有肉，更加符合历史实际。从这些意义或价值角度来说，这一传说及传说的辅助部分，在伊斯兰教传入中国具体地方的众多传说中地位应该是最高的，是特别应予重视的。

上举传说和传说的辅助部分所提供的线索或信息大致可分两部分：一部分是可以或大体可以肯定是事实的线索，另一部分则是需要进行修正、说明或者具体化的线索。

可以或大体可以肯定是事实的线索有：

（1）尕勒莽、阿合莽兄弟一行是伊斯兰教信仰者。这当是将这一行的到来视作伊斯兰教传入循化的一个基本前提。

（2）尕勒莽、阿合莽兄弟一行不是几个人，而是一群人。这当是尕勒莽、阿合莽一行人驻足循化有可能持续下来的一个基本前提。

（3）尕勒莽、阿合莽兄弟一行不是循化当地的土著，而是从中亚撒马尔罕一带

---

① 传说及其辅助部分则主要根据《撒拉族史》一书的概括。

迁来循化的。这就是说，尕勒莽、阿合莽一行人的来到循化不会早于伊斯兰教传入中亚的7世纪下半叶至8世纪上半叶或伊斯兰教在中亚立足的8世纪后半叶至9世纪70年代。

（4）尕勒莽、阿合莽兄弟一行系循陆上丝绸之路，用较长时间绕道而来到循化。这当是伊斯兰教传入循化的路线。

（5）尕勒莽、阿合莽兄弟一行到循化后的最初驻足地是今街子地区，即今骆驼泉一带。

（6）尕勒莽、阿合莽兄弟一行到街子一带时，当地主要是蒙古人的活动地。这当是我们研究伊斯兰教传入循化具体时间的一个重要参考。

（7）尕勒莽、阿合莽兄弟一行的原籍中亚撒马尔罕一带，与这一行驻足的循化街子一带，其水土确实有某些相同之处。笔者去过撒马尔罕一带，2008年赴循化街子一带考察时，深感两地水土环境大体相似，传说的说法有一定的根据。

（8）手抄本《古兰经》、骆驼泉、骆驼石是连接尕勒莽、阿合莽兄弟一行驻足街子前后生活，包括宗教生活的三大标志。

需要修正、说明或者具体化的线索主要有以下三条：

第一条也即首先需要厘清的一条就是尕勒莽、阿合莽兄弟一行在中亚时的具体族属和驻足循化后的具体族称。

对尕勒莽、阿合莽兄弟一行在中亚的具体族属，学界比较通行的是英文版《伊斯兰大百科全书》卷四第120页说法，认为取道撒马尔罕，经过吐鲁番、肃州到西宁，在那里定居下来成为今日撒拉族这部分人，是乌古斯部落中一个叫做撒鲁尔部落的一部分。撒鲁尔部落及其名称是来源于塔克汗之长子。而塔克汗就是乌古斯汗的六个儿子之一。①

至于尕勒莽、阿合莽兄弟一行驻足循化后如何自称，他族人又如何称呼他们，《撒拉族史》一书认为：他们自称“撒拉尔”（Salar），周围汉、回、藏等族称其为“撒拉”。汉文译名在史籍中出现的有十多种，都是“撒拉尔”或“撒拉”的不同译写。②

第二条也即需要加以修正的一条是尕勒莽、阿合莽兄弟一行到达循化的时间。传说谓尕勒莽一行到达循化的这一天是明洪武三年（1370年）五月十三日。这个时间明显与历史事实不符。因为《元史》卷八七《百官志三》在“吐蕃等路宣慰使司都元帅府”其属官员附见一栏中明显有“撒剌田地里管民官一员”，而清乾隆《循化志》卷五《土司》在“撒喇族二土司”一部分中也明确说洪武三年五月归附明朝的撒拉族“始祖韩宝，旧名神宝，系前元世袭达鲁花赤。洪武三年五月，邓大夫下归附”。③ 这就是说，尕勒莽一行到达循化的时间绝不是明洪武三年，而是最迟在元代，原因是元代的吐蕃等路宣慰使司都元帅府的管辖范围内已有撒拉人居住了。那

① 详见《撒拉族史料辑录》，3页。

② 详见《撒拉族史》，3页。

③ 详见《撒拉族史料辑录》，36页。

么传说中为何会有洪武三年到达循化之说呢?《撒拉族史》认为:“这是把撒拉族土司所称的‘始祖韩宝’归附明朝的时间,当做到达循化的时间而讹传了,并且讹传了几百年,以至于把他们的祖先在元朝时期以色目人身份在循化居住了好几代的历史忘了。”[1] 虽也可以这样认为,但这样认为未免有些把事情看得过于简单。那么究竟如何解释,笔者一时也难以悟出缘由,只能暂时存疑。那么尕勒莽一行人到底是在元代或元代以前的什么具体时间到达循化的呢。《撒拉族史》依据记载尕勒莽的子孙世系的唯一一件史料,即循化街子马子士老人保存的《杂学本本》(系由阿拉伯字母拼写撒拉语写成)中有“尕勒莽得都尼,他的儿子奥玛尔得都尼,奥玛尔之子神宝得都尼,神宝之子萨都剌得都尼”的内容,再考虑到撒拉人多长寿,三代人都传幼子等因素,认为到明洪武三年(1370年)韩宝归附明朝时,撒拉人在循化已可能延续了100余年,这样尕勒莽一行就是在13世纪前半叶即蒙古帝国时期迁来的。[2] 笔者基本同意这种分析。这样,伊斯兰教传入循化的时间,就也可确定在蒙古早期诸汗时期(1206—1270年),尤其是忽必烈征大理、次临洮时。

第三条就是要说明尕勒莽一行的东迁为什么要采取绕道宁夏继而南行至秦州,又折而西北行,过洮州、夏河人循化这么一条先东迁又西返进而又中途驻足的奇怪路线呢?显然,这与蒙古早期诸汗时期的下面一系列军事行动有关。

蒙古成吉思汗十四年(1219年),成吉思汗发动第一次西征。十五年(1220年),成吉思汗军于二月抵布哈拉,于三月抵河中首府撒马尔罕。十六年(1221年)一至四月,蒙古军围困并攻破玉龙杰赤城,表示河中地区被占领,花剌子模灭亡。十九年(1224年),蒙古第一次西征结束。二十年(1225年)春,成吉思汗率军取道天山北路东返。二十一年(1226年),成吉思汗领兵攻西夏。甘、肃等州相继被蒙古兵攻取。二十二年(1227年)春,成吉思汗留兵攻夏王城,自率师渡河攻积石州。二月破临洮府,三月破洮河、西宁二州。

蒙古窝阔台汗七年(1235年),蒙古主遣皇子阔端征秦巩。

蒙古蒙哥汗二年(1252年)七月,蒙哥汗命忽必烈征大理。八月,忽必烈次临洮。三年(1253年),蒙古于河州置吐蕃宣慰使司都元帅府。

这些军事行动表明,尕勒莽一行很可能是蒙古军征服中亚后被签“回回军”或“西域亲军”的一支。他们在蒙古军西征东返后随蒙古军曾经过天山北路、吐鲁番、嘉峪关、肃州、甘州、凉州、宁夏、秦州、伏羌、洮州、黑错、拉卜楞、甘家滩这些地方。大致是在蒙哥汗命忽必烈征大理、次临洮、由临洮南下入蜀时或在河州置吐蕃等处宣慰使司都元帅府时,被派到毗近河州的今循化一带接替另一支蒙古军驻防。初则是“上马则备战斗,下马则屯聚牧养”,后则定居于这个地区。

按上面的介绍,笔者认为文前题语大致可以作为对伊斯兰教传入循化的概括。

---

① 详见《撒拉族史》,20页。

② 详见《撒拉族史》,33~34页。

四、循化撒拉族穆斯林聚居区的形成

（一）形成过程与形成原因

尕勒莽、阿合莽兄弟一行驻足街子时，虽也有说法谓并不是传说中所认为的18人或51人，而是本族的共170户，[1] 但这并不能改变这一行起初只是驻足于街子一个地方，只是今循化境内最早的一个穆斯林聚居点，一个来自远方的类似于当地藏族部落的部落的基本事实。然在蒙古改元后不久，即至元年间“吐蕃宣慰使司都元帅府”改称“吐蕃等处宣慰使司都元帅府”时，尕勒莽一行所驻足的地方已被称作“撒剌田地”，即已扩大成为一个不大但也不算小的地区了。不然怎么能称“田地”呢？而这时（约为元至元二十七年，即1290年）距尕勒莽一行驻足街子也大约只30来年。此后，尕勒莽一行的后裔即撒拉的人口不断增长，活动地域也在不断扩大。到明嘉靖二十六年（1547年）陕西巡按御史张雨编写《边政考》时，则在该书卷九称：“河州番……撒剌族，男妇一万名口，纳马。”并且将他所称的“撒剌族”列入河州卫西番纳马十九族之内。另在顾炎武《天下郡国利病书》卷五十九“陕西五・临洮”也在临洮府所属的纳马番族五十六族中列有“撒剌族”。[2] 可见到明中叶前后，“撒拉”已被称作“族”了。尽管这个“族”与今天所说的“民族”含义有所不同，但说“撒拉”这时大体已接近形成为民族意义上的撒拉族还是说得过去的。与此情况相适应，明廷在“撒剌族”居住的中心地方所设置的驿站则也名称作“撒剌站”，可见循化撒拉族穆斯林聚居区的范围已比元至元二十七年（1290年）时大得多了。

从明中叶前后到清乾隆四十六年（1781年）前的200多年中，循化撒拉族穆斯林的聚居区范围当进一步扩大，人口当进一步增加。但这种扩大和增加反映到官方文书中的时间却相当晚。如到清雍正七年（1729年），在“岳钟琪奏折”中才有河州撒喇地方“约有六千余户”回民（时撒拉也被官方文书统称作回民）的记载。而“撒拉十二工”的名称，正式见于档册文卷也迟至清雍正十三年（1735年）。鉴于从清乾隆四十六年开始，这里便陷于旷日持久的不安定之中，这里撒拉族穆斯林聚居区的形成过程也就画上了一个句号了。

至于导致撒鲁尔人在这里最终形成一个较大的穆斯林聚居区的原因或条件，则是相当复杂的。这里在撒鲁尔人迁来前是一个居住民很少且有待开发的地区，撒鲁尔人迁来后注意与蒙古族搞好关系，提倡同藏、回、汉等民族成员的联姻，注意同地方官府搞好关系，努力进行对该地区的开发，以及自身的繁衍，历代政权和自身

---

① 详见《撒拉族史》23页所引外文著述《回族源流考证》、《突厥民族之发源及其移动》。

② 详见《撒拉族史料辑录》，51页。

所实行的一些制度的共同作用等等，都是值得探究的原因。不过本文只打算在这一部分探究一下同藏、回、汉等民族的融合联姻，至于其他方面的内容则分别在下面两部分内容中加以阐述。

如果说中国内地的广大地区，是自西亚、中亚等地来的回回主要与汉族成员联姻形成今日的回族，那么在今循化地区则主要是驻足到这里的撒鲁尔人同当地或附近藏民族成员联姻形成撒拉族。这在撒拉族民间传说里有清楚的反映。传说谓：撒拉先民在循化定居下来后，便向邻近的边都沟（文都）藏民通媒求婚。藏民同意他们要求，但提出了四个条件：第一，供拜藏族所信奉的佛教即藏传佛教的菩萨；第二，在房顶安设嘛呢筒；第三，在院庭中竖立经幡；第四，接受藏族的某些风俗，如院墙四个角上放置白石头，结婚时把牛奶泼在新娘所骑的马蹄上，院庭里砌牲畜食槽，衣服不放在衣柜里而挂在横杆上等。前三个条件因与撒拉族先民所信仰的伊斯兰教规定不合而未被接受，第四个条件则被接受了，结果达成了协议，撒拉族先民的男子可以娶藏族女子为妻。至今藏族的不少习俗在撒拉族中仍有保存，撒拉族人和藏族人之间形成的“夏尼”（意为“本家”）关系也一直传沿了下来。[①]

除了同藏族人通婚联姻之外，撒拉族穆斯林中还融合进了不少同自己信仰同一宗教的回族人。这些回族人多来自东邻的河州。他们通过联姻、迁居等途径渐融合于撒拉族中。循化撒拉族穆斯林聚居区“十二工”中的“下六工”，以“马姓”为主，多是原先迁入的河州回民。

此外，循化撒拉族穆斯林中无疑也有一定的汉族成分。《循化志》卷四载：当地汉人，“历年既久，一切同土人”。这就是说，从撒拉族先民驻足循化到清乾隆的近500年中，当有一定数量的汉族工匠、行商、走方郎中逐步融合入撒拉族中。

撒拉族中无疑也有一定的蒙古人成分。对此，介绍孟达清真寺时再述。

撒拉族中是否还融合有其他民族的成分，现在还不能准确作答。

总之，在循化境内撒拉族穆斯林聚居区形成过程中，蒙古、藏、回、汉是4个离不开的民族。

（二）内部结构与有关制度

循化撒拉族穆斯林聚居区的内部结构，大致可以从以下五个角度进行考察：

第一，从家族角度考察的“六门八户”结构。

关于“六门八户”的一种较普遍的说法是：尕勒莽有6个儿子，繁衍成六门也即六支，而长子和次子又各有一妻一妾，多出两支，合为8户，形成街子地区的8个庄子，即上房庄、马家庄、沈家庄、三立坊庄、三兰巴海庄、黑大门庄、汉巴庄、托龙都庄。笔者赞同这种说法。

但关于“六门八户”还有另一种说法，即认为尕勒莽6个儿子的后代称“六门”，加上从河州迁入的马姓和沈姓两家，共称“八户”。按这种解释，“六门八户”

---

① 详见《撒拉族史》，14页。

不能被看做是一种家族结构了。况且从撒拉族穆斯林群体形成过程看，应该是先有家族结构，后有由尕勒莽后裔所构成的血缘共同体。

第二，从亲疏、姓氏角度考察的嫡系、旁系或根子姓、外姓主次二分的“四房五族”结构。

对何谓“四房”，目前有三种不尽相同的说法。一种说法谓尕勒莽率众到达循化后，让4个儿子的妻子每人生一个男孩，长子叫期孜，次子叫清水，三子叫衙子，四子叫苏只，分别在期孜（孟达之对音）、清水、衙子、苏只四个地方开拓自己的辖地并繁衍生息。第二种说法谓虽“四房”具指尕勒莽4个儿子的男性后代，但认为这四房的居住地区应以“对委奥依纳”中的叙述为准，即孟达地区是一房大儿子的后代，清水地区是二房二儿子的后代，街子地区是三房三儿子的后代，苏只地区是四房四儿子的后代，而查加地区则是尕勒莽舅舅的后代，查汗大寺地区是他同村人和朋友的后代。第三种说法虽也认为“四房”系具指尕勒莽4个儿子的男性后代，但认为尕勒莽的第五和第六个儿子的后裔都也属根子姓，都也属嫡系。这也就是说，“四房”统指“上六工”的韩姓撒拉族人，统指“根子姓”韩姓。因尕勒莽之孙神宝世袭“达鲁花赤”后，于明初取汉姓改名韩宝，撒拉族人则视韩姓为嫡系，为根子姓。

对何谓“五族”，则都一致认为是指属于旁系或非根子姓的马姓、沈姓、何姓等“外姓五族”。乾隆《循化志》卷四谓“外姓五族，而马姓十居其九”。

“四房五族”的提出及根子姓与非根子姓的划分，则表明撒拉人已由氏族部落共同体向民族共同体过渡，已由以尕勒莽后裔组成的宗族、家族向民族过渡。

第三，从社会组织形式角度观察分家庭、“阿格乃”、“孔木散”、“阿格勒”、“工”五个阶梯的结构。

家庭是撒拉族穆斯林社会组织形式中的基层单元和基础经济单位，是撒拉族穆斯林聚居区赖以存在和发展的基础。每个家庭都建有一院房屋，撒拉族穆斯林称其为“庄廓”。在旧社会，由于撒拉族人结婚年龄较早，大多数家庭是祖、父、孙三代同堂。儿子们结婚后，父母大多随幼子而居，对长子次子等则分给他们一定的土地、工具、牲畜、口粮等，并建就新“庄廓”，使其另迁新居，成家立业。

“阿格乃”，在撒拉语中意为“兄弟”、“本家子”。系以父系血统为基础，兄弟分居后若干个小家庭组成的近亲社会组织形式。由于血缘很近，“阿格乃”禁止通婚。在一个“阿格乃”内，凡同辈人互称兄弟姐妹，无事则分户各居，有事则形同一家，加上居住在同一地区，故可称为“扩大了的家庭”。

“孔木散”，在撒拉语中意为“一个根子”、“远亲”。系由若干个“阿格乃”组成的远亲社会组织形式。在一个“孔木散”内部，原先禁止通婚，禁止外部人加入，是一个对外封闭的社会组织形式。但后来这两个禁例逐渐被放松，容许了外部不同血缘的人加入，其远亲血缘性质的组织形式便逐渐演变成为地缘性质的组织形式了。这样，在有的“孔木散”内部，就有了不属于任何“阿格乃”的单独家庭，就有了几个不同的姓氏。原先，每个“孔木散”都有一块公共墓地（称“麦扎”即麻扎），用于埋葬同一“孔木散”的亡人，不属于本“孔木散”的亡人则无权入葬。

另每个“孔木散”还有一位“哈尔”，即户长，管理“孔木散”内外公共事务。因此，纯粹的“孔木散”实际上也可称作是扩大了的“阿格乃”。

“阿格勒”，在撒拉语中意为“村庄”。系由若干个“孔木散”或若干个“孔木散”成分组成的地缘社会组织形式。居住在同一“阿格勒”内的住户，既有血统较近的若干“孔木散”的人，也有无血缘关系的若干“孔木散”的人或零星住户。由此看来，“阿格勒”是在撒拉族社会发展过程中，经过若干次变化反复组合而成的，最初出现的时间，总体上当在“孔木散”之后，是“孔木散”发展到一定阶段的产物。“阿格勒”最突出的特点或标志是每个“阿格勒”都建有一座清真寺。

“工”，按撒拉人自己的解释，是kand（干）的对音。系撒拉族的一种特有的地域称谓，由同一地区的若干村庄组成，相当于“乡”一级的行政单位。据初步查，“工”的名称最早出现在清雍正八年（1730年）的粮册上。可见撒拉地区形成“工”，应该在清雍正八年之前。具体的划分方法最初是以县城积石镇为中心，分为十二个“工”。西部为上六工，即街子、草滩、查加、苏只、别列、查汗大寺；东部为下六工，即清水、达速古、孟达、张尕、夕昌、崖（乃）曼。

第四，从民族分布格局角度观察，宏观撒拉族相对聚居与微观撒拉族、藏族、回族、汉族多民族杂居错处相结合结构。

循化撒拉族穆斯林聚居区，顾名思义是从宏观、从整体角度而言的。但这只是问题的一个方面。问题还有另一个方面。从另一个方面，即从微观、从局部角度观察，循化撒拉族穆斯林聚居区同时也是一个多民族杂居区。乾隆《循化志》卷四谓“撒喇各工，番回各半”。又谓“考撒拉各工，皆有番庄。查汗大寺（工）有二庄，乃曼工有六庄，孟达工有一庄，余工亦有之。且有一庄之中，与回子杂居者”。此处所言的“回”、“回子”当指撒拉族、回族等信仰伊斯兰教的民族，所言的“番”则指藏族人。

第五，从宗教地图角度观察的伊斯兰教占主要地位和伊佛道等多种宗教并存相结合的结构。在多种宗教中，佛教的一种藏传佛教即喇嘛教无疑占一个很重要的地位。

至循化撒拉族穆斯林聚居区在形成过程中和清乾隆四十六年（1781年）时所实行过或正在实行的有关制度及其设置，暂介绍以下三项：

第一项是元时撒拉人所居地区达鲁花赤的设置。达鲁花赤，官名。蒙古语长官之意。元代地方各路、府、州、县等设置的提举司、总管府、万户府、千户所、元帅府以及宣抚司、安抚司、招讨司等行政机关均置达鲁花赤之官，是谓长官。并且均由蒙古人充任，以掌印办事，把握实权。军队中，除蒙古军、蒙古探马赤军一般不置外，其他各族军队亦多置此官，以监掌军务。达鲁花赤的任命权在中央，只有属于下设的州县，其达鲁花赤一职，由领有该地的诸王、贵戚或勋臣任命。边陲民族地区的宣慰使司、宣慰使司都元帅府及其所属的路府州县或安抚司等机构，往往参用当地的土官任职。①

① 详见《中国历代官称辞典》，63页，《元朝史》（上册），302页。

既然乾隆《循化志》明确有说韩宝旧名神宝，系前元世袭达鲁花赤，而《元史·百官志三》在吐蕃等路宣慰使司都元帅府所属官员一栏中有“撒剌田地里管民官一员”，那就应该说在元时撒拉人所居住的地区就有达鲁花赤一职的设置，就有由撒拉人充任和世袭这一官职的情况。问题只是在具体什么地方或在一个多大地区范围内任达鲁花赤，什么时候开始充任，在元亡明兴时已世袭了几代。

一般的研究者认为撒拉族先民的首领在元代就开始充任的是下州积石州的达鲁花赤。[①] 这样，撒拉族的先民元时就是生活于河州路与必里万户府的所在地贵德州之间，即以积石州为中心的一片地区。

什么时候开始充任，按目前掌握的材料无法判定具体年代，但不会是这个地方一开始设达鲁花赤时就充任则是可以肯定的。这主要是根据在撒拉族中流传的这样一种说法，即谓尕勒莽一行来到循化地之前，这里是马祖乎即蒙古人的活动地。尕勒莽率领撒拉人到达这里后，以一个王爷为首的马祖乎便把这个地方让给了撒拉人（也有说是卖给了撒拉人），他们自己则迁到现在的海西南都兰一带去了。这很可能是尕勒莽所率领的撒尔特部接替蒙古人驻防这一带并接替蒙古人担任这一带达鲁花赤的一个变化了的说法。

至元明之际时尕勒莽一家已世袭几代为撒剌田地的达鲁花赤，按《杂学本本》的说法，应是尕勒莽、奥玛尔、神宝祖孙三代。

尕勒莽、奥玛尔、神宝祖孙连续三代为撒剌田地的达鲁花赤对这里未来形成撒拉族穆斯林聚居区关系重大。因为这不仅为以尕勒莽家族为核心形成一个“相对属我所有”的地区预先设立了基本地域范围，而且也为撒拉人在这个预先设定的地域范围内扩大活动、搞好与上级行政机构的关系、处理好与有关民族的关系等提供了有利的条件。故而可以说，达鲁花赤在撒剌田地的设置和尕勒莽祖孙三代连续为撒剌田地的达鲁花赤，为这一地区最终形成撒拉族穆斯林聚居区奠定了政治和社会方面的基础。

第二项是卫所制度和土司制度在撒拉地区的实行。卫所兵制，实于明代，系在诸“卫”之下设“千户所”，长官称“千户”，驻重要府州，统兵1120人，下分10个“百户所”。乾隆《循化志》卷五，撒拉族首领、世袭达鲁花赤神宝（后改韩宝）于明洪武三年（1370年）归附明朝后，明于洪武六年（1373年）任其为积石州千户所（约组建于洪武四年）百户，职衔为“昭信校尉管军百户”。到明正统元年（1436年），明将韩宝之孙韩贵升为副千户。至明嘉靖三十一年（1552年），除尕勒莽后裔中有一人充任副千户外，明又在“外姓五族”中加封了一名百户，由其专管“外姓五族”，“协办茶马事务”。从而在制度层面上表明这时的撒拉族群体不再是单纯的同血缘关系，而是同血缘关系与不同血缘关系的紧密结合。

土司制度，系由“以土官治土民”政策演变而来的一种统治制度。始于元，盛于明，止于清。办法是在各少数民族聚居的府州县，用封赠赐授有关各族首领以世

① 详见《撒拉族史》，48~49页。

袭性职衔，使其情愿为朝廷统治本族人民。被授予职衔的各族首领，称作土官，也作土司，而被土官统治的有关各族子民称土民。撒拉人族长韩宝在明洪武六年（1373年）被授以世袭百户职衔时，就是代表朝廷统治撒拉人的土司了。按土司不同于流官，他不领俸禄，对其所属不编册籍，不纳科差，职责主要是朝贡、征调、保寨等，撒拉族土司曾多次被征调赴陕北、关中、南京、西昌、长城沿线、居延海、青海湖一带参加军事行动。所以土司制度在这里的实行，除使这里的族权进一步与政权、军权结合外，也使撒拉族人进一步融入中华民族的大家庭。

不过卫所制度和土司制度在撒拉地区实行最值得研究的就是它大大促进了撒拉族的形成，促进了循化撒拉族穆斯林聚居区的形成。这就是说，由于明初撒拉人或撒拉地区的土司以韩为姓，便促使土司的同族及其属民纷纷以韩为姓，从而造成“十个回回九个马，十个撒拉九个韩”的情况，从而使这种制度的实行反而成为将原来同血缘关系的居民和不同血缘关系的居民联结或融合到一起的一个重要契机。当然也要指出这个契机是与神宝改用汉姓韩直接相关。

第三项则是哈的掌教制度的推行和发展。据有关文章介绍，撒拉族民间有这样一种传说，谓撒拉族先民定居街子后，怕失掉教门，避免对伊斯兰教教义的解释产生错误，从中亚请来了40位谢赫（亦译“筛海”、“夏依赫”），其首领为一位名叫苏来曼的学者。来到街子后，从中推选出一位哈的，执掌全族教法、教规和负责管理整个宗教事务。按蒙·元时期对伊斯兰教，特别是对蒙藏地区伊斯兰教的政策，以及中央曾有“回回掌教哈的所”的设置等，撒拉人定居街子后不久就有了哈的掌教制，应该是可信的。然而像上面所介绍过的撒拉人穆斯林社会组织形式的变化和撒拉族穆斯林聚居区的形成有一个过程一样，哈的掌教制度在元明清的几百年中也是有变化发展的。变化发展起码有三桩：一桩是哈的由公众推举向与土司结合从而走向家传世袭；另一桩是哈的由在一小范围内掌教向在一大范围内总掌教的转变；第三桩是由单一的哈的掌教制向哈的掌教制与三掌教制的复合形态过渡。问题是，直到目前我们只能看到一些介绍这种变化发展结果的文章，而看不到探讨阐述这种变化发展过程的文章。所以只能从结果来推测过程了。这样，简单将这种结果勾画一下也许能有助于读者从结果来联想过程。

（1）撒拉族地区的哈的在汉文历史文书中被称作“总掌教”或“总理掌教”，在清廷档案中称作“世袭总理掌教”。循化街子清真大寺清乾隆二十六年（1761年）匾额上写有“总理掌教韩光明”。哈的驻在街子，主持街子大寺，土司也驻在街子。从明洪武六年（1373年）韩宝被封为世袭百户，撒拉族土司制度也从这时开始，到清光绪二十二年（1896年）土司制和哈的世袭制同时在这里终止的520余年中，土司传世约20人，哈的传世按骆驼泉畔的哈的墓地所埋推算也至少有17人。其中有记载的如韩哈即（韩哈吉）、韩光明、韩哈济、韩四个、韩伏禄、韩六保、韩五十三。

（2）撒拉族中的哈的，干预教众户籍、婚嫁、钱粮、诉讼等，是十二“工”之总理掌教，撒拉族宗教上的最高世袭职位。

（3）在撒拉哈的制的发展中，逐渐与格底目的教坊制相结合，从而形成了一套特有的组织形式，即在哈的之下设立“三长制”及“三级寺院组织”。

（4）“三长制”，即伊玛目、海推布、穆安津三掌教制。“三级寺院组织”，即撒拉族地区的清真寺分总寺、宗寺、支寺三级，三级实行不同的掌教制度。

（5）总寺，即街子清真大寺，亦称祖寺。在该寺哈的总掌教之下设“三长”，即世袭的三位掌教伊玛目、海推布和穆安津。其中伊玛目1人，负责领拜和讲经；海推布1人，负责领导穆斯林念经；穆安津1人，每日五次准时登邦克楼（也称作“天楼”）督促穆斯林按时礼拜。除“三长”之外，还设木札威1人，负责寺内日常事务和看守门户等。

（6）宗寺，也叫海乙寺，系在撒拉各工中设置的清真寺。每个海乙寺，聘大学阿訇即掌教一名充教长，下设中学阿訇一至二名（一名者称副掌教，二名者分别称副掌教与小掌教），满拉若干人。掌教、副掌教、小掌教三位亦称“三头”，均不世袭。在宗寺中，由掌教掌管全寺教务，给满拉讲经。每逢主麻、尔德时，本工内各支寺都到本工的海乙寺共同参加聚礼。在街子工的海乙寺，聚礼时不仅有工内各支寺的教众，街子清真大寺即祖寺的教众亦来参加聚礼。

（7）支寺，系在各村中设立，一般由海乙寺的掌教兼管而不设掌教只设小掌教。但亦有一些离海乙寺距离较远的支寺，因宗教活动不方便，可以适当变通，几个村合聘一位掌教。如属于清水工上半工的红庄、达速古（大寺古）、瓦匠庄，由于到清水海乙寺不方便，九寺便合聘一位掌教，轮流到上述各寺主持教务。

（8）在三级寺院组织之外，还有一个三级寺院组织的辅助形式即寺院学董制，由学董来专管寺院的财产，向教众征收学粮及宗教费用，同时也可以决定聘请阿訇。总寺设总学董一名，学董二三名至五六名不等。宗寺则只设学董，不设总学董。而支寺的学董则由土司制和哈的制的基层——孔木散的世袭“哈尔户长”担任，从而从最基层表现了土司制、哈的制的互为表里。

（9）三级寺院有上下级隶属关系。上级寺对下级寺有管辖权，对下级寺的阿訇有任命权，有出“候坤”（判决）和处理民事纠纷之权。

从以上关于哈的制度在循化撒拉族穆斯林聚居区实施情况的介绍可以得知，伊斯兰教在这一聚居区的形成过程中，起着比在内地一般穆斯林聚居区所起作用大得多的作用，而这大得多又多源于哈的制度的实施，哈的制度与掌教制度的结合，哈的掌教制度与土司制度、封建宗法制度的多层面或多重结合。如单从宗教层面而言，哈的掌教制度本身，无疑大大增强了伊斯兰教在循化撒拉族穆斯林聚居区形成中的纽带或纽带之一的作用。

（三）祖传手抄本《古兰经》及骆驼泉、骆驼石等

在循化撒拉族穆斯林聚居区的形成过程中，绝不能忽略撒拉人祖传手抄本《古兰经》及反映撒拉人文化之根的骆驼泉、骆驼石等历史遗物的巨大作用。这些遗物，包括手抄本《古兰经》、骆驼泉、骆驼石、尕勒莽和阿合莽之墓等，都基本上

可以说是存放于或位置于街子清真大寺及其周围，故街子清真大寺及其周围不大的一片地区则是撒拉人信仰、精神、文化、宗法之根之魂的所在地，也是撒拉族穆斯林空间意义上的居住地和时间意义上的历史进程的共同起点。这样撒拉人上述的信仰、精神、文化、宗法之魂等则从时间和空间两角度贯穿于循化撒拉族穆斯林聚居区的形成过程始终。

（四）撒拉族的形成和发展

循化撒拉族穆斯林聚居区的形成，无疑是以撒拉族的形成为基础和前提。而撒拉族的形成时间，大致来说也和回族的形成一样，是在明中叶前后。明中叶前后，也即上面提到的明嘉靖二十六年（1547 年）前后，撒拉人口户已达 10000 口，即 2000户左右，已由一个氏族部落或部族发展为一个民族意义上的民族——撒拉族。这个民族聚居的地方，即今循化黄河河谷一带地区，到明末清初则被称作“撒喇川”。清雍正五年（1727 年）十月西宁镇呈报户口时，这个民族的户口则被称为是 1600 余家。30 多年后，也即清乾隆二十九年（1764 年），这里在册的撒拉族人户数已达 2709 户。到清乾隆四十六年（1781 年），钦差大臣阿桂奏折称撒拉族已升至 6000 余户，30000 人左右。不过说到撒拉族的形成和发展，就不能仅限于介绍今循化地区，今化隆地区的一些地方，如在《西宁伊斯兰教研究》一文所介绍过的黄河北岸甘都一带的阿河滩地方，元时就可能有撒拉人移入，介绍撒拉族形成时，不能不提到这部分。

五、清乾隆年间前的循化清真寺

（一）一般概况

清乾隆年间前的循化清真寺，当包括循化所有穆斯林的清真寺，这就是说，不仅包括撒拉族穆斯林的清真寺，也包括撒拉族、回族等族穆斯林共同从事宗教活动的清真寺，以及主要是回族穆斯林从事宗教活动的清真寺。鉴于缺乏历史资料明确说明哪一个清真寺主要不属于撒拉族，故我们就没有必要在回族等族系统伊斯兰教清真寺的范围内再区别不同的民族了，因而就笼统地称之为循化撒拉族自治县范围内的清真寺。

鉴于这一部分主要介绍清乾隆年间以前的情况，故只列举初建年代在清乾隆年间以前的循化清真寺。列举主要根据《青海省志·宗教志》，少数根据其他资料和笔者的实地调查。列举只列寺址寺名及始建年代。

（1）街子乡三兰巴海村街子清真大寺，始建于元初。

（2）街子乡下托隆都村下托隆都清真寺，始建于元至元六年（1340 年）。

（3）街子乡羊苦浪村羊苦浪清真寺，始建于明正统五年（1440 年）。

（4）街子乡波拉海村波拉海清真寺，始建于清康熙三十四年（1695年）。

（5）街子乡果什滩村果什滩清真寺，始建于明正统十一年（1446年）。

（6）街子乡果哈拉村果哈拉清真寺，始建于明正统十一年（1446年）。

（7）街子乡塘坊村塘坊清真寺，始建于元至正十年（1350年）。

（8）街子乡孟达山村孟达山清真寺，始建于明崇祯十四年（1641年）。

（9）积石镇寺门巷21号积石镇城关清真大寺，始建于明初。

（10）积石镇草滩坝村草滩坝清真大寺，始建于清雍正八年（1730年）。

（11）积石镇石头坡村石头坡清真寺，始建于清康熙二十九年（1690年）。

（12）积石镇丁江村丁江清真寺，始建于明正德十年（1515年）。

（13）积石镇大别列村大别列清真寺，始建于清顺治七年（1650年）。

（14）清水乡河东大庄村清水河东清真大寺，始建于明洪熙元年（1425年）。

（15）清水乡阿什江村阿什江清真寺，始建于明天顺七年（1463年）。

（16）白庄乡山根村山根清真寺，始建于明万历三十八年（1610年）。

（17）白庄乡下张尕村张尕清真寺，始建于明朝。

（18）白庄乡下白庄村下白庄清真寺，始建于明嘉靖四十年（1561年）。

（19）白庄乡上科哇村科哇清真寺，始建于元末明初。

（20）道帏乡俄家村俄家清真寺，始建于明洪武二十九年（1396年）。

（21）查汗都斯乡大庄拱北村大庄拱北清真寺，始建于明洪武二十三年（1390年）。

（22）查汗都斯乡中庄村中庄清真寺，始建于元至顺二年（1331年）。

（23）查汗都斯乡下庄村下庄清真寺，始建于明弘治三年（1490年）。

（24）查汗都斯乡大庄村大庄清真寺，始建于元至元六年（1340年）。

（25）查汗都斯乡苏只村苏只清真寺，始建于清顺治十七年（1660年）。

（26）孟达乡大庄村孟达清真寺，始建于元朝。

（27）孟达乡木场村木场清真寺，始建于元朝。

（28）孟达乡塔沙坡村塔沙坡清真寺，始建于明洪武二十九年（1396年）。

（29）孟达乡索同村索同清真寺，始建于明弘治四年（1491年）。

（30）孟达乡汉平村汉平清真寺，始建于明崇祯十七年（1644年）。

（31）积石镇托坝村托坝清真寺，始建于清雍正年间（1723—1735年）。

（二）街子清真大寺

街子清真大寺系撒拉族祖寺，青海第二大清真寺。其撒拉语的全称是“阿里提欧里米希提”。据说在尕勒莽兄弟一行迁居这里后，即在今三兰巴海村东建有一座简陋的清真寺，称“尕勒麦西提”（撒拉语意为黑色寺）。这可能就是街子清真大寺的前身。明洪武年间，撒拉族先民又在尕勒莽、阿合莽墓旁建成了规模较大的清真寺。后清真寺经过了三次大规模的扩建。第一次是清乾隆二十六年（1761年），由上房村一位富孀捐资扩建了大殿的前半部分。第二次是清光绪九年（1883年），由街子老民主持修建了邦克楼（撒拉语称穆纳楼）。第三次是1933年，由汗巴村的一位韩姓富户主持扩建了大殿的后半部和南北厢房及寺门等。

街子清真大寺的原建筑在“文化大革命”中已被拆毁。原建筑坐西朝东。寺门是带前后廊的九间二层楼房，下层排设三道大门，上层是讲经室。寺门外正东是邦克楼，六角三层，高 25 米，木结构，用斗拱、飞檐翘角，六角攒尖顶，呈盔形，由于有斗拱承重，楼檐格外向外延伸，给人以飞角高扬、如翼临空之感。楼脊之上全用绿色琉璃瓦覆盖，使与周围山川河流、居民村庄融为一体。礼拜殿分前卷棚、正殿、后窑殿三部分，中国宫殿式建筑。前卷棚面宽七间，间架颇大，并采用单檐绿琉璃庑殿顶及特大斗拱，不仅面阔壮观，而且出檐深远。正殿、后窑殿均也面阔七间，单檐歇山式，两连勾连搭。殿正中的大梁系一根直径为二人合抱的大原木，若放地下，人骑上脚不着地，相传是尕楞乡藏族群众所赠。殿内 16 根原木通柱支撑着五间勾连搭式全木屋架。由于均采用砌上露明造，从而全部都有土红、棕、青、绿、白、黑等色彩画。卷棚柱用朱红色，正殿柱用深红色，正殿与后窑殿之间柱则采用黑色。而礼拜殿内的墙壁上则以青绿两色和阿拉伯文为主进行彩绘，极为富丽堂皇。至于所有门窗，也系精雕细刻之作，别具一格。礼拜殿之屋顶为起脊重檐歇山式，四角伸翘，屋脊正中镶嵌有 3 个绿色琉璃瓦宝瓶。总之，整个礼拜殿为砖木结构，彩柱画梁，粉壁素描，造型古朴，典雅壮观。除邦克楼、寺门楼、礼拜殿之外，街子清真大寺还有南北厢房各 5 间。

在街子清真大寺门前南侧有尕勒莽的陵墓，北侧有阿合莽的陵墓，两墓边各有一棵大树。撒拉族民间传说，尕勒莽、阿合莽兄弟临终前嘱咐教民“墓地不要盖顶，以后总有一天会盖上的”。后两个墓地旁便长出两棵榆树，其叶繁枝茂，便盖住了两墓。另在两墓旁据说还有撒拉族先民种植的扎根树和驻足他乡的撒拉族先民同族人种植的 8 棵同根树。街子清真大寺的北侧有历代哈的之墓和普日后西陵墓，街子清真大寺的东南侧则为著名的骆驼泉和骆驼石。另在寺以南 10 米还有苏力麻乃（即苏来曼）陵墓。

街子清真大寺是撒拉族先民从中亚带来的珍贵手抄本《古兰经》的保存地。为妥善永久保存好这一珍本，街子清真大寺近年专门修盖了一座藏经大楼。

（三）清水河东清真大寺

系一保持了明代规模和风格的清真寺。主体建筑除照壁及大门系“文化大革命”后新建外，邦克楼、礼拜大殿基本保持明代原貌。占地面积 3000 多平方米，寺门为一大两小拱形三开式。正门对面为照壁，镶嵌精美阿文、汉文、花卉、水果等砖雕作品。寺门南侧为邦克楼。邦克楼位居两院中心线上，即礼拜大殿偏南，突出于隔离两院的墙外。三层楼阁式，六角攒尖顶，通柱造。下面一层朝西一侧有门，门之两侧有篆字砖雕。礼拜大殿位于北院，建在三层台基上，由前殿与后窑殿两部分构成，中国传统宫殿式。前殿面阔五间，进深三间前带廊，廊内檐椽作卷棚式，左右砖砌八字花墙，殿前并植有古树二株。殿内原为五架梁减柱造，后因屋顶跨度过大，南部大梁断裂，1984 年维修时增加内柱四根，柱头及补间皆五铺作斗拱。后窑殿缩成面阔与进深皆三间，斜叉式梁架，呈井字形藻井。该礼拜大殿内的做法有四点颇有特点：一是前后殿以木雕落地罩相隔，木雕艺术精湛，视觉效果明显，犹如前面为另一番天地。二是殿内内檐作出一周三昂秀丽的小斗拱装饰，使殿内从立体空间上有了层次感。三是殿内左右两壁布置了数百块砖木浮雕精品，下部为砖雕，上部为木雕，分上、中、下三层，下层为花纹浮雕，中层为缠枝牡丹、石榴、葡萄，上层为36幅雕有各种图案的条屏，所有雕刻造型生动，栩栩如生，细腻逼真，朴素自然，为雕刻艺术的珍品。四是米合拉布的特别做法，即在拱形米合拉布的上部饰以透雕火焰，绕以缠枝瑞草，而在其他各部或雕以阿拉伯文经文，或以阿拉伯文经文组成花草形状，这些花草形状的经文，有远看是经文、近看是花草的视觉效果。由于大殿内全部砖木雕刻，均系白描透雕，不加任何色彩，工艺娴熟细腻，故被认为是一座不可多得的伊斯兰艺术博物馆。可惜因年代久远，光线不太好，有些图案已无法分辨，故难以举出具体名目。清水河东清真大寺于1988年被列为省级重点文物保护单位。

（四）科哇清真寺

系一基本保持古老面貌的清真寺，也是撒拉族地区面积最大、地位仅次于街子清真大寺的清真寺。占地面积约10000平方米，坐西向东，平面呈长方形，四合院式。由照壁、山门、邦克楼、南北配房、礼拜殿等建筑组成。照壁与大门在一直线上，照壁居中，砖作仿木结构，束腰式基座，顶为砖作屋檐、斗拱，上覆小筒瓦，壁中心为圆形砖雕龙凤图案，十分雄壮气魄，为他处所少见。照壁左右各开一门，门为单檐硬山顶，双扇板门，额枋门楣雕云形花纹。邦克楼位居照壁后正中，平面六角形，三层楼阁式，六柱通天造，六角攒尖顶，各面皆有树、花等植物形砖雕，使邦克楼格外生辉。邦克楼进楼处尚有突出十分明显的石榴状垂吊饰刻，栩栩如生。另邦克楼两旁还有雕有花纹的砖墙相配。南北配房均为面阔五间、进深二间，带走廊，单檐一面坡式屋顶。礼拜殿基高80厘米，由前殿和后窑殿两部分组成。前殿面阔进深均为五间，后窑殿缩为面阔进深均三间。前殿五架梁，五铺作斗拱，前廊内顶作卷棚式，下设栅栏，殿内木板铺地，内檐下也像清水河东清真寺那样装饰一周小巧三昂斗拱，至梁柱及左右两壁则或饰重彩，或绘分上中下三层的精美图案。图案初步估计在50幅以上，由于均有着色，显得格外耀眼绚丽，为笔者所见寺之最。后窑殿，由斜叉梁组成井字形藻井，内檐及两壁装饰与前殿相同，正中米合拉布亦类似于清水河东清真寺，后窑殿的彩绘图案初步估计在48幅以上，内容有山水、清真寺、古树、帆船、经书、石榴等。由于科哇清真寺礼拜殿内立柱、两壁及米合拉布所在一面均为重彩彩绘，就绚丽程度这一角度而论，则在清水河东清真寺之上。

科哇清真寺原是撒拉八工之一乃曼的主寺（海乙寺）。据传在初建时，夕厂沟内藏族对科哇清真寺大力支持，赠送木料，并且出工协助。因此，科哇清真寺除整体布局及主要建筑为传统汉式外，内部装修方面则大部采取藏式手法。如垫板用藏式惯用的蜂窝装饰，殿内绘画采用藏式鲜明对比强烈的重彩等。1986年即被列为省级重点文物保护单位。

(五) 张尕清真寺

张尕清真寺平面呈正方形，由山门、邦克楼、南北配房、礼拜殿组成。山门为牌楼式门，分三部分一字排开，中部为屏风样式，左、右两部分各为一大二小的三个门，其上部则为如意斗拱，两面坡式顶，显得这是一座非同一般的建筑群。邦克楼为六角攒尖式三层楼阁，因虫蛀严重，现状乃系后来补修。南北配房面阔五间，进深二间，前带廊，一面坡式屋顶。礼拜殿建在三级台阶之上，由前殿和后窑殿两部分构成。前殿面阔、进深均为七间，带卷棚式前廊，前廊左右置砖八字墙。殿内为五架梁，减柱造，三斗七踩斗拱。后窑殿原为面阔及进深皆三间，斜叉梁架，后来将其向后延伸，尾部加宽为五间，从而使整个礼拜殿呈束腰形状，其屋顶也成多脊歇山顶。前殿内与后窑殿内之间有一大二小三个门隔开，而后窑殿米合拉布及其周围的阿拉伯文经文则为精湛的艺术体。礼拜殿左右两壁也有大幅壁画，但数量有限。张尕清真寺建筑的最大特点是主要建筑采用汉式，但在装饰方面明显吸收了藏式手法。另礼拜殿的梁架采用大部分出头，其部分驼峰、蜀柱采取双环处理，又使清真寺在大木结构的处理即使礼拜殿建筑更加稳重和谐方面别具一格。

张尕清真寺以往是撒拉八工之一的张哈工的主寺（海乙寺），据清真寺人士介绍，礼拜殿抱厦前原有三块大匾，其中一块写有在循化地区以街子清真大寺和张尕清真寺建筑年代最早，距今约有790年的内容。张尕清真寺亦为省级重点文物保护单位。

(六) 孟达清真寺

系撒拉族地区基本保持原始风貌并有若干蒙藏特点的清真寺。清真寺坐西朝东，处于风景秀丽、古木参天、临近黄河的一片小盆地中间，距离青海著名风景孟达天池不远。占地面积2000多平方米，呈四方形。由牌楼式大门、照壁、邦克楼、南北配房、礼拜殿及拱北等组成。牌楼式大门，木结构，分一大（高）二小（低）三部分，中间升起呈屏风式，左右开门，小屋檐顶，如意斗拱，十分气魄。照壁，砖作，亦有砖作斗拱。砖照壁后起三层通柱造、一砖二木楼阁式邦克楼。邦克楼为六角攒尖式屋顶，檐下饰双下昂五跳斗拱，五个侧面砖墙上皆有花草、几何图案。邦克楼面向大殿的一面有拱形门洞出入邦克楼，门洞有大小两层砖雕花边，洞顶及洞之两边亦各有砖雕花饰作品。礼拜殿由前殿、后窑殿组成。前殿面阔、进深皆五间，前带廊，五架梁，减柱造。前廊上部做得格外华丽讲究，上为斗拱一层，中为红蓝相间彩绘数层，下则是经文、花纹相间二层。后窑殿面阔、进深皆三间，斜叉梁作出井字形藻井，柱头、补间为五铺作斗拱。前殿与后窑殿屋顶皆为卷棚式，与前殿采取勾连搭方法连接，从而组成整个礼拜殿的多脊式歇山式屋顶。殿内内檐也装饰有一周小型昂斗，后窑殿正中设米合拉布，两壁及米合拉布两旁墙壁绘中堂式壁画。南北配房各为五间，前带廊，一面坡式屋顶。礼拜殿后偏北为拱北，有历代大阿訇坟墓五座。

孟达清真寺邦克楼侧墙之砖雕初步考察有“麒麟拜寿”、“葡萄满架”、“鸟语花香”、“仙桃满盘”等内容。而殿内中堂式壁画，初步辨识有鹿、仙鹤、塔、亭、桥等。

孟达清真寺大殿顶部中间饰蒙古包顶的饰物，宣礼楼顶部饰蒙古族兵器长矛的尖，被认为是受蒙古族的影响。加之地名孟达被认为是蒙鞑的谐音，孟达撒拉族土语中又有较多蒙古语词汇，从而“证明这一地域的撒拉族主体为蒙古穆斯林转化而来”[①]。另孟达清真寺栏额垫板刻出蜂窝式花纹，壁画及梁柱等采用重彩，又显示借用了藏式建筑的装饰手法。

孟达清真寺在1984年维修时，在后窑殿南壁装板背面曾发现有“大明天启年月日”题记。另在后院即拱北所在院有400年左右大树一株，大锅一口。大锅上有“大清道光二十九年五月吉日孟达众人造铸茶锅一口，供寺中吉祥如意，万事亨通”等字样。

孟达清真寺旧时为撒拉八工之一的孟达工的主寺（海乙寺），现为省级重点文物保护单位。惜即将于清真寺附近修建水电站，寺之命运堪忧。

（七）木场清真寺

系青海境内环境非常独特，砖雕令人称绝且曾珍藏过撒拉族先民从撒马尔罕携带来的另一部《古兰经》的一座清真寺。木场清真寺位于甘肃、青海交界的积石关口孟达山的半腰。与城堡形式的木场村庄堡连为一体，全封闭式，依陡峭的山势而建。据说庄堡原呈营地格局，实为元时守积石关部队军营。这样，木场清真寺则应“为镇守积石关军户的礼拜场所，而这些军户又主要是蒙古族穆斯林”。

木场清真寺坐落于庄堡西门处，突出于西门外山崖上。现乘循化至大河家汽车至木场村口，在路北进10多米长的草木搭门洞上七级台阶即至庄堡西门。庄堡西门为城楼式门楼，门楼北墙同清真寺的学房南墙相连。学房南墙、礼拜殿南墙以及礼拜殿西墙均齐山崖而建，墙上均有令人称绝的大型砖雕。砖雕多由卷草、花卉、阿拉伯文组成的菱形、圆形、多层圆形、长方形复合图案，形态多变，立意含蓄，几乎占满整个外部墙面。加之与山崖上所长的花草乔木交相辉映，真是绚丽多姿，在国内笔者所见的数百座清真寺中所仅见。

清真寺门在堡内，坐西朝东，亦为阁楼式，置有上二层木结构楼木梯。进寺门南侧为塔式四层邦克楼，楼顶部饰蒙古式矛尖。邦克楼南边以山为墙，贴山建有伙房、库房。伙房外现置有一口大锅，据说可供百人吃饭。另据说还有一块从积石关口移来的石碑（笔者未见）。进寺门后正西方向为礼拜殿。礼拜殿在二级台阶上，宫殿式，方形，殿前竖有二尺高石柱两根。殿外宽敞的走廊即抱厦两侧有两幅雕刻精湛、耐人寻味的大型砖雕珍品。北侧雕的是两条大河呈豆角形从远方流来，汇成一处，形成颇大的湖泊，从湖中长出一棵形似蟒蛇的参天大树，树上结出繁密的硕果，湖和每个果子上都刻有一句阿拉伯文。而南侧雕的则是草丛中有两只梅花鹿，

---

① 详见《青海省志·宗教志》，261~262页。

一大一小，都睁大眼睛仰视着前方。两幅砖雕栩栩如生，动中有静，静中有动，给人以无限的遐想和自然美的享受。礼拜殿分前殿和后窑殿两部分，殿脊中央饰有蒙古包顶部的木饰。礼拜殿内据说还珍藏一个有600多年历史的木质藏经盒（笔者未见到），仔细观察，藏经盒与清真寺礼拜殿的内外形状一模一样，系一米见方，硬木套合，未用一钉，却异常牢固，绝非一般工匠所能造出，中间曾珍藏过撒拉族先民从撒马尔罕携带来的另一部《古兰经》，该经已于1958年丢失。

木场清真寺及庄堡下方公路旁尚存一棵五六个人伸出双臂方能抱合的巨大核桃树，佐证着庄堡和清真寺的古老。

（八）塔沙坡清真寺

塔沙坡村位于木场村西南和孟达天池东北的一个山坡上。而塔沙坡清真寺则位于塔沙坡的坡边，其平面呈正方形，由照壁、牌楼式大门、邦克楼、南北配房、礼拜殿组成。照壁为砖作仿木结构，小屋顶，顶上置宝瓶一座，檐下作出斗拱，壁心为十一层方巾形雕花图案，一层形状大，十层形状小，照壁的南端又作有两段东西向的花砖墙。牌楼式大门为一大二小三开门式，小瓦覆顶，如意斗拱，雀替走兽尽有，并在门楼前后各有四根斜柱支撑。门楼两端有砖及八字墙，部分墙面有砖雕。其中有幅砖雕系一层方、三层圆、中心饰花瓶、四周饰花朵的结构，显得格外独特。邦克楼与大门、礼拜殿成一直线，为六角三层楼阁式。底层系砖结构，二层、三层为木结构。砖结构底层六面砖墙中唯面对礼拜殿的一面开有拱形门，其余各面皆墙心饰砖雕花卉。拱形门洞有几层花雕装饰，洞顶部有“清真大道”题刻，洞两边各有一幅砖雕，均为桌案摆设造型。北边一幅上方有“大清乾隆二十年八月”砖雕题记。南北配房为一面坡式顶，各为三间。礼拜殿建在五级台阶之上，由前殿和后窑殿组成。前殿面阔三间，进深五间，带前廊，前廊左右设砖作八字墙，五架梁，减柱造，木板铺地，菱形格子双开式门。后窑殿缩成面阔、进深均三间，斜叉式梁，六角形藻井，西面正中设米合拉布。前后殿内檐装饰一周出昂小斗拱，柱及外檐所有补间均为大斗蝶形拱，大小拱对比强烈，显得大斗拱格外的大和突出。此种做法虽有趋向装饰化之嫌，但尚未失承重作用。整个殿内外，皆为素面，不饰任何色彩，包括木雕在内。

塔沙坡清真寺内原存有礼拜殿明万历年间建的记载，加之邦克楼有清乾隆二十年八月建之题刻，被认为是青海省境内现存建筑唯一有绝对纪年且保存最完整、无任何更动的清真寺。塔沙坡清真寺最初备置的抬式“棺箱”至今仍在使用，清真寺前盘根于崖边的古树至今仍根深叶茂等即是佐证。

塔沙坡清真寺设计严密工整，梁架材料硕大结实，施工娴熟考究，建筑实为上乘。现为县级重点文物保护单位。

（九）苏只清真寺

系循化街子以西地区大体保持清代原貌的一座清真寺。正方形平面布局，四合院式，有礼拜殿、南北讲堂、照壁、邦克楼等主要建筑。邦克楼为四层，下三层为钢筋混凝土结构，上一层为亭式木结构，为晚近所建。礼拜殿为古典庑殿式，内外有各种砖雕木刻花草及阿拉伯经文图案，梁架硕大殷实，实为清建遗存。唯整个礼拜殿全部为玻璃窗，恐系以后改修。系省级重点文物保护单位。

（十）积石镇城关清真大寺

积石镇城关清真大寺重建始末碑云：此寺为循化境内四大古清真寺之一，为临城四庄教众聚礼之地。溯自元末，有陕甘回民接踵而来积石，以行商为生，逐渐住居于镇之西南。及至明初，有大食人来此传教，遂始建一小寺，为大寺之前身也。至乾隆二十一年，华寺道祖马来迟莅循化传教，鉴于镇上教众生口日众，小寺不敷使用，遂亲自筹划，扩建了大寺。可见此寺按初建时间也是在清乾隆之前。在清光绪二十一年撒拉族人民最后一次大规模反清起义失败后，此寺仍是循化境内幸存的清真寺之一。可在“文化大革命”中，此寺则遭毁，风貌不再。现仅古井一口、石鼓一对尚存。古井明初开凿，系循化境内绝无仅有的一口古井，城镇官民咸赖此井供给，1997 年立碑保护。积石镇城关清真大寺曾为循化城关地区的海乙寺。

（十一）草滩坝清真大寺

草滩坝清真大寺原不在现寺址。迁至今址系 1922 年前。草滩坝清真大寺现存有 1922 年清和月草滩坝众人公立《大理院水案判案碑》，涉及汉民马殿魁与当地穆斯林关于开决渠口用水灌田的一件纠纷。

上述关于循化境内古清真寺的介绍，一说明这里有较之他地数目较多的古清真寺，二说明这里也有较之他地数目多得多的古清真寺原貌仍存或大体仍存，而且也不像过去有些出版物所介绍的在光绪二十一年撒拉族人民反清起义失败后，全循化县只剩下街子寺、清水寺、张尕寺、科哇寺、城关寺五座清真寺。本文重点介绍的清水河东清真寺、科哇清真寺、张尕清真寺、孟达清真寺、木场清真寺、塔沙坡清真寺、苏只清真寺就是至目前仍保持古貌或大体保持古貌的清真寺。何况不少清真寺笔者还未得以考察，情况如何发展尚难立断。总之，说明循化是我国清真寺最值得重点加以保护的一个地区，这也是本文重点加以介绍的一个主要原因。愿有关宗教事务管理部门和文物管理部门注意到这一情况。

六、循化伊斯兰教教派、教派斗争和穆斯林反清起义

（一）教派

本部分所介绍的教派，它包括门宦，主要涉及清时的教派和门宦，但为了内容集中，亦涉及民国初期的一些教派、门宦。

(1) 花（华）寺门宦。最早在循化产生，也是最早在循化发展壮大的一个门宦。清雍正十二年（1734 年）马来迟赴麦加朝觐和游学访师归国后，即在循化宣传他的朝觐收获和教道主张，传播苏非派虎夫耶学理。由于撒拉十二工之世传总掌教韩哈济接受马来迟及其子马国宝的宣传，师事于马来迟，于是十二工皆改奉花寺。当马明心于乾隆二十六年（1761 年）二次到循化传教时，这里已经是马来迟、马国宝父子的花寺门宦的天下了。

(2) 哲赫忍耶门宦。按《中国伊斯兰教教派与门宦制度史略》一书的介绍，马明心于清乾隆九年（1744 年）回国路过青海循化时，就受到当地一些好道之士的挽留，请他讲授《古兰经》和教义教法，受到一些“阿林”的拥护。这就是说，循化是哲赫忍耶传播最早的一个地方，即早于河州、定西和榆中。然这次哲赫忍耶显然未能在循化立足。待马明心在河州传教受阻，于清乾隆二十六年（1761 年）再次来循化传教后，循化便成为哲赫忍耶最早获得成功的一个地方。这除了是因为当地以贺麻路乎和苏四十三为首的一些阿訇拜他为师，他又娶当地撒拉女子韩氏为妻外，他在这里提出的一些改革主张又较适合一些贫苦的或势力较弱的阶层[1]的需要也起了很大作用。这样，经过一段时间，哲赫忍耶的发展在循化反盛于马来迟之教，以至在撒拉的十二工中除夕昌、孟达、查汗大寺三工外，其余九工多为哲赫忍耶的信奉者。

(3) “嘎底林耶”门宦。[2] 系一由循化街子清真大寺所在地三兰巴海村人韩穆撒（又译“母撒”）创传的门宦。其教旨来源有三：一是大河家人马文泉创传的文泉堂的嘎底林耶教旨，马文泉（1840—1882 年）被害前将教权交给了他。二是花寺门宦新教派马如彪所传的沙孜林耶教旨，花寺门宦内部为新老两派起冲突时，马如彪将其教旨传给了韩穆撒。三是新疆莎车沙赫奥力牙依道堂的教旨，据说他曾两次（1858—1876 年之间和 1883—1889 年之间）赴该道堂寻师访道。韩穆撒，道号阿布都里·尕的若。自新疆莎车道堂返回循化后曾在奄古鹿拱北静修过 13 个月。生前曾传授有几个“如乎塞提”（意为仅限本人，不再下传的“传人”），如阿布都里·尔则子（崖头韩七十）和阿布都里·反他黑（韩胡个）兄弟及撒利克（循化伊玛目）、阿布都里·巴给、卜日哈龙吉尼 5 位。“嘎底林耶”门宦信传人及其拱北，如位于循化街子乡团结村、墓主为韩穆撒的街子拱北等。信众俗称其传人为师傅。

(4) 崖头门宦。系一根在循化街子而长在今甘肃积石山县刘集乡崖头村的门宦。创建人为阿布都里·反他黑（1865—1937 年），因胡长及胸，又称胡子阿訇。原籍循化县街子乡汗巴村，后同岳父奴荣吉尼迁至崖头村。其教旨来源主要有二：一是“嘎底林耶”门宦创传人韩穆撒所传马文泉、马如彪和莎车道堂三方面的教

---

① 《撒拉族史》，182 页称哲赫忍耶即新教在一定程度上代表土司统治下贫苦属民和世俗“富回”的利益。

② “嘎底林耶”，实际上是“格底林耶”的不同音译，鉴于笔者对此门宦缺乏调查研究，难以对其具体命名，故暂用《循化撒拉族自治县志》的提法。可为防止与四大门宦之一的格底林耶相混淆，故多加一个引号，以示有别。

旨，二是其岳父奴荣吉尼所传的教旨。奴荣吉尼接受的是来青海传教的阿拉伯传教士赛义德·阿布都里·克勒木所传的教旨，奴荣吉尼只生一女，将反他黑招为女婿，遂引起亲房的反对，于是他抛弃家产，携家室及女婿到崖头落户。不久奴荣吉尼同马文泉去麦加朝觐，从麦加领了传教口唤。后马占鳌出资财，要奴荣吉尼替他朝觐。奴荣吉尼去麦加路过长安时，把传教权交给了正在西安求学的女婿反他黑。后奴荣吉尼病故于麦地那，马占鳌则为奴荣吉尼举行了大规模的“尔麦里”。从此反他黑则继承了奴荣吉尼和循化母撒两支教权。但由于循化母撒只是“如乎塞提”，从道统承袭关系看，反他黑只是继承了奴荣吉尼一支的道统。

（5）苏哇什热木赞门宦（又称“撒拉教”）。系一以今循化街子乡苏哇什村人苏哇什的籍贯和称谓取名的门宦。苏哇什（1880—1949 年），道号奴勒·穆罕默德，“热木赞”是其称谓。其教旨来源按《中国伊斯兰教派与门宦制度史略》一书的叙述，来源于马文泉—母撒—阿布都里·尔则子（先将传教一事委托给撒利克，但撒先于尔则子逝世）—尕拉阿訇（阿布都里·巴给）—阿布都里·反他黑—苏哇什这样一个传承系统。该门宦在学理方面则兼顾了嘎底林耶与虎夫耶，在发展信徒的方式方面则取个别串联方式，并以发展教徒多少而命名为大小穆尔西德（引路人）。由于信众主要分布于撒拉族居住地区，故又称“撒拉教”。

该门宦的拱北主要有：①循化积石镇托坝村托坝下拱北，墓主为苏哇什热木赞门宦创始人苏哇什热木赞。②循化积石镇托坝村托坝上拱北，墓主情况不详。③循化街子乡羊苦浪村羊苦浪拱北，墓主为该门宦传人海孜若阿訇（循化）。④循化街子乡苏哇什村苏哇什拱北，墓主尕六阿訇。⑤循化白庄乡下拉边村阿布都里·尔则子拱北，墓主为该门宦传人阿布都里·尔则子。⑥循化白庄乡下拉边村阿布都里·巴给拱北，墓主为该门宦传人尕拉阿訇。

（6）格底木。循化有格底目则属无疑。但在花寺门宦在循化发展壮大之后格底目的情况到底如何，却是值得研究。因《甘宁青史略》正编卷十八关于清乾隆“十三年后开回民马应焕赴京控马来迟邪教惑众”一般的解释中有当撒拉十二工总掌教韩哈济接受花寺门宦主张后，撒拉“十二工皆前开之教矣”的内容。这到底是说撒拉十二工已是花寺门宦的一统天下，已没有格底目，还是说格底目这时已无多少势力，不详。

（7）伊赫瓦尼。伊赫瓦尼何时在循化地区初传，是笔者 2008 年赴循化调研时想着重解决的一个问题。因在《韦州伊斯兰教研究》一文中笔者就提到了一位在清光绪二十五年（1899 年）前后只身来到韦州传播伊赫瓦尼学理的人。这个人就是循化张尕工撒拉族人马登海（1845—1920 年）。鉴于马登海被认为是经学世家出身，自幼跟随父亲习经，当有一定知名度。可笔者到张尕清真寺和上下张尕，却未打听到有知此尊称为“撒拉老太爷”者，故这个问题并没有得到解决。

（8）其他教派、门宦。除以上教派、门宦之外，循化当还有其他教派、门宦的一定活动。不过对此笔者却缺乏材料具述。为此，最近曾请教于西道堂的敏生光教长，问他老人家循化有无西道堂的传播，他回答说有。

说到循化的教派、门宦时，不能不对多少与门宦有关联的拱北、筛海墓等作一扼要的介绍。循化地区的这类伊斯兰教遗迹约分三类。

第一类是明显被纳入嘎底林耶门宦系统的拱北。如：

①积石镇羊圈沟的羊圈沟拱北，墓主为阿拉伯传教士尔撒、师孜、哈桑、胡赛因。

②积石镇线尕拉村的线尕拉拱北，墓主为一位阿拉伯传教士。

③白庄乡下白庄的下白庄拱北，墓主为白阿訇。

④孟达乡大庄村的大庄上拱北，墓主为一位阿拉伯传教士。

⑤孟达乡大庄村的大庄下拱北，墓主为阿拉伯传教士奴尔·穆罕荣吉尼。

⑥孟达乡汉平村的汉平拱北，墓主是一位阿拉伯传教士。

⑦清水乡马儿坡的马尔坡拱北，墓主是一位阿拉伯传教士。

⑧清水乡瓦匠庄村的瓦匠拱北，墓主为马老日格。

⑨查汗都斯乡阿拉线村的阿拉线拱北，墓主为一位阿拉伯传教士。

第二类是被尊为苏非派导师的筛海墓。如孟达乡塔沙坡村的冼阿布达思墓、撒地格墓和血日夫墓。

第三类则是年代较为久远且被传为是贤者显迹地方的拱北。比如青海地区著名的拱北——奄古鹿拱北。

“奄古鹿”系藏语，意为大山上。拱北位于循化查汗都斯乡拱拜村拱拜峡下端黄河南岸石壁顶端。传说是很久以前一位伊斯兰教贤者显迹的地方。也有说在明代中叶，有一位名叫哈三·贝素日的伊拉克传教士曾来循化一带传教，他去世后信众在峡中山顶险要处为其修建了简易的纪念陵寝。还有说北庄门宦第二代老人家、逝世于同治七年（1868 年）古历六月十九的豪三太爷也葬于此。另外，就是它也是“嘎底林耶”门宦创传人韩穆撒从新疆莎车道堂进修返家途中的静修做功之地。据说是查汗都斯庄的穆斯林最先筹措钱粮，在被认为是一位伊斯兰教贤者的显迹之地的石壁平台上修建了一座八卦亭式拱北，内设墓庐，俗称“拱子”。此后信奉拱北的穆斯林常到此念经聚礼，或静坐修身，或祈求儿女，逐渐难以容众。故约在清光绪末年，信众又在拱北下处修建了 3 间过亭，供礼拜静修。后又在拱北之东的今拱拜村修了一座清真寺礼拜殿，供参加礼拜者礼拜。来此参拜者除循化、化隆、河州等地信奉拱北的撒拉族、回族穆斯林之外，也有部分是信仰藏传佛教等其他宗教的藏族和汉族群众。每年农历四月十四日为奄古鹿拱北的最主要纪念日。

对奄古鹿拱北独特的多民族、多宗教、多文化风格，在好友杨文炯的一篇名为《多元一体与一室四间》提交给一个学术研讨会的论文中有很具体的表述。谓该拱北的汉式八角亭，顶端是三层荷花铜饰，八个角塑着不同的动物，飞檐下的椽子上绘着蓝白相间的合鱼相抱的太极图，亭子的外部上面写着阿拉伯文的清真言和藏文的六字真言，入门处悬挂着一个长方形的匾，上面雕刻着两条龙。亭子的墙上挂着阿拉伯文的书法、清真寺彩图以及清光绪年间、民国年间各处信众赠送的匾额、锦旗、诗词。中央的墓庐上覆盖着多层写有阿拉伯文的绸布和数十册阿拉伯文经书。

八角亭的周围，石头上和灌木枝上，布满了藏族朝拜者敬献的哈达，写有藏文祈祷文的绸布，抹的酥油，挂的羊毛和小孩的衣服。藏族朝拜者称这里为“阿尼夏吾”，意为“圣人居住的地方”。传说有位藏族老牧人有天看到一个人横跨在黄河上舀水，认为这是圣人显迹，故从此这里也就被藏族人视为圣地。他们常来这里求儿求女，消灾避难，敬献哈达，并将一种藏语称之为“龙达”（意为“鹿马”）的小纸片放在山上让风吹去，意喻一切疾病和不吉利的东西已随“龙达”而去。凡是朝拜过奄古鹿拱北的人生下小孩，都用“夏吾”二字命名，意为圣人的孩子，以后还要前来朝拜。

（二）教派斗争和穆斯林反清起义[①]

在循化伊斯兰教历史上，有两宗教派斗争最为著名。这两宗教争最后都转变为规模较大的穆斯林反清起义。让我们分别予以扼要的介绍。

（1）哲赫忍耶、花寺门宦在循化的教争及其向穆斯林反清起义的转变

首先要指出的是，教派与教派斗争并没有必然的联系。因为教派之间的不同，无论如何都不可能大于不同宗教之间的不同。不同的宗教在不少情况下都可以和平相处，同一宗教内部有什么理由互相对立呢？何况在循化地区崛起的两个教派即花寺门宦和哲赫忍耶之间并没有明显的教义、教理方面的分歧，在他们的创传人马来迟、马明心之间并没有什么个人夙怨，据说两人之间的关系总的来说是好的，两人有时还一同给教徒念经，干“尔麦里”（祈祷），在一同吃饭时还开玩笑，所以哲赫忍耶与花寺门宦从乾隆二十六年（1761 年）开始在循化的不和，只能是从马来迟和马明心两人之外，从当时的循化穆斯林社会中找原因。

一个比较合理的解释就是促使哲赫忍耶与花寺门宦在循化发生激烈角逐的直接原因是争教众、争地盘、争荣誉、争地位，有意或无意力图在循化地方势力结构的转换中获得同原势力同样的宗教政治特权，同样的子孙世袭权力，同样的一派独大，同样的总揽循化的撒拉十二工。这对于已有众多教众拥戴，地盘已经得手，世袭实际已经开始，且已得到世袭土司、哈的的支持的马来迟之子马国宝来说，就更是如此了。况且马明心对教义、教理的更加透彻易懂的阐释，对宗教仪式的有所简化，强调“海的也”（布施）阿訇不能独受私用而要用于周济穷人，特别是针对马来迟实际上已将教权传给其子马国宝一事所提出的传贤不传子主张，按正常的学术或经学发展的观念来看，应该都是很正常的事。近 40 岁的马明心超过年轻的马来迟，应该说这正是经学进步的表现。可对于马来迟之子马国宝，对于花寺门宦的一些既得利益者来说，却是巨大的、多重的挑战，故两者发生教争也就不奇怪了。至于这宗教争如何发展成为穆斯林的反清起义，请看以下过程。

（2）清乾隆二十七年（1762 年）的教争。是年有一天，马明心在循化张哈工清真寺做主麻，宣传他的主张，引起马国宝的不满，于是两人便讲经辩论。后者斥

---

① 这部分主要参考《中国伊斯兰教派与门宦制度史略》、《撒拉族史》、《撒拉族史料辑录》。

前者不遵祖传规仪，摇头高念，是“邪教”。而前者则斥后者收取布施过多又不施舍给穷人，这不符合教义。后马国宝认为自己有土司、哈的支持，便以“邪教”为名将马明心告到官府。循化游击马世鲲，将马明心逐出循化，将马国宝送回河州原籍，并责令头人贺麻路乎阿訇出具甘结，保证“永不招留外来游民”。

马明心离开循化后，他的高足贺麻路乎和苏四十三成了循化地区的哲派首领。贺麻路乎则于张哈工清真寺殿旁另建清真寺，率其众自行礼拜。

（3）清乾隆三十四年（1769 年）的教争。哲忍赫耶新建三所清真寺使花寺门宦感到了威胁，于是由哈的韩哈济出头将贺麻路乎以不遵教规告到循化厅。循化厅同知张春芳公开袒护韩哈济，判令枷责贺麻路乎等，暂时封闭哲赫忍耶清真寺，强令哲赫忍耶信众到哈的控制的清真寺念经礼拜。贺麻路乎等人不服，遂以“邪教”控韩哈济等九人于甘肃按察司（清乾隆十三年，马来迟曾被马应焕控告为“邪教惑众”）。于是韩哈济之弟韩五亦以“邪教”诉贺麻路乎。后经有关部门审理各以诬告反坐论罪。贺麻路乎以首事从重，发配乌鲁木齐给兵丁为奴，韩五则流三千里。韩哈济拟以枷责。苏四十三、马六十、韩哈马等以不知情予免议。并说明“两教既不愿合一，亦不必强之使合，各举掌教约束稽查，新立三寺仍听分开礼拜。其马明清（即马明心）、马国宝等皆不究”。看似哲赫忍耶获得了与花寺同等传教的权利，但在查家工陆某等四人入哲合林耶后又愿仍归花寺的衙门所批“弃邪归正，甚属可嘉，赏银牌四面”上，可见官府的真正立场。

（4）清乾隆三十八年（1773 年）的械斗。贺麻路乎被充军为奴后，苏四十三（本河州回民，其祖始迁街子工，父置庄田于查家工之古节烈庄，遂为该庄人）继为此地哲赫忍耶首领。其助手则为清水工河西庄之富回韩二个。其时，清水工分河东、河西二庄，河东皆花寺，河西皆哲赫忍耶。

乾隆三十八年九月，清水工河东大庄韩乙黑牙等 20 户花寺信众改遵哲赫忍耶。花寺遂派代表赴循化厅控告。不巧两派于途中相遇，互相争斗了起来，哲赫忍耶死一人。循化厅同知张春芳按番例规定，罚令花寺派赔偿命价。哲赫忍耶对此不服，于这年十一月由韩二个率众直入河东庄杀花寺派四人作为报复，结果循化厅亦以同样方式结案，韩二个以首事被枷责了事。自此之后，双方争斗更加频繁。

（5）清乾隆四十五年（1780 年）九月的械斗。这年九月，打速古庄有丧，花寺和哲赫忍耶复因念经仪式不同争斗，致哲赫忍耶一人受伤，不久死去。循化厅同知洪彬依据番例规定，断以赔半个命价。苏四十三与韩二个则令死者亲属拒绝认领，以示不服和抗议，而花寺也不甘示弱，预示双方的教争已接近进入大规模械斗阶段。

（6）清乾隆四十五年（1780 年）腊月十六日哲赫忍耶韩二个家誓师。清乾隆四十五年（1780 年）腊月十六日循化哲赫忍耶首领苏四十三在韩二个家宰牛羊会草滩坝等八工的哲赫忍耶，命令大家准备器械，“尽杀老教（即花寺门宦），灭土司”。分工是苏四十三主上六工，韩二个主下六工。看来是决心大干一番。

（7）清乾隆四十六年（1781 年）正月及二月哲赫忍耶相继起事围花寺门宦各庄。先是定匠庄哲赫忍耶马十八个等起事杀别列庄花寺门宦一人，并围定匠庄花寺门宦之家，而别列、乙麻木二庄的花寺门宦信众则前往相救，双方互有杀伤。继之苏四十三、韩二个率千人杀人攻入清水河东庄，杀二人，俘哈尔户长韩三十八等十八人，胁韩三十八降，不从，杀之，余皆惶惧乞降。接着攻入下白庄、红庄、张哈庄、里长庄、上拉边等庄，花寺信众则或降或逃。

（8）清乾隆四十六年三月十八日苏四十三在张哈庄聚徒商议举事。当清水河东庄哈尔户长韩三十八被哲赫忍耶杀害后，其子前往兰州总督衙门控告，陕甘总督勒尔谨派兰州知府杨士玑同河州副将新柱前往循化查办，苏四十三等便假装是花寺门宦信众出来迎接新柱，从而打听官府的意图和立场，而新柱竟当众扬言“新教（即哲赫忍耶）若不遵法，我当为汝老教（即花寺门宦）做主，尽洗之”。苏四十三等“闻是言，反志益坚”（龚景瀚《循化志》卷八“回变”）。于是苏当即在张哈庄宰牛羊聚众举事，率1000余人先后至白庄和起台堡杀死了新柱和杨士玑等。接着于本月二十一日率男妇2000余人，携带马匹枪械，由起台堡沿大道直扑河州城，从而拉开了清乾隆四十六年穆斯林反清起义的序幕。

以上过程，初步分析，可以得出以下要点结论。

一是可以看出教派斗争即教争是现象，而实质则是与土司、哈尔有联系的一部分宗教上层同与富回有联系的另一部分宗教上层之间的利益争夺。

二是可以看出这个过程本身也是不断有所变化的，最初还多少有点讲经辩论的味道，接着就是主要运用着拳头、器械，继之又以大规模的械斗代替小规模的械斗等。

三是可以看出这个过程随时都有可能被阻止向前发展，比如说地方官执行比较公正开放的宗教政策，及时采取果断的补救措施，请有威信且秉公办事的第三者从中调解等等，正是这些的全部缺失，才使这个过程无休止地向前发展。

四是可以看出教派斗争和穆斯林反清起义两者之间并没有任何前因后果关系，只是在阶级矛盾、民族矛盾已经发展到不可调和，反清起义的条件已经具备，而教派矛盾又恰巧发展到开花一个难以解决的节点时，两条发展线索的一个偶然相交，即教派斗争仅仅是爆发反清起义的一个导火线。

五是可以看出发生在循化的这次教争并不是单纯的教争，而是多多少少含有反封建土司、反哈尔户长、反世袭罔替的成分，特别是在乾隆四十五年腊月十六日哲赫忍耶誓师于韩二个家明确提出“尽杀老教，灭土司”的口号之后。当然这个口号的一半即“杀老教”是完全错误的。

（三）循化花寺门宦内部老教、新教之争与清光绪二十一年的河湟事变

要知花寺门宦内部的新老教之争，必须从花寺门宦内部出现分裂说起。马来迟有亲生子女和养女共8位，其中亲生一女三男4位。马国宝按男女序列为老四，属“四方头”，按男性序列为老三，故有“三太爷”之称。老三和老四为一娘所生。老四从马来迟那里接传了教权，老三掌握了花寺拱北大权。三、四方头在光绪初年是一致的，没有分歧。“三方头”马永瑞之子马如彪在河州八坊老王寺念经时，拜阿

拉伯传教士色里木为师。光绪中期又去麦加朝觐和学习3年，回国时领了沙孜林耶道堂的“口唤”，故回国后即宣称“花寺太爷没有把教门传给下一代，现在我领了传教口唤”。还说“花寺太爷自己干的沙孜林耶，给教徒谈论的是虎夫耶，现在我正式接替花寺太爷传沙孜林耶”。当时“四方头”的重要头人马永琳，斥责其侄马如彪所传是新教（新阿訇之称即由此而起），于是分裂为二派。马永琳一派被称为老教（老派），马如彪一派被称为新教（新派），两派斗争十分激烈。起初曾得到能左右河湟政、教两权的马占鳌的支持，马永琳不敢公开反对。马占鳌死后，两派的斗争便公开化。至于循化这两派的教争情况，可简述如下。

（1）清光绪十三年（1887年）前，河州花寺新派传播到循化，撒拉八工花寺也分裂为新老两个派别。

（2）清光绪十三年（1887年），循化街子花寺新派头人韩老四与老派头人韩奴勒“以夙嫌互控。已而械斗，终年未结”。

（3）清光绪十九年（1893年），韩五十三和新派首领韩七十因“太斯达勒”头巾的形式问题发生了争执，韩奴勒乘机扩大事态，率领老派抢劫烧毁新派财物，演成武斗，双方伤亡数十人。

（4）清光绪二十年（1894年）农历二月，上四工土司韩起忠恐两派械斗酿成大事想从中调解，但双方都不把势力弱的土司再放在眼里，该土司只能依职责和办事程序“牒诣”循化厅同知办理。循化厅则差传两派当事人，但也屡传不到。

（5）清光绪二十年（1894年）八至十一月，并不想经官处理的韩奴勒恐屡传不到于已不利，先后差人赴循化厅、西宁府衙门恳求免究，但都未被允准。于是老教韩奴勒、韩新庄、韩乙连、韩一素夫，新教韩老四、韩五十八、韩星庄、韩老山卜、韩五麦目等共9人被先后拘获到案。在这种情况下，河州、循化当地穆斯林头面人物恐公案牵连蔓延，于已不利，便由马占鳌次子马国良出面，约同上四工土司韩起忠，下四工土司韩膺禄，联名具状保领韩奴勒、韩老四等12人出外调处。结果得准，12人得以保释。

（6）清光绪二十年（1894年）农历十二月初六，韩奴勒自恃有马国良等作后台，于这日派其同伙韩老三即羊子手捧天经闯进循化厅城，声言：“老教大，汉回不必惊慌。定要讨取厅官准其免究印谕，始敢解散息事。”以此要挟循化厅主簿陈庆麟给其免究印谕，当即被差拿责押、下狱，并受杖刑。后因在狱中患病，被韩五十六保领回家，10多天后病故。事情至此，更加难办。

（7）清光绪二十一年（1895年）二月上旬，新教阿訇韩七十缠着不同于老教方式的白头巾（新教封顶不留尾，老教露顶但留尾）大摇大摆、昂首阔步走在街子大街上，哈的韩五十三见此情景怒不可遏，当众用手扯掉韩七十头上的头巾。韩七十认为这是对新教阿訇的莫大污辱，立即纠众论理，两派展开械斗。韩奴勒见哈的站到教争第一线了，自恃人多势大，便派人到各工散布“哈的当不成了”、“新教要造反了”等等，利用哈的传统偶像和狭隘的教派情绪进行鼓动。一时人心惶惶，谣言蜂起，形势越发不可收拾。

（8）清光绪二十一年（1895 年）三月初八事变。鉴于燎原之火在循化将起，新任署循化厅同知欧阳乐清和主簿陈庆麟急忙飞禀陕甘总督府。陕甘总督府杨昌浚立即催派西宁道陈嘉绩和河州镇总兵汤彦和前往循化相机处理。这本是防止事态一触即发的一个及时举措，可汤彦和却将解决教派纷争的希望寄托在当事双方的领袖人物和实际操控人马永瑞和马永琳身上，幻想让这两人施加影响，以息事宁人。他派这两人前往循化调解。结果这两人都阳奉阴违，不是致力化解事态，而是各自背后鼓动自己原来支持的派别继续闹事。马永琳甚至暗中支持韩奴勒打死新教阿訇二人，剖肚扬肠，装石肚中，还对新教之人刑讯拷打，强迫剃去胡须，迫令改信老教，甚至唆使老教去围困循化城。而西宁道陈嘉绩却在这个关键的时刻，面对老教的跃跃欲试，便想给这跃跃欲试者一点颜色看以显示他和西宁府衙的威严，于是作出了十分失误的骤然支持新教之举。具体经过就是当查案的循化衙门班头某人在查加工被老教杀死，老教头目韩月保、韩五十一因此被拘押，韩奴勒因此鼓动老教群众千余人围困循化厅城要求放人之时，陈则下令紧闭城门，开炮轰击围城群众，并将韩月保、韩五十一及以前已拘押在狱的老教信徒共 11 人提讯正法，悬首示众。接着老教教众要求陈上城辩理，城上官兵则又以鸣枪开炮回答。于是河湟乙未事变的大幕便揭开了。

（9）清光绪二十一年三月初八事变后。此时，话则可分两头。一头是事变一开始，新教多数方站在官府一边，没有参与抗拒清军。但是河州总兵汤彦和率兵由河州赴循化救援行抵白庄时，却下了一道“不分新老，一律剿办”的荒谬命令，迫使新教老教搁置教争，联合抗击清军，使教争最终转变成为穆斯林的反清起义。循化穆斯林反清起义军以四工包围循化厅城，以另外四工截杀汤军，并在积石关一举击溃了凉州练军王正坤，声势浩大，很快传遍了甘青地区。另一头是当三月初八事变之后，马永琳便返回河州，在那里聚众围攻河州城，是为河湟事变的河州部分，当不属本文的涉及范围。

以上过程，可圈可点、可探讨可深究的地方颇多，先举五点，暂作铺垫。

一是循化街子花寺新老教教争起始的直接原因。《甘肃新通志》卷四十七“兵防志·戎事下”对此只是“先是街子工老教回目韩努力与新教回目韩老四，以夙嫌互控”一句点出，并没有具指这个“夙嫌”到底是什么。然《撒拉族史》对此倒有具指，称“老教新教两派在街子工的斗争，其背后隐藏着争夺哈尔头人的斗争”。谓街子工哈尔头人囊保，去世后，其位子和权力为韩奴勒所取代。但按照传统的父死子继习惯，哈尔头人职应由囊保之子韩老四承袭，他当然愤愤不平，便利用新教作为工具与韩奴勒作斗争。

二是循化街子花寺门宦内部新老教争首席当事人的表现。上述过程，已将这种当事人的表现暴露无遗。韩奴勒和韩老四这两位当事人把教争看做是维护和扩大自己利益和势力范围以及要挟官府的手段，把信众当枪使，让信众或个别阿訇代替自己故意作出一些刺激对方或惹怒官府的过分行动，将事态闹大，以便火中取栗。可是当事态发展到官府真要处理时，他们又恐官府处理于己不利。他们就是唯恐教内和谐安定，唯恐教内不乱，唯恐社会上无火。然当火真正被他们煽动起来，危及官府的统治也危及他们自己的切身利益时，他们则抛下被他们用教争激发起来的教众，先行一步或退或溜了。光绪二十一年三月初八事变后，韩奴勒很快将其儿子韩月保和侄子等送入厅城为质，表示永不反清，韩老四也不知藏到了何处，再不露面，愤怒的群众只能自行推举乃曼工人马古禄班和草滩坝石头坡人俾西麦甘为领袖了。

三是循化花寺门宦内部新老教争的激烈程度问题，显然是要强于循化哲赫忍耶与花寺的那场教争。这种一派内部的教争，激烈程度反而强于派与派之间教争的情况，也从另一个方面突显了教派斗争的利益争夺本质。

四是突现了清末西宁府、河州镇、循化厅官员的无知、无能、无头脑和蛮干。无知就是对循化这个独立的民族、宗教地区没有起码的民情、教情知识。无能就是在土司依职责和办事程序将教争情况“牒诣”到循化厅时，循化厅连差传两派当事人都是屡传不到，还有什么本事和权威可言。无头脑就是河州镇总兵汤彦和竟然无头脑到让躲在教派角逐后台的门宦头面人物来施加影响平息他们巴不得才鼓动起来的教争，无头脑到一点也不打探新教老教当时的情况就贸然下令“不分新老，一律剿办”。蛮干则很少有比西宁道陈嘉绩的用下令紧闭城门，开炮轰击围城群众，当着愤怒群众的面当场提讯正法群众要求释放的人并将被“正法”者悬首示众这种有意刺激对方、有意戏侮对方、有意展示自己优势的办法处理群众性事件更为蛮干、更为荒谬的了。

五是开始显示旧的土司势力衰微和新兴诸马军阀势力崛起。双方都不把势力弱的土司放在眼里，不听劝解，以及韩奴勒视马占鳌次子马国良为后台等，则说明了这点。

从以上关于两轮教争如何演变成两次大规模的反清起义的介绍中，可以看出教派斗争在循化是在一个很特殊的情况下才演变为反清起义的。

其中最主要的一个情况无疑是在当时的循化已经具备了穆斯林起义反抗清廷统治的条件，起义随时都可能发生。这样起义之所以在这之前未在这里发生，只是缺一个导火线。只要有一个导火线，起义随时都会发生。由此看来。无论是清乾隆四十六年的苏四十三起义，还是光绪二十一年的河湟事变，循化伊斯兰教内的教派斗争都不是直接的原因。

另一个次要性的情况则是与循化有关的清廷地方官员在处理教争问题是公开袒护一方而压另一方，吹牛皮说大话火上加油，用罚服赔命价，下蛮干命令等等，都失掉了几次使教争得到适当处理或得到适当缓解的机会。

当然，这里的伊斯兰教内日益绷紧的教争氛围和哈的制度等制度、习惯的束缚，也使无人敢于站出来说公道话，也使教争得以无节制地发展。

（四）反清起义失败后的循化撒拉族穆斯林聚居区

以循化为爆发地的两次大的穆斯林反清起义的失败，对循化撒拉族穆斯林聚居区有很大的影响。清乾隆四十六年的反清起义失败后，撒拉十二工人口锐减，哲赫忍耶976户已不存在，花寺和其他门宦也有不少人阵亡，按乾隆《循化志》卷八“回变”记述，各工只存2648户。于是撒拉十二工被缩编为八工。上六工中的别列工被并入苏只工，草滩坝工被并入街子工，而下六工中的乃曼工则被并入张哈工，打速古工被并入清水工。从此，始有“撒拉八工”之称。后随着循化撒拉八工，特别是街子工撒拉人的向循化境外的迁移，在今化隆即巴燕戎的甘都、卡力岗、上水地、黑城、十五会（巴燕）五个地方便也有了一定的撒拉人居住。约在清道光年间，这五个地方被称为“外五工”，从此撒拉族民间遂有“循化八工外五工”之说。另按《撒拉族史》第224页的叙述，今齐齐哈尔有一部分回民，系苏四十三起义失败后发遣来的12户撒拉人的后代，当时他们给满族兵丁为奴。除这些之外，在清光绪年间，有今青海贵德藏族元珠沟十二族派代表来到循化街子，他们喝骆驼泉的水，拜尕勒莽的墓，认为自己和撒拉族的先民尕勒莽一行同祖同宗，谓尕勒莽等人离开撒马尔罕后，有45人跟踪而来，其中有12人在元珠沟留住了下来，后繁衍为元珠沟十二族。据民间传说，他们原先也有一部年代久远的《古兰经》，因无人会念，只是在遇聚礼和婚丧节日时才拿出来用手摸一摸，算是念过经了。时间长了，才逐渐失去教门，也即藏化了。元珠沟藏民有一句谚语，谓“东那元珠沟索哇吉格尼，曼拉撒拉尔工吉格尼”，意即“珠沟十二庄，撒拉十二工”。这部分人及其后裔，与撒拉人一直保持着十分密切的关系，一直称撒拉人为“夏尼”（本家），而不称“许乎”（乡亲）。[①]

按《循化志》卷六和卷八，乾隆前及乾隆四十六年穆斯林反清起义开始时，循化撒拉各工有清真寺73座，住寺人员300余人。乾隆四十六年穆斯林反清起义失败后，哲赫忍耶清真寺全行拆毁，其他教派清真寺亦不得增建，清真寺则减为59座。其中大寺9座，小寺50座。鉴于在小清真寺皆开始实行乡约制度，清廷又议定有多项章程，清廷对清真寺的控制大大胜于从前，隔府、隔县、隔省教经习经亦受严格限制，循化撒拉族穆斯林社会已今非昔比。

如果说乾隆四十六年穆斯林反清起义失败带来的主要是循化撒拉族穆斯林社会人口、居住地域、教派和清真寺等非制度化内容方面的变化，那光绪二十一年反清起义失败后的变化则侧重于制度、教派结构和民族宗教地方势力结构的开始重组三个大的方面。

制度方面的变化集中表现为世袭土司制度、世袭哈的制度、世袭哈的总掌教制度这三种制度的废除及乡约制度的进一步确立、对清真寺和门宦的进一步约束等。这一切当然都与清光绪二十二年（1896年）清廷在青海实行的“改土归流”政策直接相关。

教派结构方面的变化实际上在教派部分已经介绍。这就是主要由循化街子人所创传、根子在循化、从而具有循化本土特色的一些门宦，如“嘎底林耶”门宦、崖头门宦、苏哇什热木赞门宦（撒拉教），陆续从循化街子的撒拉族人中发端。至于

① 详见《西宁东关清真大寺志》，313~314页。

民族宗教地方势力的重组，在终清之前只是开始。真正的或者说成规模的重组，则是在民国年间进行的。这当在本文的下一部分适当涉及。

七、民国时期的循化伊斯兰教

（一）“青马”军阀对循化伊斯兰教教权的控制

随着世袭土司制度、世袭哈的制度、世袭哈的总掌教制度在循化的废除，循化伊斯兰教的教权，尤其是循化撒拉八工的教权，实际上已掌握在马安良之弟马国良之手，马国良实际上是循化撒拉八工“不是哈的的哈的，不是总掌教的总掌教”。可马安良、马国良兄弟，系马占鳌之子，属诸马军阀中的“甘马”系统。而“甘马”系统，自马安良起，借着办光绪乙未事变“善后”机会，乘机打击和消灭河州各门宦势力，几乎杀尽各门宦首脑人物，将河州伊斯兰教权统一集中到了他自己的手上。而循化的教权则由他的兄弟马国良掌控。这样，由于马安良是以“西军”为支柱，以河州、凉州为地盘，以花寺门宦为精神工具统治河州、凉州以及循化，所以循化在光绪乙未事变以后的一些年是“甘马”军阀系统的地盘。

然除“甘马”外，诸马军阀中的“青马”系统也早就在清光绪三十二年（1906年）取得了对循化、化隆“二化”的军事控制权。不过那时“青马”的主要代表人物马麒是被“甘马”系统的马安良保荐为循化营参将的。这就是说他还羽翼未满，还在“甘马”系统的控制之下。但当马麒于1912年脱离西军，调任西宁镇总兵，继之组成自己的军队“宁海军”，掌握了包括循化在内的全青海军政大权，声望又因生擒绥西活佛和生擒吕光两件大事反在马安良之上后，他就开始了也要控制包括循化在内的全青海伊斯兰教教权的步伐。正巧这时在河州受到各门宦排挤的伊赫瓦尼创传人马果园，正由马安良子马廷勷活动，经甘肃督军张广建电请杨增新，准备押回甘肃处理。马麒便利用这一千载难逢的好时机，将竞争对手不怎么欢迎的伊赫瓦尼创传人救了下来，迎到西宁，奉为上宾，尊为伊赫瓦尼总寺——西宁东关清真寺的总教长，从而通过在青海全省强行推行伊赫瓦尼，将全省的伊斯兰教教权全部掌握在了自己的控制之下。这当然也包括循化。

（二）街子工血案

街子工为撒拉八工之首，街子大寺是八工总寺。1946年3月前，这里的撒拉人多是信奉花寺门宦，教权为马国良所控制。因之，街子清真大寺的教权，就成为西宁和河州两家军阀，或“青马”军阀集团和“甘马”军阀集团所争夺的一个重要目标，也是新兴起的教派伊赫瓦尼同历史较为老的花寺门宦之间的一次重要较量，但是这种争夺和较量的方式本身是违背伊斯兰教教义的，其惨状是目不忍睹的，其最终的处理方式是颇使人对马麒这个人有另一番认识。

1922年马麒、马麟兄弟创立“宁海回教促进会”，会址设在西宁东关清真大寺。该寺因之成为“海乙寺”，成为统揽青海各地清真寺教务的总寺。马麒、马果园一面通过此海乙寺及其弟子们所把持的其他清真寺培养伊赫瓦尼宣教人才，一面以宁海回教促进会的名义向各地清真寺强行派遣伊合瓦尼开学阿訇强制推行伊赫瓦尼教义。1923年，马果园派马麒的外甥马禄（人称尕阿訇）任循化街子工总寺（老教寺）教长。马禄到任后，每逢在清真寺念经，必定大肆攻击其他教派。他强力推行伊赫瓦尼，禁止老教阿訇念经，强迫妇女戴盖头。只有少数人依从，多数人则坚决反对。一天，老教念“卜拉提”（闭斋前转卜拉提），马禄坚决反对并压制，引起冲突，两派互斗，各有伤亡，死伤60余人，烧毁房屋数十间，双方械斗达3月之久。马禄阿訇认为自身难保，便逃回西宁。不久，马禄派其亲信马海渊、马伏良率部队进驻循化城，并发给哈德毛等人枪支，壮大声势。老教韩主麻等人见势不妙，便奔向河州向马国良求援。另外，也有人跑到兰州向甘肃省政府告状，要求结束这场自相残杀的教争。于是甘肃省政府当局派委员2人，会同马国良与马麟（马麒之弟）进行调处，马麒先发制人，在委员及马国良等未到之前，令马海渊等兵趋街子，以“平乱”为名，惩办祸首，将老教的韩哈的木、托果果与花寺老教的韩五十三、陕伯智、杜力松5人予以枪决，把责任推到这些人身上。同时上报省府及省府委派的要员，谓“祸首已处决，乱已平息，再无须前去解决”。就这样，制服了撒拉族花寺门宦的反抗，斩断了马国良对循化八工宗教的控制，使循化八工完全纳入马麒和伊赫瓦尼的控制范围。

（三）撒拉族祖传手抄本《古兰经》的整理装裱

《西宁东关清真大寺志》载：1941年，马步芳在西宁东关清真大寺内组织一些著名阿訇整理撒拉族珍贵的手抄本《古兰经》。据调查过此事的学者记述，据韩五十八老人和马登科阿訇介绍，历史上这部经典由“哈的”（总掌教）保存，平时不能启用，只是在斋月和本民族举行盛大的宗教活动时才能请用。这年，马步芳派人将此经带到西宁东关清真大寺，并组织知名阿訇对这部经整理。据说这部经原来分上下两册，马步芳命人分为30册，并用天蓝色丝绸作了封面。原来纸张没有装裱，马步芳命人进行了装裱。新中国成立后，1954年7月，西宁东关清真大寺举行交经仪式，将这部《古兰经》交给韩有禄（撒拉族，原国民政府陆军八十二军师长）等撒拉族代表送往循化街子，由“哈的”后代保存。这是关于这部珍贵的《古兰经》抄本在新中国成立前保存情况的一段很难得的记述。另内部出版物《甘肃穆斯林》2004年第4期载《贾庆林、李长春批示要求就地保护好青海发现的中国最古老的〈古兰经〉》一文则叙述了该《古兰经》抄本最近一些年的情况。谓目前经国家文物局和国家宗教事务管理局的专家鉴定，这部《古兰经》手抄本被认为是中国最古老的《古兰经》，手抄年代可能为8—13世纪。谓这部《古兰经》全书共30集867页，分上下两函装，函封为犀牛皮，套上印有精美图案，函内每册封面为天蓝色丝绸装裱。1954年曾被送往叙利亚参加国际展览会，在伊斯兰世界引起很大反响，专家盛赞其为“少有的珍本”。近年中央领导批示要求就地很好保护。又北京西苑出版社2007年版姚继荣、丁宏著《青海史史料学》一书谓该手抄本为世界上所仅存的、最古老的三部手抄本《古兰经》之一。鉴于笔者至街子清真大寺藏经楼考察时，未被允准见到此珍本，故再无法提供更多细节。

八、循化伊斯兰教有关汉文资料存目

由于循化主要信仰伊斯兰教的民族——撒拉族，只有自己民族的语言——撒拉语，而没有自己民族特有的文字，故对其历史的记载，多是在一些有官方色彩用汉文撰写的史书中，在循化当地用汉文所作的记载甚少，而回族等族穆斯林也很少用汉文作有关记载，这样在循化当地就很少发现有有关伊斯兰教的汉文资料。为保存资料方便研究，特将这数量甚少的汉文资料存目如下：

（1）孟达清真寺后窑殿南壁装板背面“大明天启年月日”题记。

（2）孟达清真寺煮茶锅清道光二十九年九月题记。

（3）街子清真大寺清乾隆二十六年（1761年）记有“总理掌教韩光明”等内容的匾额。

（4）街子某拱北门砖上有“同治丙寅年（1866年）五月二十七日吉立”、“掌教”某某、“阿訇”某某等内容的题记。此资料说明清乾隆四十六年反清起义失败后，作为“善后”反复强调的不准复立总掌教、掌教、阿訇、师父等的规定事实上并未得到有效执行。

（5）张尕清真寺有循化地区以街子清真大寺和张尕清真寺建筑年代最早，距今约790年等内容的木匾。

（6）木场清真寺拱形门洞北侧墙有“大清二十年八月”内容的砖刻题记。

（7）塔沙坡清真寺邦克楼有“清乾隆二十年八月建”内容的题刻。

（8）循化县城内清光绪十二年（1886年）立《循化水利章程碑》。

按《青海史史料学》一书所录该碑全文，文之末尾刻有循化撒拉八工头人姓名，如街子工头人韩奴力、马来迟。此韩奴力即韩奴勒，说明循化街子工的头人最迟光绪十二年就是韩奴勒了。

（9）清光绪二十二年（1896年）陕西总督部堂新疆巡抚部院为河湟事变颁布的告示（《青海史史料学》一书有录）。

（10）草滩坝清真大寺1922年清和月草滩坝众人公立《大理院水章判案碑》。

以上是对循化伊斯兰教八个方面的介绍。至于对撒拉族穆斯林与伊斯兰教关系较大之习俗部分的介绍，限于篇幅，只能从略，望谅。

（本文系中国社会科学院老干部工作局老年科研基金研究课题“中国名城名镇伊斯兰教研究”成果的一部分。部分材料系青海省图书馆和循化撒拉族自治县伊斯兰教协会韩生华、杨骏提供，在此特致谢意。）

参考文献：

[1] 青海省志·宗教志．西安：西安出版社，2000
[2] 青海省志·文物志．西宁：青海人民出版社，2001
[3] 循化撒拉族自治县志．北京：中华书局，2001
[4] 芈一之．撒拉族史．成都：四川出版集团、四川民族出版社，2004
[5] 青海民族学院民族研究所编印．撒拉族史料辑录．内部印刷，1981
[6] 青海省回族撒拉族哈萨克族社会历史调查．西宁：青海人民出版社，1985
[7] 撒拉族简史．西宁：青海人民出版社，1982
[8] 姚继荣，丁宏．青海史史料学．北京：西苑出版社，2007
[9] 马成俊，马伟．百年撒拉族研究文集．西宁：青海人民出版社，2004
[10] 马通．中国伊斯兰教派与门宦制度史略．银川：宁夏人民出版社，1983
[11] 西宁东关清真大寺志．兰州：甘肃文物出版社，2004
[12] 史为乐．中国历史地名大辞典．北京：中国社会科学出版社，2005

（本文原载《回族研究》2009 年第 1 期）

对撒拉族珍藏手抄本《古兰经》鉴定的初步见解

陈进惠

2004年9月8日，由国家文物局和国家宗教局联合组织的专家考察团一行6人到青海省循化撒拉族自治县街子清真寺，考察鉴定了该寺所珍藏手抄本《古兰经》的历史渊源，并就如何采取保护措施提出了具体意见。笔者受中国伊斯兰教协会委派，参加了本考察团，亲眼目睹了该手抄本《古兰经》的真实面目，切身体会到撒拉族穆斯林对这部《古兰经》的珍爱与敬重。现就本人在此次考察工作中的所闻所见、所想所辨谈谈自己的感受与认识。

根据撒拉族历史记载，撒拉族原名撒鲁尔，为乌古斯部的一支，是唐时中国境内西突厥的后裔，元时其先民来自中亚土库曼斯坦的马雷州撒尔赫斯地区，撒拉族先民返回中国时，用白骆驼载负一部珍贵的手抄本《古兰经》，途经撒马尔罕来到中国青海循化，至今已有近800年的历史。据族内传述，他们到达循化后白骆驼卧地而石化，成为撒拉族世代相传的象征；而这部《古兰经》则是撒拉族历史的见证和传世之宝。因此，这部《古兰经》曾于1954年被送往叙利亚参加国际展览会，被专家誉为“今世少有的珍本”。最近国家文物局专门拨款150万元，保护这一珍本。

据现场观测，这本手抄本《古兰经》分装上下两部，而每部又分装15册，共计30册（见图1），分别收藏在两个木质箱盒之内。部装封面为土黄色，可能是用犀牛皮压制而成且有压花装饰，凸凹清晰，古朴庄重（见图2）；其册装封面为天蓝色丝绸装帧，色彩鲜丽清秀，据说是解放后加装的。全经共有867页，每页尺寸为44厘米×34厘米，其首页《法蒂哈章》已轶失报缺。整部经典重量为12.515千克

图1

（其中上部为6.04千克，下部为6.475千克）。此经虽历经沧桑，年逢百代，但保存基本完好，可见撒拉族穆斯林用心之良苦。

图2

那么，这本被撒拉族视为传世珍宝的手抄本《古兰经》究竟在何时何地抄写而成？其历史渊源、版本状况及书写者又是如何？对此，考察团进行了全面的分析与鉴定。现仅就本人在现场的实地观察与验证，提出以下初步见解：

一是从书体的角度上看，这本手抄本《古兰经》的字体很近似阿拉伯书法中的"木哈盖格"体（见图3）。阿拉伯书法种类很多，常见常用的书体主要有十几种，"木哈盖格"体是其中之一，形成于阿拔斯王朝的布韦希时代（约11世纪），其字体工整、圆润、自然苍劲，常用于抄写《古兰经》。因此，此经形成的时间应该是在阿拔斯王朝期间或者其后，具体地说是在11世纪以后。

二是从书写的技艺上看，此经字体美观大方，笔锋流畅，书体规范，没有相当的功底是难以胜任的。因此，可以推断，它的书写应该出自缮写家之手。由此联想，阿拔斯王朝（749—1258年）是阿拉伯书法形成发展的鼎盛时期，书法家蜂拥辈出，其中被称为书法三杰之一的伊本·班瓦卜（公元？—1022年）就是这一时期著名的《古兰经》缮写家，他一生写了64部《古兰经》，流传各地，已知保存至今的尚有两部：一部在爱尔兰的都柏林，一部在土耳其的伊斯坦布尔，其余62部下落不明，撒拉族的这本手抄本《古兰经》是否与此相关？值得研究。

图3

三是从此经的来源路线上看，它是撒拉族先民从中亚土库曼斯坦的马雷州撒尔赫斯地区出行，途经撒马尔罕到中国的。因此，其书写人不可能是中国人，大有可能是中亚的阿拉伯人、波斯人或土耳其人。而这三地又是当时书法家云集之地，值得考证。

四是从书写字迹的角度上看，此经的正文字体与点符不像是一次完成的，因为点符的笔锋与正文字体不太协调，也就是说可能先有正文，后有了点符。这也符合阿拉伯文字形成过程中开始无点，后来在伍麦叶王朝时期（661—749年）才逐渐增加了点符的历史情况。但仅此一点，还不能证明后加点符就是在伍麦叶王朝时期，因为这一时期流行的书体是“库法”体和“纳斯赫”体，尚未出现“木哈盖格”体。故其书写时间还应该是在阿拔斯王朝期间或其之后。此外，再从墨迹上看，正文墨重，点符墨轻，也证明不是一次完成的。

从以上几个角度的计算和考证来看，该手抄本《古兰经》抄写的时间上限似乎还可以往前推100～200年，即11世纪之后，也就是说距今有近900～1000年的历史了。当然，这里所说的时间上限，是指“木哈盖格”体形成的时间，它并不等于是该抄本书写的时间，这是两回事，不能混为一谈。然而这个时间界限却可以印证该抄本是在“木哈盖格”体形成之后完成的，这应该是不言而喻的。所以作出以上的推断是有一定道理的，当然这个推断也只能是初步的，暂时还不能作为定论，确切的时间还要继续作进一步的研究与考证。

综上所述，撒拉族珍藏的这本手抄本《古兰经》确实是一部历史悠久、世上现存的手抄珍本《古兰经》之一，它被撒拉族视为传世之宝、民族象征是当之无愧的。它不仅是撒拉族的宝贵财富，也是中国伊斯兰教珍贵的历史文物，是中华民族优秀文化遗产的组成部分。

以上仅仅是个人意见，权作抛砖引玉之用。在此，也顺便说明一下，考察团中来自北京大学、国家文物研究所、南京博物院的诸位专家亦从不同的角度与观点对该抄本的来源、历史、版本、纸张、流传以及阿拉伯字母的特点、早期使用情况等作了非常精辟的分析与评述，有的专家还从抄本的边沿角下撷取了小样片，准备带回去作科学化验。至此，考察与鉴定循化撒拉族自治县街子清真寺所藏手抄本《古兰经》的工作初步告捷。相信在不久的将来，在各位专家的共同努力之下，该抄本的来龙去脉和历史本貌定会大白于天下，为中华民族的光辉历史增添异彩。

伊斯兰教法对撒拉族道德观和习惯法的影响

韩得福　东文寿

撒拉族作为我国民族大家庭中的一员，与其他民族一样早已以国家制定法作为调整民族内部关系和外部社会关系的重要准则，但是，作为一个全民信仰伊斯兰教的民族，伊斯兰教法对撒拉族的日常生活仍然具有巨大影响，甚至直接约束和调整着撒拉族社会的道德准则和行为规范。本文拟对伊斯兰教法及其对撒拉族道德观和习惯法的影响进行一些探讨。

一、伊斯兰教法对撒拉族穆斯林道德观的影响

伊斯兰教法作为一种法律体系，不是随着伊斯兰教的产生而建立的。穆罕默德去世后，他的继任者建立了哈里发帝国。最初的哈里发帝国面临着各种现实问题，伊斯兰教法学家便从《古兰经》道德伦理中引申出伊斯兰教的教规和教条，同时又从“圣行”形式表现出来的“懿行”中划分出部分内容，以法的形式加以确定，这就使得伊斯兰教法具有一定的道德伦理意义。按伊斯兰教法，人的一切行为在法律上分为五类：①天命义务。教法命人为之，履行者受赏，违反者受罚。②赞许的行为。教法劝人为之，遵守者受赏，不遵守者无妨。③准许的行为，在教法上无关紧要的。④受谴责的行为。在教法中只受谴责不受惩罚。⑤禁止和受罚的行为。很显然，这些既是法律制度，也是伦理道德规范，对人们的道德行为起到约束作用。

撒拉族穆斯林的道德观受到多重影响。一方面，由于伊斯兰教法与伊斯兰教道德的多重性与纷杂性，撒拉族道德观的形成在很多方面受到了伊斯兰教法的影响，有些法规甚至直接转化为其道德观的一部分。另一方面，撒拉族与回族、汉族、藏族等兄弟民族交往密切，长期受到儒家文化、回族文化、藏文化的影响，因此，其道德观中融入儒家、回族等伦理道德观。由此可以看出，撒拉族传统道德与儒家、回族文化有着密切的关系。

撒拉族道德观是撒拉族历史文化的重要组成部分，其道德原则和行为规范包含着丰富的内容。伊斯兰教法的影响主要表现在以下几个方面：

（一）两世吉庆和善恶报应的宗教道德观

撒拉族道德伦理主张两世吉庆，鼓励穆斯林既追求后世的幸福，也追求现世的生活与幸福，反对出家修行、脱离现世；既要追求后世的幸福，为后世而履行各项宗教义务，也不放弃现世的享受。倘若一个人借口宗教功修而忽略或放弃对家庭和社会应尽的义务，则是不符合撒拉族道德观中两世吉庆原则的，因此是不道德的；同时一个人若是整日沉湎于现世的物质和感官享受，无视宗教义务和精神上的追求，同样也是不道德的。之所以如此，是因为一方面受伊斯兰教法关于宗教礼仪规定的影响。撒拉族对宗教功修很重视，把是否履行宗教功修看做衡量一个穆斯林是否虔诚的标准，并将念经、礼拜、斋戒、天课、朝觐等“五功”的具体时间、功修内容、戒律等形成了一套完整的制度和礼仪，进而形成了撒拉族宗教道德观的核心；另一方面受传统伦理道德观念的影响。撒拉族积极致力于培养公正、宽恕、忍耐、诚实、洁净、乐于济贫等思想观念和道德观。把宗教道德伦理与社会道德伦理结合在一起，把后世视为最终的归宿，把今世看做通往后世的桥梁。对此他们有一个形象的比喻：今世如同一年中的春天，是播种的季节，而后世如同一年中的秋天，是收获的季节，在今世播下的种子和付出的汗水与在后世的收获是相对应的。这种道德伦理观在经济生活中的具体体现便是对生活的热爱和积极进取的精神；在处理婚姻、家庭、财产问题上，持积极严肃态度，合乎宗教教义与社会伦理要求和道德规范；在社会生活中，既要热爱自己的民族传统，又要遵守所处社会环境中的道德规范，对整个现实生活持积极向上的态度。

（二）改造和保护自然生态的道德观

伊斯兰教认为真主是独一无二的，真主创造了自然界的万事万物，反对任何自然崇拜和偶像崇拜。撒拉族在遵从这一基本教规的基础上，十分注重处理好与自身赖以生存的自然之间的关系。根据“认主独一”的信条，撒拉族没有为天地之间的森罗万象而眼花缭乱，没有为自己树立山神、火神、太阳神之类的偶像，也没有产生对大自然的崇拜心理。相反，他们在《古兰经》“你们要观察天地之间的森罗万象”的号召下，通过观察自然、探索自然，悟出了一些道理，把握了一些规律，并且在此基础上利用自然，造福人类。另外，在开发利用自然的过程中，撒拉族人民十分注意保护自然界的生态平衡。譬如，撒拉族生态道德规范要求清洁卫生，不允许污染环境，对动物不可任意乱捕滥杀。在这种生态道德观的影响下，广大撒拉族积极开发自然，努力生产，创造财富，为祖国的物质文明建设作出了应有的贡献。

除此之外，撒拉族道德观中以公平交易、凭信守约、严禁重利为主要内容的商业道德；以家庭、邻居和睦为主要特征的家庭道德伦理以及婚姻道德、教育道德等，均不同程度地受到伊斯兰教教义和教法以及中国传统儒家伦理纲常精神的影响，从而形成了本民族特有的道德观。

二、伊斯兰教法对撒拉族习惯法的影响

撒拉族习惯法是指在撒拉族长期的生产、生活实践过程中自然形成的，主要为调整民族内部社会关系，具有一定的强制性和约束力，被撒拉族全体社会成员共同遵守执行的行为规则的总和。撒拉族习惯法是在继承先民传统习俗的基础上，深受伊斯兰教法的影响并逐渐形成的，同时又吸收了汉、藏等民族习惯法中的某些成分，内容十分广泛，涉及婚姻、财产继承、丧葬、饮食、服饰等方面。

（一）宗教信仰规定

受伊斯兰教法的影响，作为穆斯林，主要义务之一就是信教，信教的具体表现就是按照伊斯兰教经典的规定从事日常宗教活动。在穆斯林家庭出身的孩子从小要会念“清真言”，以后要尽量学会诵读《古兰经》，遵照《古兰经》和“圣训”行事。穆斯林要每日五次礼拜；礼拜之前必须洗大净和小净；要求12岁以上的男性穆斯林和9岁以上的女性穆斯林每年封斋一个月；要求每个有条件的穆斯林每年向贫穷的穆斯林交纳一定的天课（济贫款），施舍出自己的一部分财产等。在开斋节的会礼之前，每人必须拿出相当于一个人一天的生活费向穷人施舍“非提尔”（开斋捐钱）。会礼结束后，人们互道“赛俩目”，表示节日的祝贺，平时结怨的人这时亦应言归于好。古尔邦节时有条件的人必须宰羊、牛或骆驼，并将其中一部分分别赠给穷人、亲戚和朋友。在撒拉族社会中，则把这些作为衡量一个人信仰的标准，违者要受到舆论谴责或长辈的强制性要求。

（二）婚姻习俗

由于受伊斯兰教法婚姻方面的规定的影响，撒拉族的婚姻习惯法也颇具特色，包括缔结婚姻的条件、程序、仪式和离婚制度。

撒拉族的婚姻深受古老习俗和伊斯兰教的影响，在血缘较近的“阿格乃”内严禁通婚，旧时同一“孔木散”内也禁止通婚，但随着血缘关系的淡薄，逐渐允许同一“孔木散”内通婚。《古兰经》谕示：“你们中未婚的男女和你们的善良的奴婢，你们应当使他们互相配合。”（24：32）穆圣强调说：“结婚是我的道路，不力行者，不是我的教民。”遵循这些经、训精神，撒拉族先民在当时男多女少的境况下，向附近的藏族求婚是很自然的。一系列的说合过程是达成协议的艰难历程。对于女方所提条件，在不损伤宗教信仰的前提下，均被接受。撒拉族以做媒人为荣，认为每成全1件姻缘，就等于修了一座“米那勒”（宣礼塔），是积德的好事。当男方相中某家姑娘时，就请1~2个媒人前去说亲。得到女方家应允后，男方须筹备定茶前去定亲，商定彩礼和其他事项。之后，女方不得将姑娘许配他人。撒拉族的婚礼隆重

而独特，届时男方组织孔木散内的男性成员二三十名到女方家送彩礼。《古兰经》谕示："你们应当把妇女的聘仪，当做一份赠品，交给她们。如果她们心甘愿情地把一部分聘仪让给你们，那么，你们可以乐意地加以接受和享用。"（4：4）婚礼上新郎在伴郎的陪伴下完成一项重要的活动——念"尼卡亥"，这象征着男女双方依伊斯兰教义成为合法夫妻。

在撒拉族习惯法里，由于受伊斯兰教离婚制度的影响，一般不允许离婚。《古兰经》谕示："先知啊！当你们休妻的时候，你们当在她们的待婚期之前休她们，你们当计算待婚期，当敬畏真主——你们的主。你们不要把她们从她们的房里驱逐出门，她们也不得自己出门，除非她们做了明显的丑事。这是真主的法度，谁超越真主的法度，谁确是不义者。你们不知道，此后，真主或许创造一件事情。当她们满期的时候，你们当善意地挽留她们，或善意地离别她们。你们当以你们的两个公正人为见证，你们当为真主而作证。"（65：1—2）但如果夫妻关系确实紧张到不能共处，离婚还是许可的。当然现如今离婚则根据我国《婚姻法》的有关规定进行。但是，由人民法院判决离婚后，据伊斯兰教法，女方还向男方要"口唤"，只有讨得男方的"口唤"，她们才认为与丈夫的离婚是有效的。

（三）商业交易习惯法

撒拉人在借贷实物、钱财时，禁止放高利贷。因为高利贷利息是一种不劳而获的收入，是伊斯兰教明文禁止的。因此，撒拉族地区有些人从不向银行贷款。但是出租田地、房屋时，可以收租金，租金由租借双方商定。如果借贷人无力偿还或意外死亡，得由家属或子女偿还，俗云"人死账不死"，但人死后一般会免掉债务。

撒拉人买东西，一般先看好货，但如果过几天再来买时，则要放定金。放定金后，卖主不得把货卖给别人，直至商定期限。定金随东西贵贱多少不一，一般为10%左右。如果买方在言定之日还没来交钱买东西，则定金全归卖方，并且可以自由处理货物，买方无权干涉。撒拉人在进行商业活动时，倡导公平交易，按质论价，平等竞争，信守诺言，反对投机取巧，谋取重利，进行欺诈等，凡违背伊斯兰教义的行为，如经营烟酒，经营未经清真宰杀的牛羊肉等，受到人们一致唾弃。

（四）日常生活习俗

撒拉族的服饰现在已基本异化。男子传统的"白丝布汗褡青夹夹"，妇女的"长衫子坎肩绣花鞋"，已成为只在特定情况下对外的象征性服饰。"盖头"仍保留至今，成为撒拉族妇女服饰的典型特征。"盖头"本来是一种宗教服饰，现已成为民族的特定服饰。饮食习惯上禁忌较多。《古兰经》谕示："信道的人们啊！你们可以吃我所供给你们的佳美的食物，你们当感谢真主，如果你们只崇拜他。他只禁戒你们吃自死物、血液、猪肉以及诵非真主之名而宰的动物；凡为势所迫，非出自愿，且不过分的人，（虽吃禁物），毫无罪过。因为真主确是至赦的，确是至慈的。"（2：172—173）撒拉族先民严格遵循教义、教规，在异族饮食文化的包围中，仍然保持了饮食习俗的伊斯兰本色。如禁食猪肉和自死物以及驴、骡等的肉，禁喝动物的血；禁止抽烟喝酒。此外，在清真寺里不能唱歌跳舞，禁止以动物或人像画装饰房间，禁止偶像崇拜、求神问卜；禁止女扮男装、男扮女装，禁止陌生男女单独相处、攀谈等。撒拉族丧葬习俗中的宗教内涵也较浓。《古兰经》谕示：“我们确是真主所有的，我们必定只皈依他。”（2：156）遵循经典精神，撒拉族的丧葬习俗与其他信仰伊斯兰教的各民族一样，一直坚持速葬、土葬、薄葬的原则，并按照沐浴亡人、给亡人穿“克凡”、站“者那则”、诵经埋葬的程序举行葬礼。

（五）独特的审断方式

当发生盗窃等且无法确定嫌疑人时，撒拉族往往通过以真主之名或手持《古兰经》发誓等方式来决定。发誓内容多为宗教性的，如变成异教徒、失去信仰、失去夫妻间的“尼卡亥”（婚姻关系）等。每一次判决都要有证据。这些审断程序也是受伊斯兰教教法的影响。正如一些学者研究得出：“每一个穆斯林都须履行证人的证明责任，只要遇到需证明的事情或需要做代书人和中间人时，须积极承担其法律义务。所以举证责任对穆斯林来说是天赋人权，是自觉完成的义务性规范行为。伊斯兰证据法学规定，证人须是两个或三个具有法人（刹黑子）资格的穆斯林承担，无论男女只要是虔诚的穆斯林都具备证人资格，但是，证人作伪证词，则要受到严厉的处罚。穆圣说：‘作伪证者，不旋踵即进火狱’。证人须以真实的事实为依据作证，否则，就要终身失去证人的资格。”①

三、结　　语

宗教是人类文明发展的重要精神成果，法律则是现代社会最基本的行为准则。宗教和法律对人们行为的规范发生机制不同：宗教以其教义对信徒的思想进行指导，通过其强大的精神力量对教徒产生影响，间接规范人的行为，并不具有外在强制性；法律则以其明确的法律条文对人们的行为作出直接的规范，这种规范由国家强制力保证其效力。

现实社会中，在少数民族贫困地区普及法律将是一个长期的过程，而在此过程中，稳定的社会秩序仍然是一个重要的目标，伊斯兰教对撒拉族道德观和习惯法有深刻影响的实例说明了宗教对社会稳定的重要价值，相反，对宗教的破坏则会导致传统的崩溃并引发秩序危机。② 所以，在法治实践中，虽然宗教有其局限性，但是，只要加以正确引导仍能起到一定的积极作用。同时，加强传统宗教信仰和现代法治观念之间的协调与通融，将会在一定程度上促进少数民族地区政治、经济、文化快

① 马秀梅：《伊斯兰证据法学的广延性》，载《青海民族学院学报》，2001，(3)。
② 王启梁：《传统法文化的断裂与现代法治的缺失》，载《思想战线》，2001，(5)。

速发展和社会的和谐稳定，正如有学者言："法律以其稳定性制约着未来；宗教则以其神圣观念向所有既存社会结构挑战。然而，它们同时又互相渗透……法律赋予宗教以其社会性，宗教则给予法律以其精神、方向和法律赖以获得尊敬所需要的神圣性。在法律与宗教彼此分离的地方，法律很容易退化成为僵死的法条，宗教则易于变为狂信。"①

撒拉族社会如同费孝通先生所说的乡土社会，在其社会中，撒拉族习惯法以宗教信仰、礼俗形式突显出来，起到规范社会秩序和维系人们关系的作用。撒拉族的道德和习惯法深受伊斯兰教法的影响，寓理于法，贴近生活，深入人心，它通过讲"瓦尔孜"、讲理等活动和方式，教育撒拉族成员遵守《古兰经》和圣训，其潜移默化的传统力量能够使习惯法家喻户晓、妇孺皆知，具有广泛的社会基础。

（本文原载《青海民族学院学报·社会科学版》2008 年第 1 期）

① ［美］伯尔曼：《法律与宗教》，梁治平译，北京，三联书店，1991。

伊斯兰教对循化撒拉族商业活动的影响

雷　波

青海省循化县位于青海省东部，是全国唯一的撒拉族自治县。据循化县统计局统计，2006年底，全县有15个民族，总人口121745人，其中撒拉族人口75690人，占全县总人口的62.17%。同回族、维吾尔族一样，全民信仰伊斯兰教的撒拉族也是一个因善于经商而著称的民族。费孝通先生在循化考察后说道："每个民族在中国民族大家庭中，都有自己的优势，循化撒拉族就很突出，虽然它的人口不多，但是它具有别的民族不具备的条件。他们有强健的身体，善于在高原上做强劳动，又善于经商贩运，上青藏高原做生意、搞劳务。"[1]尤其在改革开放以来，撒拉族商业活动呈现出前所未有的繁荣景象。一个外迁而来人口又少的民族，在汉文化重农轻商的大环境下，为何能形成重视经商的传统？本文将从伊斯兰教思想与撒拉族经商实际相对照的视角，对二者的关系加以剖析。

一、重商意识与当代撒拉族商业发展

撒拉族的商业活动最早可以追溯到先民生活的撒马尔罕地区。据史料记载，撒马尔罕在撒拉族东迁之前就是中亚有名的商业城市。中国丝绸古道也经由撒马尔罕，甚至撒马尔罕的东门还被称为"中国门"。大约在明洪武年间，撒拉族东迁定居在循化县。循化地处西宁—临夏—兰州这条古道中心。乾隆年间的《循化志》记载："河州厅，自明以来专司茶马"[2]、"循化旧为河州厅"[3]。可见，循化一直是茶马贸易的要塞。

19世纪中叶后，撒拉族的商业活动有了进一步的发展，除了与周围民族的贸易交往之外，还与外商进行了贸易。很多撒拉人成为外商的"歇加"（居家商人），不仅推销了土特产，还做起了托运商品的买卖。在马步芳统管全青海省皮毛、药材的"德义恒"等商号及商栈里，也有不少撒拉人。

但由于生产力水平低下，社会分工不发达，1949年前的撒拉族商业活动处于较低水平。新中国成立后，特别是改革开放以后，撒拉族的个体私营经济非常活跃。进入20世纪90年代，撒拉族商业活动从商业零售点、小餐饮、小建筑和小修理等一些技术含量低的个体户逐步迈向了工业企业、农副产品加工、交通运输、建筑建材、商贸饮食、规模种养等大行业、大集团。以青海雪舟三绒集团为代表的绒毛加工个体私营企业的发展一直处于领先地位。很多质量好档次高的产品销往国外，并树立了自己的品牌。天香、仙红"两椒"（花椒、辣椒）加工厂和振荣核桃综合开发公司都逐步走上了规范化的生产、加工及销售道路。长途客货车主要穿梭于青海、甘肃、新疆、四川等省区，加强了各地区的经济联系，也方便了人们的生活。近些年来，随着保护和发展民族传统文化的呼声越来越高，当地政府和热爱经商的撒拉族人民十分重视开发民族传统文化市场，尤其以民族服装、工艺品加工居多。伊佳民族工艺品公司、文都藏族用品加工厂发展势头良好。另外，民族旅游经济蓬勃发展，第三产业收入年年递增，当地撒拉人的生活水平有了很大的提高。在调查过程中，笔者看到循化县城范围内就有大小近60家清真餐厅，宾馆10多个，绝大多数都由撒拉族人经营。从不同年份撒拉族职业变化的统计对比情况，很清楚地看出撒拉族商业活动日趋活跃之势（见下表）。

撒拉族从业人员职业结构①

（%）

年份 从事职业	1982	1990	2000
农林木渔劳动者	90.11	89.12	81.8
商业工作人员	0.88	1.14	8.2
生产、运输工人	2.91	3.35	4.08
其他	8.1	6.39	5.92
总计	100	100	100

从表中统计数据可以看出：1982—2000年，撒拉族在农业和商业的从业人员都有很大变化。具体来说，从事农林木渔人口比例呈明显下降趋势，分别由1982年的90.11%降到1990年的89.12%，而到2000年则下降了近8%，只剩81.8%的人口从事传统农业生产；与此相反的是，从事商业的撒拉族人口则有较大幅度的增加。由1982年的0.88%增加至1990年的1.14%，而从1990年到2000年这一阶段增加最多，从1.14%增加到8.2%。可以说，很大一部分人从农业转入了商业。如果再考虑到整个撒拉族人口数量增加的因素，那么从农业人口到商业人口的变动更为

① 表中数据来源：1982年：根据第三次人口普查数据计算；1990年：国务院人口普查办公室，1993a：752~763；2000年：国务院人口普查办公室，2002b：821~824。

明显。

撒拉族一直以来如此热爱商业，重视商业经济发展，这究竟与他们信仰伊斯兰教有怎样的关联呢？

伊斯兰教《古兰经》和“圣训”中，有大量关于商业活动的训导。通观《古兰经》，其中有二十四章直接提到商业及相关问题。有人说：“当你阅读《古兰经》时，有时会觉得它不是一本圣书，而是商业手册。”[4]《古兰经》中提到“出外奋斗者”、“大地寻找财富者”，主要指商人，先知穆罕默德就是以经商而出名。伊斯兰教的主要教职人员阿訇中许多人出生于商人家庭或本人就是商人，这极大地影响着整个穆斯林群众对经商的追求。“谁为主道而迁移，谁在大地上发现许多出路和丰富的财源……真主必报酬谁”[5]10。穆斯林必须虔诚地履行念、礼、斋、课、朝——“五功”等伊斯兰教义务。伊斯兰教规定每个穆斯林平生在条件允许的情况下，至少要到麦加朝觐一次。因朝觐需要较雄厚的物质条件，朝觐的愿望往往成为穆斯林勤奋工作努力经商的动力之一。由于伊斯兰教经典和宗教人士都支持和鼓励经商，使虔诚的穆斯林逐渐形成崇商的价值观。由此可见，当代循化撒拉族商业发展与伊斯兰教倡导的重商崇商有直接的关联。

二、诚信经商与撒拉族商业伦理

撒拉族在依靠经商致富的同时，严格遵循着商业伦理规范。首先，表现在对所从事商业范围的选择上。在循化的县城和农村，无论是大型宾馆、饭店和超市，还是小商店，你会发现撒拉族人从不出售猪肉、动物血液和烟酒。在传统皮毛贩卖、运输的商业活动中，只经营牛、羊皮毛，绝对不会有猪的皮毛。伊斯兰教认为，猪肉、血液都是“不洁的”。《古兰经》说：“你说：‘在我所受的启示里，我不能发现任何所不得吃的食物，除非是自死物，或流出的血液，或猪肉——因为它们确是不洁的——或是诵非安拉之名而宰的动物。’”[5]145另外，《古兰经》中虽没有像禁食猪肉那样，明确说烟酒是“不洁的”，但关于酒的地方提到了三处，分别记叙了伊斯兰教对酒从限制到禁止的过程，并禁止吸食具有麻醉性的东西。所以，一般撒拉人不吸烟不吸毒。

其次，伊斯兰教还阐发了一系列商业道德思想和道德规范，用来调整人们在商业活动中相互间的利益关系。概括有：①要诚实经商，不准贪不义之财。先知穆罕默德曾说道：“诚实的商人在报应的日子将坐在主的影子之下。”[6]23对于在买卖交易活动中的欺诈行为，伊斯兰教主张施以严厉的惩罚。对于诚实的商人，则主张给予奖励。②要平等交易。《古兰经》规定：“你们要恪守公平的衡度，不能亏损分量。”[7]190③要守信。“毁约者，自受毁约之害，履行其与真主所缔结之盟约者，将蒙赏巨大的报酬”[6]198。伊斯兰教把所有经济关系，包括商品交换关系在内都置于契约的基础上，不允许不守契约的行为。④禁止竭泽而渔的商业行为。圣训道：“穆圣禁止卖家畜的胎羊及其孙辈。”[8]354 “禁止一连数年预售果木”[8]357 。

在撒拉族商业活动中，最显著的特点就是撒拉族商人痛恨敲诈勒索、欺骗说谎等行为。如果发现有人做生意不诚实，一定会强烈谴责并对其不法收益进行处置，即使有合法的共同收益也一定公平分配。宗教人士经常给教民们传授和灌注伊斯兰教有关商业道德规范的思想和精神。在循化县城里经营宾馆的街子乡洋库浪村村民韩先生说：“阿訇主麻日讲‘瓦尔兹’有涉及经商原则的内容，教导教民做买卖不能弄虚作假，不能说谎，买卖要公平合理，称量要准确，要薄利多销，对顾客一视同仁。”2007 年 8 月，笔者在循化县城做田野调查时待了一段时间，通过平时观察和随机访谈，笔者也深深地感受到撒拉族人诚实守信的品格。循化县城的县政府大楼附近有一家湖北汉族人开的超市。老板给我们讲了许多关于撒拉族人公平交易的故事。他自己开始时觉得惊讶，但时间久了听到外地生意人都这样评价撒拉族。他说：“我们在循化做生意放心，与撒拉族人交往开心。”他记得有个小学生买了一些文具，当时正值新学期开学，超市人较多，他因为忙碌给那个男孩子找错了钱。直到第二天一对父母带着那个孩子来到店里退还多找的几十元钱时，他才知道自己多找了，感谢之余他希望再送点文具给孩子，但那对父母说：“我们撒拉族不能贪这样的钱，更不能再拿你的东西了，不诚实的人会受到真主的谴责的……”

可以说，无论从撒拉族商业范围的选择来看，还是从其日常商业活动中的行为来分析，伊斯兰教诚信经商、平等交易等商业道德规范对撒拉族商业伦理的形成具有主导作用。

三、倡导团结互助与撒拉族商人的集体意识

在撒拉族商业规范里，还有一个较突出的特点是：崇尚集体主义，提倡相互帮助。诚然，这离不开特定的社会历史环境，撒拉族东迁的过程本身就是依靠强大的集体力量完成的。到了新的环境，受自然气候条件、地理位置的局限性，为了发展和壮大自己的民族，撒拉族平时在生产生活中就形成了较强的集体主义观念，注重依靠集体的力量。在商业活动中，大都几人成伙，集中资金，互通信息，相互支持。这种朋友关系在撒拉语中称为“许乎”。这种“许乎”关系也体现在族际交往中。一些撒拉族人与藏族人不仅成为贸易合作伙伴，也成为互相信赖的好朋友。在撒拉族中，有许多年轻人跟着“师傅”学习经商，这种“传、帮、带”的方式，巩固和扩大了本族的商业队伍。而且，团结互助在一定程度上减少了单个人从事商业的风险，在根本上增强了撒拉族群体的凝聚力和向心力。

改革开放后，循化撒拉族乡镇企业家族化现象更生动地反映了撒拉族商人的集体意识。这些乡镇企业的发展极大地促进了民族经济的发展。在企业里，一方面以血缘或亲戚关系为纽带，构成企业的管理层，在企业起步阶段，大家互相信任，同心协作，极大地促进了企业的发展；另一方面，因经营乡镇企业而先富起来的撒拉人也会主动

帮助同一“阿格乃”或“孔木散”① 的人们，吸纳他们进入企业中，参与企业的经营和管理，帮助大家共同脱贫致富。笔者在调查中，与一位在西宁某房地产公司的部门经理马先生聊天，得知他儿子在公司做司机，而他女儿也在公司财务部工作，并且他们村有好多人在这个公司谋生。原来，这家房地产公司是他妹夫创办的。

伊斯兰教义里也有不少提倡穆斯林要团结互助的内容。《古兰经》规定：“你们不要像那些分裂的人们那样，他们在获得明证之后，发生了分歧，这些人应受巨刑。”[7]237 “圣训”中也有倡导团结互助的内容。穆罕默德处处强调团结的重要性，他说穆斯林是弟兄，还说狼爱吃离群的羊，真主佑助集体。穆斯林集体内必须互相帮助，经常探望。《古兰经》还规定：“众男女信士是互相爱护的，他们命人行善，止人作恶，他们立行拜功、缴纳天课，服从真主及使者，这些人真主将恩赐他们，真主确是尊严的、英明的。”[7]239

四、对撒拉族商业活动的消极影响

在市场经济活跃的今天，伊斯兰教强调买卖公平、禁止抬高物价、不许弄虚作假等，客观上维护了正常的市场秩序，对发展民族经济具有非常重要的意义。另一方面，要正确认识到伊斯兰教相关教义对当代撒拉族商业活动也存在有待改进的地方。

伊斯兰教严禁从货币交易中收取额外货币。《古兰经》规定：“真主准许买卖，而禁止重利。”[5]275 “他们违背禁令而夺取利息并且侵吞别人的财产，我为不信主的人们准备了痛苦的刑罚。”[7]193 伊斯兰教视高利贷为一种不劳而获的收入。由于受教规约束，早期不少穆斯林积累了大量资金怕获得利息而不存入银行，致使供求市场不健康，在一定程度上不利于当地经济发展。如今在西宁开公司的撒拉族商人韩先生也曾对笔者说过早期富裕的撒拉人手持现金的人数远远多于存入银行的人数。不过，近10年来这种状况有了变化，穆斯林找到了变通的方法。他们试办了金融机构，类似伊斯兰国家的无息银行。1992年青海省就开办了第一个这样的银行——中国工商银行西宁穆斯林支行。这样使得大量闲散的资金集中起来，促进了当地的经济发展，受到广大穆斯林的欢迎。

另外，在撒拉族商业经济十分活跃的今天，有个问题我们绝不能忽视。是否由于撒拉族极度关注商业的发展，而引起了对本民族文化教育的不够重视？长期以来，相对于“重商”来说，撒拉族有些“轻文”。

循化县是国家级贫困县，社会发展程度很低。要实现脱贫致富，就必须依靠科学技术来克服存在的各种社会经济问题，走“科技兴县”之路。因为商业经济不是孤立发展的，它与文化教育的发达有着密切的联系。但长期以来撒拉族对科技文化

---

① “阿格乃”即撒拉语“本家子”的意思；“孔木散”即撒拉语“一个根子”的意思。

教育的重视不足、投入也不多，加之文化教育本身起点很低、基础薄弱，所以整个撒拉族文化教育事业发展较慢，导致全民族文化素质不高，这已经对撒拉族发展产生了无形的屏障效应。而笔者在实地调查中了解到，当地农村基础教育辍学率较高，初、高中的巩固率很低。辍学的孩子大多数直接到“拉面馆”跑堂或跟着家里大人跑运输的现象较为普遍。所以，在对科教事业加大投入之外，从根本上说，要加强人们的科技意识和教育意识。企业只有靠科技创新来增强市场竞争力，才能免遭淘汰，不断壮大；而作为个体经营者，掌握更多的科学文化知识同样对个人的发展，包括创业都有极大的促进作用。

通过对撒拉族商业活动发展现状的了解和对其商业伦理的探讨，可以说，伊斯兰教重商崇商并倡导诚信经商的教义对撒拉族商业活动产生了重大的影响。可以说，宗教作为社会系统的有机组成部分之一，不仅依赖于整个社会系统的存在，而且对社会系统的各组成部分发挥着正负两方面的功能。也就是说，宗教信仰的社会功能具有双重性，即：宗教本身具有整合性、凝聚性、认同性的同时，还具有强烈的保守性和排他性。虽然有某些教义教规不利于市场经济的快速发展，但总体来说，在社会生产和生活中，宗教对促进经济发展、规范市场经济秩序和诚信经营等方面都有重要的积极作用。宗教的社会功能对于当代中国构建和谐社会的价值——无论在社会经济发展，还是在社会制度建设或社会道德建设方面都有待我们去深入研究。尤其在西部经济发展比较落后的民族地区，扶持像撒拉族这样的人口较少民族加快发展具有非常重要的现实意义。

参考文献：

[1] 马维胜．撒拉族商业述略．青海民族学院学报，1994（3）

[2] 龚景翰．循化志：卷七（盐法茶法）．西宁：青海人民出版社，1980：284

[3] 龚景翰．循化志：卷四（族寨工屯）．西宁：青海人民出版社，1980：136

[4] [苏] 马·什列米耶夫．伊斯兰是多结构社会的意识形态．世界宗教资料，1986（4）

[5] 马坚，译．古兰经．北京：中国社会科学出版社，1996

[6] 张永庆，马平，刘天明．伊斯兰教与经济．银川：宁夏人民出版社，1994：23

[7] 杨三品．古兰经分类选择．陈广元校订．北京：中国社会科学出版社，1992

[8] [埃及] 巴基．圣训珠玑．马贤译．北京：宗教文化出版社，2000：354，357

（本文原载《湖北民族学院学报·哲学社会科学版》2009 年第 2 期）

伊斯兰继承制度的本土化及其对我国继承法的启示

——以青海世居回族、撒拉族继承习惯为例

王　刚

依西方学者的传统观点，世界历史上有中华法系、印度法系、阿拉伯法系（伊斯兰法系）、大陆法系、英美法系等五大法系。伊斯兰法系作为其中之一，至今仍影响着许多国家的政治、经济、法律、文化，甚至整个社会生活领域，其对人类社会的贡献，完全可以与其他法系相媲美。作为展现伊斯兰法辉煌成就的继承法，“在整个伊斯兰民法体系中占有极大的比重和较重要的位置。其内容也比较繁杂”①。由于不同法系和价值观等方面的分歧，除伊斯兰国家外，伊斯兰继承法颇受世人冷落，对其探讨、研究者寥寥无几。作为深受大陆法系法律传统影响较多的中国，几乎完全忽视了这样一个基本被边缘化了的知识传统：有这样一个群体，尽管其受现行国家法律规制，但也决不可否认，深受伊斯兰法影响的他们，同样“臣服”于伊斯兰法。在诸多民事领域，对伊斯兰法的遵循使现行国家法律望尘莫及，其涉及物权、债权、婚姻家庭、继承等方面。可以说，伊斯兰法在这些领域对我国信仰伊斯兰教的各少数民族的影响远远超过了国家法。然而，从实际来看，回族、撒拉族继承习惯并非完全传承于伊斯兰法，而掺杂着伊斯兰文化与儒家文化等多元文化的契合。在多元文化并存的今天，回族、撒拉族民商事习惯，尤其是其继承习惯无疑是影响民族地区法制建设不容忽视的因素，对其严厉遏制，抑或加以甄别地扬弃，予以包容和“同情的理解”，是我们亟待解决的课题。本文以青海世居回族、撒拉族为例，以伊斯兰继承制度为切入点，在肯定其对回族、撒拉族继承习惯产生深远影响的基础上，欲拣选其比较完善的立法技术和比较成熟的制度为我所用。

① 杨经德：《回族伊斯兰习惯法研究》，95页，银川，宁夏人民出版社，2006。

一、伊斯兰继承制度[1]述评

毋庸置疑，伊斯兰教作为一种共同信仰，构成了回族、撒拉族等信仰伊斯兰教的诸民族与其他民族不尽相同的生活方式和行为准则。在回族、撒拉族聚居的地区，“《古兰经》和《圣训》仍对其日常生活具有支配性的作用”[2]。《古兰经》和《圣训》作为回族、撒拉族等民族的最高行为准则，是其生活和行为的主要依据，在回族、撒拉族中具有至高无上的权威。作为伊斯兰法重要组成部分之一的继承制度，在《古兰经》相关章节中作了较为详细的规制。

《古兰经》云：“男子得享受父母和至亲所遗财产的一部分，女子也得享受父母和至亲所遗财产的一部分，无论他们所遗财产多寡，各人应得法定的部分。析产的时候，如有亲戚、孤儿、贫民在场，你们当以一部分遗产周济他们，并对他们说温和的言语。”[3]（《古兰经》4：7—8）“真主为你们的子女而命令你们。一个男子，得两个女子的份子。如果亡人有两个以上的女子，那末，她们共得遗产的三分之二；如果只有一个女子，那末，她得二分之一。如果亡人有子女，那末，亡人的父母各得遗产的六分之一。如果他没有子女，只有父母承受遗产，那末，他母亲得三分之一。如果他有几个兄弟姐妹，那末，他母亲得六分之一。[这种分配]，须在交付亡人所嘱的遗赠或清偿亡人所欠的债务之后。——你们的父母和子女，谁对于你们是更有裨益的，你们不知道——这是从真主降示的定制。真主确是全知的，确是至睿的。如果你们的妻室没有子女，那末，你们得受她们的遗产的二分之一。如果她们有子女，那末，你们得受她们的遗产的四分之一。[这种分配]，须在交付亡人所嘱的遗赠或清偿亡人所欠的债务之后。如果你们没有子女，那末，你们的妻室得你们遗产的四分之一。如果你们有子女，那末，她们得你们遗产的八分之一。[这种分配]，须在交付亡人所嘱的遗赠或清偿亡人所欠的债务之后。如果被继承的男子或女子，上无父母，下无子女，只有[同母异父的]一个弟兄和一个姐妹，那末，他和她，各得遗产的六分之一。如果被继承者有[同母异父的]更多的兄弟和姐妹，那末，他们和她们，均分遗产的三分之一。[这种分配]，须在交付亡人所嘱的遗赠或清偿亡人所欠的债务之后，但留遗嘱的时候，不得妨害继承人的权利。这是从真主发出的命令。真主是全知的，是至睿的。”（《古兰经》4：11—12）“信道的人们啊！你们不得强占妇女，当作遗产，也不得压迫她们……”（《古兰经》4：19）“他们请求你解释律例。你说：

---

① 《古兰经》是伊斯兰继承法最权威、最直接的渊源。除《古兰经》外，伊斯兰继承法理论散见于《圣训》及教法学家的著述中，其内容比较庞杂、丰富，涵盖面广。本文仅引用《古兰经》对继承法的相关规定，其余内容从略。

② 参见谢晖：《法的思辨与实证》，420页，北京，法律出版社，2001。

③ 本文所引用之《古兰经》规定，均引自《古兰经》，马坚译，北京，中国社会科学出版社，1981。

‘真主为你们解释关于孤独人的律例。如果一个男人死了，他没有儿女，只有一个姐姐或妹妹，那末，她得他的遗产的二分之一；如果她没有儿女，那他就继承她。如果他的继承人是两个姐姐或妹妹，那末，她们俩得遗产的三分之二；如果继承人是几个兄弟姐妹，那末，一个男人得两个女人的份子。真主为你们阐明律例，以免你们迷误。真主是全知万物的。’”（《古兰经》4：176）

从伊斯兰法关于继承的规定来看，其呈现以下特点：

第一，遗产在合法分配前，任何人无权处分。[①] 如：

长子、次子手头均有父亲在世时几万元的财产，而幼子和四个女儿均无。父亲去世后，长子欲据为已有，谎称没有能力拿出父亲的财产，而次子想将遗产施舍。按伊斯兰继承法的规定，长子和次子均没有据为已有和施舍的权利，而应以继承法规定比例分配给应继承的人，等有继承权的继承人合法继承应得继承额时，由自己再做自由处分。

一母亲去世，留有耳环、戒指等物，子女欲将其捐给清真寺。按伊斯兰继承法的立法精神，应该将其折合成现金分配给各继承人，任何人无权私自将其捐给清真寺或用作他用。

第二，伊斯兰法非常重视信仰的重要性。在财产继承方面，只要继承人信仰伊斯兰教，无论其是否与被继承人具有亲属或血缘关系，均有获得被继承人遗产的可能性。继承以亲属血缘关系为主，但又不限于亲属。即使非亲属，但信仰相同者有获得遗产的可能。

第三，继承分为法定继承和遗嘱继承两种。《古兰经》明确规定了法定继承的继承份额、遗产分配的顺序、继承人的资格等，从而以最高效力的形式确定了法定继承。此外，为避免各继承人因继承问题发生不必要的纠纷，伊斯兰法强调被继承人在临死的时候秉公遗嘱，《古兰经》云：“你们当中，若有人在临死的时候，还有遗产，那末，应当为双亲和至亲而秉公遗嘱。这已成你们的定制，这是敬畏者应尽的义务。既闻遗嘱之后，谁将遗嘱加以更改，谁负更改的罪过。安拉确是全聪的，确是全知的。若恐遗嘱者偏私或枉法，而为其亲属调解，那是毫无罪过的。安拉确是至赦的，确是至慈的。”（《古兰经》2：180—182）穆圣云：“如果穆斯林拟将其财产作遗嘱时，不可过夜；要么其遗嘱当已写妥。”可见，伊斯兰法的继承不仅仅局限于法定继承，而且还包括遗嘱继承。

第四，根据《古兰经》之规定，男女都享有一定比例的继承权。男子的继承份额多于女子；处于同一亲等的男子得继承两倍于女子的遗产份额。（《古兰经》4：7）

---

① 我国《继承法》体现了同样的特点。《继承法》第2条规定：“继承从被继承人死亡时开始。”毫无疑问，当被继承人死亡时，其财产依法律规定作为遗产一并转归其继承人所有。但当继承人有数人时，其中任何继承人都不可能单独取得遗产的所有权，遗产只能为全体继承人共有。在遗产协商分割前，不能确定各继承人对遗产的份额。因此，在遗产分割前全体继承人对遗产的共有，只能是共同共有，任何人无权处分。参见彭万林主编：《民法学》，261页，北京，中国政法大学出版社，2002。

第五，被继承人死亡的时间为继承开始的时间，但其继承的前提必须以交付亡人所嘱的遗赠或清偿亡人所欠的债务为前提。《古兰经》在第四章第11－12节中对各种继承人的继承份额作了详细规制，但同时近乎一致地强调继承人继承遗产必须以交付亡人所嘱的遗赠或清偿亡人所欠的债务为前提。

此外，遗嘱继承的执行必须以留足死者的丧葬费用和清偿死者生前所负债务为前提。被继承人以遗嘱方式处分遗产时，所处分的遗产不得超过被继承人全部净资产额的三分之一。被继承人不得以立遗嘱的方式把遗产赠与法定继承人。丈夫和妻子相互间有继承权。女性亲属和母系亲属有资格继承遗产。父母和直系尊亲有权继承遗产，不被晚辈亲属所排除。①

由上可见，伊斯兰法一改蒙昧时代男子独享继承的办法，本着公允、公正的要求规定了女性的继承权、继承者应得的数目、父母的继承、夫妇的继承、同母弟兄姐妹的继承、亲弟兄的继承等。其涵盖面广，内容全面、复杂。随着《圣训》、教法学家注释等的不断补充，最终得以完善、自成体系。就当时社会背景来看，伊斯兰继承制度无疑比较完善和进步。首先，其承认并重点对女性的继承权作出了规定。尽管其继承份额少于男性，但在当时社会条件下而言，无疑是一次特别重大的进步。其次，继承主体具有广泛性和开放性。在信仰统一的前提下，伊斯兰继承制度在继承主体上并不仅仅局限于亲属或血缘关系，而将孤儿、贫民等弱势群体视为可继承遗产的主体，从社会和谐的角度看，伊斯兰继承法的包容性和主体的广泛性，对弱势群体获得无主遗产提供了可能性。再次，继承人继承被继承人遗产必须以其偿还被继承人生前债务为前提，即使被继承人的遗产不足以支付其债务，继承人也必须予以偿还。这种理念对债权人而言，为其实现债权提供了最可靠的保证。最后，体现遗产分配额上的公正。尽管伊斯兰继承法规定男子的继承份额多于女子，但伊斯兰法认为，同等的权利必然产生同等的义务，其倡导男主外、女主内的思想，即男性要承担比女性更多的义务，如结婚时的财产费用、婚后整个家庭的生活费用、各种应酬、赡养费等，而女性结婚时可获得数量相当可观的聘礼，只负经营家庭、抚育子女的义务，其基本没有额外的开支。主张男性继承份额多于女性，原因在于伊斯兰法对夫妇间的财产采取分有、分管、分用法，各不干预。即丈夫未得妻室同意，无权动用妻室之财产。

“遗产继承是现代社会私法制度中一项为人们所熟悉的具体法律制度。从现代意义理解，遗产继承制度是一项旨在保护财产所有人依自己的意愿合法处置其财产，或者在财产所有人未处置其财产时法律确定一定的规则，以使死者的财产能够在相关的人之间进行合理分配的法律制度”②。继承法反映着经济发展的需求，又保障着发展的世代延续，因此继承法随着国家经济的发展而变化应属必然。在特定的历史时期，伊斯兰继承制度在诸多方面均表现出其优秀和进步之处，具有较强的生命力。

① 杨经德：《回族伊斯兰习惯法研究》，96页，银川，宁夏人民出版社，2006。

② 费安玲：《罗马继承法研究》，2页，北京，中国政法大学出版社，2000。

然而，随着经济社会的不断发展，伊斯兰继承法的发展变化也在所难免。由于受不同地域本土法律文化等因素的影响，伊斯兰继承制度在不同地域的本土化过程中也在发生着较大的变化，在伊斯兰教和本土文化的深刻影响下，伊斯兰继承制度在保持其基本原貌的基础上与本土文化自觉融合，从而异化为颇具本土特色的继承制度。

二、伊斯兰继承制度的中国本土化

“法律是社会产物，是社会制度之一，是社会规范之一。它与风俗习惯有密切的关系，它维护现存的制度和道德、伦理等价值观念，它反映某一时期、某一社会的社会结构，法律与社会的关系极为密切。”[①] 伊斯兰继承制度尽管反映了当时阿拉伯社会的社会结构，包括制度和道德、伦理等价值观念，但“法是被解释而理解，被理解而适用，被适用而存在的。因而对于具有不同社会、文化背景的理解者，法是具有不同意蕴的”[②]。伊斯兰继承制度随着伊斯兰教传入中国后，在伊斯兰文化与儒家文化的合力作用下，发生了相当程度的变化。就青海世居民族中的回族、撒拉族而言，尽管伊斯兰教作为回族和撒拉族的共同信仰，深刻渗透和影响着其生活的方方面面，但从回族、撒拉族的实际生活来看，伊斯兰继承制度在本土化过程中，却发生了很大的变异。在回族、撒拉族形成之时，其继承习惯同样不可避免地接受和适应本土的法律文化及社会背景。于回族、撒拉族继承习惯，“我们不能像分析学派那样将法律看成一种孤立的存在，而忽略其与社会的关系。任何社会的法律都是为了维护并巩固其社会制度和社会秩序而制定的，只有充分了解产生某一种法律的社会背景，才能了解这些法律的意义和作用”[③]。当然，伊斯兰继承制度对回族、撒拉族的影响远远不及婚姻关系。从笔者实际调查的结果来看，前述伊斯兰继承法的规定，有的已被回族、撒拉族伊斯兰继承习惯接受，有的因与我国现行继承制度相冲突而主动或被动地被回族、撒拉族继承习惯所抛弃。在继承领域，回族、撒拉族既无完全遵循伊斯兰继承法的规定，更无游离于国家法之外，在本土化过程中发展成一种颇具回族、撒拉族特色的继承方式，具体表现为：

第一，知识继承方面。伊斯兰教倡导尊重知识，鼓励科学研究，鼓励人们用丰富的知识和理性去探索自然及自然界的一切现象，从而实现做人的自身价值和正确的人生观、价值观。关于伊斯兰尊重知识、重视教育的论断在《古兰经》、《圣训》中有较多规定。《古兰经》云：“……真主将你们中的信道者升级，并将你们中有学问的人们提升若干级。真主是彻知你们的行为的。”（《古兰经》58：11）“难道说有

① 瞿同祖：《中国法律与中国社会》，导论，1页，北京，中华书局，2003。

② 陈芸：《略论中国法治的资源取向》，见何勤华主编：《法的移植与法的本土化》，299页，北京，法律出版社，2001。

③ 同①。

知识的人和无知识的人相等吗?”[①]（《古兰经》39：9）穆圣说：“谁踏上求学的大道，真主已经使谁走上直达乐园的坦途了，天使们垂下神翼，欢迎莘莘学习的人，天上的天使，陆地的生物，甚至水中的鱼类，都替学者祝祷。学者比修士优越，犹如月亮较繁星光明一般。学者是先知的继承人，先知们并无留下一个银圆和金圆，他们撇下的只有学问。谁求得学问，谁已获取丰满的福分了。”[②]“真理的言辞，是信士遗失的宝物，无论在何处发现他，信士都是最有权利遮拾它的。”穆圣还说：“求知识是每个穆斯林的天职。”“学问虽在中国，也当去学习。”又说：“信士死后永垂不朽的善功，便是传授知识，阐扬文化，留下优秀的子孙，遗下利人的著作……”[③]

“当代社会是一个开放的社会，社会成员地域流动速度加快已成为必然。那种只靠聚居才能保持其文化特征和传承延续性的文化，在飞速发展的现代和将来社会中是难以长久维系的。文化传承的动力，在文化自身的优越性、在文化的交往与碰撞中，落后的文化被先进文化所同化的例子并不鲜见。先进的文化是一种开放的文化，任何一个民族的文化要生存发展都必须适应时代发展的要求，以积极开明的心态，向其他民族文化学习，吸收精华、祛除糟粕，而自我封闭，自欺欺人，安于现状，不思进取，非但不能延续本民族文化，只能加速民族文化的毁灭。”[④]伊斯兰是鼓励求知与学术文化的，因为一盘散沙、愚昧无知的阿拉伯人之所以变为一个学术发达的进步民族，无疑得益于学习知识。通过自身不断学习，提升自己的素质与信仰，工作和行为。尽管知识是一种无形资产，但在我们看来，其意义远不能用财产来衡量。就回族、撒拉族而言，在其形成的几百年历史中，“求学是穆斯林的天职”、“求知从摇篮至坟墓”、“知识是伊斯兰教的生命”等训导已深入人心。尊重知识、重视教育使得回族、撒拉族历经百年而不变，其不仅延续和传承了伊斯兰文化，且在与中国传统儒家文化的融合中，形成了颇具民族特色的民族文化。可以说，如果没有这种知识的传承，或许也就没有回族、撒拉族的今天。从这种意义上来讲，知识继承成就了回族、撒拉族的民族文化。

第二，财产继承方面。回族、撒拉族受中国传统分家文化的影响，分家与继承在家庭财产分配上自觉不自觉地混用。分家就意味着从分家之日起，被分出去的当事人的继承权基本丧失，取而代之的一般均为被继承人的幼子。在回族、撒拉族习

① 相关的古兰经文还有：“你当奉你的养主的尊名宣读，他曾用血块造人，你当诵读，你的主是最优越的，他曾教人用笔写字，他曾把人所不知道的教授给人。”（96：1 –5）“安拉把智慧教授他所意欲的人，获得智慧的人已获得很多的财富了，只有那些有心眼的人才会明白。”（2：29）“天地的创造，昼夜的轮流，利人航海的船舶，真主从云中降下雨水，借它而使已死的大地复生，并在大地散布各种动物，与风向的转变，天地间受制的云，对于能了解的人看来，此中确有许多迹象。”（2：164）《古兰经》无不在向人昭示：若了解和探索宇宙间的奥妙，必须娴熟各种知识。因为知识给人以智慧与理性，使人摆脱愚昧和无知，走向文明。

② ［埃及］纳·阿·曼苏尔：《圣训经》，24页，陈克礼译，民间刊印。

③ ［埃及］纳·阿·曼苏尔：《圣训经》，29页，陈克礼译，民间刊印。相关论述参见 Joseph Schacht, origin ofM uham 2m adan Juisprudence，p. 179。

④ 张成，米寿江：《南京回族社区的消失与回族文化传承的思考》，载《回族研究》，2007（1）。

惯中，除子女合家居住，由嫡长子继承外，如果被继承人死亡，幼子自然便成为房屋等不动产的继承人。其余继承人因在分家时已取得一定比例的财产，也自然默许幼子继承的习惯。当然，也有被继承人在死亡之前，对其财产已做好分配，以遗嘱的形式分配自己的财产。从笔者调查结果来看，有按我国现行继承法规定遗嘱者，[①]也有以伊斯兰法规定遗嘱者。在实际生活中，后者并不多见，一般发生在具有较强信仰者之间。“正是因为习俗自身把约束的外部的和内部的双重效力统一了起来，无论其是否只是通过虚构的方式，所以习俗才比道德和法律更具有威力”[②]。

> 刘某（回族）与刘某某（回族）系同胞兄弟，刘某某自幼上学，后在外地工作。2006年7月，刘某某以年老无依靠，需安度晚年为由，要求刘某平分祖上遗产，即庄院一套。刘某认为，刘某某自幼上学，现存房屋全为其扩建、添付而来，且刘某某上学期间，由其负责供养，开销不少，刘某某无权继承遗产，双方为此争执不下。当地人对刘某某的行为也很不理解，认为刘某某于理、于据、于宗教精神均无理由要求平分遗产。但刘某某坚决主张自己的权利，后在众乡老和宗教人士的劝说和协调下，刘某同意将一部分遗产分给刘某某。[③]

财产继承方面，回族、撒拉族留有嫡长子继承制的遗俗，这种特点在农村回族聚居区体现得较为明显。至今我们在很多回族的族谱、家谱中仍能找到这种遗俗。另外，很多回族人家在分立门户时，分立门户的契约文书上通常只写所分立门户人家的长子的名字，除长子以外的子女一般都无权作为分立门户的代表参与分家析产，当然，如果没有长子，只有长女时，长女之下的年龄最长的儿子有权作为分立门户的代表参与分家析产，只有家中没有儿子时，女儿才有权作为分立门户的代表参与家族的分家析产。[④] 出嫁女子不享有对娘家遗产的继承权。从回族、撒拉族的传统观念来看，女子总有一天会脱离原家庭，因此认为她们为“嫁出去的人泼出去的水”，一旦结婚，就丧失继承娘家财产的权利，与娘家除亲情关系外，别无财产关系。这无形中剥夺了女性的继承权。

此外，在财产继承上，由于在家未嫁女子不享有继承权，招赘女子享有继承同一亲等男子所得二分之一遗产的权利。儿媳不享有对夫家财产的继承权。被继承人生前有尚未还清的债务，遗产的实际继承者有为被继承人偿还债务的义务。如果遗产的实际继承者为被继承人的子、孙辈，对被继承人生前债务的清偿并不以遗产实

---

① 我国继承法规定的遗嘱有效的前提是遗嘱必须合法，即被继承人具有遗嘱能力。我国继承法上遗嘱的形式包括公证遗嘱、自书遗嘱、代书遗嘱、录音遗嘱、口头遗嘱。参见郭明瑞，房绍坤编著：《继承法》，144页，北京，法律出版社，1996。

② ［德］拉德布鲁赫：《法哲学》，50页，王朴译，北京，法律出版社，2005。

③ 此案例由青海省化隆回族自治县X村知情人士讲述，笔者整理而成。

④ 杨经德：《回族伊斯兰习惯法研究》，96页，银川，宁夏人民出版社，2006。

际价值为限，这种习惯也贯穿着回族伊斯兰商事习惯法父债子还的思想。①

第三，身份与权利继承方面。身份继承是以死者生前的身份为继承对象的继承。在身份继承中，继承人继承的是被继承人的身份权利，如官职、爵位等。在封建社会中，财产关系依附于身份关系，财产继承也依附于身份继承，能继承被继承人身份的人当然可继承被继承人的财产。相反，能继承被继承人财产的人不一定能继承被继承人的身份。自进入资本主义社会后，人们之间的身份关系成为契约关系，继承法上的继承也就不再包括身份继承。②

如上所述，除嫡长子继承制遗俗外，伊斯兰本土化的最直接表现莫过于部分回族、撒拉族的身份继承与权利继承习惯。因为就伊斯兰教本身而言，其比较反对对人或物的崇拜。伊斯兰教理论认为，宇宙万物均受造于真主，真主才是真正的应受崇拜者。在这种理念影响下，基于崇拜某种人和物的身份继承理应不太可能。但伊斯兰文化在中国的本土化过程中，基于宗教的身份和权利继承恰恰成为可能。

循化洋库浪有位阿訇（已逝）非常有名，是个“老人家”。③ 在世时，德高望重，甘肃、新疆、青海、内蒙古、宁夏等地信徒都非常崇拜他。其有七样东西，非常简单，也很普通，即梳子、坎肩、拜毡、念珠、印章、眼镜等。这些物品与阿訇本人连为一体，代表权威，久而久之，成了阿訇的信物、化身。阿訇在晚年时，原配去世，后在清水娶了一妻，老妻一直与阿訇共同生活。阿訇不幸去世后，理应按其遗嘱，把其东西传给阿訇女儿的儿子。但没想到，阿訇去世后第三天上述物品不翼而飞。后在甘肃广河县找见，当地信徒随即公布，阿訇已将所有东西传给他们，现在他们是掌门人（当地称掌门人），即“老人家”。此消息一经公布，所有信徒赶到广河。阿訇亲属得知此事后，通过阿訇之妻帮忙，开始与甘肃方打官司，一审诉至海东中级人民法院，要求被告返还这七件东西，一审判决原告胜诉，被告不服上诉。后因此事涉及甘肃、青海、内蒙古等宗教问题，由政府施压平息。④

上述事例在信奉门宦制度的回族、撒拉族中比较常见。伊斯兰教苏非派传入中国后，其“逐渐与儒、道思想结合，遂形成了门宦”。“‘门宦’一名的出现，说明中国伊斯兰教已与中国传统封建制度和儒家思想紧密结合在一起，逐渐形成了独特的门宦制度”。⑤ 在文化与文化的融合中最终演变成一种具有宗教世袭的身份、地位与特权的高门世家。门宦家将其创始人和继承人分别叫道祖、老人家和太爷等，大

① 杨经德：《回族伊斯兰习惯法研究》，97页，银川，宁夏人民出版社，2006。

② 参见郭明瑞，房绍坤编著：《继承法》，144页，北京，法律出版社，1996。

③ 信奉门宦制度的回族、撒拉族民众对本派创始人和继承人的尊称，有些地区也叫道祖、太爷等。

④ 此案例由青海省循化撒拉族自治县人民政府知情人士讲述，笔者整理而成。

⑤ 马通：《中国伊斯兰教派与门宦制度史略》，70、75页，银川，宁夏人民出版社，2000。

多数门宦家的老人家由始传者的子孙世袭，或由其信赖的高徒门第继承，别人不能继承相传。从上例来看，伴随身份和权利的转移，财产也随之转移。当然并不是说阿訇遗留的东西有多大价值，但从其身份和权利所延续的实际价值，非金钱所能衡量。因为谁继承了这种身份，谁就具有这种权威。如果说回族、撒拉族的其他习惯脱胎于伊斯兰法，那么，其身份与权利继承习惯完全来自于本土文化。本土文化的民族化无疑在回族、撒拉族继承习惯中最具特色。

伊斯兰继承法的本土化其实是外来文化本土化与本土文化民族化的过程，其在本土化过程中呈现出以下特点：

第一，出嫁女子不享有对娘家遗产的继承权；在家未嫁女子不享有继承权；招赘女子享有继承同一亲等男子所得二分之一遗产的权利；儿媳不享有对夫家财产的继承权。①

第二，分家与继承混同。分家习惯与西方继承法所调整的继承行为有着不同的性质。分家意味着，无论父母生前还是死后，亲子都可以参与家庭财产的分割；继承则是承受死者的个人财产。② 与中国其他民族一样，受中国传统分家习惯的影响，回族、撒拉族基本继受了这一传统习惯。无论父母或儿子哪一方提出分家，一般情况下将家庭做财产合理分配后，继承人也就自然丧失了继承权。因在分家过程中隐含了对家庭财产的继承，其完全混同了分家与继承所带来的不同的法律后果，即分家就是继承，继承就是分家。

第三，遗产与被继承人的债权密切相关。被继承人生前有尚未还清的债务，遗产的实际继承者有为被继承人偿还债务的义务。③ 如果遗产的实际继承者为被继承人的子、孙辈，对被继承人生前债务的清偿并不以遗产实际价值为限，这种习惯也贯穿着回族伊斯兰商事习惯法父债子还的思想。④“‘父债子还’是中国传统社会的债务习惯。这个习惯表面看是违背个人主义，实际是家产制的必要要求。传统家产制认为父亲只是家产代表人，所以，‘父债’的实质是父亲因家庭而负债。父亲死后，儿子分家时已将家庭财产和家庭债务一并分割承受。让分得家产的儿子承担家庭债务，被认为是理所当然的。因此，‘父债子还’并非一种漠视个人权利的习惯”⑤。但回族、撒拉族习惯并不这样认为，父债子还不仅是一种尽孝的表现，更是伦理的要求，更没有时效的限制，即“如果欠了别人的债务一定要还，即使是已经去世的父辈留下的债务，子辈、孙辈都有义务偿还；债权人在债务人无力偿还债务时应当酌情予以减免”⑥。

第四，保留传统的身份与权利继承。当然，此继承方式仅在信奉门宦制度的回族、

---

① 杨经德：《回族伊斯兰习惯法研究》，97页，银川，宁夏人民出版社，2006。

② 参见俞江：《继承领域内冲突格局的形成——近代中国的分家习惯与继承法移植》，载《中国社会科学》，2005（5）。

③ 伊斯兰法关于债权的规定详见《古兰经》第5章第1、16、91节的规定。

④ 同①。

⑤ 同②。

⑥ 同①，95页。

撒拉族中比较常见。

尽管回族、撒拉族继承习惯与国家相关法律相去甚远，但当发生继承纠纷时，诉诸国家法律的现象也比较少见。笔者认为："宗教的一个重要的心理功能就是提供一种有序的宇宙模式，宗教通过解释未知事物从而减少了个人的恐惧与忧虑，这些解释通常假设世界上存在着各种超自然存在物和超自然力量，人们可以求助于这些东西也可以控制这些东西，这就为对待危机提供了一种方法，宗教的社会功能就是制裁各种行为，宗教起着社会控制的作用，社会控制不仅依靠法律，还靠宗教的善恶观来控制社会。如果一个行为举止端正，它就会赢得神灵的赞赏，受到文化的承认。而如果一个人做了错事，他就会受到神灵的报应。"① 伊斯兰教提倡穆斯林群众在遵守宗教所要求的道德的同时，力争劝善戒恶，扬善弃恶，济危扶贫，尊老爱幼，孝敬父母，团结和睦，克制私欲，诚实守信，人人平等。② 其从客观上遏制了继承纠纷的发生。因为，伊斯兰伦理不允许兄弟姐妹等各继承人间因分割遗产破坏亲情关系。伊斯兰教理论认为，伊斯兰法是一种神法，这种神法是"完善之法"，对所有的法律问题都规定了答案，并能适应一切时代和地域。"像其他古代宗教法一样，伊斯兰法所体现的是价值合理性而不是目的合理性"③。因此，就全民信教的回族、撒拉族而言，"伊斯兰教及其法律所关注的核心是'认主独一'的虔敬，恪守教义的笃诚，弃恶从善的德行，舍利取义的奉献以及追求结果平等的实质正义"④。伊斯兰教的核心就是承认真主是整个宇宙的真正主宰，并通过善行完善自己的功修。在信仰伊斯兰教的人看来，人只是真主的仆人，人来自于真主的恩惠，必将回归于真主，善恶之裁决均来自于真主和《古兰经》，即只有真主才完全具备裁判的资格。受此影响，回族、撒拉族发生继承纠纷时，提倡人们"应努力获取真主的恩典而不是着意追求世俗的功利，应追求的是来世的丰厚回报而不是现实的物质享受，应寻求的是内心的充实与精神的充盈而不是外在的显耀与肉体的舒服"⑤。可以肯定，在伊斯兰价值观的影响下，即使发生继承纠纷，民众也不会诉诸国家法律。尽管回族、撒拉族也深受世俗化影响，但在这类问题上，其自觉不自觉地将此种精神贯彻到生活当中，而这样做的目的，只为了一个终极的目标——取得真主的喜悦，换取来世梦寐以求的乐园。因此，就回族、撒拉族而言，其只求精神和追求价值上的满足，将自己今世的义务看做来世换取乐园的钥匙，从而体现一种人与真主、人与自然、人与人和谐并存的生活秩序。在这样一种意境下，个体的实质正义虽未能得到充分体现和张扬，但它对整个群体和谐、稳定发展所做的终极关怀值得肯定和赞许。可见，"伊斯兰教具有广泛的协调功能，统摄了人们的思想意识和社会舆论，

① 王铭铭：《民间权威、生活史与群体动力——台湾省石碇村的信仰与人生》，见王铭铭，王斯福主编《乡土社会的秩序、公正与权威》，308页，北京，中国政法大学出版社，1997。

② 参见马伟主编：《撒拉族风情》，80～81页，西宁，青海人民出版社，2004。

③ 高鸿钧：《伊斯兰法：传统与现代化》，411页，北京，清华大学出版社，2004。

④ 同③。

⑤ 同③。

成为秩序、良心甚至法律的象征”。[①] 它体现的是一种人与人、人与自然和谐共存的平等价值观和文明展示。

三、伊斯兰继承制度对我国继承立法的启示

法律与特定的社会有着密不可分的依存关系，在特定的社会背景下，其无疑维护了当时特定社会的制度与价值，更反映了一定时期的社会价值评价与追求。伊斯兰继承制度即如此，它是对“神法”下法律对权利人继承财产的有效分配。我国《继承法》自1985年第六届全国人民代表大会第三次会议通过以来，已悄然走过23个年头。纵观《继承法》颁布20多年来我国在公民继承权方面的司法实践，其无疑对保护公民私有财产的继承权起到了积极而有效的作用。但其缺憾也是显而易见的，如立法比较模糊，在实践中缺乏可操作性等，尤其在少数民族地区的实践并不乐观。[②] 基于这样一种现实，通过对伊斯兰亲属法及其本土化资源的搜集、整理和挖掘，或许对我国继承立法有新的启示。笔者认为，现行法律和伊斯兰法都在追求一种秩序，一种合乎天理、国法、人情的人与真主、人与人、人与自然和谐相处的理性价值，其无非都在寻求一种最佳的调整手段。具体到继承制度上，伊斯兰继承制度作为伊斯兰法的重要组成部分，其立法思想和价值评判无不直接影响着回族、撒拉族的继承习惯。因此，反思其对现行相关法律制度的可能贡献，通过借鉴相关立法技术，不断完善和规范回族、撒拉族继承习惯和我国现行继承法律制度，对实现国家法对少数民族习惯的有效整合，构建少数民族地区法治和谐将起到积极的作用。

第一，伊斯兰继承法立法技术精细，围绕亲属关系对各继承人应继承的份额作了明确规定。包括详细规定了分配比例，囊括了血亲、姻亲、宗亲、远亲属、阴阳人、胎儿、失踪者、俘虏、受难者、领用地等继承。“若以伊斯兰教之继承制度与世界各国之现行继承制度比较时，无论就其立意与精神言，亦无论就其技巧与精细论，不但毫无逊色，且更觉铮铮铿铿，有声有色，详尽周到，无所遗漏，虽似略有琐碎之嫌，但就法典而言，亦不宜病之，因其实质，亦不过将一般客观标准，明文化而已。”[③] 伊斯兰继承法还特别强调在处理遗产时，如有亲戚、孤儿、贫民在场，应当以一部分遗产周济他们，足见其对待遗产的灵活性和开放性。而我国现行《继承法》仅37条，在立法技术上比较粗糙，缺憾较多：第一，虽规定了不同顺位的继承人有继承权，但对其应继承的份额没有具体规定，在实践中难以操作。如《继承法》第13条、第14条对同一顺序继承人继承遗产的份额用“一般应当均等”，

---

① 杨启辰，杨华主编：《中国伊斯兰教的历史发展和社会现状》，67页，银川，宁夏人民出版社，1999。

② 据笔者调查，在青海世居的回族、撒拉族等少数民族中，鲜有人按我国《继承法》等相关法律处理和分配被继承人的遗产。当发生继承纠纷时，其主要靠民族习俗等地方性知识予以解决，而非通过《继承法》相关规定处理。

③ 马明道：《伊斯兰法之研究》，212页，民间刊印。

对生活有特殊困难的缺乏劳动能力的继承人分配遗产用“应当予以照顾”，对被继承人尽了主要扶养义务或者与被继承人共同生活的继承人分配遗产用“可以多分”，有扶养能力和有扶养条件的继承人，不尽扶养义务的分配遗产用“应当不分或者少分”，对继承人以外的依靠被继承人扶养的缺乏劳动能力又没有生活来源的人，或者继承人以外的对被继承人扶养较多的人用“可以分给他们适当的遗产”等模糊性词语，在实践中难以操作。第二，继承主体缺乏广泛性。因为继承制度是一项旨在保护财产所有人依自己的意愿合法处置其财产，或者在财产所有人未处置其财产时法律确定一定的规则，以使死者的财产能够在相关的人之间进行合理分配的法律制度，因此，其涉及形形色色的继承主体，而我国继承法只简单规定了几种继承主体，缺乏包容性和开放性。如我国继承法忽视对宗教人员继承权的保护，使诸多宗教人员的继承权难以有效保护。[①] 基于上述原因，我国在未来民法典继承编中应充分考量继承主体的包容性、广泛性和开放性，充分体现继承法全面、科学保护公民私有财产的立法目的和精神。

第二，在知识继承方面，伊斯兰法提倡尊重知识，无疑为民族教育的发展提供了良好的契机。伊斯兰教认为，唯有学人始能理解真理，辨认是非，其主张尊重学人，扫荡愚昧，鼓励求知。还主张教育机会均等，人无分男女老幼，均有受教育之义务，受教育之权利。伊斯兰法认为，学问不应藏诸己，应尽所知，供诸世人。为求知虽跋涉万里、负笈他乡，亦应不惜、亦应不惧。认为教育方法与手段，应随时势之演变而不断改进。[②] 传统观念上，回族、撒拉族既不重视社会知识，也不重视宗教知识，从而导致自身的落后。因此，伊斯兰法所倡导的教育观，在某种程度上为回族、撒拉族发展民族教育提供了理论上的支持。回族、撒拉族作为信仰伊斯兰教的民族，以伊斯兰文化为载体，在与中国传统文化的不断融合中，形成了其颇具特色的继承制度。文化是民族得以延续的最基本的载体，法律文化更是如此。“西部大开发，必然推动少数民族传统文化的转型。客观条件的变化，少数民族传统文化也必然相应地发生变化。因此，对少数民族传统文化保存的正常途径，是对其筛选，取其精华、弃其糟粕，以选择适当的文化发展模式，促成民族传统文化的现代转型，全面提升民族传统文化的现代价值，创造全新的和谐的文化。”[③] 然而，我国从清代戊戌变法始提出“中学为体，西学为用”，至五四运动有人提出“全盘西化”的主张，中国几千年优秀的传统知识渐趋失色。[④] 而取而代之的则是盲目的“全盘西化”，其带来的直接后果是国人对本土文化和知识的缺失。“法律的一个主要功能

① 对宗教人员财产继承纠纷的相关论述，详见刘子平：《中国僧侣财产继承研究》，见梁慧星主编：《民商法论丛》（第37卷），1页，北京，法律出版社，2007。

② 马明道：《伊斯兰法之研究》，民间刊印，132页以下。

③ 曾代伟：《“巴楚民族文化圈”的演变与现代化论纲——以民族法文化的视角》，见曾宪义主编：《法律文化研究》（第二辑），390页，北京，中国人民大学出版社，2006。

④ 参见费孝通：《文化论中人与自然关系的再认识》，见周晓虹主编：《中国社会与中国研究》，28页，北京，社会科学文献出版社，2004。

就是作为一个选择的规范，用它来保持法律制度与建立在其中的社会文化与基本公规的一致。”① 因此，笔者建议，应加强对传统知识的继承和保护。② 根据我国《继承法》的规定，被继承人死亡的，知识产权由法定继承人享有。需要说明的是，《继承法》第3条第6项只列举了公民著作权和专利权的继承，而并未提及对传统知识等的继承。当然，对传统知识是否具备继承的条件，还需进一步在学理上予以探讨和研究，但无可否认，立法对传统知识和知识继承重要性的认识不足，时间变迁凸显出立法上的滞后缺陷。

第三，伊斯兰继承法肯定了胎儿的继承权利。胎儿在分配遗产中占举足轻重的地位，能隔离他人时，推迟分配遗产，直至生育，再进行分配；胎儿是一般继承人，按最大份额预留给胎儿，生育后多余部分按比例推给其他人。因胎儿性别在继承时无法知晓，因此为慎重起见，应假设为“男”而为之保留男性之应继分，应交由逝者之父、祖或兄保管。如果胎儿出生，其为女性时，除付与女性之应继分外，其超额部分，应依应继分比例额的多少，再行分割给各法定继承人。伊斯兰法以父逝世后6个月以内正常出生时，才具备继承的资格，否则不具有继承权。胎儿出生不久即告死亡的，仍应获得其应继分，不得擅自剥夺其继承权。③ 目前，尽管许多国家在继承法中规定了胎儿的继承权，但仅局限于一个相当狭小的范围内。④ 现实是对胎儿继承资格的取得、继承份额等规定都比较模糊，难以具体操作。如我国对胎儿的民事权利的立法保护只体现在《继承法》第28条和《最高人民法院关于贯彻执行〈中华人民共和国继承法〉若干问题的意见》。其规定：“遗产分割时，应当保留胎儿的继承份额。胎儿出生时是死体的，保留的份额按照法定继承办理。”“应当为胎儿保留的遗产份额没有保留的应从继承人所继承的遗产中扣回。为胎儿保留的遗产份额，如胎儿出生后死亡的，由其继承人继承；如胎儿出生时就是死体的，由被继承人的继承人继承。”笔者认为，其只模糊规定胎儿有继承权，但并没有就胎儿的继承份额作出具体规定，使胎儿这一权利流于形式。且其第6条“无行为能力人的继承权、受遗赠权，由他的法定代理人代为行使”之规定存有缺陷。因此，我国继承法对胎儿的保护应借鉴伊斯兰亲属法关于胎儿继承权的部分规定，对胎儿继承份额的保管主体、继承份额等方面予以明确和重构，以便胎儿的这一权利不被虚化。⑤

---

① ［美］霍贝尔：《原始社会的法》，严存生译，15页，北京，法律出版社，2006。

② 传统知识涉及面很广，非笔者能在此予以穷尽，笔者认为，如对非物质文化遗产的特殊保护和传承就是其典型。

③ 马明道：《伊斯兰法之研究》，民间刊印，109页以下。

④ 关于胎儿利益保护的相关探讨，参见费安玲：《罗马继承法研究》，189页，北京，中国政法大学出版社，2000。

⑤ 笔者认为，胎儿继承份额的保管主体应尽量避免让胎儿的监护人或其他近亲属代为保管，因为监护人或胎儿的近亲属由于身份上的特殊性以及与胎儿的血缘关系有滥用胎儿继承份额的嫌疑。因此，应将胎儿的继承份额交由相对独立和血缘关系相对疏远的组织或公民代为保管，如基层组织等。

第四，应继分之后的余额有特留份之功能。按伊斯兰继承法中的法定继承比例，各继承人按顺序和比例分配遗产时，均有一定的余额存在，该余额虽未明确指示归谁继承，但其作用与特留份并无二致。“特留份制度的设立，旨在限制完全的遗嘱自由，保护近亲的继承权，衡平遗嘱人意愿及近亲权益两方关系，以达到家庭及社会秩序的和谐。在特留份范围外之财产，为遗嘱人得自由处分之部分，对此部分财产，遗嘱人可以根据个人意愿和情感好恶，或遗于其喜爱之特定人，或通过遗赠方式授予慈善公益事业，谋求社会公益”①。可见，在特留份制度下，遗嘱人的自由意愿及其近亲权益均得以保护。尽管伊斯兰法没有明确应继分之后的余额为特留份，但依其精神，余额可依继承人身份境况推论其所属，体现应当对缺乏劳动能力没有生活来源的继承人保留必要的份额。此也从实践上解决了遗嘱权的滥用，为寻求实现遗嘱人处分财产的自由和家庭成员正当权益保护两者之间的平衡，提供了比较公平的典范。

第五，伊斯兰继承法的立法理念有利于民族地区女性继承权的实现。从笔者调查的结果来看，尽管我国继承法明确规定女性与男性具有同等的继承权，但在很多地方，尤其在少数民族地区，源于对女性权利的漠视，其继承权受到了很大的忽视，导致女性继承权长期得不到保障和实现，这其实是与其宗教精神相悖的。以回族、撒拉族为例，其民族法律文化尽管脱胎于伊斯兰法，但随着社会经济的发展和人们追求物质利益的加强，伊斯兰继承法中诸如男女继承权平等、遗产份额以照顾弱势群体等理念却被回族、撒拉族所抛弃和遗忘。因此，笔者认为，在民族地区，可以借助民众对宗教文化特有的亲和情结，适当挖掘宗教的优秀法律资源，对少数民族继承习惯加以渗透、引导，或许对改善少数民族地区女性继承权的实现以及我国继承法的有效实施有所助益。就继承法而言，如果将其具体到回族、撒拉族等少数民族，伊斯兰继承制度规定的男女平等等继承理念无疑对改善民族地区女性继承权的有效实现具有重大的现实意义。因为“任何一种法律，倘要获得完全的效力，就必须使得人们相信，那法律是他们的，而要做到这一点，则不能不诉诸人们对于生活的终极目的和神圣的意识，不能不仰赖法律的仪式、传统、权威和普遍性。最能够表明这一点的乃是传统”②。可以肯定，少数民族地区的法治建设与其所依赖的民族信仰和习俗具有不可分割性，因此，若要彻底实现少数民族地区女性的继承权以及继承法的有效实施，其源于民族的“传统”绝不可小觑。

四、结　　语

苏力教授指出：“只要人类生生不息，只要社会的各种其他条件还会发生变化，

① 那丹晨：《论当今中国民事立法对罗马法的借鉴》，载《河南司法警官职业学院学报》，2006（1）。

② 梁治平：《法辩——中国法的过去、现在与未来》，289页，北京，中国政法大学出版社，2002。

就将不断地产生新的习惯，并将作为国家制定法以及其他政令运作的一个永远无法挣脱的背景性制约因素而对制定法的效果产生各种影响。”① 事实确实如此！多元文化并存的现实铸就了多姿多彩的法律文化和不断产生着新的习惯。从回族、撒拉族继承习惯来看，其深受两种不同文化的影响，一是受伊斯兰法的影响，由于回族、撒拉族基本都属于全民信教的民族，因此伊斯兰法无不体现在其生活的方方面面；二是受汉文化的影响。中国毕竟是汉族在政治、经济、文化上占绝对优势的国家，儒家文化对回族、撒拉族等少数民族的影响也是巨大而深远的。这样，一方面，回族、撒拉族视伊斯兰法所倡导的生活方式和行为准则为终极目标，以继受西方法律传统为主导的中国当下法律很难获得民众的认同和支持，往往形同虚设，趋于架空；另一方面，为维护国家法制的统一性，以西方法律为主导的当代中国法律，却以各种渠道和方式渗透、引导回族、撒拉族地区的民众，使其尽可能地摆脱和抛弃宗教法的束缚，从而实现国家法制的统一性。

不同宗教文化对于不同群体的影响是显而易见的，就伊斯兰教而言，在调整和控制私人事务（诸如信仰、道德、价值观念、个人行为）方面，它对普通回族、撒拉族民众的拘束力远远大于国家法，原因就在于它不需要国家强制力的威慑而能实现其自身存在的意义。所以其规范功能的实现一般没有障碍，它也能在对具体人或社会组织的规范、约束中实现对具体行为的评价、指引、教育、预防、调整和约束等规范功能的特定内容。② 但是，就现实而言，国家法与少数民族习惯存有某种程度的紧张与冲突，如何使这样一种与现行法律规范既冲突又相融的文化进行有效整合，将是我们必须面对的现实，因为“任何法律制度和司法实践的根本目标都不应当是构建一种权威化的思想，而是为了解决实际问题，调整社会关系，使人们比较协调，达到一种制度上的正义”。③

回族、撒拉族继承习惯作为一种群体价值的体现，尽管有其存在的价值和生存的土壤，但“民事习惯，或民商事习惯调查所获得的各种资料，其本身仅仅只是国家民事立法的一种必不可少的原材料，绝不能直接转化为国家民事立法、司法的规则和法律条文”。④ 因此，在我国紧锣密鼓起草民法典之际，对其挖掘、整理和研究，以客观的姿态加以甄别地扬弃，对实现国家法与少数民族习惯的有效整合显得尤为重要和迫切。

（本文原载《环球法律评论》2009 年第 3 期）

① 苏力：《中国当代法律中的习惯》，载《中国社会科学》，2000（3）。

② 参见杨经德：《回族伊斯兰习惯法的功能》，载《回族研究》，2003（2）。

③ 苏力：《法治及其本土资源》，28 页，北京，中国政法大学出版社，1996。

④ 春杨：《民事习惯机制及其法律意义——以明末清初民商事习惯调查为中心》，见曾宪义主编：《法律文化研究》（第二辑），390 页，北京，中国人民大学出版社，2006。

东乡族撒拉族保安族宗教信仰述略

陈国光

我国信仰伊斯兰教的民族共为十个，其中有七个民族——维吾尔族、哈萨克族、回族、柯尔克孜族、塔吉克族、乌孜别克族、塔塔尔族是新疆的主要民族，另外三个民族——东乡族、撒拉族、保安族的穆斯林在自治区境内也有分布。对前面七个民族的宗教信仰一般较为熟悉，而后三个民族以往则缺乏介绍。为便于了解这三个民族中的伊斯兰教情况，更好地贯彻执行党的宗教信仰自由政策和民族平等、民族团结政策，现根据有关文献资料将这三个民族宗教信仰作一概略的论述。

一、东乡族的宗教信仰

东乡族主要分布在甘肃省临夏回族自治州境内，大部分聚居在东乡族自治县，少数散居于兰州、定西以及宁夏、新疆等地，1982 年全国人口普查统计为 279397 人。其族源是由 13 世纪进入甘肃河州（临夏）的一支蒙古人（一说为色目人）与当地汉、藏、回等族长期相处发展而成，因其居住东乡而得名，操东乡语，属阿尔泰语系蒙古语族，多数人兼用汉语，并通用汉文。据口碑史料的说法，伊斯兰教之传入东乡大约在元末明初，系一名“哈木则”的西域人带领四十位“晒海古杜布”（Shaikh Qutb）到河州后分散传教，哈木则以龙家山为传教点，改此山名“哈木则奴隆”（“奴隆”即东乡语山岭），建立起东乡最大的清真寺，名“哈木则岭清真寺”，哈木则殁后葬于此地，其坟墓亦名“哈木则岭拱北”。与哈木则同时来东乡的一位名“安巴斯”的宣教者以沙沟门拱北为传教点。哈木则之后还有八位“赛义德”（Saiyid）由西域到东乡各地传教，其首领名“阿里阿塔”，在高山卜隆沟定居。东乡人便随这些宣教者而接受了伊斯兰教。

东乡族伊斯兰教属于逊尼派，教法学上则全是哈乃斐教法学派，但信徒又有所谓“老教”、“新教”之分。东乡族习惯称呼之“老教”，是指有门宦的派别，分四大派十门宦：

虎夫耶——白庄、胡门、华寺、穆夫提、疯门、丁门；

嘎底林耶——大拱北、海门；

哲赫忍耶——沙沟门宦；（在中国伊斯兰教四大门宦中哲赫忍耶多被称为“新教”，详见后文。）

库布忍耶——张门门宦。

至于“新教”则是伊赫瓦尼派与所分出之“三抬教”，另外还包括撒拉教（见后文）。以上新老两派中由东乡族创立的门宦和教派有库布忍耶张门门宦、虎夫耶胡门门宦、白庄（一写作“北庄”）门宦和伊赫瓦尼新教教派。

“门宦”是明末清初伊斯兰教苏非学派在我国内地传布中形成的一种组织，借用汉语“门阀”、“宦门”二词之第一个字组合而成，“门宦”一词亦兼此二词之义，表示苏非派各立门户，其教主“权门阀阅”、“高门世家”的地位。我国伊斯兰教四大门宦系统中，由东乡族所创而且传布最早的是库布忍耶门宦，俗名张门门宦。“库布忍耶”系阿拉伯文“Kubriyah”的音译，原意为“至大者”，在伊斯兰教史上是谢赫乃吉米丁·库布忍耶在1216年于中亚花剌子模所建苏非派教团，我国库布忍耶门宦学理是一位叫“穆罕应底尼”的外籍布教者所传，据说他曾经过新疆到内地，最后定居在东乡大湾头，因当地人为张姓，他也改姓张，故其所传称为“张门”，至今已传有十一代，信徒一两万人。该门宦传教人不称“教主”而称“教长”，其职务世袭承传；以下不设首领，教务由各寺坊阿訇主持；主张穆勒什德（Murshid，导师）必须静坐四十日或更长时间，省食减欲以求接近真主，是一个坚持正统主义的苏非派组织。因张门所行与老格底目（详见后文）大同小异，在东乡又被直呼为“老格底目派”。

由东乡人所创立的另外两个门宦属于虎夫耶系统。虎夫耶是阿拉伯文“Khufiyah”的音译，原意为“隐藏的”，“低的”，又称“低声派”，“低念派”，据说始传于阿拉伯地区，14世纪由中亚布哈拉人和卓巴哈丁发展其学理，提出“修道于众、巡游于世、谨慎于行、享乐于时”的原则，主张安于现实生活，标榜逊尼派正统主义，因其传授用默想在胸前画线以净化心灵的“齐克尔”（Zikr，赞念）仪式，巴哈丁亦获得“纳合西班”（画家）的称号，其所建教团亦名曰“纳合西班底耶”（Nakshbandiyah），明末至清代新疆有名的“白山派”和“黑山派”就是源于纳合西班底耶的两个分支。虎夫耶门宦道乘最早由新疆白山派著名宗教人物阿帕克和卓于17世纪70年代在甘宁青地区游历传教时所传，当时他传了三位穆勒什德，即西宁的李太巴巴、毕家厂门宦始祖马宗生、穆夫提门宦始祖马守贞。属于虎非耶系统，由东乡人所创之胡门门宦，其始传者为东乡高山那奴人马伏海，经名“阿布里则吉”（1715—1809年），他七岁就学，稍长便负笈千里，游学四方，曾与毕家厂门宦创始人学经于西安崇文巷清真寺，并声称于乾隆十四年（1749年）斋月（伊斯兰历九月）二十七日晚在此接受黑孜尔（伊斯兰教传说中一位长存的圣人）的神圣启示而到东乡开始其传教活动。其说虽系编造附会，但信从者不少，他晚年时所收信徒已由东乡、广河发展到康乐、和政等地，达八千余户，四万余人。因其生有一付美髯长须，教民习惯称为“胡子太爷”，其门宦亦名“胡门”。马伏海归真后其子嗣分立为两支，一支为东乡红泥滩胡门，一支为广河县太子寺胡门。

虎夫耶白庄门宦也是东乡人所创，而且是该族中最大的一个门宦，其教理来源于印度伊玛目热巴尼学派，该学派系革新的纳合西班底耶，在印度以革除异端杂质、恢复伊斯兰正信而著称，后传入新疆，在莎车（叶尔羌）建有道堂。白庄门宦创始人马葆真，经名“豪木钗”（1772—1826年），原华寺门宦弟子，于清嘉庆五年（1800年）和十七年（1812年）赴新疆叶尔羌道堂求学，受业于来自阿富汗之伊玛目热巴尼派传人谢赫乌尼亚。马葆真于嘉庆十九年（1824年）学成赴麦加朝觐，回国后宣教，因为他是东乡春台“赤干果乱”（意为白庄）人，其门宦便称为白庄门宦。马葆真所授有五大门生，其后各立门户，同属白庄门宦体系，其中有一名门生达伍德海里凡，即为同治年间新疆回民起义领袖，号称“清真王”的妥明（妥德麟）。白庄与胡门基本信条相同，但在教义解释上胡门主张先尽性后复命，多以《古兰经》加典故指示传教；白庄则主张先修身后定性，即应从舍勒尔提（Shari’a，教乘）到妥若盖提（Tarika，道乘），并多以《古兰经》传教。白庄门宦对传教人不称教主而称“老人家”，“老人家”须持有新疆叶尔羌道堂的凭证，否则不能以“老人家”身份传授教门，于此可见其与新疆苏非派的密切关系。

另外，伊赫瓦尼派也是由东乡人最早创传的。伊赫瓦尼，系阿拉伯文“Ikhwan”的音译，原意为“兄弟”，因该派提倡“凡穆民皆为兄弟”以其音为名。其创始人是东乡族著名学者和宗教活动家马万福（又名马果园，经名“努海”，1849—1934年），他曾去麦加朝觐、游学，精通阿拉伯文和波斯文，受近代伊斯兰原教旨主义思潮影响，回国后与另外九名阿訇倡导改革中国伊斯兰教，主张严格按教法举行宗教仪式，革除一切不合教法的礼仪；反对圣徒、圣墓崇拜，否定门宦和拱北，实行互不隶属的教坊制；强调“中（文）阿（拉伯文）并重”的经堂教育等。因产生较晚，被称为“新教”、“新兴教”、“新兴派”；又由于主张“凭经行教”、“遵经革俗”而被称为“遵经派”、“圣行派”、“新兴派”。马万福在传教活动中曾于民国五年（1916年）九月前来新疆哈密讲学，因内地各门宦头人控告马万福“策划造反”，甘肃省府发文通缉，次年（1917年）十二月被杨增新下令押送回兰州。可是伊赫瓦尼派主张革新，教义简明，信徒日增，遂受到马麒、马步芳、马步青、马鸿逵等强权者的支持扶助，终于成了一个拥有上百万信徒，颇具影响的教派。不过在马万福去世后三年，伊赫瓦尼便分为两支：一支以尕苏哈知为首，奉行原来宗旨，称为“苏派”，居多数。另一派以尕白庄阿訇马德宝为首，修改原宗旨称为“白派”。礼拜时苏派主张一抬手，俗名“一抬派”，白派主张三抬手，俗名“三抬派”（后更名色兰费耶），在东乡族中亦有所传。

在东乡族伊斯兰教中，清真寺是穆斯林进行宗教活动的主要场所，其清真寺制度与历史上西北地区格底目老教清真寺常见的“三道制”（即伊玛目〈住持〉、海推布〈协教〉、穆安津〈赞礼〉的三掌教制）和教坊制度大同小异，每一个海依清真寺（教坊中的大清真寺）除有主持寺务的阿訇外，还设有以下四种教职人员。

尕最（Kadi 或 Qadi，新译为“卡迪”，意为“教法官”）——俗称“老师傅”，掌教和处理宗教事务，兼理民政，如调解民事纠纷等。其地位在宗教上仅次于阿訇，由行政上有实权、群众中有威信的人担任。

伊冒（Imam，伊玛目）——在寺内领头礼拜者，有时替阿訇解释经卷，宣读教义。

海堤（Khatib，海推布）——主麻日主持念呼图白的人。

麻经（Mu' adhdhim，穆安津）——宣礼员，即按时呼唤信徒做礼拜的人。

后来在清真寺的管理上设置了学董、乡老，学董是管理财务和其他事务的管事人，乡老则为寺内办事员。由于新老教派之分，新教伊赫瓦尼派的清真寺是独立的，而老教的清真寺都属一定的门宦，不过一个门宦的教民也可到另一门宦清真寺去参加宗教活动。

二、撒拉族的宗教信仰

撒拉族主要分布在青海省东南部之循化、化隆及甘肃省积石山等地，总人口69100（1982 年），由元代（13 世纪）从中亚迁入循化地区的撒马尔罕人（一说土库曼人）与周围汉、回、蒙古等族长期融合而成，操撒拉语，属阿尔泰语系突厥语族，并通用汉语文。撒拉族之先民系中亚穆斯林，该族迁入时随有伊斯兰教神职人员，并携有一部至今保存完好的《古兰经》手抄本。据说撒拉人的始祖之一尕勒莽就是一位原在撒马尔罕颇孚声望的阿訇，循化街子清真大寺前至今还矗立着后人为纪念他而修建的拱北。撒拉族伊斯兰教属于逊尼派，教法学属于哈乃斐学派。最初撒拉人遵行格底目老教，格底目为阿拉伯语“Qadim”音译，意为“古老的”，系中国伊斯兰教传统逊尼派，也称“清真古教”、“遵古教”、“古行派”、“旧派”、“老派”。其特点是严格崇奉伊斯兰教基本信仰，重视各种伊斯兰教习俗，保持伊斯兰教传入时期的宗教制度。不过撒拉族还有一种尕最教长制，由尕最担任总掌教，执掌全族教规教法和负责整个宗教事务，以下设三长（又称三头），即：

海乙——负责念呼图白（劝导经）。
伊玛目——负责讲经。
阿提布——负责带领众人念经。

并建立三级寺院组织，即总寺、宗寺、支寺的管理组织。历史上撒拉十二工（“工”为突厥语译音，意为“村镇、村堡”，相当于乡一级行政区划单位）以循化街子大寺为总寺，由尕最主持，下设三长各负其责。各工均有海依寺，即宗寺，由尕最任命宗寺之三长，宗寺管辖各村小寺，即支寺，这样把尕最教长制与格底目教坊制度结合起来。尕最职务也逐渐由推选变为世袭，史称“世袭总理掌教”。

清乾隆十三年（1748 年）虎夫耶华寺门宦创立者马来迟来撒拉族传教，打破了原格底目派一统天下，撒拉族内门宦教派自此产生。华寺主张“前开”（先开斋后礼拜），与格底目之“后开”（先礼拜后开斋）发生争执，最后华寺的主张得到撒拉族总掌教韩哈济支持而获胜，格底目遂与之妥协，一时撒拉族尽“前开”之教，尔后统称“华寺格底目”和“老教”。乾隆二十六年（1761 年）哲赫忍耶门宦（与新疆黑山派，即伊斯哈克耶有一定渊源关系）创始人马明心来循化传教，因别于“华寺格底木”而称“新教”。马明心主张掌教应择贤而传，反对华寺门宦世袭制度；凡诵经力主俭朴，反对加重教民经济负担，提倡“束海达依”（为宗教理想而牺牲）的道路，“替主扬法，替圣传道”；在教理上该派除遵守教乘，履行哈乃斐教法学派规定，亦重视跟随教主进行道乘修持，崇信和神化教主，朝拜教主拱北。该派吸收了嘎底林耶和纳合西班底耶的学理，奉行中亚突厥圣人阿合马·耶西维所创哲赫忍耶齐克尔仪式，哲赫忍耶系阿拉伯文“Jahariyah”的音译，原意为“公开的”、“响亮的”，实行高声念诵赞词，故又被称作“高声派”或“高念派”。由于马明心提出许多宗教革新的主张，很快得到撒拉人的广泛信仰。一时撒拉十二工之中有九工改信哲赫忍耶，并以贺麻路乎和苏四十三为首领。贺麻路乎于乾隆三十四年（1769 年）因与韩哈济等老教头人发生争执，相控于官府，结果被判刑发往乌鲁木齐给兵丁为奴。苏四十三则于乾隆四十六年（1781 年）发动华林山起义，受到清朝残酷镇压，其中幸存的义军眷属被发往新疆伊犁为奴。自此不仅有一批撒拉族人迁入新疆，同时也将哲赫忍耶门宦传入新疆。

撒拉族还创传有嘎底林耶系统的门宦，在现今撒拉族中分布最广，影响最大。嘎底林耶门宦学理渊源于 12 世纪在巴格达建立的以阿布杜·卡迪尔·吉拉尼之名命名的卡迪里教团（Kadiriyah）。清代兰州人马文泉（道号“穆罕默德·依布拉海默”，1840—1882 年）为我国嘎底林耶道乘接传人之一。他曾三次去麦加朝觐，从嘎底林耶道堂掌教人尔布都里克勒木处领了传教的“口唤”，于咸丰十年（1860 年）起在国内传教。光绪八年（1882 年）因被控为“邪教”经官拘捕处死，葬于兰州耿家庄，建拱北名“文泉堂”，是为文泉堂门宦始祖。马文泉生前将教权传给青海循化街子工人穆洒阿爷（名韩穆洒，经名“尔布都里·嘎吉勒”），此人即撒拉族中嘎底林耶传人。而且，韩穆洒曾两次到新疆莎车（叶尔羌）道堂求学，领受过纳合西班底耶的教义。他接受嘎底林耶门宦教权后，便把嘎底林耶与纳合西班底耶两派学理熔为一炉。光绪二十五年（1899 年）穆洒亡故，其弟子主要分出两支，第一支由循化街子三兰巴海庄尕提石阿訇（经名“阿布都阿再孜”）所传，后由循化苏哇寺热木赞阿訇及其继承人亥孜日阿訇于 20 世纪六七十年代树立门户，人称“撒拉教”。该派以个别串联方式发展教徒，重视夜间聚会，举行齐克尔仪式。第二支由祖籍循化街子三兰巴海的撒拉族人伙个阿訇（经名“阿布都凡他海”1938 年卒）在甘肃河州创崖头门宦，因其居地在临夏大河家崖头坪而得名，并由其子韩振绪（经名“穆罕默德·撒尔董的尼”1960 年卒）、孙韩哲民承袭教权至今。崖头门宦主要信奉虎非耶与嘎底林耶教义、教律，教（乘）、道（乘）并重，并按沙兹林耶的遵行（念齐克尔时的摇摆）和纳合西班底耶的教法（传齐克尔甚为神秘），只尊活着的穆勒什德，不尊亡故者。（不过文泉堂、撒拉教与崖头门宦亦有学者认为属于虎非耶门宦系统。）

除上述格底目与门宦教派之外，伊合瓦尼派在撒拉族中也有所传布。

三、保安族的宗教信仰

保安族主要分布在甘肃省积石山保安族东乡族撒拉族自治县大河家一带，人口总数为 9 027 人（1982 年），民族来源一般认为是元明时期一支信仰伊斯兰教的蒙古人在长期发展中吸收汉、回、藏等族成分而逐渐形成。明初定居在青海同仁县隆务河一带，在当地设“保安站”，修“保安城”以戍边，遂以地名为族名。清同治初东迁至今地。操保安语，属阿尔泰语系蒙古语族，通用汉语文。

保安族伊斯兰教属于逊尼派，教法学为哈乃斐学派，但又有“新教”与“老教”之分。新教指伊赫瓦尼派，老教包括格底目（又称“铁老教”）和崖头门宦与高赵家门宦。崖头门宦已如前所述，至于高赵家门宦则是在崖头门宦教祖伙个阿訇（阿布都凡他海）掌教期间分离出来形成的。因其创始人马以黑牙（名马申旺）是今积石山高赵家地方的人而得名。该门宦教主是保安族人，信徒也主要是保安族穆斯林。创教人马以黑牙原为崖头门宦教祖凡他海的目勒子（教徒），是高赵家经常出头露面、有一定威信的人物。后来他声称在念齐克尔时见到穆圣、天园，并与真主通了话，主张可以不干舍勒尔提（教乘），仅念齐克尔即可在后世得“脱离”，进天堂。凡他海得知后将其从崖头门宦里革除，马以黑牙遂在高赵家大沟念经传教，自立门户。但终被崖头门宦控为“邪教”，经国民党当局将马以黑牙捕杀，该门宦一度转入秘密活动状态。以后马以黑牙之妻马桃花掌教，开门宦女教主之首例，并经其后辈传布至今。高赵家门宦特点，第一是在教主继承上，夫亡可传妻，一反其他门宦只能由男系世袭教权的做法；第二是不建清真寺，不请阿訇；第三是夜间集体进行宗教活动，男女共处一室，摇首晃身念经；第四是对礼拜和封斋不甚严格，教主亦很少有经济上的封建摊派。保安族参加崖头与高赵家两个门宦者甚多，夫妻兄弟姊妹与亲友分属不同的门宦教派，这成为该族宗教信仰上最突出的一个特点。

保安族聚居的大河家地区，也是一个多民族杂居，多教派、多门宦地区。该地区以著名的海依清真大寺为伊斯兰教活动中心，统掌大河家地区自然村四十二坊（教区）清真寺的教权。各寺开学阿訇均须通过大寺指派或认可，穆斯林的礼拜活动亦多在清真寺内举行。

以上东乡族、撒拉族、保安族伊斯兰教信仰中除教派、门宦清真寺制度外，各族穆斯林均须遵行信安拉、信天使、信天经、信先知、信前定、信复生的六大基本信仰和履行念（念诵清真言）、礼（每日五次礼拜和主麻聚礼）、斋（每年教历九月封斋）、课（按财产比例交纳宗教课税）、朝（有条件的一生至少去麦加朝觐一次）天命五功。此外，每年要举行圣纪（穆罕默德诞辰纪念日，教历三月十二日）、开斋节（尔德·菲图尔，即肉孜节）、宰牲节（尔德·艾祖哈，即古尔邦节）等三大节日和进行其他一些宗教活动。一个穆斯林从出生直至死亡，在日常生活、饮食服饰、婚姻丧葬等方面无不受到伊斯兰教影响。如婴儿出生后起经名，男孩割礼；结婚时请阿訇证婚；死人时请阿訇主持殡埋，按教规土葬、速葬、薄葬。再如穆斯林男子习惯戴白帽或黑帽，原是教徒们做礼拜时戴的；妇女戴黑、白或绿色盖头，也和宗教规定有关；穆斯林不吃猪肉，不吃一切动物的血和自死之物，不饮酒等也是根据《古兰经》规定而来；穆斯林有爱洁净的习惯，也与做礼拜时要“小净”（洗脸面、口鼻和手脚等）或“大净”（洗全身）有关。伊斯兰教的信仰与道德规范在各信仰民族内形成共同的文化心理素质，具有重要的凝聚和团结作用；一些宗教规定也逐渐变成了民族的风俗习惯。总起来看，东乡族、撒拉族、保安族与西北回族长期在一起居住和生活，其风俗习惯也大体相同。

参考文献：

[1] 金宜久主编．伊斯兰教概论．西宁：青海人民出版社，1987

[2] 马通．中国伊斯兰教教派与门宦制度史略．兰州：甘肃省民族研究所，1981

[3] 宋恩常编．中国少数民族宗教初编．昆明：云南人民出版社，1985

[4] 国家民委民族问题五种丛书编辑委员会．中国少数民族．北京：人民出版社，1982

[5] 希拉论丁·陈广元编著．伊斯兰教基本知识．北京市伊斯兰教协会，1984

[6] 杨永昌．漫谈清真寺．银川：宁夏人民出版社，1982

[7] 任继愈主编．宗教词典．上海：上海辞书出版社，1981

[8] 陈永龄主编．民族词典．上海：上海辞书出版社，1987

[9] 西北五省（区）伊斯兰教学术讨论会论文资料——

银川会议(1980)

杨怀中．论十八世纪哲赫忍耶穆斯林的起义

兰州会议(1981)

马克勋．中国伊斯兰教伊赫瓦尼派的倡导者——马万福（果园）

西宁会议(1982)

马忠义．东乡族自治县伊斯兰教简况

循化撒拉族自治县概况编写组．撒拉族伊斯兰教的教派状况

高占福．保安族伊斯兰教门宦述略

马玉珊．青海伊斯兰教概况

（本文原载《新疆社会经济》2000 年第 3 期）

经　　济　　学

循化县经济社会运行情况[①]

韩永东

尊敬的各位会长、各位理事、同志们：

今天，撒拉族研究会在夏都西宁隆重召开理事会议，这是循化各族人民政治、经济、文化生活中的一件喜事，也是百年撒拉族研究史上的一件盛事。无论传承历史，还是弘扬文化，撒拉族研究会都具有自己特殊的地位和重要的意义。值此，我谨代表中共循化县委、循化县人民政府对会议的召开表示热烈的祝贺，并预祝理事会取得圆满成功。同时，向长期关心、支持、热爱、研究撒拉族的学者、企业家、各级领导和仁人志士表示崇高的敬意！值此良机，我代表县委、县政府就全县经济社会运行情况向大家作一简要通报。

近年来，国家实施西部大开发战略以来，在上级党委、政府的正确领导、社会各界的关心支持和全县各族干部群众的共同努力下，全县上下坚持以科学发展观为统领，按照“生态立县、农业稳县、工业强县、旅游活县、科教兴县”的发展战略，解放思想、抢抓机遇、立足优势、开拓进取，走出了一条符合循化实际的改革与发展的新路子，经济建设和社会各项事业得到了长足发展，为实现富民强县和全面建设小康社会目标提供了有利条件，为加快推进社会主义新农村建设和建设富裕文明和谐新循化奠定了坚实的基础。

一、国民经济持续快速发展

2006 年，作为“十一五”规划的开局之年，全县各项主要经济指标继续保持了两位数增长的良好态势，其中，国内生产总值达到 7.1 亿元，较上年增长 13.2%，较“十五”初的 1.9 亿元增加 5.2 亿元，三次产业实现产值分别是 1.2 亿元、3.32 亿元和 2.63 亿元，分别较上年增长 1.43%、9.5% 和 25.4%；县属固定资产投资达

① 2007 年在青海省撒拉族研究会学术研讨会上的讲话。

5.24亿元，增长12.75%，较“十五”初的2.21亿元增加3.03亿元；完成地方一般预算收入3310万元，增长8.8%，较“十五”初的1763万元增加1547万元；农牧民人均纯收入达到2320元，增长15%，较“十五”初的人均1255元增长1065元；城乡居民可支配收入达到8030元，增长13%，较“十五”初的人均4957元增长3073元；全社会消费品零售总额1.68亿元，增长18%。

二、农业内部结构不断趋于优化

一是种植业结构调整取得实效。截至2006年底，全县辣椒种植面积达1.85万亩、花椒4000亩、核桃6560亩，初步形成了以“两椒一核”为主的种植业结构体系。同时，冬小麦、杂交油菜、马铃薯、中药材等特色作物面积进一步扩大，各类特色优势作物面积占全县总播种面积的80.5%。二是农区畜牧业呈现较快的发展势头。通过实施“西繁东育”等项目，培育出了23个项目示范村，累计扶持项目户1000余户。2006年，全县规模养殖户达到6531户，贩运育肥户达到户1588户，全年贩运育肥牛羊26.72万头（只），比上年增长2.4%；自繁自育15.2万头（只），增长12.6%；全社会牲畜饲养量达到42.9万头（只），比上年增长3.2%。畜牧业养殖规模、饲养水平和经济效益明显提高，农区畜牧业已成为广大群众增收的新亮点。三是生态建设成效明显。天保、三北防护林等重点工程顺利实施，退耕还林（草）成果进一步巩固。扎实开展通道绿化、农田林网、四旁植树和城镇绿化等四项生态工程，全县森林覆盖率达到23.7%。四是劳务经济异军突起。通过政府引导，能人带动，近几年全县每年输出农村劳动力均保持在3万人（次）以上，2006年全县共组织各类培训3790人（次），共转移农村劳动力4.1万人（次），实现劳务收入1.2亿元。特别是“拉面经济”发展迅速，在全国各大城市新增拉面馆940家，总数达到3640家。用三句话概括劳务经济产生的直观效应，就是输出人员“换了脑子、育了孩子、挣了票子”。

三、各项基础设施建设突飞猛进

“十五”以来，全县基础设施建设得到了快速发展。城镇基础设施不断完善，相继完成了县城“三纵五横”道路网、县城给排水、旧城改造、城网改造以及绿化美化等工程，使县城建成区面积从“十五”初的1.2平方公里扩大到2006年底的4.3平方公里；城市道路从“十五”初的0.9公里增加到12.9公里，增加13.33倍；日供水能力从2001年的1500吨提高到7000吨，提高近4倍；现有供水管网27公里，排水管网13.61公里；县城绿化覆盖率从“十五”初的11%提高到2006年底的24.01%；白庄、街子等5个集镇建成区面积达到3.1平方公里，累计投资达到

1. 2 亿元。全县城镇化水平从“十五”初的 11% 提高到 23. 88%。城镇功能日臻完善，市容市貌有了较大的改观。交通基础设施建设步伐加快。继临平公路、清大公路、循同公路的建成后，全县出县公路四通八达。在 2004 年全面实现通乡公路黑色化后，2006 年建成了县城“西延北扩”控制性工程市政大桥。今年，县上又抢抓“全省交通示范县”建设机遇，于 9 月底基本实现了村村通硬化道路的目标，尕公、积江等五条乡村公路相继破土动工，沿黄公路、滨河路等正在积极开展前期工作。农业水利基础设施条件明显改善，近几年来，相继实施了永丰水库及渠系配套、清水、街子灌区改造等一大批配套灌溉及节水改造、人畜饮水、小流域治理、农业综合开发等水利工程。2004—2006 年，全县新增灌溉面积 4997 亩，改善灌溉面积 2. 12 万亩，解决了 1. 26 万人和 2. 83 万头（只）牲畜的饮水问题。今年，又开工建设了沿黄 35 村 2 乡人饮、查汗都斯病险水库加固等工程，夕昌水库正在开展前期工作，公伯峡南北干渠项目也正在积极申报立项上马。此外，县内的国家重点工程公伯峡、苏只水电站相继建成发电，黄丰、积石峡水电站正在紧张建设当中。全面完成了农网、城网改造，实现了城乡同网同价的目标。全县移动电话覆盖率达到 95%，程控电话到村率达 92%。

四、旅游业发展势头强劲

近年来，县委、县政府立足丰富的自然景观和独特的民族风情，高度重视旅游业对第三产业甚至对县域经济的拉动作用，将“旅游富县”战略调整为“旅游活县”战略，一方面通过召开新闻发布会、组织旅游大篷车、制作网页等有效形式，使循化在外的知名度和影响力明显提升。特别是连续三年成功承办了国际黄河抢渡极限挑战赛，今年四月成功举办了第三届撒拉族旅游文化节——高原江南春来早节庆活动，既充分展示了全县丰富的自然景观、纯朴的民俗民风和全县各族人民建设美好家园的精神风貌，也使全县旅游业文化内涵有了明显提升和完善。另一方面，加大各景区（点）的招商引资和基础设施建设投入力度，使孟达天池、波浪滩乐园、骆驼泉景区等一批旅游重点招商项目顺利开工建设。文都大寺、班禅故居景区开发进展顺利，其他各项旅游基础设施得到了明显改善。2006 年，全县共接待国内外游客 46. 1 万人（次），实现旅游收入 8298 万元。今年 1—8 月份共接待国内外游客 52. 61 万人（次），超过了去年全年游客接待总数，实现旅游收入 9469. 8 万元。

五、民营经济稳步发展

经过多年发展，全县工业经济，特别是民营经济从无到有、从小到大，得到了长足发展。先后培育出了雪舟三绒集团、伊佳公司等轻纺企业，仙红、天香、雪驰、阿丽玛等农畜产品加工企业，青海兴旺集团等建筑企业，谢坑铜金矿等矿产资源开发企业。其中雪舟商标被评为中国驰名商标，填补了青海无驰名商标的空白。伊佳民族用品公司是目前亚洲最大的穆斯林用品生产企业，其产品占国内穆斯林用品市场95%的份额，而且在国际市场上供不应求，发展前景极为广阔，前不久，该企业生产的“布哈拉”牌穆斯林民族帽被中国名牌战略推进委员会确定为“中国名牌”产品。天香、仙红两椒公司和雪驰清真肉食品厂、阿丽玛乳业等农畜产品加工企业有效促进了农业产业化进程。同时，围绕旅游业发展，博艺黄河石加工、撒拉族刺绣等为主的旅游纪念品开发企业也逐步兴起。立足存量资产盘活，一大批农畜产品加工、食品加工、撒拉族藏族服饰加工、建材加工企业也正在蓬勃发展。

六、各项惠民政策得到了有效落实

2006年，积极落实就业再就业扶持政策，临时招聘了242名大中专毕业生，有效缓解了就业压力，全年新增城镇就业370人，下岗失业人员实现再就业732人，完成再就业培训483人，城镇登记失业率控制在3.39%。养老、失业、医疗等社会保障制度进一步完善，社会保障覆盖面不断扩大，截至2006年底，全县参加养老保险、医疗保险、失业保险的人员分别达1602人、4728人和2550人，保障金社会化发放率达100%；2006年全年共发放各类救助款156.96万元，救灾面粉82万公斤，五保户供养金68.4万元，低保金213万元，解决了3200户1.6万名困难群众的基本生活保障。在全部消化干部职工“老五项”政策性欠账的基础上，全额启动了“新三项”中的交通、通信费，干部职工的工资性待遇得到了较好落实。尤其是通过实施异地扶贫、扶贫整村推进等项目，全县贫困人口从2002年的62506人减少到2006年的48000人，贫困村总数从98个减少到70个。

七、各项改革扎实推进

农村牧区税费改革成果得到进一步巩固，粮食直补、良种补贴等资金得到有效落实，农民负担进一步减轻。认真开展行政审批制度改革，行政审批程序进一步简化，结合作风建设年等各类学习教育活动，不断加强政府自身建设，政府行政效能进一步提高。特别是今年以乡镇机构、农村义务教育体制和县、乡财政体制改革为主要内容的农村综合改革基本完成了各项改革任务，有效激发了农村发展活力，强化了县、乡服务“三农”的职能。同时，通过强化部门职能，完善各项措施，对外开放水平进一步提高，招商引资步伐明显加快，仅今年青洽会期间我县共签约7个项目，签约资金达4.1亿元，其中合同签约资金24580万元，协议签约资金16700万元。

八、各项社会事业协调发展

近年来，相继实施了尕楞初级中学、文都藏中、查汗都斯初级中学、白庄初级中学、循化中学等15所寄宿制学校项目，民族中学搬迁项目建设基本完成，新增校舍面积2.4万平方米。“两免一补”政策得到全面落实，仅2006年，落实“两免一补”资金417万元，为1.84万名学生提供免费教科书，为1.82万名学生免除学杂费，为1.72万名农村贫困生、寄宿生落实了生活补贴，使“两基”成果得到了进一步巩固。高中升学率特别是重点大学的录取率稳步提高。通过不断引进和推广新技术、新成果，为农业结构调整提供了有力的技术支撑。农村牧区新型合作医疗覆盖面进一步扩大，2006年参合群众达到9.47万人，参合率为91%，并全面实行了药费“直报制”和“一站式”服务，城镇居民医疗保险全面启动，农村牧区三级医疗卫生网络日趋完善，群众看病难、看病贵的问题得到有效解决。认真落实计划生育优惠政策，计生工作整体水平有了新的提升，不仅跻身计划生育一类县行列，而且荣获了省级优质服务县称号。

近几年全县经济和社会各项事业之所以得到快速发展，无不得益于党的改革开放和西部大开发等各项富民政策，无不得益于社会各界的关注和支持，更离不开全县各族人民的艰苦奋斗和不懈努力。但由于基础差、底子薄，经济总量小，许多方面与全省、全区平均水平相比，与其他兄弟州县和国内先进地区相比，差距仍然很大，加快发展的压力更大，要真正实现富民强县达到小康的目标，困难不少，任务还十分艰巨。但我们也欣喜地看到，省第十一次党代会提出了“四区、两带、一线”的发展格局，提出“要把青海打造成高原生态旅游名省”加快建设“黄河水上明珠旅游带”以及“农畜产品生产加工、农村劳动力转移培训、农业产业化经营三大基地”的要求，这一系列战略构想，必将使我们在国家对人口较少民族扶持发展政策推动下，进一步加快旅游业和劳务经济发展，加快农牧业结构调整和产业化步伐，并不断提高关注民生和加强基础设施建设的程度等方面带来与我县资源优势相一致的良好政策机遇。今后，我们将立足县情，进一步解放思想，不断理清思路、创新方法，扎实工作，为促进全县经济社会的全面协调和可持续发展作出不懈努力。在具体工作中，除了继续争取上级党委和政府的重视和支持外，我们还需要社会各界特别是在坐各位理事们的关心和帮助。真诚希望各位理事在继续挖掘撒拉族历史、传承并弘扬撒拉族文化的同时，一如既往的关心、关注并积极参与家乡的发展和建设，让我们共谋循化发展的大计，共唱建设富裕文明和谐新循化的高歌，为加快各族群众脱贫致富和全面建设小康社会步伐作出新贡献。县委、县政府也将对撒拉族研究会的工作给予热情关注和支持，真诚希望这棵幼苗尽快成长为中国各民族研究领域内的一朵奇葩。

最后，祝撒拉族研究会的明天更加繁荣，更加辉煌！祝大家身体健康，工作愉快，事业进步！

（本文原载《中国撒拉族》2008 年第 1 期）

家族企业及其发展路径研究

——兼论撒拉族企业的持续发展

马维胜

20世纪八九十年代以来，撒拉族经济的发展主要体现在两大方面：一是随着家庭联产承包责任制的实行，农业劳动效率得到快速提升，大量农村剩余劳动力从土地上解放出来，进而促进了非农产业的发展和农民非农收入的增加；二是一批民营企业快速崛起，大大加快了民族经济的工业化进程，产业结构、就业结构快速调整，民族经济的整体层次得到显著提升。面对新的发展形势，进一步提升民族企业素质，增强企业活力，对撒拉族社会经济发展具有特殊重要意义。

一、对家族企业性质的认识

有一段时期人们对家族企业多持批评态度，似乎家族企业天生短命。进入新世纪以来，家族企业的优势受到人们的重视。本文认为，家族企业作为国际国内普遍存在的客观事实，在现代市场经济条件下具有其特殊优势和特色，同时存在自身的劣势和不足。截至目前，关于家族企业还没有一个权威性的统一定论。

美国著名企业史学家钱德勒的定义是："企业创始者及其最亲密的合伙人（和家族）一直掌有大部分股权。他们与经理人员维持紧密的私人关系，且保留高阶层管理的主要决策权，特别是在有关财务政策、资源分配和高阶人员的选拔方面。"① 杰斯汀·隆内克等人认为：家庭企业（family business）是以同一个家庭中的两个或更多个家庭成员在企业的生活和经营过程中对企业的所有和参与为特征的。这种参与的性质和程度变化很大。在一些家庭企业中，一些家庭成员只做兼职工作。他们还认为，当一个企业从一代人传给另一代人时，这个企业也被认为是家庭企业；大

① ［美］小艾尔弗雷德·钱德勒：《看得见的手——美国企业的管理革命》，7页，北京，商务印书馆，1987。

多数家庭企业都比较小，即使这种企业变成大型集团公司，其家庭因素的重要作用仍将延续；像沃尔玛、李维·斯特劳斯、福特汽车公司、马略特公司这样的大公司在某种程度上仍被认为是家庭企业。[①]

台湾学者王光国教授从企业的发展阶段与组织形态角度对家族企业的特点进行阐述：第一类形态是只用亲属的“纯粹”意义上的家族企业，以饮食、杂货、文具、日用品的小商店，以及制造食物或简单日用器具的小工厂居多，人员几乎来自同一家族的成员，只有在忙不过来时才会雇用少数几个帮手予以协助；第二类形态是采用“人治”管理方式的家族企业，由创业者掌管大权，次要管理职位则可由其家族成员担当；第三类形态是从“人治”过渡到“法治”的家族企业，规章制度成为其重要的特点；第四类形态是“经营权”和“所有权”相分离的现代意义上的家族企业，自己拥有所有权，但经营权可交由非家族成员支配。[②]

家族企业是世界范围普遍存在的企业形式，在世界经济中占有极其重要的地位。据统计，全世界80%以上的企业是家族企业，其中不乏世界上最大、最成功的企业，例如沃尔玛、杜邦、摩托罗拉、松下电器等。《幸福》杂志所列的世界500强中有40%左右是家族企业。在美国，家族企业占企业总数的96%，创造美国64%的GDP，雇用美国劳动力50%以上，是美国产业结构调整的主要力量；在欧洲，家族支配了许多中小型公司，例如意大利的家族企业高达99%，法国50~100人的企业中，90%是家族企业，且家庭企业的产值占总产值的65%以上；在亚洲，家族企业虽然因各个国家的历史、文化不同而有所不同，但有一点可以肯定，即除中国大陆之外所有经济发达的亚洲地区，家族企业都在数量上和规模上占据了主导地位。[③]

根据上述分析，我们可对家族企业作出以下简短结论：①无论在发达国家还是在发展中国家，家族企业是普遍存在的现象；②家族企业可以做强做大；③家族企业应在自身发展的不同阶段及时进行组织形态调整，逐步建立现代企业制度。

二、家族企业持续发展中的问题分析

家族化倾向是撒拉族企业发展中的一个十分重要的特征，这主要是由撒拉族企业形成过程的特殊性所决定的。撒拉族是属于典型的农业民族，直到改革开放之前，非农产业在其经济生活中所占比重很小，真正意义上的企业几乎空白。改革开放后，随着政策的调整，一大批善于经商、敢冒风险的撒拉人走出家门走向市场，经过市场的历练，部分人聚积了一定的资金，开始投资兴办企业。起步之机，世代务农的撒拉人除获得有限的银行贷款外，很难从外部获得资金，企业的投资主体多限于家族内部成员。另一方面，由于历史上形成的特殊的社会组织形

① ［美］杰斯汀·隆内克等：《创业机会》，敦武文等译，32~33页，北京，华夏出版社，2002。
② 转引自王学义：《家族财富》，64页，成都，四川科学技术出版社，1999。
③ 甘德安：《中国家族企业研究》，25页，北京，中国社会科学出版社，2002。

式，撒拉族成员对血缘和亲情有着特殊的依赖性，在兴办企业这样重大的抉择面前，家族文化具有强大的影响力。基于上述原因，撒拉族企业在起始阶段，几乎都采取了家族模式。

家族倾向在撒拉族企业的初创时期显示出了以下优点：所有权与经营权紧密结合，决策权和管理权高度集中，管理成本低效率高；成员之间信任度高，易于形成合力；能够从家庭成员处获得资金、经验和情感上的支持，他们共有的传统、价值观念和语言，使得口头和非口头的信息能在家庭、企业内迅速传递和沟通；配偶及兄弟姐妹由于共同的成长环境和长期的相互了解，更能懂得彼此说话的主要意义和隐含内容；建立在家庭血缘、亲情基础上的企业合作更加可靠；可以以整个家庭利益（即家族企业的利润水平、赢利能力等）的名义，要求成员作出自我牺牲。家族企业的这些优势，成为撒拉族企业起步并快速发展的重要推动力量。然而，随着企业规模和业务范围的扩大，与所有家族企业一样，撒拉族家族企业也显现出诸多问题，主要表现在：

1. 组织和管理问题

组织是一种资本，健全合理的组织是企业运行的基本前提。从国际上来看，家族企业完全能够建立起科学合理的组织结构，但在现代工业文明辐射程度较低，文化发展相对缓慢的撒拉族地区，除兴旺集团、雪舟三绒集团等少数企业以外，大多数企业没有经过严密的组织设计程序，一个体现分工协作、权责对等、信息畅通、人事匹配等原则的组织结构还没有真正建立起来。这类企业最明显的标志在于经营管理最终决策权在“家长”手中，采取集权化的领导。尽管大多数企业也招聘一部分专业人才，安排从事中高层管理工作，但在“人治”特征明显的家族企业，这些专业人才的岗位职责往往是不确定或不固定的。家族管理过分依赖传统家族制度来整合企业资源，缺乏科学有效的管理机制，靠人盯人的方式管理，企业管理行为缺乏制度规范，随意性强，致使企业身不由己地落入创业者陷阱或家族陷阱。

2. 决策问题

保证决策的科学性和准确性是促进企业发展的基本前提，需要高层管理者必须把主要精力投入其中。企业最大的失误是决策的失误，最大的损失是决策失误所导致的损失。这就要求企业高层管理人员做一个相对摆脱具体事物烦扰的“思想人”，他的主要精力和时间应该用于思考企业的长远发展和全局利益。然而，大多数家族企业由于缺乏健全的组织机构和授权机制，管理者容易将主要精力消耗在日常事务中，对涉及企业发展的全局性、长远性问题的思考相对薄弱，而且由于受家族成员血缘、经历、经验、知识、价值观的相同或雷同，决策思维一致，难以形成决策思维的互补性，从而更容易导致决策失误，学术界称其为“家族企业的愚昧共振”，严重威胁企业的持续发展。

3. 企业文化问题

家族企业文化是建立在血缘关系基础上的家族文化。这种文化在创业初期表现出特殊优势，但当企业完成了原始积累，需要向更大市场进军时，家族式文化的种种弊端逐渐暴露出来。

（1）家族企业的文化普遍以家庭为核心、以家庭伦理为道德准则。许多企业从表面上看已经超越家族企业和家族管理模式，但从本质上依然囿于错综复杂的家族关系中，并由血缘关系扩大为地缘关系及其他更为复杂的社会关系。家族企业的家族式管理，使家族企业很难超越简单的血缘关系和地缘关系，这种文化特征保留了家族制的基本内容，企业内部依然存在家长式的权威，企业管理采取“人治”方法。

（2）过分“亲密”的关系，使得企业家庭成员角色模糊，一方面导致个人职责的模糊和不均等，因为很多家庭企业并没有明确划分出家庭成员在企业关系和家庭关系中的职责，而多凭自觉性和企业创立者（很多情况下他亦是家庭关系中的权威）的欣赏、重用程度决定，因而带有很大的随意性；另一方面，造成企业领导权威因家庭关系的影响而削弱、失效。因为家庭关系侵入企业后，企业领导者在对企业实施管理时，多会考虑对家庭关系造成的影响，在处理企业关系中很难真正对家庭成员动用企业权力。

（3）在家族文化氛围中，易造成对企业非家族成员的不平等感，这必然会妨碍非家庭成员对企业归属感的建立，使他们缺乏对企业的责任感和忠诚心，并进而影响他们的职业生涯发展和工作升迁。

（4）面对世界经济信息化、知识化进程的加快，某些家庭成员的知识、能力和思维方式不能适应新形势的要求，以至于阻碍企业的生存和发展。

4. 人才问题

常常听到家族企业家说，人才难得。其实难得的是家族企业用人的机制。在用人问题上，家族企业容易陷入“先家族后企业”、“先亲朋后外人”的怪圈。不少企业在考虑问题时往往把家族利益置于企业利益之上，在人员配备时首先考虑家族成员怎样安置，但对这种安置是否与事业发展需要匹配，能不能调动全体员工的工作积极性等考虑不足。与此同时，高级科技人才和管理人才在家族企业得不到应有的地位、权力和尊重，致使高级人才队伍建设滞后，无法适应企业发展的需要。

5. 资本结构问题

家族企业容易产生私人财产与企业资产的混淆现象。由于家族成员乃至企业员工都容易产生这个公司是“某某家族的公司”的意识，导致私人资产与企业资产混淆不清，并形成一体化，很容易产生公司资产就是自己资产的错觉。公司经营者就是自己公司的实权者，若将私人财产与企业资产一体化，则家族出身的任何人士，也都不会反对，甚至根本注意不到到此事。这一现象反映到资产管理和财务管理等方面，都可能导致一系列的问题，直接影响企业的生存和发展。

6. 创新问题

企业的发展总是同创新联系在一起的。然而，很多家族成员由于成就动机微弱，小进即安，使家族企业创新的内在动力匮乏；知识陈旧，企业家创新的智力支持不足；很多家族企业存在“意识断层”现象，即主要负责人具有很强的创新意识和能力，思路超前，但中低层管理者由于知识背景、职业素养、理解能力以及执行能力等方面的缺陷，无法理解或适应高层的思想观念，导致许多创新思想和思路无法付诸实施，不善超越，安于现状，错过发展良机。一个没有创新能力的企业常常只能步人后尘，产品趋同。撒拉族企业发展中之所以出现产品项目上的“刮风”现象（如曾经的牛绒加工企业），究其原因是企业缺乏创新意识和创新能力，企业之间思维趋同，单纯模仿，导致经营项目、服务面向、技术装备、生产工艺等方面缺乏特色，企业之间在低层次的价格层面进行恶性竞争。

三、家族企业可持续发展的路径分析

处在不同层次和不同阶段的家族企业面临的问题不尽相同，因此，探讨家族企业持续发展的路径应坚持“一企一策”原则。这里，我们只针对撒拉族企业面临的一般性问题，或针对撒拉族家族企业存在的一些共性问题，提出以下建议：

1. 构建成熟的产权制度

明确企业性质，明晰产权归属。要从企业资产构成和所负法律责任的角度，明确企业属于单一业主制企业、合伙制企业还是公司制企业，从创业之初就明确产权归属，内部产权边界应由混沌向清晰转变，尤其要对家族成员之间的产权进行界定，形成来自产权的约束和激励。

实现自然人产权制度向法人产权的转变。家族企业应突破“家”的狭隘观念，要树立企业社会化的观念，根据发展需要实现企业股权多元化和社会化，促进企业作为一个法人独立与家庭。

2. 逐步淡化家族文化氛围

调整低信任度的社会结构，增强对非家族成员的信任感。应高度重视中层管理者的非家族化进程，放手让他们发挥作用，以此淡化家族氛围，培养奉献精神和责任感，逐步培育现代企业文化。

淡化初创者的个人英雄色彩，强化职业化管理。企业发展到一定层次，初创者必须逐渐放开经营权，实现由集权向分权的过渡，吸引一批有知识、有抱负的职业经理人加入企业，这既可摆脱企业家个人能力和知识局限，同时也实现企业决策民主化，使高层集体智慧得到充分体现。

在企业内部营造民主氛围。在一定意义上讲，管理就是通过别人来完成任务的艺术，只有充分调动全体员工的积极性，才能实现企业的持续发展。大量实践证明，适当扩大员工的参与权、决策权有助于激发员工智慧，促进企业发展。

3. 以“三本”原则提升企业层次

企业层次的提升是现有企业从创业期向成熟期过渡的重要环节，是企业综合素质得以提升，软实力得到增强的过程。这可以表现为企业规模的扩大，效益的提高，社会影响力的增强等等，但其核心是企业价值的提升。家族企业的价值提升一般要经历“创业者（或家族）”利益最大化——“股东”利益最大化——“相关者”利益最大化等阶段。企业的利益相关方包括企业主和股东、员工、用户（或顾客）、政府部门以及更广范围的社会成员，追求“相关者”利益最大化是现代企业经营理念提升的重要标志。在这里，我们着重对家族企业的员工提出“三本”管理的建议，即“以人为本”、“以能为本”、“制度为本”。

“以人为本”。以人为本的管理，是指在企业管理过程中以人为出发点和中心，围绕着激发和调动人的主动性、积极性、创造性展开的，以实现人与企业共同发展的一系列管理活动，是一种以人为中心、将人看做最重要资源的管理理念。针对员工管理而言，人本管理在企业实践中呈现出多种形态，这些形态从低到高依次分为五个层次，即情感管理、民主管理、自主管理、人才管理和文化管理。人本管理一般应从最低层次开始，逐渐向高层次发展，才能收到好的效果。但也可以从较高的层次开始，在高层次管理中蕴藏着低层次管理。努力构建人本管理模式，以实现人的目标作为经营活动的前提，在此基础上来满足企业自身的发展目标，这是家族企业提升层次的重要前提。

“以能为本”。这是把“人的能力”作为企业人力资源管理的立足点，实施能本管理。它以承认能力差距为前提，在用工制度上，打破人情关系等因素对用工的干扰，根据人的特点用人才，做到“各尽其才”、“各尽其用”；充分认识到人力资源是第一资源的含义，确立智力资源的获得比物质资源的获取更重要的理念，广泛吸收和接纳各路英才；重视职工教育，加强培训工作，全面提高员工素质。

“制度为本”。从一定程度上讲，企业员工时常会产生惰性心理，这种心理和行为是无法用“软性”的“人本”、“能本”管理来约束的，对此企业需要充分发挥规章制度的强制性保障作用，规范职工的行为，确立以经济利益为基础的激励机制，如报酬激励、有条件的福利激励、授权与民主参与激励、调遣激励、情感激励等，同时为员工营造发展空间，如通过选送进修、工作加压等手段帮助员工自我提高，进而产生与企业同命运的发展动力。

4. 做好接班人培养工作

搞好一个企业一个人肯定不够，搞坏一个企业一个人足够，这个人就是企业主要领导。由于家族企业对主要负责人的高度依赖性，做好接班人的培养和家族企业权力的交接工作至关重要。国内外企业发展的历史证明，家族企业权力从一代传给下一代之际，是其最容易受伤之时。美国西北大学凯洛格学院教授约翰伍德指出，在家族企业中，80%不能传给第二代，而家族第三代成员仍控制公司的家族企业所占比例仅为13%。在未能传给二世、三世的家族企业中，有的由于新的继任者管理无方而破产；有些则被迫出售给竞争对手。① 因此，家族企业在成长过程中面临的一个重大考验就是接班人的培养问题。经过八九十年代的创业期和新世纪的发展，很多撒拉族企业渐入权力交接期，或已经到了考虑接班人的时候。

---

① 虹桥热线：http：//www. honelfe cninfo. net/2001. 08. 12.

当我们把某个企业认定为家族企业的时候，就等于肯定了家族事业的接班人在家族成员中产生的合理性。家族企业创业人应高瞻远瞩地把接班人的培养问题提上家族企业的议事日程，有计划、有步骤地实现权力的平稳过渡。不能把自己辛辛苦苦创下的家族事业，因为未能解决好接班人问题而被毁于一旦。事实也是如此，接班人解决得较好的家族企业，通常能依照创业者的愿望发展下去。但也不是所有的创业者都有这个觉悟，一些创业者至少在心态上就存在某些问题，或难忘掌权滋味不愿放权，或担心子女不能担此重任而不愿放权，或根本就未在权力交接上作长远打算，以至于某一天辞世时，权柄的归属突然成为家族和企业的一个非常严峻的问题。因此，我们认为，创业者要趁早安排企业管理交接事宜，考虑和实施第二代接棒的事情宜早不宜迟，回避和往后拖并不是明智之举。

总之，一部撒拉族企业发展的历史，在很大程度上是家族企业发展的历史。撒拉族和撒拉族地区社会经济发展的速度和质量，在很大程度上取决于这些家族企业的发展状况。

（本文原载《中国撒拉族》2008 年第 1 期）

甘青边界的互惠共同体：循化县各民族生计模式与交流

马成俊

“甘肃农桑多缺不讲，而循化尤甚。番民以畜牧为生，耕种者不及半，惟撒喇族回民及起台、边都二沟番民，颇有水田，得灌溉之利，然皆卤莽特甚，至于蚕事，不独目所未见，亦复耳所未闻矣。”①《循化志》的作者龚景瀚是福建人氏，颇知农桑之于农民的重要性，所以当他看到循化乃至整个甘肃省都不事蚕桑，感觉非常忧虑，他借用张希孔语说道：“经国大务，无过农桑，古云：‘一女不织，或授之寒。’而况通省不织乎？蚕桑，甘省本有之业，因往代兵燹之后，树木砍伐殆尽，物易人迁，树桑养蚕之法，尽失其传习而不察，遂为风土不宜之说因而弃之不讲，五谷之外，一无所生，人人衣被冠履，皆取给于外省，而赍谷以易之，因衣之废而谷减其半。若衣有所出，自不轻粜粟麦，余一余三，何虑饥馑？故为边民谋积贮之道，农之外无过于桑。”② 作为同知，龚景瀚的确想为循化的民生尽力，他讲了很多养蚕制丝的好处，而且从他的详细叙述中，也可知他本人对农桑技术也很精通。本人在循化进行田野调查的时候，发现各村落都间有不少的桑树，可能与200多年前龚景瀚极力推广种植桑树有关。而且撒拉族妇女都普遍工于刺绣，也旁证了循化地区曾经有过养蚕制丝的历史。

这仅仅是《循化志》所载清初种植桑树的农事活动，由于循化地势地理关系，自然气候条件各异，各民族所处环境不同，因此每个民族也形成了不太一致的经济生产活动。根据循化县的自然地理条件和传统农业生产方式，大体可以分为三个区，即黄河河谷地区、中东部中低山区和南部草原地区。循化县境北部的黄河两岸和清水河、街子河下段低位川水地区，是循化的黄河河谷地区，这一地区西有黄河上游的拱北峡，东有下游的积石峡，这里正在修建黄河上游两座大型水电站，其中，拱

① （清）龚景瀚《循化志》卷七《农桑》，279页，西宁，青海人民出版社，1981。

② 同①，280页。

北峡已经发电，后者在建。北靠积石山，南至白庄镇的张尕村坡底和文都乡三沟汇水处为界。这里海拔1840～2200米之间，是循化县的粮果菜集中种植区。这个地区包括查汉都斯镇、街子镇、清水乡、积石镇、白庄镇和文都乡的下半部分，共有72个行政村，是循化县农业生产条件最为优越之处。这里土地平坦、土壤肥沃、交通便利、水利资源丰富，这里的居民主要是撒拉族、回族和部分汉族、藏族。

循化县境内中低山区，包括道玮乡、白庄镇中部、街子镇的孟达山村、清水乡的唐赛山、文都乡以及积石镇的西沟村等，共有44个行政村，是循化县粮油、畜产品的主要产区。平均海拔在2200～2700米之间。此地居民主要以撒拉族和藏族为主。

循化县南部地区海拔较高，最高处为4100米，其范围包括尕楞乡、白庄镇上部和刚察乡全部，共有31个行政村和三个天然林场，主要居民是藏族，从事畜牧业和旱作农业。① 在对循化县的几个经济区作简单的描述以后，便可知生活在这几个区里的各民族的生计模式，就有个大体的参照了。

一、农商并举：伊斯兰经济理念

撒拉族居住在循化县清水河、街子河与黄河的两岸，这里是循化农业生产的中心，撒拉族除了从事传统的农业生产外，其经济收入多依赖商业贸易，撒拉族有经商的传统，对此，《循化志》和《明史》等文献均有记载，撒拉族为纳马民族之一，始于明初。蒙·元时期，蒙古族地域辽阔，军事上所用之马到处皆是，用不着以茶易马。明洪武三年（1370年），撒拉族先民神宝归附明朝，四年即设置茶马司，开始茶马互市。“四年……以易番马……设茶马司于秦、洮、河、雅诸州……西方诸部落，无不以马售者”②。洪武七年（1374年），并洮州茶马司于河州，扩大了河州茶马司的业务范围，同年在河州城南建茶马司署。河州茶马司所辖市易之处有二，其中之一便设在积石关，该处是循化、贵德一带各民族各部落以马易茶之地。“积石关在河州西北一百二十里，西距厅治六十里，东去积石山五十里，明初于州置茶马司，此为市易之处，有官军戍守”③。明朝廷为了确保茶马互市的正常运行，防止卫所将士擅自索要马匹和营私舞弊，在洪武二十六年（1393年）制定了“金牌信符”制度，作为明朝向纳马各民族征发“差发马匹”的凭证。于是各纳马民族将所领之金牌视为“官符”，在本民族群众中拥有相应的权力。据记载，当时发给会牌共41面，其中河州卫和必里卫21面，超过了一半，而撒拉族领获一面金牌。到嘉靖三十一年（1552年），由于人口增多，撒拉族领获两面金牌，说明撒拉族参与以茶易马经济活动的重要性，同时作为河州卫重要的经济力量，奠定了雍正年间在撒

① 马成俊：《循化县社会经济可持续发展研究》62～65页，西宁，青海人民出版社，1999。

② （清）张廷玉等撰：《明史》卷80《食货忠四》，1947～1948页，北京，中华书局。

③ （清）龚景瀚：《循化志》卷二《关津》，74页，西宁，青海人民出版社，1981。

拉族地区授封两家土司的基础，这说明经济活动影响了政治地位。实际上，除了官办的茶马贸易之外，民间的经济活动在明朝时期还是比较活跃的。

到了清代，随着撒拉族社会经济的发展，撒拉人与河州、兰州、西宁的民间贸易日益兴隆。乾隆四十六年（1781年）八月十同，大学士阿桂、李侍尧的《为筹酌善后事宜折》中，谈到以前情况时说道："各工回人致循化、河州、兰州等处，或贸易绒褐，贩卖牛马，本不禁止。"[①] 这充分说明在茶马互市经济活动的促进下，民间贸易活动由来已久，"本不禁止"。由于撒拉族长期属于纳马民族，除了农业之外，畜牧业在其社会经济中占有很大的份额。清雍正十年（1732年）正月25日甘肃巡抚许容的奏折中言及明末清初的茶马互市制度时说："查甘肃原有以茶中马之例，每年于洮岷、河州、庄浪、西宁四司所管番土人民（作者按，此处'番土人民'中，按照清廷对撒拉族的归类，也在番之列）以茶易马……以有易无，彼此两便。令臣等查照定例，行中马之法，招谕番土头目人等，交马易茶……名为茶马田地，惟知中马当差，并不承纳租赋，以故牧畜蕃息，领茶交马。"[②] 正是由于撒拉族大量参与了茶马贸易活动，所以撒拉族和甘青一带的藏族很早就有了经济交往，并且在互相交往中做到了互惠互利，建立了互信。迄今为止，撒拉族与藏族之间经济交流依然比较密切和频繁。由于这种经济活动，两个民族之间尤其是撒拉族接受了大量的藏语词汇。据《循化志》记载，清乾隆时期，撒拉人举行婚礼时的聘礼，有一大部分是牛羊骡马等动物，足见畜牧业在当时撒拉人生活中的地位。有意思的是，在撒拉语中，聘礼直接称为"Mal"，下聘礼即为"Malender"，而"Mal"一词在撒拉语中便是牲畜的意思。龚景瀚描述道："其财礼，亦当同议定，马二匹，或马一骡一，贫者则以四小牛，择日令送。"在念诵合婚经时，还要送"油香每人各一器，牛肉各一块。"[③] 在丧葬礼俗中，撒拉人也离不开牛羊肉，"所请者每日三次至坟诵经，凡四十日乃止，家中逢七日，请众人诵经，食油香，宰羊，孝服白布。"[④] 由此可见，对撒拉族来说，畜牧业经济在撒拉族的日常生活中，有了重要的地位，有关畜牧业的地方性知识，是撒拉族知识体系中重要的组成部分。畜牧业生产不仅解决了茶马贸易之需，而且解决了农业生产所需之肥料，同时还解决了日常饮食中的肉食品，羊毛可以织毛线，可以制毡，羊皮可以制作皮袄，可谓一举多得。

到了雍正三年（1735年），由于国内的政治形势发生了变化，清廷加强了对青藏高原各民族的统治，改变和调整了原来的地方建置，将西宁卫改为西宁府，茶税由西宁知府管理。雍正四年（1736年）在撒拉各工查田定赋，茶马互市经过几百年的运行，在甘青边界的循化宣告终止。茶马司裁撤后，在循化等地出现了称为"歇家"的职业，父子相承，它是由茶马互市时的通译演变来的，他们熟悉几个民族的

---

① 转引自芈一之：《撒拉族史》，111页，成都，四川人民出版社，2004。

② 青海民族学院民族研究所编印：《撒拉族历史资料汇集之二：撒拉族档案史料》，2页，西宁，1981年3月内部印行。

③ （清）龚景瀚：《循化志》卷七《风俗》，291~292页，西宁，青海人民出版社，1981。

④ 同③，292~293页。

语言，具有长期从事民族贸易的经验，又熟谙民族间贸易知识和贸易习惯，所以专门担任民族贸易的中介人，相当于现在的经纪人。这些人成为甘青一带一种特殊的职业，发展到后来，他们当中的优秀者，成为近代的商业资本家。陕甘总督沈兆霖于同治元年（1862 年）三月初八的一份奏折称："宁、通、循、贵、丹、巴各属地方，向设官歇家，经理蒙番住宿贸易。"① 清末时期，外商在循化等地开设洋行收购羊毛，都是通过歇家进行的。

在进行茶马互市时，撒拉人所食用的茶叶均是汉中茶和湖湘茶，互市停止以后，"私贩盛而商茶壅，国课难完，故缉禁之文，岁岁不绝，而终不能禁。近年以来，无地无私茶，循化、河州所食散茶，皆大叶而黄色者，较之官茶，其价甚廉，闻皆出于四川，由松潘一路来者，至此不过十余站。"② 这种情况，在调研中有几位年过八旬的老人告诉我说，直到民国时期撒拉人喜欢喝大茶，指的就是来自四川松潘一带的大叶子茶。撒拉族在与官府和周边民族进行茶马贸易的经济活动中，积累了丰富的经商经验，到 20 世纪中叶，"街子、白庄就有 40% 以上的农户做小生意。"对于一个长期重农轻商的国家中生存的民族来说几乎有一半的村民参与市场经济活动，不能不说是一个特例。

撒拉族的经商传统与重商理念，还不仅仅是在明清时期的茶马贸易中形成的。撒拉族全民信仰伊斯兰教，而伊斯兰教又是一个重视商业的宗教，在伊斯兰教义中，视商业为真主喜爱的产业，商人的社会地位普遍很高。所以伊斯兰教义对撒拉族的社会生产产生了广泛影响。在经济领域，伊斯兰教经济理念直接影响到他们的经济价值观念和产业观念，伊斯兰教义认为：商人"犹如世界上的信使，是真主在大地上可信赖的奴仆"③。正是由于伊斯兰教肯定商业价值，鼓励经商活动，使得信仰伊斯兰教的各民族大多善于经商。在撒拉族社会中，普遍认为商业是真主喜爱的产业，只要勤于此业，就能得到真主的喜悦和赏赐。④

伊斯兰教不仅重视商业，而且还规定了许多商业规范和商业道德，在《古兰经》和《圣训》中受到禁止的商业活动有：敲诈勒索、称量不公、买卖说谎、囤积居奇、垄断经营、放高利贷，禁止生产和买卖诸如海洛因、可卡因、鸦片等麻醉品和猪肉、自死肉以及对人体有害的烟酒等物品。并且明确要求商人应公平买卖，禁止欺诈，按值论价，禁止说谎，平等竞争，反对垄断，薄利多销，禁止重利，信守诺言，禁止失约。这一系列的商业规范和要求，撒拉人基本上是遵行不悖的。也正因为如此，撒拉人在与周边藏族、回族和汉族的经济交往中，建立了良好的信用。

有宗教经济理念的规范，加之几百年参与与周边民族之间的经济交往的经验，

① 芈一之：《撒拉族史》，116 页，成都，四川民族出版社，2004。作者注：宁指西宁，通指人通县，循指循化县，贵指贵德县，丹指丹噶尔即今之湟源县，巴指巴燕戎格即今之化隆县。

② （清）龚景瀚：《循化志》卷七《盐法茶法》，285 页，西宁，青海人民出版社，1981。

③ ［巴基斯坦］赛·菲·马茂德：《伊斯兰教简史》，65 页，吴云贵译，北京，中国社会科学出版社，1981。

④ 马维胜，马玉英：《试论撒拉族商业文化》，载《西北民族研究》，1993（2）。

更有撒拉人的诚实守信，当社会发展到20世纪80年代改革开放的时期，撒拉人如鱼得水，开始融进市场经济的大潮，在甘青地区，这个人口较少民族便表现出对国家市场经济政策的积极适应能力，私营企业如雨后春笋，培养和锻炼了一批具有现代企业管理理念的企业家，并且涌现出了像雪舟三绒集团、伊佳集团、兴旺集团等资产超过亿元的民营企业，成为西北地区民营企业的翘楚。据马维胜研究："循化乡镇企业经历了三个发展阶段，第一阶段为1958年以前，当时的'四坊五匠'、'小商小贩'就是循化乡镇企业的雏形……第二阶段为1958—1979年，这一时期涌现出不少具有一定规模的社队企业，他们逐步从农业中分离……第三阶段从1980年至今，这是循化乡镇企业大发展的时期，企业规模、从业人数、产值都达到了一个新水平。到1992年底，乡镇企业达到1274家，从业人数4272人，总产值达到3010万元，占当年工农业总产值的46.77%，企业总数、从业人员、总产值分别比1979年增长816.5%、307%和2656%。"[①]"截止到1998年底，全县个体私营经济年实现产值1.7928亿元，利润800万元，分别比1995年增长137%、104%和105%"[②]。由此看来，以撒拉族为主体的循化县乡镇企业在20世纪80年代以后蓬勃发展，势头很猛，已经成为循化县经济的半壁江山。在进行田野调查时，县领导告诉我，现在民营企业的总产值已经占到全县工农业总产值的53.7%，这充分说明撒拉族已经在循化的产业经济中创造了奇迹。

马克斯·韦伯在讨论资本主义精神时，对几个宗教教派进行了比较，认为西方资本主义的发展，与基督新教的改革具有重要的关系。韦伯试图证明："西方民族在经过宗教改革以后所形成的新教，对于西方近代资本主义的发展起了重大的作用。"[③] 同时为了进一步论证他的观点，在以后陆续出版的《中国宗教——儒家与道家》、《印度宗教——印度教与佛教》、《古代犹太教》以及仅存残篇的《伊斯兰教》中试图解释：没有经过宗教改革的这些古老民族的宗教伦理精神对于这些民族的资本主义发展起了严重阻碍作用。伊斯兰教作为一个具有1400多年历史的传统宗教，并不允许对教义进行大规模的改革，但是在对待商业经营的理念上，不论逊尼派还是什叶派，抑或是这些教派的任何分支都是一致的，其创始者穆罕默德本人就是一个商人出身的人，这在很大程度上影响了撒拉族的商业经济行为，并为培养撒拉族的"工商精神"和"创业精神"奠定了宗教的基础。

生活在积石镇附近的回族，在商业理念上与撒拉族一致，这里不再重复，需要说明的是，循化回族的商业经济交易圈没有撒拉族那么宽泛，他们因地制宜，主要从事蔬菜瓜果生产和经营，供县城及其周围的消费者消费。当然在现当代的经济领

---

① 马维胜：《循化撒拉族自治县乡镇企业现状分析》，见马成俊，马伟主编：《百年撒拉族研究文集》，349页，西宁，青海人民出版社，1999。

② 马伟，马晓军：《循化撒拉族自治县个体私营经济发展状况》，见马成俊，马伟主编：《百年撒拉族研究文集》，379页。

③ ［德］马克斯·韦伯，《新教伦理与资本主义精神》，于晓，陈维刚等译，西安，陕西师范大学出版社，2006。

域，循化回族也不乏具有经济头脑的实业家，比如民国时期，青海省主席马步芳所兴办的湟中实业公司经理，便任用了循化县积石镇线尕拉村回族陕成礼，我采访他的时候，老人已经85岁，仍然耳聪目明，身体健朗，向我述说他的经营理念和已经尘封已久的故事。

二、半牧半农：藏族生活方式

除了积石镇的加入村、清水乡的转掌村等几个少量村落之外，几乎循化县的所有藏族村落都集中在南部山区，分属于文都、刚察、道玮和尕楞四个藏族乡，此处海拔较高，气候寒冷，多为草原和原始森林，只是在靠近撒拉族村落的部分地区适宜从事农业生产，所以，这里的藏族从事着半农半牧的生产。

循化县天然草地面积213.55万亩，占全县土地总面积的67.8%，其中可利用草地面积203.55万亩，占全县草地面积的95.3%，其中适宜游牧的草原面积130.54万亩，占全县草地面积的61.13%，此类草地面积最大。从草地质量来看，一、二等草地占全县草地面积的73.12%，[①] 在这片草原的南部和西部分别是甘肃夏河县和青海同仁县所属的草地，共同形成了甘青边界广阔的草原游牧区。

在撒拉人的人群分类中，将藏族分成为两部分，一部分叫“č adïr Tiut”或“joxu Tiut”（即帐篷藏族，指从事牧业生产的藏族），还有一部分便是“jamawo”（即家西番，指的是说汉语的藏族）。这种分类对撒拉族非常重要，在撒拉人的观念中，前者属于纯粹游牧牛羊，不养猪，所以与他们交往时可以放心地吃藏民家的饭，而后者则养猪，所以在与他们交往时，特别注意饮食禁忌。撒拉族对藏族的分类，除了其生产方式外，更多的考虑的是交往中的饮食习惯。过去，撒拉人的交往范围基本限于循化境内的藏族，对远方的藏族并不十分了解。循化东部的藏族人与西部的藏族人对撒拉族的称呼也大相径庭，如循化西部的文都乡及尕楞乡的藏族人称撒拉人为“索霍”，撒拉妇女被称为“索霍毛”，撒拉老人被称为“索霍甘”，撒拉儿童被称为“索霍周”，这显然将撒拉人与蒙古人没有区分开来，把撒拉族误认为是蒙古族的一个分支了，这是一个奇特的现象，而东部的道帏藏族人，对撒拉族的称呼则与撒拉族的自称音同。反过来撒拉族对藏族的称呼，同明代汉语中的“吐蕃特”之音接近，这同我国的蒙古族、维吾尔族等古老民族以及英文等外语中的称呼完全接近，说明撒拉族对藏族的称呼自明代起已形成规范。

从藏文史籍中对循化藏族部落的历史记载来看，说明藏族部落在很早时期已经居住并游牧于现在的南部草原地带，形成了自己的特殊的生产和生活方式，而这种生产生活方式的单一性，也就注定了历史上与邻近的撒拉族产生千丝万缕的联系。

除了畜牧之外，住在气候条件较好地区的藏族，也种植农产品，对此《循化

---

① 循化撒拉族自治县志委员会编：《循化撒拉族自治县志》，215页，北京，中华书局，2001。

志》早有记载："起台堡近大山，地气较冷，惟种青稞、小麦，而青稞为多。亦有小豌豆，不种秋田。西番上隆务、下隆务等寨亦种青稞、小麦、小豌豆、白豌豆，秋田亦种小谷子。阿巴拉、合儿等寨及南番多以放牧为生，种地者少，间有种者，惟种青稞。"①

三、边缘化的汉族经济

循化汉族的经济文化类型，与内地汉族大致相同，循化县城西街董家门楣上的汉文砖刻也印证了当地人经济文化理念，"派衍仲舒"与"耕读世家"使得循化的汉族不仅以"耕读"作为其生活理念，也以此来激励当地汉人，农业为本，读书做官，是汉族两千年农业文明的精粹，尽管循化县的汉族人口不多，但是他们很好地传承了中国汉族文化的大传统。不论走到哪里，这是他们信奉的圭臬。我在董培深老师家里采访的时候，发现他家厕所的门楣上书有"务本"二字，尽管是近年所书，但是也透出了根深蒂固的汉儒经济文化理念。八十多岁的董老依然笔耕不辍，读书不止，还写得一笔苍劲有力的书法，这是汉文化长期熏陶的结果。

但是，循化的汉族人口毕竟太少，只有几千人，居住比较分散，他们多集中在积石镇东街、清水乡下滩村和白庄镇的起台堡等村，所以其经济生活没有太大的特殊性，加之循化县人均土地面积太少，除了人们对现有土地进行精耕细作之外，对土地没有太大的期待。循化县城在清初也有土地祠和廒神庙，但没有更多的记载，只是交代了祠庙的位置，"土地祠在厅署内东偏，廒神庙在广济仓内"②。在当时可能也有对土地庙的崇拜，但是其规模与对河源神庙的崇拜或内地人对土地的崇拜不能相提并论。廒神庙也与生产生活有关，是对储藏粮食的仓库之神的崇拜。这两个神庙的祭祀仪式比内地汉人对土地的崇奉简直可以说是两重天。在后来的文献中，就见不到土地神庙和廒神庙的存在，在岁月的流逝中淡出了人们的视线，甚至没有留下一点记忆的痕迹。

在龚景瀚所撰《循化志》里，记载了当时的物产："附城左右多种青稞、小麦、大麦，而大麦尤多；豆则小豌豆、小扁豆、白豌豆、蚕豆、绿豆，园中间有种刀豆者。秋田种大糜子、谷子、荞麦，则青稞割后方种，惟此为两收……其附城左右则菠菜、瓠子、芹菜、茄子、黄瓜、菜瓜、葫芦、西瓜、葱、韭、蒜、苜蓿、山药，园中皆有之。"③ 并详细描述了如何种植桑树的过程，由此可以推知，当时养蚕制丝应该是从县城汉族开始的，只可惜没能形成产业并坚持下来，这也直接影响到循化汉族长期以来缺乏一种"工商精神"。马克斯·韦伯曾认为在西方是来自新教伦理的节俭、勤奋、算计，从而培养了"工商精神"。循化的汉族也做到了节俭、勤奋

---

① （清）龚景瀚：《循化志》卷七《物产》，294 页，西宁，青海人民出版社，1981。

② 同①，243 页。

③ 同①，293～294 页。

和算计，他们在仅有的那点土地上也兴修水利、精耕细作，但是终究没能形成“工商精神”，庶几与儒家文化中工商为辅的理念有关吗？

循化汉族在仅有的农业生产领域，对土地的精细耕作在循化县乃至青海省是出了名的。下滩农业社，于1954年在常年互助组基础上首批试办以土地入股、统一经营、合理分配为特点的初级农业生产合作社，曾经在“农业学大寨”时期被评为全省的“学大寨先进村”，作为全省的农业标兵，名噪一时。周恩来总理还表彰过下滩村，并赠送一面锦旗。作为全县农业的一杆旗帜，下滩村创造了循化县的最高产量，所以，全县“三干会”（即县级、公社和大队干部）后的现场观摩，往往都安排在下滩村召开。下滩村在农业生产方面创造了“三早管理”模式，即早施肥、早浇水、早拔草，这个管理模式作为循化县农业的楷模在全县范围内推广。同时，下滩村人根据土地情况，进行带状田试验，也取得了很好的成绩，创造了全县乃至于全省的最高亩产。但是，单位亩产在年复一年的提高，却没能带来相应的经济收入，汉族农民依然没能摆脱贫困的局面。

黄宗智先生在分析长江三角洲的小农经济时发现，在过去长达三百年的历史时期中，由于耕地紧张的限制，农业无法向外扩张为规模经营，从而获得规模效益，于是转而向内发展，加大土地单位的人力、物力的投入，所以虽然土地单位面积的产出不断提升，大土地的人均受益反而是下降的，他把这种现象称之为农业的“过密化”或“内卷化”（involution）。这种“过密化”，实际上是有增长而无进展（evolution）。但是，长江三角洲的小农，当遇到改革开放，农民从土地大量转移出去向外寻求生存之路，并从非农产业获取大量收入时，农民才开始富裕起来，才算走出数百年来传统农业有增长而无进展的怪圈。① 下滩村的农民在改革开放之后，也响应县委、县政府的号召，不再种植单一的粮食，开始种植诸如花椒、苹果、辣椒等经济作物，从而增加了收入，尝到了甜头。但是真正走出农村，甚至弃地从商，完全汇入市场经济大潮并有所作为的人至今还没有出现，这点与当地的撒拉族形成鲜明的对照。下滩村的人均土地面积并不多，按理应该会产生“倒逼机制”，从而将农民从土地上“逼”出去，向外寻求发展出路，产生“商业精神”或“创业精神”，但是，在改革开放后的中国内地及沿海地区甚至相邻的撒拉族中普遍形成的“商业精神”，在循化县的汉族中并没产生，他们依然在精耕细作，通过优化种子、改良土壤、完善灌溉系统、加强病虫害治理等技术革新，不断调整产业结构，土地的单位面积产量依然在不断提升，但是终因土地稀缺、人地关系紧张而难以形成大规模经营，农民依旧无法改变小农的命运。在没有土地以外谋生手段的条件下，农民所能做的就是通过技术革新把节约出的劳动力更加密集的投入到有限的土地上，而随着这种劳动力和资金投入的增加，所产出的边际效益出现递减。他们保守并珍爱着土地，生活仍旧沿着祖辈的轨迹，缓慢地运行，春夏秋冬的季节交替就是最大

---

① 李培林：《村落终结的社会逻辑——羊城村的故事》，见乔健，李沛良，李友梅，马戎主编：《文化、族群与社会的反思》，265页，北京，北京大学出版社，2005。

的生活变化，“月亮还是那个月亮”，村落还是那个村落，农民依然是那个纯朴、善良而可爱的农民。所以，当社会从计划经济时期过渡到市场经济时期的过程中，昔日作为榜样的下滩村在市场经济形势下，表现出明显落伍的态势，循化汉人固守于传统农业经济的运行模式在循化县的经济份额中几乎处于被边缘化的状态。

撒拉族将循化汉人区分为，首先是“gešing Xade”（汉语撒拉语合成词，即街上汉人，具体指居住在县城的汉人），其次是“Qumax Xade”（撒拉语，即下滩汉人），最后是“Čitebu Xade”（汉语撒拉语合成词，即起台堡汉人）。起台堡的汉人曾几何时是甘青边界汉族的代表，那里出现过中国北京大学第一位女大学生邓春兰，她上书时任北大校长的蔡元培先生，要求男女同校，之后，“国立大学增设女生席”，“实行男女同班”，招收了第一批女大学生，邓春兰便是其中翘楚，在中国近现代教育史上写下了重重的一笔，他的两个弟弟邓春膏和邓春霖远赴美国留学，获得了博士学位，是循化县最早获得博士学位者。同时也是甘青地区最早的海归博士。[①] 起台堡村又是甘青边界最重要的交通要道，是连接循化与河州（现临夏市）的必经之地，过去的起台堡辉煌一时。但是随着交通事业的发展，加之高寒的气候条件，更重要的是，循化的政治、经济、文化中心转移到了积石镇，起台堡开始败落，失去了以往政治经济与文化中心的地位。

四、市场体系与集市交流

施坚雅（G. W. Skinner）研究的关注点是如何从底层社会的研究中概括出解读中国农村社会结构的模式和框架，在他看来，研究的基础单位不能局限于村落划定的地域边界，而是要研究农村经济社会关系的网络，而这个网络的中心就是农村的集市。所以，以集市为中心的农村经济社会网络，应当是打开理解中国农村社会结构之门的钥匙，也才是乡土中国的基本研究单位。在施坚雅的分析框架里，从城市的市场到农村的集市，是一个层级联结的结构，所以只有弄清楚与城市的关系密度，才能准确地理解特定村落的社会位置。其实这种研究方法更加注重解读的是“大传统”，是属于经济社会学和历史社会学的传统。与此相应的是对“小传统”的研究，这一派以费孝通等为主，费孝通先生强调，乡土中国的基本研究单位是村落。因为中国乡土社会的基础单位是村落，村落不论大小，是血缘、地缘关系结合成的一个相对独立的社会生活圈，是一个各种形式的社会活动组成的群体，而且是一个人们所公认的事实上的社会单位。这种看法在乡土中国的研究中，一直是主流看法并形成一定的研究范式。在这个问题上，费孝通先生曾与拉德克里夫·布朗（A. Radcliffe · Brown）教授、吴文藻教授、莱蒙德·弗斯（Raymond · Firth）教授等人进行过反复讨论。他们认为，以一个村落做研究中心来考察村里居民间的相互

① 循化县政协编印：《循化文史资料》第二辑《邓宗父女（子）史料专辑》，1991年10月。

关系，如亲属制度及其词汇、权力分配、经济组织、宗教皈依以及其他种种社会关系，并进而观察这种社会关系如何相互影响，如何综合以决定社区的合作生活，然后从这种中心循着亲属系统、经济往来、社会合作等路径，推广研究范围到邻近村落以及市镇。这种研究被认为是“小传统”研究。

其实，不论是“大传统”也好，还是“小传统”也罢，只不过是理解乡土中国社会的不同视角和不同研究范式，提出这两个概念的美国人类学家雷德菲尔德（R. Redfield），在1956年出版的《乡民社会与文化》一书中提出了“大传统”（Great tradition）和“小传统”（Little tradition）的概念，他的这两个概念，是基于他在墨西哥尤卡坦州所做的关于“城乡连续体”的威权研究的基础上提出来的。他在尤卡坦州选择了四个规模不同的社区，研究焦点在于比较不同的封闭同质社会与变动的开放异质社会的区别，通过比较，提出在文化上可以分为以城市为中心的、反映都市知识、政治精英文化的上层“大传统”，和在城市之外、生长于村落共同体之中的乡间“小传统”，“小传统”形成的是“俗民文化”（Folk culture），雷氏认为，这种大小传统的观念，虽然形成于自己对中美洲社会的研究，但也最适合于研究具有古老文明的社会，比如印度、伊斯兰和中国社会。实际上，不论是“大传统”，抑或是“小传统”研究，都对研究该文化具有同等重要的意义，这两个传统是互补互动的，大传统引导文化的方向，小传统提供真实文化的素材，两者都是构成整个文化的重要组成部分。需要说明的是，在中国，汉儒文化及其这种文化所培养出来的社会精英，是“大传统”，而在这种文化的边缘，这种强势文化却有可能是“小传统”了，循化即是其中一例。

对以上研究范式的叙述，试图想表达的意思是，笔者在研究循化县族际关系及其文化时，并没有选择某一个村落为研究对象，原因是循化县是一个多族群的地区，任何一个村落都不能够说明复杂的文化和族际关系的全貌。所以在研究中，就包括城镇与乡村，农村与牧区，撒拉族与藏族、回族和汉族四个民族。而这四个民族的交往，除了通常的各种交往之外，市集交流及其形成的经济文化网络是循化比较特殊的形式。

前已述及，积石关曾经是茶马互市的重要地区，在这里，作为19个“中马”民族之一，撒拉族扮演着重要的角色。雍正十三年（1735年）积石关茶马司的拆除，以及清乾隆四十六年（1781年）以后到光绪二十一年（1895年）的多次反清斗争，使得清廷在撒拉族地区实行了极为严格几近严酷的限制措施，甚至村落之间、亲戚之间正常的交往都被禁止，据《循化志》记载：

“撒喇回民不许私行，出入内地贸易者，土司呈斤给路照，移明所至州县，变货毕，速令回巢，各关隘派兵巡查，无路票及所载不符者拿究，每季按起数造册结报。”[①]

① （清）龚景瀚：《循化志》卷八《同变》，318页，西宁，青海人民出版社，1981。

在这样严酷的制度体系下，撒拉人无法与外界接触，遑论经济交流。这种局面一直延续到1936年，也就是说时隔二百年（从1735年裁拆茶马司算起）后，循化县才出现了城东的白庄集和城西的街子集，“分别形成了农村初级市场，有了坐商和摊贩。这类农村集市虽然出现的时间晚了些，但在20世纪30年代后期毕竟出现了，表明农牧民手中的产品有了就近交易的市场了”①。这些市场形成后，便成为撒拉族、回族、汉族和藏族的共同市场。在撒拉语中，将集市称为“zi”，将开集称为“zi dur”，因此白庄集就被称之为“Axer zi”或“白庄子”，将“街集”读作“gaizi”，“zi”实际上是对“集”的音转，久而久之，相沿成习，“街集”便成为地名。②

白庄集上原来只有一名姓张的河州籍汉族开设一间小型铺面，经营布匹、茶叶、糖、火柴等日用百货，以及农民所需农具如产自民和县的铁锨、产自化隆县的犁铧等，均有民和和化隆的商贩驮来销售或交于张姓人代销。到20世纪40年代，白庄集的铺面增加到30余个，其中饭馆3户，其余为日用百货、土产杂品等商铺。资本较大的是经营布匹的商铺。一般店铺的资本金有一二百元银圆，较大规模的有400~1000元不等。30户店铺的店主大多为白庄乡人，其余也有其他乡的店主。各店铺的货物主要来自河州，从西宁和循化县城购买的很少。总其商品不超过500种。20世纪40年代末，大多数店铺关门倒闭，只剩下8户布匹店和两家地摊商。原因是马步芳家族在循化经营的官僚资本“德兴海”所垄断经营而挤压出市场。

白庄集于农历每旬三、六、九日为集市贸易日，每月开集9次。每年的三、四、五月和九、十、十一、十二月为旺季，其余月份均为淡季，旺季期间集市上有千人左右，淡季时只有一二百人。到白庄集进行交易的人，除了东乡四工（即现在的白庄镇、道玮乡、清水乡和部分积石镇人）的撒拉人之外，临夏人带来铁锨、棉衣、鞭炮、布匹、水果、红枣、筛子、糖果、干草、簸箕、水缸、锅以及役使工具骡子等货物；道玮藏族带来小麦、青稞、洋芋、豌豆、牲畜、牛羊粪以及柴草及畜产品；积石镇的汉民回民则带来果蔬类货物；民和人带来铁锨；化隆人带来犁铧；孟达人带来自制的叉子、连枷、耙耱等。在交易时除了用金属货币和纸币外，也有以物易物的。集市贸易也带来了中间人的出现，那些在地方上有势力且能够操多种语言者，担任中介人，买卖成功后收取一定的费用作为报酬。这些人往往会撒拉语、藏语和汉语三种语言，所以在市场上颇为活跃。③

街子集的开集时间与白庄集同时，也是在20世纪30年代中期开设的。最初街子只有一户店铺，是河州东乡人马里达达经营的，由于他在本乡担任过清真寺学董，当地人称马学董。到20世纪40年代时，店铺多达14户，其中经营布匹的1户，百

① 芈一之:《撒拉族史》，367页，成都，四川民族出版社，2004。

② 马成俊:《青海撒拉族地名考》，载《青海民族研究》，2001（3）。

③ 青海少数民族社会历史调查组编:《青海回族撒拉族哈萨克族社会历史调查》，西宁，青海人民出版社，1985。另参见芈一之:《撒拉族政治社会史》，255~258页，香港，黄河文化出版社，1990;《撒拉族史》，367~368页，成都，四川民族出版社，2004。

货及布匹6户，百货店5户，土产杂品1户，山货及鸦片店1户。这些人中，除了3户是河州人外，其余均为本地人，其所拥有的资金从100元到1000元不等，由于同样的原因，到40年代末期，除了7户之外，其余均破产倒闭。街子集的集市贸易日与白庄集错开，定为农历每旬一、四、七日开集，每月9次。参加街子集的人员大多为西乡四工（即今街子镇、文都乡、尕楞乡、刚察乡、积石镇和查汉都斯镇）地区各族群众及黄河以北化隆县甘都镇人，参加人数略逊于白庄集，范围也小于白庄集，所经营和贸易的内容与白庄集相似，货物大多来自河州，而畜产品、粮食、柴火等物多来自柴沟（即文都、尕楞和刚察三乡）的藏区，经营方式与白庄集一样。①

除了这两个固定的集市地点之外，积石镇和孟达村也有不定期的交易活动，积石镇作为循化县的政治、经济和文化中心，货物交易应属常态，所以不像距离县城较远的白庄集和街子集那样需要确定固定的交易日期，所以往往被研究者所忽视，著名史学家芈一之的《撒拉族政治社会史》、《撒拉族史》均未提及，不能不说是一个遗憾。而在交通极为不便的孟达村的集市，更没有人去研究。其实，孟达村在撒拉语中还有一个村名叫“Cizi”，是汉语“柴集”的音转。② 孟达村的集市主要经营的是木材、柴火以及山货，货物主要出自就近地区的孟达原始森林，参与人员有积石镇、清水乡、甘肃临夏的大河家以及村对面黄河以北的转塘村藏族。

循化的撒拉族除了参加本县的集市外，还到民和、甘南的拉卜楞等地赶集，出售自己的土特产品，如一年两次去赶在甘南拉卜楞寺举行的正月十五日和九月二十九日的佛教寺院大法会。据调查显示，一驮子水果驮到拉卜楞可赚5元。与此同时，还到贵德县、同仁县、化隆县用银子、布匹、花椒、辣椒、粮食、百货、果蔬、炒面、大蒜等物，换回牲畜、羊毛、皮张等物，以换取相应的利润。③ 这种经济方面的交往，使得撒拉族与藏族之间建立了极为密切的互信互惠的关系，也积累了丰富的商业经验。对于这种现象，青海地方历史学家芈一之教授认为：“撒拉人有条件从事商贩活动，牟取些微收入，以补充养家糊口。于是，撒拉族社会经济出现了比较畸形的发展，农耕技术、手工制作比较落后，而跑小商贩的活动异常活跃。但他们的活动范围不大，局限在本县及周围一些地方。于是，较大的商人即称得起富商大贾的人，始终没有出现，在这一方面，与同地区的回族相比，则相形见绌了。”④ 我不太认同芈一之教授的观点，他的看法明显带有汉儒文化农耕为本的思想，把市场经济活动理解为是“畸形发展”。岂不知我们缺乏的恰恰就是撒拉族这种“工商精神”和四处创业、开拓市场的理念和行为。况且在循化县随着人口的增加，人地矛盾愈加紧张，人均土地占有量极少，李培林认为的“倒逼机制”比内地还要严

① 参见芈一之：《撒拉族政治社会史》，香港，黄河文化出版社，1990；《撒拉族史》，369页，成都，四川民族出版社，2004。

② 马成俊：《青海撒拉族地名考》，载《青海民族研究》：2001（3）。

③ 青海少数民族社会历史调查组编：《青海回族撒拉族哈萨克族社会历史调查》，73～111页，西宁，青海人民出版社，1985。

④ 芈一之：《撒拉族史》，370页，成都，四川民族出版社，2004。

重，在这种状况下还完全依附于土地，岂不是走向画地为牢、自我封闭的绝路？正是因为撒拉人在历史以来就有不断开拓市场的能力和对市场经济的适应以及对工商精神的崇尚，当20世纪80年代改革开放时，他们能够很快适应市场经济，并走在了西部各民族前列，芈一之教授所谓撒拉族的“富商大贾”在青海民营企业领域独占鳌头。

过去，撒拉族的市场除了在八工内部之外，主要是向藏区拓展，其市场领域为甘南、四川松潘、青南地区，甚至在甘南设有两个（一说三个）办事机构。为了搞清楚撒拉族与甘南藏族之间的关系，尤其是在藏传佛教如此盛行的甘南地区，与藏族信仰完全不同的撒拉族能够设立办事机构，其中必有原因。笔者在甘南拉卜楞寺调查的时候，先到拉卜楞清真寺，寺管会主任是撒拉族，现年66岁，循化县白庄镇人，老人告诉我说，他们家已有三四代人住在了夏河拉卜楞。以前拉卜楞寺管辖包括白庄在内的三个工（南买、丹嘎、乙麻目）。嘉木样三世（灵童）从青海回拉卜楞寺，途中受阻，当时三个工的撒拉人出兵帮他顺利回到了拉卜楞寺。此后，循化人在夏河设置了三个办事处，拉卜楞寺给循化的撒拉人赠送了草山。当时去迎接三世的是阿木曲户的藏族，循化撒拉族去了三个工的人，当嘉木样三世掌握拉卜楞寺政教大权后，为感谢撒拉三个工的群众帮助，邀请撒拉人来拉卜楞寺周围经商、居住，嘉木样活佛还给了经济资助。我们的先人驮上循化的面粉、辣椒、豆角等，从现今的甘加乡到了此处，记得小时候在甘加还有撒拉人的羊圈。据说最初来了四家撒拉，主要是做鞋和靴子，后来人数渐多，为方便撒拉人及这里的回族群众做礼拜，在嘉木样活佛同意后，还修了清真寺。以后的嘉木样很关心清真寺，相互拜年。现在，甘南地区撒拉族有五六十户，会说汉话、藏话。经常说藏民是撒拉人的娘舅，当时把汉民和回民叫中原人，撒拉话叫“哈得”。以前，我们一家专为拉卜楞寺的阿卡做靴子。现在拉卜楞清真寺做礼拜的撒拉人有40多个。

拉卜楞寺寺管会退位的阿卡也告诉我说：现在和清真寺关系很好，当时拉卜楞寺遇火，清真寺派人灭火，重修时给了三十三个打地基的柱子。清真寺有一块嘉木样赠的匾额：亘古一人。

拉卜楞寺建寺至今已有300多年的历史，在这漫长的历史长河中拉卜楞寺在藏区社会中所占据着重要的位置。从寺院坎坷曲折的发展史足够透视藏区东部社会的变迁史。拉卜楞寺从建寺那时起，就在宗教理论、政治、经济等领域在藏区东部有了举足轻重的作用。在以后政教合一制度的环境下，拉卜楞寺代代大师在佛教教义方面的深邃理论与高深造诣受到藏族群众的普遍拥戴，纷纷自愿成为拉卜楞寺的“神民”、“属民”、“教民”等，积极布施的金银珠宝、土地牲畜、森林草场等无所不有。辖有众多“神民”、“属民”、“教民”的村落、108座属寺和上万名众僧的拉卜楞寺在东部藏区的显赫位置同时也被各方政治目的所利用，并且在后来的岁月里也几近毁灭，现在看来也是正常的。

与拉卜楞寺有着一定社会关系的外族集团中，就有循化撒拉族。循化撒拉族的“科哇乃曼、拉马吾建”等与拉卜楞间有称为“栓头”的关系。即嘉木样派去的官员到该地村落就受到热情招待，负责一切食俗费用，撒拉人到拉卜楞也受到同样礼遇，逢年过节，撒拉派去代表祝贺。撒拉族的这些“栓头”村与周边其他村落发生争执械斗时，拉卜楞寺予以积极的支持。

除此之外还有黄河岸边世居的撒拉乙麻木村。今年93岁高龄的乙麻木村老人韩一四夫说：相传很早以前，“撒拉八工”的撒拉人帮助拉卜楞去打仗，结果乃曼、乙麻木等三村有了死伤。为此事，经拉卜楞寺与三村头人商议，为三村在拉卜楞寺割地建立三村办事处，方便三村与拉卜楞寺间的商业活动。而乙麻木村则为其提供护送拉卜楞至青海塔尔寺之间货物、官员、喇嘛等的权利和黄河渡口合法渡河的权利。拉卜楞寺院与撒拉族八工的这种栓头关系一直延续到解放时期。下科哇村人马胜华说：到20世纪80年代，随着国家政策的开放，乃曼工、乙麻木村、张尕工等派人去拉卜楞再次与拉卜楞寺提起以前的这种关系时，夏河县政府再次为乃曼工划分一亩多地，作为重新修建“循化乃曼工驻拉卜楞办事处”之用。目前，这办事处还在拉卜楞寺附近，但近年由于交通、信息的发达，循化撒拉族人尽管已经走出了青海、甘肃，几乎覆盖到全国各地。拉卜楞的办事处却在夏河县为撒拉族与拉卜楞藏族在政治、经济和文化交流表达出了实物的历史佐证。就因为撒拉族或回族的这种以商业为生的惯性，藏区腹地的一些僻静的寺院门口都有伊斯兰的饭馆或商店，有些地方甚至藏族寺院喇嘛或贵族头人积极支持建立清真寺，目的是吸引这群制造互市的商业民族。

（本文原载《青海民族大学学报》2009年第4期）

青海省循化撒拉族自治县民营企业融资诉求与政策回应

黄军成　王庆福

民营经济已成为国民经济的重要组成部分和经济增长的主要来源，特别是在满足人们多样化和个性化需求、实现社会专业化协作、进行科技创新和增加社会就业总量方面发挥着重要的作用。青海省循化撒拉族自治县是一个多民族聚居的地区，少数民族人口占总人口的94.1%，主要以撒拉族为主。截至2005年底，循化县共有各类民营企业1260家，具有一定规模的企业有42家，其中规模以上工业企业10家，吸纳农村剩余劳动力就业3850人，上缴税金1573万元，而同期该地区的财政收入为3327万元。民营经济在GDP中的比重约占53.7%，形成以畜产品加工、特色农产品生产、民族工艺、建筑建材、客货运输、餐饮服务为主的经济结构，成为推动循化县经济发展的主导力量。

一、循化县民营企业融资的现状

企业融资过程实质上是资金供求的配置过程：即企业能否获得资金，以何种形式、何种渠道取得资金，通过资金的流动，实现资源的优化配置和经济效益的提高。融资难已成为民族地区民营企业进一步发展的“软肋”,[①] 因此，解决好民族地区民营企业融资难问题，不仅关系到民营经济的发展，同时也是保证民族地区就业、加快社会主义新农村建设的重要课题。

1. 循化县民营企业外源融资比较困难

民营企业的融资分为内源融资和外源融资两个方面，内源融资是促进民营企业发展的基础性资金，它主要来自企业内部如业主的自有资金、亲友借贷、员工入股，

① 万瑞嘉华经济研究中心：《中小企业投融资策略》，广州，广东经济出版社，2002。

是企业不断将自己的资金转续为投资的过程，对资本的形成具有原始性、自主性、低成本性和抗风险性的特征。据调查，循化县有84.6%的民营企业存在资金不足的问题，有85.3%的企业需要再融资。而这其中有83.73%的民营企业认为从金融机构获得贷款十分困难，贷款服务需求无法得到满足。在实地调研中一些民营企业家们纷纷表示"资金对小企业来说，就如同我们生活中不可或缺的水，没有它，我们无法生存，更别说在市场上遨游和闯荡了"。据统计，我国民营企业初始资本90.5%以上来源于企业创立者的自有资金，[①] 它们往往只能依靠自我积累、慢慢"滚雪球"，或者通过非正式渠道融资。

循化县是国家级贫困县，也是金融高风险地区，民营企业融资的内外部条件比较差，企业往往通过自由资本的积累来扩大企业规模，很难获得债券或权益性的资金，内源性融资受到很大限制。在外源融资方面，1260家企业中只有雪舟三绒、伊佳民族用品有限公司、循化天香两椒有限公司等极少数几家民营企业获得了银行贷款，其他企业根本得不到金融机构的资金支持，融资难度大。

2. 循化县民营企业获得财政融资的比例较小

循化县由于经济发展长期落后，地方政府的财政收支状况十分拮据，据统计，2005年全县财政收入为3327万元，财政支出为1.4051亿元，地方财政收支严重失衡，属于"吃饭财政"，能够用于支持地方经济发展的资金严重不足，虽然地方政府力图增加投资，却因自身积累能力太差，财政投资的数量和比例难有大的提高。2005年，循化县民营企业的固定资产投资中，国家及有关部门的扶持资金1657万元，占当年总投资1.421亿元的11.6%。

3. 循化县民营企业吸引外资的能力较弱

近年来，循化县政府根据国家产业政策的导向，认真改善投资软环境，清理和更正投资环境中存在的不利因素，完善投资中的制度、措施，积极组织企业加大招商引资项目的宣传力度，通过政府引导、企业积极参与各种洽谈等活动，2005年共引进区外资金6393万元，其中：青海雪舟三绒集团混纺纱项目从内蒙古鄂尔多斯引进资金3260万元，青海雪舟三绒集团西宁大白毛公司高支纱项目从河北省引进资金1400万元；青海雪驰清真牛羊肉食品开发有限公司清真牛羊肉精加工项目从山东引进资金133万元；循化县毛纺织品公司羊绒纱项目从深圳引进资金1600万元。在第六届"青洽会"期间，签约项目四个，其中：合同签约3项，意向性签约1项，签约资金达27450万元，引进区外资金2260万元。但是由于起步较晚、投资环境较差，在引进国外资金方面，至今还是空白。在吸引大项目、消化先进技术、模仿能力和创新能力方面仍然处于劣势，引进的项目仍以劳动密集型、传统产品和小项目为主。

---

① 人民银行西宁中心支行课题组：《欠发达地区中小企业融资问题研究》，载《青海金融》，2006（1）。

二、制约循化撒拉族自治县民营企业融资难的原因分析

近年来，循化县民营企业的发展虽然取得较大成绩，但由于起步较晚，存在着很多问题，这既是金融政策、银行管理等外部因素制约的结果，也是民营企业内部存在的管理弊端等多方面因素综合而成的。

（一）外部原因

1. 从政府角度看，缺乏相应的政策支持

首先，政策歧视和不公平待遇依然存在。尽管与前些年相比，循化县民营企业发展的政策环境已大为改观，无论认识上还是政策措施上，政府给民营企业的发展给予了适当的鼓励和扶持。但也存在着市场主体因身份、地位不同而受到不同对待的事例，在民营企业的创办和经营过程中，存在着审批过于复杂、摊派过多的问题。

其次，政府职能机构不到位、制度不健全和政策环境不理想。体现在民营经济的政策政出多门，不仅政府的计划部门在制定关于民营企业的政策，工商管理、税务等部门也在制定政策，从而造成了政策混乱，有时甚至相互矛盾。这种状态难以形成政府与民营企业间有机的、良性的互动关系，政策的透明度、公允性、针对性及其实施程度因此而大打折扣，使中介机构难以健康地发展起来。民间投资者在获取投资信息、选择投资方向、争取技术或资金支持等方面不能普遍得到有效的服务，往往因此而造成决策失误，投资失败等现象。

2. 金融生态环境发育先天不足

首先，国有商业银行经营战略的转变及现有的经营模式不利于民营企业间接融资。1998 年以来，从防范化解金融风险和增加银行效益的角度出发，实行“大银行、大城市、大行业”发展战略，国有商业银行逐步从县级市场退出，压缩基层经营机构，县以下的金融服务范围缩小。目前，循化县只有建设银行、农业银行和农村信用合作社，营业网点不断减少，金融服务比较单一。同时，国有商业银行资金实行统一运筹的策略，资金重点投向发达地区和优势行业，导致循化县民营企业难以得到贷款。

其次，国有商业银行扁平化管理和现行信贷管理体制制约了民营企业融资。当前循化县国有商业银行县支行由于实行扁平化管理，信贷管理权限很小，中小企业贷款由青海省一级的分行直接审批，基层商业银行只有贷款推荐权，无贷款发放权，使县域金融很难满足民营企业的融资要求。同时，各商业银行总行制定的小企业信贷管理办法是根据发达地区小企业状况和全国小企业贷款标准来制定的，由此导致了循化县的民营企业难以达到国家标准，使循化县建行、农行两家县支行每年向上级行推荐的小企业贷款项目和自主审批的小企业贷款逐年减少。另外，信贷零风险、

责任终身追究制等不合理的信贷考核机制，使基层商业银行信贷人员工作积极性严重受挫，缺乏主观能动性和客观创造性，在放贷与饭碗的选择中，以保饭碗为主。不仅如此，由于信贷业务量的急剧萎缩和机构的撤并，承担日常的信贷工作任务都十分勉强，难以顾及难度大、责任重的民营企业贷款。

最后，融资信息不对称。体现在银行对申请授信的民营企业难以了解，既没有充分的时间也没有合适的渠道，一是因为这类企业太多；二是因为有些信息本身就缺乏，无从获得；三是不少企业成立时间较短，其信息真实性难以甄别。这样必然导致银行谨慎对待民营企业的融资要求。由于信息不对称，国有商业银行对民营企业的融资存在一定的市场失效现象。

（二）内部原因

1. 企业自有资金不足、自我积累有限，造成内源融资困难

民营企业在本单位内部筹集所需的资金，主要是通过以前的利润留存进行资本纵向积累。循化县民营企业自有资金少，自身积累能力差，基础薄弱，资产负债率高，受青海省金融市场融资功能不完善的影响，通过资本市场筹资的可能性很小，而通过集资入股和民间借贷的方式获得的资金规模有限，并且融资成本高，因此，银行贷款成为循化县民营企业融资成本最低和操作最为简单的融资手段。据调查，循化县民营企业中95%以上的企业融资中首先选择银行贷款，融资的主渠道是银行贷款。从国外的情况来看，美国中小企业的资本来源中，内源融资一般都在50%～60%，高的时候达到80%。可以说，在世界范围内，企业特别是中小企业基本上是靠自身的积累逐步发展壮大的。

2. 民营企业组织水平和产业水平低、成长性差

一是循化县民营企业所处产业的水平比较低，其主体行业仍然以“夕阳产业”、劳动密集型为主，产品自主开发能力低，产品结构单一，经不起原材料、产品结构等市场因素的波动，经营风险较大，这种产业的归属性决定了循化县民营企业一般处在竞争性较强的领域，生存难度大，企业绩效低，影响了银行信贷投入的积极性。二是民营企业经营管理水平低。随着民营企业的快速发展以及同外界经济组织联系的多样化、广泛化和复杂化，民营企业在生产、营销、财务等方面的管理水平跟不上企业发展的步伐，致使经营管理机制陷入困境。

3. 民营企业在一定程度上存在道德风险，短期化经营行为较为普遍

民营企业还没有建立起有效的法人治理结构，产权关系模糊，企业生命周期较短，持续性不强，容易产生逃避银行债务的败德行为。银行的实践也表明，一些民营企业由于内部管理不规范，向银行提供的账目、报表水分大，使银行很难掌握其真实的生产经营和资金运用状况，无法甄别贷款企业实力及信用的良莠，加大了贷款风险，严重损害了民营企业的整体信用，降低了银行对民营企业的信任度。

4. 民营企业普遍存在着贷款担保、财产抵押难的问题

循化县民营企业1260家，固定资产比较少，而银行贷款常要求财产抵押，特别

是要求固定资产抵押，这就使许多固定资产较少的企业对贷款可望而不可即。尽管目前少数地区已有担保基金，但仅处于试点阶段，量少面窄，对本来就“先天不足”的民营企业贷款难有足值的抵押担保。

三、解决循化县民营企业融资难的途径

造成循化县民营企业融资难是多方因素共同作用的结果，因此，解决循化县民营企业融资问题的对策不能头痛医头，脚痛医脚，而应当采取突出重点，全方位下手的综合对策。

1. 进一步优化环境，为民营企业发展提供一流平台

良好的发展环境是民营企业快速发展的重要前提和决定因素，因此发展民营企业，必须要营造良好的发展环境。从当前循化县民营企业发展的情况看，缓解民营企业融资难问题，决不是政府的救济、同情、怜悯、施舍和恩赐，也不是政府直接配置社会资源，更不能用计划经济的思维方式解决市场经济运行过程中出现的问题。需要政府、银行、企业共同努力，为民营企业的发展探索一种不同于大型国有企业的经济运行机制，激发民营企业发展的活力，使其成为循化县经济新的增长点。为此，以科学发展观、和谐社会为指导，根据循化县民营企业发展的特点，创新和设计适应循化县民营企业发展的融资经营管理模式、业务流程、产品及服务手段等，以创新求突破，以创新求发展。因此，政府应进一步规范行政执法部门的行政行为，坚决杜绝执法行为与部门利益挂钩的现象，实行检查、收费、罚款报请制度；健全服务体系，从创新机制入手，营造公开、公正、方便、快捷、高效的优质服务环境；改革行政审批制度。加快由行政审批制向登记备案制过渡的进程，简化办事程序，提高办事效率。

2. 构建符合循化县民营企业发展实际的融资体系

在不同的发展阶段，民营企业对融资的需求各不相同，其来源渠道也不同。从循化县的实际来看，除了部分资金企业自筹外，其余的资金来源主要靠银行。这也正是像循化县这样的欠发达的民族地区所形成的融资体系，也是造成融资难的一个重要方面。为此，建立民营企业资本性融资体系已势在必行。可根据民营企业发展的特点，建立中小企业发展公司，适度发行企业债券，以缓解民营企业融资难问题。

创立为民营企业信息咨询和理财服务的体系。循化县民营企业的现状是各类产品的市场需求、价格变动等信息来源闭塞，经营理念传导受阻，市场应对能力差，缺乏足够完整的财务信息，财务分析能力不足。而建立以信息和智力为主要内容的理财服务，不仅具有为金融经营和企业经营双重服务的显著特征，而且对金融业及整个经济的发展也具有不可低估的促进作用。信息咨询和理财服务体系的建立，不仅可以解决信息不对称，传导经营理念和管理经验，同时可通过会计代理、财务顾

问的形式为企业提供融资安排等理财服务。

加强民营企业信用体系的建设。建立统一的企业信用信息中心，收集、汇总税务、海关、金融、社保、治安、司法等系统的企业信用信息，记录企业纳税情况、信贷记录、合同履约率、遵守法律等情况，供社会查询，以增加企业信用信息的透明度。同时，应当完善企业资信评估体系。由于资信评估的特殊作用，对于这类行业的发展已是刻不容缓。但从循化县的情况看，还没有形成统一完整的资信评估体系，要防范和化解民营企业债务性融资风险，银行信贷和信用担保机构必须与征信体系建设结合起来。通过征信体系为信用评级中介机构的发展提供基础条件，银行和担保机构可以利用评级机构对企业评定的结果，防止、化解融资风险和担保风险。

深化商业银行的改革。商业银行要彻底转变观念，明确认识到支持民营企业发展是金融业义不容辞的责任。大力推进客户经理制，对小企业提供诸如结算、汇兑、转账、财务管理、咨询评估和资金清算等方面的配套服务，不断开辟为小企业服务的新渠道，帮助小企业提高经营素质，增强金融意识，协助企业建立科学的会计、财务制度，使企业逐步走上规范化、法制化轨道，最终实现银企双赢之目的。

3. 增强民营企业自主创新能力，提高整体素质

民营企业要扩张规模，提升档次，最根本的是要增强创新能力，提高民营企业的整体素质。循化县民营企业家整体文化素质不高，在做大做强企业的过程中存在着知识储备不足、人力资源不足的问题。解决这一问题应从以下几方面入手：一是政府主管部门在加大对管理层进行理论知识培养的同时，应该组织一些专家、学者、政府要员、企业管理者深入到不同行业的企业中，真正了解和掌握他们在生产、经营和管理中出现的实实在在的问题，针对不同的问题，找出不同的办法，切切实实地解决一些实际问题。或者培育一些经营管理和自身效益好的企业作为典范，组织企业去学习、观摩。这样，不仅从理论上得到了提高，同时也可以为企业在发展中存在的问题，找出切实可行的办法，以整体提高企业经营管理的素质。二是加大企业人才培养力度，根据民营企业的需要，适时组织不同规模和不同类型的人才招聘会、见面会，牵线搭桥，指导协调。大力实施人才租赁和人才代理办法，为企业拓宽用人渠道。鼓励支持民营企业制定实施吸引人才、留住人才的管理办法，逐步形成有效的人才市场机制。三是切实加强民营企业人力资源的管理。“生存”是民营企业最紧要的问题，活下去是硬道理。民营企业做大的过程，实质上就是人才汇聚的过程；做大的结果，常常是因为加入的新人带来了企业突破的机会。

4. 鼓励民营企业开展合法的民间融资

民间融资是个人与个人之间、个人与企业之间的融资，包括借贷、集资和捐赠，形式不一。如亲朋好友之间的私人借贷、民间招商、企业内部集资、个人财产抵押借款、当铺、钱庄、个人捐赠等，国外还有私人基金、会员制商店等。民间融资一直是个人投资创业的主要融资方式，也是民营企业最基本的原始资本和创业资本来

源。在国外，中小企业发达的意大利和法国，家族成员之间的融资也是中小企业最主要的融资方式。因此，在当前循化县民营企业融资渠道不畅的情况下，在加强引导和监管的基础上，鼓励民营企业开展合法的民间融资仍有必要。一方面要合理引导民间金融互助组织的建立和完善，增强行业自律行为；另一方面加紧出台相应的规章制度，规范当前的民间融资活动，使其不至于产生较大的金融风险，又不至于扼杀民营企业正常的民间融资行为。

（本文原载《青海民族研究》2007 年第 4 期）

当代撒拉族的农业经济浅析

张　明

作为一个外来民族，撒拉族自元代初年迁入循化地区以来，一直保持着其农业传统，只不过这种农业经济文化已经具有中国农业文化的特点，这在明清两代表现的尤其明显。清末至1949年，近50年时间里，由于国内战乱及地方军阀马步芳的相对封闭的统治措施，撒拉族农业经济与明清相比并没有发生显著的变化，仍然属于封建农业。1949年新中国成立后，在农业和农村中进行了一系列改革，目前仍然一直延续，随着改革的不断深入，撒拉族传统的农业经济进入到一个转型时期。

一、当代撒拉族农业经济新变化

（一）农业生产条件改善

历史上撒拉族的农业因自然条件及社会条件的限制一直处于低水平的发展阶段。新中国成立以来，撒拉族的农业发生翻天覆地的变化：①耕地面积扩大。到20世纪90年代，耕地面积达到13.69万亩，其中水浇地7.01万亩；②农业劳动力增加。1949年，撒拉族人口有21665人，由于社会稳定，生活水平提高，撒拉族人口增长速度很快。到1990年有60813人，2005年已达11万人。人口的增加为农业生产提供了充足的劳动力；③在农业器具方面改变了以往主要靠畜力的状况。

（二）农业种植结构趋于合理

农业结构依然以种植业为主，牲畜圈养、果蔬园艺、设施农业等的比重日益上升。粮食作物一直是种植业的主体。随着生产条件、生产技术和工具的改善及对外开放的程度不断加深，撒拉族群众的种植结构也发生了变化。粮食作物种植所占比例依然是最大，但是却有不断减少的趋势。粮食作物主要以小麦为主，其他经济作物和油料作物，如各种蔬菜等播种面积不断扩大，在种植业中所占比例日渐增高，蔬菜品种由原先的30多种发展到了近百种；果树生产得到长足发展，至1990年，果园面积1.57万亩，果树有9个树种、117个品种，果品总产量271.5万公斤；一些经济类作物，如辣椒等的种植面积增长十分迅速。2005年，循化特色优势作物的种植面积达到12.75万亩，红辣椒种植面积达到1.86万亩，核桃4300亩。在农作物总播种面积中，经济作物占78%，其中油料作物占23.3%，蔬菜面积占19%。

（三）农业技术水平不断提高

在历史上，撒拉族的农业技术，一是得自于其先民从中亚地区带来的耕种方法，二是吸收周围其他民族的先进技术。但是，由于相对封闭的地域环境，其农业技术依然是比较落后的。新中国成立以来，随着国家对少数民族的扶持政策，许多先进的生产技术如复种、套种、轮歇、轮作倒茬等开始在撒拉族农民那里得到的推广。选用良种、使用化肥、改撒播为条播、推行冬灌、秋肥等做法都有效提高了生产率。同时在病虫害防治、防灾抗灾方面引入科技手段，有效地确保了农业的增产增收。基本上改变了历史上靠天吃饭的局面。

（四）水利工程建设促进了农业的发展

水利是循化农业的命脉。循化素有“干循化”之说，皆因降水少而蒸发大，历史上对于黄河的利用几乎是空白，灌溉主要依赖于南部清水河与街子河。但是这两条河流量小，灌溉能力有限，历史上曾多次发生争水案件。解放后，水利建设得以大规模展开，共扩建、新建引水渠道193条，其中灌溉千亩以下的186条，千亩以上6条。最值得称道的是黄丰渠的建成，彻底改变了黄河在脚下流，却不能利用黄河的历史，查汗都斯17500亩田地得以灌溉。新建渠道共灌溉农田5.15万亩。另外，修建小型水库2座，溉田4800亩；涝池64座，溉田1.35万亩；在黄河沿岸建提灌站88座，溉田3.58万亩。大规模的水利建设有效地缓解了用水紧张的局面，改变了“干循化”的面貌。

（五）农村副业发展速度迅猛

副业一般指种植业以外，农民在农闲时节从事的其他产业。包括从事一些手工业、采挖、建筑业、交通运输、餐饮服务等。撒拉族在青海历史上就以勤劳勇敢，不畏艰险而著称。作为一个信仰伊斯兰教的民族，出外闯荡、向命运挑战是他们民族性格的体现。改革开放之后，他们开始走出土地，根据特长从事多种经营，摆脱传统农业的束缚。通过市场运作的方式，将一部分土地集中，交给一些农户专门经营，通过大规模、专业化种植，实现了土地的真正效益。结合特色农产品发展食品加工等优势产业，逐步实现了农业产业化。富余的劳动力，积极发展现代型的园艺业、畜牧业，投身到商业、运输业、建筑业、餐饮服务业中。今天，几乎可以在青海省的任何一个地方都可以看到撒拉族劳动者的身影，许多撒拉人早已经走出青海，活跃在国内的各大中城市。农村副业的发展改变了以往种植业为主的经济结构。是撒拉族农业经济文化转型的最强烈的表现。

二、当代撒拉族农业经济变迁的特点

（一）当代撒拉族农业经济变迁首先来自于外力推动

总体而言，在相当长的历史时期里，撒拉族农业经济文化类型相对稳定。新中国建立后，撒拉族的农业经济文化类型出现了新的变化。导致变化的力量首先来自于技术推广、政策调整和体制改革这种强大的外力推动。

从历史的轨迹我们基本可以看出，撒拉族经济文化类型变迁的最直接、最有力的推动力是政府的相关决策和政策。而且是一个从改革开放之前的“强制变迁”、“计划变迁”向改革开放后市场经济状态下的“引导变迁”和“自愿变迁”发展的过程。在新中国成立初期，由于大部分少数民族居住的自然条件差，国家一直实施民族扶贫政策，对于各民族经济文化类型的转变来说，具有“计划变迁”和“引导变迁”的性质。随着市场经济的发展，国家由以前的直接“输血”改为“造血”式的扶贫，在开发土地、税收政策、工商注册政策、贷款发放政策、国债使用政策、边境贸易政策等方面，进行扶持和倾斜，作出有利于民族地区发展的规定，引导少数民族群众通过技术和市场手段脱贫致富。在政府扶持和市场利益驱动下，循化地区的农业基础设施发生了变化。农业经济文化类型出现了向工业经济文化类型转移的趋势。

（二）民族心理是撒拉族农业经济变迁的内在基础

民族心理表现为一个民族对客观事物的认识、情感、意志等方面的心理活动。民族心理可以表现为价值观念、思维方式、民族性格、审美情趣等。其中最重要的一种形式是传统思维方式。

撒拉族是一个信仰伊斯兰教的民族，伊斯兰教对撒拉人的人生价值观、思维方式产生了重要的影响。伊斯兰教注重发展生产、主张诚实劳动、反对好逸恶劳。在伊斯兰教的价值系统中，既看不到“重农学派”以农业否定其他产业和“重商主义”者无限拔高商业地位而轻视农业和工业的产业偏见；也不存在传统的汉文化中包含的“重农抑商”，“无商不奸”等消极观念。伊斯兰教充分肯定各种产业并存的意义，认为每个产业都有其特定的无法取代的价值，对人类生活缺一不可，不能抑此扬彼，或顾此失彼，而应对每个产业给予足够的重视，做到“士尽其学，农尽其力，工尽其能，贾尽其有”，诸业并举，互相支撑，互相促进，协调发展。还认为，从事各种产业，只是一种分工、一种手段，目的都是为了繁荣经济、丰富产品，改善生活，满足需求。因此，从事各种产业的人，只有分工不同，而无高低贵贱之别。各人只要动机纯正、辛勤劳作、一丝不苟，不但在今世就有收获，而且在后世也能获得主的喜悦，主的嘉奖。伊斯兰教所宣扬的这种价值观和思维方式，激发了人们的生产积极性和劳动热情，鼓励人们发展多种经营。这进而影响撒拉族自觉自愿地去选择更有利于他的生计方式。这种民族心理成为撒拉人自觉而主动寻求经济类型变化的内在动力，并且这种内驱力更加持久而强大。

（三）自然地理环境和人口的压力是撒拉族农业经济变迁的重要因素

撒拉族主要分布的循化黄河谷地。地形复杂，黄河宽谷地带向南海拔逐渐升高，垂直差异明显，全县总面积 315 万亩。其中耕地 13.69 万亩，只占总面积的 4.35%，这里人均水资源为2633 立方米，耕地亩均1929 立方米，属水资源比较贫乏的地区；由于复杂地形等因素影响，局部性自然灾害比较频繁，常见的主要有干旱、冰雹、霜冻和病虫害。作为一个农业民族，显然上述的因素是不利的。尤其是当人口增长率过高时，这些不利因素越发突出。

艰苦的环境容易激发人们为生活而出走故乡，尤其是对一个有迁移经验的民族来说走出家门，寻找生计就成了自然而然的选择。到今天为止，撒拉族依然有外迁的现象，在青海省海西州乌兰县希里沟镇河东村就是一个有 500 多人的移民村庄；而在格尔木，移居的撒拉族群众已经形成了一个独立的社区。撒拉族移民河东村，其“推力”主要在于循化地区日益突出的人地矛盾，“拉力”则主要是柴达木地区广阔的生存空间。正是在这种“推”和“拉”的双重作用下，一个新的撒拉族村落在柴达木盆地深处才得以形成。迁移出来的这部分居民选择了更适合移入地生态环境的生计方式，在河东村，村民畜牧业的收入已经超过种植业的收入，撒拉族的传统基层社会组织“阿格乃”、“孔木散”从 20 世纪 90 年代初期开始在河东村撒拉族中失去了往日的影响力，现已基本消失。这是一个新的农业经济文化类型的变化。至于没有迁移的那部分人，为了改变自己的生活境地，开始改革原有经济生产方式。从而无论从哪个方面来看，都表现出与以往不同的经济文化类型特点。

（四）生计方式的多样化是撒拉族农业经济变迁的主要表现

生计方式体现人们的谋生手段，它包括了人类的生产生活活动及物质文化。历史上撒拉族主要的生计方式是农业。但是发展到今天，撒拉人不仅从事农业，还从事第二产业和第三产业，并且脱离农业的人口数量一直有增加的趋势。撒拉人伴随改革开放，积极响应国家政策，通过调整农业经济体制，摆脱传统农业的束缚，积极投身到各行各业。可以这样认为，撒拉人在历史上任何一个时期也没有像今天这样，生计方式如此多样。

（五）农业依然在撒拉族经济生活中居于主导地位

虽然循化地区撒拉族经济发展上取得了比较大的成就，经济文化方面也出现了向工业经济文化转型的趋势，但是，目前阶段，循化地区撒拉族的农业人口数为 93539 人，农业人口占总人口的 90.4%，种植业依然在整个撒拉族经济生活中占有举足轻重的地位。

2000—2004 年，循化县三次产业比重由2000 年的14：49.5：36.6 转变为2004 年20.2：49.2：30.6，第一产业比重有较大幅度的上升，而三产产值比重有较大幅度的下降，二产产值比重基本维持不变。这与近几年循化调整农业产业结构和种植结构，优化整合农业生产资源有很大关系，同时，受自身发展影响和制约，尤其是基础设施的制约，循化的三产比重开始下降。这说明只要结构合理，循化地区的农业依然还有上升的空间。第三产业从业人数增长幅度不大，与11 万多的总人口相比，每年只有不到4%的人口从事第三产业，说明由于地理位置，循化的第三产业发展落后，也说明了循化人民还没有完全从传统的经济发展观念中解放出来，他们对农业的依赖程度依然很强。即便是已经在经营其他产业上取得成功的个体商贩来说，他们也依然不愿意放弃土地，马维胜先生认为这是因为农业为撒拉人大胆地从事非农产业活动发挥了“保险”功能，分担了非农产业的风险，只要农业存在和发展，从事非农产业活动的人们总有一条维持生计的后路，从而既保证了社会的稳定和发展，又推动了非农产业的发展，这个意义比农业自身的功能要大得多。这也从另一方面体现了农业在撒拉人心目中的地位。

参考文献：

[1] 关丙胜．对一个撒拉族移民乡村的民族学调查．青海民族研究，2005（2）
[2] 林耀华．民族学通论．修订本．87 页，北京：中央民族大学出版社，1997
[3] 翟瑞雪．循化撒拉族自治县建设全面小康社会分析．民族论坛，2005（8）

（本文原载《农业经济》2008 年第10 期）

撒拉族、土族的经济意识对比分析

杨　卫　杨　德

撒拉族和土族都是世居青海的少数民族。在全国55个少数民族之中，这两个民族都属于人数比较少的。两个民族在信仰方面（如都信仰过萨满教，土族至今仍信仰）、婚嫁方面（如哭嫁、摆旁席等）和亲族制度（土族的“阿寅里”与撒拉族的“孔木散”和“阿格乃”相似）等方面有相同点，而且语言中有些词汇亦完全相同。可是，在经济意识方面，撒拉族重视商品经济，还从事农业、畜牧业、乡镇企业，且都较有规模；而土族却鄙视商品经济，主要以农业为主，并伴有少量畜牧业，虽有乡镇企业，但无法与撒拉族相比。造成两个民族间这种差异的原因是多方面的，以下试就各个方面进行分析。

一、居住地是意识形态形成的重要因素之一

常言道：“一方水土养育一方人。”居住地所具有的一些特点，对于居住地人的经济意识的形成有着极为重要的作用和影响。

土族的主要聚居区都特别偏僻，如互助北山依祁连山脉支系大坂山，西北接大通县和门源县，西南与西宁相连，东南以松花顶俄博、加多牙合、多列滩、克什加、浪克牙合、沙浪东本、雪古浪牙合、扎隆牙合为界与乐都县接壤，东北与甘肃省天祝县和永登县毗邻，南面以湟水为界，与平安县相望；[1]而民和县官亭地区只与甘肃大河家隔黄河相望；黄南吾屯、年都乎等处于隆务河的西端滩中和南面半山腰上。从整体而言，土族主要聚居区有如下特征：依山、河而居，且地方极为偏僻，建房筑屋于山之半腰，与外界很少有交往，属于一种纯粹的田园风光式景观；民和官亭三川地区虽主要分布于川中，但亦很少与外界有往来；在这种生活环境之中，土族主要依山居，在山上开垦出大片田地，世代辛勤耕耘，且耕地中旱地较多，从而造成“靠天吃饭”的局面。因此，土族的经济便形成了以农业为主，并伴有少量畜牧业的状况。因地广人稀，虽靠天吃饭较为茫然，但由

于可耕地面积较多，衣食却能自给。于是土族便又形成了纯粹的自给自足的小农经济模式，这又造就了土族与外界联系很少的状况。由于衣食可自给，这使土族人养成了一种不思进取的惰性，只满足于现状，并融于现状，以至于不思改变的心态。正是这种中国人以往固有的“农本思想”，抑制了本民族商业的发展，并在土族人意识中形成一种“重农抑商，鄙视商业”的心理。如民和三川地区的“纳顿”节中所表演的名为“庄稼其”的节目，就是反映经商和务农这两种意识发生冲突，但最终务农意识战胜经商意识的情况；而在互助土族聚居地，以前是很难找到一家小卖部的，日常生活所需及所用，要专门去乡或县城购买，直至近几年才有所改观；在土族人心目中，经商者都是为人奸诈、不可信、且不务正业之人，大家对其都另眼相看。

撒拉族的主要聚居区在循化县，东接甘肃临夏，南临甘肃夏河及青海同仁，西靠尖扎，北隔黄河与化隆、民和相望。其境内山峦起伏，沟渠纵横。四周被大力加山、那浪山、古毛卡山、小积石山等山环抱，还有唐塞山、孟达山、奥土斯等山岭在境内蜿蜒起伏，虽有黄河从县北部滚滚而过，但因雨量稀少，被称为“干循化”。[2] 从上可知，撒拉族聚居区山沟纵横，可耕地面积较少，生活条件艰苦，但却与附近游牧的藏族交往频繁。因此，在撒拉族经济中，虽主要以农业为主，但因可耕面积少，迫使撒拉族在经营农业的同时，还必须想办法去从事其他行业，以补家用。由于他们的居地与藏族相邻，这就便利了其与游牧的藏族间进行商品交换的发生。于是，从商便成为撒拉族除农业之外的第一选择，这亦是撒拉族中经商者特别多的原因之一。

二、地貌特点等自然环境及其土特产制约着经济意识

互助土族所居地约在北纬36°30′－37°9′和东经101°46′－102°45′之间，海拔在2500～2700米之间；气候属大陆性气候，因冬季受西伯利亚季风和寒流影响，夏季受东南沿海台风影响，故而春季干旱，气温上升缓慢；夏季凉爽，前期经常缺雨，秋季短暂，雨量集中；冬季时间长，寒冷少雪，气温为川水地区4℃～6.5℃，浅山地区为3.54℃，脑山地区为2～3℃，全县无霜期平均为120天左右，其中，川水地区和浅山地区为130天左右，脑山地区为110天左右。年降雨量川水地区为300～400毫米，浅山地区为400～500毫米，脑山地区为500～550毫米；土壤类型方面，脑山地区主要是山地耕种黑钙土和滩地耕种黑钙土，半脑山、半浅山地区主要是暗栗钙土中的黑黄土和黄黑土；半浅山地区以栗钙土和暗钙土为主，浅山地区主要是山地黑钙土和栗钙土，川水地区主要是灌淤型灰钙土和灌淤型栗钙土。[3] 从以上降雨量、土质特征几方面可得知，互助土族聚居区五十乡、东山乡、丹麻乡、东沟乡、台子乡等地，处于脑山和半脑山、半浅山

地区，而这些地方只适于种植青稞、燕麦、洋芋、油菜、小麦、豌豆、蚕豆、胡麻等作物。这些作物对于土族来说，只用于维持家庭生活，而不可能拿去用于商品交换。另外，也由于这种地貌特征，使这些土特产品每年的产量浮动不定，若遇上雨水较多、且利于农作物生长的年份，产量就好。但即使是这种收成，人们也不敢将农作物卖掉，因为来年会怎么样，只有“老天爷”知道；民和三川地区虽然土地肥沃，土质良好，适于发展农业、经济作物的栽培，但亦因与外界交往太少，且由于重农轻商等因素，商业活动太少；黄南土族居地与互助相差不大。由于这种靠天吃饭、聚居区位置偏僻等因素，造成人们观念陈旧，思想保守，新事物的传播和接受显得特别缓慢。故在土族聚居区，商业始终无法发展，甚至连发展的机会也很少。

撒拉族聚居区的黄河峡谷形成的小平原，旧称“积石川”，其地势平坦，海拔约1800米，气候温暖，最高气温33.5℃，最低气温－19.9℃，年均气温在8.7℃左右。降雨量平均约有260毫米，多集中在秋季，形成春夏干旱、秋季多雨的现象。无霜期约220天，农作物可一年两熟。土壤多系红黏土，适宜农作物的生长。循化的浅山地区，海拔渐高，约2200米，年平均气温约6~7℃，无霜期180天，一年一熟，土壤多系白沙土，水土流失较严重。其农作物主要有小麦、青稞、燕麦、玉米、谷子、洋芋、豌豆、蚕豆、大豆等，另有油料作物油菜、胡麻。此外，黄河沿岸川水地区盛产瓜果，素有“瓜果之乡”的美称。撒拉族有经营园艺和花卉的传统习惯，很多人家都有果园和果树，栽培梨、杏、葡萄等果品，还种植白菜、辣椒、黄瓜、胡子、小葱、大蒜、韭菜等20余种。另外，还盛产核桃、花椒，其中花椒和辣椒是其有名的土特产品。[4] 从农作物的栽培和经济作物的种植来看，撒拉族又明显有了与周围藏族进行商品交换的重要条件和保障，甚至有些土特产品已走出其聚居区，面向全国。如今，撒拉族居地所出产的“线椒”与花椒，成为青海省土特产品的典型产品之一，在全国范围内小有名气。此外，因撒拉族天生所具有的经济意识，他们也通过种种途径将本地土特产努力推向市场，这进一步繁荣了其商品经济的发展。从以上可看出，撒拉族相对于土族而言，从事商品经济的机会的确多于土族。

三、信仰文化也影响经济意识

土族群众的主要信仰都不同程度地受到藏传佛教文化的整合。这样，佛教所宣扬的“出世”观念，多少给土族造成了影响。在“苦、集、灭、道”四谛说的影响下，土族人非常注重今生的修行，认为今生应多做善事，人应该善良、稳重，而不应该贪小利、谋算他人，故对经商者有一种鄙视甚至歧视的心理。同时，也由于这种心理及意识的影响，导致土族人从心底就不愿意做买卖，从事商品经济活动。最终，便形成了逆来顺受、不思进取、不求变化、安于现状的安逸心理，且无冒险、竞争的观念。这对于商品经济在土族中的发展，实乃一大障碍。迄今为止，土族地区没有大型的民营企业。但好在近些年来，土族人逐渐从这种意识中解脱出来，当你进入今天的土乡，会发觉有许多规模不大的民俗村在悄然兴起，这无疑表明土族人的经济意识正在发生着与以往不同的改变，他们已开始认识到商品经济对改变生活的重要性。

撒拉族全民族信仰的伊斯兰教主张“入世”观念，这与佛教刚好相反。伊斯兰教教导教民要用自己的双手创造自己的生活，这就注定每一位伊斯兰教信仰者，自出生以来，经耳濡目染，便有一种奋发向上、坚贞不屈、百折不挠的激越的生存意识。我们都非常清楚，从事商业贸易活动就需要冒风险，具备竞争意识。伊斯兰教所倡导的人应该吃苦耐劳，且应具有精明的头脑等观念，培养、诱导教民们从小就往这一方面发展，而这种教义直接导致撒拉族人从小就养成勇于竞争、善于竞争的个性。故而，撒拉族在很早以前，已与周围藏族进行商品贸易活动以求自己经济的发展、壮大。今天的撒拉族居地，规模较大的民营企业有好几家，而且还涌现出好几位经济实力很强的民营企业家，他们带动撒拉族民营企业的发展，为撒拉族经济的繁荣作出了贡献。这种因信仰造成的经济意识差异，直接影响着一个民族的发展。

因此，撒拉族与土族相比，天生就有从事商业贸易活动的各种条件，而土族仅满足于衣食无忧。至今，很多人坐吃山空，再加上为保护环境，国家退耕还林还草政策的实行，使很多土族聚居区的耕地不能再种植农作物。于是，由于耕地面积的减少，土族人才意识到仅靠农业生产根本不能维持家用，也无法养家糊口。终于近些年出现了一些走出家门、去外面闯荡世界的有志之士。相信，当他们适应外面的世界，且功成名就后，会在土族中形成一种想往外看看的意识，从而有利于本民族的进步、发展。总之，撒拉族和土族这两个民族不同的经济意识的形成，与其各自的民族文化有直接关系，除此之外，生存环境、人口增加、人均耕地面积的减少以及所处地区的环境、气候的影响等因素，亦是造成各种差异的关键所在。

在现代社会中，我们很容易感受，一个民族若欲继续生存、繁衍下去，就必须要从自身入手迅速改变自己的不足，主动去适应社会的变化。若等到社会生存环境来适应你，那最终只能落得被淘汰的命运。撒拉族所拥有的“入世”观念意识以及积极向上、敢于冒险、了解外面世界的这种生存意识，特别值得土族人借鉴。“经济基础决定上层建筑”，一个民族只有不断发展、壮大自己的经济、政治实力之后，才有保存自己的民族特性、发扬自己民族文化的机会，否则，终将面临被淘汰的悲剧。因此，我们应当奋起，认识自己的不足，为振奋本民族的文化而尽自己的微薄之力。

参考文献：

［1］［3］互助土族自治县志编纂委员会．青海省地方丛书．互助土族自治县志．西宁：青海人民出版社，1993

［2］［4］撒拉族简史编写组．撒拉族简史．西宁：青海人民出版社，1982

（本文原载《青海师专学报》2005 年第 2 期）

北京撒拉族餐饮经济发展调查

马明忠　韩明春

一、循化撒拉族餐饮在北京发展的现状

循化撒拉族在青海的外出务工创业史上，是第一个走出青海、走向全国的少数民族，他们对青海各民族外出务工、信息交流、转变观念和走上致富之路发挥了重要的影响力和促进作用。1989年，循化县查汗都斯乡新建村的韩孝德一家人，在北京西城区白塔寺开了第一家循化撒拉人的餐厅，从此，北京像一块巨大的“磁铁石”，牢牢地吸引了那些勇于走出家门和开创新天地的循化撒拉人，掀开了循化撒拉族在北京创业的序幕。

循化撒拉人在北京的创业，也并非一帆风顺，他们历尽艰辛，从无到有，逐渐形成今天的发展规模，在北京市的各个区域和主要街道都有撒拉人的餐厅。撒拉人之所以把餐饮业作为外出创业的第一选择，也是看中餐饮投资周期短、见效快、风险小，既可独立经营，也可联营、加盟，可大可小，投资进出门槛低，简单便利，便于及时转轨：据统计北京约有682家撒拉人餐厅，约4000多务工人员，每年纯收入约有3000多万元，形成了以北京为中心，辐射到天津、河南、河北等地的“循化县撒拉人餐饮经济圈”。

2000年以来，循化县委、县政府非常重视撒拉人在北京创业发展情况，及时做好务工人员在北京的服务工作，加强务工人员信息沟通和联系，2003年初，循化县政府在北京成立了“循化县在京联络处”，专门协调工商、税务等工作，2004年底又在北京成立了以循化人为主体的“青海省在京务工人员工会联合会”，进一步做好在京务工人员服务和维权工作，有会员联系机构552家，会员达3500余人。近2年多时间里调解劳动争议82件，调处民事纠纷27件，协助当地执法部门参与处理对循化籍务工人员的侵权及赔偿案件23件，支持驻外劳务人员诉讼和诉讼代理参与庭审4件，避免和挽回经济损失97万余元，有效地维护了在京务工人员的合法权益。2005年循化县政府及时推出“中国撒拉人家”品牌，推广撒

拉族餐饮在北京的影响力，统一制作了以反映本县旅游风光和撒拉族风土人情为背景，印有“中国撒拉人家”字样的标志牌，分发到撒拉族各餐馆经营业者手中，将餐馆名称统一为“中国撒拉人家”。同时，引导省外循化餐饮业主经营具有撒拉族饮食文化特征的烤羊肉、肋条手抓、指甲面片、中式面点油炸食品等，提高“中国撒拉人家”品牌的知名度。2006年初，青海省委书记赵乐际等领导人看望了循化县在京务工人员，了解循化县撒拉人在京餐饮业的发展情况，并给予充分的肯定，希望发挥“青藏高原”精神，打出“中国撒拉人家”品牌，展现撒拉人勤劳致富的民族风采。

经过几十年的艰苦创业，循化撒拉人餐厅在北京从无到有、从小到大逐步发展起来，大批的撒拉人纷纷到北京等地从事餐饮业，带动了循化地区各民族外出务工勤劳致富的潮流。截至2007年5月底，在全国55个大中城市中，由撒拉人经营的“撒拉人家”特色清真拉面馆已达3100多家，从事餐饮业的人数达到1.2万多人，人均月收入达到2000元以上。

二、循化撒拉族餐饮业发展中存在的问题

虽然循化撒拉人餐饮业在北京初具规模，从事餐饮的人数和规模在逐年增加，但撒拉人餐饮业在北京的发展一直很缓慢，其发展前景面临着不少因素的制约。

1. 思想保守，缺乏民族餐饮品牌意识

1990年以来，新疆餐馆在北京市场一枝独秀，新疆菜做法简单，味道可口，很多北京人慕名而来，做新疆风味的菜肴能招来客人，所以早期的撒拉人餐厅，都仿新疆菜系，从最初的烤羊肉串到新疆风味的菜系，继而开新疆风味的餐厅，加上撒拉人语言又接近于新疆维吾尔族语，对外宣传总以新疆人自称。新疆风味的菜系经过撒拉人不断的摸索、创新和发展，形成了撒拉族特色的风味，但餐厅招牌仍然是“新疆风味”品牌。有品无牌、各自为战，导致了整个产业缺乏进一步发展的空间，至今，在京撒拉人所开餐厅招牌名称仍然混杂，没有形成一个较有影响力和统一的品牌。虽然循化县政府于2005年极力推出“中国撒拉人家”品牌来替换“新疆风味”，但收效甚微，凸显民族意识对商业法则的妥协。同时，无证经营现象较为普遍，80%的餐馆只有《卫生许可证》，无《营业执照》和其他证照，对于树立品牌，扩大经营规模，提升“中国撒拉人家”品牌十分不利。

2. 缺少资金，难以扩大发展规模

资金是餐厅规模发展最主要的因素，从整体上看，在京撒拉人餐饮业存在着资金匮乏、投资不足的现象，经营的餐厅规模小、环境差，难以形成规模。餐厅经营面积在20平方米以下的占90%以上。餐厅规模小、投资小导致的结果是，一般选择租金较低和简陋的房屋，工作设备及环境简陋，“一间铺面两口锅，几条板凳几张桌”，是北京撒拉人餐馆的真实写照，很多餐厅随时面临被拆迁的可能。经营面

积小及操作间达不到当地环保、城管和卫生部门的设施标准要求，致使一部分餐厅无法办理证照。部分经营者缺乏长期经营意识，心存疑虑，考虑到办证后收税或增加税额等因素，不愿办证。随着管理部门对小餐饮业的逐步规范，随时面临着被取缔或停业整顿的境地，这种无照无证经营的短期行为，不利于长期稳定发展和壮大。加上地域、生活习惯的差异以及经营方式及健康卫生观念等诸多因素，餐饮业多年来始终在低层次、低水平状态中运营。

3. 管理水平和从业人员的素质低，缺乏创新意识

大多数餐馆老板当年单枪匹马只身一人闯北京，大部分人文化程度低，部分人员是文盲和半文盲，餐厅经营是家族式的经营方式，从业人员以家庭成员为主，常常以餐厅为家，思想观念保守、心理承受能力差。在发展的最初阶段，投资者与经营者一体化，最初开餐馆都以家庭人员为主，"丈夫当老板，妻子当厨师，孩子做招迎"，这种家族式的餐饮经营方式是撒拉人主要经营模式，没有形成成熟的餐厅管理经验和管理意识，餐厅管理不规范、水平低，缺乏品牌意识和创新意识，因而发展和再发展受一定的限制和束缚。家族式的经营方式也非常符合撒拉民族传统的家族结构，家庭员工工作积极性很高，便于管理，但长期以家庭人员为主，缺乏菜系的创新和发展，很难引进技术人才和管理人才，因而撒拉人的餐厅菜系至今仍在延续最初的仿新疆风味。再加上从业人员整体素质不高，服务意识淡薄，影响经济效益。据调查，在这些举家外出的劳动力中，男性青壮年占从业主导地位，拥有文盲和小学文化程度的劳动力近六成，接受过技能培训的更是不足14%。因此，作为经营者的他们，管理理念落后，管理水平低下，法制观念也相对比较淡薄，加之对政策理解不深不透，对当地城市现代管理做法不理解、不配合，甚至产生抵触情绪，使矛盾激化，严重阻碍了他们在他乡的生产经营和进一步发展。

4. 政府组织化程度低，劳务办事处服务缺位

目前，县政府每年有组织输出只占总数的10%左右，绝大多数靠亲友互助或自发外出，流动无序、盲目性大，就业稳定性差，合法权益得不到保障。由政府和就业部门直接组织输出存在较大风险，政府性组织输出难以有大的突破。虽然循化县在北京外派的劳务办事处工作人员有6人，由于驻外办工作机构规格低，与当地政府部门难以沟通和对接；人员少、无经费、缺乏必要的办公场地和设施设备，工作职责不清，难以及时、全面、有效地提供驻地信息，导致外出人员的总量上不去，影响外出人员的数量规模和增收效益，加上外派工作人员流动性大，缺乏有效的奖惩和激励机制，影响工作的积极性。

三、循化撒拉族餐饮业发展思路

北京餐饮业在消费力度、投资力度、供应与产业规模、餐饮政策、餐饮文化包容性、领导消费时尚和示范效应等许多方面具有其他城市无法相比的优势，具有广

阔的市场优势、高度包容的文化优势、特殊的首都优势，加上2008年奥运会的举办，为北京的餐饮业带来了难得的机遇，也为撒拉族餐饮经济发展提供了广阔的舞台。据专家预测，北京奥运将带来800亿~900亿元的北京市场的现实购买力，其中20%将为餐饮消费。餐饮消费需求呈现多样性，体现在多层次、多民族、多宗教特征，要求餐饮服务要严格尊重多民族性和多宗教性餐饮习俗的特点。而循化撒拉族餐饮经济符合这一餐饮消费需求特征，循化县政府应因势利导，加强引导和管理，以餐饮经济品牌作为劳务输出经济的拳头产品，借北京市把首都餐饮建成“中国美食之都，世界餐饮之窗”为依托，以首都为中心，打造和宣传撒拉民族餐饮和文化，提升循化县在中国的知名度。

1. 走品牌之路

在现代餐饮的发展中，品牌效应的示范作用十分重要和关键，拥有自己的品牌对循化县在京餐饮业长期持续、健康的发展相当重要，循化县政府推出的“撒拉尔人家”品牌在图案、名称、设计和符号上体现了撒拉族特色，但由于特定的环境，在京循化餐饮业中推广很困难。针对在京餐饮业发展实际情况，县政府除进一步推广“中国撒拉人家”外，同时积极鼓励他们自创品牌，打造自己的拳头品牌，帮助他们设计图案、符号、注册等，加快骨干品牌餐饮业快速健康地成长壮大，以点带面，提高知名度，推动整个循化餐饮业的发展，目前在全国各大城市使用“中国撒拉人家”品牌的已达1500家。循化县政府需借鉴化隆回族自治县政府为了让遍布国内外的8000多家化隆拉面馆走出“散、乱、单、弱、小”的困境，制定化隆拉面馆“店面形象、店员服饰、拉面简介、商标招牌”的四个统一标准，通过政府引导和管理，提升“化隆拉面”品牌。循化县政府也应以打造撒拉族文化为载体，通过政府引导和管理，提升“撒拉尔人家”品牌。

2. 拓宽融资途径

资金是餐饮业生存和发展的基础，是餐厅存在的灵魂。在京循化餐饮业发展的过程中，普遍存在资金匮乏的问题，制约餐饮业发展，除了一步步原始积累资金外，在京得不到任何银行信贷和政策上的优惠，发展一直缓慢。循化县政府在大力宣传“撒拉尔人家”品牌和积极引导发展的基础上，应为餐饮经济的融资积极创造有利条件；政府应加强协调和引导在京餐饮业互相合资，强强联合或促成一两家餐饮股份公司，有利于市场竞争，打破以家庭为单位、互相间缺乏合作和联合的弊端，促使他们在比较繁华的位置开设上档次、上规模、多品种、系列化及环保、卫生符合要求的餐饮店。扶持餐饮经济向集约化、规模化的方向发展，从而达到以大带小、以少带多、以强带弱、做大做强的目的。

3. 加强管理人员和从业人员的培训

在餐饮市场的激烈竞争中，餐饮管理者素质直接关系到餐饮业能否长期生存并取得成功的关键。目前，在京循化撒拉人餐饮业发展过程中，管理人才的作用显得尤为重要，通过初期创业积累工作的经验远远不能适应发展的需要，从业人员的综合能力相对较低，缺乏餐饮管理方面的知识，循化县政府应在县上或在北京每年定期举办管理人员的培训，加强现代餐饮业理论和知识学习，提高管理者的文化素质和心理素质，提升餐厅管理水平。在京从业人员中专业人员（如厨师或面匠等）比较少，专业人才先天不足，技术含量相当低，已经成为严重制约在京撒拉族餐饮业发展的主要因素，培养餐饮专业人员和建立人才培育机制是当务之急。循化县政府虽然培训了一部分拉面匠，解决了很多餐厅的燃眉之急，但跟不上餐饮发展的需求，要进一步加大培训力度，提升餐饮业从业人员的素质和专业水平，进一步推进循化县传统烹饪技术和工艺的更新与发展，提高餐饮业的科技含量和质量水平，打造“撒拉尔人家”品牌在京餐饮业的影响。

4. 政府加强引导和管理

一是以循化县就业局为龙头，建立劳动力供求信息网络。在循化籍务工人员较集中的大中城市设立劳务服务中心，通过信息网络收集有效的劳务信息，为劳务输出人员提供信息服务，引导农民有目的、有组织的输出，尽可能减少和避免劳务输出的盲目性。

二是以特色明显、富有针对性的培训及政策的合理引导，加强劳动力职业技能培训。劳动力的文化素质和技术素质是提高劳务输出效益的前提，尤其近几年体能型劳动力就业渠道变得越来越狭窄。从 2004 年以来，先后举办拉面工技能培训班 124 期，培训农民工 8635 人，举办烹饪培训班 11 期，培训农民工 381 人。其中 2046 人通过了国家职业技能鉴定考试，取得了职业资格证书。经就业部门培训后输出的拉面工、菜匠已成为内地清真餐馆的技术骨干，而且面匠、菜匠，甚至跑堂等用工需求量相当大。为此，就业局继续加大职业技能培训力度，为内地清真餐馆多输送合格的技术人才。这种特色明显、富有针对性的培训，形成了如“撒拉尔人家”、“宁巴石匠”等具有地方特色和竞争优势的劳务品牌，使劳务产业步入良性发展轨道。

三是健全驻外劳务办事处工作机构，完善工作职责，不断扩大业务范围，扩大办事处的辐射效能，切实解决外出务工人员在办证、子女入托、入学、培训、维权保障等方面的困难和问题。县委、县政府应在循化籍务工人员较多的城市设立劳务办事处，依托办事处成立农民工工会和劳务服务中心，如农民工工会负责维权工作，劳务服务中心负责铺面出租、饭馆转让，以及拉面匠、菜匠、跑堂、管理人员等信息中介联系服务工作。同时为办事处解决固定办公场所及相应办公设备，配齐工作人员，便于与当地政府协调，加强对劳务输出人员的管理，协调处理农民工创办实体和务工中出现的纠纷以及务工人员办证、子女上学等服务工作；针对群众在外出务工中容易遇到的生产安全、依法维权、交通规章、公共秩序、卫生防疫等方面的问题，及时做好引导性培训，增强群众遵纪守法、依法经营的意识，为群众务工创业提供优质便捷的服务。

总之，通过十几年的发展实践，循化撒拉人餐饮业在北京经历探索和理性积累的发展阶段，随着社会经济稳定发展，人民生活水平继续提高，这都将使餐饮业的发展环境和条件更趋成熟，市场需求进一步增强，循化县在京餐饮业的发展前景也更加广阔。

（本文原载《中国撒拉族》2008 年第 2 期）

青藏铁路通车对循化劳务输出的影响及对策

先巴加　马文理

2006 年 7 月 1 日青藏铁路的正式通车，这是青藏线交通运输业的一个重要里程碑，标志着青藏交通运输业已进入一个新的历史时期。循化县在青藏线上以雪域、高原、万里三家客运公司为龙头，活跃着 108 辆豪华卧铺客运车辆，327 辆大型货车，1368 家相关服务业和 16840 人的劳务大军。循化客货运输占青藏线公路运输的 80%，为拉动循化第三产业发展，带动循化劳务输出，促进循化农村经济发展和农民增收发挥了重要作用。

在青藏铁路通车一周年之际，按照县委、县政府的指示，循化县就业局组织考察组于 2007 年 5 月 20 日起历时 10 天，以运输业为重点，对青藏线格尔木、那曲、拉萨等地进行了实地考察。考察组在沿途采访了进藏游客，农民工、企业界人士和藏区公职人员，实地感受到青藏铁路通车给青藏地区带来的变迁和对公路运输造成的冲击和压力。考察组在格尔木、拉萨、达孜、墨竹贡卡、堆隆德庆、曲水、尼木、南木林、当雄、那曲、日喀则等循化籍务工人员较集中的城市和地区举办了法制培训班。同时，采用走访务工人员、察看经济实体、召开座谈会等形式，深入了解青藏线上循化交通运输业和劳务输出现状和前景有诸多的感触，也令人深思。

一、青藏铁路通车后对循化劳务输出的影响

考察组在采访考察中了解到，青藏铁路通车前作为青藏运输线上的主力，循化籍三大客运公司、货物运输以及与公路运输相关的餐饮、住宿、汽车修理、补胎、加油、装卸等行业生意兴隆，从业人员达 16840 人。运输业也因此成为循化劳务产业中收入和就业人数仅次于餐饮业的第二大支柱。青藏铁路通车后，铁路运输具有

安全、舒适、准时、运力强等特点，公路运输在铁路运输的冲击之下一直处于滑坡而逐步走向低谷，相关服务业萧条，从业人数急剧减少，对循化劳务输出产生了极为不利的影响，并造成了严重的经济损失。

1. 循化客运业损失严重

循化籍三大民营客运公司即西藏雪域客运公司、青海高原客运公司、青海万里客运公司，在青藏专线有豪华卧铺客车 108 辆。青藏铁路通车后相继有北京、上海、广州等至拉萨七对列车开行，列车每天客运力达 15680 人，使公路客运客源急剧下降。2006 年后 5 个月，三家客运公司每天只能各发一班车。为了减少损失，2007 年春运期间，三家客运公司到云贵高原联系客运，加入到广州至贵阳、重庆、成都春运临客，春运结束后，回原籍停运。2007 年 4、5 月份三家客运公司在青藏线每天还发不到一班车，使雪域公司停运 33 辆、高原公司 40 辆全部停运，万里公司勉强维持西宁至格尔木运段，大部分卧铺客车只是排队等候而宜，客源少，发车无规律，利润无从谈起。

根据客运市场实际三个客运公司先后作出转让客车尝试，使 2 年前以 32 万元购来的大型豪华卧铺车只能以 6 万 ~ 7 万元的低价转让，每辆客车直接经济损失 25 万元左右。据三家客运公司负责人的介绍，每个公司留下 52 万元的豪华大巴 10 辆参与格尔木、拉萨至各旅游景点的客运，另有 11 辆客车近期将挂靠拉萨、阿里、那曲等客运公司外，还有 67 辆豪华卧铺客车等待变价处理，直接经济损失将达到 1675 万元，而三家客运公司今年客运收入损失就已经达到 1540 万元。面对巨大的经济损失和激烈的市场竞争，三家客运公司老总及车主只能望车兴叹而束手无策。

2. 循化籍货运车主将背负沉重的包袱

在考察中了解到，循化籍农民在青藏线上从事货运的车辆达 327 辆，其中用消费贷款形式购来的大型货车占 90% 以上。在修建青藏铁路时由于运输货物充足，运费可观，导致循化农民盲目投资，缺乏对货运市场潜力足够的分析，使货车总数从 2004 年的 230 辆猛增到 2006 年的 327 辆。货物运输在 2004 年、2005 年收益较为可观，但大部分收入均用作偿还贷款。2006 年初青藏铁路建成后，青藏线可运货物有限，各车主以低价运费争抢货运，造成恶性竞争。从格尔木至拉萨 1200 公里运程往返一次需行程一周，而只能挣到运输收入 1000 元左右。青藏铁路通车后，内地货物直接进藏，减少了在格尔木的中转环节，原有公路货运萎缩，大量货车无货可运。造成有的货车报停，有的货车处理，使原以 19 万元购来的货车仅运行 2 年就以 4 万元的低价变卖。327 辆货车中转入日喀则、拉萨等地矿石矿粉运输的有 90 辆货车，转入拉萨至各地区、县物资运输的有 70 辆，回到循化、西宁从事短途货运的有 30 辆，但仍有 137 辆停运。低价处理上述停运货车直接经济损失将达 2055 万元，减少年运输收入 822 万元。大多数车主已经无力还贷，背上了沉重的包袱。

3. 公路运输相关产业萎缩

在青藏线伴随公路运输而形成的餐饮、住宿、加油、汽车修理等一条龙服务产业，在青藏铁路通车前仅循化籍餐饮业有53家、旅馆17家、加油站16家、汽车修理厂（部）18家、日用百货、食品店14家、货运信息部32家、货物装卸部14家，客源联系人154人。青藏铁路通车后，客货运输骤减，相关产业萎缩，只剩下餐饮业23家，减少57%；旅馆2家，减少88.3%；加油站12家，减少31%；汽车修理部4家，减少77.8%；日用百货、食品店6家，减少57%；货运信息部3家，减少91%；而且各行业门庭冷落，效益不佳。货物装卸部、客源联系人基本歇业。

4. 拉萨循化籍务工人员锐减

在拉萨市的考察中了解到青藏铁路通车前依附于循化三大民营客运公司的货运停车场等相关服务产业实体有314家，从业人员达1584人。青藏铁路通车后只剩下27家450人。拉萨人称为“循化路”的纳金路已经失去了昔日的繁华，听不到撒拉话，被称为“撒拉村”的贡桑尕吉统建社区原先居住着撒拉族群众276户，现只剩下56户，撒拉村变成了撒拉巷。

5. 格尔木循化籍务工人员经营艰难

格尔木是全省新兴第二大工业城市，拥有丰富的矿产和旅游资源，是青藏线铁路和公路运输的中转站，也是青海、西藏、新疆的交通枢纽，公路运输业比较发达。循化务工人员在格尔木创业已达到20余年，各种经营实体，摊点等达890余家，工种达31个行业。是循化务工人员创业门类最多、经济势力雄厚的一个城市，被称为循化人的第二故乡。青藏铁路通车后由于减少了在格尔木的中转环节，从格尔木中转前往西藏的客源和货源减少，使相关产业无服务对象，尤其客运和货运业受到冲击后相应服务业无法维持。如韩乙四么汽车维修厂在青藏铁路通车前厂内雇用技术工27人，从业人员达48人，通车后无车可修，只雇2名技术工维持门面。其他25个汽车修理部相继关门歇业。26个货运信息部也只剩下3个。宾馆、招待所顾客人住率只有60%，小本生意的务工人员回循化或转往第三地。据统计，循化县输出人员在格尔木务工就业人数减少30%以上。

二、消除青藏铁路通车对循化劳务输出产生不利影响的对策措施及建议

1. 进一步抓好劳务输出的宣传教育工作，帮助群众建立正确的择业观和创业观

尽管青藏铁路通车对循化县劳务输出工作带来了非常不利的影响，对部分创业人员造成了一定的经济损失。但我们也清楚地看到劳务输出总体规模和效益仍然呈不断上升和进步的趋势。通过劳务输出有一部分群众摆脱了长期贫困的束缚，过上了富裕的生活。青藏铁路运行对全县运输也带来的影响也只是暂时，总的来看，其间蕴含着巨大的商机。县人民政府应作出专题安排，督促有关部门通过媒体宣传，走访劳务输出人员，召开座谈会、群众大会、创业典型经验介绍等形式，宣传循化县劳务输出的优势和广阔的发展前景，引导和鼓励青藏线务工创业人员尽快摆脱目

前困境开辟新天地。

2. 发挥优势，重新择业

循化县各族人民具有吃苦耐劳，艰苦创业，敢于与生命禁区抗争的勇气和能力，尤其在藏区创业积累了丰富的经验。但对于青藏铁路通车对西藏带来的发展潜力没有足够的认识，而被眼前暂时的经营萧条所困扰。应积极寻找新的机遇、新的起点，把在藏区创业20年的丰富经验转化为生产力，重新开辟一条有效可行的劳务输出道路，也为西藏和循化经济发展继续作出更大的贡献。为此考察组建议县人民政府应从社会科学，经济发展等科研机构聘请西藏经济社会发展研究专家到循化、那曲、拉萨、日喀则等循化务工人员较集中的城市进行讲谈，让循化务工人员了解西藏，了解西藏的发展前景，了解西藏人文、自然资源、旅游等及与劳务创业有关的发展动态，让循化务工创业人员全面了解西藏，正确判断投资方向，在藏区择业，应积极寻找新的机遇，新的起点，把在藏区创业二十年的丰富经验转化为生产力，重新开辟一条为西藏和循化经济发展继续作出更大的贡献。

3. 正确引导，合理分流

考察组在格尔木、拉萨等地了解到在青藏铁路通车后，一部分创业实体和人员已经分流，其中转入日喀则5家，贡布江达3家，墨竹工卡4家，素县5家，阿里4家、樟木江和岸2家。赴内地的有北京21家、上海17家、杭州5家、深圳26家、广州5家，赴内地创业人员中开始经营的有32家，其余还没有固定的经营场所；一部分人还在原经营地观望、等待，期盼奇迹的出现；一部分人回到循化深居家中，意志消沉；一部分人从贩运昆仑玉发展为赌昆仑玉、炒昆仑玉。考察组在格尔木玉石市场见到250余名循化劳务输出人员参与炒作玉石，而这些人无任何玉石检测知识和技术。若不正确引导极有可能将造成二次经济损失。鉴于上述情况考察组建议在客运业方面：一是继续发挥高原客运特长，组织三个客运公司负责人及部分车主到云南、贵州、广州、重庆考察高原长途客运，联系挂靠客运业务。二是县人民政府上报省交通行政管理部门，在得到支持后将卧铺车改装成普通座位，吸收或挂靠到地方客运公司，安排客运线路。三是转让给客运公司，更新车辆，由车辆和客运管理部门予以办理过户或注册登记。在货运业方面，货车线路不固定，灵活性大，可以分流到全国各地运输。在相关产业方面，西藏各地区正在开发，发展潜力巨大，既可以分流到西藏各地，也可以转产分流到内地搞餐饮服务。

4. 提供信贷支持

县人民政府协调金融及相关部门多渠道争取信贷资金，对从青藏线下来的劳务创业人员提供信贷资金扶持。

5. 狠抓技能培训、提高就业和转业能力

在青藏线上的从业人员大部分只掌握汽车驾驶一门技术，从事相关产业也大部分技能单一，甚至没有一技之长。铁路通车运行后公路运输及相关产业委靡不振，使有近一半的人员需要转产，即使继续在藏区就业，也要做到一专多能才能有一席之地。因此，就业部门一方面要继续加强从事运输业人员的技能和服务意识、法制意识的培训，进一步提升服务质量和品位；另一方面加强对转产人员的技能培训，并引导他们向餐饮业等行业正确分流，避免在转产过程中不必要的时间和资金的损失。培训以便民利取的实效为标准可以采用在本乡培训和进藏就地培训相结合的方式进行。

6. 发挥好驻外劳务办事处的作用

在考察中了解到格尔木、拉萨劳务办事处工作人员欠缺，在循化籍务工人员较集中的那曲、墨竹工卡、日喀则尚未设立劳务办事机构。为此，建议巩固和加强格尔木、拉萨办事处，增设那曲、墨竹工卡、日喀则劳务办事处。发挥好办事处沟通、协调、管理职能，为我县劳务输出人员提供服务。

（本文原载《中国撒拉族》2008 年第 2 期）

明清时期循化撒拉族的农业开发及其特点

张　明

一、循化地区发展农业经济的条件

循化县地处青海省东部的黄河南岸。东西长68公里，南北宽约57公里，总面积约2100平方公里。境内山峦起伏，沟渠纵横，地势复杂。黄河自西向东横贯境内，南部山区是大片天然林区，清水河和街子河自南向北汇入黄河。撒拉族主要沿黄河和这两条河所形成的“Π”字形的河台地带分布。这一地区地处黄河沿岸，地势较低，海拔1800~1900米，气候温暖，年平均气温8.4℃左右，无霜期约220天，种植作物一年可两熟。由于这里是黄河必经之地，因此灌溉较方便，土壤均为沙壤土和黏土，肥力较好，适宜农作物生长。分布在山间峡谷地带的浅山地区平均海拔2000~2500米，年平均气温在6~7℃左右，无霜期150天左右，年降雨量约200毫米，集中在秋季，水土流失严重，常有干旱威胁，土壤均为淡栗钙土和白土。作物生长期短，一年一熟。脑山地区海拔2500~3000米，年平均气温在4~5℃之间，无霜期约120天。土壤多为黑钙土，比较肥沃，有大片的天然森林和野生纤维植物，植被良好，但气候寒冷，作物生长期短，小麦不易成熟。多样的地形地势以及相对青藏高原其他地区而言适宜的气候条件和充足的水源使循化黄河沿岸地区具备了发展农业的良好自然条件。

13世纪前半叶，撒拉族先民迁来循化地区后，不断吸收当地原有的其他民族的新鲜血液，人口迅速增长。今天撒拉族主要居住在循化县、化隆县的甘都乡、甘肃的积石山一带。历史上以循化县街子为中心的河谷地区被称为“撒拉川”，是撒拉族从事农业开发的主要区域。

二、明清以来撒拉族在循化地区的农业开发

明清以来撒拉族在循化地区黄河谷地的土地开发中做出了突出的贡献，具体表现如下：

（一）耕地面积不断扩大

明代多次在青海、甘肃两省进行屯田。据《循化志》记载，“按……明初开创，旷土本多，招募番回开垦，遂据为已有，汉人无田者亦从之佃种……”[1]由此可知，当时撒拉族已经在循化地区开始了有规模的土地开垦。明洪武年间，宁正担任河州卫指挥使后，忠于职守，“勤于招徕”，以屯垦为务，组织百姓在河州引水灌田，开屯田数万顷，兵食饶足。几年之间，“河州遂为乐土”[2]及到清初，循化地区农田已初具规模。康熙四十五年（1706年），河州知州王全臣巡查到积石关，“关口大禹王庙，墙垣无存，尽为禾黍。询之土人，称系韩大用、韩炳部落所耕种”[3]。雍正、乾隆时期，撒拉所居地区“水田甚多，地亦肥美”。雍正四年（1726年），“清查地土至河州，其时中马久停……饬令查明户口地段下籽数目造册，每年应纳粮七十四石五斗八升八合三勺”[4]。这说明当时撒拉族农业生产的规模较大。这一年通过清查土地，土司册报农田共有6670段，其中水田6634段，旱地36段。“所报地段，俱系自开，但有各工总数……隐漏亦不少矣”。显然，当时所开垦土地实际上是多于6670段这个数目的。下表为乾隆二十九年（1764年）《循化志》卷四所载各工农田数据。

各工农田段数、下籽数、纳粮数统计表[5]

工名	农田段数	下籽数（仓斗）	纳粮数（仓石）
街子工、草滩坝工	1902	698.3	16.3
查加工	1790	685.8	8.15
苏只工、别列工	1100	851.9	15.082
查汗都斯工	1280	383.5	8.15
清水工、打速古工	1203	873.7	13.105
孟达工	1208	缺	2.70
张哈工、乃曼工	1599	1330	16.11
夕厂工	993	缺	8.15
合计	11075		87.75

由此可以看出，农田段数比雍正四年册报之数增加4305段。尽管这一数据存在疑点，但实际数目应该只多不少，因为撒拉族土司在登记造册过程中，少报、漏报是在所难免的。若每段以两亩计，则当时循化撒拉族居住地区至少大约有20000亩以上的耕地。到民国二十三年（1934年），全县有耕地101869亩，[6]其中大部分属于撒拉族居住的地区。

（二）水利事业得到发展

循化境内山峦起伏，沟渠纵横，清水河和街子河自南向北注入黄河，为撒拉族引水灌田提供了便利。循化地区的垦田与水利建设是同步并举的。撒拉人依地势开渠引水，取得了很大成就。据《循化志》记载，“惟撒拉回族，颇有水田，得灌溉之利……”“起台沟……至清水工西入黄河，长九十里，亦多引为渠，灌田转磨”。[7]说明循化地区撒拉族已大规模修渠溉田，得灌溉之利了。清雍正、乾隆年间，撒拉族在兴修水利方面成绩卓著，撒拉十二工“水田甚多，地亦肥美”。在雍正四年（1726年）造册的6670段田地中，水地达6634段，占97%以上，即使算上山旱地段隐匿田地数，也有约八成以上都是水浇地，这进一步说明，循化地区农田水利状况在当时西宁府所辖各县厅是一枝独秀。[8]乾隆三十四年（1769年），在循化同知张春芳的倡导和主持下，由街子工上游开渠，引街子河水，历锭匠庄至石头坡，长30余里，由土门山入黄河，浇草滩坝田1506亩，下滩地830亩。[9]《循化志》中记载当时有干渠7道。[10]《西宁府续志》卷一《地理志·水利》记载撒拉各工水利情况则更为详细：

夕厂沟渠	溉田2566段。
查加工渠	溉田743段，又1790段。
街子工渠	溉田516段。
草滩坝渠	溉田631段。
张哈工渠	溉田858段。
苏只工渠	溉田1100段。
查汗都斯工渠	溉田1280段。

以上合计共灌溉田地9484段，大约相当于20000亩田地。这些土地的开发利用应该归功于撒拉族人民的勤劳与智慧。

民国年间，撒拉族开始用水车引黄河水灌田。民国二十一年（1932年），积石镇乙麻目村至清水乡石巷村黄河南北两岸建水车4部。[11]

（三）农作物种类增多

撒拉族定居循化之前，循化地区虽然已有农业开发，但耕作技术相对粗放，自撒拉族人迁入后，农作物种植结构有所改变。他们开始种植从中亚带来的“喀拉毫尔散”（即黑芒麦）和“阿合毫尔散”（即白芒麦），这些麦种在周围民族中很少种植。[12]据《循化志》记载，“附城左右多种青稞、小麦、大麦，而大麦尤多；豆则小豌豆、小扁豆、白豌豆、蚕豆、绿豆……秋田种大糜子、谷子、荞麦，则青稞割后方种，惟此为两收……”文中“附城左右”即指草滩坝、街子和清水等地。这说明早在清代，在撒拉族先民的努力下，循化地区农作物品种单一的状况得到改观。受该地区地理气候条件的影响，撒拉族人种植的农作物也多以耐旱、耐寒的青稞、大麦、小麦为主，间种豌豆、马铃薯。此外，撒拉族还为循化地区引入了大量的经济作物和蔬菜瓜果。早在中亚时，撒拉族先民就已经掌握了栽培各种瓜果及蔬菜的技术。元代长春真人丘处机对中亚撒马尔罕地区经济状况的描写，有助于我们了解撒拉先民在果树蔬菜方面取得的成就：“瓜田五亩，味极香甘，中国所无。间亦有大如斗者……果菜甚赡，所欠者芋、栗耳。茄实若指粗而色紫黑。”[13]循化地处黄河岸边，气候适宜，撒拉人迁徙到循化地区不仅为这一地区带来了果蔬栽培的技术，而且还带来了新的品种。“菜蔬，则本城、保安、起台、边都皆有……白菜多而佳，惟红庄撒喇种之……其附城左右，则菠菜、瓠子、芹菜、茄子、黄瓜、菜瓜、葫芦、西瓜、葱、艽、蒜、苜蓿、山药，园中皆有之”。“果则桃、杏、苹果、樱桃、林榛、枣子。葡萄佳、核桃尤佳……”[14]，“产梨、枣……黄果（如梨，味甜）”[15]。

（四）创造了独具特色的撒拉族园艺业

园艺业是撒拉族农业的特色，也是撒拉族农业重要的组成部分，在撒拉族的经济生活中发挥着重要的作用。在地少而狭窄的黄河河谷，气候温暖，土壤肥沃，园艺业可以有效地实现资源的优化利用。

撒拉族是青藏高原上最早利用园艺业的民族，这也是撒拉族对青藏高原农业栽培形式最突出的贡献。循化地区的撒拉族家庭普遍都有自己的庄廓和“巴赫”（菜园），种植着各种果品和蔬菜。菠菜、黄瓜、葱、茄子等等，“园中皆有之”。“白菜多而佳，惟红庄撒喇种之。花椒与川椒稍逊”。“果则桃、杏……葡萄”等，“梨，名为长把梨者，味酸；一种形尖者，名油交团，颇甘；其至冬熟者，名冬果，味尤佳”。“核桃尤佳，出积石关者皮薄”。[16]

撒拉族利用庭园开展果树和蔬菜的培育种植，这种形式是周围其他民族所没有的。精耕细作的庭园种植不仅丰富了撒拉族的饮食，而且也成为种植业的有益补充。

三、明清以来撒拉族农业经济的特点

（一）生计方式由农牧结合向以农为主转变

撒拉族源于突厥，历史上就有操持牧业的传统。按照撒拉族先民是蒙古西域亲军的一支这个观点，则可推断他们到循化地区后，就地开展屯田，从事农耕，兼顾牧业。在明代时，他们属于纳马之族，每年纳马之数七八百匹。可见，早期循化撒拉族的畜牧经济非常发达。据《循化志》卷四记述撒拉人的聘礼时说：“马二匹，或马一匹骡一头，如家贫无马骡者，可用四小牛抵之。”这也说明撒拉族历史上曾存在过相当长时期的畜牧业经济的事实，否则不会明显地反映在婚姻礼俗上。[17] 明代规定，凡纳马之族的田地名为“茶马田地”，不纳粮赋，不出科差。这既为循化撒拉族农业的发展奠定了基础，也保证了他们发展农业所必需的劳动力。所以到清代初年，农业在撒拉族经济生活中的主导地位已经确立，撒拉族已经从早期的游牧民族转变为一个真正的农业民族了。

（二）形成以粮食生产为中心的多种经营的农业生产结构

粮食种植一直是中国农业民族生产的中心。撒拉族也不例外。但是，撒拉族并不是只依赖于小麦、青稞等粮食作物，在撒拉族的经济生活中既种粮又养畜，而且还根据不同条件发展了油料、瓜果、蔬菜以及采挖狩猎、木材采伐、家庭手工农副产品加工等等。即便是种粮，撒拉族也实行多作物、多品种的搭配。《循化志》对此有明确记载，“……园中间有种刀豆者。秋田，种大糜子、谷子。其荞麦，则青稞割后方种，惟此为两收……”，“菜蔬……园中皆有之”。而畜牧业主要以副业的形式存在，“畜则牦牛……哈力巴同各牛生者为犏犍子。羊则绵羊而尾小。马……狗、鸡俱与内地同”。毛织品的加工、药材采集、木材采伐、狩猎等生产活动又有效地补充了生活资料和生产资料的需求，“货则黑褐、白褐、白毡、沙毡。药则大黄、党参、防风、甘草，惟打儿架山之南五善池、灵湫山下产鸡爪黄连[18]”，“……孟达工之索同庄、他撒坡庄、木厂庄田地甚少，以背柴炭赴积石关内之韩何家集、平定铺变卖米面糊口……”[19]；孟达工有很多人以狩猎为生，他撒坡庄猎人自制火器以精准出名。撒拉族的食物中肉、奶、面、菜等多种原料俱有，饮食文化丰富多彩。

（三）对非农产业的高度重视

撒拉族经济文化类型属于农业经济文化类型。但是，不同于其他民族之处的是，撒拉族在历史上一直就表现出对非农产业的重视，并且非农产业在撒拉族的经济生活中也发挥了举足轻重的作用。由于循化地区自然条件的限制，撒拉族先民初到循化之时就已经开始从事多种产业，除了种植业和畜牧业之外，他们还发展了手工业，涌现了不少铁匠、木匠、鞋匠、毡匠等个体手工业者。孟达地区的撒拉人凭借山林优势进行狩猎和木材砍伐加工，街子地区的撒拉人还从事黄河的筏运等。在这些非农产业中，我们特别要提到的是撒拉族的商业，撒拉族的商业文化产生与他们所信奉的伊斯兰教有密切关系。他们视商业为真主喜爱的产业，认为商人“犹如世界上的信使，是真主在大地上可信赖的奴仆”。他们还在中亚时就有商业传统和浓郁的商业情结。迁入循化地区后，商业活动依然在撒拉族的经济生活中起着补充农业的作用。循化是农业区和牧业区的结合区。明朝洪武年间所设的西宁、河州、洮州、甘州四个茶马司都与循化接近，这为撒拉族从事茶马贸易提供了便利条件。此外，撒拉族人民用瓜果等农作物与周围民族进行交换，还到同仁、贵德等地去伐木，或往兰州、包头等地放筏子；孟达林区和红庄的农民从事编筐、制木器和烧制木炭等。这些产品除自用外，大部分拿到市场上进行交换。与之相适应，也出现了规模较大的市集，积石镇、白庄和街子是闻名甘青两省的市场。到了近代，又出现了“歇家”（经纪人），专为商人提供商品驮运和水上运输等服务。撒拉族的商业行为不仅加强了牧区和农业区经济上的联系，也有利于各民族间的文化的交流融合。[20]其商业行为植根于农业文化，农商结合，表现在思想上是重商而不轻农，并且在产业选择上有很强的包容性，只要不违背伊斯兰教教义，各种有利于生存生活的产业他们都愿意实践，这与撒拉族人民吃苦耐劳、坚忍不拔的民族气质是分不开的。

总体来看，自元代以来，撒拉族人民吸取周围其他民族的先进生产经验，在循化黄河沿岸开荒种田，发展农业，至明清两代，土地开垦的规模和粮食产量远远超过历史上其他任何时期。如果不是农业生产已经发展到一定规模，清代雍正年间就不可能查田造册，征收粮赋。所以，我们说撒拉族是循化地区农业开发的最主要力量。

参考文献：

[1]［4］青海民族学院民族研究所．撒拉族档案史料辑录．1981：55. 56

[2] 明史·宁正传

[3]（清）龚景翰．循化志·族寨工屯．西宁：青海人民出版社，1981：175

[5]［8］［12］［17］芈一之．撒拉族史．成都：四川民族出版社，2004：154. 157. 68. 112

[6]［9］［11］循化志．北京：中华书局，2001：179. 254. 255

[7]（清）龚景翰．循化志·山川．西宁：青海人民出版社，1981：58

[10]［14］［16］［18］（清）龚景翰．循化志·水利物产．西宁：青海人民出版社，1981：295. 294

[13] 长春真人西游记．王国维．蒙古史料校注

[15] 西宁府续志·地理志·物产．西宁：青海人民出版社，1985：212

[19]（清）龚景翰．循化志·回变．西宁：青海人民出版社，1981：316

[20] 马维胜．试论撒拉族商业文化．西北民族研究，1993，(2)

（本文原载《青海民族学院学报·社会科学版》2009 年第 1 期）

论撒拉族商业文化：概念、形成环境及功能

翟瑞雪

一、概　念

对撒拉族商业文化的定义。马维胜老师可以说是最早提出撒拉族商业文化这一词的，在1993年发表的《试论撒拉族商业文化》一文，对撒拉族商业文化进行了定义，他认为："撒拉族商业文化是撒拉族人民在长期的实践活动中形成的有关商业的物质财富和精神财富的总和，同时，作为一种文化，撒拉族商业文化是民族经济文化的重要组成部分。"① 马维胜老师对撒拉族商业文化的定义，显然是从马克思主义的经典文化概念中提炼出来的，这个定义包含了以下内容。

第一，明确了撒拉族商业文化的主体。人民群众是历史的创造者和推动者，在改造自然的过程中，可以充分发挥自己的主观能动性，对客观事物在改造过程中赋予其人性。撒拉族商业文化的创造者不是其他民族，而是撒拉族人民在改造自然的过程中发挥主观能动性而创造的。

第二，实践是产生撒拉族商业文化的基础条件。撒拉族商业文化不是撒拉族人民的主观臆想，而是在撒拉族人民的生产生活中通过积累而形成和发展的，实践是撒拉族商业文化产生的基础条件，同时撒拉族商业文化也是随着实践的不断变化而变化的。所以说，脱离了人民群众的社会实践，撒拉族商业只能是空中楼阁，毫无存在意义。

第三，规定了撒拉族商业的主要内容。"有关商业的物质财富和精神财富的总和"是撒拉族商业文化包含的主要内容，物质财富包括一切在商业活动过程中形成的有形财富，精神财富包括一切有关商业活动的无形的思想观念、经营方式等内容。

从以上分析可以看出，马维胜老师的关于撒拉族商业文化的概念虽然是第一次提出和概括，但还是可以反映撒拉族商业文化的整个内涵，对于撒拉族商业文化的

① 马维胜：《试论撒拉族商业文化》，载《西北民族研究》，1993（3）。

规定也为以后的研究提供了参考和思考。

然而，应该指出，马维胜老师关于撒拉族商业文化的概念毕竟只是把马克思主义关于文化的一般概念直接应用到撒拉族商业文化，因而，存在着自身的缺陷。

一是没有突出撒拉民族固有的特色。马克思主义关于文化的概念是从宏观上给出的定义，而撒拉族商业文化相对来说已经属于微观层次的概念，因此，用宏观的文化概念来描述微观文化概念，必定会存在微观概念的大众化，而失去自己的特色。

二是没有突出其他参与撒拉族商业文化创造的民族的作用。撒拉族作为撒拉族商业文化的主体，在撒拉族商业文化创造中发挥了主要作用，但是，事物是相互联系的，从撒拉族商业文化产生的主体上讲，撒拉族商业文化是共同生活在循化地区的各民族共同参与创造的，在这种创造性的过程中，撒拉族人民起到了决定性的作用，但是，不能因此而将其他民族的作用排除出去。事实上，正是由于和其他民族的交往、融合、互相吸收，才得以形成了撒拉族商业文化。这一点，将在下文介绍。

三是没有说明伊斯兰文化在撒拉族商业文化中的作用，是概念的一个缺陷。撒拉族是一个全民信仰伊斯兰教的民族，伊斯兰教和伊斯兰文化在撒拉族人民的日常生活中发挥着重要作用，渗透到人们生活的各个方面，尤其是商业。撒拉族之所以善于经商，也是因为伊斯兰教鼓励人们努力地创造财富，同时也对人们怎样创造财富、创造什么样的财富以及如何分配财富都做出了详细的规定，可以说，没有伊斯兰教对于财富的规定，就不会有撒拉族人民积极的商业实践，也就不会产生撒拉族商业文化。因此，撒拉族商业文化中必须涵盖有伊斯兰教文化的内容，概括撒拉族商业文化就必须提及伊斯兰教文化。

根据马维胜老师关于撒拉族商业文化定义的优缺点，作者将撒拉族商业文化重新定义为：撒拉族商业文化是以撒拉民族为主体、其他各民族共同参与创造出的、以伊斯兰经济文化为核心思想的关于商业的物质财富和精神财富的总和。这个定义在马维胜老师的定义的基础上，弥补了一些缺憾，突出了撒拉族的民族特色和商业文化的指导思想。

二、形成环境

（一）自然环境

人在特定的环境下生活，都自觉或不自觉地被环境塑造着。自然环境为人类提供了生存和发展的空间，各民族所处的地理环境如何，决定了各民族从事的产业、生活方式和风俗习惯，因而也就在根本上决定了这个民族拥有怎样的民族文化。在这种环境下人们易形成怎样的心理特征，也就是环境如何影响人的性格。撒拉族生活的自然环境条件比较恶劣。大环境是在青藏高原东南部，冬季寒冷无雪，夏季干旱少雨，风沙大，海拔高，缺氧。小环境是循化历来交通不畅，地处偏僻，信息不灵。由于周围特殊的山川环境，春夏农作物需要水的季节很少下雨，历史上就有“干循化”之称。循化北部地区都是红土山，水土流失严重，除水浇地外基本不长草木。撒拉族主要生活在北部农业区，人多地少，川水地区平均每人只有3~5分耕地，土壤以红色黏土为主，土质差。由这种恶劣的自然环境造就了撒拉族人坚毅、勇敢以及勤劳等性格。加之，由于土地生产效率低下，造成单一的农牧业产出无法满足人们日常的生活需求，因此，劳动的触角必然伸向农牧业之外，商业也就成为最好的谋生手段。关于商业的一些思想和朴素的观念就此形成并发展。

（二）人文社会环境

1. 民族交往

第一，与藏族和回族的通婚。撒拉族与藏族之间的通婚，这从两个民族之间存在的“夏尼”（意思是本家）关系就可以验证，正是撒拉族和藏族长期的通婚关系，以至于有藏族是撒拉族阿舅的说法。根据现有资料的考证，从撒拉族东迁到循化时这种民族间的通婚就开始进行了。撒拉族与回族通婚，一个明显的史实就是在于撒拉族的姓上，撒拉族的根姓是韩，但是，在外姓五族中，马姓居其九，而这些都是回族的根姓，另外，据考证，撒拉族中，有相当一部分人是从积石关和大力加山以东的回族移入的，与当地撒拉族通婚。第二，与汉族交往。居住在循化地区的汉族，是在清朝时期（1730年）修城设营时从中原陆续迁入的，因而被称为中原人。除了经济上的交流，通婚也很正常在撒拉族和汉族之间进行。

撒拉族与藏族、回族以及汉族等民族交往的意义在于，一是扩大了撒拉族人口，使得撒拉族的发展有了基础。据明代嘉靖时期张雨的《边政考》记载，撒拉族迁入时人口只有170户左右，而到了明代，已经增长到了2000多户，10000多人。二是加强联系、融入当地的需要。在撒拉族东迁以前，在循化地区就已经居住着汉族、藏族以及回族等民族，要融入一个陌生的社会，仅靠自己民族的努力是完全不可能的，只有主动地融入当地社会，才能有本民族的发展，尤其对于撒拉族这样一个人口极少的民族来说，通婚是和当地民族加强联系，壮大自己的正确选择。第三，促进了社会经济的发展。长期共同的地域生活和民族来往，加强了撒拉族和各民族的联系，使得撒拉族得以博采众长，能充分吸收和采借汉族先进的生产技术和文化，弥补自己生产上的缺陷，耕种更加成熟的农作物。第四，促进文化的近距离吸收。生产生活上的往来，为文化上的交流提供了碰撞的基础，通婚则更是给予两个民族互相采借对方优秀文化一个非常便利的途径。撒拉族在这种碰撞中一方面保持自己民族特色，一方面又开始融入其他民族的文化。如在和藏族通婚中，撒拉族文化对藏族文化明显的吸收就是撒拉族人民的房屋四周围墙的四角放置白色石头。这种文化之间的包容性和宽容性为撒拉族商业文化能够在以后不断的采借其他民族的优秀文化提供了基础。

2. 民族传统文化

民族传统文化是一个民族在历史发展过程中积淀下来的东西，是推动社会走向现代化的历史根据和动力。基于此，有人认为："传统文化就是从过去一直发展到现在的东西，是现在文化的反映"、"是一个民族历史遗产在现实生活中的展现"等，施正一老师认为，传统文化就是"植根于自己民族土壤中稳态的东西，但又有动态的东西包含于其中，是过去与现在交融的过程，深入了各时代的新思想、新血液"。[①] 同时，他指出，民族传统文化具有民俗性、凝聚性、稳定性和变异性的特点。

撒拉族的民族传统文化是撒拉族民族得以存续发展的精神因素，同时，撒拉族的传统文化独具特色，概括起来主要表现在坚毅勇敢、团结互助、平等友爱以及与世不争等方面，也正是由于有着自己鲜明的民族特色，撒拉族传统文化对于撒拉族来说的重要意义体现在，它使得撒拉族民族在与其他民族的交往过程中没有被同化或者在历史的交往过程中消失。根本原因在于它的核心是信仰伊斯兰教。伊斯兰教在早期传入中国时，有3个特征，一是在传播过程中保持自己教义、仪式以及组织上的独立性和原教旨特点，而不与中国传统文化相融合；二是尽管传入的伊斯兰教来源不一，但整体上来说内部是统一的，没有教派之争，对外的封闭性，避免了与中国传统文化的正面冲突；三是伊斯兰教传入时期的穆斯林群众是独立于中国社会的。[②] 由于伊斯兰教鲜明的教义规定，决定了伊斯兰民族在与中华民族交往过程中没有被同化，相反，却巧妙地将二者结合起来，从而保持了自己鲜明的民族特色。这就为撒拉族的种种发展做好了必要的文化准备。而撒拉族人民也充分运用伊斯兰教的经济思想，发展本民族的商业和商业文化。

3. 宗教文化

撒拉族是全民信仰伊斯兰教的民族，所以，伊斯兰教和伊斯兰文化在撒拉族人民的日常生活中占有极其重要的作用，贯穿于社会经济生活的各个方面。伊斯兰教产生于阿拉伯社会从部落游牧经济向商业经济过渡时期，它的产生反映了商人阶级要求社会变革的思想，具有明显的重视世俗生活，重视商业经济发展的特点。作为一种一神论的宗教，它所提出的经济主张，以服从真主、遵循善行为前提，从而形成了伊斯兰教独特的价值观念和经济主张。

撒拉族作为一个我国人口较少的民族，被赋予善于经商的美名，正是源于伊斯兰教中鼓励人们经商的教义特点。主要体现在：

第一，伊斯兰教鼓励人们远行，勤劳勇敢地去追求财富。伊斯兰教认为现世个人奋斗是一种善行，会受到真主的赞赏，同时，伊斯兰教的后世论认为，人在后世的归宿是进天堂还是地狱，则是由现世中的所作所为决定的。《古兰经》[③] 鼓励和赞扬人们劳作奋斗："凭自己的财产与生命而奋斗的人，真主使他们超过要坐家中的人一级"（4：95）、"不要因困难、路遥和危险而灰心丧气，真主是喜爱坚韧者"

① 施正一：《民族经济学教程》，97页，北京，中央民族大学出版社，2001。

② 南文渊：《伊斯兰教与西北穆斯林社会生活》，20页，北京，人民出版社，1994。

③ 马坚译：《古兰经》，北京，中国社会科学出版社，2003。本文中所引《古兰经》内容，都从此书中引。

（3：146）等类似鼓励人们不惧艰险、努力奋斗的词句在《古兰经》中反复出现，它主张人们积极入世，将现实中的劳作与奋斗看做是善行的依据，反对消极避世、远离尘世的行为和心态。这种教义，对于培养人们积极的生活态度具有重要作用。

第二，伊斯兰教将商业视为真主喜爱的事业。《古兰经》多处提到商业的重要性以及真主对从事商业的人的喜爱，出外奋斗者、旅行者、在大地上寻找财富者等在《古兰经》中提到的基本上都属于商人，作为一种宗教，《古兰经》充分肯定了经商是真主喜爱的事业，同时，强调商人是高尚的，因为“真主从商人中选派了自己在大地上的使者”（25：720），商人犹如世界上的信使，是真主在大地上可信赖的奴仆。因此，在伊斯兰教教义里，经商被看做一种神许的合法而高尚的事业。

4. 基层社会组织

撒拉族社会的基层社会组织包括尼木桑（单个家庭）、阿格乃（以父系血缘关系为基础的若干家庭形成的血亲组织）、孔木散（若干个父系血亲阿格乃家庭组成的较大的关系组织）、阿格勒（几个孔木散组成）以及“工”（几个阿格勒组成的村庄，相当于现在乡镇）。一般来讲，撒拉族基层社会不同的组织发挥着不同的社会职能和任务，对于在尼木桑（家庭）范围内无法完成的事情，则由更高一级的阿格乃帮助完成。由此，在日常生活中，凡是本级社会组织无法完成的、或者是公益性的事情，高一级的基层社会组织就会互相帮助，而这些帮助，通常是义务的，被帮助的家庭或其他组织只需要提供食宿，不计报酬。

撒拉族这种的基层社会组织形式，具有重要的社会意义。第一，进而提高了撒拉族社会征服自然的能力，促进了社会的稳定和发展。在本级组织无法完成的事情，依靠更高一级的组织来完成，尤其是在一些大型公益事情上，这种团结互助的精神无疑是在面对强大的大自然时，撒拉族人民更容易克服困难，创造美好生活。第二，增强了撒拉族人民团结互助的意识，使撒拉族民族传统得以传承。撒拉族社会的这种基层组织，具有很强的稳定性，不仅在封建社会，即使在当代社会，也具有很大的凝聚力。凭借这种特殊的社会组织，使撒拉族民族的社会习俗、价值观念以及社会规范等很好地保留了下来，从而使本民族在经济社会发展更具有鲜明的特色。

可以说，撒拉族社会的这种以血缘为纽带，部分地存在社会平均主义观念以及合作、互助和协调的基层组织，不仅促进了撒拉族的社会进步，也促进了撒拉族的经济进步。

5. 茶马互市

茶马互市，是历史上封建王朝的一种官营垄断贸易，主要是“定期纳马，酬以茶斤”。茶马互市的交易是用产于四川巴山和陕西汉中地区的巴茶用来交换边疆民族的马匹，随着茶马互市的发展，两湖地区大量的茶叶也参与进来。一匹上等马可以换120斤茶叶，中等马可以换70斤茶叶，而下等马就只能换50斤茶叶。

撒拉族居住的循化地区在宋代时期就已经有了茶马互市，但元朝由于疆域辽阔，牧场大大广于前代，因此，就基本不需要通过茶马互市来交换游牧民族的马匹，因而茶马互市在当时处于停滞状态，到了明朝，边事不断，出于军队给养需要，茶马互市又逐渐开始并完善。这个时期的茶马互市，它的政治军事意义大于经济社会意义。撒拉族于1371年归顺明朝，1372年即设茶马司，开始茶马交易，地点在循化东60里的积石关，为了确保茶马互市的正常秩序和国家所需物资的供给，明朝廷在茶马互市中推行金牌信符制度，从前到后，撒拉族总共获得两面金牌，这在人口较少的民族是一个很特别的现象。

茶马互市带来的影响首先是促进了边疆民族与内地民族的往来和联系。在茶马互市的开始，双方都以单纯的茶马来进行简单的交易，但随着茶马互市制度的完善和成熟，以及处于更多的利益考虑，内地民族生产的一些生活日常用品也开始进入了贸易市场，而边疆这些纳马之族包括撒拉族也开始将一些具有民族特色的产品拿出来进行新的交换。随着经济社会实践的发展，茶马互市的内容越来越丰富，是符合社会经济发展的规律。通过茶马互市，内地民族与边疆纳马民族的交往紧密的联系起来，促进了内地和边疆的交流。

其次，促进了纳马民族社会经济的发展。一是促进了纳马民族畜牧业的发展，纳马，是要用一定马匹的，而当时战争需要，对马的需要也就比较大，因而牧马也就存在比较大的收益。如明朝规定，凡纳马之田，均不用缴纳田课，不纳粮赋，这极大地促进了纳马民族畜牧业的发展。二是促进了农业的发展，随着社会的逐渐和平，国家对马匹的需要大大减少，而同时，由于独特的地理环境，撒拉族所在的循化地区是适合特色农作物的生产，随着农业的产出收益开始大于畜牧的收益，人们又开始逐渐放弃畜牧，而转化为农业生产，牧场开始被开辟成为农田。而在茶马互市过程中学习到的内地民族关于农业生产的先进技术就必然被应用到撒拉族的农业生产中来，使得农业取得了快速的发展。

最后，茶马互市促进了边疆民族与内地民族之间文化上的交流。青海由于地理上偏僻的原因，因而有人说“对内地，它像边疆，对边疆，它像内地”，这充分说明了青海与外界联系的困难性，加之游牧民族经济上基本处于自给自足的状态，所以，除了像西宁这样的交通要道以外，其他位于大山之中的区域则是很少有机会和外界交流的。而茶马互市的开通为处于大山环抱之中的撒拉族提供与外界交流的条件，撒拉族人民用本民族的宽容和包容精神，虚心向其他民族学习，并进行思想的交流和碰撞，将自己与内地民族联系在了一起，从而有利于更好地发展自己。

三、功能分析

1. 增强群体的凝聚力和向心力

伊斯兰教产生的时代背景之一就是从精神上统一当时四分五裂、常年战争的阿拉伯半岛。伊斯兰教凭借自己独特的教义和教旨，使得整个阿拉伯世界的人们开始在思想上走到一起，为商业经济的发展做好政治基础。《古兰经》中说：“信道的人们啊！你们中的男子，不要互相嘲笑；被嘲笑者，或许胜于嘲笑者。你们中的女子，也不要互相嘲笑，被嘲笑者，或许胜于嘲笑者。”“你们不要互相诽谤，不要以诨名相称，信道后再以诨名相称，这称呼真恶劣！”“信道的人们啊！你们应当远离许多猜疑；有些猜疑，确是罪过。”“你们不要互相侦探，不要互相背毁……”（49：11—13，4：114）。同时，有这样一个故事，有一个人问穆罕默德：“主的差使，我怎样才能知道我在何时是做得好，而何时是做得不好呢?”穆罕默德答道：“当你的邻居说你做得好，你就是做得好，而当你听到他们说你做得不好，那你就是做得不好了。”又说：“那个让他身旁的邻居挨饿，而自己却饱餐的人，并不是一个归信者；而一个人若由于其恶行而使其邻居受害，也不是一个归信者。”在这里，无论是《古兰经》还是故事传说，都表达了一个意思，即在共同信仰伊斯兰教的民族中，个体之间的团结互助、崇尚集体主义。

撒拉族作为一个全民信仰伊斯兰教的民族，其民族文化包括商业文化也深深地继承和发挥了伊斯兰教这种精诚团结和与人为善的精神，事实上也正是如此，撒拉族商业文化在维护群体的整体性，个体之间的利益一致性起到了非常重要的作用。打猎是最能体现撒拉族人民群众之间互相帮助和集体主义特点的。在过去，打猎是依山而居的撒拉族人民的主要经济活动之一，根据民族习惯，打猎一般 1 个人单独行动或者 3 ~ 10 人为 1 个团伙（撒拉族语为“把卡”），捕获的猎物大家平均分配，如果有人听到了枪声而高喊一声“有我的一份!”，猎物的主人就必须分给这个人一份猎物，根据民族的习惯，若猎物的肉不能食时，则应将猎物的皮分给他人。同时，这种精诚合作的商业品格已经逐渐从民族内部开始向民族间的合作渗透。

撒拉族商业文化这种强调群体之间的合作和互助，在一定程度上降低了个体从事商业的风险成本，巩固了撒拉族人民之间的这种友情，而勤于施舍、同情弱者、怜悯贫者，也不同程度地平衡了个体之间的利益分配。从而在根本上增强撒拉族群体的凝聚力和向心力。

2. 丰富撒拉民族文化内容

民族文化是各民族在一定环境中创造出来的、具有本民族特点的文化，包括物质文化和精神文化。民族文化作为意识形态，是一定社会政治、经济的反映，反映该民族历史发展的水平。撒拉族商业文化的产生对于撒拉族民族文化来说有两个意义。

第一，撒拉族商业文化的产生丰富和扩大了撒拉族人民的社会实践。撒拉族商业文化的产生，体现了撒拉族人民经济活动的变化，从牧业到农业，从农业到商业，撒拉族人民在积极的商业思想指引下，社会实践的范围越来越大，内容越来越复杂，程度越来越深，通过严格遵守和践行商业思想，撒拉族人民在社会历史发展过程中积累了巨大的财富，人民生活水平不断提高，尽管循化县仍是一个国家级贫困县，但不可否认的是，与以前的生活相比，撒拉族人民的生活发生了翻天覆地的变化。

第二，撒拉族商业文化的产生深化了撒拉族人民的思想意识。文化在一定程度上是对经济社会的反映，但同时又具有自己的独立性，并通过自身的体系和经济社会相互影响。本文在前已经指出，撒拉族商业文化中所提倡的商业道德和经商原则与我国正在进行的市场经济改革有着天然的结合，所以，撒拉族文化能够使得撒拉族人民在经济改革的浪潮中迅速适应，并充分利用自己的文化特点进行经济活动。因此，撒拉族商业文化能够使撒拉族人民更加迅速地解放思想，推动经济社会的发展。

3. 促进撒拉族社会经济发展

文化与经济之间不存在互相决定的关系，但是二者的联系又是如此的密切，以至于研究文化不能离开经济，经济为文化的发展提供了巨大的物质基础，而研究经济不能脱离文化，文化为经济发展提供智力支持。那么，具体到撒拉族商业文化，它为什么对撒拉族社会经济发展具有促进作用，它是如何通过文化自身的体系来促进撒拉族经济社会的发展，笔者认为，撒拉族商业文化有两个主要因素在促进经济社会发展过程发挥了重要作用。

第一，伊斯兰教重视商业的思想促进了撒拉族社会经济的发展。作为伊斯兰教的教义及教法的源泉，《古兰经》的许多经文涉及商业，并把商业视为人们谋取生活的正常手段和方法。《古兰经》指出："真主准许买卖！而禁止重利。"（2：275）这既肯定了商业的地位！又规定了人们在商业交往过程中应遵循的基本原则。真主准许买卖意味着从事商业活动是安拉赋予的权利！是安拉至高无上的权威所确认的合法行为，同时鼓励人们不畏艰难险阻，用自己的开拓精神去远行并且合理地寻求财富，说明了伊斯兰教重视人生！反对弃绝现实生活，关注人的现实物质利益！鼓励人们积极参与经济活动的特点，但是，现实生活无情地证明，重利往往使人走入歧途，《古兰经》对于商业活动中重利行为的禁止和惩罚，对商业活动行为起到了很好的规范作用。因此，经商同务农、做工一样是正当的、合理的谋生手段，经商被赋予神圣的宗法外衣，有利于商业经济的进一步发展。

第二，特殊的地理环境促进了撒拉族社会经济的进一步发展。撒拉族在东迁至循化时，由于地理位置和自然气候条件的限制，循化境内山峦起伏，四周环绕着大力加山、那浪山、古毛卡山、小积石山，还有唐赛山、孟达山、奥土斯山等在境内蜿蜒起伏，形成了南高北低的地势。山间沟渠纵横，由南北下，汇集成东部的清水河、西部的街子河，并由两侧分别流入滚滚黄河。新中国成立前，农民无力利用黄河水利资源，眼见河水流经县内，却常遭旱灾，被称为"干循化"。因此，尽管循化的土壤气候条件非常适合特色农作物的种植以及从事牧业活动，而且循化人民也的确充分发挥了这种地理优势，但是，在生产力水平非常低的情况下，农牧业生产对气候的依赖性非常强，由此造成单一的农牧业生产不足以维持基本的生活，所以，迫于生活的需要，人们就逐渐开始在农牧业之外寻找谋生的手段，这样，商业就开始成人们的首要选择，逐渐成为弥补人们日常生活所需的重要活动。进入新社会，撒拉族人民从事农牧业的生产条件得到了根本的改变，"干循化"也成为一种历史事实的纪录，但是，撒拉族人民在社会生产过程中积累的有关商业的财富并没有结束。丰富多彩的商业实践，进一步解放和发展了撒拉族的生产力。

4. 调适与外部文化的冲突

在社会群体之间的生活和经济来往过程中，文化上的交流不可避免，也就不可避免产生了文化方面的某些冲突。文化冲突有一般有 3 个类型：第一，文化同化，即一种文化融入另一种文化中，自己的特色消失；第二，文化融合，即两种文化的特征同时消失，产生新的文化；第三，文化采借，即文化之间取长补短，互有发展。从撒拉族社会发展的历史来看，商业活动是撒拉族人民与外界交流的主要渠道，通过商业活动，撒拉族人民走出了封闭的大山，与外部世界在文化思想、价值观念以及个体行为等方面发生交流，这些交流中，既包括相互之间文化的交流与融合，也包括相互之间文化的碰撞冲突。在以伊斯兰教的经济思想和道德价值理念来规范和约束自己的行为撒拉族文化中，这就产生了两个结果，其一，保持撒拉族商业文化的独立性，在一定程度上也就是撒拉族民族文化传统继承性。作为一个少小民族，正是由于鲜明的商业文化和民族文化的特征使得在文化交往中与强势的汉文化接触中才不至于被同化，失去民族特征。其二，通过文化采借，使撒拉族商业文化更好地适应社会经济发展的需要。一种文化不可能在一个封闭的环境中取得发展和进步，这一点，从文化的产生背景就可以得出。对于撒拉族商业文化来说，尽管它相对于其他高原民族文化来说，具有自己鲜明的特色和优势，但是，现代社会，是一个开放的社会，故步自封是不可能占有一席之地的，只有主动适应社会，及时吸收其他民族的优秀文化，充实自己，才有可能更好地发挥自己文化的优势。撒拉族是一个勤劳勇敢的民族，又是一个善于学习的民族，在和外界的文化采借中，他们吸收各民族的优秀文化，为己所用，从而保持了本民族文化的时代适应性。

（本文原载《东南文化》2007 年第 2 期）

转型期撒拉族民众经济价值观变迁研究*

石德生

经济价值观是指人们对经济制度、经济现象、经济关系、经济行为的评价、取舍与态度。自20世纪80年代以来，随着社会主义市场经济制度建设和西部开发步伐逐渐加快，我国西北的撒拉族渐次走上由传统向现代、计划向市场的双重转型之路，工业化、城市化、商业化、世俗化等现代化特点逐渐显现。与此同时，在社会转型、市场经济建设的影响下，撒拉族民众的经济行动、生活模式，尤其是经济价值观，也出现了前所未有的转化。因此研究转型期撒拉族民众的经济价值观及其变迁，不但可以了解撒拉族民众对当前经济转型的态度，对市场经济制度、经济关系、经济行为及其结果的价值评价，也可探索在社会转型与市场经济建设过程中，制度安排对他们的影响程度及存在的问题。

一、撒拉族传统文化及经济价值观

（一）撒拉族传统文化

撒拉族主要居住在青海省循化撒拉族自治县，是青海省乃至西北地区独有的少数民族之一，现有人口10万左右。撒拉族自称“撒拉尔”，简称“撒拉”，是古代西突厥乌古斯部撒鲁尔的后裔。13世纪，其祖先取道撒马尔罕，长途跋涉迁徙到青海省东部之循化地区，与周围汉、藏、回、蒙古等族融合，逐渐形成了一个民族。就撒拉族的传统文化而言：第一，由于东迁之前，撒拉族祖先信奉伊斯兰教，故在循化定居、生活的几百年中，伊斯兰教一直萦绕在撒拉族社会、经济、文化发展之中，举凡教育、行政、经济活动、日常生活、心理结构都带有浓郁的伊斯兰色彩。

---

* 本文为2003年国家社会科学基金项目“转型期西北少数民族居民价值观嬗变”之子课题——“撒拉族居民价值观嬗变”的一部分。

伊斯兰教是撒拉族民众心理的重要积淀，是嵌入撒拉族民族文化中的一个重要的组成部分。它规定、结构化着撒拉族社会、经济、文化的演进路径，并使得撒拉族民众显示出其他穆斯林民族共有的高凝聚力。第二，在民族社会形成过程中，撒拉族民众以农业、园艺业、牧业为主要经济生活方式，形成了村落式的居住格局、社会关系网络。并由于长期和汉族共同相处，受汉文化影响，撒拉族传统文化融进了浓重的乡土性色彩，显示出伦理、道德评价的特点。第三，定居循化后，撒拉族民众也与周边藏族、回族、蒙古族等世居民族有着长期的文化交流，使撒拉族民族性格中也表现豁达、开朗、直爽的融合、交会特征。第四，伊斯兰教教义在西北的传播与商业相关联，撒拉族民众也重视商业。其传统文化中表现出独特的崇商特质，显现出周边其他民族所不具备的商业精神、经商习俗。

（二）撒拉族传统经济价值观

透过撒拉族传统社会及文化，笔者以为撒拉族传统经济价值观有这样几个特点：①经济行为方式评价：农（牧）商并重。②经济利益及分配的评价：重公平、信义，义利并举。这是撒拉族民众接受儒家传统文化与行为伦理、发扬道德评价的机制之结果，也是重商传统的体现。③经济行为评价：倡艰苦创业，豁达、开朗、直爽，仗义疏财、救济弱者。④消费行为及观念评价：倡导节俭消费、正当消费，强调宗教消费和道德消费。总之，历史发展、教义影响、文化融合塑造了撒拉族民众独特传统的经济价值观，并在这一观念的化导下，撒拉族民众吃苦耐劳、勤奋经营、互惠互利、共求发展。它在漫长的历史发展中扮演着重要的角色，架起了藏、汉、穆斯林民族经济、文化交流的桥梁。

二、研究方法与样本

为了较为科学地研究转型期撒拉族民众的经济价值观及其变迁，笔者于2005年元月—5月到青海省循化撒拉族自治县进行了调查和访问。发放问卷100份，收回有效问卷95份。其中，性别构成：男性71人，女性24人，各占74.7%、25.3%；年龄构成：24岁以下2人，25~34岁44人，35~44岁33人，45岁以上16人，平均年龄为36.85岁，年龄分层具有“当代人”的特点；文化程度：小学及以下4人，中学7人，大专65人，本科以上19人，各占4.2%、7.4%、68.4%和20%，其中大专、本科合计占88.4%，文化程度分层上具有“较高”特点；婚姻状况：未婚4人，已婚（有配偶）88人，离婚3人，各占4.2%、92.6%和3.2%；收入状况：300元以下的有1人，301~600元的2人，601~900元的有13人，901~1200元的有57人，1201~1500元的有10人，1500元以上的有12人，各占1.1%、2.1%、13.7%、60.0%、10.5%和12.6%；参加党派组织的情况：中共党员51人，民主党派成员1人，无党派人士43人，各占53.7%、1.1%和45.3%；职业分布：

国家机关、党群组织和事业单位负责人21人，企业经理1人，专业技术人员42人，个体工商户1人，农、林、牧、水利等业的生产人员3人，办事及有关人员21人，其他6人，各占总人数的22.1%、1.1%、44.2%、1.1%、3.2%、22.1%和6.3%。从样本来看，除性别比例存在一定的差别外，其他方面的分布基本合理，符合研究需要。原因有：①撒拉族社会中男性的社会活动、社会参与程度高于女性；②大多数调查对象在从事社会工作和经济活动，经济价值观与社会经济发展的节奏较为合拍，接近价值观变化的实际；③他们的价值观引领着其他民众的价值观，预示着发展趋势。所以，通过此样本可以分析转型期撒拉族民众经济价值观的变化状况及市场经济建设所带来的经济关系、经济利益格局、消费观念变化的评价，从而探讨这些变化与社会主义主流价值观的关联程度。

三、转型期撒拉族价值观变迁分析

（一）对经济体制的态度

改革开放后，中国走上了一条现代化的道路，经济关系、分配格局、利益关系、消费观念发生了前所未有的变化。经过20多年改革开放与市场经济的洗礼，撒拉族民众对市场经济体制如何看待、价值认同程度究竟如何呢？从“您对市场经济体制的看法”这一问题的回答情况来看：选择“利大于弊”的54人，占56.8%；“有利无弊”的6人，占6.3%；“利弊相当”的22人，占23.2%；“弊大于利”的4人，占4.2%；“有弊无利”的2人，占2.1%；“说不清楚”的7人，占7.4%。可见，撒拉族群体中多数人对当前的市场经济体制的建设、目标是认同的，也说明相当数量的撒拉族民众通过市场经济得到了应有的实惠，过上了好日子。通过访谈也发现实际情况与数据较吻合。经20多年的发展，撒拉族民众通过发展私营企业、运输业、个体工商业、输出富余劳动力等方式，经济收入和生活水平大大提高，这也是他们支持市场经济、取得价值认同的基本出发点。但从选择“利弊相当”、“弊大于利”、“有弊无利”、“说不清楚”的比例（共36.9%）来看，还有相当一部分人对市场经济处于困惑或迷茫之中。或许他们看到了市场经济的某些弊端，如风险性、不确定性、竞争性；或许是在市场经济中获益很少、甚至没有获益。

（二）对经济关系及分配的评价

市场经济是一种以竞争为主要经济关系的体制，由于资本、文化资本、社会资本等因素，在竞争中势必出现收入差距之扩大。那么撒拉族民众对这种收入差距是否认同呢？从“您认为社会存在收入差距是否合理？”这一问题的回答来看：选择“合理或比较合理”的48人，占51.1%；“一般”的19人，占20.2%；“不很合理或不合理”的27人，占28.7%。从这一结果来看，撒拉族民众对社会存在收入差距的认同率并不高，而且从职业、收入、年龄等其他背景数据的分析来看，也存在多元化倾向。在访谈中我们得知：不少撒拉族民众认为存在一定的收入差距是合理的，是社会发展的动因之一；但收入差距要保持在一定的张力范围之内，才能调动各个方面的积极性。据此，在和谐社会的建设过程中，我们必须在效率优先的情况下兼顾公平。

（三）经济行为评价及认同

市场经济是一种倡导理性的经济，劳动力自由流动是市场经济的必然结果。劳动力流动频率及对劳动力流动的评价是衡量一个地区市场化、开放程度高低的标准。从“您对当地人外出从事商业活动的态度”这一问题的回答来看：表示赞同或比较赞同的80人，占86%；不赞同的8人，占8.6%。可见对于劳动力的流动——外出打工，撒拉族群众是非常认同的，实地访谈也证明了这一情况。撒拉族民众中几乎每家每户都有人在外打工，甚至举家外迁从事商业活动；即使留守在家的妇女，有的也在县上某些部门的组织下学习刺绣，以求获取更多的经济收入。再从“对外地其他民族的人员在您所在地从事工商业活动的态度”这一问题的回答来看：表示“欢迎或比较欢迎”的73人，占77.7%；“一般”的16人，占17%；“不很欢迎或不欢迎”的5人，占5.3%。看来，撒拉族民众不但自己愿意外出从事商业活动，而且对来本地打工或经商者也持认同态度。说明市场经济对于本来就热衷于商业活动和外出从商的撒拉族提供了一个广阔的空间，也开发了撒拉族善商、崇商的文化基因。20多年来撒拉族民众经商足迹遍及青海、西北和祖国各地，出现了许多大的企业家，即便是最偏远、最艰难的青藏线也能看到他们的身影。

（四）经济利益——金钱观

依据古典经济学理论，经济理性——第三只看不见的手是推动经济发展的根本，在市场经济中看重金钱、经济利益是最普通不过的。从“金钱不是万能的，没有金钱是万万不能的，您对这种观点认同吗?”这一问题的回答来看，表示认同或比较认同的70人，占73.7%。可见，地处偏远地区的撒拉族对金钱的重要性是认同的，这或许是强烈的摆脱贫困的欲望所致，或许是撒拉族崇尚经商传统所暗含的经济价值观体现。但是选择“无所谓”的有7人，占7.4%；“不很认同或不认同”的18人，占19.0%，可见不是所有的撒拉族民众都认同此观念。这或许是与部分被调查者居住环境封闭、生活在半自给自足的状态之中、经济社会文化发展滞后、现代文明影响薄弱等因素有关；或许他们还有更深更多的思考。这也正是我们在市场经济建设过程中值得研究和考虑的。

（五）消费价值观

消费价值观是人们对消费方式、消费对象选择的基本评价，一定的文化和社会规范、个人的收入在很大程度上影响消费。那么，传统社会中基本上践行节俭消费、正当消费，强调宗教消费和道德消费，反对炫耀性消费的撒拉族民众，在市场经济影响下消费观念有没有发生变化呢？从“您认为把钱花在什么方面比较值得?”这一问题的回答来看：“培养子女”的72人，占76%；“自身素质的提高”的53人，占56%；“关爱父母”的48人，占51%。以下依次是：“提高生活水平”的42人，占44%；“捐助公益事业”的35人，占37%；“用于投资”的26人，占27%；“夫妻之间”的22人，占23%；“储蓄”的4人，占4%；“供奉寺院”的4人，占4%；“自己享乐”的3人，占3%。从子女教育与自身素质提高居第一、第二位来分析，撒拉族民众关于提高子女、自身素质和能力的意识日益加强。面对激烈竞争的市场经济及其不确定性、风险性，他们首先考虑的是使子女和自己如何立足于激烈竞争的社会之中。从“关爱父母”排第三位来看，撒拉族民众的消费价值意愿中仍有着较强的传统文化色彩，道德义务仍然起着主导作用。从“提高生活水平”位居第四来看，撒拉族民众正在走出生存的困境，开始考虑如何提高自己的生活水平。再从“捐助公益事业”37%、“夫妻之间”23%、“储蓄”4%、“供奉寺院”4%、“自己享乐”3%的这一顺序来看，中国传统文化中“乐善好施”、仗义疏财、救济弱者、“贫则独善其身、富则兼济天下”的观念以及宗教文化，依然对撒拉族民众有着潜移默化的影响。当然从另一个侧面来说，被调查者的多数为“当代人”，年富力强，在家庭中承担着扶老携幼的重任。另外，值得注意的是27%民众选择了“投资”，看来撒拉族民众对投资赚钱也有着较大的兴趣。再从对“您会向银行贷款消费吗?”这一问题的回答来看：选择“会”的59人，占64.8%；“不会”的32人，占35.2%。就此结果而言，随着经济生活方式的变化，这一现代消费观念在撒拉族地区也逐渐得到了认同，但同时也有三分之一的人对贷款消费持否定态度。这和撒拉族传统文化观念中的“借钱消费”被视为可耻行为相关，和市场经济的风险性相关联，也和对预期收入的不确定性有关。

四、结论与讨论

综上所述，经20世纪20多年的改革开放和市场经济建设的洗礼，撒拉族民众逐渐接受了价值判断标准的变化，经济价值观处于由传统向现代转变的过程中。如相当数量的撒拉族民众对市场经济体制、劳动力的自由流动、适当收入差距都持较高的认同度，消费价值观也显现出传统与现代共存的特征。这是转型期撒拉族民众经济价值观变迁的特点，这说明，撒拉族民众的价值观的变化和全国其他地区呈现同步的趋势，和全体社会主流价值观变迁关联度较高。

但是，调查中我们也发现一些让人思考的东西，如28.7%的民众认为存在收入差距选择“不很合理或不合理”。原因何在呢？笔者以为：撒拉族民众对现行经济政策实施过程中存在的问题持自己的看法，尤其是对“偏向性的导向或动员”而导致的收入差距的不断拉大持否定的态度；也就是说，让一部分人先富起来的情况下，不能让另外一部分人保持原状或继续穷下去。笔者在访谈中向一位老支书问了这样一个问题："您认为现在党的政策好吗?"老支书沉思了一会儿回答道："您的问题没问完，我没法回答。"他说："您说的是哪个政策呢？是'让一部分人先富起来，让一部分人后富起来政策'，'让一部分人先富起来，让一部分人原地不动政策'，还是'让一部分人富起来的情况下，让一部分人继续穷下去的政策'?""说实话，对第一个政策我们举双手欢迎，对第二个政策我们持保留态度，对第三种政策我们持反对的态度。"可以说，在建设和谐社会的今天，人们并不希望回到平均主义的年代，但也不认同悬殊的贫富差距。就像凯恩斯在《就业、利息和货币通论》之最后一章"通论导致的社会哲学"中认为：我们需要一个允许人们追逐经济利益的制度，但追逐的金额不能过高，所导致的利害得失要尽量降低。再从对"金钱不是万能的，没有金钱是万万不能的"这一观点持"不很认同或不认同"的人占19.0%来看，市场经济、金钱观念虽然触动了人们的每一根神经，使得人们围绕经济利益而动，但人们依然认为经济利益、金钱并不是人类社会发展的终极目标；人生的意义不全是为了金钱，金钱并不能将人类带向理想的福祉。这不但是一个哲学命题，也是我们在经济社会发展、文化建设的过程中值得研究和思考的社会学问题。

参考文献：

[1] 周莉．国内经济价值观研究述评．理论月刊，2005（12）

[2] 朱国宏．经济社会学．上海：复旦大学出版社，2003

[3] 罗荣渠．现代化新论．北京：北京大学出版社，1997

[4] 青海省统计局编．青海统计年鉴（2004）．北京：中国统计出版社，2004

[5] 芈一之．撒拉族政治社会史．香港：黄河文化出版社，1990

[6] 韩建业．撒拉族语言文化论．西宁：青海人民出版社，2004

[7] 南文渊．伊斯兰教与西北穆斯林社会生活．西宁：青海人民出版社，1994

[8] 段继业，石德生．青海农牧民生活状况调查．西宁：青海人民出版社，2005

（本文原载《青海社会科学》2008年第1期）

循化县民营经济发展现状及对策思考

马有忠　马承贤

改革开放以来，特别是在实施西部大开发战略以后，循化县民营企业有了长足的发展。当前，循化县正向工业强县和全面建设小康社会的宏伟目标迈进，进一步做大做强民营企业，对新农村建设，实现农民增收，壮大县域经济，具有十分重要的意义。如何正确认识民营经济发展中出现的新情况、新问题，明确新时期、新阶段民营经济的发展方向，是目前需要解决的首要问题。

一、循化县民营经济发展现状及特点

循化是全国唯一的撒拉族自治县，也是已故十世班禅大师的故乡，属全省唯一的国家重点扶持的22个少数民族和全国重点扶贫开发县。循化的民营企业起步于80年代末90年代初，随着改革开放的不断深入和广大干部群众思想观念的不断转变，循化县民营经济从无到有、从小到大。有了长足发展。特别是近几年来，循化县工商局不断营造有利于非公有制经济发展的政策环境、服务环境、市场环境，认真落实“投资环境治理年”，为促进我县民营经济发展奠定了良好的基础。到2005年，全县民营企业产值达到114610万元，实现销售总额4019万元，完成社会消费品零售额14120万元，民营经济在国民经济中的比重占到了90%以上，在促进县域经济发展，增加地方收入，吸纳农村剩余劳动力和加快脱贫致富等方面发挥着重要作用。

具体来讲，循化县民营经济主要有四个部分组成：一是民营工业企业。经过多年的发展，培育出了以雪舟三绒集团、伊佳公司为重点的骨干企业，以“两椒”、浓缩果汁等为重点的农业产业化龙头企业，其中雪舟三绒集团是目前国内规模较大的毛纺企业和牛绒分梳、牛绒服装设计、研发、生产基地之一。伊佳民族用品公司自建厂至今的短短四年时间，资产总额达到8900万元，职工人数1500人，是目前国内唯一有一定规模的穆斯林用品生产企业。全县民营工业企业总产值达到40119万元，占全县工业总产值的94%。二是交通运输、饮食服务等第三产业。2005年，全县外出务工人员达到3.8万人（次），劳务输出纯收入达到9616万元，人均劳务纯收入达到2530元。有5000余名群众常年奔波在北京、上海、广州、西藏、新疆及省内西宁、格尔木、青南等地，从事餐饮、旅游服务、商贸、房地产开发等行业，足迹遍布全国各地。其中仅在北京从事民族特色餐饮业的就有685户3929人，在青藏等线从事长途客货运输的车辆有1500余辆，从业人员达3000多人。交通运输业每年纯收入可达1930万元，饮食服务业达5546万元。三是建筑建材企业。随着国家西部大开发战略的深入实施和基础设施建设力度的不断加大，全县以兴旺集团为重点建筑建材企业已发展到14家，从业人员达到1200名，建筑业营业收入达到的5012万元，上缴税金135万元，这些企业在省内外建筑行业具有较高的声誉，在为基础设施建设作出贡献的同时，对吸引农村劳动力进城务工等方面发挥着重要的作用。四是个体工商业。随着民营企业的不断发展，小集镇建设步伐明显加快，形成了街子、白庄、公伯峡、文都、道帏等7个农村集镇，其中白庄、街子集镇以初具规模，特别是街子集镇已成为集商贸、旅游、服务为一体的综合集镇。以县城、重点集镇为依托，个体工商业得到了迅速发展。到2005年，全县个体工商户已达到1876家，从业人员达3310人。个体工商户销售额达到37870万元。

二、民营经济发展中存在的问题和面临的机遇分析

一是思想观念较为落后，跟不上民营经济发展的需要。有些民营企业普遍存在“小进则满、小富即安”，不思进取、不思发展，“守摊子”思想严重，企业发展后劲不足，错失了许多发展良机，企业不但没有做大，反而越做越小。加上有些部门对发展民营经济存在这样那样的思想顾虑，为民营企业服务的意识较差，许多政策很难落实到位。

二是产品更新换代慢，名、优、特产品少。由于企业规模小、经营粗放、技术改进步伐滞后，普遍缺乏品牌意识，对新产品、特色产品开发不够，名优特产品少，科技含量和附加值很低，加之缺乏统一的约束管理机制，致使我县民营企业抵触，市场风险的能力十分有限，在市场中始终处于被动局面，市场占有率不高。

三是融资困难，投入不足。由于国家金融体制改革，金融业务不断从政策性向经营型转变，加之循化被列为金融高风险区，导致民营企业贷款和筹集社会闲散资金难度较大，投资成本高。同时，因地方财力有限，无力支持民营企业发展，资金供需矛盾突出，严重影响了企业规模上档次、上水平。

四是管理欠科学，经营者综合素质普遍较低。全县大部分民营企业主文化素质普遍较低，加上部分企业短期行为较重，对新时期、新阶段企业发展的新问题、新情况缺乏清醒的认识和灵活的应变能力，不重视人才的引进培养，对企业管理仍停

留在家族式的管理层面上，已无法适应新时期民营经济发展的需求。

尽管如此，随着国家西部大开发战略的深入实施和县域经济的不断发展壮大，在新的历史时期，要做大做强循化的民营经济仍面临着许多有利条件和难得的发展机遇。一是政策环境优势。对发展民营经济为主的非公有制经济，党的十六届三中全会明确提出要继续巩固和发展非公有制经济，确立了民营经济等非公有制经济在我国社会主义市场经济中的地位和作用，为发展非公有制经济消除了顾虑和障碍，开辟了广阔的发展环境。也为我们少数民族贫困地区进一步做大做强民营经济带来了前所未有的有利条件和难得的发展机遇。二是内部环境优势。经过二十多年的探索和发展，循化县在发展民营经济中积累了许多宝贵的经验，加之循化县制定出台了各类支持民营经济发展的优惠政策和基础设施条件的日益完善，为进一步做大做强民营经济提供了宽松适宜的发展环境。三是市场优势。随着国家深入实施西部大开发战略和全县产业结构调整步伐的加快，水电、旅游等资源开发进程明显加快，各级党委、政府更加关注民营经济在资金，技术、人力等方面的投向，在大力发展以建筑建材、交通运输、旅游服务等为主的二、三产业的同时，将会通过各种渠道，鼓励、支持、引导民营经济进一步向一、二产业延伸，从而为民营经济的发展和进一步做大做强开辟了更为广阔的市场。四是独特的人力优势。循化县民营经济之所以取得较快的发展，除党的政策鼓励和引导及各级党委、政府的高度重视和大力支持外，撒拉族强悍、敢闯敢干、顽强拼搏、吃苦耐劳、善经营、闯市场的独特精神也是一个重要条件。循化县蓬勃发展的交通运输业、足迹遍布全国各大中城市的餐饮、旅游服务、商贸、房地产开发等行业及雪舟集团、伊佳公司不平凡的发展史，足以证明循化县群众的这种敢闯、敢冒风险、善经营的独特精神最适合发展民营经济。

三、进一步做大做强民营经济的对策思路

1. 在解放思想上下工夫，解决认识问题

思想的大解放，是促进民营经济超常规发展的先导条件，当前，发展民营经济的根本仍是转变观念的问题。为此，我们要继续坚持把发展民营经济作为振兴县域经济的突破口，强化组织领导，落实目标责任，以发展为第一要务，积极引导各级领导、民营企业主牢固树立开放意识和规模意识，不断增强加快发展的紧迫感，增强做大做强的决心和信心。要实现思想大解放，就要摒弃“三种思想”，树立“三种观念”。一是摒弃被动适应的思想，树立主动进取的观念。从全县经济发展现状来看，民营经济已成为转移农村富余劳动力的主要渠道，在民营企业中就业是农民增收的重要途径之一，民营经济在县域经济中占据主导地位已是不争的事实。我们要解决农村问题，说到底就是要给农民找就业门路，增加农民收入，是解决农村和农民出路的最好载体。因此，要从推进农村工业化、农业产业化、建设新农村的高

度重新认识民营企业的作用，改变被动的精神状态，增强信心，以积极进取的姿态参与民营企业的二次创业。二是摒弃粗放经营的思想，树立质量效益观念。质量和效益是企业生存和发展的根本，过去全县好多企业只注重外延的发展，而忽略了内涵的充实，又缺乏规范管理，民营经济存有在零星经营等弱点，无法达到产业化、规模化经营，这主要源于我们思想上的偏差。为此，我们要牢固树立质量效益观念，坚持以质量效益为中心，抢抓新时期国家进一步扶持发展民营经济的有利时机，按照“调优、调新、调高、调强”的思路，对现有的企业产业结构、产品结构、技术结构、企业组织结构、资本结构进行全面性、战略性的调整，纠正以往重产值，轻效益，重生产、轻管理等错误倾向，通过不断加强企业技术改造和内部管理，提高效益。三是摒弃“小富即安”的思想，树立投入意识。全县多数民营企业都是靠银行贷款起步的，随着金融体制改革的不断深入，融资遇到困难，致使部分企业无力发展。为此，需要我们破除“等、靠、要”的思想，积极树立投入意识，努力筹集社会闲散资金，扶持民营企业发展，特别是政府有关部门要密切关注民营企业发展动态，及时协调解决民营企业发展中存在的困难和问题。要鼓励那些已经拥有一定资金基础的富裕户、专业户、个体户，树立干大事业、做大老板、创大效益的思想和观念，进一步加大投入、扩大生产、滚动发展，促进民营经济上规模、上档次、上水平。

2. 在加强引导上下工夫，突出发展重点

循化作为一个少数民族后发展地区，经济基础相对薄弱，要实现民营经济的大发展、大提高必须加强政府引导、创新思路，整合资源优势，突出发展重点。一是突出发展民营工业企业。一方面进一步发展壮大雪舟三绒集团为主的副产品加工业，继续在巩固发展壮大上做文章，着重抓好技术改造，使循化真正成为全省乃至全国牦牛绒加工集散地。另一方面积极引导省内外客商、民营业主创办工业性企业。对工业性民营企业，特别是纳税较多的骨干企业，在政策措施上可以更优惠。二是大力发展农业产业化龙头企业。目前，农副产品的精深加工业，是公认的朝阳产业，增值潜力巨大，加之民营企业与农业有着天然的“血缘”关系，发展农副产品的加工业并成贸工农一体化将是民营企业的带有方向性的战略重点。循化要依托独特的资源优势，鼓励民营企业主大力发展农副产品加工企业，重点发展以浓缩果汁、仙红、天香辣子加工厂、藏中药开发公司为主的农业产业化龙头企业，逐步形成循化乃至全省沿黄地区，果品、胡萝卜、“两椒”和中药材加工基地。同时，依托日益发展的农区畜牧业，进一步发展壮大阿里玛乳业公司为主的特色龙头企业，不断扩大奶制品生产规模，通过企业的发展，带动农业实现产业化。三是加快发展外向型特色经济，在当今市场竞争日趋激烈的形势下，民营企业要更大发展，不能仅限于国内市场，必须把目光由国内市场转向国际市场，大力发展外、内型经济。为此，今后一方面，以出口创汇为目标，面向中东地区、大力发展伊佳民族工艺品公司为重点的民族工艺、服饰加工企业和肉食品加工企业，其中伊佳公司目前已成为全县一个骨干性民营企业。同时，继续扩大雪舟集团的对外贸易额，提高外汇收入。另一方面，在鼓励、引导更多的农村劳动力赴东南沿海从事民族餐饮、运输业的基础上，充分利用与中东国家信仰接近的优势，积极拓展中东地区劳务输出空间，组织群众跨出国门，开辟中东地区民族服饰、肉食品市场，在中东地区开展贸易、承包工程，兴办投资少风险小、利润高的产业。四是大力发展旅游产业。旅游业对带动其他相关产业的发展，对于拉动投资，扩大需求，推介和宣传地方产物，有不可低估的作用。循化县境内有丰富的人文自然景观，以撒拉为主的民族历史文化沉淀深厚，民俗民风独特，发展旅游业具有很强的优势品牌潜能。对此，我们要围绕资源优势，大力实施“旅游富县”战略，认真抓好旅游宣传引导，实行整体规划，狠抓政策落实和服务工作，大力开发旅游招商和启动民间投资，鼓励县内外民营业主投资全县的旅游开发，坚持走民营化发展旅游的路子。

3. 在创新机制上下工夫，增强发展活力

民营企业的发展，存在很大的自主性和灵活性。要进一步做大做强民营经济，必须在工作机制、投入机制、经营机制上实现创新。一是创新工作机制。及时为民营企业解决发展中遇到的各种实际困难，将重点企业发展中的具体任务分解到有关部门和乡镇，明确责任和要求，努力形成一个声音议民营，一门心思抓民营，一切服从民营经济发展的工作局面。二是创新投入机制。当前，金融机关为了规避风险大都制定了一些严格的贷款条件，全县多数民营企业向银行借款困难重重，民营企业主不得不走渐进式的自我积累和从亲朋好友中筹资之路，严重制约着企业的发展。为此，政府及有关部门要加强与金融部门的协调，进一步加大对民营经济的资金扶持力度，对信誉好，具备贷款条件的民营企业，应积极给予资金扶持。要引导民营企业主拓宽融资思路，通过招商引资、吸纳入股、股份合作等方式，尽可能多地聚集发展资金。同时，政府财政部门要采取财政贴息、返还税收等手段对骨干优势企业加以扶持。三是创新经营机制。民营企业主和从业人员大多来自农村，文化底子薄，知识面狭窄。企业主法制观念较差，信用意识不强和从业人员难以适应技术水平较高的工作、主人翁意识淡薄、以厂为家、自觉参与、团结协作的精神不强，加之经营中存在浓厚的“人治”色彩和家族式管理，作坊式生产等问题，严重影响着企业的发展。为此，我们要积极引导企业制度创新、管理创新、技术创新，建立现代企业制度。一是积极抓好企业的人才培训，提高经营者的管理技能，协助企业建立各项管理制度，不断完善经营机制，建立标志规范的财务账目，为企业科学、规范运行提供保障。二是以改善企业管理为目标，引导民营企业，按照市场竞争的要求，改善内部经营管理，逐步实现由家族式科学化管理转变，走管理效益型的发展道路。三是进一步加强农村经纪人与全县龙头企业的链接，促使农村经纪人加强与本地龙头企业的合作，使之在供应企业原料，推销企业产品方面发挥作用。四要引导企业经营管理者在加强学习、增强自身素质的同时，善于识人才，引人才、用人才。进一步拓宽人才引进渠道，围绕企业急需人才，积极将县内大中专毕业生中的各类人才充实到民营企业，既提高学生就业率，又促进企业的发展。五要通过加强技术改造，不断开发新产品，抢占市场制高点，把握市场主动权、提高企业管理水平和经营水平，增强企业的竞争力。

4. 营造良好的投资环境

为民营经济发展服务。一是进一步发挥工商等有关职能部门的作用。积极协调，优化服务，不折不扣的落实各项优惠政策。二是进一步优化政策环境，协调有关部门对法律、法规未禁入的基础设施，公用及其他行业和领域的具体范围编制投资指南，并予以公示。三是加强招商引资工作，为民营企业牵线搭桥，制定招商引资目标任务，细化工作任务要求，责任到人，形成上下联动，齐抓共管，对引进的招商项目指定专人跟踪服务，协助解决生产经营中的困难和问题，确保项目生根发芽，开花结果。

（本文原载《青海经济研究》2006 年第 6 期）

信用环境欠佳困扰县域经济发展

——循化撒拉族自治县信贷信用环境调查

人行海东中心支行课题组

循化县是全国唯一的一个撒拉族自治县，近年来，民营经济、民族经济等新的经济增长点迅速成长及扩大，对资金的需求进一步增强，然而近几年来循化县人均不良贷款高于全区平均水平2.4倍之多，新增贷款逐年下降，信用危机已经影响到金融信贷的投入以及金融业的良性循环，同时也直接影响到循化县金融体制改革的顺利进行，如不加紧治理循化县信贷信用环境，将会进一步降低少数民族地区招商引资的主动性和国家对少数民族地区经济建设的资金投入。为此，我行成立调研小组深入循化县统计局、财政局、工商局、就业局等政府部门和循化县金融机构、相关企业和农户，全面了解造成目前循化县信贷信用环境窘迫的深层次原因，并提出整治与重塑循化县良好金融生态环境的对策及建议。

一、循化县经济金融发展现状

循化县地处青海省东部黄河谷地，主要以农业生产为主，全县四镇六乡，154个行政村。海拔1750~3800米，年平均气温7.8℃，素有“青海小江南”的美称。循化县现有12.5万人口，城镇和农村居民共计3.2万户，其中在金融机构有贷款的户数达2.6万户，占总户数的79%。循化县共有撒拉族7.57万人，占比62.17%；藏族2.84万人，占比23.36%；回族1.02万人，占比8.37%；汉族0.72万人，占比5.94%；土族及其他民族191人，占比0.16%。

撒拉族是国家确定的22个人口较少少数民族之一，信仰伊斯兰教，拥有自己的语言，属阿尔泰语系突厥语族西匈语支，无本民族文字，善于从事商业、园艺、采伐、制革等。

近几年，随着循化县委、县政府“水利立县、农业稳县、工业强县、旅游富县、科教兴县、依法治县”工作的不断深入，县域经济发展一直保持着较快的速度。据统计，自2000年以来，循化县GDP平均每年以11.85%的可比速度递增，低于全区平均增长速度0.65个百分点，但经济增长不稳定（见图1），循化县经济可比增长速度2003年达到最高，之后呈回落趋势。到2007年末，实现GDP 7.82亿元，其中：一、二、三产业增加值分别为1.53亿元，3.09亿元和3.2亿元。人均GDP达到6248.64元，较全区人均GDP低245元。①

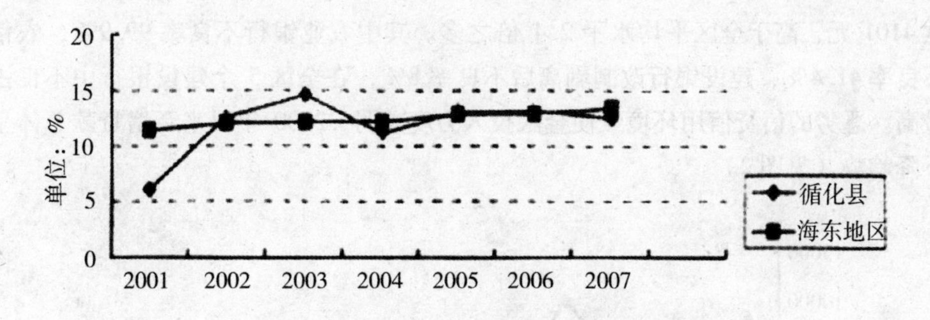

图1　循化县国内生产总值增速与全区比较

与此同时，循化县金融业总体经营、服务水平徘徊不前的状况与当地经济的快速发展形成明显反差。突出表现为经济快速增长与金融机构贷款投放不足，金融业经营困难，亏损严重。自2000年以来循化县金融机构各项贷款增速仅为2.93%，且呈下降趋势。2001年以来除2003年实现盈利5万元外，6年均为亏损。② 通过调查了解，我们认为，导致循化县金融机构金融服务功能弱化，尤其是信贷萎缩进一步加剧的深层次原因是信贷信用环境欠佳，影响着循化经济、金融良性发展。

二、循化县信用环境现状

1. 经济快速增长与贷款投放不足矛盾突出

循化县经济自2000年以来每年平均以11.85%的增速递增，而金融机构各项贷款增速仅为2.93%，且呈下降趋势。至2007年末，循化县各项存款余额7.72亿元，较同期增长14.03%；各项贷款余额5.76亿元，较同期下降9.4%。2007年以来，循化县金融机构除发放少量的公职人员担保贷款和住房抵押质押个人消

① 资料来源于《海东地区区统计局2005、2006、2007年统计年鉴》。

② 资料来源于海东人行金融统计资料。

费贷款外，农户个人信用贷款、企业流动资金贷款等全部停牌，信贷对经济的助推作用明显减弱。以建行为例，截至2007年末，各项存款2.29亿元，各项贷款余额75万元，存贷比仅为0.33%，资金流出严重，加剧了贫困地区资金匮乏程度。

2. 人均不良贷款居全区首位，信贷逐年萎缩

截至2008年3月末，海东地区金融机构不良贷款率55.87%。其中循化县不良率为85.9%，高于全区30个百分点；全区人均不良贷款1682元，循化县人均不良贷款4101元，高于全区平均水平2.4倍之多。其中农业银行不良率99.9%，农信社不良率41.4%，建设银行改制剥离后不良率8%，在全区5个建设银行中不良占比最高。恶劣的信贷信用环境致使金融投入力度减弱，2000年以来新增贷款总体呈现下降趋势（见图2）。

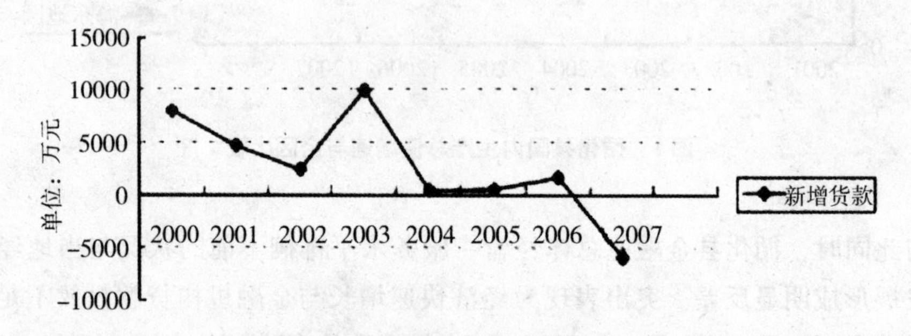

图2　循化县金融机构新增贷款变动情况

3. 银行经营困难，历史亏损严重

高位的不良贷款率使循化县金融机构经营陷入恶性循环，除大量吸收存款上存赚取的利差收入和中间业务收入外，利息收入不断减少，盈利能力下降。2007年末，循化县各金融机构亏损达422万元。其中：农业银行亏损299万元；农村信用社亏损180万元，① 严重的亏损使循化县金融机构经营举步维艰。

4. 金融机构网点萎缩，金融服务功能弱化

恶劣的信用环境导致金融机构的服务营业网点由2000年的17家，缩减至目前的12家。循化县工商银行于1999年撤销，农业银行乡镇网点现已全部撤销，目前循化县有7个乡镇只有农村信用社一家金融机构，有1个乡镇没有金融机构，由于金融机构很多贷款项目停办，金融服务功能明显弱化。

5. 对银行贷款认识模糊，思想上存在只贷不还的想法

目前循化县80%以上的农民都有银行债务，长期以来“银行债务可以不还”的

① 资料来源于海东人行金融统计资料。

思想根深蒂固。有相当一部分村民对银行贷款存在认识上的偏差，认为银行贷款，特别是对扶贫贷款认为是“救济款”只借不还，使银行资金很难实现“放得出、收得回、有效益”。一部分企业和个人由于对信用是一种无形资本和社会资源认识不到位，想方设法骗取银行的信任，套取银行信贷资金，故意欠账赖账，破坏了循化县的信用秩序。据了解，2007 年循化县农行在开展新一轮金融服务“三农”过程中，虽然农行在进行贷款调查和宣传时，明确省分行授权的单笔农户贷款为 3 万元，但某村村民向银行申请贷款时“狮子大张口”，有一个村 21 户农户集中向循化县农行申请贷款，每户申请牛羊育肥贷款 80 万元，共计 1680 万元，一户夫妻甚至分别申请贷款各 1 笔共计 160 万元。

三、造成信贷信用意识缺失的原因分析

1. 企业经营模式的特殊性

循化县现有企业 659 户，其中国有企业 1 家，民营企业 40 家，个体工商户 618 家。绝大多数企业是从事畜产品加工的私营企业，经营管理者文化水平低，缺乏科学的经营和管理手段，长期采用“家长式”、“家族式”管理，缺乏对市场的判断及应变能力，管理混乱，信用意识淡薄，当企业经营达到一定规模后，企业管理的观念、方式愈加不适应企业发展，有相当一部分企业已经严重亏损，关停倒闭，严重影响了信贷资金的投入效能。20 世纪 80 年代，伴随乡镇企业发展的热潮，循化县小绒毛加工企业遍地开花，农业银行投入了大量的信贷资金，但到了 90 年代末，在市场经济的大潮中大批小绒毛加工企业破产和关闭，由于担保和抵押程序不完善，导致大量银行债权落空。2000 年以来企业破产、改制逃废银行债务本金 2.78 亿元，涉及企业 199 户，其中小绒毛企业 51 户，逃废银行债务本金 1.68 亿元。截至 2007 年末，循化县农行贷款企业户数 201 户，正常运转的企业只有 2 户，且贷款也已形成不良。①

2. 信贷投向的特殊性

一是贷款对象文化水平低，还贷意识差。据调查，截至 2007 年底，循化县共有劳动力人口 5.68 万人，占农村总人口的 45%。其中小学及以下文化水平的劳动力 4.35 万人，占劳动力人口的 76.5%；初中文化水平的劳动力 0.97 万人，占劳动力人口的 17%。② 这部分人口大多受文化水平的限制，自主创业能力弱，还贷意识差。自 2000 年以来循化县农行发放的 3.32 亿元扶贫到户贷款全部形成不良贷款，占扶贫贷款总额的 100%，涉及农户达 1.4 万户。

① 资料来源于循化县农业银行统计报表。

② 资料来源于循化县就业局。

二是贷款对象范围广、人数多，增加了贷款管理的难度。循化县农业人口占总人口的90%。农户主要从事牛羊贩运、育肥、餐饮及汽车运输等行业，分散在格尔木、拉萨、成都等地，人口流动性强，增加了贷后管理和贷款清收的难度。截至2007年末，循化县各项贷款余额5.76亿元，其中个人贷款2.62亿元，涉及农户高达2.42万户，而循化县农行、建行和农村信用社现共有信贷人员23人，平均每位信贷人员负责1052户贷款户，工作量大，无法进行严格的贷后管理，导致这部分资产质量恶化。截至2007年末，循化县农业银行、农村信用社各项贷款余额5.44亿元，其中个人贷款2.5万户，余额2.02亿元；已形成不良1.98亿元，占全部个人贷款的98%；不良贷款户数2.42万户，占全部个人贷款户数的96.8%。

三是贷款对象流动性强，跟踪管理难度大。截至2007年末，循化县总劳动力人口5.68万人，异地转移就业人数达3.08万人，占总劳动力人数的54%。其中出省打工人数2.03万人，占异地转移就业人数的66%，占总劳动力人数的35.7%；省内打工人数1.05万人，占异地转移就业人数的34%，占总劳动力人数的18.4%。[①]外出务工人员主要从事牛羊贩运、餐饮等行业，分散在格尔木、拉萨、成都等地，人口流动性强，增加了贷后管理和贷款清收的难度。截至2007年末，循化县农行、农村信用社贷款户中涉及外出打工的7702户，贷款总额0.52亿元，已经形成不良贷款0.48亿元，不良率93.5%；汽车运输贷款余额0.27亿元，形成不良贷款0.2亿元，不良贷款率74%。

3. 银行信贷人员放贷违规操作现象普遍

循化县恶劣的信贷信用环境不仅与县域经济落后，农民信用意识差等原因有关，而且与当地金融机构发放贷款时的违规操作有直接关系。

一是自我保护债权意识不强，有不良还款记录者仍能在其他金融机构获得贷款支持。循化县突出的一个现实就是90%以上的农户都有扶贫贷款，且全部形成不良贷款。据调查，循化县很多不良贷款户既在农行有贷款，同时在农信社也有贷款，金融机构自我保护债权的意识不强，使失信者没有真正受到失信的惩罚。国家开发银行今年向循化县外出务工人员发放520万元贷款，其大多数贷户在循化农行和农信社有不良贷款记录，这种现象应引起相关部门的高度重视。

二是规章制度执行不严。小额农户贷款管理办法明确规定，小额农户信用贷款的标准是2万元以下，但通过调查发现，循化县金融机构执行制度不严格，贷款明显高出最低2万元的标准。以街子镇丁江村和三兰巴海村为例，人均贷款高达6.67万元和17.2万元，人为增加了贷款风险。

三是贷款违纪收取手续费。据调查，循化县某金融机构过去在发放贷款时违规

① 资料来源于循化县就业局劳动力转移情况报告。

收取好处费，发放贷款时信贷人员“吃、拿、卡、要”现象普遍，在当地农户和金融干部之间造成了恶劣影响。收取回扣在金融干部之间已经成为公开的秘密，一些金融干部不觉羞耻，公开承认收取好处费，甚至相互询问回扣的比例。致使在贷款到期后，贷户认为已经给了放贷人员好处费，为何还要收回贷款，催收工作处于被动，甚至出现了贷款户围困、殴打银行清收小组人员的事件。

四是银行工作人员监守自盗，发放冒名贷款。如某金融机构网点发现冒名贷款9笔，共计53万元本金，待清收小组清收时，贷款经办人员专找无人在家的住户进行推托，虽后经领导施压后收回了这9笔冒名贷款，但金融机构人员发放冒名贷款的事实不容置疑，在职工中产生了极坏的影响。

4. 依法维护银行债权难，滋长了失信行为的蔓延

一是依法收贷，实际清偿率低。据调查，循化县某行自2000年以来共起诉借款人案件29起，起诉金额6654.6万元，胜诉29起，收回抵债资产2789.6万元，现金323万元，分别占起诉金额的42%和5%。由于评估方评估企业资产过高，且资产变现能力差，严重损害了银行利益。如某行依法起诉县肉联厂，法院判决银行接受肉联厂150万元抵债资产，但由于评估资产过高，有外省人仅愿以50万元接受这部分抵债资产，最终因循化特殊的环境致使外地人不敢接手，卡住了银行对抵债资产的售卖，最终以5万元售出。导致银行看似赢了官司，但实际上除去上交法院的清欠费等费用后（银行上缴法院清欠费按现金收回额的5%，资产收回的2%上缴），真正收回的现金少之又少，银行债权并未得到真正意义上的保全。

二是司法部门执行不力，助长了农户失信行为的发生。由于循化县地方较小，亲套亲的关系紧密，强制执行贷款清收工作难度大。如某金融机构2007年起诉一户长期不还贷款的客户，并扣押车辆2辆，但该贷款户通过法院的关系，顺利拿回了扣押车辆，司法部门的不作为，增加了金融机构依法取得债权的难度，无形中滋养了失信行为的发生。大量企业贷款的无法收回，抵债资产明显过低，贷户没有受到任何的制裁，相反却是企业关停，企业主自身发财，进而加剧了信贷信用环境的恶性循环。

5. 社会整体信用环境欠佳

据调查，循化县80%以上的农户都有银行贷款，拒绝还贷的农户中60%有还贷能力。普遍的现状是不良贷款越多，农户家房子、大门越豪华。农户、企业守信意识差，贷户间“小户看大户、大户看企业”的逃贷现象严重，存在着“贷上款是本事，不还贷款致富也是本事”的错误观念。同时，一些贷户对外拒不承认自已有贷款。如：仙红和天香两个辣酱厂，给政府汇报工作的时候，谎称没有贷款，使政府觉得这样好的产业化龙头企业银行不支持，而实际分别在农业银行的210万元和186万元贷款早已形成不良贷款，且拒绝还贷。又如：街子镇大别列村，是省级牛羊

育肥基地，全村210户农户基本上都有扶贫、西繁东育项目贷款，其中38户在农信社的牛羊育肥贷款余额304.6万元，全部形成不良贷款，该村牛羊育肥成功了，但信用却荡然无存；2006年黄丰电站对淹没区赔款，该村多数农户得到赔款，但无一户归还银行贷款。究其原因：一是受当地金融机构在以前年度不良贷款清收时采取了买断、减免等优惠措施，致使部分贷款户对现有贷款持观望、等待态度，信用意识不断恶化，清收难度加剧。二是不良贷款波及面广，失信影响范围大。自20世纪80年代以来，政府引导财政，农业、林业、畜牧、扶贫等多部门、多渠道，通过农业银行贷款的方式，向乡镇企业和农户多次发放财政贴息、部分贴息或低息扶贫贷款，累计1.41万笔，金额3.32亿元，全部形成不良贷款。不良贷款涉及企业、农户范围占比高达90%以上。过高的不良贷款存量，使全县农户基本上家家有贷款、户户有不良，贷款不还、赖账，不再是一种耻辱，反而成为企业和农户发家致富的“原始资本”。

四、对策建议

1. 政府倡导，推动信用建设

循化县信贷信用环境恶劣不仅严重影响着金融业的良性循环，也进一步降低了该地区招商引资的主动性和国家对地区经济建设的资金投入。因此，在调节经济运行的过程中，如何维护信用体系，建立政府信用，就显得尤为重要。首先，在制定政策上，在道德规范上，加强监督和指导，建立健全择优限劣机制。对守信行为进行宣传和奖励，在评先进和政府扶持等方面给予守信农户一定的优惠，对失信行为和恶意逃废债务的行为予以严厉的惩罚。充分利用政策的导向和感召力，在全社会倡导诚实守信品德。其次，政府相关职能部门要尽快实现信息共享，建立联手打击破坏社会信用行为的联动机制。成立由公检法为主要成员的清收小组，政府定安排定任务，在清收上抓典型、抓重点、抓大户。以国家公职人员担保形成的不良贷款应通过地区纪委强制偿还或采取停薪措施。三是把创建信用村镇工作纳入政府考核，明确具体指标加以正确引导，从财政、畜牧局、扶贫办的贴息资金中拿出一定比例资金，用于奖励按时偿还贷款农户一定比例的利息。

2. 依法收贷抓“典型”，切实发挥司法惩治失信的威慑力

循化县有钱不还贷款的现象十分严重，依法清收贷款要抓“典型”。一是金融部门要进行详细调查摸底，对那些有钱不还贷的贷户，掌握其详细情况和资料，及时向法院起诉；二是建议成立循化县不良贷款清收专案组，直接受理金融部门的起诉案件，在公正、公平执法的前提下，抓典型、抓重点、抓大户，对恶意逃废债务行为予以坚决打击，该制裁的制裁，该处理的处理，决不姑息迁就，做到“稳、

准、狠”，切实发挥司法惩治失信的威慑力，使不讲信用的企业和个人无立足之地。

3. 规范金融机构自身经营行为，严格控制新增贷款风险

降低不良贷款，必须坚持一手抓清收盘活存量贷款，一手抓提高增量贷款质量，严格控制新增贷款风险。一是严肃金融规章制度，严厉惩戒违规违法操作行为。严禁信贷人员放贷过程中“吃、拿、卡、要”。纪检检查部门和各金融机构内部审计部门要依据金融机构和民众的反映，及时深入贷户，对以前发放的贷款进行审核，对存在违规、违法发放的坚决给予查处，严格依法追究当事人的责任，对金额大、性质恶劣的要移交司法部门。二是严格审查审议贷款抵押物、质押物、质押权及保证人情况，确保担保合同有效，严禁客户编造虚假材料套取银行信用。三是加强贷后管理，进一步规范贷款调查、审查、决策行为，确保新增贷款高效安全。对已发现的贷款企业产权变动、企业改制、抵（质）押资产的价值减损、法人代表变更、诉讼案件等风险预警信号及时报告，及时向借款人、保证人主张权利、避免借款担保合同超过诉讼时效。四是加大金融机构信息沟通，加强联动，对在他行有不良贷款的不予发放新贷款，使贷户充分认识到信用的重要性，只要有一家银行的贷款没有清还就无法再从其他金融机构获得资金支持。

4. 结合当地实际，完善社会信用监督体制

维护社会信用秩序，必须结合循化县民族区域特点，运用行政、经济、法律及宗教等手段。多管齐下，综合治理。一要加强社会舆论的监督，建立社会公示制度。要加大宣传力度，强化全民信用意识。利用广播、报刊等媒体广泛宣传信用的重要性，同时通过清真寺的教长宣讲信用，使社会公众认识到信用伦理对市场经济和自身生产经营发展的重要作用。二要加大对“失信”者行为的惩治力度，推行“失信成本”远高于“守信成本”的惩治力度，让贷款户面对其“失信”行为可能带来的处罚而不得不权衡利害，望而却步。三是结合当地少数民族有出境朝拜的习俗，严格规定本人和直系亲属中有未清偿银行贷款者不得出境朝拜。

5. 建立中小企业担保制度，促进银企之间良性互动

为有效解决中小企业“贷款难”和金融机构“难贷款”的问题，尽快建立专门的中小企业贷款担保基金及担保机构，按照“政策引导，多方出资，市场运行”的模式，为中小企业提供担保。一是金融机构要配合有关部门组建各种类型的担保机构，加强与担保公司的沟通和合作，签订合作协议，确定风险分担比例，并在企业资信调查、贷款风险评估、贷后监督等方面实行协调联动、同步考察，形成安全有效的“借、保、贷、还”运行机制。二是政府要积极帮助担保机构多方位运作担保基金，实现担保基金的保值增值。同时，根据企业的经营状况，积极试办非全额担保、权利质押担保、联户联保等贷款担保形式，适时引入自然人担保制度。三是中介机构要切实解决资产评估、公证、转让中收费过高，手续过繁的问题，减轻企业负担，为金融机构开办抵押、担保贷款业务创造有利条件。

6. 避免农业银行股改对辖区信贷信用环境带来负面影响

近来辖区农业银行忙于股份制改革工作，减弱了对不良贷款的清收，社会上出现了一些“农行贷款要剥离、贷户不用归还”等谣言，严重影响了金融部门信贷活动，尤其是农村信用社的正常经营。从整个地区信用环境考虑，建议农业银行成立不良贷款清收小组，对所有不良贷款进行清收，尤其是对有钱拒不归还银行贷款的，要依法进行清收；要把清收不良贷款工作有声有色地进行到底，避免农业银行股改对辖区信贷信用环境带来负面影响。

（本文原载《青海金融》2008 年第 9 期）

西部民族地区旅游扶贫开发研究

——以青海循化撒拉族自治县为例

杨　敏　宋保平　李君轶

中国西部民族地区旅游资源丰富、潜力巨大，但是由于种种历史和自然原因的限制，地区旅游资源优势尚未转化为经济优势。把旅游业与经济结构的战略调整结合起来，列为经济发展的主要优势之一，已成为国家扶贫总体战略和地区经济协调发展战略的重要部分。本文以青海循化县为例，具体分析民族地区的旅游资源开发问题，并提出相应建议。

一、区域概况

循化县位于青海省东部黄河河谷地区，距省会西宁164公里。地处北纬35°25′—35°56′，东经102°01′—102°49′；东西长90公里、南北宽40公里，总面积2100平方公里。黄河干流横贯县境北部，流程79公里。平均海拔2300米，是典型的大陆性气候：冬季寒冷干燥，夏季日照时间长、太阳辐射强、降水量小。是全国唯一的撒拉族自治县。全县10.8万人，其中农业人口9.98万人。在总人口中撒拉族占60.2%、藏族占8.75%、汉族占6.91%、保安、土、满、东乡等民族占0.11%。循化经济尚处在以农业经济为主的阶段，主要是种植业和畜牧业，工业基础薄弱。1996年全县国内生产总值9777万元，农牧民人均纯收入只有530元，9104户、46779人处于贫困线以下，贫困面达47.8%，已被列入国家和青海省重点扶持的贫困县。

二、旅游资源的形成和分布

1. 旅游资源形成的自然和社会环境

循化县地处青藏高原与黄土高原的交界地带，四面环山，山谷相间，沟壑纵横，地形复杂。西倾山支脉达里加山、拉毛卡山、郭毛卡山和拉脊山支脉小积石山构成地形骨架。北部为黄河河谷、中部和东北部为低山丘陵、南部为中高山地，从黄河岸边的海拔1780米向南逐步升高至4635米，相对高差为2855米，南高北低，呈现高山峡谷的丘陵沟壑地貌。撒拉族的先民是突厥乌古斯部的撒鲁尔人，主要活动在伊犁以西及河中地区。其中阿尔汗一支的尕勒莽、阿合莽部在元代率领族人东迁，进入循化地区。在长期的繁衍生息中吸收邻近藏族、回族、汉族等民族成分，逐渐形成了今天的撒拉族。

2. 旅游资源的分布状况

正是由于循化所处的特殊地理位置和撒拉族作为我国人口较少民族的特性，使它拥有高品位的自然旅游资源和人文旅游资源。全境背山面水，主要的旅游资源和景观呈东西狭长状分布；地域组合相对集中，景点距离较近，自然资源和人文资源的互补性好。以县城为中心，西有积石峡、孟达天池，东有街子区骆驼泉、街子清真寺（青海第二大清真寺）、文都寺（十世班禅学经的地点）以及距县城31公里的喜饶嘉措大师的故居等。

三、旅游资源的特色及旅游产业的发展状况

1. 旅游资源的特色

特色是旅游资源的生命线，也是旅游业得以持续发展的源泉，循化县旅游资源丰富、开发潜力巨大，但不能眉毛胡子一把抓，要打好三张特色王牌：

（1）浓郁的撒拉尔民族风情。撒拉族先民在元代从中亚撒马尔罕地方迁来循化地区，已有700年左右的历史，在悠久的历史长河中形成了独具特色的传统文化、风俗习惯和生活方式。该民族没有文字，却有自己的语言，属于阿尔泰突厥语族西匈语支乌古斯语组。撒拉族信仰伊斯兰教，保存有目前世界上仅存三本之一的珍贵手抄本《古兰经》。在这里可欣赏到撒拉族具有民族特色的四合院建筑、清真大寺、传统的民族服饰、生活用品，还可品尝到具有突厥传统和高原风味的特色小吃。

（2）“高原上的西双版纳”。孟达林区地处秦岭山系西端、黄土高原南界和青藏高原东北缘这三大自然区的交会处，特殊的地理环境和优越的气候条件孕育了这里丰富的物种资源，形成了中国西部罕见的古亚热带、亚温带和亚寒带植物汇集生长区，汇集生长了由唐古特地区、华北地区、横断山脉地区三大植物区系的植物种，被誉为“青藏高原上的西双版纳”。孟达天池，藏语称拉隆措（拉隆为藏族人氏姓名，措为湖、海之意）。

（3）黄河峡谷风光。黄河在循化境内流程90多公里，河水清澈。河段可分东、中、西三部分，其中东、西两段即古什群峡和积石峡最为惊险。峡谷两岸奇峰耸峙、危崖兀立，河中礁石暗伏、水急浪险，两岸紫红色的丹霞赤壁给人以雄险美。积石峡最险的河道只有四五米，河水最大流量可达每秒4800立方米，浊浪翻滚、涛声如

雷，呈现出惊天地、泣鬼神之威势，实乃世所罕见。如此多的水在这里涌过，是积石峡一处罕见的景色。

2. 旅游产业的发展状况

由于受区位条件的制约，循化经济发展缓慢，但其旅游资源十分丰富独特，慕名而来的散客近年有所增加。其中国内游客主要的客源地为西宁、兰州、临夏等大中城市，国际游客则多为来自欧美一些国家的留学生及在中国执教的外籍教师。县政府对旅游业也十分重视，已将旅游业列入县五大支柱产业之一，并将旅游资源开发纳入了《循化县国民经济和社会发展“十五”计划和2010年远景目标纲要》。宾馆业、饮食服务业有了较大的改善，交通、通信以及城镇等基础设施建设也正在逐步完善之中。开展旅游扶贫的基础条件较好。

四、民族地区旅游扶贫的原则

1. 要突出民族性

在旅游产品设计、旅游商品开发以及发展地区民族工业等诸多方面要以自身的民族特色为依托，表现其与众不同。循化县既然是全国唯一的撒拉族自治县，就要挖掘其民族宗教文化、饮食文化、服饰文化、民居建筑文化的独特内涵，走具有民族特色的旅游发展道路。例如：在县政府规划当中建设撒拉尔民族饮食文化一条街，撒拉人喜爱的麦茶、清茶、奶茶、盖碗茶以及碗菜、手抓羊肉、肥肠、雀舌面、馓子、羊杂碎、炒面、酿皮、牙尔玛等可集中为游客展示，再加上撒拉人特有的服饰和周围民居铺面的建筑风格，必然会给游客以浓郁的民族风情之感。在旅游产品开发方面也要有自己独特的东西，例如撒拉族男子的帽子，女子的头饰品；家居用的茶具，织有黄河峡谷风貌、伊斯兰教经文、循化田园景色等的手工挂毯。这些产品在其他地方是难以买到的，对远道而来的游客来说甚至是没有见过的。

2. 要注意与其他产业协调共同发展

旅游业具有极强的带动效应，大力发展旅游业能为我们带来巨大的经济效益，扩大就业；但也有其脆弱性，如果就旅游而论旅游，片面地发展旅游业，就会使我们的路越走越窄。因此，在旅游扶贫时，要使旅游与农、林、牧、副、渔以及乡镇企业协作，使其产生良性的互动效应，以促进整个区域的经济发展。循化的气候相对青海其他地区要温和，是青海的瓜果之乡，具有发展观光农业、果品加工业的优势条件。现已小有名气的循化辣椒、花椒及鸡蛋皮核桃是旅游者馈赠亲朋好友的土特产品，街子工业区已有相当数量基础较好的企业（例如雪舟三绒集团）。要通过产品宣传使人们更多地知道循化，进而了解循化。同时，可设计参观工业区企业生产流程等旅游活动，让游客了解在经济落后地区一样也有管理严格、生产技术先进的优秀企业，从而为企业的发展寻找新的契机。

3. 要突出“思想”的扶贫

少数民族地区思想观念较为保守，文化水平低，对新事物接受慢。他们自觉地维护本民族的传统习俗和观念，从某种意义上说对保护民族性旅游产品有一定好处，但是保守排外和正确保护是截然不同的两种概念。旅游是一种外来文化的进入，必须得到当地文化的认同，因此，要通过旅游扶贫加强领导干部和民众的旅游观念和意识，形成一种全民关心旅游、促进旅游、共创旅游形象的局面，自觉地促进旅游业的发展。

4. 要做好客源市场调查和分析工作

并不是拥有丰富的旅游资源就可以搞好旅游扶贫开发，没有游客，旅游开发也就失去了意义。以市场为导向、市场和资源结合的双分析是我们旅游扶贫开发的重要依据。青海的国际游客主要来自日本和港澳台，其次为东南亚和西欧、北美。循化应积极配合省旅游局做好国际旅游的宣传工作，重点放在对北美和东南亚市场的宣传上。这是因为北美人的特点是喜好探险、探奇、求异，对独特的民族风情和险峻的峡谷特别有兴趣；而东南亚许多国家信仰伊斯兰教，与撒拉族有同根文化，撒拉族东迁历史遗物——珍贵手抄本《古兰经》，对他们具有巨大的吸引力。国内市场则应根据循化的地理位置，以西宁、兰州、临夏、西安等中西部大中城市为重点，以这些城市为依托扩大宣传力度，带动东部沿海开发地区市场，即采取以近及远、层层扩大的方法。

五、民族地区旅游扶贫开发思路

1. 做好旅游项目和旅游线路的开发设计

政府在民族地区的旅游扶贫开发中的作用不可忽视。旅游业要实现可持续发展，政府应引导旅游项目开发和线路的设计，切实保护旅游产品的民族性、独特性，遵循旅游与自然、文化和人类生存环境的协调发展，切不可采取目光短浅、急功近利的乱开发。

2. 加强旅游信息服务，提高旅游专业队伍素质

民族地区由于历史、地理环境等因素而经济落后，信息技术发展缓慢。截止到2001年7月，循化县仅有电信局、国税局、银行等几家单位有互联网，并且了解计算机网络知识的专业人员也为数不多。在互联网已成为信息时代与外界交流的必要工具的今天，建立循化县旅游信息网站刻不容缓。通过互联网介绍本地的气候气象、旅游景点、民风民俗、旅游常识、旅游线路、与相关部门的联系方法；建立循化县宾馆预定销售系统，以方便游客。定期组织旅游部门的领导干部培训，学习相关的旅游基础知识、法规、开发管理技巧等；并聘请旅游院校的教师、旅行社管理人员、宾馆经理，定期给循化县旅游业一线从业人员培训，不断提高服务人员的服务意识、销售技巧，从而从整体上提高旅游专业队伍的素质。

3. 加强旅游产品的宣传促销

由于经济落后，交通不便，西部民族地区的许多旅游产品往往是“养在深闺人未识”，因此加强宣传促销和开拓客源市场较其他地区尤为重要。循化应改变以往旅游部门单打一的局面，形成旅游、宣传、广播电视、文化、外事等部门密切合作，形成整体宣传促销效益，并采取电视专题片、广告栏、宣传手册、互联网等多种公共媒介宣传自己的特色，推销自己的产品，获得公众的认同。

4. 拓宽旅游筹资渠道，积极吸纳发展资金

旅游扶贫需要注入一定的资金，对于贫穷落后的西部民族地区来说，仅依靠自身的力量是无法实现的，必须广开资金门路。要实行政府投资和集体个人投资相结合、当地投资和外来投资相结合，并制定相应的优惠政策鼓励社会各界投资循化旅游业。政府投资方向应重点放在道路建设、供电供水、通信等基础设施方面，景区游乐设施、餐饮住宿、交通运营等可采取引进资金以及联营的方式解决。

参考文献：

[1] 张艳芳，郭彩玲. 21世纪我国西北地区旅游业发展策略. 人文地理，2000 (1)

[2] 陈瑛. 青海省旅游客源市场分析研究. 资源开发与市场，2000 (1)

[3] 刘向明，杨智敏. 对我国“旅游扶贫”的几点思考. 经济地理，2002 (3)

[4] 循化县旅游局. 循化撒拉族自治县县域风景名胜区调查评价报告，1997. 12

[5] 青海省规划设计研究院，青海孟达国家级自然保护区管理局. 青海孟达国家级自然保护区旅游发展总体规划，1999. 12

[6] 李君轶. 西部民族地区农村人口素质与持续脱贫关系研究. 西北师范大学学报（自然科学版），2002 (2)

（本文原载《青海社会科学》2003年第4期）

撒拉族妇女经济参与的困境与抉择

马　艳

撒拉族是我国22个人口较少民族之一，也是青海省特有的少数民族之一，对于撒拉族妇女社会参与状况的调查和研究具有很高的学术研究价值。因为撒拉族自身发展的历史、语言、文化、宗教以及生活的地域特征等，都具有诸多有别于其他同类研究的特殊性。笔者认为一个民族的妇女社会参与程度如何，很大程度上体现于她们在经济领域的公平参与和对经济的公平支配权。本文基于田野调查的资料，拟就撒拉族妇女经济参与状况进行探讨。

一、传统社会中的撒拉族女性

对于经济参与的主体——人而言，经济参与具有人权意义，也具有社会地位意义。传统社会中，人们的经济参与程度由于专制或者经济发展水平的原因而极其有限，经济参与的自由和经济地位的改变程度也是极其有限的。现代社会中，随着民主政治的逐步确立和经济发展水平的不断提高，人们的经济参与领域不断拓宽，参与水平也在不断地提高。作为透视妇女权利和地位的重要视角，马克思主义认为，家庭是一种最古老的制度安排，也是一种变化很大的社会制度。撒拉族妇女随着历史的发展，经济活动参与程度日益提高，随之而来的是她们在家庭中地位的改变，最终使她们的社会参与水平逐渐提高。这极大地促进了当地男女两性的平等、和谐发展，是社会进步的重要表现形式。

经济参与状况往往对人们的思维观念、社会地位等起着决定性作用。传统社会中的撒拉族妇女，主要从事农业生产活动和家庭事务劳动，其直接结果往往是家庭口粮的生产、人口的再生产和家庭日常事务的处理，这种劳动经济贡献隐形化，收入边界模糊，妇女的劳动贡献往往难以显现。同时，现代撒拉族家庭中许多男性劳动力外出务工，撒拉族妇女成为滞留在土地上的剩余劳动力。她们的劳动无法获得社会平均的经济回报。这一切，都使得其在家庭总收入中的贡献明显少于男性，经济贡献的社会评价偏低，从而决定了她们在社会生活、家庭生活中处于从属地位，在家庭事务以及农业生产经营中缺乏决策权，“男主女从”的格局依然延续。可见，撒拉族妇女的家庭地位依然较低。因此，转换撒拉族妇女经济参与的内容与方式，对其在社会生产活动中的贡献作出客观的评价，实现她们自身的经济发展，对于促进撒拉族妇女的真正发展具有决定性意义。

随着市场观念的深入，撒拉族妇女经济参与的动因、经济参与的程度、参与的形式及与市场的关系等方面都有较大的变化。再加上撒拉族妇女的经济参与状况与社会、历史、文化的发展及其自身的发展等息息相关，因此撒拉族妇女在经济参与中具有以下发展趋势。如：经济活动参与动因的多元化；经济活动参与层次的提升；社会对撒拉族妇女经济参与的态度的转变；撒拉族妇女参与经济活动所带来的收益提高。

二、市场经济中的撒拉族女性

所谓经济价值观，是指人们对经济制度、经济现象、经济关系、经济行为的评价、取舍与态度。对于一个少数民族，其经济价值观与其传统文化之间具有密切的联系。就撒拉族而言，其传统文化特征可大致概括为以下四点：第一，由于东迁之前，撒拉族祖先信奉伊斯兰教，在循化生活的数百年中伊斯兰教一直萦绕在撒拉族社会、经济、文化发展之中，举凡教育、行政、经济活动、日常生活、心理结构都带有浓郁的伊斯兰色彩。伊斯兰教是撒拉族民众心理的重要积淀，是嵌入撒拉族民族文化中的一个重要的组成部分。它规定并结构化着撒拉族社会、经济、文化的演进路径，使得撒拉族民众显示出其他穆斯林民族共有的极高凝聚力。第二，在民族社会形成过程中，撒拉族民众以农业、园艺业、牧业为主要经济生活方式，形成了村落式的居住格局、社会关系网络。并由于长期和汉族共同相处，受汉文化影响，撒拉族传统文化融进了浓重的乡土性色彩，显示出伦理、道德评价的特点。第三，定居循化后，撒拉族民众也与周边藏族、回族、汉族等世居民族有着长期的文化交流，使撒拉族民族性格中也表现豁达、开朗、直爽的融合、交会特征。第四，伊斯兰教教义在西北的传播与商业相关联，撒拉族民众也重视商业。其传统文化中表现出独特的崇商特质，显现出周边其他民族所不具备的商业精神。据史料记载，早在明清时期，撒拉族便是甘青地区的“中马十九族之一”，是“茶马互市”主要的纳马民族之一。在“茶马互市”的长期实践中，逐渐地锻炼了撒拉族对市场的适应能力。加上伊斯兰教对经济活动的鼓励，经商在撒拉族中成为社会评价最高的头等职业。

通过对撒拉族传统社会文化的了解，不难发现撒拉族传统经济价值观出于伊斯兰教和儒家价值观作用而具有以下几个特点：①经济行为方式评价：农（牧）商并重，以商为上。②经济利益及分配的评价：重公平、信义，义利并举。这是撒拉族民众接受儒家传统文化与行为伦理、发扬道德评价的机制之结果，同时也符合伊斯兰教的经商理念，是重商传统的体现。③经济行为评价：倡导艰苦创业，豁达、开朗、直爽，仗义疏财、救济弱者。④消费行为及观念评价：倡导节俭消费、正当消费，强调宗教消费和道德消费。总之，历史发展、教义影响、文化融合塑造了撒拉族民众独特传统的经济价值观，并在这一观念的化导下，撒拉族民众吃苦耐劳、勤奋经营、互惠互利、共求发展。它在漫长的历史发展中扮演着重要的角色，架起了藏、汉、回族经济、文化交流的桥梁。

在市场经济的大潮中，撒拉族妇女始终遵循着这样一种经济价值观的指导，并且通过自身的智慧、诚信、勤劳和创新等迎难而上、奋力拼搏，取得了令人瞩目的发展成果。其中，也不乏一些发展民族经济的撒拉族妇女优秀带头人和创办乡镇企业的撒拉族妇女企业家。

改革开放30年来，循化地区的民族经济从自然经济向市场经济转变，市场机制在配置各资源和生产要素方面的作用日益明显。在市场经济的影响和推动下，循化县积极调整经济结构，大力发展第三产业，撒拉族妇女也由过去主要以农业生产为主逐渐向第二、第三产业转移。尤其是通过有效开发和利用名优特产和旅游资源，使得当地的民族旅游业迅速地发展了起来。而撒拉族妇女作为旅游经济活动的重要参与者，她们以不同的方式跻身于旅游行业，在民族旅游资源的开发中扮演着多位一体的重要角色。目前，撒拉族妇女参与旅游业的方式主要有经营家庭旅馆和餐馆、销售旅游商品、民俗歌舞表演、导游、开商铺等。通过从事旅游业，撒拉族妇女在经济生活中实现了新的飞跃：从家庭到社会的飞跃；从自给自足经济到市场经济的飞跃；从无偿劳动到有偿劳动的飞跃。这些质的飞跃奠定了她们在发展民族经济中的重要地位和作用，同时她们的辛劳和创造也转化成为实实在在的经济效益，得到家庭、社会的认可。她们所创造的经济效益不仅为当地民族经济的发展作出了重要贡献，而且也为她们家庭经济的改善发挥了不可低估的作用。撒拉族妇女作为重要的经济参与主体，改变了往昔经济地位的低下，进而逐渐赢得了全社会的尊重和支持。

三、撒拉族妇女经济参与现状分析

改革开放政策，刺激了撒拉族妇女进入市场经济的意识，从20世纪80年代开始，撒拉族妇女比较主动、自觉地参与到经济收益相对较高的非农产业中，谋求新的发展和进步。她们的市场经济意识得到了明显增强，具体表现在：①为了家庭增收，撒拉族妇女表现出了强烈的经济参与意识。撒拉族传统意义上的性别分工，使撒拉族妇女具有比较重的家庭观念。过去，撒拉族妇女承担着养育子女、操持家务和参加农业生产的多重角色。在市场经济日益发展的今天，她们的传统观念发生了新变化，她们更愿意把时间和精力花费在能够增加家庭收入的经济活动上。②通过经济参与，撒拉族妇女的开放意识增强。长期以来，撒拉族妇女生活在封闭的农业社会里，“男主外，女主内”的模式将妇女局限于狭小的家庭范围内，绝大多数撒拉族妇女的交往范围仅仅局限在本村或邻村，交往对象大多是自己的亲戚、朋友、邻居等。但通过参与市场经济活动，撒拉族妇女的交往范围和交往对象都发生了很大变化。她们主动走出家庭，扩大对外交往和接触，在市场经济活动中实现自身发展和自我价值。③为实现经济利益最大化，撒拉族妇女努力提升市场竞争意识。随着市场经济的发展以及农产品商品化程度的提高，市场竞争也日趋加剧。为了适应市场竞争、把握市场主动权，从而获取最大的经济收益，一部分有能力的撒拉族妇女灵活地调整经济发展思路，在开发新领域、新产品，提升生产和经营水平，增加产品附加值等方面做出了很大努力。

同时，撒拉族妇女在经济参与过程中也表现出了一些重要特征。①非农产业就业的人数不断增多，而单纯从事农业生产的人数逐步减少。20 世纪 90 年代前，撒拉族妇女主要从事农业生产，生活普遍贫困。90 年代后，随着农村经济的发展壮大和农村多种经营的蓬勃发展，从事经济作物种植、畜牧养殖、农副产品加工、商业经营等的妇女越来越多。②就业方式呈现多样化。有的撒拉族妇女完全从事非农产业，她们全身心投入到农产品加工业、商业饮食业等行业中，与家人一起在城镇租用场地办厂、开商店，参与企业的日常管理，企业的生产经营收入成为她们的主要收入来源。这类妇女基本上告别乡土社会，完成了由农民向市民转变的过程，生活较为富裕。还有一部分撒拉族妇女，平时在城镇从事农产品加工业、手工业等，只有闲暇时才回村里兼顾一下农业生产。③女性经济能人数量不多，大部分妇女仍处于弱势。随着当地经济结构的调整，撒拉族妇女获得了更多的就业机会，但同时她们也受到来自方方面面较大的压力和限制。因此，撒拉族妇女中的经济能人并不多，她们中的绝大多数还是依附于男性，并且从事第二、第三产业中技术含量较低的简单劳动。即使是在夫妻共同经营管理的企业里，重大事项的决策权一般也由丈夫掌握，如企业生产计划安排、购买设备、投资和贷款等一般不会征求妇女的意见。同时，撒拉族妇女的经济参与并没有明显改变其在家庭劳动中的角色分工，她们在家庭中依然肩负着生儿育女、照顾老人、操持家务等多重职责。

由此可见，经济参与是撒拉族妇女获得发展的重要途径，而她们的经济参与无论对其自身的发展、家庭经济的改善还是对当地社区的发展都起到了重大作用，产生了深远的影响。首先，通过增加家庭经济收入，撒拉族妇女在家庭中的地位得到提高。随着女性经济活动参与程度的提高，撒拉族妇女积累了经济活动中的经验和知识，增强了对市场信息的把握能力，从而拥有了自己在经济参与中的发言权，并赢得了家庭和社会的尊重。其次，通过经济参与，增强了自主意识，积累了经验和知识，拓展了视野，激发了内在发展潜力和自信心。而这种发展能力的提高会催生出女性摆脱依赖性、寻求独立的内在需求。

四、撒拉族妇女经济参与的影响因素及相关建议

撒拉族妇女经济参与程度是当地经济发展程度的重要指标，也是当地社会发展程度和文明程度的指示器。然而，经济参与是需要具备一定条件的。审视循化县的现实，可以看到有许多因素至今仍在阻碍着撒拉族妇女的经济参与。主要表现在以下几个方面：

1. 市场发育程度低

频繁的商品交易活动是催生繁荣市场的重要条件。少数民族地区由于经济发展水平低，农产品商品化率极低，仍然以“自给自足”的经济形态为主，人们与市场的接触少，这严重制约了市场的形成。近些年来，虽然也形成了县域的商品交易中心，但这样的中心往往在数量上极少，而且对于县域内的广大农村地区没有辐射作用，这些地方发挥的是商品中转站的功能。而由政府主导建设的一些乡镇政府所在地小集市虽在数量上有了极大的增长，但较少的人口规模和较低的人口流动使得这些地方的市场交易的规模很有限，而且有着较长的间隔期。小集市的交易并不是每天都能进行。这样的交易范围和时间上的较大限制从根本上阻碍了市场的发育。

2. 交易成本偏高和商品意识淡薄

现代经济学认为，交易成本是决定人们是否盈利及盈利大小进而决定是否进行市场交易的关键因素。当地由于交通条件不发达，分散的市场交易使得市场交易成本居高不下，导致所得利润微薄。而且，由于生产和经营方式单一，使产品与市场上千变万化的消费需求之间难以保持一致，因而市场范围难以做大。可见，过高的交易成本和淡薄的商品意识结合在一起形成了恶性循环，抑制了当地经济形态的升级和发展，从而不利于撒拉族妇女的经济参与。

3. 缺乏进行经济活动所需的基本知识

应该说，进行经济活动所需的知识并不太难，特别是简单的商品交换尤其如此。然而，由于撒拉族妇女的文化素质较低，即便有的妇女接受过教育，但由于受教育年限很短，因此她们的知识掌握和运用能力普遍不高。其直接的后果就是撒拉族妇女在进行市场交易过程中缺乏基本的投资理念、经营能力和服务意识，从而制约了撒拉族妇女的经济参与。

当前，撒拉族妇女在经济参与活动中仍然面临着许多的障碍。因此，如何冲破这些障碍、提高她们的经济参与能力是目前亟待解决的问题。

1. 发挥政府作用，提供制度保障

全社会都应当充分认识到性别平等与撒拉族妇女发展的重要意义，建立农业和农村性别平等工作机制，制定公正、平等的公共政策，消除对女性的偏见和歧视，为撒拉族妇女的发展和进步提供制度保障。同时，各级政府应该调动公共资源，积

极帮助撒拉族妇女进一步解放思想，积极参与市场经济，努力实现自身发展。使她们转变社会依赖意识、家庭依赖意识，引导她们摆脱传统社会分工思想的束缚，增强市场经济意识，通过拓宽致富渠道，开发家庭致富项目，增加家庭收入。此外，应加大对撒拉族妇女参与经济的资金扶持力度并优先提供法律和技术支持，帮助他们选项目、上项目。而且，在民族政策的制定方面，也要充分支持和引导撒拉族妇女更新观念，把握机遇，积极参与到经济建设中。

2. 提高撒拉族妇女的受教育水平

首先，要加强性别教育，帮助撒拉族妇女客观认识、评价自己，克服自卑、自抑、依附、顺从等心理弱点，争取具备自尊、自爱、自强、自立的现代女性精神品质。其次，针对撒拉族妇女的特点，采取多种形式的教育和培训。一是抓好文化教育培训，提高她们的文化素质。利用培训班、业余学校、夜校、妇女学校等形式，开展妇女扫盲活动，减少妇女文盲比例。通过提高文化水平，使撒拉族妇女具备参与经济活动的基本条件，鼓励她们参与经济活动，优化她们参与经济活动的结构，实现撒拉族妇女经济活动参与中数量上由少向多、层次上由单一低层次向既有低层次又有高层次的多元格局转变。二是抓好实用科技和职业技能培训，提高她们的科技素质、创业理念、市场经济知识以及适应市场经济和创业致富的能力。三是引导广大撒拉族妇女坚持自觉学习、勤奋学习，切实提高自身素质，逐渐成为学习型、知识型、创业型的当代女性。

3. 培养撒拉族妇女科技能人和创业带头人，带动撒拉族妇女走脱贫致富之路

应培养一批适应农业和农村经济发展需要的撒拉族妇女科技带头人，创造条件使她们先行获得适用农业新技术，成为农业生产的技术骨干；培养一批适应市场经济发展要求的“双学双比”女能手、种养大户和购销大户，对那些规模大、带动面广的项目予以重点扶持，促使其上档次、上水平，更好地发挥典型示范、带动作用；发展一批妇女专业合作组织和专业技术协会，加快农业科技的推广与普及，充分发挥女性能人的典型示范作用，促使她们带动更多的撒拉族妇女脱贫致富，为当地经济和社会的全面发展作贡献。

参考文献：

[1] 循化撒拉族自治县概况编辑委员会编．青海省循化撒拉族自治县概况（初稿）. 1963

[2] 张广利，杨明光．后现代女权理论与女性发展．天津：天津人民出版社，2005

[3] 郑玉顺．女性与社会发展．第二届妇女发展国际研讨会论文集．北京：中央民族大学出版社，2002

[4] 马成俊．循化县社会经济可持续发展研究．西宁：青海人民出版社，1999

[5] 循化县地方志编纂委员会．循化撒拉族自治县志．北京：中华书局，2001

[6] 芈一之．撒拉族史．成都：四川民族出版社，2004

[7] 马成俊，马伟．百年撒拉族研究文集．西宁：青海人民出版社，2004

[8] 王铁志．人口较少民族文化发展的制约因素．乔健等主编．文化、族群与社会的反思．北京：北京大学出版社，2005

（本文原载《青海社会科学》2009 年第 2 期）

社　　会　　学

对撒拉族家庭的民族社会学考察

高永久

家庭是人类自身生产和再生产的一种社会组织形式，因此两种生产是家庭的基本功能。拉德克利夫－布朗认为，一个社区的社会生活基础，便是一个特殊的社会结构，也就是将个人联结成为集体的一套社会关系。社会学上讲社会结构，往往分为三个层次：宏观、中观和微观。而家庭组织就是社会结构当中的微观层次，家庭便是组成社会结构中观层次和宏观层次的必要途径。家庭是由一定范围的亲属（如夫妻、父母子女、兄弟姐妹）所组成的社会生活细胞。个体利益的协调与实现、家庭关系的圆满与和谐，都需要人类自身的努力和社会的积极配合。从社会设置来看，家庭是社会所确定的基本时空单位和个体的首属群体。家族与婚姻一样，也讲究每位成员的地位与角色、权利与义务。有研究者指出，对当事人来说，家庭是天赋的契约，对社会来说，家庭又是管理的手段。还有研究者指出，家庭制度是最重要的社会制度之一，家庭几乎担负起政治的、经济的、宗教的、教育的所有功能。[①] 婚后的家庭居住是家庭最主要的表现形式，在不同的民族当中有不同的表现。家庭的结构形态与规模只能视不同的民族而具体分析，但是有一点是共同的，即不分任何民族，都有扩大家庭与核心家庭的形式，具体情况要具体分析。我们通过对撒拉族家庭的民族社会学考察，可以深刻揭示家庭的形态与功能。

一、婚后家庭居住形式

按照文化人类学及民族社会学的理论来讲，婚后居住在何处，关系到继嗣制度及男女在家庭中的地位。从理论上来讲，存在着这么几种居住方式：父方居住（patrilocal）、母方居住（matrilocal）、双方居住（duolocal）、两可居住（ambilocal）、

① 刘祖云：《从传统到现代——当代中国社会转型研究》，278页，武汉，湖北人民出版社，2000。

单独居住（neolocal）、从舅居住（Avunculocal）等。父方居住也称为夫方居住，或者称为从父居家庭，配偶居住在新郎家庭中；母方居住也称为妻方居住，或者称为从母居家庭，配偶居住在新娘家庭内；双方居住是指结婚的夫妻双方仍然与自己的家庭生活在一起；两可居住可以根据丈夫或者妻子的需要与方便，选择居住在夫家或者妻家。在汉族地区，更多的是不依靠男方家庭或者女方家庭，夫妻自己单独居住。有些民族选择与丈夫的舅舅一起生活，称为从舅居住。

1. 撒拉族家庭的父方居住

撒拉族家庭当中，一般来说儿子娶妻生子后，便要搬出旧房另居。由于撒拉族是定居性的农业民族，早期最具有明显特征的就是撒拉族血缘关系较近的“阿格乃”、“孔木散”居住在同一社区当中。但是家庭分家时，父母与小儿子同居旧宅，其余的儿子另迁新址，弟兄几个人同居的较少。分居时父母可以随意选择和哪个儿子同居，一般来说大多数父母会选择和幼子同居。祖孙三代除单传外，同居的家庭非常少。韩热木赞老人家，老人选择与韩有文共同生活，韩志明（老大）与老二韩有文分家，但是不分灶，就是一个鲜明的例子。财产一般交给韩热木赞老人来管理。继承权的情况是这样的，同住在一起的儿子可以分得住宅，而其他钱财就平分了，倒插门的女婿也有继承权。

韩热木赞家庭当中采取的是父方居住，也就是说将儿媳妇娶进家来。

确定撒拉族社区婚后居住的类型，我们主要是根据对韩热木赞老人一家的调查。与此同时，我们还了解了老人一家具体的居住模式。虽然韩热木赞老人与小儿子、老二韩有文一起居住，但是在原住宅旁给其又建了一座住宅。而老大韩志明尽管已经单独居住，但是经济生活还是由老人家来统一掌管。我们当时对此并不理解，但老人坚定地说：事实是这样的。对这个问题，我们曾经有过疑问：因为韩志明开了一个公司，资金会用于扩大再生产，难道他会把自己的收入全部交给老人管理吗？不可否认，在单独居住情况下，新婚夫妇自然会有独立的日常开支，恐怕交给老人的只是一部分吧！这当然是我们采取民族学他观方法的解释。

2. 个别居住现象

撒拉族中早先也存在过双方居住的现象，民族学上称之为原居制、望门居（duolocal residence）。这是由于个别撒拉族男方彩礼未准备好，因此，妻子仍然居住在女方家，而男子可以随时来与妻子同住。按照正常的规定，婚礼的当天或第二天，新娘出嫁，也就是说新郎可以迎娶新娘回男方家。有的家庭却由于彩礼不清，即使已经成婚，也要等上半年或者一年才迎娶。当然在此期间，男方可以到女方家与新娘同居。韩热木赞老人肯定地说，这种情况存在。而韩润华说，老人说的情况现在不存在，他从来没有听说过。

二、撒拉族家庭的规模与结构

按照民族社会学的研究，家庭的结构类型很多，有核心家庭、扩大家庭、联合家庭、不完全家庭（即配偶缺一）、单身家庭等多种形式。其中核心家庭（nuclear family）又称为基础家庭（primary family），也有人称为夫妇家庭，就是以婚姻为基础，由一对配偶及未婚子女共同居住和生活。与单偶制婚姻相适应，核心家庭一直是人类最普遍的家庭组织。若家庭中夫妻离婚或有一方死亡以及所谓单亲家庭（one - parent family），也可划入核心家庭的范畴。它有三种具体形式：仅以夫妻组成、夫妻加未婚子女（含领养子女）、仅有父或母与子女（单亲家庭）。扩大家庭（extended family）由具有亲属关系的不止一对配偶及他们的子女组成。主干家庭（stem family）指父母（或一方）与一对已婚子女（或者再加其他亲属）共同居住生活。联合家庭指父母（或一方）与多对已婚子女（或者再加其他亲属）共同居住生活，包括子女已成家却不分家。主干家庭与联合家庭又合称扩展家庭。有研究者指出，从文化的传衍来看，核心家庭不利于传统文化的保持和传承。对此究竟应该如何看待，还需要深入研究。因为核心家庭形式的发展，是文化变迁的必然结果，而传统文化也还需要核心家庭来承担和发扬。不仅在汉族地区出现了从扩大家庭向核心家庭的转变，而且在少数民族城镇当中也出现了从扩大家庭向核心家庭转变的迹象，因此，“我国都市家庭组织的小型化或家庭结构的核心化，不仅是历史事实，而且是人心所向”①。

家庭的规模与家庭结构类型有着十分密切的联系。撒拉族的家庭结构类型与规模也符合上述理论原则。在研究这一问题时，我们往往连带考虑家庭与家族、家庭与宗族的关系。尽管学术界在这方面还有争论，然而比较一致的看法认为，家族一般以五服为界，而宗族指同宗同姓同地域的各个家族结成的群体。家庭一般是在五服之内的，并不严格限定在某一辈分之内，而是更强调共居和共同的经济生活。也可以认为，家庭主要是婚姻的产物，而家族却是血缘的产物。撒拉族的结婚，不仅意味着两个个体的成婚，在某种程度上还表明是两个家族的联姻。

从社会结构的构成来看，家庭是社会结构当中最基本的组成单位。一个社区也是由若干个家庭构成的，没有家庭，也就没有这个社区的存在。因此家庭的基本制度和基本形态往往决定着整个社区的社会结构的发展。撒拉族社区家庭的关系对该社区的经济发展、文化教育、社会治安、民族团结等各个方面都产生深远的影响。

1. 撒拉族家庭的基本形态

撒拉族家庭当中最重要的是经济核算范围。韩热木赞老人的两个儿子已经分家，但是并不分灶。围绕韩热木赞老人组成的这两个家庭，各自有自己的事业和追求。即使韩热木赞老人与哈七麦小儿子共同生活，韩志明和韩有文兄弟两个也是分家不分灶，我们也通常把他们当做是两个家庭。但是我们又不能把他们简单地区分开来，因为围绕着这么一个大家庭，又派生出许多小的分支家庭，后面的附表当中的许多成员都在这个大家庭当中生活，他们将自己的成长和发展都交给了这个家庭，每个人在家庭当中都有自己的位置，尽管地位是不一样的，家庭当中有着明显的界限。

① 刘祖云：《从传统到现代——当代中国社会转型研究》，335 页，武汉，湖北人民出版社，2000。

撒拉族家庭的分层，有时就体现出每个人在家庭中应尽的义务的大小。韩热木赞老人是家庭的主宰，他的一举一动代表着家庭的发展方向；两个儿子韩志明和韩有文则实现着他们的理想，他们开公司、办企业，将家庭融入社会，开辟了新的天地。

从理论上讲，家庭的规模与结构随着社会发展日益由联合与扩大家庭向核心家庭转化，这是考虑到联合家庭与扩大家庭在人际关系方面、在共同经营生产方面、在住房方面、在与外界交往方面都不如核心家庭简单、明快、易于操作等实际原则，但像韩热木赞家这样围绕老人而组成的两个大家庭的规模形式在撒拉族社区还是很常见的，尽管不排除在撒拉族县城等地出现的核心家庭的趋势。从社会设置看，分家分户有利于各个核心家庭的发展，但是也带来了诸多的社会问题，特别是赡养、继承、分配、亲情纠葛等核心家庭都会遇见的特殊问题。这些问题在联合家庭和扩大家庭当中不是相当突出的问题，对于核心家庭来说，这是许多值得深深思考的现实问题。

2. 撒拉族家庭的结构

众所周知，婚姻、家庭是一个有机联系的统一体，家庭是缔结婚姻的结果。

婚姻和家庭形式如此密切地相互联系，只有前者的变化才能引起后者相应的变化。早期撒拉族在其发展过程中，形成了自己独特的社会结构，可分为几个层次，即：家庭、“阿格乃”、“孔木散”、“工”。其中，家庭是撒拉族社会的基本单元和基本经济单位，是社会赖以存在和发展的基础。每个家庭都建有一院房屋，称“庄廓”。同时由于长期从事农业生产，每个家庭大都占有或多或少的土地。在一个家庭中，家庭主权大多掌握在男子手中，个别招女婿的家庭，女子也有一定实权。一般由最年长者主宰整个家庭的活动，如安排生产、分派劳动、料理家事、决定嫁娶等。

撒拉族家庭的延续以男子为主体，辈分也依男子而定，即父系血统。由于撒拉族人结婚年龄较早，大多数家庭包括祖、父、孙三代。一般家庭是儿子长大娶妻生子后，便要分出另居，也有娶妻以后就分出另居的，弟兄几个人同居的极少，祖孙三代除单传外同居的家庭也非常少见。分居时，父母随意选择和哪个儿子同居，通常都是随幼子而居。对于长子次子，父母则分别给他们若干土地、工具、牲畜、口粮等生产生活资料，并建造新的“庄廓”，使其另迁新居，自立门户。分居的儿子们对父母亲和老宅均负有抚养和资助的责任，在遇到婚丧节庆等诸事时，往往由大家共同出力解决。

那么新中国成立前撒拉族婚姻家庭的基本特征是什么呢？研究这个问题，应该按照辩证唯物主义和历史唯物主义的观点来分析，我们认为主要是由其经济基础和社会制度决定的。在封建生产关系占主导地位下，撒拉族地区一方面要服从封建政府的统治，另一方面又不能抛开其宗教信仰，加上自然条件和经济条件的影响，人民生活十分贫苦。这种落后的生活方式和生产方式反映在婚姻家庭方面，则表现为受到较深的封建伦理道德观念的影响，同时宗教观念也在撒拉族家庭婚姻方面产生了较突出的影响，并由此构成了撒拉族独特的婚姻家庭形式。

家庭也是受到宗教规范影响的以血缘和婚姻为基础的唯一社会单位。在撒拉族家庭中，通常只有父母和子女两代，三代以上同堂的较为罕见，盛行小家庭制。家长往往由男子（主要是父亲）充当，由他掌握家庭中所有大小事宜的决策权及经济大权。马林诺夫斯基在《两性社会学》一书中分两章——《母权社会的父权》及《父权与母权》，对父权制度进行了深入的分析，然后他说："父权，我们已经见到，大部分是家庭冲突底源泉，因为父权给与父亲的社会要求与专有权利，既不称（符）合他底生物倾向，也不称（符）合他在子女身上可以感受可以兴起的个人感情。"[①] 早期妇女地位的低下表现在许多方面，如对家事无发言权，无权继承娘家遗产，丈夫可随意打骂妻子、随便凭"口唤"离婚，而女子根本无权提出离婚。造成这种婚姻状况的原因有诸多方面。从婚姻关系和家庭关系来分析，这些原因既简单又明了。首先在缔结婚姻时，妇女们由父母包办，被当做商品一样，这就决定了她们任人宰割的命运。进入夫家后，一方面受封建伦理道德的束缚，另一方面依伊斯兰教法规定，妇女应服从丈夫。

现在，妇女的地位有所提高，可以比较自由地进行家务劳动，丈夫也比较尊重妻子。当我们一进入韩热木赞家庭当中时，妇女们就会马上离开房间，或者远远地站在一旁。是她们没有权利与我们交谈，抑或是害羞？这个问题将在下面论述。在韩热木赞老人家，我们没有拍上一张撒拉族青年媳妇或者少女的照片，这是我们在韩热木赞老人家进行婚姻家庭调查当中唯一的一点遗憾。

在这种婚姻家庭制度下，形成了撒拉族与众不同的婚姻、家庭特质。

三、撒拉族的家庭关系

家庭往往组成人类的初级生活圈。家庭在传统的中国社会中，是包含一切当事人在内的一个圈，因此对当事人的要求是十分严格的，诸如家事、族事等都在家的范围内处理。古代社会的家事可谓繁杂，包括孝悌、职业、修身养性、门户、上下、婚姻、立继、丧葬等诸事都属于家事的范畴。这当中，家庭的人际关系在中国古代社会里都有详细的规定。费孝通先生在谈到社会结构时，曾经说过：社会结构是由不同身份所组成的。社会身份注意亲疏、嫌疑、同异和是非之辨。他说："儒家所谓礼就是这种身份的辨别。"他引用了《礼记》上的说法作为证明，即"非礼无以辨君臣、上下、长幼之位也；非礼无以别男女、父子、兄弟之亲，婚姻、疏数之交也"。他认为，君臣、上下、长幼、男女、父子、兄弟都是社会身份，规定着相互行为和态度。[②] 应该说，讲到家庭内的人际关系，首先要推夫妻关系，其次才是子女及老人在家庭当中的关系。因为家庭内的人际关系是以婚姻为起点，而且夫妻是

① ［英］马林诺夫斯基：《两性社会学》，33页，李安宅译，北京，中国民间文艺出版社，1986。
② 费孝通：《乡土中国生育制度》，142页，北京，北京大学出版社，1998。

其中的关键，围绕夫妻的性爱、生育、亲情等几大关系才能组成家庭当中人际关系的网络。夫妻关系是家庭内部其他关系所无法代替的核心部分。

虽然夫妻关系是家庭关系的主线，然而离开家庭内部其他的各种关系，也无法谈其人际关系。家庭内部的人际关系包括以下几个重要因素：夫妻之间的关系（夫妻的角色、地位、在家庭中的威信、权力等）、家庭内部不同成员之间的个性异同、成员间的交流与交换的情况、祖辈与孙子等之间的代际差异。一个家庭中，人口、辈分和夫妻对数越多，与原家族的联系越紧密，各成员的利益与情感就越不易协调好。

1. 撒拉族家族当中的夫妻关系

民族社会学理论说，在一个家庭内部实行男女平等。男女平等是指妇女与男子在政治、经济、文化、社会和家庭生活各方面均享有完全平等的权利，否定了父权、夫权统治的旧观念、旧传统、旧习俗，夫妻在家庭当中的地位是平等的，在人身关系和财产关系方面也是平等的。然而，在撒拉族家庭当中，受到民族传统的深深影响，特别是受到宗教的影响，结果却大大超出理论上的范围。撒拉族妇女具有十分优良的品质，她们尊敬老人，爱护儿童，细心伺候丈夫，有中国传统文化的孝顺、温柔、体贴、善良的一切美德。

首先是妻子对丈夫的体贴。撒拉族妇女为了丈夫可以牺牲自己的一切，对丈夫不仅体贴恭敬，而且待之以礼，丈夫不插手家务事，妻子在家务事以外的任何方面都没有发言权，她们不能干预丈夫的外事。总之，她们要操持家庭中的所有大小事情。丈夫在外劳累一天，妻子就要细心体贴地照顾丈夫。韩热木赞在谈到自己的儿媳妇时，是赞不绝口。从我的直观来看，韩家的儿媳妇个个都是好样的，虽然不能直接与她们交谈，但我感觉到她们的勤快。我们一到韩热木赞老人家，没有多久，可口的饭菜就端到我们的面前，这些都是老人的儿媳妇们准备的。尽管她们不出面，她们默默地维持着家庭内部的安宁和秩序，丈夫们在外面的世界中尽情地发挥着作用。韩志明的事业越来越大，他的媳妇也有一半的功绩。

2. 撒拉族家庭内部的其他关系

撒拉族家庭内部有着明确的劳动分工，每个家庭成员都有自己的职责。韩热木赞老人是家庭中的主宰，他的工作就是监督儿女们履行自己的职责。老人家在家庭当中的地位是十分巩固的，他也很自信，他的儿子们到时会把钱财交给他来管理。儿子们出去办公司挣钱，儿媳妇们在家中操持家务，一片繁忙的景象。人们各得其所，相互之间彬彬有礼，家庭当中各位成员彼此相敬相亲。从他们之间的态度、行为和十分礼貌的内部关系来看，我们选择的韩热木赞家是撒拉族中有代表性的家庭。

韩润华显然在家庭当中具有其嫂子所不具备的地位。从他对我们的接待来看，他代表其父亲和叔叔来发言。看得出，韩热木赞老人对这位孙子十分疼爱，孙子也尊重爷爷。我们调查自始至终，韩润华都一直陪伴我们。小伙子充满着朝气，是撒拉族未来的希望。

3. 撒拉族家庭当中的回避和亲昵

我们一进入撒拉族家庭当中，马上就发现了撒拉族当中回避的禁忌。撒拉族的回避有多种类型，有家庭内部的回避制度，也有对家庭外的陌生人的回避制度，对此我们发生了浓厚的兴趣。一个文化与另一个文化的差异往往可以通过它们一些细微的区别被发现。撒拉族文化讲究内在的美，整个社会结构也是处在规范、内控的机制下，其运行的空间和与外界的接触都是有限的。

撒拉族的回避既有与其他民族的回避同样的情景，也有一些有别于其他民族的方面。尽管对于回避的研究已有许多成果，但是人类的文化不可能有同一模式的传承，各个民族所创造的独特的文化也会世代传递给他们的后代。撒拉族回避制度是撒拉族群体所具有的多样性、特殊性文化内容当中用最普通的框架构造的。

在中国古代也有所谓的回避制度，那种回避制度近似男女不能说话，有些家族家规较严的时候，甚至不允许男女互相见面，还有"媳妇娘家来的男子，除父亲及兄弟等至亲外，媳妇不能随意相见"①。在有些地区、有些民族当中，相互回避的对象不能单独相处，谈话不能提及名字，甚至不能同桌共食，不能正视，走路都要绕道而行。

撒拉族中回避制度的存在，证明撒拉族文化的传承性与适应性。撒拉族中，哥哥一般不单独与弟媳相处，更不能与弟媳开玩笑，但嫂子可以见弟弟（小叔子）。撒拉族的观念是长嫂如母，嫂子意味着半个母亲。舅舅可以与十岁以下的外甥女闲聊，但一旦过了十岁，就不能够选择自由话题交谈了。撒拉族儿媳妇不能与公公在一个桌子上吃饭，不可进清真寺，不可参加葬礼，见了阿訇要低头等。老年人一般不看电视，只做礼拜。女子出门参加正常的活动，如本社区举行的正常活动，是可以的。

（本文原载《西北民族研究》2002 年第 1 期）

---

① 费成康主编：《中国的家法族规》，56 页，上海，上海社会科学院出版社，1998。

青海省循化县民族人口分布

马建福

影响民族关系和交往的各个因素当中有两个最基本的因素，或者说是最基本的条件，一是各民族集团的人口相对规模，二是它们的地理分布格局。人口相对比较多的大民族在保持文化与宗教传统、争取经济与政治权利等各个方面，一般具有优势；人口较少的小民族，如果其人口相对聚居在一个或几个地区，也可以在局部地区形成自己的“社区”而维护自己的文化传统和争取自己的权益。所以，文化同化和融合通常都发生在民族杂居地区，而且融合的主流往往倾向于人口较多的民族。①

在我国56个民族当中，各个民族在人口规模、地理分布格局等方面存在很大的差别。人口超过百万的有18个民族，低于1万的有7个民族；有些民族遍及全国，如回族、满族；有些民族相对集中聚居，如藏族、维吾尔族。

从人口规模与居住格局这两个基本因素出发研究中国各个民族的交往状况、民族关系是一项基础性工作。此前已有学者利用上述两个因素对民族地区的地理分布特点和城市内民族居住格局做过调查和研究。如马戎、潘乃谷《居住形式、社会交往与蒙汉关系》②、马戎《西藏的人口与社会》③、王俊敏《呼和浩特市区民族关系研究》④、马宗保《多元一体格局中的回汉民族关系》⑤ 等。他们的研究成果对于我们研究其他地区的民族关系具有很好的参照价值。本文是在2005年7月青海循化撒拉族自治县实地调查的基础上，结合历次人口普查的资料数据，对循化撒拉族自治县（全国撒拉族最集中的地区、唯一自治县）的民族分布格局以及变化情况，进行一些初步分析。

---

① 马戎：《新疆喀什地区的民族人口分布》，载《西北民族研究》，2000（2）。

② 马戎，潘乃谷：《居住形式、社会交往与蒙汉关系》，载《中国社会科学》，1989（3）。

③ 马戎：《西藏的人口与社会》，北京，同心出版社，1996。

④ 王俊敏：《呼和浩特市区民族关系研究》，载《北京大学学报》，1997（2）。

⑤ 马宗保：《多元一体格局中的回汉民族关系》，银川，宁夏人民出版社，2002。

一、青海循化撒拉族自治县人口概况

全国唯一的撒拉族自治县循化位于青海省东南部的巍巍积石山下，滔滔黄河之滨。循化县地处黄河上游大陆腹地，是黄土高原向青藏高原的过渡地带，四面环山，山谷相间，地势南高北低，东部和南部与甘肃省毗连。县府驻积石镇，距海东行署驻地130多公里，距省会西宁市165公里。地处黄河南岸，南高北低，四周群山环抱，形成东部清水河和西部街子河谷两个平原，山高谷深，水流急，落差大，黄河自西向东流经境北，黄河上游著名的积石峡在本段。循化县自然风景优美迤逦，人文景观内涵丰富，民族风情别树一帜。横贯县境90公里的黄河水流平缓，风光秀丽，尤其是清水湾和传说中大禹劈山导河的“积石峡”，以及零星分布两岸的丹霞地貌更是罕见奇丽的自然景观；被誉为“高原西双版纳”的孟达国家自然保护区是西北地区不可多得的天然植物园、地质公园和旅游风景区。经过多年建制沿革和行政区划的变迁，循化县从行政体系上最终于1990年底确定了1个镇9个乡，[①] 154个村民委员会的区划结构。1个镇指积石镇，9个乡指道帏乡、白庄乡、孟达乡、清水乡、街子乡、查汗都斯乡、文都乡、尕楞乡、岗察乡等，东西长68公里，南北宽57公里，总面积2100平方公里。据2004年底人口普查，全县共计24683户117055人，少数民族占90%以上。按人口划分，全县除四大主体民族撒拉族、藏族、回族、汉族外，还有蒙古族、土族、东乡族、保安族、土家族等15个民族，其中撒拉族72714人，占62.12%，藏族27350人，占23.37%，回族9821人，占8.39%，汉族6953人，占5.94%，土族146人，占0.12%，其他民族71人占0.05%（资料来源：循化县统计局2004）。

循化县人口从古代到近代，增长速度相当缓慢。由于缺乏历史数据统计，我们无法对全县人口的历史演变做具体分析。人口具体数量只能依据部分文献做一大致推测。中华人民共和国成立后，各族人口增长情况的统计和演变有较为清楚准确的数据和资料。

清乾隆五十六年（1791年），循化厅15020户，其中口内12族2700户、撒拉8工2780户，西番49寨4336户、南番21寨4214户、保安4屯990户。光绪三十四年（1908年），循化厅16259户，58572人。民国二十一年（1932年），5777户，24734人，其中男13135人，女11599人。1949年全县有7043户，其中男18764人，女20968人。1953年，第一次人口普查，全县10990户，42050人，其中男19915人，女22135人。1982年第三次人口普查，全县15330户，83614人，其中男41656人，女41958人。1990年第四次人口普查，全县17859户，99471人，其中男

① 2005年改为4个镇6个乡：积石镇、街子镇、道帏镇、白庄镇、孟达乡、清水乡、查汗都斯镇、文都乡、尕楞乡、岗察乡。

49747人，女49724人。2000年第五次人口普查，全县22988户，113100人，其中男56973人，女56127。其中非农业人口9699人，农业人口103401人。2004年底，全县24683户，117055人，其中男58810人，女58245人，非农户10649人，农业人口106406人（资料来源：《循化县志》、循化县统计局）。

新中国成立以来，循化县人口一直趋以稳定增长趋势，2002年以前近23年中以30‰比例增长。从人口性别构成及比例来看，2000年以前，一直是男性要比女性少，因为男性成员的死亡率远比女性高。2000年以后至2004年，仍然是男性成员死亡率高，但是从生育结构看，主要缘于男性出生率较高。

循化县人口在清乾隆年代锐减主要原因是循化地区伊斯兰教门宦中的新、老教派之争引发了撒拉族人苏四十三领导的起义（后来还有两次反清起义），随着起义被清廷的残酷镇压，在一定阶段，撒拉族、回族以及其他信仰伊斯兰教的人受到严重限制，故人口发展十分缓慢。以位于积石镇的石头坡村为例，起义前80户左右的村子，起义失败后只剩下不到30户。各族人口，尤其撒拉族人口从乾隆年间（1781年）到1949年，历时160多年间，基本上处于零增长状态。① 1963—1982年，循化县人口出生率连续20年均在30‰以上，从1983年开始下降，到1985年下降到最低点。以后每年平均以2.37%的比例增长。

相比而言，四大主体民族中，撒拉族和藏族人口增长较快。人口如此变动主要有以下两方面原因：第一，新中国成立后，尤其自1964年到20世纪80年代中期，撒拉族和藏族人口的出生率一直很高，而死亡率却因生活条件的改善而大大降低，致使人口的增长率居高不下，这是自然因素；第二，20世纪80年代以来，国家推行计划生育政策使人口的增长速度得以减缓，但是在此之前，尤其新中国成立以后，国家推行民族平等政策及相应民族优惠政策的实施，使原先隐瞒民族成分的人逐渐“回归”或“还原”，从而使上述两民族人口增多，相反汉族人口却相应有所减少。汉族人口呈递减趋势，从1964年的9.13%到1990年的6.89%到2004年的5.94%，这是社会因素。另外，人口增长的惯性作用是制约人口发展的重要因素。惯性主要取决于以往人口的增减速度和年龄构成现状。循化县人口持续30年的高速增长带来的巨大惯性，引起了人口高的增长率。

表1　1949—2004年部分年份人口数量表（人）

年份	总户数	总人口	其中					
			男	女	性别比例女=100	非农户	农业人口	非农业人口占总人口%
1949	7043	39732	18764	20968	89.49	1004	38728	2.53
1964	11107	45206	21417	23789	90.03	2231	42975	4.94

① 朱浙清：《撒拉族人口现状及特点分析》，载《青海民族研究》，1995（2）。

续表

年份	总户数	总人口	其中					
			男	女	性别比例女=100	非农户	农业人口	非农业人口占总人口%
1982	15456	85047	42244	42803	98.69	4962	80085	5.83
1990	17564	100299	50020	50279	99.48	8418	91881	8.39
1997	19940	110324	54968	55356	99.30	12103	98224	5.49
1998	20536	111537	55729	55808	99.86	11607	99930	10.41
2000	22988	113100	56973	56127	101.5	9699	103401	8.57
2001	23835	114537	57678	56859	101.4	9791	104746	8.55
2002	24347	115467	58054	57413	101.1	10003	105464	8.67
2004	24683	117055	58810	58245	100.97	10649	106406	9.09

资料来源：循化县统计局：《循化县志》

表2　部分年份循化县人口增长情况及各民族所占比例　（人）

族别	2004年普查人口数	2000年普查人口数	1990年普查人口数	1982年普查人口数	1964年普查人口数	占总人口%				人口平均每年增长%
						2004年	1990年	1982年	1964年	
全县人口合计	117055	113100	99471	83614	43943	100	100	100	100	2.37
撒拉族	72714	70235	60405	48400	23762	62.12	60.72	57.88	54.07	3.1
藏　族	27350	26499	23758	21072	12155	23.37	23.88	25.20	27.66	1.59
回　族	9821	9466	8279	7587	4000	8.39	8.32	9.07	9.1	1.14
汉　族	6953	6684	6851	6461	4013	5.94	6.89	7.73	9.13	0.76
其他少数民族	217	216	178	94	13	0.18	0.19	0.12	0.04	11.17

资料来源：循化县统计局：《循化县志》

二、循化撒拉族自治县各民族人口分布

现代化过程中，通常也是社会劳动力逐步从农业向制造业、再向服务业转移的过程，从社会地位、经济收入来说，在发展中国家，农民收入往往最低，生产工人收入一般高于农民，城市里从事服务业的就业人员较高。所以分析各民族在各个产业领域的分布情况，可以反映出各民族介入现代化进程的程度和民族间的经济平等状况。根据全国对各民族的行业构成统计，循化四大主体民族仍以第一产业农业为主，其他产业为辅，而且其他产业所占的比例也很低；但是根据笔者的调查和观察，

就循化县而言，循化各民族与全国总体调查统计情况稍有不同。因为人手不足，加上政府也没有按民族对各行业人口分布情况作出统计，只能从宏观上在全国总体框架下，对各民族的行业状况做出分析。

从表3、表4可以看出，撒拉族农业人口比例从1990年的89.4%降低到2000年的82%，降低了近8个百分点，而这部分人口主要转入商业（商业比例从1.9%增加到6.7%，近5个百分点），如果再考虑到撒拉族人口数量的增加，从农业到商业的变动较大。前面已对循化县各行业人口职业状况做了微观分析，随着改革开放和近些年城市化的加快，各族在经济互补的基础上，积极参与到各行业营生，虽然部分行业仍有民族分布不均现象，但是并没有因为民族的不同，形成行业分离，或因为职业结构的差异产生分歧和矛盾。

表3　各民族就业人口行业结构（1990，2000）

	年份	农业（1）	工业（2）	建筑运输勘探（3）	商业公用事业（4）	卫生福利文教（5）	金融保险（6）	机关（7）	其他（8）	合计
撒拉族	1990	89.4	13.8	5.2	1.9	10.6	1.3	9.8	0.0	100
	2000	82.0	2.5	4.2	6.7		0.1	2.5	0.1	100
藏　族	1990	86.7	2.0	1.4	1.5	5.4	0.3	2.7	0.0	100
	2000	86.4	2.0	1.6	2.3	3.7	0.3	3.6	0.1	100
汉　族	1990	71.3	14.0	3.8	5.1	3.3	0.3	2.0	0.0	100
	2000	63.0	14.2	6.3	9.4	3.9	0.6	2.4	0.3	100
回　族	1990	62.3	17.0	4.8	9.1	3.9	0.4	2.5	0.0	100
	2000	59.6	11.6	6.4	14.3	4.2	0.7	2.9	0.3	100

资料来源：马戎，2004：662－671，附录5

表4　各民族就业人口职业结构（1990，2000）

	年份	专业技术人员	党政单位负责人	办事人员	商业工作人员	服务性工作人员	农林牧渔劳动者	生产、运输工人	其他	合计
撒拉族	1990	3.4	0.8	0.9	1.1	1.2	89.1	3.3	0.0	100.0
	2000	2.90	1.43	1.56	8.20		81.80	4.08	0.02	100.0
藏　族	1990	6.2	1.3	1.2	0.8	0.7	86.2	3.6	0.0	100.0
	2000	5.29	1.00	1.82	2.51		86.74	2.57	0.07	100.0
汉　族	1990	5.4	1.8	1.8	3.1	2.5	69.6	15.8	0.1	100.0
	2000	5.8	1.72	3.19	9.52		63.09	16.61	0.07	100.0
回　族	1990	6.1	2.2	2.3	5.3	3.9	61.7	18.4	0.1	100.0
	2000	6.28	2.23	3.88	13.81		59.59	14.13	0.08	100.0

资料来源：马戎，2004：662－671，附录5

各民族总人口中城镇人口与农村人口的比例是各民族城市化程度的具体指标。城市人口的相对收入要比农村人口的收入要高，研究城市人口中各民族的比例和各民族人口城乡分布比例分析各民族的经济状况也是经济状况研究的指标之一。

在前面人口状况与民族分布的调查中，对循化县各民族的分布情况已经做了详细说明。从表5中可以看出，全国范围内，汉族的城市化水平最高，撒拉族最低。农村（包括县城）人口比例比较，截止到2000年，83.7%的撒拉族仍然生活在农村，说明该民族的城市化水平不高。但是如果我们缩小在循化县内，以各民族县城居住情况为调查范围，并以循化县为城市类型，则可以看出各民族的变迁程度和特点。

表5 撒拉族、藏族、汉族、回族的城市化水平（1990、2000）

民族	市		镇		市镇合计		县（农村）		合计
	1990	2000	1990	2000	1990	2000	1990	2000	%
撒拉族	2.7	7.1	5.6	9.2	8.3	16.3	91.7	83.7	100.0
藏 族	3.3	4.1	3.8	8.7	7.1	12.8	92.9	87.2	100.0
汉 族	19.5	24.6	7.6	13.4	27.1	36.9	72.9	63.1	100.0
回 族	28.7	31.5	10.4	13.8	39.1	45.3	60.9	54.7	100.0

改革开放以前，因为土地没有施行自由买卖，县城居住格局一直基本没有变化，主要居住着汉族、回族，而且只有狭窄的一条街道，从东到西，分为东西两街。西街回族以清真大寺为点围寺而居，汉族在东街聚居，部分回汉也有杂居。从20世纪80年代中期到90年代末，撒拉族分两类（单位上班定居、生意定居）进入县城，藏族多为前者。为更清楚了解各民族的城市化情况，笔者对循化县几个单位的家属院展开调查。主要采用上门询问的方式，如果碰到有对单元各家民族状况熟悉者，就采用直接登记的方式，或者挨家敲门询问。在调查的154户中，并非所有人都是循化县各单位工作人员，除了汉族外，这些住户有一部分是从乡下搬迁来的，他们有些为了方便做生意，或者孩子上学，甚至有些只是为了住在县城迁移而来。据一位年长退休人员讲，过去家属院住户多数是汉族，后来他们都嫌地方小，都搬迁到城东小院去住了，房子就卖给了其他人，大部分卖给了撒拉族。与过去相比，不仅居住格局发生了变化，最明显的还是民族种类的巨大变迁。154户居民中，撒拉族占32.5%，汉族占26%。由此可见，近些年撒拉族的迁入人口比例较高（见表6）。

表6　县城部分家属院民族住户调查　（户）

单　位	撒拉族	藏　族	汉　族	回　族	合　计
教育家属院	19	7	8	6	40
广播电视局家属院	15	1	4	4	24
县委家属院	21	10	18	21	70
供电局家属院	5	6	5	4	20
总　计	60	24	35	35	154
比　例	32.5%	15.5%	26%	26%	100%

三、循化撒拉族自治县的民族地理分布

自乾隆二十七年（1762年）设立循化厅，直到20世纪80年代（改革开放以前）以前，总体而言，循化各族群众的居住特点属“大聚居、小杂居”类型。据1950年人口统计，当年全县总人口为40286人，其中撒拉族21974人，占全县总人口的55%；藏族12126人，占全县总人口30%；回族3679人，占全县总人口9%；汉族2496人，占全县总人口6%。此外，还有维吾尔族、土族、保安族共11人。按人口多少排序应该是撒拉族、藏族、回族、汉族。从民族历史来源和选择地点来看，基本没有大的变化。既撒拉族主要集中聚居在积石镇、清水乡、白庄乡、街子乡、查汗都斯乡等乡镇，主要以村落围“寺坊”聚居为特点；藏族则聚居在道帏乡、文都乡、尕楞乡和岗察乡，散布在农牧条件较好村落，围“麻尼”以聚族而居为主，另外在积石镇加入村也是一藏族聚居村；回族主要居住在积石镇、查汗都斯乡各自然村，居住格局与撒拉族略同，围“寺坊”而居。汉族居住在积石镇、清水乡、查汗都斯乡和道帏乡，其中80%聚居在积石镇各村，部分有与回族杂居现象。

20世纪90年代，循化县人口居住格局稍有变化。首先从人口规模上看，撒拉族、藏族增长较快。根据1990年人口普查，全县总人口99939人，其中撒拉族60813人，占全县总人口61%，比1950年增多38839人，人口增长1.77倍，相对比例增长6%；藏族23958人，占全县总人口24%，比1950年增多11832人，相对比例下降6%；回族8399人，比过去3679人增长1倍多，相对比例8.4%，下降0.6%；汉族6951人，比1950年2496人增长近两倍，相对比例为7%，增长1%。2004年，全县总人口117055人，比1950年增长76769人，撒拉族人72714人，占62.12%，相对人口比1950年提高7%，比1990年提高1.12%；藏族27550人，相对人口比例比1950年下降近7%，但是总人口翻了一番；回族9821人，占8.4%，与1990年相同，比1950年人口增长近3倍；汉族6853人，占6%，相对人口比例几乎没有变化，人口增长近3倍。2004年循化县人口总数比1950年增长近3倍。居住格局随着城市化的加快和人口城市迁移，呈现两种类型：一是绝对聚居型（显著聚居型），即循化县1个镇9个乡仍按过去民族聚居分布，撒拉族在积石乡、清水乡、街子乡、查汗都斯乡的人口比例占全县撒拉族人口的97%；藏族在道帏乡、文都乡、尕楞乡、岗察乡的人口比例占全县藏族人口的98.7%；汉族在积石镇75%以上汉族在积石镇（75%以上汉族在积石镇）、道帏乡、白庄乡、清水乡的人口比例占全县汉族人口的99%以上；回族基本聚居在积石镇和查汗都斯两地各村；二是相对杂居型（相对混居型），即四大主体民族虽然绝对聚居，但是在其他未占绝对数量的乡镇也有零星分布，与其他民族混杂居住。其特点主要表现为乡村人口向城镇的迁移，主要原因有以下三类：一是工作人员的相对流动，主要集中在县城。近些年，因为藏族对教育的相对重视以及政府的一些优惠政策，如相对考试入学成绩的降低录取，藏族企事业从业人口比例上升，迁居县城数量比重增大。二是商业如餐饮业、运输业、商店等的增多，多由来自乡村的撒拉族、回族开设，加上部分撒拉族、回族随着个人收入的提高和生活水平的改善纷纷迁居县城，主要分布在城郊和部分商品房单元楼内（在民族混杂居住乡镇有同样现象）。三是各族群众（主要指撒拉族、回族）因为对教育的重视，为给子女提供便利条件而迁居县城。另外，就循化县县城居住而言，除了大量撒拉族人口的迁入外，还有部分汉族外迁现象。20世纪五六十年代，循化县主要以汉族、回族相对杂居兼聚居为特点。所谓相对杂居，指回族、汉族从整体居住规模上混杂居住，但微观上，还是以回族、汉族群居为主。回族在西街围城关清真大寺聚居，汉族在东街围城隍庙聚居。另外，在西街也有与回族杂居现象。进入21世纪，随着城市流动人口的增多以及自由交换的需要，汉族把自家临街院子开发改变为商品房，出租给外地生意人（大多来自江苏、四川）和本地回族、撒拉族、藏族等从事商业买卖（如西街两旁有回族、撒拉族开的餐厅、肉铺、穆斯林用品店等16家，江苏人开的服装店、家用小商品、超市、药店等10家，本省民和县、本县乡村汉族开的理发店4家，四川人开的裁缝铺2家、回族开的打印铺2家、本地乡村藏族开的藏药店1家等），随着孩子的长大结婚，汉族家庭纷纷在城郊耕种土地上安家落户（大多在东城外尕庄），县城汉族人数相对减少。

从表7显示，撒拉族除三个藏族乡（文都乡、尕楞乡、岗察乡）分布较少外，在其他乡镇均有分布，主要集中分布在积石镇、白庄乡、街子乡和查汗都司乡，人口均超过万人以上；与过去相比，人口变迁数量较为明显的是积石镇，主要因为大量撒拉族群众随着生活条件的改善，从乡村迁入县城和撒拉族政府企事业单位工作人员的增加而引起的人口比例和分布的变化。藏族主要分布在道帏乡、文都乡、尕楞乡、岗察乡等4个藏族乡，在积石镇也有一定数量人口分布。过去，藏族主要聚居在上述4个乡，积石镇加入村有不到50户，后来，随着藏族群众对教育的重视，一定数量藏族毕业后参加工作在县城就业增加了在积石镇人口比例的相对密度。汉族、回族人口变化不大，主要分布在积石镇。

总体而言，一个特定区域内各民族之间的人口数量构成及居住空间的分布状况可反映民族凝聚程度、民族交流合作的空间条件及相应的发展动力。循化县各族绝对人口仍聚居在原来各民族相对集中地区，如藏族在道帏、撒拉族在街子的聚居，乡镇、村落民族居住格局在民族内聚力的作用下，民族边界更加明显。但是，随着城市化进程的加速，为改善生活，提高生活水平，各族群众纷纷放下锄头，走进县城，商业代替农、牧业，改善了过去城里民族种类单一的居住格局，加强了各族群众之间的相互了解和交往，为民族关系的良性发展奠定基础，所以，各民族人口居住区位经过自然或有意调控后，对推动民族交流合作、促进民族团结是有意义的。

表7 2000年循化县各族（四大主体民族）各乡镇人口分布 （人）

地区别	撒拉族			藏族			汉族			回族		
	小计	男	女	小计	男	女	小计	男	女	小计	男	女
循化县	69728	35122	34606	28152	13838	14314	6788	3509	3279	8904	4540	4364
积石镇	14460	7302	7518	792	372	420	4338	2287	2051	7094	3591	3503
道韩乡	2075	1028	1047	9401	4591	4810	745	405	340	291	155	136
白庄乡	16155	8068	8087	1584	777	807	548	273	275	44	23	21
清水乡	7346	3676	3670	239	115	124	542	289	253	24	8	16
孟达乡	2143	1071	1072	253	126	127	19	12	7	47	21	26
街子线	16391	8316	8075	22	6	16	342	73	269	285	155	130
查汗都斯	11125	5637	5488	5	4	1	146	84	62	1106	579	527
文都乡	23	19	4	8565	4279	4286	81	64	17	5	3	2
尕楞乡	3	3	0	5506	2693	2813	26	21	5	8	5	3
刚察乡	7	2	5	1785	875	910	1	1	0	0	0	0

四、结　　语

综上所述，循化撒拉族自治县作为撒拉族人口集中的地区，对于研究民族自治地方（州、县、乡）的民族关系，尤其在社会转型期，社会快速变迁期，是一个很好的样本。笔者在循化县的短期实地考察，了解了当地各民族人口状况、人口地理分布等的基本情况。从考察中得到的资料来看，循化县的民族人口分布具有自己的特点。虽然过去受宗教信仰、经济结构以及其他历史因素的影响，各民族处于相对隔离状态，但是自近代以来，随着各民族交往的加深，人口的流动，民族人口集中的现象逐渐为人口融合与分散所代替。这种变化促进了各族居民的日常交往与文化语言交流，有利于形成和保持融洽的民族关系。行业结构的变化、居住格局的变迁使各民族在经济文化互补的基础上，加深了各民族之间的相互依赖、相互了解，提供了增强民族感情的客观条件。虽然，从总体来看，各民族仍处于相对集中、相对聚居状态，但是在未来城市化过程中，随着经济体制的完善，人口流动的加速以及教育制度的合理化，民族关系将朝着更加融洽、和谐的方向发展。

参考文献：

[1] 循化县志. 北京：中华书局，2001

[2] 龚景翰. 循化志卷四

[3] 朱和双，谢佐. 撒拉族——石头坡村调查. 昆明：云南大学出版社，2004

（本文原载《青海民族研究》2006 年第 2 期）

当前部分少数民族欠发达地区农村劳动力之发展困境与出路

——甘肃积石山县保安东乡撒拉回土五族农村劳动力发展状况调查

孙振玉

一、当前部分少数民族欠发达地区农村劳动力发展之困境

这里所讲的困境，是一种发展中遇到的困境，即指改革开放以来，农村劳动力在获得一定的发展后，在部分少数民族欠发达地区，却由于受贫穷、落后制约与自然经济的局限，而出现的一种虽有发展，却不见明显提高，甚至出现暂时缺乏继续快速发展之基础与后劲的这样一种情况。

以积石山县为例，该县是一个典型的“县穷民穷”的少数民族自治县，但其农村劳动力解放以后尤其是改革开放以来也已有很大发展，这主要表现在：它同全国一样，通过实行包产到户，确立联产承包责任制，极大地调动了广大农业劳动者的主观积极性。通过推广多种农业实用技术，提高了科技意识及农村劳动力素质构成中的科技含量。坚持市场导向，发展规模经济，为农业生产注入了一定的活力，劳动者的商品生产意识也有所提高。通过增加农村文化教育投入，改善农村办学条件，农村劳动力的文化素质也在逐步获得提高；通过水利、电力、交通、通信等基础设施建设，也改善了劳动生产环境，提高了劳动力的使用效益。

发展是肯定的，但也是有限的，这表现在：

（1）生产过程主要还是依靠传统的手工劳动来实现。在目前的农村中，继实行联产承包责任制之后，解放劳动力的最有效的途径无疑是实现机械化。然而，不可否认的事实是，我国农业机械化的程度还普遍很低，劳动密集还是绝大多数农村产业的主要特征。少数民族欠发达地区的机械化程度则更低。在这里，农业机械只限

于少量的手扶拖拉机、脱谷机和播种机等，只是在部分生产环节如麦收和春播时才有人使用。通过对积石山县391户少数民族家庭的调查，我们发现拖拉机有17台，脱谷机4台，所占比重分别为4.34%和1.02%。考虑到这17台拖拉机中，有一些是用来外出淘金的，这样，直接用于农业生产的机械普及率应该还要低。由此得知，在我们所做抽样调查地区内，农业生产的全过程还主要是依靠传统的手工劳动来实现的。

（2）生产实践主要还是依靠传统经验来指导。劳动力的解放一靠政策，二靠机械化，但整个农业的振兴却非发展科技不行。只有用先进的科学技术代替传统落后的劳动经验，农村劳动力的发展才会获得根本保障。目前，在我们调查的地区内，发展农业科技主要是推广现成的农业实用技术，如地膜穴播小麦、间套带种植与冬小麦，但其单项普及率都很低，分别为12.33%、23.01%和10.9%。

积石山县全县的良种普及率虽高达84.32%，但在我们调查的地区情况却不容乐观（见表1）。表1中的“交换”一行是指异地一比一交换，多发生在亲戚之间，达不到改良品种的要求。只有购买的种子才可能是良种。表1告诉我们，在调查地区内，种子购买率是很低的，最高为34.24%，最低为零，平均为23.72%。在调查中，我们还发现，在购买种子的村民中，有的并不是出于认识，而是由于家无余粮可交换。那么，这些人是否购买良种也就值得怀疑了。

表1

地点	民族	户数	购买	交换	自留	借种	资助	不明	%
甘河滩	保安	50	15	26	6	0	0	3	31.91
大墩村	保安	50	15	26	6	0	0	3	31.91
四堡子乡	撒拉	90	25	39	9	0	0	17	34.24
小关乡	回族	100	25	43	27	1	1	3	25.77
尕庄	东乡	65	10	30	14	0	0	11	18.51
三二家村	土族	36	0	20	12	0	0	4	0

注：“户数”为被调查数。最后一行百分比 = 购买/户数 - 不明，再乘以100。

（3）劳动者的文化程度依旧很低。科技水平与文化程度低下，势必成为农业劳动力水平提高的最大障碍。1997年，在我们对积石山县18～55岁的少数民族农民的抽样调查中，发现这里的文盲、半文盲率仍高达77.37%。其中，男性为62.5%，女性为92.2%。这里还必须指出的是，考虑到被调查地区目前男女分工状况，即在大多数劳动力富余的家庭内，妇女一般在家从事农业生产，男子则搞各种劳务输出，只是在农忙季节才有可能参加部分农业生产这样一种状况，笔者认为，直接与农业生产相连接的农业劳动者——广大农村妇女——的文化状况更令人担忧。

（4）劳动者的思想观念仍较落后。在农村实行家庭联产承包责任制以后，广大劳动者的生产积极性确实得到了极大的提高，他们的精神面貌也有了不同以往的改变。然而，毋庸讳言，由此而固化的一家一户的小生产方式，对于绝大多数农民来讲，却增加了他们摆脱落后保守的思想观念的难度。通过调查，我们发现，目前商品经济、科学技术与文教事业意识，已经波及了比较落后的农村，促使这里的思想观念也在发生着改变。但另一方面，我们也注意到，人们在处理具体问题的时候，由于受现实条件或基础的影响，仍然难于摆脱落后保守的局限。例如，尽管我们在调查时注意到了人们对于儿童教育的关注与渴望，然而却发现，被调查地区5～12岁儿童的平均失学率仍高达58.4%，在胡林家乡尕庄竟为82.5%。这表明，除了贫穷落后的因素外。对发展教育缺乏应有的认识也是一个重要原因。还有，在我们的问卷调查，有91.57%的人没有听说过"商品经济"一词，76.15%的人不愿把余粮卖掉，甚至还有17.46%的人认为以传统的方式种田比科学种田更有把握。

（5）劳动力的使用效益仍很低。少数民族欠发达地区社会总体发育不足，农业在小农式的自然经济模式下运行以及如上所述劳动者素质的低下，必然会导致劳动力的使用效益低下。根据1997年第二季度有关统计资料，[①] 积石山县现有劳动力人口8.59万人，其中，妇女劳动力4.66万人，占54.24%，输转3.8万人，占44.23%。输转劳动力除外，按1996年全县农作物总播种面积32.02万亩计算，每个劳动力平均要经营6.68亩耕地。在农业生产过程主要靠手工劳动来完成的条件下，劳动强度应该说还是很大的。然而，农业产量却是相对较低的。1996年是积石山县历史上粮食产量最高的一年，达55060吨，当年粮食作物总播种面积为25.79万亩，平均亩产是426.98斤，这个产量显然是比较低的，然而，这还是农业大丰收之年的情况。1995年的亩产大约只有200斤。[②] 这一记录显然也不是最低的。看来，这里不仅粮食产量低，而且丰灾之年（1994年和1995年为地区灾年）的差距也大，因此，其抵御自然火害的能力也是较弱的。劳动强度大、农业产出偏低、抵御自然灾害能力差，正是少数民族欠发达地区劳动力使用效益低下的明显特征。

（6）劳动力的发展基础与后劲不足。农村实行家庭联产承包责任制以后，中国农村劳动力的发展曾一度获得过巨大的推动力，少数民族欠发达地区也不例外。然而，这种仅依靠调整政策来发展社会生产力的做法，其延续效果是有限的。问题的关键还在于农业性质自身的转变，这就是说，要想使农村劳动力的发展获得恒久的发展力度，就必须实现农业由传统的自然与计划经济向社会主义市场经济的转变，实现粗放农业向集约农业的转变。目前我国部分少数民族欠发达地区农村劳动力发展的后劲与基础不足，主要就是从这个角度来看的。积石山县的产业结构现在还是以第一产业为主，第二产业发展缓慢，第三产业刚刚起步。而这种以农业为主的经

① 数据来源于《积石山县教育状况简介》，积石山县文教局提供。

② 数据来源于积石山县报送：《甘肃省农村富余劳动力劳务输出转移统计表》；积石山县统计局：《关于1996年国民经济和社会发展的统计公报》。

济还停留在解决温饱的发展水平上。积石山县现仍有45%的农户即18200户尚未脱贫，贫困人口为9.1万人，贫困率而高达43.5%。即使是大丰收之年，全县粮食还不能实现基本自给，缺口粮693.75万斤。要解决吃饭问题，就必然会制约发展经济作物，因此导致粮食作物与经济作物的种植比例相差悬殊，如1996年该县两种作物的种植面积分别为25.79万亩和4.72万亩，后者仅占全部种植面积（32.02万亩）的14.74%，略高于20世纪50年代初全国民族地区经济作物种植比例的平均水平(13.2%)。[①] 这种积重难返的贫穷与落后局面，对实现由传统的自然经济和计划经济向市场经济的早日转变是一种极大的障碍，因此也使劳动力在获得一定发展后又陷入了缺乏基础和后劲的困境。

二、当前部分少数民族欠发达地区农村劳动力陷入发展困境的原因分析

本文研究的既是少数民族聚居地区，又是社会发展相对欠发达地区，在全国具有特殊的地位。在考察此类地区农业劳动力陷入发展困境的原因时，首先就应该注意到这种特殊性。

从最终的意义上讲，目前部分少数民族欠发达地区农村劳动力之所以陷入发展困境还是与这里的贫穷和落后有关。贫穷是指由于自然条件差，历史发展积累不足而导致的地区发展缺乏基础，缺乏应有的推动力。落后则指社会发展水平、社会文化和思想观念方面的落后。在少数民族地区，贫穷和落后是一对孪生姐妹，制约着社会发展的各方面因素，劳动力更是首当其冲。下面这些具体原因就从不同侧面反映了贫穷和落后对少数民族欠发达地区农村劳动力发展的影响作用。

（1）社会发育缓慢。社会发育是指社会要素及其机能的成熟过程，其目标当然是现代化的社会。社会发育为劳动力的使用和发展营造着具体的环境。少数民族欠发达地区的社会发展本来就起点低、基础薄，再加上发育速度缓慢，就很难或根本无法满足当代劳动力发展所必需的环境，因而使之由于缺乏营养而出现发展上的停滞。当代劳动力的发展除了良好的政策环境外，还需要齐全配套的现代基础环境如水利、能源、交通和通信等基础环境，市场化的经济环境，高科技教育的文化环境，现代开放的思想环境，等等，从上一节所述有关积石山县的情况看，这些正是少数民族欠发达地区不仅是现在，即使在将来的一个较长的时期内也难于提供和满足的。少数民族欠发达地区社会发育缓慢是直接由贫穷造成的。

（2）生产方式落后。生产方式是人们取得物质资料的方式，包括生产力和生产关系两个方面。本文所指的生产方式落后，主要是指其中的生产力落后和生产规模狭小而言的。少数民族欠发达地区社会发育缓慢所导致的一个最大的问题，就是农

① 杨武主编：《中国民族地理学》，113页，北京，中央民族学院出版社，1993。

业生产方式落后的局面迟迟得不到改变，生产力现有水平和发展速度均较低，至今仍停留在传统的小生产发展水平上。这种落后的生产方式满足于现有的劳动力发展状况，它不要求也不会为劳动力的发展提供更有利的条件。

（3）农业工业化的暂时消极效应。按照农业剩余劳动力转移理论，在向工业化过渡阶段，国民经济结构必然要发生急剧的变动，其变化趋势是：农业份额迅速下降，工业份额迅速上升，产业结构向高级化转变。受这一变动影响，劳动力（往往是较优秀的劳动力）开始流向第二产业，结果会暂时导致农业劳动力素质的普遍弱化。这种状况只有到工业化成熟阶段来临之后才会逐步得到扭转。农业工业化也同样会出现这种暂时消极效应。值得注意的是少数民族欠发达地区农村劳动力的发展会受到同样的不利影响。事实上，由于这里的基础和条件普遍较差，人们虽然迫于农业工业化是必由之路而在努力尝试之，但是，他们很快面临的却是工业化速度极度缓慢以及摆脱其消极影响极度乏力问题。因此，在我们的调查地区，就出现了这样的特殊情况：随着其乡镇企业和农村非农产业的发展，农村剩余劳动力除少部分被当地直接吸收外，大部分则以劳务输出形式转移到外地，成了外地工业化过程的生产力要素。这样虽有利于他们摆脱贫困和实现农业工业化的资本积累，可问题是，他们在外地所从事的只是一些建筑、修路、淘金和挖药材等重体力劳动，既学不到应有的技术，同时这些劳动力还在在不断受到消耗，由于他们长期、大规模地离开农村，也使农业劳动力素质弱化的局面更严重。

（4）文化教育落后。文化教育的发展状况如何，直接影响到农业劳动者文化素质的高低，也直接影响到农村劳动力发展水平的高低。从社会发展的长远看，目前少数民族欠发达地区最令人担忧的就是教育。教育的落后主要表现在两个方面：一是教育观念落后，一是教育实践落后。

（5）科学技术落后。要造就现代化的劳动力，就必须掌握最先进的农业科学技术。目前，即使是少数民族欠发达地区，也已经不是绝对的闭塞和保守了，新的信息和新的技术也在不断地传入。问题是，先进的信息和技术要转化为生产力，尤其是在少数民族欠发达地区做到这一点，却需要有一个较长的努力过程。贫穷和落后就像制约其他因素一样，也制约着科学技术的普及工作。就积石山县的情况而言，现在的实用技术普及工作主要存在以下问题：第一，干群之间认识和态度上的不一致。第二，科普工作存在着追求数量，忽视实效的现象。结果，在一些地区推广失败之后，增加了群众对科普工作的等待观望心理。第三，科普工作的重点是为了提高粮食产量，解决群众温饱，而普及发展经济作物的实用技术的力度却不够，这是贫困地区经济难上规模的原因之一。

（6）劳动力发展投入不足。劳动力发展投入涉及社会和家庭两个方面，包括综合投入与专项投入两种方式。一般说来，用于社会各方面发展的投入，均会在不同程度上推动劳动力的发展，尤其是在文化教育、科学技术、医疗卫生、体育娱乐等方面的投入都属于综合投入，与发展劳动力有更直接的关系。此外还有专项投入，即专门用于劳动力发展的投入。在少数民族欠发达地区，各项投入均会受到贫困的制约，导致投入不足。

家庭直接承担着劳动力生产和再生产的重任，家庭投入也极为重要。目前，在少数民族欠发达地区，由于受自然经济影响，家庭劳动力的生产和再生产仍然以传统的方式为主，即将之纳入家庭人口繁衍或“传宗接代”的总过程中来进行。农业生产经验和工业技术技巧的传授，也主要是通过言传身教进行。这种投入方式显然与现代农村劳动力的发展格格不入。

(7) 劳动分工问题。在少数民族欠发达地区，自实行家庭联产承包责任制以后，自然而然地形成了妇女在家种田，男子出外挣钱的劳动分工，其结果，是青壮年男劳动力基本上短期或长期地离开了农业生产第一线，而妇女和老人则成了农业生产的主力军。统计资料显示，1997年积石山县有劳动力总数为8.59万人，其中妇女劳动力为4.66万人，占劳动力总数的54.24%。截止到上半年末，全县劳动力输转已达3.8万人，其中，妇女仅占7%，为0.2662万人。从劳动力的输转去向看，在3.8万人中，有2万人留在本省，1.8万人输往省外，主要是去了西藏（0.45万人）、新疆（0.4万人）和青海（0.35万人）等同样欠发达地区，只有0.1万人去了广州等发达地区。从输转行业上看，主要是建筑、建材、采矿、运输、筑路和森林采伐等重体力行业，而非技术性行业。[①] 这种单纯以体力挣钱的劳务输出，由于主要输往同样欠发达地区，且是非技术性行业，对劳动力的发展不会有什么大的帮助。

三、当前部分少数民族欠发达地区摆脱农村劳动力发展困境的思路

当前部分少数民族欠发达地区发展农村劳动力的最根本的障碍是贫穷和落后，而根治贫穷和落后，不仅是发展农村劳动力，也是发展整个农村社会的关键之所在。对此，有关政府部门已经有了清醒的认识，并正在率领广大欠发达地区的干部和群众为完成这一任务而奋斗。把根治贫穷和落后作为部分少数民族欠发达地区摆脱目前农村劳动力发展困境的首要问题来对待，也是本文的根本思路之所在。然而，需要注意的是，目前部分少数民族农村劳动力之陷入发展困境，正是在这些地区大力治贫的过程中发生的。也正是在这里，我们碰到了这样一个值得思考的问题：现阶段，部分少数民族欠发达地区，在制定以脱贫为首要任务的社会发展策略时，是否应该也将加速改造落后的农业生产方式、加速改造落后的劳动生产力，优先列入规划中来？换一句话说，是否在集中精力解决吃饭花钱问题的同时，也多注意一些改造落后的农业生产方式和劳动生产力问题。按着这一问题思路，笔者认为，少数民

---

① 数据来源于积石山县报送：《甘肃省农村富余劳动力劳务输转去向行业分布统计表》，《甘肃省农村富余劳动力劳务输出转移统计表》。

族欠发达地区要想尽快摆脱目前农村劳动力发展之困境，以下几个方面是要予以充分注意的。

（1）必须充分认识劳动力在农村发展中至关重要的战略地位。劳动力是指人的劳动能力，是体力和脑力劳动能力的总和。人是通过劳动来改造自然、改造社会和改造自身的。少数民族欠发达地区所谓的“三农”问题，即农民贫困、农村落后以及农业基础薄弱等问题，无不集中地反映在低水平的农村劳动力上，而其根治，又非先提高农村劳动力不可。如果不有效地提高农村劳动力，根治贫困和落后的目的最终是无法达到的。

（2）必须不断进行制度创新，尤其是经济制度创新，以此来改造落后的农业生产方式，给劳动力的发展创造新的机会和动力。在少数民族欠发达地区，贫困和落后是农村劳动力发展水平低下的根本原因，然而，目前导致这种低下局面迟迟得不到改变的重要原因之一，就是前文中所述落后的农业生产力式。这是在实施包产到户以后普遍出现的建立在一家一户基础上的小农式生产方式，这种生产方式有两个特点：一是基础弱、规模小，二是它只适应传统的自然经济。显然，要改变这种落后的生产方式，就必须尽快实现从粗放农业到集约农业、从自然与计划经济到市场经济的转变，必须走有规模的农村产业化道路，而这一切都必须伴随必要的制度创新，尤其是经济制度方面的创新。

党的十五大报告指出：“公有制为主体、多种所有制经济共同发展，是我国社会主义初级阶段的一项基本制度。”报告为广大农村的制度尤其是经济制度创新提供了依据。为落实报告精神，少数民族欠发达地区必须围绕强化农业基础、扩大生产规模和增加市场经济比重这几个方面来努力工作。但作为前提，加大农业资本投入和积累以及实现其有效运营又至为关键。现在，“农民不仅创造了双层经营体制和乡镇企业市场经济体制，而且在实践中大胆探索，开拓新的更符合我国国情的集体经济组织形式和产权创新模式，把股份制和合作制结合起来的股份合作制，就是广大农民的又一杰出创造”①。在不断创新的农村集体经济组织形式和产权模式下把广大农民和各种资本重新组织起来，无疑是增大生产规模、走产业化的道路、发展农村市场经济以及强化农业基础的有效途径之一，从而也就会为农业生产力的发展提供有效的推动力。

（3）必须加大改造传统的自然经济与计划经济，建立社会主义市场经济。世界上发达国家与我国发达地区的经验证明，市场经济是当今社会可供选择的各种模式中最有效的一种模式。可是，迄今为止，少数民族欠发达地区占支配地位的经济发展模式，还仍然是传统的自然经济与计划经济。在这里，不仅远没有实现从自给型农业向商品化农业的转变，而且，它的优秀劳动力（指劳务输出部分）也不是作为价值创造主体，参与当地的经济建设，而是作为商品，成了其他地区的生产要素。少数民族欠发达地区加强建立社会主义市场经济的目标之一，就是要改变这种极不

① 温友祥：《重新认识农业的基础地位》，载《开发研究》，1998（2）。

合理的现象，使优秀劳动力尽可能成为本地区市场经济建设的主体。

（4）必须进一步加大力度发展文化和科技教育。发展文化和科技教育，是提高劳动者素质和劳动力发展水平的最有力的途径。的确，由于贫困，少数民族欠发达地区在现有投入的基础上，每前进一步都有很大的困难。可是，不投入或少投入，教育就发展不起来，劳动力发展水平呈落后的局面也就会长期得不到扭转。在自身财力和政府投入有困难的条件下，可以考虑以下几种途径，一是申请中央政府加大对少数民族欠发达地区的教育投入，二是争取希望工程援助，三是求得海外人士教育赞助，四是动员当地群众捐资助学。除了解决教育投入问题外，培养和使用教育带头人也是发展教育成败的关键。

发展文化教育，除学校基础教育外，也不能忽视各种成人教育和职业教育。我们在调查地区内发现，几乎所有成年人都未接受过认真的成人教育，也未认真地对待过成人教育。基础教育关涉到后继劳动力的文化素质问题，成人教育则直接影响着当代劳动力的发展水平，两者均不能忽视。发展成人教育，除了教育投入外，调动教育与受教育者，尤其是后者的积极性是成败的关键。成人教育一定要避免走形式。

（5）必须尽力改善劳动力的成长与使用环境。社会环境是培育劳动力的一个巨大的母体，好的环境有利于培养优秀的劳动力，也有利于劳动力发挥更大的使用效益。社会环境的改善与社会的发展程度是同步的，是在社会各方面因素的综合作用下实现的。除了以上所讲的改造落后的农业生产方式、建立社会主义的市场经济和加速发展文化科技教育外，改善水利、电力、能源、交通、通信等基础设施，改善医疗卫生、文娱体育、图书情报等社会条件，都能对社会环境起到优化作用，对农村劳动力的发展起到有益的影响作用。

（6）必须大力培养和扶持农业科技带头人。国内许多成功的经验证明，农村中靠科技发家致富的人，在科技普及方面具有非同一般的影响效应，因此，各级政府应该注意识别、选拔和扶持这样的带头人。事实上，农村的初、高中毕业生和退伍军人中，这样的人才潜力是非常大的，这些人长期受不到重视和使用，是少数民族欠发达地区一种严重的人才浪费现象。选拔农业科技带头人，首先就应该在这些人中进行。这些人一般都有理想和抱负，思想比较开放，又有文化基础，接受新知识和新技术也快，所以，选拔和扶持他们会使一批农业科技带头人很快脱颖而出。

（7）建立劳动力专项发展基金。发展农村劳动力是中国当今面临的一项重大任务，它需要有资金支持。在少数民族欠发达地区，靠自身的力量建立专项劳动力发展基金，目前显然还有一些困难，们可以采取多种渠道来进行，如申请国家和省（自治区）、地（州）财政专项拨款等。专项基金可以用来支持搞重点实用技术试验，扶持农业科技带头人，资助文化和科技教育，用来奖励在发展农业劳动力中有贡献的人，等等。

说明：这次调查是在1997年7月中下旬和8月上旬进行的，重点调查了大河家乡甘河滩村和大墩村（保安族），抽查100户；四堡子乡四堡子村（撒拉族），抽查90户；石塬乡三二家村（土族），调查全村；胡林家乡尕庄（东乡族），调查全村；小关乡尕阴洼村、大茨滩村和五家堡村（回族），抽查100户。

（本文原载《兰州大学学报·社会科学版》2000年第2期）

转型时期的撒拉族社会经济结构

赵春晖

一、转型时期撒拉族社会经济结构的特征与类型

1. 撒拉族社会传统经济结构的特征与类型

撒拉族主要聚居在青海省循化撒拉族自治县和甘肃省积石山撒拉族东乡族保安族自治县。两县位于我国黄土高原与青藏高原的过渡地带，属高原大陆性气候，特点是气候温和，日照时间长，太阳辐射强，昼夜温差大，降雨量少，蒸发量大，无霜期在133～220天。农作物一年两熟，是种植麦类作物和发展园艺业的黄金地带。同时，境内群山密布，峡谷和缓坡地带构成的浅山区，适宜发展畜牧业和林业。

明初的“百户”和“副千户”与“尕最”（世袭总掌教）、掌教以及“哈尔”（头人）构成撒拉族内的剥削阶级。社会的基本经济单位是“阿格乃”、“孔木散”内的独立小家庭。“阿格乃”即“兄弟”、“本家子”之意。是父系血缘关系基础上的近亲组织，由兄弟分居后的小家庭组成。“孔木散”则是“一个根子”或“远亲”之意，为远亲的血缘组织。若干个“阿格乃”组成“孔木散”，若干“孔木散”组成“阿格勒”（村庄）。“孔木散”有公共墓地，“阿格勒”有公共的山林和牧场。“阿格乃”内独立的小家庭起初大都或多或少占有自己的土地。各小家庭之间在典当或出卖土地时，本“阿格乃”、“孔木散”有优先权，并在生产上有互助习惯。这种原始社会氏族公社的组织形式，为封建统治阶级所利用，在撒拉族社会中一直存在很久。至清朝雍正、乾隆时期（1723—1795年），撒拉族社会有了较大发展。有6000余户（1781年），3万余人，由于人口繁衍增多，在撒拉族地区形成了“十二工”。后并为“八工”。“工”相当于乡一级的行政区划单位，下属若干自然村。据《循化志》载，雍正以前并无“工”的名称，雍正八年（1730年）的粮册上才开始出现。反清斗争失败，人口锐减，十二工合并为八工：县城以西有街子工、查加工、苏只工、查汉大寺工。称为“上四工”：县城以东有清水工、崖曼工、张尕工、孟达工，称为“下四工”，合称“撒拉八工”。今化隆回族自治县，有撒拉人

居住的甘都工、卡尔岗工、上水地工、黑城子工、十五会工。与循化的内八工相对，称化隆“外五工”，合计“十三工”。当时“八工”的水地大部分已开垦出来，并修筑了蜿蜒30余里的灌溉水渠，生产有很大发展。但与此伴随而来的是封建压榨的进一步加重。伊斯兰教教门中的掌教控制寺院的财产和土地，本身已成为地主。他们子孙相承，与世俗统治者土司一起霸占群众土地，肆意妄为，许多农民因而破产。1949年以前，在自给自足的自然经济下，完整地保存着封建经济的特征。人民生活极端困苦。

新中国成立后，通过民主改革和社会改革，废除了封建特权，还地给农牧民，并在中国共产党和人民政府的领导下，建立起了本民族的自治政权，实现了当家做主。生产稳定发展，人民生活水平显著提高。

从历史角度看，撒拉族从先民定居现址时，就与农业结下不解之缘。《循化志》中就有“惟撒喇回民……颇有水田，得灌溉之利”之说。尽管撒拉族具有不拘一业，多种经营的传统，然而，就经济文化特征来看，撒拉族自古至今是属于农业民族。撒拉族民间至今流传着先民居住地的传说，相传先民离开撒马尔罕东迁后，他们的房子无人居住了，果园里的杏子、梨无人管理了，各种花木自开自谢，等待自己的主人回去享用。撒拉族在定居循化后，长期使用的粮种是从中亚带来的“喀拉毫尔散”（即黑芒麦）和“阿合毫尔散”（即白芒麦）。这些麦种在周围民族中很少使用。由此可见，撒拉族先民很明显是从事农业的民族。

撒拉族经济结构是以农业经济为主。辅以园艺业和畜牧业等。

农业：撒拉族种植的粮食作物，由于一年可以两熟，普遍实行套种技术，即小麦收割后还可以种植豆类作物、马铃薯等一些其他作物。

园艺业：园艺业在撒拉人的经济生活中一直占有非常重要的地位，在历史上，撒拉人就有经营果园的传统，基本上家家户户都开辟有果园，种植苹果、核桃和花椒等多种经济作物。据《循化志》记载，清乾隆以前，已有了一定规模的园艺业，苹果的引种栽培有数百年的历史。《循化志》分别对蔬菜和花卉进行了详细的记载。其云：“咐城左右，则菠菜、瓠子、芹菜、茄子、黄瓜、菜瓜、葫芦、西瓜、葱、蒜、韭、苜蓿、山药园中皆有之。”花卉则“牡丹、芍药、桃、杏、梨、石竹、罂粟皆间有，而葵花尤多”，花卉不仅有利于环境的美化，也丰富了人们的精神生活。

畜牧业：畜牧业在撒拉人的经济生活中一直占据重要地位。撒拉族先民撒鲁尔人原在中亚，就拥有较多的畜群和经营畜牧业的经验。迁居循化以后。在明代二百多年和清代初年是河州卫的纳马十九族之一，每年通过茶马司纳马易茶。明洪武时制定“金牌信符”制，[1] 撒拉族领有金牌一面，每年纳马80余匹。早期撒拉人的衣着，主要以羊毛为原料的白色褐子和毡衣，故而，若没有相当数量的羊和羊毛，是

① 金牌信符：金牌铜铸，鎏金，长方形，顶端呈半圆形，长23.5厘米，厚0.8厘米，重870克。正面铸楷书“信符”2字。背面铸篆文12字：上部为“皇帝圣旨”，左边是“合当差发”，右边是“不信者斩”。金牌分上下两半，上号颁发于纳马诸族，下号藏于内府，定期派官合符交易，是进行茶马贸易的凭证，明初，曾下发金牌41面。其中河州卫21面。

难以解决数以万计的本民族人口的衣着问题。而在撒拉人的婚嫁礼俗上，用牲畜作聘礼，反映出畜牧业在社会经济生活中所占地位。

手工业和副业：主要有打猎、伐木和淘金。并且在农田很少的孟达工，打猎和伐木在经济生活中占有特殊地位。总的说来。撒拉十二工，为了生存不得不靠山吃山，靠水吃水。

综上所述，可以看出传统的撒拉族社会经济结构属于传统的农业经济结构，也就是所谓的第一产业占有相当大的比重，几乎没有第二产业，而第三产业所占比重微乎其微。由于经济结构的单一性。以及人多地少的矛盾局面，靠农业致富的难度远远大于非农业。

2. 转型时期撒拉族社会经济结构的特征与类型

改革开放以后。土地实行承包到户，撒拉族的经济活力得到释放，撒拉人根据特长开始搞多种经营，涉足汽车运输业、建筑业、商业等，其经济结构的总体特征趋于多元化，并不单纯依靠农业。传统的粮食种植业虽然继续存在，但商业在20世纪80年代以来有了较大发展，很多人做起虫草生意和牛羊肉生意。运输业在撒拉人的经济发展中起着举足轻重的作用，公路的修通刺激了运输业的发展，促使了经济交流的增加。以青海循化县、甘肃积石山县为例：截止到1999年，循化县“全县个体私营企业已发展到1260家，其中个体工商户1193户，从业人员2561人，注册资金1378万元；私营企业67家，从业人员3160人。年产值达30万元以上的有60家，百万元以上的企业有47家。千万以上的企业有4家”①。在众多的循化县个体经济经营者中，撒拉族所占比例达67.4%。近年来，撒拉族居住最集中的循化地区的乡镇企业和私营经济发展异常迅猛，为改善当地人的就业结构创造了良好的条件。乡镇企业的高速发展，使全县经济初步摆脱了单纯依靠农业缓慢发展的状态，经济结构调整速度加快。工业化进程开始启动，同时还增加了农民收入，吸引了大量剩余劳动力。撒拉族擅长牛羊育肥贩运，有世代经营畜牧业的经验和“善耕善畜”的特点。牛羊育肥贩运行业作为撒拉族脱贫致富的一条最有效的途径，已成为循化县的一大支柱产业。1982年全县有17户，1988年发展到200户，1997年底，全县具有一定规模的以产仔畜、产奶、育肥贩运的大军，每年从甘南、黄南、海南、海北、果洛、玉树、四川阿坝等牧区贩运育肥牛羊达18万头（只），向社会提供新鲜牛羊肉500万斤，其中400万斤贩运到本省各地和临夏、兰州。循化积石镇大别列村马富贵，从事牛羊育肥贩运、屠宰行业，十多年苦心经营，积累了一定资金，于1992年创办了第一家由农民兴办的循化县第二清真肉联厂，年贮存冷冻牛羊肉120吨。年上缴税金10万元。产品销往各大城市，经济效益和社会效益显著。循化县的撒拉族群众还成立了个体联运公司，从事长途货运和西宁至拉萨、西宁至循化的客运，新疆乌鲁木齐至伊犁也活跃着一支青海的撒拉族客运队伍。

---

① 马伟，马晓军：《循化撒拉族自治县个体私营经济发展状况》，载《百年撒拉族研究文集》，379页，西宁，青海人民出版社，2004。

积石山县是一个以种植业为主的农业县，大河家、四堡子的蛋皮核桃、冬果梨，安集、银川的花椒，石塬三二家的串椒等久负盛名。花岗岩、石英石、硅铁等储量丰富，民族工艺品保安腰刀闻名遐迩，冬虫夏草系列产品及皮革、牛绒、花岗岩制品初具规模。黄河在境内流程达40公里，水能蕴藏量丰富，还有大面积草场、宜林地，发展畜牧业、林果业有着得天独厚的条件。“到2002年底，全县国内生产总值达2.24亿元，农业总产值达1.8亿元，工业总产值达1.12亿元，财政收入达699万元，农民人均纯收入达953元。到2003年底。全县国内生产总值达2.59亿元，比同期增长15.6%；农业总产值达2.1亿元。比同期增长17%；工业总产值达1.31亿元，比同期增长17%；农民人均纯收入达1010元，比同期增长6%”①。

由上可以看到，撒拉人伴随改革开放，积极响应国家政策，通过调整农业经济体制，摆脱传统农业的束缚。通过市场运作的方式，将一部分土地集中，交给一些农户专门经营。通过大规模、专业化种植，体现了土地的真正效益。富余的劳动力，积极发展现代型的园艺业、畜牧业，投身到商业、运输业、建筑业中。转型后的撒拉人，其社会经济结构也是顺应国家发展的大趋势的。

但是，撒拉族的农业人口数为93539人，农业人口占总人口的90.4%，在撒拉族经济结构调整的过程中，如何将这支庞大的农业队伍发展好，还需要当地政府部门结合当地的资源环境，撒拉人的民族素质和特性，进行认真规划，通过各种具有针对性的培训，带领全体撒拉人真正走向致富之路。

二、撒拉族经济结构调整与社会转型的关系

中国的改革是从农村开始的，改革以来最显著的社会结构转变发生在农村，农村的发展快于城市，而且更加灵活、更加多样。在中国社会转型的过程中，政府力量和市场力量的巧妙结合，得益于三方面的条件：一是顺乎民心民意。改革开放从根本上说是反映了广大人民群众的实际要求，而且“包产到户”、“家庭联产承包责任制”、“乡镇企业”这些改革中出现的新生事物都是人民群众在求生存、求发展过程中的伟大创造。二是坚持使大多数人获益的原则。尽管改革是复杂的利益格局的调整过程，很多方面的利益差距会拉大，但由于坚持使大多数人从直接的经济增长中获益，普遍地改善和提高人民的生活水平，从而使经济改革获得广泛的支持，也大大增强了人们对结构转型和体制变动的经济承受能力和心理承受能力。三是顺应结构转型的历史潮流，坚持在实践中探索和不断总结经验，调整政策。政府主动的不断“纠偏”，取消那些与市场机制作用相抵触的做法，政府干预不再作为一种超经济的强制力量，而是作为对市场的有效补缺。

---

① 甘肃省积石山县民族宗教局，积石山县扶贫开发办公室编印：《甘肃省扶持人口较少民族发展规划(2004—2006年)》，见《积石山县撒拉族》2004。

1. 撒拉族地区农业结构调整的方向

首先，撒拉族是以农业生产为主的民族，种植业在撒拉族农业以及整个撒拉族经济中占有举足轻重的地位。对种植业的调整。应从气候条件、土地面积等实际情况出发，加强经济农作物的科技指导和商品化经营观念，进一步发展园艺业，等等。这些措施的实施，不仅可以改变撒拉族地区单一的粮食种植和出产结构，还可以改善人民生活，有助于农业经济的商品化。例如，在青海循化县，黄河沿岸包括查汗都斯乡、街子乡、积石镇、清水乡以北，这一地区自然条件好，不仅粮食高产，而且适宜苹果、梨、桃子、葡萄、西瓜、辣椒、西红柿、黄瓜等果类蔬菜的生产。另外，撒拉族居地所出产的薄皮核桃、“线椒”、花椒、红辣椒等也是享誉全国，加之撒拉人天生所具有的经济意识，使得他们更注重品牌农作物的生产，必然带动一方经济。

其次，在调整种植业结构的基础上。应重视林、牧、副业的发展。循化东北部和西南部山区分布着茂密的原始森林。孟达林区地处秦岭山系西端、黄土高原南界和青藏高原东北缘这三大自然区的交会处，特殊的地理环境和优越的气候条件孕育了这里丰富的物种资源，形成了中国西部罕见的古亚热带、亚温带和亚寒带植物汇集生长区，汇集生长了由唐古特地区、华北地区、横断山脉地区三大植物区系的植物种，被誉为“青藏高原上的西双版纳”。孟达森林有500多种植物，其中50多种植物是独有植物。可以在保护森林的基础上，利用现有的森林资源，发展副业。同时。可以利用河谷地区自然条件适宜树木生长的特点，加大树木种植，发展滩地成林区。这样既可以保护生态环境，又可以增加当地撒拉族人民的收入。

再次，充分发展撒拉族的传统畜牧业。可以在撒拉族聚居的白庄、清水、孟达等地，利用境内山多坡多，气候温和，雨量丰富的良好自然条件，饲养牛羊，发展畜牧业，提高撒拉人的收入。

最后，根据撒拉族人身体强壮，勤劳勇敢、不畏艰险的民族特性，可以有组织地进行劳务输出。劳务输出，也是转移农村剩余劳动力的一种方式。据循化县就业局提供的资料，截止到2005年底，青海循化撒拉族自治县已输出农村剩余劳动力35049人（次），劳务收入达7400万元。在输出的农村剩余劳动力中，政府组织输出9000人（次）；省外转移6372人（次），占转移总数的18.2%。省内跨地区转移7685人（次），占转移总数的22%，就地转移20992人（次），占转移总数的59.8%。

2. 撒拉族地区经济结构改变产生的影响

一个社会或一代人的观念，具有很强的继承性，观念的改变常常比现实的改变更困难、更迟缓，而这种观念，又成为影响人们行动和看法的重要因素。转型时期的撒拉族社会、经济结构的改变，直接影响到社会生活的各个方面。

（1）农村传统乡土观念被突破，乡村文化传统正在受到全面的冲击。传统的撒拉族聚居区相对比较封闭，宗教因素在撒拉人社会、生产的各个方面都有一定的影响。改革开放使得更多的撒拉人走出了原有的生活圈，在市场经济的磨炼下，撒拉族人的观念也逐渐由封闭转为开放。这种变化，不仅涉及撒拉人的精神领域，也进入撒拉人的生活领域。诸如婚姻观念的转变、教育意识的转变，等等。

（2）农民、农村的角色冲突。观念的改变带来撒拉农民对自身的地位、所生活的环境作出一种评价和预设，一方面，农民不再是传统农耕者，耕作种植在多数情况下，已经不是唯一的、重要的选择，更多的情况下，人们转入与现代商业接轨的状态。但事实上，现代商业文明在农村的建立是需要很长一段时间和一定的历史条件，这种情况下，农民自身处于矛盾中。另一方面，在与城市的交往中，农民逐渐发现了他们被社会所遗忘，农村——这个他们祖辈生活的地方，是一个被忽视的地方，现实的差距迫使他们寻求一种改变自身生活环境的途径。通过撒拉族人口的迁移流动（见表1），可以进一步说明这个问题。

表1　撒拉族15岁及以上年龄迁移原因统计　（人）

年龄	合计	务工经商	工作调动	分配录用	学习培训	拆迁搬家	婚姻迁入	随迁家属	投亲靠友	其他
15~19	161	24	/	2	63	7	36	16	1	12
20~24	186	48	3	10	28	/	86	4	3	4
25~29	123	39	6	3	3	9	41	14	3	5
30~34	80	35	5	/	3	9	8	14	2	4
35~39	67	34	4	/	/	5	9	9	/	6
40~44	29	15	1	/	/	4	1	7	/	1
45~49	27	12	3	/	/	2	1	3	2	4
50~54	8	2	/	/	/	2	3	1	/	/
55~59	6	3	/	/	/	/	1	/	2	/
60~64	5	2	/	/	/	1	1	/	1	/
65以上	8	/	/	/	/	4	/	1	1	2

从表1可以看出，撒拉族人口的迁移流动在15~49岁这个年龄段中比较密集，而这个年龄段也正好是劳动力的黄金时段。撒拉人的流动性除了正常的婚姻迁入外，主要集中在务工经商这个层面。说明在社会转型的过程中，撒拉族固有的社会生产关系发生了改变，更多的年轻人、壮劳力脱离了投入多、见效慢的传统农业。出外打工，从事第三产业，根据其民族特性，主要集中在运输业、采矿业和服务业等行业部门。

（3）农村经济发展遭遇体制性障碍。一方面，在国家政权与地方治理组织之间，存在一个空间，这个空间使得国家政权体系不能完全延伸到乡村，国家政权的权威不能完全发挥其应有的作用，农村、农民不能直接或完全享受到国家政权给予的政策优惠或者是现实的利益，也就是体制内的效率不能充分发挥。这也给非体制性因素影响农村发展带来机会。另一方面，随着农村改革的深入，农村产业结构调整力度的进一步加大，农村经济和农村社会出现新的生机。但由于长期的城乡“二元”结构的影响，给农村带来的是大量的劳动力相对剩余，而固有的劳动制度并不能完全适应大量的劳动力相对剩余带来的压力。在实地调查中，可以明显感觉到撒拉族人，尤其是生活在农村的撒拉人也存在类似的状况。不过，撒拉人信仰的伊斯兰教主张“入世”观念，强调用自己的双手创造自己的生活。撒拉人已逐渐适应了社会经济转型带来的变化，通过出外打工，经商等手段逐步解决这一矛盾。

在现代社会中，一个民族要生存，要发展，必须从自身入手改变自己的不足，学会主动适应社会的发展。否则，在“适者生存”的自然法则中，就会被淘汰出局。撒拉族所拥有的“入世”观念和积极向上、敢于冒险、主动了解外部世界的生存意识是值得发扬和保存的。但是，在外部竞争过程中，文化素质偏低成为撒拉人在经济发展中的一个重要的制约因素。

参考文献：

[1] 边燕杰．市场转型与社会分层：美国社会学者分析中国．北京：生活·读书·新知三联书店，2002

[2] 杨龙．我国的区域发展与区域政治研究．新华文摘，2004（1）

[3] 邓小平文选．3卷．北京：人民出版社，1993

[4] 国家民委．中国共产党关于民族问题的基本观点和基本政策．北京：民族出版社，2001

（本文原载《兰州大学学报·社会科学版》2006年第6期）

转型期撒拉族政治价值观变迁研究

石德生

撒拉族是西北地区乃至青海省独有的少数民族之一，现人口10万左右，主要居住在青海省循化撒拉族自治县、化隆回族自治县甘都镇，甘肃省积石山保安族东乡族撒拉族自治县。撒拉族信仰伊斯兰教，宗教在撒拉族历史发展中发挥了重要作用，撒拉族社会、文化具有浓厚的伊斯兰色彩，其基层社会结构——阿格乃、孔木散就是明显的表现。进入转型期以后，撒拉族也受到中国宏观环境的影响，经济、社会、文化结构乃至民众价值观发生了前所未有的变迁，呈现出传统与现代多元互动的特点。研究转型期撒拉族民众政治价值观及其变迁和特征，探讨社会主义核心价值观体系基础上撒拉族民众和谐政治价值观的建设路径，可为撒拉族和谐社会建设奠定基础。

一、研究方法及样本

（一）方法选择

研究转型期撒拉族民众的价值观及其变迁，须运用科学的、可检验的方法和可以信赖的样本。为此笔者运用社会学研究方法中的调查研究法（问卷调查和结构访谈法）、实地研究法（观察与访谈法），于2005年1—5月到青海省循化撒拉族自治县，对撒拉族民众的政治价值观进行了抽样调查和访问。之所以运用这些方法，主要原因在于：①调查研究可在宏观层次描述撒拉族民众政治价值观演变概况、特征，也可从社会分层的中观层面上分析撒拉族民众政治价值观的变迁；②实地研究可在定量刚性分析的基础上，通过典型案例的柔性描述，来增强研究的真实感、生动性和说服力。

（二）样本构成

研究中笔者运用立意和多段抽样等方法抽取了样本，样本结构大致如下：

（1）性别构成：男性71人，女性24人，占被访人数的74.7%、25.3%。

（2）年龄与婚姻状况构成：24岁以下2人，25～34岁44人，35～44岁33人，45岁以上16人，平均年龄为36.85岁；未婚4人，已婚（有配偶）88人，离婚3人，各占被访人数的4.2%、92.6%和3.2%。

（3）文化程度：小学及以下4人，中学7人，大专65人，本科以上19人，各占被访人总数的4.2%、7.4%、68.4%和20%。

（4）收入状况：300元以下的有1人，301～600元的2人，601～900元的有13人，901～1200元的有57人，1201～1500元的有10人，1501元以上的有12人，各占被调查人数的1.1%、2.1%、13.7%、60.0%、10.5%和12.6%。

（5）职业分布：国家机关、党群组织和事业单位负责人21人，占总人数的22.1%；企业经理1人，占1.1%；专业技术人员42人，占44.2%；个体工商户1人，占1.1%；农、林、牧、水利等业的生产人员3人，占3.2%；办事及有关人员21人，占22.1%；其他7人，占7.4%。

（三）样本合理性分析

从样本的构成来看，具有这样一些特点：①男性高于女性。②年龄和婚姻分层上中青年、已婚人员居多。③文化程度分层上高学历比例大。④经济收入分层上中等收入的人群比例较高。⑤从业人员身份分层上党政机关公务员、事业单位专业技术人员、办事员比例较高。可以说，这样的样本构成基本上反映了撒拉族社会经济、社会、文化发展的特点。可以其为基础，研究、分析转型期撒拉族民众价值观的变迁及其特点。原因在于：①撒拉族社会发展中仍然存在“男主外、女主内”的社会分工现象，撒拉族男性工作者比例高于女性，男性的社会活动、社会参与程度高于女性。②中青年、已婚人员中的多数人都承担着工作和家庭中的重任，社会、经济、文化变迁对他们影响最大。③文化程度较高的群体是撒拉族族群中的精英，他们对民族传统文化感受较深，对民族传统文化与价值观有着较高的认同感与自觉意识；同时对当代现代社会、经济、文化、价值观的变迁、理解、接受程度也较深。④经济收入处于中等的群体，既是改革利益的获得者，又深深感受到市场经济发展和制度建设的巨大冲击。⑤党政机关公务员、事业单位专业技术人员、办事员的价值观及其社会影响力高于一般群众，起着主导作用，普通群众价值观的变化在一定程度上取决于领导干部价值观的影响。

二、转型期撒拉族民众政治价值观变迁分析

（一）政治参与意识和关切度

政治参与意识与关切度表现着民众的政治知识、动机、政治能力，影响着民众

的政治行为。为了考察撒拉族民众的政治参与意识和关切度，我们在问卷中设计了一个选择问题，结果见表1。

表1　当您对某项政策有不同意见时，是否想表达自己的意见？

	人数	%
想表达意见	42	47.7
不想表达意见	46	52.3
合计	88	100.0

从这一数据来看，一半以上的人不想表达自己的意愿，政治的参与度和意识较低。这同撒拉族传统社会中精英、权威政治文化一脉相承，即民众的政治参与度较低，对于政治的关切度也较低。但从44.7%“想表达意见”的受访者来看，撒拉族民众的政治参与意识的发展趋势是积极向上的，一部分人想通过政治参与的方法来表达自己的政治理想。

在交叉分析中，笔者也发现不同群体的政治参与意识、关切程度不尽一致。

首先，以不同性别群体来看政治参与意识，见表2。

表2　当您对某项政策有不同意见时，是否想表达自己的意见？

性别		想表达意见	不想表达意见	合　计
男	人数	37	29	66
	%	56.1	43.9	100.0
女	人数	5	17	22
	%	22.7	77.3	100.0
合计	人数	42	46	88
	%	47.7	52.3	100.0

N = 88，X2（1）= 7.349，$P = 0.007$

由表2可以看出，撒拉族中女性公民的政治表达参与意识明显低于男性。这种性别上的差异，反映了撒拉族社会中男女所处社会地位不同，也反映了“政治是男人的事情，家庭是女人的舞台”这一传统。而且从我们实地调查和所了解的情况来看，撒拉族妇女的社会地位都普遍低于男性，尤其在农村和牧区表现得更为突出。

其次，经济地位与政治参与意识的相关性。社会分层理论认为：经济地位较高的人，其政治参与意识也比较强。这一点也在我们的调查中作了印证。就撒拉族的民众收入与政治参与意识的关系来看：月收入300元以下的，想表达自己意见的为零选择；600元以下的，想表达自己意见的为50%；601～900元的，想表达自己意见的为61.5%。可见，收入和政治参与度之间有一定的正相关关系。但我们也发现经济收入水平与政治参与度并不是绝对的正相关关系，如：月收入901~1200元，想表达自己意见的为54.9%；1201元以上的，想表达自己意见的为20%；1501元以上的，想表达自己意见的为27.3%。这说明经济收入的高低并不是决定每一个收入阶层政治参与意识强弱的唯一因素。

最后，职业身份、社会地位与政治参与意识的相关性。“想表达意见”比例最高的为国家机关、党群组织和事业单位负责人或企业经理，其选择频率为65.0%；然后依次是办事员及有关人员（52.4%）、工农业生产人员（52.4%）、专业技术人员（40.5%）。说明实际社会生活中职业、自身工作状况和政治参与度确有关联，如“国家机关、党群组织和事业单位负责人、企业经理”群体日常接触政治活动的机会多，他们相对更关心政治；而“专业技术人员”、“个体工商户、商业服务员工”、“工农业生产人员”、“办事员及有关人员”，由于在日常工作和生活中与政治活动接触较少，他们的政治关切度相对较低。这一现象印证了帕里的论断：具有较高的社会地位和教育水准的人，往往较多地参与政治活动，这一司空见惯的现象即可以解释为他们对政治有更为积极的倾向性，对于政治活动的开展有较多的了解，也可以说成是他们算计到自己的经济和社会权力可以加以有效的利用以获得政治上的好处。

关于影响政治参与的因素，笔者也通过问卷进行了调查，结果见表3。

表3　如果您对某项政策有不同意见，又不想表达，这主要是出于什么考虑？

	人数	%
制定政策是党和政府的事	5	8.2
没有表达意见的途径	16	26.2
人微言轻，表达意见也不起作用	33	54.1
还是少说为好	7	11.5
合　计	61	100.0

从表3可以看出，撒拉族普通民众相对缺乏主动的政治参与意识。究其原因可能是由于政府采纳意见的程度较低、表达意见途径阻塞、传统观念和精英政治文化的影响等，这些因素的存在使撒拉族民众降低了政治参与愿望。这与撒拉族社会、经济发育程度相关，与撒拉族地区的民主政治建设相关，与区域自治程度相关，也与撒拉族民众对传统统治方式（政权和教权的权威统治方式、精英政治文化）的揖别时间较短相关，与撒拉族民众的文化素质现状基本吻合。并且，从选择“人微言轻，表达意见也不起作用”的人数据第一位的实质来看，撒拉族民众无意识地奉行“精英主义”价值观。再者，“少说为佳”的占被调查人数的11.5%，说明传统政治文化的依附性特征依然较强，撒拉族民众对政治疏远，政治取向被动、消极、依附。当然这也与有些被调查者社会地位较低、年龄较大、与主流社会逐渐疏远、经

过历次政治运动心有余悸的社会阅历有关。

（二）政治平等观与决策民主观

政治伦理是政治现实的反映，政治参与意识、政治关切度是社会政治民主或政治文明的反映，也是以政治平等为前提的。为探讨撒拉族民众对干群关系的认识以及决策民主和合法性的认同状况，我们分两个问题进行了调查。

就政府官员与普通公民平等的关系调查数据来看：在被访者中，有38.9%选择了“仆主关系”，16.8%选择了“主仆关系”，8.4%选择了“父子关系”，16.8%选择了“分工关系”，18.9%选择了“说不清楚”。这些数据反映出部分群众已经逐步建立了较为正确的干群关系意识，但也反映出民众对干群关系认识上存在着一定的差异性，群众对干群关系并不十分满意或认知模糊。这不但是传统文化的政治价值观对撒拉族影响的结果，也是现实社会中“官”“民”关系的一些扭曲现象、政治体制建设滞后所表现出的缺点影响了人们的判断。我们在实地调研中常常听到老百姓、甚至基层干部称其上级主管官员为“老板”，且对此说法没有丝毫的怀疑。有的认为现在的政策好，但“官”不好，即“歪嘴喇嘛念歪经”。可见民众的政治价值评价标准已经上升到一般的公正标准上。这也说明，建立现代民主政治的平等观念绝非一朝一夕之事，政治价值观的转变在社会、经济转型过程之中经常显示出滞后的特征。但从中也可看出，民众的政治平等观念正处于建立之中，封建等级观念正在随着人们主体性的增强而逐渐淡化。这也是社会转型期政治价值观处于转变状态的一个直接体现。

从对决策的民主化和合法性认同的状况来看，调查结果见表4。

表4　您认为政府在制定法规时应当以什么为依据

	人数	%
领导人的批示	3	3.2
宪法和人大颁布的有关法律	58	62.4
公众的意见	21	22.6
政府的需要	10	10.8
其　他	1	1.1
合　计	93	100.0

从这些数据可以看出：民众对政府决策民主化和合法性的价值认同程度比较高，说明他们对决策法治化、民主化的要求在不断提高，尤其对宪法和人大颁布的法律的认同度较高，说明近年来民族地区的普法教育工作是卓有成效的，民众开始关注政治问题，尤其青睐关乎自己发展和切身利益的制度的贯彻执行状况。

（三）政治社会效能评价标准的选择

政治社会效能是人们建立政治价值观的基础。对此，我们的问题是：您认为衡量一个国家或地区好不好的最重要的标准是什么？从回答结果来看：选择“经济实力”的占39.6%，位居第一；选择“人均收入”的占22%，居第二位；选择“社会安定”的占19.8%，居第三位。接下来依次为：选择“个人权利和自由的充分保障”的7.7%，选择“社会公平”的占6.6%，选择“贫富差距”的占4.4%。可以看出，在政治效能的评价标准中，民众在主观上更倾向于与他们的生活状况相联系的经济评价标准。当然，也反映出改革开放以来他们深受以经济建设为中心的思想的影响，人们的经济价值意识逐渐强于其他意识。

对于影响政治效能的社会因素，笔者运用布雷德波恩测验表进行的社会满意度测量，是一个关于政治社会效能的实然评价，可以体现撒拉族民众对当地社会发展、经济生活等各方面的现实综合评价，也能反映出民众对当地政治效能的看法和态度。表5显示：分值最高的是民族团结，其他依次为环境保护、社会保障、治安司法、物价状况、赚钱机会、贫富差别、商品质量。当地群众对民族团结、环境保护、社会保障的评价较高，但对其他问题的评价则不是很理想。可以看出，经济社会发展的实际状况与人们的价值期望值之间尚有一定的距离，尤其对社会贫富差距、商品质量状况等评价较低，这并非只是撒拉族社会中存在的问题，而是一个全国性的普遍问题，在此不过是在撒拉族民众中得到了一种体现。

表5　您对下列各方面的状况满意不满意？其程度如何？

	样本人数	平均得分	标准差
赚钱机会	89	4.11	2.90
物价状况	89	4.61	3.20
商品质量	91	3.87	2.72
贫富差别	90	3.80	2.88
治安司法	93	4.94	3.20
社会保障	88	5.05	3.10
环境保护	93	5.25	2.98
民族团结	93	7.30	2.59

三、小　结

通过调查数据及案例来看，我们可发现：撒拉族民众的政治参与意识、关切度并不是很高，女性公民的政治表达参与意识低于男性；收入影响着政治参与度，国家机关、党群组织和事业单位负责人、企业经理相对更关心政治；民众对干群关系认识上存在着一定的差异性，在现实生活中群众对干群关系并不十分满意；在政治效能的评价标准中，民众在主观上更倾向于与他们的生活状况相联系的经济评价标准。这一现象说明转型期的撒拉族民众虽然受到了现代政治文化的影响，但由于传统社会中精英、权威政治文化影响，他们的政治依附性较强。

同时，从这些数据中我们也发现，随着社会主义民主政治的建设，撒拉族民众逐步建立了较为正确的干群关系意识，政治平等观念处于建立之中，封建等级观念正随着人们主体性的增强而逐渐淡化，民众的决策法治化、民主化要求在不断提高。相信随着民主政治推进、民族区域自治制度的贯彻执行，撒拉族民众的政治参与、关切度会进一步得到增强。

参考文献：

[1] 青海省统计局．青海统计年鉴2004．北京：中国统计出版社，2004
[2] 芈一之．撒拉族政治社会史．香港：香港中文出版社，1994
[3] 杨光斌主编．政治学导论．北京：中国人民大学出版社，2004
[4] 孔德元．政治社会学导论．北京：人民出版社，2001
[5] 布来克维尔政治百科全书．北京：中国政法大学出版社，1992

（本文原载《青海社会科学》2007年第1期）

转型期撒拉族婚姻家庭价值观变迁探微

石德生

婚姻家庭价值观是人们关于婚姻家庭及其过程的认识和态度，是价值观念在婚姻家庭过程方面的反映。社会转型不仅会促发经济、社会、文化结构的转型，也会影响人们关于婚姻家庭结构的认知与价值观念的变化。20世纪80年代以后，中国逐步走上了工业化、现代化、城市化之路。伴随这一潮流，处于祖国西北地区的撒拉族也渐次受到影响，民众的传统婚姻、家庭价值观及行为模式出现了从传统向现代转化的趋势。不少学人对这一现象也给予了足够的关注。其中，赵春辉、高永久[①]等人从民族学视角研究分析了转型期撒拉族婚姻、家庭结构与模式的变化。但笔者以为：他们的研究只是针对撒拉族民众的婚姻、家庭模式及行为的变迁作了宏观层面上的描述性分析，而对影响婚姻家庭模式、行为变迁的基础——心理观念、价值评价标准——未作深入地探讨与分析。故此，为进一步探讨、分析当前撒拉族民众婚姻家庭模式变迁的缘由，本研究意欲在上述研究的基础上，运用布迪厄的“场域”、“惯习”理论及调查研究的方式（问卷调查、结构访谈），对当代撒拉族民众的婚姻家庭观，如择偶标准、婚姻仪式选择、夫妻关系评价、婚姻问题态度（对婚外情、离婚）、生育选择（性别、数量选择）等及其变迁的特征进行一次解释性研究。

一、撒拉族传统婚姻价值观

通过比较传统和当代婚姻家庭观之间的异同，才能发现当代撒拉族民众婚姻家庭价值观的变迁。由此，笔者这里首先介绍撒拉族民众的传统婚姻家庭关系及价值观。撒拉族主要居住在青海省循化撒拉族自治县，是西北地区乃至青海省独有的少数民族之一，现人口10万左右。[②] 在长期经济社会发展中，撒拉族逐步形构了以伊

① 高永久：《对撒拉族家庭的民族社会学考察》，载《西北民族研究》，2002（1）。
② 芈一之：《撒拉族史》，66页，成都，四川民族出版社，2004。

斯兰教为核心，结合传统儒家思想和他族文化特质的独特文化系统，构建了具有宗教性特征、宗法伦理相结合的传统文化。并以此为基础，发展并形成了独具特色的婚姻、家庭文化与价值观，也即布迪厄所讲的婚姻家庭惯习，也即婚姻家庭方式的生存心态。其基本内涵大致可分为这样几个方面：

（一）婚姻认知与态度

《古兰经》规定："您们中的未婚男女和您们善良的奴婢，您们应当是他们互相配合"、"真主的一种迹象是：他从你们的同类中为你们创造配偶，以便您们依恋他们，并且是您们互相爱悦，互相怜恤"①；《圣训》曰："结婚是信仰的一半，男人应当有妻子，女人必须有丈夫，这才是正常的人类生活，建立信仰和文明的基础。"②《正教真诠·夫妇》提出："正教结婚、乃主明命。"③ 因此，撒拉族主张青年男女都要结婚，反对终身不娶或不嫁的独身主义。强调结婚是真主对穆斯林的命令，是必须向真主履行的一项义务，成年男人和女人必须结婚成为合法的夫妻。同时，对于婚姻、家庭通过严格的法律给予确认与限制，且施以人生目的的教育和指导。此外，禁止血亲、近亲之间的有悖于道德的婚姻关系，反对试婚和同性恋；并为了保持男女贞洁，严格要求个人的衣着和首饰，以免产生对异性的诱惑力。④

（二）婚姻条件及择偶标准

《古兰经》指出："您们不要娶以物配主的女子，直到他们信道，您们不要把女儿嫁给以物配主的男人，直到他们信道。"⑤ 因此，撒拉族一般坚持族内婚的习惯，选择婚姻对象时以"伊玛尼"（信仰）、财产、容貌、地位为基本条件，并把"伊玛尼"放在重要的位置。虽然也有和他族通婚的现象，但是他族人原须得皈依伊斯兰教。此外，传统社会的撒拉族民众还主张男、女双方家庭的门当户对以及家庭财产、社会背景的一致性。另外，在择偶过程中男女双方也考虑男女双方的能力、容貌，婚姻自主权，婚姻不允许强迫，要尊重女方的意愿等。但在传统社会，很少有人能如愿，"父母之名、媒妁之言"的包办婚姻现象依然存在。

（三）婚姻过程及仪式

撒拉族青年男女婚姻的缔结过程，一般分四个步骤：首先要提亲，其次是纳定，第三为送彩礼，撒拉语叫"玛勒艾恩得尔"，最后是迎娶。撒拉族婚姻仪式具有浓厚的伊斯兰教特点，即由男女双方择定吉日，大都是伊斯兰教的聚礼日，即星期五"主麻日"。婚礼仪式必须由一位伊玛目或者德高望重的伊斯兰学者——阿訇主持，

① 马克林：《回族法文化研究》，235页，北京，中国社会科学出版社，2007。

② 同①，237页。

③ 同①，239页。

④ 同①，239页。

⑤ 同①，240页。

伊玛目或主持人必须当着众人的面确认双方真正同意结婚，并念“尼卡哈”（证婚词），婚姻始得正式承认。同时，婚礼仪式上公开展示事先准备好的婚姻契约，男女各一份，可以列入双方的权利和义务。[①]

（四）夫妻关系

对于夫妻关系，依据《正教真诠·夫妇》强调的“夫妇之道，乃两厢护卫”、“夫妇而立，弘道兴伦”[②]的平等原则，撒拉族强调夫妻平等关系，要求丈夫爱妻子、履行婚约的全部款项，做一个热爱家庭和生活节俭的丈夫；强调妻子孝敬父母、尊重丈夫、养育子女，与丈夫共患难、同甘共苦；以及夫妻双方互相尊重、维护、和睦相处。当然，也由于性别分工不同，一般多强调男主外、女主内，强调男性的经济能力和女性相夫教子、孝敬父母、操持家务的态度和能力。同时这也成为衡量撒拉族夫妻关系和家庭婚姻质量的标准。

（五）生育问题

生育是家庭的重要功能，因此对子女数量和性别的要求是婚姻、家庭价值观中的重要组成部分。撒拉族在历史发展过程中，由于经济模式、家庭模式的影响，逐渐形成了类似于汉族的生育观念，如，多子多福、偏好男孩等。

（六）婚姻问题

对于婚姻家庭中的问题，诸如离婚、复婚等现象，撒拉族也依据伊斯兰教法作出了明确的规定：如离婚，虽无禁止离婚的规定，但也反对轻率离婚，穆罕默德曾劝导穆斯林“妇有过，善言以教之，无轻去”[③]，清代回族学者刘智说，“妇无轻出之理”[④]。但是如果婚姻真的难以继续，教法规定男女双方都有要求离婚的权利和财产的权利。同时，撒拉族也允许复婚、改嫁。

二、转型期撒拉族民众的婚姻家庭价值观

（一）择偶观念的变迁

择偶是婚姻的前奏，也是婚姻家庭建立的关键一步，何种选择婚姻对象，人们往往会依据自身因素对其条件、标准有一番认真地考虑和价值判断。传统社会中受民族文化传统的影响，撒拉族民众型构了把以泰格瓦（信仰）为首要择偶标准、实

① 马克林：《回族法文化研究》，241页，北京，中国社会科学出版社，2007。
② 同①，242页。
③ 同①，244页。
④ 同①，247页。

行族内婚、讲究门当户对的传统择偶观。那么，在改革开放程度不断加深、市场经济逐步确立、现代文化影响不断扩大的情况下，撒拉族民众的择偶标准是否发生了变化，对族际婚姻的是否认同呢？

1. 择偶观念与标准

通过问题："在选择婚姻对象时，你所看重对方的什么"的回答来看："人品"占75.8%；"家庭"占11.6%；"经济收入"占6.3%；"社会地位"占3.2%；"外表"占2.1%；"其他"占1.1%（见表1）。可见"人品"占绝对第一位。说明随着社会经济的发展和变迁，家庭的核心化，社会评价机制的个人化、能力化，撒拉族民众对于传统婚姻观所倡导的"门当户对"考虑较少，考虑更多的是包含能力在内的"人品"因素。这一变化反映了撒拉族民众在选择婚姻对象时开始强调个体的因素，更加理性地考虑个人的婚姻问题。同时，从家庭背景排在第二位来说，撒拉族民众在选择婚姻对象时也要考虑对方的家庭及其社会背景、地位和经济能力。因为婚姻不仅是两个个体之间事情，它是嵌入到整个社会人际网络之中的，牵扯、影响到两个婚姻对象之间的家庭、社会关系，脱离不开双方家庭在经济、社会关系方面的支持。而这些反映出撒拉族社会的结构、文化依然有着传统性的特征。再从经济收入排在第三、社会地位排在第四位来看，撒拉族民众在择偶时对今后家庭潜在发展能力、家庭生活的考虑更加务实，因为家庭生活不仅是爱情，还涉及柴、米、油、盐、酱、醋、茶。由此，可说明撒拉族民众的择偶标准观逐渐从传统的以家庭为主逐步向现代以个体为主、理性择偶转变。当然，这里也比不排除对家庭、经济等方面因素的考虑。

表1　在选择婚姻对象时，您所看重的是对方的

	频　数	比　例
经济收入	6.00	6.32
社会地位	3.00	3.16
家庭背景	11.00	11.58
人品	72.00	75.79
外表	2.00	2.11
其他	1.00	1.05
合计	95.00	100.00

2. 族际婚姻观念

转型期市场经济的建设，社会流动频率和范围的扩大，以及族群文化的涵化和认同程度的提高，致使国内族际婚姻现象逐渐增加。[①] 那么，在这样一个大的社会

① 李晓霞：《中国各民族间族际婚姻的现状分析》，载《人口研究》，2004（3）。

背景下，在传统社会中将泰格瓦（信仰）放在重要位置，讲究缔结婚姻必须信仰一致的撒拉族民众对族际婚姻的态度是否发生了变化呢？通过问题："你对不同民族间通婚的态度是什么？"的回答来看：选择认可的为48.94%，比较认可的为34.04%，选择无所谓的为7.45%，选择不很认可的为3.19%，不认可的为6.38%（见表2）。表明撒拉族民众对族际通婚现象的认同度、婚姻的开放度在逐步提高。

（二）婚姻过程及仪式观念

伊斯兰教是撒拉族文化中的一个重要组成部分，撒拉族婚姻仪式中也显示出浓重的宗教色彩，如：婚礼往往要求阿訇或其他宗教人士主持。那么，撒拉族民众关于婚姻仪式的选择、评价有哪些变化呢？通过对问题："你认为婚礼由谁主持为好？"的回答来看（见表3）：数据显示：婚姻仪式的选择具有多元化、世俗化特点。选择婚礼由"父母或长者主持"的居于首位；为34.7%，"宗教人士主持"为28.4%；"自已办理"为24.2%；"所在单位或地方的权威人士或行政领导主持"为3.2%；"兼而有之"为9.5%。说明随着现代文化的传入，个体评价机制的形成、世俗化的家庭观念的逐步确立，对传统的宗教习俗和势力形成冲击，使得撒拉族民众的婚姻仪式逐渐有了世俗化的特点。这和西北其他少数民族地区的变化呈现同步的特征。同时，就"宗教人士主持"居第二位来说，传统宗教伦理、道德价值观仍然是撒拉族的民众婚姻、家庭生活中不可或缺的一个组成部分，宗教文化对人们的社会生活仍有较强的影响。笔者以为，这在全民信教地区是可以理解的。

表2　您对不在民族之间通婚的态度是

	频　数	比　例
认　可	46.00	48.42
比较认可	32.00	33.68
无所谓	7.00	7.37
不很认可	3.00	3.16
不认可	6.00	6.32
合　计	95.00	100.00

表3　您认为婚礼由谁主持为好

	频　数	比　例
单位或地方权威人士或领导主持	3.00	3.16
宗教人士主持	27.00	28.42
父母或长者主持	33.00	34.74

续表

	频　数	比　例
自己办理	23.00	24.21
兼而有之	9.00	9.47
合　计	95.00	100.00

（三）夫妻关系、家庭质量评价观念

传统社会中撒拉族对于夫妻关系、家庭质量的评价多强调男性的经济能力和女性相夫教子和孝敬父母的态度和能力。那么，进入社会转型期后，上述标准是否出现了新的变化呢？通过对问题："你认为影响夫妻感情的主要因素是什么？"的回答来看：选择"相互理解和信任"的占79%，位居第一；其他依次是"孝敬父母"占42%；"经济收入"占39%；"夫妻生活"占28%；"爱情"占23%；"孩子"占20%；末尾选择是"社会地位"占5%（见表4）。

表4　您认为影响夫妻关系、家庭质量的主要因素是什么

	爱情	夫妻生活	相互理解和信任	孩子	经济收入	社会地位	孝敬父母	其他
样本人数	95	95	95	95	95	95	95	95
选择比例	0.23	0.28	0.79	0.20	0.39	0.05	0.42	0.00
选择人数	22	27	75	19	37	5	40	0

分析这一排序，笔者以为：转型期的撒拉族民众越来越看重夫妻感情、彼此的理解与信任；同时，也强调伦理道德、孝敬父母。从经济收入排在第三位、爱情、性生活排在四、五位、孩子选择位居第六、社会地位居第七来说，撒拉族民众正在逐渐建构着具有现代特征的、更加理性的婚姻家庭评价标准，在重视伦理道德的基础上，正在建立以夫妻关系为轴心的家庭关系。这些变化也正是转型社会所具有的特征。

（四）生育观念

生育是家庭的重要功能，也是婚姻的主要目的。因此对子女数量和性别的要求是婚姻、家庭文化与价值观中的重要组成部分，所以在这次调查中，我们也分析了撒拉族居民关于子女数量的价值取向和子女性别的价值取向及特点。

1. 子女数量的价值取向

如上所述，由于经济、社会模式的影响，传统社会中撒拉族逐渐形成了类似于汉族的生育观念，如：多子多福、偏好男孩等。那么，在社会转型中这些观念是否也有变化呢？通过对问题："你对'多子多福'怎么看？"的回答来看（见表5）：撒拉族民众中有54.74%持不赞同的态度，21.05%持不很赞同的态度，11.58%持无所谓的态度，7.37%的人持比较赞同的态度，5.26%持赞同的态度。这与计划经济时代人们的生育观形成了较大区别。可见，近二十年的社会转型、经济结构变迁、分配格局分化、计划生育政策实施以及社会抚育成本、生育孩子边际成本增高与收益的下降，“多子多福”的观念在撒拉族民众之中逐渐淡化；从12.7%（和）选择“赞同或比较赞同”来看，“多子多福”的传统价值观在撒拉族人群中仍然有一定的影响。

2. 性别偏好——子女性别的价值取向

通过对问题：“您是否更喜欢男孩?”的回答来看：选择“是”的占64.0%，选择“否”的占36.0%。可见撒拉族民众更倾向于生育男孩，偏好男孩的文化现象依然存在于撒拉族民众的观念之中。交叉数据显示：男性中有69.7%的受访者选择“是”，而女性中则只有47.8%选择“是”（见表6）。可见男性更倾向于男孩，说明现实社会中“重男轻女”思想观念还有较大的市场，这不但是由于农村的生产方式、婚姻制度所限，也由于农村养老体制、社会保障体制不健全、薄弱所致。同时，从男性被调查者更多的选择男孩来看，传统的从夫居、“不孝有三、无后为大”的观念传统生育观依然是影响人们的生育意愿的强有力的因素。因而“养儿防老”、“男孩偏好”依然存在于撒拉族民众的思想观念之中。

表5　您对“多子多福”怎么看

	频　数	比　例
赞　同	5.00	5.26
比较赞同	7.00	7.37
无所谓	11.00	11.58
不很赞同	20.00	21.05
不赞同	52.00	54.74
合　计	95.00	100.00

表6　您是否更喜欢男孩

性　别		是	否	合计
男	人数	46	20	66
	%	69.7	30.3	100.0
女	人数	11	12	23
	%	47.8	52.2	100.0
合计	人数	57	32	89
	%	64.0	36.0	100.0

（五）对婚姻问题的评价

1. 对婚外情的态度

婚姻是两性的结合，但只有在特定的法律、伦理和风俗的规定下建立起来的两性关系才是婚姻关系。伦理、道德、法律等规范试图将人类的性关系限制在婚姻范围之内；而且，自然法则的作用也给性关系带来了众多的禁区。但是在实际的社会生活中性生活、感情也经常溢出婚姻之外，表现为婚外情等违背伦理的现象，成为婚姻家庭中的问题。对于这一问题，撒拉族传统文化、伦理有着明确的规定，如反对乱搞两性关系，反对试婚和同性恋等。那么，对于这一问题，转型期的撒拉族民众持何态度呢？通过问题："你对有婚外情人这件事怎么看？"的回答来看，在所有的被访人中选择"应当受到谴责"的占34.7%；"如果是夫妻感情破裂，可以理解"的占14.7%；"属个人私事，无可指责"的占10.5%；"只能因人因事而论"的占28.4%；"令人羡慕"的占2.1%；"说不清楚"的占9.5%（见表7）。从这一选择的序列来看，撒拉族民众对婚姻关系、对婚外情的评价依旧持比较传统的反对的态度；但是，从"只能因人因事而论"的占28.4%、"如果是夫妻感情破例，可以理解"的14.7%来说，撒拉族民众对婚外情现象也是持理性、具体问题具体分析的态度。

另外，根据交叉数据——性别因素的分析来看：男性选择如下："应当受到谴责"的占38.0%；"因人因事而论"的占25.4%；"如果是夫妻感情破裂，可以理解"的占11.3%；"属个人私事，无可指责"的占11.3%；"说不清楚"的占11.3 %；"令人羡慕"的2.8%。女性选择如下："只能因人因事而论"的37.5%；"应当受到谴责"的25%；"夫妻感情破裂，可以理解"的占25.0%；"说不清楚"的9.5 %。"属个人私事，无可指责"的8.3%；"令人羡慕"的2.1%（见表7）。可以看出男性与女性都能理性的分析对待"婚外情"问题。但也可以看出对待"婚外情"的态度上女性比男性更为宽容一些，同时也更为实际，能就事论事。总之，从对统计结果的分析来看，撒拉族在婚外情的认识和价值选择上有以下特点：①传统的伦理道德观（忠贞不渝和责任）仍然是主流。②人们对婚外情这类社会现象逐渐持一定的宽容度；③"因人因事而论"的位居第二，说明人们对此问题的理性程度在提高。

表7　你对有婚外情人这件事怎样看

性别		应当受到谴责	如果是夫妻感情破例，可以理解	属个人私事，无可指责	只能因人因事而论	令人羡慕	说不清楚
男	人数	27	8	8	18	2	8
	%	38.0	11.3	11.3	25.4	2.8	11.3
女	人数	6	6	2	9		1
	%	25.0	25.0	8.3	37.5		4.2

续表

性别		应当受到遣责	如果是夫妻感情破例，可以理解	属个人私事，无可指责	只能因人因事而论	令人羡慕	说不清楚
合计	人数	33	14	10	27	2	9
	%	34.7	14.7	10.5	28.4	2.1	9.5

2. 关于离婚问题的权衡

撒拉族传统文化及伊斯兰教法虽无禁止离婚的规定，但也反对轻率离婚，穆罕默德曾劝导穆斯林“妇有过，善言以教之，无轻去”，清代回族学者刘智说“妇无轻出之理”。那么，在转型期撒拉族民众如何看待离婚问题呢？通过对问题：“您对离婚问题怎么看?”的回答来看（见表8）：选择“夫妻感情破裂，离婚是正常的”占51.06%；选择“离婚是一件耻辱的事”的占2.13%；选择“离婚会给孩子带来精神痛苦，一般不要采取离婚形式”的占18.09%；选择“视具体情况而定”的占28.7%。这一结果反映出：撒拉族民众已经不再把离婚视为一种耻辱，对离婚后果的考虑也可以加以理性的考虑，同时也认为非万不得已不会采取离婚的行式。通过交叉分析，也发现不同的群体的撒拉族民众对于离婚问题的看法也存在差别。从性别分组来看：男性选择“夫妻感情破裂，离婚是正常的”比率为44.29%，女性为70.83%（见表8）。看来女性更能善待离婚这件事。但实地调查的经验事实告诉我，这组数据并不是反映女性观念比男性开放，而是在撒拉族地区，由于种种原因，男女在家庭、社会地位上存在着事实上的不平等，不论是亲友之间、还是社会舆论方面，女性在离婚中所受到的伤害、不公待遇总是多于男性，因此，女性在心理上更能接受离婚的事实。

表8　您对离婚问题怎么看

性别		夫妻感情破例，离婚是正常的	离婚是一件耻辱的事	离婚会给孩子带来精神痛苦，一般不要采取离婚形式	视具体情况而定
男	Count	31.00	2.00	14.00	23.00
	%	44.29	2.86	20.00	32.86
女	Count	17.00		3.00	4.00
	%	70.83		12.50	16.67
合计	Count	48.00	2.00	17.00	27.00
	%	51.06	2.13	18.09	28.72

三、结论与分析

（一）基本结论

通过对撒拉族的婚姻家庭观念调查分析，可以得出一个基本的结论：即处于传统向现代转型场域的撒拉族民众的婚姻家庭价值观表现出传统与现代互动、融合的特点。传统文化中的宗教习俗、家庭本位、亲情伦理、父系权力等依然强有力地影响着撒拉族民众的婚姻和家庭行为。同时，现代文化所表现出的世俗化、理智化、理性化、多元化、个体化倾向已经以“随风潜入夜、润物细无声”的方式逐渐进入撒拉族民众婚姻家庭构建过程中。这二者使得当代撒拉族民众的家庭婚姻观念显示出更加理智、务实的特点。具体来说：择偶标准中“家庭背景”居第二位，族际婚姻认同的中“不认可”或“不很认可”的9.53%，婚姻仪式选择“宗教人士主持”的28.4%（第二位），影响夫妻感情的“孝敬父母”占42%（第二位），生育观念中的“男孩偏好”选择仍然较高，说明传统观念依然存在于撒拉族民众的婚姻家庭评价体系之中。而从择偶观念中“人品”居于首位，族际通婚的认同度较高，婚姻仪式多元化、世俗化，夫妻关系、家庭关系核心化，“多子多福”观念的逐渐淡化，对待婚姻问题，如“婚外情”“离婚”的理性、宽容化等，都显示出现代性的特点。从这些变化中我们会发现：撒拉族民众在择偶时更加看重人品——这一个体性的因素，已经不再囿于传统的以家庭为核心的评价标准；社会转型过程中人们互动、交往频率、族际认同的日益提高促进了撒拉族民众的择偶开放度；社会的世俗化、理智化使得撒拉族民众的婚姻价值评价标准逐渐从神圣化的宗教习俗中跨入了一个祛魅的现代社会进程之中；家庭的核心化使得撒拉族民众更加注重夫妻感情、彼此的理解与信任。这也正是当前撒拉族转型社会场域所具有的特征。当然，婚姻与家庭看似一个简单的机构，但却联合着迥然而异的利益，性爱和经济的利益，宗教的和社会的利益，权利的和个人培养的利益，显示出所有这些因素对人们的婚姻家庭价值观与行为的影响，

（二）分析

依据布迪厄的反思（实践）社会学理论及其“惯习（生存心态）与场域理论”。场域是一个个具有相对独立的社会空间，也就是社会结构；惯习（生存心态）则是行动的策略、实践的逻辑，是在生活和家庭抚养、社会、经济环境逐渐培养形成的，体现在场域中，而且，惯习又不断生产着结构，组织实践、生产着历史。场域与个体行动者的关系，一方面表现为场域为行动者的实践提供客观的制约性，另一方面又表现为社会结构本身仰赖于行动者的整个实践过程，惯习把场域构建成一个充满意义的世界一个被赋予了感觉和价值。以此理论来分析撒拉族民众的婚姻家庭价值

观及其惯习（生存心态）。笔者认为：传统社会的社会结构（初级客观性）、文化场域形塑了撒拉族民众的传统婚姻行为与策略——惯习和婚姻生存心态；同时，这一惯习（生存心态）或身心图式中又把传统社会、文化婚姻家庭场域构建成一个充满意义的世界。从而使得传统社会的婚姻家庭文化与人们的婚姻家庭习俗相辅相成，共同构建着撒拉族传统社会。而改革开放以后，随着市场经济体制的逐步建立，撒拉族社会逐步从传统向现代转型。随之而来，现代文化及其张扬的理性化、世俗化、多元化价值观念、思维方式也逐渐传入撒拉族社会，撒拉族社会的经济结构、人际关系、利益分配格局均发生了较大的变化，集体主义的价值选择倾向逐步让位于个体主义的价值选择。可以说，这一转型过程，以一种外在的力量致使撒拉族社会的经济、文化及婚姻家庭的场域被重构。同时，就像布迪厄所讲的——场域形塑着惯习，在这样一种文化社会场域转型的过程中，面对社会文化场域的被重构，撒拉族民众的婚姻家庭价值观——惯习（生存心态）也被重新形塑、更新、再生产，发生了新的变化。而这一更新和再生产的过程，使得人们的婚姻家庭价值观及其行为逐渐从传统型向现代型转变。同时，就像布迪厄所讲：这一惯习（生存心态）或身心图式中又把现代社会、文化婚姻家庭场域构建成一个充满现代性意义的世界。在这样一互动和双重建构的过程中，撒拉族民众的婚姻家庭价值观就处在一个变迁的过程之中。当然，转型也是一个动态的发展过程，场域、惯习（生存心态）的建构处在一个动态之中，而且再加上不同的撒拉族民众由于年龄、处境、职业、性别之故，转型期场域中的撒拉族民众的婚姻价值观就有着传统与现代互动、融合，多元化、世俗化的特征。

（本文原载《青海民族研究》2009年第2期）

循化撒拉族自治县建设全面小康社会分析

翟瑞雪　翟岁显

循化县位于青海省东部黄河谷地，总面积2100平方公里，是全国重点扶贫县，又是唯一的撒拉族自治县，循化县的小康社会建设不仅具有重要的经济意义，更具有重要的政治意义。

一、循化县全面建设小康社会的比较分析

（一）2003年循化经济发展横向比较

将循化与化隆、互助、门源和祁连等县域2003年的部分发展指标进行比较，可以发现2003年循化经济发展存在以下几个特征：

1. 乡村人口占总人口比例过高

农村人口多，劳动生产力存在闲置，同时，土地资源有限，可容纳的劳动力数量有限，这种情况导致人均土地资源产出低，劳动力资源利用不高，影响了农民收入的提高和农业的可持续发展。

2. 第三产业从业人数处于较高水平，但占总人口比例小

第三产业被认为是活跃经济发展的产业，循化县三产从业人员相对其他县域比重较大，但是总体上，第三产业的从业人员数量只维持在总人口的3.3%，表明其第三产业发展仍然缺乏有效动力牵引，对就业人口的吸引不足。

3. 社会生产总值不高

社会总产值反映了一个国家和地区在一定时期内的经济发展水平，2003年，循化的社会生产总值只有44281万元，在一定程度上影响了人民生活水平的提高，社会福利的改善以及政府对基础设施的投入力度。

4. 旅游资源和旅游收入呈现出不协调的局面

循化县2003年旅游人数为19万人（次），在五县中居第二名，但旅游收入只

有23.2万元，与互助和化隆分别相差676.8万元、56.8万元，旅游收入总量极小，这与其19万人的旅游人数以及众多的旅游景点甚不相符。

（二）2004年循化经济发展横向比较

1. 乡村人口占总人口比例仍然过高，并且有上升趋势

一方面，与2003年的10.55万乡村人口相比，2004年增加了0.35万人；另一方面，而土地生产率在一定时期内不会有显著的提高，人地矛盾仍严重制约着农村经济的发展和农民生活水平的提高。

2. 高中升学率处于落后水平

2004年，循化的高中升学率只有38%，与最高的互助县（92.8%）相差54.8个百分点。总体来说，教育的落后有自然条件和社会经济发展水平等方面因素的影响，但根本的，是人的教育意识的强弱。

3. 农民文化娱乐消费在消费支出中的比例小于其他四县

循化的农民文化娱乐消费占消费总支出的比重小，说明现阶段农民的生产生活仍是以满足基本的生存条件为主。同时，2004年，循化国内生产总值虽然增长迅速，但仍远远落后于化隆、互助和门源三县，而且第三产业增加值所占国内生产总值比重小，处于中间位置。

（三）2000—2004年循化县部分经济指标比较分析

1. 农业比重相对较高

循化县三次产业比重由2000年的14：49.5：36.6转变为2004年20.2：49.2：30.6，第一产业比重有较大幅度的上升，而三产产值比重有较大幅度的下降，二产产值比重基本维持不变。这与近几年循化调整农业产业结构和种植结构，优化整合农业生产资源有很大关系，同时，受自身发展影响和制约，尤其是基础设施的制约，循化的三产比重开始下降，但是对循化的三次产业比重下降尤其是一产比重过高却不能依据传统的评价标准，这是因为循化本身的发展优势就在于第一产业尤其是特色农业方面，因此，从长期看，循化的一次产业将会持续上升，比重也将会有所上升。

2. 第三产业从业人数增长幅度不大

与11万多的总人口相比，每年只有不到4%的人口从事第三产业，说明由于地理位置，循化的第三产业发展落后，也说明了循化人民还没有完全从传统的经济发展观念中解放出来，没有充分意识到第三产业对经济发展的巨大促进作用。

3. 农民收入总体上呈增长趋势，但增长速度缓慢

2004年，循化农民人均纯收入为1770元，比2000年的1236元增加了534元，平均每年增加168元。其原因主要在于循化在经济发展中加大了对“三农”问题的解决力度，实施农业发展战略，如“西繁东育”、劳务输出和优化种植结构等，这些措施的实施增加了农民的收入。但是，由于宏观环境和“三农”自身的特点，农

民增收速度仍然比较缓慢。

二、循化县建设全面小康社会的主要途径

（一）壮大特色农业

一是发展传统的两椒产业，即花椒和辣椒。首先，深化和完善市场化运作，引入市场机制，完善农业生产的法律体系；其次，扩大农牧企业+农户+市场的范围，让更多的企业参与两椒以及其他农产品的收购；同时要依靠科技，更新品种，巩固两椒种植的绝对优势。二是发展新兴特色经济，即发展核桃产业和其他种植产业。循化县毗邻黄河，气候温和，日照充足，土壤中富含多种矿物元素，可以充分利用这种得天独厚的自然地理优势，进一步优化农业种植业结构。2001 年，循化县在稳定传统特色产业辣椒的同时，通过市场调研，从山西等地引进了大量新品种苗木，并逐年对县内情况适宜的3100 亩果园进行了改造，定植各类苗木21 万株，其中薄皮核桃17 万株，重点培植了中华核桃园、苏只核桃园等规模化生产基地，淘汰了原有的经济效益不高的品种。

（二）发展劳务经济

循化县2004 年总人口为11.3 万人，其中农村人口10.9 万人，占总人口的96.5%，可转移和输出的劳动力资源极其丰富。据统计，2004 年，全县输出劳务3.6 万人（次），全年培训劳动力7228 人（次），劳务收入达到8186 万元，人均劳务收入占农牧民人均总收入的44%，劳务收入已经成为循化农民增收和致富的又一条途径，这也是循化建设全面小康以及农村实现小康的主要途径。发展劳务经济必须注意以下几点：

1. 提高劳务输出质量

劳务转移的实际已经说明，转移的成功率以及工作的待遇都与劳动者本身的素质有着很大的关系，因此，应该加强劳务培训工作，同时，积极联系省内外的用工单位，进行订单培训，抓住机遇发展劳务经济。

2. 加强劳务输出的后期管理

劳务的输出，如同企业的产品一样，必须树立大局意识和可持续发展意识。一是对输出人员进行职业教育，通过良好的个人形象树立起循化的劳务形象，从而为劳务的持续输出打好基础；另一方面是对劳务输出人员的切身利益进行必要的维护，如劳动保护、社会保障、工伤赔偿以及子女的就学等，使劳动力能安心在外就业。

3. 劳务转移要以稳定农业为前提

在实际工作中，不能一味追求劳务转移的数量，这样有可能造成农业生产人员的不足，出现土地抛荒等现象，这都与转移剩余劳动力的初衷是不符的。循化县是

农业县，农业生产具有很大的区位优势和特色优势。因此，劳务转移必须在不影响农业生产的前提下，进行剩余劳务的转移工作，既使转移的劳动力收入有所增加，又能使从事农业生产的劳动力边际效益实现最大化。

（三）发展旅游经济

循化县旅游资源按类别可分为自然景观、民族文化、宗教建筑以及农业景观等四个大类，旅游景点达30余处。首先，随着西部大开发进入第二阶段，循化县的旅游业也面临着巨大的竞争和市场机遇，因此，必须加强对重点旅游资源的保护，同时积极开发新的旅游资源；其次，要加大对旅游资源的宣传力度，适当的时候要走出国门，扩大和树立循化旅游的影响；再次，要做好农业生态的旅游开发，实现农业生态旅游资源在增加农牧民收入和稳定农业生产的双重作用；最后，还需要扩大旅游融资力度，充分吸收和利用社会闲置资金尤其是民间资本参与旅游资源的开发，从而使资源的效用得到最大限度发挥。

（四）转变政府职能，大力发展民营经济

民营经济在推动循化地方经济发展中起到了至关重要的作用：吸收富余劳动力，增加农牧民收入；同时又带动当地农业和副业的发展。建设小康社会任重道远，发展民营经济对于加快小康社会建设的步伐有着重要意义。作为政府决策者，一定要在宏观环境上创造更加适合民营企业生长的环境。一是政府必须始终坚持对外开放，加快经济结构的战略调整和产业升级。政府必须以全新的角度思考问题，靠创新思维指导，用改革的办法谋求赶超。二是政府必须转变职能，为民营经济发展创造良好环境。培育民营经济增长动力，增创发展新优势，就要转变政府的统筹能力，把职能从用行政手段指挥和管理经济转变到用市场手段服务和调控经济上，帮助企业更好地参与市场竞争，引导经济建设走上完全按经济规律办事，完全按市场规律运行的自由、健康、良性循环的发展轨道。

（五）加快城市化和小城镇建设

经济的发展不仅意味着收入的增长，同时也意味着结构的优化，城市是工业文明的发源地和聚集地，是现代经济增长的源泉。一个国家（地区）的经济发达程度通常与它的城市化水平成正比。同时，劳动力从劳动边际生产率低的农村地区向劳动边际生产率高的城市地区流动，本身也具有多种效应：增加地区需求、有利于经济结构调整、促进第三产业发展以及刺激技术进步等。循化县的城市化从目前的水平看，还处于一个很低的水平，所以推进城市化还有很大空间，在推进战略上，应该选择城市化和城镇化并举的战略，即以积石镇及其辐射区为城市化推进的重点区域，增强这些城镇在经济发展方面的带动效应和扩散效应，通过这一地区的城市化发展，带动其他周边地区的经济发展，其次要加强以街子乡、文都乡和白庄镇等乡镇的小城镇建设，充分发挥这些小城镇在各自经济区域中的地理、信息和技术等方

面的优势。

循化的经济总体上是在发展，但其发展水平仍处于一个中等偏下的位置，尤其是关于人民生活的项目如国内生产总值以及人均收入等明显落后，这给全面建设小康社会带来巨大困难，进而影响了循化人民物质生活和精神生活水平的提高，使人民难以享受到现代化建设的成果。在新的历史时期，循化必须充分发挥自身的特色优势，走依靠特色产业壮大县域经济的道路，才能尽快实现小康社会目标。

注：该文为基金项目，2005 年青海省哲学规划立项课题《青藏高原生态特殊性条件下的区域和谐社会构建研究——以青海为例》的阶段研究成果。

新疆撒拉族民族社会学调查

李臣玲　贾　伟

撒拉族是在青海形成和发展起来的民族，主要聚居在青海省循化撒拉族自治县，甘肃河州也有少许。在遥远的新疆也有撒拉族聚居，不过在新疆众多民族中，新疆撒拉族是一支远离民族主体弱小的群体。人口较少，力量较小。通过口碑和史籍资料来看。撒拉族是乾隆四十六年（1781年）开始迁徙到新疆，算起来已经有200年的历史了，此后，又因战争原因多次迁徙而来，也有少数人是通过经商和投亲而来的，最终形成了撒拉族在新疆的分布格局。笔者在2005年穆斯林的宰牲节期间，选择伊宁县萨木于孜乡撒拉村作为调查的对象，从民族社会学的角度调查了新疆撒拉族的生活状况。

一、新疆撒拉族现状

（一）人口

新疆的撒拉族人口较少，而且较分散。据《新疆第四次人口普查汇总资料》的数据：1990年新疆共有撒拉族3660人，主要分布在伊犁地区，其中伊宁县萨木于孜乡951人。据笔者调查，到2004年底在新疆的撒拉族已经增加到了4300多人，主要分布在伊犁地区，其他地区也有分布；乌鲁木齐市（400～500人）、阿勒泰（300多人）、哈巴河（300～400人）、喀什（300～400人）、阿克苏等地。萨木于孜乡撒拉村420多户，2300多人，撒拉族占83%。“于孜”为维语，指百户。撒拉村位于伊犁河与喀什河交接之处，距离伊宁市东98公里，距离伊宁县东南79公里，距离218国道30公里处。萨木于孜乡撒拉村是一个多民族聚居的村落，据笔者调查，截止到2004年底，全村450户，3200人。其中撒拉族2000人，维吾尔族14户，回族40户，哈萨克族14户，保安族1户，乌孜别克族1户，共计有7个少数民族。该村男女比例为4∶3，其中1400多人是15～50岁之间的青壮年。该村东部是塞皮村，以回族和东乡族为主。西部是下十三户村，西北为萨木于孜村，是汉族和哈萨克族为主的村庄。撒拉村与这些村子相处得十分融洽。

（二）经济

撒拉村属于阿热力山南部山前洪积土与伊犁河河流冲积土合成的，由北向南倾斜的平原地形，自然条件良好，天赐良田，土地十分肥沃，适宜种植业的发展。该村的撒拉族以农业为主，兼有一定的畜牧业。共有耕地8000亩，人均3亩，由于土地所有制度多年没有变更，但是人口在不断增加。所以在撒拉村并不是所有人都有耕地。据调查，全村中只有2200人拥有耕地，约1000人没有。种植的农作物品种较多，产量从多到少依次是：玉米667公斤，每公斤8角；小麦400公斤，每公斤2元6角；黄豆250~300公斤，每公斤2元5角，其中玉米和黄豆以高产和高质而享誉省内外，远销四川、云南、广西等地。经济作物有：胡麻、油葵、油菜子、甜菜等，其中甜菜亩产4吨，每吨200元。该村虽然80%以上的人家都有牛羊，几乎每家都有一头或几头牛，十几只羊，多的达150只羊，羊有百只以上和十几头牛的人家占10%。只有十几户人家兼搞育肥，以农作物的秸秆为饲料，但由于缺乏技术和资金，与开发或含有科技要求的饲养相距还甚远。副业情况：一部分人靠买卖牲畜及皮子，一部分人外出打工挣些钱来贴补家用，每年外出打工的有100多人，可见撒拉村外出搞副业的人较少，大多仍以种植业为主。人均年收入1000元左右。

其他行业相对落后，全村共有7个小型的面粉加工点，只有一个大型的面粉加工厂。大小商店（规模相当于小卖部）20个，裁缝店10个（均为家庭手工业类型），豆腐加工点2个。卫生事业仅能满足村民的一般医疗要求，全村只有1个卫生所和2个药店。该村至今仍以种植业为主，其他行业落后，所以撒拉村的经济形态仍以农业经济为主，整体状况相对落后。据同行的马成俊教授（青海撒拉族）讲，与循化撒拉族自治县的撒拉族相比，新疆撒拉族的生活水平还是低的，相差约有20年。该村的撒拉族与青海省循化县的撒拉族相比，缺乏一种竞争和拼搏意识，经商意识不强，按当地人的说法："虽然我们没有大钱，但维持生计的小钱是不断的。"

（三）语言文字

语言作为表达思维的工具，是存在于人们"心里的活动法式的"传播媒介，也是其他各种文化传播的媒介。人类与其他动物相比，之所以有文化的关键在于拥有语言，所以"语言对一个民族来说，具有稳定对应性、完整的外露性和综合表征性"。[1](p.108) 通过语言可以"推论民族的接触及文化的传播"。[2](P.350)

撒拉语属于阿尔泰语系突厥语族西匈奴语支乌古斯语组，有着黏着语的语言类型特征。撒拉族在新疆上百年的发展历史中，仍保留本民族语言文化传统。在撒拉村的撒拉人一般通用三种语言，除了撒拉语外，大多数人兼通汉语和维吾尔语，还有人精通哈萨克语等。村际语言一般是维吾尔语和汉语，学校里则用汉语，只在家庭生活范围使用撒拉语，通常以撒拉、维吾尔语混杂使用。年轻人较少说撒拉语，一般都用维吾尔语和汉语交际。据调查，70%的人懂维吾尔文，不懂汉文，其中50%的青少年只懂维吾尔文，不懂汉文。新疆撒拉族在与操突厥语族语言的民族如维吾尔族、哈萨克族长期接触和交往中，语言上有了一些新特点。据马成俊教授讲，新疆撒拉族在社会生活中以吸收维吾尔语借词最多，语音上增加了一些维吾尔语的音位，语法范畴趋于丰富，还有一些汉语、俄语借词和少量哈萨克语借词。所以撒拉村里只有一些上年纪的人能听懂外地撒拉人的语言，但不会说；外地撒拉族也只有通过一段时间才能听懂本地的撒拉语。在调查过程中发现，新疆撒拉语呈现出了将要消亡的趋势，表现在撒拉语的使用范围日益缩小，撒拉人都接受的是维吾尔语或汉语教育等诸多因素，与不同民族通婚的增多也加速了撒拉语消亡的趋势。在乌鲁木齐等城市中的撒拉人已经基本上都说汉语了，有的也兼通维语和哈语。

撒拉族没有文字，当地的老年人及部分青年人中流行一种拼写文字，它是由阿布都·卡旦尔老师（撒拉族，70岁）在维文的基础上，创制的一种拼写撒拉语的文字。他曾是萨木于孜乡的小学老师，现已退休，当地人尊称他为“卡旦尔老师”。卡旦尔老师用该文字写了许多脍炙人口的诗歌。村中的有些擅长音乐的年轻人，将其谱曲，编写成了歌曲，在年轻人中流行。

由于得天独厚的多民族交融的社会环境所提供的良好条件，新疆的撒拉族各个都是天生的语言学家，他们中很多人不但精通本民族的语言，而且精通其他民族的语言和文字，其中好多是在当地民族中赫赫有名的翻译家。如在伊犁哈巴河，有一位众所周知的撒拉族翻译家。他不但精通撒拉语、汉语，而且精通哈萨克语，他曾编译了一本《汉哈词典》，在哈萨克族中享有盛誉，当地的人们已记不清他的名字，习惯的尊称为“韩翻译”；乌鲁木齐市有一位名叫玛纳斯的撒拉族老人，不仅精通维文，而且通中亚五国的语言。新中国成立后，国家组织80多人用维文翻译《毛泽东选集》。他因知识渊博，而且懂多种民族语言，被任命为翻译组组长；前文所述的撒拉村的阿布杜·卡旦尔老师，不但精通维语，还创制了一种拼写撒拉语的文字，而且还懂俄语，会用俄语演唱俄罗斯民歌等。语言障碍的消除，促进了民族文化的互动和交流，新疆撒拉族文化向维吾尔族等民族文化的调适中语言的桥梁作用是功不可没。

（四）教育

新疆撒拉族的教育发展不是很平衡，一些在城市里的撒拉族教育水平较高，但是在一些农村里撒拉族的教育事业相对落后，人们的文化水平较低。撒拉村2300人中，大专学历的有12人，占撒拉族总人口的0.5%，中专学历的有27人，中师学历的有60多人，占撒拉族总人口的3.8%，高中学历的有40多人，占撒拉族总人口的1.7%。村里在努力提高村民的文化水平，18岁以上的青壮年有1300多人，经过开展多种形式的扫盲活动，现已全部脱盲。村里只有一所小学，全校共有16个小学班，其中10个汉文班，6个维文班。在校学生400多人，其中撒拉族占83%。由于对教育的不够重视，加上家庭经济条件的限制，每年小学升入中学的学生只占毕业生总数的30%，上高中的更是寥寥无几。该校共有教职工24名。其中国办教师13人，8人是撒拉族，3人是汉族，2人是维吾尔族。代课教师11人。其中9人是撒拉族，另外2人是回族和东乡族。这些教职工中，大专学历的有4人，中专学历的18人，高中学历的3人，初中学历的1人。代课教师的工资相当低，过去每月为98元，2005年1月调至250元。代课教师付出了很多，得到的回报却是有限的，这不能不影响到教师的工作积极性。

过去家长一般习惯把孩子送进维语班，因近几年，随着外来经济文化的冲击，当地人感觉到只懂维语不懂汉语跟不上时代发展需要，出了新疆便失去了发挥作用的平台，因而在2004年撤销了维语小学，只保留了维语初中班。现在上维语班和汉语班的小孩子各占一半。总体上看撒拉村的民族教育还比较落后，没有民族语言教学，这也加速了撒拉族民族语言的消失，亟待改善。

二、新疆撒拉族习俗的调查

萨木于孜乡的撒拉族受维吾尔族等周边民族的影响，其生活习俗发生了很大的变迁，在习俗方面已形成有异于青海撒拉族的文化特征。

（一）饮食习惯

一般而言，饮食文化具有强烈的地域性、民族性和文化性。撒拉族聚居于青海的农业区，受传统饮食结构的影响，主食为面食。面食的花样很多，有包子（种类多，有素馅的包子、肉馅的荤包子、糖包子，包的样式琳琅满目，有荷叶边的、蜂窝状的、三角形的等）、花卷、锅盔、拉面、面片、饺子等，其中循化的尕面片享有盛誉。

新疆撒拉族受族际环境的影响，饮食结构整体已经发生了很大调适，总体而言，抓饭、馕、羊肉是最为普通的食物，家家有馕炉和制作抓饭用的电饭锅，在饮品方面，有奶茶、清茶和酒。该村撒拉族也喜欢奶茶，但熬奶茶的方法不同于青海的撒拉族，青海的撒拉族是先把放有茯茶、盐、花椒、姜片或姜粉的水熬开之后，再把奶子（奶子的多少随家庭条件和个人的喜好）倒入其中，再次熬开之后方可饮用。撒拉村的奶茶是把奶皮子放入当地产的一种红茶中熬成的。据当地人讲，他们平时一般不喝奶茶，奶茶只有在节庆日或招待贵宾时才享用，平时通常喝清茶，吃馕、炒菜（但菜的样数很单一）。

重大节日期间的饮食：在节庆日时一般要先上4、6、8个（随家庭条件而定）不等的干果盘子（为糖、瓜子、点心、葡萄干儿、杏干儿、花生等）、油炸馓子、麻花、馕等和茶水，然后才上菜，有羊肉、“切麻”（装有面的羊肠子，循化也很流行）、抓饭、那仁（撒拉族的纳仁稍微有别于哈萨克和柯尔克孜族的。就是在面条里多加了些臊子，类似于臊子面）、大盘鸡或炒菜等。菜的种类一般随家庭条件，条件好的家庭，菜的种类比较丰富。条件差的只有羊肉或鸡肉，或抓饭等。我们在撒拉村调查时，正值穆斯林同胞的宰牲节。据他们讲，宰牲节的第一天做完“乃玛子”后，有条件的家庭宰羊。之后开始拜访亲戚，去远处的长辈家一般要带茶叶等物品，而近处的则不用带东西。第二天，开始在庄台家转，有的单独行动，有的在阿訇的带领下统一转门。等男人们拜访完所有的亲朋好友之后，女人们接着开始拜访她们的亲朋好友，大概需要1个多月的时间。新疆的撒拉族，在维吾尔和哈萨克等族民族文化的潜移默化之下，也形成了饮酒、吸烟的习惯，大部分为年轻人。据调查约有40%的人吸烟或饮酒。年老者也有，但大多数老年人不吸烟、不饮酒。虽然有些老年人和阿訇们反对这种习惯，但实际生活中已经得到了默许，所以可以讲，吸烟、饮酒的行为已经被当地的撒拉族所接受。吸烟和饮酒的行为至今在青海撒拉族是绝对不允许的，否则，将会受到来自家庭、社会等各方面的压力和谴责。在我们所拜访的撒拉族家中都备有烟和酒，他们不但能喝，而且能歌善舞，节日的气氛相当浓烈，主人的热情和豪放是用言语无法形容的。据马成俊教授讲，这里的过节气氛与循化相比，简直是天壤之别。循化的撒拉族过节的气氛不但冷清，而且由于经济浪潮的冲击，人与人之间缺乏这样的热情和真诚。

（二）服饰

服饰文化不仅隐含着某民族的价值观，而且透过服饰文化中的表象层面，可以窥视到形成于同一民族的文化现象在不同地域中的认知。撒拉村撒拉族受周边民族文化互动的影响，与青海撒拉族相比具有明显的外形差别，妇女们平时喜欢穿具有维吾尔族风格的裙子和靴子，头部的盖头被维式的包巾所代替。男人们一般为现代服饰，喜欢穿维靴。除重大节日及正式场合外，年轻人们很少戴白顶帽。

（三）住所

撒拉村撒拉族的住所具有浓郁的中亚风格。由于地域开阔，每户人家的庄廓都很大，一般只有一面主房，主房的台子较高，里面的布置几乎为中亚风格：无论房子多大一般只有里、外两间，外间只有整个房子的1/4，用于平时招待客人，里间很大，占了整套住房的3/4，只有在重大的节庆日期间或招待阿訇等贵宾时使用，平常不用。里间的布置只能用“华丽”两个词来形容，三面墙壁上都挂满了艳丽的维吾尔族挂毯；窗户均用颜色鲜亮的纱制拖地窗帘所装饰，窗帘的装饰是十分考究的；有的人家的炕很大，几乎占了整个房间的90%，而且很低，约有30厘米左右，炕上铺的全是漂亮的维毯，还有专门缝制的两条或一条（随家庭条件）长条的褥子。条件好的人家还在大炕上摆放有新式的组合柜等家具。一般家庭都在炕前生有小铁炉，炉内没有膛泥，所以散热快，生起火来，整个屋子就很快暖和起来了，这也是对新疆寒冷气候所作出的反应。

（四）婚俗

1. 通婚圈

该村撒拉族的婚姻，原则上撒拉族女性不能外嫁。所以本村撒拉族大多为亲套亲的亲戚关系。但实际生活中也有与回、东乡、哈萨克、维吾尔等民族通婚的，其中以维吾尔、回族为多，也有部分哈萨克族、东乡族、汉族等。新中国成立前多以哈萨克族为外族通婚对象，新中国成立后多与维吾尔族通婚。据粗略统计，撒拉族与哈萨克族通婚的有4~5家；本村撒拉族女方嫁给回族的有十几家；娶汉族为媳的有2家；维吾尔族为媳的20多家。全村40%的撒拉族姑娘与别族通婚，30%的异族姑娘与撒拉族通婚。也有个别人不远万里来到青海循化娶妻的。

2. 婚礼

该村撒拉族的婚俗据韩老师（撒拉族67岁）讲述。具体如下：

（1）开口礼。男、女双方经过见面。相互中意之后，男方家便请媒人到女方家送开口礼。此习俗形成已有10年之久，父母之言在此地已不再时兴。开口礼：一般为1500~2000元的现金。最低为1000元。此外，还要带4个包。各包有细茶（指清茶）、核桃、衣料、冰糖。分别重1.5~2公斤。还要带一双皮鞋，把所有东西用红布包起来。女方家如果接受了开口礼，表明女方家是同意了这门亲事。

（2）送定茶。定茶礼由未来的女婿及其舅舅、姑夫、哥哥、姐夫、朋友等8~16人去送。定茶礼一般送4000~5000元的现金。此外，还要给女方的爷爷、奶奶、爸爸、妈妈、舅舅等长辈们送“白费礼”：一般每人4个礼包（包内物品同开口礼），一套布料，现今给父亲一般送一套西服或一件皮夹克，给母亲400元钱。给女方本人3套衣服、2双皮鞋、袜子及化妆品等。

（3）送大礼（送彩礼）。送大礼时由媒人一人去送，现在彩礼多折为现金1.8万~2万元不等，此外仍然要送4个礼包。

（4）订日子。订日子时仍由媒人一人去，带上4个礼包，给女方带一件衣服，该村的撒拉族不讲究结婚的日子，大部分在星期天举行。

（5）娶亲。一般在下午1~3点之间娶亲。娶亲队伍声势浩大，由新郎及新郎的本家（现为朋友）等8名男性和2名妇女组成。2名妇女中1个为姑姑家的，1个为舅舅家的。娶亲时新郎要端一盘用红布盖住的干果，另外还要带1包干果，准备一些给姑娘们的零钱，通常每人给1元钱。此外，还要有7~8辆夏利或2~3辆桑塔纳轿车，每辆车的车费为200~300元。

娶亲队伍到达女方家后，有抢东西、吃上马席的习俗。上马席按顺序吃糖包、肉包、素馓（从河州传来的一种简单的油炸馍）、大盘羊肉、大盘鸡等。

娶亲队伍回去的路上。每到一个巷道口，被堵住要拦路钱。在女方村的巷道口女方家要，在男方村巷道口男方家要。压轿人一般为新娘的妹妹。

以前新娘们赶时髦也穿婚纱，后来阿訇嫌太暴露而反对，改穿旗袍。新娘下车前，娶亲奶奶端着一盘干果，在车门前将盘子故意碰一下，使干果全撒落在地，趁孩子们抢干果之时，新娘被领进新房。进入新房之后由男方最亲的小女孩给新娘举行象征性的洗脸仪式，为了答谢，新娘要给小女孩一定的红包。一般是100元钱。洗完脸后。把新郎和新娘各端的干果（新娘的干果盘子由娶亲人端盘子）一齐放置在炕桌上，新郎一人跪在炕沿听阿訇念经。完后，阿訇把两盘干果全撒在地上，众人抢之。男、女双方的家长代表给在座的所有人散钱，一般女方家给的钱只有男方家的一半。

第三天回门，回门时除必带的4个礼包之外，还给新娘的母亲带礼物（通常为衣料）。路程近的必须当天返回，路程远的可以住在娘家。

陪嫁品一般为冰箱、家庭影院、衣服、耳环、项链（或65~80克黄金首饰）、窗帘、门帘等，条件好的还要陪嫁8000、10000、12000元间的家具钱。1964年结婚时一般花40元钱；1993年结婚时一般花7000多元；现在结婚时一般花2万~3万元。以前有给舅舅送羊背子的习俗。现在这一习俗已消失。

（五）丧俗

丧俗与循化撒拉族的基本相同，不同之处在于该村撒拉族的丧事比循化撒拉族要简略。头七时请村中所有老人到家念“亥亭”和吃饭，二七、三七随条件请十几个老人。而青海循化撒拉族的一般要40天。在此期间每天请全村的老人到亡人家吃饭。给阿訇散5~10元、学生2元、小孩们1元的“乃子”。该地撒拉族的整个丧事一般花1000~3000元钱。

（六）忌讳

该村撒拉族对宗教忠贞不渝的情怀使得人们的日常行为渗透着宗教理念的影子，人们的日常行为受宗教的制约和监督，在宗教教义的宗旨要求下。对人们的言行提出了许多避讳，而且受封建宗教教义的遗留影响，多是针对女性的忌讳：①阿訇、父母亲的姓名不能当面直呼；②夫妻间不能直呼其名；③妇女在路上遇见老人、阿訇要回避，或侧身或低头而过，不能直面；④忌讳男女独处；⑤男女间忌讳谈论有关性的问题；⑥除11或12岁以下的少女，忌讳女性吹口哨。

三、家庭状况的调查

“家庭是人类最基本的实体单位。它必须履行两个方面的职能：一方面是适应外界对它的冲击；一方面是调整其内部的关系，使自身更完整、更充实地适应社会的设置”[3]。新疆撒拉族家庭同样也具有个体单位与社会设置两方面的联系与互动。本文以阿布杜·卡旦尔老师和海力清的家庭生活为个案，对新疆撒拉族的家庭生活作一基本考察。

（一）家庭结构

“按照民族社会学的研究，家庭的结构类型很多。有核心家庭、扩大家庭、联合家庭、不完全家庭（即配偶缺一）、单身家庭等多种形式。其中核心家庭（nucle-arfaraily）又称为基础家庭（primaryfamily）。也有人称为夫妇家庭，就是以婚姻为基础，由一对配偶及未婚子女共同居住和生活。与单偶制婚姻相适应，核心家庭一直是人类最普遍的家庭组织。若家庭中夫妻离婚或有一方死亡以及所谓单亲家庭（one—parentfamily），也可划入核心家庭的范畴。它有三种具体形式：仅以夫妻组成、夫妻加未婚子女（含领养子女）、仅有父或母与子女（单亲家庭）。扩大家庭（extendedfamily）由具有亲属关系的不止一对配偶及他们的子女组成。主干家庭（stemfamily）指父母（或一方）与一对已婚子女（或者再加其他亲属）共同居住生活。联合家庭指父母（或一方）与多对已婚子女（或者再加其他亲属）共同居住生活，包括子女已成家却不分家。主干家庭与联合家庭又合称扩展家庭”[3]。

核心家庭形式的发展，是文化变迁的必然结果，不仅在汉族地区出现了从扩大家庭向核心家庭的转变，而且在少数民族地区也出现了从扩大家庭向核心家庭转变的迹象，因此，“我国都市家庭组织的小型化或家庭结构的核心化，不仅是历史事实，而且是人心所向”[4](p.335)。阿布杜·卡旦尔老师共有9个孩子，其中7个孩子都已成家，而且家庭结构为核心家庭。大儿子有两个儿子，老二有两个女儿，老三有两个女儿，老四有一个儿子，都年龄尚小。阿布杜·卡旦儿老两口现在与两个未成家的孩子住在一起。

随着社会的日益发展，联合与扩大家庭逐渐由核心家庭所取代，这是因为联合家庭与扩大家庭在人际交往、共同生产、住房等方面跟不上讲求效率的时代需求，简单、快捷的核心家庭更能适宜社会发展的步伐，而且分家分户的社会设置有利于各个核心家庭的发展。据统计，通常情况下，萨木于孜乡的撒拉族在40岁年龄段的家庭有3个孩子，为5口之家；42岁以上年龄段的家庭一般有6~7口人；年轻人均为2个孩子。总体而言，现在每个家庭通常有1~2个孩子，3个以上的已经很少，每家5口为多。父母一般习惯与最小的儿子生活在一起。

（二）夫妻关系

早期撒拉族家庭中的家长往往由男子（主要是父亲）充当，家庭中所有大小事宜的决策权及经济大权均由他所掌管。马林诺夫斯基在《两性社会学》一书中说到：“父权，我们已经见到，大部分是家庭冲突底源泉，因为父权给予父亲的社会要求与专有权利，既不称（符）合他底生物倾向，也不称（符）合他在子女身上可以感受可以兴起的个人感情。”[5](P.33)所以在传统的撒拉族家庭中，妇女的地位是极其低下的，无论是未出嫁的姑娘还是已成家的媳妇，对家事没有任何发言权。出嫁的姑娘对娘家财产没有任何的继承权。由于以前撒拉族的婚姻都是由父母包办的，大多夫妻之间缺乏感情，更多的只是一种对手续的履行。所以结婚之后，在封建伦理道德、伊斯兰教教规及没有爱情婚姻的三重压制下，妻子要绝对的顺从自己的丈夫，必须忍受丈夫的随意打骂，丈夫随便可以凭“口唤”轻易地离弃自己的妻子，而妻子根本无权提出离婚。据当地的媳妇们讲，该地夫妻之间一般是平等的，有事共同商量解决，丈夫不能凭借“口唉”离弃自己的妻子，离婚要用法律的手段进行解决。在家庭中重男轻女的思想不是很浓厚。萨木于孜乡撒拉村的离婚率是相当低的，对离婚的妇女没有任何的偏见和歧视。

海力清（女，维吾尔族：50 岁，其丈夫为撒拉族，53 岁），她 19 岁时父母受迫害致死后，无奈之下与其兄由和田来到该村，后经人介绍嫁给了丧偶的现任丈夫。她嫁到此地已有 31 年了，她说：“她现在反而不习惯老家的习惯”，已完全被撒拉族化，通过她的言谈中可以听出，她具有强烈的撒拉族民族意识。她有 6 个孩子，5 女 1 男，3 个姑娘已出嫁，均嫁给了撒拉族，儿子最小只有十几岁。她的家人既会说维吾尔语，也会说撒拉语，平时家庭交流用撒拉语。5 个女儿都学的是维吾尔文，且都从维文小学毕业，但也懂一些汉文，现在在家务农。儿子正在读汉文班三年级。不巧的是笔者调查她家时，她的丈夫正好去牧场割草席子。海力清是这家的“当家的”（村里人也说，她的丈夫很听她的话），她十分能干，据她讲，为了贴补家用，农闲时从巴扎（即市场）批发些蔬菜到村中卖。她每年卖菜能赚 1 万元左右，粮食收入约 8000 元钱。亩产玉米 8 ~ 10 麻袋（1 麻袋约 100 公斤），黄豆 3000 公斤。从她家的布置及生活水平中可以看出，在她的精明持家下，生活是十分幸福的。

在笔者调查的过程中，看到的撒拉族夫妻之间更多的是相互的体贴和帮助。由于正值宰牲节，所以家家洋溢着节日的欢歌。每到一家，丈夫都在忙里忙外地帮助妻子干一些家务活，等妻子们做完美味佳肴之后，便和丈夫一同招呼客人，她们个个能歌善舞，不仅陪客人们唱歌跳舞，有的甚至在丈夫的恳求下替酒（红酒）。所以新疆撒拉族的夫妻之间已由传统而保守的手续型正逐渐发展成为开放的情感型。

（三）家庭收入及开支

据阿布都 · 卡旦尔老师的小儿子讲，他们家的收入全靠土地，粮食总收入为 1 万元左右。他有时候倒卖一些手机或其他的小电器来贴补家用。家庭开支方面：家庭开支主要是平常的吃、穿、用和子女的学费及来年的农事本钱。据他的粗略计算，他们家的年总开支在 3000 元左右。撒拉村通常每家年收入在 3000 ~ 10000 元之间，一般而言，大家庭的年总开支在 5000 元左右，小家庭的年总开支在 2000 元左右。按恩格尔系数，在家庭的总开支中用于饮食方面的开支占的比例越大，说明家庭的生活质量越差。从阿布杜 · 卡旦尔老师和全村的家庭开支的基本情况可以推断出，新疆撒拉族的生活水平不是很高。

四、新疆撒拉族文化调适的几点思考

1. 双向交流、单向调适是新疆撒拉族文化调适的显著特点

一般来讲文化的调适并不是单方面的，但是文化在调适的过程中为了确保不被异质文化所扰动，必须立足于所处的族际环境中，遵循趋近于强势文化的原则，去完成“辐合”调适的使命。新疆撒拉族在与周边民族交往过程中是互动的文化调适，但是，对于新疆撒拉族来说，无论历史上，还是现在其文化始终处于弱势地位。其微弱的力量很难与无论从数量上还是从发展历史上都具有很强势力的新疆其他民族的文化相抗衡。作为弱势文化群体的新疆撒拉族在文化互动中，为了生存会主动靠向强势文化，体现到文化互动方向上就是单向，即以对其他民族文化的调和与适应为主要形式。所以对他们来说，向维吾尔族等强势民族文化调适，既是他们生存的理性选择，也是民族文化发展的规律所使然。从撒拉村撒拉族的语言、文字、生活习俗、家庭结构的变迁中，我们看到了弱势民族为了生存所作的自我调适的历史轨迹。

2. 多元的族际环境是新疆撒拉族文化调适的基本文化生态环境

这有两方面的含义。一是撒拉族所处的多民族、多文化的环境。以撒拉村为例，村内民族主体多元，共有撒拉族、维吾尔族、回族、哈萨克族、汉族等 8 个民族。村外多民族环绕，东部是塞皮村，以回族和东乡族为主；西部是下十三户村，西北为萨木于孜村，是汉族和哈萨克族为主的村庄。在多元的族际环境中形成的文化环境，为撒拉族吸收异质文化提供了客观可能。二是撒拉族在文化上的多元调适。其现在的文化中不仅有维吾尔族文化，还有哈萨克族、汉族等多个民族文化的因子，即撒拉族文化调适是多元文化调适的结果。文化的功能决定了文化具有能动性，可以主动地调适于外部环境而不是被动地任凭环境作选择。由最初的被动选择变成了最终的理性适应，在前文所描述的新疆撒拉族现状中已经有了明显体现。

3. 场域的变迁是影响撒拉族文化调适的主导因素

众所周知，“区域存在着深刻的差别，这是因为每个区域都有它自身的情感价值……正是这种观念的情感价值，发挥着至关重要的作用，决定了观念联系或分离的方式。它是分类中的支配角色”[6](P93)。新疆的撒拉族，是从一个熟知的区域来到了另一个区域，面对的一切是全新的：作为最基本的外在空间规定的地理环境发生了一定的变化，地理环境的变化导致了场域的变迁，而场域的变迁意味着权力与各种因素所建立的经济存在和社会存在的变化，从而使这个小群体的社会关系也发生了相应的变化。面对全新的自然和社会环境，为了求得生存的权利和机会，不得不进行文化的调适，就是民族文化之间内在关系与外在关系的调适，即文化重构。经过文化调适以后，产生彼此间的和谐关系。迁居新疆的撒拉族历经 100 多年的调适，被赋予了区别与其他地区的独具一格的品性，基本已形成了独具新疆特色的撒拉族文化。

参考文献：

[1] 杨庭硕，罗康隆，潘胜之．民族、文化与生境．贵阳：贵州人民出版社，1992

[2] 林惠祥．文化人类学．北京：商务印书馆，2002

[3] 高永久．对撒拉族家庭的民族社会学考察．西北民族研究，2002（1）

[4] 刘祖云．从传统到现代——当代中国社会转型研究．武汉：湖北人民出版社，2000

[5] [英] 马林诺夫斯基．两性社会学．李安宅译．北京：中国民间文艺出版社，1986

[6] [法] 爱弥尔·涂尔干，马塞尔·莫斯．原始分类．汲喆译．上海：上海出版社．2000

（本文原载《新疆大学学报·哲学人文社会科学版》2005 年第 6 期）

西部民族贫困社区生活状况分析

——东乡族、撒拉族和回族民族社区的实证研究

王建兵　王文棣

一、引　言

西部民族地区的贫困严重制约着西部地区的快速发展，减少贫困已经成为启动西部开发的首要动力，从根本上消除贫困则将成为检验和衡量西部开发成功与否的重要标准。西部民族地区是我国贫困人口的密集分布区，贫困面大，贫困度深，脱贫难度大，返贫率高的地区。2006 年末，东、中、西部地区农村绝对贫困人口占全国农村绝对贫困人口的比重分别为 12.5%、32.8% 和 54.7%，西部地区所占比重比上年上升了 3.9 个百分点。2005 年在全国 592 个国家扶贫工作重点县中，民族自治县（不含西藏）增加到 267 个，占重点县总数的 45.1%，比“八七计划”期间增加 10 个，提高了 1.7 个百分点。

少数民族地区扶贫的工作目标应由解决民族贫困人口的温饱问题转到解决贫困人口的基本生活需要，包括解决温饱和必要的非食品消费需要，以巩固和提高贫困人口的生存能力和发展能力，因为只有穷人在教育、医疗、交通及社会服务方面支出的增加，其生存能力和自我发展能力才能从根本上得以提高，才能保证贫困农牧民实现稳定脱贫。少数民族贫困地区在扶贫逐步深入过程中要不断地总结经验和教训，以繁荣民族文化、促进民族地经济社会健康发展为目标，建立健全适合本地区本民族发展的扶贫战略。

二、数据来源

本文的样本数据来源于甘肃省社会科学院贫困问题研究中心承担的国家社会科学基金课题的民族贫困地区的社会调查。从 2005 年至 2006 年，课题组对甘青宁少

数民族贫困地区贫困程度高的少数民族聚居地区：甘肃省临夏回族自治州东乡族自治县、青海省循化撒拉族自治县和宁夏回族自治区西吉县各选取具有代表性的一个农村社区，以户为单位，以各县计生委提供的名册为抽样框，以2为步长，使用系统概率抽样，进行了问卷调查。共计发放问卷180份，收回有效问卷160份，其中东乡50份、西吉60份、循化50份。

问卷为经济、政治、社会和文化四个子系统。统计分析使用SPSS社会统计软件包进行，逻辑思路是从现象描述走向相关关系讨论，得到研究对象的现实性全面的数量化特征，同时讨论其变量间的关系并使其具体特点得以呈现。

三、样本情况的统计分析

（一）调查对象基本情况描述

1. 总体情况

被调查者的民族回族57人，占35.6%，东乡族50人，占31.3%，撒拉族50人，占31.3%，其他民族4人，占1.9%；性别中男性147人，占91.9%，女性13人，占8.1%；年龄层中，年龄最小的23岁，最长者85岁，平均45.85岁，高于其家庭平均年龄；文化程度最低为不识字或初识字，最高为高中，平均为小学文化，反映出当地普遍文化程度不高的现状。

表1 Descriptive Statistics

	N	Minimum	Maximum	Mean	Std. Deviation
年龄	158	23.00	85.00	45.8481	12.25378
被访者文化程度	157	1	4	2	1
家庭人数	160	2.00	9.00	5.2125	1.47681
家庭男女比例	159	0.20	4.00	1.1809	0.81288
家庭平均年龄	156	15.80	69.00	29.8840	8.19007
家庭平均文化程度	160	1.00	3.25	1.5881	0.59441
家庭人均纯收入	160	66.67	2000.00	730.9126	313.21614
家庭住房面积	159	4.00	288.00	73.9057	57.57112
建房时间	158	1980.00	2005.00	1994.892	6.75465
耐用消费品数	160	0.00	12.00	2.2000	1.98041
2000年后添置数	160	0.00	6.00	1.1437	1.47877
Valid N（listwise）	147				

从调查中可以看出，被调查者的家庭结构具有其他地区所不具有的一些特征：其一，最小值为2，最大值为9，均值为5.21；其二，虽然核心家庭比例较高，达到54.4%，但主干家庭与联合家庭的比例也达到了43.8%，说明甘青宁民族地区农村的家庭现代化分化并不剧烈，家庭结构仍具有一些传统特征；其三，家庭男女比例严重失衡，男性数量高于女性数量大1.18倍，这一数字也大大高于其他地区；其四，家庭年龄较轻，均值为29.88，尚未有老龄化迹象；其五，文化程度偏低，均值为1.59，介于不识字或初识字与小学之间，结合其家庭年龄较轻的特征，凸显出当地青壮年劳动力受教育程度低下，以及未来发展空间必然受限的状况。

家庭收入和生活质量方面，人均收入均值为730.91元，比照2004年甘青宁三省区贫困标准，都未脱贫，而从家庭成员职业分布来看，已有一半左右的人开展了第二职业；住房面积均值为73.91平方米/户，房屋结构85.4%为土木结构，14.6%为砖木结构，建房时间主要是在20世纪90年代，约占44%；厨房68.3%为单间，31.7%为非单间；厕所单间、有下水的为2.7%，单间旱厕为48.6%，共用28.4%，没有20.3%。结合以上数据，特别是耐用消费品及添置时间，说明当地生活质量的改善主要发生在20世纪90年代，也就是政府重点扶贫时期，虽有改善，但与其他地区相比仍显不足。

在甘青宁少数民族地区家庭生活的一些变迁方面：第一，虽然主干家庭和联合家庭在此地区仍有相当比例存在，但家庭事务的决定权已掌握在承担主要经济活动的夫妻手中，而不是传统的家庭长辈手中；第二，男人仍占据着家庭生活的最重要地位，分别占主要支出者的61.1%，家庭事务决定的57.9%，妇女和儿童的家庭地位也有了很大的提高，占主要支出者的35%；第三，家庭支出仍以生产投入为主，占57.1%，而文化教育和消费也有增长，占到35.7%（粮食消费并不在此之中）。

在对影响家庭生活质量最重要因素选择中，多数人看重仍是经济收入与政府政策，而对教育及文化活动、社会综合环境则关心度不高，不过，对生态环境问题的重视程度要远高于我们一般的认定。

调查中，我们使用里克特量表对其自我评价和社区评价进行了测量，当问题涉及态度和评价时，可以明显感觉到回答谨慎了很多。分别对调查对象的家庭经济收入、政治参与、文化教育、娱乐活动、身心健康、家庭和睦、社区中地位进行了自我评价测量。

经济收入的众数为3、4，两项共占68.8%，倾向于否定评价，当然也可以看到有28.1%的人倾向于肯定评价，这个比例也并不低。政治参与的众数为3，达到59.4%，说明多数人对此为中间评价（一般），持肯定评价的占到35.6%，远高于持否定评价的5%。文化教育的众数为3，达到43.9%，说明主流持中间评价（一般），持肯定评价的占到45.9%，远高于持否定评价的10.2%。娱乐活动方面的众数为3，达到56.3%，说明多数人对此为中间评价（一般），而持肯定评价的20.6%和持否定评价的26.3%相距不多。身心健康方面的众数为3，达到55%，说明主流持中间评价（一般），持肯定评价的占到34.4%，远高于持否定评价的

10.6%。家庭和睦方面的众数为2，达到42.5%，说明主流持较肯定评价（比较满意），持肯定评价的占到71.9%，远高于持否定评价的5.6%，另有22.5%的人持中间评价（一般）。社区中地位满意度的众数为2，为40%，说明主流持较肯定评价（比较满意），持肯定评价的占到55%，远高于持否定评价的11.9%，另有33.1%的人持中间评价（一般）。

从以上7组指标来看，有5组满意度居中，分别是经济收入、政治参与、文化教育、娱乐活动和身心健康，2组明显肯定性评价大于否定性评价，是家庭和睦与社区中地位，充分说明当地群众对目前物质、精神文化现状并不十分满意，这真是经济社会发展的动力源，而对家庭稳定和社区中的地位较为满意又反映了当地较为平和、有序的家庭、社区生活。

2. 三社区比较

（1）家庭类型东乡样本和西吉样本主要以核心家庭为主，分别占到52.4%和75%，循化样本则以联合家庭为主，占到68.1%，呈现出同一文化地域中家庭结构的不同，这也与其民族传统有关。

（2）东乡样本中家庭成员职业分布中持单一职业者比例高达76%，与总体样本及其他两个样本并不一致，而循化和西吉样本中家庭成员中职业分布多元比例分别达到62%和63.3%。

（3）家庭成员平均文化程度，东乡样本中为1.11，为三样本中最低，循化样本为1.52，西吉样本最高，为2.45。

（4）东乡样本中家庭男女比例高达1.6，为三样本中最高，西吉为1.16，循化为0.8，最低。

（5）东乡样本中人均收入688.38元，住房面积37.02平方米/户，均为土木结构，公用厕所的占到49.2%，单间厨房户22.2%，耐用消费品平均1.56件，低于总体水平及其他样本；循化样本为735.28元，住房面积132.29平方米/户，其中20%为砖木结构，厕所、厨房单间化均达到100%，耐用消费品平均2.78件；西吉样本为762.72元，住房面积56.97平方米/户，其中21.7%为砖木结构，无厕所户达到50%，单间厨房户58.3%，耐用消费品平均2.25件。综合判定三样本中循化生活质量最高，东乡最低。

（6）东乡样本中对家庭生活质量最重要影响因素的认定，54.3%的人选择了生态环境，异于总体及其他样本，循化样本中则有58%选择政府政策，西吉样本中则有80%选择了经济收入，并最终影响了总体样本的数量表现。此点反映出不同社区的人们的不同功能期望。

（7）家庭主要支出方面，东乡和西吉样本在生产投入上较大，分别占到60.3%和61.7%，而循化样本中比例最高的为消费、娱乐，占到44%，同时三个社区在文化教育方面的支出都超过了25%。

（8）对于自我家庭评价，三个社区也有不同表现，在经济收入方面，东乡样本和西吉样本众数都是3（满意度一般），而循化样本众数为4（比较不满意）；政治参与方面，东乡样本和循化样本众数都是3（满意度一般），而西吉样本众数为2（比较满意）；文化教育方面，东乡样本和循化样本众数都是3（满意度一般），而西吉样本众数为1（非常满意），这与各社区家庭成员平均文化程度值一致；娱乐活动方面，则评价接近，众数都为3（满意度一般）；身心健康方面，循化样本和西吉样本众数都是3（满意度一般），而东乡样本众数为2（比较满意）；家庭和睦方面，循化样本和西吉样本众数都是2（比较满意），而东乡样本众数为1（非常满意）；家庭在社区中地位，东乡样本和循化样本众数都是2（比较满意），而西吉样本众数为3（满意度一般）；总体评价三社区一致众数都为3（满意度一般）。

（二）样本社区的经济生活情况

在总体样本中，目前的家庭主要收入来源仍然是种植业，占到了63.1%，其次是打工收入，占26.9%，而畜牧业、经商两项相加刚达到10%。与其从事的经济活动类型相比较，问题更为凸显。这里出现了两个问题：第一，打工活动频繁，占到了41.8%，但仍不是当地民众最主要的收入来源，其增收效能并不明显，其原因何在，是我们的研究重点之一。可能的解释需要勘察以下三个方面：一是其本人的文化素质和劳动技能；二是打工的地域；三是具体的工作。第二，比之种植业，当地的畜牧业既有历史传统，又有现实收入增加的高效能，但比例却不高，这一问题同样值得我们思考。此两点都可视为后继研究的基础，也应该是当地脱贫致富的重点突破点。

在农业信息化指标中，我们发现，当地农户获取生产信息的途径主要是电视占39%和同乡朋友37.7%，两者差距并不明显，而广播和报刊的影响非常小，两项相加只有6.2%。这说明在当地现代化进程中，大众传媒的传播和传统的人际传播同时在起作用，从信息化考量，当地现代化程度仍显不够。报刊由于其对文化阅读能力的高要求，在当地普遍文化程度较低的情况下，显然不会成为主要的媒体形式。

样本中农业机械化指标也不高，54.4%的家庭没有任何现代化农业机械，37.3%的家庭拥有小型拖拉机，收播种机只有3.2%，大型拖拉机为2.5%，汽车只有0.6%。

当地民众认为生产中最大的困难是缺水，占43.6%，其次是缺资金，占38.5%。这也客观地反映出当地的实际情况，即自然环境恶劣、历史积累较薄。这也同时是当地脱贫的主要考虑元素。

在考察当地民众合作意愿时，有56%的人选择自己干，而愿与他人合作的比例只有30.4%。在选择自己干的原因回答中，只有15.5%的人认为自己能力差，没人愿意与自己合作，而52.4%的人认为自己能力比别人强，不愿与人合作，另有29.8%的人认为，自己与他人能力差不多，不需要合作。而在选择与他人合作的跟进回答中，有50%的人认为自己与他人能力差不多合作会更好，选择自己能力强并愿意帮助别人的占26.7%，在合作对象选择中。亲戚朋友占到56.3%，较为熟悉的人占31.3%，一切可能的人只有9.4%。这些指标突出了当地民众的合作意识较差，即使有合作，也大都从人际成本考虑，倾向于亲戚、朋友等熟悉的人，而非从经济成本、收入效能方面考虑，更合理地选择合作伙伴。

当地民众仍将政府视为解决经济问题的最重要力量和增加收入的主要希望，一方面说明民众对政府的信任，另一方面也反映出在经济生活中对政府的单一性依赖，其主动性仍显不够。

在科技方面，55.1%的人参加过生产培训，但没参加过的比例也高达43.7%，对科技下乡有55%的人都积极参加一年有几次的此项活动。说明当地民众对科技知识是非常渴望的，并愿意积极参与，但从未受过生产培训的民众的高比例可以看出，我们的农业科技普及工作还需要大力加强。

在民众对本地区政府扶贫工作的满意度考量中，其众数为2，说明民众对此比较满意，作为最不满意的5并未在调查中出现，说明当地各级政府扶贫工作得到了较好的认可。

（三）样本社区的政治生活情况

问卷中，我们对社区的政治生活同样给予关注，相比较为活跃的经济生活，当地民众对于政治生活的参与及其态度是我们的调查重点。

调查中，有44.4%的被访者对《民族区域自治法》不清楚，35.6%大概了解，18.8%的人清楚。这一比例与这一法律的重要性形成鲜明的对比。而对社区民主政治极其重要的《村民自治章程》有51.9%的人大概了解，不了解的19.4%，了解的19.4%，好于对《民族区域自治法》的认识。

关于村民自治的实施，反映出的情况则较为乐观，村委会按届选举、村委会成员的产生及村务公开等较好，可以看出，在样本社区中，民主管理贯彻得较好，制度化、形式化的成果得以巩固。

而在个人参与社区政治活动方面，57.5%的人积极参与，参与程度测量，众数为2，比较积极，42.5%的人较少参与，较少参与的原因，67.6%的人选择了“有兴趣，但没时间”，25%的人选择了“有兴趣，但没法参与”，7.4%的人选择了“兴趣不大，可有可无”。

对于社区管理方式有59.5%的人选择政府多管理一些，选择自己多管理的为38.6%，与此前经济活动调查情况相对应，说明当地民众对政府的依赖较重。当地民众对社区管理工作的满意度，众数为2（比较满意）。

（四）样本社区的社会及文化生活情况

在社会及文化生活方面计有39个问题，主要针对环境问题、宗教活动、教育活动、娱乐活动、社会保障以及对所在社区的评价等几个方面。

表2 Descrip tive Statistics

	N	Mimimum	Maximum	Mean	Stc. Deviation
参加宗教活动的频数	160	1	4	2. 31	1. 208
每天参加宗教活动的时间	131	0. 50	10. 00	1. 5840	1. 18671
每年家庭宗教活动支出	158	10	500	147. 67	124. 572
家庭现有宗教物品总价值	98	3. 00	700. 00	226. 0102	185. 33689
家庭文化娱乐活动项目数	160	0. 00	39. 00	1. 7188	6. 97180
家庭每年用于人情花费金额	160	0. 00	1000. 00	249. 0000	188. 81357
家庭每年用于购买民族食品或其他民族消费品金额	157	20. 00	1500. 00	167. 2994	143. 09148
家庭每年看病就医的费用	160	1. 00	2000. 00	258. 4438	238. 08079
看电视的频数	149	1	5	3	2
家庭在文化娱乐方面的总支出/年	160. 00	0. 00	500. 00	41. 8437	58. 00577
家庭在教育方面的总支出/年	160	0. 00	18000. 00	539. 8188	1797. 87461
Valid N（listwise）	81				

首先，我们关注一下其社会及文化支出情况：据前所知样本家庭平均人数为5人，人均年收入730. 91元，则家庭年平均总收入为3654. 55元，从表2可知，家庭宗教活动年均支出为147. 67元，约占总收入的4. 04%；年均人情花费249元，约占总收入的6. 81%；民族消费品支出年均167. 3元，约占总收入的4. 58%；医疗年均支出258. 44元，约占总收入的7. 07%；娱乐年均支出41. 84元，约占总收入的1. 14%；教育年均支出539. 82元，约占总收入的14. 78%。多项累计，样本中家庭生活及文化支出约占总收入的38. 41%。

这里较高的支出有三项值得关注，其一是教育支出，其二是医疗支出，其三是人情支出，每一项都超过了家庭宗教方面的支出。其中教育是最主要负担，国家正在实施的关于农村义务教育免除一切学杂费，贫困家庭儿童给予补助的政策，不仅可以使当地劳动力教育程度得到提高，素质得以改善，还可以直接减轻农民负担，增加可支配收入。这些现象一方面反映出甘青宁伊斯兰地区民众生活的日趋世俗化，另一方面也直接体现了当地农民的主要负担所在。

其次，由于选取的样本社区为伊斯兰民族社区，我们观察一下其宗教活动情况。总体样本中每天宗教活动时间均值为1. 58小时，参加宗教活动的频数均值为2. 31，意即每周参加三四次，较为频繁。参加宗教活动频数的分布情况，说明宗教活动在甘青宁伊斯兰民族地区是当地民众的最主要社会及文化活动，民众对其投入的时间、金钱及精力较多。子女教育方面，76. 3%的人选择让子女上学，且73. 8%的人希望在公共学校里使子女受到教育，说明大多数人还是希望子女能够受到较好的现代教育；同时，超过20%的人不愿意子女上学的情况也值得我们关注。

社会保障方面，参加保险的家庭只占10.6%，并且主要是一种险，投保两种以上的比例只有2.5%，当地社会保障体系的不完备由此充分展现。

文化娱乐生活方面，如前所述，看电视是主要的文化娱乐活动，而选择广播和报刊的较少，反映了当地民众对电视节目的选择。媒体的选择与城市受众选择基本一致，以及电视具体节目类型的选择虽并没有绝对的集中趋势，但与城市中受众的媒体文本选择基本一致这一特点，反映出已经存在的大众传媒的巨大影响，也就是说，大众传媒已经成为文化传播的主导性力量，反映着当地的现代化变迁。但同时也应该看到，大众传媒的传播力度还有不足，社会主体性思想在当地还不明显，无论是前面出现的对自治法和自治章程的了解不足，还是对党中央正在积极践行的“和谐社会”，当地民众的认识都显不足。

从民族传统来说，各民族也都有与环境相和谐的传统思想和行为规范，因此，环境保护的相关话题，在这里都可以得到相当积极正面的回应。63.1%的调查对象能够自觉参加一些环境保护活动，而较少参加环境保护活动的原因主要是想做不知道如何做，占57.6%，而对“牺牲环境发展经济”这种做法持极端否定的占47.8%，较强烈否定的8.2%，持肯定态度的共计30.2%，另有13.8%的人持中间态度。

在样本中民众的安全感较高，其众数为2，安全感比较稳定，比例达到42.5%，而否定性回答总计只有6.9%。虽然当地的生活并不十分令人满意，个人对目前生活状况满意度评价众数为4，即比较不满意，但多数人仍然感觉到较强的安全感，因此77.5%的人和家庭并没有去其他地方生活的打算。当然，确定希望离开的人虽是少数但比例也达到了20.6%，社会流动的可能性较高。

最后，来看一下当地民众对其所在社区的分项及总体评价，其中分项为自然环境、政策制度、干部、就业、文化教育、社区活动、社区服务、社会保障和声誉九项，总体评价是基于这九项的一个综合评价。

自然环境方面众数为3，满意度一般。社区政策制度众数为2，比较满意。社区干部方面众数为2，比较满意。社区就业众数为3，满意度一般。社区文化教育众数为3，满意度一般。社区活动众数为3，满意度一般。社区服务方面众数为3，满意度一般。社会保障众数为3，满意度一般。社会声誉众数为2，比较满意。在九项指标中，3项众数为2，比较满意，分别是社区政策制度、社区干部和社区社会声誉，其他6项满意度一般，总体评价众数也为一般。

四、结论与对策

(1) 家庭人口明显高于其他地区，家庭男女比例严重失衡，男性数量高于女性数量，文化程度偏低，凸显出当地青壮年劳动力受教育程度低下。

教育是提高人口素质的主要途径，办好教育，第一，应着重解决教育经费问题；第二，是努力改善民族地区教师待遇，增加民族地区教师专项补贴，并逐步完善教师培训规划和考核制度；第三，应着重抓好基础教育；第四，多培养当地师资和本民族师资；第五，教育内容和方式的综合化；第六，是挖掘宗教界人士中潜藏的宝贵智力资源，为少数民族人口发展服务。

（2）家庭收入和生活质量方面虽有改善，但与其他地区相比仍显不足。当地群众对目前物质、精神文化现状并不十分满意。而对家庭稳定和社区中的地位较为满意又反映了当地较为平和、有序的家庭、社区生活。

加强城镇化建设步伐，使广大农牧民到小城镇居住，有利于改变传统的生产生活方式，有利于更新农牧民的思想观念和提高农牧民整体素质，有利于缩小城乡差别，从根本上改变农牧民的生活质量。同时加快城镇化建设，还可以改善农村消费环境，切实拓展农村市场，可以创造大量农村劳动力就业机会，并通过建设资金转化为消费资金，实现农民收入的持续增长。

（3）产业结构不合理，比之种植业，当地的畜牧业既有历史传统，又有现实收入增加的高效能，但比例却不高。

民族贫困地区要紧紧抓住这一农业结构调整的大好时机，积极进行农业结构调整，使畜牧业及其相关加工业成为脱贫致富的支柱产业。一是优化种植结构，加快退耕还草步伐，开发草产业，建立优质饲草料生产体系；二是加快科技转化和科技创新步伐，提高畜产品的科技含量，切实转变畜牧业经济增长方式；三是发挥民族特色，抢占国际市场，建设“清真”肉奶生产基地。

（4）在当地现代化进程中，大众传媒的广播和传统的人际传播同时在起作用，从信息化考量，当地现代化程度仍显不够，不能充分满足人们生产生活的需要。另外，大众传媒的传播力度还有不足，社会主体性思想在当地还不明显，无论是对自治法和自治章程的了解，还是对党中央正在积极践行的“和谐社会”主题，当地民众的认识都显不足。

加强农村基层组织建设，加快贫困乡（镇）村文化建设，提高广播电视“村村通”覆盖率，深入开展群众性精神文明创建活动和农民健身运动。

（5）从经济生活情况来看，自然环境恶劣、缺少资金投入、缺乏彼此合作意识、科学技术的掌握不足以及此前反映出的收入来源单一、经济活动类型较多但效能不高、信息化和机械化程度不够等这些方面既是当地贫困现状的反映，也是致贫的原因集合。

提高少数民族地区的科技水平，在广大农村贫困地区增加农产品的科技含量，才能使人们从思想上转移到依靠科技致富的观念上来，最终实现科技兴民、富民、强民，达到脱贫的目的。首先，要利用现代化的通讯传播手段，充分发挥广播、电视、报刊等媒体的宣传功能，建立规范畅通的信息渠道，以信息兴民。其次，要建立健全以县、乡镇科委为主的农村科技服务体系，培养一批贫困地区科技带头人，发展好典型科技示范户，通过他们来带动和帮助其余贫困户转变观念，走上脱贫致富的路子。此外，要坚持科技下乡制度，通过科普知识宣传，实用技术展示，科技读物传播，疑难问题解答，可以使贫困地区人们开拓眼界，提高科技素质。

参考文献：

[1] 马戎．中华民族凝聚力的形成与发展．西北民族研究，1999（2）
[2] 秦永章．甘青宁地区多民族格局形成史研究．北京：民族出版社，2005
[3] 马戎，周星．中华民族凝聚力形成与发展．北京：北京大学出版社，1999
[4] 白寿彝．民族宗教论集．北京：北京师范大学出版社，1992
[5] 王建兵．民族文化视角下的扶贫开发战略．开发研究，2006（6）
[6] 雍少宏．论回族群体心理的传统性与现代性．回族研究，2003（4）
[7] 李宗植．民族地区贫困的地缘经济思考．中央民族大学学报，2002（6）

本文是国家社科基金2004年西部项目《对若干国家级民族贫困县的调查研究及对策建议——以甘肃、青海、宁夏三省区为例》（项目编号：04XJY025）的部分成果。

（本文原载《甘肃社会科学》2008年第6期）

撒拉族人口的行业及职业结构分析

马　伟

社会经济的发展决定着人口的发展，而人口因素对经济发展又具有重要的反作用。众所周知，人口再生产是劳动力再生产的基础，人口是社会劳动力资源的来源，劳动力资源对一个国家或民族的社会经济发展有着重大影响。劳动力资源过多或过少都将对经济发展产生不利影响。当劳动力资源不足时，就应加快技术进步，提高效率，以促进经济的向前发展。劳动力在社会各部门的配置就是人口的经济构成。人口的经济构成包括人口的行业构成和职业构成两个方面，它需要与社会经济发展对劳动力的需求相适应。分析撒拉族人口的经济构成对研究撒拉族人口构成具有重要的意义。

一、人口就业的产业结构

所谓人口就业的产业结构，就是指各产业部门中在业人口的比例关系。人口的就业结构状况是一个国家或地区经济发展的结果。不同的人口就业结构状况反映了不同的经济发展水平。经济欠发达的地区或国家的就业人口一般集中于第一产业，在整个产业结构中，第一产业的比重在50%以上；而经济发达的地区或国家的就业人口一般集中在第三产业，也占半数以上。撒拉族人口主要聚居在青海省的循化县，该地区主要以农业为主，因此，撒拉族的就业人口也就主要集中在第一产业。

（一）循化县的产业结构状况

撒拉族的民族经济成分有农业、畜牧业、园艺业、商业等，其中主要是农业。撒拉族先民迁徙循化时，据说还从撒马尔罕带来了“阿合毫日散”（白芒麦）、“尕日毫日散”（黑芒麦）、“格自勒毫日散”（红芒麦）等农作物品种，因此，可以说撒拉族先民的经济文化类型属于农业范畴。撒拉族先民入居循化后，虽然生产技术还十分落后，但很快就适应了“红山对红山，积石一条川”的地理条件，不拘一格，宜牧从牧，宜林从林，或狩猎工副，或耕地从农，并积极向当地兄弟民族学习，择善而从。他们从汉族那儿学来了播种施肥、开渠灌溉、田间管理等更精细的农业技术和手工工匠等技术；从蒙古族、藏族那儿学来了具有青海特色的放牧技能；通过同回族的接触，更加丰富了自己本来就有的经商经验。这种开放性和兼容性始终是撒拉族经济文化的一大特点，更是该民族得以形成、发展、壮大的一个重要原因。农业民族和畜牧民族在生产方式、生活习惯上都有迥然不同的差异，中国历史上“严夷夏之防”、“非我族类，其心必异”之类的观点，便是这种思想的集中体现。但撒拉族将农业、畜牧业、商业、园艺等融合于一体，博采众长，为我所用，这种经济结构的丰富性不能不令人惊奇。早期，撒拉族主要居住地区街子是农业区，苏只地区是牧业区，孟达地区是狩猎区和副业区，清水地区是农副业地区。时至今日，街子地区的农业，苏只地区的畜牧业，清水地区的人们所擅长的伐木业及孟达地区人们靠山吃山所从事的打柴、木农具制作业等，仍具有鲜明的地区特点。

新中国成立后，在党和政府的关怀与帮助下，撒拉族人民大搞农田基本建设，兴修水利，引进先进的农机设备，改进耕作技术，实行科学种田，农业生产获得了很大发展。特别是改革开放后土地承包到户，撒拉族人民的生产积极性得到极大提高，推动了撒拉族经济的快速发展。同时，撒拉族的经济结构也悄悄发生着变化。撒拉族畜牧业、伐木业等在经济结构中的比重不断下降，而乡镇企业、商业贸易、建筑运输、园艺等行业异军突起，成为带动撒拉族经济发展的主要力量。

撒拉族聚居区循化县的经济结构状况如表 1 所示：

表 1　1998 年循化县产业结构与其他区域的比较　　%

区　域	第一产业	第二产业	第三产业
循化县	45.9	30.5	23.6
海东地区	36.6	25.5	37.9
青海省	20.0	39.5	41.4
全　国	18.0	49.2	32.8

资料来源：1999 年《青海统计年鉴》

循化县第一产业的比重比较高，达 45.9%，较全省和全国的平均水平分别高 25.9 和 27.9 个百分点，甚至较海东地区的平均水平还高 9.3 个百分点；第二产业的比重次之，其指标值较海东地区高 4.5 个百分点，这跟循化地区近几年快速发展的乡镇企业有关，但比青海省和全国的平均水平都低得多；第三产业的发展水平更低，比海东地区低 14.3 个百分点，比青海省低 17.8 个百分点，比全国平均水平低 9.2 个百分点。这表明撒拉族聚居地循化的工业化进程还很缓慢、水平也很低，第三产业所占比重较低，其整体社会经济结构仍处于传统阶段。

如果对循化县的农业结构作一考察，我们就会发现，循化县的农业结构与其他区域相比表现出同中有异的特点，如表2所示：

表2　1998年循化县农业结构与其他区域的比较　%

区域	农业	林业	牧业	渔业
循化县	64.0	3.2	32.8	0.0
海东地区	61.7	2.8	35.4	0.1
青海省	51.9	1.7	46.3	0.2
全国	56.3	3.3	30.7	9.6

资料来源：1999年《青海统计年鉴》

循化县与海东地区、青海省、全国的农业结构中都是种植业所占比重最大，其次为牧业，循化县、海东地区和青海省的农业结构中占第三位的是林业，渔业最低，循化的渔业为零，而就全国来说，占第三位的是渔业，最低的是林业。如果我们再作进一步的分析就会发现，循化县的种植业比重与其他区域相比是最高的，分别比海东地区、青海省、全国高出2.3、12.1和7.7个百分点。就牧业来说，循化县的牧业比重虽比全国平均水平高出2.1个百分点，但与海东地区和青海省相比则又低了许多。考虑到循化县的牧业集中在四个藏族乡，撒拉族所经营的牧业比重则更低。

我们再对循化县的几个纯撒拉族乡或撒拉族占绝大多数的乡的撒拉族人的家庭产业结构状况作分析：

表3　1999年五个纯撒拉族乡或撒拉族占绝大多数的乡的撒拉族家庭收入构成　%

	清水	街子	查汗都斯	白庄	孟达	合计
农业	62.34	39.12	54.2	52.53	65.35	49.33
林业	0.65	0.19	0.70	—	2.00	0.37
牧业	4.03	1.04	0.39	26.84	14.02	7.56
工业	15.07	31.32	3.87	5.35	—	15.83
建筑业	5.06	0.66	16.2	3.34	10.92	5.88
运输业	9.35	26.03	18.9	4.63	4.20	16.79
畜牧业	2.41	1.45	5.63	3.34	0.93	3.03
服务业	0.45	0.19	0.11	0.52	1.90	0.31
其他	0.64	—	—	3.45	0.68	0.90

资料来源：根据五个乡的《一九九九年度青海省农村牧区经济收益分配情况统计》整理

从表3中可以看到，在撒拉族农村地区家庭经营收入状况中，农业虽然仍占主要地位，占到家庭经营收入的49.33%，但尚未占到收入的一半，工业和运输业的收入比重分别为15.83%和16.79%，已经基本形成了以农为主、多种经营的格局。在不同的撒拉族地区，撒拉族的产业结构还体现出地区性特点，如街子乡的农业收入只占39.12%，工业收入和运输业收入已分别占31.32%和26.03%，后者之和已远超过了农业收入，而其他几个乡的农业收入仍是撒拉族农民的主要收入来源。

(二) 人口就业的产业结构

据1990年第四次人口普查，撒拉族人口在物质生产部门就业的比重为94.93%，高于汉族和全国少数民族的平均水平，也远远高于回族和藏族的比重，撒拉族作为青海省的特有民族，其在物质生产部门就业的人口比重也高于另一特有民族——土族；而在非物质生产部门就业的人口比例相当低，仅为5.07%，相当于回族的61.01%和藏族的59.23%。可以看出，撒拉族从事物质生产的人口比例高于全国少数民族水平，而从事非物质生产的人口比例却低于全国少数民族平均水平（见表4）。

表4 撒拉族人口的产业构成

%

民族	物质生产部门	非物质生产部门	第一产业	第二产业	第三产业
撒拉族	94.93	5.07	89.39	2.45	8.16
汉　族	93.28	6.72	71.34	15.99	12.67
少数民族	94.03	5.97	83.27	6.87	9.86
回　族	91.69	8.31	62.27	19.11	18.62
土　族	93.96	6.04	88.54	3.64	7.82
藏　族	91.44	8.56	86.70	2.44	10.86

就撒拉族人口的三次产业分布而言，专门从事第一产业、第二产业、第三产业的人口分别占在业人口总数的89.39%、2.45%和8.16%。撒拉族第一产业的就业比重较少数民族平均值高6.12个百分点，比回族高27.12个百分点，甚至比土族和藏族也要高，这与撒拉族长期以来以农为主的经济结构和忽视学校教育有关。撒拉族第二产业的就业比重较少数民族平均值低4.42个百分点，是回族第二产业就业比重的12.82%，这与撒拉族主要从事第二产业的手工业和建筑业有关，而且二者比重也很低；与土族相比，撒拉族第二产业的就业比重也低1.19个百分点，仅比藏族高0.01个百分点。撒拉族第三产业的就业比重比少数民族平均水平低1.7个百分点，为回族的43.82%，比藏族也低2.7个百分点，仅比土族高0.34个百分点。这说明第四次人口普查时，撒拉族人口中从事第一产业的就业人口是相当多的，而第二产业和第三产业的就业人口相当少。目前，撒拉族的三次产业结构已发生了很大的变化，如表3所反映的，1999年五个纯撒拉族乡或撒拉族占绝大多数的乡的家庭

收入中，第一产业的收入已降至57.26%，而第二产业和第三产业的收入分别达到了21.71%和21.03%。这说明，随着社会主义市场经济体制的不断发展完善和撒拉族经济水平的迅速提高，从事第二、第三产业的人口正在变得越来越多。

（三）撒拉族人口的行业结构

人口的行业构成，是指劳动人口的部门构成，也就是社会劳动者在国民经济各部门的分布比例。它是体现一个地区生产力发展水平的标志之一，是这一地区经济结构的直接反映。

根据第三次人口普查数据显示，撒拉族在业人口的行业构成，突出表现为从事农、林、牧、渔、水利业的劳动者比重极高，而从事其他行业的人口比重极低（见表5）。同全国少数民族的平均水平相比，撒拉族从事农、林、牧、渔、水利业的劳动者比重高出6.59个百分点，与回族相比竟高出29.57个百分点。撒拉族从事工业的劳动者的比重只有1.08%，仅相当于全国少数民族平均水平5.88%的18%。值得一提的是，在青海省各少数民族中，撒拉族从事农、林、牧、渔、水利业的人口比例为最高，而在其他行业中的就业人口比例则很低。

表5　撒拉族人口的行业分布及其变化

%

年　份	1982	1990
合　计	100	100
农林牧渔水利业	91.72	89.39
地质普查勘探业	0.03	0.007
房产公用咨询业	0.03	0.24
工　业	1.08	1.45
交通邮电业	1.11	1.04
商饮物资仓储业	1.21	2.05
卫生体育福利业	0.43	0.36
教育文艺广电业	2.19	2.33
建　筑	0.23	0.99
科技服务业	—	0.01
金融保险业	0.01	0.22
国家党政机关和社会团体	1.70	1.80
其　他	0.16	0.01

资料来源：根据第三、第四次人口普查数据计算

对照第三、第四次人口普查数据可见，撒拉族在业人口的行业构成发生了较为明显的变化：①农业劳动者的比重下降幅度较大，达2.33个百分点。1999年循化县五个撒拉族乡的统计数据显示，农业收入已降至总收入的57.26%，因此，农业人口比重自然也会下降。考虑到循化县的撒拉族农业人口比全国撒拉族农业人口比重高的情况，就全国来说，撒拉族农业人口的下降幅度应该更大。②除卫生体育福利业、地质普查勘探业和交通邮电业的在业人口比重略有下降以外，其他行业的人口比重都有所增加。据1999年五个撒拉族乡的调查统计，第二、第三产业的收入都已超过了20%，这说明，近几年来撒拉族的第二、第三产业人口不断增加。③在各行业的就业人口中，除农业以外，其他行业的男性就业人口的比重均高于女性。自改革开放以来，撒拉族居住地区的非农产业有了快速发展，这就为撒拉族人口提供了较为广阔的就业渠道，使相当一部分农业人口已经转变为非农业人口。另一方面，撒拉族的外向型经济得到了很大发展，大量撒拉族人口外出跑运输、开饭馆、办企业等，使得撒拉族的非农人口不断增加。此外，每到春夏时节，撒拉族村子里的绝大部分青年男子都外出谋生，到了冬天才陆续返回，而绝大部分妇女留在家中操持家务、务农，这种“男主外，女主内”的传统分工方式依然影响着就业人口的性别结构。

二、人口在业的职业结构

职业的产生是社会发展带来的结果。社会的发展使职业分工越来越细，职业的种类也越来越多。

我国第四次人口普查规定，在15周岁及以上的人口中，凡1990年7月1日有固定性职业的人口，以及无固定性工作，但在6月30日有临时性工作，6月份从事社会劳动累计超过16天，并取得劳动报酬或经营收入的人口都属于在业人口。在业人口在国民经济各部门中的人数和比例，就是人口的职业结构。研究人口的职业结构，是促进社会分工、提高生产率、节约劳动资源的重要一环，也是指导人们进行职业选择、有计划地进行职业培训的可靠依据。

人口的职业结构反映着一个地区的经济和社会发展状况。据第四次人口普查资料统计，撒拉族人口职业结构如表6所示：

表6　撒拉族人口的职业结构及其变化　%

年份	1982	1990
总　计	100	100
各类技术人员	3.60	3.57
机关企事业负责人	1.11	0.85

续表

年份	1982	1990
办事和有关人员	0.69	0.90
商业人员	0.88	1.14
服务性工作人员	0.69	1.19
农林牧渔劳动者	90.11	89.12
工人和有关人员	2.91	3.35

资料来源：根据第三、第四次人口普查数据计算

由表6可见，撒拉族人口职业结构显著表现为农林牧渔劳动者的比重极高，其他职业的从业人口比重都很低。1990年，撒拉族农业劳动者的比重高达89.12%，与同期的全国平均水平相比，高出18.54个百分点。

自改革开放以来，随着社会经济的发展，撒拉族人口的职业结构发生了很大变化。目前，撒拉族在业人口的职业结构具有如下特点：

（一）农业劳动者的比重明显下降

从第三次人口普查到第四次人口普查，撒拉族农业劳动者的比重下降幅度还不到一个百分点。这说明改革开放初期撒拉族非农产业的发展还不太快。据1999年循化县五个撒拉族乡的调查统计，当年农村经营收入中，农业和牧业收入分别占49.33%和7.56%，这说明撒拉族农村地区的经济结构已发生了很大的变化。据循化县就业局提供的资料，截止到2000年5月底，循化县已从农业中转移出农村剩余劳动力17621人，其中农村就地转移6261人（其中转移到第三产业3591人，转移到牧副渔业908人，转移到乡镇企业1762人），占转移总数的35.5%；跨地区流动就业11360人（其中省内8278人，省外3082人），占转移总数的64.5%。而当年全县人口只有112716人，除掉约一半的不在业人口，当年约三分之一的人口转为非农人口了，考虑到该县撒拉族流动人口比藏族流动人口多，撒拉族在业人口至少有三分之一转为非农人口（可能有些人有时也从事农业，但其主要精力和时间花在非农产业上，其主要收入也来源于非农产业）。

（二）工人、商人、服务性工作人员增幅较大

同1982年比较，1990年时，工人的比重增加了0.44个百分点，商人的比重增加了0.26个百分点，服务性工作人员的比重增加了0.5个百分点。目前，根据上文所引循化县就业局的材料，撒拉族人口中工人、商人、服务性工作人员的比重也不断提高。根据年循化县五个撒拉族乡经营收入统计情况，撒拉族的第二、第三产业收入已超过40%，这与撒拉族人口职业结构的转变有直接关系。

(三) 专业技术人员和机关工作人员的比重有所下降

和1982年相比，1990年，撒拉族的上述两类人员比重分别下降了0.03和0.26个百分点。这从一个侧面说明，这一期间撒拉族在业人口的某些素质反而有所下降，这不能不引起我们的注意。

(四) 人口职业结构的性别差异非常显著

在八大职业中，除了农林牧渔劳动者的比重女性大于男性外，其他职业中，女性均低于男性，而且悬殊相当大。就青海省第四次人口普查统计，当年青海省撒拉族男性在业人口有13674人，而女性有13031人，其中女性农业劳动者比男性农业劳动者多928人，其比重比男性高7个百分点，而各类专业技术人员女性只占男性的12%，机关企事业负责人比重女性只占男性的1%，办事员和有关人员比重女性只占男性的24%，商业人员比重女性只占男性的30%，服务工作人员比重女性占男性的66%，生产工人、运输工人等比重女性也仅占男性的21%。可见，在撒拉族社会中，女性职业显现出高度单一和落后性的特点。

（本文原载《青海民族研究·社会科学版》2002年第2期）

撒拉族教育文化与人口现代化

文忠祥　辛海明

西部大开发浪潮中，若欲成功地开发自己的家乡，发展民族经济，必须重视智力开发和人力资本的培养，必须依靠这些高素质人力资源凭借现代化装备来开发自然资源，改良自然环境和生态系统，而非人海战术。美国社会学家和经济学家西奥多·W.舒尔茨明确提出，人类改变穷困状况的决定性因素不是空间，能源和耕地，而是人口质量的提高和知识进步。[1]故本文依此思路，就撒拉族人口教育现状探讨如何发展教育，提高人力资源品位，实现民族经济的稳步发展，最终实现人自身的现代化。

一、撒拉族人口文化素质现状及存在问题

撒拉族，形成并世居于青海的少数民族之一。人口共有 104503 人（2000 年），其中青海 87043 人，主要聚居于青海循化撒拉族自治县。使用撒拉语，属阿尔泰语系突厥语族西匈语支，无民族文字，普遍使用汉文。信仰伊斯兰教，伊斯兰文化巨大地影响着他们生活的各个方面。在青海的形成发展史，造就了撒拉族人民强悍坚韧，勤劳勇敢，行善施恩，排解纠纷，互助合作，讲究礼节，注重礼貌的特点，具有反抗民族压迫和不畏强暴的斗争精神，富有进取心，具有潜在的发展潜力，尤其在社会主义制度下，各民族建立了平等团结、互助合作的民族关系，为撒拉族自身的发展开拓了更为广阔的前景。[2]

但是，由于撒拉族“轻诗文，重气力”的心理特点，轻视科学文化知识，崇尚舞刀弄枪，[3]社会中对文化教育的重视程度不够。新中国成立前，撒拉族识字者寥若晨星。新中国成立以后五十多年来，学校教育在撒拉族聚居的循化县得到迅速的发展，取得了巨大的历史性成就。[4]但不可否认，撒拉族教育的发展程度，数量和素质等与撒拉族地区经济建设持续发展和人的现代化的要求尚有相当大的差距。

1. 撒拉族人口文化教育水平总体偏低

根据 1990 年中国各民族文化教育水平综合均值表数据，[5]撒拉族合计值为

2.10，低于全国平均水平5.64，在56个民族中居倒数第7位，只比傈僳、德昂、东乡、门巴、拉祜、珞巴、藏族高。其中，男性均值为3.28，列到全国倒数13位，女性均值为0.89，列倒数第2位，只比东乡族高。族内男性均值与女性均值比较，男性值高出女性均值268.54%，二者之差异显著为全国第一。

表1　撒拉族6岁及6岁以上人口文化程度状况

	扫盲班	小学	初中	高中	中专	大学专科	大学本科	研究生
合计	2854	34189	10362	2552	1961	950	529	14
男	899	11297	7898	1780	1205	649	403	8
女	1955	11792	2464	772	756	301	126	6

比较表1、表2的数据，2000年各项指标的绝对人数显著高于1990年，但1990年和2000年的结构特征没有根本的变化，撒拉族人口文化教育水平仍然处于明显偏低的状况，而且男女性之间差距显著，女性受教育机会非常少，教育水平非常低。

“为什么各个民族间的合计（男女）与男、女文化教育综合均值的差异竟然如此之大呢？主要原因不在于社会发育程度，因为有的社会发育层次很低的民族，已经跻身于综合均值的前列；不在于经济发展水平，因为有的经济落后的民族，综合均值已经赶了上来；也不在于民族教育政策的厚此薄彼，因为全国的民族教育政策是相同的。因此，很有可能最主要的原因，在于某个民族的干部和群众的现代化教育意识（区别于宗教教育）和开发人力资源意识或强或弱的差别问题上，就是说是重视教育还是轻视教育？是把优先发展教育落实在行动上还是停留在口头上？是为尊重知识、尊重人才多做事实还是‘只打雷，不下雨’？”[6]归根结底，撒拉族教育发展水平严重滞后的原因在于教育意识上。因此，要想尽快缩小上述某些差距，首先必须缩小教育意识上的差距。

2. 从文化教育结构方面看，高层次人才比重明显低于全国水平，中等人才比例也基本低于全国水平，而文盲、半文盲率又显著高于全国水平，文化构成中心仍滞留在小学水平

结合表1、表2数据，可以十分明了的看出撒拉族文化教育结构。

表2　撒拉族分年龄文化程度状况

年龄段	合计	大学本科	大学专科	中专	高中	初中	小学
	24918	288	384	931	1419	5593	16493
6～9	2970						2970

续表

年龄段	合计	大学本科	大学专科	中专	高中	初中	小学
10～14	5838			1		355	5482
15～19	4689	11	3	143	402	1683	2447
20～24	4915	112	40	231	402	1683	2447
25～29	2507	87	58	169	278	956	959
30～34	1139	29	53	110	116	364	467
35～39	994	11	51	54	36	207	635
40～44	832	5	23	41	33	168	562
45～49	804	12	14	36	44	223	475
50～54	540	8	13	19	35	146	319
55～59	485	6	19	14	28	133	285
60～64	321	4	6	5	21	87	198
65	287	3	14	8	28	81	153

注：表中数据来自1990年人口普查少数民族人口数据。

分析在校学生数据可以发现，撒拉族文化重心仍滞留在小学。撒拉族在校学生有10408人，其中男7744人，女2664人；本科层次男78人，女20人；专科男29人，女4人；高中男219人，女144人；初中男948人，女375人；小学男6323人，女2062人。文化构成的重心在小学，表明该民族教育程度普及的层次较低，有待于向初中移动。[7]

表3　分年龄、性别的文盲、半文盲人口数

年龄段	人口数	男	女	文盲半文盲人口数			文盲半文盲占同龄人口%		
				小计	男	女	小计	男	女
	52024	26550	25474	35734	13073	22661	68.69	49.24	88.96
15～19	10983	5645	5338	6294	2086	4208	57.31	36.95	78.83
20～24	9701	4878	4823	6009	1970	4039	61.94	40.39	83.74
25～29	5976	3291	2685	3649	1174	2475	59.28	35.67	86.39
30～34	4146	2135	2011	3007	1152	1855	72.53	53.96	92.44
35～39	4291	2206	2085	3297	1335	1962	76.84	60.52	94.10
40～44	3916	1973	1943	3084	1231	1853	78.75	62.39	95.37
45～49	3384	1732	1652	2580	997	1583	76.24	57.56	95.82
50～54	2671	1383	1288	2131	881	1250	19.78	63.70	97.05
55～59	2169	1130	1039	1684	662	1022	77.64	58.58	98.36
60～64	1608	803	805	1287	491	796	80.04	61.15	98.88
65	3026	1374	1652	2712	1094	1618	90.43	79.62	99.57

注：表中数据1990年人口普查少数民族人口数据。

这种状况与文盲、半文盲状况一同考察，则更易发现撒拉族教育面对的严峻形势。

撒拉族65岁以上的人口文盲比率（合计）为90.43%，处于全国人口文盲比率90%以上的22个民族之中。15～19岁人口文盲比率（合计）为57.31%。另外，撒拉族≥6岁人口的识字率为33.63%，在56个民族中列第50位，≥15岁人口文盲半文盲率为60.69%，亦位列第50位，两个排位只比东乡族等高。[8]现代教育以及新生文盲问题，将是困扰撒拉族发展经济，提升人口素质所面临的十分严重的问题。

关于教育落后的问题，有人归结为自然条件、社会条件、历史条件的差别以及经济发展水平的差距上，“一般说来，东部地区自然环境条件比较好些，社会经济发展水平高些，文化教育事业发展的比较快些，人口素质比较好些；而西部地区自然环境条件比较差些，社会经济发展水平比较低些，文化教育事业发展的也比较慢些，从而导致人口总体文化素质水平相对要低些”[9]。这里过分强调自然环境对人的控制作用。其实，比这更重要的是人作为主体的意识能动性，即人对待教育的态度问题，起根本作用的仍然是教育意识。为什么这样说？和基诺族的比较便很能说明问题。相比较，基诺族人口1.80万人，主要分布在云南西双版纳傣族自治州景洪市的基诺山乡和勐旺乡，主要从事农业，兼有狩猎和采集，善种茶，奉行多神信仰和祖先崇拜。新中国成立之前基本处于原始社会末期向阶级社会过渡阶段，农村公社是其基本的社会结构。撒拉族主要分布在青海循化县，主要从事农业，信仰伊斯兰教，新中国成立之前已经进入封建地主经济社会。基诺族1990年的65岁以上人口文盲比率为99.25%，撒拉族为90.43%，而经过多年的努力，基诺族1990年的15～19岁年龄组文盲比率迅速下降到6.10%，而撒拉族仍高居57.31%，形成而且在近50年的历史进程中，相对来说，撒拉族的文盲率下降幅度最小，仅降低了33.62个百分点[10]，如果说65岁以上人口代表解放以前的教育状况，15～19岁组代表新社会的教育状况，相比之下，哪个民族重视教育不言自明，而且这里的基诺族并非特殊个例，但它为何能将原始社会阶段的极高文盲率迅速演变为社会主义初级阶段的低文盲比率？这就应该归功于他们超前树立了优先发展教育和科技振兴民族的新观念。

3. 教育状况受信仰的影响比较大

撒拉族笃信伊斯兰教，使之在撒拉族教育中具有举足轻重的影响。首先，由于明清朝廷推行“汉化”，“儒化”政策，严重冲击穆斯林对自己的信仰的境遇下，为巩固自己的信仰兴起了经堂教育。另外，“有一些虔诚的穆斯林对那些读汉书，弃教门，做官员的人甚为不满，认为他之所以放弃自己的宗教信仰是读汉书所致，因而拒绝汉书和汉文化”。[11]还有，清廷镇压回族撒拉族起义，使老一辈撒拉族在心理上对汉文化有一定的隔膜。最后，“伊斯兰教并非一般的鼓励求学，它更注重实用的知识和学问。穆圣说：‘学习不切实际的学问，来世必受最严厉的惩罚。’教法学家艾哈代斐说过：‘学问的功效只在于实用’”[12]。宗教提倡学用一致，而由于目前中国现实生活中教育体制的问题，学用脱节，大学毕业难以就业等挫伤了学习热情，因此，要发展撒拉族教育，要解决的仍然是教育意识问题。

4. 进城人员子女教育状况堪忧

据初步了解，近几年来撒拉族群众普遍存在离乡离土进入城市从事经商、服务业的现象。西宁市大街小巷遍布撒拉族群众的小饭馆，另有相当一部分人口从事旧城改造拆迁工作、建筑业。他们大部分是全家出动。这样，基于个人收入问题及学校收费问题，绝大部分学龄儿童都是随父母经营生意而不能入学得到及时的教育。如果错过教育时机，他们又将成为新生文盲。

二、发展撒拉族教育，实现人口现代化的对策和建议

由于自然、社会、历史等原因，最终削弱了撒拉族群众的教育意识，所以发展撒拉族教育，并不宜将表层的自然、社会、历史等原因过分强调，而要抓住症结，树立现代教育意识。具体地说，可采取以下措施：

1. 撒拉族聚居区地方领导应首先树立优先教育的意识，并大力宣传，在广大群众中树立起教育意识

因为作为一方父母官，直接影响一方的治理方略，“百年树人”的教育政策为其中最重要、最基础的一项，政府举措直接影响群众教育意识的培养。“民族人口不论多少，社会发展程度不论先后，经济发展水平不论高低，环境条件不论优劣，只要树立优先发展教育和科技振兴民族的意识，并认真付诸实施，就能以快速的步伐变愚昧为文明，变后进为先进，变贫穷为富有”[13]。撒拉族绝大部分人口集中在乡村，从事农业。乡村人口达到73831人，而城市人口5280人，城镇人口8012人。[14]经过几十年的发展，尤其改革开放二十多年的发展，农业正在由粗放型增长向集约型增长转变。“所谓粗放型增长是指依靠投入要素的数量增加实现的增长。所谓集约型增长是指依靠综合要素生产率提高实现的增长，即依靠提高生产要素的效益、依靠科技进步和提高劳动者的素质而实现的增长。”[15]而农业增长方式转变的实现必须以提高劳动者的素质为前提，现代农民必须成为技术型、智力型、生产经营型的农民。另外，部分进入城市的撒拉族人口，他们大多从事传统饮食业或拆迁等，若欲在城市中占有立身之地，获得稳定而较丰厚的收入，更要以个人自身条件为基础，其中教育水平是根本。人口质量具有经济价值。人口质量的提高对经济发展的作用是显而易见的。而通过投资教育可以巨大提升人口质量。但教育投入的回报是长远的，需各级政府和个人的高瞻远瞩。所以，政府和群众共同树立教育意识，既有现实意义，也有长远意义。

2. 避免陷入“现代化”误区

现在普遍适用的现代化概念“都是以单线性的阶段式的演化论为基础的，而把所谓的‘现代社会’（实质上即‘西方社会’）视为‘传统社会’（实质上即‘东方社会’）的未来图景的看法”[16]。全球以西方社会为现代化标准，而在国内有以东

部发达地区或先进民族为标准的倾向。其实，每个民族，尤其是具有明显差异的民族之间可以因族而宜，确定最佳发展模式，并非一味完全模仿他族，现代化并没有唯一的放之四海而皆准的模式。撒拉族在强烈的主导文化冲击下，处于弱势文化的地位，本民族文化被强烈同化，这时候为了自我生存而采取的一些做法是可以理解的，但发展到过度地排斥外来文化时，对于民族发展的后果不大可能做太乐观的预想。我们既要避免陷入绝对民族主义的情绪之中，又要防止完全地以主导文化模式来发展撒拉族教育，具体措施。

第一，在小学、中学等学习阶段可以适当开设阿拉伯语言基础课。民族区域自治法规定："自治机关有权根据国家的教育方针，依照法律规定，决定本地教育规划，学校的设置、学制、办学形式、教学内容、教学用语和招生办法。"这样既可以体现民族政策，又可以结束经堂教育与学校教育争夺学龄儿童的不良局面。也可以说是消除了宗教对教育的负面影响。

第二，大力改革教学体制，使基础教育与职业教育有机结合，使学习与就业有机结合，避免"走出校园，加入失业"的怪圈。

第三，在撒拉族集中地区的中小学，可以适当开设伊斯兰教宗教知识课，使经堂教育有机融入学校教育，发扬宗教中合理内核——关于人生观、价值观、生态观等合理成分，使之更易接受，且在感情上更加认可学校教育，培养出德、智、体全面发展的民族人才。

第四，继续充实完善民族地区各级学校的"母语教学"工作，使智力开发更加适应受教育者的思维特点。可以考虑设置民族班，具体实施相适应的教学方式，内容等。

总之，在普及九年义务教育中"要因地制宜"激活学生兴趣，不能生搬硬套，在高等教育中改革不合理成分，使学生有学有就业。

3. 要重点解决女童教育

因为根据前述数据，撒拉族女童、妇女文盲率异常偏高。对此有分析认为有主客观原因，[15]但应该认为以主观的重视不够，重男轻女思想根深蒂固有直接关系。应该弘扬伊斯兰教教育文化的优良传统，遵循两性平等教育原则，积极发展女童教育。只有这样才能消除社会、经济等领域中由性别差异造成的机会不平等和各种形式的歧视，确实提高妇女地位。长远考虑的话，女童成为妇女以后，其文化素质又直接决定一个家庭的生计以及对下一代的教育水平。

4. 积极采取补救措施，扫除青壮年文盲，并有力遏制新生文盲的出现

撒拉族的人口金字塔形仍属文盲扩展型，而且塔形上窄下宽十分显著，青壮年文盲人群大大超过老年文盲，即新生文盲问题特别严重。"新生文盲的增多和文盲队伍的扩大，所带来的严重后果也是很明显的，即不利于愚昧的消除和人口素质的提高；不利于科学技术的普及与劳动生产率的提高；不利于人均经济收入的提高和脱贫致富效益的增强；最终导致难以实现人口现代化和现代型民族繁荣。"[17]"在当今时代，国内外所有的统计资料与研究成果，对群体成人（15 岁及以上）文盲人

口的一致结论是：生育率和死亡率最高，平均预期寿命最短，劳动生产率和经济效益最低，脱贫致富与市场竞争能力最弱，特别是在电子、信息时代，文盲劳动力很难或者不可能掌握现代生产、现代化管理与现代科学技术，以及推动现代社会、经济、科学、文化的发展与进步。因此，文盲充斥的国家或民族，是没有实现人口现代化的可能，没有实现社会经济现代化和现代化民族繁荣的可能。”[18]

三、结　语

撒拉族若欲全面发展，必须优先发展教育，而发展教育的关键在于树立现代教育观念，既要避免绝对排斥外来文化的倾向，也要避免完全以主导文化模式来发展民族教育。要有领导有步骤地树立现代教育意识，改变落后的面貌。让群众认识到接受现代教育，获取生产生活本领的紧迫性，积极发展现代民族教育，为民族社会、经济、人口的现代化做出应有的贡献。

参考文献：

[1]［美］西奥多·W. 舒尔茨. 人力投资. 北京：华夏出版社，1990

[2]［3］马明良. 试论撒拉族的民族性格. 青海民族研究（第二辑）

[4] 马成俊. 循化县社会经济可持续发展研究. 西宁：青海人民出版社，1999

[5]［6］［7］［8］［10］［13］［17］［18］张天路. 民族人口学. 北京：中国人口出版社，1998

[9] 查瑞传. 中国第四次全国人口普查资料分析（下）. 北京：高等教育出版社，1996

[11]［12］马明良. 伊斯兰文化新论. 银川：宁夏人民出版社，1997

[14] 国务院人口普查办公室，国家统计局人口和社会科技统计司. 2000年人口普查资料. 北京：中国统计出版社，2002

[15]《中国农村人口发展与教育》课题组. 中国农村人口发展与教育. 北京：人民出版社，1997

[16] 费孝通. 我对自己学术的反思. 读书，1997（10）

（本文原载《亚洲人口》2004年第5期）

地域环境与城镇特色关系初探

——以青海循化撒拉族自治县县城总体规划为例

武　联　李建伟

小城镇是“农村之首，城市之尾”，其建设与发展是农村城镇化与城乡一体化的重点①。改革开放以来，我国的建制镇数量从1978年的2173个增加到2004年的19883个，无论是规模还是速度，都是历史上前所未有的。然而，在城市快速发展的同时，小城镇却面临着特色的严重缺失。所谓特色就是城镇所蕴含的个性与品质，是城镇在形成与发展中所具有的地理环境、自然风貌、历史沿革、形态结构、历史底蕴、名人胜迹、民俗风情和经济技术条件等等的总和。② 在小城镇的规划和建设中，如何解读地域环境，塑造城镇特色，是一个值得重视的问题。本文以青海循化撒拉族自治县（以下简称循化县）县城总体规划为例来探讨对于特殊地域环境下的小城镇规划问题。

一、小城镇规划特色缺失的原因

（一）随意改造地形地貌，丧失自然环境的根基

自然生态环境是城镇形成的基础，特定的自然地理条件既是城镇长期发展适应的结果，也是小城镇之所以呈现与众不同景观面貌的根基。小城镇长期在与周边环境相互作用中形成了和谐共融的关系，地形地貌的改变，必然引起城镇形态的变化，“皮之不存，毛将焉附”，城镇历史形成的特质也将随之改变。规划随意改造城镇所依赖的自然空间环境，使城镇丧失了根基，结果不仅造成了人力、物力和财力的浪

① 陈皓峰，马勃：《对重点小城镇规划的思考》，载《城市规划》，2002（4），51～53页。

② 陈怀录，苏芳，冯宗周：《西部小城镇规划问题与对策》，载《建设科技》，2004（17），34～35页。

费，而且还破坏了城镇固有的特质。[1]

（二）经济上的人为“跨越”导致传统生活方式的逐渐消失

小城镇以传统农业区为辐射对象，与广大的农村地区紧密地联系在一起。在规划过程中，对小城镇所在的区域经济分析不到位，对农村剩余劳动力缺乏科学的论证，将小城镇与其所处的农村居民点人为地割裂开来，对于城镇长期发展的历史过程和社会经济模式、生产生活模式缺乏重视和研究，更谈不上特色的建设。

（三）简单套用规划模式造成景观上的趋同

为了加强小城镇的规划管理，《中华人民共和国城市规划法》将小城镇列入城市的范畴，但不等于小城镇规划就可以简单套用大城市的模式，因为小城镇与大城市所拥有的功能和所承担的职能不完全相同，而规划时往往忽视对其风格特点的研究，对历史渊源、文化背景、风土人情等个性特质把握不准，片面追求大尺度的空间景观，简单地划分道路和进行功能分区，由此，从建筑小品到景观环境都在不断弱化，缺乏特色。[2]

（四）对于保护与发展问题缺乏行之有效的方法

所谓保护与发展，就是指对城镇所依托的自然环境和历史积淀所形成的人文环境的保护和继承的前提下，力求提高居民的生活水平，促进社会经济的可持续发展。目前，小城镇的规划目标更多地侧重于居民生活水平的提高和社会经济的发展，而对于与其密切相关的地域环境缺乏系统全面的认识，更关键的是缺乏完整有效的方法，致使规划研究更多地停留在表面或单一的层次上，城镇特色常常简化为建筑形式和各种符号的运用，不利于地方特色作为一个整体进行和谐发展。[3]

（五）规划设计粗制滥造，规划管理滞后无序

规划是建设的前提，高层次的规划带来高品位的建设。[4] 小城镇数量多，规模小，经济发展缓慢，欠发达地区的小城镇规划更是流于形式，盲目性大。规划设计单位往往为完成生产任务，对小城镇的现状分析不透彻，规划定位不明确，空间结构设计不合理，结果造成规划粗制滥造；[5] 规划管理滞后无序，建设用地随意性大，用地类型严重混杂，产业和居住用地功能相互干扰，城镇空间发展无序化严重。

---

① 李天富：《小城镇规划中的保护和发展地方民族文化问题》，载《今日民族》，1999（4），43～45页。

② 扈万泰，杨艳红：《西部中小城市规划创新的若干思考》，载《改革》，2004（4），57～60元。

③ 吴怀静，杨山：《欠发达地区小城镇特色建设问题及创新初探》，载《江苏商论》，2005（2），123～124页。

④ 杨莹，李建伟，刘兴昌等：《功能性郊区发展的定位分析——以长安秦岭北麓发展带为例》，载《西北大学学报·自然科学版》，2006（4），655～658页。

⑤ 胡兆量，陈宗兴，张乐育：《地理环境概述》，10～20页，北京，科学出版社，1994。

二、地域环境解读

（一）地域环境的内容

按照系统学的观点，城镇地域环境包括自然生态环境、社会人文环境和人工物质环境三方面的内容。这三个方面相互作用、相互依存，维系着城镇的生存和发展，并形成独特的地方文化。其中，自然生态环境是城镇形成的基础，是其得以延续的资源宝库，空间格局与自然协调是保持和发扬地方特色的重要内容。由于各地自然生态环境条件的差异，因此对自然生态环境的适应最能体现地方性的特征。社会人文环境发展往往体现着不同时代的特征和需求，对其适应既是人类文明进步的标志，也是城镇环境发展的动力所在，既是居民价值观产生变异的标志，也是城镇发展的内涵所在。人工物质环境是城镇居民长期以来不断改善自然生态环境条件的产物，体现人类的劳动和智慧，既是文化信息的载体，又是居民生存质量的直接体现。

（二）地域环境的属性

城镇地域环境具有自然和社会双重属性。其中，自然生态环境和人工物质环境隶属于自然属性，而社会人文环境则隶属于社会属性。

1. 自然属性

就自然属性而言，具有整体性、有限性、区域性等特点。各个自然地理要素在不同的区位上相互联系，相互作用形成一个有机的整体。[①] 对于特定的自然要素而言，其规模和容量有一定限度，对小城镇的建设与发展影响较大的自然环境要素包括自然气候、地形地貌和环境景观。特定的自然地理条件是小城镇形成的前提，规划中应尊重地域环境的复杂性，同时对其提炼、升华。[②] 如利用山地丘陵作为城镇的背景创造丰富的空间层次，利用水体增加灵感起到画龙点睛的效果。

2. 社会属性

就社会属性而言，具有明显的继承性、整合性、重塑性和适应性等特点。小城镇的发展是一个连续的过程，不同时期社会、经济的变革是城镇性质和主导功能演进的基本动力。抓住小城镇的本质特征，保持发展的历史脉络和城镇内部各种功能相互作用的合理性，挖掘地区文化底蕴，充分发挥资源优势，构筑鲜明的产业特色是小城镇规划特色体现的一个重要环节。[③]

---

① 雒占福，陈怀录，蒲欣冬：《西部小城镇总体规划应注意的问题——以甘肃省庆阳市环县曲子镇为例》，载《小城镇建设》，2004（4），22～25页。

② 吴云清：《小城镇规划的创新与设计——以南京市六合区新集镇为例》，载《地域研究与开发》，2004（1），30～33页。

③ 张建英：《论民族地区的小城镇建设》，载《青海民族研究·社会科学版》，2002（1），17～19页。

三、规划案例研究

（一）研究区概况及特点

1. 研究区概况

循化县位于青海省东部边缘的黄河谷地，西北距西宁164公里，东北距兰州175km，是青海通往内地、发展经济的门户。循化县现状经济中，农业经济仍占很大比重，农业主要以种植业和牧业构成为主，全县工业基础薄弱，是国家和全省的重点扶贫县。循化县城所在地积石镇人口约1.15万人，是农耕文化和游牧文化、汉文化与藏文化的交流过渡性的城镇。

2. 城镇特点

①特色鲜明的民族文化。撒拉族在固有的突厥文化的基础上，采取拿来主义的方式，兼容吸引了周围藏、汉等民族的文化，使其逐渐成为一种独具风格的文化。循化作为我国唯一的撒拉族自治县，不仅民族风情浓厚，其饮食、服饰、建筑文化具有多民族特色，而且具有黄河上游共同的充满野趣和史诗般辉煌的黄河生态与古文化的特色。②气候温和的青海江南。循化县地处黄河上游大陆腹地，是黄土高原向青藏高原的过渡地带。虽然在大地理区属于高寒地区，但就青海而言是种植条件最好的地区之一，森林覆盖率为20%，境内多变的地形地貌，相对温和的气候，造就了循化县群山连绵、树木葱郁、物产丰富的独特自然景观，被誉为“青海小江南”。③风光秀丽的自然景观。以野生植物保护为主的孟达国家级自然保护区被誉为“青海高原的西双版纳”，以全省1/30000的面积汇集了全省1/4的物种，有药用植物77科326种。丰富的物种、旖旎的风光，每年吸引大量的国内外游客前来参观旅游，进行科学研究，同时还有以“天下黄河循化美”的积石峡谷为主体的黄河水道旅游资源。④底蕴深厚的人文景观。循化县的人文景观不仅具有青海第二大清真寺——街子清真寺、撒拉族发祥地——街子骆驼泉以及民风质朴的撒拉民居建筑等旅游资源，而且还有撒拉族先民携带至此的珍贵手抄本《古兰经》，已故十世班禅大师故居、纪念塔和文都大寺以及安多天然佛塔和著名藏传佛教大师喜饶嘉措的故居、纪念馆等人文景观。

（二）规划对策

针对以往小城镇规划中在发展定位、用地选择、空间结构等方面存在的问题，规划必须因地制宜，以人为本，突出城镇的自然环境及社会文化特色。[①]

① 张建英：《论民族地区的小城镇建设》，载《青海民族研究·社会科学版》，2002（1），17～19页。

物质环境3个方面来进行剖析。小城镇的规划建设必须重视其自然环境的分析，要重点研究其所依托的交通区位、地形气候、地质条件、自然资源等，从而把握城镇的立地条件；历史文化的积淀与继承，逐渐形成丰富的文化内涵，人文环境特色的发挥可以推动小城镇社会全面发展。

（3）随着西部大开发的实施和旅游资源的开发，循化的发展建设将呈现强劲的发展势头，文章从发展定位、用地选择和空间结构3个方面对其进行思考，为其发展提供参考，其研究方法对我国小城镇，特别是欠发达的中西部地区具有借鉴意义。

（本文原载《西北大学学报·自然科学版》2006年第5期）

孔木散：撒拉族基层社会组织研究

韩得福

一、孔木散的定义问题

撒拉族社会中有一种特殊的组织叫孔木散（kumsan），它是由阿格乃[1]血缘关系发展而来的、以父系血缘为纽带的远亲组织。由于在周围民族中没有这种组织，加上它在撒拉语中有“孔木散”这一专用名称，因此就吸引了不少学者的目光，对其进行了不少研究。但以往所有的文献都使用民间的说法对其进行解释，没有一个正式学术上的定义。民间的解释很简单，他们几乎是异口同声地说，孔木散就是“一个根子”的意思，于是学者们一直在引用这种解释对孔木散进行介绍和研究。在民间当然可以这么笼统地加以解释，但是在学术上尚需要进一步归纳和定义。

在孟达山、果什滩、乙麻目等村调查时发现那里又有这么一种解释：孔木散是一个“巴卡（bahge）”的意思。在孟达山村还有两个孔木散分别叫 ori - bahge 和 išde - bahge（意思均相当于“上片”）。“巴卡”，在撒拉语中是“组”、“区域”、“社区”、“片”的意思。比如说，一片地区可以称为一个“巴卡”，过去，人们去打猎或去打工（撒拉语称“打工”为“vula”）时，一个小组就叫一个“巴卡”。按这种解释，孔木散应该是一个地缘组织，或者是由任意几个人组成的一个集体组，但事实是，一方面，虽然孔木散聚族而居，体现一种地缘性，但这只是为了便于互相照顾和生产协作，并不是一个规定，完全可以分开居住，分属于两个甚至数个孔木散的成员可以交叉居住。另一方面，不能吸收任何非同一血缘的人加入到自己的孔木散。虽然孟达山村有两个“巴卡”（他们在日常生活中从不以“孔木散”称呼这两个“巴卡”），但这是因为这两个孔木散是后来形成的，于是就按地势和区域命

[1] 阿格乃，撒拉语 ağine 的音译，指的是以父系血缘为纽带的一种近亲组织，一个父亲的几个儿子结婚后分居的小家庭就共同形成一个阿格乃，而同祖父的几个孙子之间、同曾祖父的几个曾孙之间也为阿格乃关系。

名罢了，从成分上分析，却是个血缘组织。所以，只要对孔木散稍有研究的人就可以立即否定只用“巴卡”一词来解释孔木散。

那么，孔木散到底是什么样的一个组织呢？我们知道撒拉族的孔木散以父系血缘为标准，表现为一种原始的人际秩序，它首先排斥了非血缘关系的成分，同时只包括出自同一祖先的男性成员及其家庭，出嫁的女子及其家庭不包括在内。这样的社会组织，符合宗族的定义，也就是说，孔木散就是宗族组织。

关于宗族的定义，学术界主要流行着两种不同的解释。第一种认为家族即宗族，如顾希佳认为：“在我国长期的封建社会里，家族主要是指父系大家族。由父系世代相传的许多个家庭，组合成一个群体，称为家族，又称为宗族”①。本论文则依据的是第二种解释，即宗族与家族是两个不同的概念，“所谓家族是指以家庭为构成单位，以血缘和姻亲关系为纽带的一种传统社会群体”，“家族作为若干具有血缘、姻亲关系的家庭所构成的群体，既包括父系，也包括母系和妻系的亲属，实际上是一个父母双系的亲属网络，而宗族仅仅是指具有男系血缘关系的各个家庭，在宗法观念的规范下所组成的群体”。② “中国人所指的宗族是一个个典型的父系继嗣群，或者说宗族是由拥有共同男性祖先的人们构成的亲缘组织，亦即《尔雅·释亲》所谓的‘父之党为宗族’。”③

《简明文化人类学词典》“宗族”条说：“宗族又称‘宗亲’，通常指出自同一父系祖先的若干直旁系后嗣结成的亲属集团，其特征有：①在系谱上，强调父方的单系联系，例如汉民族的宗族组织成员只包括出自同一祖先的男性成员及其配偶，而不包括嫁出的女儿。②有共同的祭祀活动，包括祭祀共同的远祖及历代祖先。③群体内部的认同意识强烈，如汉民族的宗族内均可称‘隔肚兄弟’，有的还有族谱、家谱以强化这种宗族意识。④有一定的共同财产，主要用于共同的祭祀、宗教活动。⑤可包括房支等不同范围的亲属组织。⑥当年代久远、人口增多时，就可能经由房支的分离而形成新的宗族组织。”④

由此，我们可以进一步确定，撒拉族的孔木散就是宗族，但是它还有许多独特的特点。在后文中将会谈到孔木散的特点。

另外，在孟达乡，孔木散又叫 ouli，齐孜村有六个孔木散，其中四个孔木散不叫孔木散，而是叫 ouli，村里的老人们认为 ouli 与孔木散是一样的，只是叫法不一样而已。同样，在丁江村也有一个 ouli 叫 dangzeng - ouli。街子的撒拉语名称 alte - ouli之 ouli 即指孔木散。⑤

---

① 顾希佳：《社会民俗学》，46 页，哈尔滨，黑龙江人民出版社，2003。

② 肖桂云，张蓉：《农村社会学》，83 ~ 84 页，北京，中国社会出版社，2001。

③ 廖杨：《中国西北古代少数民族宗法文化研究》，38 页，桂林，广西师范大学出版社，2005。

④ 陈国强主编：《简明文化人类学词典》，338 页，杭州，浙江人民出版社，1990。

⑤ 马成俊：《青海撒拉族地名考》，参见马成俊，马伟主编：《百年撒拉族研究文集》，793 页，西宁，青海人民出版社，2004。

二、撒拉八工各村的孔木散

以上简单分析了孔木散的定义问题，现在有必要对撒拉八工①各村庄的孔木散一一作介绍，一方面因为它在历史上曾极大地影响了撒拉族社会，对撒拉族社会文化的研究有重要意义，另一方面这样就有利于全面总结孔木散的特点和功能，由此也可以进一步研究撒拉族的形成和发展。

下面以工为单位，对工内每个村庄的孔木散进行介绍，为了直观，结合表格进行表达。

对这些表格及相关内容的简单说明：

①为了发音的准确性，所有孔木散的名称（有汉语名称的除外）一律用国际音标标音，这些国际音标的写法完全采用林莲云、韩建业等老师的《撒拉语概况》、《撒拉语词汇概述》等文中使用的写法。②

②对每个孔木散进行介绍时，若无特殊说明，则全部为韩姓撒拉族。

③表 2-1 至表 2-8 分别为撒拉八工各村孔木散的统计。表 2-9 是对表 2-1 至表 2-8 的一个概括，也可以说是对每个工的孔木散的一个总结表。

④表中“现有的”指的是每个村最终达到的孔木散数目。“每个村最初的”所指的是仅仅除掉在本村内部繁衍出来的那些子孔木散，但从外面来的孔木散都计算在内，哪怕形成较晚，村内现有的全部孔木散都出自这些孔木散。这种算法打破了时间的先后顺序。

⑤“更早时期”显示的是目前所掌握的调查资料所能追溯的最早时间，这时有些村庄的孔木散数目为“0”，表明当时这些村庄还没有形成。这是为了考察每个工最早存在的村庄以及孔木散数目，这样就可以从孔木散的层面考察撒拉族社会繁衍、发展的轨迹和特点。

⑥对许多村庄的孔木散情况，前辈们已经做过调查研究，其中对有些村庄的孔木散的数目、名称等情况的描述与笔者所调查到的有所不同，对凡此种种笔者都进行过二次调查，以求一致和全面，仍不能取得一致者，本文则以笔者所调查到的最终结果为标准进行分析。后文中不再对此进行说明和解释。

另外需要说明的是，文字介绍中有些工内村落较多，但是在表格中有的村落却不见了，这是因为虽然他们包括在工内，但是由于村落的形成较晚，目前为止还没有形成自己独立的孔木散，他们一直以来分属于他们原来的村庄，所以未列到表格中。

---

① 清乾隆四十六年（1781 年）以前循化撒拉族地区有十二工，乾隆四十六年苏四十三起义失败之后，清廷进行所谓的“善后处理”，进行惨绝人寰的屠杀和流配，使撒拉族人口锐减，于是不得已将十二工并为八工。八工分别为：街子工、查加工、查汗都斯工、苏只工、张尕工、崖曼工、清水工和孟达工。

② 马成俊，马伟主编：《百年撒拉族研究文集》，388～621 页，西宁，青海人民出版社，2004。

（一）街子工

街子工（现属街子乡管）是撒拉八工的中心，不仅因为它在地理位置上处于中心位置，更重要的是因为那是撒拉族先民最先居住的地方，其他地方的撒拉族基本都源于此，撒拉族的祖先阿合莽、尕勒莽的坟墓以及骆驼泉都在那里，街子清真大寺又是撒拉族的祖寺，这些都已经成为撒拉民族的象征和标志，撒拉人因为有这些历史文化而感到无比的自豪。另外在人口规模、社会经济等各方面它都是最具实力的一个工，当时撒拉族的头人即在此，各工由此管辖。

需要说明的是，街子和历史上的街子工的范围是不一样的，街子指的是围绕骆驼泉而居住的7个村庄，包括qari－quo、xambex、三兰巴海、三立方、沈家、上方、马家等，而街子工的范围比街子要广一些，在八工时期，街子工除了以上7个村庄之外，还包括古吉来、孟达山、草滩坝、石头坡、丁江以及西沟的大庄、上庄、平庄和高志等9个村，这样街子工一共有16个村庄。这16个村庄的孔木散情况如下：

qari－quo位于“ahiule”即街子的最北部，村里有3个孔木散，即ozin－xandu、oret－quo和xao孔木散。

xambex村有4个孔木散：大房、二房、三房和四房孔木散，据说分别由尕勒莽的大房、二房、三房和四房发展而来，故如此命名。据村里老人们介绍，该村系由qari－quo分出，一直是qari－quo的一部分。

三兰巴海村有4个孔木散：duoxong、saiyit（也叫saiyidi）、iši－xandu和aiši－xandu孔木散。其中，唯saiyit孔木散姓马，其余全部姓韩。据老人们介绍，“saiyit”是阿拉伯语借词，指的是“贵人”，在教门中很有地位。有学者研究发现，“在伊斯兰世界，特别是在伊朗、伊拉克常有称为‘赛义德’（即saiyit——笔者注）之人，赛义德意为圣裔，即认为是穆罕默德和阿里之后裔，为一般教众所尊重”①。duoxong孔木散是世袭尕最所在的孔木散。按民间的说法，当时撒拉族先民在阿合莽和尕勒莽两人的带领下来到街子定居后，跟撒马尔罕的人们取得了联系，那里的人怕失掉教门，就派一些人来进行教门的宣传，从这些人中选出一个人当尕最，而另一个属于saiyit即圣裔的人当了领袖，他们就住在了三兰巴海村，分别形成duoxong孔木散和saiyit孔木散。

三立方村有4个孔木散：二房、三房、四房和六房孔木散。后有鲁姓回民人住本村，但他们不属于任何一个孔木散。

上方村原来有4个孔木散，分别是aiši－ayit、xusbe－ayit、sentang－ayit和yül－vaši。后来又发展出2个孔木散，他们迁到现在沈家村的位置成为那里最早的主人（见下文）。另外，有陕、李姓“中原人”（指循化县城附近的回族）入住本村，起初村里人不让他们用本村的公共坟园，所以他们就另辟一处，他们共同形成了一个孔木散——dašji孔木散，这样上方村达到5个孔木散。

① 薛文波：《什叶派对中国伊斯兰教逊尼派的影响》，参见宁夏哲学社会科学研究所编：《清代中国伊斯兰教论集》，150页，银川，宁夏人民出版社，1981。

沈家村按姓氏分为两部分：shenji（“沈家”的变音，全部姓沈，原本为回民）和 tiǧe。其中在 tiǧe 有两个孔木散：išde - tiǧe 孔木散和 jiuyi - tiǧe 孔木散，都来自上方村的韩姓孔木散。后来他们招了一个来自甘肃的姓沈的回民女婿，女婿经过发展形成了 ili - quo、arde - quo 两个孔木散，他们居住的地方就被叫做 shenji。他们人口发展很快，甚至超过了 tiǧe 的两个孔木散。沈家村流传着这样一个故事：很久以前，išde - tiǧe 和 jiuyi - tiǧe 两个孔木散从上方村迁到这里时建了一个大的庄廓叫 tiǧe - bazir，后来因为 shenji 的势力超过这两个孔木散，经常受到 shenji 的欺压，于是 tiǧe 的全体成员盟誓要放弃自己的家，搬迁到庄廓之外，但最后有三家由于放不下家产而违背了盟约，没有离开庄廓，依然与 shenji 同住（其中两家的后人于十多年前把房子卖给了 shenji 人，搬到庄廓外面与自己的孔木散同住），其余的 tiǧe 人在庄廓外面盖房住下。原本属于 tiǧe 的庄廓就这样留给了 shenji，从此，tiǧe - bazir 就被改称 shenji - bazir。据说这是我们现在在沈家村看到后来者住在古老的庄廓内，而最早的主人却住在庄廓外面的原因。此庄廓至今尚存。

马家村（全部姓马）分成三个部分：maǧe、maniix、片都。其中，在 maǧe 有 2 个孔木散，分别是 dašji 和 ohdasi 孔木散。manjix、片都分别为一个孔木散，这样，全村共有 4 个孔木散。片都是 qarang - mišt（传说中的“飞来之寺”，“文化大革命”时期被拆除）所在地。村里的老人们说，片都在历史上曾经为一个独立的村庄，后被合并到马家村。《循化志》中也提到“偏都”一村及其清真寺。民间普遍认为马家村是由来自河州等地的回民形成的。

古吉来村原属于查加工，在乾隆四十六年（1781 年），该村的苏四十三带领人们反清起义，起义失败之后，在清廷的“善后处理”过程中此村庄消失了，只剩一片废墟。于是街子工在这里安顿了一些人，从此古吉来村属于街子工。他们在这里形成了 4 个孔木散，分别是：yang - et、三立方、qari - quo 和乙麻目孔木散。其中三立方孔木散全部姓马，其余三个孔木散全部姓韩。据说古吉来村的前人们来自街子的 7 个村庄，但从孔木散名称可以看出人口的主体。后来有鲁姓回民入居本村，形成鲁家孔木散，使古吉来村达到了目前的 5 个孔木散。

孟达山村有 5 个孔木散，分别叫做 qari - quo 孔木散、yang - et 孔木散、saofang（“三立方”的变音）孔木散、išde - bahge 和 ori - bahge。据村里老人们介绍，先有 saofang 孔木散，后有 qari - quo 孔木散和 yang - et 孔木散。从 yang - et 和 qari - quo 两个孔木散分别分出了 išde - bahge 和 ori - bahge。乙草保（2006 年 74 岁）等人认为到目前为止他们在这里已经住了五辈了，现已发展为两个阿格勒（撒拉语 aǧel 的音译，意即村庄）即孟达山村和乔乎江村，目前后者属于前者的一部分，还没有完全独立起来，那里也没有形成孔木散。由于孟达山村来自街子工，所以在新中国成立前孟达山村人还要到街子清真大寺做会礼（即开斋节和古尔邦节的礼拜），更早时期，他们连每个主麻都要到街子去做。新中国成立后得到街子大寺的同意之后就不去了。

西沟村包括 4 个自然村：大庄、上庄、平庄和高志。大庄有 7 个孔木散，分别是 rileji、arasi、išji - dazir、jiuyan、ulgul、arde - quo 和 išji - quo 孔木散。上庄与平

庄来自大庄，没有形成独立的孔木散，分属于这 7 个孔木散中。此外，大庄曾经还有一个孔木散叫 magle - quo，因没有男性继承人而消失了，只留其名。

高志村来自积石镇瓦匠庄，本为马姓回族，但他们早已成为撒拉族，并且一直被当做西沟村的一部分，历史上也属于街子工。村里的人们坚信高志村现有的清真寺距今有 235 年的历史，如果属实的话此村庄的历史也应该至少有 235 年的历史。该村没有形成孔木散，只有 4 个阿格乃，其中 3 个阿格乃现在分别有 14 户（姓马）、10 户（姓韩）和 5 户（姓马），而另一个马姓阿格乃已经于 1985 年迁移到河北新建村，当时他们有 7 户。新中国成立后，来自西沟上庄的韩家定居于高志村，从此，韩家也是一个阿格乃。

丁江村有 4 个孔木散全部姓马，分别是：dangzengouli、ajian、tongji 和 younji（“木匠”之意）孔木散。

石头坡村有 5 个孔木散，即 ariian、陈家、ohdu - xandu、oran - quo 和 oying - quo 孔木散。其中后三者全部姓马，来自陕西，arjian 孔木散姓韩。而陈家孔木散是来自陕西（最初由江苏迁至陕西）的一些陈姓回民形成的，至今有一百五十多年的历史。另外，有一个孔木散叫 younji 孔木散，但此孔木散不是一个独立的孔木散，而是丁江村同名孔木散的一部分，历来都属于彼孔木散。他们来自同仁一个叫 yoniu 的地方。①

表 1

村名＼孔木散数	现有的/个	每个村最初的/个	更早时期/个
qari - quo	3	3	3
xambex	4	4	0
三兰巴海	4	4	4
三立方	4	4	4
沈家	4	2	0
上方	5	5	4
马家	4	4	0
古吉来	5	5	0
孟达山	5	3	0
西沟	7	8	0
草滩坝	4	4	0
石头坡	5	5	0
丁江	4	4	0
总计	58	55	15

① 马伟：《撒拉族及其文化特征——以青海省循化撒拉族自治县积石镇石头坡村为例》，载《青海民族研究》，2004（4）。

草滩坝村有4个孔木散：头班、二班、xornex、ahqur－xandu孔木散。据传，雍正八年（1730年），循化建城时，周围的人们都来这里打工（撒拉语称“打工”为vula），其中有些人没有返回，居住于此，发展为草滩坝村。人们居于这里的时候正值青黄不接之时，也就是撒拉语里的“yazi”时期，因此撒拉人至今把草滩坝村叫做yazi。

由表1可以看出，街子工各村庄分别由3～7个孔木散形成，16个村共58个孔木散，如果除掉每个村落内部繁衍出来的全部子孔木散，就剩下55个孔木散，也就是说，街子工现有的58个孔木散就是由这55个孔木散发展而来的。其中最为独特的是西沟村，由于他们在历史上有一个孔木散因没有男性继承人而消亡。所以该村最初的孔木散数目竟然比最终达到的还要多1个。在更早时期，街子工总共只有15个孔木散，主要分布在qari－quo、三兰巴海、三立方、上方等4个村里，也就是说，街子工最早只有这4个村庄，后从这些村分出其余12个村，这15个孔木散可能就是撒拉族最早的孔木散，撒拉族的祖先当在其内。

（二）查加工

查加工（现属街子乡管）包括果什滩、果河拉、唐方、波立吉、波拉海、洋库浪、羊巴扎、五土白那亥、苏瓦什、乙麻目和tamur等11个村庄除了tamur在化隆县、乙麻目村位于街子工西北边之外，其余各村基本沿查加河两岸相望而居。前4个村为上半工，其余7个为下半工。

果什滩村分为oran和aišiyan两部分（意思相当于上部和下部）。最初有4个孔木散，都在oran，分别是qoljix－vaši、oran、išde和arjiyan孔木散。后有一些姓马的回族落户本村，他们住在aišiyan，并形成一个孔木散叫purexši孔木散（因所在地叫jioseng，故又称jioseng孔木散）。同时，由išde和arjiyan这两个孔木散分别发展出一个孔木散叫yang－et孔木散、lasgu孔木散，其中yang－et孔木散迁到了aišiyan，从而使aišyan达到目前的2个孔木散，而全村的孔木散则达到了7个。

果河拉村有2个孔木散，即喇家孔木散和马家孔木散。据村里老人们介绍，这里最先只有一个孔木散即喇家，他们本为回民，来自河州，后来有了马家孔木散——分自果什滩村的purexši孔木散。

唐方村最初有2个孔木散，分别是tembix孔木散和oran孔木散。从这两个孔木散中先后分出了以下几个孔木散：jiuyi、iši－xandu、arasi、oran－išde和oran－jiuyi孔木散。其中最后两者系由oran孔木散分出，其余不知具体分自哪个孔木散。从oran－išde孔木散又分出一个孔木散叫younji孔木散。这样，唐方村现在共有8个孔木散。

果什滩和唐方两村除了在村内的发展，还有向村外共同发展了一个村庄，那就是波立吉村。波立吉村有oran和ai šiyan两个孔木散，分别来自果什滩村的išde孔木散和唐方村。据说“波立吉”（撒拉语，“剥开了”之意）这一村名由此而来。

洋库浪村最初有2个孔木散，即ahjing和ori－bazix孔木散。后从这两个孔木散发展出多个孔木散，但是由于本村人多地少，新发展出来的孔木散先后几次向外搬迁，最先两次分别搬到现在艾西波拉海和羊巴扎两村的位置，形成这两个村落。后来，有一些人搬迁至艾西波拉海村南部，形成了波拉海村（现在波拉海和艾西波拉海两个村合起来是一个行政村，名波拉海村，下文即指此），另一些人由一位叫哈让保靠的英雄人物带领，搬迁至羊巴扎村北部，经过独立发展，当时也形成了一个自然村——哈让，有自己的清真寺和坟园，但是在清乾隆年间（传说其规模当时与羊巴扎村一样，各有二十户），他们中有近一半的人参加了由马明心宣传的哲赫忍耶门宦并参加苏四十三起义，惨遭杀戮。剩下的人们继续艰难地发展着，但是后来又遭遇一次毁灭性的灾难：有一天，人们到古及来村北面的一个小山坡脚下挖渠道时，突然坡面塌滑，四十多人（一说八十多人）全部遇难。因为一次性失去了这么多人，就另外开辟一处坟园，又因为村里只剩下老弱病残，因此，埋葬时一个坟坑里面挖了两个偏洞，东西各一，双双埋葬，于是此坟墓群至今被人们称为“qoš - terbet”（撒拉语，意思相当于“双人坟墓”），这些坟墓的土堆明显大于一般的坟墓。此后村里剩下的老弱病残无人照顾，于是，他们就全部加入到了旁边的羊巴扎村。他们的村庄——哈让逐渐变成了羊巴扎村的农田区，而这个区至今被称为“hareng - čiel”（撒拉语，“哈让田”之意），有些农田叫“清真寺”、“清真寺后面”，据说这是因为那里就是原来哈让村的清真寺所在地。现唯有坟园完整地保留着。

羊巴扎村最先有 ahiing、išde 和 ohdu 等 3 个孔木散都来自洋库浪村，其中 ahjing 孔木散系由洋库浪村的 ahjing 孔木散中分出，故同名。由 abjing 孔木散分出 ozen 孔木散，从此羊巴扎村有了 4 个孔木散。

波拉海村最先有 3 个孔木散，分别是 aiši - bolağel 孔木散、išde - xandu 孔木散和 yang - et 孔木散，然后由 išde - xandu 孔木散中分出了一个孔木散叫 išde - bağ孔木散。除此之外，分别有冶姓回民和王姓回民入住本村，前者改姓为韩，经过发展，形成 kumur - vaši 孔木散，后者形成王家孔木散。这样，波拉海村共有 6 个孔木散。

苏瓦什村是由五土白那亥村分出来的，解放后他们才逐渐分成两个独立的村庄，所以他们之间至今有较密切来往。

五土白那亥村有 2 个孔木散，即 oran 和 aišiyan 孔木散。

苏瓦什村有 2 个孔木散，并且老人们对村里每个人所属孔木散的情况很清楚，但对这两个孔木散的名称却没有记忆。从他们是来自五土白那亥这一点来看，他们这两个孔木散的名称可能与五土白那亥的相同。

在洋库浪、果什滩等村调查时，接受采访的老人们说他们从他们的父辈们那里听说过五土白那亥和苏瓦什两村是由洋库浪村分出去的，因此他们在历史上每天五次礼拜都要到洋库浪清真寺完成，直到光绪二十一年（1895 年）洋库浪寺被焚毁之后，五土白那亥和苏瓦什两村才先后建起了自己的清真寺。但是在五土白那亥和苏瓦什两村却没有人知道他们是来自洋库浪村的说法，只知道自古至今他们之间关系很密切。

乙麻目村有7个孔木散：托隆都（用撒拉语称 tuoremdu）、nuǧi、tongji、resim、samexli、oranban 和 qus－jiuyi 孔木散。除了托隆都孔木散之外，其余6个是从同一个孔木散发展而来的。

值得一提的是，最晚形成的托隆都孔木散由马、何、白三姓构成。这样由不同姓的人共同形成一个孔木散的现象在撒拉族社会是非常罕见的。但经过调查发现，该孔木散的出现是由人为因素造成的。据该村的老人们讲，当时循化最大的黄河渡口就在乙麻目村，他们按孔木散轮流负责用船和皮筏子给人们渡河并分配所得收入，每个孔木散一天。后来马、白、何三家（他们原为回民）先后入住该村之后，他们被人为地编为了一个孔木散，用所在地的名称叫做托隆都孔木散，并加入到轮流职守渡口的行列。从此，乙麻目村有了7个孔木散，他们每个星期就会轮到一次靠船和皮筏子赚钱的机会。但因为撒拉族孔木散固有的规矩（即不能吸收异姓人员），在托隆都内部，他们很自然地分为马家、何家、白家三个部分，并且互称孔木散。马家又被叫做总家，据说这是因为这里先有马家，当何家和白家先后到来时，马家以东家的身份迎接了他们。

在乙麻目村的坟园内有一棵很古老的榆树，据说这是因为在很久以前，全村只有三个兄弟，他们组成一个阿格乃，也是一个孔木散，慢慢地，他们发展为三个孔木散，后来不知什么原因，他们就分开了，其中一个哥哥带着他的孔木散成员到草滩坝安了家，另一个哥哥带着他的孔木散成员去了另外一个地方，而小弟弟的孔木散留在了村里。他们保持着联系，但他们担心时间长了会忘了彼此，于是他们三兄弟共同在分开后的三个孔木散的坟园内分别栽了一棵榆树，并议定无论以后怎么样，必须要保持联系，而将来一定要团圆，以坟园内的榆树为信。可惜的是，如今在乙麻目村再也没有人知道其中一个哥哥的孔木散到底去了哪里。在草滩坝村调查时发现那里有四个孔木散，据说是雍正八年（1730年）来自循化各地，他们也不知道其中哪一个是来自乙麻目村。后来在孟达乡索同村（撒拉语名为 dongdong）调查时得到一个消息：他们的祖先来自乙麻目村的 dongdong（地名），所以他们的祖先把村名定为 dongdong，以表思念。索同村有两个孔木散，其中一个叫乙麻目孔木散，另一个分自此孔木散，但名称不详，他们平时互相以“elene－kumsan”、“belene－kumsan”（意思分别为“那边孔木散”、“这边孔木散”）来称呼和区分。每个孔木散有一座独立的坟园，坟园内各有一棵大榆树，目前还不能确定他们是不是在乙麻目村流传的故事中不知去向的那位哥哥及其孔木散的后代。这些均须进一步调查和研究才能得出令人满意的答案。

另外，化隆县甘都镇的 tamur 村的主体也是由乙麻目村分出去的，因此一直属于查加工。tamur 村有3个孔木散，分别是 nuogili、resim 和 xade 孔木散，前两者来自乙麻目村的同名孔木散，后来来了一些回民定居该村形成 xade 孔木散。据两村的老人们讲，新中国成立前，tamur 村一直在乙麻目村的名下，那里的清真寺是在乙麻目村的帮助之下修建的。

表2

村名 \ 孔木散数	现有的/个	每个村最初的/个	更早时期/个
唐方	8	2	2
果什滩	7	5	4
波拉海	6	5	0
羊巴扎	4	3	0
果河拉	2	2	0
波立吉	2	2	0
洋库浪	2	2	2
五土白那亥	2	2	2
苏瓦什	2	2	0
乙麻目	7	2	1
tamur	3	3	0
总　计	45	30	11

由表2可以看出，就现有的情况看，查加工的11个村落分别由2~8个孔木散组成，整个工共有45个孔木散。

如果往前追溯，当有些村落还没有出现时，孔木散数就比较少，我们现在至少可以追溯到全工总共只有11个孔木散的时期（即表2中“更早时期”），那时候查加工只有果什滩、唐方、洋库浪、五土白那亥和乙麻目这五个村——如果像民间的说法一样五土白那亥和苏瓦什两村来自洋库浪村的话，可以再减去2个孔木散，即剩下9个孔木散。另外，按民间普遍的说法，其中除了在乙麻目村的1个孔木散在黄河边之外，其余的都在查加沟各村，而这些村都在查加河西，也就是说，查加沟先有河西各村，然后随着人口的增多，才向河东发展，逐渐形成了河东各村。这应该是因为河西相对处于阳光地带而优先选择住在那里，后来才向河东发展了。

（三）查汗都斯工

查汗都斯工（现属查汗都斯乡管）有3个阿格勒（可分为5个小阿格勒）：大庄（又称 oujierem、oule - ağel）、中庄（即 ohterem）、下庄（即 yüzerem）。其中，大庄为上半工，中庄和下庄为下半工。

大庄又分成3个自然村：ori - ağel、aiši - ağel 和 xeji - ağel（意思分别为上庄、下庄、何家庄）。其中 ori - ağel 有3个孔木散全部姓马：ori、ruxu 和 jiovu 孔木散。aiši - ağel 有2个孔木散：xujiang 和 aiši - bazir 孔木散，全部姓马。

xeii - atd 有3个孔木散：ade - quo、aišiyan 和 omile 孔木散，全部姓何。总之，大庄共有8个孔木散。

表3

村名＼孔木散数	现有的/个	每个村最初的/个	更早时期/个
大庄	8	8	0
中庄	3	2	0
下庄	5	5	5
总计	16	15	5

中庄有3个孔木散全部姓马：šiejiang、motul 和 mage 孔木散。最初有 šiejiang 和 mage 孔木散，后由 šiejiang 孔木散分出了 motul 孔木散，因此，在过去，这两个孔木散共同在 šieiiang 孔木散中选一个哈尔。

下庄有 jumil、xoldex、yange - dam、rijimex、ori - jumil 等 5 个孔木散，全部姓马。

据老人们讲，在查汗都斯工，先有下庄，后分出中庄，最后有大庄。

（四）苏只工

苏只工（现属查汗都斯乡管）有5个村庄：苏只大庄、乙麻亥、哈大海、阿合滩和别列村。

苏只大庄有 7 个孔木散：orisi、tiš - quo、ohdu - xandu、ruxu、gunii、misang、bazir 孔木散。misang 和 bazir 孔木散全部姓马，系后来由一些回族形成。其余几个孔木散全部姓韩，由 ohdu - xandu、ruxu 两个孔木散发展而来。

乙麻亥村有 5 个孔木散（全部姓马）：qol、arban、flange、uxsir 和 aiši - qol 孔木散。

哈大海村有 2 个孔木散：韩家和马家孔木散。马家孔木散是后来由一些回族形成的。由韩家孔木散向张尕工的扎木村发展了 3 个孔木散（名称见后文）。

阿合滩村有 2 个孔木散：oran 和 aišiyan 孔木散。两个孔木散分别来自苏只大庄和街子工的 qari - quo，因此在新中国成立前后老人们经常到这两个村的坟园去念《古兰经》。

别列村有6个孔木散全部姓马：ori - ağel、xujiangyi、čiaseng、dixe、ding - ayit 和 aruxjiuyi 孔木散。民国四年（1915 年），分出尕别列村（该村内 xujiangyi 孔木散的人占多数），后来也建了一座清真寺，从此两村完全独立。历史上，有一些孔木散迁到甘都形成了一个村叫 sixsen，在大别列村有一处坟园（约 3 亩）至今被叫做 sinsen - terbet，而此坟园所在地被叫做 sixsen - quo（意思分别为“sixsen 坟园”、“sixsen 的门”）。新中国成立前，常有 sixsen 老人来探望坟园。在 sinsen 有 3 个孔木散：bazir、oriyan、aišiyan 孔木散，全部姓马。民间认为别列村的先民来自陕西。

表4

村名＼孔木散数	现有的/个	每个村最初的/个	更早时期/个
苏只大庄	7	4	2
乙麻亥	5	5	5
哈大海	2	2	0
阿合滩	2	2	0
别　列	6	6	0
总　计	22	19	7

苏只大庄的 orisi 和 tiš－quo 等两个孔木散，以及本工的乙麻亥村为上半工；苏只大庄的 ohdu－xandu、ruxu、gunji 和 misang 等4个孔木散，以及哈大海村和阿合滩村为下半工；另外，别列村自称是一个半工，但是在工的各项集体活动中被加到下半工。

（五）张尕工

张尕工（现属白庄乡管）包括山根、铁木什滩、昌克、扎木、柳湾（又称拉边）、立庄、乙日亥、张尕、白庄即 axer、立伦和俄家等11个村。

张尕村有5个孔木散：yangler、haikurong、boǧili、aiši－aǧel 和 tadiǧel 孔木散，只有 boǧili 孔木散姓韩，其余全部姓马。据传，该村的 yangler 孔木散与立庄村的 yangler 孔木散是张尕工最早的主人之一。

山根村有3个孔木散：kurong、sortux 和 xantiuli 孔木散。其中，kurong 孔木散姓韩，后两个孔木散全部姓马，来自立庄，因此该村历来由立庄来管。

铁木什滩有2个孔木散全部姓马：xandi（又名 xandi－yürden）和 ohdu－xandu 孔木散。前者来自苏只大庄，后者来自崖曼和科哇。传说最初有一位女子带四子到这里居住，当时由科哇派人来协助农作、安排生产，后从科哇迁来80户，他们在这里修了一个羊圈，但由于浇水问题就大部分人返回了科哇，只剩下7户。他们又修了6个羊圈，继续生存下来，发展成为一个村庄。而这7个羊圈至今还保留着。新中国成立前该村有22户，现在已发展为140多户。

昌克村有3个孔木散：韩家、马家和 aiši 孔木散，后两者全部姓马。这里先有马家孔木散（来自下拉边），后分出 aiši 孔木散，最后有了韩家孔木散。

扎木村有4个孔木散：kurong（全部姓马）、damen－quo、乙麻目、bazir－quo 孔木散。这里最先只有 kurong 孔木散，其余三个孔木散来自苏只工哈大海村（村民们认为至今有170多年的历史），两村至今互有来往。此三个孔木散全部姓韩，来自哈大海村的韩家孔木散。

柳湾村，分为奥日柳湾和艾西柳湾（又称上拉边、下拉边）两部分，全部姓马，共8个孔木散。其中，在下拉边有5个孔木散：ohdu－xandu、ahdeng－quo、eiene－xandu、arux－qirğe（撒拉语，“渠道旁边”之意）、daš－arasi孔木散。上拉边有3个孔木散：qašman、ori－quo、aiši－quo孔木散。

立庄有4个孔木散全部姓马：yangler、ori－quo、aišit和ax－qarel孔木散。历史上立庄村还有一个孔木散叫ori－kurong孔木散，后来被yangler孔木散合并掉了。传说：从前有六户撒拉人家，其中三户在立庄落户，另三户住到张尕，分别形成了1个孔木散，名字都叫做yandler孔木散，这是最早到张尕工的撒拉族之一。后来又有一些人分到两地定居：一部分到张尕，被叫做haikurong，另一部分到立庄，被叫做ori－kumng。而ori－kurong后来被吸收到yangleI孔木散了。

白庄（即axer）包括ori－axer、aiši－axer、民主3个自然村，共11个孔木散，分别如下：

ori－axer有4个孔木散全部姓马：Čizi、masim、buri（撒拉语，“狼”之意）和gemi（撒拉语，“老鼠”之意）孔木散。

民主村由aiši－axer分出，两者最先共有2个孔木散，即ahjing、yangzir孔木散，他们分别分出sanxulu、xuonex孔木散。另外来了一些何姓“中原人”形成何家（xuoji）孔木散，后又分出aišiyan、oran两个孔木散（全部姓何）。这样，aiši－axer和民主两个自然村的孔木散达到7个。

乙日亥村（yiriğle）最初只有2个孔木散：aiši－quo孔木散和ori－quo孔木散。后来由aiši－quo孔木散分出xonshong－quo、išde－quo、ade－quo三个孔木散，由ori－quo孔木散分出išde－bazir、yang－et－quo、ili－quo、ade－quo和qaiši等5个孔木散。这样乙日亥村共有10个孔木散。

立伦村有4个孔木散：jiuzir、十一家、buri和xaizang孔木散。原来本村全部姓马，传说在乾隆四十六年（1781年）以后，查加工在此安置了一些姓韩的人，并使其加入到buri孔木散，人们至今称他们为čieğe，意即查加。村民们认为十一家孔木散形成相对晚一些，由于当时分出时有十一家而得名。

俄家村有3个孔木散：大房、二房和三房孔木散。该村至今流传有这么一个传说：俄家村有一个共同的祖先来自街子工沈家村，他有三个老婆，每个老婆生有一子，他们分别发展为一个孔木散，即以大房、二房、三房为名。该祖先携家属从沈家迁移至夕厂，从夕厂迁到江布日（村里人一般称之为俄家江布日，以别于科哇江布日），最后迁移到现在俄家村的位置，故村名为“挪家”，现写作“俄家”。崖曼工各村中都有关于俄家、齐孜两村都是迁自夕厂的传说。俄家村人所说的俄家江布日，位于苏乎沙村东面的nangmiš－qol的一个坡面上，那里有一些坟墓，据说就是俄家村前人的。有史以来，每年三四月份，苏乎沙全村人到那里念经求雨，现已发展为如同节日一般，届时有钱人们会主动捐款，用以买牛、羊等，全村共享。

表5

村名 \ 孔木散数	现有的/个	每个村最初的/个	更早时期/个
山根	3	3	0
铁木什滩	2	2	0
昌克	3	2	0
扎木	4	4	1
柳湾	8	8	5
立庄	4	2	2
乙日亥	10	2	2
张尕	5	5	1
白庄	11	7	6
立伦	4	3	3
俄家	3	1	0
总计	57	39	20

（六）崖曼工

崖曼工（现属白庄乡管）包括崖曼、衙门、科哇、苏乎沙、条井、朱格、库浪、米亥等8个阿格勒。在这里，人们将村庄即阿格勒又叫“奥阔”（okuo）。据老人们介绍，“奥阔”为藏语借词。

科哇村有4个孔木散全部姓马：masim、qayiš、aiši和molet孔木散。

衙门有išde、jiuyi、daši－quo等3个孔木散。

崖曼有1个孔木散全部姓马，limen（即崖曼）孔木散。

表6

村名 \ 孔木散数	现有的/个	每个村最初的/个	更早时期/个
崖曼	1	1	1
衙门	3	3	3
科哇	4	4	4
苏乎沙	5	5	0
朱格	3	3	0

续表

村名 \ 孔木散数	现有的/个	每个村最初的/个	更早时期/个
库浪	1	1	1
总计	17	17	9

朱格村有3个孔木散：jiamu - sang、keva - sang和yamen - sang孔木散。朱格村主要来自扎木、科哇、衙门三个村。先有jiatoll - sang，所以周围藏族称朱格村为jiamu - sangc，yamen - sang孔木散姓韩，其余两个姓马。

库浪村有一个孔木散全部姓马，即kurong孔木散。

苏乎沙村有yamen、xuoyan、xantiš、ketex和morlong等5个孔木散，前两个孔木散全部姓韩，后三个全部姓马。其中占主体部分的yamen、xuoyan两个孔木散来自衙门村，所以新中国成立前本村一直在衙门的名下。其余三个孔木散来自库浪、朱格二村。据民间记忆，苏乎沙村最初形成时有18户。

米亥村来自张尕、白庄、立庄、科哇、乙日亥等村庄，没有形成孔木散，分属于原来的村。

条井村来自各地，但主要来自衙门，故属于衙门村的一部分，全村有韩、童、马、刘等姓，都没有形成孔木散。

（七）孟达工

孟达工（现属孟达乡）有齐孜（即大庄）、yoji - ağel（即汉坪）、索同、木场和塔萨坡5个村庄。齐孜、yoii - ağel和索同为上半工，木场、塔萨坡为下半工。

齐孜有6个孔木散全部姓马：Ċiaruoli（又叫vang - et）、dexa、Ċilğe - ouli、dağ - ouli、ori - ağel和tembix孔木散（用汉语叫台子孔木散）。

传说当时有人从街子迁到孟达山，从孟达山迁到科哇（崖曼工的人认为是夕厂，据说那里曾经有一些坟墓用撒拉语就叫“齐孜坟墓”），又搬到来塘山（位于白庄东南部），有一天打猎到齐孜时发现这里傍山依水，是打猎过日子的好地方，于是就迁到这儿住下了，他们就发展成为dexa孔木散。同样的原因，有了tembix孔木散，其余4个孔木散是由这2个孔木散发展而来的。

yoji - ağel（汉坪村）全部姓马，主要来自齐孜的Ċiaruoli（又叫yang - et）孔木散，成为一个独立的孔木散，但是没有人记得孔木散的名称。另一些人来自托隆都村等地方，他们共同作为一个孔木散整体，但没有孔木散名称。

表7

孔木散数 / 村名	现有的/个	每个村最初的/个	更早时期/个
大庄	6	2	2
汉坪	2	2	0
索同	2	1	0
木场	4	4	0
塔萨坡	4	4	1
总计	18	13	3

索同村（撒拉语名 dongdong）原来有一个孔木散，叫乙麻目孔木散，后来由此分出一个子孔木散，但没有人记得该子孔木散的名称（因为村里大部分人已经迁移到了格尔木），他们平时以“这边孔木散”和“那边孔木散”来称呼和区分。

木场村（撒拉语名 ajings－ağel、jiuyi－ağešli）有4个孔木散全部姓马：ori、ari（“中间”之意）、aiši 和 dong－arji 孔木散。木场村来自塔萨坡村。

塔萨坡村（išji－ağešli）有4小孔木散：pansha、suoğu、韩家和 zunkulan 孔木散。韩家孔木散之外全部姓马。据该村者麻提老人们解释，塔萨坡村最早只有suoğu 孔木散，这时从街子工筛海普尔汗的家族来了一些人，形成 pansha 孔木散，后来才有了韩家孔木散和 zunkulan 孔木散。

（八）清水工

清水工（现属清水乡管）包括瓦匠庄、打速古、红庄、石巷、田盖、阿什匠、乙麻亥、大庄、黑滩、尕庄和马儿坡等11个村庄。

瓦匠庄村有4个孔木散：azir、elezer、sordex 和 kurong 孔木散。kurong 孔木散姓韩，来自山根村，其余三个孔木散全部姓马。一般认为瓦匠庄村最先只有 sordex 孔木散，后发展出 azir、elezer 两个孔木散。

打速古村有3个孔木散全部姓马：ax－qarj、baziš（bazir－iši 的简称，意思是“庄廓内”）和 kiye 孔木散。据说当时有一个瓦匠在打速古村劳动，他娶一村女为妻并定居于此，渐形成 kiye 孔木散。

红庄村包括两个自然村：东尕和 qzil－dam。东尕有1个孔木散叫 mazim－oiči 孔木散，全部姓马。东尕来自本工的乙麻亥村，那里有一坟园叫做 dingge－terbet，意思是“东尕坟园”。qzil－dam 有3个孔木散：ohdu－xandu、aiši－xandu 和 ade－quo 孔木散。

阿什匠村有3个孔木散：orisi、aišisi 和 qaLğe 孔木散。前两者来自大庄。据村里的老人们介绍，到了马步芳时期，为了便于管理，阿什匠村的孔木散名称被改，变成了同清水大庄的孔木散名称一样的3个孔木散：kurong、xujiangli 和 ememuli 孔木散（又叫 lahbe 孔木散或 qoljix – vaši 孔木散）。在光绪二十一年（1895 年）平乱之后，从陕西来了 120 户姓尕的人到关门（今甘肃境内），其中四十户留在了关门，四十户来到了清水，改姓为韩，分居于阿什匠、田盖、乙麻亥三个村，分别形成了这三个村的 qalte 孔木散，另外四十户去了其他地方。

乙麻亥村有 3 个孔木散，分别是 qoljix – iši、ememuli 和 xujiangli 孔木散。本村来自大庄，后分出一个孔木散形成红庄村的东尕。

表 8

孔木散数 / 村名	现有的/个	每个村最初的/个	更早时期/个
瓦匠庄	4	4	1
打速古	3	3	2
红　庄	4	4	3
田　盖	2	2	0
阿 什 匠	3	3	0
乙 麻 亥	3	3	0
大　庄	5	5	5
总　计	24	24	11

大庄（oule – aǧel）分为上庄、下庄两个自然村，有 5 个孔木散：kurong、xujiang、ememu（又称 qoljix – iši）、mamuzang 和 ori – xandu 孔木散。由 kurong 孔木散分出尕庄村。

田盖村原来有 1 个孔木散即 ememuli 孔木散，分自大庄的 ememu 孔木散，后来从关门来了一些人形成 qalǧe 孔木散。另外，还有来自阿什匠、乙麻亥、河东上庄的人，他们没有形成孔木散。

尕庄村（qong – qol）分自本工的大庄，该村有一个孔木散即 kurong 孔木散，但不是一个独立的孔木散，他们属于大庄的 kurong 孔木散的一部分。

马儿坡村（ax – qol）有来自大庄的 xujiang、kurong 孔木散的人，但始终没有形成独立的孔木散。

石巷（daš – qol）、黑滩（qari – diuz）两个村来自来清水工各村，也没有形成孔木散。

由表 8 可以看出，除了瓦匠庄、打速古、红庄等三个村（十二工时期这三个村属于打速古工，后被并到清水工）之外，其余各村主要由大庄发展而来。

（九）小　　结

以上是八工孔木散的详细情况，为了从总体上把握孔木散的特点，再用表 9 来概括和统计一下八工的全部孔木散数目。

表 9

工名 \ 孔木散数		现有的/个	每个村最初的/个	更早时期/个
上四工	街子工（16 个村）	58	55	15
	查加工（11 个村）	45	30	11
	苏只工（5 个村）	22	19	7
	查汗都斯工（3 个村）	16	15	5
下四工	张尕工（11 个村）	57	39	20
	清水工（11 个村）	24	24	11
	孟达工（5 个村）	18	13	3
	崖曼工（8 个村）	17	17	9
总计（70 个村）		257	212	81

由表 9 可以看出，八工时期在循化共有 70 个撒拉族村庄，257 个孔木散，他们是由 81 个孔木散（见表 9“更早时期”）繁衍、发展而来的，发展的方式包括由原有孔木散分出子孔木散（占绝大多数）、外来者形成孔木散等方式，最后发展为原来的 3.17 倍。各工中孔木散最多的是街子工，其次为张尕工和查加工，此三者的孔木散远远多于其余五个工。就各工最初的（表 9 中“更早时期”）情况来看，孔木散最多的是张尕工（20 个），其次是街子工（15 个），最少的是孟达工（3 个）和查汗都斯工（5 个）。

从每个工内孔木散发展的比率来看，发展的孔木散最多的是查加工和街子工，分别发展为最初的 4.09 倍和 3.87 倍，远高于其余各工。孔木散发展的比率可能与工的历史长短有一定的关系。

另外，我们也注意到孔木散的姓氏问题。据《循化撒拉族自治县志》统计，撒拉族的姓氏有韩、马、法、兰等 37 个之多，但是撒拉八工中形成了独立孔木散的姓氏主要有以下 8 个：韩（138 个孔木散）、马（105 个孔木散）、何（6 个孔木散）、沈（2 个孔木散）、鲁（1 个孔木散）、陈（1 个孔木散）、喇（1 个孔木散）、王（1 个孔木散）。另外，托隆都村的白、马、何三姓共同形成一个孔木散，上方村的陕、李二姓共同形成一个孔木散，一共 257 个孔木散，10 个姓氏。其中占绝大多数的韩、马二姓孔木散分别占八工全部孔木散数目的 53.70% 和 40.86%。韩姓孔木散主要集中在街子（40 个）、查加（40 个）、张尕（23 个）、清水（18 个）、苏只（8 个）等五个工中，他们在所在工内总孔木散数目中所占的比例分别为 68.97%、88.89%、40.35%、75.00% 和 36.36%。马姓孔木散主要集中在张尕（31 个）、孟达（15 个）、苏只（14 个）、查汗都斯（13 个）和崖曼（11 个）五个工中，他们在所在工内总孔木散数目中所占的比例分别为54.39%、83.33%、63.64%、81.25%和64.71%。八工时期，撒拉族有两个土司，其中上四工的土司管街子、查加、苏只、清水四工，下四工土司主要管孟达、张尕、崖曼、查汗都斯四工。由以上可以看出，各工内韩、马姓孔木散所占比例的多少与二韩土司分辖四工的情况基本一致，所以《撒拉族简史》认为下四工土司“其实乃管理马姓等撒拉人之土司”①。

三、八工孔木散所体现的特点及功能

（一）孔木散的特点

孔木散就是我们平时所说的宗族，结合宗族的定义，可以总结出撒拉族孔木散的特点如下：

1. 孔木散是来源于某一共同祖先，按男性血缘世系原则建立起来的一种组织形式，都是同姓的血缘亲族，但比起阿格乃，孔木散相对为一种远亲组织，孔木散成员之间的关系也相对松弛和疏远

凡是同一始祖的男性后裔都属于同一孔木散，嫁出去的女儿和她的丈夫以及他们的儿女，尽管是女方父母的亲属，但不属于女方父亲孔木散的成员。女子的出嫁标志着她已经脱离了父方的孔木散，加入夫方的孔木散，参加夫方孔木散的种种社会活动。甚至母亲方面的亲属就被叫做外家，这不同于本宗，所谓“嫁鸡随鸡，嫁狗随狗”。儿媳妇生孩子都必须要在夫家生，否则，所生儿子将被周围的人们加一绰号叫“外家”，老了就叫“外家保”，当了阿訇就叫“外家阿訇”，如果生的是女儿，则被叫做“外家姑”，而不使用他/她本来的名字。

2. 男性成员的多寡，预示着未来孔木散的兴衰

由于孔木散只包括同一祖先的男性后裔而不包括女性，所以男性的多少预示着孔木散未来的发展状况，男性成员增多则孔木散盛，男性成员减少则孔木散衰，甚至面临消亡。在西沟村有一个 magle - quo 孔木散，由于没有男性继承人而消失了，只留其名。张尕工的立庄村曾有一个孔木散叫 ori - kurong，也是同样的原因被 yangler 孔木散并掉了，也就是消失了。在波拉海村有一个王家孔木散，曾发展到二十多户，并且实力非常强，村里的好多事情他们说了算，在周边各村中留下了“四十个好汉，光着膀子睡在门口过冬天”等等一些神奇的传说故事。但后来不知什么原因，男性成员持续地减少，现只剩下一户人家。

3. 孔木散不能吸收非同姓、非血缘关系的人员成为孔木散成员

撒拉族的血缘观念很强，外来户不易加入到血缘团体中，只有通过特殊的方式

① 撒拉族简史编写组编：《撒拉族简史》，27页，西宁，青海人民出版社，1982。

才能加入，如养子或入赘，其前提是没有男性继承人，并且要通过孔木散的同意。一般情况下，当某个人没有男性继承人而准备收养或入赘一个男子时，孔木散内的其他成员有义务“给”出自己的一个儿子，如不能够，则可以在孔木散内全部成员协商之后再决定养子或入赘，但必须是同姓同民族，或者要改名换姓后才被接受。过去从孔木散以外收养或入赘的现象是非常罕见的。撒拉八工中只有两个孔木散是由不同姓氏的人形成的，他们分别是乙麻目村的托隆都孔木散和上方村的dašji孔木散。对于托隆都孔木散出现的原因前文中已经进行了说明，是为了生产的需要，对后来者进行的人为的编制。对于dašji孔木散，据村里的老人们讲，当初他们（陕、李姓回民）来到村里时，受到了村里人的排斥和欺负，他们中有人去世时也不让他们用村里的坟园，于是为了生存的需要，互相帮助，共同开辟一处坟园共享，最后成为一个孔木散整体。但无论是托隆都孔木散还是dašji孔木散，在他们内部，依然按姓氏互称孔木散，有明显的界限。

4. 孔木散内禁止通婚

由于孔木散由阿格乃构成，阿格乃之间则为兄弟关系，所以孔木散内禁止通婚。这与氏族内禁止通婚的现象类似。后来随着人口的增加和血缘关系的疏远，孔木散内逐渐允许通婚了，但是在阿格乃内仍然严格禁止。

5. 每个孔木散都有自己的名称

撒拉族有丰富的专门用于孔木散名称的词汇，这些词汇的范围不定，主要有以下几种命名方式：

（1）以孔木散所在地为名。比如，许多村庄都有ohdu－xandu（中间的巷道）、ili－quo（前门）、ade－quo（后门）等孔木散，乙麻目村有Qus－jiuyi（核桃树下面）孔木散，等等。

（2）以动物名称命名。比如白庄的gemi（老鼠）、buri（狼）等。

（3）以某种职业或身份命名，这样命名是因为这些孔木散中曾有过相应身份的人。如索同村的乙麻目（imamu，领拜者）、红庄的mazim－oici（mazim指的是“念邦克的人”，oici是家庭的意思）、三兰巴海的saiyit（圣裔）、丁江的younji（木匠）、羊巴扎和洋库浪的ahjing（搞木头运输的人）等。

（4）以黑（qari）、白（ax）两色为名。比如，在张尕工立庄村的ax－qarel和清水工打速古村的ax—qari两个孔木散。

黑、白两色还经常用于人名和地名中，人名如撒拉族先民的头人阿合莽和尕勒莽最为典型，地名如ax－qol（“白沟”之意，即马儿坡村）、街子工的qazi－quo（黑大门）、三岔的qari－kumur（黑桥）、苏只工的ax－dam（白墙）、果什滩等村的qari－qol（黑沟）等。

（5）直接以孔木散的姓氏为孔木散名称。如，查加工波拉海村的王家、苏只工哈大海村的韩家、马家等孔木散。

（6）以大房、二房、三房命名。如街子工的xambex、张尕工的俄家两村的孔木散就是以这种方式命名的。

许多村庄都有 kurong 这样一个孔木散名称，甚至有的村庄也叫 kumng 或 yang－e－kurong。这是值得注意的一个现象。民间普遍认为 kumng 是“围起来的墙”、“园子”、“庄廓”的意思，因他们在当时住在比较有名的庄廓内而得名。笔者认为除了含有这层意思之外，该词可能是撒拉族先民用于孔木散、地名的一个专用名词。库浪村的老人们也认为他们的祖先来自撒马尔罕地方一个叫 kurong 的部落。

还有更多的孔木散名称听起来稀奇古怪，没有人知道它们到底含有什么意思。这些词除了作为孔木散名称之外别无他用，比如，孟达大庄的 dexa、塔萨坡的 suogu、乙麻目村的 nuo ǧili、tongji、resim、samexli 等等，不一而足。这些应该是撒拉族的先民从中亚带来的、专门用于孔木散名称的词汇。

6. 孔木散人数越多，其规模越大，实力就越强

撒拉族社会中，人们总是希望自己的孔木散人丁兴旺，多多益善，这是因为一直以来撒拉族社会的生产力水平很低，在这种情况下人数就意味着力量，极为重要。在八工 70 个村庄中，除了库浪、崖曼两村分别只有一个孔木散外，其余各村都有两个或两个以上的孔木散，因此孔木散成员越多，其实力就越强，他们在村里的地位就越高，村里的许多事情他们说了算。否则，如果孔木散人数少、力量薄弱，那么他们在村里很少有发言权，甚至有时候会受到欺压。另外，在过去向朝廷纳粮时就以孔木散为单位来承担，如果孔木散内户数较少，那么落在每户人家头上的任务就很重，无法承担，甚至会导致解散。在清水工的阿什匠村有一个 ememuli 孔木散，因为人数较少，每次纳粮时他们无法承受，叫苦连天，因此被周围的人们改称作 lahbe 孔木散，其中 lahbe 在撒拉语中是“瘦小”、“瘦弱”的意思，听起来极具讽刺性。他们在历史上因不堪纳粮的重负而有好几家永远地离开了循化地区，剩下的也曾解散一次，但后来陆续返回。因此，人数对孔木散非常重要，而绝后对他们来说则是一个耻辱性的符号，是撒拉族人们所不能接受的，这时他们一般会以收养义子或入赘女婿的方式让血缘延续。

7. 孔木散数目由少到多地发展，当人口增多到一定程度时，从一个孔木散中繁衍出一个或更多的子孔木散

村里的孔木散数目并不是一成不变的，而是不断地繁衍、发展出新的子孔木散。新分出的子孔木散有可能住在原来的村庄，也有可能向外发展，建立一个新的村庄，但不管在内部还是向外发展，在分出去之后的相当一段时间内，子孔木散始终处于服从地位，由母孔木散发号施令。随着子孔木散的不断发展和成长，这种从属关系逐渐弱化，最终完全脱离，并且子孔木散也会变成母孔木散，发展出自己的子孔木散（参见查加工洋库浪村孔木散的发展）。这样由少而多、由内而外的发展模式在循化极为常见，甚至可以说，撒拉族就是这么形成的，从孔木散的繁衍发展，可以窥见整个撒拉族的形成、发展过程。

8. 孔木散有共有财产

孔木散的共有财产基本都是无子嗣的遗产，当没有儿子继承时，其遗产就自然而然地属于孔木散，不能留给孔木散以外的人，也无权出卖，这种规矩就严格防止

了资源的外流。常见的共有财产有墓地、耕地、树木等。

9. 每个孔木散有一名头人叫“哈尔”

“哈尔”在撒拉语中是“老者”、“长老”的意思，汉文写作“哈尔户长”。刚开始时，哈尔由全体孔木散成员公推，一般选择那些辈分高、品行声望能服众的男性成员担任，负有管理孔木散全部世俗、宗教事务的责任和权力。随着世袭土司制的出现，哈尔也变成了世袭，后改为轮流担任。1938 年后推行保甲制度，一孔木散为一甲，哈尔改称甲长。数个孔木散为一保，有保长。

10. 孔木散成员有强烈的认同感。

这是撒拉族宗族组织长期存在的主观因素和精神纽带。其最主要的表现是族人对于同一始祖和彼此之间的血缘联系的认可，以及对孔木散内部事务的自觉的、高度的责任感和对非孔木散成员的敏感、排斥。

11. 孔木散基本有自己的公共墓地。

有这样十二个村庄：清水工的瓦匠庄和红庄两村，街子工的三兰巴海、上方、沈家和石头坡等四个村，查加工的波拉海、洋库浪、羊巴扎、五土白那亥、苏瓦什和乙麻目等六个村——也就是下查加的全部，在这十二个村里，所有的孔木散自古以来都共用一座公墓，另外在历史上已逝的查加工古吉来、哈仍两个村以及从乙麻目村迁到化隆县的 tamur 村也都是如此。除此之外的所有村庄里的每个孔木散都有自己独立的公墓。也就是说，撒拉族的绝大多数孔木散都有自己独立的公墓。

有的孔木散有自己的公墓，有的则没有，这种细微的区别是否也说明撒拉族先民族源的不同？如果是这样，那么这些不同的村庄可能曾经使用过不同的突厥语言。但这只是一个假设，目前没有任何直接的证据。

公墓中埋有孔木散的共同祖先，所以他们经常会到公墓念《古兰经》。由于绝大多数孔木散都有自己的公墓，每个公墓都有一个名称，因此，有些公墓的名称体现了某个孔木散的来源。比如说，在果什滩村有一处公墓被叫做“波立吉 terbet”（terbet，即公墓），这是因为波立吉村有一个孔木散是来自果什滩村，在他们离开果什滩之后，人们用他们新居的地名来称呼其原来的公墓。类似的还有：在街子工孟达山村有一处公墓叫“齐孜 terbet”（齐孜，即孟达工大庄），在波列村有一处公墓叫 sixsin－terbet（sixsin，撒拉族村名，在化隆县），此公墓所在地被叫做 sixsin－quo（撒拉语，意思是“sixsin 的大门”），等等，这些都是在他们迁出去之后人们起的名字。

在撒拉族心目中，公墓是非常洁净的、神圣不可侵犯的。因此，公墓经常被围墙围起来，以免被人或者动物给践踏了。

孔木散虽然有公墓，那里埋有他们共同的祖先，但撒拉族决不崇拜祖先，他们能做的只有到公墓为亡人念《古兰经》、做祈祷。这应该是由于受到伊斯兰教的影响，因为按照伊斯兰教法，崇拜祖先就属于偶像崇拜的范围，而崇拜偶像者则是“卡非尔”即异教徒。

12. 孔木散的姓氏不能作为判断孔木散族源的唯一标准

据《循化志》卷 5 记载，在洪武三年（1370 年），神宝归附明朝后被封为世袭百户，并采用汉姓，神宝更名为韩宝。撒拉族从此有了汉姓，并且韩者居多，民间有“十个撒拉九个韩”之说，视韩姓为“根子”姓。后来有不少回族居住在街子地区，才有了那里的马、沈等异姓孔木散。所以人们一直普遍认为，韩以外诸姓孔木散原本都不是撒拉族，而是回族或者汉族等，他们居住在撒拉族地区时间长了，也便成了撒拉族。但事实并非完全如此。比如，张尕村的 tadi? el 孔木散全部姓马，他们断定自己的祖先来自“苏联的塔什干地区”；在街子工三兰巴海村有姓马的 saiyit（阿拉伯语借词，“圣裔”的意思）孔木散，民间普遍认为他们的祖先是在尕勒莽、阿合莽定居街子地区之后不久，从中亚地区来这里宣传宗教的；崖曼工库浪村的 kurong 孔木散被认为是来自撒马尔罕地方一个叫 kurong 的部落，他们也是全部姓马。所有这些孔木散都有一套关于其祖先迁徙的传说故事。例如，在库浪村及其周围各村庄中至今流传着这样一个故事：

在尕勒莽、阿合莽定居街子地方之后，中亚那里的人们害怕这儿的人失去教门，就派一些阿訇来这里传教，其中就有库浪村的 kurong 孔木散，他们首先住在了循化县孟达山南部的 longyex - qol，不久他们同那里的藏族发生战争牺牲了好几个人（据说其坟墓至今还在，过去老人们常去那里念经），于是迁到了 holong 沟，崖曼工发现这样一个新来的同族孔木散在那里过得如此艰难，就盛情邀请他们下山来同住，并表示愿意让他们选择任何一个地方住下，他们就提出要在离清真寺最近的地方——科哇清真寺门口住下，科哇村的人们很高兴地让出了地盘，所以在这里有了后来者反而比原来的主人更接近清真寺的现象。他们当时选择居住的地方至今被叫做 kurong - ayit，意思是“kurong 的院子”。在 kurong 孔木散到来之前，这里强盗甚狂，人们无法独身或夜间经过，自从有了 kurong 孔木散，强盗就立即杜绝了，原因是此孔木散中有一个武功盖世的大英雄叫 tordenbo，他把这里的强盗给赶走了。这种传说至今广泛流传于整个崖曼工。

另外，撒拉族民间普遍认为孟达工的齐孜是当时从街子工到那里去打猎的人居住在那里形成的，也有人认为孟达是尕勒莽前房大儿子的后代，[①] 但不管哪一种说法，都从侧面表明齐孜的祖先就是撒拉族，加上那里的许多原始的民俗、词汇等都是其他地区的撒拉族所没有的，这是众所周知的。因此，很难说齐孜的祖先是别的民族。他们也全部姓马，并且整个孟达工的其余各村中，除了塔萨坡村的韩家孔木散和索同村为姓韩之外，全部姓马。

所以，并非所有韩姓之外的孔木散都是从别的民族变为撒拉族的。同样的道理，并非所有韩姓撒拉族的祖先必定是来自中亚的原本的撒拉族，因为有些异民族居住在撒拉族地方时已经改为韩姓，例如，有冶姓回民入住波拉海村，改姓为韩，后发展为 kumur - vaši 孔木散；在清水工，有一些姓尕的“中原人”改姓为韩，分居于阿什匠、田盖、乙麻亥三个村落，分别形成了这三个村的 qalǧe 孔木散，等等。

---

① 韩建业：《撒拉族民俗补遗》，参见马成俊，马伟主编：《百年撒拉族研究文集》，789 页，西宁，青海人民出版社，2004。

总之，姓氏不能作为判断孔木散族源的唯一标准，尤其是韩、马二姓的情况较为复杂。但是经过此次调查发现，除了韩、马二者之外，其余姓氏的所有孔木散都自认为是由他族而来。

（二）孔木散的功能

1. 孔木散是基本的生产单位

生产劳动以孔木散为单位进行，孔木散有互相协助的义务，并不计报酬。

这里的生产劳动主要是指农牧业生产劳动，也包括夯墙建房、修渠筑路等活动。在这些生产活动中，孔木散成员要不分你我，无条件互相协助，同甘共苦。早期的撒拉族先民突厥人从事牧业生产，在当时条件恶劣，气候易变的北方生活，使他们只有通过协助才能维持生存并得以发展。东迁之后撒拉族逐渐过渡到农业生产，面对那繁重的劳动，他们通过孔木散内部互相协助的传统渡过了一个又一个的难关。

在过去，每个工有一个清真寺为海依寺（中心寺），每年的斋月期间，每个村要轮流请海依寺的开学阿訇开斋，海依寺根据每个村的大小给各村规定天数，各村又按孔木散分配。比如，街子大寺这样规定周围各村请大学阿訇开斋的天数：三兰巴海六天、qari - quo 四天，xambex 四天，三立方四天，沈家四天，上方四天，马家四天，每个村庄内又分配给各孔木散，孔木散经过商量决定在哪个家庭请客，一切费用由全体孔木散一起承担，这样斋月 30 天就过去了。其他各工都与此相同。

另外，在历史上，循化最大的黄河渡口在查加工乙麻目村，乙麻目人通过摆渡赚钱，同样以孔木散为单位轮流进行，村里有 7 个孔木散，每个孔木散一天，一个星期一个轮回，因此，从星期一到星期天，村里的 7 个孔木散有如下固定不变的班次排名：

resim →	samexli →	oranban →	qus→jiuyi →	托隆都 →	nuoğili →	tongji
星期一	星期二	星期三	星期四	星期五	星期六	星期天

2. 婚丧嫁娶过程中，孔木散有相应的权利和义务

遇有婚姻喜事，孔木散要主动协助招待客人，主动承担劈柴、挑水、做饭等活。但是，嫁娶之前，必须同阿格乃进行协商并取得同意，实际上孔木散赋予阿格乃以商量并决定子女的嫁娶的权利。

遇有丧事，孔木散成员要不请自到，积极主动地料理后事和安排、举行各种纪念仪式，还要拿出一定的钱款以表示赞助和宽慰，这一捐助行为用撒拉语叫做“xuisin”（孔木散之外的周围人的捐助则叫“tazit”）。这是他们不可推卸的责任，如果表示怠慢或置之不理，那么他们会断绝关系，甚至进行报复。

3. 当孔木散的利益受到侵害时，孔木散内的各阿格乃有协助复仇的义务，但也有决定宽宥的权利

在某村调查时得知那里曾发生这么一起事件：某男子 A 因个人问题杀死了另一

村庄的男子B，于是B方孔木散成员追杀A，A潜逃到外地。不久以后B方孔木散得知A在黄南州同仁地区做生意，就过去杀了他，此事就算了了。像这样杀人并复仇的事件在撒拉族社会非常少见，但是因一般的打架而复仇的事件时有发生，因为打或被打就关系到孔木散的荣辱问题，而撒拉族的孔木散荣辱观念又很强，这是从小被培养出来的。在复仇行动中，如果有谁不主动或不参加时，谁就会被视同仇敌，对其进行报复或者从孔木散中开除，甚至将其赶走。

4. 有人去世而无子嗣时，孔木散有财产继承权

由于“传子不传女”，当一个人没有男性后代时，就说明已经绝后了，他的财产将由孔木散“回收”，从此成为孔木散的公有财产，而其女儿没有继承权，不能带走父亲的任何财产，父亲也没有权力将其财产转让给孔木散以外的任何人。如果在他之后还有妻子，那么她也是合法的继承人，但如果改嫁，就不能带走丈夫的任何财产，必须要留给孔木散。

5. 收养子女时，阿格乃有首先“给”子女的义务，也有商量并决定接受其他人的子女的权利，但接受他人子女的这种现象非常罕见

6. 孔木散具有教育族人的功能

撒拉族有一句谚语说：“提起你的先人之前，不会有人提起你。”意思是说，当有人软弱无能或者做了坏事以后，外面的人提起这个人时首先会提到他的父亲或一位祖先，然后才会提起和认识这个人，这个过程就是玷污整个孔木散的名声的过程。因此撒拉人经常要教育族人为了孔木散的形象，奋发图强，不甘人后，在包括宗教知识、为人处世、伦理道德、个人行为等各方面都不能留下任何负面的影响。另外，几乎每个孔木散都有一些有关其先人的英雄故事，老人们经常将这些故事讲给年青人听，一方面引以为荣，另一方面以此来鼓励族人向那些英雄们学习，自强不息。就这样世世相传，代代相勉。

（三）撒拉族的家庭观及其他

孔木散固有的这些特点和功能，造就了撒拉族独特的性格和气质，也使撒拉族有了独特的家庭观及长幼观、荣辱观等。

1. 家庭观

孔木散以父系血缘相传，相对应地，撒拉族家庭也是以父系相传。所以撒拉族多盼生儿子，因为有了儿子，才算有了继承人，孔木散的力量就会变强，但是生女儿之后并不歧视女儿，更没有杀女婴的现象发生。家庭中要夫唱妇随，丈夫对妻子要和气，而妻子要孝顺丈夫，双方重视夫妻义务，并且对家庭要有很强的责任感。撒拉人将婚配作为成家的标志，当有了儿女尤其是儿子之后，家庭就被视为完美或完整。鼓励儿女们成年即尽早结婚，对离婚者鼓励再婚，因此，无论是男性还是女性，再婚率都很高。

2. 长幼观

撒拉族特别重视长幼秩序。作为一家之长，父母亲在家庭中有绝对的权威，许

多事情上都是父母亲做主，子女没有发言权，包括子女的婚姻方面，都会由父母亲包办，甚至有些子女（主要是女儿）在订婚之后才被告知自己马上要结婚了。在有关生意、宗教等这种与外部世界打交道的过程中，子女不能随便插嘴，否则就会被斥为不敬、不自重。对于家长的责骂，作为子女必须要接受，哪怕是无故的，也要表示理解和接受。一个“孝”字就能束缚住撒拉族儿女们的一切。也因为如此，撒拉族社会中几乎看不到父母年老时无人照顾或者是儿女之间互相推卸尽孝义务的现象，普遍能尽孝道。

在家庭住房的布局上，过去撒拉族老人们住在北房，子女们都住东房、西房或南房，老人们住的北房在高度上就要超过别的房子1米左右，这不仅仅是为了美观，也是为了体现家长在这个家庭中的威严和地位。

撒拉族家庭中的长幼秩序，实际上是整个撒拉族社会阶级分层的一个缩影。从家庭内部的长幼秩序出发，去看整个撒拉族社会的时候我们可以看到很明显的社会阶级分层。在家，子女要服从父母、家长，在孔木散内，家庭要服从孔木散，孔木散成员必须要服从孔木散头人——哈尔，哈尔要服从阿格勒巴西（即阿格勒的头人），巴西要服从工的首领，工的首领要服从土司等等，在宗教方面也有相应的阶级分层。我们可以用下方式表示这种阶级分层或统治的对应关系：

土司→首领（工）→巴西（村）→哈尔（孔木散）→家长（家庭）→个人

尕最→海依寺（工）→支寺（村）→学董（孔木散）→家长（家庭）→个人①

3. 荣辱观

撒拉族特别强调孔木散乃至民族的荣誉。在撒拉语里，不知何因把名誉称作“耳朵”，而争求荣誉的过程则被叫做“抢耳朵”，一个“抢”字很形象地说明了撒拉族对荣誉重视的程度。他们经常用“耳朵”来自律或教育族人。因此，撒拉族在家庭经济、社会地位、为人处世、思想素养、宗教表现等所有个人形象上必须要处处考虑到孔木散和民族的荣辱问题，决不能给孔木散丢了脸，因为撒拉族从一个人的表现就会想到他的父母、祖先和孔木散，个人丢脸，就是给父母、祖先和孔木散丢脸。仅从这方面就可以看出，撒拉族的孔木散对族人的社会控制作用是非常有效的。

四、新中国成立后孔木散的变迁

光绪二十二年（1896年），哈尔制同土司制一起被废除，但是哈尔在民间还依

① 依据马伟，马芙蓉的《撒拉族习惯法及其特征》一文而作，参见马成俊，马伟主编：《百年撒拉族研究文集》，329页，西宁，青海人民出版社，2004。

然存在。民国二十七年（1938年）推行保甲制度，一个孔木散为一甲，哈尔就改称甲长，数个孔木散为一保，有保长。新中国成立以后，孔木散组织慢慢淡化。1951年使农民自愿组织互助组，那是建立在个体经济基础上的集体劳动组织，实行劳动互助和经济互助。集体劳动克服了在生产上劳力、生产资料缺乏的困难，使入组的人们在劳力、耕畜、农具方面可以取长补短、互通有无、互相帮助，这也迎合了孔木散固有的特点和要求，因此，对孔木散组织来说，并没有产生太大的冲击。后来在此基础上成立初级农业生产合作社（简称初级社），1956年，全县实现高级农业生产合作社（简称高级社），这是社会主义性质的集体经济组织，按生产资料股份制和劳动工分制形式分配收入。二到三个自然村为一个高级社，下设若干生产队。由于互助组、初级社和高级社都实行的是入社（或组）自愿、退社（或组）自由的原则，所以很多撒拉族人都没有参与，而是依旧以孔木散为单位进行各种生产活动，他们的生产资料也没有交公实现集体所有。例如，在洋库浪村当时有一位80多岁的老人叫沙班保，他家有四口人，拥有一匹骡子和一头母犏牛，以及一些生产工具，他一直就没有加入这些组织，直到1958年实行人民公社化为止。据村民们介绍，当时像他这样不入社的人在每个村都有。因此，以上几次变化对撒拉族的孔木散来说产生的影响并不是很大。自从1958年实行人民公社以来，生产队强制性地取代了撒拉族社会传统组织——孔木散。尤其是在1962年，按地域将每个村分为若干个生产队，以此作为基层生产单位，种种义务也都以生产队为单位来承担。更为严重的是，同属一个孔木散的全部阿格乃，甚至同一个阿格乃中的全部家庭不允许加入到同一个生产队中，他们必须要分开加入到不同的生产队，在各种生产过程中，也必须以生产队为单位进行，对有些孔木散活动，生产队进行干涉。[①] 对孔木散来说，这是致命的一击，从此，在许多场合它的存在似乎是多余的，于是某些功能慢慢减弱了。

总体上来说，目前孔木散在撒拉族社会存在并发挥作用的情况是：街子、查汗都斯两个乡（过去上四工的大部分）的各村庄中，孔木散已经非常淡化，甚至在有的村庄可以说已经不存在了。在撒拉族原始文化保留得相对完整的清水、白庄、孟达三个乡（相当于过去的下四工），大部分村庄凡遇有红白喜事，仍然以孔木散为单位进行，但也并不是保留了孔木散的全部功能，孔木散对成员的约束力也越来越小。例如在收养义子或招女婿、子女的婚姻等方面孔木散任由当事人及其家庭作出决定，孔木散只是作为互相协助、共同劳动的生产单位，而不具有过去那样种种权力；没有哈尔；平时处理事情时有的求助于孔木散，而有的则直接求助于村干部，这时孔木散不再干涉；绝大多数原来有独立公墓的孔木散在公墓满了之后再也没有开辟新的孔木散公墓，而是全村共用一处，等等。

孔木散的哈尔不存在了，村里的许多事情是由村干部出面调解的。但是，有些问题却必须要求助于民间调解，解决方式类似于过去哈尔时期。

---

① 采访对象：洋库浪村四力古阿訇（68岁）、亥力保（85岁）、乙努保（71岁）等40余人，2006年1月29日，座谈。

案例1：1998年的“两波纠纷”

1980年以来，街子乡波立吉村与查加河对岸的波拉海村之间因为一些地盘问题发生冲突，从此，两村之间摩擦不断。1998年，波拉海村为了过河方便，在查加河上修了一座桥，问题是他们需要利用波立吉村的长240米、宽6米的林地为路，由于历史的原因，波立吉村坚决不同意，由此引发新的矛盾。经过县、乡政府调解，不仅无果，而且愈演愈烈，1999年7月8日和9日波拉海村有些村民甚至用洪水两度淹没了波立吉的四十多亩庄稼，双方立即召回所有在外人员进行备战。于是，在9月中旬，乡政府请在当地有威望的老人尕三（洋库浪村人）出面调解，他仅用三天的时间把两村近二十年来的全部矛盾给化解了，至今两村亲密无间。

案例2：1992—1996年的“洋库浪问题”

20世纪80年代末90年代初，街子乡洋库浪村共有80户人家，由于教派矛盾的步步恶化，新教从老寺分离出来，另外盖了一座清真寺。随后，有人继续在剩下的人们中间挑拨离间，拉帮结派。两派势不两立，分属不同帮派的兄弟之间、父子之间、亲戚之间断绝来往，妻离子散，全村上下恐慌不安，甚至后来发展到史无前例地关闭老寺达四年之久，震惊了全社会，也震惊了查加海依大寺，于是海依大寺的阿訇出面斡旋调解，毫无结果，还使矛盾更加严重，循化县、海东地区的双整工作组连续进行了四年的整顿，不但无果，反而加固了帮派堡垒，矛盾急剧恶化。政府请求本地威望老人尕三出面，由于历史的原因，他不愿意卷入这次是非之争，他推了两个月，这时候，双方关系更加紧张，他们召回了全部在外人员进行备战。眼看着一场恶战马上就要爆发了，村里的老人们就齐上门请求，政府也上门做思想工作，施加压力，尕三终于同意了，那是1996年4月14日。他首先与老人们单独交谈，个个说服，对别有用心的人毫不留情地揭穿了他们的阴谋，挫了他们的锐气，然后分别以各派为单位集中在一起，把事实的真相一一摆出来，唤醒了大家，当众严厉批评了派内心怀不正者，之后交换了双方的意见，而其中大部分都是他自己做主，双方都必须无条件服从。他不断地让双方交换意见，与此同时，他还在致力于解决另外一些问题，即灌溉问题、排洪问题、用电及电工问题、有关地角纠纷问题、干部问题等，因为他早就发现，村里的矛盾之所以如此急剧地恶化，还跟农业收入问题密切相关。这样，经过近一年的努力，终于迎来了1997年3月23日的团结开寺。那天，政府积极组织人马维持秩序，唯恐出乱，可是正如尕三提前告诉过政府人员的那样，全村上下气氛异常友好、热烈。至此，“洋库浪问题”终于得到了圆满解决。在整个事情的解决过程中，尕三再次显示出了昔日的哈尔们才具有的威望和胆识。

由以上两个案例①我们可以发现，求助于民间调解，有时候这也不失为一种很

① 采访对象：尕三，61岁，洋库浪村人，2005年8月5日，单独访谈。

好的手段，甚至有时候是必不可少的。像过去求助于哈尔那样，撒拉族人经常求助于民间老人来调解各种纠纷。民间老人与政府人员在调解同样的矛盾或纠纷时遇到的问题是不一样的，因为政府出面时矛盾双方总是期望政府站在自己的一面，不许有半点差错，但是对民间老人们的调解一般都是无条件服从的。可以说，这是哈尔制度存在于撒拉族社会潜意识中的一种体现。实际上，孔木散组织始终存在于撒拉族社会的潜意识当中，至今还在直接或间接地影响着撒拉族的行为和价值取向。而阿格乃的影响更是从来都没有减少，甚至现在还在强化，阿格勒中重大的事情由势力强的阿格乃来决定便是一例。

五、结　语

通过对孔木散的研究，就能了解撒拉族社会形成的总体过程，这个研究过程就牵涉到很多民俗民风，包括宗族观念、社会关系、人生礼仪、宗教观念以及当地的政治、经济等，孔木散在撒拉族历史上的发挥的重要作用由此可见一斑。

关于撒拉族东迁的具体时间和人数，目前尚不清楚，但据有关学者研究，至少应该是在13世纪前半叶迁来的。撒拉族先民在人数那么少、生产力水平那么低、被诸多民族包围的情况下，发展成为一个优秀的民族，竟然还保留了自己的民族语言，这不能不说是非常惊人的。撒拉人之所以能够做到，除了他们坚强、勇敢的自身条件和各朝代的各种政策的原因之外，还与撒拉族社会存在的各种社会组织之间有密切关系，其中孔木散就发挥了非常重要的作用。

孔木散使撒拉族先民具有很强的内聚力，同时对外具有很强的排斥力。撒拉族的孔木散观念使撒拉人不仅对异民族，而且对本民族的非孔木散成员都具有一种先天的敏感性和排斥性。这些一方面使撒拉族变得相对封闭和保守，但另一方面却为撒拉民族的继续存在和发展具备了组织上的一种保障或条件。在本民族内部而言，有着很强的孔木散意识，而对异民族时，又有一种强烈的民族意识，这样由内而外，一层一层被认同意识所巩固和加强。

另外，孔木散成员之间必须保持互相来往、互相协助的传统，正好迎合了伊斯兰教的相关规定，因为伊斯兰教规定，亲戚、骨肉之间必须要保持来往，这项义务为“主命”，也就是说，它与伊斯兰教所规定的“五功”——念、礼、斋、课、朝一样重要，是作为穆斯林必须要完成的“天命”之一。伊斯兰教的这些规定与孔木散所固有的特性互相对应，互相巩固，使撒拉人更加团结和坚强，无论面对多少困难与艰辛，骨肉之间、阿格乃之间必须要不分你我，互相照顾，共同奋斗到底。

这时候，另一个起凝聚作用的不得不说是撒拉族的体质特征与民族语言。因为撒拉族来自遥远的中亚，外表特征上与周围各民族之间有比较明显的差别，语言上更是明显，这些外在的特征使他们意识到自己与周围这些民族的确不同，于是，又加强了民族认同意识。

如果说当初撒拉族族源不同[1]（此说尚待进一步考证）、他们内部也操不同的语言，从而会减弱他们的认同意识的话，那么，他们共同的宗教信仰、体质特征、一样的社会组织和共同的东迁的命运使他们内部的相异性就显得微乎其微了，并且最终在人数上占绝大多数的“撒鲁尔”作为中心形成一个统一体，并以此作为民族的名称。

如今，孔木散正在逐渐淡出人们的视线，这些社会组织的作用大不如前。但是它将长期存在于撒拉族社会的潜意识当中，直接或间接地左右着撒拉人的行为、价值取向。因此，对孔木散组织的研究不仅可以了解撒拉族在历史上的生存状况，还可以正确地利用这些社会组织引导他们今后更加健康地发展，营造一个更加和谐的社会环境。

（本文原载《中国撒拉族》2008 年第 1 期）

① 韩中义：《试论撒拉族族源》，参见马成俊，马伟主编：《百年撒拉族研究文集》，246 页，西宁，青海人民出版社，2004。

深化县情认识　做好四篇文章

——对循化未来发展的几点思考

韩庆功

以往我们对县情的认识上多少带一点封闭主义和区域主义色彩，没有从经济全球化、市场一体化的世界眼光看待循化的优势和劣势，没有在历史、现实和未来的坐标中找到循化的准确方位，在对县情的认识及由此制定的产业政策和县域经济发展思路上走过一些弯路。直到最近几年，在科学发展观指导下，才初步找到了具有循化特色的经济社会发展道路。然而，由于受到一定的经济社会发展条件的限制，我们对县情的认识过程不可能一次完成，需要在发展中不断深入思考，在思考中进一步深化认识。

纵观循化经济、自然、社会、文化状况，有几个现象值得重视。第一，循化是一个传统农业县，但可资利用的耕地十分有限，土地产出无法满足群众对农产品的基本需求，50%以上的农户处于"半居民"状态。从农业生产的收益来看，循化农民中为数不少的人不能算是真正意义上的农民，农业对他们而言已经演化成一种副业。消费大于产出、地不养人而人养地是一个基本县情。第二，循化的水资源很丰富，黄河贯通全境，还有街子河、清水河两大流域河流，但总体上还是一个严重缺水的地区，未能从根本上改变干旱缺水状况。第三，撒拉族具有市场经济所要求的敢于竞争、勇担风险的可贵品质，但无法掩盖其极端消费主义和经济发展短期行为的弱点。挣了钱首先想到的不是积累和再生产，而是热衷于盖房、买车、比富摆阔等非理性消费；为了追求眼前的短期利益，不惜牺牲孩子的上学机会。第四，循化是一个撒拉族、藏族、汉族、回族等多元文化交织在一起的地区，具有一定的包容性和开放性，但总体上仍然是一个宗教文化占主导地位、民族文化和地域文化影响较深的地区，人们的思想和行为带有浓厚的宗教文化色彩和地域文化烙印。第五，撒拉族性格中充满了好动与不安，他们从遥远的土库曼斯坦来到循化繁衍生息几百年，却总是不安于现状，又以循化为起点舍弃家园，离乡离土寻找新的目的地，但他们在走向世界的过程中，由于在精神上缺少共同追求的价值认同，面临着被外面的世界所分散和吞噬的危机。

市场经济条件下资源、人才、资金、技术、管理、信息等要素在全球范围自由流动的趋势下，我们所讲的优势应该是本地区特有的、其他地区无法比拟的、别人拿不走的独家资源。这样的优势资源在循化有多少呢？这是我们在发展特色经济过程中必须要正视和回答的一个问题。基于对循化县情的理性认识和循化特色资源在大市场中所拥有的竞争力的基本考虑，今后要着重做好四篇文章。

一、做活“人”的文章

1. 把撒拉族展示为宣传循化最响亮的名片

全县撒拉族有8万多人，如果把它放到全国13亿人口中计算，少得可以忽略不计；循化作为一个县，把它放到全国2000多个县当中去看，没有什么被别人重视的地方。然而，循化是全国唯一的撒拉族自治县，如果把撒拉族放到全国22个人口较少民族中去掂量，具有极度放大效应，循化的全国意义就会自然地呈现出来。这是争取国家扶持的有利条件。当我们在外地介绍循化时，别人不一定对孟达天池等自然景观发生兴趣，但一定会对撒拉族产生想了解和接近的愿望。要使外界对撒拉族有一个全面的认识，不仅要展示撒拉族在改革开放以来新变化的外在形象，更要展现撒拉族所具有的开疆拓土、坚韧智慧的优秀品质。应当从建筑风格、民风民俗、饮食服饰、歌舞表演等方面重视对撒拉族人文资源的开发，让外地游客一到循化就能感受到浓郁的撒拉族气息和别样的异域风情。

2. 把撒拉族精神内化为凝聚人心、迎接挑战的精神动力

撒拉族素称“黄河浪尖上的民族”，说明撒拉族在极端严酷的环境下具有很强的生存能力。与其他民族比起来，撒拉族敢闯、敢拼、能吃苦的性格特征尤为突出。这种性格特征跟市场经济的竞争与风险原则相适应，很容易在别人不敢涉足的领域找到发展机会。实践证明，以“自信、开放、自强、勇敢”为主要特征的撒拉族精神是一种看不见的无形资产，这种精神蕴含着巨大的经济价值和文化价值。自然资源匮乏的循化在很大程度上就是依靠以撒拉族为主的各族群众的这种精神品质赢得了经济社会的持续发展，使我们意识到只要顺势开发这种精神的潜在能量，就会把它转化为创造财富的精神动力。

3. 把人文资源在提高循化知名度中的潜能释放出来

循化作为撒拉族自治县，拥有一定的政治资源，在党和国家政治生活中占据一定位置。县上至少产生一名党的全国代表大会代表和全国人民代表大会代表，使我们在党和国家最高权力机关获得直接反映情况、表达愿望的机会。已故十世班禅大师和喜饶嘉措大师不仅是佛教界爱国宗教领袖，而且担任过国家领导职务，这在青海省乃至整个西北地区也是罕见的，这些杰出人士的政治智慧反映了循化人治国理政水平所达到的高度。作为人文景观的一部分，撒拉族妇女具有清秀俊美、心灵手巧的独特魅力，外地游客对循化的向往中自然包含着欲一睹撒拉族妇女风采的心愿。

千年手抄本《古兰经》为稀世珍品，近日入选《国家珍贵古籍名录》，成为名至实归的国宝，这无疑是撒拉族最可宝贵的精神财富。如果把这本《古兰经》申报为世界文化遗产并获得成功，就会为循化走向世界打开一个便捷通道。反清勇士苏四十三揭竿而起的壮举、赞卜乎村民接纳西路红军流落战士的善举和清水乡民勇救解放军落水战士的义举感天动地，可歌可泣。撒拉族儿女这种与腐朽的统治阶级血战到底的凛然气节和帮助中国革命的无私情怀，在历史的天空中闪烁着耀眼的光辉。这些历史事件已经成为循化各族人民共同的人文资源和精神财富，有必要进一步挖掘和整理，争取把赞卜乎清真寺列入全国爱国主义教育基地，把苏四十三起义和抢救解放军战士地点列入全省爱国主义教育基地。

4. 把提升人的素质作为经济社会发展的制高点

谈到人的素质问题，自然会想到教育。解放以来特别是最近几年，循化教育得到了长足发展，但仍然满足不了人们日益增长的教育需求，尤其满足不了对高中教育的需求。教育有其自身的发展规律，一个地区良好教育基础的形成，往往需要几十年甚至上百年的不懈努力。欲速则不达。必须看到，我们是在落后别人几十年、总体水平比较低的起点上谋划高中教育的，还没有积累起支撑高中教育快速发展的各种条件，只能走稳步发展之路。同时还要看到，面对经济、技术、资源等要素在国内外日趋激烈竞争的形势，我们不可能按部就班地培养自己的人才，如果等到自己的高中教育发展起来后才考虑培养拔尖人才问题，就会失去战略机遇期，在下一轮竞争中无疑会处于更加不利的地位。解决这个矛盾的现实出路在于“两条腿”走路，实施“借船出海”战略。一条腿就是一步一个脚印地发展县内基础教育，注重质量，不求速度；另一条腿是借助外地优质教育资源提升循化教育水平，以此来影响和带动县内教育走出困境。《国务院关于进一步加强农村教育工作的决定》指出，要建立和完善教育对口支援制度；继续实施“东部地区学校对口支援西部贫困地区学校”工程和“大中城市学校对口支援本省贫困地区学校工程”。中央将进一步加大对少数民族自治地区农村教育的扶持力度。循化县是全省唯一被国务院确定的22个人口较少民族扶持发展地区，这是争取国家在少数民族政策上给予支持的有利条件。另一方面，循化县部分群众的收入逐年增加，富裕起来的农民渴望自己的孩子接受良好教育，他们不惜资财送孩子到外地上学。总起来看，“借船出海”的政策条件和物质基础基本具备。可以设想向国家有关部委争取在北京、上海等教育发达地区办一个从初中到高中的撒拉族学生速成班，选送品学兼优的学生特别是农村困难家庭孩子免费进班学习。同时在其他城市的学校每年争取若干名高中生就读名额，给不同民族的优秀学生创造接受良好教育的机会。“借船出海”的意义在于：一是让资智良好的优秀学生从初中开始接受高水平教育，他们当中可能会孕育着出现高层次人才的潜力，这从一方面为快速提升循化教育质量、缩短与发达地区之间的差距提供可能性；二是这种办学模式会极大地调动学生家长送子女入学的积极性，激励有志成才的学生进一步发愤图强，为营造崇尚知识的社会氛围产生深远影响。

5. 把发展劳务经济作为群众脱贫致富的现实出路

走出去发展会成为大部分循化人现在或未来几十年不变的选择。目前广大群众的创业热情已被充分调动起来，在全社会形成了广泛的创业愿望，以家庭为单位的创业氛围异常活跃。但在民众创业上面临三个问题，一是缺乏启动资金；二是缺少技术；三是创业门路狭窄，行业类同，基本上都在拉面行业竞争。政府有关部门要把群众当中激发出来的创业热情保护好、引导好，从政策、资金、信息、技能培训等方面提供帮助，达到走出一个人、富裕一户、带动一片的目的。引导大中专毕业生走出国门，到南亚、中东、西亚等伊斯兰国家创业经营，寻求更大的发展空间。

6. 把开发人力资源作为强县富民的根本之策

循化县特殊的自然环境决定了经济社会可持续发展的基点不可能建立在对自然资源的开发利用上，把未来发展的立足点放到以人力资源为主的无形资源的开发利用上、培育高素质人力资源、发挥后发优势是我们别无他路的战略抉择。要占领人力资源制高点，我们就需要一大批自己的大学生、研究生、学者、专家、艺术家、工程师、高级管理人才。在此基础上，如果培养出几万个能够独立经营的有文化的大小老板，全县经济社会发展的前景将是不可估量的。只要站在这样的高度展望循化的未来，我们就会有加快发展教育的内在渴求和神圣使命感，就会看到开发人力资源的未来意义。

二、做好“水”文章

循化人对水有一种复杂的心情。一方面大河横流，一方面望水兴叹。新中国成立以来虽然搞过很多水利工程，但除了黄丰渠和永丰水库外都告失败。然而，从实现可持续发展的远景目标来看，水资源依然是托起循化发展的希望所在，通过水资源的开发利用寻求经济发展的空间仍然很大。

1. 依托水电资源，寻求工业强县突破口

工业强县是几代循化人矢志不渝的追求，然而在发展工业过程中除了艰难的探索外，更多的是几份壮志未酬的无奈。黄河拦腰截断、高峡出平湖的今天，我们可以大胆设想一下把电力资源转化为发展工业优势的可能性，重振工业强县的雄心。县境内的四座大中型水电站建成后，将成为电力资源相对富集的地区，这是我们的比较优势。全县可以利用这一优势，辅之以即将开通的沿黄公路的便利条件，引进1~2个高耗能、轻污染的工业大项目。

发展资源型企业的好处在于无论企业怎样发展壮大都不会离开资源地。“雪舟”集团和“伊佳”公司等企业离开循化是正常的，因为它们的资源地不是循化，这符合西方经济学中“马太效应”的一般规律。同时还要看到，经历此次金融危机浪潮洗礼后，东部沿海地区传统产业向中西部地区转移是势在必行的，这对工业支撑乏力的欠发达地区来说是一个借势发展的难得机遇。从全国而言，全县基本上处于产业转移的第四梯度区，凭借街子工业集中区现有的厂房、土地、劳动力和电力条件，可以承接一些适合循化县的工业项目。

2. 争取国家资源补偿政策

支援国家大中型项目建设是地方政府和群众理所应当的责任。但任何一个投资项目的建设应该建立在互惠互利的基础之上。虽然电站建设方对项目区群众给予了相应的征地补偿，但对耕地资源十分有限的循化县而言，为电站建设作出的牺牲和贡献是巨大的，理应得到丰厚回报。我们可以谋求从三个方面争取国家资源补偿政策，一是争取电站对地方政府长期稳定的利润回报政策；二是争取降低民用电价，使群众因失地而造成的长远损失得到合理补偿；三是争取向这些电站适当安排我县大中专毕业生。

3. 依托电站库区发展水产养殖业

四座大中型水电站库区形成的广大水域在高寒缺水的青藏高原有着只此非彼的开发潜力，使循化拥有了赛过其他河谷地区（贵德县、尖扎县）的名副其实的“高原江南”的底蕴。

青海湖封鱼后，省内市场对湟鱼等水产品的需求量大增。循化县可以利用大面积水域养殖各种可食水生动物，以水域之广补耕地不足，逐步培育起一个新的经济增长点。

4. 发展水上旅游

5. 早日建成夕昌水库及南北干渠

夕昌水库具有海拔高、库容量大、易于建设等特点。建成后几乎可以控制县城以东所有的耕地，为改善南部山区生态环境、根本上解决东部地区群众的生产生活用水问题将产生决定性作用。南北干渠建成后，沿黄地区将彻底实现自流灌溉，大幅度降低农业生产成本，成为促进沿黄地区农业结构调整、提高森林覆盖率、建设一个令人心醉的绿色循化的重要命脉。

三、做实农业文章

与全省全区的其他县相比较，循化在发展农业上有着较强的光热优势。这里相对温度高，无霜期长，光热充分，有利于农作物及经济作物的生长发育。全县种植的瓜果的含糖量高、品质好，是其他地区同类产品无法比拟的；线辣椒以色泽鲜艳、味道香辣而享誉省内外。在传统农业生产条件下，循化县的光热资源没有得到有效利用，没有转化成经济优势。占尽气候优势的沿黄农区，至今连城乡居民的吃菜需求都不能满足，本地市场80%的反季节蔬菜、禽、蛋、水产品都是从外地运来的，不仅价格高，而且不保鲜。小麦是循化县粮食主导品种，但在种植小麦上体现不出气候优势。循化种的是小麦，化隆县种的也是小麦，只不过循化的小麦亩产高一些、成熟早一些、品质好一些而已。由此可见，全县在利用光热资源提高农牧业效益上还可以深挖潜力，如果把全县10万亩水浇地中的50%用来种植特色经济作物，循化农业的比较优势就会凸显出来。今后在巩固种养业结构调整成果的基础上，在设施农牧业、立体种养业上寻求新的发展空间；把核桃和花椒的种植区域扩大到田间地头、山山沟沟；把线辣椒的种植半径延伸到化隆、民和等周边地区，实行规模化生产，产业化经营，市场化运作。

四、做足旅游文章

近几年的情况表明，几乎所有欠发达地区都把发展的目光投向开发当地旅游资源上，在全国范围内形成了以开发特色旅游资源为重点的竞争格局，这在一定的程度上影响着循化县旅游活县战略的实施。人们普遍认为，循化境内旅游资源丰富，是一个大有可为、尚待开发的旅游黄金地段。但到目前为止，旅游业对全县经济发展和提高群众生活水平方面的作用远没有显现出来。经过几年的探索，虽然形成了宏观的开发思路和远景规划，但尚未找到实质性开发的突破口。成熟的、极具影响力的景点还没有打造出来，甚至让循化人引以为自豪的孟达天池也逐渐淡出人们的视线。当然，核心问题仍然是投入不足所致。笔者认为，循化旅游资源的开发必须借助于外力，打破就循化看循化的观念，把自己的旅游资源放到一定的区域资源当中统筹规划。比如，可以把循化县串联到青海湖、塔尔寺、贵德、循化、夏河、松潘草原到九寨沟这一条旅游线上，借助青海湖和九寨沟两大王牌景点优势，把循化县旅游业带动起来，增强旅游景点的对外辐射力和影响力。县内倾力打造从县城到赞卜乎清真寺、庵古鹿拱北、班禅故居、骆驼泉的宗教圣地游，以及从县城到清水湾、河东大寺、积石雄关、孟达天池的黄河峡谷游两条旅游线路，形成两日游规模，期间让游客食有佳肴、住得舒适、玩得尽兴、观得悦目、游得欢畅。需要指出的是，如果把我们开发思路限定在县内的旅游资源上，与外部优势不能对接呼应的话，充其量不过是在省内或周边地区有点名气而已。因此，把线的延伸和点的优化结合起来搞是一个值得考虑的思路。旅游业的主题应该明确。虽然贵德县和循化县位于黄河上下游，但两县自然风貌和风土人情各有特色，因而以黄河为主线的旅游开发也应各具特色。贵德县突出的是黄河的“清”字，循化县应该展现黄河的“秀”字。“秀”的含义应包含以积石山和黄河为基调的秀丽的自然风光和以撒拉族为主体的丰富的人文资源。旅游业主题宣传词立意要高远，所选字句要夺人眼帘，摄人心魄，达到令人心驰神往撒拉族绿色家园、渴望领略高原小江南神韵的宣传效果。“高原江南，秀丽循化”也许会体现这种意境。

旅游业是关联性很强的系统工程，其开发水平如何，很大程度上取决于对景点外在形象和内在品质的丰富想象力和构思力，取决于对各要素的挖掘和整合能力，需要把自然和人文、有形和无形、静止和流动等诸要素通过一定的表达手段有机地结合在一起，增强景区的整体表现力。今后在以下几个方面需要进一步丰富旅游开发思路。一是成立几个专业化程度较高的旅行社，开辟和参与从青海湖到九寨沟的长线经营，同时专门经营县内旅游项目。二是以吸纳民间资本和引进外资为融资主渠道，开发、包装和宣传旅游资源，运用先进的经营理念和管理方式，充分挖掘和展示山水风光及人文景观的独特魅力，并逐步形成产业优势。三是走联合开发之路。旅游业是一个综合性很强的产业，仅靠自己的几个景点关起门来独家经营是不现实的。比较可行的办法是打破行政区域界线，与周边地区联合起来，把相邻地区几个优势景点及道路、通讯等设施和区域文化加以整合，提高旅游业综合竞争力。四是县城在旅游开发中处于核心地位，是所有景点的“眼睛”，因而对县城性质的定位非常重要，这关系到县城的发展方向。从自然环境而言，县城依山傍水，积石山和黄河是区别于其他县城的两大自然景观，是它们给县城赋予了高山流水的内涵。因此，给县城定位时应该把山与水的因素考虑进去。五是发展旅游业作为富民强县的战略举措，必须树立产业观念，把千家万户组织起来，参与到旅游开发当中，在发展旅游业中让群众得到实惠，在群众的广泛参与中提高风土人情的浓度，形成自然风光与人文景观相互融合、互为照应的开发格局，展现高寒的青藏高原所独有的山的苍劲、水的灵秀、民族文化的悠久和民俗风情的浓郁。六是举办抢渡黄河极限挑战赛和各类节日活动是推动旅游业发展必不可少的平台和载体，应坚持下去，并不断提升节日的举办水平，丰富活动内涵，扩大宣传效果，提高循化知名度。七是编排一台舞台剧，把撒拉族的历史和现实、奋斗与追求、理想和希望用音乐和舞蹈的形式展现出来，就像舞台剧“云南印象”和“秘境青海”所达到的宣传效果那样，把舞台剧打造成给人以视觉震撼、艺术享受和深刻印象的文化精品，让它成为外地游客了解撒拉族、感受循化的金名片。八是要建设旅游名县，除了加强吃、住、行、玩等基础设施外，较高档次的会展中心、体育比赛场馆和文艺演出场所是必不可少的。通过承接各种会议、举行各种体育比赛和文艺演出，进一步聚集人气，丰富旅游业文化内涵，提升旅游业品质和层次。九是借助各种节庆和体育比赛活动举办论坛，每年选定一个论坛主题（如经济、文化和社会建设、道德与诚信建设、发展教育和旅游业、重塑民族精神等），邀请省内外知名学者、专家、企业家就循化在发展进步中需要解决的关键问题提供新的思路和视角。十是文化是旅游的灵魂。如果不注入相应的文化元素，既使对景点的资金投入再多、硬件设施再好，对游客同样没有吸引力。假如把泰山放到西部众多山岳中去看，真是小巫见大巫，但泰山为何如此大气磅礴、声名远扬呢？关键在于泰山是一座众多帝王将相和文人墨客留下千古遗迹的文化名山，并不是它的实际高度征服了人们，而是文化上的高度提升了泰山在人们心中的高度无与伦比。循化县众多的名胜古迹不乏美丽动人的传说，近些年也整理出一些推介文章，但大多停留在一般化的表象介绍和歌颂赞美层面上，没有太多的文化积淀，有必要集合在这方面有专长和爱好的人士进行深度挖掘，让宗教古迹富有神秘色彩、历史人物充满传奇色彩、历史事件彰显英雄主义色彩，使自然风光在秀丽中蕴含厚重，好看中散发出诱人的文化气息。

研究循化县旅游开发思路时不能忽略的一点是，需要从文化和历史的层面加以挖掘，发现新的看点。比如，街子集镇的牛羊肉销售点按常眼看不过是一种平常的经营活动，但在外地人眼里这就是一道亮丽的风景。从这个视点看，牲畜屠宰及牛羊肉销售不仅是一种生产经营活动，而且这里面包含着文化内容。再比如，象征恶劣自然环境的裸山也具有一定的旅游价值。如果说清水河东的积石山峰高耸入云，给人以神秘感的话，清水大桥湾的丹霞地貌给人的却是清丽刚劲的视觉美感。又比如，循化黄河石以质地优良、石形独特、极具观赏性而闻名遐迩，备受人们青睐。黄河梯级电站相继蓄水后，黄河石濒临绝迹，使现有散落在民间的奇石尤为珍贵。修建一座以展示黄河奇石和石画为主的展览馆不仅可以弥补旅游业中特色看点较少的缺憾，也是保护黄河石资源的现实需要。还比如，循化县素称篮球的故乡，篮球运动在群众中有深厚基础，可以利用这一优势，以定期举办篮球邀请赛的形式，打造“循化——篮球的故乡”品牌。

人们曾经担心地处大山腹中的循化会被日益现代化的交通和信息边缘化，但随着沿黄公路和“兰西拉”光缆的开通，循化县即将进入环西宁一小时经济圈，经济建设和社会事业将要搭上东部综合经济区整体发展的快车道。有理由相信，秀丽循化在建设富裕文明和谐社会的进程中必将插上腾飞的翅膀！

（本文原载《中国撒拉族》2009 年第 2 期）

[illegible]

（原载《[illegible]》2009年第2期）

语　言　学

《土尔克杂学》与世俗礼法

韩建业

《土尔克杂学》的作者收录了伊斯兰教先知及其门弟的不少富有哲理的格言，期望除法律对人的社会行为予以约束外，还想通过宗教伦理、道德修养来规范人们的行为，达到对社会一些问题治本治末的目的。作者的宗教伦理思想和主张既源于伊斯兰教经典、圣训的规定，以基本信仰和教义为核心，也吸收了撒拉族传统伦理思想的有益部分。研究它，不仅可以丰富我们对当时撒拉族人民的宗教意识、宗教习俗以及世俗文化乃至语言文字方面知识的认识，而且对净化人们的思想、稳定社会秩序、促进社会和谐等方面起到良好的作用。为此，笔者从成书于光绪九年(1883 年) 由乃曼人鲁格曼 · 扎依夫毛拉（Loğman zayif molla）所著手抄本中摘录了有关伦理方面的警世格言，并作了简单分析，以供参考。

一、主张命人行善，反对使人作恶

伊斯兰教法以教义学为基础，将人的行为区分为 vazhib、mandub、mubax、mek-rux、haram 五大行为。也即分为义务性的行为、可嘉的行为、无关紧要的行为、受谴责的行为及禁止和受罚的行为五类。其中除教法明确规定的合法与非法的界定外，其他一切行为包括社会生活中的人伦、婚姻、家庭、财产关系、社会上的待人接物、工作、经商等行为，都要受伦理思想的规范。在我们的日常生活中，真善美和假恶丑的东西同时存在并经常发生，这就要求我们用道德标准去分析、衡量哪些是真善美，哪些是假恶丑，从而来调整人与人、人与社会之间的关系，以维护社会秩序、保护人们的正常生活。命人行好、止人作恶则是伊斯兰教规范人们道德行为的准则之一。在《土尔克杂学》中多次提到：

seler bir – birsïngni yaxšiğa datqïl，yemene datmağïl. yemene datsa，heme kišni yüzlük etse，ul kišini azap bir yüz kišini üldürğenden ahdux ağïr ider. （你们应命人行好，止人作恶。诱人作恶，要两面派手法的人，其罪恶重于杀害一百个人）

又云：selavet bir daldïr，ani öziki behiš ičnde bar，budaği dunyada bar. qaysi kiši sehavet bolsa，ul budağïni tatip behiše afarar.（慷慨如同一棵大树，它的根子在天堂，枝叶在“顿亚”。凡是慷慨无私的人，她将会拽着树枝升入天堂）

又云：haset amelini yiyer，ot odunni yiğen veler bïrdïr. heybet yanšima，heybet yanšisa rozini xoylar，zhulïmas.［忌恨会断送理智，如同火烧柴火一样。凡人切不可背谈别人，背谈别人的人，将要坏他的肉孜（斋戒），他的肉孜是不成立的］

又云：bexil kiši ot ičinde bar. sehavet kiši behiš ičinde bar.（吝啬的人坠入烈火，慷慨的人居于天堂）

又云：qaysi kiši behil bolup，ğabidal bolsa de dozaxqa barar. sehavet kiši fasïq bolsa da behiške barar.（吝啬的人，即便是一个混饭吃的阿比达力，也会坠入火狱；慷慨的人，即使是个品行不太端正的人，也会升入天堂）

二、主张勤奋劳动反对贪婪腐化

伊斯兰教倡导两世并重的观点，将今世的现实生活视为人的旅途，将后世视为人的归宿。认为人在现实生活之后，还有来世的生活，即末日或审判之日，此日人被复活，按生前善恶审判，善者进入天堂，永享幸福；恶者堕入地狱，备受痛苦。《土尔克杂学》作者，以人的生前行为为依据，以善恶观为准绳，把今世的信教与否、今世所行宗教功修、宗教义务乃至社会行为联系在一起来衡量，作为升天堂或堕入地狱的依据，形成了具有中国特色的伊斯兰教两世观，对撒拉族穆斯林的人生观给以深刻的影响。对现实生活中，如何做到既要热爱自己的民族传统，又要遵守所处社会环境的道德规范，服从国家的政策法令，并能与兄弟民族团结互助，友好相处，维护安定的社会秩序，努力追求与创造和谐、幸福、文明的生活，也有一定的积极作用。

《杂学》云：pegenber yanšadi：“heme gunahni baši dunyaga söyirigen kišder. dunyani yaxšisini baxip，mertebege baxip söyinse. ikki böri bir yimax qoyni išine yükürip xoylağandan ahdux jomunni xoylar”.（先知传：万恶之源在于过分地喜爱今世而不能自拔的人。贪图享受，追逐名利的人，如同两只豺狼窜入一群绵羊之中，吞食羊只一样，对教门的破坏性更为严重）

又云：dunyani uzaq baqma，heme kiši dunyadan yanqan vaxta，yaxši bolsa otqan yeriden behišni körer. yaman bolsa dozaqni körer.［切不可认为“顿亚”（今世）是永存的，凡离开“顿亚”的人，干好者在归宿中可以看到天堂，干歹者，则会遇到地狱］

又云：zina ĩinde altï ken iš bar，dunyada uš ken，axirette üs ken：dunyada yüzini zhemalini alar，riziqini bermes，ömür qïsqadir；axirette xudaniki ačiğï köpder，ğazap yamandir. dozaxda baqi bolur. seler zinadan yirax otur，yaxin otmağïl.（淫乱放荡的人今明

两世必会招致六大罪过，今世有三大罪，后世也有三大罪：今世会使你的面容变丑，失去福分，寿险缩短；后世将会招致胡达发怒、痛苦难熬、永处火狱。你当应远离淫乱，万不可接近它）

又云：qaysi kiši haram xatanğa šexivet veler söz yanšisa，bir ağïz sözni dozaq ičinde bir yil oturur，xude taïrliaden tobe qilip noxi etse，heme gunahlarni ğafu qïlar.（凡人用淫秽下流的语言戏弄妇女，每说一句，他必在地狱受折磨一年。只要乞求胡达饶恕并决心悔改者，胡达是会饶恕他的罪过的）

三、追求知识　尊敬长者

追求知识是穆斯林的天职。必须刻苦探求知识，获得较高的知识，以摆脱愚昧和迷信。与此同时，还要向别人虚心请教，向无知者传授知识，给迷误者指明正道，为社会的发展和人类的进步作出贡献。

《杂学》的作者多处提到了学习知识、尊敬师长、养成文明行为的品德。

作者云：ata üš bar，ovel doğqan ata，ikkinji halialni ata，üčinji ğalim örğetgen ata，ğalim atasi uluqdur.（凡人皆有三父，首先是生身之父，第二是神洁之父，第三是传授知识之父。知识之父是伟大而尊贵的）

又云：qaysi kiši ğalimğa haste tutsa，yaman bolsa，dunya ve axïretni meğlun bolur.（凡嫉贤妒能的人，陷害智者的人，今明两世将会成为十恶不赦的人）

又云：ğalim köp bolsa jahil azlanar；jahil köp bolsa ğalim azlanar.（知识多了文盲会减少，文盲多了知识会减少）

又云：seler tofiqini keleri，shangjin etmuri.（你们乞求秉性纯朴，却又不积极上进）

又云：sen öydin dašina čïxsa，sinïng ilindiki bir kišike učirïsa，sen seliam ber，imartin datlisi sini yirikingnga kirer；sen ögči yana barsa，öyčilara seliamni ber，sini yaxši öyčingni yaxši veler berket köplener.（你当离家外出，碰到同教的人时，致“赛俩目”问安，信仰的馨香会注入你的心灵；你当回家见着你的家属时，致“赛俩目”问安，因你那贤惠的眷属而获得更多的幸福）

附　心态诸病

《土尔克杂学》中作者运用……diri 和……muri 这种排比的句式，反映了人们的心理或生理上不正常的状态，劝喻人们克服口不应心的弊病，做一个言行一致，表里如一的完人。虽为宗教说教，但与俗人无不相干。现转写并译汉语如下：

1. seler xudani danidi diri，xudani johan etmuri；

2. seler xudani nindenni üšir diri，šüküri etmuri；

3. seler peğenberğa söyiner diri，peğenbemi sunnetničöyiri zullamuri；

4. seler《Quran》ni oxari，Quran išinde yanšiğan sözni zullamuri；

5. seler šeytang piserni düšmen diri，šegtang ardina ireri qarïš etmuri；

6. seler behišni jingder diri，išdimuri；

7. seler dozax jingder diri，dozaxdan xorğamuri；

8. seler ölüm jingder diri，ölümden fangnamuri；

9. seler ölilerini kömiri，üširipğibaret almuri；

10. seler kišniki ğağibni yanširi，özingni ğayibni körmuri；

11. seler "estaqifimllahi" ni oxïri，yirexden noxi etmur.

译文：你们相信胡达的存在，却没有赞颂胡达，不遵守他的诫命；

你们享受真主的一切恩赐，却不存感恩之心；

你们口传深爱穆圣，却抛弃了穆圣的逊乃提，不追随他的行为方式；

你们口念《古兰经》，却不遵从《古兰经》言；

你们承认"舍塔尼"（恶魔）是我们的敌人，却又跟随他，不反对他；

你们承认田园是真的（希望进入），却不为此付出代价；

你们承认火狱是真的（你想陷入其中），却又不惧怕火狱，没有积极逃脱；

你们相信"无常"（死亡）是真的，却又不惧怕死亡，没有为它的来临做好准备；

你们晓得埋葬亡人，却不领悟其中的教训；

你们精明于说别人的过失，却看不到自已的缺点和陋习；

你们口念"真主饶恕"，却不从心底里懊悔、自恨。

（本文原载《中国撒拉族》2008年第2期）

撒拉语元音的特点*

米娜瓦尔·艾比布拉

1996年，笔者在青海省循化撒拉族自治县进行了为期两个月的田野调查。本文根据当时记录的语音材料对撒拉语元音的一些特点进行分析和说明。

撒拉语的元音系统由i、e、ə、a、o、u、ø、y八个单元音，ie、ue、ye三个前响复元音和iə、ia、io、iu、ua、uo六个后响复元音构成。其中，iə、ua、uo、ue、ye五个复元音只出现于汉语借词中。

一、圆唇元音y、ø的不稳定性

在撒拉语中，ø属半高前圆唇元音。在固有词里不出现在词末，只出现在词首和词中。如：

øt	过	øʃ	搓	gøxjaʃ	青菜
døje	骆驼	døsli	方格	søz	话语，言语

y属高前圆唇元音。可出现于词的任何部位。例如：

ytʃyr	凿子	tyŋgylyx tʃat	打滚	kyrlyx	眉毛
dyʃmen	敌人	tʃytdəl	松树		

撒拉语中的ø和y具有不稳定的性质，即有多种自由变体。同一词中的ø或y可以读作不同的音而不影响词义。例如

* 本文为中央民族大学“十五科研规划”重点项目和国家民委院校重点科研项目成果的一部分。写作过程中得到胡振华教授的悉心指导，撒拉族学者韩建业教授和马盛德教授提供了宝贵的语言材料，在此向他们表示感谢。

ø 有以下自由变体：/œ/下中圆唇央元音，/ɵ/上中圆唇央元音，/ʉ/高圆唇央元音，有时还有变体/o/，/u/。例如

tœj	饱	œɣet	传授	gœɣər ~ guɣəra	变绿
gɵltʃI	池子	gɵx	蓝	kup ~ kʉp ~ kœp	多
oxen ~ ʉxən ~ øxen			肺	ød ~ ʉ^{h}t	胆

y 有以下自由变体：/ʉ/，/u/，/y/半高圆唇前元音。例如

yleʃ – ~ ʉliʃ – ~ uliʃ	分配	syxsi ~ sʉxsi	扫帚
fijʉn ~ <ijyn	费用	gʉj ~ gyj ~ guj	等候

Э. P. 捷尼舍夫认为：“元音的不稳定性是乌古斯语组语言的共同特点之一，撒拉语的这一特点较为突出。表现在有些词中前后元音、高低元音及展唇与圆唇元音相互交替，而不影响词意。”① 韩建业先生认为：“撒拉语中的圆唇元音 y、ø 必有向后元音 u、o 过渡的趋势。”② 关于圆唇元音 y、ø 的不稳定性，上述两位学者的见解值得重视。此外，据笔者调查的材料，撒拉语中有些词里的 y、ø 与 u、o 自由变读是方言土语差别及个人言语习惯所致。例如

	街子	孟达	清水	白庄
骆驼	døji	doji		
猫	miʃyχ	miʃ u̥x		
鸡	toχ	tuχ		
根	uzix	ozex		
杏	iryx		erux	
笑	kyli –		kuli – ~ kyli –	
脱	tʃoj –			tʃøj
咳嗽	øxser ~ ʊxsər			uxsər
草	tʃop	tʃ u̥p	tʃ u̥p	
草地	tʃɣp jer	tʃyp jer	tʃ u̥p ast	
兔子	duṡən		dɔʃan	

相比之下，孟达土语中前元音 y、ø 比后元音 u、o 出现的少。撒拉语圆唇元音的不稳定性可能也与没有文字和语言没有规范有关。

① Э. P. Тенишев，Строй Саларского Языка. M. 1976. C. 66.

② 韩建业：《现代撒拉语》，见《青海民族研究》（第三辑），西宁，青海人民出版社，1986。

二、元音的清化变体

在词的非重音音节和位于送气清辅音之间、词首，又后接送气清辅音时撒拉语出现清化变体。例如：i̥ʃ “事情、活”，u̥tʃrə - “遇到”，ki̥ʃ “ 人”，u̥xrə - “骂”，jḁsu̥χ “罪过”，χ u̥səχ “肚子”，k i̥tʃi “小”，tɣx “毛”，t u̥p “多”，等等。

三、长元音

撒拉语中有第二性长元音，它们虽然在一定条件下读音较一般元音长一些，但并未形成长短对立，因此没有音位意义。这类元音的形成条件如下：

（1）由于元音之间的辅音脱落，使两个元音合并而长读。例如：ʊ:ʃi < ʊiʃi “潮湿”，bʌldʒy:n < bʌldʒyjin “蜜蜂”，kʉ:x < kuvəx “麸皮”等。

（2）因清化元音的读音较短，因此相应地延长其前面音节元音的音长。例如：ili:tʃ u̥x “方才”，ti:ʃ u̥x ~ ty:ʃʉx “ 洞”等。

（3）重读的开音节的元音一般长读。例如:′jʌ:ʃ:ɨr - “庇护、藏匿”,′su: v:ʌ - “抚摸”,′i:rʌ ~ ′i:dər: “是的、对”等。

四、紧喉元音及其伴随音

撒拉语的短元音位于一些塞音、塞擦音之前时喉部紧张并出现短促的伴随音。这种元音，我们称为“ 紧喉元音”或“ 带擦音尾元音”。伴随音也叫过渡音，是在语音的结合中产生的。例如 a^{h}t “ 马”，e^{h}t “ 肉”等。在西部裕固语、土瓦语和维吾尔语柯坪土语和吐鲁番土语火焰山话中也有这类元音。陈宗振先生描写西部裕固语的元音时，称之为带擦元音，并将其标写为 ah、eh、əh、oh、uh、øh。① 捷尼舍夫先生标写为 a^{h}、e^{h}、o^{h}、$ø^{h}$，称为紧喉元音，他认为：“ 撒拉语的这类元音产生的原因是该语言里有一组送气辅音，而辅音的这种送气成分融化到相邻的元音里。”②

（1）紧喉元音及其伴随音的发音分析。一般来说，“ 发元音时声带特别紧张的同时，发音器官的其他各个部分也均衡地紧张，气流除使声带振动以外，中途在咽

---

① 陈宗振：《撒拉语研究》，128 页，北京，中国民族摄影艺术出版社，2004。

② 埃 · 捷尼舍夫：《突厥语研究导论》，551 页，北京，中国社会科学出版社，1981。

腔、口腔也会受到微小的阻碍”。① 只是这种阻碍所发出的音被声带发出的音掩盖而并不影响元音的音色，当元音清化时才显露出伴随音。

撒拉语的短元音位于塞音、塞擦音之前时，气流因被塞音截住而加快、加强，因而更短促，使喉部和口腔肌肉紧张，与气流摩擦而出现过渡音。这些过渡音因元音舌位的高低而不相同，如 aʰ、oʰ、i̥ʃ、u̥ɸ。

我们再从发音过程来分析不同的过渡音产生的原因。过渡音 h 一般出现在 a、o、e、ø 与送气清塞音 t、q 之间。例如：eʰt “肉”，ɢanʌʰt “翅膀”，oʰtəχ -“除草”，aʰqur “横、歪”，ø̥ʰt -“穿过”，aʰt u̥χlan -“增加”等。这种过渡音发音时喉部肌肉紧张、声门靠拢，使气流与声门摩擦出现擦音。当清化元音位于词首时声带“ 不振动”或轻微振动，而喉壁肌肉特别紧张，清化元音之前出现塞音成分，并且使后面的过渡音 h 凸显出来。

过渡音 ʃ 一般出现在清化高元音 i 与送气清塞音 p、t、k，以及塞擦音 d、t 之间。例如：ʔ i̥ʃtʃivaʁər “内脏”、p i̥ʃtʃəχ “豆子”、p i̥ʃti -“写”、ʔ i̥ʃt “ 狗” ki̥ʃdʒi “小”、ʔ i̥ʃkindʒi “二月”、ʔ i̥ʃpaχ “线”等。这种过渡音发音时舌面前部向硬腭前部抬起，保持最小空隙，短促而强烈的气流不受声带阻碍，而从该空隙中摩擦而出，产生过渡音 ʃ。

过渡音 ɸ 中出现在圆唇高元音 u 与送气清塞音 t 清塞擦音 tʃ 之间。例如：um u̥ɸt “希望”，ʔ u̥ɸtʃərəʃ -“碰见”，jum u̥ɸt “蛋”，tʃap u̥ɸt -“陪同”。这种过渡音发音时舌面后部后缩，双唇敛成最小圆形，保持最小通道，气流冲出与双唇摩擦，出现双唇擦音过渡音 ɸ。

上述塞音、塞擦音位于长元音前时，不出现过渡音，例如：oːtər -“坐”，aːtʃiʃ “ 爱”等。

有些词里的过渡音转化为单辅音，形成几个辅音相连结构，而其中的一个脱落。例如：

aʰtla -　　>ahtla -　　>ahla -　　跨越
jaʰpraχ　　>jahpraχ　　>jahraχ　　叶
daʰtle　　>dahtle　　>dahle　　甜

（2）撒拉语及其亲属语言中的紧喉元音。除撒拉语以外，突厥语族以下几个亲属语言或方言中也有紧喉元音“或带擦元音”：西部裕固语，如：baʰɣər “铜”，aʰldən “金”，uʰgus “牛”，bəʰldər “去年”。② 图瓦语，如：aʰt “马”，eʰt “肉”，iʰrt “公绵羊”，oʰk “箭”。③ 维吾尔语柯坪土语，如：køʰtʃ -“搬迁”，eʰtis “田地”，toʰp “球”，tɛʰp -“踢”和田方言，如：taʔ(t)ləʁ “甜”，aʔ(t)ləʁ “有马的

① 罗安源，金雅声：《简明实用语音学》，11 页，北京，中央民族学院出版社，1990。
② 陈宗振：《撒拉语研究》，28 页，北京，中国民族摄影艺术出版社，2004。
③ 买提热依木·沙依提：《突厥语言学导论》，392 页，北京，民族出版社，2004。

人”，aʔ(t)miʃ“六十”，jɛʔ(t)miʃ“七十”，ø^hlɛg“死人”① 吐鲁番土语火焰山话，如：kɛ^h(t)mɛn“坎土曼”，ø^h(t)mɛjdu“不通过”，pa^h(t)qaq“泥”，ta^h(t)ma“梯子”，ɛ^h(t)lɛs“艾提来丝绸”等。②

撒拉语中带紧喉元音的一些词与上述亲属语言或方言中相应的带紧喉元音或“带擦元音”的词相对应。例如：

撒拉语	西部裕固语	图瓦语	维语柯坪土语	维语和田方言③	汉义
da^hle	dadəʁ	tapdəχ	ta^htləʁ	taʔ(t)ləʁ	甜
a^hmuʃ	a^hldon	aldan	a^htmiʃ	aʔṭmiʃ	六十
a^htʃ –	ah ʂ –			ahtʃ –	打开
ne^hdʒe	nidʒi	dʒedʒe	nɛ^htʃtʃɛ		几个
da^h (p)	da^hp –		ta^hp –		找到
a^hla –			a^htla –		跨越
sa^ht –	sa^ht –	sat –	sa^ht –		卖
ja^ht –	ja^ht –		ja^ht –		躺
e^ht	e^ht	e^ht	ɛ^th		肉
a^hltə	a^hldə	aldə	a^hltɛ		六

撒拉语及上述亲属语言或方言中，有些带紧喉元音“或带擦元音”的词与古代突厥语相应的词相对应。例如：

撒拉语	西部裕固语	图瓦语	维语柯坪土语	古代突厥语	汉义
tʃo^hp	tʃo^hp	tʃo^hp	tʃø^hp	tʃøp	草
do^hqus	do^hɢəs	tos	to^hqqus	toqəəz	九
ko^hp	gø^hp	kø^hp	kø^hp	køp	多
a^ht	a^ht	a^ht	a^ht	at	马

上述现代语言或方言一些词中的紧喉元音，在古代突厥语中均为短元音。通过这种语音现象我们可以推测，原始突厥语中可能有过发音时喉部紧张、气流短促的紧元音。

① 米尔苏里唐·乌斯曼诺夫：《现代维吾尔语方言学》，205 页，乌鲁木齐，新疆青少年出版社，1989。
② 艾丽穆汗：《火焰山话的语音词汇特点》，学士学位论文，2005。
③ 王远新：《突厥历史语言学研究》，93 页，北京，中央民族大学出版社，1995。

参考文献：

[1] 埃·捷尼舍夫．突厥语言研究导论．北京：中国社会科学出版社，1981

[2] 韩建业．现代撒拉语．北京：青海民族研究．第三辑．西宁：青海人民出版社，1986

[3] 李增祥．突厥语概论．北京：中央民族学院出版社，1992

[4] 林莲云．撒拉语简志．北京：中央民族学院出版社，1982

[5] 罗安源，金雅声．简明实用语音学．北京：中央民族学院出版社，1990

[6] Э. Р. Тенишев，Строй Саларского Языка. М. 1976.

（本文原载《民族语文》2005 年第 6 期）

撒拉语动词陈述式研究

米娜瓦尔·艾比布拉

撒拉族自称［sɑlɑr］。我国撒拉族先民来自中亚撒马尔罕地区西突厥乌古斯部落的撒鲁尔部。“撒拉”一词最早出现于11世纪麻赫穆德·喀什噶里的《突厥语大词典》中，名为“sɑlɣur”。元、明、清汉文史籍中对撒拉族有不同称谓，1954年，正式定名为“撒拉族”。撒拉族主要聚居在青海省循化撒拉族自治县，还有一部分居住在青海省化隆回族自治县的甘都乡和甘肃省积石山保安族东乡族撒拉族自治县，其余散居于青海省黄南、海南、海西、海北等州及西宁市。新疆维吾尔自治区伊宁、乌鲁木齐等地也有少量撒拉族居住。其中，青海省有87043人，甘肃省有11784人，新疆有3762人（2000年）。

有关撒拉语动词陈述式的问题，国内外学者发表了一些研究成果，但有些问题还需要进一步探讨。本文拟从形态学角度对现代撒拉语动词的陈述式进行描写和分析。

陈述式是说话人陈述某事物或行为的一种句式。根据说话时间与行为动作进行时间的关系，撒拉语的陈述式可以分为现在—过去进行时、现在—将来时、将来时和过去时4种。撒拉语动词没有人称附加成分，陈述式动词各种时的形式可用于不同人称。

一、现在—过去进行时

（一）现在—过去进行时的构成

1. 肯定式的构成

动词词干＋－bə(r)/－ba(r)。例如：

men alba(r)/－bə(r).　　我在拿。

sen alba(r)/－bə(r).　　你在拿。

piser iʃba(r)/ -bə(r).　　　我们在喝。
(v)u iʃ ba(r)/ -bə(r).　　　他在喝。

2. 否定式的构成

动词词干 + -jox(dər) -joχ(ar)。例如：

seler al(j)oχ(dər)/aljoχ(ar).　　　你们没在拿。
vu iʃ(j)oχ(dər)/iʃjoχ(ar).　　　他没在喝。

3. 疑问式的构成

动词词干 + -bə(r) + -mu/ -mi/ -o/ -u/ -i。例如：

naŋur baχbar -u?　　　你在看什么呢？
naŋ ɢejnət bər -i?　　　你在做什么饭？

撒拉语现在—过去进行时形式与西部裕固语的确切现在时相似，不同在于撒拉语中 -bar、-joχ 直接接缀在动词词干之后，而西部裕固语中 -bar、-joq 接缀在副动词词干之后。例如：

西部裕固语：ji -“吃”+ -p(副动词) + -bar(有) > jipbar.　　　确实在吃。
　　ji -“吃”+ -v(副动词变体) + joq(没有) > jivjok.　　　确实没在吃。[①]
撒拉语：　ji -“吃”+ -bar(有) > ji bar.　　　正在吃。
　　ji -“吃”+ -joχ(没有) > ji joχ.　　　没在吃。

在西伯利亚楚雷姆河沿岸的突厥语中也可以找到类似的现象，如：pilɛro：m < pilɛr joʁum < pilɛr joqum “我不知道”，ol parəj joq “他不去”，ol kɛlɛrroq < kɛlɛr joq “他不来”。[②] 关于撒拉语现在—过去进行时形式 -ba(r)/ -bə(r)的形成问题学者们提出了自己的看法。Э. P. 捷尼舍夫认为，该附加成分 -bar 可能是附加成分 -bor 发生非圆唇化而出现的变体（p + jor > p + por > bar），这一形态同土耳其语的现在时相似；也可能是由动词结合 -bar“去”构成。[③]

陈宗振先生认为，从否定形式为 joq“没有”来看，西部裕固语动词确切现在时的肯定形式 -bar 应该解释为“有”。[④] 我们认为，这种解释同样适用于撒拉语动词现在—过去进行时形式 -bar。

（二）用法和意义

（1）表示说话时正在进行的动作和行为。例如：

balәlar dombəχ diŋnenbar.　　　孩子们正在听故事。
ama se jeʃni nige jiχudiri（ji joxdiri）?　　　妈妈，你为什么不吃菜？

（2）表示说话时正在进行，说话结束后持续进行的行为动作。例如：

abam amam aʁrəbər.　　　我爸爸和妈妈正在生病。

---

① 陈宗振：《西部裕固语研究》，171 页，北京，中国民族摄影艺术出版社，2004。
② Э. Р. Тенишев，Строй сапарскоzo языка. Москва，1976. стр. 138.
③ Э. Р. Тенишев，Строй саларского языка. Москва，1976. стр. 139.
④ 同①。

uʃer anigi jyriʃi kyliʃi abasəna oχʃeba.　　瞧，他走路、笑的样子都像他爸爸。

u her guni miʃite gelbar.　　他每天到清真寺来。

pisərnigi goʤa uʃken kama jyrba.　　我们的祖国正在飞速前进。

heme ki̥ʃ inʤi munigi gujsinə gamagu guj tʃaləba.　人们把她的丈夫叫傻子丈夫。

（3）表示对过去经常发生或持续进行的行为状态的陈述。

olər gegende ipsər ʤəŋ χuj aʃbar.　　他们来的时候我们正在开会。

siliaŋ ʤefan voʁenda abam ʃøʃoda iʃ etber.　西宁解放时，我爸爸在学校工作。

二、现在一将来时

（一）现在—将来时的构成

1. 肯定式的构成

动词词干＋－ar/－er/－ər/－ir/－r/－ør/－ur。例如：

men alər.　　我在拿/我将要拿。　　sen kijer.　　你在穿/你将要穿。

2. 否定式的构成

动词词干＋－mas/－mes（第一人称）/－mar/－mər/－mer/－mur（第二、第三人称）。其中，孟达土语中所有人称都用－mar/－mer/－mər/－mur 这一形式。例如：

(v)u almər.　　他不拿。　　piser gelmes.　　我们不来。

3. 疑问式的构成

动词词干＋－mo/－mu/－mi/－o/－u/－i。例如：

seler alər－mo/－mu/－mi/－o/－u/－i?　　你们拿吗？

(v)ular geler－mo/－mu/－mi/－o/－u/－i?　　他们来吗？

（二）现在—将来时的意义和用法

1. 陈述有规律地发生或经常发生的行为动作。例如：

u izi aʁrər dijʤi.　　他说“我（自己）常生病。”

bir kiʃi tørtenni tʃøre kije ɢaramaŋ daŋnar.　一个人穿上翻过来的皮袄扮演噶勒芒。

on beʃinigi ketʃisinigi aj jarəm tuχar.　　十五的晚上升起半个月亮。

asman dumsa jaʁmur jaʁər.　　天阴就要下雨。

这种形式在谚语中常用，否定式均用－mas/－mes 形式。例如：

loŋχə doχənə bexdələr，kiʃniɢi aʁzənə tusəlməs.　　瓶口好盖，人口难封。

2. 陈述在说话的瞬间发生的行为、动作。例如：

ular mini tʃalar.　　他们在叫我。

aba amasen iʃkəsəŋ naŋ saʁənər?　　爸爸，妈妈，你们俩想（吃）什么？

3. 陈述说话时尚未进行，说完以后将要进行的行为、动作。例如：

azem gegene mini døjør.　　我姐姐一来就会打我的。

sen varsə－de vulanə gørəlmes.　　你就是去了也不会见到他们的。

撒拉语现在—将来时的否定式－mas/－mes＋－mar/－mer/－mur也显示出乌古斯语组语言典型的特点。如：在土耳其语里是－maz/－mez结合人称形式，在阿塞拜疆语里用－maz/－mez和变体－mar/－mer（第三人称除外），在嘎嘎乌孜语里也有－maz/－mez和－mar/mer两种变体。在土库曼语里第一、二人称单复数为－mar/－mer结合人称附加成分，第三人称单复数为－maz/－mez。试比较：

撒拉语	土库曼语	汉义
men gelmes.	men gelmerin.	我不来。
sen gelmer.	sen gelmersiŋ.	你不来。
u gelmer.	ol gelmez.	他不来。
piser gelmes.	biz gelmeris.	我们不来。
seler gelmer.	siz gelmersiŋiz.	你们不来。
ular gelmer.	olar gelmezler.	他们不来。

三、将来时

（一）将来时的构成

1. 肯定式的构成

动词词干＋－ʁu(r)/－ɢu(r)/－gu(r)/－ku(r)/－ʁa(r)/－ɢa(r)/－ga(r)/－ka(r)。例如：

men vaχɢu(r)/vaχɢa(r).　我要看。　men e^{h}ku(r)/e^{h}k a(r). 我要做

sen vaχɢu(r)/vaχɢa(r).　我要看。　sen e^{h}ku(r)/e^{h}ka(r). 我要做

2. 否定式的构成

动词词干＋－ma/－me/－mi＋－ʁu(r)/－ɢu(r)/－gu(r)/－ku(r)/－ʁa(r)/－ɢa(r)/－ga(r)/－ka(r)。例如：

sen vaχmaʁu(r)/vaχmaʁa(r).　　你不看。

sen e^{h}migu(r)/e^{h}miga(r).　　你不做。

piser vaχmaʁu(r)/vaχmaʁa(r).　　我们不看。

piser e^{h}migu(r)/e^{h}miga(r).　　我们不做。

3. 疑问式的构成

动词 + -ʁu(r)/-ɢu(r)/-gu(r)/-ku(r)/-ʁa(r)/ + -mo/-mu/-mi/-o/-u/i。例如：

men vaʁu(r) + -mo/-mu/-mi/-o/-u/-i?　　我要去吗？

（二）将来时的意义和用法

表示行为动作将要实现和实施者的决定或意愿。例如：

etəsə men jeʃaʁu.　明天我要说。　edde men gezme vaʁur.　明天我要去旅行。

u ʂu oχamaʁa.　他不读书。　seler ɢala vaʁur-i?　你们到哪里去？

将来时 -ʁu(r)/-ɢu(r)/-gu(r)/-ku(r)/-ʁa(r)/-ɢa(r)/-ga(r)/-ka(r)形式为撒拉语所特有。该附加成分与现在—将来时附加成分 -ar/-er/-ur/-yr 无论在语义功能上还是在语音形式上都有同源的可能性。中古突厥语有这种将来时形式 -ʁu(r)/-ɢu(r)的变体，如《突厥语大词典》中的 ol maŋa kɛlgirdi“他将要来我处了”①。从语音形式看，-ʁu(r)/-ɢu(r)/-ʁa(r)/-ɢa(r)和 -ar/-er/-ur-yr 十分相似，从突厥语族语言语音的历史演变看，辅音 ʁ 的脱落是常见的音变现象。例如，多数突厥语的过去时形动词形式为 -ʁan，而在乌古斯语组语言中则为 -an，即发生了 -ʁan > -an，辅音 ʁ 发生脱落。是比较维吾尔语的 alʁan（<al-ʁan）和土库曼语的 alan（<al-an<al-ʁan）“拿过”。据此推断，撒拉语的动词将来时附加成分可能源自古老的表愿式附加成分；而现在—将来时附加成分 -ar/-er/-ur/-yr 很可能最早是从将来时附加成分 -ʁur/-qur/-ʁar/-qar 中分化出来，经过长期发展演变，其中的辅音 -ʁ- 发生脱落，并作为 -ʁur/-qur/-ʁar/-qar/的变体发展而来。

四、过去时

（一）过去时的构成

根据形式和语义，过去时又可以分为一般过去时和曾经过去时。

1. 一般过去时的构成

（1）肯定式的构成

动词词干 + 词缀 -ʤi/-tʃi 或 -miʃ/-miʂ。例如：

men janʃaʤi.　我说了。　piser piʃtiʤi　我们写了。

seler janʃaʤi/janʃamiʃ.　你们说了。　uler piʃtiʤi/piʃtimiʃ.　他们写了。

一般过去时又分为直陈语气和间陈语气。

直陈语气表示说话人以直接经历或目睹的语气讲述所发生的事或行为，标记为

① 麻赫穆德·喀什噶里：《突厥语大词典》，汉译本第二卷，199页，北京，民族出版社，2002。

-ʤi。例如，ipsi ʃunχuadan gelʤi“我们从循化来”。间陈语气表示说话人以间接经历或非亲眼目睹、后来或刚刚知道的语气转述所发生的事情或行为，标记为-miʃ。例如，u liaŋge ʃio ʂ̩i utamiʃ“他迟到了两个小时”。

撒拉语动词一般过去时中，第一种形式-ʤi比第二种形式-miʃ用得多。-miʃ见于7世纪的鄂尔浑—叶尼塞突厥碑铭文献语言中，这种形式比较完整地保留于土耳其语、阿塞拜疆语、尕尕乌兹语等乌古斯语组语言中，但在撒拉语则仅有残存的性质。这种形式虽然在现代维吾尔语口语中也较常用，但其用法有别于乌古斯语组语言，即不能直接缀接于动词词干之后，而是缀接于间接陈述过去时词干后，构成传闻过去时形式。试比较：

维吾尔语：　aminɛ yrymtʃigɛ ket-ipti-miʃ.　听说阿米娜去乌鲁木齐了。
阿塞拜疆语：　mɛn oχu-muʃ-am.　我读了。
土耳其语：　ol ankaraja gel-miʃ.　他到了安卡拉。
撒拉语：　ɢonaχlar tʃizi køle varmiʃ.　客人们去了孟达天池。
《突厥语大词典》：　ol ma（<mɛn）ŋa kɛlmiʃ.　（听说）他到我这里来了。

可见，过去时-miʃ形式是撒拉语与乌古斯语组语言有渊源关系的显著特征之一。

（2）否定式的构成

动词词干+词缀-ma/-me/-mi+词缀-ʤi/-tʃi-miʃ/-miʂ（用于第二、三人称）。例如：

men janʃamaʤi.　我没说。
piser janʃamaʤi.　我们没说。
sen piʃtimiʤi/piʃtiminiʃ.　你没写。
vu janʃamaʤi/janʃamamiʃ.　他没说。

（3）疑问式的构成有两种构成方式。

①动词词干+-ʤi/-tʃi或-miʃ/-miʂ+-mo/-mu/-mi/-o/-u/-i。例如：

men janʃaʤimu?　我说了吗？　piser piʃdimiʃmo?　我们写了吗？

②动词+-ʤi/-tʃi或-miʃ/-miʂ+-domo/-tomo/-do/-to? 例如：

sen janʃado/janʃadomo?　你说了吗？

2. 直陈语气和间陈语气一般过去时的意义和用法

（1）直陈语气一般过去时的意义和用法

①强调动作发生的事实。例如：

men χalaŋ biɢəraʁəm qigelʤi.　我穿着厚衣服来了。

ular nitʃ i̥x gelʤi? a^h t minɢalə gelʤimu ʂ̩i døji minɢalə gelʤi?

他们是怎么来的？是骑着马来的呢，还是骑着骆驼来的呢？

②陈述已经完成的行为动作。例如：

men si gelʤi.　我刚来。　sen vaʁanə u gelʤi.　你刚走他就来了。

（2）间陈语气一般过去时的用法和意义

①表示以事后发现的语气陈述已完成的行为，并且在说话时可以判断其结果。

例如：

geʤi jigo iʃ e^h(t)bərdimiʃdə men biɢərəχ ʤərəχlamiʃ.

昨天因为干活我把衣服弄脏了。

bər kijnə oʁul iʃki doʁmiʃ.　有个媳妇生了两个儿子。

ana hellini akijmiʃu?　姑娘把钱拿来了吗？

②表示推测、假设事情已经发生。例如：

anasə izənigi amasə ylmiʃ te χorʁaʤi .　女儿以为自己的母亲去世了而很害怕。

piser bozilanə χuɛjlənmiʃtə χodərʤi .　我们以为包子坏了就倒掉了。

③表示说话者没有目睹事情的发生，多用于讲述故事、传说等。例如：

lo ʂenbə ajim ʃinʤaŋa va(r)tʃa andə koχən vomiʃ.

（据说）我最小的姨妈去了新疆，在那儿去世了。

bər babər vomiʃ nino vomiʃ. aŋa ana vomiʃ anə anasəne bər kiʃejlamiʃ.

（从前）有个老爷爷和老奶奶有一个女儿，有个人爱上了他们的女儿。

过去时 - miʃ 形式多用于转述曾经发生的事情、故事、传说、神话等。撒拉语中的 - miʃ 形式保留了乌古斯语组语言特有的语义。在日常口语中，有时 - miʃ 形式的语义相当于 ʤi。

（二）曾经过去时

1. 曾经过去时的构成

（1）肯定式的构成

动词词干 + - ʁan/ - gen/ - qan/ - ken/ - kin +（var）。例如：

men alʁan（var）.　我卖过。　vu gelgen（var）.　他来过。

（2）否定式的构成

有两种构成形式。

①动词词干 + 词缀 - ma/ - me/ - mi + 词缀 - ʁan/ - gen。例如：

sen almaʁan.　你没买过。　piser gelmegen.　我们没来过。

②动词词干 + - ʁan/ - gen/ - qan/ - ken/ - kin + joχ。例如：

sen alʁan joχ.　你没买过。　piser gelgen joχ.　我们没来过。

（3）疑问式的构成

动词词干 + - mo/ - mu/ - mi/ - o/ - u/ - i。例如：

sen alʁan（var） + - mo/ - mu/ - mi/ - o/ - u/ - i?　你买过吗？

piser gelgen（var） + - mo/ - mu/ - mi/ - o/ - u/ - i?　我们来过吗？

2. 曾经过去时的意义和用法

（1）表示行为动作在较长时间以前发生过。例如：

anə kitʃi vaχtə bər gørgən var.　（我）小时候见过他一面。

bu iʃnə men saŋa jaʃaʁan varmu?　这件事我曾经跟你说过吗？

monə maŋa amam jaʃaʁan joχdər.　这事我妈妈没有跟我说过。

（2）表示行为动作已完成，但说话者没亲眼目睹。多见于谚语、故事、传说中。例如：

jiŋkin oje girgen sotʃini miʃməχɢə təχɢən.

新娘进了门，就把媒人放到了角落里。（谚语：过河拆桥。）

aŋa jigusə joχmaʁan kijgusə joχmaʁan taqqa tʃøp orma va：ʁan tʃøp satqan helligɛ un tʃiŋnaʁan u beligi joχvoʁan.

他没有吃的，没有穿的。他上山砍柴，用卖柴的钱买面，他就这么穷。

“动词 + －ʁan/ －qan/ －gen/ －ken + （bar/ －joχ）”形式无论在撒拉语还是其他突厥语言中使用频率都比较低。在现代土库曼语中肯定式已不使用，只有经过历史音变的否定形式。试比较：

撒拉语	土库曼语	汉义
men al + －ʁan jok.	men alamoq（<al + －an + －əm + jok）.	我没拿过。
sen al + －ʁan jok.	sen alaŋoq（<al + －an + －əŋ + jok）.	你没拿过。
u al + －ʁan jok.	ol alanoq（<al + －an + －ə + jok）.	他没拿过。
piser al + －ʁan jok.	biz alaməzoq（<al + －an + －əmez + jok）.	我们没拿过。
seler al + －ʁan jok.	siz alaŋəzoq（<al + －an + －əŋez + jok）.	你们没拿过。
ular al + －ʁan jok.	olar alanoqlar（<al + －an + －ə + joklar）.	他们没拿过。

撒拉语陈述式的现在—过去进行时、将来时和曾经过去时，有确定语气和非确定语气两种形式。其中确定语气以确切的口吻肯定行为动作正在进行、将要进行或已经完成，形态标记为系动词 - dər/ - dir；非确定语气以模糊、不确定的口吻陈述行为动作的进行或完成，形态标记为系动词 - a(r)。

现在—过去进行时确定语气的构成形式为“动词 + bar/joχ + - dər/ - dir”；非确定语气的构成形式为“动词 + bar/joχ + - a(r)”。例如：

u piser kejχui etkenə gørgenə rəllamitʃux tʃeχbardər.

他看见我们在开会，就悄悄往外走。

men - de bilər sen u iʃne aŋnəʃbadər.　　我也知道，你在调查这件事。

men ʃøʃoda oχəjoχder.　　我确实没在上学。

uʃirse avutʃux bidʒe χorʁu joχa.　　看起来，小伙子不怎么怕。

将来时确定语气的构成形式为“动词 + - ʁu.（r）/ - ɢu(r)/ - ʁa(r)/ - ɢa(r) + - dər/ - dir”非确定语气的构成形式为“动词 + - ʁu(r)/ - ɢu(r)/ - ʁa(r)/ - ɢa(r) + - a(r)”。例如：

men ʂɿ alma vaʁuder.　　我一定要去买书。

men sen geguntʃux guiχaʁuder.　　我一定要等到你来。

曾经过去时确定语气的构成形式为“形动词 - ʁan/ - qan/ - gen/ - ken + bar/joχ + - dər/ - dir”和“形动词 - ʁan/ - qan/ - gen/ - ken + - dər/ - dir”；非确定语气的构成形式为“形动词 - ʁan/ - qan/ - gen/ - ken + bar/joχ + - a（r）”和“形动词 - ʁan/ - qan/ - gen/ - ken + - a(r)”。例如：

mone sen maŋa jaʃaʁan joχdər.　　　　这事儿你确实没给我说过。

mone sen maŋa jaʃaʁan joχa(r).　　　　这事儿你好像没给我说过。

ʃeŋdʐoŋ sumurlaʤi："bu tʃitʃexnə mi kinəm jasaʁana(r)"县长想："这些花好像是我妻子做的！"

参考文献：

[1] 陈宗振．西部裕固语研究．北京：中国民族摄影艺术出版社，2004

[2] 杜安霓．撒拉语和土库曼等语的关系．马伟，赵其娟译．青海民族研究，2003（4）

[3] 林莲云．撒拉语简志．北京：民族出版社，1985

[4] 米娜瓦尔·艾比不拉．撒拉语与土库曼语的关系．中央民族大学学报，2000（3）

[5] 许伊娜，吴宏伟．新疆撒拉语．乌鲁木齐：新疆大学出版，2005

[6] Э. Р. Тенишев，Строй саларского Языка. Москва. 1976

（本文原载《民族语文》2008 年第 6 期）

撒拉语的濒危状况与保护措施

马　伟

语言的濒危问题已经越来越多地引起了人们的重视。作为我国人口较少民族之一的语言，作为在世界上地理位置离突厥语中心区最远的语言之一，撒拉语的濒危状况目前也开始引起了人们的注意。本文将根据撒拉语目前的使用情况，来分析撒拉语的濒危状况，并探讨造成这一现象的原因，以期能对我国人口较少民族的语言保护工作有一定裨益。

一、撒拉语是濒危语言吗

（一）濒危语言的概念

关于什么是濒危语言有许多种不同的解释。2000 年 10 月 16 日，由中国民族语言学会和民族语文杂志社在北京共同举办“我国濒危语言问题研讨会”，会上学者们对什么是濒危语言也给予了认真的讨论。黄行说：“所谓的濒危语言通常可以理解为使用人口比较少、社会使用功能逐渐萎缩的语言。从这个意义上，中国的许多民族语言因没有自己的文字和书面语，规范程度低，所以一般都处于某种濒危的状态，这可能是一个普遍的社会现象。”曹志耘提出“濒危”就是“接近”危险的境地，对语言而言就意味着濒临消亡。陈其光说：

> 我个人认为关于濒危语言可以区分为两类，一类是弱势语言，另一类是濒危语言。其中所谓的濒危语言是快要死亡的语言。我认为濒危语言有 3 个特点：(1) 大多数人已经转用了另外一种语言，只有少数人还讲自己的民族语言：(2) 保存的民族语成了次要的交际工具，第二语言反而成了主要交际工具：(3) 老一辈的人对本民族语的价值是肯定的、积极的，而年青一代对本民族语的价值观变了，对本民族语持否定的、消极的态度。语言价值观一变，语言保存很难。

照那斯图认为，濒危语言可以从两个方面判断，一是从使用方面看：濒危语言主要是个别人、个别情况下使用的语言，对整个民族来说在大多数情况下已经不是这个民族的主要交际工具；二是从人们的语言态度来看：使用该语言的人们不再看重他们的语言，认为他们语言的消亡是自然消亡的结果，而不是同化的结果。此外，在这次会议上，张公瑾等学者们还将人口少也作为语言濒危的重要特征。孙宏开教授还建议把那些处在马上消亡，或者将那些在几年或十几年内就会消亡的语言看做是濒危语言。[①] 在关注濒危语言更早的国外学术界，对什么是濒危语言也有不同的解释。联合国教科文组织濒危语言问题特别专家组提出，“当一种语言处于濒临消亡之路时，它就是濒危语言”[②]。世界少数民族语文研究院（SLL Intemational）也指出：当父母不再给孩子们教他们的语言时，当他们在日常事务中不再积极地使用他们的语言时，他们的语言就被视作濒危语言。[③]

以上观点虽然各不相同，但有个共同的地方就是濒危语言的使用功能一般都处在萎缩之中，也就是说，母语使用者由于使用一种更具优势的强势语言，使得自己的母语使用功能越来越弱，母语有濒临消亡的迹象。

（二）撒拉语是濒危语言吗

那么，撒拉语是否属于濒危语言呢？我们的回答是肯定的。

1. 撒拉族文字的失传是撒拉语使用功能减弱的极强信号

前面我们说过撒拉族在历史上曾使用过以阿拉伯文字母为基础的文字，但目前已基本失传，读写该种文字的人已凤毛麟角。根据韩建业先生的描述，[④] 笔者近十年在撒拉族地区的田野调查，以及马成俊教授近期在循化发现的清代期间用撒拉语撰写的有关诉讼文书，[⑤] 我们认为撒拉族文字在19世纪左右在撒拉族群众中的使用是相当广泛的。后来，由于撒拉族对汉文化的接纳，使得汉文逐渐地取代了撒拉族传统文字。虽然，在撒拉族聚居的地区，撒拉语仍然是族内主要口头交际工具，但书面交际工具已完全让位于汉文了。这种口语和书面文的脱节极大地限制了撒拉语的发展，使得撒拉语的保存形式仅仅存在于口头上，削弱了撒拉语的基础。这种文字转换发出了一个很强的信号，那就是：撒拉语的使用功能减弱了。这对撒拉语的发展或者存在都将产生极大的消极影响。

2. 汉语对撒拉语本身的影响越来越强也是撒拉语功能衰退的表现

一般而言，语言间的相互影响是正常的。但撒拉语和汉语之间的影响是不正常

---

① 民族语文记者：《我国濒危语言问题研讨会纪要》，载《民族语文》，2006（6）。

② UNESCO Ad Hoc Expert Group on Endangered Languages. 2003. Language Vitality and Endangerment. Document approved at the International Expert Meeting on UNESCO Programme Safeguarding of Endangered Languages. Paris. 10—12 March. 见：http：//lesla. univ—lyon2. fr/IMG/pdf/doc－461. pdf［2007年4月8日］。参见：范俊军编译，孙宏开审订：《联合国教科文组织关于保护语言与文化多样性文件汇编》，138页，北京，民族出版社，2006。

③ SIL International. Endangered Languages. http：//www. sil. org/sociolx/ndg－lg－faq. html［2008年6月8日］。

④ 依布拉·克力木（韩建业）：《谈历史上的撒拉文——土尔克文》，载《语言与翻译》，1989（3）。

⑤ 马成俊，个人交谈，2008年5月。

的，几乎是汉语对撒拉语一方的影响。这种影响不仅表现在撒拉语大量使用汉语词汇上，而且表现在汉语对撒拉语在语音、语法方面较大的影响。由于汉语对撒拉语持续而长久的强烈影响，撒拉语的突厥语粘着语特征正在减少，而来自汉语的分析型特征却在增多。这也是撒拉语本身功能衰退的重要表现。

3. 母语使用者占总人口比重的下降也是语言濒危的一个危险信号

最近几十年来，撒拉族人口增长较快，尤其是从1964年到1982年间，全国撒拉族人口平均年增长率为5.51%。这种快速增长使得撒拉族从1953年的3.06万人增长到2000年的10.45万人，增加了两倍多。[①] 人口的增加，使得撒拉族当中母语使用人数也相应地增加，但值得注意的是，放弃母语的撒拉族人数也在增加。据笔者调查，居住在城市的撒拉族在第二代时撒拉语已严重退化，相当一部分撒拉族孩子的第一语言已经是汉语了。在甘肃的撒拉族农村地区，只有老人会说撒拉语。那些即使在五十岁左右的人都已失去了母语。在新疆的撒拉族地区，维吾尔语或汉语已经取代撒拉语成为主要的交际工具。在乌鲁木齐市，只有极个别的撒拉族老人还在说撒拉语，绝大部分撒拉族人已失去了母语。这已经预示着，随着撒拉族聚居地与外界联系的进一步加强，会有更多的人会放弃自己的母语。

另外，在科技、政治、教育，有时甚至在宗教等方面，即使是在撒拉族内部的交流，以汉语词汇为主的撒拉语和汉语的混合语，或者汉语基本上是主要的交流媒介。到目前为止，在撒拉族地区还没有应对这一问题的任何措施。这说明，撒拉语的生命力出现了严重的问题。

由此可见，随着汉语等对撒拉语影响的增强，撒拉语表现出使用功能日益减退的趋势，而且正朝着向汉语靠近的趋势发展。据此，我们认为撒拉语已经是一种濒危语言。下面，我们进一步谈一谈撒拉语的濒危程度。

二、撒拉语的濒危程度

自20世纪90年代以来，语言学家们设计了一些不同的评估语言濒危程度的指标体系。其中最为著名的有费什曼（Fishman）、[②] 爱德华兹（Edwards）、[③] 克劳斯（Krauss）以及联合国教科文组织濒危语言问题特别专家组（UNESCO. Ad HocExpert Group on Endangered Languages，以下简称UNESCO）等提出的评估标准。其中前两者构建了详细的指标体系，但并非专门针对土著民族的语言。克劳斯于1996年将北美土

① 朱利双，谢佐主编：《撒拉族——青海循化县石头坡村调查》，35页，昆明，云南大学出版社，2004。

② Fishman, Joshua A. 1991. Reversing Language Shift: Theoretical and Empirical Foundations ofAssistance to Threatened Languages. Clevedon. England: Multilingual Matters.

③ Edwards. John. 1992. Sociopolitical Aspects of Language Maintenance and Loss: towards a Typology of Minority Language Situations. In L. A. Grenoble and L. J. Whaley ed. Endangered Languages. Currenl Issues and Future Prospects. Cambridge: Cambridge University Press: 25 -26.

著语言划分成四种类型：①还在传承给下一代的语言；②青年们还在使用的语言；③只有老人们使用的语言；④只有极少数人使用的语言。[①] 克劳斯发现的重要性在于他首次将北美土著语言令人担忧的濒危程度非常清楚地展现在世人面前。那么，撒拉语处在什么样的濒危境地呢？对于撒拉语，我们将使用 UNESCO 所设计的标准，因为这个评估标准是由国际学者们集体设计出来的，相对而言，具有较强的权威性。

UNESCO 的纲领性文件提出了评价语言濒危程度的九项指标，每项指标又包含六个级别。5 级意为安全，4 级意为不安全，3 级意为确实濒危，2 级意为严重濒危，1 级意为极度濒危，0 级意为消亡。下面我们将分别用这些指标评估撒拉语的濒危状况，并确定其一个大概的级别。[②]

指标 1：代际间的语言传承

在撒拉族最集中的循化县，对绝大部分撒拉族儿童来说，撒拉语在上小学之前是他们唯一的交流工具。撒拉语被广泛使用于他们生活的各领域。在进入学校后，汉语成为教学语言，撒拉族儿童开始正规地学习汉语了。除在学校外，绝大部分儿童还在其他领域都使用撒拉语（个人田野调查，2006 年）。根据这种状况，我们确定代际间的语言传承指标为 4 级。在 UNESCO 的评估指标（见下表）中，当部分儿童在所有领域都使用该语言，所有儿童仅在有限领域使用该语言时，这种语言被归于 4 级，意味着该语言不安全。

濒危程度	级别	使用人数
安全	5	包括儿童在内的所有年龄阶段的人都使用该语言。
不安全	4	仅有部分儿童在所有领域都使用该语言；所有儿童在有限的领域都使用该语言。
确实濒危	3	该语言主要由父母辈及以上的人使用。
严重濒危	2	该语言主要由爷爷、奶奶辈及以上的人使用。
极度濒危	1	该语言主要由极个别曾祖辈一代的人使用。
消亡	0	没有讲该语言的人。

① Michael Krauss. 1996. StatUS of Native American Language Endangerment. In G. Cantoni ed. Stabilizing Indigenous Languages. Flagstaff. Center for Excellence in Education, Northern Arizona University: 16 – 21. 参见：http://www.ncela.gwu.edu/pubs/stabilize/index.htm. Accessedon April 8, 2007.

② UNESCO Ad Hoc Expert Group on Endangered Languages. 2003. Language Vitality andEndangerment. Document approved at the International Expen Meeting on UNESCO ProgrammeSafeguarding of Endangered Languages. Paris. 10 – 12 March. 见：http://lesla.univ.lyon2.fr/IMG/pdf/doc – 461.pdf [2007 年 4 月 8 日]。参见：范俊军编译，孙宏开审订：《联合国教科文组织关于保护语言与文化多样性文件汇编》，20 ~ 53 页、137 ~ 168 页，北京，民族出版社，2006。以下评估指标及级别标准均来自这个文件。

指标2：语言使用者总人数

根据中国社会科学院民族研究所和加拿大拉瓦尔大学国际语言规划研究中心的联合研究，1982年大约90.6%的撒拉族在使用撒拉语。① 根据这一比例，我们再根据我国2000年人口普查，大约有95000人撒拉语使用者。UNESCO并没有给出一个具体的人口数字来确定多少人使用的语言是濒危语言，或者不是濒危语言。但一般而言，使用人口越少，该语言越不安全。考虑到撒拉族周围的汉族、藏族、回族等民族的较大人口数量，95000个撒拉语使用人口数还是相当低的。因而，和汉语、藏语等相比，撒拉语的安全程度相对要低很多。

指标3：语言使用者在总人口中的比例

既然大约90%的撒拉族仍在使用他们的语言，我们确定撒拉语在指标3上的级别为4，因为根据UNESCO的标准，级别4表示基本上所有的该族人使用他们的语言，这就是说撒拉语处在不安全的境地中。

濒危程度	级别	语言使用者在总人口中的比例
安全	5	所有的人使用该语言。
不安全	4	基本上所有的人使用该语言。
确实濒危	3	大部分人使用该语言。
严重濒危	2	少部分人使用该语言。
极度濒危	1	极少的人使用该语言。
消亡	0	没有人使用该语言。

指标4：语言使用领域的转变

撒拉语在许多方面仍在被撒拉族群众中所使用，但是撒拉语受汉语影响很大，即使是在使用领域比较稳固的撒拉族家庭当中也如此（详见后面的撒拉语的使用状况部分内容）。如果祖先的语言在家庭领域的许多方面被使用，但在家庭领域也还是受强势语言的影响，那么这种语言被UNESCO划定为3级（见下表）。因此，在指标4上，我们确定撒拉语的级别为3级。

① 中国社会科学院民族研究所，加拿大拉瓦尔大学国际语言规划研究中心：《世界的书面语：使用程度和使用方式概况》第4卷第1、2册，拉瓦尔大学出版社，1995。转引自何俊芳：《也论我国民族的语言转用问题》，载《民族研究》，1999（3）。

濒危程度	级别	领域与功能
普遍使用	5	该语言被用于所有领域，功能全面。
多语共用	4	在绝大部分领域使用着两种或者两种以上的语言，发挥着它们的功能。
范围缩小	3	该语言被用于家庭领域，功能较大，但强势语言也开始进入家庭领域。
有限领域	2	该语言被用于有限的社会领域，功能有限。
极限领域	1	该语言被用于极有限的社会领域，功能极为有限。
消亡	0	该语言在任何领域都不使用，没有任何功能。

指标5：对新领域和媒体的反应

随着撒拉族社会的发展，学校、报纸、电视、互联网等也逐渐进入撒拉族人民的生活当中，但撒拉语并未进入这些新领域当中。这些新领域往往是现代社会生活的象征，与这些领域的脱节意味着撒拉语的前景将会非常暗淡。如果一种语言不能在新的领域使用，对媒体没有任何反应，那么，UNESCO对这种语言在指标5上的评估标准为0级别（见下表）。因此，根据这些情况，撒拉语在这个指标上只能被划归到0级当中。

濒危程度	级别	濒危语言接受的新领域和媒体
充满活力	5	该语言在所有新领域中都被使用。
有活力/活跃	4	该语言在绝大部分新领域中都被使用。
应用领域较广	3	该语言在许多新领域中都被使用。
只能勉强应付	2	该语言在某些新领域中被使用。
应用极为有限	1	该语言只在极少新领域中被使用。
没有反应	0	该语言在任何新领域中都不被使用。

指标6：教育和读写语言材料

目前，撒拉族没有自己的文字系统在生活中使用，也没有任何用撒拉语书写的课本读物。根据这种情况和UNESCO的标准（见下表），我们在指标6上给撒拉语确定1的级别。①

级别	书面材料的可用度
5	有创制的文字系统，合乎语法的读写习惯、词典、课本、文学作品、日常媒体。在管理和教育方面使用书面语言。
4	有书面材料，在学校培养儿童的读写能力；在管理方面不使用该书面语言。
3	有书面材料，在学校儿童可能接触到这些材料；没有出版物用来提高读写能力。
2	有书面材料，但只对族群的部分人有用，对其他人只有象征意义；使用该语言的读写教育没被列入学校课程。
1	有可用的拼写符号为族群成员所了解，一些材料在编写当中。
0	该族群中没有可用的拼写符号。

指标7：政府机构的语言态度与政策及语言的官方地位与使用

我国宪法总纲第四条规定，各民族都有使用和发展自己的语言文字的自由。同时在总纲第一百三十四条规定，在法律诉讼中各民族公民都有用本民族语言文字进行诉讼的权利，人民法院和人民检察院在需要时也可使用民族语言和文字。

这些规定从政策上保障了我国各民族语言文字的平等性，但由于种种原因，包括撒拉族在内的一些人口较少民族的语言文字在实际的使用过程中并没有明确的政策支持。② 同时，目前在公共场合中汉语已成了主要的正式用语，在正式场合中也没有任何形式的书面撒拉语使用。根据UNESCO的标准（见下表），我们认为撒拉语在指标7方面的级别为3.5级左右。

支持程度	级别	官方语言态度
平等支持	5	所有语言都得到保护。
区别支持	4	少数民族语言主要作为在私人场所使用的语言而得到保护；使用该语言就获得好的声望。

① 只有极少数撒拉语研究人员使用以拉丁文字母为基础的拼写符号，并有相关学术著作出版；最近，在青海省撒拉族研究会主办的《中国撒拉族》刊物和“中国撒拉族”网站（www. cnsalar. com）上开始使用统一的撒拉语拼写符号；此外，近两三年来，还有一些年轻人在自办的网站“中国撒拉尔”（www. salars. cn）上也使用类似的拼写符号。但目前，撒拉族还没有广泛认可的正式拼写符号。

② 根据笔者在青海省西宁市参加的2001年国家民委民族语文工作人员培训班情况汇报和笔者2006年的田野调查而写。

续表

支持程度	级别	官方语言态度
被动同化	3	没有明确的少数民族语言政策；强势语言在各种公共场合占有主导地位。
积极同化	2	政府鼓励趋向强势语言的同化，不保护少数民族语言。
强迫同化	1	强势语言是唯一的官方语言，少数民族语言既不被承认也得不到保护。
禁止使用	0	禁止使用少数民族语言。

指标8：族群成员对自己语言的态度

族群成员对自己语言的态度，直接影响着该语言的未来发展问题。虽然，积极的语言态度并不一定能保持语言活力，但可以肯定的是，消极的语言态度会对其语言发展极为不利，甚至有可能使其语言走向消亡之路。根据笔者在2004—2006年在撒拉族地区的田野调查中对上百人的问卷调查和采访，绝大部分撒拉族热爱自己的语言，支持继续保持撒拉语（详见撒拉语濒危原因分析部分）。因此，在指标8方面（见下表），我们觉得撒拉语的级别在4级左右。

级别	族群成员对自己语言的态度
5	所有成员重视并希望继续发展其语言。
4	绝大部分成员支持保持其语言。
3	许多人支持保持其语言，但部分人对此漠不关心，甚至主张放弃。
2	部分人支持保持其语言，但部分人对此漠不关心，甚至主张放弃。
1	只有极个别人支持保持其语言，其他人对此漠不关心，甚至主张放弃。
0	没有人在乎其语言的存亡；所有人倾向于使用强势语言。

指标9：文献的数量与质量

评估记录一种濒危语言的紧迫性之前，必须先要了解清楚该语言现有文献资料。这种资料主要指通过对自然语言的视听录制，然后进行书面转写、翻译和注释方面的内容。撒拉语有较为完整的语法、语音、词典和民间文学方面的书面文献资料，有部分质量不同的视听录制资料，但没有撒拉语媒体。根据UNESCO的标准（见下表），撒拉语在指标9方面的级别在3级左右。

记录状况	级别	语言记录
极佳	5	有全面的语法、词典、大量的文本、不断更新的材料；有充足的、高质量的视听注释材料。
良好	4	有一部完整的语法著作，几部不错的语法书、词典、文本和文学作品，偶尔更新的日常媒体；有充足的、高质量的视听注释材料。
不错	3	也许有一部不错的语法著作，有许多语法描写，有词典和文本，但没有日常媒体；可能有不同质量的视听录制和注释资料。
残缺	2	有一些语法概要、词语列表，对部分语言研究有用的、但涉及面有限的文本；不同质量的视听录制资料可能存在，有的有注释，有的没有注释。
稀少	1	只有极少的语法描写、很短的词语列表和残缺的文本；视听录制资料不存在，即使有也是质量差无法利用或者根本没有注释。
没有	0	没有文献材料存在。

如果我们以上几个指标都综合起来，那么，我们就可以对撒拉语的濒危程度有个较为清晰的认识（见下表）。

撒拉语的濒危程度评估表①

指标	级别
1. 代际间的语言传承	4
2. 语言使用者总人数	95000
3. 语言使用者在总人口中的比例	4
4. 语言使用领域的转变	3
5. 对新领域和媒体的反应	0
6. 教育和读写语言材料	1
7. 政府机构的语言态度与政策及语言的官方地位与使用	3.5
8. 族群成员对自己语言的态度	4
9. 文献的数量与质量	3

尽管在以上9个指标中，撒拉语在其中最重要的指标“代际间的语言传承”上级别为4级，但根据综合情况，我们认为撒拉语仍然是一种濒危语言。

著名语言学家孙宏开教授在对我国少数民族语言活力进行排序研究时，将我国

① 根据UNESCO文件编制。

的少数民族语言按活力情况分为充满活力的语言，有活力的语言，活力降低、已经显露濒危特征的语言，活力不足、已经走向濒危的语言，活力很差、已濒危的语言，无活力、已经没有交际功能的语言等六种语言。根据他的研究，撒拉语属于活力降低、已经显露濒危特征的语言。① 联合国教科文组织濒危语言问题特别专家组成员之一 Arienne Dwyer（杜安霓）教授也谈到撒拉语的濒危情况：

> 考虑到多语的需要和撒拉语使用范围的缩小，撒拉语很有可能只在私人场合受到重视，但是它的影响在其他方面会进一步减少，特别是由于没有母语学校教育和拼写符号（译者注：撒拉语已经有了使用范围还很有限的拼写符号）。由持续不断的语言接触引起的变化在撒拉语的各个层面上都将发生。②

所有这一切都清楚地表明了撒拉语是一种濒危语言。为了更好理解这一问题，下面我们将以一个撒拉族村子的语言使用情况来说明撒拉语的濒危状况。

三、个案调查——石头坡村的撒拉语使用情况

石头坡村是青海省循化撒拉族自治县积石镇的一个撒拉族村子，位于黄河南岸，临平公路穿村而过。村东约三四公里是循化县城，村西约两三公里是街子三岔集市，村南就是撒拉族的发祥地——街子。

2005 年，石头坡村有 144 户，共 823 人。③ 该村绝大部分人是撒拉族。其中一些人自称是撒拉族，但他们的身份证上写的却是回族。村中有四位退休干部居住，其他人都是农民。全村有 456.9 亩地，人均 0.39 亩。根据村委会报告，2005 年村里人均年收入为 1444 元。2005 年，村里的完全小学有 114 名学生，9 名教师，学生入学率为 100%。

该村村民之间无论男女老少，都主要以撒拉语来交流。填报回族的村民之间用汉语和撒拉语两种语言进行交流。但是，该村的撒拉语受汉语影响很大。当他们说撒拉语时，其中有很多词汇都是汉语词汇，几乎所有新事物的名称都是汉语名称。2006 年，当我在街子三岔的一个商店帮助一个石头坡村的年轻男子时，我向他询问店里商品的撒拉语名称。他给我说出了 150 多种名称。让人吃惊的是，只有不足三分之一的名称才是撒拉语，其他的都是汉语词汇。如 gezhui（螺丝刀）、shotcenzi（手钳子）、zenzi（剪刀）、gangchi（钢尺）、luosi（螺丝）、iobu（胶布）、sulio iobu（塑料胶布）、zhadao（铡刀）、bošensi（保险丝）、xuazhuan（花砖）等都是汉语词

① 孙宏开：《中国少数民族语言活力排序研究》，载《广西民族大学学报》，2006（5）。

② Arienne Dwyen. Salar：A Study in Inner Asian Areal Contact Processes，Part I：Phonology. Wiesbaden：Otto Harrassowitz 2007：93

③ 石头坡小学：《石头坡小学工作汇报》（油印材料），2005。

汇。对于店中的商品，可能有撒拉语的名称，如 ax（白）、ala（花）、göx（蓝）、boyïx（颜色）等都是有关颜色的撒拉语词汇。[①] 但当这些撒拉语词汇无法准确地区分商品之间的细微颜色差别时，这个店员就放弃使用这些原有的撒拉语词汇而转用汉语词汇。值得注意的是，这个撒拉族男子并没有受过一天的学校教育，因此，他的语言可以说反映了没受过汉语学校教育的普通撒拉族群众的撒拉语面貌。至于那些受过汉语学校教育的撒拉族的语言，受汉语影响程度只会更深。一般而言，借词不一定导致语言的衰退，但当一种语言大量地从别的语言吸收借词，而不自己创造新词来面对新事物时，那么，这种语言就会处在较危险的境地。[②] 许多当地的非撒拉族人都说他们能听懂撒拉族之间的谈话，原因就是因为在用撒拉语进行的谈话当中有许多词汇都是汉语。

这种情况在撒拉族儿童身上表现得更为突出。当我让 40 个撒拉族儿童（三四岁到八九岁左右）用撒拉语和汉语来数数时，结果令人吃惊。有 3 个孩子根本不会用撒拉语数数；剩下的绝大多数不能数到 10；只有 10 个孩子大概能数到 10 以上，最多的也只能数到 29。当他们用汉语数数时，有 3 个孩子根本不会数数，有 6 个孩子能数 10 以内的数，其他的数上百都没有任何问题。当我用撒拉语问及家庭人口数时，只有四分之一的儿童用撒拉语来回答，其他的都用汉语数字。虽然成年人在绝大部分情况下用汉语数较大数字，但他们一般会用撒拉语。有时，他们也用撒拉语来数较小数字。以上情况，清楚地表明撒拉族儿童的汉语数数能力远远超过撒拉语数数能力，尽管撒拉语是他们的母语。根据笔者观察，当孩子们在学校或在家里玩游戏时，许多孩子唱汉语歌曲，口中喊着汉语语词。

在当地儿童的撒拉语活动中，笔者时常可以观察到语码转换现象。所谓语码转换就是指“双语人在同一内容的说话过程中往往进行不同语码之间的转换，这种转换可能是一次性的，也可能是两种语码间的混合”[③]。当孩子们用撒拉语给我讲故事时，在他们的讲述过程中有许多词汇甚至语句层面上的语码转换。如，笔者观察到一个 10 岁左右的男孩一边有趣地注视着满地走动的蚂蚁，一边用汉语自言自语：

(1)

mayi	banjia	she	guodao,	mingtian	bi	you	da	yu	dao.
蚂蚁	搬家	蛇	过道	明天	必	有	大	雨	到

蚂蚁搬家蛇过道，明天必有大雨到。

---

① 此文撒拉语拼写以青海省撒拉族研究会使用的撒拉语拼写符号为准，详见《中国撒拉族》2008 年第 1 期。

② UNESCO Ad Hoc Expert Group on Endangered Languages. 2003. Language Vitality andEndangerment. Document approved at the International Expert Meeting on UNESCO Programme Safeguarding of Endangered Languages. Paris：page 11. 见：http：//lesla. univ—lyon2. fr/IMG/pdf/doc –461. pdf［2007 年 4 月 8 日］。

③ Winford. Donald. 2003. An Introduction to Contact Linguistics. Oxford：Blackwell Publishing：103.

然后他又转到撒拉语：

(2)

etisi　yağmur　yağ－qa.

明大　雨　下－将来

明天要下雨。

他首先用汉语描述蚂蚁跑动的现象，并用汉语判断明天要下雨，然后，再用撒拉语进行第二次相同内容的判断。这说明在表达上述意思时，对他来说，使用汉语比使用撒拉语更方便。在笔者翻看他的作文本时，发现里面有一句关于路边风景的描写。他用撒拉语给我重述这句内容：

(3)

diu yidabang，　yidabang　seji，　shu，　dal baš－inda　gï

那　一大帮　一大帮　麻雀　树　树　上面－在　歌

撒　汉①　汉　撒　汉　撒　撒　汉

changnï－janï，　inji　vu　tiaolï－ba.

唱－后　然后　舞　跳－正在

汉－撒　撒　汉　汉－撒

有许多麻雀在树上唱歌跳舞。

例（1）和例（2）显示了这个男孩在语句层面上在汉语和撒拉语之间的自由转换。与此不同的是，在例（3）所谓的撒拉语中汉语和撒拉语词汇是混合在一起的。在这个撒拉语句子中，有12个词语和短语。“diu”、“seji”、“dal”、“bašinda”和“inji”是撒拉语词语和短语。“yidabang”、“yidabang”、“shu”、“gï”和“vu”是汉语词语和短语。“changnï－janï”和“tiaolï－ba”中撒拉语和汉语混合在一起。这个句子中，正好一半是汉语词语和短语，一半是撒拉语词语和短语。但是，当这个男孩用汉语讲故事时，其间没有一个撒拉语词汇。这说明他的撒拉语受汉语的影响很大，但他的汉语受撒拉语的影响极小。如果说，他的汉语受了一点撒拉语的影响的话，那么，这种影响主要来自于撒拉语语音方面。

除了极个别的老年妇女外，绝大部分石头坡村民都会说汉语。只要孩子们从村里小学毕业，他们也都会讲汉语。考虑到100%的入学率，这个村子里的孩子们很快就会变成双语使用者。而且，由于当地学校教育没有撒拉语方面的教育，撒拉语的濒危程度在将来会变得更加严重。

① 此处“撒”代表撒拉语，“汉”代表汉语。

2003 夏天，笔者在石头坡村采访了一位撒拉族老人。他是村里第一个能读写汉语的人。他说，80 年前村里没有一个人识汉字。那时，村里人不想学汉文。即使当地政府强迫他们去别的村子上汉语学校，他们也想办法雇佣汉族小孩去上学。但是，当石头坡小学于 1975 年建立起来时，撒拉族儿童逐渐开始学习汉语。现在，村里的所有学龄儿童都在学习汉语。撒拉族人民对汉语的积极态度和撒拉语的濒危情况是直接相关联的。那么，为什么他们对汉语的积极态度会导致撒拉语的濒危状况呢？下面，我们将着重谈谈导致撒拉语濒危的原因。

四、撒拉语濒危原因分析

（一）关于语言濒危原因的几种解释

语言濒危乃至消失的现象在人类历史的长河中始终存在着，其濒危、消失的原因很复杂。既有因灾害、战争等原因引起语言使用群体的消亡而最终导致语言消亡的，也有因民族融合引起文化同化而导致语言消亡的。在历史上，语言濒危、消失的现象并没有引起人们太多的重视。但在过去的百年当中，语言消失的速度之快、规模之广前所未有，令人触目惊心。对此，语言学家们努力探究其深层原因，以期做相关的应对工作。国外语言学家们关于语言濒危原因的分析也许有助于我们理解国内的语言濒危现象。

北美地区是过去一个世纪中土著语言的濒危及消失最突出的地区之一。对此，帕默（Palmer）[①] 认为可能有以下几个原因：①是语言使用群体自己的决定和行为导致了他们语言的濒危，换句话说，是语言使用群体自愿放弃他们的语言的。对于这种假设，我们认为并不能合理地解释北美地区有着不同背景和文化的语言使用群体会有同样的决定和行动而在 20 世纪导致他们语言的濒危。而且，重要的一点是大部分土著语言使用群体想保留他们的语言。[②] ②是来自于外界的对语言使用群体生活的方方面面的压力导致了土著语言的濒危，但这种语言的濒危并没有一个共同的模式。这种假设也很难解释为什么这么多语言会同时面临这种濒危现象。③是来自于主体民族和少数民族经济结构的变化。这种解释我们觉得很有道理，在之后的内容中我们将结合撒拉语的情况详细分析这一点。

其他许多学者也对语言濒危的成因做了积极的探索。其中有些学者认为，语言的濒危与该语言的声望有关。他们认为，社会地位低的人群往往放弃自己母语而转用声望高的语言。声望高的语言被认为是高级的、强有力的工具，有

① Palmer, Scott. 1997. Language of Work: The Critical Link between Economic Change and Language Shift. In Jon Reyhner ed. Teaching Indigenous Languages. Flagstaff, AZ: Northern Arizona University: 263 - 287.

② Crawford. James. 1996. Seven Hypotheses on Language Loss: Causes and Cures. In G Cantonied. Stabilizing Indigenous Languages. Flagstaff: Center for Excellence in Education, Northern Arizona University: 51 - 68.

更强的能力表达复杂的思想；声望低的非标准语言被认为是简单的、只能有限地表达复杂的思想等。这些人群把自己母语和强势语言之间的区别看成是自己语言本身的缺陷。因而，他们也就慢慢地为了声望高的语言而弃用自己的语言。①

有的观点认为，拥有书面语的语言优于没有书面语的语言，那些没有书面语的人群在认识能力上比拥有书面语的人群要低一点。② 因此，许多没有书面语言的人群，想要创造他们自己的文字系统来拼写自己的语言，拥有自己的书面读写材料，也为以后的语言复兴工作打基础，获得语言声望。为此，有些学者断言缺乏书面读写材料是土著语言濒危的最重要的原因。③

还有的学者提出，不平衡的双语教育是语言濒危的原因。如果孩子们学习自己的母语的机会少于学习强势语言的机会，或者根本没有机会学习自己的母语，那么，这将不可避免地引起他们母语的危机。④

国内语言学家近年来也对语言濒危的原因做了很多分析。如徐世璇研究员提出了强制性的和自愿的两种语言同化导致语言的濒危，并指出第二种语言同化是目前一些语言濒危的主要原因。⑤

（二）对撒拉语濒危原因的分析

根据笔者目前的研究，撒拉语的濒危现象主要是由社会经济的变化引起的，而不是主要由缺乏语言声望或书面材料等引起的。

1. 语言声望与撒拉语的濒危情况

撒拉族在历史上曾对汉文化持排斥态度。在20世纪初，他们宁愿上交罚款，也不愿送孩子上学（韩五十九，石头坡村第一个识汉字的人，2003年，个人交谈）。在改革开放前，许多撒拉族人认为学习汉语会丢失他们的宗教信仰，因为，汉族人并不信仰伊斯兰教。撒拉族人对宗教是非常虔诚的，对他们来说，最重要的是宗教，而不是语言。他们的宗教认同远远超过了民族认同。当他们进行族际通婚时，其前提条件不是对方的民族身份，而是对方的宗教信仰。即使在撒拉族内部通婚，他们也考虑对方的宗教派别。如果通婚双方不属于同一

---

① Dorian. Nancy. a 1998. Western Language ldeologiesnd Small—language Prospects. InEndangered Languages：Current Issues and Future Prospects. ed. by Lenore A. Grenoble & Lindsay J. Whaley. Cambridge：Cambridge University Press：3 – 21.

② Hinton，Leanne and Ken Hale，eds. 2001. The Green Book of Language Revitalization in Practice. San Diego：Academic Press：239.

③ Salinas Pedraza. Jesus. 1997. Saving and Strengthening Indigenous Mexican languages：TheCELIAC Experience：173. In Nancy Hornberger ed. Indigenous Literacies in the Americas：Language Planning from the Bottom up. Berlin and New York：Walter de Gruyter：171 – 187.

④ Pye. Clifton. 1992. Language Loss among the Chilcotin. International Journal ofthe Sociology of Language 93：75 – 86.

⑤ 徐世璇：《语言濒危原因探析——兼论语言转用的多重因素》，载《民族研究》，2002（4）。

个宗教派别时，有时他们宁愿与属于同一个派别的其他民族的穆斯林通婚，如回族等。[①] 历史上的撒拉族发现，排斥汉语是保护他们宗教信仰的一种有效方法。这就是撒拉族在历史上拒绝汉文化的主要原因。对他们来说，汉语并不比撒拉语有着更高的声望。

在改革开放初期，越来越多的撒拉族儿童开始学习汉语。这是不是跟汉语的语言声望有关呢？看起来，事实好像并不如此。在我调查的40个石头坡村儿童中，有四分之三的儿童反映他们更愿意撒拉语为他们的教学语言，而不是汉语。其他喜欢汉语的孩子们反映，他们之所以喜欢用汉语教学是因为他们学的都是汉语课本。很明显，对撒拉族儿童来说，在学校里除了学习汉语外并没有别的选择。

那么撒拉族成年人对他们的语言持什么样的态度呢？根据笔者在2004年、2005年期间对撒拉族地区的田野调查，绝大部分人对自己的母语持积极的态度。在这次调查中，笔者对青海省循化撒拉族自治县、化隆县，甘肃省积石山保安族东乡族撒拉族自治县及新疆伊宁县的撒拉族进行了136份问卷调查，其中两份因填写不全面作废。根据其余134份为有效问卷，其中男性92名，占69%，女性42名，占31%。这134人的文化程度为：文盲25人，小学20人，初中24人，高中（含中专）19人，大学（含专科）46人，如下图：

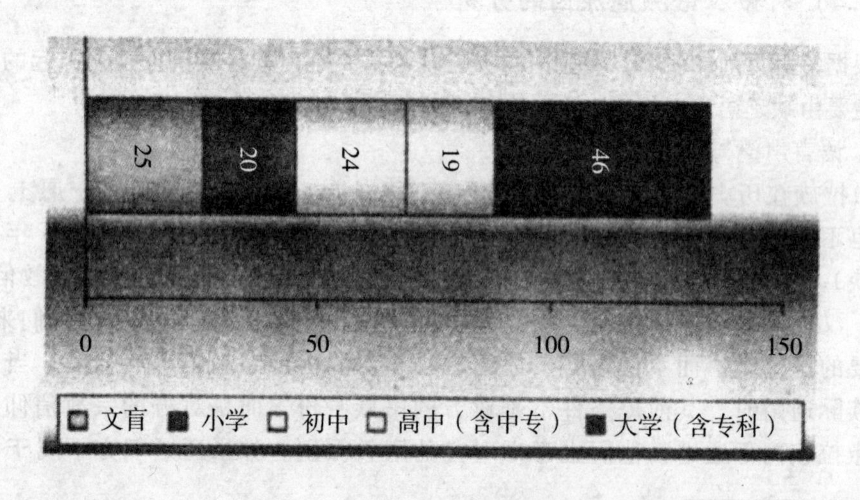

调查对象文化程度

134名调查对象的年龄分布为：10～19岁26人，20～29岁49人，30～39岁23人，40～49岁18人，50～59岁8人，60～69岁8人，70岁以上2人，如下图：

① 马成俊：《土库曼斯坦访问纪实》，载《青海民族研究》，2001（1）；马伟，田野调查，2006。

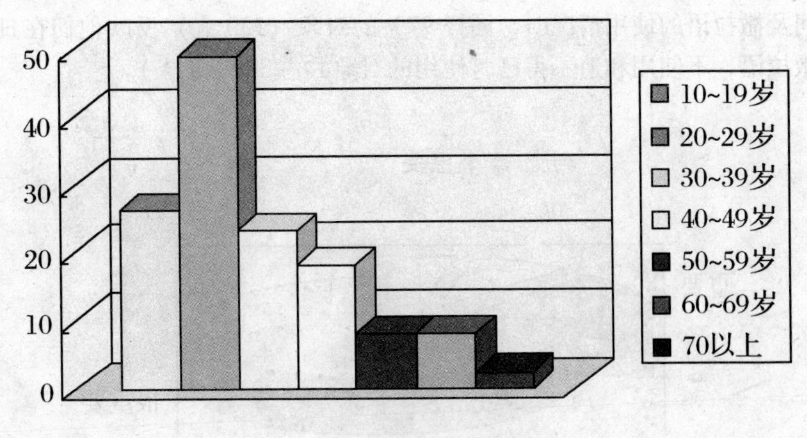

调查对象年龄特征

在134名调查对象中绝大部分人在日常生活中使用撒拉语，绝大部分人说喜欢撒拉语，绝大部分人认为撒拉语很重要或重要。

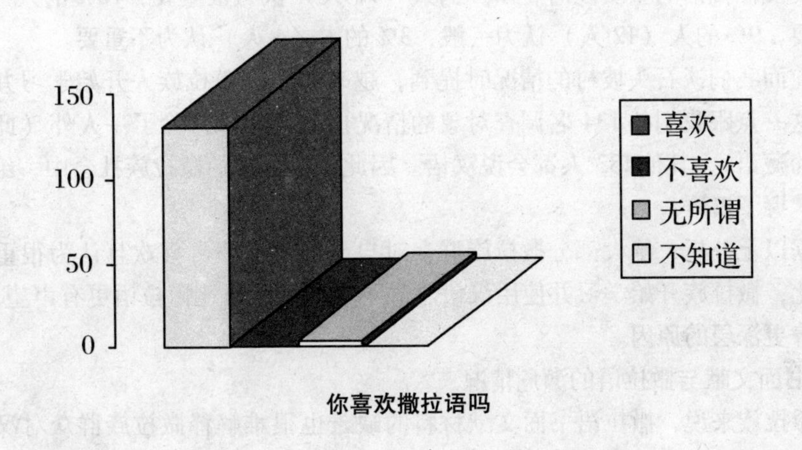

你喜欢撒拉语吗

在以上图表中，97%的调查对象（130人）表示喜欢撒拉语，只有3%的对象（4人）表示对撒拉语无所谓。

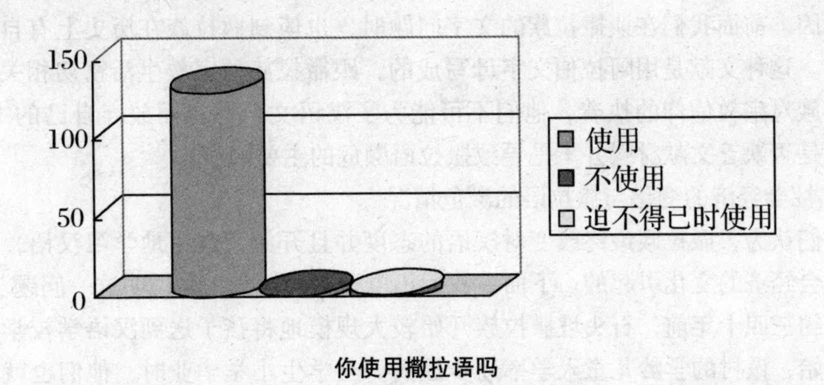

你使用撒拉语吗

在问及撒拉语的使用情况时，同样97%的对象（130人）反映他们在日常生活中使用撒拉语，不使用和迫不得已时使用的对象共占3%（4人）。

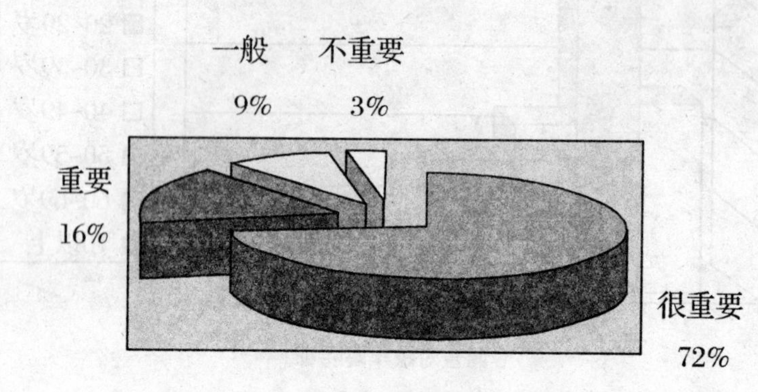

你认为撒拉语重要吗

在问及撒拉语的重要性时，72%的人（96人）认为很重要，16%的人（22人）认为重要，9%的人（12人）认为一般，3%的人（4人）认为不重要。

在前面我们谈石头坡村的情况时提到，越来越多的撒拉族人开始学习并掌握汉语了。这一点跟我们的134名调查对象的情况也非常相似：除了一人外（此人精通撒拉语和藏语），其他133人都会说汉语。因此，在目前的撒拉族社会中，绝大部分人已经掌握了汉语。

根据以上分析，绝大部分撒拉族群众对自己的母语非常喜欢且认为很重要或重要。因此，撒拉族开始学习并使用汉语，并不是认为汉语比撒拉语更有声望。其中，应该有着更深层的原因。

2. 书面文献与撒拉语的濒危情况

对撒拉族来说，撒拉语书面文献材料的缺乏也很难解释撒拉族群众对汉语的态度转变。撒拉族大规模地学习汉语约始于20世纪70年代左右，在这之前，对撒拉族来说汉语书面材料也是容易获得的。可见，撒拉族以前对汉语缺乏热情并不是当时撒拉族得不到汉文材料。能否获得汉文材料并不是导致撒拉族对汉语转变态度的主要原因。前面我们在谈撒拉族的文字问题时，也谈到撒拉族在历史上有自己的书面文献。这种文献是用阿拉伯文字母写成的，跟撒拉族的宗教生活密切相关。考虑到撒拉族对宗教信仰的执着，他们不可能为了汉语文献材料而放弃自己的书面语。因此，是否缺乏文献材料并不是导致撒拉语濒危的主要因素。

3. 社会经济的变化与撒拉语的濒危情况

我们认为，撒拉族最终改变对汉语的态度并且开始大规模地学习汉语，是由撒拉族社会经济的变化引起的。下面，我们仍以石头坡村为主来说明这一问题。

大约三四十年前，石头坡撒拉族开始较大规模地将孩子送到汉语学校学习。从那时开始，该村的学龄儿童入学率逐步提高。当学生小学毕业时，他们也就能够开始用当地汉语进行交流了。为什么从那时开始撒拉族群众逐渐对汉语有了积极的态度了呢？如果我们对石头坡村的历史做个简单的回顾，那么，我们就会了解到自20世纪70年代以来，石头坡村的社会经济结构发生了巨大的变化。

在20世纪70年代末进行的改革开放政策，对撒拉族社会也产生了深远的影响。在农村土地承包之前，石头坡村的撒拉族群众在公有土地上集体劳动，到了年底按劳动业绩进行决算，获得报酬。除了极少数国家干部外，绝大部分石头坡人在村里一起劳动，相互之间的交流语言就是撒拉语。他们跟外界交往的绝大部分人也是来自其他村子的撒拉族，也用撒拉语进行交流。当需要自己无法生产的生活用品时，他们就去周边的藏族地区进行物物交换。由于这种特殊的经济联系，当时石头坡村的绝大部分男性都能说一口流利的藏语。撒拉族和藏族的关系非常密切，几乎每个家庭都有自己的藏族朋友。当撒拉族去藏族地区做生意时，他们往往住在自己的朋友家里。而当藏族群众去循化县城或去其他地方朝拜时也往往到撒拉族朋友家住宿。① 笔者清楚地记得，在三十多年前石头坡村经常有三三两两的藏族客人来访。

2003年，在进行云南大学组织的全国少数民族村寨调查时，笔者曾和谢佐教授对石头坡村的马六十老人进行了采访。马六十老人当年88岁，是接受我们采访的石头坡村最年长的撒拉族老人之一，他一生中的大部分时光都往返于黄河南北两岸，通过经营农产品以物易物的方式养家糊口。由于新中国建立前后一段时期，自产的粮食不够吃，马六十老人以自产的辣子、水果和大蒜到黄河对岸化隆（今金源乡）十几个村庄换粮食。马六十老人从十四五岁开始就学做这种生意。他说自己在当地各村寨都有藏族朋友，帮他换粮食，最早的时候一斤辣子只能换到两斤粮食，后来能换到三四斤粮食（包括青稞、豌豆等）。他和周围的藏民交朋友，有时赶庙会就住在藏民家，免费吃住，藏民到黄河南岸办事也在他家吃住。撒拉族村民将这种朋友关系称作“许乎”。当时，马六十老人根本听不懂谢佐教授讲的汉语，只好由笔者给他进行撒拉语的翻译。但当谢佐教授了解到老人会讲流利的藏语时，就开始说藏语。马六十老人也立刻用藏语回答问题。当他们用共同语言交谈时，我却根本听不懂他们的谈话内容了。

自农村土地承包后，和其他地区的农民一样，循化的撒拉族也摆脱了土地对他们自由的限制，越来越多的年轻人开始离开家乡，外出创业了。撒拉族也到周边藏区做生意，但他们的足迹已不再局限于循化周边了，藏语也不再是他们和外界交流的主要工具了。越来越多的撒拉族群众和藏族群众已经掌握了汉语，他们之间更多的是用汉语进行交流了。在石头坡村，目前大约五十岁以上的男子基本上都可以用藏语交流。我接触到的一些老人甚至对藏族的谚语、民间故事等也非常熟悉。他们在和年轻人用撒拉语交谈时，也时不时引用藏族谚语、故事等说明自己的观点。撒拉语当中也有许多借词来自于藏语。但是由于撒拉族和循化周边藏族的经济联系被更大范围的经济来往所替代，撒拉族对藏语的依赖程度就大大降低了，而汉语则是

① 马伟：《撒拉族与藏族关系述略》，载《青海民族学院学报》，1996（1）。

这种更大范围经济交往中的主要交流工具了。在分得自家的土地后，许多撒拉族家庭的收入比以往有了很大的提高，但随着人口的不断增加，人多地少的矛盾也就逐渐显现出来。在石头坡村人均土地面积为四五分地，在邻近的街子地区，有些村中人均土地面积仅三四分地（马伟，田野调查，2000 年）。仅依靠土地已很难满足撒拉族农民对日益增长的物质生活需求了。于是，撒拉族群众被迫外出谋生。他们当中有的在青藏高原上搞运输，并曾经成立了几家大的运输公司。在青藏铁路建成之前，撒拉族的运输业在青藏线上占有举足轻重的地位。有的撒拉族农民则办起了自己的公司，经过市场经济的洗礼，撒拉族企业已有几家全国驰名的商标了。这些企业的员工有的多达上千人。有的撒拉族在外地经营餐饮业，像北京、广州、深圳、上海、郑州等许多城市都有撒拉族的身影。还有很多撒拉族在政府机关、银行、企业等部门工作。撒拉族已不再只和自己的族人打交道了，撒拉语的使用范围也就逐渐缩小，而汉语已经成为撒拉族和外界交往的主要交际工具了。2003 年，一位 72 岁的石头坡村老人告诉我们：

> 我家 7 口人，种 3 亩 2 分地，其中苹果园占 2 亩 1 分。一年打 1000 多斤粮食，就是 500 元收入，出卖苹果能收入 400 元，种植业一年只有 900 元收入。一年买粮食需要 2000 元，还要出去开馆子、跑运输、卖下水，卖冬虫夏草，或者搞建筑、修路，增加收入。种庄稼要买化肥、交电费，村里现在有了电灶、自来水，这很好，但都要花销。所以目前儿子儿媳和孙子 4 口人在西宁，石头坡村家里剩下 3 口人，两处一年花销 12000 元左右，全家人上下努力，儿子做点生意，买卖好时一年能挣 2 万元，不好时就七八千元。所以，根据现在的情况看，做买卖算账，种庄稼也得算账。①

当时这位老人的两个孙子恰好也在家。我向他们问了几个问题，发现他们说一口流利的撒拉语和普通话。城市生活不仅使成人学习使用汉语，而且也使小孩很小就学会了普通话（循化的大部分撒拉族孩子所说汉语为当地汉语方言——循化话）。

当不懂汉语的撒拉族首次来到城市时，他们有诸多困难。许多事情如买车票、在饭馆吃饭、坐车等简单的事情都让他们感到吃力。他们意识到如果外出就必须要学会汉语。在石头坡村，一位年轻的、没有上过学的小伙子告诉我：他曾去西宁市谋生，但由于他的汉语很差，他做什么事情都很困难。几年后，他慢慢学会了汉语，但他仍然不识字。目前，他还在闲暇时间学习汉字。这种情况在撒拉族人中是非常普遍的。为了不让他们的孩子也遭受同样的痛苦，目前绝大部分撒拉族都将子女送到学校上学。

---

① 朱利双，谢佐主编：《撒拉族——青海循化县石头坡村调查》，145 页，昆明，云南大学出版社，2004。

4. 双语教育与撒拉语的濒危情况

上学也是许多学子在一些正式机构如政府、学校、医院等部门找到工作的唯一途径。看到一些孩子在大中专生毕业后找到了正式工作，许多撒拉族家长也希望他们的孩子走这样的路。每年高考录取或考取公务员等事情永远是村民们谈论的重要话题之一。2005 年，在石头坡村有六个大中专毕业后在经过考试后被聘用为循化县政府公务员。为此，村里部分老人里组织了一次庆祝活动。村民们对教育的这种积极实用的态度，使我们不难理解为什么村里学龄儿童的入学率为百分之百。

双语使用不仅不是一种消极现象，反而是一种积极的现象。根据研究，双语儿童的认知能力比单语儿童的认知能力要强，因此，双语教育是有利于儿童的智力发展的。教育语言学家布莱恩指出，双语使用者在理论分析语言方面比单语使用者强；双语人员有着更多的创新思想。他还引用其他研究人员的发现说：

> 双语教育对儿童的概念形成、分类，创造力，类比推理到视觉空间技术等方面产生着积极的影响……双语教育在纯语言能力方面的积极作用包括早期词的指称区别能力，和语言结构和细节的敏感度，对语言歧义的辨别能力，对在句子处理中的句法认识能力，和语言控制能力等方面的提高。[①]

可见，双语教育不但不是对儿章的学习负担，相反，它对提高儿童的智力有着较大的积极作用。令人欣慰的是，撒拉族群众对此也有着较为正确的认识。在笔者进行的 134 份问卷调查中，大部分人都认为：如果撒拉族儿童学习撒拉语不会影响到正常的学校教学质量。调查结果如下图所示：

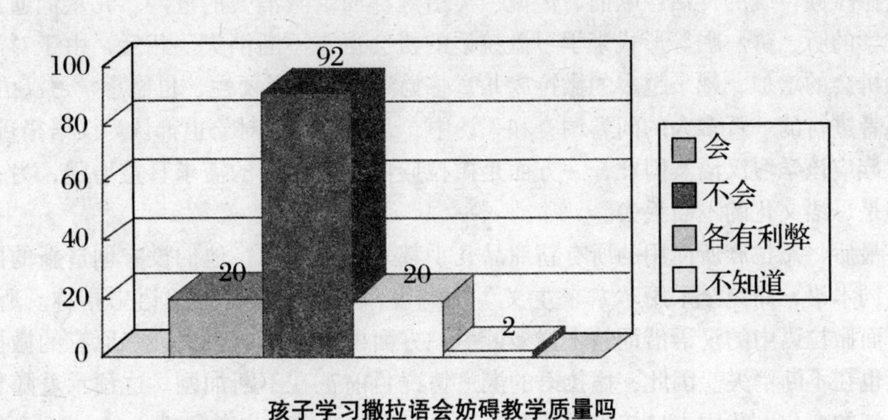

孩子学习撒拉语会妨碍教学质量吗

因此，在民族聚居区应该进行双语教育，这对民族儿童的智力发展是非常有利

① Hinton. Leanne and Ken Hale. eds. 2001. The Green Book of Language Revital&ation in Practice San Diego: Academic Press: 17.

的，对保护民族语言和文化也是至关重要的。但是，在撒拉族地区的学校教育中除了国家规定的统一的教学内容外，并没有母语文化的教育。尽管撒拉族儿童在学校里可以使用汉语，但是学校的语言教学是汉语教学（当然也有英语教学），教学材料都是汉语材料。在学校里，撒拉族学生根本没有机会通过学习来提高母语能力。这也解释了我们前面所谈的：为什么撒拉族儿童的母语数数能力远远低于汉语数数能力；为什么撒拉族儿童只唱汉语歌曲；为什么在他们的撒拉语里有许多汉语词汇，但汉语当中却没有撒拉语词汇等问题。所有这些问题都跟学校的单语教育有关。而学习汉语的动力则主要来自于近来撒拉族社会经济的变化。

5. 社会生活的变化与撒拉语的濒危情况

随着社会经济的发展，撒拉族人民的生活水平也得到了极大的提高，而这与撒拉语的濒危现象紧密相关。首先，撒拉族社会与外界的联系比起以前更容易了。2000 年，一位 82 岁的石头坡村老人告诉我，在他们年轻时交通不便，他们一般步行去西宁，仅单程就需要走三天。现在，从循化到西宁坐车只需两三个小时。从石头坡村到县城也只需几分钟。仅在过去的十五六年中，石头坡村已有二十多人去沙特阿拉伯的麦加朝觐过。目前，石头坡村至少一半的家庭都安装了电话，许多年轻人拥有手机。超过一半的家庭都有电视，有的还拥有 DVD 或 VCD 等，甚至个别人在使用电脑，并不时上网了解相关信息。还有部分人在西宁市购买了住房。这种社会经济的变化使得撒拉族与外界的联系越来越紧密了，而与外界联系的交际工具则主要是汉语。

其次，从传统生活向现代生活的转变使得撒拉族的传统文化也在不断丢失。例如，随着电视等家用电器的普及，他们就不需要讲述传统的撒拉语民间故事来娱乐了。撒拉族传统的神话、歌曲、传说、笑话等都面临着消失的危险。儿童们通过民间文学的听、讲、唱等形式来学习撒拉语的机会也在不断消失。相反，由于对汉语接触机会的增加，越来越多的撒拉族儿童感觉到汉语的重要性，也愿意学习汉语了。在笔者进行的一百多人的问卷调查和采访中，几乎所有的对象也都认为汉语很重要，撒拉族应该学习汉语。因此，一方面是撒拉族民众对汉语的需求日益增强，另一方面却是母语文化的不断丢失。

最后，撒拉族所使用的所有新商品几乎都来自于外面，他们没有创造新的撒拉语名词术语，而完全采用“拿来主义”的态度，对新事物都用汉语来指称。所以，一方面撒拉语中的汉语借词越来越多，另一方面由于传统的丢失许多原有的撒拉族词汇也在不断消失。因此，撒拉语的濒危情况目前正在不断加剧。这预示着随着社会经济的变化，我国人口较少民族的语言也面临着严重的生存危机。

五、撒拉语保护措施

世界上的每一种语言都有其自身独特的价值，任何一种语言的流失都是人类精神文化的重大损失。撒拉语的消失，不仅会是人类文化多样性的损失，更会是撒拉族精神文化的重大损失。因此，抢救、保护濒危语言是迫在眉睫的事情。对于撒拉语而言，至少应该从以下几个方面做好这个工作：

（一）增强人们的语言濒危意识

许多撒拉族群众尤其是受教育程度较低的人并没有意识到撒拉语正处在濒危状态当中，即使是受到高等教育的撒拉族人，也并没有对这一问题给予足够的重视。如果语言族群内部人员不参与其中，族外人是不可能来完成语言保持和语言复兴工作的。因此，要想保护撒拉语，关键的第一步是撒拉族群众自己要意识到撒拉语目前所处的濒危境地以及将来可能出现的严重后果——永远失去他们的母语。尽管语言声望不是导致撒拉语濒危的原因，但是在撒拉族群众中提高撒拉语的声望，让他们热爱自己的语言，对撒拉语持有积极的态度，是保持语言活力的重要手段。根据笔者对 134 名撒拉族的问卷调查，绝大部分受访对象都认为应当保留撒拉语（见图表）。

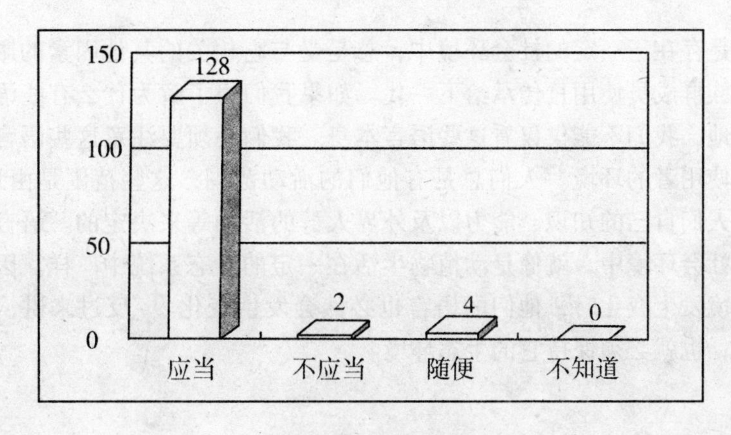

应当保留撒拉语吗

可见，撒拉族群众对自己的母语前途还是很关注的。现在的问题是应加强宣传，增强撒拉族群众的语言濒危意识，将他们积极的态度转化为实际行动，来切实减缓撒拉语的濒危趋势，并逐步增强撒拉语的活力。

（二）大力发展与母语使用有关的经济

由于语言濒危与社会经济密切相关，因此，大力发展社会经济、尽可能多地创造与母语使用有关的工作机会对撒拉语的保护与复兴是非常重要的。撒拉族主要居住在我国唯一的撒拉族自治县——循化县。作为全国旅游百强县及国际黄河抢渡极限挑战赛的主办地，循化正吸引着越来越多的游客前来欣赏其自然和人文景观。这在一方面将进一步加强汉语在撒拉族地区的传播，但是，这也是借旅游平台展现撒拉族文化包括撒拉语的一个很好的机会，可以增加循化旅游的文化底蕴。例如，在与旅游业有关的服务工作中，如果要求工作人员掌握汉语和撒拉语，那么这种极小的举措也会成为撒拉族年轻人学习撒拉语的重要动力，因为他们会明白撒拉语并不是没有用的。文化和经济在这儿完全可以相互促进。在过去的三十多年中，撒拉族人民在经济领域取得了极大的成绩。由撒拉族企业生产的产品已经形成了中国驰名品牌，其中有些企业还落户于循化县。到目前为止，还没有任何方面的努力使撒拉族经济与语言保护工作联系起来。如果撒拉族企业能够提供一些双语人才岗位，那么这对撒拉语的保持也是非常有利的，因为这将传达一个信息——撒拉语是有用的。

此外，加强与土库曼斯坦等中亚国家的经济文化联系，不仅可以为中国撒拉族在商业、劳务等方面打开一条充满活力与希望的道路，同时，随着文化交流的加强，这会给循化撒拉族自治县未来的持续发展提供新鲜的文化底蕴。而所有这一切，不仅使撒拉语过了黄河大桥照样有用，甚至在一定程度上可以成为国际性的语言。如果这个前景能够实现，那么撒拉语的保护工作将会取得事半功倍的成效。

（三）保护语言的生态环境

语言总是存在于一定的社会环境中，总是受与它相关的其他因素的影响。一种语言必须由族群成员使用且传承给下一代。如果我们想了解为什么有些语言处在濒临危险的境地，我们不能仅仅看这些语言本身。我们必须要注意这些语言的生态环境——语言使用者的环境。人们总是有他们的活动范围，这些范围是由地理条件、自然资源，人们自己的知识、能力以及外界人群的活动等来决定的。语言存在于一定的自然和社会环境中，就像是动植物生活在一定的生态系统中一样。因此，当人们的生活环境发生变化时，他们的语言也必然会发生变化。[①] 反过来讲，如果想保持一种语言，也就必须保持它的生态环境。

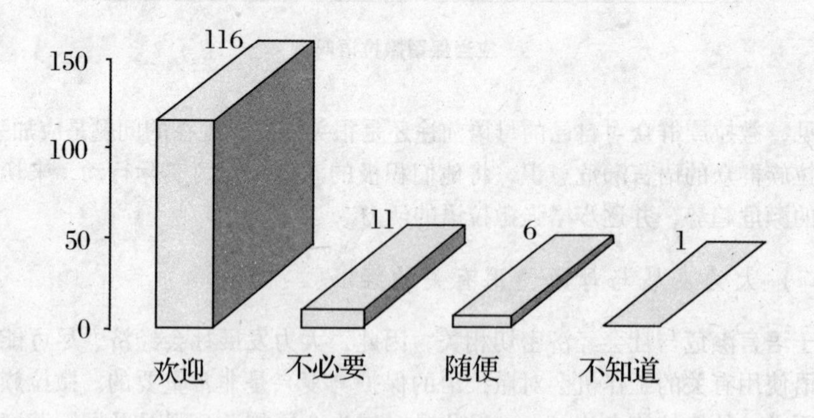

学前和小学开设撒拉语，你是什么态度

① Nettle. Daniel and Suzanne Romaine. 2000. Vanishing Voices. Oxford：Oxford University Press：70.

正如我们前面所说，近三十多年来撒拉族的经济社会发生了翻天覆地的变化。这势必要影响到撒拉族的语言。发展社会经济是我们所努力奋斗的目标，也是撒拉族人民的权利，但是在发展的同时忽视民族语言文化的保护则是不可取的。在发展社会经济的同时，当地政府、族群成员及研究人员等都有义务想方设法保持或创造语言的生态环境。社会经济的发展，使得撒拉族儿童几乎以百分之百的小学入学率来学习汉语及当代科技文化知识，这完全是正确的，也是应该大力提倡的。但与此同时，撒拉族儿童也应该学习自己的母语及民族文化。我们应该创造一个这样的环境，而最理想的方法则是在学校推行双语教育。[①] 目前撒拉语的丢失与学校教育中缺乏母语教育有着很大的关系。根据笔者对134名撒拉族成员的调查，发现部分撒拉族成员对推行双语教育持有积极的态度（见图）。而且，如前面所述，绝大部分受访者认为，在学校实行双语教育不会影响正常的汉语及其他课程的学习。因此，实行双语教育是有群众基础的。此外，在撒拉族聚居的地区应该有撒拉语广播、电视等现代媒体，尽可能多地为撒拉族创造母语环境。

（四）加强撒拉语的调查记录、描写分析、整理保存

尽管已经有相关研究人员对撒拉语做了调查记录、描写分析，并出版了部分研究成果，但这些成果还不能全面、准确地反映撒拉语的面貌。因此，亟待对撒拉语做进一步深入的调查、分析，并做音像档案记录。目前，尤其有必要对撒拉族民间文学做一次全面的调查和记录。以前搞的三套文学集成虽然也很全面、详细，但其中作品都是用汉语翻译过来的，对保护撒拉语并没有价值。

（五）创造撒拉语拼写符号

虽然撒拉族在历史上有自己的文字系统，但目前已基本失传。目前，民间组织青海省撒拉族研究会已在其刊物《中国撒拉族》和“中国撒拉族网”上使用自己的拼写符号，但还没有广泛的群众基础。此外，部分撒拉族年轻人也在个人网站上使用一种以拉丁文字母为基础的拼写符号。考虑到实际情况，撒拉族应该创造或选择一种科学、美观、实用且符合我国语言文字政策的拼写符号来记录撒拉语。

（六）成立语言保护小组

语言是任何民族最重要的非物质文化遗产，理应受到我们的保护。处在濒危状态当中的撒拉语更应得到撒拉族的全力保护。目前，除了极个别人的工作外，还没有任何一个专门组织在做撒拉语保护方面的工作。因此，成立一个专门的语言保护小组是非常有必要的。这个组织可以由政府出面建立，也可以由民间组织来搞，但必须要得到政府和民间的支持。

---

① 张公瑾：《语言的生态环境》，载《民族语文》，2001（2）。

六、结　论

虽然就使用情况、撒拉族群众对自己母语的态度等方面而言，撒拉语还处在较好的保持状态，但考虑到撒拉语自身的变化、功能的衰退，我们认为撒拉语已处在濒危状态当中。撒拉语的濒危情况与撒拉族社会所发生的社会经济的变化有着密切的关系。与社会经济变化相关的学校教育也是撒拉语处于濒危状态的很重要因素，而语言声望、书面文献等不是撒拉语濒危的直接因素。因此，抢救、保护撒拉语是迫在眉睫的事情，具体可以从保护语言的生态环境、发展与语言有关的社会经济、加强双语教育、创建形式多样的撒拉语媒体、全面抢救整理撒拉语口头民间文化等方面做起。

本文系国家社会科学基金项目《濒危语言——撒拉语研究》之部分成果，批准号：04BYY037。

（本文原载《中国撒拉族》2009 年第 1 期）

语言接触与撒拉语的变化

马　伟

世界上的语言都不是孤立存在的，它们总是处在影响与被影响的关系中。这种影响与被影响的关系是由语言接触引起的。语言接触是“指不同民族、不同社群由于社会生活中的相互接触而引起的语言接触关系，是语言间普遍存在的一种语言关系”。[1]语言接触的根本原因在于不同民族、不同社群之间的接触。不同民族或社群之间的接触大致有三种情况：邻界接触、移民迁入和远距离的经济、文化交流。前两种属于直接接触，后一种属于间接接触。[2]不管是哪一种接触，都会引起语言间的相互影响。撒拉族先民及撒拉族与汉族之间自古以来就发生着上述三方面的密切关系，这种民族之间的交往势必会引起这两个民族语言之间的接触。本文主要探讨的是因语言接触而引起的撒拉语变化的问题。

一、撒拉族及其先民与汉族的接触

撒拉族先民出自乌古斯突厥，[3]而突厥是继匈奴之后，在中国西北出现的一个影响最大的民族集团，无论是对中国历史的发展，还是对亚洲大部分地区，主要是对中亚、西亚历史的发展，都有很大影响。[4]自6世纪至8世纪中叶，突厥人的活动长达200多年，在其强盛时期，曾占据了蒙古高原、准噶尔盆地和中亚草原的广袤地区。无论是在隋唐时期，还是在宋元时期；无论是在和平时期，还是在战争时期，突厥及其后来的突厥语系民族与中原内地之间的联系始终没有中断过。

突厥民族是我国北方游牧民族中第一个拥有自己文字的民族。① 早在5世纪，突厥人就创造了文字。我国史书《周书·突厥传》中就记载突厥人已有文字，但是什么样的文字，其结构如何，直到19世纪末以前，人们并不知道。1696—1697年

① 关于匈奴是否有文字的问题上，学者们的意见存在分歧。参见马伟：《论撒拉族的六角形符号》，载《中国撒拉族》，2008（2）。

俄国人塞苗·列梅佐夫在《西伯利亚图册》中提到在中亚也有此种文字的碑铭。后来，关于此种文字的学术文章不断见诸报端，引起了人们的注意，但始终没有得出一个科学的结论。1893 年，丹麦著名语言学家汤姆森成功解读了这些碑文，发表了《鄂尔浑和叶尼塞碑文的解读——初步成果》，这一成果震惊了整个欧洲学术界。因突厥文与古代日耳曼民族使用过的如尼（Runic）文相似，所以有人称它为古代突厥如尼文。目前留下来的突厥如尼文主要来自于 20 多块碑文，其中最有名的是《阙特勤碑》、《苾伽可汗碑》和《暾欲谷碑》。这些石碑是在 8 世纪刻制的，都是用突厥文和汉文两种文字撰写的，其中还有一块石碑的汉文是由唐玄宗亲自所书的。由此可见，当时的突厥与中原内地之间的文化交流是非常频繁而紧密的。这种交流自然也就包含了双方语言的交流，而且彼此也会产生一定的影响。

撒拉族自中亚迁居今天的循化后，生活在汉藏文化的腹地，和汉文化的交流日趋频繁。在元朝时期，撒拉族首领已是当时积石州的达鲁花赤，管理包括撒拉族地区在内的今循化及周边地区。明洪武三年（1370 年），撒拉族归附明朝，并从这一时期开始使用汉姓。撒拉族的韩姓和马姓两大姓即始于此。明朝实施土司制度对撒拉族地区进行统治。撒拉族土司的官职从开始的正六品百户升为从五品的副千户。由于从元代以来就“表现出来的勇敢剽悍的战斗作风和军事业绩”[5]，撒拉族在明代备受重用。在明代 270 多年中，撒拉族土司率领其土兵参与明军大规模的军事行动达 17 次之多。除了政治联系外，茶马互市等经济活动也将撒拉族与内地人民紧密地联系在一起。随着撒拉族社会的发展，雍正七年（1729 年），清廷在撒拉族地区设立了两个土千户。次年，又在撒拉族地方设营，为“循化营”。“循化”一名，也由雍正亲自所赐。乾隆二十七年（1762 年），为了进一步加强对撒拉族地区的统治，清廷又在该地设立了县一级的地方政权机构即“循化厅”。除了和内地官府之间的联系外，撒拉族居住的周边地方自明代开始就有大批汉人进入。由于长期的共同生活，各民族之间难分彼此，以至于在成书于乾隆时期的《循化志》卷四中说，汉人“历年既久，一切同土人（指当地少数民族）”[6]。

除了汉族外，讲汉语的回族等民族和撒拉族的交往，也使得汉语对撒拉语产生了很大影响。由于相同的宗教信仰，撒拉族和回族之间的通婚也非常频繁，因而有一定数量的回族融入撒拉族人口当中。据循化石头坡村《陈氏家谱》记载[7]：石头坡村陈姓始祖陈鸿政和其弟陈鸿发原居今江苏省南京市大柳树巷，清咸丰年间，陈氏应拔募兵，迁眷先到今陕西西安城小学习，不久陈鸿政、陈鸿发兄弟应拔“团勇”，驰援甘肃省地道县（今临洮县）兵变，后自由择居步行到达甘肃省循化县街子工，兄弟二人留居当地，陈鸿政定居草滩坝、沙坝塘一带，陈鸿发定居石头坡村，与本村撒拉族韩氏女结婚，其子孙繁衍 100 多年，已到第十辈，共有 200 余人。

新中国成立后，撒拉族人民受教育的水平有了极大的提高，越来越多的人自觉地学习汉语。尤其是改革开放以来，成千上万的撒拉族群众开始走出家乡，在全国各地生活，汉语也就成了他们主要的对外交际工具。所有这一切，都为汉语和撒拉语的接触提供了现实基础。从对撒拉语和汉语的对比中看出，汉语对撒拉语的影响主要表现在词汇、语音和语法等三个方面。

二、汉语对撒拉语词汇的影响

（一）汉语对撒拉语的影响最主要的是表现在词汇方面

在撒拉语中保存了大量的汉语借词。就目前而言，汉语借词是所有撒拉语借词中数量最多的一种借词。这些借词是在不同的历史时期进入撒拉语中的，我们可以把它们划分为早期汉语借词和近期汉语借词。早期借词往往带有古代汉语的特点，而近期借词则具有现代汉语的特点。从时间上来说，早期借词大多是新中国成立之前的，而近期借词则主要是新中国成立后进入撒拉语中的。

撒拉语中的早期汉语借词：①

beğ	伯克（官名）	sefïn	裁缝
xap	袋子（甲）	dingjir	顶针
ča	茶	gijir	戒指
jing	真	dangpu	当铺
dingna	听	jang	刚
suila	催	bola	包
yamïn	衙门	duğ	蠹
dong	冻	čügu	竹筷
sey	菜	len’gi	连枷
xansi	咸菜	gišang	县城（街上）
lazi	辣子	zï	集
lim	檩	pišde	写
jiutu	镢头	pištix	文书
kon	宽	jingna	蒸
xağït	纸（毂纸）	banding	凳子
kanjir	坎肩儿	zenzï	剪子
gağ	曲	šatang	砂糖

---

① 此文撒拉语例子为笔者田野调查资料，拼写方法以青海省撒拉族研究会使用的撒拉语拼写符号为准，详见《中国撒拉族》2008 年第 1 期，或见中国撒拉族网“撒拉语拼音方案”，http://www.cnsalar.com/News_View.asp?NewsID = 47 [2009 - 3 - 4]。

sïnča	清茶	ding	等（平均）
sola	锁	zen	贱
yangzï	样子	yangtang	水果糖
xey	鞋	liangzï	兵（粮子）
gu	鼓	yangxu	火柴
šügun	手绢	damna	担
jonggi	庄稼	gila	记
tam	淡	zanzï	碗
pansen	盘缠	gulu	轮子
koden	搅团	minjang	图章
kan	件	sïfïn	粉条
gang	间	sïn	信
tala	拓	ziugang	缸，酒坛
zele	接	si	才

在上述借词中，很明显的一点是，我们见不到 zh、ch、sh 三个声母，这说明当时撒拉语在吸收汉语借词时，汉语中的 zh、ch、sh 还没产生。汉语借词 jonggi（庄稼）、kan（件）、gang（间）、len'gi（连枷）中加点的字按今天普通话的读法其声母都为 j，那么，这些借词的声母在撒拉语中为什么是 g、k 呢？我们认为，这是早期循化地区汉语的真实面貌在撒拉语中留下的“活化石”，即这是早期循化话（汉语）在撒拉语中的表现。汉族到青海的大规模移民主要有两次：一次是汉宣帝时代赵充国率万余士兵在湟水流域屯田；另一次是明初及以后实行的较大规模的军屯、民屯。[8]我们认为第二次移民跟循化有关系。青海民间普遍传说，西宁一带的汉人是由南京竹子巷（亦说珠玑巷）来的，循化一带的汉人也自称是明初从南京一带来的。[9]其实这些都是大规模的移民，而这些汉族移民说的是江浙方言，在这种方言中把北京话中的 j、q 读成 g、k，这也是循化地区至今把“街子”（循化县地名）读成 geizï 的原因。这种江浙方言保留在现代循化汉语中的还很多，如循化话鼻音韵尾 en、eng 不分，in、ing 不分等，甚至有的 n、l 不分，如“农”、“弄”都为“l”声母，“鞋”、“孩”都为“h”声母等。[10]可见，撒拉语中那些汉语借词是来自于当时的汉语方言的，它保留了汉语中古音的某些语音特点。汉语借词如 beğ“伯克（官名）”、ča“茶”、sïnča“清茶”、ding“等（平均）”、jing“真”、xağït“纸（縠纸）”等进入撒拉语的时间可能更早一点，因为在许多其他突厥语当中也有这些汉语借词。由此可见，汉语对撒拉语影响之久远。

到了近代、尤其是新中国成立以来，撒拉语和汉语之间的接触日益增多，汉语对撒拉语影响也不断加强，因而在撒拉语中又吸收了大量的汉语借词。例如：

ganbu	干部	zhïzï	侄子
dangyüen	党员	sunzï	孙子
tuenyüen	团员	dienshï	电视
sheyüen	社员	luyinji	录音机
zhuši	主席	shoubio	手表
shuji	书记	shu	书
šenzhang	县长	šüešo	学校
čüzhang	区长	loshï	老师
sunzhang	村长	kabu	挎包
šangzhang	乡长	boyli	玻璃
duizhang	队长	san	伞
tanzï	毯子	tuolaji	拖拉机
luzï	炉子	lienpïn	脸盆
chang	床	dienxua	电话
yago	牙膏	yashua	牙刷
chïzï	车子	čiyiu	汽油
yinxang	银行	liši	利息
gunzï	工资	zhun	钟
gangbi	钢笔	čienbi	铅笔
bozhï	报纸	yiyüen	医院
yiupio	邮票	guojia	国家
zhïnfu	政府	šen	县
fayüen	法院	sanja	参加
tuenje	团结	jin	斤
gunli	公里	chï	尺
zhang	丈	kui	块
mi	米	xuafi	化肥

近期汉语借词在撒拉语中的分布非常广泛，尤其是有关政治、经济、教育、科技等方面的术语特别多。从词类上讲，以名词、动词、数词、形容词等居多。

（二）撒拉语吸收汉语借词的主要方法

（1）音译法。即将汉语词汇引进撒拉语时原词的语音基本保持不变，如以上绝大部分借词都是这种类型的词。

（2）半意译半音译或半音译半意译法。这种词汇是撒拉语固有词与汉语借词的组合，或者是汉语借词和撒拉语固有词的组合。例如：

qara šatang　　qara + 砂糖　　黑糖
qïzïl lazi　　qïzïl + 辣子　　红辣椒
el šügun　　el + 毛巾　　手帕
ot zenzï　　ot + 剪刀　　火钳
dimur banding　　dimur + 凳子　　铁凳子
xey bağ　　鞋 + bağ　　鞋带
lazi yaš　　辣子 + yağ　　辣椒菜
sïn qox　　信 + qox　　信封
ganmo em　　感冒 + em　　感冒药
gangbi tox　　钢笔 + tox　　钢笔套
xui aš　　会 + aš　　开会
dambasï dangnï　　dambasï + 当　　当领导

（3）音译加注法。即在吸收了汉语词汇后，为便于理解在该词后又加上解释性的撒拉语词，如：

mazhï xağït　　mazhï（麻纸）+ xağït（纸）
mudïn jijix　　mudïn（牡丹）+ jijix（花）
changbali armut　　changbali（长把梨）+ armut（梨）
lüguo qazan　　lüguo（铝锅）+ qazan（锅）
yüshï daš　　yüshï（玉石）+ daš（石头）

（4）音译词加撒拉语构词成分法。即在汉语借词后加撒拉语词缀来组成新的词，例如：

sefïnji　　sefïn（裁缝）+ ji　　裁缝
funieji　　funie（副业）+ ji　　搞副业的人
dangnağuji　　dangna（当）+ğuji　　当……的人
janggili　　janggi（庄稼）+ li　　农业
čügulix　　čügu（竹筷）+ lix　　筷笼
bangniš　　bang（帮）+ niš　　帮忙
sola　　so（锁）+ la　　锁
bola　　bo（包）+ la　　包
damna　　dam（担）+ na　　担
zele　　ze（接）+ le　　接
čönle　　čön（劝）+ le　　劝

（5）音译加撒拉语动词 et 的方法。这是把汉语动词吸收为撒拉语动词的一个非常重要的方法，如：

shangkï（上课）et	上课
jexun（结婚）et	结婚
fazhan（发展）et	发展
zhaogu（照顾）et	照顾
dasuen（打算）et	清算（词义有了转义）
duenlien（锻炼）et	锻炼

（6）改变动词语序法。即在吸收动宾结构的汉语动词时，往往按撒拉语的语法改变汉语词汇的语序，再加上撒拉语词缀 -la、-na 等，如：

kï（课）shang（上）-na	上课
xun（婚）je（结）-le	结婚
vang（网）shang（上）-na	上网
dang（当）shang（上）-na	上当

三、汉语对撒拉语语音的影响

随着汉语借词的大量进入，撒拉语的语音也发生了某些变化。这种变化使得撒拉语在语音方面成了整个突厥语中受汉语影响最大的语言之一。汉语在语音方面对撒拉语的影响主要表现在：

（一）辅音 zh[tʂ]、ch[tʂʻ]、sh[ʂ]、r[ʐ]的出现

zh、ch、sh、r[ʐ]在撒拉语中的存在是汉语对撒拉语语音方面影响的最大结果。这组舌尖后音是随着汉语借词数量的不断增加而产生的，它们已成为撒拉语语音的一个很大的特点。如：

zhuši	主席	zhïnfu	政府
fazhan	发展	zhala	炸
chïzï	车子	cheyiu	柴油
čichï	汽车	chala	查
shazï	沙子	shïbin	柿饼
shïzï	狮子	shï	是
ribïn	日本	rili	日历
ruzï	褥子	rïnkou	人口

我们在书写撒拉语时，r 原为撒拉语的颤音，但由于它不出现在词首，而汉语借词中的 r［ʐ］只出现在词首，所以我们在书写过程中只用一个符号 r 来代替这两个音。

以上这组舌尖后音在撒拉语中主要是用来拼写汉语借词的，但其中的 sh 有时也可拼写为非汉语借词，如：

qosh	双	ashlïx	粮食
dushïn	兔子	mush	花椒

这些词中的 sh 原为 š 音，现在有时人们也发作 š 音，但据笔者观察，sh 音的使用更广泛一些。那么 sh 音在撒拉语固有词中的出现，是不是也受了汉语舌尖后音的影响呢？我们觉得这种可能性很大。

（二）送气和不送气对立辅音的出现

撒拉语和其他绝大多数突厥语的一个区别是存在着送气和不送气辅音的对立。其他突厥语中（西部裕固语等极少数突厥语除外），塞音和塞擦音有清音（一般都是送气音）和浊音之分，而撒拉语的塞音和塞擦音都是清音，没有浊音。另外，撒拉语的清塞音存在着送气与不送气的对立：

b[p]——p[p‘]	d[t]——t[t‘]
g[k]——k[k‘]	q[q]——q[q‘]
j[ʤ]——č[ʧ]	zh[ʈʂ]——ch[ʈʂ‘]

举例

balï	孩子	pallï	泡
bo	伯父	po	炮
dam	墙	tam	淡
dox	盖子	tox	盘子
galï	高兴	kalï	篮子
gon	皮子	kon	宽
q[q]ur	干	q[q‘]uš	鹰
q[q]ïr	刮，铲	q[q‘]ïš	冬天
jillï	刺	čillï	叫
jallï	绣（花）	čallï	咬
zhalï	炸	chalï	查
zhïzï	折子	chïzï	车子

很明显，由于大量借用汉语词汇，汉语中的送气与不送气辅音对立现象也进入了撒拉语当中。但撒拉语固有词中存在的送气与不送气的对立，是否也是受汉语影响而形成的呢？对此，苏联学者埃·捷尼舍夫明确地说："送气音是随同汉语借词一起进入撒拉语的。后来它们渗到撒拉语原有的单词里，从而成为语音的组成部分。"[11]

正如捷尼舍夫所说，撒拉语中存在的系统的送气音与不送气音的对立是可能受到汉语影响而形成的，因为，受汉语影响同样很深的西部裕固语中也存在着送气与不送气辅音的对立。[12]从地理上而言，这两种语言远离其他突厥语族语言，和汉语关系最为密切。但 Dwyer Arienne（杜安霓）指出，撒拉语中许多以送气清塞音 p 开头的词在其他乌古斯语词中和浊塞音 b 开头的词相对应，而撒拉语和维吾尔语却非常一致。因此，她认为，撒拉语中的这个送气音有可能是在维吾尔语的地域影响下而形成的。[13]

其实，在其他突厥语中没有送气音和不送气音的对立，并不说明在这些语言中根本不存在送气音。在这些语言中塞音和塞擦音只有清音和浊音的对立，而没有送气和不送气的对立，但这些语言的清音一般都送气。[14]成书于11世纪的《突厥语大词典》中，也记载当时突厥语中的 p、t、č、k、q 为送气清塞音，与它们相对的是不送气的浊塞音 b、d、j、g，上面的 q 音没有对应的浊音。[15]由于这两组音的主要区别是清浊之分，送气和不送气并没有成为它们的音位区别特征。但送气音的存在是毫无疑问的。因此，撒拉语固有词的送气音可能本来就已存在，并不是像捷尼舍夫所说的"随同汉语借词一起进入撒拉语的"。与这些送气音相对应的浊音可能变成了清音（这可能是受到了汉语的影响），而使得撒拉语中塞音和塞擦音失去了清浊对立，最终形成了送气音和不送气音的音位区别特征。如果前面这些辅音的清浊对立不消失，送气和不送气也不可能形成它们的区别特征。因此，撒拉语中塞音和塞擦音的清浊之分可能是在汉语的影响下消失的，因为，汉语中塞音和塞擦音没有清浊之分，都是清音。[16]这才最终导致了撒拉语中送气音和不送气音的对立。

（三）复合元音的增加

汉语借词的吸收，使得汉语中的复合元音也随之进入了撒拉语的元音系统当中，如：

funie	副业	guoja	国家
liong' a	袜子	yangyiu	洋芋
bio	表	kueji	会计
diot	四	müšiux	猫
töniangqïrǧï	周围	šüešo	学校

有些复合元音出现在撒拉语固有词里，但大多数还是出现在汉语借词当中。复

合元音的增多，使得撒拉语的音节结构发生了变化。撒拉语的音节一般都包括元音。根据音节的多少，可以把撒拉语的音节结构分为以下几种类型（Y 和 F 分别代表元音和辅音）：

Y	a	他（她、它）的	o	男孩
YF	un	面粉	em	药
FY	gi	穿	yi	夏天
FYF	kem	谁	dal	树
FYY	bio	表	diu-so-ǧun	大前天
FYYF	diot	四	liang-zïn	舒服

在以上音节类型中，前四种较为常见，它们是撒拉语固有的音节形式，而后两种在撒拉语中的出现频率较低，它们主要是受汉语影响而产生的。

在谈到汉语对撒拉语语音的影响时，捷尼舍夫还谈到一个有趣的问题。他说撒拉语词干末尾有时附加 -r，附加这个音后，这些词的词义仍然不变，如：

kiyn || kiynur		未婚妻，妻子
yangzï | | yangzur		样子
$a^{h}t$ | | $a^{h}tur$		马

捷尼舍夫认为这种词尾加 -r 的现象（词的“儿化”）只能是在汉语的影响下产生的。[17] 但根据撒拉语的实际情况，这种看法可能是错误的。因为，撒拉语当中词尾（一般都是在名词词尾）加 -r（实际上为 -or）后，词的语法意义是发生变化的。加 -r 后表示该名词的不定指，当话语材料中第一次出现某个不定指（不知道或没必要知道的）事物或人时，往往把 -r 加名词后边，然后当话语材料再出现该名词时，就在该名词的后边附加 -čix，表示那个事物或人。如：

oholdï bosor vumiš，bos čixge an(ï) or vumiš.

从前，有个老伯，那个老伯有个女儿。

在这里 bos、anï 都是第一次出现，因此它们都必须后加 -or，否则这个句子是不成立的。这种现象跟英语中的冠词 a（an）非常相像，如：

Once there was an old man，and the old man had a daughter.

从前，有个老伯，那个老伯有个女儿。

这里的 a 和 an 的作用与撒拉语的 -or 完全相同，都指事物或人的不定指。撒拉

语的 - or 和汉语词的“儿化”是不一样的，汉语词尾加了“儿”后并没有不定指的含义。因此，说撒拉语的名词后的 - or 是受汉语影响而产生的观点并不正确。

四、汉语对撒拉语语法的影响

在语言三要素中，语法的稳定性最强，因而一种语言的语法受其他语言影响而发生的变化是较为缓慢的。相对于词汇和语音而言，撒拉语的语法受汉语的影响是较小的，但这并不说明撒拉语的语法是一成不变的。相反，和其他突厥语相比，撒拉语的语法结构也发生了较大变化，而与汉语的接触是撒拉语语法发生变化的最重要的一个因素。汉语对撒拉语语法的影响主要表现在：

（一）“shï”（是）字句的产生

撒拉语中有一种由系动词(i)dïr、ira 和名词或名词性短语组成的陈述句，如：

diu andï tixilǧuji očix Salïr(i)dïr.
在那儿站立的那个男孩是撒拉族。
aniǧi abasï u mišddiǧi axun dïr.
他（她）的爸爸是那个清真寺的阿訇。
bu sang'ï veǧanï armut ira.
这是给你的梨。
Ali aniǧi gagasï ira.
阿里是他（她）的哥哥。

由于长期以来和汉语的接触，汉语中用“是”的判断句对撒拉语的上述句子结构产生了很大影响。在撒拉族中，尤其是年轻人，汉语的“是”字句正逐渐和撒拉语原有的句子结构融合在一起，如：

diu andï tixilǧuji očix shï Salïr(i)dïr.
在那儿站立的那个男孩是撒拉族。
aniǧi abasïshï u mišddiǧi axun dïr
他（她）的爸爸是那个清真寺的阿訇。
bu shï sang'ï veǧanï armut ira.
这是给你的梨。
Ali shï aniǧi gagasï ira.
阿里是他（她）的哥哥。

前后两组句子相比，后一组句子中都多了一个来自于汉语的“shï”（是）。这个判断动词和撒拉语原有的系动词(i)dïr、ira同时出现在一个句子中，而撒拉语的意思并没有因这个汉语判断动词的增加而发生变化。

（二）撒拉语数量词的汉语化

关于撒拉语的数词，除了zanzï（万）来自于汉语外，其他的基数词都是撒拉语所固有的。但是，在实际的语言交流中，撒拉语原有的数词使用受到了极大的限制。50以上的十位数名称几乎没有几个人知道了。撒拉族中老年人一般用50加上相应的十位数名称表示60、70、80、90，如：

on	十	elli on	六十
yiǧirmï	二十	elli yiǧirmï	七十
otus	三十	elli otus	八十
qirïx	四十	elli qirïx	九十
elli	五十	išgi elli（bïr yüz）	一百

至于年轻人和小孩，绝大部分都用汉语数词来表示这些数字，甚至于50之前的数字他们也经常用汉语来表示。

在序数词当中，除了在表达月份和浇水次数时还有部分人使用撒拉语外，在其他方面都已不使用撒拉语了，而全部转用汉语了。其他的数词，如分数词等也都基本上使用汉语了。对此，捷尼舍夫早就指出：“可以说，撒拉语的数词现在只是一种残存的范畴。在这里，汉语的词几乎把整个这一类词都代替了。”[18]

由于撒拉语本身的量词不是很丰富，因而在和汉语的接触过程中，撒拉语也吸收了许多汉语量词，如：

xaǧït bïr zhang	一张纸
boz san chï	三尺布
un ïrshï jin 或（un yiǧirmï omïn）	二十斤面
azït sï mu	四亩地
heli yibe kui	一百元钱

（三）原有语法范畴的消失

由于受到不同语言类型——汉语的强烈影响，撒拉语的黏着语特征已经部分地消失了，撒拉语逐渐体现出类似汉语的分析语特点。和其他突厥语相比，撒拉语名词领属人称附加成分已没有数的区别，只剩下人称区别了，如：[19]

	土耳其语	撒拉语	词义
第一人称	kolum	qolïm	我的胳膊
	kolumuz	qolïm	我们的胳膊
第二人称	kolun	qolïng	你的胳膊
	kolunuz	qolïng	你们的胳膊
第三人称	kolu	qolï	他（她）的胳膊
	kolu	qolï	他（她）们的胳膊

和土耳其语相比，撒拉语的动词也失去了人称和数的区别，如：[20]

人称	土耳其语		撒拉语		意义
	单数	复数	单数	复数	
第一人称	gel－mișim	gel－mișiz	gi－miš	gi－miš	（看来）我/我们来了。
第二人称	gel－mișsin	gel－mișsiniz	gi－miš	gi－miš	（看来）你/你们来了。
第三人称	gel－miș	gel－mișler	gi－miš	gi－miš	（看来）他/他们来了。

由于撒拉语动词没有人称变化，因此，表示以上各种意义时，在撒拉语中还需在句中加相应的人称代词。

五、结　　论

由于来自于汉语持续而强烈的影响，撒拉语在词汇、语音和语法等方面都发生了较大变化，如在语法方面撒拉语固有的黏着语特征逐步减少，而类似汉语的分析型特征不断增加；同时，撒拉语的这种发展趋势已经显示出濒危语言的特点。[21]因此，加强语言接触研究，不仅具有理论意义，而且在保护撒拉语方面也有着非常重要的现实意义。

参考文献：

[1] 戴庆厦．语言学基础教程．北京：商务印书馆，2006：280
[2] 罗美珍．论族群互动中的语言接触．语言研究，2000（3）
[3] 马伟．撒鲁尔王朝与撒拉族．青海民族研究，2008（1）
[4] 杨建新．中国西北少数民族史．北京：民族出版社，2003：277
[5] 芈一之．撒拉族史．成都：四川民族出版社，2004：87
[6] 龚景瀚．循化志·卷四
[7] 陈琮．陈氏家谱．1995 年油印本

［8］张成材，朱世奎．西宁方言志．西宁：青海人民出版社，1987：2

［9］郭纬国．循化方言志．西宁：青海人民出版社，1995

［10］马伟．循化汉语的“是”与撒拉语［sa／se］语法功能比较．青海民族研究，1994（3）

［11］［17］［18］［苏］埃·捷尼舍夫．突厥语言研究导论．陈鹏，译．北京：中国社会科学出版社，1981：553. 556. 563

［12］买提热依木·沙依提．突厥语言学导论．北京：民族出版社，2004：310

［13］Arienne Dwyer. Salar：A Study in Inner A2sian Areal Contact Processes，Part I：Phonology［M］．Wiesbaden：Otto Harrassowitz，2007. 213

［14］韩建业．撒拉族语言文化论．西宁：青海人民出版社，2004：29

［15］赵明鸣．《突厥语词典》语言研究．北京：中央民族大学出版社，2001：156～165

［16］黄伯荣，廖序东．现代汉语．北京：高等教育出版社，1991：38

［19］［20］［苏］埃·捷尼舍夫．土耳其语语法．北京：科学出版社，1959：29. 84

［21］马伟．撒拉语的濒危状况及原因分析．青海民族研究，2009，（1）

（本文原载《青海民族学院学报·社会科学版》2009 年第 3 期）

民　俗　学

撒拉族民间文学中的民俗事象

韩建业

撒拉族是一个善于说唱的民族。在长期历史发展过程中，创造了自己丰富多彩、独具一格的文学艺术。其中民间故事、传说、神话、童话、寓言、笑话是该民族民间文学的主要组成部分，在民间文学中占有很大的比重；风格独特的民间歌谣"玉尔"（撒拉曲）、"宴席曲"、"仪式歌"、"儿歌"、"号子"等都是撒拉族人民生活和思想感情的真实反映，其中都蕴涵着丰富的民俗事象。

一、民间故事中的民俗事象

撒拉族是一个全民信教的民族，伊斯兰教对他们的政治、经济、思想、文化和风俗习惯等都产生了不同程度的影响。撒拉族民间故事中广泛反映了这一信仰习俗。如在《阿丹目，艾斯里掏热亥旦》（泥捏阿丹）的神话故事中，讲述了胡达（真主）用泥土捏出了阿丹目（人祖），又从阿丹目肋下取出了一根肋条，造了哈娃。后来，他俩受"易比利斯"（魔鬼）的引诱，吃了禁果，被罚降到世上。又如在《阿姑·尕拉吉》中，姑娘尕拉吉与邻村的穷人小伙子高斯古尔·阿吾相爱并订了亲，在他们即将结婚时，尕拉吉的父亲又反对他们的婚姻，将尕拉吉关起来，并派其兄长追杀高斯古尔·阿吾。结果，高斯古尔·阿吾被杀。当尕拉吉逃出家后，看到了高斯古尔的尸体时，她哭泣地说："高斯古尔·阿吾啊，顿亚是哄人的梦，阿赫热提才是永久的幸福乐园。"这里，"顿亚"、"阿赫热提"是撒拉族对世间、阴间的叫法，体现了伊斯兰教对撒拉族语言的影响。在《阿娜·云红姬》中，阿娜·云红姬嫁到"巴尔克西"（富人）家后备受虐待，她伤心透了，几次想跳井自杀，但想到这是叛教的行为，就活下来了。后逃回娘家，但娘家不收留她，认为"嫁出去的姑娘是泼出去的水"，最后，她哭诉道："牛马般的劳累夺去了我修行练功的时辰。"这些都具体反映了伊斯兰教对撒拉族人民生活的影响。

此外，不少作品还深刻揭露和抨击了历代统治阶级的残暴、专横、贪婪、虚伪和愚蠢，同时也歌颂了劳动人民在尖锐、复杂的阶级斗争中所表现的机智、勇敢和自我牺牲精神。神话《蟒斯赫尔》（又名《聪明的老汉》）描写了一个代表恶势力的九头妖魔，在它将要吃尽全村百姓的时候，碰到了一个聪明的老汉，这个老汉不仅用自己的智慧巧妙地避免了被吃的灾难，还使妖魔失掉了九颗头。类似的故事还有《布热、吐里古、道仙》（《狼、狐狸和兔子》）、《道仙麻布热》（《兔和狼》）等。这些动物寓言故事形象地体现了撒拉族下层人民的机智和勇敢。

民间故事中还体现了撒拉族的历史及各种社会民俗。如《韩二个》讲的是韩二个率领穷人与“哈尔”（汉语称哈尔户长）作斗争并同苏四十三一起领导撒拉族人民进行反清起义的故事。《阿舅日》是描写家境贫寒的外甥尕拉·阿吾，在得知自己的父亲被朝廷命官兼大财主的五十三阿舅逼债逼死的悲惨家史后，替父报仇的故事。《阿腾其根·麻斯睦》中，麻斯睦以自己无与伦比的勇敢、刚毅，以及超人的力气和武艺，杀死了乔装打扮、混入人间、杀死无数生命的九头妖魔“蟒斯赫尔”，并在大鹰的相助下，从深洞中飞回人间，与其爱人共·阿娜（太阳姑娘）团聚。这些传说和故事体现了早期撒拉族社会的血缘组织和血亲复仇的习俗。此外，在《阿娜·云红姬》、《罗仙布遇险记》、《日孜根娶妻》等故事中都提到了“天上无云不下雨，世上无媒不成亲”这样的谚语，体现了撒拉族男女结婚时，请媒人（男性一人，女性二人）的婚姻习俗。

上述故事、传说、神话等口头文学，不但有深刻的思想内容和较高的艺术价值，而且就其内容和形式而言，保留了相当多的中亚细亚民族的文化风格，同时也体现了撒拉族信仰习俗中流动着阿尔泰—突厥文化和阿拉伯—伊斯兰文化以及汉—藏文化的血液。

二、民间诗歌中的民俗事象

撒拉族民间诗歌包括民间长诗、民歌。

“撒拉曲”，撒拉语叫“玉尔”，是用本民族语言和曲子演唱的长篇抒情诗。流传较广、影响较大的作品有《巴西古溜溜》、《撒拉尔撒西布尕》、《阿依固吉古毛》、《哎道》、《皇上阿吾 》、《阿丽玛》等，这些作品大都抒发了青年男女的相爱之情。除反映撒拉族青年男女冲破封建礼教的桎梏，追求自由恋爱和幸福生活的斗争精神之外，同样也蕴涵着丰富的民俗事象。如《巴西古溜溜》中的“巴西溜溜，帽子戴得俊俏；腰儿细细的，丝带儿扎得苗条”；《阿丽玛》中的“头上戴的是绿盖头，身上穿的是青夹夹，脚上穿的是阿拉鞋（绣花鞋）”，反映了撒拉族男女的服饰习俗。《撒拉尔撒西布尕》中的“撒拉尔撒西布尕，巧手制口弦，阿娜云红姬，巧舌弹口弦”等体现了撒拉族的民乐等游艺民俗。从“磨轮为啥转呀，山沟流水冲；磨盘为啥响呀，上有红青稞……”中可看出撒拉族用水力带动磨盘以磨面的习俗。

撒拉族民歌可分为仪式歌、儿歌、情歌等。

仪式歌是撒拉族民歌中最具特色的一种歌谣。《吾热亥苏孜》（婚礼祝词）和《撒赫斯》（哭嫁调），本身既是撒拉族婚俗的一部分，同时又蕴含着丰富的民俗事象。《吾热亥苏孜》中“人世间谁该受人尊敬？是长辈。为什么受人尊敬？他们饱尝了人间的苦痛，残风饮露中得以幸存，满脸的皱纹，蕴含着力量和智慧，满脸的胡子，闪烁着生活经验的光辉”。“高山上点灯万里明，大河边栽花根子深，沃地里种的庄稼旺，美满的婚姻暖人心。”曲调婉转，歌词优美，意境开阔，感情诚挚，含有深刻的人生哲理，折射了撒拉族的民间伦理道德、经验等精神民俗。“人世间谁该受人尊敬？是阿舅。为什么受尊敬？铁出炉架，人出外家，阿舅是骨头的主儿，尊敬阿舅是撒拉人的规矩……”阿舅虽不是家庭成员，但撒拉人认为“阿舅是骨头的主儿，万事要听阿舅的话”。因此，阿舅和外甥的关系十分密切，外甥家无论办喜事还是丧事，阿舅是必请的贵客，享有崇高的地位。男婚女嫁都得征求阿舅的同意，婚礼中阿舅又是主要宾客。为了表达对阿舅的尊敬与感激之情，除邀请阿舅参加婚礼外，结婚前还要专门请来阿舅盛情款待一番，给阿舅抬（送）羊背子、茯茶等，撒拉语称作“阿让恩达”。结婚之日，男女双方都要请客送礼，阿舅又是两家宴席的贵客，他要向新婚男女送衣料及盖头，鞋袜等物，还要送一定数目的现金；而给阿舅的回赠则是“抬羊背子”，以示尊敬。可见，这是一种母系氏族社会习俗的遗迹，至今仍相传不衰。此外，像《撒赫斯》中，“黑青稞野燕麦长一处，黑青稞熟了你收进来，野燕麦撇在地里了”；“把女儿当做雨后的水，任你泼来任你洒”；“黑骡子拉到大门上，逼着让我上乘骑，骨架还嫩血未稠，头发还没长全就送我出大门”；“我是你的金子，你却当成了黄铜，不知痛爱；把夫家的彩礼，你都当做宝贝，看得那么重……”都反映了撒拉族的农耕生活和婚俗、伦理、服饰习俗。同时，也体现了姑娘们反对早婚，反对买卖婚姻的思想意识。如今，在婚礼中，人们仍可以听到新娘吟唱的《撒赫斯》，但其内容已有了变化，主要是倾吐姑娘离家出嫁时恋恋不舍之情，表达她们感谢父母养育之恩。

“儿歌”，大都与儿童的生活游戏以及民族的传统知识有关，其中也蕴涵着丰富的民俗事象。如《凯给力克》（石鸡）从不同侧面反映了撒拉族人民的日常劳动和生活状况，语言简练，生动有趣，节奏明快、韵律和谐，充满着浓郁的民间生活气息。

三、谚语中的民俗事象

撒拉族谚语既是撒拉族民间文学的重要组成部分，又是撒拉族语言的有机组成部分。它渗透到撒拉族社会生活的各个方面，内容丰富，指事广泛，充分体现和展示了撒拉族的民族个性和文化气质，极大地丰富了撒拉族语言和口头文学。在传授生产、生活经验，指导人们生活行为，鼓舞斗志，培养高尚道德情操等方面，发挥了并继续发挥着重要作用。每条谚语都包含着深刻的哲理，蕴含着丰富的民俗事象，成为广大人民喜闻乐见的民间口头文学，常常被运用于人们的说笑言谈之中。其主要内容包括以下几类：

1. 时政类

在阶级社会里，代表剥削阶级的本民族土司、头人、地主、官僚及官府衙门，利用手中的权力，残酷地压迫、剥削被压迫阶级，平民百姓与剥削阶级始终处于对立的地位，他们对贪官污吏恨之入骨，于是，有感于切身的政治状况，创作了许多批判和揭露官府的谚语，以示对统治阶级的愤懑抗议。如："十日的雨，一日晴天就会晒干；十村穷人，一个富人能榨干"；"无论走到哪里，锅的耳朵都是四只"；"麻雀落田要吃粮，狐狸进家要偷鸡"等。其中第一条谚语表达了劳动人民对地主老财的痛恨和愤怒；第二条谚语从民众的角度看"天下乌鸦一般黑"，官府中没有好人；第三条谚语形容官府老财进家来，不是要钱就催粮，没粮他就抢，没钱他要命，搞得百姓山穷水尽，走投无路的情景。

2. 事理类

"谚语和俗语典范地表达劳动人民全部的生活经验和社会历史经验。"（高尔基语）每条谚语以惊人的准确性，道出事物十分复杂的本质，颇具哲学意味。"河里蹚的是好水手，崖里绊的是好猎手"，说明猎人虽身强力壮，箭法娴熟，他们经常出没于山梁石崖，但久而久之，凭自己有长期的打猎经验而粗心大意，放弃警惕，就难免会发生摔死山崖或被野兽咬伤甚会吃掉的意外（偶然）事故。基于这种认识，撒拉人经常提醒那些自以为是、办事不慎的人。

3. 修养类

这类谚语总结了许多学习和为人处世的经验。其中有教人虚心学习、刻苦钻研的，有教人谦虚谨慎、力戒骄傲的，也有鼓励人们要有志气、自强不息的。这类谚语虽然语句短，但道理却很深刻。如："泉水越挖越清，知识越学越深"；"树大枝叶多，人多智慧广"；"傲慢惹人生气，苛求者招人发怒"；"不要忘了苦日子，不要烤干皮窝子"（不要好了伤疤忘了疼）；"骑着牛找兔子"（可望而不可即），等等。

4. 社交类

撒拉族社会在一定程度上还是一个礼俗社会，人与人之间的交际往来中十分崇尚仗义、忠实的行为，最忌讳两面三刀、花言巧语、当面一套、背后一套的人。谚语说："听话要听音，交人要交心"；"人前说人话，人后说鬼话"；"树直用处多，人直朋友多"；"人前头漫者里，人背后捣者哩"。这些谚语反映了撒拉族人民在交际过程中爱憎分明的立场，深刻表达了他们对交际往来的一种价值趋向。

5. 生产生活类

撒拉族是以农业为主的民族，农业生产在他们的物质生活中占有主导地位，因而在生产谚语中农谚占了绝大部分，其中包括有关节气的内容，观察天气的经验和知识，关于庄稼生长规律的内容，农活和栽培技术的内容以及商业和手工业等方面的内容。生活谚语体现了对劳动的赞美与歌颂，反映了劳动人民的世界观，健康的生活态度和高尚的道德品质以及丰富多彩的生活经验。如："东虹日头西虹雨"；"早烧有雨晚烧晴"；"水缸出汗必有雨，蚂蚁搬家水涟涟"；"春天的雨，缸里的油"（喻风调雨顺，五谷丰登）；"立秋摘花椒，白露打核桃"。这些谚语是撒拉族人民调节人类与自然关系的经验总结。在科技发达的今天，许多谚语仍具有一定的科学道理，仍然指导着人们的生产和生活。

6. 家庭婚姻类

家庭是撒拉族社会的基本单位之一。谚语中包括了婚丧嫁娶、衣食住行、攀亲结友、迎宾送客、教育子女等诸多方面的内容，反映了撒拉族人民在家庭、婚姻方面的传统观念和民风民俗。如："家庭和睦，事必成功"（家和万事兴）强调了家庭和睦的重要性。"袖筒里的火袖筒里灭"；"头破在帽子里，胳膊断在袖子里"，说明在传统观念中家的利益高于一切，"家丑不可外扬"，家里出了什么丑事，对外还要掩盖，内外有别。"嫁出去的女儿泼出去的水"反映了旧社会父母对女儿婚姻的态度——不再过问。

从上可见，撒拉族民间文学，从多方面折射出了丰富多彩的撒拉族民俗事象和社会生活，为我们提供了珍贵的资料，希望有更多的人进行研究。

（本文原载《青海民族学院学报·社会科学版》2005 年第 2 期）

今日撒拉族生活

谭晓霞

2003 年夏末初秋，我赴青海省循化撒拉族自治县石头坡村进行有关撒拉族的民族调查，所见所闻，给我留下了深刻的印象。

青海省是个多民族聚居的地方，循化县也不例外。这里主要居住着撒拉族、藏族，还有部分汉族，早在元朝时，撒拉族先民——中亚撒马尔罕人经新疆长途跋涉迁徙到循化，后与周围的藏、回、汉、蒙古等族长期相处，逐渐形成了撒拉族。自称“撒拉尔”，“撒剌”、“沙剌”、“萨拉”、“撒拉回”等是汉人对他们的称谓。新中国成立后，根据本民族人民的意愿，正式定名为撒拉族。

任何民族的生活方式都是与其生活环境息息相关的。撒拉族先民之所以从遥远的中亚撒马尔罕地区历尽千辛万苦来到这里，并最终定居下来，正是因为循化得天独厚的自然环境。这里气候温和、水源充足，土质肥沃；而且对于一个迢迢千里背井离乡的民族来讲，寻找一方与原居住地基本相同的生存环境是十分重要的，这不仅是对原居地自然环境及其与这种环境相适应的传统产业的恋情所致，更因为这直接关系到民族的生存和发展，显而易见的，越是熟悉的生计方式越有利于他们的生存，越有利于发挥原有的经验和技能，所以他们的生活方式或多或少地保留着中亚原著民的一些特性。我们可以从与生活密切相关的衣、食、住、行四个方面走近撒拉族，去了解其独特的生活方式。

衣

服饰是一个民族最显性的区别特征，人们往往可以从着装和配饰辨别其族属。但是如今在公共场合，一般人是很难从服饰上区别同处一地的撒拉族和回族的，只有那些熟悉两个民族不同体貌特征的人才能够避开相似的着装辨别“真伪”；就是在撒拉族村寨中穿行，对于那些初次接触撒拉族的人来说，要分辨他们的族别还是一件不容易的事。据石头坡村的老辈说，撒拉人的民族服饰原来也具有其本民族的特点。但是随着时代的变迁以及和周围民族的交往、融合，近五十年来，逐步变化，渐渐失去了原来的风貌。

在清末和民国初年，妇女喜欢用青布缠头并穿着大襟坎肩，这是当时识别撒拉族的一大特征。而且在喜庆宴会时，她们常常披边沿有宽幅花边的披风，并穿着鞋帮镶有“云”字图案和鞋尖上翘的鞋，近几十年内，已完全绝迹。因为受到汉族传统的影响，撒拉贵族家庭中的女子也有缠足的习俗，并穿当地人所称的“屣屣鞋”，和汉族女子一样，以有一双“三寸金莲”为荣。这是一个特定时代的标志，随着社会风尚的改变，它也悄然逝去了。

从20世纪50年代末期起，因为与回、汉民族杂居，其服装样式已经与回、汉民族有很多的相似之处。男子因为与外界交往的机会更多，因此受到的影响也更大。男子的短衣较附近的汉族略微宽大或短些，腰间系一根布带，富人系丝绸带子。平时头上戴白色或黑色的六牙帽或圆顶帽，夏天为白色，春秋黑色，冬季则戴羊羔皮、狐皮帽。一般男子喜欢穿白布褂，外套黑色坎肩，称为“白汗褡青夹夹”，腰系红布带或花布带，有的也穿妇女所绣的绣花布袜。老年人多穿长衫，长衫较汉族的狭窄。冬天，富人戴皮帽，穿皮衣和皮靴，贫者多穿羊毛织的“褐子”（毛线织片），用以避风雪。天最冷时，“褐子”上披无布面的羊皮袄，头上缠块羊皮，脚穿布鞋或牛皮制的“洛提”（方言称“骆驼鞋”），里面装草取暖，并可晴雨两用，既结实又便于从事砍柴等劳动。老年人做礼拜时，头缠约数尺的白布，叫做“达斯达尔”。

青年妇女喜欢穿颜色鲜艳带大襟的花衣服。妇女上衣掩过膝头，在长长的上衣之下露出长裤，并常常在衣服之上套黑色坎肩。为了便于干活，在家时一般穿短衣：喜欢佩带长串的耳环，戴戒指、手镯、串珠。妇女都留长发。未婚女子均梳一条或两条辫子，结婚时将辫子在头上绾起，戴盖头。“盖头”是由伊斯兰教妇女所戴的面纱演变而来的，像风帽，盖住整个头部，仅露出面庞。它的颜色，因年龄不同而异，少女戴绿色的，二十岁以后到五十岁左右为黑色，五十岁以后改为白色，有时头戴花发帽或青帕子，上面再蒙上盖头。

现在，随着工业时代的发展，大量低廉的工业产品也进入了人们的生活中，原有的服饰样式已经有了很大的改变。最为显著的变化就是，单从服饰上看，撒拉族的民族特征已不明显，其特色服装“白汗褡青夹夹”只有在特殊的时候，如结婚的时候才穿。而且男性的佩饰也没有了，像过去他们系在腰间的红布带和花布带，穿上汉式衣服再系上带子会觉得不伦不类，所以带子也逐渐完成了其历史使命。布袜是用两层棉布缝制而成的，所以有很好的保暖作用，很适合冬季穿。但是在人们选择各种新式的鞋之后，布袜太厚，不便穿着，加之现在的大多数女性已经不会刺绣，所以布袜也越来越少。这些年很多商人和博物馆的人来收集这些物品，我们也只有在那些很少出门的老人家里能看到。伊斯兰教对女性的规约很多，女孩到九岁以后就算出幼成人了，就有戴头巾、遮羞体等遵循教规的义务。但是因为上学的缘故，结婚前的女孩子很少有戴头巾的，特别是那些离开石头坡村去外地求学的孩子。有些在外地工作的女性，接受了新的思想，把长发也剪去了，有时还会遭受别人的非议；她们有的人或许会因为工作的关系在外很少戴头巾，但是回到村子里，就要把头巾戴起来，不仅是遵守教规的规定，也是对老者的尊重。现在妇女带头巾，是先戴上护士带的那种白帽，再带头巾，平日出门必须戴头巾，在家可以只戴白帽。

根据场合的不同，男子在平日的礼拜和每逢特殊日子，“主麻”、“尔的节”等时，去清真寺，大多数人都穿上长衫，老人则戴上“达斯达尔”，平日不戴圆顶帽的，此时也必须带。阿訇的穿着平日里也和其他人一样，只是礼拜和主持仪式时要按照教规穿戴整齐。女性在礼拜的时候也要穿上平日里不穿的长衫，戴好盖头，念祷时还必须手持珠串。

食

撒拉族以小麦、青稞、荞麦、谷子为主食，通常是做成馍馍、面条（当地人称之为饭）、散饭和搅团（做法是水开后撒上面粉搅成粥状而成，搅团比散饭稠些，里面放点盐、油。吃搅团时，另备白菜或酸菜、辣椒和蒜等作料）。此外，还有花卷（花卷中要涂上姜黄、香豆等）、油香、馓子、困锅馍、油搅团（以油拌面做的搅团），还煮麦仁粥（将麦粒舂去外皮，用水煮成稀饭）。“手抓羊肉”是普遍爱吃的食物，多在过宗教节日的时候吃，平时很少吃。而且在吃“手抓”的时候一定要吃生蒜，他们有这样的说法，“吃‘手抓’不吃蒜，营养见一半”。逢节庆的时候，还蒸糖包子和肉包子，油炸蛋糕等。

撒拉族不饮酒，饮料有茯茶、麦茶、果叶茶、“剪子茶”。制作麦茶时，将麦粒炒焙半焦捣碎后，加盐和其他配料，以陶罐熬成，味道酷似咖啡，香甜可口；果叶茶是用晒干后炒成半焦的果树叶子制成，饮用别具风味。“剪子茶”（山上长的一种野树叶子烘制而成）为撒拉族的主要饮料，最具特色的是“三泡台”，由干桂圆、果脯、枸杞、茶和冰糖炮制，由于配料重量不一而分层，故名。

根据伊斯兰教教规，禁食猪肉和自死之物，不食奇形怪状、凶残动物的肉，不食得之不义的食物，不饮酒，不吸烟。一般来说，老一辈的撒拉族人以及女性因为很少与外界接触都严格的遵守这些规定。相反的，那些常年外出做工、跑生意的人却难免有违规的，但是必须远离村庄，否则会受到斥责。依照惯例，撒拉族人的饭馆里是绝对买不到烟和酒的，在循化这一点得到严格的遵守。

撒拉族的饮食结构和种类在社会发展的过程中没有很大的变化。平常一日三餐还是以面食为主，很少吃米饭，因为当地不产大米，而且这也是长久以来形成的饮食习惯。他们觉得吃米饭容易饿，干体力活时，时间不久就会觉得没力气了。另一个原因是，人们种植的蔬菜种类不多，基本上还要到集市上去购买，而且吃面食也不需要做太多佐餐的蔬菜，所以平日里也很少吃蔬菜；日常生活中，除有宾客或是年节的时候，寻常人家也很少吃肉。

撒拉族的饮食不仅保留了其先民的传统，而且在其发展过程中形成了其独特的风格。撒拉族属于突厥语民族，定居于循化之后，经过几个世纪的变迁、融合、发展，深受黄河文化沐浴，但是在饮食方面依旧保留着很多的突厥传统，如撒拉人平时食用的馍，是古代突厥人的食品“艾甫买克”的发展。撒拉族先民早在中亚时就信仰伊斯兰教，深受伊斯兰文化的熏陶，长期以来，撒拉人严格遵从伊斯兰教对食物的来源等方面的规定，讲求清净无染，以“清真”调养自己，因此具有浓郁的伊斯兰特色。撒拉族主要聚居在中国西北黄河上游之滨的山谷地带，所以无论从食物结构、品类还是形态和口味都具有浓厚的西北风味。

日常的饮食除斋月里吃两餐以外，平常也是三餐。每天晨礼（第一次礼拜）之后，妇女们就忙碌着做早饭，吃早饭一般在七点四十到八点之间；食物相对简单一些，很多时候都是喝茶吃馍馍，经济稍微宽裕一些或是家中有小孩的家庭就喝牛奶或是奶茶。中午这一餐的时间通常在第二次礼拜（夏天大约在一点半左右，冬天顺延半个小时）之前或之后，大多数家庭还是把吃饭的时间安排在礼拜之前；馍馍是每餐都必不可少的，还有面条、面片或是米饭；吃米饭的时候，就炒几个小菜吃，这就要花费一些时间，所以为了节省时间不耽搁干活，就做面食。晚饭的时间是在第三次礼拜（晚上八点）之前或之后，一般还是在礼拜之前就吃好，吃面条或是面片。斋月的时候，和信仰伊斯兰教的其他民族一样，根据教规只吃两餐，第一餐在每天日出之前必须完成；第二餐必须在日落以后吃，因为斋月时间是在冬季，为了能够充分补充能量、保持足够的体力操持家务和田间的劳动，人们会在此时摄入比平时多的肉食，食物也相对丰富一些。

用餐的时候也有讲究。平时男人就在主屋炕头上吃饭，年纪最小的一个就要负责添饭、加水；女人和小孩就在厨房和其他地方吃。家中有客人的时候，男人们就和客人一块用餐，女人和小孩要在客人们吃好以后才能吃。撒拉族好客，宴请宾客时不炒菜，只吃烩的“碗菜”。招待客人的时候他们总是用最好的食物，这可以反映他们的好客。

住

撒拉族是定居性的农业民族。其明显的特征是血缘关系较近的“阿格乃”、“孔木散”居住在统一区域。石头坡村有三个家族，即三个“孔木散”。以临平公路为界限，可以把石头坡村分为上庄和下庄，上庄居住的是陈氏孔木散，下庄以清真寺为界分别居住的是韩氏孔木散和马氏孔木散。这样的居住方式自古有之，有利于孔木散间的相互帮助，也可以体现家族的势力。现在，虽然孔木散的凝聚力和亲和力日益缩减，但是这样的居住方式还是保留了下来，不同家族间基本的区域划分没有改变。

过去的房屋多为平顶土坯房，房架结构以木料、泥土为主，而现在，随着建材种类的丰富以及人们生活水平的提高，很多家庭也开始用钢筋水泥修建新式的房屋，或是“土洋”结合的房屋，即不改变传统的样式，局部选用新式的建材，如用空心砖修墙体，用地板砖铺地板等。石头坡村的房屋还是以土坯房居多，但是人们很重视对大门的修葺，纵使没有盈余砌好围墙，也要先把大门修好，“门面”观念对撒拉族的影响也是同样巨大的。富裕人家的门面上雕刻有精美的图案，还有的用镂花的砖来装饰墙体，也有用花岗岩来修葺大门的，从大门的华丽程度就可以判断家庭经济条件的优劣。一般人家的房屋都在椽子上雕刻荷花、桃子等吉祥的花纹。房屋的坐向没有太大讲究，建筑结构类似白族的“三坊一照壁”，只不过“三坊”不是两层的楼房，而是进深很长的平房；也没有“一照壁”，通常大门正对的就是正屋；还有建成四合院形式的院落。

作为社会基层组织基本单位的家庭，撒拉语称“启木散”，很少有几个兄弟和父母同住的情况。几个儿子成家以后，就要分家。一般家庭分家时，父母与小儿子同居旧宅，其余的儿子另迁新址，各立门户。当然，新居同样在本家区域。

房屋内很整洁，人们喜欢在墙壁上悬挂写有“清真言”的阿拉伯文书法和表现朝觐场面的挂毯。根据伊斯兰教规，家中不能够挂人像画和有鸟的画，所以大多数家庭挂的都是风景画，其他的装饰很少。

撒拉族人很喜欢园艺。在石头坡村，家家户户的房屋院中都有果园、菜园和各种花草，不仅美化了居住环境，也可以修身养性。由于人口的增多，可种植的土地也逐渐压缩，院中开辟的这一方“小天地”还可以为人们提供部分蔬菜。

因为冬季气温较低，撒拉人家大都是土炕，天气转冷的时候就烧土炕，整个屋子都会很暖和，成了最简易的空调，这是北方农村的一大特色。

在石头坡村，作为“住”的另一大特色是厕所。村中没有公共厕所，所以各家都有自己的厕所。厕所很简单，在离地面一定的高度架起几块板子，留缝隙，一面是墙根，另一面则修一块“遮羞板”。“遮羞板”要能露出半个头来，这样就能避免尴尬。没有化粪池，人们采用掩埋的方法，定期处理并定期拉运掩埋的土，这样就避免了疾病和病菌的滋生。

各个民族在居住空间分配上都有各自的特色，撒拉族也不例外。正屋一般是父母居住，而一个院落内同时居住着幼子家庭及其他兄弟家庭时，幼子家庭和父母的居所在同一个方向，其他兄弟家庭则安置在偏房。而家中有客人时，主人家会把男女客分别安排在不同的房间，不经允许男客不能擅自进入女客的屋内。

行

过去还没有通公路之前，人们外出经商都是步行或是使用最主要的交通运输工具——马、骡、驴等。

石头坡村原来还有一部分居民居住在黄河南岸，北岸的居民至今还有部分田地在河对岸，黄河大桥还没有建成的时候，两岸居民的交往和劳作受到了严重的限制，人们只有在水涨之前，凫水过河。后来，撒拉人发挥了他们的聪明才智，利用羊皮和木材做成了羊皮筏子和木筏作为水路最主要的交通运输工具，解决了他们的水路交通问题。

羊皮筏子是西北地区黄河沿岸最为普遍的水运工具，它的做法是将羊宰杀以后，把羊皮完整地蜕下来，并去掉头、脚，用盐水脱水后，再搽上菜子油保持其柔韧度，然后用绳子将头、腿处扎紧，留下一个孔，人吹或打气使其膨胀，再将气孔扎紧，这样把12～14个皮筒吹起来，一一捆在直径为10厘米左右的木杆上，木杆纵横交错。捆住木杆和皮筒以后，皮筒朝下放到河面上，这样一副羊皮筏子就做好了。它不仅可以用来载人，还可以用来运输物品。最绝的是，人们会把孩子放在羊皮筒里面运送到河对岸。还有那些胆大但是水性差一些的人，可以怀抱一个涨满气的皮筒子，借助它的浮力渡河。黄河大桥建好以后，解决了黄河两岸水路交通的问题。羊皮筏子因而也逐渐失去了古老水上交通工具的重要位置，但是它的历史价值是不容忽视的。

现在，交通已经不是制约经济发展的主要因素，当地政府深知“想致富，先修路”的道理，近几十年来，花费了大量的物力和财力修筑公路，路一修通，就打开了对外交往的通途。现在，石头坡村好几户人家都拥有了私家车跑营运，跑格尔木、西宁、西藏等地，不少人家还因此发家致富。在此之前，人们还开着拖拉机去格尔木等地淘金，一时成为撒拉族勤劳、勇敢的佳话。拖拉机在汽车时代以前发挥了前所未有的作用，人们用它来开垦，也用来运输。

这只大铁牛还有一段故事，石头坡村刚刚拥有第一辆拖拉机的时候，人们根本没见过这个四个轮子的怪物。试车的时候，清真寺里还特意广播，“下午拖拉机试车，管好自家的孩子，会压死人的”。人们诚惶诚恐地关紧大门，扒在屋檐上看。而一提起自行车，老人们又讲起了故事。自行车刚刚流行的时候，藏民们还没有机会见到这个新事物。村里的有些好事之人就扛上自行车到藏民居住的地方炫耀他们的新玩意儿，他们煞有介事地在山路上遛来遛去吓唬人，还表演各种特技，藏民们因此还邀请这些“厉害人物”去家中做客。这些现在人们拿来当做笑料的故事从另外一个侧面反映了人们接受新事物的过程，也代表了一个时代的发展。现在，自行车在这里的风靡程度并不高，因为一来费力，二来费时，自从摩托车出现后，自行车的市场就完全崩溃了。现在无论是在西宁这样的省会城市，还是循化这样的小县城，在大街上很少有骑自行车的。在石头坡村的撒拉人，有事去县城，花一元钱坐出租车就可以去；因为地处交通地段，来往各地的车辆也较频繁，所以人们去任何地方都十分方便。

通信也在十年前发展了起来，许多人家纷纷装上了电话，到现在为止，全村已经有40部电话，还有少数经商的人用起了移动电话。通信的发展便利了人们的交往，节省了人们的时间。

撒拉族人的生活已经打破了原有闭塞的状态，视野开阔了，他们开始融入经济发展的大潮中；开放必然会带来影响传统的新事物、新观念，特别是对传统文化或多或少的冲击，但是人们的选择和文化自身的免疫力会整合这些新的东西，从而吸收为传统的新元素。

撒拉族习惯法规范的当代运行

王佐龙

撒拉族拥有非常丰富的民族习惯法。① 总体而言，撒拉族习惯法具有传统精神与时代特征共存的特点，传统精神表现为习惯法运行以禁忌为规范核心；时代特征又体现为习惯法在努力寻求与国家法的结合。

一、禁忌：撒拉族习惯法的核心规范

禁忌“是关于社会行为、信仰活动的某种约束来限制观念和做法的总称”②。禁忌与法的关系，有人认为法的源头乃在禁忌。③

撒拉族的禁忌主要分为宗教禁忌、生活禁忌、生产禁忌等。长期以来，在撒拉族社会，由于受伊斯兰教文化的影响，宗教禁忌为所有禁忌的精神起源，宗教生活与宗教禁忌是一体的。伊斯兰教所提倡的戒恶内容，实际上也是教法所规定的禁忌条文。撒拉族禁止信仰任何异教，禁止崇拜一切偶像，在居室内禁挂任何动物像或人像，不得求神问卜（除真主外），禁止相面算命、赌咒和念咒语，禁止在清真寺或基地旁边解手。严禁在清真寺内及其附近吐痰，或携带污浊之物进入清真寺。做礼拜时，他人不得从面前走过。

撒拉族生活方面的禁忌很多，具体可分为：食物禁忌、性禁忌、服饰禁忌、偶像禁忌、婚丧禁忌、语言禁忌等。④ 撒拉族是一个富有经商传统的民族，其丰富的

---

① 至今笔者所看到的对此系统的研究成果仅有马伟、马芙蓉撰写的《撒拉族习惯法及其特征》一文。文中对撒拉族习惯法从撒拉族习惯法的社会组织、政治宗教制度、生产与生活、经济、财产继承、学习、礼仪习俗、禁忌及其习惯法的基本特征等作了高度的分析，同时，在朱和双、谢佐、马伟《撒拉族——青海循化县石头坡村调查》中对撒拉族习惯法的分析，亦没有超出前文。

② 乌丙安《中国民俗学》，20 页，沈阳，辽宁大学出版社，1985。

③ 田成有：《民族禁忌与中国早期法律》，载《中外法学》，1995（3）。

④ 马伟：《撒拉族风情》，80～81 页，西宁，青海人民出版社，2004。

商事禁忌构成了商业交往的禁忌体系：禁止欺诈、强迫交易、垄断、失约、交易禁食物品、赌博色情等。①

一般认为，禁忌是类同于法律属性的初级社会控制形态。② 但在撒拉族社会，禁忌既是历史的法律源头，又是当今现行的主要法律规范和模式；作为一种最原始、最特殊的规范形式，它在很大程度上扮演着法律的角色，发挥着调节社会关系的作用。以循化县的石头坡村为例，近年来该村内多年无治安案件，卫生状况良好，公共交往有序，邻里和睦，婚丧嫁娶恪守民俗。这显然与撒拉族习惯法有着密切的联系。禁忌使撒拉族社会秩序化的现实从某种意义上证明了学者的论断，即“禁忌在很多场合是有益的，考虑到社会状况，法律的缺少和民风的剽悍，它可以相当不错地代替一个政府的职能，并且使社会尽可能的接近有组织”③。

（一）禁忌在撒拉族社会的解纷功能

首先，禁忌在撒拉族社会的解纷中，具有主导性功能。

案例（1）：石头坡村韩阿不都家的承包地与马灵桃家的承包地相邻。后由韩阿不都之子韩尕乙布（40 岁）与马灵桃家达成换地协议。在换地时，村长问韩尕乙布，是否应征求其父的意见（其父韩阿不都已 70 岁，住在西宁），韩尕乙布说自己可以做主，但在地换好后，其父坚决反对，认为分地时自己当家，而换地时不通过自己，换地无效。双方争执不下诉至法院。后村里组织“汉志”（哈智）老人给双方调解，议志老人讲：“我们一个村，一个民族，早不见晚见，这样已经是倒霉，不要再给子孙留下怨恨。”在这种感召下，双方又达成补偿协议，由马灵桃用自己在公路边的地加上其他条件，补偿韩阿不都的要求，双方同意，并撤销在法院的起诉。事后一位参与调解的汉志老人评价说：“韩家为此付出诉讼费、律师费 2000 多元，马灵桃也花了 600 多元，（诉讼）真不值啊。”

此例典型地反映了不得僭越父权的禁忌在撒拉族社会解纷中作为主导准则的地位。众所周知，历史上，撒拉族社会一直是一个传统的父权制社会，子女对父权僭越，往往会受到社会的谴责。本例中的当事人韩尕乙布虽已年过 40，且已分家另过，在国家法的话语中，他是一个具有完全民事权利能力与民事行为的人。依西部农村社会的一般习俗，分家另过等于自己的经济独立与行为自治。但韩尕乙布的有效行为却受到其父的强烈反对，其理由是父权这一撒拉族社会最主要的权威遭到挑战。最后，韩父的反对起到阻止协议生效并使对方当事人以其他条件补足其要求的效果，说明僭越父权的禁忌，是撒拉族社会浓厚的民情基础。它同时也向外界昭示，

① 马维胜，马玉英：《试论撒拉族商业文化》，载《西北民族研究》，1993（2）。

② 张冠梓：《论法的成长》，453 页，北京：社会科学文献出版社，2002。

③ 王学辉：《从禁忌习惯到法起源运动》，64 页，北京，法律出版社，1998。

父权是撒拉族社会解纷取向的主导。①

其次，禁忌的目的是倡导和谐解纷，即忌“不睦”。“无讼”与“息讼”是整个中国社会传统法律文化的基本价值取向，体现了以法自然的哲学思想为基础的对大同世界的追求。以法自然的文化思维为核心的无讼价值取向，逻辑上是传统中国特有的自然农业经济与社会结构和现实政治需求相契合的结果。② 撒拉族社会作为农业社会，其解纷观与“无讼”所追求的和谐与统一是相契合的。但是，撒拉族社会从其宗教理念出发，禁忌“不睦”，这种理念实际上是伊斯兰教社会成员之间关系的基本支柱，“谨守穆民间的关系”，“离弃自己的教胞超过3天，这对于穆斯林来讲，是不合法的。”案例（1）中参与调解的撒拉族“汉志”的调解词就是这一感情最真实的反映，“我们一个村，一个民族，早不见晚见，这样已经是倒霉，不要再给子孙留下怨恨”。可见在人们的观念中，争端的是非评价并不是最重要的，重要的是不能伤害穆民间的和谐感情。在调查中我们感受到撒拉族群众特别注重关系的和谐与对矛盾的调解解决。正如他们所言：“在2002年斋月，将不来往的人由阿訇出面为他们沟通，结果出现大家争道‘赛俩目’（您好）的场面”，这被视为是他们至高的交往品德而受到撒拉族社会推崇。

基于上述分析，我们发现撒拉族社会处理纠纷具有以下两个特点：一是处理纠纷以调解为主。调解是一种行之有效的手段，它可以化干戈为玉帛，防止族人及各家族间因故酿成大案。由于阿訇或者到麦加朝过觐的“汉志”在撒拉族社会中享有很高的威信，因此发生纠纷后，人们往往会请他们出面调停。这些人对纠纷双方往往采取息事宁人的态度，动之以情、晓之以理，从而较圆满地平息了纠纷。二是纠纷解决后的制裁形式特殊。对不遵守本共同体行为规范的，排斥出民族共同体外。在经济并不发达的时期，离开了集体，就意味着无法立足社会。这种制裁包含有政治的、经济的、宗教的、感情的各方面因素，这对于自尊心极强的撒拉人来说无疑是超越刑罚的惩罚。③

（二）禁忌与撒拉族社会秩序

“禁忌成为原始社会唯一的社会约束力，是人类社会中家族、道德、文字、宗教、政治、法律等所有带有规范性质的禁制的总源头。”④ 实际上，就当今而言，禁忌因其独有的类法律的社会协调、整合功能，而作为一种约束面最广的社会行为规范，从吃穿住行到心理活动，从行为到语言，人们都自觉地遵从禁忌的命令；禁忌就像一只看不见的手，暗中支配着人们的行为，起着一种社会协调、整合的功能作

① 父权权威，实际在撒拉族社会有多种体现。如撒拉族姑娘出嫁，需得到“亲房叔伯父”的同意。“亲房叔伯父”是“阿格乃”的主要成员。如果得不到“亲房叔伯父”的同意，这桩婚事即不合规程，是不合习惯法的婚姻。男子要结婚，同样要得到“阿格乃”的认可。

② 王学辉：《从禁忌习惯到法起源运动》，64页，北京，法律出版社，1998。

③ 马伟，马芙蓉：《撒拉族习惯法及其特征》载《青海民族学院学报（社会科学版）》，1997（2）。

④ 王学辉：《从禁忌习惯到法起源运动》，65页，北京，法律出版社，1998。

用，有助于社会关系和社会秩序的建立和延续。所以德国学者卡西尔断言："禁忌是人类迄今为止所发现的唯一的社会约束和义务的体系，它是整个社会秩序的基石，社会体系中没有哪个方面不是靠特殊的禁忌来调节和管理的。"① 在撒拉族社会，禁忌构成了其所有社会秩序规范的总源头。禁忌以"朴素、简洁、方便、合理、易操作的行为模式规范人们做什么、如何做。它的产生源于人们的生活需要，是人们适应自然环境、维持生存的文化模式"②。自由主义大师哈耶克认为，法律是指社会在长期的文化进化过程中自发形成的规则，也即自生自发秩序或内部规则。③ 学者对撒拉族社会的秩序有效性的实证调研表明，④ 其生活、交往、纠纷解决、公共事宜管理等的秩序化状态和人际间的和谐共存，已印证了哈耶克论断的科学性，即维系中国民间社会的是大量的作为非正式制度的自生自发秩序或内部规则，它们是当地社会有效运转的规矩与范本。因此，肯定撒拉族习惯法的意义并不仅仅是说明其作为历史存在的文化价值，而是要彰显其对当今乃至将来撒拉族社会秩序构筑的久远意义。秩序是社会存在的客观要求，只有有序的社会才给人安全和可信赖的预期，人们才可以相互预测对方的行为并理性决定自己的行为。正因如此。卢梭断言："社会秩序乃是为其他一切权力提供了基础的一项神圣的权利。"⑤ 目前理论界基本认为，国家法之外的其他类型的法律体系是存在的。⑥ 作为自发产生的规则或是民间社会的明文约定，都有效维护着当地的社会秩序。

在社会学、人类学中，这种现象所显现的资源称为"非正式制度"，它是指某一地方在一定的社会背景下，根据本地方的实际需要而自发形成的一系列操作性较强的维护社会秩序、配置社会资源和保护本地区成员利益的规则体系。通俗地讲，非正式制度也称为"非制度化规则"、"非正式规则"、"社会潜网"等，是社会共同认可的、不成文的行为规范，包括行为习惯、道德观念、价值信仰、意识形态等无形的约束规则。⑦

一般认为，非正式制度存在的客观社会基础是农耕经济，而其本身作为一种文化因素在乡村社会的成功运行，须具备两个重要因素：一是有经久不衰的稳固的传递方式——统的复制；二是有坚不可摧的强大的监督方式——舆论的控制。⑧ 作为典型的农耕社会，非正式制度在撒拉族社会的成功运行，首先归功于对传统的遵从，

① 转引自王学辉：《从禁忌习惯到法起源运动》12页，北京，法律出版社，1998。

② 田成有：《法律社会学的学理与运用》，100页，中国检察出版社，2002。

③ ［英］哈耶克：《法律、立法与自由》（第一卷），邓正来等译，北京，中国大百科全书出版社，2000；转引自谢晖，陈金钊主编：《民间法·第二卷》，92页，济南，山东人民出版社，2003。

④ 朱和双，谢佐：《撒拉族——青海循化县石坡头村调查》，150页以下关于政治法律、婚姻、家庭、风俗习惯等内容，昆明，云南大学出版社，2004。

⑤ 《西方法律思想史资料选编》，268页，北京，北京大学出版社，1983。

⑥ 梁治平先生认为，国家法仅仅是整个社会法律秩序的一部分，在国家法之外、之下，还有各种各样其他类型的法律。梁治平：《清代习惯法：社会与国家》，35页，北京，中国政法大学出版社，1996。

⑦ 李怀：《非正式制度探析：乡村社会的视角》，载《西北民族研究》，2004（2）。

⑧ 同⑦。

这是中国乡土社会制度形成、获取权威并得以延续的主流方式。以婚姻为例，一些传统禁忌得到了无条件地遵从，如妇女嫁人、寡妇改嫁，夫方不得为异教徒；婚后媳妇与公公、嫂子与弟弟、哥哥与弟媳彼此之间应回避，不得同室同餐；忌讳女大不婚，提倡女子在15～17岁结婚，这一禁忌得到有效的遵从。从有关的统计资料来看，女子结婚的最小年龄从1972年至2003年都在16～18岁之间，最小的只有13岁。①

非正式制度在乡土社会获取权威主要借助于人们对传统惯例的一代代恪守与复制，恪守是对惯例作为制度的强化，而这种恪守还需依赖于舆论的监督。在乡村社会里，舆论发挥了社会控制的功能，这种控制功能是按照传统的非正式制度——惯例来操作的。凡违反传统的人被认为是行为不合群、违反规范的人，对社区的共同利益是一种危险，必然要受到舆论的谴责。在熟人社会里，舆论的力量首先在于使人知羞耻，其效果绝不低于法律惩罚的震慑力量，中国乡村社会中的“羞耻文化”形成了其“脸面意识”。鲁迅讲，“面子”是“中国人的精神纲领”。“脸面意识”充分体现了乡村社会生活的控制主要来自舆论。舆论对个人的否定作用是十分可怕的，“舆论打死人”、“舆论要了命”的现象在乡村社会并不鲜见。也就是说，村民的日常行动基本上是在传统特色较强的乡规民约、风俗习惯、家族制度等框架内展开的。

非正式制度对撒拉族社会行动逻辑的主导性，特别是舆论监督起到了非常重要的作用。其社会生活中的诸多禁忌都具有舆论监督的性质。如村民们提倡洁身自好、行为自律，反对挑诉引讼，注重公共卫生，禁止男扮女装和女扮男装，禁止陌生男女单独相处、攀谈等，严禁在公共场所唱“花儿”、“玉儿”等情歌，违者会被人群起而攻之，这亦进一步说明舆论的力量。

二、妥协与互惠：谋求与国家法共存的撒拉族习惯法

关于国家法这个“大传统”和习惯法这个“小传统”的关系，德菲尔德认为，两者在深层的文化传统上具有共同性，两个传统是互动互补的，两者都是构成整个文明的重要部分。下述实例，典型地说明在撒拉族传统的解纷文化中，国家法与习惯法的博弈，同时折射出两者互动共存的必要性与可能性。

案例（2）：2002年2月14日，沙让村村民马乙四夫与马二沙兄弟将村民马乙卜拉戳死。案发后，因畏惧对方报复，嫌疑方的亲戚共6户27人弃家外逃。事后上级领导部门及乡党委、本村老农、阿訇等人多次进行调解，但调解无效。2002年12

① 朱和双，谢佐：《撒拉族——青海循化县石坡头村调查》，150页以下关于政治法律、婚姻、家庭、风俗习惯等内容，昆明，云南大学出版社，2004。

月14日，初麻乡党委、甘都镇列卜加村支部书记马吾买及学董，塔麻村村委、学董、老农及马学良亲戚马有明到沙让村进行调解，最终达成如下协议：

①马学良之子马乙四夫、马二沙属凶手，刑案案件由公检法部门处理：

②马学良、马乙四夫、马白克、马奴海、马毛沙、马吾四么尼六户现有的全部财产归马乙四么所有（包括庄廓、房屋、大门）；

③上述门户的杨树、榆树、杏树全部归马乙四么所有：

④另付现金2万元给马乙四么（作为安置费）；

⑤六户的承包地（水地、旱地）上交给村委，由村委负责转包给他人：

⑥马乙四么一方不得打扰除两个凶手以外的任何人的正常生产、生活；

⑦马学良一方在以后的正常生产、生活中如遇到马乙四么一方时不得以任何理由进行打击报复。

⑧本协议自2002年12月15日起生效。

注：协议第四条中，付现金2万元，达成协议之日暂付1万元，另1万元在2003年2月16日前由马有明负责付清。

本协议一式十份

上报：政法委、公安局、检察院、法院、初麻乡党委

存：沙让村委、马乙四么、马学良、塔麻村委、列卡加支部

2002年12月16日

2003年1月13日循化县政法委编印的综治信息对此种调解予以了肯定。

根据撒拉族习惯法，当“阿格乃”、“孔木散”成员被杀时，整个“阿格乃”、“孔木散”成员都有定宽宥或复仇的义务和权利。若故意被杀死，则往往要进行复仇，要以命抵命，烧毁凶手房屋，以至于有些杀人犯长年逃落在外，不敢返回撒拉族地区；若人不死，且伤势不重，由村里老人或阿訇进行调解，打人者要到伤者家里去说“赛俩目”。若伤势较重，凶手得以实物赔偿，否则会引起诉讼或招来更为严厉的复仇。对不参加复仇行动的人，轻则断绝他同“阿格乃”、“孔木散”间的任何礼仪往来活动，重则以武力进行教训。[①] 可见，解决这一问题的理论逻辑，就是上述的习惯法。但是在解纷的技艺上，则体现了将民间传统与国家权威的结合，这是民间解纷精英的高明之处。

首先，民间解纷精英在解纷策略上采用了“传统定实体，官方赋名分”的方法。在国家法律中，此案可称得上是严重的刑事案件。但本案依传统习惯，以民事案件的处理规则，对赔偿的问题达成了协议。该协议与其说是协议，还不如说是一份内容十分周详的判决书。其一，协议书判定了案件性质，即马学良之子马乙四夫、

① 马伟，马芙蓉：《撒拉族习惯法及其特征》，载《青海民族学院学报（社会科学版）》，1997（2）。

马二沙是凶手，刑事案件由公安检察部门处理；其二，对实体赔偿的部分作了非常全面的规定，其内容涉及民事、刑事、行政的各个方面，让人非常佩服民间权威们的缜密思维与解纷技巧；其三，该协议的制定者们还具有非常高超的寻求国家权力的技能，以获得协议的合法性。虽为民间协议，但他们在协议的最后写上“上报：政法委、公安局、检察院、法院、初麻乡党委”，报上述部门并获得它们的认可，就意味着协议取得了应有的合法性，因为在中国的基层社会，上述部门的官方权威性是不容置疑的。事实证明，该行为的预期是合理的，官方（政法委）以“综治信息”的方式，肯定了其对社会稳定的作用，也是官方首肯的最好证明。

其次，在坚守本民族的传统习俗的同时，突显了其地域特色。发生上述案件的村庄是一个藏、汉、回、撒拉多元文化并存的区域，如前述，在撒拉族的解纷习惯中，本“阿格乃”、“孔木散”成员被杀后，其成员有进行复仇的习俗，因此在他们解纷逻辑中，报复行动具有应然性，因此本案中，致使凶手一方的亲戚6户27人遭到株连，并使其所有的财产（包括动产、不动产）全部被处分，甚至连其土地承包权都不能幸免，以及支付2万元安置费的处理方法，就意味着凶手要对自己的行为付出全部的代价。这显然是受到了在区域文化上具有相关性的藏族习惯法赔命价制度中株连原则的影响，即为了本部落的利益而杀死外部落之人，命价则由本部落公众负担；无故杀死外部落人，命价由杀人者及其亲属承担，部落内部杀死人，命价也由杀人者及亲属承担。[1] 这种地方性知识与乡村社会固有的人情、面子、伦理等相比，更具有强制性。根据撒拉族习惯法，在“阿格乃”、“孔木散”的冲突中，若出人命，全村人共同分担命价而保住杀人的人，对不参加者，将施以隔离出本生活共同体的惩罚。从藏族习惯法来看，对本共同体的人造成伤害的，他们都有权以“出兵”方式寻求解决，“出兵”成了一种非常具有强制性的解决争议的方法。

这种共同的观念基础，使他们在行为动机上，就对这种地方性知识的合法性与合理性具有不可动摇的认同，这也是为什么凶手一方对受害方提出的所有条件都能满足，而不寻求任何其他救济，旨在换取将来不受任何理由打击报复的保证，而对问题处理本身所具有的合理性、合法性等在法律视角中必须应关注的问题，他们都能承受或忽略不计。

最后，实现官与民的互惠。在国家法的语境中，该案有不合理之处但却能实现互惠，国家赢得了地方的稳定，当事人获得了问题的解决并得到了双方互不相犯的保证。但耐人寻味的是，这类问题的解决路径，不同于以往国家法在乡村社会获得有效性的一般规律。从技术讲，其运行规律是，国家法在多民族地区实施时必须要结合乡村社会固有的习惯、规矩、礼仪、人情、面子和摆事实讲道理的日常权力技术，法律才获得了乡村社会的认可，才有意无意地渗透到乡村社会之中。因此，我们可以说，法律是对人情和道理认可的基础上才触及乡村社会的，可见，其互惠的实现是通过法律对乡村社会地方性知识的尊重而实现的。

---

① 张济民：《藏族部落习惯法专论》，196页，西宁，青海人民出版社，2002。

但在撒拉族社会，这种互惠是“自下而上”的。从上例可知，他们的纠纷解决根本上是国家法渗透到乡村社会后相互作用的结果。在本例中，几乎很难寻觅到国家法的影子，其参加者、场景设置及处理纠纷的方法原则，都与国家法格格不入，但国家权威对其的认可，说明撒拉族社会“下”的秩序观念所蕴涵的有效性，能满足国家的秩序需求而为官方权威所期望。因此，对本案中国家权威的认可这一事实，不能单纯理解为一个事件或解纷方法的选择，而是一种对民族习惯法地位的重新价值判断。

如果这个特点能被公认为是习惯法的优良品格，以作为与国家法平等对话和交流的前提，并在能自证其合理性和价值的基础上有效放大，如此将极有可能给我们对习惯法命运与价值的思考提供一个新的视角。

（本文原载《青海民族学院学报·社会科学版》2006 年第 3 期）

民族社会学视域中的撒拉族婚俗

韦仁忠

一、撒拉民族概况

撒拉族生活在我国的青藏高原边缘，主要聚居在青海省循化撒拉族自治县及其毗邻的化隆回族自治县甘鄣乡和甘肃省积石山保安族东乡族撒拉族自治县的一些乡村。还有少数散居在青海省西宁市及其他州县，在甘肃省夏河县、新疆维吾尔自治区的伊宁县、乌鲁木齐市等地，也有少量分布。从撒拉族的语言、人种类型、民间传说、历史记载以及风俗习惯、生产经营特点等方面考察，均可证明撒拉族同中亚一带民族在历史上密切相关。根据2000年第五次全国人口普查统计，撒拉族人口数为104503。撒拉族使用撒拉语，属阿尔泰语系突厥语族西匈奴语支。不少撒拉族人民会讲汉语和藏语。没有本民族文字，一般使用汉文。

二、撒拉民族由来

撒拉族人民自称“撒拉尔”，简称“撒拉”而得名。有人认为，撒拉族是古代西突厥乌古斯部撒鲁尔的后裔。传说撒鲁尔即乌古斯汗之孙，塔黑汗之长子。“撒鲁尔”意为“到处挥动剑和锤矛者”，原住唐代中国境内，后西迁中亚。元代取道撒马尔罕，东返中国，行至西宁附近定居。撒拉族传说，其祖先尕勒莽与国王有隙，遂率其部众，牵了一峰白骆驼，驮着水、土和《古兰经》离开撒马尔罕，向东迁徙，辗转到达循化，见地平水好、草场广袤、森林莽莽，遂定居了下来。后来与周围的藏、回、汉、蒙古等族长期相处，互相融合，并广泛吸收当地藏、回、汉等民族成分，逐渐形成单一民族，迄今已有约700年的历史。

撒拉族社会的基本经济单位是“阿格乃”、“孔木散”内的独立小家庭。“阿格乃”意即“兄弟”、“本家子”，是父系血缘关系基础上的近亲组织，由兄弟分居后的小家庭组成。“孔木散”则是“一个根子”或“远亲”之意，为远亲的血缘组织。若干个“阿格乃”组成“孔木散”，若干“孔木散”组成“阿格勒”（村庄）。

三、撒拉民族婚俗文化

文化是人们代代相传的整体生活方式，也是人类群体或社会的共享成果。婚姻是文化传统的一个重要体现。为了了解今天撒拉族婚姻习俗的由来，有必要对早期撒拉族婚姻的一些文化现象进行剖析。媒人，撒拉语称为“嫂吉”，在撒拉族社区，人人都有做媒为荣的习俗。日久天长，这种习惯就成为撒拉族的一种常规。撒拉族的宗教观念认为，介绍成一桩大媒，成全了一件婚事，就等于积一座“米那勒”（宣礼塔）的功德，所以人人乐意为男女婚事奔跑，只图成人之美，积功德，不奢望有任何报酬，直到今天这种习俗仍然存在。这是文化的传承。

伊斯兰教规定婚姻自主。《圣训》上记载：“不论寡妇或处女，没其许可，别人不得做主缔结婚约。”同时伊斯兰教也主张婚姻要征求父母亲的同意和证人的意见。《圣训》说：“有效的婚姻，必须有家长口唤和两个公证人证婚。”也就是说，男女结婚必须得到双方家长的同意，并有两个证婚人。由于种种原因，过去撒拉族的婚姻一般都强调后一个规定，自由恋爱是极少见的。撒拉族青年男女的婚姻，完全是由“嫂吉”（媒人）做媒，父母做主的包办婚姻，所以撒拉族社区有“天上无云不下雨，世上无媒不成亲”之说，当然这种婚姻的一个主要原则就是要由父母做主，靠媒人从中撮合。一旦双方同意，女孩子就在一年或半年当中不出门，只等出嫁。

四、撒拉民族的整个婚俗过程

撒拉族选择配偶有着自己不成文的规定，可以说是撒拉族社区的文化与社会对撒拉族婚姻的一种固定的模式。撒拉族女方择偶的标准存在着以下条件：民族的因素；宗教的因素；自身身体的因素。早先撒拉族妇女选择男子往往考虑品行好、家族地位高、虔信宗教（撒拉地区方言说：宗教抓得好）。根据调查所知，撒拉族女子考虑，只要所找的男人人品好、心肠好就可以了。经过父母同意后，就能结婚。现在撒拉族妇女一般主张男人只要人品好，特别是人实在就行了。其他诸如经济地位、社会地位、文化水平等条件都在其次。现在撒拉族男子除考虑女方的容貌、健康状况外，还认为只要该女子孝敬父母、重感情、尊敬阿訇、与四邻的关系好，就可以娶其作为妻子，并没有认识到结婚以后可能如何。撒拉族婚姻形态是一夫一妻制，实行家族外婚。近亲家族“阿格乃”和远亲“孔木散”之间禁止联姻，但并不十分严格。整个婚俗过程有序而热闹。

打发媒人：撒拉语叫“嫂吉打发拉”，撒拉语汉语合成词。当男方看中某家姑娘时，便央请媒人带着茯茶、冰糖等礼物去女家求婚，女家便召请舅姑叔伯等人商谈女儿婚事，若应允，即告媒人，若不允，则婉言谢绝。

送定茶：撒拉语叫“定茶恩的日”，撒拉语汉语合成词。女家应允后，男方便筹备办定茶。定茶一般是两三套衣服和相应的茯茶，外配一套化妆品，其中一对耳坠是必不可少的。媒人于吉日送去定茶后，女家即让姑娘戴上耳坠，以示姑娘许配于人。媒人并于即日商定彩礼及一应诸事。

送彩礼：撒拉语叫“麻勒恩的日”。“送彩礼”时男方家除未来的新郎外，所有男人包括舅舅、姑夫、姨夫、叔伯兄弟及其儿子们都得去。彩礼在新旧社会有所不同。据清代龚景瀚所撰《循化志·风俗》所载：“财礼亦当时定议，马二匹或马一骡一，贫者则以四小牛，择日令送，贫者先送其半，至娶又送红梭布一对，绿梭布一对，蓝布挎料布一匹，蓝布裙料布一匹，桃红布主腰料一匹；富者被面布料二匹，被里料白大布二丈。”除此而外，还得给一些现钱，这钱多少不定，据伊斯兰教规定，“麦赫日”的多少应按女方所定，不得违背，对于女方来说是应当的。此日，女家则盛情款待男方来宾。饮食完毕，男方将彩礼一一交清，若无差错，双方便互道“赛俩目”告别。

阿让恩达：藏语撒拉语合成词，意即“宴请阿舅”。在撒拉族的婚俗中，从定婚到结婚，阿舅是必不可少的贵宾，婚礼祝词中专有赞颂阿舅功德的一节：“铁出炉家，人出外家，人品好是看阿舅，娘家养育了好后代，人看德性水找源，树木参天必有根，阿舅是骨头的主人，尊敬阿舅是规矩。”由此可见婚礼中敬舅习俗之一斑。为表达敬舅的心意，婚礼前专门请阿舅及其眷属美餐一顿，是面食，则油渍满盘；是菜食，则肉肥脂溢，并于饭毕敬献给阿舅特意煮的“羊背子”。撒拉人认为，婚礼中如果阿舅不乐意，婚礼则无法进行，还得请众人替主人道歉，直至阿舅心满意足为止。

念尼卡亥：撒拉语叫“合的奥哈”，即致证婚词。据《循化志》载：“娶日，婿及男亲皆往迎至女家门外，环坐野地，其尊长为诵合婚经，婿在野中跪；新妇在家中跪。诵毕，牛肉各一块，即各先回。”“合的奥哈”乃是撒拉族婚礼中最重要的一节，念完证婚词即标志着男女二人从此便成为合法伊斯兰法配偶。证婚词须阿訇念，念时炕桌上放一盘核桃红枣和一块肉份子，念前新娘父亲当着大家的面说：“我女儿×××许配给×××了”，新郎则答：“我承领了。”于是阿訇朗诵一段合婚经文，念到结尾时，大家举手念“阿敏乃”，去祈求真主赐新人以幸福。接着将核桃枣儿抛向窗外，参加婚礼者则争相抢食。抛核桃红枣之意，在于祝愿新人像两片核仁那样相亲相爱，相依为命，取枣之意在于“早生贵子”。撒拉族认为，此核桃枣儿如被不孕之妇吃了，也将灵验。然后，先由阿舅、后由叔伯亲戚等人依次给新郎穿戴红绸绿缎，新郎向每位给他戴红者说“赛俩目”以表感谢。并由叔伯兄弟之一人领着他向女家的父母爷奶舅姑嫂等高声说“赛俩目”表示认亲和问候。至此，念合婚经一段结束。媒人等则商议迎娶之日，一般在当天下午或第二、三天。

送人心：撒拉语叫“也应渗吾日”，汉语音转与撒拉语合成词。“应渗”即汉语

“人心”之转音，“应渗吾日”意为“送人心”。婚礼之日（男家于迎娶日晨时，女家于念合婚经日晨），叔伯姑舅、亲戚朋友及“阿格乃”、“孔木散”的人到婚事之家去“送人心”。“送人心”的主要礼物是钱和衣物及化妆品之类。送人心的程序一般是这样的：一大早由“阿格乃”先送，接下来是姑姨等人，接着本“孔木散”及村里的其他人送，最后是舅舅。其中舅舅送的最多，也最招人议论，姑与叔伯兄弟次之，“孔木散”诸人再次之，村里人送的较少。舅舅的礼物由以下东西构成：现钱若干元（视家庭经济情况而定），衣料三套（包括鞋帽化妆品一套），送了“人心”之后，办理婚事之家依次向他们表示感谢，并宴请一顿美餐。食毕，每人分得一块“肉份子”。

撒谷：当新娘将要离开娘家的时候，手捧一把黄澄澄的粮食，在舅舅和叔伯兄弟的扶助下，一边缓缓绕院子一周，一边将手中的粮食撒在院里，默祝自家从此五谷丰登，人丁兴旺。随后退出大门，并从左到右绕娶亲马三圈，被舅及叔伯兄弟扶上马。在撒拉族的习俗信仰里，右上而左下，右善而左恶，由左而右绕马三圈，意在于弃恶向善。

迎娶：据《循化志》载：“娶日……女家一女人送新妇来，各骑牲口，其男眷或多或少，女眷同新妇至婿家。”在娶亲当日，男家请一位精壮的小伙子牵着高头大马或骡子，配以漂亮舒适的新装，前往女家迎娶，女家对迎亲者以礼款待。当女家一应诸人准备停当后，女方舅及叔伯将新娘搀扶上马，新娘悲啼。到了男家大门前，经过挤门仪式，男家的所有男主人（包括“阿格乃”、“孔木散”）在大门口列队迎候，并齐声高呼“赛俩目”；将客人迎到庭院，又列队相向站立，齐声再呼“赛俩目”。

食油搅团：撒拉语叫“比里买合起合尔”。此处指女方的乡邻（已嫁到外村的）于迎娶之日在半路上迎候，手里端着黄灿灿油香扑鼻的油搅团和浓浓的清茶。当浩浩荡荡的送亲队伍簇拥着新娘走到时，乡邻的油搅团和清淡茶便消除了旅途的疲惫。吃完饮毕，主人家要给这位热情的乡邻手里塞给几元辛苦费以示谢意。

挤门：撒拉族婚礼中比较热闹的一个场面。当新娘被拥至男方门口时，男方大门上青年们堵住不让新娘骑马进去，认为这样就可以轻松地使唤新娘。假若新娘骑着马进了门，则被认为有损于男方家的门面和社会地位，就被乡邻瞧不起并当成笑柄。女方家的年轻人则极力地前呼后拥着新娘冲向大门，他们认为，此日是新娘一生中最宝贵的日子，应该让新娘不沾尘土好，在这样两种截然相反的愿望支配下，双方你冲我堵互不相让，有时甚至为此引起不快。在一般情况下，新娘终被其叔伯兄弟拥抱着撞进门内，并一直抬至新房中。现在此俗留存，不过仅是表演而已。

门上蹦跳：这个习俗是在众人“挤门”的同时，由新郎独自完成的。当新娘由大门进入房中时，新郎在门上蹦跳。撒拉人认为，这样可以使新娘在将来的生活中俯首听命，不敢违抗夫家之命。

揭脸罩：撒拉语叫“玉子阿西”，又称“巴西阿西”（揭头巾）。当新娘进洞房后，须面对炕上墙角站立，不能坐下；当送嫁人全部进了男家坐定后，方由舅舅的儿子或叔伯兄弟替新娘揭去脸罩。揭脸罩时，一手拿一双筷子，另一手拿一碗清水，并在新娘头上绕几圈，同时嘴里说几句祝愿的话："你这个好阿姑，嫁到这个家生 5 个男孩，养 3 个阿娜，像金子树的根子那样扎稳，像金子树的杈枝那样茂盛。"说完用筷子揭去脸罩。此时，女家须拿出一些钱将这双筷子换走。在付钱的多少问题上，双方还要争执一番，不过是游戏性的。

开板箱：又叫"板箱阿西"，汉语撒拉语合成词。过去，新娘家一般为新娘做一对板箱，板箱里装好准备送嫁之日送给男方亲属的鞋袜枕头以及给新郎新娘配的被褥等生活用具。此箱的钥匙一般由新娘的亲弟弟掌握，开箱前新郎家须拿出一定数量的钱交给他才行，否则是不会拿出钥匙的。

打发拉：汉语与撒拉语合成词，意即"打发送亲人"，当送亲人吃完最后的一顿饭后，男方需将礼钱及肉份子送亲人。宴饮完备，主人将炕桌收拾干净，客人重上火炕，中间是新娘的父亲，两边依次按舅、叔、兄弟、姑夫、姨夫及"阿格乃"的送亲者坐好，然后，媒人便从男方家长那里接来需要送的钱数，依次放在每个人的面前，并说几句客套话大意即请亲家勿介意、莫嫌这些钱少等语，而亲家则说放得太多了、太费心了等语，随后个人按钱的多寡和自己的心愿拿出 1/5 的钱奉还男家。对女方的"打发"除钱较少而外，其他方面与以上无甚差别，只是给新娘母亲外加一套衣料。打发的同时，还要给每人送一份"肉份子"，给舅舅则抬一"羊背子"。撒拉人认为，羊背子是羊身上最好的肉，一块羊背子约有全羊的 2/5。羊背子是专门敬献给双方舅舅的。当舅舅吃完宴席之后，主人便将"羊背子"恭恭敬敬地放在舅舅面前，还说"吾吉小，莫嫌弃"之类的话。

回门：撒拉语叫"高彦"。按俗规，从此日起，新郎新娘以及新郎家除婆母外所有女眷，都须陪新夫妇"回门"，她们提着油香，先去新娘的娘家，娘家以盛宴待之。之后，依次还要到新娘的"阿格乃"、"孔木散"家，认识新娘的亲戚党家，各家亦热情招待。

五、结论与评析

在撒拉族社区，婚姻往往涉及了家庭的利益和未来的发展，因此撒拉族考虑将来的婚姻时，更多地注重现在双方可能会达到完美的程度，如婚姻中的女方的性格、生理、品质等各方面的因素。撒拉族把对婚姻的优先婚配对象的选择权往往交给父母，也就是说婚姻仍由家庭作出安排，当事人常常不能自主安排自己的婚姻。然而即使到了新时代，婚姻决定权也不完全在结婚者双方自己的手中，需要通过父母或媒人的渠道来实现。早期撒拉族男女自由恋爱几乎是不可能的。

有的青年男女结婚前甚至未曾谋面，这样当然谈不上互相了解，更不用说建立感情了。正如恩格斯指出的："在中世纪以前，是谈不到个人的性爱的……在整个古代，婚姻的缔结都是由父母包办，当事人则安心服从。古代所仅有的一点夫妇之爱，并不是主观的爱好，而是客观的义务；不是婚姻的基础，而是婚姻的附加物。”造成包办婚姻的因素除了封建婚姻观念的限制以外，还有宗教信仰和家庭关系的限制。

早期“父母之命，媒妁之言”的封建包办婚姻在撒拉族地区有较大的影响，这是早期撒拉族地区的主要婚姻形式。婚姻是由社会设置与个体要求双方互动的结果，婚姻对象选择的圈子，不但受着社会设置的影响和干预，而且从缔结婚约起一直到婚后夫妻关系的维持，都要受到夫妻双方所处的社会环境和文化传统的制约及干涉。早期撒拉族青年男女的婚姻，完全是由“嫂吉”做媒、父母做主的包办婚姻，虽然依据伊斯兰教法的规定，成年的自由女子可以自己择配定亲，但法定监护人可借家族的名誉为由，有权反对不符合“门当户对”的婚姻。

民族社会学上常常强调婚姻行为的 3 个方面的因素：动态过程、多因素影响与互动、实际结果与现实行为。因此对于撒拉族婚姻选择的研究应该从实际调查研究出发，而不应局限于已有的文字材料。从动态过程看，撒拉族婚姻选择包括媒人选择、父母选择、亲戚选择（如舅舅选择）以及自己选择等一系列过程。目前撒拉族通婚的人际圈和社会圈有了新变化。时代在变化，文化传统也在变化，现在在撒拉族农村地区缔结婚姻，多半是靠亲戚介绍，甚至可以说包办仍然多于自由恋爱。而在当前的城镇，撒拉族男女多半是自由恋爱，社交圈广泛。有时除了上述所说的婚姻选择的各种因素外，还考虑到了双方的社会地位与周围的文化因素。但传统的撒拉族习俗仍然起着一定的作用，即有时择偶也不管男女地位高低，只要人心好就可以与之缔结婚约。如果男方看中女方，但女方不同意，也不能包办。值得注意的是尽管在城镇中提倡自由恋爱，但必须征求父母及阿訇的意见，如果他们不同意，这门婚事也不能实现。

参考文献：

[1] 少数民族奇俗荟萃．北京：农村读物出版社，1991

[2] 马明良．试论撒拉族的民族性格．青海民族研究（第二辑）

[3] 马明良．伊斯兰文化新论．银川：宁夏人民出版社，1997

[4] 马克思恩格斯选集，第四卷．北京：人民出版社，1972

略谈撒拉族社会习俗的形成和演变

卢明道

在多姿多彩的社会生活中，每个民族都有一些独特的社会风俗和生活习惯，且成为与其他民族区别的标识。凡信仰伊斯兰教的民族的习俗大都与宗教信仰有着密切的渊源关系，并与本民族形成的历史背景和生存条件相关联，撒拉族便是一例。

婚姻习俗

撒拉族的婚俗，既有宗教的影响，更具很深的历史烙印。《古兰经》谕示：“你们中未婚的男女和你们的善良的奴婢，你们应当使他们互相配合。”（24：32）穆圣强调说：“结婚是我的道路，不力行者，不是我的教民。”遵循这些经、训精神，从中亚迁来刚落居不久的撒拉族先民在当时男多女少的境况下，向就近的藏族求婚是很自然的。一系列的说合过程是达成协议的艰难历程。对于女方所提条件，在不损伤宗教信仰的前提下，均被接受。因此，“嫂吉”（媒人）在撒拉族婚俗中具有至关重要的地位，身份很高。故有“天上无云不下雨，世上无媒不成亲”之说。

就是这些协商达成的“协议”，成了撒拉族婚俗的原型，被因袭下来。于是，“嫂吉”头次登门所带的礼物成了“说茶”（几封茯茶）；说成后所送的谢礼成了“定茶”（几封茯茶和一件布料）。然后就进入“协议”的核心——送“麻艾勒”。即：男家邀集十几位本家族老人、至亲给女家送去所协定的马两匹，或马骡各一匹。困难人家可用几只羊代替。

婚礼第一步：新郎在伴郎和本家族男宾客的陪同下，到女家念“尼卡哈”，并接受阿訇提问“清真言”和“作证词”。男女双方和在场众人听阿訇念“尼卡哈”（宗教证婚词），并向大家散了核桃和红枣后，婚姻才算生效。接着从男家来两名迎娘；女家派两名伴娘，在“四娘”的簇拥下，由女方家族两名男青年左右搀扶，新娘倒退着走出家门；并哭唱“撒赫西”（对父母的谢恩词）；要从左至右绕迎亲马一周，然后从左扶上马；迎亲马启步时向马蹄泼一碗牛奶，以求吉祥。送到男家后，就席前女方推一名老者说唱

“吾热赫苏”（嘱托词）。入席时阿舅坐上席，与“嫂吉”并列。宴席结束时给阿舅抬羊背子（羊大腿连接尾部的一大块）；给母亲放一定数额的“答弗拉”（答谢钱）；最后由女方一名至亲男青年给新娘“巴西阿施”（把姑娘发型解开，以示已结束姑娘身份），并说唱几段祝福词。到此，新娘才能坐下进餐，婚礼终告结束。

随着时代的变迁，社会的进步，撒拉族婚俗也在不断地变革。倒退出门，绕马一周，马蹄泼牛奶等已不复存在。骑马改为坐小车。唯独“麻艾勒”仅变更物种。送马变成现金和布料，现在干脆全部现金支付。数额竞达数千至上万，甚至数万。

“麻艾勒”——是撒拉语名词，直译过来是“牲畜”。很显然在撒拉族婚俗中的这一称谓是直接由当时“协议”所定应送物种而演成，是一种应履行的义务。《古兰经》谕示：“你们应当把妇女的聘仪，当做一份赠品，交给她们。如果她们心甘情愿地把一部分聘仪让给你们，那末，你们可以乐意地加以接受和享用。”（4：4）。由此，我们可以认识到一个实事：一种社会习俗的形成过程是相当复杂的。宗教与世俗互相影响。

丧葬习俗

撒拉族的丧葬习俗，也与婚俗一样受到来自宗教和与异族通婚时的“协议”两方面的影响。只不过撒拉族的先民们对丧葬事宜中的宗教防线坚守较严。所以在沿袭下来的丧俗中宗教内涵较浓。《古兰经》谕示：“我们确是真主所有的，我们必定只归依他”。（21：156）遵循经典精神，撒拉族的丧俗与其他信仰伊斯兰教的各民族一样，一直坚持着三“原则”，四“程序”。即：速葬、土葬、薄葬；沐浴亡人、给亡人穿“克凡”、站“者那则”、诵经埋葬。

然而，特异之处就在薄葬一节。因为丧俗中世俗事宜的决定权在男亡人的舅家、女亡人的娘家。他们按照“亡人背土、活人负债”的世俗观念，要亡人的儿女们施散一定数额的现金或茯茶、青盐，以表孝心。

葬后第三天，丧家要宰羊，打羊肉份子，煮“麦仁”饭（多种原粮混合煮成的粥）。邀集全村老少共吃“麦仁饭”和羊肉份子。这是一项特俗，其渊源很难考证。若推想，可能是先民由中亚带来的习俗。因为他们迁来落居时已经是穆斯林。而“麦仁”饭是圣人称赞过的饭食。穆斯林遵循“圣行”是很自然的。

从第四天开始。每天早上“晨礼”后邀集全村老人吃一顿早餐，至40天。在“头七”、“二七”、“三七”、“四十天”、“百日”、“周年”等几个规定性的日子，都要礼请全村阿訇、老人诵经、赞圣、聚餐。声势一般较大，借此表达子女们对先辈的养育之恩。这一习俗的渊源现在也很难考证。

服饰习俗

撒拉族的服饰现在已基本异化。祖先遗传的代表服装：男子的“白丝布汗褡青夹夹"；妇女的"长衫子坎肩绣花鞋"，已成为只在特定情况下对外的象征性服饰。唯有独具魅力的"盖头"仍保留至今，成为撒拉族妇女服饰的典型特征。"盖头"本来是宗教服饰，它源自于伊斯兰教规定。《古兰经》谕示："你对信女们说，叫她们降低视线，遮蔽下身，莫露出首饰，除非自然露出的，叫她们用面纱遮住胸膛，莫露出首饰。"（24：31）穆圣也强调说："真主不接受不戴'盖头'的成年女人的礼拜。"因此，"盖头"在撒拉族妇女服饰中更具特殊地位。

撒拉族先民在中亚生活时的"盖头"样式究竟怎样？已经无法考证。而现代的"盖头"裁制很精细。一要选色，二要选料。即：青年绿、中年黑、老年白；要质地较好，且较薄轻的面料。把一端裁缝成圆形，以便匀称地套住头部，下端自然垂落在肩头或背部。前面按照脸形，两边各缝一个小垂帘，下摆缝接，以便遮住前颈和胸膛，小垂帘中间露出脸盘。于是既能把教义规定的胸、颈、耳、头及头发等羞体全部遮盖起来，也起到了头饰美化的功用。

随着社会的发展，外来文化的渗透，妇女们佩戴"盖头"的方式也在逐渐地演变，她们对头部装饰的样式也在逐步多样化。

饮食习俗

撒拉族的饮食习俗带有纯伊斯兰饮食文化的特点，没有掺杂任何外来因素的影响。《古兰经》谕示："信道的人们啊！你们可以吃我所供给你们的佳美的食物，你们当感谢真主，如果你们只崇拜他。他只禁戒你们吃自死物、血液、猪肉以及诵非真主之名而宰的动物。"（2：172—173）穆圣说："吃一口非法食物，真主不接受40天善功。"因此，撒拉族先民严格遵循教义、教规，在异族饮食文化的包围圈中，仍然保住了饮食习俗的伊斯兰本色。

撒拉族的饮食以面食为主，辅之以肉类。在面食的制作方法上也与其他穆斯林民族大同小异。但喜事吃"油搅团"、丧事吃"麦仁"饭是撒拉族饮食习俗的典型特色。每当婚事宴请宾客的头一天，本家族全体成员聚集一起吃"油搅团"（以油拌面而做成）；送亲到对方村子时本村嫁到该村的女乡亲端"油搅团"迎接；妇女生育坐月子必吃"油搅团"，娘家看望产妇一定送"油搅团"。可遇到丧事，葬礼后第三天，必定给全村老少供"麦仁"饭。平常请客必定端上油炸蛋糕、糖包、肉包和手抓羊肉。家常饭食中烧锅馍馍和尕面片最吃香。麦茶和奶茶最受青睐。

撒拉族歌谣中的民俗事象初探

张春秀

七百多年前，西突厥乌古斯部的一支——撒鲁儿人从遥远的中亚撒马尔罕迁至循化这块土地。循化位于青海东部的黄河南岸，境内山峦起伏、沟壑纵横，四面群山环抱、川道平衍、森林茂密、农田肥沃、牧草丰美，且气候温和，为发展农牧业提供了很好的条件。随着族体的壮大、人口的增多、居地的拓展、共同语言的定型，以撒鲁儿人为主体的一个新的人们共同体撒拉族便逐渐形成。长期以来，撒拉族人民在这块美丽富饶的土地上辛勤劳动、繁衍生息，并完成了从牧业经济向农耕经济的转变过程。

撒拉族先民的文化渊源可以上溯到突厥文化。在未迁入循化时已接受伊斯兰文化，迁入循化这个汉藏文化圈后，与周围相邻的汉、藏、回诸民族的长期交往中又吸收了以上各民族符合自己价值观念和价值判断的成分，重新构建了不同于其他民族的文化内容和形式。在七百多年的发展史中，撒拉族完成了突厥文化、伊斯兰文化与汉文化的整合，终于凝结成一种比较稳定的文化模式。

独特的地理环境、丰富的物质生产活动和复杂的文化特点形成了撒拉族多彩多姿的民间风俗习惯。这种独特的民俗展现在作为民间文学重要体裁的撒拉族歌谣中。“民间歌谣，是民间文学中的韵文作品。它是广大民众集体创作的口头诗歌，是他们的现实生活、思想情感和心理愿望在有节奏的、音乐性的口头语言中真实反映”①。撒拉族歌谣种类繁多、形式多样，内容更是展示了撒拉族人民生活习俗的方方面面。本文从物质民俗、社会民俗、精神民俗三个方面加以分析。

① 李惠芳：《中国民间文学》，152 页，武汉，武汉大学出版社，1996。

一、物质民俗

1. 生产习俗

撒拉先民经历了一个漫长的牧业时代，在迁入循化后撒拉族也在很长时期内以牧业生产为主。在“乌热亥苏”（祝婚词）中：“玉体能乘千里驹，葱指能挤乳牛群，到时候，生儿育女降吉庆，牲畜满山岭。”① 不难看出畜牧业在撒拉人的心中占有举足轻重的地位；牲畜是财富的象征，在撒拉族转入农耕民族的过程中逐渐转为家庭养殖业。“嘎嘎鸡儿叫窝边，回声反响在山川；五只白羊在田间，十只在山坡。”③描述的是撒拉人的家庭养殖业。除上面提到的“鸡、羊”外，还有《阿依固高木》中提到的“蜜蜂”、《撒赫稀》中提到的“驴子”。

“阿舅日听来阿呀阿舅日听，阿舅带外甥啦打猎走，大鹿带狍鹿交架十字者卧，野鸡带野兔啦一伙一伙过。哎哟阿舅日所听来呀哟阿舅日听，阿舅的尕马哈我骑上，外划打猎走……”展现了撒拉人的狩猎生活。住在孟达山区的撒拉人，早期有上山打猎的习俗，山区人靠山吃山，除了打猎外还打柴、制造各种山货。“哎哟阿舅日听来哎哟阿舅日听呀，山尖上走的是打猎的人，山腰里走的是打柴的人，平川里走的是拾粪的人”。

撒拉族的园艺业也很发达。“你一对艳姑啊，下滩里的人种下的辣子好看，又红又俊，但吃不下”。其中的“花椒”、“辣子”都是撒拉族园艺业中的精品。撒拉族作为以农耕为主的民族，在歌谣中所体现的农业习俗也最为丰富。“青稞燕麦一块儿长大，黑青稞熟了，芒燕麦抛撒在地上”。②“青稞、燕麦”是撒拉人的主要农作物，据说青稞是他们的先民从中亚带来的。此外，撒拉人还种胡麻、芥子等，“婆婆又说，把芥子和胡麻分开就可以回去”。“哥哥扶犁在田间，犁具与牛在牛圈，嫂子撒种在犁后，篮子升子在库房”。③ 展现了一幅农业劳作图。并且每个人与每件物都给予了习俗定位。撒拉族男女分工相当明确，有“男不拔草，女不扶犁”之说，否则就会被人耻笑。

在拔草季节，撒拉族妇女蹲在麦田里起铲拔草，唱起悠扬的“拔草号子”，而聪明的撒拉族小伙则趁浇水良机，不谋而合地来到地边边歌边舞，将发俏的撒拉族妇女比作“阿里玛”（海棠花）进行热情的夸赞。

麦子收割完毕后，打碾需用连枷，打连枷时男女老少都来帮忙，众人唱起节奏明快、曲调动人的“打碾号子”，几个回合下来，便可完工。“石小磨底下的转轴是用尕楞沟的水来转，石磨里面沾的是什么？沾的是你的老祖先买下来的，沙子地的中间长下的一根红麦子。”反映了撒拉族人用老水磨磨面食用的历史。随着农业机

① 摘自马学义，马成俊编著：《撒拉族风俗志》，北京，中央民族大学出版社，1998。

② 同①。

③ 摘自马成俊：《撒拉族歌谣初探》，载《青海民族研究》，1990（1）。

械化，老水磨已成为了过去。

2. 服饰习俗

撒拉祖先民迁居循化后，由于地理环境和生产方式的改变，服饰也发生了巨大的变化，但“总的说来是和人们的社会生活、经济生活和整个生产力发展的水平相适应的”[①]，但伊斯兰信仰也是一个不可忽视的因素。《巴西古溜溜》是赞扬男青年服饰的：“头圆圆的，帽子戴得好看，腰细细的，腰带扎得好看。脚帮处细得很，带子扎得好看。脚尕尕的靴子穿得好看。”“帽子”、“腰带”、“靴子”、“绑腿”都是撒拉族男青年的一般装束。“靴子”很可能是中亚服饰的遗留，而“帽子”、“腰带”、“绑腿”与回族相似，也体现了宗教对服饰的影响。《固兰秀》说的“把阿达的破皮袄穿去！头上没有戴的，把阿达的破帽戴上……在撒拉曲《阿里玛》唱词中“撒拉婆，头上呀戴的是绿盖头，身上呀穿的是青夹夹，脚上呀穿的是阿拉鞋”，这是撒拉族青年妇女的服饰。此外，撒拉族妇女还喜欢戴耳环、手镯、戒指、头饰等，这在《撒赫稀》、《阿姑尕拉姐》中都有体现。

3. 饮食习俗

撒拉族的饮食习俗丰富而独特。撒拉族人民喜欢喝自制的麦茶和奶茶。麦茶是先民们传下的习俗，在《阿舅日》中：“小尕娃在妈妈手上放‘炒麦子’，把妈妈手烫坏，让妈妈说出‘达达’在哪里。”这里的“炒麦子”就是制作麦茶时的原料。在撒拉族的生活中，从未离开过牛羊等牲畜，所以奶茶也是饮品之一。在“乌热亥苏”中有“奶子煮沸了，油花滚开了”[②]，《赛拉尔赛西巴尕》中有“你为啥惹人爱呀，心儿比奶鲜”，在现在撒拉人也都普遍使用三宝台盖碗子。正如一首花儿所唱：“三宝台碗子里泡冰糖，桂圆儿漂，新盖的大房里住上。”[③] 撒拉族以面食为主，在《凯给力克》中：“父亲出外去伐木，铁制打钩库中放；母亲做饭在灶间；白面杂粮压面柜……杂面锅盔揣怀中。”[④] 除了面做的锅盔外，还有《哀道》中提到的馍、《固兰秀》中提到的包子等。撒拉族食物品种当然远不止这些，大致与回族相同。

祝婚词“乌热亥苏”中有“旧庄廓里建的新房子”，“庄廓”撒拉人称“巴孜日”，突厥语是城镇的意思，随着环境的改变和语言的发展其意逐渐缩小。由于冬季寒冷，撒拉人多睡土炕，用以取暖。如《纺四娘》、《凯给力克》中就提到“炕”。现在老年人仍喜欢睡炕。

二、社会民俗

人类从呱呱坠地到寿终正寝，有种种礼俗伴行，而婚俗可说是最重要的组成部

① 张紫晨：《民俗学讲演集》，13页。
② 摘自马学义，马成俊编著：《撒拉族风俗志》，北京，中央民族大学出版社，1998。
③ 摘自马成俊：《撒拉族歌谣初探》，载《青海民族研究》，1990（1）。
④ 同②。

分。撒拉族盛行早婚和包办婚。撒拉地区广为流传“天上无云不下雨，地上无媒不成亲”，在“乌热亥苏”中热情地将他们比为“系铃人、盖印人、引路人”。哭嫁歌“撒赫稀”中提到的“耳环、聘礼、黑驴子”则为撒拉族婚俗的过程。“耳环”是定亲时男方必须送的，称为“系定”，意为再不能许别家。“聘礼”即彩礼，以前彩礼主要为牲畜，后来则以钱代之。娶亲时男方牵骡或马驴到女方迎亲，新娘则哭唱“撒赫稀”，这是撒拉族妇女对早婚及包办婚的血泪控斥。婚礼结束后女方请民间艺人唱“祝婚词”，这既是婚礼的高潮，又是婚礼的尾声。撒拉族婚姻大多为一夫一妻制，解放前一些富有人家也偶有一夫多妻。《阿舅日》中唱道：“哎哟满素日，十五上娶了个大夫人，二十上呀娶了个二夫人呀，三十上呀娶了个三夫人呀！”《啊娜那木起》、《纺四娘》、《撒赫稀》等描写了妇女所受早婚、包办婚姻的痛苦及反抗。这与封建文化的束缚以及伊斯兰教提倡的早婚是分不开的。

撒拉人去世称“归真”，并进行悲切的哭泣，内容都是讲亡人在世时如何勤劳如何待人。如“哭她妇”就是典型的哭丧调：“哎我的艳克娜姑，平时你为了家务，在上如沙子澄金，往下似锡铁炼银，起早贪黑为穷家，手指裂成花数瓣；缝缝补补为兄弟，眼泪熬干无怨言。”[①] 在哭长辈时常有这样的句子：“啊，我的蜜一样的父亲哟，你生前为我们那样辛劳，如今却闭目归真。”[②] 哭得如泣如诉、死去活来，使送葬的乡亲们无不潸然泪下。伊斯兰教禁止大哭，哭丧很可能是受汉族的影响，汉族普遍都有哭丧习俗。撒拉人实行土葬，这在《阿姑尕拉姐》中有所体现：“尕拉姐看到埋葬了的土坑，用头戴的铁簪自杀，跳入土坑，被一起埋葬。”

《采赛尔》、《阿姑尕拉姐》以及《啊娜那木起》中都体现了封建家长制。《采赛尔》中，采赛尔婚姻不幸，要与自己丈夫离婚，而婆家提出要用父亲家的好马来换。采赛尔唱道：“阿爸扬抗吉，你的采赛尔姑娘，你管不管？银褐马能舍得吗？要是舍不得，就给我找一条麻绳，给我一把刀。我父亲有什么法子，你问问母亲，你问问母亲吧！阿妈扬抗吉，你的采赛尔姑娘，你管不管？银褐马能舍得吗？要是舍不得，就给我找一条麻绳，给我一把刀。”然而当家做主的父母并未答应采赛尔姑娘，采赛尔最后吊死在娘家门口。在《纺四娘》、《四姑娘》中则表现的是封建家长制下的婆媳关系，婆婆对媳妇掌握绝对的生杀大权，竟然把媳妇活活打死。

撒拉族的历史深沉凝重，在历代封建社会中撒拉族人民都受到层层压迫和剥削。这在歌谣中都得到不同程度的体现。《阿舅日》给我们诉述了家境贫穷的尕拉阿吾，在探悉自己的生父被亲阿舅——朝廷的命官兼大财主五十三逼死的悲惨家史，替父报仇的故事。《韩二哥》则歌颂了清代乾隆四十六年（1781 年）由苏四十三和韩二哥领导的撒拉族人民进行反清起义。“马步芳修（哈）的乐家湾，拔走了我心上的少年；淌（哈）下的眼泪和成面，给阿哥烙（哈）个盘缠”[③]。这是撒拉族人民借“花儿”来控诉黑暗的旧社会，唱出了人民群众对统治者抓兵的怨恨。沉重的压迫

① 摘自马成俊：《撒拉族歌谣初探》，载《青海民族研究》，1990（1）。

② 摘自马学义，马成俊编著：《撒拉族风俗志》，北京，中央民族大学出版社，1998。

③ 陈云芳，樊祥森：《撒拉族》，北京，民族出版社，1988。

并未阻挡撒拉人民对美好生活的热烈向往，“衣裳破了破穿着，鞋破了麻绳啦连着，光阴穷了穷推着，黑云里太阳（哈）盼着”①。

新中国成立后，撒拉族人民翻身做主人，广大人民群众纵情歌唱幸福生活：“三弦子弹来四弦子响，琵琶的声音儿配上；歌唱共产党红太阳，撒拉尔找到了天堂。”② 撒拉宴席曲《阿里玛》中对汉族、蒙古族、土族、藏族以及撒拉族妇女的服饰进行了热情的夸赞，不难看出这几个民族的友好往来，而且在交往的过程中撒拉族也吸收了很多这些民族的习俗。《纺四娘》：“阿达不服，叫了算卦的，第一个说婆婆狠的很，前头给了的好，阿达把他打了出去。第二个算卦的来，知道要被打，只得说婆家没有错，对着哩，于是就结婚。”这里的“算卦”主要是吸收了汉族婚俗中订婚前的占卦问卜，以便看女方与男方是否相合。撒拉花儿在唱法上吸收藏族“拉伊”的波音、颤音、华彩性的装饰音等。此外，在撒拉族歌谣尤其是仪式歌中，在语言表达上也采用很多比喻和其他兄弟民族的格言，如汉族的“天上无云不下雨，地下无媒不成亲”，“雁过留声，人过留名”等；回族的宴席曲《莫奈何》、《马五哥》等，汉曲《孟姜女》、《蓝桥相会》等也在撒拉族人民群众中长期流传。

三、精神民俗

撒拉族有着自己独特的信仰习俗，在《凯给力克》中“爷爷修功在寺院，铁制汤瓶煨炕洞”③，反映了伊斯兰信仰习俗。“寺”即清真寺，是穆斯林进行宗教活动的场所；“功”则为伊斯兰民族的宗教信仰活动，是穆斯林不可缺少的生活实践内容；“汤瓶”则是穆民的日常生活用品。

在儿歌《拔牙歌》中，表现了原始的语言崇拜：“我的坏牙送给驴，驴的大牙还给牛，牛的下牙归给羊，羊的老牙给羊羔，羊羔的好牙给我。”④ 这是孩子们在七八岁时唱的。他们认为将掉了的牙包在一小团棉花里，然后十分虔诚地唱上这几句歌，把牙扔到房顶，嘴里就会长出糯米般又细又白的牙齿来。原始先民曾崇拜过语言，他们相信语言具有特殊的魔力，常借语言来达到他们的某种目的。正如高尔基所言：“用语言的力量，即用‘咒文’、‘咒语’的手段来影响自发的害人的自然现象”，“因为它表明人们是多么深刻地相信自己语言的力量”，“他们甚至企图用‘咒语’去影响神”。⑤

撒拉族先民最先信仰萨满教，后虽改信伊斯兰教，但撒拉族仍割不断与突厥母文化的联系。通过对撒拉歌谣的剖析，我们不难发现其中蕴含的萨满教成分。《阿

① 陈云芳，樊祥森：《撒拉族》，北京，民族出版社，1988。
② 同①。
③ 摘自马学义，马成俊编著：《撒拉族风俗志》，北京，中央民族大学出版社，1998。
④ 同③。
⑤ 高尔基：《论文学》，98～99页。

姑尕拉姐》中唱道：“高四古日阿吾呀，我心中的月亮！”“我的容貌你不用看了，和十五的月亮没两样！”这是尕拉姐把心爱的恋人和自己都比作月亮，反映了萨满教大自然崇拜在撒拉人心中的印痕。在《阿姑尕拉姐》中：“尕拉姐往前走，见一老婆婆，问她在哪里有我的奥仑？老婆婆说：‘天上的鹰在哪里落，哪里就是。’”在《固兰秀》中：“媳妇哭得没办法，来了个老奶奶，告诉她别难过，抹布在牛的屁眼上一涂就会淌油了。”这里的“老婆婆”、“老奶奶”都能预卜前兆、去凶避祸，是活脱脱一萨满形象。在《阿舅日》中唱道：“哎哟外甥你听来哟外甥你听，大舅母的睡梦里消州城往里倒，二舅母的睡梦里白龙马拉的是血缰绳，三舅母的睡梦里的马的笼头上三道血。”撒拉人认灵魂的存在，并认为灵魂的存在、活动与人的梦境、疾病及生命息息相关，梦里所见到的一切都为游魂所为。在《纺四娘》中：“别在水跟前放，水响害怕哩；别在树跟前放，风吹害怕哩；别在墙根放，墙塌下来害怕哩；三间房子盖上，纺四娘好好的放。”这是纺四娘被婆婆折磨死后娘家人要求男方做的，体现了撒拉人灵魂不死的观念。他们认为亡魂以自由自在的状态游荡在人间，这与萨满教的灵魂观念完全一致。

撒拉族哲学思想的形成与伊斯兰教哲学思想有着根本的影响，同时也受到中国传统哲学思想的很大影响。“都善达木仙！从远眺呀；你实话俏俊极了；走近瞧呀，却竖起一对驴耳朵。多可惜呵，要不你满可佩戴金耳环哟！”① 这首民谣发现了撒拉族的辩证思维方式，任何事物都不能十全十美。在“乌热亥苏”中，德高望重的老人以美妙的措词对参加婚礼的要人进行热衷的赞颂，诸如阿訇、老人、舅舅、媒人、办事人等，赞美他们在日常生活中为人民服务的精神和修德养性的高尚情操，并向人们晓谕做人的道理。这反映了撒拉族人民在民俗生活中重人伦、尊老爱幼、互相帮助、同舟共济的伦理道德和社会风尚。

口弦是撒拉族保存至今的一种古老的民间乐器。撒拉族人民喜欢吹弹口弦，妇女们更是爱不释手，通过口弦来传递情感。有首花儿唱道“天上飞的是鸽子，背的是桦木的哨子；尕妹弹的是口弦子，我当是叫人的号子”②。此外，笛子也是撒拉人的乐器，“皇上阿吾呢，横吹的竹笛儿，节节凸儿圈”③。笛子一般为男青少年所用，常在放牧或野外劳动时吹奏，借以消忧解闷。

刺绣是撒拉族妇女普遍喜爱的一门艺术，“男儿读书在学房，书籍本本在桌上；女孩绣花理针线，丝线绣针放柜中”④。撒拉族女孩一般十四五岁就待在闺房学习绣花，在婚礼中新娘要“摆针线”，让众人评价自己的刺绣手艺。

“民间口头文学伴随人民的生产劳动、宗教和其他民俗活动而产生和发展。历来密切联系着各种民俗事象，渗透到各种民俗活动之中。成为各种民俗文化的载

① 摘自马学义，马成俊编著：《撒拉族风俗志》，北京，中央民族大学出版社，1998。

② 摘自马成俊：《撒拉族歌谣初探》载《青海民族研究》，1990（1）。

③ 同①。

④ 摘自马成俊：《撒拉族歌谣初探》，载《青海民族研究》，1990（1）。

体……”①歌谣作为民间口头文学的体裁之一具有民间文学的一般性质。通过对撒拉族歌谣的层层剥离和内容分析，可以发现其中蕴含着极复杂的民俗事象，涉及撒拉族人民的物质生活、社会生活以及撒拉族人民丰富多彩精神世界。

（本文原载《青海社会科学》2002 年第 2 期）

① 钟敬文主编：《民俗学概论》，240 页，上海，上海文艺出版社，1998。

撒拉族“骆驼戏”的历史形态探析兼及民俗文化的生存法则

常海燕

在撒拉族民间文艺中，存在着一个以骆驼形象为中心的艺术系列：撒拉族起源传说、骆驼泉的故事、骆驼戏。在骆驼戏的民间性表演中断了四五十年，乃至许多三四十岁的撒拉青年对此都一无所知时，循化县30年大庆（1984年），曾由政府部门组织民间老艺人公开表演了一次。然后到去年“中国撒拉族首届旅游文化节”民族文艺节目会演中，传统骆驼戏（撒拉族民间也称“骆驼舞”）又被撒拉族文艺工作者们挖掘出来并改编成具有现代意义的集体舞，与此同时撒拉地区的许多店铺门面上也相继贴上白骆驼图像。

笔者认为，“骆驼”作为一种物态化符号间断性复现这一事象值得探究，且应从骆驼戏表演入手，因为骆驼戏是把族源传说和骆驼泉故事等口承内容以语言和行为的双重过程表达出来，并渗透到人生仪礼婚礼中真正具有实践精神的开端。但由于这种戏剧表演活动已消逝久远，对它的研究只能借助相关资料进行推断。

一

有关骆驼戏表演的内容，笔者所能见到的最早资料是由苏联突厥语言学家N. P. 捷尼舍夫于1957年在撒拉族直接采集的《结婚习俗——骆驼戏剧》[1]，从中可知骆驼戏是撒拉族婚礼习俗的组成部分。从后来中国方面的新史料可以断定：骆驼戏是在婚礼之夜进行表演的。[2] 虽然在今天的撒拉族民间婚礼中已不再有这种戏剧表演行为，但至今撒拉民众在互相告知婚礼时还这样说：“老朋友，我日子订在某某号

① 这一资料笔者是从1994年《中国撒拉族》创刊号中［日］佐口透著，泰永章译：《关于撒拉族历史的口碑传承》，载《中国撒拉族》，1994（创刊号）一文中间接所见。

② 涉及这一内容的新史料有：中国民间文艺研究会青海分会编印：《青海民族民间文学资料——撒拉族专集》，8页，1979；《撒拉族简史》，11～12页，西宁，青海人民出版社，1982。《青海省回撒拉哈萨克社会历史调查》；《撒拉族风俗志》，57～59页，北京，中央民族学院出版社，1989。

了，玩骆驼去（即看骆驼戏）。”骆驼戏表演与婚礼的历史联系在民俗语言层面上还完好保留着，并且在撒拉语中“骆驼”与“宴席”是一个词，即 tobe（堆威），“吃宴席”与“玩骆驼”成为婚礼的特定指代，可见骆驼戏与撒拉族传统婚礼仪式的历史联系何等密切。

要搞清这种历史联系，首先有必要了解骆驼戏的内容及产生这一内容的时空场景。

骆驼戏形象反映了撒拉先民牵着一峰白骆驼，骆驼背上驮着水、土、《古兰经》、天称等，从撒马尔罕长途跋涉经过金札明札、兰州、甘河滩等地最后到循化街子定居的历史。根据有关资料的研究，可以确定撒拉族是从中亚撒马尔罕东迁而来的历史事实。① 那么在骆驼戏中一个最重要的主体情节称水土，即只有与祖源地水土等重的才能居住，就特别值得重视。

对属于突厥民族的撒拉族先民来说，其生产方式的大范畴是游牧经济，游牧经济择水草而居的流动性生活习惯不至于对水土有如此强烈的要求。而且实际经过的路线是“从天山北路、吐鲁蕃、嘉裕关、肃州、甘州、泰州（天水）、伏羌（甘谷）、洮州（临潭）、黑错（合作）、拉卜楞、夏河到循化”，最后在街子定居，途中不乏宜牧的草原地带，为何还要弃之而择居循化呢？

再具体考证700多年前撒拉先民未东迁之时的经济活动地带，便会发现以撒马尔罕为中心的整个河中地区有着两山夹一河（北支 Turkistan 山与南支 Zarafshan 山之间流着 Zarafshan 河）的优良农业环境。早在公元前1000年左右，这里就形成草原游牧业和绿洲河谷定居农业两种经济类型。处于河中地区的突厥人早在6世纪前后就开始向农业文明过渡，而撒拉先民所属的葛禄部族早在7世纪前就在河中地区活动，他们完全有可能是这一时期向农业文化过渡的突厥人的一部分，甚至是突厥人中最早向农业过渡的一部分。从撒拉地区长期使用相传是从中亚带来的“喀拉毫尔散”（黑芒麦）和“阿合毫尔散”（白芒麦）粮种，在庭园内布置果园菜圃以及农业定居式社会组织、民族语言等等来看，撒拉先民原有经济形态中农业成分占有极大比重。这种原有经济形态要求撒拉先民对农业生产基本条件极为重视。这不仅是对原居地自然环境及与这种自然环境相适应的传统农业形态的恋情所致，也是选择一个最宜运用熟悉的生产技能和生产经验以利于自身生存与发展的惯性所致。因此突厥式兼营畜牧而定居、虽耕作而兼营商业的生产方式使撒拉先民选择定居循化。循化山多川狭、河流横贯的自然环境与撒拉先民原居地也大体相同。

这种择地而居的思想反映在骆驼戏中，就有了如下赞许先祖择居的内容：“孟达

---

① 对这一问题，笔者所接触到的资料有两种看法：一是认为撒拉族祖源地是撒马尔罕。持这一观点的文章有注释①中提到的《关》一文以及同一刊物1996年第2期上日本学者片冈一忠写的《撒拉族历史序说》一文等等。二是认为撒拉人是从撒马尔罕周围地区开始向东迁移的。持此观点的文章是《青海民族研究》（2001年第1期）中的《土库曼斯坦访问纪实：兼谈撒拉族语言、族源及其他》（马成俊著）一文。作者通过到中亚实地考察，认为撒拉族祖源地在距土库曼斯坦首都阿什哈巴德市约三百公里的马雷州（Mary）的“Sarhas”地区，撒拉人迁徙中途经当时商贸中心撒马尔罕。因撒马尔罕名气大，为人所知，所以言其为祖源地。

山朝下看，是石山，打猎者推光阴的好地方；往上看，是一大片森林，做山活者推光阴的好地方!”“清水朝上看是块大田地，往下看是大黄河，扳筏子者推光阴的好地方。”“苏只朝上看是大草原，往下看也是大平原，养羊羔者推光阴的好地方。”从这些内容可以看出，撒拉后人对这地方能从事种植、畜牧、狩猎、伐木、筏子业等多种生产的水土有着浓厚的家园情感。因此从物质生产和生活来讲，迁徙异地的撒拉先民没有产生巨大的文化震撼。

从精神信仰的层面看，撒拉族迁徙之前就已信仰伊斯兰教。骆驼戏中，其先民迁徙时除了水、土，还带着《古兰经》，并且先祖尕勒莽（Qarman）吟诵先民最初的定居地街子“是世界上念‘帮克’和站‘责那则’的尕最住的地方”，“是小‘外利’（尕最）安家立业的地方”。街子不仅适宜生产生活，更重要的是适宜伊斯兰教的传播。为了更具有宗教说服力，戏剧以具有神性的骆驼化为白石来确证此地的可居性。

在这里骆驼的神性，不仅仅是指在撒拉族先祖迁徙中所显示出的令人奇异的化石行为，它还有着深广的伊斯兰文化背景。在伊斯兰宰牲祭祀中，骆驼是“大牲”。据《天方典礼》载：“骆驼大牲，宜祀宜负。”① 且骆驼兼备与伊斯兰精神相符的五种德能：“舒行而经，踏虫不伤，仁也；一驼未至，群驼不饮，一饮未毕，群驼不去，义也；一驼为之领，群驼从之，不敢先，不敢犯，礼也；风未至而先觉，水未见而先知，智也；约食之期不至不鸣，信也。此之谓五德。”② 故天方派人行远者，必用驼。骆驼在伊斯兰文化中有着高贵的象征意义，又因骆驼中白色尤其少，得为万分之一，非常珍贵，因此白骆驼更是灵异之物。且在旅途中“地方高洁，其性不移，若地上卑湿，则失其性”③，因此骆驼在旅途中吃苦耐劳的精神及其对不失其性的洁净水土的感知能力都使得它成为撒拉族先祖迁徙择居的重要工具和神圣向导，它化白石而择的居地也因此被赋予了真主指定的神性色彩。

这样的话，不论从物质生存环境的要求还是从宗教信仰圣地的严谨来说，循化地区都是撒拉先民所选择的最适宜居地。鉴于骆驼择圣地显圣迹的行为，它成为撒拉族迁徙精神的象征内核。而从这一象征符号的创生过程看，伊斯兰信仰对撒拉族而言是尤为重要的。

二

为何骆驼戏要强调移居之地的适宜性呢？这要从当时的社会境况特别是宗教信仰环境来探析。

撒拉族定居之初，势单力薄，人口不会太多，而周围的藏族、蒙古族、回族、

① 马维胜：《撒拉族先民经济文化类型分析》，载《青海民族学院学报（社科版）》，1996（3）。
② 刘智：《天方典礼》，435，天津，天津古籍出版社，1988。
③ 同②。

土族、汉族等各族力量均在其上。整个社会文化完全不同于其母体文化——突厥文化，因此在语言、生活习惯、行为方式、民族交流等诸多方面，撒拉族都遭受到巨大的压力。这种强烈的文化反差极易造成激烈的文化冲突，在激烈的文化冲突中民族自我表现、自我认可、自我识别的情感冲动也就越强烈。特别是面对与自己有着同一宗教信仰体系的其他民族如回族时，撒拉人的信仰自主意识和宗教归属情感就成为冲突的主流。

但由于它是一个后发外来民族，迫于生存与发展需要，在“撒拉人移居中国之最初的300 年中，内部尚无派别，大致为纯正之逊尼派（正统派），与内地各首之回教徒相同，教长亦多由甘肃河州各寺聘请”①。这种被迫变革原有宗教信仰的心灵创伤以及陌生文化环境造成的巨大压力，使强悍豪放的撒拉人逐渐养成了独具的抑郁气质，他们就把民族生存过程中因受到巨大挑战而产生的抑郁之情升华为追忆先祖正统崇高的迁徙史并倾泻出来以慰藉自己的心灵需要。因此在骆驼戏中就有了先祖牵着白骆驼驮着《古兰经》来中国传教以及骆驼化白石暗喻真主指示先民定居于此的内容。这一表演内容也可以说是外来民族争取生存合理性、抵制外部压力并增强族群内部凝聚力的一种复杂情感的结晶。

在这种情感迸发过程中，无论是情感的表达内容还是表达方式，都受到文化冲突主流因素新信仰的“格底目”教派及肃穆宗教范围的深刻影响。从内容上看，骆驼戏反映的是民族迁徙历史这一严肃题材，而且戏剧本身就涉及许多有关伊斯兰教的成分，易被宗教规范认可。从形式上看，骆驼戏已改变原来擅长弹唱歌舞的中亚民族文艺习惯而以言说为主体，这就为骆驼戏的诞生提供了契机。至此，无论是戏剧表演内容还是表演形式，都在宗教规范许可的框架内渐趋成熟。

然而一个完整成熟的艺术形态要充分表达的意义，只有在适合的场景和氛围中才能被解读出来。在这里就表现出撒拉民众的选择智慧，他们在宗教神圣性和婚礼世俗性之间找到了最佳的契合点。

婚礼对伊斯兰教体系而言，是教徒完成婚姻的“真主明命”，履行一项积极的宗教义务的仪式；对于整个民族而言，它关系到民族的兴盛和世代繁衍；对于个人而言，是承担责任、步入社会的重要人生仪礼。在这个既神圣又不可得的热闹喜庆场合，被认定为民族集团中最重要的并且获得民族成员共同情感认可的事物便成为人们的情感聚集点。在撒拉民众的心灵世界中，这一事物便非骆驼莫属了，骆驼不仅有具体的形象，又统合着民族曲折心灵史的抽象意义。因而出现以它命名、以它为道具、以它“吃枣拉核桃”插科打诨，以它编织对白，以它化白石的情节作为高潮等戏剧程式就成为必然。

总之，骆驼戏因撒拉先民遭受宗教变革带来的制约而起，而宗教变革的制约又因民族适应环境求得生存发展而生。这意味着骆驼戏既是在宗教束缚的框架下产生，又试图超越此宗教限制，最终达成了民族主体生命显现的主动性与艺术发生自然性

① 杨涤新：《青海撒拉人之生活与语言》，载《新西北》，1945（8）。

的完整契合。

但随着撒拉人对定居环境的逐渐适应及其原有文化与藏文化、回族伊斯兰文化等的不断整合，其原有文化结构被不断重塑。到清代，整个撒拉族社会完全被卷入当时西北伊斯兰世界持久的新旧教争和频繁的教民起义的浪潮中。原初时期民族内部的凝聚力以及对“格底目”教派统一的全族信仰都遭到了严重削弱，宗教的多派系争斗使得约束骆驼戏的宗教规范失去昔日强有力的控制，反而造成撒拉族保守戒备的宗教伦理观念。在这种情况下，骆驼戏的表演也不会再是原来“格底目”教派统一制约下民族主体宣泄内心感情的原型，而逐渐演变成一种程式化的婚礼仪式剧。在这种由情感宣泄功能向礼俗教化功能转化的过程中，不排除面对民族苦难和宗教灾难而引发的纪念先祖的情感因素，但此因素已不能改变骆驼戏逐渐礼俗程式化的艺术规律。

同时在这里，我们对骆驼戏功能转化过程中的娱乐因素也应给予关注。从它的表演时间是婚礼之夜看，此时是一个歇息下来松弛身心的时刻，大家齐聚的夜色场景也具有表演氛围。从民俗语言来看，撒拉族民间一直把这个以语言表达为主体兼有简单模拟骆驼走路摇头动作的戏剧表演称为“骆驼舞”或“玩骆驼”。从“舞”与“玩”这两个字眼来看，民众所重的是骆驼戏的娱乐功能。

此外，撒拉族具有的乐观豁达性格和生存环境的闭塞肃穆以及沉重的历史悲剧，都迫使民众借助骆驼舞表演来获得少许的愉悦。因此这种民间艺术发展过程中的娱乐功能也是至关重要的。

到民国时期，在马步芳的支持下，整个撒拉族地区又被迫改信伊赫瓦尼派。伊赫瓦尼派提倡禁音乐、舞蹈、音响（乐器），认为凡影响礼拜的一切娱乐都属于“买克鲁亥”。此派主张“凭经立传”、“遵经革俗”即革除一切偏离伊斯兰教的礼俗制度。

这种“遵经革俗”的思想统治青海长达四十多年，作为一种有着娱乐功能的婚礼习俗，骆驼戏不免遭到损害，况且骆驼戏这种单调孤立的艺术种类也缺乏像“花儿”那样的歌唱氛围来支撑它的发展，它的枯萎就不可避免了。

三

如果说，上述骆驼戏产生发展的内容都是从文化客位的角度进行推断的话，那么我们再从民间至今还健在的唯一一位表演过骆驼戏的撒拉族老艺人韩阿卜都的谈话中来寻找相应的印证：①

我们撒拉族没有这种习惯，其他场合里玩骆驼不行，教法上是不对的，没

① 此段话是笔者于2002年12月13日下午2时在循化撒拉族自治县孟达乡木七村就骆驼戏问题采访当时76岁的撒拉族老人阿卜都时他所谈的部分内容。

有这种玩法。在各个婚礼宴戏上我们撒拉族没有玩耍，这样的话，我们就编上几个歌子，跳上几个舞，我们就这样玩一下，大家都看着呢！那时没有电视，没有玩耍，在这种情况下，我们就玩个骆驼，唱个宴戏曲，晚上到十一二点了，大家都喜欢吧！特别是“问怪话”时，一人（蒙古人扮演者）问：“你的骆驼吃什么？”尕勒莽（Qarman，撒拉先祖）答：“吃核桃，或者吃红枣，吃花椒，吃馓子。”然后大家就笑着把红枣、核桃等眼前有的热闹东西撒到玩场上，有些姑娘便抢着捡枣子，然后把它嚼烂当棒棒油来搽脸。在这儿住着住着，山水也转了，我们的宗教也改革了，那个骆驼是个重东西也沉到地底下去了。现在这个骆驼是以后建设循化的时候重新做的。

从老艺人的一番话中，我们还可以体味到骆驼戏表演背后所隐含的由宗教信仰制约所产生的沉重感情积淀，同时老艺人的话也反映出后期骆驼戏表演中娱乐功能强化的事实。这从骆驼戏“说怪话”的喜剧情节最能愉悦观众一点上可以得到证实。除此以外，三四十年前循化镇上孩子们晚上玩游戏时也多模仿这一情节：一些十五六岁的娃娃头反穿皮袄转上几圈扔下几个核桃，其他孩子便抢着捡起来。① 可见这一情节是老少皆乐的。

从民间表演现场看，人们为了逗乐，增添生活趣味，把循化地方最常见的特产核桃、红枣、花椒等融会到戏剧活动中，使婚礼氛围更加热闹。这种即兴行乐行为的实践意义远比文化理论意义狭窄得多，却也具体生动得多。

但一旦一种艺术的娱乐功能渐据主要地位后，它的艺术生命力就会受到更大的威胁，特别是骆驼戏这个历史剧本身的娱乐因素极少，而且程式化后很快会对群众失去吸引力。据马成俊老师听有些撒拉族老年人回忆说，一些爱好骆驼戏表演的民间艺人看谁家有婚礼，便在谁家门口等着表演，有的人家让表演，有的则给点钱或给些饭把他们打发走。② 从这一情况来看，骆驼戏的娱乐功能已衰退。

随着现代通信事业的发达和伊斯兰信仰的渐趋开放，一些现代娱乐手段如电视、电影、录像、录音等逐渐被闭塞的撒拉地区民众接受，骆驼戏的单调表演被抛弃是当然的。

综上所述，骆驼戏是撒拉先民初到陌生文化环境遭受各种压力特别是宗教信仰变革过程中的产物，它依赖宗教制约和生存环境闭塞悲苦为民众接受并传承。但随着制约因素的不断改变与弱化，无论是从民族情感的表达看，还是从娱乐功能的需要看，骆驼戏都失去其存在的最大价值。从更宏观的背景上来说，就是由一种禁忌所产生的事物，随着复杂原因导致的禁忌松弛或禁忌打破，这种事物也会逐渐失去其原初功能并在功能转化过程中渐渐丧失其存在意义。

---

① 此资料是笔者于2002年12月15日下午4时在循化镇上采访时，县农业局干部马国辉（48岁）提供的。

② 此内容是青海民族学院民族研究所马成俊副教授2003年3月24日到西北民族学院为社会学系研究生作报告时笔者提问得到的。

同时我们也应注意到，虽然骆驼戏消逝了，但骆驼这个物态化符号的生命力极其顽强。一旦民众为了某种需求要重新利用时，它便被赋予新的意义和形式，再次发挥其隐灭的象征作用。如当下循化地区的撒拉族文化工作者，把骆驼符号阐释为撒拉族勤劳、朴实、自强不息的民族精神的象征，并以此鼓动撒拉人进行现代化建设的热情。暂且不论此意义能否获得民间俗众的认可与实践，仅对这些获得民族精神高度统合意义的民俗符号而言，每当俗民的民俗意识在某些时空场合中要求有一种归向时，它就有重要被点燃一次的可能。这也许就是民俗文化传承绵延的生命力所在。

然而我们也必须看到，撒拉族骆驼符号的顽强生命力也得益于其民俗存在形式的立体化：口承的（传说、故事）、行为表演的（骆驼戏）、物质造型的（白色石骆驼的圣迹、白骆驼图像），它们交织在一个点上互为支撑而成就了骆驼符号的民俗生命。因而在发展保护民俗文化时，我们要有立体意识，要让其成体系地存在。

参考文献：

[1] 马维胜．撒拉族先民经济文化类型分析，青海民族学院学报（社科版），1996（3）

[2] 中国民间文艺研究会青海分会编印．青海民族民间文学资料（撒拉族专集）．1979，17～21

[3] 勉维霖主编．中国回族伊斯兰宗教制度概论．银川：宁夏人民出版社，1997. 57. 86. 357. 374～375

[4] 李亦园．田野图像．济南：山东画报出版社，1999. 377～379

[5] 郭英德．世俗的祭祀．北京：国际文化出版公司，1988. 37

（本文原载《西北民族研究》2004 年第 1 期）

体现撒拉族尚武精神的狩猎文化

——以循化撒拉族自治县孟达地区为例

马建新

一、地理环境

孟达地区位于循化县东端的黄河之畔，境内群山耸立，沟壑起伏，著名的黑大山是孟达国家级自然保护区的主峰，每逢5月间，满山开遍杜鹃花，一片片、一丛丛，简直是花的世界，花的海洋。孟达地区村落散布于林区脚下的河谷旁，光照充足，雨量充沛，溪流淙淙，树木繁茂。在山上栖息着狼、狐狸、猞猁、狍鹿、苏门羚、岩羊、野猪以及其他飞禽走兽。孟达地区得天独厚的自然地理环境，为孟达人开展狩猎活动提供了天然的场所。

二、狩猎工具

孟达人的狩猎工具是狩猎文化形成的物质基础，也是狩猎文化在社会化的表现，它的发展变化与狩猎开展的深度和广度有着密切的关系。孟达人的狩猎工具主要为火枪、土炮（土枪）、弓箭、弹弓，还有构思独特，美观实用的夹脑（夹野兽腿部的铁制器物）、扣子（套野兽脖子和腿，铜丝扣）、塌石（嵌入野兽道上用石板做成的石匣，中间放上诱饵，上面悬放石块，野兽食诱饵时，触发机关，砸伤头部的器物）等狩猎工具。使用弹弓源于何时虽已无从追究，但多种简陋的工具却一直沿用下来，作为一种比较原始的远程狩猎工具，或者作为远程狩猎工具的雏形。弹弓的发展至少为孟达人的弓箭的出现奠定了技术与理论基础。在孟达地区，孩童利用弹弓进行各种活动是一件司空见惯的事，这些活动都将有助于积累经验并提高他们的瞄准技术，为日后使用弓箭、火枪打下良好的基础。

弓箭在人类社会发展史中具有重大的作用，正如恩格斯所说："由于有了弓箭，猎物便成了日常的食物，而打猎也成了普遍的劳动部门之一”，在孟达人的生活中同样如此，而且延续的时间相当长。

到了清朝晚期，随着中国整个社会的发展，特别是冶金业的发展，孟达人与外界的商品交换日渐频繁，为孟达人狩猎工具的更新提供了有利的条件。火枪传入后，其威力大、射程远、效率高的特点很快为孟达人所青睐。聪明智慧的孟达人很快学会了造制火枪的技术，从兰州买来造枪所用的铁，火药由猎手们自己制作。从而，使孟达人长期的狩猎经验和精准的射击技术与火枪结合得如此完美，即使面对更为凶猛的野兽，孟达男子在狩猎中还是游刃有余。火枪作为狩猎工具的新手段，很快在更为广阔的天地中开展起来，使孟达人的狩猎达到了一个历史的顶峰。鉴于一个好的猎手是勇敢机智的象征，同时也是村民学习的榜样，因此，孟达男子对火枪的热爱并不亚于他的情人。弓箭、弹弓、夹脑、扣子、塌石的辅助使用，既是对传统技术的继承，又是对传统文化的认同。

三、狩猎方式

尽管狩猎工具并不先进，但是孟达男子还是能获得较多的猎物，这除了与林区内丰富的动物资源有关外，还与狩猎方式的运用息息相关。孟达男子通过放鹰来捕获雪鸡、野兔等，通过巡山放火枪、挖陷阱来捕获狼、狐狸、苏门羚、岩羊等，通过装圈套来捕获獐香、石鸡（俗称尕拉鸡）等，通过扣漏筛来捕获野鸽子、麻雀等。说到底，这些狩猎方法是孟达男子在长期摸索过程中积累下来的，具有一定的科学性。它的使用既增加了狩猎成功的几率，扩大了狩猎成果，又避免了狩猎的盲目性，降低了野兽伤害人体的风险，是孟达人聪明智慧的又一体现。

四、分配方式

基于生产关系决定分配方式的原则，孟达地区对于猎物的分配方式有平均分配和个人占有两种。集体狩猎，采取集体平分的方式。比如，如果有人听到猎枪响时，高喊“有我的一份”，猎物的主人就得分给他一份，而皮子则归猎人，因为他已花费了火药。假如打下的猎物不能吃的话，皮子也要平分或把皮子换成生活用品均分。

两种分配方式的并存，与孟达地区的社会组织关系是密切关联的，孟达地区的传统家庭，保留了原始社会制度的一些残余，因此也保留了共同消费的一些性质，尤其是对狩猎这样久远的生产方式来说，平均分配是一贯的传统。

五、狩猎在社会生活中的功能

1. 弥补食物的不足，促进商品经济的发展

由于特殊的自然环境和地理条件，孟达人的耕地都在山坡或山脊上，均为旱田，尽管用栅栏护围山地，但地力贫瘠，管理粗放，加上各种野兽的偷食，产量十分低下，远不能满足日常生活的需要。而村落的周围就蕴藏着丰富的动物资源，大者如苏门羚、岩羊、獐香，小者如雪鸡、石鸡、野兔等。在人类生存、发展潜能的驱使下，狩猎在某种程度上可以补充食物的不足，提供人身体生长发育所需要的多种营养。岩羊、雪鸡、野兔等都是孟达人爱吃的野味。

此外，从历史来看，孟达人长期处于低标准自给自足的经济体制中，加上居住在恶劣的环境中，交通困难，这必然导致社会生产力低下，社会发展缓慢和商品的稀缺。尽管孟达人对商品的需求量不大，但锄头、镰刀、食盐、火盆等物品确实对生产和生活有很大的便利，在改善生活质量和提高生产效率方面起了很重要的作用。为了获得这些需要的东西，它们将猎物（苏门羚、岩羊、野兔等）或猎物的皮毛出卖，以获取少量的货币来购买物品。当然，有些时候是直接采取以物换物的形式。更有甚者，孟达男子特别酷爱捕捉獐香（俗称香子），他们在獐香用尾巴擦过的亮油油树杈上设下圈套，若是套捉了一只公獐香，那么从獐香身上取出的麝香可以卖上好价钱或供家人服用，增强体质。

2. 维护村落的稳定与发展

孟达地区村落多处在崇山峻岭的沟壑之中，各种兽类出没期间，一旦遇上饥饿的猛兽，就算你无伤它们之心，但也难保它们无害你之意。在不是你死，就是我死的决战中，假如没有充分的准备，即便是经验丰富的猎手也是九死一生。不驱除这些野兽，孟达人民的生命就会时常受到威胁，整个村落就无法维持稳定和井然有序的生活，也无法扩大活动范围以解决人口的增加带来的资源紧张。另外，山里野兽过多，就会糟蹋人们辛辛苦苦种的粮食，尤其是那些经过野猪或成群的旱獭劫掠过的田地，往往是所剩无几。这些都大大影响了人们的日常生活。因此，快丰收之前，孟达男子在田边挖窑洞，三五成群地昼夜守护农作物（小麦、青稞、苞谷、豌豆、洋芋等）。若野猪或旱獭接近田地时，它们朝野兽打枪击毙或赶走，使勤劳勇敢的孟达人民最终在人与兽的战争中保住了成熟的农作物，树立了自己的尊严，并使狩猎成为男子的终生职业之一，维护了孟达地区的社会稳定和发展。

3. 传承先辈们的优良品质

在孟达地区面临的其中一种紧张关系，就是村民的生存、发展与周围险恶环境的对抗。解决这种紧张关系的办法就是狩猎，因此狩猎在孟达地区有着重大的意义，并形成了孟达人勤劳勇敢的品质，对狩猎生活其实是在某种意义上强调这样一种观念：在孟达地区得天独厚的自然环境中，只要你付出汗水，你就会有收获。但是，

假如你好逸恶劳、懒惰成性的话，不仅会受到饥饿的威胁，也会受到生命的威胁，这对个人、对家庭、对族人都会带来严重的负面影响。相比之下，勤劳勇敢的品质显得尤为可贵，而且这种品质应该也必须一代一代传承下去。在孟达人的社会生产、生活中，由于狩猎的直效性和冒险性，给了男子最充分的证明和最大的锻炼，就当仁不让地充当了勤劳勇敢的象征。当狩猎所蕴涵的勤劳勇敢，成为一种道德标准或法律标准的时候，就渗透了孟达人社会生活的各个活动中，与孟达人的生产、生活、宗教结合得更为紧密，这对传承孟达先辈们的优秀品质起了重要的作用。

4. 增强了民族内部的凝聚力

孟达人民团结友爱，他们有很强的民族凝聚力。如有人要建房子，亲朋好友都会不约而来帮忙，他们尽心尽力，丝毫不计报酬，那种纯真朴实之情令人十分感动。其中，狩猎也能起到增强民族内部凝聚力的作用，尽管孟达男子狩猎大多数是个人自发的行为，但在集体狩猎的过程中，大伙在头领的指挥下分工合作，紧密配合，有问题大家一齐协商讨论，有困难大家相互帮助。比如，狩猎苏门羚、岩羊等哺乳动物时，往往几个人共同朝猎物射击，获得猎物共同分享，齐心协力的结果，大多数是扩大了狩猎的成果，又联系了感情。通过这样的接触，人们相互有了更多的了解，无形中密切了人们之间的联系，增强了民族认同感，增强了民族凝聚力。这与婚嫁、丧葬、宗教节日一样能起到团结的作用。

六、结　语

孟达地区先人的足迹，已被历史和混凝土所掩盖，而往日盛极一时的狩猎活动已是明日黄花，也随着社会的发展，生产方式的变迁，保护生态环境的需要等因素逐步淡出，消失于孟达人民的生产舞台。

有些逐渐消失的文化，还有一些逐渐淡忘的历史经历，对于民族性格的形成，构建民族的要素具有决定性的影响。全国人大副委员长许嘉璐在一次关于民族文化的讲座中曾说："民族传统文化就是一个民族走过的脚印，一个民族假如不知道自己从哪里来，就不知道往哪里去。"孟达人的狩猎文化，曾经是如此的辉煌、兴盛，在那个梦幻的年代，承载了多少孟达人的梦想与憧憬，是孟达人民昔日在崇山峻岭生活与战斗过的脚印、痕迹。往事并不如烟，有些文化不仅本民族的人不能遗忘，全人类都不应该遗忘。

（本文原载《中国撒拉族》2008 年第 2 期）

孟达清真寺的始建历程及宗教活动礼俗

马永平

撒拉族祖先自元代定居循化街子地区后，经过一段时间的休养生息，人口有较快发展，逐渐向街子四周扩散发展。从街子到森林茂密的孟达地区打猎的人，爱其地理环境优美而定居下来，成为开发孟达地区的首创人，他们从事上山打猎，伐木放筏，垦荒种地，放牧淘金的经济生活。全村民众姓马，信奉伊斯兰教。当时以宗教活动之需，在孟达大庄台子巷修建清真寺。明代撒拉族人民受到王朝的优扶政策，时至明末，孟达村区的撒拉人，历经300多年繁衍生息，发展农牧经济，生活稳定，人口不断增加，形成了孟达、汉平、索同、木厂、塔撒坡五个村庄，成为撒拉“八工”之一，还有一部分人迁到现化隆县谢家乡窑隆村定居，到甘肃省积石山县崔家，关门一带落户。孟达地区村村建有一定规模的清真寺，孟达大庄清真寺作为该地区的“海伊”寺。为了方便聚礼、用水，将台子巷清真寺搬迁到上庄巷水渠边，先建礼拜殿，牌坊门，而后相继配建唤礼楼，南北配方，清末又弥建礼拜大殿前廊，将清真寺建成布局严谨，富丽堂皇的精华寺观建筑群。故孟达大庄清真寺从明末期成为循化撒拉族“八大”“海伊”寺之一。据清代龚景瀚编《循化志》记载，“乾隆四十六年后，新教寺院全行拆毁……孟达‘工’大寺一座在孟达庄，小寺四座，汉平庄，索同庄，他撒坡庄、木厂庄。”每村的基本宗教活动事务由各清真寺主持，较大的事务由孟达大庄“海伊”寺学董、教长主持处理。

孟达地区穆斯林群众，最初信奉中国伊斯兰教逊尼派老格迪目。从清代康熙中期后，随着甘肃临夏华寺“马来迟”门宦苏非派传人循化地区，孟达大庄等五个村，统一改信华寺门宦虎非耶学理派。民国年代初期，孟达大庄村个别群众改信传授崖头门宦嘎的林耶学派。直至现在孟达地区仍以华寺门宦学派为主，延续传授虎夫耶教理。

孟达村区的宗教节日礼俗，按伊斯兰教法规，以严格的清真寺“海伊”制度的规定，从元末管辖汉平、木厂、索同、塔撒坡清真寺的主要宗教活动。由于孟达村区所处环境比较特殊，宗教事务活动细节于全县撒拉族地区同一宗教派别基本相同，但也有独特之处。最初每逢礼拜五“主麻”日，汉平、索同、木厂、塔撒坡的信教群众都到孟达大庄“海伊”寺聚拜。各村出现亡人，需请“海伊”寺阿訇领站殡礼。清初，由于人口增多，木厂、塔撒坡已具备“主麻”聚礼的条件，另外路途遥远难行，岁数大的信教群众不能前来聚礼，为方便信教群众聚礼，经大庄“海伊”许可，木厂、塔撒坡在塔撒坡聚礼。索同、汉平的信教群众至今仍到大庄“海伊”寺聚礼，清真寺的宗教活动内容，遵循伊斯兰教“念、礼、斋、课、朝”五功活动，纪念伊斯兰教大小节日。清真寺由教长、学董主持教务活动，教长、学董三至五年根据情况，由全村者麻体选举换届产生。教务、宗教纪念活动的主要内容有：

一、每日的五方举拜活动

每日五拜，各村信教群众在本村清真寺完成，每方拜念“唤礼词”、“宣礼词”，晨礼后诵念《古兰经》雅辛章。宵礼后诵念《古兰经》，最后赞迪克尔。星期五的聚礼主麻活动汉平，索同者麻体由各村寺教长带领，到孟达“海伊”进行聚拜，先“赞才拉”，后念“唤礼词”，人拜前集体诵读《古兰经》，赞才拉日，阿訇讲“瓦尔兹”，诵念“呼图拜”，再念宣礼词聚礼“主麻拜”。主麻日晨礼拜后念“奥热吉”，不念《古兰经》雅辛章。

二、孟达地区宗教纪念节日

循化撒拉族穆斯林群众主要过“尔德”（开斋节）、“古尔邦”两大节日，部分老格迪目的村庄过“圣纪”节。孟达地区的穆斯林群众普遍都过“圣纪”节。“尔德”、“古尔邦”节前，家家户户炸油饼、馓子。“尔德”节早晨各家各户烙薄饼互相赠送，男性晚辈到邻居、前辈家道“赛俩目”问好。两节这天，男性穆斯林早起沐浴，身着最好的衣服，头缠“达斯达尔”，早早聚集清真寺内，等汉平、索同者麻体到来后，阿訇、长老在前，举着象征伊斯兰的绿色长杆旗，结队走向“海克日”（即举行会礼的地点），一路上大家默念“俩乙俩哈，尹兰拉乎，穆罕默德热索勒拉亥”，到了“海克日”跟随“伊玛目”做会礼，听阿訇讲“瓦尔兹”。“古尔邦”节会礼结束后，阿訇到各家各户宰牛、宰羊，牛一般七户宰一头，羊一户一只，肉煮熟后打成份子拿到清真寺里分，还送给亲戚和邻居。“尔德”、“古尔邦”节一般过三天，互相请客，走亲访友，热闹非凡，“圣纪”节主要纪念“圣人”穆罕默德诞生和逝世的日子，“圣纪”节一般在清真寺里举行。以孔木散为单位，收取钱、粮食、清油等乜贴交给学董。“圣纪”节那天清真寺里宰牛宰羊，炸油饼，煮麦仁，各家蒸大馒头、炸油香送到清真寺。请孟达地区各村阿訇、哈志、长老、本村男女老少参加，跪拜念纪，赞主赞圣，阿訇讲穆罕默德的生平事迹和功绩品德，“圣纪”仪式结束后，开始用餐，回去时每人带去一份油饼、肉份子，给未能参加

“圣纪”的人品尝。农历九月初九日，在清真寺集体过“莫礼”节，纪念华寺门宦创始人马来迟，念“卯路提经”，“冥沙尔经”，具体做法和过“圣纪”节一样，清真寺里集体用餐。农历五月十五日，纪念上拱拜阿訇归真，清真寺里念经，赞主赞圣。斋月的第26—27日，以孔木散为单位念夜头经祈祝寿活动至天亮。

三、孟达地区的婚礼礼俗

男女青年初婚，要以伊斯兰教法规定，村区传统风俗习惯，履行“说亲”、“定茶”、“送大礼”、“吃宴席”、请阿訇念“尼卡哈”、“送亲”、回门等仪式。随着现代生活方式的变化，这些婚礼习惯趋于变化从简，部分俗节兼并。20世纪50年代以前，新婚夜晚在新郎家举行婚礼晚会，载歌起舞，表演骆驼舞、狮子舞、牦牛舞，场面热烈，别具特色。

四、清真寺组织形式的社会基层特殊组织

孟达地区至今保留着撒拉族原始的“阿格尼”、“孔木散”组织。“阿格尼”由三五至十多家组成，“孔木散”由数个阿格尼组成。每个孔木散选举产生学董，管理本“孔木散”的宗教事务。孟达大庄仍保留的“孔木散”组织有“拉给”、“打虎力”、“卡若力”、“七高里”、“得哈”、“羊苦物”。现在的村社基层组织以“孔木散”为主划分的，村里出现亡人，埋在各自“阿格尼”和“孔木散”的坟园里。

五、孟达地区两处拱北后众多坟冢

孟达大庄村南上下，坟群中和清真寺西面原有三个伊斯兰教拱北，上拱北为在孟达清真寺开学40年病故归真的老阿訇修建的。为尊敬老阿訇亡灵，孟达地区进出的新娘子到离老阿訇拱北约一里处必须下马下车，从拱北下面沿黄河边绕道而行，这已成为孟达地区的老习惯。下拱北是为纪念明代阿拉伯传教师归真而建的。上拱北原为土夯墙体，现砌成砖瓦墙体。因修建清大公路，1972年下拱北四角攒尖、飞檐瓦脊建筑被拆除，其内尸骨重葬在拱北。下拱北原为六角攒尖，宝瓶瓦脊楼阁式建筑，十年“文化大革命”中被拆除，现砌成砖墙圆顶建筑，孟达大庄村南有众多的坟冢，有本村的坟地，也有撒拉“四工”区、“八工”区坟地。相传清朝年间，因新老教派械斗逃难的人到孟达大庄避难，当时因患瘟疫死亡的人很多，就地埋藏，有的墓穴同时埋两个亡人，这种现象在撒拉族地区是少有的。至今，仍有撒拉“八工”地区的人到此念经，舍散钱物，纪念亡者。孟达地区保留的原始古老传统习

俗、礼仪礼节、民间传说等非常之多，有待进一步挖掘、搜集、整理。

参考书目：

［1］马炳坚．中国古建筑木作营造技术．北京：科学出版社，1991
［2］（清）龚景翰编．循化志．西宁：青海人民出版社，1981
［3］芈一之编．撒拉族政治社会史．黄河文化出版社，1990
［4］杨启辰，杨华编．中国穆斯林的礼仪礼俗．银川：宁夏人民出版社，1999

（本文原载《中国撒拉族》2008年第2期）

文　艺　学

开发利用撒拉族说唱艺术

韩建业

一

撒拉族是我国独有的少数民族之一，主要聚居在素有青藏高原“小江南”之称的青海省循化撒拉族自治县、化隆回族自治县和甘肃省积石山保安族东乡族撒拉族自治县黄河谷地，而循化县又是撒拉族的发祥地，它位于青海东部的黄河谷地，这里气候温和、川道平坦、森林茂密、农田肥沃、牧草丰美。在这块古老的土地上，不仅有优美的自然风光，而且有丰富的人文景观，居住在这里的撒拉、藏、汉、回各族人民，用他们辛勤的双手和聪明的才智共同开发、建设了这块土地，创造了丰富多彩的文化艺术。这些丰富的文化艺术资源，既有传统的，也有现代的，既有开发利用的，也有未被认识而尚未开发利用的。在建设具有民族和地区特色的文化艺术时，既要各民族间相互学习借鉴，融合交流，扬长避短，吸纳先进成分，保持鲜明而独特的民族特色和地方特色，又应积极开发合理利用它，使之体现时代特色和时代精神。保持、发扬民族文化艺术应当同当代文化艺术有机结合，就是把开发、利用民族文化艺术资源当做文化艺术发展的突破口，把丰富多彩的民族文化艺术介绍出去，将文化艺术资源与旅游有机结合，文化艺术与社会教育相结合，把扩大对外交流作为开发本地区本民族文化艺术的一个重要手段。开发利用先进文化艺术，将在改革开放、经济发展、政治稳定、社会进步中起巨大的向心力、感召力和凝聚力，从而保证民族经济发展的正确方向。

二

撒拉族是一个善于歌唱的民族。舞蹈艺术、建筑艺术、说唱艺术、剪纸、窗花、刺绣等都是撒拉族文化艺术中的瑰宝，体现了撒拉族人民对艺术的追求和美好的向往。

说“吾热赫苏孜”，是撒拉族说唱艺术中的一个亮点，深受撒拉族人民的喜爱。“吾热赫苏孜”（uruhsöz）是撒拉语，意为“亲家之言”，是撒拉族婚礼中一个热闹非凡的场面。

按当地撒拉族习俗，在男家举行的宴席上，娘家人请出一位口齿伶俐、善于辞令、表达能力非凡的长者，或者请一位知识渊博的民间艺人，运用富有表现力的诗体语言，向新郎父母及参与婚礼的人吟诵“吾热赫苏孜”，即致婚礼祝词，其中心内容是通过生动的比喻、贴切的说理，重温人伦准则，体会生活哲理，寄托对美好生活的祝愿和对新婚夫妇的祝福。它首先赞美撒拉族社会中的一些要人，诸如“学识渊博的阿訇尔令”、“德高望重的老人”、“骨头的主儿阿舅”和“劳苦功高的媒大人”以及“辛辛苦苦的婚事帮办人”，赞美他们在日常生活中为大众公益事业服务的精神，赞美他们的高尚情操，并向人们晓谕道理，然后说到养儿养女的艰难，赞美两家婚姻美满，感谢亲家的盛情款待，祝愿两家和睦相处常往来，小两口互敬互爱情谊长。最后，祝愿女儿“像后花园里的花椒树，几年后一片珍珠玛瑙满枝挂”，嘱托亲家关心这远离父母来到男家的新娘，爱护她，言传身教。其语言之恳切，措词之优美，涉及面之广，是撒拉族其他文学形式所不能比美的。吾热赫苏孜中说道：

人世间谁该受人们尊敬？
是学识渊博德高望重的阿訇尔令，
他们是靠先知的启示和指引，
打开人类心灵的智者；
他们是尊奉圣旨凭经立教的人，
翻开一张纸文，
能认清宇宙源本的人，
因此上他们备受尊敬。

还有谁该受尊敬；
村里的这一班老人；
他们风烛残年无限虔诚；
早起晚睡致力于“五功”
他们是教门的柱顶石；
信仰就凭着这些人全力支撑；
因此上老汉们该受尊敬。
……

再谈两位阿舅也该受尊敬；

为什么？

俗话说："铁出炉架，人出外家。"

树木参天必有根，

阿舅是骨头的主儿，

万事要听阿舅的话。

……

再说两位媒大人，

汉族说："天上无云不下雨，世上无媒不成亲"。

撒拉人说："asmanda bulut yohmasa yaghmur yohdur，ziiminde soji yoh. masa uruh tutalmas"

他们是高山上立碑的人，

乱石滩上造田的人，

百鸟颈上系哨的人，

白马身上烙印的人；

因此上大家尊敬他。

还要提及在座的全体村民，

诸位的美名实难一一点清，

望你们金子般纯洁的心灵，

万万不要落下一块小小的黑斑。

在谈到养儿养女的艰难，赞美两家美满姻缘，感谢亲家的盛情款待时说：

宇宙万物中什么最珍贵？

是不同于其他动物的人类。

为什么人类最珍贵？

母亲怀胎十月生下我们，

一旦落地就睁开了双眼，

灵性驱使人们学会生存，

智者又把我们引向人生的正道。

尊奉圣旨干功德。

人长到六七岁年纪，

父母送我们到学堂，

让人们幼小的心灵，

及早领受各种知识，

明白本源认真主；

长到十四五岁时，

就要关心男婚女嫁的大事。
这是放在父母双肩的担子，
也是我们伊斯兰教的一条规矩。

俗话说：
人夸亲戚鸟夸毛，
马夸鞍装刀夸鞘；
房屋夸的是庄廓高，
两亲家盼的是小两口好。

汉族说：
高山上点灯万里明，
大河边栽花根子深，
藏族说：
九道山岭的顶峰，
是九辈子人的先人，
种了能发芽的土地，
是庄稼生长的地方。
撒拉人说：
往上看石崖（nai）高，
百鸟展翅膀，
往下看河水宽，
白鱼宽心灵。

正因为以上的说法
我家的女儿梳妆打扮，
扎了头发嫁到你家，
人们前呼后拥着娶亲的大马，
送到婆家。
你们的门口人群如林，
个个伸长脖子等待着新人。
你们用双手迎接我们，
请我们一一坐上席，
熬好了香甜的奶茶，
做好了样样的饭食，
待我们热情又周到，
喜得我们心里开了花。

这样的盛情还没有完，
又把我们邀到阿格乃、孔木散①家。
宰了羯羊，又打来了野羊，
摆下肥嫩的羊肉让我们尝，
我们一伙送亲人受宠若惊，
不知如何答谢主人的盛情。
祝愿女儿，嘱托亲家关心、爱护，言传身教时说：
但愿女儿到你家，
像毛毛细雨渗透层层土壤，
像晶光透亮的玉石坐落稳当；
敬上的心要像沸油不加点滴水分。
待人之情要和乳汁一样洁白纯净。
但愿女儿是后花园里的花椒树，
几年后一片珍珠玛瑙满枝挂，
如同黄河边上的白大麦，
年内满穗开出一片白花。
向下，深深地把根扎，
向上，破土发芽分枝开花。

但愿女儿作桌面上的银餐具，
当人们头面上的金首饰，
以礼仪迎送往来的客人，
时刻记住亡人们的忌日生辰，
让亡了的人们得到安息，
让活着的人们见了高兴。

但愿两亲家和睦相处常往来，
小两口互敬互爱情意长，
还希望家里舍下人畜两旺。

亲家母啊，你细听：
我女儿身材虽高年纪轻，
为人处世的道理她不懂，
这事还要靠你受指教，
话说高了，你就当它耳边风，

① “阿格乃”、“孔木散”为撒拉族家族组织。

低了，你就不要记在心，

……

院子里摆满了花花绿绿的针线，

压得八仙桌腿子不堪负重，

这里面渗透着女儿的手艺和心血，

也绣满了亲朋们的深情厚谊一片，

……

以上是无知者说出的蠢话，

是小马驹开始学步的走法，

多轻多重称不能称，

多贱多贵戥子不能品，

多长多短尺不能量，

是黑是白眼不能分，

有错之处请诸位宽容。

以上婚礼赞词为我们研究撒拉族民间风俗和家庭发展的历史提供了宝贵的材料，只要合理利用，就会创出品牌，发挥它应有的作用。

三

撒拉族人民，在长期的生产劳动和社会斗争中，还创造了丰富多彩，风格独特的民族歌谣，它是撒拉族人民生活和思想感情在富有音乐性的语言形式中的真实反映，它内容丰富，题材广泛，形式多样，曲调优美，具有独特的情调，更具有节奏，韵律等语言构成形式的鲜明特点。其中流行最广的为“撒拉曲”和“撒拉花儿”两种。

“撒拉曲”又称“撒拉玉尔”。“玉尔”系撒拉语 yür 或 yir 的音译汉文，原为“诗歌”之意，因其多属抒情诗歌，且配有曲调，逐渐演变成“情歌”。它是用撒拉语演唱的，内容多表达男女青年对爱情的追求与幸福生活的向往。歌词多属中长篇抒情诗，词汇优美、语言精练、比喻鲜明、形象生动、构思巧妙、想象丰富、节奏自然、流畅，旋律轻快、活泼，歌唱爱情大胆泼辣，表达情意直接、干脆，体现了撒拉族人民淳朴的风俗情调和朴素的审美观念，具有鲜明的民族风格和民间特色，不愧为我国民族民间文学艺术宝库中具有强大生命力和艺术表现力的瑰宝之一。“撒拉曲”的传统作品有“巴西古溜溜”、“撒拉尔赛西巴尕”、“赛诺赛艳姑”、“皇上阿吾尼”等等，这些情歌的共同特点是：每个作品虽然篇幅较长，但都是以男女对唱形式组成抒情章，它没有故事和情节，却有着内在情感的契机和联系，比喻生动，情感真挚而热烈，风格独特，韵律流畅而明快。例如：

“巴西古溜溜”为青年男女表达他（她）们为追求婚姻自由、冲破封建礼教束缚、互相倾诉爱慕之情的作品。以比兴手法，赞美姑娘的姿容、装束和俊美，音韵和谐，音节一致，词语流畅，具有十分明快的节奏感。歌中唱道：

满月般的脸儿，
帽子戴得俊俏；
黄蜂似的腰儿，
丝带儿扎的苗条。
乌黑的羊羔儿，
系上铃铛真好看；
玉白的羊羔儿，
套上项圈真好看。
花母鸡红公鸡，
朝夕相伴多般配；
如花似玉的艳姑哟，
和我成双正相宜。

“撒拉尔赛西巴尕”所反映的内容更为广泛，形式与风格也更为复杂。曲调较长，一般为一种问答曲的形式，有对唱的，有自问自答的，也有设问而不需答的。它还包括很大一部分反映社会生活的作品，揭露旧社会的黑暗，控诉旧社会的不平，反映了旧社会劳动人民的生活面貌。它的曲调比较严肃，情调也比较沉郁。如：

蓝蓝的黄河里，
相思鱼儿游得欢；
黄河里东西不少哟，
为什么鱼儿没吃的？
只因人造的钩钩儿，
使它的活路儿窄哟。

石崖上黄鹰住得宽，
天空辽阔任飞翔；
为什么黄鹰翱翔难；
在蓝天底下飞的时候，
怕的是苍鹰的利爪在背后。

崎岖的山道石头垒起来，
条条大路任人走哟，

为什么人走的路儿窄哟？
在大路上走的时候，
怕的是虎狼官家把关。①

“赛诺赛艳姑”是一种比较长的曲调，它所反映的生活内容、范围和情调多样而广泛。歌词中有赞美的，有爱慕的，也有嘲讽劝谕的。如：

你这位艳姑呦，
好像田畔开黄花；
青年人像黄蜂，
飞来飞去离不开。

你这位艳姑呦，
身材端正好窈窕，
走起路来惹人爱，
好像风吹杨柳摆。

你这位艳姑哟，
嫌我是块黑砂糖，
黑黝黝地真难看，
放在嘴里却很甜。
……

“皇上阿吾尼”是青年妇女所唱的情歌，它的内容、范围、表现手法和情调，与“巴西古溜溜”大致相同。一般是四行一组，上下两句歌词，分为两个分句，每句都是十个音节。其主要内容是通过对青年小伙子的体态、面貌、服饰和装束的赞美，倾吐爱慕之情，歌中唱道：

皇上阿吾尼，
皇上阿吾尼，
雄壮有力高身材，
衫儿合体好自在。

皇上阿吾尼，
皇上阿吾尼，

① 此句反其义而译。原为藏语 Sim（心里的）Zawa（夫妻、家属）的组合词，意为“心上的人”。

你的双眼明溜溜，
好像醉人的两杯酒。

皇上阿吾尼，
皇上阿吾尼，
话出心头软绵绵，
语重心长暖心房。
……

在我国少数民族中，往往并存着两种形式的民歌，既有用本民族语言演唱的民歌，又有用汉语和汉族民歌形式演唱的民歌和小调之类。撒拉族亦如此，既有用撒拉语唱的地道的“撒拉曲”，也有用汉语唱的民歌，这种民歌一般称之为“花儿”或“少年”。撒拉族虽不是“花儿”的首创者，却是这朵鲜艳夺目、经久不衰的民间歌唱艺术之花的辛勤育花人。

撒拉族歌手在引进了“花儿”以后，经过不断的演唱与改进，对“花儿”原来的音乐、唱词以及表现方法等诸方面，进行了适合于本民族特点的创新。首先是对原来“花儿”音乐的拓展与创新，撒拉族歌手以原有“花儿”音乐的主旋律为基础，创作了《撒拉令》、《孟达令》、《清水令》、《哎唏干散令》、《街子大令》、《大身材令》、《水红花令》等一批富有撒拉族风味的“花儿”曲令，这些曲令将本民族民歌和藏族民歌中的一些唱段与唱法巧妙地融为一体，演唱时，使人感到“撒拉花儿”既有一般“花儿”的音乐特色，又具有悠扬高亢、婉转动听的特点。其次，对“花儿”的原有衬词进行了大胆而合乎民族演唱习惯的取舍。歌手们扬弃了“花儿”惯用的汉语衬词，恰到好处地加上了“乙热亥尼亚格”（护心的油）、“亚里干金顿亚”（虚幻的人世）等撒拉语衬词，使其带上了撒拉族歌曲的色彩，充分发挥了抒发情感的作用。再次，在唱词方面，历代的撒拉族歌手们，不仅以汉语唱“花儿”，而且进行了大量的即兴创作，不断为“花儿”输入了新鲜血液。值得一提的是，撒拉族有自己的语言，有些歌手未必精通汉语，但他们编“花儿”如流水，唱“花儿”如夜莺，充分显示了撒拉族在民间文学艺术领域里具有的聪明才智。这里仅举两首民间广为流传的“花儿”：

大力架牙壑里过来了，
撒拉的艳姑（哈）见了；
撒拉艳姑是好艳姑，
脚大么手大的坏了。
大力架牙壑里你过来了，
撒拉的艳姑你见了；
脚大么手大你莫嫌谈，

走两步（哎哟）大路是干散。

这首花儿夸赞了撒拉族妇女泼辣、大方和朴实的劳动本色，反映了撒拉族妇女在封建时代无缠足的恶习，走路干散、矫健，无忸怩之态。

街子上有一棵歇凉的树，
抬头者看，
还有个喜鹊的窝哩；
进去个大门往坑上看，
轻轻地走，
白牡丹睡着者哩。

街子是撒拉族的圣地，一棵为多人难以合抱的杨树直插云霄，屹立在街子清真大寺和骆驼泉前面，以这棵大树为起兴，一方面，用树上的喜鹊窝象征祥云缭绕、瑞气横溢，借以褒赞自己的故乡；另一方面，很自然地引出了“白牡丹”安详的睡态。

综上所述，撒拉族说唱艺术具有一定的品位，只要我们在抢救保护的前提下，积极开发，合理利用，就可创出品牌，就能为振兴民族经济，增强民族团结，提高民族素质而有效服务。

（本文原载《青海民族研究》2005 年第 1 期）

撒拉尔文学天空一瞥

——论我所熟悉的撒拉族作家而不是排行榜

秋　夫

我早都想写一点关于撒拉族作家们的评述一类东西，但总是因为撒拉族作家们的名分是很难确定的，如果不写，我心里总欠着什么，或者说是一种不负责任的态度，趁着人还在，或者说思维还可以调动的时候写一点印象吧！但我想又不免得罪人。得罪就得罪吧，总不是官方之文件，只是个人一管之见，以后再去修补。

第一篇小说及马明善其人

谁都以为我是撒拉族文学的前驱者，这我无法推卸，因为这是历史的安排，但无论为何，我不是旗手或领军人物。旗手或领军人物都是代衔的，以我永远是一个兵。作为老兵，20 世纪 50 年代我也曾尝试着写一部小说，以后大家都知道了叫《冬日的黄昏》，但由于众所周知的原因流产了。这以后撒拉族的文学中缺乏小说，我“复归”文坛后，适逢第二次青海文代会开幕。但我尚无资格参加这次会议，只能看点文件了。在这次文代会工作报告里，有一名叫“马乙四夫·明善”的名字，说是写了一篇题为“摔跤手的故事”，而且为它配发了一篇评说，叫“高处不胜寒”。而且特别说明是撒拉族作者，这篇作品我无缘拜读，但从题目看是很生活的，以他熟悉的生活作原型。所以应该说是地地道道是文学作品。以后我也认识了作者并混得很熟了，才知道其人的做派，是属于既敢于上天也敢入地的铮铮汉子，据说他曾站错了队，因此受到冲击，甚至锒铛入狱，蒙受冤案。但不论他站在哪一队，他仍然是马明善，是热心于社会服务的活动家、演说家，而且他的骨头时很硬的，他本身就是一个富有传奇色彩的人。如果他继续写的话，也一定能写出文坛“大摔跤”一类的大部头的作品。他是国家级体育教练，多次参加国内外大型出访活动，他创立一种体育文化或叫奥林帕斯精神，但不管怎么说，他毕竟写了第一篇撒拉人的小说，也是属于撒拉族小说的破冰之作。

马学义——民族民间文学搜寻的先行者

撒拉族有极为丰富的民间故事和歌谣。撒拉族民间文学贯穿着正义与邪恶斗争的主题，而且闪耀着迥异的智慧之光，具有极高的艺术欣赏价值和认识价值，但一直散为珠玑，直至1955年的首届青海民族民间艺术观察演出，有些歌谣和舞蹈第一次被搬上舞台演出。借此机会，我和程秀山以《青海湖》名义发起了一次记录整理的活动，值得一提的是，时任青海人民出版社文学编辑的程彼得（也就是以后翻译出版大仲马《警钟》的作家），记录了撒拉族民间叙事诗《阿舅日》，处于对民间文学的精湛的理解，这篇连说带唱的不知类别的艺术，竟原样展现在世人的面前，显出她的巨大的艺术魅力，成为撒拉族的《赵氏孤儿》，你看她的浪漫主义的夸张的手法，面对“阿舅”的强大的军队，“外甥”的马说话、刀说话、矛说话、弓箭说话，表示帮“外甥”合力拼杀敌人，最后杀败了千军万马，杀死了“阿舅日”，正义战胜了邪恶。三岁的孤儿最终报了杀父之仇。作为汉族作家的程彼得先生填补了撒拉族民间文学的空白，但因文化扫荡已经散失难寻。

真正启开撒拉族民间文学记录史的作者是作为省文联民间文学家的马学义。在20世纪80年代初，处于职业的责任和爱好，他带着“煤砖”（当时的录音机的别称），深入撒拉族地区，穿行于村庄民宅，察访艺人，经多年的苦心经营，终于出版了第一个撒拉族民间文学集《骆驼泉的故事》、《阿腾其格·马生保的故事》等多篇作品。这些作品基本上记录了故事和歌谣的原始形态。但也作了必要的加工、修葺，这是可以理解的。因为作为撒拉族民间文学，还有个将撒拉语翻译成汉文的障碍。那不是简单的翻译，其中包含着“汉化”的艺术加工问题，其中的艰辛和花费的心机是可以想见的。

马学义原是一位难得的体育健将，他移弦更张，中途改行从事文学写作是牺牲了诸多荣誉和利益。现在看来，他是作的对的。当时若不是他慧眼识宝，并带着极大的民族的责任感，在当时的情况下，不会有人把搜集整理民族民间文学视为神圣的使命的，我想他的任务也就是以对民间文学价值的理解，开创性地拯救搜集整理这一珍贵的历史文化宝库，从而把他保存下来，这是功不可没的。就这一点而言也就够了。

步入文学殿堂的群贤及诗歌的巅峰时间

写到这儿，应该是正题，但似乎又无需写什么。因为我们接触到的是些名列“仙班”的人，已有许多的评论。但要唠叨几句，从本民族的角度说点感想。

当诗写到有“酒味”的时候，就进入了“恍兮惚兮”的出神入化的地步，我说的是马丁、闻采、翼人、文德这些人，当然还有评论家的成俊，这些可以归结是第二代时间段的人。

我认识马丁是从诗开始的。我回归文坛后第二年，就收到了一本诗稿，署名是撒拉族马学功。我欣喜若狂地读完了这本诗稿，感到很美、很纯。像天池水一样纯清，而有些像历史夜空划过的闪电一样绚丽夺目，他怒睁双眼/一捋胡须/一声断喝/风雨中摆摇的清廷/《苏四十三》；再看：

那猛兽般的西伯利亚的寒风
逼他到生死的边缘了
但死亡不属于他
在生与死的峰刃上
他惊人的站立着
一泓澎湃的浪
一首布谷鸟的歌

《致穿燕尾服的诗人》

这样的诗多一字、少一字都是徒劳的，她不是诗，是从某个沉默了几千年的地层喷涌而出的火焰，他真挚的感情，在该诗的字里行间。她不论在任何时候，高耸在亚历山大大帝的纪念石柱之上，像珠宝一样闪亮在历史的星空，这样的诗可以和莱蒙托夫的《诗人之死》相媲美。除此之外，马丁还写了许多诗，都是沉甸甸的生活的真情喷泻，作为诗人，应该有他建筑的茶座，以便勾勒出他人生历程的脉络。写的都很美，很厚重扎实。马丁是孟达成长起来的，是撒拉民族的真正的诗人，是他父亲和母亲的贤孝的儿子，是撒拉尔家乡自然景色的传神的描绘者和赞美者，是天池的精灵，是撒拉尔大地之子。

和马丁差不多同时步入文学殿堂的，是和马丁形肖神异的“槛外人”文采。

文采是可以孑孑独立于文学天空下的撒拉族诗人和作家。他冷峻、尖锐的文笔像火光燧石般地刺穿生活的深层，他写诗作文，怪张多舛，都是他精辟独到的生活感受，扎实而独立的思考，卓尔不群的才能，使他的作品有着不可阻挡的穿透力。他写两个盲人在悬崖上的斗殴打架，他讽刺拦住了猎人/放走了狐狸/的孟达峡“野狐跳”，令人称赞不已。20 世纪 80 年代《民族文学》推出了他的大型报告文学《蜕变》、《民族文学》的主编韩作荣在北京向我预先透露了这个信息，“这是文采的重头作品。”在这篇大型报告文学里，文采以划时代的笔触，把民族历史划成两个时期，即冷铁时代和文化时代。给文化赐予极高的含义，这不仅是撒拉族历史的分野，也是各民族历史从硬势力到软势力过度的分水岭。他文笔的活泛，设计的精巧、构想的大胆震撼了文坛。是可以透析历史进程的经典之作。文采在从事与文学不相称的经学院领导的同时，担任着一家杂志的主编，任以他犀利的笔触写了不太像诗文仍是诗文的作品仍不辍其文学生涯。

被荆棘刺痛的另一个诗人是翼人

翼人的命运不是十分平坦的。他步入诗坛伊始听到四面的喊打声。似乎撒拉族不容再出现一位诗人。所谓天扼之，反所以为其成全者也！我们在翼人的身上，似乎看到撒拉族命运的共相特征。即坎坷艰难的逆向效应，命运几乎逼他到弃“诗”又弃“文”而街头流浪的地步。但这反而成全了他，诗人愤怒了，呐喊了，一部震撼人心的组合诗《古栈道上的魂》问世了，这是他真正的面世之作，他穿行在石头之间，甚至穿过石头，他匍匐在地/借着魔鬼的头颅思考是不自由的/它抬起的头颅/再不能底下/那颗滴血的太阳……

我们不需要再说什么了。这样的诗也只有出自撒拉族诗人之手，翼人还写了不少有分量的诗《沉船》、《撒拉尔情系黑色的河流》等，都是有水平的重头作品。这一结果就是他的重要诗集《被放逐的誓文》，在诗坛中引起了极大的反响。

假若马丁是掌声和鲜花送进地狱的话，翼人是被荆棘和嘘声送上天堂的，而文采是天堂和地狱之间的擦边球。那么文德却幸运多了，他是跳出三界外，一边弹着琵琶，一边从乌鸦的嘴里叼肉吃的行吟诗人。

文德是力图从历史的阴影中跳出来而老是被阴影追逐的人。他在花前月下独饮独酌享受生命赐予的福祉昏昏欲坠但又是被黄河的喧嚣吵醒，被筏子客、血、生命、死亡的暗示所困扰，从《想起祖先》到第三本诗集《时间两侧的颂辞》，恰好在时间的阳光和阴影之间悲哭当笑的人。他把时间撕碎、搅和又发酵成酒精然后给历史注入情绪变成缓缓流动的长河，然后又把它们分拆开来还原成黄河、筏子客、血和死亡的个体，他怎么也甩不掉这些永恒的人性的命题。造就他史诗般的流动的交响乐章。他是出书最多的诗人，共出了四集，这些都互相照应，极大地涵盖了心灵时空的流程，史诗般在时空中静静流淌。

韩占祥是被不公平地排除文学之外的人，实际上他不仅是一个韵致到位的民歌手，而且是一位学者，是随行随唱的即兴创作的诗人。他的民歌实际上达到了诗的境界，他又是书法家和口若悬河的演唱家，他是天造地设的而献身文学艺术事业的文学天才，不论他到哪里，那里就会出现烈火般的艺术氛围，也不论是妇孺、学者、诗人、政要都感受到醍醐灌顶般的惬意和欢乐，可以没有文人墨客，但不可以没有韩占祥。研究韩占祥拯救韩占祥创作的诗文是当务之急。

这里我们还要提一个文化怪杰，这就是张进峰他是个阿文书法家、语言学家、而且是个杰出的歌曲作家，他孜孜不倦地用毕生的精力创作了成百首的歌曲，由于他是学者型的人物，所以归类到文学的范畴来讨论是适宜的，他的作用是不可取代的，他的功绩是不应抹杀的。

其次还应该提一下的是在我们的面前一闪而隐的韩国鑫，他以《少女走在河边上》震惊了诗坛，显示出一个撒拉族青年诗人柔性思维的能力，这首诗是独特的，是前卫的，是一首可以炫耀的绝唱。但不知道为什么，从此隐姓埋名，不见其踪影。但愿他再能现身文坛。当然还有其他一些崭露头角的文学人，像马玉梅这样文坛颇有影响的撒拉的第一位女诗人，他们正步人文坛，一试牛刀。

这里需要提到的新诗人韩莉，她毕竟出了一本诗集《寻找·柏拉图》，说法不一，有人说，这本诗集不是她所作，也有人说：韩莉的诗要超过她父亲。读过她诗的人发现，韩莉就是韩莉，至于她是不是超过了她父亲，某些方面可以这么说，是因为在她的眼里，父亲的观念和写作的模式是土的掉渣的那类型。她是唯一站在阳光下，而看到世界惊呼的鉴赏者，她是那种童言无忌，师法前人不以她自己的勇气冲刺过来的新人，在她身上我们看到了一代新人对这世界的全新认知的希望。十九岁，她一箭中的，被“中国文史出版社”看中了编辑部全体一致通过。作为一个少女，这也是撒拉族的骄傲。作为个人来说，这仅是开头而已。以后会怎样，但愿她不负众望，成为撒拉族女性诗人中的抛砖人。

谁来扛鼎典军

写到这儿，似乎已经写完了。却忽视了一位典后人——马成俊。这是故意这样安排的。因我说过我这篇类似随笔的文字不是撒拉族作家和诗人的排行榜，只是按时间的顺序做了画龙点睛式的评述。作家在前，评说在后，撒拉族文学需要像别林斯基或普列汉诺夫式的文学批评家。这个任务理所当然地落在马成俊身上。马成俊一开始便注意撒拉族作家们的动向，写了不少评论文章。他勇敢、大胆地给撒拉族的作家定位比较，他把撒拉族的文学内涵提到一个前所未有的高度。甚至和艾略特、尼采相比较。可以这么说，在他之前没有一个评论家敢于如此热忱地关注过撒拉族文学的地位，这是需要多大的胆识公正精神，任何一个评论家也无法回避其而捣毁其股背的，只有作为人类学博士的马成俊在一本编辑大量的各少数民族的史书资料的同时，又腾出另一只手撰写撒拉族文学的评论，有这种资质的，才敢于这么做，也善于这么做，也只有这种博大的胸襟的学术权威才能把互相龃龉而陷入孤立的作家诗人看到公正精神的曙光，所以我们可以这么说，评论家不是艺术家，但却高于艺术家，在文学低迷的时期得到鼓舞、看到前进的方向。

不是结尾的结尾

说到这里我可以把这篇短文打住了。我似乎撒胡椒面似的给每一位撒拉族诗人和作家作了平均主义的点评，其实这是如实地把握他们的某一点，远不是对每一位诗人和作家的全面的论述。只对他们的创作成果作一概括。他们无与伦比地各个独立，在诗林中尖塔般地耸立着。他们以自己的每一首诗锤炼之石，补缀着撒拉族文学天空的空洞，但这仅仅是几十年的时间，显示着撒拉族基因中非凡的能量和奇迹般的爆发力。撒拉族是仅有十余万人口的少小民族。而他正进入具有几千年灿烂文化历史的主体民族的文学的先进行列，而且正走向世界。我们说撒拉族文学是世界文学的殿堂中的一颗璀璨的明珠，这不仅是说在她所反映的文学主题内涵上具有世界的意义，而且在艺术方法上已达到了同等的水平。从个体上看撒拉族作家诗人的作品已达到了世界大师级的水平，这是不为过的。但撒拉族文学明显的在数量上不平衡的方面，这也是个突出的个案的表现。时间尚来不及面面俱到的向横广拓展，从而以集团军的规模形成浩浩荡荡的全线的进攻。考察我们这个民族的文学创作轨迹，他们是带着纯洁的信念步入文坛，当他们在驰骋心灵从历史的制高点反思民族撕心裂肺的隐痛追忆民族悲壮的史诗的时候，那才是光彩夺目的。时隔二十多年，在他们沉溺了一个漫长的时段之后，有些人已进入了一个悟性认识的升华的阶段，他们理应高屋建瓴，写出大部头的史诗性的作品的时候，又倏然万马齐喑，出现了撒拉族文学创作的长达八年的空洞时期，而在八年后的今天，韩文德的《时间两侧的颂辞》踽踽独欢的沉湎与现实和历史的两侧悲壮的沉吟的时候，马建新、马晓红、马玉芳、韩莉等新一代作家和诗人闪耀在撒拉族文学的天空，与此同时，我们不可忽视的虽非撒拉族，但却涉猎撒拉族生活并倾注了极大热情、文化积淀深厚的积石镇吴绍安、詹晋文等众多汉族作家，也是撒拉文学的组成部分，闪耀在撒拉族文学的天空。以崭新的姿态出现在时代的前沿，这无疑是一种新的信息，这说明了文学的前景仍然是及其广阔的。撒拉族有着及其广厚的民族民间及宗教文化的土壤，有待于作家诗人去挖掘，在市场经济的条件下，谁能够坚持走到最后的一步，看来撒拉族文学的使命，仍然任重道远！

（本文原载《中国撒拉族》2008 年第 2 期）

撒拉文化的诗意认同和诗性表达

吕　霞

众所周知，以少数民族身份写作的诗人，对自己往往有一种期待，期望自己的创作能给读者提供关于民族历史、民族文化、民族情感等属于本民族精神世界的独特话语体系，期望自己的作品能诗意地成为本民族文化的载体之一。撒拉族是青海省独有的少数民族，新中国成立以来的撒拉族文学创作是以诗歌为主要体裁的，几代撒拉族诗人经过诗歌经验的不断沉积，形成了独特的话语传统和良好的梯队结构。韩文德无疑在这支队伍中处在承上启下的位置上。

《时间两侧的颂辞》是韩文德的第三部诗集，无论从各辑的标题指向还是诗集的总体抒情意味上看，韩文德的诗歌始终表达了他对自身民族文化的深情认同和诗意展示。在这一点上，韩文德和撒拉族自20世纪50年代以来出现的几位诗人有着共同的艺术追求。彝族诗人吉狄马加曾经说过这样一段话："我想通过我的诗，让更多的人来了解我的民族，了解我的民族的生存状态。我的民族的生活，是这个世界人类生活的一部分，我想，用诗去表现我的民族的历史和生活，去揭示出我的民族所蕴含着的人类的命运。(吉狄马加《一个彝人的梦想》)。"韩文德的诗歌创作根植于撒拉民族艰辛的历史变迁之中，以赤子之心观照撒拉民族的苦难与欢乐、理想与现实，以本民族代言人一样的使命感穿梭在诗的领地，逡巡在诗意弥漫的想象世界中，试图达到吉狄马加所指出的"揭示出我的民族所蕴含着的人类的命运"的高度，这样的文化自觉意识和诗歌创作理念，无疑使韩文德的诗歌一直在往读者所期待的高度挺进。

一、"麦穗摇晃的声音"——撒拉家园的深情描述

故土情结是每一个艺术家的创作机缘之一，在许多艺术家笔下，走出故土的辽阔感往往会很快被思念家园的孤独感替代，于是故土民俗风情的描述便自然地成为走出家园的艺术家共同的选择。只是在切入点上寻找着各自特殊的情感支点。韩文

德生于斯长于斯的故土是一片与沃野、丰收、果树、河流联系在一起的地域，韩文德在这里聆听到的麦穗摇晃的声音，无疑是他感知家乡时所体验到的最隐秘又最生动的声音，这是生命的律动，细微而茁壮，具有优美的运动感和朴拙的泥土气息。因此，麦穗摇晃的声音作为诗人的一种特殊体验已经成为韩文德家乡情结的重要情绪化表征。这种细致入微的生活体察方式使诗人回眸家园的深情目光中多了一分独有的发现与私密的空间，准会在意大雪“以火的速度覆盖一切”，谁会“目睹源自眼睛的两条河流日渐干涸”，“谁在故土流淌的河中漂泊痛楚与忧伤”，谁“看见成熟的果实形似智慧的头脑”、“头缠斯达尔的男子唤醒了西天的星星”，读诗的欢愉来自对韩文德所追寻的诗意的纯净与自然的由衷认同，流畅的情绪和朴素的文字建构，正是诗人对故土的真挚情感和深入体察。“远远的村庄/被红麦子爱戴和簇拥的村庄/静止不动/移动的草帽和飞翔的鸟/栖息树上”（《净斗》）。“夕阳下耕耘的白冠男子我如此熟悉/挥动臂膀/流淌的血液中仿佛渗透着力量/与希望与汗水一同炼进泥土/四月杏花烂漫/七月夏火吐焰/十二月寒风刻骨”（《即景》）。这种图画般展示的空间场景使诗人关注家园的心理维度不断拓展，形成一种特殊的张力，这正是韩文德诗歌创作的根基性因素。

二、“徜徉于苍茫的大地”——撒拉民族的精神之旅

如果说诗人在描述故土的情感历程中表达的是一种与生俱来的家园情结，那么，关于血缘、族群、祖先等血脉亲情的精神皈依和民族历史的神圣记忆，往往会成为诗人不断追述和反复强化的主题，这也是韩文德的诗歌创作所具有的一种特殊力量。撒拉族在几百年前的壮烈迁徙是这个民族深刻的历史记忆，当某种记忆以共同性的方式维系着一个民族的共同情绪时，便具有无可替代的神圣感。韩文德以“徜徉于苍茫的大地”的姿态进行着对民族历史的诗意探寻，诗人心中“在日落的悲壮中向东逶迤而行”的祖先，是“沙漠与骆驼的子孙”，是“掌手诵经的长须老人”，“是大河大漠的旋律中挥泪举首的撒拉尔/是大野大雪的劳作中拭汗低泣的撒拉尔”。韩文德对民族历史及民族精神进行诗情追溯的价值在于，从祖先东迁的渊源性记忆开始，以漠风、骆驼等集体心理意象为铺垫，将经历和苦难的共同性作为民族情绪的支点，从历史的过去时经验中探寻具有深刻启迪意义的生活真理，努力做到以理性精神重塑生动的民族群像，以诗歌的方式呼唤和延续撒拉民族的精神传统。“祖先呵，我是你情感长河中激溅的浪花/在华林山凝固的血流中/不只是喝一口黄河水的恳求/鬼头刀下狂傲的笑声/至今掠闪于骆驼子孙的眸子里/是一幕永远回首的风景”。（《想起祖先》）。这种风景正是撒拉人内心深处民族情感和群体意识的真实写照和深层隐喻。

三、“热爱一条河流”——撒拉文化的诗意追思

撒拉人经历了寻找新的家园的理想与现实，跋涉与苦难、追寻与幸福的双重磨砺同时锻造了这个民族坚忍不拔、英勇无畏的性格，在青藏高原东麓黄河流经的地方他们找到了与远方故乡有着同样芳香的土地，黄河的涛声成为撒拉人心仪的音响，回荡在他们共同的记忆之中。在韩文德枕着黄河涛声成长的心路上，他对黄河的情感指向和精神依赖几乎以贯穿其诗歌创作全部经验的方式呈现，“整个下午。我凝视流过家乡的这条河流/一朵浪花盛开。两朵浪花盛开/无数朵浪花盛开/这是盛开浪花的河流/这是一泻千里呼号东去的爱/”（《撒拉尔地方》）。“在北方木筏子上/我祖先吆喝过欢笑过壮烈过的黄河/汹涌的涛声和金亮的歌谣/迷醉过我的童年/”（《我的生命与黄河有关》）。在依河而居的民族的生命史上，河流往往具有母亲般的温暖与恩情，河流的养育之情与河流的精神影响力是同等重要的。文艺地域学曾关注过莱茵河对于德国文化和法国文化的影响与造就，英国批评家史达尔认为，“德国文化的长于哲理沉思，与‘莱茵河北方的土壤贫瘠，气候阴沉’有关，而法国文化的感情奔放的特色，与‘莱茵河南方的气候清爽，森林茂密，溪流较多有关’”。河流与人的关系在韩文德笔下体现出一种具有象征意义的暗示，“我在黄河边一节节生长/懂得它却需要一生/”、“月色下的黄河浪花是一种光芒/一种流淌/月色下的黄河浪花像一只摊开的手掌/手心里依然捧着撒拉尔的那段历史。”河流对诗人的影响如同养育者的精神导引，河流的魂魄与魅力、河流的气势与风骨，人对河流的基本态度决定了河流对人的再造与重塑。在这个意义上，韩文德实现了对黄河的精神皈依，并使黄河在与本民族的深层情感联系中，成为撒拉文化的基本象征载体，由此完成对民族文化的诗意追思。

四、啸傲于时间两侧——关于时间、死亡等永恒命题的思考

在寻找诗意的过程中，诗人无法回避的问题往往是对于具有永恒意义的命题的使命性追问，从何而来、去向何方的困惑与茫然，在永恒的时空中豁然开朗的释然与超然，必将使诗人获得独特的生命体验和人生感悟。“奔跑的时间会撞碎一切”、“死亡/是睡眠之后的又一场梦”、“而生命是怎样清澈的水呢?”“原来死亡本身是一团燃烧的火焰啊”、“我们最终期待着什么”、“在尚未诞生之前或者死亡之后/我们将是什么”，《光焰的颂辞》、《悲歌》两组长诗将这种追问推向了极致，使韩文德诗歌中一贯的哲思光芒闪烁的更加耀眼，也使文字的内涵更加丰厚。同时，韩文德在以特有的细腻情感捕捉日常生活中闪烁的诗意、凝眸撒拉文化的变迁史时，也会因

为历史本来的空缺而寻找不到更多的表现元素，也许这正是他在今后的创作中需要探索的问题，一个少数民族诗人必须沉潜到民族文化的内核中去开掘新的创作支点。我们也看到韩文德的追寻在终极意义上有个明显的回归，正如他的诗歌所言："从孟达到清水湾/靠着山和夜色，一直走到家乡的核桃树下/我看见清真寺和夏天的风/一些被遗忘的声音/一些模糊的脸和眼神，越来越清晰。"

两头血光的旅程

——评撒拉族诗人韩文德诗歌

郭建强

一、身 份

诗人们的身份在不同的历史社会有着不同的定位。巫师、流浪汉、国王的弄臣、隐士、疯子、书生、花花公子、教徒、革命的吹鼓手、爱情狂、通灵者……不一而足。

到了现代社会，每个诗人其实都像河南古城——那个城池叠压着城池的开封一样，在内心埋藏一层覆盖着一层的形象。从这个角度看，“诗人”这个称号其实意味着一种前定，一种宿命；诗歌写作也就是一种唤醒。你能够唤醒什么形象，能够使用什么样的语词来感知世界，感受灵魂，你就是什么样的诗人。

读韩文德的诗歌，一种寻找和确定自我的冲动扑面而来。只不过，这种寻找和确定的途径比较明显，是构建在诗人的民族和宗教信仰之上的。

与燎原先生的看法不尽相同，在我看来，诗人所找寻的终归是自己——作为“个人”在此世，在空阔天地、在延绵不断的时间之河的位置。因此，当我们剥离韩文德诗歌中这些地理、民族、宗教的词汇后，就会发现诗人怀有如同少年般的恐惧和希望。

诗人的恐惧感特别强烈，这种恐惧恐怕根源于他很早就体会到了生命的无常、脆弱和荒芜。简单地说，诗人恐惧死亡。是死亡促使这个撒拉少年、邮电局的职工和移动公司的副总经理不断地书写故土、抒写黄河、抒写情爱、书写撒拉族的精神之光。

韩文德就这样给自己确定了身份：类似于领唱者，在不断流变的现实生活，进入为撒拉族立言的状态。他所呈现给读者的主要材质，就是关于生命的“两头血光的旅程”。

二、死　亡

韩文德写下了大量关于死亡的诗章。这些诗有的直接命题，比如《关于死亡》，有些则采用了隐喻和象征的手法，比如《乘着黎明前的黑暗回家》、《睡眠的水》等等。诗集《时间两侧的颂词》最后一辑所辑成的两首长诗，同样是对这个主题的归纳和深化。

让我感到惊异的是，在韩文德表现这样一种内心惊惧感受时，作品的语调却是一派平和、平缓，类似于黄河上游平静的水面，那种平缓让人怀疑是否存有两条黄河。

后来，我想这可能是诗人与死亡对抗的一种策略。韩文德的诗歌在具体描写到死亡的时候，甚至都会呈现出平静及至赞美的语气；这样做一方面能够遮掩死亡的粗粝的特性，另一方面确实能一点一点地起到缓解内心焦虑的作用。

诗人首先是从生命出发度量死亡的。在他的诗歌中，死亡和生命其实是同体共首，是两头蛇，双尾蝎。这在《最终的大地》等作品中有所表现，而在《刻入时间的歌》中，诗人将自己的出生、祖母的葬礼、自己孩子的出生同构，让生命和死亡以首尾环连的方式刻入了时间。

即使这样表达对生命的认识，还是不能抵消诗人对死亡的恐惧。韩文德不断在作品中强调情爱和生育这些最具生命动感的词汇，他试图通过对情爱的赞美和对生育的尊崇来消解死亡的风寒。他对此不厌其烦地抒写，带着类似强迫症似的情绪抒写。这样我们就看到了他这样的书写景观，有时是轻佻的："一个春情勃发的女子像一只蝴蝶/在夜晚灯光花蕊间/飞来飞去/紧紧咬住了我的目光"；有时是期待的："恬静中浅笑的少女/步入我孤独风景中爱情"；有时是庄严的："我相信那句话是跳动的火焰，/是相约遥遥冬季的诺言"；更多的时候，诗人对情爱和孕育充满了迷恋，这样的句子就像溢出锅盖的沸水："只有我与黄河/像一对狂吻的恋人"。在这里，我希望文德把"像"字改为"是"字，让诗歌由比拟而进入实在，进入人类在生殖活动中最狂放的幻象：就是融入自然，就是整个大自然都在参与的狂欢。

三、根　系

仅仅依借理性的认识，依借生殖冲动，仍然不能去除置身荒芜的困苦感和孤独感。韩文德于是用诗歌去寻根，去寻找宗族的根系、宗教的根系，归根结底是寻找生命的根系，让自己这个已经被采摘的苹果，再次攀缘到枝头，吮吸阳光和大地提供的汁液。

由于史料的缺乏，撒拉族的迁徙历史并不是很明晰。在这种情况下，马丁和韩文德等诗人多少有一点非物质文化遗产传承人的色彩。他们要承接一代代撒拉族人的记忆，并且将记忆雕琢成一个民族的精神史诗。这样的写作，一方面给诗人提供了足够延展想象力的空间，另一方面也因细节的匮乏，让诗歌的构架很成问题，这一切都是对诗人严峻的考验。

希腊诗人塞弗里斯是个可以在古希腊文明和现代尘世间穿梭的赫耳墨斯。他能在互映互证两重世界采摘果实，可还是不断发出怨言：原因是古希腊文明在随着时间流逝而不断损耗和消隐，以至以后只能在诗人的作品中投下淡淡的阴影。

撒拉族诗人们的找寻之旅当然比当代希腊诗人还要困难。阅读这样的作品，我有时甚至不是被作品打动，而是感动于写作这个行为——这是一种吃力且很难讨好的创作。

韩文德写作这种诗歌是种必然。因为，他必须要找到自己的身份，因为各种因素要求他为民族立言；因为询查到民族文化的根系就能减缓漂移、孤独等心理感受，就能抵御对死亡的原始恐惧。尽管诗人多方溯源，最让人最具体可感的，仍然是家族和家园，仍然是门前黄河，仍然是已经进入记忆的黄河。

四、体验之诗

实际上，我个人对诗歌中轻易地赞美和诅咒，轻易地抒情和描述，都保持强烈的怀疑。一首诗的形成，是一个体验的过程；这不是一道数学题，不会只有一个或者数个答案。诗歌的价值在于过程。而“怀疑”“反复打量”“多角度观察”早已经成为现代诗歌的品质。这种不断“怀疑”，谨慎认定的劲道，让现代诗歌往往具有一种体验之思的味道。

诗歌发展到今天，抒情与沉思早已合而为一。换句话说，今天的诗人在写作时必须要动用从内心到头脑的全部存储。只不过诗人之思不同于哲学家，只不过诗人的眼睛、皮肤、耳朵、鼻子等感官都统统需要在保留人体温度和芬芳的同时，具备思想的功能。只不过诗人在描述当下的场景或者事物时，必须要让言辞具有永世的张力。

更为迫切地要求是，诗人必须无条件地在现实，在语言中留下自己独特的呼吸，真诚的而非简单的言说，写下存留一世的诗歌论文答辩。韩文德的某些诗歌显示出了这种自我提问，自我寻找的过程中的种种迹象。在他非常用力的作品《光焰的颂辞》中有一节名叫《罪恶副歌》，读后我们却发现诗人这样可爱的矛盾：名为“罪恶”，实际是对生命和生命孕育过程的礼赞。还有这样灵光一闪的句子：“黎明：头缠达斯达尔的男子咳醒了西天的星星/举起双手。匆匆走过的深巷依次点灯/是照亮自己的脸和路吗？”（《诗歌片段》）在这一节诗中，唤醒、照亮、点灯等动词和西天、深巷、脸、路等名词构成了一幅具有纵深感觉的卷轴画，谁能说这样的诗句仅仅是单纯的抒情，而不是含有沉思色彩的体验呢？

在《时间两侧的颂词》中，有一首诗带给我被电击般的感觉。这首题名《祷告》的诗开篇大胆真挚："我是一个泯灭过良心的人/我有罪。主啊/我的欲望在夜晚疯狂地抽穗/……"以下限于篇幅我就不再引用了。我是说，以韩文德能发出这样震人心魄的真实祷告，十分珍贵。这是一个诗人真正复活的开始，是作为一个生命歌唱的开始。这样具有血肉质感的诗语应是对现实投以肤浅一瞥和新闻汇报式诗歌的超拔，这样朴素真实的言说也是对过度迷恋技术式诗歌的校正和反拨。

这首诗其实对韩文德诗歌创作的一种自我反对，自我清理。诗歌是有自己的秘密要求的；同时，诗歌是无限的，进入诗歌实体的方式和角度也是无限。我们应该多从陌生的区域审视自己，审视写作，这并不是说一定要从极端的、逆向的一维起步，而是尽可能地排除内心的堰塞，让喉嗓自然地发声，让诗歌生发自然的光亮。

（本文原载《中国撒拉族》2008年第2期）

寒栗诗歌印象

韩文德

这几年80后热得发烫，但是文学界对于80后文学的接纳，却存在着双重误区。文学界在客观上只是把80后作家和诗人看成是商业社会的玩偶，而不肯去客观地看待他们作品的艺术价值，这一点是显而易见的，但是还有一点则很少有人提到：我们现在说80后，想起来的都是一些小说，却很少有人提到其他体裁的创作，尤其是诗歌。

在20世纪80年代的几次诗歌运动结束后不久，中国的新诗便出现了致命的荒颓，诗人们纷纷躲进自己怪异的城堡，在狭小的时空内陶醉于晦涩的语言行为艺术，与此相对，在各种媒体爆炸性成长的背景之下，诗歌的读者大量流失，诗歌几近成为一种难以流通的存在。朦胧诗时代诗歌的巨大影响力，已经成为梦幻泡影。但是，如果因此而预言华语诗歌的末路，却也是不负责任的。我们的诗歌还是有基础的，尤其在年轻人之中，诗歌作为一种表达内心的手段，并不过时。我们可以看到，在各大文学网站上，单以数量而论，最多的永远是诗歌，虽然客观来说质量良莠不齐，但是其中确实蕴含着一股巨大而真诚的生命力。

80后诗歌，实际上是一个被漠视的巨大宝藏。我的看法，80后诗歌有一种“复古”的倾向：从北岛的英雄情结到伊沙的“狗日的诗人”以及到肆无忌惮的下半身写作，在中国，新诗丧失自己旗手地位的同时，其审美趣味和写作方式也逐渐走向偏锋。这种现象，在80后一代学会写作之前，达到了极致。然而这种情况也给80后的诗歌写作提供了一片干净的土壤。80后诗歌也摒弃了诗坛愈发猖狂的怪异湍流，重新回到唯美的道路上来。

然而，诗歌界的评论霸权，实际上比其他文学体裁尤甚，当年的海子就曾因为前辈多多怒斥他“不知天高地厚就写长诗”而失声痛哭，今天的诗坛则变本加厉，根本就不愿意承认80后诗歌的存在和实力。无可否认，由于生活经历的苍白，80后一代或许真的匮乏深刻，但是与莽汉主义、非非主义等民间诗歌（当然这些诗歌也自有其价值）之间的传承断裂，使得80后诗歌在一张白纸上自然而然地回归了古典方向的审美，个人认为，这虽然是现在倡导“深刻”的诗坛漠视80后诗歌的原因之一，但同时也是诗歌勃兴的信号。

我对这群诗人及他们诗歌的总体印象是：纯净、率真。这群诗人没有60年代的沧桑，也没有70年代的偏执，无所顾忌的多媒体时代使他们不必再避讳什么，也不必把隐晦作为一种必要的技术手段，中国古代诗歌的自然天成的传统，在他们身上以崭新的姿态得以再次升华。然而这种自然和率真又决非汪国真式的浅薄，因为时代在进步，80后的视野实际上是他们的前辈所不能比的，他们在信息的接受上也没有过多的惯性障碍，这就使得80后诗歌在自然美的基础上，又呈现出多元化的特点。

撒拉族青年诗作者寒栗便是我认识的一位80后诗人。本来写这篇文章是想妄评一下他的作品，但是一触及80后的问题，就刹不住笔了。因为上面所说的80后诗歌的特点，用在寒栗的身上，也是非常恰当的。从整体上看，寒栗的诗歌呈现出一种晶莹剔透的感性印象，全然不同于时下青海以至于西部诗坛流行的晦涩流毒。大家都明白，当代新诗的晦涩，很大程度上是因为许多诗人过于沉醉于自己的内心世界，而对瞳孔之外的定义或缺乏心平气和的关照。而寒栗的诗歌则拥有广角的视线，所涉及的绝大多数意象都是我们身边触手可及的实物，这些意象之间的变换与衔接也很少给人奇峰死立之感，但是这些温润平时的意象一经组合为整体，却可以散发出新鲜而清澈的灵感，不得不让人膺服作者的才华。

“3就是一个奇数/3就是一组乐曲/弹奏出高、中、低的不和谐/3是无限大/也是无限小/3个人/是一个世界/是一个社会/3是连环扣/解不开的死结/也悟不透的/金字塔/”《3的世界》

在上面这首《3的世界》中，如果只分析诗里面规规矩矩的美术构图和清晰的方向挪移，从诗歌的技巧来说，并无任何高深之处。但是正如上文所说，这位年轻的诗人具有一种组合的魔力，也就是诗歌创作中所谓的“灵丹一粒，点铁成金”一说，其实说到底还是在炼句（准确地说是炼其中的某一句），而这种整体构造能力，则是一种难度更大、更依赖作者的天赋和感觉的能力。色调统一却因微妙的统一而不显得单调，音尺能够自然恰到好处地延伸和排列，意象的内涵和心理暗示在平滑的过渡中舒缓地张开，完美的长镜头，毫无瑕疵。

新诗和旧诗之间本身就有丝丝缕缕的联系，过于“后现代”的做法只能是剑走偏锋，充其量也只能修炼成化功大法，不属正途。但新诗对旧诗的继承又不能是生硬斧凿，应该从肌理入手，完成汉语诗歌的精神传递，正如寒栗的一句诗：“叶在晚风中/旋转，飞舞/好像是世界最凄丽的绝美/聆听它的人/都会流泪/看到它的人/都会心碎”。举例而言，古诗句法多追求和谐，但有时也力图变化，如“轮台九月风夜吼，一川碎石大如斗，随风满地石乱走”，前两句已成对峙之势，后一句则又作浓墨渲染（当然有时则是另出机杼，剑走轻灵）。像宋词中《浣溪沙》词牌，也多是如此。这种句法在新诗中用者甚多（当然也有人理解为欧化产物）。

如《汤》：“鱼，活在水里/鱼，死在水里！”

再如《断想》里的诗：“树，是等待的人/人，是走动的树/人，等久了就生了根/就成了树/树，耐不住等拔腿而走/就是人了/树的根深深扎在土里/人的根却默默地扎在心上。”

当我读到这几首诗的时候，我实在惊讶于作者提炼生活、提炼文字的能力，而在与诗友之间、朋友之间的交流中，发现他们也对这首诗的特别垂青，也证实了我的看法并非是一孔之见。几年前在一本报刊上读到了著名作家蒋子龙先生的一篇文章，他说别看现在中国的长篇小说成天玩高深，其实说到底，他们是因为编不出来好故事，才去往现代、后现代上靠。那么，我们是不是也可以这么说：现在很多的诗人，是因为写不来好诗句、无法创作更加合格的审美元素，才故意云山雾罩、写出一大堆密码似的文字。美不一定炫目，温润、和谐的美其实更见功夫。我们都见过玉石，它不一定很美，当你凝视它的时候，你其实是在凝视玉石里面的东西。但是我们为什么会觉得玉石很美呢？因为玉石的纹理、线条、色泽还有它所折射的光的确有异样的色彩。所以我们很喜欢它。

“月半弯/那是你赋予我的感觉/这是我赋予你的颜色/——纯的让人心痛的白/”《灯光阑珊》。我们透过这种纯的让人心痛的白，就可以看到芬芳而又纯洁的思念以及甜美的令人作泣的回忆。

“诗，写不出她的神韵/风，感觉不到她的飘逸/黯然伤神/在一丝无法察觉的眼波掠过/又在明目浩齿间一笑而失//风的飘逸/花的烂漫/烟的轻柔”《静女》。这种美或者说一种美化的孤寂在印象的世界里显得愈发空灵而美感，抒情的美神秘而水到渠成般展开。一种女人的美、一种古典女人的美、一种民族传统女人的美、一种被禁锢被压抑的美弥漫开来，显得精致，而且惊心动魄。

诗歌本来就是自由的，而评论实际上就是拿理论的经纬框定诗歌的自由，我知道这是一种责任更是一种愚蠢的行为。因为诗歌只能领会，任何评论都是多余的。但是因为寒栗这些美丽的诗歌，使我忍不住放纵凌乱的思绪，但还是隔靴搔痒般的美。祝福寒栗，祝福她的诗歌就像她本人一样纯净而美丽活在青海诗歌文本里。

（本文原载《中国撒拉族》2008 年第 2 期）

歌颂家园精神的撒拉族文学

马朝霞

撒拉族主要聚居在青海省循化撒拉族自治县和甘肃省积石山保安族东乡族撒拉族自治县。他们在黄河岸边繁衍生息，与汉、藏、回等民族和睦相处，共同发展，同时创造了根植于本民族土壤的文学艺术。

撒拉族的民间文学源远流长，与之相比，作家文学的历史显得十分短暂，只有半个世纪。但是，在这短短的50多年里却涌现了许多颇有成就的作家：韩秋夫，撒拉族作家文学的领路者；马学义，用小说形式抒写撒拉族人生活的开创者；马学功，撒拉族精神家园的痴迷追寻者；马文才，多种体裁创作的尝试者；翼人，撒拉族诗坛的崛起者。还有，韩文德、韩新华、马毅、马梅英、韩国鑫……纵观这些作家的作品，我们可以看到这样一个共同点：他们都怀着一颗赤子之心，深深地热爱着自己的民族，密切地关注着自己的家园，以他们独特的眼光、敏锐的洞察力，关照社会、关照人生。而且，在他们的作品中几百年前的迁徙历史得到了反复再现，家园成为他们解构的主题。

或许是因为，撒拉族的祖先吟着古歌迁徙而来；或许是因为，诗包含着无法形容的永恒的只是为信仰所澄清了的目光才得到的美，撒拉族作家的创作一开始就以诗歌的形式表现出来，并且取得了很高的成就。他们通过诗歌来表达对民族历史的缅怀、对民族文化的追寻：

哦，人啊
你悸动着离去
荒原在寂寞的花树上
刻满哀伤的眼睛
让尖利的往事永远地刺痛她
温柔的心房

这是翼人在他的《感悟》五首之一《山之旅》中的诗句。诗人以“悸动”描摹离开时的情态，准确形象地表现了人们对故土的难舍之情。诗中的荒原仿佛具有生命，在诗人流动的思维中，自然与“我”合一，也带上了人的灵性，与诗人共同感受离别的哀愁：花树上有无数哀伤的眼睛在哭泣，被往事刺痛的伤口在滴血，其中浸润着多少淡淡的哀愁，隐含着多少无力抗争的痛楚！全都是因为人们要被迫离开生养他们的故土。

历尽千辛万苦《东方高地的圣者之旅》终于找寻到了一片乐土：

而在狂欢的人群外
圣者独跪于土丘之上
月亮冉冉升起
圣洁如水
哲人的低语冉冉升起，如花蕾，
神秘地绽放，又如种子
叮当落地

狂欢者之外是尕勒莽的深思，是对远方故土的怀念，是对坚韧民族再生的庆幸，是对伟大真主保佑的感激，更是对这一路上艰难的了悟。也是诗人马丁对整个民族的沉思。手捧《古兰经》，心念之，口诵之，撒鲁尔（撒拉族自称）在路上重塑了自己民族的灵魂。

同诗歌一样，迁徙和寻找家园也成为撒拉族其他文学形式的主题。如闻采创作的散文《骆驼泉的传说》，就以饱蘸感情的笔墨描绘了一幅撒鲁尔人东迁的画卷：“天日黯然，鲜花凋零，残云笼罩整个部落。翻过天山，越过大漠，穿过河西走廊，向东，向东……”队伍越来越小，征途越来越难，信念却愈加坚定不移：哪怕剩下最后一个人，也要完成寻找乐土的使命！危难之时，圣洁的白骆驼静卧山下，口吐清泉“青山绿水，红花白鸽，沙枣花飘来阵阵香气……”这就是闻采笔下骆驼泉的来历，也是撒拉族人众所周知的族源历史，尽管它由一个美丽凄绝的民间传说演化而来，却也负载着历史的厚重。

闻采的报告文学《蜕变》，也以撒拉族的迁徙为其文章的开篇，从一个民族变迁的过程来俯视撒拉族在新时期的变化，尤其提到了撒拉族书面文学的开创者——韩秋夫。作家把韩秋夫比同于其民族的祖圣尕勒莽，由此可见，这个民族对历史、对知识文化的重视程度。

探究撒拉族作家对其民族迁徙反复吟唱的原因，也许诗人马丁的话更能代表大家的心声：“我成长在撒拉民族之中，这就注定了我更多的笔触自觉不自觉的伸向这个民族和它生存的地方。不说别的，撒拉族就其从东迁时的几十人发展成为现今的九万多人的民族，凭借了什么样的精神力量而没被周围的众多民族同化？”我想答案不言而喻：就是凭借了在迁徙的路上形成的一种坚忍不拔、不屈不挠的民族精神。

尕勒莽及其族人离开后，寻找家园的漫漫征途便拉开了序幕。他们在艰难的跋涉途中经历了饥饿和死亡的威胁，于是在整个迁徙的道路中，大家拥有同样的一个梦想，那就是找到幸福的乐土，这时唯一能够救赎生命的便是土地。因此，作家笔下的土地就常常成为家园的代名词，得到反复地赞美和歌颂。

正是，经历之后才会懂得。人们开始珍惜现在的生活，珍惜土地和粮食。在作家眼中就连耕地播种这样辛苦的劳作也都带上了舞蹈的韵味，人们“精心抚摸每一粒麦种”，农妇“手臂抛出优美的弧线”，孩子们“虔诚地站立地头，学会并牢记这种神圣的劳作”。土地上的播种者是美丽的舞者，用他们的身体语言向人们传递幸福与美感。

除去土地、粮食之外，传说中负载着民族命运和希望的骆驼、驼铃，黄河之上提着生命筏子漂泊的筏子客，都成为作家描绘的对象。如马丁的诗《东方高地上的圣者之旅》、《孟达峡》、《驼铃叮当、驼铃叮当》、《默读乡村》、《羊皮筏和筏子客及老人的情绪》等都紧贴着生他养他的那方水土，以及那里坚韧纯朴的人民。他以实在的家园景物和人物入诗，又在现实的基础上描绘了自己想象中的家园形象，表现出强烈的家园意识，正如他在自己的诗《家园：最后的主题》中所写：

而我坚信自己是家园的男儿
是家园精神的忠诚卫士，在诗中
在心灵深处，家园，是出发的
背景，更是回归后温暖的怀抱。

再如闻采的散文《街子——撒拉民族之圣地》、《故乡的古榆》等，热情地歌颂故乡的古榆、清真寺、骆驼泉。作家从家乡的古城遗迹、旅游名胜中追寻民族历史的痕迹，触摸着民族信仰的脉搏，让读者感受到别样的审美意味。在这些作品中，作家捕捉的不单单是古城遗迹的内在生命形式，更是历史模糊的足迹。在深情地诉说中作家带领读者走进了民族的历史，再现了祖辈们的生活轨迹和演变，并竭力从中寻找着民族精神。

可能是700多年前那次具有民族再生性质的迁徙，给撒拉族后人留下了不灭的印象，使得撒拉族的后人不断地回望历史。但这似乎并不仅仅是为了无数次单纯地品味其中的辛酸与痛苦，更重要的是，这样的回望具有反省的意味。它让族人在痛苦中学会坚忍，在幸福中学会珍惜，在历史中学会反思。

相传，撒拉族在迁徙的时候得到了其他少数民族的帮助，因而在撒拉族作家的笔下，反映民族关系的文章也不少，如撒拉族作家闻采的小说《下弦月》。它以撒拉女阿丽玛的爱情为主线，向读者展现了一幅神奇的民族画卷，讲述了一个离奇的爱情故事。故事发生在杂人沟，这里居住着藏族、撒拉族、回族、土族、保安族、东乡族。

除去从反面表达对美好人性向往的作品之外，更多的是对人性美的讴歌之作。如闻采的散文《藏家父子》通过“我”途中搭车这样一件事，呈现给读者两个藏族同胞的形象。一个是固执恬淡的父亲，一个是机敏憨厚的儿子，都是同样的纯朴，尽管他们缺钱，但他们绝不为金钱所动。物质条件的贫乏与精神世界的富有形成强烈对比，让读者的心灵在人性美中得到升华。

有人说，生命就是一种过程，怎样评价生命的价值要看在这一过程中我们学到了多少真理。读了撒拉族作家的作品，我对这句话有了深刻的理解。就像马丁《默读乡村》五首之一《水磨沟：老人和他铜铃响的拐杖》中所写的那样："在水磨沟，当老人长有鹿角的拐杖，指向远处不引人投目的废墟：那缺唇的磨盘"时，我想那古老的磨房在老人的记忆里，不只是令人心醉的爱情，令人神往的亲情，还有更复杂的东西，就像诗人追问老人为何在水磨沟敲个不停得到的答案——"我活过了"一样耐人寻味。

撒拉族传统体育的内容、渊源及特点

周　莉

撒拉族人民十分喜爱体育运动，在长期的社会生活和同自然界的搏斗中，为了强身健体，丰富民族的文化生活，他们创造出了具有浓郁民族特点和地域特点的传统体育文化。随着撒拉族社会的开放，越来越多的人开始希望了解包括传统体育在内的撒拉族民族文化。“中国循化国际抢渡黄河极限挑战赛”在撒拉族的故乡——循化的举行更使撒拉族获得了向国内外友人展现其独特的民族传统体育文化的绝佳时机。同时，挖掘撒拉族传统体育文化的内涵，宣传撒拉族民族精神，对进一步促进地方经济社会的发展无疑有着重要的理论与现实意义。正是从这一角度出发，根据文献阅读及田野调查，本文试图对撒拉族传统体育文化的内容、渊源及特点做一简要论述。

一、撒拉族传统体育的内容

撒拉族传统体育文化的内容较为广泛，其中既有竞技体育类项目，也有游戏类运动。在这些项目中，撒拉族群众最喜爱的主要有：赛马、射箭、打石靶、游泳、摔跤、打木球、拔腰、玩“巴勒包”等。

对竞技比赛的酷爱，显示了撒拉族人民强烈的尚武精神。骑射为主的兵民合一制曾是突厥民族重要的军事制度。它对定居的、主要从事农业的撒拉族早已失去了作用。但撒拉族在早期曾经营过一定规模的畜牧业，且为纳马之族，因此撒拉人都爱养马骑马。有些地区撒拉族人民至今还进行赛马比赛，参加者多为年轻人，马匹是光背马，一般不备鞍鞯、笼头和缰绳，在大路或旷野，按规则加鞭驰骋，向指定目标飞奔。新中国成立前，循化地区还经常举行“走马”比赛。比赛的马匹从小时候就进行训练，每天把马头吊在树桩上，以养成昂首挺胸的习惯，每天还进行爬坡、越沟、跳河、过桥的训练。待马匹稍大，每天清晨骑着它行走十几公里。比赛时主要看马的姿态是否健美，走姿是否轻快，骑坐是否平稳舒适，行走速度是否快等。

无马的，也有以骡、驴代替的。他们还特别讲究马鞍、马镫、马衔等，通过马的装饰来显示主人的骑士风度。

而骑射向来相辅相成的，二者缺一不可。射艺超群也被认为是男子的最高荣誉之一。因而撒拉族地区在以前经常举行射箭比赛，弓有软弓和硬弓之分，后来用自己制造的土枪、土炮代替。当时孟达地区的“塔沙炮”非常出名，当赞扬某人说话准确、恰到好处时，就说他的话“像塔沙坡的枪一样”。在一些偏远地区，我们目前仍能见到撒拉族群众进行的热火朝天的射箭比赛。这些比赛，既有村子当中娱乐性的特点，也有不同村子之间甚至不同民族之间进行的民间比赛活动。2005 年，笔者在青海省化隆县进行田野调查时发现，当地撒拉族群众十分喜爱射箭运动。有些村子中还有专门用于比赛的弓和箭。这些弓箭都是由村里年轻人集资购买的，平时由专人保管。比赛期间，全村青年共同练习，评选出优秀射手，再由这些人代表全村去其他地方比赛。一首撒拉族“花儿”充分显示了撒拉族人民对骑射的喜爱程度：

大马上备的是好鞍子，
鞍子上骑的是人尖（么）梢子；
腰儿里别的是“三件子”(腰刀、箭袋和火镰袋)，
手儿里拿的是长枪的杆子。

身骑骏马、腰带枪支，一副威风凛凛的样子，是过去每个撒拉族男子的向往，也体现了撒拉族的具有尚武性质的传统体育爱好。

石头是撒拉人最常用的武器，因此“打石靶”活动在青年男子中间非常盛行。就是在十几米远的地方立一巴掌大小的石子，然后用手中的石子去击打。打的方式很多，主要用手、脚面、腿、额、鼻梁、头、肩膀、五指等部位，而且每个部位又有几种花样。这种活动对锻炼人的臂力、腿力，提高射击能力很大的帮助。

摔跤是撒拉人酷爱的另一项竞技项目之一。比赛不仅在村子内部人员间进行，有时还与其他村进行集体对抗赛，甚至与周边藏族村落进行这种活动。摔跤方式主要有两种：一是两人直接抱在一起，通过臂腰的力量用扭、摔、拉等方式将对方摔倒在地。这种方式又分用腿绊和不用腿绊的两种；二是用手拉、推，用脚绊，而不抱在一起。如果哪个青年男子不敢摔跤，就会被人讥笑、看不起。因此，撒拉男子从儿童时代就开始摔跤，从小培养剽悍的勇武之风。

撒拉族主要生活在黄河沿岸，从事农业活动。因此许多撒拉族男子从儿童时代开始就在黄河岸边玩耍、游泳，及至青年时代绝大部分生活在黄河两岸的撒拉族男子都掌握了娴熟的游泳技术。在水上交通不发达的过去，撒拉族人靠着过硬的游泳本领，为自己打开了另一条谋生之路。由出色的“乔瓦吉”（水手）组成的筏子队，更是撒拉族眼里的英雄。这些英雄往往是划木瓦和筏子的舵手。

木瓦是一种原始简单的渡河工具，单个木瓦状如独木舟，由长约 3 米的圆木凿

空而成，宽仅能容人，可乘客三四人。渡黄河时，将木瓦推入水中，人坐其中，双手紧抓两沿，以保持身体平衡。桨为家用木锨或铁锨，由两个水手分别在木瓦两头划水，前面一人保持方向，后面一人奋力划水，推动木瓦前进。若河面浪高风大，波涛汹涌，就有可能发生翻瓦落水事故。因此，一般将两三只木瓦头尾并排系在一起，以使木瓦在大风大浪中保持平衡。为了协调动作，众水手及乘客都要唱起那震撼四野、铿锵顿挫的渡船号子，一人领唱，众人应合。排山倒海般的波涛，随风飘舞的木瓦，以及一望无际的蓝天组成了一幅震撼人心的画面，而那凝重嘹亮的号子声久久回荡在水面，这一切充分显示了撒拉民族与大自然搏斗时一往无前的气概和强悍不屈的精神。

皮筏子是撒拉族历史上的一种重要的水上交通工具。撒拉族一般沿黄河水而居，他们内部之间以及与其他民族的交流，经常需要通过黄河。但是就当时的技术和经济条件来讲都无法在黄河上架桥，因此他们用皮筏子作为渡河工具进行两岸之间的交流。这是一种用牛羊皮袋和圆木组合而成的渡河工具。撒拉族群众先把牛羊皮整张褪下来，然后将之晾干，以食盐和麻油搓揉，待其柔软，涂上防腐的熟桐油。除留一吹气的口子外，其余口子都全部扎紧。这种单个的羊皮袋子也可用作个人渡河工具，用时，将水手的衣服放入其中，更令人惊奇的是，有的水手在皮袋当中还容放一人，然后吹足气，扎紧口子，水手一只手将其压于胸前，另一只手奋力划水，渡到对岸。另外，人们还将类似的十几个牛羊皮袋整齐排列，绑在纵横交错的木架上，连接成一个长方形的皮筏子。渡河时，可用羊皮鼓风袋将气吹足，扎紧口子，推入水中，水手跪伏于皮筏前，以木桨划水，皮筏便可逐水而行。这种皮筏子，不仅能载客，而且也能运货。

木瓦与皮筏都是在撒拉族生产活动中得以不断传承的，但随着社会经济的变化，它们已演变为撒拉族民间的体育运动了，并成为循化县国际抢渡黄河极限挑战赛期间的重要表演项目。青海省副省长吉狄马加指出，民间传统体育运动及现代化的国际性赛事的结合“加深了国内外对青海省及全国唯一的撒拉族自治县——循化县的民族特色的了解，而且这项运动在倡导挑战自我、科学健身的同时，也在唤醒大众保护生态环境、保护母亲河的意识”。

此外，打木球、拔腰、玩“巴勒包”等也都是撒拉族群众所喜闻乐见的传统体育活动。

二、撒拉族传统体育活动的渊源

许多撒拉族传统体育运动实际上有着其悠久的历史，这些体育运动是撒拉族对其先民文化的创造性的继承和发展。下面我们举例谈谈撒拉族传统体育文化的悠久历史与丰富内涵。

根据研究，撒拉族的先民为我国历史上的西突厥乌古斯人。乌古斯人有二十四部，分为左右两翼。撒拉族的先民撒鲁尔人属于被称为“箭”的左翼，而属于右翼的乌古斯人被称为“弓”。由此可见，撒拉族先民与弓箭的密切关系。我们也可以想见他们对射箭活动的喜爱程度。

成书于11世纪的、被称为突厥语民族“百科全书”的《突厥语大辞典》中，对弓箭的样式、制作及射箭运动作了非常详细的记载，如：箭镞（卷一42页）；射手、射箭能手（卷一81页）；箭袋（卷一108页）；他和我比武射箭了（卷一195页）；修饰箭的工具（卷一387页）；弦、弓弦（卷一388页）；箭杆的尖头，被插到箭镞的凹口里（卷三216页）；公黄羊，用它的角可制弓（卷三224页）；紧固箭头的皮环（卷三227页）；给弓上缠筋了（卷三399页）；两头弯的弓（卷三234页）；用木头制作成的射箭弧弓（卷18页）；他和我以仆妇为赌注，比赛射箭了（卷225页）；带羽毛的高音响箭（卷三212页）；射轻箭，以这种方法射出的箭较一般的箭射程远，射箭者躺下仰射（卷一436页）；他们向后射箭和向前射箭同样娴熟（卷一120页）；射肚子，以牲畜的肚子当靶子射击。这是以屠宰了的牲畜的肚子当靶子射箭，射中者可得一块肉（卷一425页）等。

由于突厥是以骑射立国的游牧民族，因此，射艺高超的人受到人们的尊重与拥戴，在休闲时刻他们也经常举行射击比赛，其形式有个人和集体两种。如《隋书·贺若弼传》载贺若弼与突厥使臣比赛射击：

尝遇突厥入朝，上赐之射。突厥一发中的。上曰：“非贺若弼无能当此。”于是命弼。弼再拜祝曰：“臣若赤诚奉国者，当一发破的；如其不然，发不中也。”既射，一发而中。上大悦。

这儿他们提前设置箭的，以射中者为胜。有时，他们也以猎物为射击目标，如《隋书·崔彭传》载崔彭与达头可汗使者较艺：

上尝宴达头可汗使者于武德殿。有鸽鸣于梁上，上命彭射之，既发而中。上大悦，赐钱一万。及使者反，可汗复遣使于上曰：“请得崔将军一与相见。”上曰：“此必善射闻于虏庭，所以来请耳。”遂遣之……可汗召善射者数十人，因掷肉于野以集飞鸢，遣其善射者射之，多不中。复请彭射之，彭连发数矢，皆应弦而落。突厥相顾，莫不叹服。可汗留彭不遣，百余日，上赂以缯綵，然后得归。

这是国与国之间的一场射击比赛，汉文史料当然择其优胜史而加以记载，有学者认为突厥如此重视射击，其整体水平当高于中原。

集体形式的比赛每队有十二人，称为一朋，每人箭六侯，以得分高分为优劣。史载：

寻以染干为意利弥豆启人可汗，赐射于武安殿，选善射者十二人，分为两朋。启人曰：“臣由长孙大使得见天子，今日赐射，愿入其朋。”许之，给晟箭六侯，发皆入鹿，启民之朋竟胜。时有鸢群飞，上曰：“公善弹，为我取之。”十发俱中，并应丸而落。是日百官获赉，晟独居多。

通过以上事实，我们可以清楚地了解到撒拉族和其先民突厥人射箭活动的一脉相承的关系。

撒拉族的赛马活动也完全可以追溯到突厥时代。在约1000多年前的突厥先民时代，关于赛马的记载也很丰富，如：领先的马（卷一72页）；他和我赛马了（卷一199页）；走马（卷一76页）；赛马，他让马奔驰了，即他让马参加比赛了（卷三8页）；善跑的马，赛马会上领先的马（卷三43页）；赛马时马奔驰的地方（卷三45页）；赛马，他跟那人赛马了（卷三70页）；我的骏马疾速奔驰，赛过了其他的马（卷一150页）；吊马，吊马作了赛前务习（卷三80页）；杂种马，野公马与家养骒马交配所生的马，在赛马时这种马往往获胜（卷一116页）等。从这些溢于言表的赞美之辞中，我们不难看出当时突厥人的赛马活动的风靡程度。当今的撒拉族也如此喜爱赛马运动，跟他们的祖先突厥人对赛马运动的酷爱是密切相关的。

撒拉族所钟爱的摔跤运动在其祖先的文献中5也有详实的记载，如：他们把摔倒了，摔跤摔倒了（卷二23页）；摔跤（卷二107页）；他和我摔跤了，在摔跤中比试我们谁有能耐，有力气（卷二113页）；勿与姑娘摔跤，勿骑骒马奔跑（卷一500页）等。

关于水上运动扳筏子，该书也说："Sal 筏子。给数个皮囊里充上气，将口扎住，再用一个个绑缚在一起，做成个类似水上凉台的东西，然后坐在上面渡水。这也可用芦苇和树枝做。"（卷三143页、151页）

此外，撒拉族女子所喜爱的踢毽子等在以上所提文献中也都有记载。因此，撒拉族对许多传统体育的酷爱并不是一朝一夕之间形成的，而是有着深厚的文化积淀和悠久的历史传承。

三、撒拉族传统体育的特点

根据文献史料阅读及对撒拉族地区的田野调查，我们发现撒拉族传统体育运动的形成发展有着自己的一些特点：

（一）对突厥母文化的继承

过去由于对撒拉族历史来源的研究不够深入，因而在对撒拉族文化进行诠释时也往往有浅尝辄止的感觉，总让人对撒拉族的一些文化现象难以解释。对此，撒拉族学者马成俊教授明确指出：

由于资料所限，对撒拉族进行纵深研究，当代的撒拉族研究学者，却感到举步维艰……撒拉族作为一个元末明初以后形成的人们共同体，她与生俱来的突厥母文化的基因也被忽视。如果这一点被忽视了，如同刚生下就被断奶的孩子一样，其发育肯定是不健全的。就撒拉族而言，尽管时空上远离了突厥母文化，但其文化心理绝没有因此而断乳。如果我们对前撒拉族时代其先民的文化成分撇下不谈，那么撒拉族的传统文化也肯定显得浅薄，显得简约。在调查和研究撒拉族文化的过程中，我们发现有许多内容，既不是伊斯兰－阿拉伯式的，也有别于汉族儒道文化和藏传佛教文化……笔者…认为这些文化成分在很大程度上保留了突厥母文化的内容，这些文化现象又在长期的发展中或与伊斯兰文化融合，或者产生了许多变异，但经过我们的剥离分析，可以很清楚地发现突厥母文化的痕迹和胎记。

结合前面所论撒拉族传统体育活动的渊源，我们可以说撒拉族传统体育文化也在很大程度上继承了其祖先——突厥的母文化。

（二）与生产活动密切相关

撒拉族部分传统体育活动是直接与他们的社会生产活动相关的。如在国际抢渡黄河极限挑战赛期间表演的皮筏子，就跟撒拉族的早期经济活动有很大的关系。

在交通不发达的过去，河道运输曾成为撒拉族重要的生计方式之一，也铸就了一代代的被称之为“乔瓦吉”的筏子客。居住在黄河沿岸的撒拉族男子从小在黄河边游泳长大，个个娴熟水性，而且练就了一身的胆识和勇气。因此当内地商人到青海贩运羊毛和木材时，撒拉族水手自然在水运中占有了重要的地位。他们一到春季天气转暖时节，就把青海的木材扎成一个个木排，把羊毛、羊皮等装上筏子，在浊浪滔天的黄河中漂流至兰州、包头等地，返回时同陆路带回一些本地急需的布匹和其他日用品。从青海漂流至内地，一路山高谷深，河道百转千回，水流湍急，暗礁丛生，充满了挫折和凶险，稍有不慎就有生命危险。因此，作为一名出色的水手，不仅要有娴熟的水性，了解水道的一路变化，而且还要有超人的胆识和强健的体魄，善于随机应变，化解各种突如其来的险情。可以说他们是历史上最早的黄河漂流队。一位美国学者非常生动地将这一历史场面（19 世纪末期至20 世纪初通过黄河运输羊毛的情况）描述了下来：

当清明过后，黄河冰冻溶化时，羊毛公司利用水路运输羊毛的各项工作就开始办理了。从上年秋天开始，羊毛像山一样首先被堆积在西宁附近的黄河两岸，等候装进皮筏之中运输。从古到今，在边境高山丛林中奔腾咆哮的河流上，皮筏子是一种最理想的交通工具。皮筏子，当地叫浑脱，全由皮做成，这些皮是从被宰了的牛羊身上剥下的。在牲畜的咽喉被切断后，首先在牲畜的后腿肉上切开一个小孔，再将空气沿这个小孔吹进，迫使牲畜的尸体鼓起来，直到尸体的皮能被剥下为止，皮被刮得干干净净后，通过密封住留在头上、前后腿上的切口，制成能膨胀的袋子，再给皮子里填上菜油和盐，再将它从里到外阴干，然后往此牛皮袋中足足装进一百五十斤羊毛，装完后，使它膨胀，再密封。一百二十个牛皮袋子被连成一排，用绳子捆在一起，再将木板或者圆木放在皮袋子上捆紧，作为船员、乘客及货物的临时甲板，像专业水手操纵的浮船一样，穿越湟水和黄河上游的浅滩，对于皮筏子来说，只是雕虫小技。大多数船从西宁起航，沿河而下，在临近兰州时转航于黄河。来自于洮州、河州和循化的运载羊毛的筏子，从大夏河就开始了他们漫长的旅程，在永靖附近再转入黄河中。甘肃的回回船工，大多来自皋兰和导河（今临夏等地），他们操纵着筏子很快地越过许多地区而到达兰州。在这一段水路中，筏子的规模很大，五百个牛皮袋子组成的筏子可运输六千到七千斤羊毛。

现在的黄河上，国家已经修建了许多跨河大桥，已经无人真正需要抱着羊皮袋子过河了，公路和铁路的修通也不需要用皮筏子运羊毛。但是，撒拉族人民仍然怀念他们用皮筏子的情景。为了保护和发展民族文化，循化县政府从2000年以来连续举办了几次用羊皮袋子漂流的比赛，村民们（甚至还有70多岁的撒拉族老人）都踊跃参加。曾消失了很长时间的划皮筏运动，在新的历史条件下演变为撒拉族人民的休闲体育活动，并成为加重撒拉族地区的历史感与提升文化品位的一个重要途径。

（三）受宗教文化影响较大

撒拉族基本上是个全民信仰伊斯兰教的民族。早在撒拉族的先民迁到中国青海之前的10世纪，他们就已经信仰了伊斯兰教。[9]因此，长期以来伊斯兰教对撒拉族文化的方面产生了很大影响，在文体活动方面也是如此。撒拉族先民在远离中亚故土后，伊斯兰教在保持民族的独立性方面发挥了巨大的作用，因此，直至今日伊斯兰文化仍是撒拉族文化最重要的表现形式之一。但是，宗教上层在发展民族文化方面也逐渐形成了一定的保守观念和封闭的心理，使得撒拉族的文体活动的内容显得很是贫乏。一些本来就有传统体育活动也可能逐渐消失了。如突厥人在盛大节日或庆祝战争胜利时，往往要举行火炬歌舞晚会，这是一种集体性的大规模的群众活动，在白天他们进行祭祀天地、赛马顶羊等活动，夜晚他们在篝火四周载歌载舞，欢庆节日，品尝胜利后的喜悦。在新疆的一些突厥语民族还保存有类似的文体活动，但在撒拉族文化当中已不见其踪迹了。如马球原本是突厥人非常喜欢的一种运动。马球本源于波斯，后经突厥传入中国，在唐时曾风靡全国，连帝王将相也对此非常痴迷。进行马球比赛，要挑选骏马和骑手，分为两队。每位骑士手持一根击球棒子，驰马击球，经过激烈的争夺后，以得球多者为优。但这种运动在撒拉族地区也没有任何存在的痕迹。这些现象可能与上层宗教人士的保守心理有关。甚至讲述撒拉族历史来源的民间《骆驼舞》也已经失传，据分析这也与宗教心理有关。因此，一些带有纯粹娱乐性质的体育活动在撒拉族地区较为少见。以至于，目前还有一些村子中为是否修建篮球场而发生年老一代和年青一代之间的争论。

四、结　语

撒拉族是个酷爱体育运动的民族，尤其是受尚武精神的影响，骑射、摔跤等一些体育活动在撒拉族群众当中很受欢迎。这些活动之所以有如此强的生命力是撒拉族传统体育文化长期积淀的结果，有些运动项目有着悠久的历史，但撒拉族的传统体育文化在发展的过程中，与其生产活动与宗教信仰关系较大。挖掘撒拉族传统体育文化的内涵，处理好继承、学习、发展等方面的关系，对进行全民健身、提升地区文化品位、发展旅游业、促进地方经济等都有着极为重要的意义。

参考文献：

[1] 骆晓飞，嘎玛．国际抢渡黄河极限挑战赛开赛．http：//www. gznet. com/sport/ 2008－07－06

[2] 耿世民译．乌古斯可汗的传说．乌鲁木齐：新疆人民出版社，1980：4

[3] [5] 麻赫默德·喀什噶里．突厥语大词典．汉文版第一、二、三卷，北京：民族出版社，2002

[4] 隋书．卷51

[6] 马成俊．撒拉族文化对突厥及萨满文化的传承．青海社会科学，1995（2）

[7] [美] 詹姆斯·艾·米尔沃德著．1880—1909年回族商人与中国边境地区的羊毛贸易．李占魁译．甘肃民族研究，1989（4）

[8] 马伟．撒鲁尔王朝与撒拉族．青海民族研究，2008（1）

[9] 马盛德．从《堆依奥依纳》的消失看撒拉族艺术发展缓慢的原因．中国撒拉族，1994（1）

（本文原载《青海民族研究》2009年第3期）

论撒拉族传统体育的形成及其发展

夏　宏

一、撒拉族传统体育形成的宏观背景

撒拉族是一个勤劳、朴实、智慧、勇敢的民族，有七百多年历史，主要聚居在青海循化县，人口约9万人，循化县位于青海东部黄河南岸，撒拉族主要居住在黄河岸边的河谷地带，海拔较低（约1800米），气温较暖，水利资源充沛，是青海的优良农区之一。撒拉族是我国信仰伊斯兰教的少数民族之一。宗教对他们的政治、经济、文化、生活习俗和历史发展，有着巨大的影响。根据史书记载，撒拉人的先民是乌古斯部的撒鲁尔人，原本是我国古代少数民族西突厥的一个支系，游牧在伊犁河一带。经过迁徙被蒙古贵族签军驻在于今循化县，通过自身繁衍和不断从其他民族中吸收新鲜血液，形成祖国民族大家庭的一员。[1]撒拉族的文化从游牧文化演变成一个以农业经济为主干、高度发达、极端成熟的文化形态，并由此繁衍出独特的体育文化。撒拉族先民长期受到沉重的阶级压迫和民族压迫，也形成了他们特有的民族性格特征，英勇、强悍而富有反抗精神，他们在长期的生存斗争和社会实践中创造和形成了许多独特的文化和风俗习惯，其中独树一帜的当数多彩的撒拉族传统体育活动。

撒拉族文化源远流长，博大精深，撒拉族体育活动项目的产生和起源，大致可归纳为以下几种。

（一）狩猎与征战

据史书记载，撒拉族的先民是从中亚撒玛尔罕，由于不屈政治迫害，尕勒莽被蒙古贵族签军，他率领本族门户东行辗转行军，驻屯于今循化县，这是撒拉族最早的征战记录。[2]在清代历史上记载撒拉族人民反封建的三次武装斗争，战争到和平的历史发展过程，在民族传统体育活动中深深印刻下了历史的痕迹，也使撒拉族人民成为一个勇敢，具有反抗精神的民族，摔跤、武术、赛马等运动项目无不与战争相关，民族传统体育又与本民族的荣辱兴衰联系到一起，争民族生存，争信仰自由的斗争成为他们共同的奋斗目标，各项目在战争中丰富和创新，在体育活动中继承和发扬。撒拉族人民擅长打猎，打猎的工具，起初使用弓箭，弓有软硬之分。明末以后，使用火枪、火药和土炮，辅以夹脑、扣马、塌石等土制工具。打猎方式一般是一个人单独进行，如果三四人或五六人合伙打猎，撒拉语称“一把卡”，“一把卡”打猎时，获取的猎物平分。打猎方式的延续和演变成了今天的“射弩”，以提高搏斗技能为主。这里介绍一下撒拉族的摔跤（拔腰），此项目是力量的较量，在早期征战时十分有用。拔腰比赛时，或在果香飘逸的绿树荫下，或在红绿相间的辣椒地头，装束精干的撒拉族青年精神抖擞，斗志昂扬，双方争先抢抱对方的腰部，一经抱住就互相用力向上拔，如双方力量悬殊，力大者大吼一声，就能技超对手，如双方势均力敌，虽手段使尽，各倾全力，仍然相持不下，一时难见高低，在围观人们的“加油”声中，有一方被拔的双脚离地为止。这项活动方式简便易行，不受场地器材的限制，对发展人们的耐力，灵敏，柔韧素质都有益处。

“男儿三艺”，骑马、射箭、摔跤充分体现了游牧民族的传统体育特征，体现出粗犷、豪迈、热烈、坚忍、不屈不挠的精神。

（二）起源于农事活动

撒拉族人民从一个游牧民族演变成一个以农业经济为主的民族，在长期的生产劳动中创造了具有民族特色的“登棍儿”、“打蚂蚱”、“打缸”等传统体育活动。

（1）农闲时，在田间地头找一根木棍大家玩的游戏称为“登棍儿”。“登棍儿”比赛时，双方坐在平整的地上，伸直腿，双脚互相顶住。双方同握一根两尺来长的木棍。准备就绪后同时拉动，比赛中要求膝关节处伸直，不得弯曲，如甲方将乙方拉的臀部离地，就算甲方胜，比赛以三局两胜评定胜负。比赛时，还要对唱撒拉族民歌，熔文化、娱乐、体育于一炉，各具民族特色。

（2）“蚂蚱”是田间地头经常看见的一种昆虫，聪明的撒拉族人民用形似它的物体做起游戏。“打蚂蚱”是撒拉族人民普遍喜爱的一项体育活动，“蚂蚱”粗1. 5厘米，长6～7厘米，形成束状，板是一块长约70厘米，手持处宽4厘米的刀形木板做成。攻守双方由两人组成，在场地定位后，就地画一个圆圈为“雷区”，在“雷区”内用刀形拍将“蚂蚱”击出。随着“蚂蚱”飞进方向，由守方在跑动中设法将“蚂蚱”接住，接不住可将“蚂蚱”从落地处掷向“雷区”，若掷不进“雷区”，攻方继续打，并用板拍丈量“蚂蚱”落地处到“雷区”的距离，谁先到达规定距离即为胜，并罚负方单腿跳入“雷区”或表演撒拉族歌舞。

（3）以砖块为器械的体育项目，又一次体现出了撒拉人的聪明才智。“打缸”是撒拉族青少年十分喜好的活动，他们在地上立一块砖，然后在离砖5米左右的地方画一条线玩乐或比赛，比赛时手拿小石片，用侧打，正打，立打，平打等各种动作击砖，如用一种动作将砖击中后，方可按规定顺序进行另一个“打缸”动作，全部动作先完成者为胜，胜者要罚负者表演有民族气息的节目，就这样轮换进行。这些传统体育项目又表现了撒拉人细腻智慧的一面。

（三）源于婚恋与民俗

撒拉族迎亲有“挤门”的习俗，新娘到来时，男方家中摆好架势“挤门”，女方家中坚持由长辈将新娘抱进门，男方家中则坚持新娘最好不能过于尊贵，应步行而入，否则有损新郎的身价，这样你进我挡，挤来挤去，兴高采烈，亦十分热闹。

（四）源于生产工具与生活方式

撒拉族人民生活在黄河谷地，在汹涌澎湃，飞浪滔天的黄河划羊皮筏子，也是撒拉族人的拿手本领，成为他们天不怕，地不怕，“头割了还到黄河里喝水”的强悍性格的鲜明特征。黄河沿岸的撒拉族在每年夏季，都要在黄河上举办羊皮筏子比赛，一个筏子可坐8~10人。参加者多是小伙子，也有年轻女子坐在筏子上欢快地敲锣助兴，参加者都穿上漂亮的民族服装，比赛分集体与个人赛两种，赛程无具体规定。比赛号令一下，皮筏子便如离弦之箭冲向前方，参赛者要机智灵敏的绕过旋涡，避开恶浪，方能安全的到达对岸。骑羊皮袋或牛皮袋渡河比赛，是胆略、毅力、度量、机敏的较量，赛手们呼喊着高亢的号子，奋勇向前，以先到达终点者为胜。撒拉族人民为了扩大适于居住的环境，改善生活质量，以坚忍不拔的毅力，超人的胆量，不断向大自然进军，在同大自然进行较量的过程中，不断克服困难的过程就是形成生产生活内容、生活方式的过程，此项活动是在此过程中逐渐演化而成，沿袭至今。

（五）源于宗教信仰

宗教是文化的一个组成部分，它与文化的其他组成部分存在着密切联系，尤其是在人类社会早、中期时代，宗教在一定程度是人类文化的主要成分，每个信仰它的民族都会在政治、经济、文化诸多方面留下其深刻的烙印。撒拉族人民信仰伊斯兰教，宗教对他们的政治、经济、文化、生活习俗和历史发展，有颇大的影响。

“念、礼、斋、课、朝”是伊斯兰教的五大天命功课。念，包括念“清真”，念颂《古兰经》，念“迪克尔”（赞词）等，念时要求驱除杂念，一心一意，呼吸运气要有定数，此功客观上与气功之静功相似，具有保健作用。礼指礼拜亦称拜功，礼拜的要素是“净”，“静”，“动”三者结合，“净”指“净心”，净身要按照一定的程序进行“大净”或“小净”；“净心”的主观目的是用伊斯兰教律审视自己的心理和行为，虔诚的礼拜忏悔，然后再加以改正，从而消除愤怒、悔恨、忧愁之情，使心灵平衡，灵魂净化；“静”指拜中平静，目不斜视，耳不外听，意念专一，精神内守，全神贯注，内心平静。“动”指按规定要求的形式和姿势，有节奏的立站、鞠躬、叩头、跪坐等，每日按规定时间进行晨、晌、晡、昏、宵礼拜功，具有“静则养性，动则养形”的功效，长期坚持形神得养，益寿延年。朝功是指穆斯林在规定的时间内，前往麦加进行的一系列宗教活动的总称。教历的每年十二月八日至十日为法定的朝觐日期（即正朝）。在此时间外去瞻仰麦加天房称为“欧姆莱”（即“副朝”）。所谓“朝觐”一般是指“正朝”。凡身体健康，有足够财力的穆斯林在路途平安的情况下，一生中到圣地麦加朝觐一次是必尽的义务。不具备此条件者则没有这个义务。朝觐的主要仪式有：

受戒。即在麦加戒关外，沐浴礼拜，脱去常服换上戒衣。男子的戒衣是两块未经缝纫的白布。女子没有特别的戒衣，可穿着常服。

在“赛法（Safa）”与“麦尔（Marwah）”①之间奔走七次。

巡礼天房（克尔白）。按逆时针方向游转七周，分三次进行，在初临天房时一次，从阿拉法特（Arafat）归来时一次，辞别麦加时又一次。而以中间一次为最重要。只有拥有健康的体魄才能完成生命中最重要的一课，这种宗教形式和仪式为其良好的生活方式奠定了基础，因而也促进了民众的身体健康。

撒拉族传统体育项目丰富多彩，他不仅有属游牧民族的传统体育项目，也有农业生产生活中涌现出的体育项目和水上的传统体育项目，多姿多彩的撒拉族体育项目，折射出了绚丽丰富的撒拉族传统文化的内涵与底蕴。

二、保护及发扬撒拉族传统体育文化

少数民族传统体育运动源于广大少数民族群众的生产、生活实践，内容丰富，形式多样，历史悠久，特点鲜明，不仅具有高度的技巧，而且常常伴以歌舞、音乐，把竞技和娱乐结合在一起，既是文化娱乐活动，又有益于增强体质，有广泛的群众基础，是少数民族传统文化的一部分，深受少数民族广大群众的喜爱。[3](P185-95)撒拉族传统体育项目多是通过口授身传的方法留传下来的，随着掌握这些方法的老人的离世，许多项目会出现无技术传人的局面，会因时空的转换，社会的演变而被人们淡化遗忘。特别是进入21世纪的今天，人们的精神生活、物质生活水平大为提高，这些古老的体育项目是否失去了存在发展的基础而变成人们节日喜庆之余的生活点缀。为了弘扬撒拉族民族文化，必须要更好地保护和发展该民族的传统体育文化。

（一）将撒拉族民族传统体育项目如：拔腰、登棍、打蚂蚱、打缸等项目列入中小学体育课堂

现代中国民族传统体育的发展问题，其历史原因是跃进的跨越，解决的办法只有补上缺失的环节，走入学校。学校体育是原始体育形态走向规范化、科学化、普及化的必由之路，纵观体育运动发展史，任何一种运动项目，从普及到提高，无不是以学校作为中介。遵照人体生长发育的规律，选出拔腰、登棍、打蚂蚱、打缸等

① 麦加城中心附近的沙花山和麦华山。

项目进入体育课程。日本的跆拳道，就是接受了武术的基础改良，使之便于教学、训练、比赛并通过宣传渠道向青少年推广，现已成为奥运会认同的项目，此一项就会为日本带来丰厚的经济利益，社会效益更大，提高了国民身体素质。拔腰、登棍、打蚂蚱、打缸，它要求个体直接参与运动，在愉悦身心的活动中承受一定的生理负荷，并在人的体力“消耗—恢复—消耗”的周而复始的循环中，促进人的体能发展和体质增强。这些运动项目源于日常劳动，简单易学，不受器材、场地、天气的影响，在场地、器材极缺的西部地区，展示出了极大的优越性，而且具有极高的娱乐性，更能吸引学生主动参与的兴趣，健身、健心的功效显著。传统体育项目走入课堂，既能提高学生对体育课的兴趣，强身健体，又能促进民族传统体育文化的发展，何乐而不为呢？

（二）积极宣传提高知名度，扩大影响，开发民族传统体育的旅游资源

在西部大开发的历史契机下，青海体育得到长足的发展，环青海湖体育圈的打造中，循化撒拉族自治县也在其中，在这样的一个大好形势下，通过媒体的介入加强积极宣传，将撒拉族民族体育文化与旅游资源的开发联系起来，从而获得经济上的最大利益。民族传统体育具有本民族的特色，能反映出本民族的文化内涵，一般都具有新颖、惊险、刺激等特色，在当今这个工作高强度的社会，能愉悦身心，能吸引成千上万的游客。它们较之现代竞技运动更具有娱乐性、观赏性、参与性，而且内容丰富。旅游区开展富有地方风情、民族特色的各式各样的民族体育文化，在著名景点结合实际向人们展现民族体育文化，要使游客不仅感受到山水之美，还要了解撒拉族的民族风情，感悟撒拉族体育文化，主动适应市场经济的发展需求。

（三）培养少数民族体育人才，挖掘整理并开发民族传统体育

为了更好地发展撒拉族传统体育，必须利用民族院校传统体育项目培养和输送一些少数民族体育人才，积极开展民族传统体育和近代体育活动，为撒拉族区域性全民健身活动献计献策，培养撒拉族的体育骨干人才，活跃群众文化生活，促进民族团结，提高撒拉族人民的健康水平。各民族的传统体育有着各民族的特色，在历史发展的长河中逐渐形成了自身的特点，是本民族文化的一个重要部分，所以挖掘整理并开发民族传统体育是当前很重要的任务。

（四）转变思想，视民族传统体育为撒拉族精神文明建设的主要内容

撒拉族传统体育较现代竞技体育，具有更突出的娱乐性、表演性和可观赏性，其技巧性、娱乐性及艺术观赏价值是许多现代竞技体育项目无法比拟的，加之其内容更加丰富，形式更为多样，从而形成它自身的魅力。但是由于受单纯竞技体育和金牌意识的冲击，更受到当地经济滞后的影响，传统体育项目没有像开展竞技体育项目那么制度化、规范化，为弘扬民族文化，有关管理部门必须转变思想观念，由

民俗节活动向经济与文化娱乐融为一体的方向发展，推动撒拉族经济和文化事业的繁荣进步。发展撒拉族传统体育要充分尊重少数民族群众的意愿、思想感情、审美心理、风俗习惯以及心理承受力，引导而不强迫，更不能用行政命令加以强制。改革的目的是使其更加具有民族风格、地方特色和时代精神，更加为群众特别是本民族所喜闻乐见。要在继承的基础上发扬光大。要不断地赋予民族传统体育以新的内容、新的形式和时代特征。要因地制宜，充分利用民族节假日和农闲季节，并根据当地自然条件和物质条件，开展丰富多彩的、不同形式的民族传统体育活动，丰富群众的文化生活，促进民族地区经济的发展。同时还要注意开展地区与地区之间，民族与民族之间的体育交流，丰富提高撒拉族精神文明建设的内容。通过努力使撒拉族传统体育成为他们的健身方式，发展区域性的传统体育，促进全民健身事业蓬勃开展。只有民族的才是世界的，只有更好地保护和发扬本民族的精髓，民族才能更有特色。

参考文献：

[1] 撒拉族简史．西宁：青海人民出版社，1980

[2] 芈一之．撒拉族政治社会史．黄河出版社，1990

[3] 方协邦，马呈祥．源远流长的青海民族传统体育．青海体育史料，1987 (1)

（本文原载《西南民族大学学报·人文社科版》2007 年第 6 期）

土族花儿与撒拉族花儿的艺术共性

郭晓莺

花儿是一种有着悠久历史、高亢抒情的山歌，流传在青海、甘肃、宁夏、新疆等广大地区，地方色彩十分浓郁，风格鲜明突出。在青海的回、汉、撒拉、土等四个民族中，各自流传着独具本民族特色的花儿，各自的花儿歌曲既表现不同的民族性、区域性的特色，而又具有极其显著的某些共同特征。

花儿概述

花儿艺术是大西北艺术园地中民族特色浓郁，地方特征显著的艺术品牌之一。几百年来，聚居在青海东部地区的汉、回、土、撒拉等民族，各自创造了独具特色的花儿。从民歌的类别上说，它应属于山歌体系中的高腔山歌，在青海许多民族中都称它为野曲，演唱多在偏远的田间地头，“花椒树上你嫑上，/你上时树枝叉上挂哩；/庄子里去了你嫑唱/你唱时老汉们骂哩”。这首花儿歌词更能表明花儿的野曲山歌的性质。花儿是抒情艺术，内容纯真朴实，多是歌唱男女爱情的，在歌词中常把女性比作“花儿”或把所爱慕的姑娘称为“花儿”，而把男性则叫做“少年”。因此，这种山歌形式被命名为“花儿”，也叫做“少年”。花儿突出的特点是以生动、形象的比兴起句，文字优美、格律严谨，它的音乐主调令达100多种，旋律、节奏、唱腔都有着独特的风格，由于花儿最早产生于山间田野，歌手们在空旷幽静的环境中无拘无束，放声高歌，所以它的曲调多高昂、奔放、粗犷、悠扬，表明了对幸福生活和纯真爱情的追求和渴望。

土族花儿与撒拉族花儿的艺术共性

土族是青海高原土著民族之一，有着悠久的历史和独特的文化形态。据考证，土族是吐谷浑的后裔，土族集中分布在青海的互助土族自治县、民和回族土族自治县、大通回族土族自治县以及黄南藏族自治州的同仁县。土族有自己的语言，属阿尔泰语系蒙古语族。土族人民世代与汉、藏、蒙古、回、撒拉等民族交错杂居，其生存的文化空间呈现出多元文化交融并存的局面，在多种文化不断交流的大背景中，土族吸纳和借鉴了周边民族文化中许多优秀的民族传统文化，同时也顽强地继承和保留了本民族文化的重要特征。

土族花儿的旋律由土族情歌发展演变而来，并吸收了某些藏族情歌的成分，风格独特，旋律高亢嘹亮，节奏自由，多用三拍子，旋律起伏较大，音域宽广，结构一般为双乐句变化反复体，结束音拖长而下滑，具有浓郁的土族风味。唱词生动活泼又风趣朴实，常用比兴手法，除了爱情外，还有反对压迫，歌颂生产劳动的内容。花儿有较深厚的群众基础。

撒拉族是青海省特有的少数民族，主要聚居在青海循化撒拉族自治县境内及化隆回族自治县甘都乡等地。撒拉族语言本身韵调优美，声色优雅，韵节清晰。撒拉族是一个善于歌唱的民族，在长期的历史发展中，创造了丰富多彩的民族音乐，他们用民歌的形式唱述历史故事、民间传说。撒拉族民歌在唱词上除使用本民族语言外，还使用汉、藏两种语言。

撒拉花儿是撒拉族人民用汉语演唱的一种山歌，主要流行于循化撒拉族自治县，化隆县的甘都，甘肃的大河家、刘家等地区也很盛行。撒拉花儿高亢明亮，自由奔放。撒拉花儿调式的内部组织是多样的，调式调性的布局相当有逻辑性，很有艺术特色而且富于表现意义，撒拉族花儿受藏族民歌的影响，极为婉转动听，演唱时普遍带有颤音，而且大都在句子中加入撒拉语和当地方言，形成独特的风格。花儿的音乐在整体上形成了高亢、奔放、粗犷、刚健的风格，而且还常用真、假声并用的方法来演唱。

（1）从反映内容看，花儿用生动的形象来表现人们的情感。花儿简明朴素，生动灵活，以情动人，它真实地反映社会矛盾、歌唱美好生活，赞美大自然，塑造英雄形象，是最富有生活气息的非物质文化产品，花儿是一种以情歌为主的民歌，它对男女爱情、婚姻的各个细微的方面都有着精彩的描绘。此外，花儿中还有反映历史事件以及现实生活中其他方面的内容，至于花儿起兴句所涉及的知识面更是极其广泛，天文地理、历史事件，神话传说、民族人物、奇风异俗、社会宗教等。情歌灌注着人们对情爱欲望的强烈追求，对情人的挚爱和思念是花儿中最朴素，最贴近心灵，最富想象力和感染力，言词最为优美，数量最多的一个部分。爱情是人类永恒的话题，是生活中不可或缺的内容，爱情也是花儿永恒的主题，花儿成了男女表达幽情，倾吐爱慕之情的艺术手段，如：

樱桃好吃树难栽，树根里渗出个水来，

心儿里有你着口难开，少年里唱出个你来。

（2）从歌词看，花儿的歌词作为西北民间口头文学形式之一，是很有艺术特色的，土族花儿和撒拉族花儿的歌词在谋篇艺术上大量的赋、比、兴的表现手法，使花儿这种民歌更加具有浓郁的乡土气息，言词也更为含蓄风趣，形象更加鲜明生动，韵味也更是婉转悠长。花儿歌词有几种不同的形式，最为普遍的是四句式，前两句是比兴，后两句是所要歌咏的主题，但在每首不同的四句式花儿的歌词中，其词句的字数及结构却并不完全一致。如：

"粉壁墙上画虎豹，没随意，画成了一只凤凰。
我为你三次蹲监牢，尕妹心，早挂到杨柳树上。"

（3）从花儿格律看，花儿是一种音乐性很强的民歌，不但高亢而且歌唱的时候有动人的旋律、优美的格律，就是吟咏时也有着明快的节奏与谐和的音韵。花儿是一种有固定曲调，能即兴而唱的民歌。就花儿本身来说，它有独特的格律。格律是增强诗歌音乐性的重要手段，花儿格律一般分为"三句式"、"四句式"、"六句式"三种，"三句式"主要流传于青海民和三川土族聚居的地方，音节是"三二三"、"三二三"、"三二三"或"二二三"、"二二三"、"三二三"，一首通韵，唱词为三句一组，六句一首。"四句式"花儿，在青海流传得较广，一般是第一句与第三句，第二句与第四句在音节上对称，也有的第一句与第三句不对称，第二句与第四句对称的。"六句式"的花儿格律又称为"折断腰"。韵脚为第一句和第二句一韵，第四句和第五句一韵，第三句和第六句一韵，也有的六句通韵，其中第二句和第五句较短，称为"短句"。"六句式"花儿的发展，是在四句花儿的上下句之间加进一个四个字的半截句（腰句），一般由3～5个字组成，上下段落结构相同，规整匀称，构成了长短句对比的六句式，使表达的感情更丰富细腻，使刻画的形象更生动感人，使唱词的结构更突出严谨。如果我们将折腰式唱词的任何一个半截句去掉，都将影响或严重地削弱意境的优美和结构的完整。花儿是格律体民歌，比较自由，它只要求句型整齐、对称、顺口、大体押韵、有节奏。花儿的格律，是各族劳动人民智慧的结晶，是他们在长期歌唱实践中逐步形成和总结出来的。

（4）从音乐特点看

第一，花儿的旋律特点。

青海花儿有一个共同的基本格调，就是听起来高亢、嘹亮、悠长、爽朗，使人心中顿时感到清澈明快，无论是撒拉族、土族、汉族花儿都具有这个基本的艺术性格。在这个共同性的基础上，又表现了各个民族所独具的，富有鲜明个性的艺术成分。花儿的民族风格与地方特色主要是通过旋律来体现的。旋律特点是花儿民歌音乐的最重要因素。"旋律"是乐曲的基础，是音乐实践中最主要的表现手法。撒拉族花儿和土族花儿在旋法中能够反映出商徵型花儿的基本音列"256125"也是曲调运动趋势的有代表性的基础。这个"音列"在不同的"令"中，常以不同的变化方式出现，有时某几个音，或外加某外音，使旋法有所不同，并表露出新颖的韵味，若省略某个音也不破坏其本身的性格和特点，例如《撒拉令》——

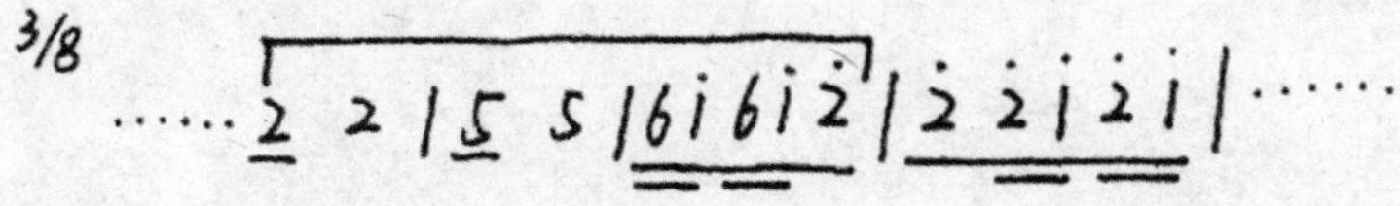

3/8 ……2 2 | 5 5 | 6 i 6 i 2 | 2 2 | 2 i |……

青海土族花儿的艺术个性是比较强的，它的旋律、调式都别具一格，即使如此，在一部分土族花儿中，仍然反映出商徵型花儿的音列及音调的一些特性。如土族《红花姐令》。

“音列”的基本趋势是上行，两个民族的花儿从商音直接进行到徵音而把角音跳过去，即使出现角音也不是很重要的，旋律下行时多用音程较大的跳进，而上行时则以音列式迂回级进，主音重复较多，易于传唱。

第二，曲调特点。

花儿的曲调，即“令”已有上百种，五声音阶的商调式最为常见，徵调式次之，羽调式占有很少的比例。终止音和半终止音常用主音，除叙事曲外，普遍使用衬句和衬词，并且多以衬词来命名曲调，在五声徵调式中强调和突出羽音的作用，在商调式中则以突出和强调角音为主要旋律特点，多为单乐句或结音不同的上下乐句，终止前普遍使用上下导音级进到主音。

如土族《阿柔洛》曲调优美、深沉，用属音作为开始音，旋律平衡级进又回到属音，突然一个大跳使整个曲调进入高潮，拖腔属音向主音倾向，然后又从属音开始，旋律线条逐渐下行，结束音落在主音上，使整个曲调稳妥、豪放、旋律流畅，朗朗上口。土族花儿是用土、汉语叙唱的歌曲，曲式大多为上、下两个乐句，调式以五声音阶的商、徵调式为主要调式，有音域宽大，旋律起伏频繁，自由辽阔等特点。撒拉族花儿均以地名、民族、衬词等命名，曲调丰富多彩，优美动听，旋律线波动起伏较大，出现大跳音程，节奏自由、调式音阶常以五声音阶为主、单乐句反复使用或结束音不同的上下乐句。如“孟达令”的旋律平稳婉转，颇有藏族山歌“拉伊”的曲调风格，特别是旋律开头的引句，藏族风味更加浓郁。

第三，节奏，节拍。

节奏是塑造音乐形象的基本表现手段。二拍子，三拍子的节奏特点也渗透在各民族的音调之中，撒拉族、土族的花儿是以三拍子的节奏贯穿始终的，节拍较规整，节奏较自由，花儿音域的宽阔和音的高低也同样和节奏相关。

第四，衬词衬句。

在土族花儿和撒拉族花儿中较多使用衬词衬句“哎哟”、“依”、“呀”等，在唱词上除使用土语、撒拉语和当地汉语方言外，演唱时普遍带有颤音，在曲间和曲尾结束处都使用衬词衬句，在扩充句中的衬句多重复唱词，这也表现了花儿特有的艺术魅力。

《阿柔洛》（二）

互助土族自治县

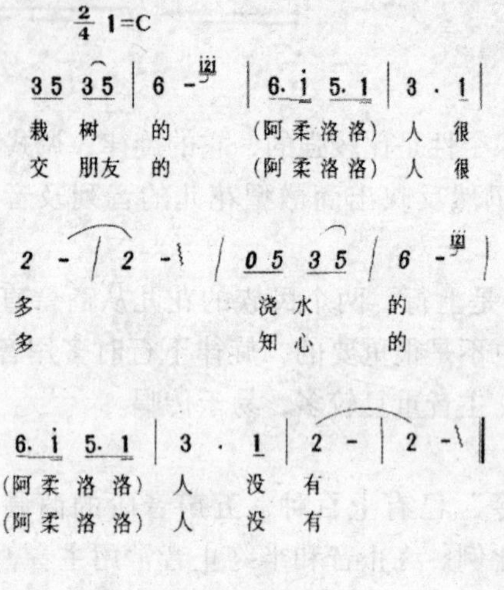

2/4 1=C

35 35 | 6 - | 6. i 5. 1 | 3 · 1 |
栽 树 的 （阿柔洛洛）人 很
交 朋友 的 （阿柔洛洛）人 很

2 - | 2 - | 05 35 | 6 - |
多 浇 水 的
多 知 心 的

6. i 5. 1 | 3 · 1 | 2 - | 2 - ‖
（阿柔洛洛）人 没 有
（阿柔洛洛）人 没 有

结　语

音乐文化的区域性，其本源是相对稳定的。但由于各民族风俗的不同，地区居住的差异性又呈现出民族的多元性。它不仅深刻地表现在思想感情上，而且生动地反映着当地的生活气息，其语言、情调也颇具特色。“花儿”音乐艺术中许多表现手段，表现手法和表现技巧，是人们在世世代代的创作实践中形成的，它们有着鲜明的民族风格，在一定的民族和历史条件下，有它相对的稳定性。继承民族文化的独特性，必须弘扬地域文化的特殊性，在科学发展观指导下，应保留民族和地区文化的独特性。

参考文献：

［1］马占山．土族音乐文化实录．北京：中国文联出版社，2006

［2］范晓峰．撒拉族民歌研究．音乐艺术，1996（10）

［3］张各密．谈花儿的旋律特点及艺术规律．音乐研究，1981（2）

［4］中国民间文艺研究会青海分会．少年（花儿）论集，1982

［5］甘肃省临夏回族自治州群众艺术馆．花儿论谈，1986

（本文原载《中国土族》2008 年夏季号）

撒拉族民歌及其音乐特征述略

张静轩

撒拉族是我国少数民族中人口较少的民族之一，主要聚居在青海省循化撒拉族自治县。多数学者认为，撒拉族是由元代迁入青海的中亚撒马尔罕人与周围蒙古、藏、回、汉等民族融合而形成的。撒拉族信仰伊斯兰教，有本民族的语言。由于长期和其他民族尤其是汉族密切来往，撒拉族一般兼通汉语，有的甚至兼通藏语。撒拉族是一个能歌善舞的民族，在日常生活中，经常通过歌唱这一艺术形式，反映自己的爱憎情感；赞颂刚强乐观、潇洒豁达的民族性格；抨击不合理的封建婚姻制度；倾诉青年男女纯真的爱情；生动地描绘撒拉人民传统的风俗人情以及对自由幸福的向往与追求。在演唱中，通常使用撒拉、汉、藏三种语言，从而使它更具有浓郁的民族特色和乡土韵味。

一、撒拉族民歌的类型

撒拉族民歌一般可分为劳动号子、情歌（“玉尔”）、“花儿”、宴席曲、儿歌、小调等几种类型。简述如下：

1. 劳动号子

劳动号子，撒拉语称为“哈依勒”，因劳动方式、劳动环境和劳动强度的不同而形成不同的号子。主要有：①“拉木”号子。这是在伐木时进行抬木、拉木、搬木等集体性劳动时所唱的一种号子，由于劳动强度较大，使人气息短促，因此，其音乐结构短小精悍，节奏鲜明有力，旋律性强。演唱时一领众合，领唱者即兴编词，歌词简练且形象，诙谐而幽默。②“连枷”号子。在打碾场上，人们挥动连枷，击打麦穗，使其脱粒。人们边打边歌，歌声的节奏不仅使劳动动作统一整齐，而且也使繁重的劳动变得松轻起来，潇洒自如。随着节奏的逐渐加快，动作也变得更加粗犷有力，歌声更加浑厚深沉。这种由慢变快的节奏使歌和身体动作形成了慢与快，粗犷与潇洒的强烈对比。尤其在慢节奏时，动作愈加舒展，腰部和胯部随着节奏轻微扭动，双腿弯曲，一进一退，全身和头部微微颤动，使整个劳动场面具有很强的舞蹈性和韵律感。③“打墙”号子。打墙是一种协作性很强的劳动，有的人运土，有的人打墙，随着号子的节奏，人们反复踩踏，很快筑成一堵坚固的土墙。撒拉族“打墙号子”中，领唱者即兴编词，领合交替，歌中衬词较多，音乐节奏感很强，一般是五声性商、徵调式，歌词用撒拉语和汉语交替演唱，既富有感染力，同时也具有独特的风格。

2. 玉尔（情歌）

“玉尔”也叫“撒拉曲儿”，原意为“诗歌”的意思。“玉尔”用撒拉语演唱，歌词多用比兴手法表现男女青年的相思之情。音乐明快活泼，由上下乐句构成，多为五声羽调式，音域在八度之内，旋律随着歌词的变化而变化，具有明朗轻快的特点。

3. “花儿”（少年）

通常用汉语演唱，唱词中夹杂着很多撒拉语衬词，歌词的格式同河湟地区其他民族的“花儿”一样。撒拉族“花儿”在润腔和装饰上吸收了藏族民歌的一些特点，尤其是用喉头颤动而产生的华丽装饰音构成独特的韵味。撒拉族“花儿”的旋律可分为两种类型：一种活泼明快，富于弹跳性，旋律以羽、宫、商、角、徵等构成，以羽音为主音，既富有活力，又富于情趣（如《金晶花令》）；另一种旋律线流畅平稳，充满抒情气质，以角、羽、徵音的运动为基本音调，以下行的运动为基本特征，旋律从角向上四度跳进到羽音后，再从商音婉转迂回下行到主音羽上收束（如《大眼睛令》）。撒拉族“花儿”除了“花儿”最基本的类型即“商徵音”外，最富特色和韵味的当属以羽为主音的“花儿”。

4. 宴席曲

宴席曲是撒拉族群众在喜庆婚礼、宴席场面上用汉语演唱的一种民歌。唱时配以简单的舞蹈动作，边舞边唱，生动而又活泼。典型的曲目有《阿里玛》、《阿舅尔》等，回族群众中流行的宴席曲《方四娘》、《莫奈何》等也在撒拉族群众中亦广为传唱。其中《阿里玛》以贴切的比喻描绘了汉、藏、土、撒拉、蒙古等民族不同的女性服饰，反映了不同民族的生活习俗。“阿里玛”不但流行在喜庆婚嫁的仪式上，而且在每年拔草的季节里，田间地头也常常可以看到撒拉族妇女放喉歌唱，兴起之际翩翩起舞，小伙子们也趁机引吭高歌，歌声时而苍劲，时而婉转。撒拉族宴席曲的曲调流畅，节奏平稳，长于叙事。上下级进间以四度、五度以上的跳进为主，大多为二拍子和四拍子，也有部分三拍子。

5. 儿歌

撒拉族儿歌（包括儿童自己唱的儿歌和成人唱的摇篮曲），通常用撒拉语唱，内容多与儿童的生活相关。由儿童们吟唱的儿歌唱词通俗形象，朗朗上口，生动而富于表现力，表现了撒拉族儿童天真烂漫，活泼可爱的性格。曲调简单，易学易唱。内容多为启发儿童的想象力，认识事物特征，开发儿童智力。摇篮曲是撒拉族妇女在哄孩子入睡时哼唱的一种歌，用撒拉语吟唱时别有韵味。在摇篮曲中，倾注着母亲对自己儿女的全部情愫，寄托了母亲的美好愿望。

6. 小调

小调是撒拉族人民在劳动之余和日常生活中用汉语演唱的一种歌，内容多以男女爱情为主，唱词通俗，词曲结合紧密，曲调抒情而欢快，感情真挚淳朴，多为五声羽调式。

二、撒拉族民歌的音乐特征

撒拉族的民歌中闪耀着许多深层的文化内涵，是其民族文化的重要组成部分。它深刻反映了撒拉族人民的审美观念和价值取向，是撒拉族民族历史、民族文化特征的体现。一般来说，撒拉族民歌的音乐特点主要表现在以下几个方面：

1. 音阶结构

撒拉族民歌通常以五声音阶为主，但也有很多民歌并不是完整的音阶形式，省略其中的某一音（通常是“角”音），形成两个四声音列，即：宫、商、徵、羽四音列和徵、羽、宫、商四音列。撒拉族民歌中有时还省略五声调式中的角、徵两个音，形成羽、宫、商三音列。但这种三音列的构成在撒拉族民歌中出现的频率不高。撒拉族民歌有不同的段落用不同的音列构成的现象，如前乐句是五声音列，而后乐句则用四声音列；或前乐句用三声音列，后乐句用五声音列；或前乐句用三声音列，后乐句用四声音列等等，但无论是由何种音列构成，五声音阶中的宫、商、羽三个音是不能被省略的，所以这个三声音列是撒拉族民歌独特旋律基调，或核心音调。此外，撒拉族民歌中有些歌曲加进清角，或变宫、变徵、变羽、闰音等。加用清角音是撒拉族民歌的一大特点，至于其他加音，则主要是为了装饰和润色，并无特殊意义。

2. 调式

撒拉族民歌调式表现为多种多样，但主要有以下几种：一是羽调式，一是徵调式，一是同宫系统的交替调式。所谓“羽调式”，就是在一首曲子中从头到尾只有一个调式主音“羽”。在羽调式的结构中根据旋法和支持音的不同，可分为多种不同类型：一是在旋律结构中强调下属五度音商音的支持作用，使其丰富色彩的作用更加突出。二是强调上属五度音角音的作用，虽然在撒拉族民歌中角音经常被省略，或以清角音代替，但在羽调式中，为了发挥上属五度角音对调式主音羽音的支持作用，因此相当突出强调了角音。三是在同一首曲调中，同时强调角音和商音。使调式中“主—属—下属—主”的功能特点因下属音商的支持和属音角的突出而更加明显。四是以宫音为根音的分解三和弦的运动为支持作用，使小调性质的羽调式具有大调色彩。所谓“徵调式”，是在一首曲子中从头到尾只有一个调式主音“徵”。徵调式的结构在撒拉族民歌中被广泛地采用。由于羽音在徵调式中与主音徵的上属五度和下属四度的下下属音关系，羽音或羽调色彩不但没有削弱徵调式的稳定，反而增加了调性色彩，有助于徵调式的稳定和确立。同宫系统的调式交替在撒拉族民歌中亦时常可以见到，而且数量和种类很多，其基本变换关系大致有六种：即羽—徵同宫交替；商—徵同宫交替；宫—徵同宫交替；角—羽同宫交替；羽—商同宫交替；商——宫同宫交替。

可见，撒拉族民歌的调式结构是多样的，但其中典型的现象经常是强调属音到主音，或下属音到主音的调式功能关系，这种功能关系使得调式和调性的布局很有逻辑性，而且极具艺术特色和表现力。

3. 旋法

撒拉族民歌的旋律形成方法主要有如下两种：一是以羽音为中心，以商音和角音为骨干音的音列形成，这种现象通常以三拍子节奏为主；二是以“徵”音为中心，以商音和羽音为骨干的五声、六声音列和借助“商”音和徵音的四度音调推进音乐展开。在这种推进中常以小二度和大三度的级进间以四度、五度音程的跳进运动来形成旋律，使其内在含蓄，而又深沉富于歌唱性的旋律特征更为明显。

4. 曲式结构

撒拉族民歌大多为上下双乐句构成的单乐段曲式，也有以两乐句加以扩充的单乐段曲式结构，但不多见。

总之，与世居青海地区的回、汉、藏、土等民族一样，撒拉族亦有独具特色的民歌。它与青海其他民族的民歌一样，听起来高亢、嘹亮、悠长、爽朗，使人心中顿时感到清澈明快，不禁为其所动。同时，在这个基本的艺术性格前提下，又表现出自己富有鲜明个性的艺术风格。这种风格是构成撒拉族民歌的基本特征。长期以来，由于多种文化因素和其他民族文化交融嬗变和历史发展的影响，撒拉族民歌与其他兄弟民族的民歌在很大程度上保持基本的相同点，但同时也创造了自己的独具风格的演唱方法，从而使撒拉族民歌的音乐特征及演唱风格具有较高的研究价值。

（本文原载《青海民族学院学报·社会科学版》2005年第2期）

撒拉族哭嫁歌艺术特征研究

张云平

一、撒拉族的哭嫁歌

哭嫁歌（即哭嫁调，撒拉语称“撒赫稀”）属于撒拉族宴席曲的一部分。撒拉族宴席曲是指撒拉族在婚嫁喜庆，宴请宾朋，欢庆节日、集会时，为活跃气氛，由民间歌手用汉语演唱传统曲目，如《阿里玛》、《阿舅日》、《棠娅姑》、《依香儿玛秀儿》、《庄稼人》、《哭嫁歌》等，其演唱与表演形式比较自由，一般为二人，也可以是四人或多人参加。撒拉族宴席曲是以固定的曲调，即兴编词演唱，并且大都分演唱配有简单的舞蹈动作，其中哭嫁歌是撒拉族比较特殊的宴席曲。由于撒拉族妇女受传统礼教和习俗的制约，使得“哭嫁歌”成为婚礼宴席曲中唯一由女性演唱的曲调形式，为女性独享，可谓“女性音调”。

哭嫁歌就是以“哭”为表现形式，并选择哭嫁的表演角色，如：新娘单人哭嫁、母女二人哭嫁、姐妹哭嫁、集体哭嫁等等。这里有舞台、人物、情节，像是舞台剧或歌剧艺术形式。自家的庭院是舞台，至亲好友、左邻右舍、男女老少是观众演员，甚至牛马猪羊、鸡鸭猫狗共同参与。第一幕：新娘的闺房。一位长辈在给新娘梳妆打扮，同时飘来新娘的哭嫁歌声，一首咏叹调“我就要出嫁”，有点像意大利歌剧《艺术家的生涯》中“咪咪的咏叹”。第二幕：亲朋好友们来探望。此时，响起新娘与嫂子、姑姨等至亲女宾们的合唱曲——“哭嫁歌大合唱”。第三幕：出嫁与悲惨的结局。旧社会的婚嫁均是包办婚姻，父母之命、媒妁之言，撒拉族也不例外，并且实行早婚制，将未成年之女，强迫嫁出门。由于社会环境、家庭背景、宗教习俗等因素的影响，致使很多婚姻出现不幸的结局，制造了不可言表的痛苦，甚至酿成了悲剧的发生。撒拉族姑娘出嫁时唱的“哭嫁歌”的内容，集中地反映了这种现实状况。

按照习俗，姑娘到一定年龄，就要开始学习“哭嫁歌”，时间多是在秋忙之后和新娘出嫁前的一段时间。学习目的是继承传统习俗与形式，推陈出新、举一反三，使自己在学习传统的唱词时，获得即兴编词的能力，并达到音调与词的协调与融合，力争有独到的创新和自己的风格特点，既要哭的有起伏、强弱对比、长短结合，还要有声腔的变化、感人肺腑的声调以及音响效果。一个即将出嫁的姑娘不会唱“哭嫁歌”，会招人耻笑和谴责。

出嫁日，新娘哭嫁开始唱“撒赫稀”，目的是抒发对父母的感激之情，对亲人的难分难舍之意，对将要面临的陌生环境与未来的恐慌，以及对封建婚嫁思想的不满等。这些复杂的情感交织在一起，伴随着频繁抽泣声中的哭唱，新娘将“哭唱”一直延续和发挥表现至婆家门口。如：“我哭呀哭，青稞燕麦长一处，青稞熟了收掉了，燕麦撒在地里了。我头发还没长长，骨头还未长硬，你把彩礼当成黄金抬进门，你把女儿当成瓦片抛出外。”① 在每一句唱词的结尾处，演唱者多以变化的拖腔引发出无法控制的抽泣声，也就自然成了韵脚，更增添了强烈的感染力，此时的音调多是以慢的长音型为主。从表演的角度出发，这无疑是生动的行走“演唱会”，难怪每每在婚嫁的行列中，会有那么多妇女和姑娘，专门来聆听或者说是观摩学习“撒赫稀”，其目的在于取长补短，学他人之长，为己所用。

二、撒拉族哭嫁歌的艺术特征

（一）唱词的形式特征

撒拉族哭嫁歌的唱词，既有传承的固定“套餐”，又有灵活多样、内容丰富的“快餐”，这使得撒拉族哭嫁歌的语言表达能力更加接近即兴的说唱形式。撒拉族哭嫁歌就像是一部大型的“套曲”，从序幕——主题展开——高潮——尾声结束，又像是歌剧，随场景的变化、人物戏剧的冲突、悲剧性的结局，在内容与形式上完整统一。由此体现了撒拉族“哭嫁歌”是撒拉族妇女集体智慧的结晶，也是旧社会撒拉族妇女悲惨生活的写照。撒拉族姑娘哭嫁的内容大多是向父母、亲人、长辈、祖宗哭诉自己的不幸，由于对象是父母、亲人等，其语言多是有感而生，所以备加亲切感人。这样就形成了一种特殊的自由抒情歌体，歌词自然朴素、诗意浓厚，语言通俗易懂、易学易唱。其中不少歌词虽然简练，却能极深刻地反映现实生活，其感情强烈诚挚，语言自然真切、精练准确，句子结构灵活，颇富深刻的思想性。如对封建买卖婚姻的血泪控诉：“黑骡子拉到大门上，逼着叫我上乘骑，骨架还嫩血未稠，头发未长全就送我出大门，金子似的女儿你不疼爱，夫家的彩礼，你却当成了宝贝。”② 由于哭嫁歌多是即兴编词演唱，所以很多歌词均是随意而发没有记忆，即

① 朱刚：《撒拉族民俗拾萃》，载《青海民族学院学报（社会科学版）》，1988（2），82页。
② 马忠国：《撒拉族民歌概述》，载《青海师范大学学报（社会科学版）》，1987（4），94页。

使是演唱者本人，在演唱过后也无从考证唱过的歌词，也无法重唱原词。因此，随着时间的流逝，对原有演唱歌词存在大量的流失现象，现有的版本不排除经多人加工再创作，当然也无从考证哪一个是原版。哭嫁歌除有记载的之外，大多是口传心授，所以同一内容也有无数版本。由于音调比较简练易唱，多采用较低的旋律，所以对哭嫁词的要求不是十分的严格，只要歌词能够符合音调特点即可。总之，撒拉族哭嫁歌和其他民歌一样，其歌词灵活多变、生动活泼，能够真实的反映现实，体现个人的情感，并能够尽显演唱者个人的风采。

（二）曲式特征

撒拉族哭嫁歌是由几个基本乐句的变化重复，并以相同的音调演唱不同的唱词，曲式结构为规律性的变化重复体，或为单乐句反复体。在个别哭嫁歌的开头还有为衬词而用设计的短小的引子，丰富了曲式结构。通过对曲式结构进行分析，我们发现哭嫁歌是以三度核心音调组成，通过手法的发展变化，扩展成了完整的曲式结构。其手法与发展形式较为自然，它是人类心理模式中无意识之动态结构的表现。正如苏珊·朗格所言："……这种动态的形式，或许是人们从自然中和从他们先辈创造的语言中无意识地接受过来的。"① 由于曲式是在核心音调为基本单位的变化发展中结构而成，其核心音调的高频率重复，反复演唱多段唱词，以简短的乐句为核心，运用变化重复的方式加以发展和延伸，以此构成一部曲式，该曲式结构相对平稳、有规律，句式相近。

撒拉族哭嫁歌的总体特征：①材料单一，人物性格鲜明；②旋律独特、以哭伴唱；③形式独具一格、内容丰富；④曲调简练、发展多样；⑤演唱中的即兴处理。因此，被誉为"中国民间抒情叙事史诗"。

（三）调式与旋律发展的特征

通过前面对曲式结构的分析，已经可以知道哭嫁歌是以三度核心音程为发展手法，对主题音调进行展开扩充和丰富性的发展。撒拉族民歌多以五声音阶为基础，但并不完全采用完整的音阶形式。如：

可以看出，撒拉族哭嫁歌的调式，一般多采用加偏音"变宫"的民族六声调式，且是三音列的羽调式。并且，羽调式的主和弦在音响中同于传统 A 自然小调的表现特征，所表现的音调色彩具有优雅暗淡、柔和细腻的特点，有利于演唱者抒发悲痛、伤感、悲切的情感。由此看出，哭嫁歌的音调造成凄惨的语气，腔调随音调

① ［美］苏珊·朗格：《艺术问题》，75 页，北京，中国社会科学出版社，1983。

多以下行音节或低音旋律为主。总的看来，哭嫁歌的音乐旋律，总是在三度音程核心范围游动，或者从偏高的音滑向到低音区，或是在低音区徘徊，并以此烘托演唱者音调的变化产生情绪的变化，还以乐句较长的尾音，来反映句尾常有呜咽与强烈的抽泣声，这也是留给演唱者发挥的空间。演唱中也常运用固定的衬词与装饰音，以及下滑音等手法，使演唱者能够达到表现情绪的需要，这种音调下行的高起低落与中起低落的旋律线条，是哭嫁歌旋律发展手法的典型特征。

（四）演唱形式与演唱特点

在撒拉族宴席曲中，除了撒拉族哭嫁歌为女声独享之外，均为男生演唱。哭嫁歌在哭嫁过程中多以无伴奏的独唱、齐唱、合唱和轮唱等形式出现。演唱时多以姿势形式出现，所以又称之为“坐唱”，但偶尔也出现站唱。众多的“陪唱”拥挤围坐（或站）于炕前，大家相视而唱，或低头或眺望。随着情绪的波动与变化，时有拍背和腿部动作，或简单的舞蹈动作，以此配合和暗示演唱的起止和演唱的整体统一，并带动和调控演唱的节奏、速度、力度等环节，即产生从感情、语言、肢体（有时挥舞手帕）的协调一致。

撒拉族哭嫁歌的突出特点是：首先，哭嫁歌属于非正式的哭唱形式，亦非一般的诉说和单纯的哭诉，而是给哭诉配上音调与节奏变化，使人的哭声富有简捷的律动与情调。因此，哭嫁歌的演唱十分注重有规律性的歌节和唱词结构。其次，哭嫁歌的音调虽有旋律，但实际的效果却因为“哭腔”的不确定性，致使音乐与唱词混在一起，尤其是唱者需要长时间地处于哭唱状态，旋律的起伏与清晰与否，已经被日常声调的高低所掩盖，这亦是哭嫁歌演唱的鲜明特点。再者，哭嫁歌是普通撒拉族女性即兴的哭诉，其唱词非精心雕琢而成，且长短不一，虽有押韵而不突出。哭嫁歌在注重自然流露与效果的同时，意在强调感情的真实表达，且还能巧妙运用比拟、夸张、排比等修辞手法增强其感染力。

（五）哭唱声音运用特点

撒拉族哭嫁歌是真声哭唱，没有具体的演唱方法的要求和具体的规定，以注重效果和歌词内容为主。但是，对哭嫁者的音调与嗓音的音量有一定分别（必须有声音，否则会被笑话），哭嫁者即使平时说话嗓子高亢嘹亮，但在哭唱时，也需要变成较低沉的声调，并尽量避免用号子、花儿及山歌那样高昂有力的音调。哭唱者在低声泣诉时，其声音的运用应该尽量的在柔和之中带着一定的张力，音乐音调的选用多以小调音调为主，所有的声音尽量舒缓放松。大多数的哭唱者在唱至动情时，由于抽泣哽咽而使吐字不清，达到泣不成声的效果，这恐怕是哭嫁的最高境界。哭嫁歌的目的亦是达到一种特殊的情感境界，人物、环境交融，声腔与色彩的结合，情感的宣泄与感染力增强，使得哭嫁歌这种音乐形式，在有别于撒拉族的其他民歌音乐的同时，诠释了自己独特的艺术魅力。

三、结　　语

撒拉族聚居区地处偏僻，交通不便，经济不发达。同时，撒拉族习惯于血缘关系近的亲属聚合在一起居住，人数不多但是自成村落，或分成几个小的居群，并且彼此相互联合共盟，这种居住形式对本民族的文化传播有一定的制约。但是，从保存该民族的传统文化的角度考虑，这种形式与环境又提供了客观条件，对社会结构和维护社会的稳定与发展，传承民族文化起着重要的作用。

哭嫁歌作为宴席曲或民俗曲的一个组成部分，它与撒拉族的宴席曲中的婚礼歌一样，带有一定的宗教色彩，在发挥自身独具特色的同时，也丰富了人们的文化生活与信仰。在特定的历史环境与民族民间音乐发展时期，哭嫁习俗得到了撒拉族人民的传承，展现了自身的独特的民间艺术形式的风采与价值。撒拉族作为社会群体有自己的伦理标准，哭嫁的道德规范与审美标准的确立，就是一个突出的范例。再有，哭嫁的唱词基本围绕出嫁女子对不自主婚姻的抗争，反映出旧社会撒拉族之婚姻买卖与包办的状况，对研究该民族特定历史时期的婚姻状况、民间艺术以及民俗礼仪有极高的参考价值。

毋庸置疑，撒拉族哭嫁歌作为撒拉族妇女独有的民间艺术形式，它是撒拉族妇女对生活的真实体验，蕴含着撒拉族人民的特有的思想情感与道德审美观念，并体现出它的极具民族特色的文学表现内涵。在今天，随着社会的进步与经济的发展，“哭嫁歌”所具有的鲜明的民族特色，别致的艺术风格，独特的音乐形式，只在少数村庄保留有原有的样式，旧时的撒拉族哭嫁歌只有一些老人能够演唱。不过，在现如今的撒拉族婚礼上，人们仍然可以听到新娘子吟唱的《撒赫稀》音调，但演唱的形式与内容有了较大的变化，歌词多是对美好生活的期盼，歌唱美好爱情，对父母的感恩之情。

（本文原载《艺术探索》2008 年第 2 期）

青海撒拉族民间音乐调试旋律分析

王海龙

一、引　言

青海省地处青藏高原东北部，因境内有我国最大的内陆咸水湖“青海湖”而得名。它是一个多民族聚居之地，有汉、藏、回、土、撒拉、蒙古等。除汉族之外，少数民族占全省总人口的41.8%，其中土族、撒拉族为青海特有的少数民族。在古时青海地域为西域外疆之地，当地民族以游牧业生活为主，在不断迁移的历史过程中与不同地域民族相融，形成了多民族相融的文化特点及风格。

每个民族在保留本民族特有的民族文化及风俗的基础上，同时也吸收了其他民族的一些生活习俗。撒拉族有着悠久的历史，其先民可追溯到6世纪游牧在中亚一带的西突厥人。据历史学家研究，撒拉尔的祖先是当时西突厥乌古斯部的撒鲁尔（salur）人，他们曾以狩猎、游牧为生。早在8世纪时，阿拉伯帝国势达中亚各地后，伊斯兰教东传，中亚民族随之信奉伊斯兰教，同时中亚地区也逐渐纳入了伊斯兰文化的范围。撒拉族的先民大约是从那时起开始信仰伊斯兰教。13世纪，在蒙古人征服中亚之后，撒鲁尔部阿干汉一支全族170户，在阿干汉之子尕勒莽的率领下，从撒马尔罕一带东迁至今循化地区，被元代统治者封为积石州世袭达鲁花赤。他们有自己的语言属阿尔泰语系突厥语族西匈语支乌古斯语组，但没有自己的文字，历代王朝的典籍中也缺乏对其早期的历史记载，因此，灿烂的撒拉族历史和文化，只有从其丰富的口头文学、神话故事、民间传说和音乐曲调中来了解。

在音乐方面撒拉族的音乐主要分为宗教音乐和民间音乐两种。宗教音乐具体表现在礼拜时的诵经、大型的庆典和婚礼时阿訇的祝福祈祷中，音调有中亚的文化痕迹。而在民间音乐中该民族在东迁至我国后，其音调吸取了当地蒙古、汉、回、藏等民族的音乐文化，形成了自己的民间音乐文化，与中亚诸民族，特别是乌孜别克族、土库曼族的民间音乐毫无联系之处，这说明其先民的民间音乐文化并没有传承下来。而这一特殊情况的造成，主要是由于伊斯兰宗教的束缚，因此在民间音乐文化上基本没有中亚的文化痕迹。撒拉族民歌在唱词上除使用本民族语言外，还使用汉、藏两种语言，不仅增添了浓郁的民歌风味和乡土气息，也折射出其他民族文化因素对撒拉族音乐的影响。

二、撒拉族民间音乐的体裁形式

（1）撒拉花儿：抒情婉转，自由奔放，多以五声音阶为基础，但并不完全采用完整的音阶形式，如：五声三音列、五声四音列等。如图所示。

最常见的调式是羽调式和徵调式。此外，还有少量的商调式。撒拉族民歌有不同的段落用不同的音列构成的现象，如前乐句是五声音列而后乐句则用四声音列，或前乐句用三声音列后乐句用五声音列，或前乐句用三声音列后乐句用四声音列等等，但无论是由何种音列构成，五声音阶中的宫、商、羽三个音是不能被省略的，所以这个三声音列是撒拉族民歌独特旋律基调，或核心音调。

撒拉花儿调式的内部组织是多样的，调式调性的布局相当有逻辑性，很有艺术特点，而且富于表现意义。撒拉尔花儿《孟达令》具有藏族“拉伊”（一种情歌）的旋律特点，显然是吸收了藏族民歌的因素。谱例1。

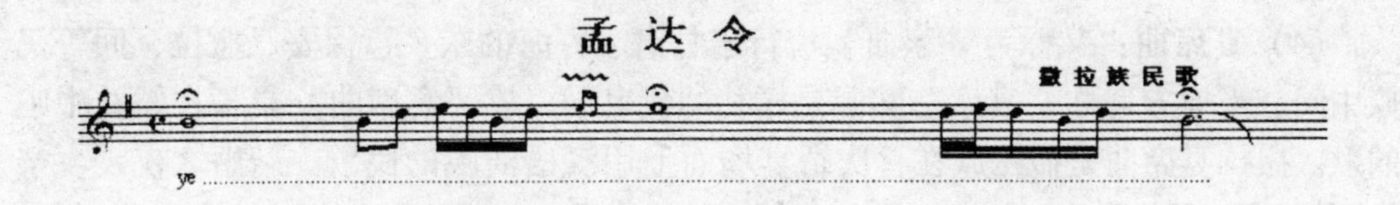

（2）劳动号子：船夫号子、拉木号子、割麦号子、连枷号子、打墙号子等。节奏明快有力，旋律简朴动听，与劳动动作相配合。谱例2。

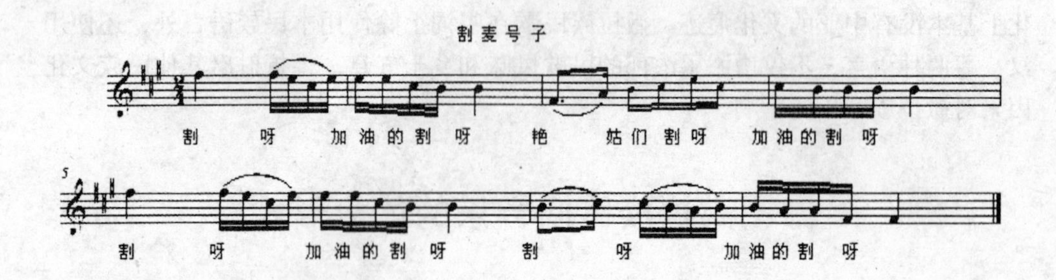

（3）玉尔：多为情歌，唱调流畅，音乐明快，活泼，上下乐句构成多为五声羽调式，音域在一个八度之内。如：《巴西古溜溜》、《撒拉赛西巴尕》、《湟上阿吾纪》、《阿依吉固毛》等。《巴西古溜溜》是最流行的一首撒拉曲，“巴西古溜溜”意为“圆圆的头”。反映了撒拉族男女青年之间的爱慕之情及追求幸福美好生活的热烈情感，但只能在田野中吟唱，不能在家里和庄子里唱。谱例3。

《巴西古溜溜》

（4）宴席曲：又称为“家曲”流行于甘肃、青海的东乡、保安、撒拉、回等民族中间。当地方言称“宴席”实际是婚礼的代名词，故“宴席曲”是指在婚礼中唱的歌。撒拉宴席曲是撒拉族在喜庆婚宴场面上用汉语演唱的民歌。新婚之夜，乡亲们到新郎家的院里唱宴席曲，歌声嘹亮，此起彼伏，曲调流畅优美、节奏鲜明整齐。唱时配以简单双晃手、半蹲、双打腿筹的舞蹈动作。人们常围着火堆，挑两名能歌善舞的歌手边唱边舞，以两人唱众人合的形式来表演，生动活泼。如《阿里玛》、《莫奈何》、《赞东家》、《阿舅日》，等等。其中《阿里玛》是流传最广的一首撒拉族宴席曲，它热情地歌唱撒拉族姑娘的美丽和善良，歌词比喻形象动人，豪放优美的曲调很有艺术特色。谱例4。

此外，撒拉族民歌中有些曲调加入了五声调式以外的音，如清角、变宫、变徵、变羽、闰音等。加用清角音是撒拉族民歌的一大特点，很有风味。加用其他五声调式外音，则主要是为了装饰和润色，并无特殊意义。

三、撒拉族民间音乐调式分析

调式分析与研究为的是更能够了解种种风格不同的音调旋律特征，脱离了调式特点去研究其音乐风格、旋律特征是毫无意义的。因此要更深一步地了解撒拉族民间音乐风格及旋律特点就必须从其调式分析入手。

撒拉族民歌的调式特点在调式结构与色彩方面，是较为丰富多变的，它既在各种单一调式的基础上构成其旋律线，并且也运用旋律运动过程中的调式交替。所运用的调式交替不但出现在本宫调系统中，而且有的民歌也在其旋律的发展过程中改变宫系统。从调式构成上看撒拉族民歌主要以羽调式和徵调式两种形式为最多，此外也有少量的商调式。其原因从《对依委纳》的撒拉族民间舞剧中（骆驼舞）我们获知撒拉族先民迁至循化后首先遇见的是蒙古人，其次遇见的是藏族人，在定居之后便与他们的女人通婚，在生活方式上比较接近于藏族的生活方式。据该民族传说，撒拉族的先祖在循化定居后，曾向邻近的边都沟（文都）的藏族通媒求婚，藏族同意通婚，但提出了一些有关保留藏族某些风俗习惯：如衣服不放在衣柜里，而挂在横杆上，院墙四角堆放白色石头，结婚时用牛奶泼在新娘骑的马蹄上给送新娘的人打“肉份子”等。这种长期友好的联姻关系自然也影响到了撒拉族的民间音乐，在音乐的音调上较接近与于藏族音调和蒙古族音调，因此撒拉族的民间音乐曲调多为羽调式，其次是徵调式和少量的商调式。

（一）羽调式撒拉族民歌

根据旋律形态及支持音的情况可以分为四种不同的类型

1. 强调下五度音“商”音的支持作用（谱例5）

此例的第一乐句起音为商音，很有商调式之感但当旋律进行到第4小节第三乐句结束音商音延长的地方，却仍处于这一乐句的中间，乐句进行到终结处时，收束在调式的主音“羽”上，因此这个被特别强调的商音作为调式的下属音是被用以支持羽调主音的，同时它也起了丰富多彩的作用，属音“角”，此时才在某种程度上发挥了属音的支持作用。在音的运动中单纯强调下属音支持作用的例子不多，往往是在强调属音的同时，也对下属音作一定的强调。但是下属音在撒拉族民歌中的调式功能意义，要比在其他省区的一般民歌里被重视得多，这是值得注意的一个艺术特点。

2. 强调“商”音与“角”音的共同支持

这两个音往往是先后在两个段落中被分别强调，而且以首先强调角音“属”然后强调商音“下属”为典型形象。调式功能的序进运动是很有规律很有层次的，色彩十分鲜明。如谱例6。

就形成了鲜明的色彩对比。在整个后乐句中，也同样都是以下属音“商”作为骨干支持音，最后结束到主音“羽”。分别发挥属功能与下属功能的功能，在撒拉族民间音乐中很少见到先突出下属声音阶起装饰过渡作用。而后在强调属功能的例子。谱例7。

在此例中，第二小节应用了附加“闰”音的五在情绪上加强了伤感的力度，主要是表达撒拉儿女借着口弦思念先祖的心情。该曲同时强调是以下属音“商”和属音“角”为骨干支持音，“商”音和“角”音相互补充相互支持。结束时D—S—T同时强调下属与属的现象，成为撒拉族民间音乐典型的艺术特点。

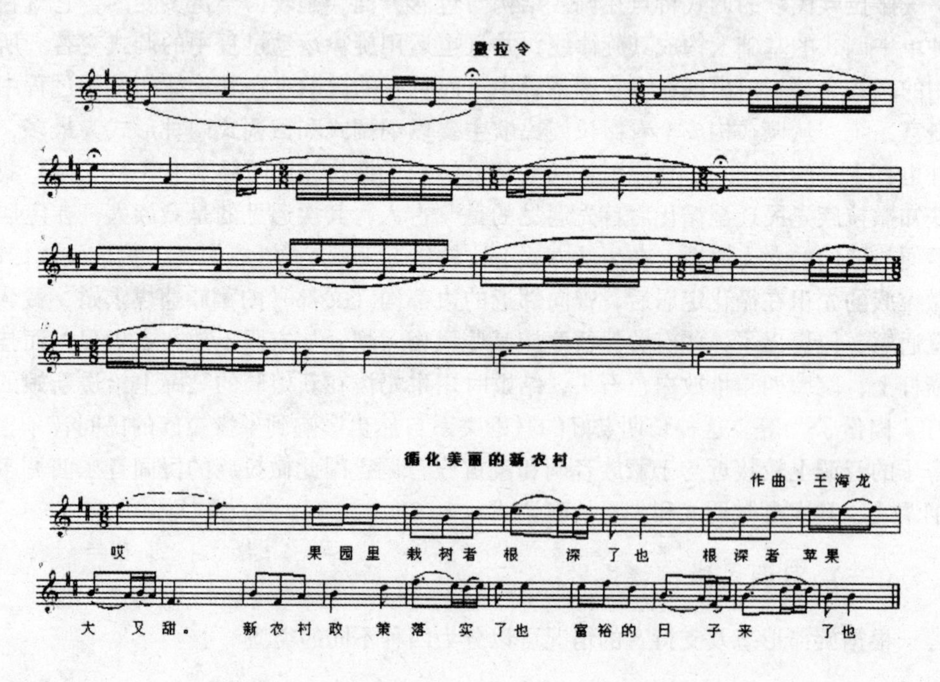

3. 强调属音“角”的骨干支持作用

在五声调式的音关系中强调属音，是撒拉族民歌音乐构成中的一个普遍现象。但是经过一番研究之后我们会注意到，在很多撒拉族民歌中不但经常省略角音，或经常以清角音代替角音。甚至找到用角调式构成的民歌。但只在羽调式民歌里，为了发挥上五度音对调式中心音的支持作用，却相当突出地强调了角音。此例中“角”音的地位十分明显，从出现的次数来看，仅次于主音“羽”，远远超过其他音，而且在节拍与节奏方面也处于重要位置。在羽调撒拉族民歌里，还不仅仅限于强调属音“角”的骨干支持作用，甚至还进一步扩张羽调属功能，从而形成相对独立的属功能调，使之更为有力地支持主调。谱例8。

4. 运用以宫音作为根音的分解三和弦起支持作用的

宫音三和弦是大调性质的三和弦，因此，用它作为对调式主音的主要支持，使本来具有小调性质的羽调式具有大调的明朗色彩。但在旋律形态中仍然不排除下属音“商”的支持作用。谱例9。

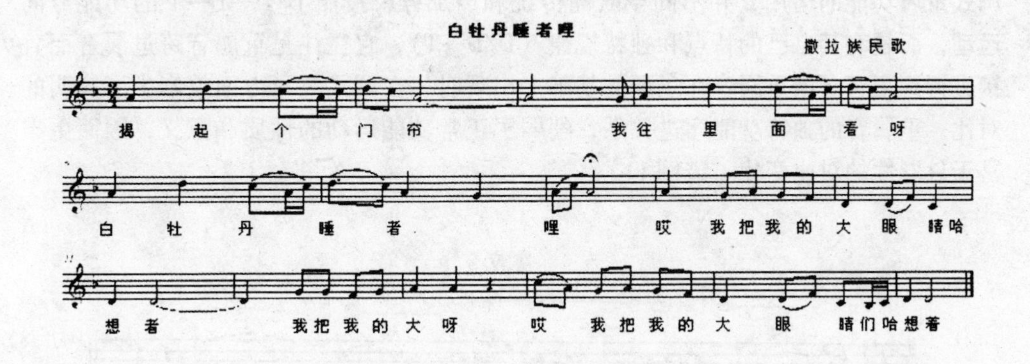

由于宫音上的分解三和弦作为主要音调因素的。这些音虽然都自然地存在于羽调音阶之中，但在构成旋律时强调大调色彩，给人以大调感觉，尤其是在第4小节的徵音对第1小节有支持的作用但在第7小节后由下属音商音转变情绪围绕中心音

“羽”音，又加之两小节的补充收束是很有意义的，再次强调了羽调式的中心音。

（二）徵调式撒拉族民歌

徵调式在撒拉族民歌中也被广泛地采用。我们仅从最后的终止音上看，可以看出徵调式在数量上也具有一定的优势。由于徵调式具有大调的特性，使得徵调式民歌显得明朗清亮。撒拉族民歌在徵调式其大调性格中间，微微透露着羽调的小调色彩，并且常常把这种状况加以扩大，而形成羽、徵调式的交替。特别是在终止之前，强调羽调色彩或单独强调羽音，是比较典型的现象。从这里可以看出，羽调式在撒拉族民歌中的地位和意义。谱例10。

根据撒拉族民歌重视调式功能关系的特点，可以将其调式研究扩展到重属功能中去，以便进一步分析研究“羽”音或“羽调色彩”为什么会有助于“徵”调的确立和稳定。

撒拉族民歌没有“角”调式，甚至在那些用“特种五声音阶”及五声调式“四声音列”所构成的“花儿”旋律中，还要把“角”音省去。但在羽调式民歌里，不但不省略“角”音，反因它是上五度属音而加以强调撒拉族民歌如此重视属的功能作用，因此就有理由认为它会需要“重属音”（D/D）来加以辅助。撒拉族民歌对调式重属功能的运用，并不同于欧洲传统和声那样，按照D/D—D—T的功能方向运动，而是有其自己的特点和独特规律（D/D—T），它往往是重属音跨过属音而直接进行到主音。当重属音在主调的基础上出现时，在调式色彩方面就产生了鲜明的对比，重属音的独特功能序进关系，削弱了正常功能运动的性质和意义，因而更丰富于色彩性的对比变化。谱例11。

在此例徵调式民歌中2—5小节突出了商调色彩，在结束徵音前加强羽音，由“羽”音平稳进行到主音“徵”上。在终止前出现小调色彩的“羽”音，不但没有

破坏原调调的色彩，反而使徵调更加确立和稳定。这一突出并带有规律性的特点，形成了撒拉族民间音乐的风格特点。

（三）商调式撒拉族民歌

商调式所构成的撒拉族民歌为数甚少。商调式民歌里，仍然是以强调其属音“羽”和下属音“徵”的支持作用为基本特点。谱例12。

该曲调是由清角音代替角音的特种五声调式，由属音“羽”和下属音“徵”为骨干支持音，从旋律的形成中商音和徵音的四度音调推进音乐展开，在推进中以四度、五度音程的跳进运动来形成旋律有大调色彩，但在属音“羽”的支持下以向上、向下扩充四度的音调类型形成了小调色彩，加之清角音的过渡连接更加突出了商调式的小调特性，这首民歌的旋律十分缠绵柔和，很好地表达了撒拉尔人勤劳好客的性情。商调式的小调色彩对于旋律性格的形成，有着不可忽视的意义。

同宫系统的调式交替现象，在撒拉族民歌的旋律中常可见到，而且数量很大，式样很多。这种调式交替，是指在同一个高度的调中所形成的不同调式的变化，我国的传统叫法是“同宫犯调”。撒拉族民间音乐同宫系统调式交替的变换关系，基本上可以归纳为如下六种：

（1）羽、徵同宫交替

同宫系统中的羽、徵两调交替，主要是利用重属音“羽”所造成的色彩对比，将单一调式中的重属音“羽”的作用加以扩张，从而形成了羽—徵两调交替。它与单一徵调式的旋律形态特点十分相近。谱例13。

前乐句是羽调式，旋律是用省略角音和徵音的“三声音列”构成的。后乐句是徵调式，由省略角音的“四声音列”构成旋律，并且像在单一徵调式中一样，终止音出现之前强调了羽音的对比色彩。前后两个调式共同强调支持音“商”，商音在这里是前调的下属音，同时又是后调的属音，它把前后两调紧密地连接在一起如图所示。

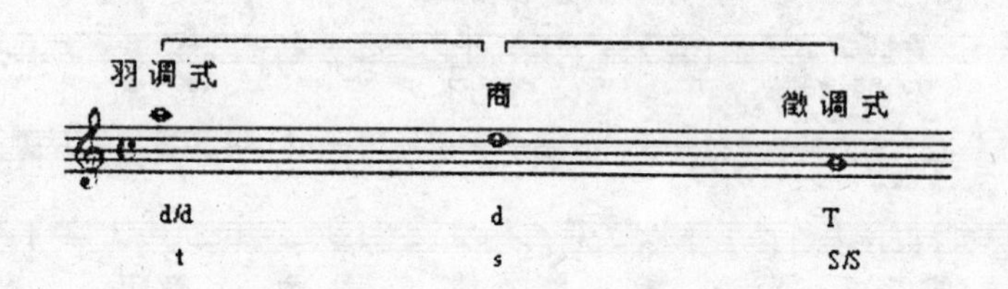

从图中可以看出，它们之间的调式功能是十分紧密的。而且，强调下属功能的特点，比在单一徵调式中表现得更为突出。因此可以说，在羽—徵同宫交替的撒拉族民歌里，共同强调“商”音的支持作用，并在羽调式乐句中省略徵音的“四声音列”（有的也省略角音），成为撒拉族民歌较为典型的特点。

在这首民歌的旋律结构中，就没有把羽调式建立起来，仅在前5小节比较鲜明地表现出了羽调的旋律形态特点及调式色彩。此现象在撒拉族民歌中并不罕见，这同徵调式民歌旋律形态中所具有的羽、徵序进的终止特点，有着密切的关系。

（2）商、徵同宫交替

同宫系统中的商、徵两调的交替，其特点是前后两调式各以本调的主音作为另一个调的支持音，既在前调商调以“徵”为支持音，而在后调徵调则以“商”为支持音，前调是强调下属功能的作用，后调是强调属功能的作用。

在商、徵同宫交替的民歌中，徵调式乐句的终结都分仍然保留着羽、徵序进的特点，既终止前突出羽色彩的特点。谱例14。

这首民歌的曲调结构很简练，以宫、商、羽、徵四个音构成其前乐句，该民歌的旋律形态很独特前乐句以商音为调式中心音，以徵音作为支持音在前乐句之后有两小节补充句，更进一步加强了对商调式的感觉。在后乐句结构中是以商音为支持音，并沿用了前乐句的音调。随后音调起了变化，到此才出现了一个经过“羽”音之后终结在徵调式主音上，色彩对比效果更加鲜明。直到出现羽音并平稳进行到徵音，才终止稳定。

（3）商、宫同宫交替

商、宫同宫交的撒拉族民歌为数极少，因此在这里就不加以赘述。

（4）羽、商同宫交替

同宫系统中的羽、商两调交替所构成的撒拉族民歌，为数亦很少。比较普遍的特点是羽调在分量上占优势，其次在羽调式中不出现后调的主音“商”，但也有个别羽、商交替的民歌，其前调式与后调式的比重较为平衡，并且在前面的羽调式中也运用后面商调式的主音。谱例15。

此例羽调式建立得相当明确稳固，有正规的收束。调式属音“角”有力地支持了主音，在羽调式中没有出现后调式的主音“商”。商调式部分的开头两小节具有转化的性质，和前面的羽调式有着一定的内在联系。从前后两调式分量的对比来看，前调比后调重的多，然而商调乐句的调式功能运动也很有力量，造成了后调终止的稳定性和完满性。

（5）宫、徵同宫交替

同宫系统中的宫、徵两调交替的撒拉族民歌为数也很少，然而相对之下，它却使撒拉族民歌在艺术风格方面得到了丰富。其特点是前调是宫调式，以属音“徵”为支持音的。从延长的商音直到前乐句结束，突出了商音的作用。这并不是什么突如其来的现象，而是沿袭了在徵调式中所发挥重属音的功能作用。这和在徵调式中强调羽色彩的特点是一致的。在后调式中的音乐结构，与徵调式民歌基本上相同。谱例16。

它应用了附加“变宫”音的五声音阶。变宫音的出现很富于色彩性，然而它于徵音二音却巧合成了一个完整的属三和弦，在支持主音的属功能中发挥了辅助的作用。在后乐句中没有突出属的作用，而是强调了羽色彩，最后终止在徵调、变宫音没有在后乐句中出现，因此徵调式民歌的基本特点没有受到影响，否则如变宫音在后乐句中出现，将会在某种程度上破坏徵调式民歌的基本面貌。

（6）角、羽同宫交替

由于撒拉族民歌的调式功能中很重视属与下属的功能，因此在羽调式民歌中得“角”音，也作为属功能而被强调。这里的角、羽调式交替，其实就是把羽调属功能加以扩张的结果。撒拉族民歌不采用单一角调式，在调式交替中的角调式也就更具有依附的性质。因此准确地将其称为“角扩张调式”。在角扩张调式中，经常应用角、徵、羽三个音作为构成旋律的骨干音，有时加用宫音或变宫音，在角调式后面的羽调式，基本上保持着固有的结构特点。谱例17。

在例中角调式的色彩占着优势。在前面7小节中，没有出现后调的下属音“商”，从第八小节起才出现了商音，使色彩发生了一些变化，为羽调式的出现作了准备，这是调式的一个转化过程。从第十一小节起，以下属音“商”为支持音进入了羽调式。前四小节在角扩张调式里，是用角、徵、羽三个音构成旋律。后四小节是羽调式，角音在此作为属音被强调，对羽调式起了支持作用。

总之，多种音的调式功能关系使得撒拉族民间音乐的调式和调性的丰富多样的，其中比较典型的是强调D—T、S—T、D/D—T的功能关系。这种功能运动不仅是表现在单一调式的民间音乐中，也表现在同宫系统调式交替。调式调性的布局相当有逻辑性，旋律形态也极富于表现力，形成了特有的撒拉族民间音乐的艺术风格，同时也是青海地区民族民间音乐文化的重要组成。

参考文献：

[1] 金宜久．伊斯兰教史．北京：中国社会科学出版社，1990
[2] 冯光钰，袁炳昌主编．中国少数民族音乐史．北京：京华出版社，2007
[3] 黎英海．汉族和声及其调式．上海：上海音乐出版社，2001
[4] 青海省志编纂委员会编．青海历史纪要．西宁：青海人民出版社，1987
[5] 张肖虎．五声性调式及和声手法．北京：人民音乐出版社，1987
[6] 吕骥主编．中国民间歌曲集成（青海卷）．中国LSBN中心出版，2000

（本文原载《青海民族研究》2008年第4期）

青海撒拉族哭嫁歌研究

王海龙

撒拉族主要居住在青海东部的循化撒拉族自治县，是我国人口较少的一个民族，现有人口约9万，占青海少数民族总人口的4.07%。长期以来，撒拉族与当地的藏、回、蒙古、汉等各民族和睦相处，共同发展，创造了丰富多彩的民族文化。撒拉族的民间歌舞独具特色、形式多样，反映了撒拉族人民的生活习俗和艺术风格。哭嫁歌（撒拉语称“撒赫稀”）便是撒拉族歌舞中颇具代表性的一种民间音乐。在每年秋收之后，即将出嫁的撒拉族姑娘要忙着学唱“撒赫稀”。因为新娘如果出嫁时不哭，或者哭得不伤心，就会受到人们的指责，所以每一个即将出嫁的女子都要向老妇人们学唱哭嫁歌。哭嫁歌不仅有系统成套的哭词，而且还有高低起伏、长短搭配、悦耳动听、感人肺腑的声调，表现了撒拉族独特的道德审美观。

一、撒拉族哭嫁歌的表现形式

撒拉族哭嫁歌是该民族民间歌曲的主要歌种之一，有别于其他民歌。哭嫁歌是以“哭”为主要表现形式的，其内容丰富，包罗万象，是撒拉族婚礼风俗乐歌中的重要组成部分。哭嫁歌按照参与者的不同，分为新娘独自哭嫁、母女哭嫁、姐妹哭嫁、众人哭嫁等几种。撒拉族姑娘在出嫁那天，亲朋好友、左邻右舍、男女老少纷纷聚在一起，坐在新娘旁边，一边看长辈给新娘梳妆打扮，一边倾听新娘的哭嫁歌。哭嫁歌的内容多为叙身世、骂媒人、怨父母以及不满于婚姻、表达对父母双亲的依恋等。参与哭嫁的人包括少妇、中年妇女、未婚少女等，表现了撒拉族婚礼仪式中参与哭嫁的女性群体化特征，故有人又将哭嫁歌称为“女性音乐”。撒拉族哭嫁歌最大的特点是哭声和歌声交织在一起，既非一般的诉说，也非单纯的哭，而是哭诉配之以动听的音乐旋律，给人一种错落有致、交叉有序的旋律美。因此，在撒拉族哭嫁歌的演唱中比较讲究规律性的歌节和唱词结构。撒拉族哭嫁歌用撒拉语哭唱，语言含蓄，注重文采和修辞，具有一定的民族文学价值。哭嫁歌除强调感情的真实表达之外，在形式上还可巧妙运用联想、比拟、夸张、排比等多种修辞手法，以增强其感染力。如：

哎！把骡子牵向了我，
梳我黑发的姑娘呦，
让白青稞再生长点吧，
让黄油菜的种子开花吧，
让黑油菜的种子成熟吧。
哎！给我梳我的姑娘呦，
让大院子里的牡丹盛开吧，
让小院子里的果树发芽吧，
让我头上白羊毛般的头发长出来吧，
让我头上黑羊毛般的头发长出来吧……

我的父亲啊，我的父亲啊，
你担心女儿像房中积久的灰尘一样，挥之不去吗？
即使是积久的灰尘，也会有一天能掸掉的。
你担心女儿像积水一样，渗透在院中吗？
即使是多时的积水，也总能泼扫干的。
你等不到女儿的头发长长吗？
你等不到女儿的牙齿长全吗？
我的父亲们啊，
你们劝我出嫁，就像把羊毛绳拧了又拧；
我的父亲们啊，
你们劝我出嫁，就像把皮绳子拧了又拧；
我的父亲们啊，
你们手持闪闪的刀子和镰刀，逼我出嫁啊。

阿大（父亲）听呀阿妈听，
别嫌阿娜（女儿）干活少，别嫌阿娜吃穿多。
阿大你莫忙，阿妈你莫急，
等西瓜熟了，果子熟透了，
阿娜我就会出嫁。
阿大听呀阿妈听，
骨头脆嫩的羔羊，怎能在石山上跑？
羽毛未丰的雏鸟，怎能在天空中飞翔？

在新郎家牵骡马迎娶的那天，是新娘哭嫁的高潮，并且完全是按出嫁礼仪进行的。当媒人进入闺房来安排新娘迎娶事宜时，新娘一见媒人，就开始哭唱“骂媒人”，语调由悲转怒，哭中带骂，这是整个哭嫁中极为精彩的部分。而当新娘被父母扶上马的那一刻，通常是哭嫁歌中“怨父母”的一段，这时，无论新娘抱怨得多么厉害，骂得多么狠，父母和亲人都要认可，不能加以指责。随后，至亲中两位已婚的妇女陪伴新娘，在其他亲朋好友的簇拥下，一路哭唱着向新郎家走去。

二、撒拉族哭嫁歌的音乐形态特征

1. 歌词特征

撒拉族哭嫁歌的唱词灵活，内容丰富，是撒拉族妇女集体智慧的结晶。撒拉族哭嫁歌犹如一部大型的“套曲”，有序幕，有高潮，还有尾声，不但结构完整，而且演唱灵活，内容与形式统一完整。可以说，撒拉族哭嫁歌是一种特殊的自由抒情歌体，歌词天然朴素、诗意浓厚、通俗明快、易于传唱。其中不少歌词内容极为丰富，反映现实深刻，感情强烈真挚。同时，由于哭嫁歌是即兴编唱的歌曲，所以歌词具有随意性特点。哭嫁歌的每一种哭词，如哭爹娘、哭姊妹等，就有数个版本，这便使撒拉族哭嫁歌的歌词灵活多变、生动活泼，并具有明显的个人风格。

2. 曲式特征

撒拉族哭嫁歌歌乐一体、旋律独特、以哭伴唱、形式奇特、内容丰富，因此被人们称为“抒情叙事史诗”。从曲式结构上看，撒拉族的哭嫁歌差不多是几个基本乐句的变化重复，即曲调一样，只是演唱时每段填词不一样，曲式结构为规律的变化重复体，或为单乐句反复体。有些哭嫁歌的开头还有一个短小的引子。哭嫁歌的曲式结构由三度核心音调组成，并通过变化发展的手法，扩展成完整的音乐结构。这种发展形式较为自然，是人类心理模式中无意识之动态结构的表现。正如美国著名的哲学家苏珊·朗格所言：“这种动态的形式，或许是人们从自然中和从他们先辈创造的语言中无意识地接受过来的。”由于曲式是在以核心音调为基本单位的变化发展中构成的，故曲式结构相对平稳，且有规律，句式相近。

3. 调式旋律特征

撒拉族民歌多以五声音阶为基础，但并不完全采用完整的音阶形式。如图所示：

撒拉族哭嫁歌调式一般采用加偏音“变宫”的三声音列的民族羽调式。从调式和声的角度分析，羽调式的主和弦在音响中与欧洲传统 A 自然小调的表现特征一致，在色彩上也具有柔和、暗淡特点，便于歌者抒发忧伤、哀怨、悲切的情感。因此，从音乐旋律上看，哭嫁歌总是从高音降到低音，以音调的抑扬来反映演唱者情绪的变化。与其他民歌一样，撒拉族哭嫁歌也常运用固定的衬词与装饰音，并多使用下滑音。

4. 演唱形式

撒拉族哭嫁歌的歌唱者一般为女声，无伴奏，哭嫁过程中会交替出现独唱、齐唱、合唱和轮唱等歌唱形式。歌唱姿势为坐唱，唱时除了用手帕擦眼泪外，有时还挥动手帕，借以抒情。众陪唱者围坐于炕前，低头或相视而唱。唱时经常互拍背部和腿部，这不仅是感情上表达的需要，同时也起到暗示演唱的起止和调控节奏、速度、力度的作用。哭嫁歌的音调虽有旋律，但由于其“哭腔”的特征，所以许多时候，音乐与语言混在一起，旋律并不太清晰，尤其是当唱者愈来愈激动时，旋律的起伏愈接近日常声调的高低。这是哭嫁歌演唱的又一个鲜明特征。

5. 声音运用特征

撒拉族哭嫁歌虽然是真声哭唱，但其中仍有音质的区别。哭嫁者即使平日说话时声音清脆嘹亮，但在哭唱时，多用较低沉的声调，不像唱号子、花儿及山歌那样嘹亮有力，哭唱者在低声泣诉时，声音柔和中带着张力，唱至激动处，吐字不清，唱中带着哭腔，抖音特别多。这些特征融合起来，使得哭嫁歌的音乐有别于撒拉族其他民歌音乐，故形成其独特的艺术魅力。

三、撒拉族哭嫁歌的民俗文化内涵

循化撒拉族聚居地区大多地处偏僻，交通不便，这样的环境从某种意义来说，为保存该民族的传统文化提供了客观条件。此外，撒拉族习惯聚族而居，自成村落，血缘关系近的亲属常住在同一区域，这种特殊的社会结构为维护社会的稳定与发展，以及传承民族文化起着重要的作用。

历史上撒拉族没有文字，本民族的民间故事、传说、历史和民族艺术，都是以口传心授的形式通过社会和家庭一代代传承下来的。循化撒拉族婚礼中的每支歌都与婚礼仪式中的相关民俗活动有关，特别是有些唱词本身就是该民族多种习俗的反映。此外，撒拉族婚礼乐歌中宗教色彩很浓，这与撒拉族的信仰有关。可以说，作为传承民俗文化的重要载体的撒拉族婚礼歌在其仪式中有着许多特定意义，蕴涵了丰富的物质和精神文化。而作为特定历史之挽歌的哭嫁习俗，被撒拉族人传承下来，形成社会群体一致认可的习俗。其中，新娘是否善哭成为评判其贤惠与否的道德审美标准，成为该社会群体的伦理标准之一，新娘在哭嫁歌里既要感谢父母的养育之恩，又要责备父母为了彩礼将女儿婚配他人。可见欲使哭嫁达到“悲戚且不乏礼仪，哭诉且不失风雅”绝非易事。这种技艺需要训练，难怪每年秋收后即将出嫁的撒拉族姑娘都要学唱哭嫁歌。当然这也是出嫁姑娘对自己伦理审美的基本要求。另外，从哭嫁歌内容中，也反映出撒拉族的婚姻状况——买卖与包办。出嫁女子对不自主婚姻的抗争，在历史沉淀中渐变为撒拉族哭嫁婚俗。这对研究该民族特定历史时期的婚姻及社会状况极有参考价值。

艺术源于生活，哭嫁歌源于撒拉族妇女对生活的体验，蕴涵着撒拉族人民的思想和审美意识，是其民族文化的一种表现形式。哭嫁歌反映现实深刻，民族特色鲜明，艺术风格别致，音乐形式独特。随着社会的发展，撒拉族婚礼中哭嫁的习俗逐渐失去了其生存的空间，但哭嫁歌作为一份珍贵的非物质文化遗产，无论是从了解撒拉族的文学艺术、民间风俗，还是单纯从音乐开发的角度审视，其中都有值得研究的学术价值。

参考文献：

[1] 谢佐，马伟．撒拉族风情．西宁：青海人民出版社，2004

[2] 马成俊，马伟．百年撒拉族研究文集．西宁：青海人民出版社，2004

[3] 苏珊·朗格．艺术问题．北京：中国社会科学出版社，1983

（本文原载《青海民族学院学报·社会科学版》2009年第3期）

浅论青海撒拉族民歌的多元文化特征

王　玫

撒拉族是我国西北地区人口较少的少数民族之一，主要聚居在青海省循化县一带。曾有学者认为，撒拉族音乐较少保留了其先民的传统，是在吸收汉、回、藏等民族音乐的基础上创造而成，这间接说明撒拉族传统音乐文化具有多元、复合的属性。在撒拉族民族音乐中，又以撒拉族民歌个性更为突出，撒拉民歌有多种形式，内容丰富，风格独特。

一、体裁多样的撒拉族民歌

撒拉族民歌根据内容和音乐特点可分为玉尔（撒拉曲传统情歌）、花儿、宴席曲、哭婚调、劳动歌（号子）、小调、儿歌。

撒拉曲。撒拉曲意即撒拉人的歌，撒拉语叫“玉尔”。据撒拉族歌手们说，撒拉曲是用撒拉语演唱的一种古老情歌，其中大部分曲调是撒拉人的先民从撒马尔罕带来的。

撒拉曲常用五声音阶羽调式。以羽音做调式主音，同时突出地强调四度商音的支持作用，形成独具风格旋律。唱词的基本形式为五言体，多以四、六、八句较多，每句又以五个字居多，外加衬词，其节奏短促而明快，旋律奔放且激昂。“玉尔”的歌词优美，寓言深刻，作品很多，其中影响较大的有《巴西古溜溜》、《撒拉赛西巴》、《皇上阿吾尼》及《阿依吉固毛》等。由于流行的地区不同，受到当地藏族民歌的影响，玉尔在音乐结构和风格色彩上也产生了明显的差异，形成了明快诙谐和质朴深沉两种格调。例如《巴西古溜溜》，在撒拉族上四工和下四工就有区别。在下四工流行的曲调较好地保存了撒拉族古老的音乐特征，旋律上下迂回，前后呼应，音乐优美动人。而下四工的曲调则因为受到当地藏族民歌的影响，具有浓郁的藏族民歌风味，旋律呈现出低沉忧伤的味道。

“撒拉少年”。撒拉“少年”又称“花儿”。“少年”是撒拉族民间普遍流行的一种山歌。作为西北地区诸多民族普遍流传的一个歌种，学界一般认为，撒拉花儿不仅带有河湟地区“花儿”的普遍规律，而且由于较多的吸收了本民族“玉尔”和当地藏族山歌“拉伊”的一些音调和特点，无论在音阶、调式、旋法、节奏以及曲式结构等方面都形成了独特的艺术风格和个性特征。曲调以五声音阶为基础，其中羽调式、徵调式为最多，也有少量用商调式。音乐格调细腻、精致而又质朴、深沉。“少年”演唱与其他民族花儿的演唱形式相同，主要以独唱和对唱为主，但是与其他民族的“少年”不同的是，其唱词具有撒拉语的特点，句子常用主语—宾语—谓语的结构，名词常有单复数区别，还时而加入撒拉语的词汇，如“美力格散花梢”（我的明白人）、“雅尔”（情人）、“艳姑”（大嫂）等。

撒拉族“少年”以抒情为主，在撒拉族地区上至七八十岁的老人，下至十一二岁的孩子都会唱“少年”。“少年”的内容多为情歌，一般不能在村里唱，也不能当着不同辈分的人唱，而要到野外山林中去唱。由于它的演唱场合，故又称为“野曲”。撒拉“少年”曲调丰富，较著名的有“大眼睛令”、“孟达令”、“撒拉大令”、“清水令”、“三花草令”、“水红花令”等。

“宴席曲”。撒拉族宴席曲主要流行于循化孟达和临夏大河家等地，是撒拉族人民在传统的婚嫁喜庆的日子用汉语演唱的歌曲。撒拉族的婚礼和当地汉族不同，不兴吹吹打打，但也是颇为热闹的。新婚之夜，大伙到新郎家唱宴席曲，歌声嘹亮、此起彼伏，通宵达旦。宴席曲旋律优美动听，节奏鲜明齐整，有时还伴有简单的舞蹈动作，气氛热烈欢快，曲调优美流畅。

撒拉族宴席曲以五声音阶组成的羽调式最常用，也有少量徵调式和商调式。所涉及的内容也十分广泛，如赞美性的曲目，如《依秀儿马秀儿》、《阿里玛》，称赞其穿戴装束；这类曲调的旋律比较平稳，曲调多是叙咏性的，没有太多装饰。还有颂扬英雄的《韩二哥》、替父报仇的《阿舅儿》等，这类歌曲曲调委婉，音区较低，基本歌腔多是一个上下句，根据内容、感情和语言声调的变化而变化。除了前两种，宴席曲最多的是在婚嫁喜庆场合中唱的颂歌和祝福歌。这类歌曲触景生情，即兴编词，有一人唱的，也有一人唱众人和的，形式自由，唱词优美风趣，旋律热情生动，节奏富于变化。

在与汉、回、保安、东乡等族的长期交往中，撒拉宴席曲的音乐风格与这些民族的歌歌呈现趋同，有些曲目则直接源于后者，比如来自回族的《方四娘》、《尕老汉》，汉族的《孟姜女》、《四季歌》等，充分说明撒拉传统音乐文化的多元性。

哭婚调。撒拉语为“撒赫斯”，是新娘出嫁时抒发苦衷的一种悲歌。在旧的封建礼教下，撒拉族重男轻女，通行早婚，少女对此十分痛恨，但又无法摆脱，只好含泪控诉。随着社会经济的发展，如今这种音乐形式只有少数村庄保留。多用汉语演唱。

“哈依勒”（劳动号子）。“哈依勒”是撒拉族人民集体劳动时喊唱的劳动号子。其语言简单朴素，旋律顿挫明快，节奏感较强。撒拉族人民进行拔草、打碾、打墙、伐木、运木、打场等集体劳动时，都有各自的号子，起到了鼓干劲、助兴致、提高劳动效率的作用，其中比较突出的是拉木号子和打墙号子。形式有对唱、男女各唱、男女合唱和一呼众伴等。较为著名的有《伐木号子》、《打场号子》、《打墙号子》等。

“哈依勒”一般以五声音阶组成的羽调式、徵调式比较常见。音调共同的特点是高亢、节奏明快、情绪热烈、带有很多衬腔和衬句，大多用汉语演唱。

小调。小调是撒拉族聚居区广泛流传的用汉语演唱的“小曲”，以表现爱情内容的曲目较多，其唱词通俗形象，词曲结合紧密，曲调抒情动听，感情真挚淳朴。特别是“花儿”的一些音调，在小调中时有出现，使之更具有鲜明生动的民族地方风格。调式多采用徵、商、羽三种，旋律婉转优美，富于表现，以级进方式为主，很少使用大跳。曲体结构多为单乐句反复体或双乐句变化反复体。

儿歌。撒拉族童谣、摇篮曲、儿歌均用撒拉语演唱，其内容大多与儿童生活游戏及传授知识有关。唱词通俗易懂，生动而富于想象，曲调流畅动听，同样伴有“花儿”音调特点，多采用羽、徵调式。曲体结构以单乐句反复体为主，旋律发展较平稳，音域在八度以内。

二、撒拉族民歌的音乐特征

由于特殊的历史背景和丰富的文化内涵，撒拉族民间音乐在显示其多元特征的同时，也显示出较强的个性特征。撒拉族民歌与同居于这块土地上的其他民族的民歌之间共存一些相同的特征，它是作为民族发展和文化共存的基础。在这种共存背后，撒拉族民歌音乐在旋法、调式、演唱及节奏节拍等方面，显示出较强的个性，这是构成撒拉族民族音乐特征的重要因素。

旋律。撒拉族民歌中最具民族风格和特征的旋律形态，一是以两个三度关系构成的核心腔体，即小三度加小三度，如 mi sol mi 或 la do la，这种形态打破习惯的旋律上行，而是回转，形成独特的风格。二是旋律下行时构成的“二四二”结构，即大二度加纯四度再加大二度。比较典型的如 do re la sol，这种形态流行在撒拉族的主要聚居地。由于基本稳定的居住环境使这一区域的撒拉族民歌仍然保持着浓郁的民族性格和风格特征，并且有着传统的古朴和韵味，是撒拉族音乐风格特征的重要标志。其变体为 sol la mi re，带有其他与其混居的回、东乡、保安、藏、蒙古等民族民歌特征的某种影子，这种旋律形态即有典型性，又有相对独立性，民族风格浓郁，个性突出。形成这种结构腔体（旋法）的思维方式，也体现了撒拉族传统的审美追求和作为音乐的文化性习惯思维。它还从另一个侧面反映出在地区性共生文化背后仍然存在着能够体现各自民族风格的个性文化，这也是作为一个单一民族生存和发展所必须面临的选择，即在维护共生文化的同时，求得自身个性文化的发展。

调式音阶。撒拉族民歌使用最多的是羽、角调式，其次是徵、商、宫各调式，基本上以五声音阶为主，偶尔也会使用加有偏音的六声音阶，用来表达变化的情绪和形成特殊的风格。

曲式。撒拉族民歌曲体中最基本的结构形式是单乐句反复体，还有在此基础上发展变化而来的双乐句和多乐句变化反复体结构。这种曲式结构显现出下列特征：①材料单一，但性格鲜明；②核心腔体结构的重复和变形；③采用不同的发展手法，诸如重复、移位、扩充、逆行、倒影、紧缩等；④演唱中的即兴处理。演唱由于受到多种因素（如情绪、环境、心理、民族语言、方言、自身嗓音条件等）的影响，而往往影响到曲体结构的变化，有时甚至是较大的变化。

三、撒拉族民歌的音乐文化特点

音乐文化作为各民族文化的一个重要组成部分，必然受到地理环境、生产方式、生活方式、族源、语言、社会形态、民族交往、宗教信仰和民间习俗等多方面因素的影响和制约。撒拉族吸收了汉、回、藏、蒙古等诸民族民间音乐的因素，在漫长的历史发展过程中，兼收并蓄，吸收融合，重新创造形成了本民族独特的音乐文化。

撒拉族先民是在特定的历史条件下入居青藏高原的藏汉文化腹地，并逐渐形成为一个新的民族。人是文化的载体，人种的融合，必然伴随着文化的交流。民族的大迁徙是人类文化融合与传播的重要途径之一，撒拉族从中亚的撒马尔罕迁徙至青海东部的循化，生存环境发生了比较大的变化。定居后同周围的藏、回、蒙古等民族长期相处融合形成现在的撒拉族，没有本民族的文字，本民族的传统文化通过口头传承的方式得以保留，汉语为通用的交际语言，也作为自身文化发展和交流的工具。回族文化对撒拉族文化也有较大的影响。回族与撒拉族，由于聚居区域山水相连，从地域分布与文化传播看是同一个地带，又处在相同的宗教传播区，宗教信仰的一致和风俗习惯的相近，使回族又成为补充撒拉族文化的又一主要来源。

撒拉族民间音乐的创作者们，正是基于对本民族的熟悉和热爱，用善于发现美的眼睛和心灵去审视、去体验，使自然物在其既有条件的基础上幻化为美的形象，体现出完满的人格。如撒拉族民歌中的“花儿”不仅是恋歌，它还有着深厚的内涵，是撒拉族人民心灵深处对生活、人生、历史、未来的真切呼唤和由衷期盼，也是他们人格精神的写照，体现着他们自然本真的审美情趣和审美理想。听着那高亢嘹亮、发自肺腑的花儿，让我们充分地感受到撒拉族广大民众内心深厚的情感积淀和人性本真。

撒拉族民间音乐在其创作过程中所灌注的不仅是地理环境，更重要的是所显示出的独特的人文环境。如，从当代“花儿”的文学体裁上讲，新中国成立后50多年来的发展使当代撒拉“花儿”艺术得到了长足的进步与繁荣，许多创作者在“花儿”文学和艺术形式上的创新探索，在近些年民歌创新上进行了大胆尝试。歌手表演时，在传统“花儿”曲令和民间小调基础上进行大胆的改革，配上现代的音乐配器，同时加以欢快的舞蹈表演，深刻地表达撒拉人特有的直露性及人性共有的爱美、追求美的丰富思想情感与巨大的艺术感染力，因此具有极高的美学价值。

“每一个民族，不论其大小，都有它自己的、只属于它而其他民族所没有的本质上的特点、特殊性。”撒拉族民族音乐是撒拉族文化的积淀，是历史的沉积。撒拉族民族音乐中有古老文学的遗存，又有现代文学的面貌，有久远历史的追思，又有新的情感流露，它始终紧贴在人们生活的层面上。无论是对社会的、爱情的内容的揭示，还是对新时期社会生活其他内容的赞颂，撒拉族民间音乐都因其描述真实的生活画面，反映人们真实的思想情感而始终充满着浓厚的人情色彩，给人以美的享受。一首“玉尔”就是一篇社会史料，一首“花儿”就是一幅风俗画，一首“宴席曲”就是一篇民俗学资料，这些丰富的生活画面为研究当代中国的社会学、民俗学、宗教学、文化人类学及哲学、美学、法律学等提供了大量的资料，具有很高的研究价值。撒拉族民间音乐作为青藏高原所独有的一种艺术形式，对其发掘、整理、研究，正在成为青海省少数民族文学艺术研究格局中的一个重要方面，这无论对发展地方文化，还是丰富我国文化宝库，都有深远的意义。

参考文献：

[1] 蒋菁，管建华，钱苇．中国音乐文化大观．北京：北京大学出版社，2001

[2] 陈云芳．撒拉族．北京：民族出版社，1988

[3] 马学义，马成俊．撒拉族风俗志．北京：中央民族学院出版社，1989

[4] 撒拉族简史．西宁：青海人民出版社，1982

[5] 中国民间民歌集成（青海卷）．西宁：《中国民间民歌集成》青海编委会，1999

[6] 崔永红，张得祖，杜长顺．青海通史．西宁：青海人民出版社，1999

（本文原载《青海师范大学学报·哲学社会科学版》2008 年第 5 期）

撒拉族民间音乐文化构成因素初识

郭德慧

引　言

撒拉族自称“撒拉尔”，信仰伊斯兰教，是我国人口较少的少数民族之一。据1990年我国第四次人口普查显示，全国共有撒拉族87697人，其中青海境内77003人，占总人数的1.73%。[1]分别聚居在循化撒拉族自治县、化隆回族自治县，省内各州、地、县、市都有散居；甘肃省有6000多人，主要聚居在积石山县的大河家、四堡子、刘集乡、吹麻滩和夏河县的拉卜楞等地；新疆维吾尔自治区有撒拉族近4000人，主要居住在伊宁县和乌鲁木齐市。[2]“撒拉”一词，在元明时期的文献中又写作“沙刺”、“撒剌儿”、“撒剌”等。历史上由于交通闭塞等原因与内地的交流甚少，内地人对其缺乏了解，所以又往往视之为“番族”。学术界普遍认为，撒拉族原是中亚撒马尔罕一带突厥乌古斯部的一支，元初，在其首领尕勒莽兄弟的带领下，经新疆、河西走廊辗转迁居于今青海省循化县境内。[3]撒拉族有自己的语言，属阿尔泰语系突厥语族西匈语支的乌斯古语组，青壮年大多通汉语。由于没有本民族的文字，历代王朝的典籍中也缺乏对其较早的历史记载。关于撒拉族族源的相当一部分资料，或撒拉族先民辗转迁徙的传说，主要保存在民间口头传说中至今仍在民间广泛流传。随着族体的壮大、人口的增多、居地的拓展、共同语言的定型，以撒鲁尔人为主体的一个新的共同体—撒拉族，便逐渐形成，其时限约在明代嘉靖年间，至今约有700年的历史。[4]

文化构成因素初识

撒拉族先民是在特定的历史条件下入居青藏高原的藏汉文化腹地，并逐渐形成为一个新的民族。人是文化的载体，人种的融合，必然伴随着文化的交流。民族的大迁徙是人类文化融合与传播的重要途径之一，从中亚的撒马尔罕迁徙至青海东部的循化，生存环境发生了比较大的变化。民族的迁徙和血缘的混合，势必也导致了精神的融合，撒拉族在迁徙中基本保持了自己的民族群体特征，为了民族共同体的发展，与邻近的藏民族通婚并在某些习俗方面与藏民族保持一致，在今天的撒拉族生活中仍保留着一些藏族的习俗，如在院墙的四角顶上放置白石衣服不放在衣柜里而挂在横杆上，结婚时将牛奶泼在新娘骑的马蹄上姑娘出嫁时撒麦子于院中，象征娘家五谷丰登，到婆家生根发芽等。定居后同周围的藏、回、蒙古等民族长期相处融合形成现在的撒拉族，没有本民族的文字，本民族的传统文化通过口头传承的方式得以保留，汉语为通用的交际语言，也作为自身文化发展和交流的工具。长期以来，在和藏、回、蒙古、汉等民族交往的过程中，又吸收了汉语和藏语汇中的借词以及政治、经济、文化、生活等方面的词汇和术语，极大地丰富和发展了撒拉族语言词汇。他们在循化一带，长期自身繁衍和不断吸收其他民族成分，而且与藏族的联姻和交往使撒拉族的语言中有了不少藏语词汇。回族与撒拉族，由于聚居区域山水相连，从地域分布与文化传播看是同一个地带，又处在相同的宗教传播区，宗教信仰的一致和风俗习惯的相近，使回族又成为补充撒拉族新血液的又一主要来源。回族文化对撒拉族文化有较大的影响，回族宴席舞在撒拉族居住区中也有较广泛的流布。

撒拉族是个善于歌唱的民族，在长期的历史发展中，创造了丰富多彩的民族音乐，撒拉族先民从他们的故土带来了自己的语言、宗教和生活习俗等，他们用歌唱的形式叙述历史故事、民间传说。有的内容歌颂撒拉族人民与大自然作斗争的大无畏精神，有的抨击不合理的封建礼教、婚姻制度等。撒拉族民歌在唱词中除使用本民族语言外，还使用汉、藏两种语言，不仅增添了浓郁的民族风味和乡土气息，同时也折射出他民族文化对撒拉族民间音乐的影响。

与地处西北的其他兄弟民族一样，撒拉族也将民歌分为“家曲”和“野曲”两大类，撒拉族的“家曲”和“野曲”之分有两种含义一是形式方面，二是内容方面。形式方面所受到的限制是轻微的，而内容不同的限制则是严格的，为此，“野曲”只能在户外演唱并且要回避长辈和亲属。撒拉族民歌根据其内容和音乐特色可分为玉尔传统情歌、宴席曲、花儿、劳动歌号子、儿歌等，其中，花儿和玉尔属“野曲”。玉尔是撒拉族歌手用本民族语言演唱的传统情歌，和花儿一样，严禁在村宅街巷演唱。玉尔集中反映撒拉族青年男女对爱情的追求，影响较大的有《巴西古溜溜》、《撒拉赛西巴杂》、《皇上阿吾尼》等。一般都有一套固定的曲调，从表现手法来看，大量运用民歌中的比兴手法，以物喻人。

撒拉族宴席曲是撒拉族群众在婚嫁喜庆时，民间歌手为助兴而用汉语演唱且带有表演的风俗性民歌和舞蹈的集成。宴席曲的演唱形式自由，曲调优美，有即兴编词演唱的，也有世代相传的传统曲目，而且大都配有简单的舞蹈动作，较流行的有《伊香儿玛秀儿》（全由男子表演，一般为二人，也可以是四人或多人参加）、《阿舅》、《撒赫斯》和称为“亲家言”的《吾热赫苏斯》等。其中《撒赫斯》撒拉语，即哭婚调，是在婚礼中唯一由女性演唱的歌曲，其功能近似于我国其他一些少数民族的哭嫁歌（撒拉族妇女受传统礼教的制约，没有演唱其他宴席曲的习俗），《拉赫斯》可以算是撒拉族比较特殊的宴席曲。另外，回族宴席曲《莫奈何》、《马五哥》与汉族的俚歌小曲《孟姜女》、《蓝桥相会》等也在撒拉族群众中长期流传，这种广泛吸收不断地丰富和完善了撒拉族宴席曲的内容、曲式和曲调。撒拉族的有些宴席曲与回族宴席曲在内容和形式上有相似之处，如专曲专用，即一首曲调固定演唱一个内容，演唱时没有乐器伴奏但配有简单的舞蹈动作。撒拉族婚俗民间舞蹈①《堆委奥依纳》是撒拉族群众在传统婚礼宴席中表演的舞蹈艺术形式，一般在婚礼的晚上表演《堆委奥依纳》，其内容是将先民在历史上所经历过的长途迁徙过程以比较通俗的演唱形式来展现，认识自己从哪里来以及祖先如何一步一步走到今天，用这种方式在家族内部进行族系历史来源的教育，同时给新婚之家增添喜庆。演出过程中的对话，都是用撒拉语来完成的，婚俗舞成为撒拉族民俗活动中最有特色的内容，是本民族文化、宗教、生活习俗以及民族特性方面的总体反映，也是研究该民族物质形态和精神形态的重要依据。

花儿是撒拉族群众用汉语唱的一种山歌，曲调自由奔放，声音明亮清脆。曲令较多，风格迥异，主要有《撒拉大令》、《哎啼干散令》、《清水令》、《孟达令》、《水红花令》等，其变体又多达十几种，以五声羽调式为主，也有部分属五声徵调式。演唱时，大都在唱词中加进撒拉语。“‘花儿’产生的地区，是一个‘商徵乱而加暴’，即商—徵音阶调式最为泛滥发达的地区……”[5]撒拉族在特定区域下产生和发展起来的共性文化圈中使用共同语——汉语演唱的“花儿”，体现出一些作为区域性共性文化的 re—sol—la 商徵结构类型，或者是其变体，曲首音常常是四度上行，如《撒拉令》[6]以 mi—la 起首，《水红花令》[7]以 la—re 起首，即便有装饰加花，结构类型仍是四度结构，尽管这一共性文化圈内各民族之间的横向传承使撒拉族“花儿”中有较多的商徵型结构，《孟达令》、《撒拉大令》、《三花草令》、《水红花令》、《三起三落令》等，往往出现较多的引句、衬词、衬句以及装饰性衬腔。

另外，撒拉族“花儿”中的大令因歌唱旋律起幅较大并常出现大跳音程而常用苍尖音结合（即真假嗓结合的唱法）；直令音域较窄，旋律线条平稳，多用同音重复，常采用苍音（真声）唱法。②

撒拉族“花儿”惯用的颤音和波音唱法，吸收藏族“拉伊”的波音、颤音、华彩性装饰音等特点，旋律具有较明显的个性，出现在曲首悠长的呼唤性音调，色彩鲜明，音调豪放，显然受藏族民歌的影响，而这些具有音乐特殊风格的唱法，是历史上早就形成的属于藏缅语族等众多游牧民族所采用的一种古老的歌唱传统。在使

① 有研究者译为“骆驼戏”，笔者认为将这一艺术形式称为戏剧更为合理，它具有戏剧艺术表演和再现某个事件过程的特点，不是纯粹的舞蹈，表演时，有故事情节，对白。

② 苍音真声唱法当地群众也称“满口腔”或“平音”，以声音的厚实、苍劲而得名，是用真声为主的唱法，用声带的全部振动发出声音。

用双语的地区流行用汉、藏两种语言搅在一起演唱的“风搅雪花儿①”，是一种在其他地方很难听到的山歌。是由于在特殊的地理位置和环境中，同一区域的各民族文化，多源多流的文化信息传播和交融的必然结果。

劳动歌主要有《拉木号子》、《伐木号子》、《收割号子》、《连枷号子》等。不同的生态环境，就有不同的产食经济不同的背景文化，也导致了文化上的种种差异，也就是说，“文化带有土地的特质”[8]，地理、气候作为经济生产的前提条件，很大程度上决定了经济的类型，而以人为主的生产劳动不仅决定着音乐的形态、风格，同样也提供音乐所表现的社会生活内容，撒拉族生存的自然环境和社会环境，直接或间接构成了撒拉族民间音乐现象所表现的环境素材的全部形式和内容。在撒拉族居住的循化地区，没有经营畜牧业的自然条件，历史上，撒拉族先民迫于生计，将青藏地区的木材经黄河运往下游的包头等地，换取相应的钱物，特别是居住在积石峡谷中孟达地区的撒拉族民众自定居以来，就以积石山林区为主要生活依托，将狩猎、伐木当做一项重要的谋生手段。但聚居在积石峡上游平川地带的撒拉族则以农业为主要经济手段，伴随这样的生产方式，于是就产生了如《拉木号子》、《伐木号子》、《收割号子》、《连枷号子》等劳动歌，这种集体劳动节奏，必须要用一种相适应的声音节奏来统一号召，最简洁有效的方式就是“一领众合”式的人声呼号，类似的劳动歌不仅是劳动者情绪得到宣泄、精神为之振奋、同时也是消解疲劳的需要，更重要的是具有协调劳动步伐与节奏，使这种集体劳动得以进行、集体力量得以最大限度的发挥。劳动歌的音乐结构大多是单乐句反复。随着民族经济、文化水平的提高和现代化通信、交通等工具的使用，将逐渐削弱地理环境因素对撒拉族民族音乐构成的制约作用，这对撒拉族民间音乐的对外传播和交流提供了极大的便利。但是，令学术界不得不担忧和扼腕痛惜的是，撒拉族民众的这种呈自然状态的原始人工劳作和生存方式已经有被现代化的、科学的劳动和生活方式所取代的趋势，那么撒拉族民间音乐艺术形式也将会随着生产、生活结构的改变而逐渐失去她赖以生存的土壤，而面临消亡的危机，这也逐渐成了一个不争的事实。

撒拉族儿歌形式活泼，多与儿童生活、游戏等有关，通过演唱，使儿童间接或直接认识周围环境，开发其智力。流行的儿歌有《送烟》、《兔儿呀兔儿》。

口弦是撒拉族保存至今的一种古老的民间乐器，一般以铜或银制成，长不过一寸，小巧玲珑。吹奏时音量较弱，旋律起伏不大，但音质脆弱，音韵感人，在古今中外的各种乐器中，可算是体积最小的一种了。口弦多为青年妇女演奏，是撒拉族妇女常用的一种风俗性乐器，但这种类似的乐器也是迄今我国西北和西南许多民族仍在音乐生活中使用的乐器之一口弦是否来自中亚撒马尔罕有待进一步考证。笛子一般为男青年所用，主要用于放牧或野外劳动时吹奏。

宗教对撒拉族民间音乐也有一定的影响，如撒拉族民间娱乐性舞蹈《依秀

① “风搅雪”花儿前人有“山歌野曲，番汉相杂”的说法，也就是说在花儿唱词中有汉语和藏语相互掺杂的一种语言形式。

儿……玛秀儿》的旋律中频繁出现的第七级（si）音，有撒拉族清真寺内外的经堂语调,① 音域较窄，具有吟诵性特点。

余　论

就音乐文化而言，撒拉族民间音乐有自己的独特的风格特点，这是该部族群体审美心理的集中反映，是在缓慢的社会发展中逐渐形成的。它受制于经济状况、地理位置、民族变迁、宗教信仰、语言习惯等多种因素的影响。撒拉族民间音乐与其地处西北邻近的各民族的民间音乐之间存在着共同的特征，这是民族发展和文化共存以及区域性共性文化生存的条件。但是在这种共性文化圈内，撒拉族民间音乐在旋法、调式、演唱、节奏节拍方面，显示出较强的个性特征，撒拉族民间音乐常用的调式是羽调式、角调式，其次是徵、商、宫各调式，调式音阶基本上以五声音阶为主，有时也使用加清角等偏音的六声音阶。mi—sol—mi、la—do—la、do—re—la—sol 分别是撒拉族使用的以两个小三度关系和二度加四度构成习惯音组，这些习惯音组运用在其常用调式中，旋律形态仍然保留着浓郁的撒拉族风格和特征，是撒拉族音乐风格特征的重要标志。还有一个突出的特点是在旋律中使用“do 和 sol”，它们虽不是高频率出现的音，而且也不出现在调式音阶的主要位置上，大多是以装饰为目的的，却使习惯音阶结构有了进一步发展的动力，使原有音阶各音间的关系发生了微妙的变化，赋予音乐独特的风格与色彩，这也是撒拉族民间音乐区别于其共性文化圈中其他各民族民间音乐的关键因素。撒拉族民间音乐特征表现为以下三个方面且显示它的文化具有很大的包容性：第一，撒拉族民间音乐中具有本民族固有的东西。完全用撒拉语演唱的传统情歌玉尔和用撒拉语对话表演的婚俗民间舞蹈《堆委奥依纳》以及完全用撒拉语演唱的花儿《水红花令》等，所不同的是，玉尔和花儿属“野曲”，不许在村里和长辈亲属在场时演唱，以两个小三度关系和二度加四度构成的习惯音组，在旋律中使用“do”和“sol”，使旋律线中带有明显的撒拉曲调的特征，以这种定式思维形成的旋律形态。从另一方面体现了撒拉族的审美心态和习惯思维，也可窥探出撒拉族音乐文化生成的背景。第二，具有与共性文化圈中诸民族共有的音乐特色。对民歌进行“家曲”和“野曲”的分类，用汉语演唱的“花儿”，同汉、回、土等民族的“花儿”相比，风格独特。汉族花儿是以徵[5]音为中心音，商音有力地支持着徵音，其他音以装饰音、经过音、色彩音等形式出现在旋律中，环绕着徵音和商音。[9] 回族花儿多以高音区的长音进行为主要手法，商、徵二音的四度进行更为频繁，节奏宽广，大跳音多。[10] 土族花儿强调了宫音的作用，形成以徵音为中心音的宫音、商音的框架结构。[11] 第三，是自己的特色与外

① 是诵经调（多为阿拉伯音乐风格）的风格影响了《依秀儿……玛秀儿》的旋律，还是诵经调吸收了当地的民间曲调，笔者没有较为可靠的资料，故在此文中暂不作阐述。

来特色交融后形成的、独有的新特色。撒拉族花儿《撒拉令》曲调起音和藏族的“拉伊”很接近，藏族民歌中的波音、颇音等被吸收到撒拉族花中，旋律进行以羽音为中心音，角音和商音围绕羽音构成五声羽调式，多出现上、下行的级进进行等。

人种的融合与交往，必然导致文化的渗透与影响。从全国范围讲，同样信奉伊斯兰教的回族，由于“ 大分散，小集中”的居住特点，其文化受外来影响较之撒拉族明显，就拿为文化载体之一的“花儿”和宴席曲来说，流行的地区仅是甘肃、青海、宁夏等省区的部分区域，而散居在全国其他地区的回族并不唱“ 花儿”、宴席曲，流传于这些占绝大多数的回族中的是与此不尽相同的其他音乐，各自在不同的地域、范围内与不同民族的音乐传统发生着亲疏关系不同的交流，各自自然呈现着区域性文化特点。散布各地的回民祖先带来的不具本土性且草根性也较弱的多元音乐文化也逐渐失落或被当地原住民的音乐文化所同化。[12]表明同一时间断面上分布在不同空间范围的文化是有很大区别的。“每一个民族，不论其大小，都有它自己的、只属于它而为其他民族所没有的本质上的特点、特殊性。”[13]而且由于特殊地理位置和社会环境，对撒拉族而言，这种渗透和影响就显得微不足道，这在客观上使撒拉族传统文化有了生存土壤，加之文化演进过程的复杂性和“ 稳定性原则”，没有使撒拉族固有的物质和精神基因完全失传，也不排除撒拉族所居住区域诸民族音乐文化对它的影响和渗透。民族的多元特征必然导致文化的多元，而在后来的融合中吸收了其他民族的音乐文化，以往地方和民族的自给自足以及闭关自守的状态，被各民族的各方面的互相往来与各方面的相互依赖所代替了，这种迁徙带给文化方面的变化是中亚文化与当地文化之间的互补与渗透。也就是说，一个民族的文化特征是可变的、流动是随自然与社会环境以及条件的变化而变的。由于特殊的历史背景和丰富的文化内涵，撒拉族民间音乐在显示其多元特征的同时，也显示出较强的个性特征，它的现存表现可使我们从不同的侧面观察到这一民族传统文化积淀和社会历史演进的某些轨迹，为进一步探索撒拉族所在的共性文化圈中诸多民族音乐的文化生态环境、文化构成因素和文化本质，提供新的思路。

参考文献：

[1]、[2]、[4] 穆赤云登嘉措．青海少数民族．西宁：青海人民出版社，1994：439、444

[3] 崔永红，张得祖，杜长顺．青海通史．西宁：青海人民出版社，1999：273

[5] 罗艺峰．中国西部音乐论—生成与前景．西宁：青海人民出版社，1991：306

[6] 青海省群众艺术馆编．青海花儿曲选．西宁：青海人民出版社，1979：55

[7] 青海省群众艺术馆编．青海花儿曲选．西宁：青海人民出版社，1979：67

[8] 马盛德．西北地区回族、撒拉族、维吾尔族民间婚俗舞蹈比较研究．西北

民族研究

[9]、[10]、[11] 参见王沛河州花儿研究．兰州：兰州大学出版社，1992：208、211、222

[12] 杨沐．也谈回族民间音乐．中央音乐学院学报．1997（1）：55

[13] 斯大林．马克思主义与民族、殖民地问题．北京：人民出版社，1953：381

（本文原载《南京艺术学院学报》2005 年第 2 期）

评　　论

壮伟历程的记述，精悍民族的颂歌

——读芈一之教授新著《撒拉族史》的心得笔记

贾晞儒

江泽民同志在纪念中国共产党成立75周年座谈会上的讲话中，曾经着重谈过学史的问题。他说："一个民族如果忘记了自己的历史，就不可能深刻地了解现在和正确地走向未来……以史为鉴，可以知兴替，今天的中国是历史中国的发展……"的确，历史学是一门古老的基础科学，也是一门充满活力，永远没有完结的既古老又常新的科学。它是人类历史的记录，是人类成长与进步的记录，也是人类知识和智慧的记录。但是，对于我国的只有语言而无文字的少数民族兄弟来说，他们的历史，除了历代汉文文献有一定的记载以外，只能主要依靠本民族人民群众的口碑"载道"，即以民间文学的形式流传于本民族的广大人民群众之中，教育自己的子孙后代牢记民族的历史，继承民族的意志，创造更加辉煌的业绩。但都是自然形态的东西，零碎无从，缺乏系统性和完整性，而且必有秕糠掺杂其中，不是严格意义上的历史科学。撒拉族历史也不例外，一直到新中国成立后，尽管有人研究其历史和族源问题，但仍然没有出版过一部比较完整、系统的本民族的专史。芈老一之教授早在20世纪50年代末，就立志要为青海民族历史的研究奋斗而历经坎坷，矢志不渝，终于在党的十一届三中全会以后，他用心血浇育的成果一个个都奉献给了青海各族人民和广大读者，特别是2004年4月由四川民族出版社出版的这部《撒拉族史》(32.6万字)更是他几十年潜心研究的心血和结晶，也是他对撒拉族人民的热爱之心的真诚昭示。读他的这部著作，不但茅塞顿开，对撒拉族发展历史有了更确切、真实、深刻、全面的了解和认识，而且也无不体会到芈老对于民族事业的赤诚之情和耿耿忠心。他的这种精神如细雨润田，一定会在民族史的园地里培育出一批后起之秀，使民族史的研究领域人才辈出，事业有济。因此，笔者在拜读了这部著作之后，心情激动，不禁命笔写下这段文字。

一、翔实的记述，揭示了民族成长的艰辛历程

历史学的基本功能在于追述过去，总结历史经验，起到“以古鉴今”的作用，也就是唐太宗李世民说的“以史为鉴，可以知兴替”的道理。任何一个民族或国家都是从过去走来的，过去的经验教训及其祖先留下的创造发明、聪明才智，都是对于未来有着十分重要的启迪、警戒和指引作用的；后来的人每走一步，无不有前人智慧成果的铺垫和开导。清人龚自珍说：“出乎史，入乎道”，“欲知大道，必先为史”。这两句话明确地告诉我们“为史”与“为道”的辩证关系。民族要发展进步，国家要繁荣富强，就必须首先了解自己的过去，从纷繁复杂的历史现象中，探索本民族、本国家从古到今的社会发展的途径；要真正掌握社会发展的“大道”，就必须认真研究蕴涵社会发展“大道”的历史。基于这种认识，不少有志之士，为研究撒拉族历史呕心沥血，孜孜不倦地探索，特别是新中国成立以后，在党的民族政策的感召之下，不少专家、学者为研究各民族的社会、历史、文化，在翻阅大量的历史文献资料，进行精心的去伪存真工作的同时，又跋山涉水，深入草原、农村，展开了大量的田野调查工作，取得了十分丰富的第一手资料，为后来的研究打下了比较扎实的基础。但是，由于频繁的政治运动，特别是十年“文化大革命”，使研究工作时断时续，无法顺利进行下去。在那样十分艰难的环境里，一些热爱民族事业的爱国学者却毅然冒着政治风险，承受着各种压力，默默无闻地克服各种困难和阻力，进行着常人难以想象的艰苦的搜集、保护资料的工作，甚至还作了一些力所能及的初步的研究，取得了一定的成绩，但寥寥无几，质量不高。正如芈先生在本书前言中说的：“撒拉族历史的研究与其他学科一样，遭到了空前的浩劫……民族史研究成果确实来之不易啊！试看，在20世纪50—70年代的30年间，撒拉族史或者其他民族史，如土族史有论文著述吗？即使有人写出来了，有发表的园地吗？”他感慨地呼吁：“抚今思昔，同志们应该特别珍惜‘科学的春天’啊！”这是一位为科学事业饱经风霜的老人的肺腑之言。也只有经历过那种沧桑的人才能说出令人感动的语言。芈教授身体力行，用自己的辛勤耕耘为年轻的学者作出了珍惜“科学春天”的榜样，而且他总是以翔实的资料作为研究工作的首要。本书的明显特点就是资料的充分和翔实。早在20世纪60年代初，他曾以青海民族学院“民族史编写组”成员的身份除多次去循化撒拉族自治县进行社会调查以外，还到有关档案馆、图书馆查阅和搜集有关档案文献资料，并先后到中央档案馆、南京档案馆、甘肃图书馆等部门查阅到大量的鲜为人知的史料，在此基础上编辑出版了《明清实录撒拉族史料摘抄》等。事业方兴，却时乖命蹇，直到20多年后的党的十一届三中全会，作者才有了“忽复乘舟梦日边”之大幸！他激情满怀，夜以继日耕耘不辍，并领导他所在研究室的青年学者开始了艰苦而繁琐的史料整理、编辑工作，先后铅印了27万字的

《撒拉族档案史料》、14 万字的《撒拉族史料辑录》，1985 年又将《撒拉族社会经济调查》列入专刊出版。有了这样一个厚实的资料积累和好的基础，才有了今天这部新著的问世。据笔者的粗略统计，本书所引用的数据就有 103 处，所引用的史籍和有关文献资料已达 900 多次/册。这个数字意味着什么呢？我们可以想象如果把这些资料堆积到一起，那就是一座“书山”，要把这个“书山”的内容都一一仔细地阅读一遍，需要多少精力和时间，需要有多大的毅力和“坐冷板凳”的吃苦精神？只有热爱学术研究事业的人，才能有这种专心致志的精神，才能够克服“冷板凳”给他们所带来的那种苦涩，也只有这种精神，才能以翔实可信的论据造就了 32 万字的科学著作。这部新著，以丰富、真实的资料比较全面、系统地记述了撒拉族 700 多年的历史，阐明了撒拉族历史发展的源和流及其规律，科学地论述了清乾隆四十六年（1781 年）反清起义等几次重大历史事件的起因、经过、性质和历史作用，揭示了近代以来撒拉族社会演变的基本特点和基本规律，描绘了撒拉族人民在中国共产党的领导下，翻身解放，迈进民族平等、团结进步的新时代社会生活的面貌。读这部新著，使我们更加清晰地认识到撒拉族是一个正义浩然、勇于创新、不屈不挠的精悍顽强的民族，从而使我们对这个民族的热爱更加深沉。由此，我们也感到了这部新著的现实意义和社会效益的价值所在。它客观、真实地反映了撒拉族历史的发展过程，反映了一种历史的客观存在。既然是一种客观存在，它就是真实的，而真实本身就具有一定的说服力。当然，作为一部历史著作，不仅如此，它同时也反映和揭示带有规律性的东西，而这种“规律性的东西”有一种天然的穿透力，会引导人们透过历史表面上的时代更迭、人事代谢，去领悟历史深层的东西，即在撒拉族历史智慧的宝库里感受历史的魅力。

二、字字真情，展现了民族内在的气质

芈教授早在 20 世纪 50 年代，放弃内地优厚的待遇，积极响应党的号召，怀着“支边”的满腔热情来到了青海，爱上了少数民族教育事业，并痴心于青海地方民族史的教学和研究工作。半个多世纪以来，他经受过风风雨雨、坎坎坷坷，却始终矢志不渝，足以表现出芈老对于少数民族感情之深厚。正因为如此，才能够在他的一系列论文和著作中无不洋溢着对于少数民族的深厚感情，特别是在这部 32 万字的新著里表现得尤其明显。就笔者的体会，主要表现在以下几个方面：

1. 资料遴选的精密

我们知道历史学是以人类活动为其研究对象的，它思接千载，视通万里，其内容丰富多彩，良莠并陈，需要大量的历史资料作为论据。但是，资料纷繁复杂、真伪难辨。如果没有对于研究对象高度负责的精神和深厚的感情，缺乏对历史的理性思考和缜密的分析、考证，没有分辨真伪、辨别良莠的能力，首先就无法判断资料

中的真伪和良莠，不但研究者本人可能陷入误区，作出错误的评价和结论，使历史失去了真实性和“能教人遇事温故而知新，慎思明辨，判断是非，或法或戒，决定行止”[①]。的作用，而且对于一个民族或国家来说，必然是最大的灾难！因为它会使后来的人无法正确地从历史中吸取人对自然的认识和利用的智慧而舛错不已。也正因为如此，史学界最忌讳空话连篇、轻重颠倒，谬误与真理混杂。芈教授以其博学和真知灼见，以及对撒拉族人民的深厚感情与高度负责的精神，在纷繁复杂、零乱无序的资料中，明辨菽麦、细针密缕、探赜索隐，作出科学的结论。例如在撒拉族族源问题上，众说纷纭，莫衷一是。而芈教授认为“说清楚民族的来源和发展，是研究和编写民族历史的首要课题”[②]。因此，他对撒拉族族源的研究首先对于各种说法和观点都一一作了客观、公正的评说和介绍，让读者有一个基本的了解，然后他将大量的有关史籍、文献档案资料同民间口碑资料进行对比研究，从中得出客观可信的结论。更应该提及的是，他在这个问题的研究上也注意到了民间口耳相传的传说、故事与历史事实的相互佐证的研究方法的利用，这对于一个只有语言而无文字的撒拉族来说，是十分重要的。正如吕思勉先生说的：“民族缪悠之传说，虽若为情理所必无。然其中有事实存焉。披沙拣金，往往见宝，正不容以言不雅驯，一笔抹杀也。”[③] 这话是十分正确的。然而据笔者的陋见，在史学界的研究中，特别是对于只有语言而无文字的民族历史的研究，往往忽视了民族口碑资料的利用，甚至不以为然，只在十分有限的字纸堆里争来辩去，甚至望文生义，主观武断，作出令人哭笑不得的所谓“结论”，使学术研究走进了一个死胡同。这是学术界十分忌讳的事情。芈先生以翔实可信的资料为先，从对其民族名称由来、民间传说到对其语言、体型和重要民俗等的考察，以客观、公正的记述，为我们明明白白地展现出这个民族的过去和现在，用朴实、平和的语言说：“撒拉族的先民虽然是从中亚迁来的，但作为一个民族却完全是在中国土地上繁衍发展而成为人们共同体的，撒拉族是在中国土地上哺育起来的民族。”[④] 没有盛气凌人的武断，也没有泛泛的空洞说教，却令人信服。同时，由于他的朴实无华的语言，使我们从其字里行间既体会到他对撒拉族人民的热爱和真诚，而且也使我们体会到了撒拉族的可贵的民族性格和气质。

2. 实事求是，有疑必存，不作武断

历史是人类和自然界的发展过程，是曾经发生过的事情，因此是纷繁复杂、变化万千的。撰写史书，就要从这种复杂的历史事件中理出头绪，遵循史学的原则要求和撰写体例，作出严谨、认真客观的表述。这个过程是一个归纳、整理、提高的过程，也是由客观到主观的结合，使复杂无序的历史现象和历史事实疏浚成“道”的过程，在这个过程中由于社会条件、史料的局限、人们认识水平的影响和研究人员的某种因素的制约，不可能对所有的问题和疑问都能一一说得清清楚楚，是需要

① 田居俭：《论学史》，载《光明日报》，1999 年 2 月 8 日。
② 芈一之：《撒拉族史》，4 页，成都，四川民族出版社，2004。
③ 吕思勉：《中国民族史》，111 页，北京，东方出版中心，1987。
④ 同②，42 页。

几代人，甚至十几代人的努力，才有可能从混沌到明晰的。撒拉族的历史由于文字史料的局限，至今还有许多问题未能作出确切的结论，尚待深入研究。何况芈教授的这部新著尽管是在几十年的探索中用心血凝结的结晶，但毕竟是历史上完整、系统的第一部撒拉族专史，不可能对所有的问题都能解悟。《撒拉族史》正是体现了这种精神，作者在努力挖掘资料，尽善尽美地把撒拉族逝去的人和事再现出来，并着力发掘潜藏在历史表象背后的本质的同时，对于那些难以作出准确记述的问题，作者十分客观地、实事求是地告诉读者“待考”而不自作主张，因为历史毕竟是客观存在，不会以人的主观意志为转移的。一位治学严谨的历史学家对待历史的态度就是实事求是，不作任何主观猜断；任何一个高明的学者都会有智尽能索的时候，需要自己或后来的人去进一步研究和解决。在本书中谈到“撒拉十二工”的时候，芈老印证了多家的说法和观点之后，又记述了自己的考察，说：“从乾隆以后历清代、民国以至当代，‘工’相当于乡的行政区划，每工之下领属若干村庄。工和村，是居住的自然单位，也是封建社会时期县以下的基层行政单位。”① 但对“十二工”中的“乃曼”之称谓，只作了初步分析，而未盖棺论定。其实这是一个伏笔，给自己或者他人进一步研究作了铺垫。如此等等，都说明了芈教授治学严谨而不锢蔽言路的谦虚谨慎的学风和品德，是令人敬佩的。

3. 脉络分明，凸显出了民族的气质

撰写历史为了什么？读了芈先生的这部民族专史之后，我们就会明白先生所一生追求的是要用他力所能及的智慧和力量，尽力揭示成为中华民族成员的青海少数民族的内在气质和优秀传统及其对于中华民族的发展所作出的历史贡献，以教育民族后代，丰富和发展本民族暨中华民族的整体优秀传统和民族精神。历史是现实的一面镜子，它能给现实以参照和借鉴。像马克思主义创始人所指出的那样：“历史就是我们的一切，我们比任何一个哲学学派，甚至比黑格尔，都更重视历史。”② 因为历史对于培养人的理想、信念、道德和情操有着不容忽视的作用。正如唐代历史学家刘知己说的：“史之为用，乃生人之急务，为国家之要道。”③《撒拉族史》通篇都体现出这种旨意，从文字的表述中我们无不体会出撒拉族人民的自强不息的精神。在谈到撒拉族之所以能够发展成为一个独立的民族共同体的时候，作者采取了层层推进、步步深入的演绎推理的方法，言简意赅地揭示了民族心理情感的内在品格和经济文化的特点。这个本质特点应该是一个弱小民族之所以能够在汉、藏、回等多民族杂居的社会环境和文化环境中既吸收其他兄弟民族的优秀文化成分，又能保持自己民族文化的特色而发展成为一个现代民族的重要原因。本书在论述撒拉族经济文化和民族心理的时候说：“……如果不具有单独的语言（这是重要的）以及独具一格的宗教和生活习俗，以人数不多的一个居民群体，居住在周围是藏族、汉

① 芈一之：《撒拉族史》，55页，成都，四川民族出版社，2004。

② 《马克思恩格斯全集》，第1卷，650页。

③ 《史通·史官建置》。

族、回族而又地区不大的环境里，能发展形成一个民族，将是难以想象的。”① 撒拉族虽然与回族信仰同一个宗教，但在民族意识、民族习俗以及经济文化生活等方面，仍然有着明显的差异。如衣着、居住、文学艺术等外显形式所蕴涵的神韵、气质，就体现出了这个民族特有的精神品格和审美心理特点。这一切正是这个民族之所以能够在历经战争忧患、教派争端以及严酷的社会、自然环境中能够始终保持自己固有的民族品格和民族文化，由弱小而发展成为今天的社会主义民族大家庭中的一个成员的根本原因之所在。作者站在历史的高度，以史学家的眼光总结其历史经验和历史智慧，告诉我们如何弘扬撒拉族优秀文化传统和民族精神，增强民族凝聚力，不仅要守护民族文化的精神家园，更应当以新世纪建设者的姿态为21世纪民族小康社会的建设和中华民族的发展做出应有的贡献。一个民族，如果没有自己的精神支柱，就等于没有灵魂，就会失去凝聚力和生命力。《撒拉族史》明显地贯穿着为后人提供历史借鉴和历史启迪的精神和旨意，这也是本书撰写的根本目的。

三、缜密分析，澄清了民族历史的迷离

由于历史的局限、研究人员的立场、观点及其研究的动机和所掌握的文献资料的多寡、真伪、优劣等因素的影响，在撒拉族历史研究中对于一些重大的历史事件和历史人物，众说纷纭，莫衷一是，甚至是截然对立的观点，争执不已。对一些问题，特别是一些重大的问题，要最终取得正确的结论，首先要依靠论据的充分和准确，也就是说必须在掌握大量的、充分的、翔实可信的资料的基础上，坚持正确的历史观点和正确的研究理论、方法，旁征博引，追根究底，不可随意武断。如司马迁在《报任安书》中说的：“仆窃不逊，近自托于无能之辞，网络天下放失旧闻，考之行事，稽其成败兴坏之理，成百三十篇，亦欲究天人之际，通古今之变，成一家之言。”要在“究”和“通”上下工夫。“原始察终，见盛观衰”，达到志古所以自镜的目的。不能带着学术的偏见或者历史的偏见，以狭隘的功利主义眼光看待历史。正如清人崔东壁说的：“人之情好以己度人，以今度古，以不肖度圣贤。至于贫富贵贱南北水陆，通都僻壤，亦莫不相度。往往径庭悬隔而其人终不自知也。……故以己度人，虽耳目之前而必失之，况欲以度古人，更欲以度古之圣贤，岂有当乎？是以唐虞三代之事，见于经者皆纯粹无可议；至于战国、秦汉以后所述，则多杂以权术诈谋之习，与圣人不相类。无他，彼固以当日之风气度之也！”② 见于经者都是否那样纯粹，我们不必赘言，但不可以今日之己度昔日之人的观点，却是完全正确的。我们今天研究历史，就是要站在历史的高度和全民族根本利益的基础上，立足于现实，对历史经验进行认真的总结和对历史发展进程作出集中的概括，

---

① 芈一之：《撒拉族史》，64页，成都，四川民族出版社，2004。

② （清）崔东壁：《考信录提要》。

使史学价值与社会价值高度统一起来，成为贮存民族智慧的宝库而作用于社会实践，推动社会的进步。《撒拉族史》充分体现了这种精神。例如：对于乾隆四十六年反清起义中的苏四十三的功过的评价上，就有不同的观点，特别是在20世纪70—80年代，青海史学界和民族学界讨论的十分热烈，各种不同的观点和理论见诸报刊，一时间迷离恍惚，令人眼花缭乱。在那次长达10余年的大讨论中，芈老也积极参加了，并且明确地阐述了自己的观点。在这部新著里，他集以往的研究成果之精华，又有新的资料的引证和更深入的论述。在方法上，他并没有直接摆出自己的观点，而是先提纲挈领地将别人的观点作了简略地介绍，然后对自己的观点从事件的起因及背景、起义的战斗过程以及对起义的评价等几个方面，逐一作了由表及里、由浅入深地论述，颇有说服力地阐明了自己的观点，对这一事件进行了历史经验的概括总结，以澄清迷离，教诲后人。在他的结论性的一段话里引用了恩格斯的一句话："如果说这许多次阶级斗争在当时是在宗教的标志下进行的，如果说各阶级的利益、需要和要求都还隐蔽在宗教外衣之下，那末，这并没有改变事情的实质，而且也容易用时代条件加以解释。"① 接着，他进一步阐述了自己的观点："因此，讨论这一事件必须坚持具体问题具体分析的方法，不能笼而统之地因'教派斗争'及其后来往往为统治阶级所利用的缘故，而拒绝去揭示这种教争的阶级实质和社会根源，否认其正义与非正义性。反过来说，肯定这种斗争和承认某一教派在当时所起的积极作用，并不是说任何教派斗争都具有阶级斗争的性质，更不是说在所有教派斗争中新教一概是进步的。正是基于上述认识，笔者认为苏四十三领导的撒拉族穷苦农民的起义，是在伊斯兰教争面纱掩盖下，反抗本民族内部土司头人的阶级斗争，其后发展到反抗清王朝的民族压迫的起义。"② 把"起义"的时间范围又确定在三月十八日到七月初六的130余天之内，使"起义"的内涵更加具体而明确。可见作者在论述这个问题时的谨慎态度，表现出作者的唯物辩证的历史观在民族史研究中所处的主导地位。"道无不在"，只是"散于事为之间"，关键在于研究者能否从纷繁复杂的历史现象和历史事实中梳理出头绪，抓住问题的本质，进行有理有据地记述和阐发。读了这部《撒拉族史》，我们可以肯定地说，作者完全做到了。因此，这部史书起到了使读者能够从中悟出得失成败与治乱兴衰之故的作用。历史的魅力，在于它的深层，只有揭示了这个深层的面纱，一切迷离就将消失，一定会使后来者更加聪明、理性和豁达。

四、留下遗憾，尚盼先生续笔

读完这部新著，我们同芈老一样，也有一种遗憾之感，那就是这部新著比其

① 芈一之：《撒拉族史》215页，成都，四川民族出版社，2004。
② 同①。

《撒拉族简史》、《撒拉族社会政治史》、《撒拉族社会经济调查》等著作来，不论在内容范围、撰写体例、篇章结构等方面，都大大地丰富了，提高了，但对于撒拉族文化（包括文学艺术）部分，未能列出专章撰写，使人感到美中不足。民族文化与民族历史是难以分割的，它们俩是孪生兄弟，谁也离不开谁。作为对民族历史研究的史学，对于较高层次的文化发展的影响力是不可低估的。而文化的积累是个历史过程，一个民族的社会文明就是民族文化长期积累的结果，民族的智慧、民族精神的特质也是在这种文化土壤中形成并发展起来的。本书在每一章节论述中虽然涵盖着一定的文化内容，但如果能把它专列一章集中去写，或者对每一个历史阶段的文化状况分别写入各有关章节里，就会使一部史书更为严谨、完整，使读者从与历史事件的结合中体会到撒拉族的民族精神的内在魅力，使人们对这样一个人口数量较少而又具有独特风貌的自强不息、刚毅精悍的民族更加热爱和尊重。事实上，这个民族的文化、艺术成就是比较丰富的，近几年来不少专家、学者在这方面作了大量的工作，取得了显著的成绩。了解这个民族，认识这个民族，可以有很多途径，但聆听撒拉族的民间故事、传说、歌谣，欣赏他们的手工艺品，品尝他们的茶水、饭食；学习他们的交际礼仪；体会他们的习俗风采，等等，就会自然而然地感受到这个民族的智慧之睿远、胸怀之广阔和伟大之所在。也就明白了这个民族经历了700多年的艰难困苦而终于获得新生的历史必然的真谛。基于这个认识，不禁产生了对于芈老的衷心祝福：人寿笔勤！由衷地盼望着芈老的续笔，以弥补本书美中之不足，填补读者心中的空白。

笔者不敏于史学，只是因为工作的关系，曾经涉猎过包括撒拉族历史、文化在内的青海各民族的历史、文化等方面的论著和资料，知之甚少，不敢妄加评说，只将自己的一点学习心得写出来，作为砖之毛坯，奉献给芈老和有关专家、学者，以及热爱民族历史的广大读者，藉以聆听指教，引出美玉，这也是笔者写作此文的一个初衷。

（本文原载《青海民族研究》2005年第1期）

撒拉族研究在国外

马建忠 马 伟

一、国外撒拉族研究的历史

海外的撒拉族研究由来已久。韩建业先生曾经在他的文章中提到：1892 年俄国地理考察家波达宁（Potanin）到过循化草滩坝，调查过撒拉族的语言和历史，1893—1894 年先后有波加克乌（Pojarkov）、拉迪金（Ladygin）和美国人洛克西里（Rochhili）等人，也写到过撒拉族的某些资料。1910 年苏联突厥语学家 C. E. 马洛夫到循化撒拉族居住地调查，并在他的文章中提到了有关撒拉族的考察资料。但是他们都没有得出什么科学结论。[1] 日本历史学家佐口透认为，这些调查者几乎都不是中国史、中亚史专家，所以没有利用汉文，特别是清朝史料，并且缺乏历史学的观点和视野。但无论怎样，调查见闻记载也有文献史的价值，是研究撒拉族民族史的珍贵资料。[2]

在随后的几十年中撒拉族研究逐渐引起了国际社会的注意，研究成果也开始趋向系统、规范，有了更细的分类。1946 年日本语言学家柴田武在《东洋语研究》上发表了《关于青海的撒拉族》一文，对青海撒拉族进行了描写；1953 年尼古拉斯·鲍培发表了有关撒拉语基本特征和语源归类的英文文章；1957 年日本历史学家佐口透在《金泽大学法文学部论丛》上发表了《撒拉民族史问题》；1956 年苏联科学院语言研究所突厥语专家埃·捷尼舍夫博士来我国调查突厥语言和帮助培训突厥语科研干部，1966 年其在《语言学问题》上发表《撒拉语初探——论汉语对撒拉语的影响》一文，1969 年通过博士学位论文《撒拉语的结构》的答辩，并发表在《东方学问题》上；罗马尼亚语言学家乌·德利姆巴也从事撒拉语的研究，于 1968 年、1976 年先后发表了两篇有关撒拉语的文章，论述了撒拉语的分类问题；1958 年匈牙利突厥语学家菇拉·卡库克来我国考察撒拉语，收集了许多资料，发表了一些关于撒拉语的文章。

二、国外撒拉族研究的现状

从20世纪80年代开始，美国的杜安霓博士（Arienne M. Dwyer）和莱茵哈德·韩伦（Reinhard F. Hahn）在撒拉族研究方面做了不少工作，他们的研究范围主要集中在撒拉族民俗和语言两个方面。

语言学家、阿尔泰语专家韩伦认为撒拉人是讲突厥语的奥古斯部落的一个分支，13世纪离开中亚撒马尔罕地区向东迁徙，最终定居在中国西部，他们的语言是以奥古斯突厥语为基础，受到中亚地区中世纪察合台语形式的突厥语的影响，并且吸收了居住地语言的成分，最终定型为今天的撒拉语。[3]韩伦于1988年在《Acta Orientalia Academiae Scientiarum Hungaricae》上发表《论撒拉语的由来和发展》，1998年在L. Johanson和E. Csato主编的《突厥语》上撰写了《维吾尔语与撒拉语》章节。

杜安霓是堪萨斯大学的语言学教授，主要研究领域是语言学和人类学，她的研究涉及阿尔泰语族中的乌兹别克语、维吾尔语、土库曼语、吉尔吉斯语、哈萨克语，以及汉语、日语、德语和法语。从1991年至今她在西北的新疆、青海和甘肃实地考察撒拉语、维吾尔语、哈萨克语和当地汉语方言。这些田野作业的结果为她日后写作大量的论文和专著提供了丰富的材料。根据杜安霓的观点，撒拉族是13世纪从中亚的Tansoxiana迁徙到今天的青海黄河沿岸循化的奥古斯部落的一个分支。撒拉族在长期的历史过程中首先与藏族，接着和回族通婚并且吸收了他们的文化和语言中的一些因素。[4]

此外，最近10年来国内的民俗研究工作者在《Asian Folklore Studies》（《亚洲民俗志》）上也发表过有关撒拉族族源、婚礼、葬礼等方面的文章。在《Central Asiatic Journal》[《中亚研究》（意）] 上发表过由韩得彦写的《撒拉族的尕最制度》。

1993年，马万翔、马全林和马志成在宾夕法尼亚大学出版《Salar Language Materials》（《撒拉族语言材料》）一书，该书用《英语900句》的形式写成，一句撒拉语对一句英文译文，书后附有撒拉—英语词汇表，全书共76页，主要反映了循化孟达地区撒拉语的特点，由于汉语拼音拼写方式的局限，误拼、误译的现象时有发生，① 但总体上来说是一部研究撒拉族民俗和孟达撒拉语的较好素材。2001年马伟和马建忠完成拙作《The Folklore of China's Islamic Salar Nationality》（《中国撒拉族民俗》），并在加拿大出版。本书从收集素材，整理录音材料，用韩建业先生创建的拼写系统和稍加改进的国际音标注音，翻译成英语，到最后由凯文先生编辑，总共历时4年多。杜安霓在评价这部

① 存在的问题：1. 在词汇表中未能将词与词严格分开，如“yolda..... on the way”中yol为单独一个词，而da是一个后缀（36页）。2. 拼写存在一些问题，如“yougen..... twenty; rain”，“二十”和“雨”的发音在撒拉语中不是同音词（36页）。3. 把撒拉语代词的与格错误解释为主格和宾格的我，如：“mangga..... I, me ”（32页）。4. 未将一些特殊的音区分开来，如撰写说明中这样说：g..... similar to “g ” in goat，g..... similar to “g ” but thicker and deeper，虽有些说明，但在整部书中，一般读者根本无法分别辅音g、y、和G等（第2页，3页和33页）。

著作时提到：它是截至目前（2001年）唯一一部有撒拉语语音记录的文集；国际音标和韩建业式拼写法方便了国内和国外的研究者参考引用。此外，该书的题材是典型的撒拉族口碑传承，其中包括了家庭观念、浪漫故事、兄弟之情、神话、幽默、谚语、童谣、劳动号子、催眠曲、yür 等。[5]

综观国外出版的研究撒拉族的文章著作，杜安霓的作品格外引起我们的注意，现将她的研究成果简介如下：

2000年，她在 Lars Johanson 和 Bo Utas 编辑的《Evidentiality in Turkic，Iranic，and Neighbouring Languages》一书中撰写了《撒拉语中的直接体验和间接体验》一文。1992年在《汉语语言学报上》发表《临夏方言的阿尔泰语成分：黄河高原的语言交叉及其变化》。同年她还在《Multiethnic Studies》上发表了《中国的撒拉族：从中亚到黄河高原》。1995年在《Yuen Ren Society Treasury of Chinese Dialect Data》上发表《循化汉语句法结构》。

2005年，杜安霓在即将出版的由 Filiz Kiral 等人编辑的《突厥语世界中的文化变迁》一书中撰写"兼容并蓄的撒拉 yür"（Syncretism in Salar Love Songs）。[6]①文章首先简要地介绍了 yür 在宗教伦理和大众传媒的夹缝中是如何艰难流传下来的情况。虽然民俗工作者们在努力挖掘、挽救撒拉族的传统音乐（口弦在循化县旅游产品市场上重新出现就是一个例证），但撒拉族传统音乐处在将要失传的窘境是一个不争的事实。撒拉族传统音乐形式主要有劳动号子、催眠曲和 yür（从采访到的撒拉人口中得知）。普通撒拉人一般不把前两种当做"歌曲"，yür 则是例外，不过很明显，yür 正濒临失传的边缘。通过走访民俗学家、歌手和老艺人，杜安霓将 yür 分为四种：

（1）撒拉杂曲。这是20世纪80年代中期由民俗学家韩占祥带队收集的用汉语记录的歌词。由于没有录音设备，再加上现代撒拉人没有书写文字，韩先生和他的调查小组在头脑中记下自己听到的 yür，然后翻译成汉语写下来。这样一来，读者实际上看不到撒拉语的歌词。这类 yür 我们可以暂且称为撒拉杂曲。

（2）带有表演性质的 yür。20世纪80年代初期，循化县成立歌舞团，一些以马骏为代表的受过专业训练的年轻演唱家开始登台演出。歌唱的作品一般有浓郁的撒拉特色并且经过了一些润色。马骏的演唱有明显的专业演员的特点，充满激情，高亢嘹亮，讲究技巧，但鲜用装饰。由于唱法规范，有时翻译成汉语，加上内容健康向上，具有表演性质的 yür 和撒拉杂曲往往被撒拉族群众所喜闻乐道。

（3）老式风格的 yür。此类 yür 极度地少见却尤为珍贵。它的曲调和歌词颇具撒拉民族特色。它的曲调一般遵循 A—B A—B 的模式，从点上看，跟土库曼的 ayd¨vm 歌曲相似。不过两者的装饰音却大相径庭。老式 yür 开头平缓、少有修饰的音节会被提高、拉长，它的高亢的长音很容易跟亚洲内陆的多山的地貌相融合。老式 yür 绝对不会直截了当地表达情感，而是频繁地使用高飞的麻雀之类的自然界的事物作

① 我们感谢杜安霓博士提供这篇还未发表的文章作为评论素材。

为比喻。在每一端结尾处，几乎耳语般的短促的 demish（据说是这样的）会被用来拉开歌手和他演唱的内容的距离——这样他就不必为歌中的带有暗示的内容完全负责。yür 第二段开头的问答形式的 nannibi jolinda dur ar i dese（如果我问“这该怎么办?”）可以在 uruh soz（婚礼祝词）中找到。uruh soz 是另外一种濒临失传的口碑传承艺术形式。

（4）藏式风格的 yür。由于撒拉族和藏族曾在历史上相互通婚、融合，layi 对 yür 有一定的影响，所以确实有藏式风格的 yür 存在，但它是否属于严格意义上的 yür 还有待商酌。

杜安霓有极为宽阔的阿尔泰语系、西北汉语方言的研究背景，在这篇文章中她还将撒拉 yür 和土库曼斯坦的音乐、藏族的 layi、青海、甘肃的花儿及山歌作了比较分析，用实例来解释撒拉 yür 是一种兼收并蓄的艺术形式。

总之，我国是包括 55 个少数民族在内的多民族的文明古国、大国，民俗文化源远流长。对外宣传少数民族的民俗和语言有助于增加相互之间的理解，推动民族经济发展，提高民族自信心，培养作为中华民族一员的自豪感。国外民俗学家和语言学家的调查和研究成果无疑会给我们提供借鉴和开阔眼界的机会。当然，由于文化背景的不同，对他们的历史观和民族观，我们应该批判地进行分析研究。这也可能是民俗研究工作者们的共识吧。

参考文献:

[1] 韩建业．撒拉族研究纵横谈．马成俊，马伟．百年撒拉族研究文集，西宁：青海人民出版社，2004. 1014 ~ 1017

[2] [日] 佐口透．关于撒拉族历史的口碑传承．秦永章译．马成俊，马伟．百年撒拉族研究文集．西宁：青海人民出版社，2004. 239 ~ 242

[3] Reinhard F. Hahn. http：/ /www. sassisch. net/ index. html/ B ibliography of Reinhard F - Hahn. htm 2004 - 12 - 27

[4] Arienne Dwyer. “Direct and Indirect experi2ence in Salar” In Lars Johanson and Bo Utas，eds. Types of evidentiality in Turkic，Iranic，and neigh2bouring languages [M]. Berlin：Mouton de Gruyter，2000

[5] MaWei，Ma J ianzhong，The Folksore of Chi2na ’ s Islamic Salar Nationality [M]. Ed. Kevin Stuart. Queenston，Ontario：The EdwinMellen Press，2001

[6] Arienne Dwyer. Syncretism in Salar lovesongs. Filiz Kiral，Barbara Pusch，Claus Schnonig &Arus Yumul，eds. Cultural Changes in the TurkicWorld [M]. Istanbul：Orient - Institut der Deutschen MorgenlandischenGesellschaft，forthcoming 2004

（本文原载《青海民族学院学报·社会科学版》2005 年第 2 期）

泱泱大著　宏论荟萃

——《百年撒拉族研究文集》评述

李永华

《百年撒拉族研究文集》（以下简称《文集》）这部总数达200余万字的论文集，很厚、很重、很有价值，也很有意义。

近二百篇作品铺展开撒拉族的全貌，展示了撒拉族的精魂和魅力，使得人们一下子看到了撒拉族艺术殿堂中一组非常精美的历史长卷。若从学术而言，多源、深广、独特是其特点；从研究角度讲，挖掘、拓展、启迪是其重点。这是一部真正融学术性、知识性、纪实性于一体，客观形象地反映了撒拉族人民过去和今天丰富多彩的生活，也反映了撒拉族人民向往未来世界的集大成者。可以说，这部论文集横跨诸多学科领域，汇集了撒拉族研究学者近一个世纪的心血和汗水。

《文集》的研究方法是科学的，领域是开拓性的，其历史文化与现实风情是并重的，绝少主观臆断。本《文集》遵循学术的规范性，更侧重理论研究中的实践性，这是众多撒拉族学术研究人员的可贵之处。纵观全集，其研究庞而不杂，其思维灵动、鲜活而多元。读罢此《文集》深感本书的二位主编——马成俊和马伟先生，有着犀利的目光、超前的思维、独特的见解和果断的作风，他们始终站在撒拉族文化发展走向的主道上，从历史、文化、宗教、哲学、美学、考古学、诗歌、民俗文化等宏大的范围，纵横捭阖，前后呼应，从容走来，使这部浩大的工程最终达到客观翔实、内涵丰富、论证有力。

可见，本《文集》编者把握住了撒拉族历史的过去和改革开放的今天。毫不夸张地说，此书出版的最重要的意义在于使广大读者能够了解撒拉族人民，能够了解撒拉族人民的历史、文化、经济、风俗等等，也能够了解撒拉族人民的深层愿望。通过本《文集》人们可以感知，撒拉族人民渴望以一种更加广博的胸怀、高远的理想和生活的激情，立志成为中华民族大家庭中一个非常优秀的民族。这是本书编者的意愿，也是本书的中心所在，从这方面讲此论文集是成功的。通览全书，不难看出，编者在参阅大量历史资料和现实资料中选编的这部《文集》，坚持了一种学者应有的严谨的学术态度，即在认真分析研究的前提下，又运用理论大家的战略眼光和科学的规划，从而使论文集中的重中之重更重，画龙点睛之功效更显，以事实作科学依据的量更大。《文集》将打开人们的眼界，揭开撒拉民族神秘的面纱，吸引人们从历史、政治、经济、语言、宗教、文学、教育、民俗风情、文化艺术等的角度，以科学的态度，不断审视和研究这个优秀的民族。

（1）本文集收集了大量研究、探讨撒拉族形成历史的论文，使人们能够全面了解撒拉族的族源、形成过程等。如：顾颉刚的《撒拉回》、李得贤的《关于撒拉回》、任美锷的《循化的撒拉回回》、李廷弼的《撒拉回民》、芈一之的《撒拉族的来源和迁徙探实》、《撒拉族历史研究回顾》及《关于撒拉族的族源问题》、韩中义的《试论撒拉族族源》、张世海的《甘肃撒拉族的历史及现状》、李松茂的《撒拉族的来源及其历史》等等，从中我们可以聆听撒拉族独特的历史话剧：

第一幕：开场便是向着太阳、向着东方，离开故土寻找梦幻般的家乡。第二幕：举族东迁，举族长征，举族怀着一颗希望之心。第三幕：泉如故乡水，情似故乡人，撒拉尔有了自己的新故乡——循化。第四幕：与邻为友，与他族相亲，艰苦创业，勤俭治家，延伸出“撒拉工”。第五幕：新生的城镇——街子，新生的民族——撒拉族，走向希望的田野，奔向繁荣的明天。

本《文集》历史部分还特别收集了在撒拉族历史中曾有过的一段引人注目的事件——苏四十三反清斗争。这一事件其悲壮，其影响，其民族个性皆标明史册。撒拉族人民长期以来传颂着他的故事，形成了今天叹为观止的苏四十三历史故事、民间传说及其精神。本《文集》收集的大量的论文就论述了苏四十三反清斗争事件的起因、经过和性质等，如：马如兰、半农的《关于苏四十三事件》、林干的《清代乾隆年间的苏四十三起义和田五起义》、高占福的《从教派斗争到反清起义》、喇秉德、韩建业的《苏四十三起义的历史回顾》、王继光的《苏四十三》、关连吉的《苏四十三反清起义史略》、贾东海的《略论一七八一年苏四十三领导的撒拉族人民反清起义》、芈一之的《论苏四十三反清斗争事件》、周也夫的《苏四十三领导撒拉族反清起义的口号之探讨》、马志荣的《再论苏四十三事件的性质》、胡山的《苏四十三起义说辨》等。苏四十三成为撒拉族历史中重要的核心人物之一。

（2）历史上，撒拉族的社会政治制度是有独特性的。在其社会组织中不仅有“孔木散”、“阿格乃”、“工”等，而且还有土司制度和与土司制度结合在一起的“尕最”制度。在本《文集》中，这方面的论述文章不少，主要有王继光的《青海撒拉族土司制度述评》、马云的《试谈撒拉族土司制的衰落》、芈一之的《撒拉族社会组织“阿格乃”和“孔木散”的研究》、韩得彦的《试谈撒拉族的尕最制度》、片冈一忠（李丽、秦永章译）的《试探清代的撒拉族——兼谈撒拉族的“工”》、李文实的《撒拉八工外五工》、韩中义的《撒拉族社会组织——“工”之初探》、《撒拉族“孔木散”和“阿格勒”探讨》、《撒拉族“阿格乃”初探》等等。这些论文主要论述和说明了撒拉族在长期历史发展中所存在的以血缘为组织的阿格乃和以地域为组织的“孔木散”及撒拉族的“工”，是撒拉族的基层社会组织，直到现在仍在一定程度上影响着撒拉人的生活。历史上撒拉族的尕最制度是一种较为特殊的宗教制度，其职权不仅在于宗教事务，而且已渗透到政治领域，与土司制度结合在一起。撒拉族的土司一般都兼任“尕最”，成为封建王朝统治撒拉族的重要工具。两者常常结合，互为补充，共同处理各种事物，以求最大限度地来掌握权力，统治撒拉族人民。

通过对历史的回顾，人们能更加深刻地认识到，新中国成立后，撒拉族人民在党和政府的关怀下，开始了真正意义上的民族区域自治，开始了真正意义上的繁荣发展，也开始了真正意义上的面向现代化、面向世界、面向未来。这也是本《文集》历史部分给予人们的启迪。

（3）历史上撒拉族经济是比较单一的，主要表现在撒拉民族是一个以传统农业为主，经营林业、运输业、狩猎业，兼营园艺业的民族。由于环境的限制、观念的陈旧以及现实的局限性，束缚了这个有着优良传统，并以勤劳勇敢著称的民族。撒拉族真正意义上的经济发展得益于新中国成立以后，特别是党的十一届三中全会以来的几十年，这一变化在本《文集》中有着充分的论述。例如马维胜的《调整农业结构促进循化撒拉族经济发展》、《试论撒拉族商业文化》（合作）、《循化县乡镇企业发展的分析研究》、《循化撒拉族自治县乡镇企业现状分析》、《对循化县农业发展的思考》、《撒拉族商业略述》、《撒拉族乡镇企业中的家族化现象及其改造》，还有马玉芳的《论循化县乡镇企业发展滞后的原因及战略调整》、陈云峰的《关于循化县农村情况调查报告》、伊布拉亥买的《股份合作制是发展循化乡镇企业的有效途径》，以及马伟、马晓军的《循化撒拉族自治县个体私营经济发展状况》等，科学而全面地论述了撒拉民族的经济支柱——农业，以及撒拉族的商业、乡镇企业、畜牧业、个体私营经济等的发展状况和趋势，充分说明了撒拉民族的经济在社会主义的市场经济条件下面临着新的机遇与挑战。指出：只要脚踏实地，扬长避短，扎实肯干，撒拉民族就一定会有一个更新更大的发展。

（4）撒拉族的语言经过历史长河的淘洗，使得其语言句句如沙金，十分珍贵。但遗憾的是由于缺乏文字记载，使得撒拉族许多闪光的思想、优秀的传统以及丰富的民俗渐缺、渐失、渐消，其损失令人惋惜。《文集》汇集了人们在这一领域抢救、搜集、整理得来的宝贵研究成果，或点、或面、或纵、或横地展现在读者面前。在撒拉族语言研究方面，研究最深、成果最丰硕的是撒拉族老教授韩建业先生，本文集收集了他的许多研究文章，如《撒拉语概况》（合作）、《谈撒拉语的新词术语》、《撒拉语句子分类及成分》、《撒拉语名词的构成和格的划分》、《撒拉语词法概述》、《从文献资料看撒拉语的发展变化》、《撒拉语动词简述》、《撒拉语与汉语语法结构特点之比较》、《撒拉语词组和句子的结构方式》、《〈土尔克杂学〉词汇选释》等等，此外，本文集还收集了撒拉族学者马成俊教授的《试论撒拉语谐音词》、《土库曼斯坦访问纪实——兼谈撒拉族语言、族源及其他》和马伟的《撒拉语的主语宾语问题》、《撒拉族文化与委婉语》等，这些文章从语音、语法、词汇各个方面，不同角度地论述了这个属阿尔泰语系突厥语族的撒拉语。指出：撒拉语的固有词与同语族的维吾尔语、哈萨克语、土耳其语之间在语音和意义上有很大的一致性，但在语音、语法、词汇方面也有自己的特点。同时，由于撒拉族居住的地区与汉、回、藏等民族的地区相毗邻，撒拉族和这些民族之间在政治、经济、文化方面历来有密切联系，在与其他民族的交往中，撒拉语吸收了不少借词，这些借词多来自汉语、藏语、蒙古语、阿拉伯语、波斯语等等。还有一些新词术语。而随着社会的发展，随着撒拉族人民文化水平的进一步提高和党和国家民族语言文字政策的进一步落实，撒拉族的语言将会不断发展，日益丰富。

（5）人类在漫长的历史长河中为寻求一种解脱或超脱而选择了宗教这一途径，它是善良的人们在艰苦的现实生活中“升华”了的一种精神世界。撒拉民族是一个信仰宗教的民族，是一个信奉伊斯兰教的民族，在千百年的发展中，宗教信仰与民众的生活息息相关、丝丝相连，密切地交织在一起，很难分得开了。伊斯兰文化渗透于撒拉民族各个层面和精神世界，反过来撒拉民族的生活乃至奋斗滋润和丰富了伊斯兰文化，这是一种奇特的文化现象，是一种现实存在的文化现象，是值得人们深入挖掘和研究的文化现象。本文集中收集了芈一之的《试谈撒拉族的历史发展与伊斯兰教的关系》、冶青卫的《伊斯兰教与撒拉族风俗习惯》、高占福的《关于教派之争在清代西北回民起义中消极作用的探讨》、南文渊的《伊斯兰教对回族、撒拉族穆斯林经商行为的影响》等等研究论文，论述了撒拉族的历史、经济、文化、风俗习惯等与伊斯兰教是密不可分的。

（6）撒拉族的文学牵来撒马尔汗的遗风，撒拉族的文学使得骆驼化石、甘泉地涌。撒拉族的骄子用情之笔，灵之墨，淋漓尽致地将自己的民族展示给世人。本文集浓墨重彩地展示了这一点。撒拉族自古就有歌舞的习俗和赋诗的天才。新时代撒拉族文人笔下的精神世界充满激情和虔诚，撒拉族诗歌之情汇进乡间细水，融入黄河波涛，相伴千里长风。从撒拉族诗歌中完全可以看出新一代诗人对上辈及对父母的孝心，对爱情的执着追求，还有对封建礼教的抗争和对美好生活的展望。本文集中所评述到的诗人韩秋夫就是新中国成立后撒拉族第一代杰出诗人，正如马成俊先生在其《撒拉族文学概览》一文中所说：“他是50年代到新时代独领风骚的诗人”，此外，还有马学功、翼人、韩文德、马梅英等年轻的诗人使撒拉族文坛生光生辉，这也是本文集所呈现的重点之一。

撒拉族的民间文学是撒拉族人民集体创作、口头流传的一种语言艺术，它不仅具有文学的价值，而且还有历史、政治、经济、民俗、语言、社会的价值。撒拉族民间文学源远流长，有神话、传说、故事、歌谣、叙事诗等，它以其独有的魅力口耳相传于撒拉族群众之中，并且在很长一段时期内成为他们主要的也是唯一的文学形式。

从《文集》中可以看出新中国成立后，撒拉族人民培养出了自己的文学作家，涌现出一批优秀的文学作品，如韩秋夫的诗集《秋夫诗选》、马学义搜集整理的民间文学《骆驼泉》、短篇小说《哈三告状》、马文才的小说《独眼猎人和独眼雪豹》、闻采的诗《我是尕勒莽的后代》等等。在这些文学作品中，撒拉民族的人情味很浓，生活气息很浓，还有那份执着和虔诚更浓。在撒拉族的文学研究方面，成果最丰硕的应首推撒拉族年轻学者马成俊教授，本文集中收集有他的许多研究文章，如《对撒拉族民间文学的美学思考》、《撒拉尔歌谣初探》、《撒拉族文学刍议》、《撒拉族谚语》、《撒拉族文学概述》、《撒拉族文学概览》、《撒拉族作家文学二题》等等，此外，还收集有朱刚和李延恺的《撒拉族民间文学简介》、尤索夫的《一朵新绽开的奇葩——读撒拉族民间故事集（骆驼泉）》、许英国的《捕捉心灵的奥秘——评撒拉族作家马学义的短篇小说〈哈三告状〉》、郑继文的《关于马丁》、燎原的《精神和诗歌的孤独朝圣》和《魔镜折射的逆光——〈秋夫诗九首〉读后》、韩中义的《撒拉族谚语研究》、赵秋玲的《怀抱“颂辞与挽歌”的诗人》、毛巧晖的《撒拉族民间文学中的民俗事象透视》、张薇的《温柔的怀念——闻采散文的感情方式》、马学义的《撒拉族民间文学简介》、雪宫的《核桃树下的歌声——读韩新华散文》等作品。这些研究性文章都非常客观地评述了撒拉族文学的发展历程。可以明确地说：这一篇篇文章汇集起来便构成了撒拉族文学概览。读完这些文章，就可以基本上了解独具特色、丰富多彩的撒拉族文学；就可以看到并品尝那结出的一串串丰硕诱人的果实。这是撒拉族人民智慧的结晶，这是祖国文学园地里绽放的一簇奇葩。

（7）了解一个民族，必先了解这个民族的民俗风情，只有这样，才能从本质上认识和透析这个民族。本《文集》收集有杨兆钧的《撒拉之习俗》、韩建业的《撒拉族的婚俗》、《撒拉族民俗补遗》、《撒拉人的名姓》、朱刚的《撒拉族民俗拾萃》、马成俊的《青海撒拉族地名考》、《论撒拉族服饰文化》、《循化撒拉族村落名称考释》、马兴仁的《撒拉族的饮食文化及其特点》、张春秀的《撒拉族“羊背子”习俗透视》、高永久的《对撒拉族婚礼的民族社会学研究》等论文。这些论述文章通过对民族习俗的思考、探讨、挖掘、整理以及对习俗的析视、研究；向读者展示了撒拉族社会中的婚姻、丧葬、风俗习惯、饮食、礼尚往来、娱乐活动、庭院生活、花卉园艺、民族心理、亲情关系、服饰文化、审美观等等，使读者从民俗风情能真切感受到撒拉族人民丰富的情感世界和丰富多样的生活，以及他们对美好生活的渴望。

（8）民族的发展，教育起着至关重要的作用。本《文集》的教育部分中收集有韩建业的《教学必须讲求实效——谈撒拉族小学汉语文教学问题》、《撒拉族教育之我见》、马成俊等的《沉重的翅膀——关于循化撒拉族女童教育的调查报告》、青海民族研究所赴循化民族教育调查组的调查报告《民族教育必须从实际出发讲求实效》、韩桂蓉的《可持续发展与提高撒拉族女性文化素质》、吴绍安的《从前清至民国时期的循化县民族教育》、良警宇的《撒拉族农村地区的教育现状与困境》等调查报告和论文，这些文章针对少数民族地区，特别是撒拉族地区实行教育、教学、学生素质改革、课程改革等问题，提出了如何组织、如何引导、如何协作以及如何从多渠道、多思路改进教学的方法，以促进撒拉族学生的全面发展等。反映了撒拉族教育的过程性、主动性以及实践能力和创新意识，并强调了在实践中要不断地进行改进和完善。与此同时，在调查文章和论文中还提出了撒拉族地区教育改革的紧迫性，以及进一步转变观念的问题；提出了多渠道筹措资金，为撒拉族地区教育改革由修桥补路转为打桥筑路，以便打下坚实物质基础合理化意见；提出了教师综合素质提高的紧迫性和重要性；提出了完善配套改革措施、健全教育评价机制、缩小地区教育差距等科学建议。

（9）文化艺术的发展标志着一个民族持久的生命力。撒拉族的文化艺术就如同其民族，从艰难中走过来，并坚定地走向光明。撒拉族的文化艺术有着很深厚的底蕴，因而仍需下大力挖掘、整理和研究。本《文集》收集了马忠国的《撒拉族民歌概述》、马盛德和司马力的《试谈撒拉族舞蹈》、司马力和马盛德的《撒拉族艺术概观》、韩建业的《循化地名中的文化透视》、《从外来词透视撒拉族文化》、张世海的《甘肃撒拉族的文化艺术》、马伟的《撒拉族传统文化与现代化浅谈》、《循化撒拉族自治县可持续发展与农村文化建设》、马盛德的《从〈堆依奥依纳〉的消失看撒拉族艺术发展缓慢的原因》、常海燕的《撒拉族“骆驼戏”的历史形态探析兼及民俗文化的生存法则》等研究论文，从中可以从在整体上深刻地领会到撒拉族的文化艺术。撒拉族的文化艺术从内容到形式上都显得那么独特和别致。在漫长的历史过程中，撒拉族文化艺术就像股股泉水汇成的溪流，越流越有气势，并最终汇入大河之中。撒拉族的文化艺术除了人们熟知的神话故事、谚语、爱情故事外，还有舞蹈艺术、音乐艺术等，涵盖面很广，而且各个都充满着特色，充满着活力，充满着自信。本文集多层次、全方位揭示了撒拉族的文化艺术，通过它，人们可以看到一个全面、真实而具魅力的撒拉族文化艺术。

将《文集》称之为迄今为止第一部全面、深刻、透彻研究撒拉族整个历史的研究文集是当之无愧的。正如原青海省政协主席、青海省撒拉族研究会会长韩应选先生在本文集的序言中讲道：“这本《文集》的出版不仅为学术界提供了极大的方便和新的研究平台，而且也为广大撒拉族干部群众提供了从理论上认识本民族、了解本民族的机会，其更为深广的意义在于，它作为一本集大成式的学术论文集，为广大读者提供了一个认识撒拉族的最全面的文本，在这个文本中，凝聚了几代各民族专家学者对撒拉族研究的心血，不乏可资借鉴的真知灼见。”序作者还肯定地指出，本文《文集》的出版，“于社会于民族于学术研究功莫大焉！”这也是马成俊、马伟二位主编出版此文集所要达到的目的。

我们有理由相信在新的世纪中，撒拉族的研究将以此作为一个基点，一定会有一个更大的突破和更大的发展。

（本文原载《青海民族研究》2005年第2期）

撒拉族语言文化的又一部力作

——《撒拉族语言·文化论》评介

李永华

《撒拉族语言·文化论》是一部凝聚着撒拉族骄子韩建业教授心血和情感的、高质量的学术专著。该书全面科学地介绍和展示了撒拉族人民的语言和文化，把人们引进了撒拉族人民的庭院、麦场和群体之中，引进了撒拉族人民的精神世界之中。翻开一页页的书，仔细品味，就像饮了骆驼泉甘甜的泉水，滋润着心田。当我最终编辑完成这部专著之后，心中总有些想说的话，产生了写一篇书评的想法。

元时，源于西突厥乌古斯部撒鲁尔人阿克汗之子尕勒莽率部族从中亚东迁，经新疆，过肃州，最后定居在黄河岸边今青海省循化撒拉族自治县，在漫长的历史发展中，他们不断吸收新的成分，扩大民族主体，逐渐发展为一个独立的民族——撒拉族，成为中华民族大家庭中的一员，目前约有十余万人。撒拉族在我国史籍中有"撒拉尔"、"萨拉儿"、"沙剌"等几种写法，因信仰伊斯兰教，又被称为"撒拉回"。撒拉族自称"salər"。新中国成立后，中国共产党和人民政府根据自称和他族相称，正式定名为"撒拉族"。撒拉族主要从事农业，善于经营园艺业。

韩建业教授的《撒拉族语言·文化论》是他多年潜心研究的结晶，这部书从内容到观点可以说是相当丰富和精辟了，的确是一部有关认识和了解撒拉族人民的学术性很强的专著。该书共分为上篇"语言专论"和下篇"文化笔谈"两大部分。在"语言专论"一篇中，韩建业教授明确提出：研究一个民族的历史、文化，不能不从其语言的学习和研究入手。因为语言不仅是民族文化的载体，而且它本身就是一种文化，而文化又是孕育民族精神的沃土。因此，不能把语言仅仅理解为说话、写文章。语言是人类社会交际的工具，语言的有组织的声音，就是语音。而语音的变化又与它的民族社会的变化相联系，反映民族的社会、文化、政治、经济生活状况和特点。撒拉族的语言，属阿尔泰语系突厥语族西匈奴语支乌古斯语组，分街子和孟达两种土语，其中孟达土语里较多地保留着古代撒拉语的特点。同时，还提出了撒拉族人民在与汉、回、藏等民族长期密切交往中，不仅大部分人不同程度地掌握了汉语，而且也影响到了撒拉语，使它发生了不少变化，产生了以下几个不同于同语族诸语言的主要特点。

语音方面：塞音和塞擦音不分清浊而只分清音送气和不送气两种，有唇齿清擦音 f；舌根和小舌塞音不出现在音节末和词末；元音音位中较普遍地存在着清化现象；元音和谐以部位和谐为主，唇状和谐已遭破坏；由于汉语借词的影响，增加了一些复合元音。

语法方面：名词没有性的范畴；名词领属人称附加成分单多数的区别基本消失；动词人称范畴亦趋于消失。

词汇方面：汉语借词比同语族其他语言多，还有一定数量的藏语借词；构词附加成分都是后加成分。

此外，韩建业教授还指出：撒拉族语言内部比较一致，除了在语音、语法和词汇方面有某些差别外，没有方言的区别，各地的撒拉语都能互通。本书作者用了大量的篇幅论证和阐述了撒拉族语言的语音、词汇、词法、句法的发展和演变，将那些很难懂的语言学专业术语，用朴实准确、通俗易懂、流畅的语言介绍给读者，使人有渐入佳境的感觉。在论述撒拉族语音的变化时，作者按照它的变化大致分为两类，即发音上的变化和历史性的变化。发音上的变化是在日常说话中，由于语音环境的影响所引起的语音变化，主要表现在辅音方面，有同化、异化、脱落、弱化、换位等。例如，双唇音前的舌鼻音 n，被同化为双唇鼻音 m；舌尖中清塞音 t 后，结合条件式附加成分 sa、se 时，被同化为 s。在描述 G、X、ʁ 三个小舌音的不同发音方法时，指出了它们的清浊之别和在词中出现的位置及其特点，并对其变体也分别进行了说明。明确提出 q 是 G 的有条件的变体，不起区别词义的作用，不能构成独立的音位；Ç 不能归入 k 的变体中，只能归入 x 的变体中，因为现代撒拉语中舌根音不出现在词末或音节尾；ɣ 不能归入 ş 的变体中，只能归入 ʁ 的变体中，等等。另外，本书作者还按照音位学的原则，把撒拉语的语音分为元音和辅音两大类。元音音位有 8 个，辅音音位有 26 个。在谈到借词音位时，本书作者说道：“有趣的是，借词音位 ş，对固有词的读音产生了一定影响，在一部分通汉语的撒拉人口语里，一方面在个别本族语里，产生了 ş 和 ʃ 的对立，如 U：ʃ（或 yʃ）‘飞’和 Uş‘三’相对立；另一方面在固有词里音节末尾和 ʃ 可以变读为 ş，如 aʃ‘饭’可变读为 aş，GUʃ‘鸟’可变读为 Guuş，aʃLax‘粮食’可以读为 aşlax”。在谈到元音的特点时，又说道：“由于汉藏等语言的长期影响，撒拉语中出现了以下几组复合元音。①以 i 元音起首的后响二合元音 ia、iu、io；②以 U 元音起首的后响二合元音 ua、uo、ue、ui；③以 y 元音起首的二合元音 ye 等。”通过这一段叙述使读者能够了解到语音的变化不仅是语音内部结构规则的相互制约和影响的结果，而且也受其社会变化的影响，它们的变化既有其自身内部规则，也有其外部的原因，民族间广泛的相互接触是其中的一个重要的原因。

针对语言的变化，特别是词汇的变化反映着一个民族发展的状况和水平时，本书作者深刻地提出：随着民族社会经济的发展和科学文化的进步，语言中就会产生一系列新的词语，其中有的是在固有词汇的基础上重新组合构成的新词，有的则是在与其他民族的交流中借来的词，不论是派生的新词，还是借来的新词，都说明了社会生活的变化，要求其语言用新的词语来记录和反映。词是语言组织中的基本单位，而词义则是词的内容，是对词所称的客观事物本质属性的概括，是客观对象在人们意识中的反映。词汇是语言中最活跃的部分，能迅速反映社会生活的变化。社会在不断发展，新事物、新现象、新概念在不断出现，这就要求语言用新词来补充自己的词汇。本书作者指出：新词语的出现可以反映出民族社会发展到某个阶段的历史特点，意味着某个新的文化情景或文化内涵被人们所认识，并以音义结合的语音形式巩固下来贮存在语言这个“仓库”里面。撒拉语在漫长的历史发展过程中，既保存了许多古老的语词，又吸取了不少借词。其词汇是由突厥语同源词、本族特有词和多来源的借词共同组成的，突厥语同源词是撒拉语词汇的核心部分。借词中最多的是汉语，其次是阿拉伯—波斯语、藏语和蒙古语。本书作者认为，近百年来，尤其是在新中国成立后的三十多年中，在撒拉语中增添了大量新词，例如：“园丁 buʁʒi”、“工人 iʃʤi”、“宇航员 alenʤi”等。但是词汇的发展变化，不仅表现为数量上的增减，还表现在内容的调整上，撒拉语在其发展过程中，有一些词语音形式没有什么大的变化，但词义却发生了变化；有的词意由狭小变得广泛，由表达个别具体的概念变成代表一般的概念。如：mɸren 本为“黄河”专称，现在成为“水流”的通称；Celem 原指“竹笔”，现在还可指“钢笔、毛笔”等一切写字的工具，等等。另外，作者还指出：撒拉语中有一些词本来代表某一概念，后来发展的结果，代表了另一概念，这样就产生了词义转移的现象，即词所代表的概念发生转换。如：Canun 原指“宗教法规”，现在专指国家“法律”；dʐəmaet 原指伊斯兰教“同一教派的教众”，现在用来表示“社会、集团”等等。本书作者把这些增加的新词归纳为以下三种：①相当一部分是运用语言中原有材料和构词手段，按照撒拉语的习惯和规律来构成的。②借用外语词，特别是借用汉语来充实和丰富的。③少部分是通过词义的扩大和转移充实的。这一切都说明了撒拉族社会发展的各个历史时期的特点，也是我们研究撒拉族历史及其与汉、藏等其他兄弟民族友好往来的历史见证。

在下篇“文化笔谈”中，作者通过对撒拉族的文化、风俗等方面的研究，下了这样的结论：撒拉族的文化内涵，与中华古代早已形成的汉文化以及各个少数民族文化一样，既是大一统的中华文化的重要源头和不可分割的一部分，又有着各自相对独立发展的历史和独特的地方民族风格。在该篇中，作者以严谨的治学态度，雄厚的学术功底，从文化的视角对撒拉族所蕴涵的文化的意义进行了深入的探索，详尽介绍了撒拉族的传统文化、风俗习惯、地名文化、姓氏文化、教育教学及文献研究等。同时，他又像是一个多年的探矿者，将自己多年所精心探得的矿物呈现在人们面前，五彩纷呈，价值连城。

在“传统文化”一章中，作者从探讨“传统文化与经济建设”关系的角度，倾向于对传统文化作广义的理解，即认为文化是人类创造的物质文明、制度文明和精神文明的一切成果，它包含有地理环境、经济形式、宗教信仰、生活习俗，以及由此而产生的一系列反映狭义文化的一切文化艺术等。作者运用马克思主义的观点，精辟地提出：文化是人类在劳动中创造的，是人类认识自然界、改造自然界的产物，是人类长期积累的结果。另外，针对长期以来，人们在审视撒拉族文化传统的特征及其在经济建设过程中所起的各方面的作用时，往往把撒拉族的落后归结为传统文化落后所致，并认为撒拉族传统文化中存在着阻碍经济发展的内容："是一种保守的'惯性'妨碍着她进入先进行列，即便借助'外部扶持'，也不能发家致富，只能留在'本土'受穷"的情况时，本书作者指出：撒拉族的传统文化中从来就包含着许多有利于发展经济的要素，即使是在旧的封建文化中，也有其有价值的东西，也可以重新挖掘组合，并成为当今经济发展的动力源泉之一。同时，他把撒拉族的传统文化分为积极因素和消极因素两个方面：积极因素主要表现在撒拉族是一个坚毅勇敢、开拓进取的民族；重人伦尚道德；在传统文化中吸收了各民族文化的长处，使之融入中华民族的文化之中。消极因素主要表现在撒拉族社会在一定程度上还是一个礼俗社会，许多人际关系都建立在宗教、礼仪、友情、相互信任、恪守信义等的感情联系上，而且这些关系在很大程度上是靠礼仪感情来调整，这种文化内涵过分强调人的义务、忽略人的权利，注重人与人之间的关系，压抑了个性的发展和个体的创造力等负面影响。同时，作者还指出：撒拉族长期生活在一个比较闭塞的社会里，以一家一户为生产单位，从事着以农业生产为主，兼营牧业及其他副业的经济生活，生产分工程度低，生产工具和技术低劣，过着自给自足的小农生活，自然经济的思想观念深入民族心理之中，等等。不难看出，作者以实事求是的态度分析了在撒拉族的传统文化中存在着许多有利于发展经济，与现代化相适应的部分，也分析出一些阻碍社会发展，与现代化不相适应的消极因素。对此，本书作者强调应不断进行科学的分析、鉴别、采择、消化、利用、认识、继承并发扬民族文化中的优秀部分，并努力克服消极因素，更好地适应现代化的需要，促进经济的发展。

在"地名透视"一章中，作者提出了地名是人们在社会生活中给天然的、人工的地理实体、行政区域或居民点所起的名称，是由语声、语义、文字组成。本章明确将循化撒拉族自治县的地名分为以下几种类型：①根据语言的分类，可分为民族语地名的汉语音译，民族语地名的汉语意译，汉语地名的民族语音译，混合语地名；②根据地名所指地理属性划分，可分为自然地理实体名称和人文地理实体名称二类；③按地名的缘由划分可分为描写性地名、记事性地名和意愿性地名；④按地名的语类划分，有汉语地名、撒拉语地名、藏语地名和其他语地名。此外，循化地区还有许多因移民而形成的地名，如据白庄乡"洛尕"村的老人们说，"洛尕"是由陕西"罗家"兄弟流迁此地垦荒的时候，以他们"罗家"作为所居地的地名通名的。"起台堡"一地名，则是来源于明代的军事制度及与之有联系的屯田制，等等。作者指出，循化地区的地名，由于没有文字资料可以证明，很多地名还是一个谜，有待于进一步的研究，进一步弄清它们的意义、起源和历史。由于地名不仅具有历史的稳定性，也反映着历史的事物，刻画着历史的痕迹，同时还反映一个民族的文化、经济、宗教等内容。因此研究地名具有很重要的现实意义和历史意义。

在"姓氏趣谈"一章中，本书作者论述了撒拉人的名和姓的构成及汉姓的使用等，使撒拉人的名字同撒拉族的社会历史和家庭制度、宗教信仰、风俗习惯、语言文化以及本人的身份角色等诸多复杂的社会因素紧密相关，颇具特色。作者纵观历史指出，撒拉人的名字可以分为元以前和以后两个时期。关于元以前的，因无资料可考，所以无从确知。元以后的则根据文献记载和本民族的传说，撒拉族先民在元代从中亚撒马尔罕一带迁来时，仅分阿哈莽、尕勒莽两大部族，部族内部保留着父系制度下父名子名相连的制度，习惯上父名在前，本名在后。随着族体的扩大，人口增殖和居住地的扩展，撒拉人的命名来源不断丰富，趋于多样化，概括起来有如下几种：①引用“圣人”、“圣女”的尊名；②以生日起名；③以数字命名；④汉姓的使用。随着历史的发展，改用汉姓者与日俱增，且占据主要部分，这可以说是撒拉族姓氏发展中的一个重要特征。撒拉族的先民定居循化后，尕勒莽及其子孙，在元时担任积石州的达鲁花赤，元亡明兴时，其首领神宝归附明朝，封为土司，神宝改名韩宝，从此，韩姓成了撒拉人的“根子姓”，故有“十个撒拉九个韩”之说。撒拉族除韩姓之外，还有马、何、沈、苏、卢、白、考、兰等二十多个汉姓，考其来历，源头杂，年代久，但大致分为以下几种类别：①沿用回族姓。②融合汉族姓。③由老师择取汉姓或在本族名前加汉姓，等等。概括起来讲，撒拉族人的名姓多同伊斯兰教文化密切相关，可以说渗透了伊斯兰文化，又明显地打上了汉文化的烙印，构成了名姓的多元性和混合性的特点。作者认为，撒拉人的名称在元明以前，无所谓姓，有人用本名前加父名的形式来表姓，这是把区别重名或注释“某人之子”之类的别号当做姓来使用了，真正的姓只是在元明以后才出现，而且以汉姓为主，其中尤以“韩”为最多。古往今来，撒拉族达官显贵中，用姓者较之平民为多。但是一般说来，撒拉人重名不重姓，虽知有其姓，而不常用其姓，在内部交往和日常生活中，只呼其名，而不直道其姓。随着社会的进步，民族的发展和各民族间日益频繁的交往，撒拉族中使用姓的人越来越多，其使用范围也越来越广，在族外交际中用姓，而在著书立说署名时，不但用姓而且还要用学名。

在“民俗风情”一章中，本书作者主要从撒拉族的宗教信仰、传统的家族组织和父系家庭、服饰、饮食、居住特点、生育习俗、婚丧习俗、道德风尚、节日与禁忌及交通运输几方面进行了全面详细的分析、研究后指出：撒拉族信仰伊斯兰教，他们的宗教意识比较强，严格遵守伊斯兰教的一整套宗教制度，实行念、礼、斋、课、朝五项功修。撒拉族的传统的家族组织和基层社会组织是“阿格乃”和“孔木散”。这种组织至今在相当程度上仍还影响着撒拉人的生活。“阿格乃”是撒拉语“兄弟”、“党家子”之意，它由兄弟结婚后分房的小家庭组成，是近亲的小家族组织，一般由几户或十多户组成。“孔木散”是由同一血缘的若干“阿格乃”组成，相当于宗教组织，在撒拉语中是“一个根子”的意思。一般一个“孔木散”包括二至五个“阿格乃”，还可以包括不属于“阿格乃”的本民族的单家独户。而一个或数个“孔木散”，又构成一个“阿格勒”（即村落）。“孔木散”有公共墓地，“阿格勒”有公共山林、公地（多是无子嗣户的遗产）和牧场。公地的收入作为公共宗教活动费用。他们的居住自成区域，血缘关系较近的“阿格乃”和“孔木散”居住在同一区域。关于服饰，本书作者认为撒拉族最早具有中亚游牧民族的风格，男子头戴卷沿羔皮帽，脚蹬半腰皮靴，身着“袷木夹”，腰系红棱布，妇女衣着同男子，只是头戴赤青的绦丝头巾。饮食多饮奶茶，食手抓肉，烹调之法仍带中亚色彩。撒拉族的婚丧习俗和节日深受伊斯兰教的影响。婚姻的缔结，通常由“嫂吉”（媒人）作媒，父母做主，因此就有“天上无云不下雨，地上无媒不成亲”之说。葬礼，遵照伊斯兰教经典规定进行，习惯速葬，一律土葬，不用棺椁。节日有开斋节、古尔邦节和圣纪节三个。其民间的禁忌也很多，也都与伊斯兰教义的禁忌相一致。

此外，在“文学殿堂”一章中作者还指出：撒拉族还是一个善于歌唱的一个民族，在长期的历史发展过程中，创造了丰富多彩的、独具一格的文学艺术。但由于没有本民族文字记载，许多优秀歌谣和作品渐渐失传了。本书作者就这方面进行了深入的调查、搜集、挖掘、整理和研究，对一些即将灭绝的文化进行了抢救，取得了一定成就。通过本章作者简要介绍了撒拉族多彩的民间文学、民间歌谣、历史悠久的仪式歌、生动有趣的“儿歌”、形式多样的号子等。而在“教育教学”一章中，针对撒拉族儿童的教育教学方面，本书作者结合日新月异的当今社会的实际情况，进行了详细的论述，提出了“双语教学”、“因势利导”、“精讲多练”、“灵活运用”等搞好民族教育事业的独到见解。

综观《撒拉族语言·文化论》一书，可以看出本书作者在搜集、整理、抢救撒拉族这个只有语言而较少文字记录的少数民族的语言文化方面下了很大的苦功，也取得了相当的成就。我们知道，这种较少文字记录的民族文化是一种历史的“活化石”，它蕴涵着世世代代永不衰竭的形式多样的、思想深邃的、内容十分丰富的传统文化和活态文化，在现今挖掘和研究这种文化的意义方面更显得重要。我国各民族创造的精神文化财富，组成了中华民族大家庭文化的宝库，都有其自身的历史价值和文化价值。只有充分发掘整理和研究各民族的传统文化和活态文化资源，才能充分认识这个民族，了解这个民族，才能为她的振兴和发展作出应有的贡献，从这一点上讲年过花甲的韩建业教授所著的《撒拉族语言·文化论》意义是非常非常重大的，可以毫不夸张地说，本书的出版将会使读者对撒拉族人民的认识将从一个外部表象的了解进入到一个内部本质的了解，从而使人们真正感悟撒拉族的优秀传统文化和民族精神。同时，《撒拉族语言·文化论》一书也为中华民族文化的丰富、发展增添了一份新的色彩和营养。

（本文原载《青海民族研究》2004 年第 2 期）

1986—2005年土族、撒拉族研究文献统计分析

张照云

土族与撒拉族勤劳智慧，长期繁衍生息在青海这片广袤而神奇的土地上，创造了光辉灿烂的民族文化，是青海特有的两个少数民族，也是我国古老的两个民族。截止到2005年底，我国共有土族24万多人，撒拉族10万余人。改革开放以后，随着我国综合国力的不断增强和党的民族政策的进一步落实，学术研究空前活跃，对土族、撒拉族的研究也日新月异。为了分析土族与撒拉族研究的具体情况，本文试从文献统计的角度分析我国近二十年来土族与撒拉族研究的发展，以期对我们今后的研究工作有所帮助。

一、数据来源

对某一文献群的文献进行统计分析性研究，该文献群文献的检全率为首要。为了最大限度地检全我国1986—2005年间发表的土族、撒拉族研究文献，笔者按现代文献的主要出版形式，将研究文献[①]按载体形态划分为期刊文献、图书文献两类，选用我国最权威的相关数据库作为主要数据来源，辅以其他相关文献源作为数据补充渠道，两个渠道结合作为最终数据来源。

（一）期刊文献数据来源

《中国知网》的《中国期刊全文数据库》“是目前世界上最大的连续动态更新的中文期刊全文数据库，收录国内8000多种重要期刊，以学术、技术、政策指导、高等科普及教育类为主，同时收录部分基础教育、大众科普、大众文化和文艺作品类刊物，内容覆盖自然科学、工程技术、农业、哲学、医学、人文社会科学等各个领域，全文文献总量

① 本文所指研究文献，包括对土族撒拉族及其有关文化、风俗习惯、宗教信仰等方面的介绍性文献。

近2000万篇。”[①] 笔者选用该数据库作为本文期刊文献数据的来源，检索时段限定1986—2005年，使用“土族”、“撒拉族”作为检索词，进行“模糊”检索，分别收集到“土族”文献902篇，“撒拉族”文献676篇，再去掉新闻报道等非研究性文献，共收集到“土族”研究文献520篇，“撒拉族”研究文献305篇。

（二）图书文献数据来源

（1）中国国家图书馆是我国文献收藏最齐全的图书馆，是国家总书库。笔者选用中国国家图书馆图书检索系统“中文及特藏数据库”，输入“土族”关键词，检出相关文献115种；输入“撒拉族”关键词，检出相关文献36种，剔除土族、撒拉族作者的文学作品及1985年（含1985年）以前出版的文献等，计收集到土族图书文献35种，撒拉族图书文献21种。

（2）经过查询青海省图书馆馆藏目录等其他渠道，收集到中国国家图书馆未收藏的土族研究图书文献17种，撒拉族研究图书文献2种。通过多种途径，共收集到土族研究图书文献52种，撒拉族研究图书文献23种。

二、统计与分析

（一）期刊文献统计分析

1. 研究主题统计分析

根据《中国图书馆图书分类法》对现代文献的分类体系划分，结合民族研究类文献的基本特征，笔者将所收集到的文献分为民族经济、政治、社会问题、人口；宗教；历史、地理、人物；风俗习惯；文化教育；文学艺术；语言文字；卫生、体育及其他九大主题，按1986—2005顺序排列，统计结果见表1。

表1 期刊文献研究主题统计表

主题 \ 年限		86	87	88	89	90	91	92	93	94	95	96	97	98	99	00	01	02	03	04	05	合计
民族经济、政治、社会问题、人口	土族			1	1		2	1		2	2	3			2		8	9	3	5	9	48
	撒拉族		4		1	2	1		5	4	4	2	2			3	4	4	2	5	2	45

① 清华同方股份有限公司《中国期刊全文数据库》内容说明，http：//www.cnki.nethttp：（Accessed Apr 8，2006）

续表

主题 \ 年限		86	87	88	89	90	91	92	93	94	95	96	97	98	99	00	01	02	03	04	05	合计
宗教	土族					2	2			1	1	3	3		1		6	4	4	6	4	37
	撒拉族	2	3	1	3		4	1	2	1		1	2	1	6		4		1	3	2	37
历史、地理、人物	土族			1		1			1			1	1			1		3	3	2	4	18
	撒拉族	2	3	1	3		4	1	2	1		1	2	1	6		4		1	3	2	37
风俗习惯	土族			1		1			1			1	1			1		3	3	2	4	18
	撒拉族			2								1	2				1	1		1	1	9
文化、教育	土族		1	1		4	2	3	4	12	6	7	1	1	3	4	12	8	10	10	7	96
	撒拉族	1	1		1	1		3	3	4	8	12	4	1	5	5	8	3	3	4	2	69
文学、艺术	土族	1	1	3		2	1	5	1	3	6	2	6	2	2	6	16	11	23	12	10	113
	撒拉族		1	2		1		2	1		1	1	1		1	1	6	3	3	4	1	29
语言文字	土族	1	1	1	2	2	2	1	2	1	3	5		1	2	1	4	1			1	31
	撒拉族	1			2	2			1	2	1	1	1			2	2	1				16
卫生、体育	土族		1		1		2	2	1	8	8	2	5	2	2	3	9	10	1	9	10	76
	撒拉族			1			2	1	1	4	7	3	3	2	1	3	7	6	3	10	4	58
其他	土族			1	1	1		1	1	3	1	1			1	1	6	8	6	6	2	40
	撒拉族				1	3				1		2	2	3	1	2	2	4	1	2	4	28

从表1可以看出：①随着时代的发展，土族撒拉族研究文献发表量呈逐年增长态势，说明学术研究日益活跃；②研究的侧重点主要集中在文化教育，文学艺术与历史、地理、人物等方面，其次是卫生、体育，风俗习惯，语言文字，经济、政治人口和宗教、社会问题，表明上述几个方面是目前研究的重点。

2. 主要载文期刊及载文量统计分析

对收集到的文献进行载文期刊及载文量统计分析，结果为：

520篇土族文献分布在106种期刊上，平均载文量为4.91篇。将载文期刊按载文量从高到低排列，载文在4篇以上的有20种（见表2）；载文3篇的期刊有《音乐探索》、《四川体育科学》、《中国审计》、《西北第二民族学院学报》（哲学社会科学版）、《中国民族教育》、《中国民族》、《民族教育研究》、《西藏民俗》；载文2篇的有《甘肃社会科学》、《佛教文化》、《攀登》、《内蒙古社会科学》（汉文版）、《小说评论》、《中国藏学》、《西北国防医学杂志》、《地方病通报》、《体育科学》、《西安体育学院学报》、《遗传学报》、《中华医学遗传学杂志》、《人类学学报》、《民族团结》；载文1篇的有64种期刊，学科涉及民族研究、医药卫生、文化艺术、人口、宗教、旅游、体育，其中大多数为相应学科核心期刊。

305篇撒拉族文献分布在81种期刊上，平均载文量为3.77篇。将载文期刊按载文量从高到低排列，载文在4篇以上的有14种（见表2）；载文3篇的期刊有《中央民族大学学报》（哲学社会科学版）、《青海师范大学学报》（自然科学版）、《中国寄生虫学与寄生虫病杂志》；载文2篇的有《遗传学报》、《青海医学院学报》、《遗传》、《新疆大学学报》、《中国校医》、《音乐探索》、《中国音乐》、《语言与翻译》；载文1篇的有56种，其中大多数为相应学科核心期刊。

表2 发文期刊统计表

土族					撒拉族				
	刊名	载文量（篇）	占总文献量的%	累计%		刊名	载文量（篇）	占总文献量的%	累计%
1	中国土族	139	26.73	26.73	1	青海民族研究	61	20	20
2	青海民族研究	89	17.11	43.83	2	青海民族学院学报（社会科学版）	45	14.75	34.75
3	青海民族学院学报（社会科学版）	46	8.85	52.68	3	青海社会科学	19	6.23	40.98
4	青海社会科学	26	5	57.68	4	西北民族研究	12	3.93	44.91
5	西北民族研究	15	2.88	60.56	5	西北民族学院学报（哲学社会科学版、汉文）	9	2.95	47.86
6	西北民族大学学报（哲学社会科学版）	14	2.69	63.25	6	中国学校卫生	7	2.30	50.16
7	青海师专学报	7	1.35	64.60	7	回族研究	6	1.97	52.13
8	民族文学研究	8	1.35	65.95	8	青海教育	5	1.64	53.77
9	青海医药杂志	9	1.35	67.3	9	民族教育研究	5	1.64	55.41
10	中国音乐	10	2.15	68.45	10	中国穆斯林	5	1.64	57.05
11	青海医学院学报	4	0.77	69.22	11	中国民族	5	1.64	58.69
12	中央民族大学学报（哲学社会科学版）	4	0.77	69.99	12	青海师范大学学报（哲学社会科学版）	5	1.64	60.33
13	青海师范大学学报（哲学社会科学版）	4	0.77	70.76	13	青海医药杂志	4	1.31	61.64
14	青海师范大学学报（自然科学版）	4	0.77	71.53	14	四川体育科学	4	1.31	62.95
15	西藏研究	4	0.77	72.30					
16	青海教育	4	0.77	73.84					

续表

	土族					撒拉族			
	刊名	载文量（篇）	占总文献量的%	累计%		刊名	载文量（篇）	占总文献量的%	累计%
17	北京体育大学学报	4	0.77	73.84					
18	中国学校卫生	4	0.77	74.61					
19	中国寄生虫学与寄生虫病杂志	4	0.77	75.38					
20	高原医学杂志	4	0.77	76.15					

从表2叙述可以看出，表中所列出土族研究20种期刊只占土族研究发文期刊的18.87%，但载文量达到了76.15%；表中所列出撒拉族研究14种期刊只占撒拉族研究发文期刊的17.28%，但载文量达到了62.95%，说明土族撒拉族研究文献在不同期刊上的载文量分布表现出较强的集中性，主要集中在青海，并随着时间的推移，向西北乃至全国发散。按14篇以上为土族研究的主要发文期刊，12篇以上为撒拉族研究的主要发文期刊，则《中国土族》、《青海民族研究》、《青海民族学院学报》（社会科学版）、《青海社会科学》、《西北民族研究》、《西北民族大学学报》（哲学社会科学版）为土族撒拉族研究的主要发文期刊。

3. 核心作者及所研究的主要领域统计分析

以520篇土族研究文献的第一作者为对象，收集到作者303人，将发文在4篇以上的作者列出，共有20人，发文148篇（见表3）。这20人只占全部作者的6.60%，但发文量占全部研究文献的28.27%，其中席元麟占3.07%，吕霞占2.5%，李克郁、马光星各占2.1%，张天成占1.73%，鄂崇荣、胡芳各占1.54%，秦永章、王国明、董思源分别各占1.35%，并依次占1～10位，为土族研究的核心人员。

发文3篇的有马占山、刘一朴、吕建中、何吉芳、园林、李存福、杨卫、汪春燕、贺喜焱、赵宗福、桑吉仁谦、贾晞儒、崔永红、解生才、蔡秀清、蔡相德，研究领域为族源、风俗习惯、经济、文化教育、音乐、文学、婚姻制度等。

以305篇撒拉族研究文献的第一作者为对象，收集到作者201人，将发文在3篇以上的作者列出，共有13人，发文101篇（见表3）。这13人只占全部作者的6.47%，但发文量占全部研究文献的33.11%，其中马成俊、马明良各占5.57%，王振岭占3.58%，马伟占3.26%，韩建业占2.61%，马维胜、张天成各占2.28%，马盛德、高永久各占1.95%，并依次占1～9位，为撒拉族研究的核心人员。

表3　核心研究人员及其所研究的主要领域

土族				撒拉族			
作者	发文量（篇）	主要研究领域	作者单位	作者	发文量（篇）	主要研究领域	作者单位
席元麟	16	语言文字、文化、经济等	青海民族学院	马成俊	17	文化、教育、语言、文学等	青海民族学院
吕　霞	13	文化、艺术等	青海民族学院	马明良	17	经济、文化、教育等	青海民族学院
李克郁	11	土族来源、语言等	青海民族学院	王振岭	11	撒拉族教育	青海民族学院
马光星	11	文化、文学、艺术等	青海省文联	马　伟	10	语言文字、文化、经济等	青海民族学院
张天成	9	学生体质等	青海师范大学	韩建业	8	语言文字、文学、教育等	青海民族学报
鄂崇荣	8	宗教、文化等	青海社科院	马维胜	7	撒拉族经济	青海民族学院
胡　芳	8	文化、文学艺术等	青海社科院	张天成	7	撒拉族学生体质等	青海师范大学
秦永章	7	文化、经济、社会制度等	中国社科院民研所	马盛德	6	撒拉族舞蹈	中国艺术研究院
王国明	7	语言、文学等	西北民族大学	高永久	6	撒拉族社会学	
董思源	7	文化、艺术等	青海土族研究会	韩中义	3	社会学、语言文字等	新疆社会科学院
李美玲	6	语言文字、文学等	青海民族学院	米娜瓦尔	3	族源、民族关系等	中央民族大学
星全成	6	文化、艺术等	青海民族学院	朱　刚	3	风俗习惯等	青海民族学院
翟存明	6	宗教等	西北师范大学	王晓节	3	小学生健康	青海省卫生防疫站
邢海燕	5	文学、文化、风俗习惯等	西北民族大学				
郭德慧	5	音乐、诗歌等	绍兴文理学院				